国家哲学社会科学成果文库
NATIONAL ACHIEVEMENTS LIBRARY
OF PHILOSOPHY AND SOCIAL SCIENCES

波德莱尔：从城市经验到诗歌经验

刘波 著

刘波 1963年生,重庆人。1984年毕业于四川外语学院法语系,获学士学位;1989年毕业于四川大学中文系,获硕士学位;1994年获加拿大政府奖学金,赴蒙特利尔大学魁北克研究中心从事为期一年的访问研究。后赴法国巴黎第四大学(索邦大学)法国文学与比较文学系留学多年,先后获该校深入研究文凭DEA(1995年)和博士学位(2001年)。回国后曾任职于四川外国语大学,现为广东省重点人文社科基地广东外语外贸大学外国文学文化研究中心教授、法语语言文学专业博导,兼武汉大学法语语言文学专业博导,主要从事法国文学和文学理论研究。近年来,在波德莱尔研究方面有活跃表现,已在国内外出版相关学术专著多种,发表论文二十余篇,所主持的国家社科基金项目"从城市经验到诗歌经验——波德莱尔的城市诗歌与抒情诗的现代转型"结项鉴定等级"优秀",并入选"国家哲学社会科学成果文库"。

《国家哲学社会科学成果文库》
出版说明

  为充分发挥哲学社会科学研究优秀成果和优秀人才的示范带动作用，促进我国哲学社会科学繁荣发展，全国哲学社会科学规划领导小组决定自2010年始，设立《国家哲学社会科学成果文库》，每年评审一次。入选成果经过了同行专家严格评审，代表当前相关领域学术研究的前沿水平，体现我国哲学社会科学界的学术创造力，按照"统一标识、统一封面、统一版式、统一标准"的总体要求组织出版。

全国哲学社会科学规划办公室
2011年3月

目　录

导　论 …………………………………………………………… 1

上　编
《巴黎图画》的生成和结构

第一章　走向城市诗歌 ………………………………………… 3
第一节　法国文学史上的巴黎主题 ……………………………… 3
第二节　巴黎诗人波德莱尔 ……………………………………… 23

第二章　《巴黎图画》的生成 …………………………………… 40
第一节　"颂扬对图像的崇拜" …………………………………… 41
第二节　《恶之花》第一版中的"巴黎图画" …………………… 45
第三节　《恶之花》第二版中新增的"巴黎图画" ……………… 84
第四节　最后的"巴黎图画" ……………………………………… 171

第三章　《巴黎图画》的"隐秘结构" …………………………… 186
第一节　对总体布局的构想 ……………………………………… 191
第二节　《恶之花》各版本结构中的"巴黎图画" ……………… 200
第三节　《巴黎图画》中的两个系列 …………………………… 210
第四节　《巴黎图画》结构中的回旋特征 ……………………… 217
第五节　一日见永恒：一次精神历险 …………………………… 226

下 编
城市经验与诗歌经验

第四章 作为人类生活象征和诗歌隐喻的城市景观 …… 235
 第一节 城市对诗歌创作的启示作用 …… 236
 第二节 诗人在城市环境中的角色 …… 273

第五章 城市诗歌中的城市经验 …… 328
 第一节 梦想之城:建造理想中的"仙境华屋" …… 329
 第二节 魔幻之城:城市生活带来的神奇经验 …… 353
 第三节 忧郁之城:假面掩盖下的城市 …… 406

第六章 从城市经验到诗歌经验 …… 449
 第一节 对现实进行置换的"深层模仿" …… 450
 第二节 突破"为诗歌设定的界线" …… 488

第七章 波德莱尔城市诗歌中的"美学—伦理"经验 …… 540
 第一节 从美学经验到伦理经验 …… 541
 第二节 "人工美"的美学观念所包含的伦理价值 …… 583

第八章 波德莱尔城市诗歌中的悖逆逻辑和精神旨趣 …… 633
 第一节 悲观主义的美学价值和精神旨趣 …… 635
 第二节 "矛盾修辞"与文明的悖论 …… 679

结　论 …… 700

参考文献 …… 710

Contents

Introduction ·· (1)

Part One: Genesis and Structure of "Parisian Scenes"

Chapter I Towards Urban Poetry ··· (3)
   1. The Theme of Paris in French Literature ················ (3)
   2. Baudelaire: The Poet of Paris ································ (23)

Chapter II Genesis of "Parisian Scenes" ······························· (40)
   1. Homage to the Cult of Images ································ (41)
   2. "Parisian Scenes" in the First Edition of
      The Flowers of Evil ·· (45)
   3. "Parisian Scenes" in the Second Edition of
      The Flowers of Evil ·· (84)
   4. The Last "Parisian Scenes" ···································· (171)

Chapter III The "Secret Architecture" of "Parisian Scenes" ········· (186)
   1. Designing the Entire Composition ······················· (191)
   2. "Parisian Scenes" in the Various Editions of
      The Flowers of Evil ·· (200)
   3. Double Series of "Parisian Scenes" ······················· (210)
   4. The Cyclical Nature of the "Parisian Scenes" ········ (217)
   5. Eternity in One Day: A Spiritual Journey ············· (226)

Part Two: Urban Experience and Poetic Experience

Chapter IV Cityscape as an Emblem of Human Life and Metaphor of Poetry (235)
  1. The Role of the City in Inspirating Poetic Creation (236)
  2. The Role of the Poet in Urban Circumstances (273)

Chapter V Urban Experiences in Urban Poetry (328)
  1. The City of Dreams: The Construction of the Ideal "Fairy Palace" (329)
  2. The City of Magic: The Magical Experience in Urban Life (353)
  3. The City of Spleen: The City under Its Deceptive Mask (406)

Chapter VI From Urban Experience to Poetic Experience (449)
  1. "Profound *Mimesis*": Poetic Transposition of Reality (450)
  2. Breaking the "Limits Assigned to Poetry" (488)

Chapter VII "Aesthetic-ethical" Experience in the Urban Poetry of Baudelaire (540)
  1. From Aesthetic Experience to Ethical Experience (541)
  2. The Metaphysical Aspect of "the Artificial" (583)

Chapter VIII The Logic of Paradox and the Spiritual Purport in the Urban Poetry of Baudelaire (633)
  1. The Aesthetic Value and Spiritual Purport of Pessimism (635)
  2. "Oxymoron" and the Paradox of Civilization (679)

Conclusion (700)
Bibliography (710)

导 论

文学和城市之间的渊源可以说与城市本身的历史一样久远。西方文学的历史一直都伴随着对于城市讲述的历史。从早期神话、史诗和《圣经》对古代城邦、城市的讲述,到现代文学对伦敦、巴黎、纽约等大都市的讲述,文学叙事的发展始终与城市化的进程相互影响,始终体现出与城市发展之间的密切关系。城市的发展在为作家们提供素材、语境和生活经验的同时,也深刻地影响着他们观察世界的视角、反省人性的方式和评判价值的标准。

一、作为文化隐喻的城市

人类历史上早期城市的出现大致可以追溯到公元前3000年。马克思认为,城市是一个历史的范畴,它不是天然而成的,其进程是生产力水平提高的必然结果。充足而稳定的食物供应和剩余劳动力的出现是作为城市生活先决条件的两个因素,这使得人口中的一部分人能够从事其他非农业劳动的工作。劳动分工是城市社会生活的组织形式。不同行业的人聚居而生,在一个高度分化的社会中去追求比基本生活需要更高的目标,由此产生了城市。

城市不只是建筑物的堆积,也不只是人群的会聚,虽然建筑物和人群是城市最显明的外观特征。诚如《城市发展史》的作者芒福德所言,城市"是密切相关并经常相互影响的各种功能的复合体——它不但是权力的集中,更是文化的归极(Polarization)"[1]。芒福德在他的书中使用一系列形象化的隐喻来说

---

[1] 刘易斯·芒福德:《城市发展史——起源、演变和前景》,宋俊岭、倪文彦译,中国建筑工业出版社,2005年,第91页。

明城市的文化功能：磁体、子宫、容器、剧场，等等。他认为，城市与文明不可分割，人类的整个文明史就是以城市为聚集中心发展起来的。他把城市看作是创造和容纳了几乎全部人类文明的实体，甚至直呼它就是"文明本身"。诚然，城市以其包容、汇集、融合的功能，实现着贮存文化、流传文化和创造文化的三个基本使命。早在古希腊时代的人似乎就已经意识到这点，孕育出了一种积极主动的城市意识。正是基于这种意识，苏格拉底感慨道："乡村的旷野和树木不能教会我任何东西，但是城市的居民却做到了。"[①]罗素也把希腊的城市看作是希腊文明的精华，称"希腊的文明本质上是城市的"[②]。

城市是人类为满足自身生存和发展需要而创造出来的人工环境，其主要功能是"化能量为文化，化死的东西为活的艺术形象，化生物的繁衍为社会创造力"[③]。就其本质含义来说，作为人类的生存方式和人类文明演进的最急剧、最敏感的场所，城市反映着人类自身的发展过程，是在物质和精神空间中显现出来的人的文化，是人文的空间化，甚至可以说是人类的化身。城市变迁的历史也是一部书写城市教育人类、陶冶人类、改造人类、提高（有时也是戕害和绞杀）人类的历史。无论从物质层面还是精神层面的创造来看，城市都最典型地体现了与自然相对立的"人化"，是人类一切内隐或外显的行为全面施展的场所。城市就像一个巨大的舞台，时刻上演着一出出或混乱无常、或神秘离奇、或滑稽丑怪、或优美崇高的大戏，极其引人入胜。人性在这里以放大的规模和尺度得到最鲜明、最充分和最极端的发挥。人性中的高洁与卑污、高贵与堕落、高尚与败坏之间的激烈较量让城市成为人类文明的风暴中心。

城市是一个极端矛盾的存在，是理想和世俗的混杂。早期城市就已经在人们的观念中表现为"天堂"和"地狱"的正、负两面性。《圣经》中就有大量关于建城和毁城的故事：一边是寄托着乌托邦理想的圣城耶路撒冷，一边是作为堕落和罪恶象征的巴别城、索多玛、蛾摩拉、巴比伦。作为人类的城市想象原型，古代关于"上帝之城"的完美神话和关于"堕落之城"的腐败神话仍然适用于今天的城市，因为站在迄今文明最高峰的人类在面对自己创造出来的城市

[①] 引自乔尔·科特金：《全球城市史》，王旭等译，社会科学出版社，2006年，第31—32页。
[②] 罗素：《西方哲学史》，何兆武、李约瑟译，商务印书馆，1991年，第281页。
[③] 芒福德：《城市发展史——起源、演变和前景》，第582页。

杰作时，谁敢说不像古人一样带着一种既深感自豪又充满负罪感的矛盾情结。

作为人类主要的生存场所，城市自诞生以来就一直都是被关注的对象。历史上无数的智慧人士都对城市世界进行过思考，提出过对于城市问题的看法，这可以列出柏拉图、亚里士多德、托马斯·莫尔、欧文、圣西门、傅立叶、本雅明等一长串名字。自现代主义思潮发端以来，文艺和人文研究与城市的关联愈加紧密，它们在本质上是关于城市的，基本上可以被视为广义的城市文化研究的组成部分。根据《大英百科全书》(第15版)的定义，"城市文化"指"古往今来各类城市和城市区域之任何行为模式"①。这是一个非常宽泛的宏观意义上的定义，涵盖人类在社会历史实践过程中所创造的物质财富与精神财富在城市区域的总和，包括物质器物、制度结构、意识形态、文学艺术等多个层面的创造。

要理解一个时代的城市文化的生产，只有将其放在城市社会背景与物质生产的相互关系中进行考察才有可能揭示出其独特的时代状况。物质生产发展到一定阶段，会产生许多物质生产自身不能解决的问题，而对这些问题的思考便催生了与之相应的精神生产理论的出现。马克思在《资本论》中特别强调了这两种生产之间的相互关系：

> 要研究精神生产和物质生产之间的联系，首先必须把这种物质生产本身不是当作一般范畴来考察，而是从一定的历史的形式来考察。例如，与资本主义生产方式相适应的精神生产，就和与中世纪生产方式相适应的精神生产不同。如果物质生产本身不从它的**特殊的历史的**形式来看，那就不可能理解与它相适应的精神生产的特征以及这两种生产的相互作用。②

城市不能只有物质而没有精神，也不能只有欲望而没有灵魂。在物质、精神、欲望、灵魂的共同作用下，城市构筑出自己特有的文化，把物质形态和精神形态融合成一种生活形态和审美形态。费瑟斯通就此指出：

> 城市总是有自己的文化，它们创造了别具一格的文化产品、人文景

---

① 见 Encyclopedia Britannica，"urban culture"词条。
② 《马克思恩格斯全集》，第26卷第1分册，人民出版社，1972年，第296页。

观、建筑及独特的生活方式。甚至我们可以带着文化主义的腔调说,城市中的那些空间构形、建筑物的布局设计,本身恰恰是具体文化符号的表现。①

作为文化符号的城市空间构造和功能设置是城市灵魂的表现,如同人的形体是每个人的灵魂的表现一样。在城市的建筑和生活形态中,凝聚着人们对于世界和自身所做的政治、宗教和文化的诠释,铭刻着对于人生存在的哲学和形而上学的观照,并且在象征性层面上表征着特定时代人类社会生活中的意义、价值和观念。可以说在城市中,空间是人性的场所,建筑是人性的雕塑。城市生态与居民人格乃是彼此的镜像,两者之间具有互为隐喻或换喻的关系。

城市的变化与人类文明形态的变化紧密相关,既是物质化的具体表述,也是功能化的抽象表述,还是艺术化的形象表述。从乡村到城市的过渡不仅仅是规模大小的变化,虽然规模的变化包含在其中。这种过渡最根本地体现在价值、方向和目的上的变化。城市化不只是意味着人们被吸引到一个叫城市的地方,被纳入到城市生活体系之中的过程,它也是与城市发展有关的生活方式的鲜明特征不断增强的过程,同时还是人们受城市生活方式影响而在他们中间出现显著变化的过程。与传统的乡村生活相比,城市化以其独具的意识,带来生活习俗、环境景观、情感体验、审美趣味、道德状况和思维方式方面的全新革命。有些在乡村生活中以为丑的东西,进入城市则不以为然;有些在乡村环境中一直被认为是美的东西,在城市生活中则可能变成不美的了。

人类用了 5000 年的时间来建造城市,并且用了同样多的时间来认识城市的本质和演变过程。但在这个历史长河中的绝大部分时期,城市的发展速度和数量增长一直都非常缓慢。这种格局到了近代才开始发生改观。中世纪晚期和文艺复兴时期发生的农业经济向工业经济的转型和资本主义运动的兴起,拉开了欧洲近代城市化的帷幕。后来的工业革命浪潮更使城市化从 18 世纪末期开始以一种爆炸性现象呈现出来,并迅速向世界各地蔓延。现代城市就此成为这个世界上占支配地位的社会结构,代表着占支配地位的文明形态。整个现代世界都仿佛是在建造一座幅员辽阔的城市。短短两百多年时间里,

---

① 迈克·费瑟斯通:《消费文化与后现代主义》,刘精明译,译林出版社,2000 年,第 139 页。

城市化在人类生活的各个方面引起的巨大变化超过了历史上一切变化的总和。

在当今世界,就人们所能够直观感受到的社会现象而言,城市化程度的高低在某种意义上代表着一个国家或地区文明程度的高低,被视为是"现代化"最明显的表征。一般来说,工业化的快速推进与城市化的快速推进是齐头并进的,而工业化和城市化正是现代化过程中密不可分的两个方面。所谓"现代",不应当仅仅被理解成一个历史性的时间概念,而更应当被看作是对一种全新文明类型的指称,标志着一个在诸多方面与那种以农业文明为基础的田园牧歌式的时代判然有别的新时代。而所谓"现代性",是对这一全新文明类型及其特点的最凝练的表述。以这样的视角来看,城市的剧变意味着现代性的剧变,反过来,现代性的剧变也就是城市的剧变。

二、城市经验与审美现代性

在城市研究的发展过程中,现代性问题无疑是一个核心的理论问题。由于城市本身就是一个丰富而矛盾的存在,这也致使"现代性"成为一个意义复杂并且难以精确界定的概念。在对于现代性的多种解说中,最具代表性的是以下两种同源而出、既相互关联又相互抵牾的现代性。

一种是在西方近代资本主义工业文明中与时俱进的现代性,它以科学理性为旗帜,以科学技术为手段,相信通过构建新的理论和知识体系,可以促进人类社会的进步并达成人类自身的完善和自由。启蒙精神是对这种现代性的直接体现和高度张扬。现代的经验科学、社会规范、道德与法律理论正是在这种现代性的背景中各按其自身规律发展起来的。

另一种是以反思和审美为名而对前者构成反叛和超越的现代性。就在资本主义意气风发、顺风满帆地得到充分发展之际,一批眼光敏锐、思虑深远的先知先觉者基于自身的感觉经验,开始意识到理性的胜利并没有为人类带来预期的完善和自由,于是挺身而出,成为从"现代性"母体中产生出来的内在批判力量和强大的自我超越力量,以反思和审美的现代性来对抗科学理性的现代性,揭露资本主义社会和文化中包含着的深刻矛盾性和悖论性。他们在捍卫审美现代性的同时,又在物质上拒斥现代文明,对现代文明的发展方向表现出深切的忧虑和怀疑。他们在这个时代找不到什么可以让他们喜欢的事情,但他们却又表现得像是极为着迷于这个时代,对这个时代最具特征的那些事物进行反复的、不厌其详的描述。我们对他们的行为只能从相反的方向来理解。他们实则是以嘲讽的态度去喜爱这个让他们深为憎恶的时代,带着批判的眼光去承认它,为的是发展出一种在那里起着作用、正从内部腐蚀它的既定价值的力量。如果说前一种现代性的主角是在经济和政治上都占有支配地位的资产阶级,那后一种现代性的主角则是以资产阶级的逆子和批判者面目出现且常常沦为社会边缘人物的一批诗人、艺术家和文人。波德莱尔在他那个时代是后一种现代性最具代表性的,甚至也可能是最好的理论家和实践者。后来的人们(如齐美尔和法兰克福学派的本雅明、阿多诺等)以审美经验为武器进行社会批判的思路,都可以在波德莱尔那里找到渊源。

审美现代性从本质上说是心理主义的,其最显著的特点就是从感觉的当下性中去挖掘具有精神价值的收获。波德莱尔就毫不犹豫地标举现代性的这一特点,把当下经验视为自己的情感和想象的起点和终点。他在自己的诗歌实践中一如他在《现代生活的画家》一文中所言,致力于从"过渡、短暂、偶然"中提取永恒,"从流行的东西中提取出它可能包含着的在历史中富有诗意的东西"①。波德莱尔的现代性纲领一方面得益于现代文明为他提供的巨大可能性,但另一方面,他所倡导的审美现代性本身又构成对作为资本主义同义语的现代性的反动。他对精神价值的守护与对现代社会中粗俗的物质主义的抨击适成对照。美国学者卡林内斯库对波德莱尔审美现代性的悖论进行了这样的解说:

> 他(指波德莱尔)的现代性纲领似乎是一种尝试,希望通过让人充分地、无法回避地意识到这种矛盾来寻求解决之道。一旦获得了这种意识,转瞬即逝的现时就可以变得真正富有创造性,并发现它自身的美,即昙花一现的美。②

美转瞬即逝,但其"形式和神圣本质"③将在精神宇宙的空间中得到永存。

齐美尔被认为是在波德莱尔之后第一个深入研究现代性问题的社会学

---

① 波德莱尔:《波德莱尔美学论文选》,郭宏安译,人民文学出版社,1987年,第485页。
② 马泰·卡林内斯库:《现代性的五副面孔》,顾爱彬、李瑞华译,商务印书馆,2002年,第66页。
③ 波德莱尔在《腐尸》一诗的结尾处写道:"你的爱虽已解体,但我却记住 / 其形式和神圣本质!"

家。他的研究可以说是在波德莱尔提出的审美现代性的框架下展开的。他对现代性本质的定义基本上可以被看作是对波德莱尔审美现代性纲领的又一种解说:

> 现代性的本质是心理主义的,即根据我们内在生活(实际上是作为一个内在世界)的反应来体验和解释这个世界,在躁动的灵魂中凝固的内容均已消解,一切实质性的东西均已滤尽,而灵魂的形式则纯然是运动的形式。①

齐美尔以哲学家的禀赋,以审美的眼光和形而上学的思考,以带有几分亲近又带有几分疏离的态度,考察日常生活中微不足道的现象和感性碎片,以揭示现代生活状况对个体情感、人格和心灵状态所带来的影响,其所采用的方法与作为城市诗人的"闲逛者"在大街小巷发掘生活和诗歌碎片的方式颇相仿佛,十分契合于城市生活的异质性、多元化、碎片化、开放性等特点。与波德莱尔一样,他所关注的重点不是城市生活的政治经济学,而是人们在日常生活中的看与被看的经验,即一种基于感受的审美经验,因而他的现代性理论也被认为是一种审美社会学。

在被认为是20世纪"最伟大的文学心灵之一"②和"最伟大、最渊博的文学批评家之一"③的本雅明那里,历史哲学也已经与美学理论难分彼此地融为一体了。本雅明怀着从历史现象学角度走近社会的经验结构的抱负,部分借用马克思主义的理论,并以马克思主义传统中从未有过的方式探讨"发达资本主义时代"人的内在经验与外部世界之间结成的特殊共生关系。他与海德格尔一样,在思考自己时代的核心问题时,把目光投向了艺术与文化领域。他认为,经验结构是社会历史转变的产物,而现今时代的显著特征,首先而且最清楚地出现在美学经验之中。他所探讨的现代性落脚在能够体现时代精神的经验层面。他同波德莱尔一样,把客观世界的非精神状态再造成精神,在体验的

---

① D. Frisby, ed., *Georg Simmel: Critical Assessments*, London, Routledge, 1994, Vol. 1, p. 331.
② 布莱希特语,见张旭东、魏文生译《发达资本主义时代的抒情诗人》"中译本序:本雅明的意义",三联书店,1989年,第3页,注2。
③ 詹明信:《晚期资本主义的文化逻辑》,陈清侨等译,三联书店,1997年,第314页。

层次上连接起现实经验和审美经验,连接起时代的生产方式(包括技术手段和社会组织等)和艺术作品的创造。按照他的思路来看,文化艺术领域依然具有反映社会现实的镜像功能,只不过这种镜像不一定是现实的物质镜像,而倒更像是现实的精神镜像。他论述波德莱尔抒情诗的那些文字是对他自己的思想进行形象演示的经典范例。尽管他的思想中带有一些"过于精明的唯智论"(布莱希特语)和神秘主义的倾向,但他第一次让艺术作品真正地与生存方式建立起"直接"的联系,让"经济基础"第一次以可见的(虽然是隐喻的、寓言性的)方式与"上层建筑"在同一个充满寓意的空间中结合在了一起。物质国度里的废墟就此成为思想国度的资源,生活形态也因为转变成为审美形态而获得了价值。这也让本雅明这位体验的沉思者成为了现代意义上的马克思主义文艺理论的开创者。

费瑟斯通在《消费主义与后现代主义》一书中把波德莱尔、齐美尔和本雅明三人并举,指出他们都致力于通过探索感受、情感、心态、灵魂等在城市背景下发生的变化来捕捉现代生活的节奏,展现现代生活的能量。他并且还认为,他们对自19世纪中期开始的大城市的"现代性"经验所进行的描述,对促进20世纪的后现代主义对现代性问题的思考和批判具有不可多得的启示意义。诚然,在其最广泛的意义上,现代性可以指与一个时间段和一个地理位置联系在一起的现代社会生活及其组织形式,但在"审美现代性"的视角下,现代性更多是以一种态度、一种文化、一种思想、一种思潮的面目呈现出来的,其偏重于精神文化,把物质视为人性的隐喻,把城市视为文化的隐喻,它不仅意味着行为和举止的新方式,而且还代表着感觉和思想的新方式。由此出发,福柯就明确地把现代性看作是一种与价值相关的态度,而不是一种简单地与历史概念相关的时期。他在《何为启蒙》一文中对他所理解的现代性做了这样的定义:

> 我自问,人们是否能把现代性看做一种态度而不是历史的一个时期。我说的态度是指对于现时性的一种关系方式:一些人所作的自愿选择,一种思考和感觉的方式,一种行动、行为的方式。它既标志着属性,也表现为一种使命。当然,它也有一点像希腊人叫做 ethos(气质)的东西。[①]

[①] 福柯:《何为启蒙》,《福柯集》,杜小真编选,上海远东出版社,1998年,第534页。

在福柯的思路中,作为一种态度的现代性实则就是指一种特殊的哲学气质,而这种特殊的哲学气质就体现在审美现代性的反思和批判精神之中。福柯所谓的这种"态度"可以说既是现代性的,也是后现代性的。我们从他这里可以看到后现代思想与波德莱尔基于城市经验所倡导的审美现代性之间的渊源关系。

三、城市经验与新的文学可能性

人类历史进程的每一次变化都会在改变人们生活环境和生活方式的同时,对人们的情感生活和思维活动产生前所未有的巨大冲击和震荡,并由此引起文化转型,深刻改变人类精神成果赖以呈现的方式和面貌。文学艺术以其敏锐的洞察,往往成为能够最先捕捉到这种文化变改的精神活动。历史上,对世界进程带来最巨大影响的,莫过于18世纪后期始于英国并向欧洲大陆进而向世界各地蔓延的工业化和城市化运动。从那时起,人们比任何时期都更强烈地意识到城市的存在,以及城市对自己命运和生活方式的影响。这场巨变也波及语言和思维领域。传统的文化、传统的思想、传统的文学艺术在稳固了许多个世纪之后,面临着一个亟待变革出新的时期。城市及其带来的种种新的经验改变了作家、艺术家们的生存方式和体验生命的方式,同时,新的生活也要求文学艺术用新的语言、形式、手法、技巧来加以表现。于是,一场由内到外全方位波及文学和艺术的伟大变革势所必然,一批反传统的现代主义文艺流派也应运而生。

在西方文学数千年的历史发展过程中,历来不乏与城市结缘的作品。然而,具有独立个性和身份的"城市诗歌"的出现却是比较晚近的事情,其历史不会早于波德莱尔创作一系列巴黎诗篇的19世纪中叶。波德莱尔生活和从事创作活动的时代最显著的特征就是所谓"现代性",其之所以为现代,是因为它在诸多方面明显区别于传统的以农业文明为基础的田园牧歌式的时代。城市诗歌,以及更宽泛意义上的城市文学,必定包含着与乡村意识、农业文明相割裂乃至相对立的城市意识、城市价值。作为启蒙的产物,城市是西方现代文化的中心,甚至可以说是现代人类精神活动的中心。作为人类心灵最复杂的创造物,大城市保持着其作为"思想交易所"的显赫地位。

在一般人的直观感受中,现代生活的流行伴随着抒情诗的衰落,仿佛现代生活和抒情诗构成一对矛盾命题。这里存在着一个视角和价值转变的问题。所谓"衰落",实则是传统抒情诗所代表的那种诗歌经验所面临的危机的表征,反映出以往的诗歌经验在面对种种以城市生活为代表的现代经验时所感到的无能为力。然而,真正有才能的诗人却能够从传统抒情诗衰落的危机中发现"新生"的可能性,充分利用现代生活为诗歌灵感提供的新的机缘,并借此改造诗歌语言和诗歌意象,创作出一种与现代生活相符合的全新的抒情诗类型,让城市经验在以现代抒情诗为代表的诗歌经验中得到再现。对于抒情诗来说,城市经验是一个悖论:它一方面导致和谐、理想、伤感等传统抒情的衰落,但另一方面也为以歌唱现代人内心激情(压力、分裂、震惊体验、欲望等)的现代抒情提供土壤。早期的浪漫主义诗人持有一个基本看法,就是认为城市生来就是没有诗意的,可见他们的文学观念中尚不具有后来的那种现代意识。从可能性方面考察,城市的振兴应该是与诗歌的振兴齐头并进、并行不悖的。这不只是因为城市里有文学所必需的条件,如出版商、赞助商、资金、刊物、书店、图书馆、博物馆等,更因为这里有激烈的文化冲突和各种各样新的经验领域,如压力导致的紧张、离奇古怪的事物、奇思异想的疯狂、迅速变化的人事、众声叫嚷的喧哗、难以实现的激情,以及闲暇、辩论、思想和风格上活跃的交锋、艺术专门化的机会,等等。如果诗歌在本质上真如华兹华斯所言,是"强烈情感的自然流露"[①],那城市生活以其能够为人带来最强烈的情感冲击和震荡而应该是天然地与诗歌结有缘分的。在城市中,可以见到比以往任何时候都更血脉贲张的激情、更汹涌澎湃的强度。就算因过度的激情而导致极端的麻木,那这种极端的麻木也是以诸如厌烦、忧郁、悔恨、怯懦、冷漠、残酷、困惑、彷徨、绝望等一系列具有高强度的负面激情的形式表现出来的。只要我们换一种视角去观察它,换一种价值观去判断它,我们便会看到,城市、城市生活以及城市经验,原来可以是一切素材中最富于诗意的。新的观察和新的判断支配着新的素材,引起文学观念和文学景观的巨变,促成新类型抒情诗的创建。在这方面,波德莱尔基于对现代生活的关注而创作的以《巴黎图画》为代表的大量歌咏巴黎的诗篇为我们提供了成功的范例。

波德莱尔的巴黎诗歌是现代意义上城市抒情诗和城市文学的发端之作。

---

① 语出华兹华斯《抒情歌谣集》序言。

在波德莱尔之前,文学史上虽然一直都不乏"城市中的文学"或"文学中的城市",但在传统的历史文化语境中,城市一直都是作为"他者"或至多是作为"陪衬"或"背景"出现在文学中的,并没有成为独立的审美对象。波德莱尔城市诗歌的出现,第一次用一种以"现代性"为标志的城市意识,带来文学观念、审美趣味乃至文学惯例和修辞手法的深刻改变。这种改变是经验全面变化的反映,突破了简单的城市素材或城市题材的层面,已经深入到感知和心理层面,以及与之相关的表达层面的问题。作为现代资本主义文明标志的城市空间和城市生活方式不仅为文学叙事提供了深广的意义表现空间,而且还以其自身的结构和运行方式为现代文学提供范型。正是在这层意义上,本雅明称波德莱尔是"发达资本主义时代的抒情诗人"[①]。

自波德莱尔开始的现代诗歌实践证明,抒情诗并未在现代衰落,而只不过是随着经验和伦理的巨变而在主题、观点、意识、态度、语言、技巧等方面经历了一次面目全非的转型。城市生活对文学的影响在现代主义那里得到了登峰造极的体现。现代主义被看成是都市主义的产物,城市文学几乎成为现代主义文学的代名词。在现代主义作品中,城市成为审美中心,城市的形象也越来越丰富,越来越空灵,甚至成为完全脱离实体的意识产物和话语构建。如威廉·夏普所说,这样的作品"不是关于砖头和泥灰城市的书,而是关于'非现实'的城市——即思想、语词的城市的书"[②],也就是说,在这样的作品中,城市被置换为了一个心理空间或艺术空间,其所表现的是新的感觉和激情,其所演绎的是新的思想和运动,其所体现的是新的哲学和伦理,其所发出的是新的呼号和质询,其所散发的是新的气息和光晕。

四、城市学术与城市文学研究

城市及城市社会荟萃了人类文明的精华,既丰富又复杂。长久以来,城市研究并不专属于某一学科。从古至今,以城市作为研究对象的不只有地理学家、规划师和建筑师,还包括政治家、哲学家、思想家、伦理学家、经济学家、历

[①] Walter Benjamin, *Charles Baudelaire, un poète lyrique à l'apogée du capitalisme*, Payot, 1979. 该书中文版《发达资本主义时代的抒情诗人》由张旭东、魏文生翻译,三联书店,1989年。

[②] William Sharp and Leonard Wallock, *Vision of Modern City: Essays in History, Art and Literature*, Baltimore, Johns Hopkins University Press, 1987, p. 11.

史学家、艺术家等。这表明,对城市的研究必定是全方位的,既涉及物质和行为层面,也涉及制度和精神层面。概括地说,凡与城市及其文化相关的一切方面的研究,都可称为城市学术(Urban scholarship)或城市科学(Urban studies)。城市研究需要渊博的学识、深邃的目光、敏锐的思想和孜孜不倦的工作。

跨学科、跨文化、综合性是城市研究的一个突出特点。研究城市的学科是随着城市的发展,特别是城市化的进展而相应发展起来的。在这方面,有许多研究城市某一具体问题或某一具体方面的学科,如城市地理学、城市生态学、城市气象学、城市政治学、城市经济学、城市规划学、城市人口学、城市心理学等,也有城市学(urbanology)这种从整体上研究城市的产生原理、运行规律和发展特点的综合性新兴学科。此外还有专门从文化角度研究城市文化特征和实质的学科——城市文化学。

在对于城市文化的研究方面,城市社会学、城市历史学和城市人类学构成其三大支柱,其中尤以社会学者的城市文化分析最具分量。伴随城市的发展而产生出来的各种问题是城市社会学产生的背景。严格意义上的城市问题指的是工业革命时代以来的城市问题,是资本主义发达社会中日益增长的城市矛盾与冲突。这方面的研究除了分析现代城市的起源和现代城市的物理法则之外,尤其关注城市生活对其居民的影响,即关注当城市作为一种心灵状态时所带来的后果。以本雅明、齐美尔、韦伯、涂尔干等为代表的一大批研究者从城市经验出发讨论城市生态对现代人心态的影响,针对城市人精神的游离状态,提出了对人之本质的追问。

现代城市文学无论在狭义还是在广义上,都是现代城市文化的有机组成部分。对城市文学的研究自然也就是城市文化研究的有机组成部分。文学是对世界和人类现实的观照,它以特定的载体展示一系列趣味的、经验的和知识的景观,表达并与他人分享包括情感、观念、价值、宗教、政治信仰等在内的人生经验。城市文学反映出人们对于现实城市的理解和想象,并且以其特有的方式介入现实城市的改进和发展。城市文学研究的任务就是要梳理作家与城市的关系,描述他们在城市世界中的处境,分析他们的世界观、人性观、审美观对认识城市、体验城市乃至表现城市的影响,勾勒他们所建造的"文学城市"空间与"现实城市"空间之间的"异质同构"的关系,揭示他们作品中所反映出来的城市人的思想意识和精神状态。

如果说现代城市文学起步于波德莱尔的城市抒情诗,那对现代城市文学的研究则起步于本雅明对波德莱尔城市抒情诗的研究。从19世纪中期开始,巴黎一跃成为资本主义的宏伟工厂和现代文明的顶级橱窗。它那层出不穷的生活景观可谓光怪陆离,它那充满诱惑的浮华声色堪称风华绝代,不但吸引着流浪汉和纨绔子,也启迪着多少忧思郁结、满腹牢骚的诗人和思想家。正是对这座现代大都市及其文化的强烈迷恋促使波德莱尔创作他的抒情诗,也促使本雅明怀着雄心勃勃的抱负,希望通过《拱廊街:巴黎,19世纪的首都》这部巨著对19世纪的巴黎进行全景式研究。可惜由于历史的厄运,本雅明的这部著作没有能够最终完成。不过,他的《波德莱尔:发达资本主义时代的抒情诗人》一书的主要材料取自《拱廊街》,篇幅相对完整。他在书中把波德莱尔的作品作为现代诗歌的典范,将抒情诗的现代感受方式、表现手段和独特的审美趣味置于资本主义文化的大背景下加以考察。书中既有从文化系统出发对城市与诗歌关系的总体性把握,又不乏对文本细节鞭辟入里的精妙解说。本雅明独特的视角和方法深刻影响了后来作为法兰克福学派主将之一的阿多诺对现代艺术的本质及其审美特性的认识。在阿多诺所倡导的"否定的辩证法"和他对艺术救赎功能的推崇中,可以明显看到本雅明思想的影子。阿多诺的《谈谈抒情诗与社会的关系》一文以考察艺术与社会的辩证关系为重点,指出当代社会中艺术作品同文化工业的合谋是一个不可避免的现象,这使艺术具有既是自律的实体又是社会事实的双重性质,而作为社会事实的艺术作品如何能够仍然坚持自己的自律与社会现实相对抗,揭示社会的虚伪状态,表达真理,则是当代作家和学者必须回答的重要问题。由本雅明等人开辟的新的研究城市文学的学术路线,吸引了自20世纪60年代以来的众多研究者。

从城市文学的文献学目录大致可以推断,西方从20世纪70年代开始出现了一个对城市文学进行研究的热潮,这种热潮至今仍未消退。在我国,随着70年代末、80年代初社会科学研究的恢复,城市科学开始初创。一个有意思的现象是,直至90年代中期,在中国掀起的城市研究热潮主要局限在文学艺术界。"都市对文学的进入成为1995年一个重要的文学现象",甚至被评为

"1995年中国文坛十件大事"之一。① 从这一现象可以看出,文学、艺术往往能够最先体验到并迅速反映出城市中发生的那些或隐或显的变化,尤其是对那些发生在情感和价值观念方面的软性变化特别敏感。其所发现并指出的问题往往能够激发在政治、经济和其他学科领域里展开热烈的讨论。

对城市与文学关系的研究,不仅仅局限在研究以城市作为内容或主题的文学写作,而是在更广泛的意义上研究决定现当代文学特性的城市背景、城市语境和城市意识,研究在城市这个前提下决定写作态度、价值取向的审美观、世界观和历史观,是从城市这一特殊角度对现代人的情感蕴涵和精神世界的发掘。在一个更高的层面上看,这一研究与其说是与"城市""西方""现代"有关,不如说是与"人",与"我们"和"我们的世界"有关。

虽然在过去两百多年间,最迅猛的城市化过程是与欧洲和北美为代表的工业化联系在一起的,但如今的城市问题已经超越了西方文明或资本主义的分析范畴,而且这一前所未有的城市化进程正主要发生在最难以控制的第三世界里,让第三世界正卷入一场不断加速的"城市革命"。在此背景下,城市与文学的相遇,以及与此相关的一些问题,也成为创作界和评论界的一个具有现实针对性的热门话题。在当前我国迈向现代化的进程中,城市化大潮以及全球化对人们日常生活经验的快速渗透已经成为诗人、作家们最重要的叙事语境。如何把握城市生活的质感和美感,如何从现代视角出发对城市与文学的关系进行审查,如何理解城市诗学的内涵和特征,如何揭示城市生活固有的暧昧性和矛盾性,如何思考和表达城市文明对生命存在的潜在影响,如何在现代技术文明的霸权下为人的主体意识谋求牢靠的精神寓所,这一系列问题是处于现代化转型期的当代学人必须进行深入研究的新课题。对这些问题的廓清有助于从一个全新的角度为我国文艺美学的建设提供启示,使之更加主动地适应和反映人们感受方式、思维方式和审美趣味的现代转型,并进而对我国迈向现代化进程中的精神文明建设提供借鉴。

五、城市文学研究视野下的波德莱尔研究

对波德莱尔的研究在西方学术界占有重要地位,已经形成颇具声势的"波

---

① 《特区文学》,1996年第3期,第158页。

德莱尔学"(Études baudelairiennes)。经过一个多世纪的努力,该领域取得了林林总总的丰硕成果,这些成果涉及波德莱尔的个性气质、文学创作、艺术观念和伦理思想的几乎一切方面,这让今天的人们感到,要想在该领域研究中继续"出新",这将是一个何其艰巨的挑战。

回溯以往的波德莱尔研究,各种方法五花八门、各显神通。概举其要,有生平研究,有政治—社会学研究,有哲学研究,有精神分析研究,有医学—心理学研究,有符号学研究,有主题研究,有诗学和文体学研究。这些成果虽然丰富,但给人一个总的感觉是,它们大都呈现出各自为政的态势,往往局限在自己的领域里对波德莱尔某一方面或某一具体问题进行论述,很少能够见到那种借用已经掌握的一切批评手段,从多个角度攻克特定作品的研究。这样的局面实难真正让我们从总体上对波德莱尔进行全面领会。

波德莱尔在文学史以及在更广泛意义的艺术史上的重要性,在于他通过自己的诗歌创作和文艺批评论述,在审美和道德方面首倡现代精神。无论在审美还是在道德方面,波德莱尔的现代精神与城市生活有着直接而密切的联系,甚至可以说就是城市经验的产物。因此,我们可以把波德莱尔研究纳入城市文学研究或更广泛意义的城市文化研究的框架中,借鉴城市文化研究中多学科、跨文化、综合性的特点,打破藩篱,博采众长,从多种角度、用多样方法、在多个层面上对波德莱尔的创作和思想进行全面梳理。

本书的研究对象是波德莱尔创作的以《巴黎图画》为代表的城市诗歌,旨在论述这些诗歌中与波德莱尔美学思想相关的诸多问题,并且探讨波德莱尔的城市诗歌对抒情诗现代转型的诗学和文化贡献。本研究既是阐释性的也是理论性的,既是分析性的也是综合性的。我们希望把原本分散的方方面面的因素勾连成一个整体,把本研究构建成一个能够反映出波德莱尔世界的全息影像,以便更全面地揭示波德莱尔在诗歌创作和艺术理论方面不可多得的才华。我们相信,经过波德莱尔研究者们多年的努力,现在是时候并且有可能对以往的研究成果进行一番梳理,更好地认识和理解波德莱尔的那些以城市为创作灵感并体现现代意识的诗歌作品。我们将努力借用来自于各个方面的光线尽可能地照亮这些诗歌"图画"。文中不仅有论题上的交叉,也有方法论上的融合,还有不同作品之间的相互印证。我们充分利用了现代学术在精神分析、文化人类学、存在主义、符号学和结构主义、后现代主义,以及当代城市文化研究等方面所提供的理论和方法论资源。虽然在这些资源中,许多都并没有直接论述波德莱尔的城市诗歌,但其中的视点、视野、所涉猎的问题以及针对这些问题提出的解决思路,都对我们的研究具有极大的启发价值。文中始终把波德莱尔诗歌灵感和写作手法方面的细节,纳入到与那些被称为具有"重大价值"的问题的关系中进行通盘思考:如"恶"的问题、诗歌的功能、"现代性"的意义等。考察这些诗歌,这对我们来说是一次良机,让我们得以提出并讨论与波德莱尔所倡导的新的美学观念相关的一些重要问题,而波德莱尔新的美学观念的奠立,一方面体现出与所处时代历史背景的密切联系,另一方面也体现出与一种远远超越于所处时代的意识形态观念的密切联系。

  波德莱尔创作的那些诗歌,乍看上去与时代的正统或主流风尚格格不入,实际上却是深深扎根于自己的时代的。作为现代诗人的悖论在他身上体现得极为鲜明和充分:他一方面憎恨城市文明,但与此同时,他又懂得把城市文明拿来为我所用,滋育他的诗歌创作和理论思考。他以炼金术士的手法,从现代大城市的痛苦经验中提炼出独具一格、别开生面的美学精粹。他以诗人的眼光,把巴黎当作整个世界来进行观照。新的城市环境和城市生活状况为他提供了一个不可多得的机缘,让他把城市中的一切都体会成人性的显现和人生的隐喻。他不仅考察作为肉体和生理学存在的人,也考察作为心理和精神存在的人。《太阳》一诗所表现的那位诗人为找到新的"诗韵"而降临到城市中("在各个角落嗅寻偶然的韵脚",第 6 行),这形象地阐明了波德莱尔要把诗歌经验与城市经验结合在一起的决心。

  一谈到经验,就要谈到关系和交锋,谈到对感性资料的观察和对事物认识的丰富。外部生活和内在现实共同作用于经验,也可以说,经验是外部生活和内在现实的结合点。波德莱尔城市诗歌的创作实践就是位于外部和内在两种现实之间的这样一个结合点上。当我们谈论波德莱尔的诗歌审美经验时,就必然会谈论诗歌与客观世界以及与价值世界之间的关系。从波德莱尔的这些诗歌中可以看出,诗歌这种语言活动实则包含着三重的经验:对世界的经验、对语言的经验、对人的经验。当波德莱尔说诗人"绊在字眼上,一如绊在路石上 / 有时候撞上梦想已久的诗行"(《太阳》,第 7—8 行)时,他就以隐喻的方式完美地对这三种经验的内容进行了定义,而且他还运用极富动作感的"绊""撞"二字,把这三种经验形象地表现成三种需要用极大勇气和本领去应对的考验。通过诗歌这种言语活动,诗人同时达成了身体的感性经验(字面意义上的城中行走和闲逛)、艺术的创造经验(搜寻词语和韵脚,铺陈表达)、精神生活的内在经验(体现主观诉求和精神性的梦想)。

  本书中的研究主线和论述过程,就是从与波德莱尔诗歌经验密不可分的"语言""世界"和作为主体的"人"这三个词出发来进行组织和展开的。本书的"上编"把《巴黎图画》中的诗歌作为有其生成渊源、形成过程和谋篇布局结构的文本一一详加研究。在"下编"中,我们一方面考察波德莱尔的城市诗歌与当时社会历史现实的关系,以便更好地理解波德莱尔的审美经验如何从现代城市经验中获益,以及城市经验在他的诗歌创作和美学理论构建中发挥了怎样的重要作用;另一方面,我们努力尝试勾勒出波德莱尔作为一位具有清醒觉悟意识的诗人的形象,这位诗人懂得把诗歌创作与一种美学理论的创建结合在一起,懂得把文学创作与对审美经验中的伦理经验问题进行的思考结合在一起。

  我们深知,一个文本具有它本身自成一统的精妙组织结构,但同时,一个文本又是在一定的社会、历史和意识形态的背景中出现的,而要恰当地理解作品,对这些背景的了解又是不可或缺的。因而在方法论上,我们尽量避免把历史决定论的研究与形式结构论的研究完全对立起来,也就是说尽量消弭它们之间泾渭分明的界限。之所以这样做,是为了不把局部的、部分的、片面的认识当成是综合的、总体的、全面的解说,是为了不会对经验中那些被某一特定研究视角所忽略了的因素或方面视而不见,同时也是为了维护存在于"词语—世界—人"(Logos-Cosmos-Anthropos)这种三维结构中的复杂关系。我们相信,只有打破学科界限,跨越方法论藩篱,才能够真正去研究世界、作品和诗人的思想三者之间既相互关联又相互交锋的关系,才能够全面领会波德莱尔独特的审美经验。而在他那里,这种经验不只是来自于切身感受,也来自于深思熟虑;不只是来自于深思熟虑,也来自于切身感受。正是这种经验让波德莱尔成为现代人,成为体现现代性的诗人和思想家。

上 编
《巴黎图画》的生成和结构

第 一 章

走向城市诗歌

城市进入诗歌的历史同城市本身的历史一样久远。然而,具有独立个性和身份的"城市诗歌"的出现却是比较晚近的事情,其历史不会早于波德莱尔创作一系列巴黎诗篇的 19 世纪中叶。今天的人们公认,在法国文学史上,正是波德莱尔通过诗集《恶之花》(*Les Fleurs du mal*)和散文诗集《巴黎的忧郁》(*Le Spleen de Paris*),为文学中的巴黎题材寻求到了真正意义上的诗意,为城市诗歌带来了别开生面的景观。然而,单就文学中的巴黎题材而言,这并非是波德莱尔的个人发明。自公元 9 世纪法国文学开始形成以来,文学史上就存在一种以巴黎作为文学题材的传统,尽管这一传统直到浪漫主义时代都一直处于一种并非主流的状态。

第一节 法国文学史上的巴黎主题

据法国学者皮埃尔·西特龙(Pierre Citron)考证,最早以巴黎入诗的,是公元 9 世纪时一位名叫阿本(Abbon)的修道士用拉丁文写成的《诺曼人围攻巴黎》(*De Lutecia Parisiorum a normannis obsessa libri duo*)。[1] 在这首诗的开头部分,作者解释了巴黎城得名的由来,认为巴黎可与古代传说中城市的壮

---

[1] Pierre Citron, *La Poésie de Paris dans la littérature française de Rousseau à Baudelaire*, 2 tomes, Paris, Éditions de Minuit, 1961, t. 1, p. 15. 另见同一作者的《Le Mythe poétique de Paris jusqu'à Baudelaire》, *L'Information littéraire*, XIVe année, n° 2, 1962, pp. 47-54.

丽相比拟。在法国整个中世纪直到文艺复兴时期的武功诗、传奇作品、宗教性作品和世俗性作品中，巴黎入诗的情况都跟在阿本修道士那里一样，这座城市是以现实题材的面目出现的，往往以零星片断的方式充当着诗歌的背景、点缀或引发议论的契机。虽然从文学史的角度来看，这些作品可以视为构成巴黎诗歌传统的要素，但巴黎本身却并没有成为构成这些作品的要素。不过，这些作品中涉及巴黎的文字尽管尚显得粗陋直白，但已经开始显露出了一些将在后来的巴黎诗歌中得到进一步发挥的重要主题。有些人有感于巴黎自由的知识氛围和超绝的精神气息，将巴黎视为"万城之城"，堪与雅典比肩；有些人流连于巴黎的富丽和华奢，视之为"欢悦的天堂"和"理想的邦国"，直逼罗马的盛大气象；有些人则痛心于这座城市表面的浮华，透视其背后潜藏的危机和凶险，将其称作"当代的巴比伦"和"罪恶的渊薮"；还有一些人则困惑于巴黎巨大的城市规模，对令人眼花缭乱的城市生活感到无所适从，往往将这座城市比作"汪洋大海""深渊"和"庞然怪兽"。这些对于巴黎的观感，充分体现了当时的人们在看待这座城市时的不同态度。无论是出于"善"的视角，还是出于"恶"的眼光，巴黎从一开始就是以其多面的甚至矛盾的形象示人的。巴黎的这种或"善"或"恶"的城市形象将一直延续到浪漫主义时代方才发生改观，特别是通过维尼、巴尔扎克和波德莱尔等人的锤炼，将最终营造出一种融合并超越了"善""恶"的巴黎现代诗意形象。

17世纪古典主义时期的诗歌比以往任何时代都更加精致，但技法上的工巧并不能弥补巴黎诗意形象的缺失。在这个世纪的文学正统中，巴黎并没有自己的一席之地。提到巴黎的作品往往是一些应酬对答之作。巴黎生活的丰富性在时人的作品中留下了一些痕迹。高多（Godeau）在《别了，巴黎城》（*Adieu à la ville de Paris*）中感叹道："巴黎丰裕于一切，实乃万城之一奇观。"[1] 布瓦斯罗贝尔（Boisrobert）在致友人的书信体诗中将巴黎称作"神仙福地，温柔之乡，灵魂和眼睛的天堂，世界上各种奇观的缩影"，相信"高尚的灵魂"和"享乐的趣味"在那里都可以找到自己心仪的对象。[2] 然而更多的是对

---

[1] Antoine Godeau, *Poésies chrétiennes* (1654), éd. de 1660, p. 461.

[2] François Le Métel de Boisrobert, *A Monsieur Esprit*, in *Epistres*, chez Cardin Besongne, 1647, p. 172.

巴黎生活的讥讽,这似乎是当时作品中的一种普遍风气。本瑟拉得(Benserade)在《咏唱巴黎的十四行诗》(*Sonnet sur la ville de Paris*)中,用谐谑的语气讽刺了忙于贪欢逐爱、争名夺利的巴黎生活气象:

> 巴黎举世无双,有责骂,有赞颂,
> 有人在此追欢,有人在此逐利;
> 作恶或是行善,尽皆酣畅淋漓,
> 有偷盗,有杀伐,有失意,有刑讼。
>
> 有招摇,有藏匿,有争吵,有赌盘,
> 有人笑,有人哭,有人生,有人逝,
> 形形色色,尽皆游玩,尽皆如意,
> 喧嚣吵闹如此,污泥秽土亦然。①

莫里哀(Molière)《可笑的女才子》(*Les Précieuses ridicules*)第十场中有一段对话,剧中人物对巴黎的赞美造成了具有强烈讽刺性的喜剧效果:

> 玛斯加利尔:请问两位小姐,你们对巴黎有什么意见?
> 玛德隆:唉!我们又能有什么意见呢!除非站在理性的反面,否则便不能不承认巴黎是珍品奇宝的制造所,高尚趣味、才华和丰韵的中心点。
> 玛斯加利尔:叫我看,走出巴黎,上等人便没有安全。
> 卡多斯:这是无可辩驳的真理。
> 玛斯加利尔:虽然这里路上烂泥多一点;不过我们出门可以坐轿。
> 玛德隆:不错,就烂泥和坏天气的侵犯来说,轿子确是一种神奇的防御手段。②

文学巨擘布瓦洛(Boileau)虽然在其《讽刺诗》(*Satires*)和《书信体诗》(*Épitres*)中屡次提到要"永远离开烦人的城市"(《讽刺诗》第一首),"逃离这座城市带来的伤感"(《书信体诗》第6首),但他除了郊游,似乎并未实施真正

---

① Benserade, *Poésies*, publiées par Octave Uzanne, Genève, Slatkine Reprints, 1967, p. 35.
② 《莫里哀喜剧选》,全三册,人民文学出版社,1981年,上册,第181页。

的逃离。

　　这一时期最值得关注的巴黎诗篇,是一位名叫皮埃尔·勒·莫瓦纳(Pierre Le Moyne)的神父于1659年发表的《巴黎即景——就英雄和道德致掌玺大臣书简》(*La Veüe de Paris, Lettre héroïque et morale à Mgr le Chancelier*)。在法国文学史上直至浪漫主义时代之前,这篇诗体书简是第一篇也是唯一一篇完全以巴黎为主题的长篇幅诗作(近800行)。这篇出自神父之手的作品充斥着宗教精神,虽然对巴黎的盛大景观、华丽排场甚至凡人琐事均有描写,但其对巴黎生活却颇多微词。作者将巴黎的奢靡、浮华和热闹皆视为虚妄,揭露其背后隐藏着的贪欲、卑污和冷酷。他的这些看法其实并不新鲜,倒像是对久已有之的一些观点的收罗。作品中唯一出新的地方,是对巴黎及其代表的一切人类造物乃至人类文明的脆弱发出的感慨:

> 巴黎廿次死去,它又廿次重生
> 自高卢的先民建造这座古城:
> 它廿次变换精神、身形和面庞;
> 过去的留存唯有名称和地方。
> 这座如此壮丽而恢弘的城邑
> 不过是一座巨冢和世代残遗。
> 坐落着高墙和深宅大院之处,
> 埋葬着历代的花园、殿宇、廊柱。
> 成百的古代华堂被时光拆挖,
> 封存在后代新建的华堂地下。①

莫瓦纳神父的这篇《巴黎即景》是一篇典型的以巴黎为借口而进行道德讽喻之作,在当时关于巴黎的诗篇中极具代表性。历代巴黎有如昙花一现,生生灭灭,死死生生,像不尽的警醒,预示着罚罪的天火将无情地对一切罪孽加以剿灭。

　　18世纪是"无诗的世纪",但随着小说之风的大兴,巴黎开始成为小说表现的对象。这方面的代表性作品有马里沃(Marivaux)的《农民暴发户》(*Le*

---

① Pierre Le Moyne, *Les Œuvres poétiques de P. Le Moyne*, chez Louis Billaine, 1671, p. 261.

Paysan parvenu)和普雷沃神父(l'Abbé Prévost)的《曼侬·列斯戈》(*Manon Lescaut*)等。这些作品对巴黎生活环境和社会风气都有比较真实的呈现,对巴黎各色人等的描写亦不乏鲜活生动,比较细致地反映了当时社会的某些风貌。虽然这些作品中有关巴黎的现实因素对后来现实主义小说的发展具有一定影响,但其中尚未表现出独到的巴黎意识和独特的巴黎诗意,因为出现在这些作品中的巴黎的主要功能仅仅是为小说情节的发生和发展提供一个背景而已,而书中表现出来的意识和诗意基本上可以说还是一般意义上的,如果放在别的地方,它们也是可以成立的。

在启蒙时代的作家中,伏尔泰(Voltaire)对巴黎的观感应该是比较接近后来浪漫主义时代的。他在发表于1746年的第一部哲理小说《如此世界》(*Le Monde comme il va*)中,借用神话式的附会来影射现实巴黎,阐述了自己基于巴黎而对法国现实环境和社会生活进行的观察和分析。小说主人公巴布克(Babouc)在看遍了"不可思议的人类,这许多卑鄙和高尚的性格,这许多罪恶与德行"后,让城里最好的工匠将最名贵的金银宝石和最粗劣的污泥烂土加以混合,打造出一尊象征巴黎的小塑像,由此表示了一种对于这座城市的爱恨交织的依恋。他在向神明复命时这样说道:"难道你会因为这美丽的塑像不是通身用纯金或钻石打造,就把它砸碎?"就连神明也感念于这样的申说,打消了原本要毁灭这座城市的念头,决定"让世界如此这般下去",并且还说:"即便不是一切皆善,但一切都还过得去。"①伏尔泰在此前的多种场合都提到过巴黎的这种两重性。他在1739年致凯鲁斯伯爵(le comte de Caylus)信中有一句关于巴黎的话,至今已成为一句名言:"巴黎就像是尼布甲尼撒王(Nabuchodonosor)在梦中见到的塑像,一半是金,一半是泥。"②《如此世界》中

---

① Voltaire, *Œuvres de Voltaire*, préfaces, avertissements, notes, etc. par M. Beuchot, chez Lefèvre, t. XXXIII, *Romans*, t. I, 1829, p. 26.

② Voltaire, *Œuvres de Voltaire*, préfaces, avertissements, notes, etc. par M. Beuchot, chez Lefèvre, t. LIII, *Correspondance*, t. III, 1831, p. 401. 此处的"尼布甲尼撒"系指新巴比伦王国国王尼布甲尼撒二世。圣经旧约《但以理书》第二章有对其事迹的记载。其中第31—35节写道:"王啊,你梦见一个大像,这像甚高,极其光耀,站在你面前,形状甚是可怕。这像的头是精金的、胸膛和膀臂是银的,肚腹和腰是铜的,腿是铁的,脚是半铁半泥的。你观看,见有一块非人手凿出的石头打在这像半铁半泥的脚上,把脚砸碎。于是金、银、铜、铁、泥都一同砸得粉碎,成如夏天禾场上的糠秕,被风吹散,无处可寻。打碎这像的石头变成一座大山,充满天下。"

巴布克的塑像应该是典出于此的。伏尔泰1740年9月1日致普鲁士国王腓特烈二世（Frédéric II，史称腓特烈大帝）信中有一段更为用情的话："哦，巴黎！哦，巴黎！住在这里的人儿真是可爱，喜欢东游西逛看热闹，有阳春白雪，也有下里巴人，有公道，也有不公。这真是一座巨大的宝库，其中的储藏包罗万象，有好的和美的，也有滑稽的和恶毒的。"①及至晚年，他都坚持认为"巴黎几乎从来都是这样，是奢华和苦难的中心"②。虽然伏尔泰有时候也对巴黎发出抱怨和挖苦，那也只是一种表面的姿态，因为在其情感的最深处，他心仪于巴黎的丰富和复杂，唯有巴黎那种"风暴"般的生活才能与他机敏睿智的灵魂相契合，也只有巴黎才当得起他讽刺精神的首选对象。一个世纪后的波德莱尔对待巴黎的态度，在某些方面与伏尔泰相仿佛，也体现出表面姿态与内心情感的纠结。波德莱尔甚至走得更远，发展到以痛苦为享乐、从丑陋中发掘美艳的极端态度。波德莱尔的这种态度中既包含着真切的爱恋，也包含着刻骨的憎恨，既有似讪非讪的讥讽，更有慷慨自任的担当。

　　与伏尔泰同时期的卢梭以另一种亦不乏矛盾的方式，表达了巴黎在他情感上造成的纠结。他从外省来到巴黎，想亲近这座城市，却又不愿直面它的喧扰和颓废。贝纳丹·德·圣-皮埃尔（Bernardin de Saint-Pierre）在《伏尔泰与卢梭比并零谈》（*Parallèle de Voltaire et Rousseau*）一文中认为，卢梭来到巴黎"是为了在城中寻找自由"③。西特龙就此解说道："这种自由究竟是可以获得隐姓埋名的纾解，或是可以融入人群的惬意，还是可以向社会发起挑战，这些都有可能，但卢梭的作品中没有只言片语对此加以言明。"④卢梭在《社会契约论》（*Le Contrat social*）中称"房屋只构成城区，市民才构成城市"（les maisons font la ville, mais les citoyens font la cité）⑤。这句话表明他不是从物质和财富的角度，而是从人的生活和文化形式角度来看待城市的。正是出于

---

　　① Voltaire, *Œuvres de Voltaire*, préfaces, avertissements, notes, etc. par M. Beuchot, chez Lefèvre, t. LIV, *Correspondance*, t. IV, 1831, p. 189.
　　② 伏尔泰1769年3月1日致弗洛里昂侯爵夫人（la marquise de Florian）信。*Œuvres de Voltaire*, préfaces, avertissements, notes, etc. par M. Beuchot, chez Lefèvre, t. LXV, *Correspondance*, t. XV, 1833, p. 368.
　　③ Bernardin de Saint-Pierre, *Œuvres porthumes*, chez Lefèvre, 1836, p. 455.
　　④ Pierre Citron, *op. cit.*, t. I, p. 102.
　　⑤ J.-J. Rousseau, *Du Contrat social*, livre I, *Œuvres complètes*, t. I, chez Furne, 1835, p. 645.

对人的爱和尊重，他把本应该是充分发挥人类能力及潜力的巴黎，视为与他理想化的人性生活相去甚远的"人类的深渊"。这里在培育出良好趣味的同时，却也造就了比其他任何地方都无可比拟的恶劣趣味。他在《爱弥儿》(*Émile*)中指出："人之为人，不是为了过蚁穴中那样的聚居生活(……)。城市是人类的深渊。几代过后，人种就灭绝或退化，因而必须让他们重获新生。"①他在《新爱洛漪丝》(*La Nouvelle Héloïse*)第二卷第十四封信中亦将巴黎称作"世界的荒漠"(désert du monde)。卢梭对城市文明的厌恶和对城市生活的忧虑，成为后来推动浪漫主义时代(特别是在其前期)"重返自然"主题的强大力量。与"重返自然"相顺应的，便是"逃离城市"，而他指明的逃离方向是乡村："永远只有乡村才能让人重获新生。"②《爱弥儿》第四卷结尾处有一段著名的呼喊："就此永别了，巴黎，你这座声名显赫的城市，你这座满是喧嚣、烟雾和泥泞的城市，在你这里，女人不再看重贞操，男人不再信奉美德。永别了，巴黎：我们要去找寻爱情、幸福和纯真；我们永远对你唯恐避之不及。"③不管此处宣示的是真心实意的逃离，还是似是而非的矫情，卢梭本人在晚年的确一度被迫逃离了巴黎，长期在各地辗转流亡，并最终凄苦地死于法国外省的埃默农维尔(Ermenonville)。除了对城市文学贡献了"逃离"主题之外，卢梭的另一贡献隐藏在"你这座满是喧嚣、烟雾和泥泞的城市"这段文字中。城市的物质外观与城市人的精神面貌之间的对应关系，将成为后来以波德莱尔为代表的城市作家们进一步深入发掘的重要方面，尽管这些作家也许并不愿意一味附和卢梭那种面向乡村的逃离。

巴黎主题在文学中的大规模兴起，是在浪漫主义时代发生的。而在浪漫主义的前夜，有一部名为《巴黎图景》(*Tableau de Paris*)的巨著完全以巴黎为主题，推动了文学上表现巴黎之风的盛行。其作者路易-塞巴斯蒂安·梅西耶(Louis-Sébastien Mercier)被视为法国 18 世纪最伟大的纪实性散文作者之一。波德莱尔的《巴黎图画》(*Tableaux parisiens*)与梅西埃著作的名字只有一字之差，他在为自己的作品起名之际，也许正是想到了梅西埃的《巴黎图

---

① J.-J. Rousseau, *Émile*, livre I, *Œuvres complètes*, t. II, chez Furne, 1835, p. 416.
② Ibid.
③ J.-J. Rousseau, *Émile*, livre IV, ibid., p. 631.

景》。波德莱尔对梅西耶多有称道。他在《哲学猫头鹰》(《 Le Hibou philosophe》)一文中视梅西耶为一位超越了其时代的作者,认为他能够"为当前文学的甦生带来诸多教益"①。他在论述爱伦·坡(Edgar Allen Poe)的文章中两次提到梅西耶,称他是"只为搜罗珍奇而活着"②。他还屡次在书信中提到这位作者,无不带有赞赏的语气,并且还声称要就此写一篇"大东西"③。遗憾的是,这篇"大东西"一直都只是一种设想,最终并未写成。

梅西耶的著作最初发表于1781年,后来又做了大量的增补和大幅的扩充。其于1782年至1788年间在阿姆斯特丹出版的12卷本堪称鸿篇巨制,是表现巴黎风俗的里程碑式的著作。根据西特龙研究得出的结论,梅西耶作品中对巴黎各种场景的描写和各种形象的刻画,就其所占比例来说,是所有作家中最为丰富的,"甚至超过了雨果"④。

在梅西耶的"图景"中,眼目之所见与心中的思虑穿插交织,这使他能够洞悉城市的物质生活外观与城市人的心灵状态之间的应和关系,而这在当时的作家中是并不多见的。他作品的第一句话便开门见山地指出:"一位巴黎城中的人,只要他思虑深远,用不着走出它的城墙就可以了解其他地方的人;他只需研究这座拥挤如蚁的大都会中形形色色的个体,便能够达到对全人类的认识。"⑤对他来说,巴黎既是一个物质深渊也是一个精神深渊,相对于外省那种"有如涓涓细流的平静生活"来说,"都城时刻翻卷着风向不定的狂风,是波涛汹涌的汪洋大海"⑥。梅西耶的巴黎观感可谓丰富且细致入微,在他之前还没有人像他那样敏感地捕捉巴黎空气中弥漫的气味:

---

① 《波德莱尔全集》(以下简称《全集》)(Baudelaire, *Œuvres complètes*, 2 vol., coll. Bibliothèque de la Pléiade, t. I, 1975 ; t. II, 1976),第二卷,第51页。

② 《全集》,第二卷,第272页。

③ 波德莱尔在1862年8月10日致母亲信中写道:"我要带给你一本非常美妙的书;我正在就此写一篇大东西:这本书是塞巴斯蒂安·梅西耶的《巴黎图景续编:从93年革命到波拿巴时期的巴黎》。真是一本绝妙好书。"见《波德莱尔书信集》(以下简称《书信集》)(Baudelaire, *Correspondance*, 2 vol., coll. Bibliothèque de la Pléiade, 1973),第二卷,第254页。他在此前5月15日的另一封信中曾告诉友人阿尔塞纳·胡塞(Arsène Houssaye)自己将写一篇关于梅西耶的文章:"那些关于居伊、维勒曼、梅西耶、文学上的纨绔主义,说教画的文字将是一些出色的篇什。"(《书信集》,第二卷,第245页)

④ Citron, *op. cit.*, t. I, p. 117.

⑤ Louis-Sébastien Mercier, *Tableau de Paris*, 12 vol., 1782-1788, Amsterdam, t. I, p. 1.

⑥ Louis-Sébastien Mercier, *op. cit.*, t. X, p. 136.

  常言道,要想增进某种才能,就必须呼吸巴黎的空气。从未造访过都城的人,确实很少有在自己的艺术中出类拔萃的。如果我没有搞错的话,巴黎的空气当是一种特别的空气。在如此狭小的空间中融汇了如此众多五花八门的东西!真可以把它比作一口大坩埚,杂烩着肉、水果、油、酒、胡椒、桂皮、糖、咖啡和各种来自远方的出产,而每个人的胃就像是窑炉把这些东西消灭净尽。最微妙的部分当散发并融入了人们呼吸的空气中:烟雾何其缭绕!火光何其熊熊!水雾何其蒸腾!(……)也许正是从这里,生发出了巴黎人独有的那种热烈而轻浮的情感,那种漫不经心的率性,那种特别的有如鲜花般盛开的精神。①

梅西耶的观察还直入巴黎最隐秘的地方:地下墓穴,以及不见天日的穷人和罪犯的生活,都是他笔端的表现对象。他时而把巴黎比作"由粪土包裹着的钻石"②,时而又将巴黎中的丑恶现象看成是"白色大理石上的黑色瑕疵"③。他还在好几个地方发出对巴黎的责难,相信这座城市的"庞大身躯"终有一日会死灭,只留下一副"巨大的空骨架"④,让后世探奇访胜的人在惊骇不已中凭吊缅怀。

  应当指出的是,在梅西耶的作品中,场景的现实描写和刻画要远胜于诗意的铺陈。作者对于历史真实的诉求让他在巴黎的每个角落"搜罗珍奇",并对其发出道德思考,但作品整体上尚未明确体现出以象征形式呈现出来的巴黎所特有的诗意。作品中真正可称为能够体现巴黎情感的诗意的东西,尚停留于某些只言片语的表述和零星散乱的观感。不过,他作品中提供的广泛素材为巴黎之诗的形成作了坚实的铺垫,只需要一位大才诗人稍微调整一下视角,变换一下光照,就可以将同样一些事实打造成城市诗歌的血肉,用诗意的情怀夺取现实事物的诗意,把物质引向诗歌。如果说我们已经可以在《巴黎图景》中看到后来波德莱尔《巴黎图画》的萌芽,那是因为在梅西耶的书中已经出现了一位作为视点中心而统摄全书的人物,这个人物既是观察者,又是叙述者,

---

① Louis-Sébastien Mercier, *op. cit.*, t. I, pp. 2-3.
② Louis-Sébastien Mercier, *L'an Deux Mille Quatre Cent Quarante*, Londres, 1771, p. 5.
③ Louis-Sébastien Mercier, *Tableau de Paris*, *op. cit.*, t. XII, p. 19.
④ Louis-Sébastien Mercier, *Tableau de Paris*, *op. cit.*, t. II, p. 431.

他作为"石子路上的漫游者"(batteur de pavés)循行在巴黎的大街小巷,将耳闻目见的一切变成文字,并且从自己在大城市相遇的人、事中提取出精神层面的蕴意。虽然这个人物还不是波德莱尔那样的"抒情主人公",但其中已然依稀可辨其模糊的身影。也许可以把波德莱尔从《巴黎图景》中获得的教益和启示做如下概括:作品中的"现代性"(la modernité)并不一定在于描写城市本身,而是更多体现在一位以"我"(je)在作品中发言的抒情人物身上,这个人物在城市中穿街越巷,意欲为城市生活中各种偶然机缘呈现给他的场景谋求意义。波德莱尔本人对场景与心境之间的应和关系心领神会,视之为现代文学的基本要义。他在《火花断想》(Fusées)这篇笔记中就此写道:"在心灵的某些近乎超自然的状态下,生活的深处便会通过眼前的场景——哪怕是最平凡的场景——被彻底揭示出来。那场景成为了它的象征。"①而他自己《巴黎图画》中的多首诗篇都可看作是对这段话的出色演示,诚如他在其中《天鹅》(Le Cygne)一诗中所言:"一切对我都成为寓托。"②

直到19世纪城市文明大规模兴起之前,以巴黎入文的传统似乎并未造就出真正意义上的城市作家和城市文学。作为题材的巴黎从未真正成为作品的主角,这些作品把城市引入文学,仅此而已,从中尚看不出城市生活独具的诗意和魅力。这些作品处理城市的方式与传统上处理自然的方式大同小异,虽然也涉及了城市和城市生活的两面性甚至多面性,但还缺乏在后来的有关巴黎的现代抒情诗中出现的那种对于城市生活充满悖论的观照和洞见,也没有体现出在后来的现代诗人那里已经习以为常的能够接纳并超越矛盾,将正、反经验融合一体的勇气和情怀。不过,作家们已然发现了城市的景观,开始惊奇于城市生活的丰富,尝试捕捉城市给个人生活带来的触动,透过城市的浮华和废墟思考生与死的终极性问题,在城市环境中努力担负起新的精神使命。凡此种种让人相信,准备工作业已就绪,时机已经成熟,巴黎之诗的决定性绽放指日可待。

---

① 《全集》,第一卷,第659页。在波德莱尔的《人工天堂》(Les Paradis artificiels)中有一段表示相同意思的话:"在精神上发展出来的这种神秘而转瞬即逝的状态中,生活的深处连同其各种问题在人们眼前最自然、最平凡的场景中完全显露出来,——在这种状态中,任何事物一经出现,就成为会说话的象征。"(《全集》,第一卷,第430页)

② 《全集》,第一卷,第86页。

19世纪初,拿破仑对城市化表现出近乎于狂热的激情。他梦想把巴黎建造成能够彰显帝国功绩和威仪的丰碑——"某种令人惊异、巨大无比、前所未见的东西"①。其实早在他当政以前,他在1798年就已经表示了这一愿望:"倘若我成为法兰西的主宰者,我不仅要将巴黎建成古往今来最美丽的城市,而且还要把它建成可能存在的最美丽的城市。"②拿破仑的梦想宏伟壮丽,但依当时的物力却又是不切实际的,当时留下来的建筑为数不多,更多的是一项项被束之高阁的宏大计划。当时的文学中并没有表现出拿破仑那样的对于城市的狂热。浪漫主义之初的作者对城市的反映多是负面的,他们面对城市而深感孤独、不适和焦虑,纷纷效法卢梭逃离城市而到大自然中寻求慰藉。瑟南古(Sénancour)的《奥贝曼》(Obermann)鲜明体现了当时流行在作家中的这种普遍情感。在夏多布里昂(François-René de Chateaubriand)的《勒内》(René)中,主人公在巴黎感觉自己生活在"巨大的人类荒漠"中,是"混迹在人群中的陌生人"③。这促使他终于逃离了城市而奔向美洲的原始丛林,让自己从"文明人"变成了"野蛮人"。夏多布里昂后来对巴黎的态度更加决绝。在他出版于1811年的《从巴黎到耶路撒冷纪行》(Itinéraire de Paris à Jérusalem)中,巴黎和耶路撒冷这两座城市之间并不是一种并列的关系,而是一种对立的关系,这使得他笔下的纪行成为从"魔鬼之城"走向"上帝之城"的隐喻。然而,当时的官方希望见到的则是歌功颂德之作。1809年,法兰西学士院(l'Académie française)为迎合官方的意愿,发起了以"美轮美奂的巴黎"(Les Embellissements de Paris)为题的诗歌竞赛。由于收到的参赛作品大都是阿谀奉承、空洞无物的平庸之作,致使竞赛推迟到两年后的1811年才评出了前三甲。拿破仑皇帝及其追捧者让巴黎独大,严厉奉行中央集权和精神控制,这压制了个人情感和独立思想,让有识之士深感愤懑。

拿破仑帝国之后的复辟王朝时期,巴黎之诗开始真正起步。特别是在1830年前后,社会经济的发展带来城市面貌的巨变和城市生活方式的深刻变化,这刺激着作家们的创作灵感,巴黎以前所未有的方式成为作家们争相追逐

---

① Las Cases, *Mémorial de Sainte-Hélène* (1824), Gustave Barba, 1862, p. 170.
② A. V. Arnault, *Souvenirs d'un sexagénaire*, Dufey, 1833, t. IV, p. 102.
③ Chateaubriand, *René* (1802), Droz, 1935, p. 37.

的对象。当时任何稍微有一点影响的作家都在自己作品中留下了有关巴黎的文字,谁都不甘落于人后,仿佛谁要是不写巴黎,就会被认为是无能之辈而名誉扫地。文学史上所谓的"巴黎神话"(le mythe de Paris)就是在这一时期开始形成的。大批以巴黎各种景物和各色人等为题材的作品如雨后春笋般冒出,现代世界的方方面面在当时的作品中得到全面展示,有人歌唱技术进步带来的最新成果,有人描绘新近落成的大型建筑,有人表现不同社会阶层人物的生活。

拉马丁(Lamartine)自 1824 年起开始断断续续地写《幻影之诗》(*Poème des visions*),其中用相当长的篇幅对巴黎作了史诗性的描述。作品并未最终完成,后来只有一些片段发表。这篇东西中的描写显得笼统苍白,充斥着空洞的辞藻,实不能列入拉马丁最好的作品之列,但在浪漫主义的大家中,这是针对巴黎的第一篇长篇幅诗文。波舍恩(Alcide de Beauchesne)的诗歌《巴黎》(*Paris*)表现了烟霞笼罩、雾霭弥蒙的城市,是浪漫主义时代第一篇以巴黎为篇名的诗作,标志着巴黎可以成为诗歌的主要对象。雨果(Victor Hugo)创作了大量反映城市日常生活场景的诗篇。圣-伯甫(Sainte-Beuve)对市郊衰颓破败的面貌表现出极大兴趣。戈蒂耶(Gautier)善于从夜幕笼罩的巴黎引发令人惊栗的思考。维尼(Vigny)喜欢登高俯瞰巴黎,抒发浪漫主义诗人的高迈情怀。

如果单从数量上看,20 年代中期从马赛来到巴黎并携手创作的巴特雷米(Barthélemy)和梅里(Méry)是当时表现巴黎场景最多的诗人。仅在他们的诗体讽刺作品《涅墨西斯》(*Némésis*)中就涉及巴黎各处地点一百多处,其中不少是第一次被提及。他们的作品使各种与城市生活有关的语汇大量涌进诗歌,拓宽了诗歌语言的表现能力和可能性。从那时起,巴黎的任何细节,任何街道、任何建筑、任何事件都可以入诗,巴黎的形象在诗歌中开始变得比以往更加具体、清晰和丰富,城市诗歌的可能性也由此变得更加开阔。值得注意的是,这两位作者的作品中不仅仅是引入了巴黎的一些细节,而且还发明了一些别出心裁的鬼魅文字。例如,他们对巴黎中心的王宫(*Palais Royal*)周围作了这样的描写:"看那藏污纳垢的处所,地狱的神明 / 四下里点亮泛出红光的信号灯"①。这与后来波德莱尔作品中出现的鬼怪离奇的意象并非相去甚远。虽然这两位作者在个人情感的表达、诗歌意象的生动和作品立意的深刻方面尚显粗陋,虽然他们在今天已经不太为人所知,但他们的作品在当时广受读者欢迎且有众多的效仿者,产生了不小的影响。

  浪漫主义时代的巴黎诗歌给人留下最深刻印象的,倒不是对城市各种细节的罗列,而是对总体上巴黎诗意形象的创造。维尼于 1831 年创作的长诗《巴黎—高翔》(*Paris-Élévation*)是浪漫主义时期表现巴黎的代表性作品。在这首诗中,诗人从高处俯瞰巴黎全景的视角,是浪漫主义作品中经常可以见到的。雨果在这一年发表的小说《巴黎圣母院》(*Notre-Dame de Paris*)中从圣母院的高塔对巴黎的凝望,以及戈蒂耶在这年创作的《圣母院》(*Notre-Dame*)一诗中在圣母院的塔顶进行的冥想,都与维尼如出一辙。雨果在同年还出版了抒情诗集《秋叶集》(*Feuilles d'automne*),其中的《夕阳(之三)》(*Soleils couchants*, 3)也是从高处面对巨人般酣睡的巴黎发出的沉思。对城市的通观便于诗人在总体上把握城市的主导精神,感受作为生命体的城市发出的呼吸和律动。在诗人笔下,城市本身仿佛成了由某种强大精神支配着的有生命的机体,在它的体内涌动着种种令人惊骇的神奇甚至怪异的力量。后来的波德莱尔虽然在观察巴黎的视角上更加丰富多样,但他也在多首巴黎诗歌中沿用了维尼的这种视角,其中最典型的有《巴黎图画》中的《风景》(*Paysage*)以及他为《恶之花》所写的《跋诗》(*Épilogue*)草稿。维尼作品中为巴黎塑造的"火山"和"熔炉"形象,已经成为浪漫主义时期体现巴黎内在力量的重要意象,并且将在后来的巴尔扎克等人的作品中得到进一步发挥,衍生出"巨人""巨兽""怪兽""深渊""汪洋"等在后人笔下所习见的意象。这种维尼式"以大观小"的视角往往让作品中形成某种能够统摄全局的主导意象,其影响会延伸到弥散在城市大街小巷的气息中,投射到藏匿在城市各个角落的细节上,甚至映照在城市各种人物的面容上。在这个时代,巴黎不仅成功地成为了文学大规模表现的对象,更重要的是,它开始在文学中营造起了自己的诗意"氛围"和"气质"。

  19 世纪 40 年代前后,全景文学这种特殊的文学类型开始大行其道。《巴

---

① 转引自 Citron, *op. cit.*, t. I, p. 191.

黎,一百零一人书》(Paris ou le Livre des Cent-et-un)、《法国人自画像》(Les Français peints par eux-mêmes)、《巴黎的魔鬼》(Le Diable à Paris)、《大城市》(La Grande Ville)等书都是由独立成篇的小品文构成的。这些书中的文章大都出自当时文坛上的名家,以逸闻趣事的形式描绘巴黎生活的方方面面,揭示其中潜藏的诗意。这类作品深受时人喜爱,出版后流传甚广。在当时的非文学领域,巴黎也是一个颇为时髦的噱头,各种以巴黎冠名的图书层出不穷,有《夜巴黎》(Paris la nuit)、《餐桌上的巴黎》(Paris à table)、《水中的巴黎》(Paris dans l'eau)、《马背上的巴黎》(Paris à cheval)、《绮丽如画的巴黎》(Paris pittoresque)、《婚嫁的巴黎》(Paris marié)等。本雅明(Walter Benjamin)认为,这类作品以类似于"生理学"的方式,"帮助营造了巴黎生活的幻境"[1]。他对这类作品评价不高,称它们是一些"无关痛痒"的猎奇之作,是"生理学家们所兜售的安慰人心的小小疗剂"[2]。相反,他认为,当城市变得越来越离奇古怪之时,正好为加深对人的本性的认识提供了新的机缘,而只有那些关注城市生活中令人感到不安和威胁的方面的文学才可能具有远大的前程,因为这种文学以大众为对象,"探究大城市民众所特有的功能"[3]。

正是从这一时期开始,"大众"(la foule, la masse, la multitude)作为一个前所未有的主题,得到作家们的关注。从某种意义上说,"大众"可以被看做是社会生活的隐喻。圣-伯甫最先注意到巴黎市郊的人群。欧仁·苏(Eugène Sue)的《巴黎的秘密》(Les Mystères de Paris)开创了表现大街上小人物(les petites gens)的传统。随着《人间喜剧》(La Comédie humaine)问世开始,巴尔扎克(Balzac)将这一传统推到了一个前所未有的高度。雨果在他后来的小说中延续了这一传统,并且是第一个直接以某类人群作为书名的作者,如《悲惨的人们》(Les Misérables,通译为《悲惨世界》)和《海上的劳工们》(Les Travailleurs de la mer,通译为《海上劳工》)。波德莱尔对这种置身人群的经验也是十分心仪的,他曾借居伊(Constantin Guys)的一段话来表白自己的心

---

[1] Walter Benjamin, *Charles Baudelaire, un poète lyrique à l'apogée du capitalisme*, traduit de l'allemand et préfacé par Jean Lacoste, Paris, Payot, 1979, p. 60.

[2] Ibid., pp. 56, 62.

[3] Ibid., p. 62.

迹:"谁要是在人群中感到厌烦,那他就是傻瓜!十足的傻瓜!真让我看不起!"①他在自己的大量诗歌中不仅直接表现社会边缘人物的命运,还善于透过人群把握城市的脉动,在永恒之轴上思索城市的命运,开发城市的"污秽"和"伟大",昭揭城市的"崇高"和"卑鄙",抒发对以城市为代表的现代处境的"狂喜"和"憎恶"。

在抒情诗中抓住取自于巴黎日常生活的社会主题,这是浪漫主义对抒情诗的一大贡献,这也是走向真正意义上的城市诗歌的重要环节。这种倾向在圣-伯甫那里就已经出现了,但他自己似乎并没有充分意识和领会到抒情诗中这种动向所包含的价值和意义。在文学史上,圣-伯甫的诗作算不上是一流作品,而且他对自己的诗歌才能似乎也并不自信,后来干脆完全放弃了诗歌创作而专事文学评论。尽管如此,在城市诗歌的形成过程中,特别是在对波德莱尔巴黎诗歌的影响方面,他的功绩仍然是值得一说的。

圣-伯甫最重要的文学创作是1830年前后出版的两部诗集:《约瑟夫·德洛尔姆的生平、诗歌和思想》(*Vie, poésie et pensées de Joseph Delorme*, 1829)和《安慰集》(*Les Consolations*, 1830)。此后他还发表了长篇心理分析小说《情欲》(*Volupté*, 1834)和诗集《八月的心思》(*Pensée d'août*, 1837)等,但影响都不及前两部作品。在圣-伯甫的作品中,虽然没有一篇是专为巴黎而作,但大城市又始终作为背景和氛围存在于他的文字中。第一部诗集开篇是用散文体写的约瑟夫·德洛尔姆的生平,篇幅相当长,其中不少提到巴黎的文字富有画面感,且伴随着人物内心的微妙情绪:

> 这个时期,约瑟夫仅有的一些乐趣就是在夜幕降临时分,沿着他住所近旁的林荫道漫步闲走。黑魆魆的城墙蜿蜒连绵,望不到尽头,阴森森地环绕着被称作大城市的巨大墓地;一些残破的篱笆露出窟窿,行人可以看到菜园子里脏兮兮的绿色;条条步道都是一个样子,景色凄凉,路边的榆树覆满了灰尘,树下的水沟边上蹲着一位上了年纪的妇人,身边带着几个孩子;眼见要迟到的伤兵拖着蹒跚的步履要赶回营房;有时候,在路的另

---

① 波德莱尔:《现代生活的画家》,《全集》,第二卷,第692页。

一边,可看到一帮工匠艺人在纵饮作乐,发出阵阵欢声(……)。①

正是通过圣-伯甫,浪漫主义发现了巴黎市郊的诗意。在其他人纷纷逃离城市,转向乡村和大自然以寻求安慰之际,圣-伯甫笔下的主人公却信步城市街头,以此排遣心中的愁绪。诗集中最有名的篇章《黄色的光芒》(*Les Rayons jaunes*)在开头和结尾部分的几个诗节中写道:

> 夏日的星期天,傍晚六点时分,
> 大家迫不及待,纷纷离开家门
> 到空地上嬉玩,
> 我却独坐窗前,百叶窗闭合着,
> 我从高处看见商贩和有产者
> 兴冲冲地走远,
>
> 还有工人,节日装扮,喜气洋洋。
> 书页半开,摊在身旁的椅子上;
> 读或装着读书;
> 落日夕照投射出黄色的光芒,
> 那光芒比在平日里还要更黄,
> 涂染白色窗幕。
>
> 我爱看光线透过玻璃和窗帘;
> 每一缕斜晖都勾起浮想联翩
> 映出滔滔金黄;
> 光线穿过眼眸直达我的魂灵,
> 看那缕缕辉光点亮万千心境,
> 又是万千金黄。

---

① Sainte-Beuve, *Vie, poésies et pensées de Joseph Delorme*, *Poésies complètes de Sainte-Beuve*, Paris, Charpentier, 1846, p. 11.

（……）

——我的思绪绵延不绝；昼去夜来；
我下楼，顿时把忧思愁绪掩埋
在陌生人群里：
人流摩肩接踵；你刚落座酒吧，
他正走出餐馆；伤兵哼哼哈哈
带着醺醉快意。

歌声、吵闹声、斗酒声响成一片，
也有露天欢爱，也有偷腥逐膻，
还有卖弄风骚；
我返身回家：一路上熙来攘往；
我通宵听到大街上酒鬼游荡
狼嚎般地吼叫。①

在文风上，这些诗句中看不到在其他浪漫主义作品中所习见的那种高屋建瓴、盛大夸张的语势，而是代之以一种近乎于散文化的抒情。巴黎不仅为踟蹰在它街头的诗人提供了素材，也为诗人的沉思冥想提供了契机：

当灵魂萎靡、精神不振的时光
让人昏昏欲睡，徒生厌倦彷徨，
独自徘徊在灰雾笼罩的天底，
怨骂巴黎既无阳光也无春意，
行走让生出的思绪一言难尽，
眼色迷蒙划过路人，划过人生，
划过童年幻想，还有苦涩幻灭，
我伤心走在地狱一样的大街。②

---

① Sainte-Beuve, *Vie, poésies et pensées de Joseph Delorme*, *Poésies complètes de Sainte-Beuve*, Paris, Charpentier, 1846, pp. 68-71.
② Sainte-Beuve, *Les Consolations*, XVIII, *Poésies complètes de Sainte-Beuve*, éd. cit., p. 242.

圣-伯甫让各种此前不可以入诗的庸常事物开始成为构成抒情诗的重要材料，配合着诗人胸中郁结的块垒。这种风格在法国诗坛还未曾见过，在当时可算是某种"特立独行"的创举。调用平凡之物以达成散文化抒情，这种由圣-伯甫开创的路数着实对后来的波德莱尔启发良多。法国研究圣-伯甫和波德莱尔的权威学者克洛德·皮舒瓦（Claude Pichois）就特别指出："《情欲》的作者，这位约瑟夫·德洛尔姆的兄长，真的是功莫大焉，他打开了波德莱尔的眼界，让他看到了通身都是'新的战栗'的巴黎现实，在这座城中，平庸和罪恶给予生活一种苦涩的况味。"①

的确，早在青年时代的那些"空虚"日子里，波德莱尔就把圣-伯甫的《情欲》看作是少数几本让他觉得"有意思"的书之一。② 他还在1845年致圣-伯甫的一封信中自称是其弟子，表白了对他的崇敬之情。他们有着共同的巴黎情感，而他们的这种亲缘性在以《巴黎图画》和《巴黎的忧郁》为代表的一批城市诗歌和散文诗中体现得尤为鲜明，因为两位诗人表现出相似的趣味，都惯于在人群中穿行，都怀着不可疗治的忧郁和苦涩的心绪，去窥探这个让人难懂又让人痛苦的世界的奥秘和深意，对眼前的所见进行分析，并进而发出自省和追问。他们两人对此都心领神会。60年代初，在几年前曾出版了《恶之花》的出版商普莱-马拉希（Poulet-Malassis）重印了《约瑟夫·德洛尔姆》。波德莱尔与这位好友重读了这本书，并把心得写信告诉了书的作者："到了晚上，吃过晚餐，我便与马拉希一道重读《约瑟夫·德洛尔姆》。您这么做的确是有道理的；《约瑟夫·德洛尔姆》，这是打前站的《恶之花》。这种比较于我是一种荣光。您宽宏大量，不会认为这是对您的冒犯。"③圣-伯甫的回信看来也是认可这点的："你说得对：我的诗与你的很接近：我也曾品尝过同样的包裹着灰烬的苦涩

---

① Claude Pichois, *Baudelaire à Paris*, Paris, Hachette, coll. Albums littéraires de la France, 1967, p. 30.

② 参见波德莱尔1838年8月3日致母亲信，《书信集》，第一卷，第61页。从这封信中还可以看出，当时的波德莱尔阅读了大量的现代热门作品，对文坛上发生的事情和动向了如指掌。大致是在这一时期前后，他开始发现了现代文学，不过认为这其中绝大多数都只不过是一些"虚假""浮夸""荒谬"之作，这甚至让他"完全厌恶文学"。在他喜欢阅读的少数作品中，除圣-伯甫的外，还有雨果的戏剧和诗歌，而欧仁·苏的书则让他"烦闷得要死"。

③ 波德莱尔1865年3月15日致圣-伯甫信，《书信集》，第二卷，第474页。

果实。你对我如此可爱和如此忠诚的好感正出自于此。"①波德莱尔在去世的前一年还致信圣-伯甫,在谈到自己的《巴黎的忧郁》时称,希望能够展示一个"新的约瑟夫·德洛尔姆",这个人物懂得"将狂想的心绪与闲逛中每一个偶然的见闻相扣合,而且从每一个事物中提取出某种不讨人喜欢的寓意"②。波德莱尔在圣-伯甫的作品中发现了诗句的散文化格调,以及将庸常乃至低俗的细节与庄谨高雅的整体相结合的趣味。在他看来,圣-伯甫采用了一种在当时并不招人待见的方式来创作诗歌,而这却正是让现代艺术家深感魅惑的地方:用一种引而不发的笔调勾勒出日常生活的素描,继之以由此唤起的种种情感和精神上的反应。我们看到,波德莱尔在自己的一系列巴黎诗篇中运用了这种方法。特别是《巴黎图画》中那些早期创作的篇什,如《太阳》(*Le Soleil*)、《我没有忘记,离城不远的地方》(*Je n'ai pas oublié, voisine de la ville*)、《您曾嫉妒过的那位善良女仆》(*La Servante au grand cœur dont vous étiez jalouse*)、《暮霭》(*Le Crépuscule du soir*)、《晨曦》(*Le Crépuscule du matin*)等,受《约瑟夫·德洛尔姆》影响的痕迹尤为明显。

  不过也不应当夸大这种影响。圣-伯甫让波德莱尔注意到了在抒情诗中处理巴黎主题和城市现实细节的可能,但他们对现实细节的直觉和理解却又不尽相同,这也导致他们在处理这些细节时获得的诗意效果也是非常不同的。在圣-伯甫的诗中可以看到,诗人摆脱不了自己悠闲文人的身份,基本上是带着一种好奇的心态走进人群,始终与他所表现的社会底层的生活和人物保持着某种距离,其所持的态度要么是对愚钝者的优越或清高,要么是对下等人的厌恶或鄙视。总之,"对他来说,人群是无法忍受的"③。他还时不时地发出道德教训,提醒自己千万不要落到他们那样的状况。其态度如此,真让人怀疑他如何能在人群中消解自己的苦楚。他作品中的忧郁情绪,多体现为不甘于与社会下层为伍的孤高,顾影自怜的成分多,社会同情的成分少,全然不像在波

---

  ① 圣-伯甫1865年3月27日致波德莱尔信。*Lettres à Baudelaire*, publiées par Claude Pichois avec la collaboration de Vincenette Pichois, Neuchâtel, À la Baconnière, coll. Langages, (*Études baudelairiennes*, IV-V), 1973, p. 343.
  ② 波德莱尔1866年1月15日致圣-伯甫信,《书信集》,第二卷,第583页。
  ③ Sainte-Beuve, *Les Consolations*, *Poésies complètes*, seconde partie, Michel Lévy Frères, 1863, p. 125. 所引这句话出自书中所附由法尔希(G. Farcy)所写的评论文字。

德莱尔作品中那样,体现为与社会下层血肉交融而产生的切肤之痛。波德莱尔在处理现实细节时,也有将其作为点缀或陪衬的时候,但更多时候,他是将其作为获得全新诗意形象的巧妙而得力的手段,让其成为自己在现代环境中对人生存在的一些根本问题进行形而上思考的依托。两人的着力点和立意实不能同日而语。圣-伯甫与自己所表现对象之间的"隔膜",导致他并不能将散文化抒情贯彻到底。在提到某些低贱、丑恶的事物时,他要么会因羞怯而感到难以启齿,要么在行文中放不下所谓"高贵"的表达。他不愿俯就,保持着传统文人的清高,这让他的作品没有突破那种不温不火的中间色调,就算提到卖淫嫖娼这样的事情,多少都带有点正人君子那样的语气,不像在波德莱尔作品中那样,大大方方地直呼其名,不遮不掩反倒有一种别样的表达力度。波德莱尔本人就曾致信圣-伯甫,怀着弟子的审慎把这方面的不足指出来与他的导师商榷:"在《约瑟夫·德洛尔姆》的好些地方,我看到'鲁特琴''七弦琴''竖琴'和'耶和华'这样的字眼太多了一点。这在巴黎诗篇中就是瑕疵。再说,您就是要来摧毁这些东西。实在是对不起!我是在胡言乱语!我还从来没敢就这点跟您说这么多。"[①]波德莱尔在某些诗句和手法上的确受到圣-伯甫的启发,但他又在此基础上为自己的诗句赋予了强烈得多的震颤。就在他早期创作的那些带有圣-伯甫影响痕迹的诗作中,他已经远远超越了约瑟夫·德洛尔姆描绘的巴黎图画。是否可以这样说:圣-伯甫为这位弟子撩开了一个新领域的帷幕,而这位弟子粉墨登场,成为了舞台上的主宰者?

另外一种可能的影响情形也可以顺便提一下。《约瑟夫·德洛尔姆》在结构上就像是一套双联画,一部分是用诗体写成的,另一部分用了散文体。这种在同一部著作中并置两种表现形式以形成对应的做法,很可能让波德莱尔萌生了创作散文诗集《巴黎的忧郁》的想法,要让它成为诗集《恶之花》的"姊妹篇"。

浪漫主义开始大规模地将视线投向城市,带来抒情诗在题材上的突破,也开始追求在抒情诗中营造一种特别的巴黎情调和氛围。不过需要指出的是,抒情诗中这种在题材方面的突破和在数量上的激增,并不表示一种现代意义上的城市诗歌已然形成。要创作出现代意义上的城市诗歌,还必须在城市生

---

① 《书信集》,第二卷,第585页。

活的细节背后,捕捉住统摄现代生活的本质性因素,发掘出其包含的灵魂和隐秘的诗意,揭示城市生活给现代人在情感和精神上造成的冲击和震荡,呈现现代人独特的思维活动和意识状态,并探索出与这些"捕捉""发掘""揭示"和"呈现"相适应的新的手法。做到这些,才可说对城市作为现代诗歌灵感源泉的功能有了真正的会心。波德莱尔正是把握住了这一新的灵感源泉,提出了传达现代大城市的美的要求,为抒情诗打开了一种全新的局面,并开创出一种全新的传统。

第二节 巴黎诗人波德莱尔

阿斯里诺(Charles Asselineau)是波德莱尔的生前好友,他在回顾诗人的生平和创作的长文中开篇便写道:"波德莱尔的一生值得书写,因为这是其作品的注解和补充",而他的作品则"是其一生的总结,更可以说是他的一生的花朵"①。波德莱尔的一生是在大城市度过的,他的作品是在大城市生成的。城市为诗人的人生和作品的有机融合不仅提供了背景和机缘,更赋予了情感和灵魂。

波德莱尔是一个地地道道的巴黎人,1821年出生在巴黎,父母也都是巴黎人。除了1838年跟母亲与继父到比利牛斯山度假,1841年历时半年的海上旅行,以及后来不多几次到母亲所在的外省小城翁弗勒尔(Honfleur)小住外,他的一生都与大城市有着这样或那样的联系。1832年,他随母亲与继父举家搬迁里昂(Lyon),在那里度过四年后返回巴黎。当时的里昂是一个在现代工业方面比巴黎还要发达的城市,而这座城市在雾霾和煤烟笼罩下的阴郁氛围给他留下的印象至为深刻,这在他后来的书信和多种作品中屡有提及。他在1864年离开巴黎前往的城市是布鲁塞尔(Bruxelles),那时《恶之花》的两个版本已经出版,而其他那些他一生中最重要的作品也都业已完成。他在布鲁塞尔之行期间写下的大量笔记,记录了他最后的愤怒和疯狂。

波德莱尔的人生和文学创作的最重要的时期是在他的出身地——巴黎。

---

① Asselineau, *Charles Baudelaire, sa vie et son œuvre*, in *Baudelaire et Asselineau*, textes recueillis et commentés par Jacques Crépet et Claude Pichois, Paris, Nizet, 1953, pp. 61, 62.

他主要是通过巴黎来认识现代生活和现代人的。他勘检人性的直接经验与巴黎密不可分：社会、人群，乃至芸芸众生，对他来说，就是巴黎。他与巴黎结下了不解之缘，在它的街巷中播种梦想，又从那里收获记忆和果实，虽然这些记忆和果实往往带着苦涩的滋味。

少年时代，波德莱尔对巴黎的爱是单纯的，他后来经常回忆小时候的幸福时光。中学毕业走出校门后，迎接他的是巴黎"溜滑的路面"和自由而放纵的生活。他这时候对巴黎的爱是出于年轻人的浪漫和轻狂。他在文学界广交朋友，也经常出入于一些藏污纳垢的所在。他就是在这个时期遇到了被叫做"斜眼妹子萨拉"（Sarah la Louchette）的妓女，还为这个女子写过诗歌，不过也从她那里染上了下疳，而这个恶的刻印将伴随他终生。为了应付孟浪放纵的生活带来的巨大开销，他不惜到处举债，还不停地向母亲和同父异母的哥哥要钱。家里人不愿见到这位曾是他们眼中"神童"的孩子在巴黎的大街上沉沦，决定让他做一次海上旅行。他的继父奥毕克将军（le général Aupick）在写给波德莱尔哥哥的信中，就做出这个决定的理由解释如下：

> 现在到了必须采取某种措施以阻止你弟弟彻底堕落的时候了。（……）夏尔已经（……）在精神上，乃至身体上到了伤风败俗的地步。（……）我认为（……），当务之急是把他从巴黎溜滑的路面上拉开。有人提出让他做一次长长的海上旅行，到诸如印度这样的地方，那样可以让他在远离故土的异国他乡，摆脱他那些可憎的关系，学到该学的东西，希望通过这样做，他可以回到正道上来，而且还可能在回来时真的成了诗人，一个比在巴黎的下水道更好的源泉中汲取了灵感的诗人。①

波德莱尔自己也希望这次艰难的考验会带来良好的效果。他于1841年6月出发。还在半路上，他就已经忍受不了思乡之苦，开始怀念巴黎的咖啡馆、博物馆、熙来攘往的街上行人，当然还有巴黎的文化和精神生活。这次本来是以印度的加尔各答（Calcutta）为目的地的旅行，走到波旁岛（l'île Bourbon，今留尼汪岛）和毛里求斯岛（l'île Maurice）就止步了。波德莱尔拒

---

① 奥毕克将军1841年4月19日致阿尔封斯·波德莱尔信。该信由雅克·克雷佩（Jacques Crépet）发表在1937年3月15日出版的《法兰西信使》（*Mercure de France*）杂志上，第630—632页。

绝继续前行。他在写给在岛上热情接待了他的布拉加尔(Bragard)一家的信中，吐露了他对巴黎的不舍之情："如果不是我太爱巴黎，怀念巴黎，我会尽可能长时间地与你们在一起的。"①女主人的美丽和优雅一定给年轻的客人留下了深刻的印象，因为他还随信附上了一首献给女主人的十四行诗，其中写道：

  夫人，假使您去真正的荣耀之邦，
  到塞纳河或绿色的罗纳河之旁，
  您的美丽堪配装饰古老的宅府，

  在浓荫四布的僻静之处，您能使
  诗人心中萌发出千首十四行诗，
  您的目光让他们比黑奴更驯服。②

这首诗后来稍作修改，发表在1845年5月25日的《艺术家》(L'Artiste)杂志上。这是波德莱尔第一首以他自己的名字发表的诗作。这首诗被收入了《恶之花》，题为《致一位克里奥尔女士》(À une dame créole)。这首诗人的早期之作虽然还算不上城市诗歌，但从中已经可以看出，诗人是站在巴黎这个立足点上展开他的想象的。1842年2月下旬，波德莱尔回到了他魂牵梦萦的巴黎。直到1847年，只要一想到要"离开巴黎"，"向那么多美好的梦想告别"，他就会感到"难以忍受的痛苦"③。

  然而，巴黎对他来说并非总是"那么多美好的梦想"，巴黎也给他带来不尽的噩梦。他把自己是巴黎人这一事实有时候看成是受到惠顾的恩宠，有时候又看成是受到诅咒的厄运。波德莱尔成年后的巴黎生活仿佛是被某种倒霉的宿命纠缠着，打上了困窘和失败的烙印。他在《祝福》(Bénédiction)一诗中写道：

  当至高无上的天神签署命令，
  让诗人在这厌倦的世界出现，

---

① 波德莱尔1841年10月20日致布拉加尔信，《书信集》，第一卷，第89页。
② 同上书，第90页。本书中所引波德莱尔作品的部分译文参考了多种现行的译本，其中特别是钱春绮和郭宏安先生的译本，特此说明。
③ 波德莱尔1847年12月4日致母亲信，《书信集》，第一卷，第145页。

> 他的母亲惊恐万状,骂不绝声,
> 对着怜悯她的上帝握紧双拳。①

如果有谁相信迷信,我们可以告诉他,波德莱尔出生地的门牌号是沃特福耶街(rue Hautefeuille)13号。难道这意味着这个孩子一出生,"13"这个在西方人眼中不吉利的数字就预示着他一生的厄运?对这种迷信说法,我们最多是置之一笑。然而,波德莱尔一生的厄运却是切切实实的。经济拮据,恶疾缠身,吃官司,还有创作上的艰难,这些方方面面的困境令他苦不堪言,让他在痛苦地自责自己无能的同时,又把这种痛苦的根源归咎于巴黎。巴黎让他"战栗",让他焦虑,让他厌恶,让他恐惧。他的书信中为我们留下了大量见证。曾几何时他的心中也萦绕着逃离巴黎的念头,逃离这座该遭到诅咒的城市。1858年1月11日,他写信给母亲,表达了想要远离巴黎的愿望:"我已经告诉了一些朋友我准备到翁弗勒尔长住的打算。所有人都对我说这实在是个极妙的想法。确实,这样就终于可以得到我如此喜爱的独孤了。"②他在一个多月后的2月19日又给母亲写道:

> 我真的急于离开这座可恶的城市,我在这里吃了太多的苦头也浪费了太多的时间。到了你那边,得到休息,也得到幸福,我的精神是否会重新焕发青春,谁知道呢?③

就在写了这封信的第二天,他又向一位朋友表达了同样的愿望:

> 我憎恶巴黎,憎恶十六年来在这里遭受的残暴生活,这种生活成了我完成我所有计划的唯一障碍。我要住到那边去,一来是让我母亲开心,同时也是为我自己好,我意已决,从今往后再没有什么能让我住在巴黎;——哪怕是还有一大堆债务要偿还(接下来就会做),——哪怕是还有太多虚名浮利的快活在巴黎等着我,——哪怕是有朝一日我能够发达起来(……)。我将待在我的斗室里。④

---

① 《全集》,第一卷,第7页。
② 《书信集》,第一卷,第444页。
③ 同上书,第451页。
④ 波德莱尔1858年2月20日致雅果托(Antoine Jaquotot)信,《书信集》,第一卷,第457—458页。

这年的年底，波德莱尔还恳请好友普莱-马拉希用一切手段为他找出一种离开巴黎的办法。① 种种努力终于换来他后来几次到翁弗勒尔小住。1859 年 9 月，在写给四年来一直在泽西岛(Guernesey)流亡的雨果的信中，波德莱尔宽慰他说："您只需要在我们可鄙的、无聊的巴黎，在我们的'巴黎一纽约'城待上一天，就会彻底打消您的思乡之苦。"他还说如果不是有事情还没有办完，自己也会"去天涯海角"躲得远远的。② "令人憎恶的生活！令人憎恶的城市！"他在《凌晨一点钟》(À une heure du matin)中发出如此的惊喊。③ 波德莱尔对巴黎的憎恨可谓无以复加，就连"这座充溢着热气、光线和灰尘的可恶城市"④的天气也不能幸免：

> 在你那封催人泪下的信中最令我吃惊的，是想再来看看巴黎的念头。你这奇怪的愿望证明你身子骨还硬朗。这是我唯一感到安慰的地方。但除此之外，那是何等的疯狂！在这个季节！在这个污水、泥浆和霜雪到处泛滥的地方！⑤

对巴黎天气的这种反感体现在了他的巴黎诗歌中：他时而憎恶"不断地轰击着屋顶和城市"的"残暴的太阳"(《太阳》)，时而憎恶让巴黎的空气变得"沉重而腥臊"(《恶劣的玻璃匠》，*Le Mauvais Vitrier*)的那种"又脏又黄的雾"(《七个老头》，*Les Sept Vieillards*)。

对巴黎的憎恶肇端于他在这座城市经历的倒霉的生活，这让他也把这种憎恶变本加厉地加诸巴黎人身上。他在 1862 年 8 月 10 日写给母亲的信中，情绪激烈地宣泄了对社会的深恶痛绝：

> 就这样吧！就这样吧！我想我这个月底就能够逃避见到人脸的恶心。你想象不到巴黎的人种堕落到了何种地步。这里已经不再是我从前熟悉的那个迷人而可亲的世界：艺术家对什么都一无所知，文学家对什么都一无所知，甚至连拼写都不会。文艺圈子中的人变得卑劣无耻，可能连

---

① 波德莱尔 1858 年 12 月 11 日致普莱-马拉希信，《书信集》，第一卷，第 531 页。
② 波德莱尔 1859 年 9 月(23?)日致雨果信，《书信集》，第一卷，第 599 页。
③ 《巴黎的忧郁》，《全集》，第一卷，第 287 页。
④ 波德莱尔 1859 年 7 月 20 日致母亲信，《书信集》，第一卷，第 588 页。
⑤ 波德莱尔 1865 年 2 月 3 日致母亲信，《书信集》，第二卷，第 447 页。

社会上的混混都不如。我是一个过时的老头,是一具木乃伊,我遭人怨恨是因为不像其他人那样无知。太堕落了!除了德·奥尔维利(D'Aurevilly)、福楼拜(Flaubert)、圣-伯甫,我同谁都合不来。我谈绘画的时候,只有戈蒂耶能够理解我说的东西。我憎恶这种生活。再说一遍:我要逃避人脸,尤其是法国人的面孔。①

就在这段时间,他还在"记事本"(Carnet)上写下这样的文字:"为了要出新,离开巴黎,不然就完蛋了。"②结果他后来去了布鲁塞尔,在这个他并不喜欢的城市待了比在翁弗勒尔更长的时间。1866年3月5日,就在他突然得了半身不遂之前几天,他还致信母亲:"住到翁弗勒尔去,这一直是我最珍贵的梦想。"③是的,他说得不错,翁弗勒尔只是一个"珍贵的梦想",只能保持为一个梦。

有意思的是,波德莱尔在这么多年间三番五次地宣称要逃离巴黎,而他的确也好几次离开巴黎,只不过每次都是短暂的分离,刚一离开就又以这样或那样的借口迫不及待地赶回巴黎。他几次去翁弗勒尔后又慌忙离开,这表明在他看待巴黎的态度中有一些言不由衷的因素。他每一次下决心都语气决绝,"真诚坦率","意气扬扬",而心理学家们却很可以从这点上看出他实则是难以真正离开巴黎,那一次次言之凿凿的决心不啻是招供自己在这件事情上无力做出最终的决断。我们甚至应当从其中读出相反的意思:巴黎才是波德莱尔生活的舞台,巴黎才是他人生的根本。到翁弗勒尔去享受明丽的自然和温存的母爱,这于他又有何益,因为他真正的"家"不在那里,他真正的"家人"在那些艰难行走在巴黎大街上的寡妇或小老太婆中间:"垂垂老朽!我的家人!"④他在《小老太婆》(Les Petites Vieilles)一诗中发出这样的呼喊。另外一个逃离是逃往布鲁塞尔,其结局也并不更乐观。他一去就后悔离开了巴黎,用反话讽刺道:"布鲁塞尔是世界的首都。巴黎是外省。"⑤他在布鲁塞尔历经失望和挫折。相反,巴黎这个曾让他害怕如恶狗的地狱,这个他本打算只有在外面赚了大钱后才会"荣归"的故里,此刻却又仿佛成了天堂,一个由烈火环绕、恶神

---

① 《书信集》,第二卷,第254页。
② 《全集》,第一卷,第756页。
③ 《书信集》,第二卷,第626页。
④ 《全集》,第一卷,第91页。
⑤ 《可怜的比利时》,《全集》,第二卷,第936页。

守护着的天堂,或者说仿佛成了一个天堂般的地狱。

不管是天堂还是地狱,像巴黎这样的大城市实则对他始终有一种秘而不宣的吸引力。就算他无数次地对巴黎宣泄自己的憎恨,但谁又敢说他没有在这种宣泄中得到一种不足为人道的快意。从他的举动来看,巴黎对他的这种吸引力似乎每每战胜了在他心中激起的憎恨。他像两个世纪前的布瓦洛一样,嚷嚷着要永远离开巴黎,可转眼又出现在巴黎的大街上。他在巨细无遗地指责布鲁塞尔的方方面面之际,巴黎成了他的参照。在他所指责于布鲁塞尔的诸多事物中,有一件尤其令他怒气难消:"店铺没有橱窗。闲逛是富于想象的民族弥足珍贵的乐趣,而这在布鲁塞尔是不可能的。没什么可看的,一路上让人难以忍受。"①与巴黎那种花枝招展、张扬放纵的热闹景象相比,布鲁塞尔的街道是冷清的:"街道没有生气。阳台很多,却见不到人影。(……)每个人都待在家里。关门闭户。"②就算波德莱尔喜欢孤独,他喜欢的也是那种置身于稠人广众中的孤独。波德莱尔最离舍不了的,其实就是由人群构成的那种五彩斑斓、五味杂陈甚至五毒俱全的城市生活。

英国城市作家狄更斯(Charles Dickens)对伦敦(Londres)的态度,可以帮助我们理解城市对于作家的魅力究竟何在。狄更斯在多封书信中承认,大街上的嘈杂喧闹对他的创作是不可或缺的。当他外出旅行,甚至在瑞士美丽的山间,他都止不住抱怨说看不到大街实在令他不快。他喜欢在伦敦徜徉,而要创作小说,就少不了城中那些迷宫般的街巷。他在1846年发自洛桑的一封信中讲到城市何以对他如此重要:

> 当我的大脑工作时,街道仿佛在向它提供必不可少的养料。我可以在一个僻静的地方专心写上一两个星期;我只需要在伦敦待上一天,就又精神焕发,机器又可以重新运转了。但如果没有这盏神奇的明灯,日复一日的写作将苦莫大焉。(……)我笔下的人物要是周围没有了人群,就会显得缺乏生气。(……)在热那亚(Gênes)(……),我至少还有几公里灯

---

① 《可怜的比利时》,《全集》,第二卷,第823页。
② 同上,第827页。

火通明的街道,晚上可以出去走走,而且每晚去剧场美美地看一晚上戏。①

小说家之所以会与城市建立起这样一种难解难分的联系,这主要是出于创作者心意情怀上的必需,而并不一定是对城市化物质成就的首肯。波德莱尔与巴黎的联系也属于这种性质。正是在城市中,诗人找到了他诗歌的养料,找到了激励和丰富他想象力的源泉。他之所以对布鲁塞尔如此激愤填膺,极尽冷嘲热讽,是因为他觉得这个城市缺乏力度,而平淡和平庸正是他一生中最不可忍受的东西。以诗人的角度出发,他宁愿投身到巴黎这座天堂般的地狱中,在那里去夺取考问和创造的乐趣,虽然作为常人,他在那里遭受了太多的苦难。波德莱尔的神奇之一,就是能够把苦难锤炼成诗歌,而为了获得有力度的诗句,他甚至不惜刻意追求甚或放大所遭受的苦难,惟其如此,诗人才能够领受到那种"比冰和铁更刺人心肠的快乐"②。

无论波德莱尔是爱恋巴黎也好,憎恶巴黎也罢,唯有这座城市才合于他的心意,才当得起他爱恋或憎恶的对象。他的文学生命不能与这座城市有片刻的割离。准确地说,他对巴黎的态度已经超越了爱恋和憎恨,实则是对这座城市感到"着迷"(enchanté, envoûté),因为他只有在这里才能采撷到最光华灿烂的诗歌灵感。他醉心于在这座城市中搜寻"能够用以说明精神上的享受和印象的例子和隐喻"③。在他的韵诗《巴黎图画》与之相应的散文诗《巴黎的忧郁》中,生活中的主题成为了他文学的主题,生活中的气质成为了他文学的气质,诗人的忧郁投射在了从寻常生活中提取的象征物上。他是城中的行吟者,大街上的哲学家;他是都市"暴风"中激越慷慨的诗人,也是静思冥想的智者。诚如雅克·克雷佩(Jacques Crépet)和乔治·布兰(Georges Blin)所言:"他对城市如此依恋,其中缘由不仅仅是出于纨绔子的需要(只有大都市才有纨绔子),或者也不仅仅是出于理论上对自然草木的仇视(石头建的城市呈现典型的人工构造),而且还出于对第二帝国(le Second Empire)时期巴黎各种

---

① 引自 Walter Benjamin, *Paris, capitale du XIXe siècle. Le Livre des passages*, traduit de l'allemand par Jean Lacoste, Paris, Éditions du Cerf, 1997, p. 444.
② 《乌云密布的天空》(*Le Ciel brouillé*),《全集》,第一卷,第 50 页。
③ 《玛斯丽娜·代博尔德-瓦尔莫》(« Réflexions sur quelques-uns de mes contemporains : Marceline Desbordes-Valmore »),《全集》,第二卷,第 148 页。

秘而不宣的乐享所抱有的兴趣,以及道德家的热情用心。"①当波德莱尔表示自己要做一个"新的约瑟夫·德洛尔姆"时,他就已经定义了城市诗人的要素,那就是要懂得"将狂想的心绪与闲逛中每一个偶然的见闻相扣合,而且从每一个事物中提取出某种不讨人喜欢的寓意"②。建立在城市经验之上的感受性让他目光敏锐,一方面能够捕捉到现代城市的改观和现代技术的发展所带来的新的美的源泉,另一方面也能够洞察到现代生活加诸每个生命个体的各种新的威胁。他为《恶之花》所写的两首跋诗的草稿,充分体现了他在情感和精神运思上的趣向。诗人登高俯瞰巴黎,怀着一颗欣悦的心,搜索城市各个角落如鲜花般盛开的丑陋和罪恶。他在对自己生活的城市表达深切的失望和诅咒的同时,也表现出对这个城市深切的热爱和依恋,因为正是这个城市激发他意识上的震荡,让他在新奇和意味深远的发现中享受到凡夫俗子不能了然的快意,并由此成就他的诗才和诗艺,实现他的美学使命和伦理使命。这种带有憎恶和暴虐特征的对城市的爱恋,以及对于城市任何事物固有的多重价值不无充满矛盾和悖论的感悟与思考,构成了波德莱尔巴黎诗歌的独特魅力之一。恶的主题是波德莱尔的中心主题,美的目标是波德莱尔的最高目标。他身体的每一个细胞都刻有巴黎的印迹,他期待巴黎给予他力量,而他也的确从巴黎获得了力量。对他来说,投身到社会这个光怪陆离的深渊中,直面恶的现实的神秘和神奇,这是一种责任和使命,也是一种福分和荣幸。面对苦难和罪恶,他会因憎恶和恐惧而战栗,同时也会因莫可名状的欣悦而深感魅惑。波德莱尔的诗歌中有这样一个令人感到困惑的现象(这同时也是其神奇之处),那就是当诗歌的背景越是以其庸常的散文性看似否定诗意之际,诗性的光芒反倒越显得灿烂夺目,就像是暗黑的底色越发衬托出珠宝的晶莹。从某种意义上说,诗人已经将自己的灵魂深入到了城市的灵魂中,而城市也已经成为了诗人灵魂的伙伴,这不禁让人怀疑诗人是否真的会憎恶这个能让他心动的伙伴,是否真的会厌弃这个他可以恣意嬉笑怒骂的首选对象。

对诗人波德莱尔来说,巴黎就像是一个让他爱恨难抉、喜忧交加的情人。

---

① 见克雷佩和布兰所编版本《恶之花》评论部分,*Les Fleurs du mal. Texte de la seconde édition suivi des pièces supprimées en 1857 et des additions de 1868*, édition critique établie par Jacques Crépet et Georges Blin, José Corti, 1942, pp. 260-261.

② 波德莱尔1866年1月15日致圣-伯甫信,《书信集》,第二卷,第583页。

在波德莱尔笔下,无论巴黎是辉煌富丽还是卑劣肮脏,它首先是一座富有风情和诱惑的城市,像女儿身一样(有时也像"娼妇"一样)具有不足为外人道的奥妙。《恶之花》中有一首题为《吸血鬼》(Le Vampire)的诗是写给"黑维纳斯"①的,其中的诗句是写诗人与情人之间关系的,但如果用以形容诗人与巴黎的关系,也绝无任何不妥:

   ——我和贱货连得紧紧,
   像苦役犯拖着锁链,

   像赌棍离不开赌博,
   像酒鬼离不开酒盅,
   像腐尸离不开蛆虫,
   ——恶魔呀,你真是恶魔!②

诗句中展示的这种恶毒而又充满鬼魅诱惑的爱恋关系让诗人欲罢不能,缠绵不休。波德莱尔还在《巴黎图画》一章的《赌博》(Le Jeu)、《热爱假象》(L'Amour du mensonge),以及《酒》(Le Vin)一章的《拾垃圾者的酒》(Le Vin des chiffonniers)等诗中不厌其烦地发挥了这种情感。无论是对"贱货"还是对巴黎,他的感情都是由一些纠结不清的复杂成分混合而成的,既是苦涩而带有嘲弄的爱恋,也是亲切而带有好感的憎恶。他爱着巴黎,就像刽子手带着残暴的快感享受着自己的死刑犯,就像殉道者带着暗中的艳羡嫉妒着自己的迫害者。通过诅咒巴黎,诗人实现了自己的诗歌使命。他向巴黎宣泄的愤怒和咒骂成为了他的诗歌。

波德莱尔看待城市的眼光,以及他的诗歌中体现巴黎神奇之处的那些变幻不定的意象,都显示他的巴黎是植根于浪漫主义传统的。他曾著文表达过对浪漫主义的"虔敬之情"③,缅怀那个"已然远去的富有战斗精神的"④伟大传

---

① 即与波德莱尔生活了二十年的情人冉娜·杜瓦尔(Jeanne Duval)。她是黑白混血儿,故有"黑维纳斯"的绰号。
② 《全集》,第一卷,第33页。
③ 见波德莱尔1862年1月26日致维尼信,《书信集》,第二卷,第223页。
④ 《1859年的沙龙》,《全集》,第二卷,第664页。

统。他的这种"虔敬"和"缅怀"之情是不难理解的,因为他的文学生命是由浪漫主义前辈激发和滋养的,是由他们的作品决定的,是由他们的荣耀鼓励的。在波德莱尔眼中,夏多布里昂、雨果、圣-伯甫、维尼、戈蒂耶等以其"丰富而广阔的才能","更新甚至复活了自高乃依之后已经死亡的法国诗歌"①。他也曾一度把这些诗人作为模仿和效法的对象。② 尽管如此,他本人却又并不是通常意义上的浪漫主义者,他最多也就是"浪漫主义的落日"③降临之际的诗人,是浪漫主义已经萎靡不振时期的诗人。他发展了浪漫主义文学中的忧郁一面④,与此同时,他还从这个行将夭折的文学运动中继承了一些尚未在文学上得到充分注意或完全肯定的因素。而他的使命就是要让这些因素得到确认,以此为抒情诗打开一个全新的局面。

  本雅明说:"在波德莱尔那里,巴黎第一次成为抒情诗的对象。"⑤这里涉及的显然不是简单的以巴黎作为抒情诗题材的问题,因为在波德莱尔之前,这一题材已经或多或少地出现在好些浪漫主义诗人的作品中了。正确的理解似乎是,波德莱尔对城市抒情诗的最大贡献,在于他为抒情诗带来了一种全新的对于城市的视角和态度,为抒情诗建立了一种全新的价值尺度。从历史上看,抒情诗的作者和读者虽然大都生活在城市中,但抒情诗的立足点却始终不在城市,大自然及其景物才是抒情诗赖以存在的依据和参照,这使得田园牧歌的情调成为抒情诗的典范。诚如蒂博岱(Thibaudet)在《内在》(Intérieurs)一书中所指出的那样:"一直到19世纪,城市生活也就只是诗人及其读者的庸常生活而已;一种心照不宣的,而且是建立在某种深刻法度之上的陈规,似乎是将城市生活排斥在诗歌之外的。"⑥就连在表现了城市题材的浪漫主义诗作中,城市也始终是健康而崇高的"大自然"面前一个形容萎靡、疏于才情的对照物,

---

 ① 波德莱尔:《论戴奥菲尔·戈蒂耶》,《全集》,第二卷,第110页。
 ② 关于波德莱尔与浪漫主义的关系以及他对浪漫主义诗人的模仿,可参阅拙文《波德莱尔:雨果的模仿者》(《四川外语学院学报》,2002年第5期)和《波德莱尔与法国浪漫主义思潮》(《四川外语学院学报》,2003年第1期)。
 ③ 波德莱尔有一诗就题为《浪漫主义的落日》,见《全集》,第一卷,第149页。
 ④ 他在1845年前后寄给圣-伯甫的一首诗中申言了这点:"我从十五岁起就被拖向深渊,/满目所见莫不是勒内的哀叹。"(《书信集》,第一卷,第117—118页)
 ⑤ Walter Benjamin, *Paris, capitale du XIXe siècle. Le Livre des passages*, op. cit., p. 54.
 ⑥ Albert Thibaudet, *Intérieurs*, Librairie Plon, 1924, p. 7.

而在这些诗作中构成抒情基础的,仍然是田园牧歌的情调。波德莱尔的城市诗歌第一次打破了这种格局,扭转了抒情诗的价值基础,将抒情的策源地从乡村田园搬移到了城市中。在波德莱尔的诗歌中,大量是写巴黎的,也有不少并不直接涉及巴黎,而就在那些并不直接涉及巴黎的诗歌中,视线也是远远投向巴黎的,因为巴黎始终像幽灵一样,在他的情感和理智上,在他的思考和判断上,充当着或明或隐、或正或反的参照。就算他在置身城市之外而身处自然之中的时候,他在心意上始终挂念、眷恋和思考着城市,而不像其他诗人,虽然置身城市之中,却时刻梦想着葱郁的自然,似乎不这样就谋求不到诗意。波德莱尔就曾坦言:"在森林的深处,置身在有如庙宇和教堂穹顶般的浓荫之下,我想到的是我们那些令人惊叹的城市,在那些山巅上鸣奏的奇妙音乐对我来说就仿佛是在表达人世间的哀号。"① 蒂博岱正是基于这点,认为波德莱尔的创新之处就在于通过"将自然的价值置换为城市的价值,将风景置换为人性",从而"创造出一种全然巴黎的诗歌"②。

以一般人传统的眼光看,现代生活的流行伴随着抒情诗的衰落,仿佛现代生活和抒情诗构成一对矛盾命题。在19世纪城市化浪潮开始汹涌之际,抒情诗人普遍从日益扩大的城乡裂隙中觉察到抒情诗的危机正在步步逼近。当他们离开田园走进城市,突然发现他们正在远离适宜于抒情诗生长的气候,再难以像先前的"歌唱者"一样写出他们的父辈所指望于他们的那种抒情诗,他们所置身的环境已经彻底摧毁了朴素的罗曼蒂克。新的环境导致人们的经验结构发生改变,而传统的抒情诗只能在很少的地方与新条件下读者的经验发生关系,这使得公众对抒情诗越来越冷淡,而积极接受抒情诗的条件自然也就变得大不如前。波德莱尔显然意识到了抒情诗的这种危机,并把这种危机理解成可能为文坛带来新旧嬗变的十字路口。他在为《恶之花》草拟的"序言"中写道:"杰出的诗人们很久以来就已经瓜分的诗歌领域最繁花似锦的地盘。对我

---

① 波德莱尔1853年底或1854年初致德诺瓦耶(Desnoyers)信,《书信集》,第一卷,第248页。他出于同样的精神,在《顽念》(Obsession)一诗的第一节中写道:"森林,你大教堂一样令我恐惧,/你风琴般号叫;我们遭罚的心/有永远的灵堂回响阵阵喘吁,/应和着'我从深处求告'的回音。"《全集》,第一卷,第75页)。

② Thibaudet, *op. cit.*, pp. 27-28.

来说最有意思的,而且越难以做到就越令我感到惬意的,就是从恶中发掘出美来。"①圣-伯甫在《恶之花》出版后不久致波德莱尔的一封信中表达了同样的看法:"你属于那些在一切事物中寻找诗意的人。(……)你对自己说:'看,我还能够发现诗歌,在别人不去收割和表达的地方,还将发现诗歌。'你占有了地狱,成为魔鬼。"②圣-伯甫随这封信附有以下这段话:

> 在诗歌的领地,一切都被占领了。
>
> 拉马丁占领了天空,雨果占领了大地,而且还不止大地。拉普拉德(Laprade)占领了森林。缪塞(Alfred de Musset)占领了激情和美妙的狂欢。其他人占领了家庭、田园生活,等等。
>
> 戈蒂耶占领了西班牙和它那强烈的色彩。还留下什么呢?
>
> 那就是波德莱尔所占领的。
>
> 他实乃不得已而为之。③

这就是波德莱尔的时代处境,也是他作为诗人所面临的问题:要成为一位大诗人,但又不能走拉马丁、雨果、缪塞等人的老路。无论这是有意识的决心还是无意识的野心,反正这是萦绕在波德莱尔心中的头等大事,而如果借用瓦莱里(Paul Valéry)在《波德莱尔的地位》(*Situation de Baudelaire*)一文中的话说,这就是他个人的"国家大计"(Raison d'État)④。这意味着要在抒情诗的创作中摆脱旧有经验的束缚,同时又要与新的经验相适应。波德莱尔发现了一个需要开拓的空旷地带并把它作为自己抒情诗的园地。他把握住机会,用人的价值取代自然的价值,用人的尺度作为抒情诗的尺度。

波德莱尔"从恶中发掘出美来"的诉求至少包含以下两层意思:其一,这意味着让抒情诗远离,甚至完全背弃"自然之美"的传统抒情格调,让诗人对自古以来的神圣"光环"(l'auréole)⑤弃而不顾,谋求表达与新环境相适应的新感觉

---

① 《全集》,第一卷,第 181 页。
② 圣-伯甫 1857 年 7 月 20 日致波德莱尔的信,*Lettres à Baudelaire*, *op. cit.*, p. 332.
③ 这段话收录在《波德莱尔全集》第一卷的附录中,第 790 页。当时正值波德莱尔由于其诗歌被认为"有伤风化"遭到起诉。圣-伯甫写这段话给他是向他建议为自己进行辩护的理由。
④ Paul Valéry, *Situation de Baudelaire*, *Œuvres*, éd. Jean Hytier, coll. Bibliothèque de la Pléiade, t. I, 1957, p. 600.
⑤ 该词出自波德莱尔的散文诗《光环丢了》(*Perte d'auréole*),见《全集》,第一卷,第 352 页。

的可能性;其二,他所谓的"恶"是跟"人性"紧密相关的,一来是因为他一贯抱有的"人性恶"的观点,二来是因为这种"恶"可以看做是人的一种"病态"或"伤痛",是浪漫主义的"世纪病"(le mal du siècle)在现代条件下恶化的变种,这意味着他的抒情诗是把探求异化条件下的"人性"(包括"激情""人心""灵魂状态"等)当成主要追求的。

体察和揭示城市条件下"人性"的状况、显现形式和内在深度,反省城市"人性"的狂欢中包藏着的卑污和伟大,这成为了城市抒情诗得以存在的根本。这不仅要求城市诗人在感性层面具有天赋的诗艺才华,还要求其在智性层面具有与这种才华紧密结合的批评智慧。瓦莱里就把这种与"人性"密切相关的"精神的丰富性"(fécondité spirituelle)看作是波德莱尔诗歌的最大荣耀之一。① 波德莱尔本人之所以认为"不幸是好事"②,正是看重表现恶的艺术所具有的"道德的丰富性"(fécondité morale)。他在论述居伊的文章中陈述了自己的见解,让人特别注意丑恶形象包含的对于思想的"种种启发性"(suggestions)。他就此写道:

> 让这些形象变得珍贵而神圣的,是它们引发的无数思想,这些思想一般来说是严峻和阴郁的。但是,如果偶尔有谁鲁莽冒失,想要在(……)这些作品中找机会来满足一种不健康的好奇心,那我要好心地事先提醒他,他在其中找不到任何可以激起病态想象力的东西。他只会遇到回避不了的罪孽,也就是说,隐藏在黑暗中的魔鬼的目光或在煤气灯下闪光的梅萨琳(Messaline)③的肩膀;他只会遇到纯粹的艺术,也就是说,恶的特殊的美,丑恶中的美。(……)使这些形象具有特殊美的,是它们的道德的丰富性。它们富于种种启发性,不过都是一些残酷的、粗暴的启发性(……)。④

他把自己的《恶之花》称作是"一本表现精神在恶中骚动的书",在这本书中,诗人"就一句渎神的话,对之以向往上天的激动;就一桩猥亵的行为,对之以精神

---

① Paul Valéry, *op. cit.*, p. 599.
② 《光环丢了》,《全集》,第一卷,第 352 页。
③ 以淫荡著称的罗马皇后,是罗马帝国第四任皇帝克劳狄乌斯(Claudius)之妻。
④ 《现代生活的画家》,《全集》,第二卷,第 722 页。

上的香花"①。在他之前还没有谁以如此自觉的意志发掘"恶"所包含的丰富性和复杂性。不要以为波德莱尔所谓的"恶"尽是些蛆虫、苍蝇、腐尸、淫荡、罪孽。虽然这些东西的确存在于他的诗作中,但真正展示这类刺激感官的"丑恶形象"的诗篇只占他全部诗篇的十分之一。他对自己被人视为"腐尸的王子"(le Prince des Charognes)是深感难受的。② 他所谓的"恶"也包括精神层面的忧郁、无可奈何的伤感、因饱足而产生的麻木和厌倦,以及虚伪、怯懦、反抗的意志等。而且最重要的是,在他诗作中为人所诟病的那些表现"恶"的"丑恶的画面",有大量是怀着同情之心对城市中的下层社会人们悲惨处境的描绘。在诗人"表现精神在恶中骚动"的作品中,肉体的卑微与艺术的崇高,行为的放荡与灵魂的圣洁,人性的黑暗与奋斗的艰辛,痛苦与狂欢,忧郁与理想重重交织,无不显现着诗人灵魂深处不为人知的伤痛与渴望、喜悦与悲伤,让我们深深领略到他的性情和思想中涌动着的巴黎精神。他以城市中的"恶"为枢纽点,要写尽自己的情怀,写尽人类的命运,写尽世间的"生活""斗争""苦难""享乐"和"牺牲"③。当乡村让位于城市,当自然风景让位于人性,当"恶"成为发掘"美"的矿源,这让抒情诗得到了脱胎换骨的改造。这种全新的诗作会在当时的读者群中引起怎样的"惊骇"和"震颤",无论是同情、拥护和赞赏,还是羞惭、恐惧和愤怒,这都不是不可以想象的。

时代提出了要求,让诗人走进了城市和现代人的内心世界;生活激发了灵感,让诗人把握住丰富的新感觉和新经验提供的契机,借此改造诗歌的语言、意象和情调;天才发现并抓住了历史为诗歌转型提供的新的机缘,创作出一种与现代生活相符合的全新的抒情诗类型,由此开创了一个新的诗歌传统。基于这样的认识,我们就不难理解蒂博岱何以会说波德莱尔的诗歌"只有在大城市这样的环境中才能够绽放",而"在乡村或小城市中,它们是绝不可能产生或被感知的"④。

对现代生活和现代人性的关注贯穿了波德莱尔的一生。早在青年时代,

---

① 见波德莱尔在《恶之花》受到法庭追究时准备的辩护词,《全集》,第一卷,第 195 页。
② 参阅波德莱尔 1859 年 5 月 14 日致纳达尔(Nadar)信,《书信集》,第一卷,第 573 页。
③ 波德莱尔把这五点概括为人的命运的体现方式。见他所著《论戴奥菲尔·戈蒂耶》一文中对巴尔扎克笔下人物的论述,《全集》,第二卷,第 120 页。
④ Thibaudet, *op. cit.*, p. 22.

他就通过两篇《沙龙》(《1845 年沙龙》和《1846 年沙龙》)讨论艺术的"现代性"问题,呼吁认识"现代生活中的英雄主义",发掘当代城市生活和日常经验中包含的众多史诗性和抒情性因素,辨识构成现代性的"新热情形式"以及"美的特定类型",把"世俗"锻造为"神圣",创作出无愧于时代的经典作品。这种对艺术家的要求也指导着他自己的诗歌创作实践。1852 年,他在将《晨暮(二首)》(*Les Deux Crépuscules*,即《晨曦》和《暮霭》两首诗)连同一些文论寄给母亲时,不忘说明"这些文字特别有巴黎味,是关于巴黎和为巴黎而作的",并且还进一步指出:"如果脱离其巴黎背景而能读懂它们,我对此表示怀疑。"[①]在他的心意中,所谓现代诗歌首先就是一些巴黎诗歌。1857 年《恶之花》第一版的发表,以惊人的方式展现了抒情诗的现代可能性,标志着城市诗歌这种新类型的现代抒情诗开始形成。不过,诗人也许觉得在这个版本中城市因素还没有得到足够的强调,因而他在《恶之花》初版发行不久即着手准备诗集的第二版。1861 年发行的第二版打破了原来诗歌篇目的编排顺序,并新增了几十首新近创作的作品。其最显著的变化就是,诗人借用 8 首旧诗,连同 10 首新作,专辟一章,取名《巴黎图画》。诗人由此明确表达了其在抒情诗中对"巴黎性"(la parisianité)的诉求。几乎在这同时,他还开始大量创作被称为《巴黎的忧郁》的散文诗。

《恶之花》初版发行后虽然遭到司法追究,但波德莱尔对自己诗歌的未来命运始终充满自信。他"非常自豪自己写了一部洋溢着恶的恐怖与可憎的书"[②],非常满意自己出版了这样一本"具有一种阴郁、冷峻之美"的书,并且确信"这本书,将带着它的优点和缺点,跟雨果、戈蒂耶,甚至拜伦(Byron)的诗歌一道,在文学公众的记忆中流传下去"[③]。《恶之花》第二版面世后更让他信心满满地写道:"我的思想属于不合流俗的一类,因而我挣不了大钱,但我却会留下巨大的名声,我知道。"[④]他做到了这点,这有瓦莱里的证言:"波德莱尔跻

---

① 波德莱尔 1852 年 3 月 27 日致母亲信,《书信集》,第一卷,第 191 页。
② 波德莱尔 1857 年 7 月 20 日致皇族事务部部长阿希尔·福尔德(Achille Fould)的信,《书信集》,第一卷,第 416 页。
③ 波德莱尔 1857 年 7 月 9 日致母亲信,《书信集》,第一卷,第 411 页。早在 1847 他就曾对母亲表示说:"我相信,后世跟我是有关系的。"(1847 年 12 月 4 日致母亲信,《书信集》,第一卷,第 144 页)
④ 波德莱尔 1861 年 5 月 6 日致母亲信,《书信集》,第二卷,第 151—152 页。

身于荣耀的顶峰。这部不足三百页的小书《恶之花》,在文人的评价中,是与那些最著名、最广博的作品等量齐观的。"①他甚至比自己所想象的做得更好。的确,自他以来,还没有哪位诗人能在世界范围内比他更多地激荡起人们的热烈情绪。

  后世学者普遍把波德莱尔的诗歌创作视为一个起点,认为正是他的作品开启了现代诗歌的新纪元。他基于对现代生活的关注而创作的大量歌咏巴黎的诗篇树立起了现代诗歌的形象,成为后来各种诗歌运动极具活力的源头之一。这些作品的作者也以其丰富性和复杂性,成为后来许多流派相互争夺的一位精神领袖。艾略特(T. S. Eliot)甚至赞誉他是"现代所有国家中诗人的最高楷模"②。自他开始,抒情诗的大门向现代资本主义大城市洞开,而基于新观念的现代主义文学也就此在城市中生根发芽,开花结果。

---

 ① Paul Valéry, *op. cit.*, p. 598.
 ② T. S. Eliot, « Baudelaire », *Essais choisis*, traduit de l'anglais par Henri Fluchère, Paris, Le Seuil, 1950, p. 334.

第 二 章

《巴黎图画》的生成

  《恶之花》的出版标志着一种全新的城市诗歌开始形成。《恶之花》第二版中新设原本在初版中并不存在的《巴黎图画》一章，以及散文诗《巴黎的忧郁》的创作，都显示了波德莱尔越来越强化自己诗歌中"巴黎性"和"现代性"的良苦用心。从某种意义上说，他是把《巴黎图画》当作自己最典型的城市诗歌来打造的。蒂博岱对此深有会心，他在《内在》一书中论及《恶之花》和《巴黎的忧郁》时指出：

> 所有这些诗歌几乎都可以用《恶之花》中《巴黎图画》一章的标题冠名，这是一些生动别致的图画，但尤其是一些内在的图画，是一个灵魂在大城市中的真情表白，是一个大城市的灵魂的真情表白。这不仅是新的战栗，而且是波德莱尔为诗歌开辟的新的局面。①

这意味着现代大城市（尤其是巴黎）始终以各种或隐或显的形式为他的诗歌创作、审美趣味和思想意识提供着本底、参照或支撑。法国学者雷蒙·让（Raymond Jean）认为，在描绘城市景物、体现与时代紧密相关的现代意识方面，"《巴黎图画》一章也许是最敏锐的（也是最富人性的，最动人的）"。他把这一章中那些表现"行人、瞎子、小老太婆、红发女乞丐迷失在'古老首都弯弯曲曲的皱褶里'"的诗歌，那种"描绘街道、潮湿的马路、兵营的院子和医院，以及

---

① Albert Thibaudet, *op. cit.*, p. 7.

世间一切苦难的带有写实特点的诗歌",看作是"波德莱尔最为擅长的诗歌之一"①。

作为波德莱尔城市诗歌最典型代表的《巴黎图画》的形成,并不是一蹴而就的,而是经过了长期思考和斟酌的结果。其中有些篇目距离其最初的创作时间甚至长达二十年左右。《巴黎图画》的缓慢形成过程,充分显示了其作者对艺术创作的特别看重以及在艺术创作中追求至善的谨严态度。我们从《恶之花》中提取《巴黎图画》作为波德莱尔城市诗歌的样本,对它的形成过程进行梳理,这可以帮助我们管窥波德莱尔诗歌灵感的发生方式、审美趣味和思想观念,廓清他的诗歌经验和美学经验的某些重要方面。

第一节 "颂扬对图像的崇拜"

波德莱尔承认,他自己的文字"惯于与造型表现相比拼",尽管对于某些形象所包含的启发性,他"可能表现得还并不充分"②。《巴黎图画》的得名,显示了他要用自己的笔与造型艺术进行搏斗的意愿,把诗歌做成展现时代风俗的"图画"。作为诗人,波德莱尔从一开始就始终对视觉图像有着深刻的直觉:他把一切所见都看成图画;他把一切事物都变成图画;他把内心的真实表现为图画。更有甚者,正是通过图画,他让当时的公众在感情上深感不安和伤害,因为他们在这些图画中认不出文学传统长久以来让他们所习见的表述、形象、文风和观念。"在诸如此类的图画中,总是可以采集到一些不健康的观感",皇家总检察官的代理人恩内斯特·皮纳尔(Ernest Pinard)在起诉波德莱尔的《公诉状》中大声发出如此惊呼。③ 最终的判决书中也沿用了"图画"一词,认为"他所呈现的阴郁图画以其粗鄙的且有伤风化的写实刺激感官,(……)对公序良俗造成损害"④。这一切甚至发生在诗人找到"图画"一词来命名《巴黎图画》之前。的确,当诗人把目光投向巴黎所代表的周遭世界,他只看到"巴黎拥

---

① R. Jean,《 Baudelaire 》, in *Histoire littéraire de la France*, t. V (1848-1913), Éditions sociales, 1977, p. 155.
② 《现代生活的画家》,《全集》,第二卷,第 722 页。
③ 皮纳尔的《公诉状》附录在《全集》第一卷中,引文见第 1208 页。
④ 附录在《全集》第一卷中的《判决书》,第 1182 页。

挤如蚁的画面"①和"满是惊恐的阴暗图画"②;当他看到古老修道院的大墙上"一幅幅图画展示神圣的真理",他不禁自问道:"什么时候我能 / 将我这悲惨生活的生动情景 / 亲手画成画儿,让我大饱眼福"③;当"奇观布满睡眠",让他在梦幻中变成"仙境的建筑师",他会"像画家恃才自傲,/ 在自己图画中欣赏 / 用金属、水还有石料 / 构筑的单调的景象"④。

波德莱尔很早就涉足文学艺术界,而他最初的身份并不是诗人,而是一位绘画、素描、漫画等造型艺术的爱好者。最先让他在文坛获取声名的也不是诗歌,而是他发表的一系列评论当代美术作品的文字,其次是他大量翻译的爱伦·坡的著作。诗歌应当是他最后的(同时也是最高的)成就。他对于一切跟图像和文字有关的东西有着天然的癖好,这部分得益于父辈的遗传和他生长的家庭环境。他的生父约瑟夫-弗朗索瓦·波德莱尔(Joseph-François Baudelaire)是一个有艺术品位和文化修养的人,同时也是一位差强人意的画家,尤擅水粉画,而弗朗索瓦的第一任妻子也是画家。他们位于沃特福耶街的寓所中放着俩人的作品,以及一些朋友的作品。离他们家近在咫尺的卢森堡公园和卢森堡宫可谓是露天的雕塑博物馆,那是弗朗索瓦曾任职参议院办公室主任时工作的地方,也是他经常带着小波德莱尔去散步的去处。到弗朗索瓦去世时,波德莱尔与他的生父共同生活了六年时间。这段在艺术家父亲身边度过的童年生活,连同当时家中精致而得体的陈设,让他受到了造型艺术的熏陶,培养了他受用一生的对于艺术的兴趣。他后来在为个人生平所记要点中写道:

  童年时代:老家具,路易十六风格,古董,执政府时期风格,粉彩画。18世纪类型的社交生活。

  (……)

  从儿时起,就一直对一切图像和一切造型表现感兴趣。⑤

---

① 《小老太婆》,《全集》,第一卷,第90页。
② 《我喜欢回忆赤身裸体的时代》(J'aime le souvenir de ces époques nues),《全集》,第一卷,第12页。
③ 《坏修士》(Le Mauvais Moine),《全集》,第一卷,第15—16页。
④ 《巴黎之梦》(Rêve parisien),《全集》,第一卷,第101—102页。
⑤ 《全集》,第一卷,第784—785页。

他在随笔《我心坦白》(Mon Cœur mis à nu)中坦言了图像对于他的重要性：
"颂扬对图像的崇拜（我巨大的、我唯一的、我原始的激情）。"①

　　学生时代，波德莱尔上数学课时却会聚精会神地去写诗；在上英语课的学生中没有他的名字，而在图画课上却可以看到他的身影。青年时代的波德莱尔把上博物馆、看沙龙画展当成一桩赏心乐事。他自认为有绘画收藏家的所有品质。对图像的"崇拜"和"激情"有时候甚至迷惑了他的眼光，驱使他以近乎于丧失理智的方式收购画作。他在这方面也像在饮食和服饰方面一样，贯彻了他纨绔子的精神。② 波德莱尔不仅有对于绘画的兴趣，他自己也有绘画才能，而且他还从画家朋友埃米尔·德洛瓦(Émile Deroy)那里学到了许多绘画方面的技巧问题，同时德洛瓦也引起了他对德拉克罗瓦(Eugène Delacroix)的关注和欣赏。他所绘的一些素描笔触准确、练达，不输专业人士。他还对造型艺术理论感兴趣。40年代中期，他一度想为文学刊物《巴黎评论》(Revue de Paris)投一篇被他称作"画经"(livre de peinture)的稿子，后来又打算把这篇稿子扩展为《现代绘画史》(Histoire de la peinture moderne)，这是他梦想完成的美学评论，其中的许多内容收入到了关于1845和1846年画展的两篇沙龙中。德拉克罗瓦、德冈(Decamps)、柯罗(Corot)等人以所表现场景的大气、色彩的浓烈对比，以及画面中洋溢着的富有现代气质的激情而受到他的热烈称赞，相反，"漂亮"、虚浮的维尔奈(Vernet)之流则被他挖苦得体无完肤。50年代中后期，波德莱尔在美术评论中把重点进一步放在了对艺术现代性问题的讨论上。梅里翁(Charles Meryon)表现巴黎建筑的那些交织着写实与奇思异想的系列版画，以及居伊通过速写风格的绘画对现代公共生活和私人生活场景的搜罗，让在诗歌中追求"巴黎性"和"现代性"的诗人感到深深的投契，把对他们的激赏写在了《1859年沙龙》(Salon de 1859)和《现代生活的画家》(Le Peintre de la vie moderne)中。正是在这段时间，波德莱尔开始构想要在

---

① 《全集》，第一卷，第701页。
② 他从父亲那里继承的近十万法郎遗产可以让他不分轻重地铺张挥霍，但却让家里人不安，决定为他安排一位法定监护人管束他的开销。在向法院提出的申请中特别提到两个例子，一个是一家餐馆向他索要所赊的900法郎欠账，另一个是他以400法郎买下的两幅画在转售时，结果只拍出了18法郎。参见为波德莱尔指定法定监护人的判决书，其中引录了申请书中的部分内容。克雷佩将这份判决书发表在1937年3月15日的《法兰西信使》杂志上，第634—635页。

《恶之花》新版中加入《巴黎图画》这个章节。而且,他还把《巴黎图画》中的《巴黎之梦》一诗题献给了居伊。波德莱尔把自己的全部艺术评论集为一册,取名《美学奇珍》(Curiosités esthétiques),其中除一篇是论述瓦格纳(Wilhelm Richard Wagner)的音乐外,其余全部是关于美术的,涉猎广泛,对油画、素描、漫画、雕塑等各类作品无不娓娓道来,对相关艺术家的评说精辟而又充满热情。60年代中期,波德莱尔在偏瘫和失语症的折磨下已经卧床不起。在他经受漫长的弥留期间,他只能靠哼出模糊不清的"浑球"(crénom)二字来表达他的愤怒和痛苦。在此期间,只有当别人跟他提起马奈(Édouard Manet)和瓦格纳的名字时,他才会露出开心的表情。[①] 艺术是他临终前最后的慰藉。

波德莱尔承认自己"那双年轻的眼睛"早早就"充满着绘画形象或雕刻形象"[②]。而他与书籍和文字的接触也是相当早的,这也一定丰富了他在绘画方面早熟的想象力:

> 我的小摇篮就紧紧挨着书柜,
> 阴暗的巴别塔,小说、韵文、科学,
> 拉丁灰烬,希腊尘埃,杂然一堆,
> 我身高只如一片对开的书页。[③]

耳濡目染的熏陶培育了他童年的好奇,也培育了他一生的志趣,让他把周围的世界看成是他要去发现和开发的一个装满"图像"的藏书阁,一个充满"奇观"的博物馆。如果说成年后诗人的眼睛有如附了魔法,能够将城市中一块平淡无奇的地面看成光华灿烂的花园,能够将庸常稀松的巴黎生活场景化成富含诗意的图画,能够将正在进行大规模城市改造的工地变成对于情感和精神珍

---

① 阿斯里诺在波德莱尔神志不清后写给尚弗勒里(Champfleury)的信中说:"马奈是最后一个让他怀有友谊和激情的人。"波德莱尔的母亲在诗人去世前一个月致信阿斯里诺:"夏尔想见到画家马奈先生;可惜我没有他的地址,不能写信告诉他,他的朋友在大声呼唤着他。"特鲁巴(Jules Troubat)在看望病榻上的波德莱尔后于1867年1月21日写信给普莱-马拉希说:"我看到的是以前的波德莱尔的影子,但还是很像他的。当我向他提到一个画家的名字时,他表现出了最大的愤怒(还是跟以前一样),但当我跟他说起瓦格纳和马奈的时候,他就快乐地笑了。"莫里斯夫人(Mme Maurice)曾用钢琴为病中的波德莱尔演奏瓦格纳的音乐,这让他"非常快活",露出"活跃的表情"。
② 《1859年的沙龙》,《全集》,第二卷,第624页。
③ 《声音》(La Voix),《全集》,第一卷,第170页。

宝的挖掘，那是因为这位孩子长大成人后并没有丢失掉自己孩子时候那种充满惊奇的目光。

阿斯里诺曾见证说：

> 波德莱尔"年纪轻轻就成名了"。他才二十来岁，文艺青年圈子中就已经在谈论他了，说他是一位"别出心裁"的诗人，训练有素，取法于路易十四时代以前那些硬朗而率直的大师。(……)从行文、风格、严谨、明晰、准确等方面的种种长处来看，这种相似性是可以说得通的。①

阿斯里诺还提到，收入《恶之花》第一版中的大部分篇什在1843—1844年左右就已经写出来了，"12年后诗人发表它们时，没有什么要添加的。他早早就已经是自己风格和才智的主人了。"②我们知道，波德莱尔其实是在不断地修改和完善自己的诗作，常常是这里动一个字，那里改一个词，甚至时不时为一个标点符号的用意而辗转推敲。他的几乎每一首诗在发表前都有多个版本，而有些诗在发表后又有新的版本，似乎对他来说并不存在作品的所谓最终的完善状态。例如《七个老头》一诗的前后各种不同版本就有七个之多。由于他不像有些诗人那样明确标示作品的写作日期，这让今天的人很难确定他的诗作的创作时间，而只能通过一些诸如书信往来、杂志通告、朋友证言，甚至文体风格、思想内容等间接证据推断出创作的大致时期。对他作品生成过程的研究并非是没有意义的，因为这个问题不仅仅是关乎一首诗是怎样形成的，而且还因为这可以帮助我们窥探波德莱尔灵感生发和诗歌创作的奥秘。

第二节 《恶之花》第一版中的"巴黎图画"

《恶之花》首次成书刊行，是在1857年6月。这年年初，诗人致信出版商普莱-马拉希，称自己"喜欢那些神秘的标题，或者那些像炮仗一样的标题"③。两年前的1855年，诗人就曾以"恶之花"作为总标题，在6月1日那期《两世界

---

① Asselineau, *Charles Baudelaire, sa vie et son œuvre*, in *Baudelaire et Asselineau*, op. cit., p. 64.
② Ibid., p. 65.
③ 波德莱尔1857年3月7日致普莱-马拉希信，《书信集》，第一卷，第378页。

评论》(Revue des Deux Mondes)上发表过 18 首诗作。"恶之花"的说法并非波德莱尔本人的发明,而是诗人采用了朋友巴布(Hippolyte Babou)给他的建议。在这之前,波德莱尔原本为自己诗歌在未来结集发表设想了两个标题,一个是从 40 年代中期开始就多次通告"即将面世"的《莱斯沃斯岛的女子》(Les Lesbiennes),另一个是后来替代这个标题的《灵薄狱》(Les Limbes)。他于 30 岁生日当天(1851 年 4 月 9 日)发表在《议会信使报》(Le Messager de l'Assemblée)上的 11 首十四行诗,就是以"灵薄狱"作为总标题的,而且还特意说明完整诗集即将出版,"旨在描述现代青年人精神骚动的历史"。第一个标题中的"莱斯沃斯岛"在希腊爱琴海上,是古希腊女抒情诗人萨福(Sappho)的出生地。据传萨福有大量情诗是写给自己的众多女弟子的,因而"莱斯沃斯岛的女子"这一说法多少有对于"女同性恋者"的暗示。波德莱尔以此作标题,这在当时是的确具有"像炮仗一样"的效果的。第二个标题中的"灵薄狱"具有宗教色彩,意为"地狱的边缘"或"天堂与地狱之间的区域"。犹太教认为这是弥赛亚降生之前,众先知死后所前往等待救世主救赎的地方;天主教认为这是那些不曾被判罚,但又无福与上帝共处天堂的灵魂安身的地方,同时也是安置那些未受洗礼而夭折的婴儿灵魂的地方。这个标题当属于那种"神秘的标题"。最终的书名《恶之花》兼具了"炮仗"和"神秘"的特点,应该是最合于诗人心意的。

1857 年出版的《恶之花》除序诗《致读者》(Au Lecteur)外,正文共有诗 100 首,分为五个章节,按顺序分别是《忧郁与理想》(Spleen et Idéal)、《恶之花》(Fleurs du mal)、《反抗》(Révolte)、《酒》(Le Vin)、《死亡》(La Mort)。各个章节中诗歌数量的分配并不均衡,其中第一个章节占了全书的大半篇幅,有诗 77 首,而第三和第五两个章节则各只有三首诗。在这个版本中并没有只有在后来的版本中才出现的《巴黎图画》这个章节。不过这个版本中有 8 首诗在后来的版本中调整到了《巴黎图画》中。这 8 首诗全部出自初版中的《忧郁与理想》一章,按它们在诗集中的顺序分别是《太阳》(Le Soleil,序号 II)、《雾和雨》(Brumes et pluies,序号 LXIII)、《致一位红发女乞丐》(À une mandiante rousse,序号 LXV)、《赌博》(Le Jeu,序号 LXVI)、《暮霭》(Le Crépuscule du soir,序号 LXVII)、《晨曦》(Le Crépuscule du matin,序号 LXVIII)、《您曾嫉妒过的那位善良女仆》(La Servante au grand cœur dont vous étiez jalouse,序号LXIX)、《我没有忘记,离城不远的地方》(*Je n'ai pas oublié, voisine de la ville*,序号LXX)。

以下我们将按创作时间——有些是可能的或大致的创作时间——先后,分述各诗生成情况。

一、《太阳》

《太阳》是第一版《恶之花》正文中的第二首诗。在第二版中占据这个位置的是《信天翁》(*L'Albatros*)。先后占据这个重要位置的这两首诗都可以看做是对诗人角色和境况的象征。

许多学者都把《太阳》归为波德莱尔的早期作品,安托万·亚当(Antoine Adam)甚至认为"这首诗是《恶之花》中最平庸的篇什之一"[1]。在《恶之花》第二版中,这首诗在全书中的重要性有所减弱,但作者把它放到了新增的《巴黎图画》一章第二首的位置上,这也部分保持了其重要性,可见波德莱尔本人是很看重这篇作品的。位置的改变多少带来这首诗歌含义的改变。第一版中,着力点可以说是不经意地放在诗人的创造作用上,而第二版中把这首诗安排在《巴黎图画》的开头部分,则把注意力引向了太阳和城市风景对于诗歌创作活动的激励作用。

这首诗的具体创作时间不详,但极有可能是《巴黎图画》全部诗歌中最早完成的。由于直接证据阙如,学者们只有通过对文体和作品所营造情感氛围的分析来支持他们的意见。读者很容易从作品对太阳功效的赞颂中,体会到其中流露出来的踌躇满志的乐观情怀,而这正是波德莱尔年轻时才有的情感特点。开头和结尾部分那些诗句对城郊地带景象的展现,以及这些诗句在意象和句式两方面显而易见的散文化特点,不禁让人想到让他在年轻时代喜欢阅读并深受影响的圣-伯甫的《约瑟夫·德洛尔姆》。我们之所以说这首讲到诗人"在各个角落嗅寻偶然的韵脚,/绊在字眼上,一如绊在路石上"的诗歌散发着二十岁左右年轻人的清新气息,还因为慷慨惠施的太阳这一主题和四处巡行搜寻韵脚的诗人这一主题经常出现在"七星诗社"(la Pléiade)诗人或巴

---

[1] 见安托万·亚当所编《恶之花》中的评论。Antoine Adam, *Les Fleurs du mal* (introduction, relevé de variantes et notes par), Bordas, coll. Classiques Garnier, 1961, p. 377.

洛克时期诗人的作品中,而波德莱尔年轻时从他们那里所学甚多。例如布瓦洛就曾在《书信体诗》第 6 首中写道:"有时候我为写诗而寻找韵脚,／在树林间将逃逸的字眼找到。"①如果对这首诗歌创作时间的推断成立,那就可以说,波德莱尔在他创作之初,曾努力尝试用现代方法和现代意象来处理七星诗社诗人或巴洛克诗人的一些主题。在另一首"巴黎图画"——《致一位红发女乞丐》中,我们也可以看到同样的情况。

二、《致一位红发女乞丐》

波德莱尔发现七星诗社诗人,应该是得益于圣-伯甫的推介。直到 19 世纪 40 年代,当时的人主要是通过圣-伯甫的论述来了解法国文艺复兴时期诗人的。圣-伯甫发表于 1828 年的《16 世纪法国诗歌和法国戏剧概貌述评》(*Tableau historique et critique de la poésie française et du théâtre français au XVIᵉ siècle*),让法国浪漫主义时期的作家们找到了返本归源的可能性,让他们发现可以到七星诗社诗人那里去寻找让抒情诗重新焕发青春的解救之道。他们在龙沙(Pierre de Ronsard)等人的诗歌中找到了被古典主义时期诗人弃之不用的种种富于变化并充满魅力的韵律,纷纷效仿用奇数音节的诗行赋诗,打破了两个世纪以来亚历山大体诗(alexandrin,即十二音节诗)一统诗坛的局面,让诗句显得清新活泼,由此拉开了诗歌格律解放的帷幕。后来出现的松散错位的亚历山大体诗、自由诗、散文诗等,便肇端于此。《致一位红发女乞丐》也是波德莱尔的早期作品,该诗在写法上多有对文艺复兴时期诗人的模仿痕迹,体现了作者对那个时代的仰慕之情。

菲利克斯·纳达尔(Félix Nadar)讲述说,他曾于 1839—1840 年间在冉娜·杜瓦尔处亲眼读到过这首诗。② 夏尔·库然(Charles Cousin)是波德莱尔曾经就读于路易大帝中学(le collège de Louis-le-Grand)时候的校友。他在诗人去世后所写的回忆中称,1842 年波德莱尔居住在巴黎市中心圣路易岛(l'île Saint-Louis)上的贝图纳河滨路(quai de Béthune)10 号(今 22 号)时,这首诗是已经完成了的。库然对波德莱尔当时住处的描写显得有些怪诞:

---

① Boileau, *Œuvres complètes*, éd. Françoise Escal, coll. Bibliothèque de la Pléiade, 1966, p. 122.
② Nadar, *Charles Baudelaire intime*, Blaizot, 1911, p. 27.

　　　　我们的这位同学住在贝图纳河滨路的一个底层,他在那里安放了一些箱柜、一张带旋转腿儿的桌子、一些威尼斯镜子、一些书,不是很多(主要是龙沙和七星诗社的作品,雷尼耶(Régnier)的作品是后来才有的),还有几只猫,以及一个用棕色橡木做成的床一样的东西,又没有腿儿又没有支架,活像是凿刻出来的棺材,我想他有时候就躺在里面。①

就是在这里,波德莱尔有时候在朋友们的恳请下,用他那呆板单调但语气断然的声音"像念经一样朗诵自己的诗句"。库然继续写道:

　　　　我至今仿佛仍然听见他带着满意的神色,一字一顿地朗诵他早期写给"一位红发女乞丐"的那些迷人诗节中的第四行(……)。②

库然还特别说明,波德莱尔的早期作品不止于此,其中有不少并未收进1857年出版的诗集。

　　埃米尔·多迪庸(Émile Dodillon)手上有一份这首诗的手稿,他抄录了这份手稿与最终版本之间的异文,将其发表在1911年11月1日的《法兰西信使》(Mercure de France)杂志上。③ 异文虽然并不太多,但对于喜爱波德莱尔诗歌的人来说,哪怕最微小的改动也总是值得深究的。这首诗的最初版本看上去有点像是对文艺复兴时期诗人和巴洛克诗人的仿效之作:用词偏好古风,韵律采用龙沙的风格,行文有"七星诗社"艳情笔法,语气中带有巴洛克类型的闲趣和诙谐。

　　诗作在模仿文艺复兴时期诗人风格的同时,还巧妙地把龙沙和贝罗(Belleau)二人的名字用在韵上,不动声色地表达了对前辈诗人的敬意。诗中有七星诗社诗人的气象,行文优美从容,意象清新质朴,其灵活机巧的节奏最是令人销魂。这首诗共有十四个诗节,每节有诗四行。全诗只用阳韵,无一阴韵,这种情况在法语诗歌中非常少见,只是偶尔出现在古典主义之前的某些诗

---

①　Charles Cousin,« À Monsieur René Pincebourde, éditeur », in *Charles Baudelaire, souvenirs-correspondances. Bibliographie, suivie de pièces inédites*, Chez René Pincebourde, 1872, p. 8.

②　Ibid., p. 9.

③　*Mercure de France*, n° XCIV, 1er novembre 1911, pp. 220-221. 多迪庸掌握的这份手稿现保存在法国普罗万图书馆(la bibliothèque de Provins)的"埃米尔·多迪庸赠藏"中。

歌中。① 诗人借用了龙沙的手法，让诗行间有音节长短的变化，即每节中的前三行为七音节诗，最后一行为四音节诗。让·波米埃(Jean Pommier)指出，这首诗的格律配置形式可能移植于龙沙《颂歌集》(*Odes*)中的两首诗歌：一首是《致百丽泉》(*À la fontaine Bellerie*)，这是一首七音节诗；另一首是《论挑选寿地》(*De l'Élection de son Sépulchre*)，这首诗每节中的第四行为四音节诗。② 波德莱尔的写法与这第二首如出一辙，所不同者在于，龙沙那首每节中的前三行为六音节诗。两位诗人都采用了平韵，即按 AABB 方式押韵的韵式，这让短促的第四行的韵出现得尤为突兀，强化了与前三行的音响对比。这种韵式连同张弛有序的结构，让诗句在音响效果上有如中国曲艺中的"三句半"，缓急有致，庄谐并举，铿锵悦耳。这就是为什么前面所引库然回忆中会特别提到"那些迷人诗节中的第四行"。

　　在用词方面，诗人偏好古词或词语的古形，显示他要作为"寻章觅句的仆役"(33 行)展现女乞丐迷人之处的意愿。在诗人眼中，这位贫贱女子的"美艳"胜过一切财富，她"若换上宫廷华服"，定会"让王族俯首帖耳，／不一而足"：

　　　　侍从们讨你示下，
　　　　许多王公和龙沙
　　　　都想去你的陋室
　　　　寻觅欢娱！

　　　　（……）

　　　　——可你却沿街行乞，
　　　　讨要些汤饭残遗
　　　　（……）。

---

① 此处所说的"阳韵"(rime masculine)和"阴韵"(rime féminine)是法语诗歌格律的规定。凡以不发音的"e""es"或由动词变位造成的不发音的"ent"结尾的韵为阴韵，其余的为阳韵。押韵必须阴韵对阴韵，阳韵对阳韵。除了在早期诗歌中外，一般要求阴韵和阳韵的交替轮转，例如一个有四行诗的诗节中，通常要有两个阴韵和两个阳韵。自古典主义文学起，主流诗学反对只押阴韵或只押阳韵的情况。

② Voir Jean Pommier, *Dans les chemins de Baudelaire*, Paris, José Corti, 1945, p. 111.

诗歌原文中出现的"déduit"("欢娱")、"gueusant"("行乞")都是法语里的古风用词。这首诗最初的两份手稿，一份是多迪庸掌握的那份，还有一份标题为《红发女乞丐的破裙》(*La Robe trouée de la mendiante rousse*)。这第二份手稿是波德莱尔在1851年底或1852年初连同另外十一首诗抄录给戈蒂耶的，准备发表在《巴黎评论》上。学术界把寄给戈蒂耶的这批作品称作《十二首诗》(*Douze poèmes*)。在最初的这两份手稿中都有如下诗句："Ton tétin blanc comme lait / Tout nouvelet"("你的酥胸似乳汁 / 鲜嫩白皙")。龙沙在《致百丽泉》中用过"nouvelet"(初生，幼嫩)一词，描写小羊羔"幼嫩的额头"("front nouvelet")。表示"酥胸"或"乳房"的古词"tétin"，多见于马罗(Clément Marot)、多比涅(Théodore Agrippa d'Aubigné)等诗人笔端。在《十二首诗》的那份手稿中，本已是古风词的"déduit"还写成了它的古词形"déduict"，可见诗人有坚定的拟古趣向。古风词和古词形的运用，自然让人联想到法兰西诗歌的第一个黄金时代。波德莱尔以此传承着那个让他所获甚丰的诗歌传统。

从这首诗的最初几个版本看，诗人当时对古风有一种自愿的，甚至刻意的追求。不过这不是那种依样画葫芦的描摹或亦步亦趋的照搬。文本呈现给我们的是一种技艺精湛的演练，是诗人对自己发出的一个挑战。在有意为之的模仿中发挥自己的创造才能，这是波德莱尔所采取的一种独特的进行创作的方式；要在被模仿对象所擅长的领域一展才情，夺取自己在这一领域本不具有的辉煌，这是波德莱尔作为诗人的雄心和自信。①

不过，对这种采撷16世纪古风的趣向，他并没有坚持多久。这首诗后来的各个版本显示，波德莱尔在保留龙沙式的声调和色调的同时，尽量抹除诗中体现自己"青年龙沙迷"(ronsardisme juvénile)②的那些太过明显的痕迹。《十二首诗》中的那份手稿上有诗人亲笔写下的一个旁注——"《女乞丐的破裙》(糟糕)"，这表明作者在1851—1852年间已经对这首诗不太满意了。显然他不再满足于过于浅表化的模仿，于是进行了一些修改。这些改动主要涉及某

---

① 波德莱尔后来对雨果等人的模仿也体现了这点。参见拙文《波德莱尔：雨果的模仿者》，刊载于《四川外语学院学报》，2002年第5期。

② Robert Vivier, *L'Originalité de Baudelaire* (1926), Bruxelles, Palais des Académies, 1965 (Nouveau tirage revu par l'auteur de la réimpression en 1952, avec une note, de l'édition de 1926), p. 144.

些字句的调整和某些字词的写法。1857 年,诗人放弃了古词形的"déduict"而写成"déduit"。而且他对表示"百合花"的"lis"和"lys"两种词形也颇犯踟蹰。在 1857 年的一份清样上,他把"lys"一词圈上,在旁边批注道:"lys / lis / ? / 大问题"。《恶之花》中的版本显示,诗人最终选用了"lis"这个更常用的词形。在出版《恶之花》第一版这年,"去龙沙化"的倾向已经十分明显了。在这个版本中,古词"tétin"被今词"sein"(胸脯,乳房)取代。在后来 1861 年的版本中,那些为七星诗社诗人所钟爱的带有昵称意味的词,如"blanchette"(白肤丫头)、"nouvelet"等,都不见了踪影。于是 1857 年版本中的第 1 行"*Ma blanchette* aux cheveux roux"("红发的白肤丫头")变成了"*Blanche fille* aux cheveux roux"("红发白肤的姑娘");第 23—24 行"Ton sein plus blanc que du lait / *Tout nouvelet*"("你的胸脯净又白 / 赛过鲜奶")变成了"Tes deux beaux seins radieux / *Comme des yeux*"("露出你一对美乳 / 好似明眸")。而且第 10 行中"une pipeuse d'amant"("追情逐爱的女郎")这种既古雅又放肆的说法变成了更为平和的"une reine de roman"("故事里讲的女王")。从这一系列版本的不同变化中我们看到,诗中对古代诗人的模仿痕迹越来越少,而对女主人公的歌颂则越来越凸显出来。直到《恶之花》第一版时,这首诗还像是受到古代诗人影响下的集句之作,而当它在《恶之花》第二版中成为《巴黎图画》的组成部分后,场景发生了改变,我们看到的是波德莱尔时代一个在巴黎沿街乞讨的可怜女子形象,这让我们相信,诗人波德莱尔越来越坚定地要探求大城市的诗歌。

说到这首诗所表现的主题,是否可以到巴洛克时期诗人所钟爱的"美丽女乞丐"的文学传统中去寻找渊源呢?瓦勒里·拉尔波(Valery Larbaud)就强调说,波德莱尔这首诗中的题材,可以在巴洛克传统的好些诗作中见到。他在《三个美丽女乞丐》(《 Trois belles mendiantes 》)一文中特别提出了法国诗人特里斯坦·勒尔米特(Tristan L'Hermite)的《美丽乞讨女》(*La Belle Gueuse*),意大利诗人阿基利尼(Claudio Achillini)的《美丽女乞丐》(*La Bella Mendica*)和英国诗人菲利普·埃尔斯(Philip Ayres)的《关于一位美丽女乞丐》(*On a Fair Beggar*)。① 这几首写女乞丐的诗有一个共同点,就是歌唱破衣烂衫遮掩不住的女子胴体的美艳。波德莱尔在借用这一传统题材时,引入了一个比他的前辈们更接近于现代审美意识的视角,那就是唯有诗人才会抱着足够谦卑和足够神圣的态度去发现和赞赏那种隐秘的带有病态的"美",正如他在诗中第二节所写的那样:

> 对我,孱弱的诗人,
> 你这年轻的病身,
> 布满了红色斑点,
> 何其甘甜。

如果说诗中的题材并非波德莱尔的独创,但诗人对这一题材的发挥显然已经超越了那种"带着古老趣味的把玩"②。他达成了另外一种创造,为这个旧时的巴洛克风格的题材赋予了具有现代意味的浪漫主义审美情趣:感官层面的猎奇和愉悦让位给了创造之功的神奇和对卑贱者给予的同情。他的这种创造是由他作为现代人的审美经验滋养的,同时也是直接取源于现代生活的。

  除了文学传统方面的种种影响外,也可以把这首诗理解成是由真实事件触发而生的结果,即诗人很可能与他的朋友们一道在巴黎的大街上邂逅过这位行乞的姑娘。有证据显示,这位"沿街乞讨"的女子是真实存在的,而且在波德莱尔的朋友圈子中,大家都非常看好她身上具有的能够像缪斯一样启发创作才能的素质。埃米尔·德洛瓦是波德莱尔住在圣路易岛上时的邻居和好友,曾为波德莱尔画过肖像,被波德莱尔称作"大才",可惜26岁便英年早逝。他为我们留下了一幅这位沿街卖唱行乞的小姑娘的画像。画中人物和波德莱尔诗中的描写有一些显著的共同之处:白色的皮肤,"贫贱和美艳",眼神中显出病态又露着性感,棕红的头发包围着瘦削的脸庞。当波德莱尔为出版《恶之花》而对这首诗进行修改时,德洛瓦这幅令他印象至深的画作中所呈现出来的那种端庄高贵的格调,很可能对某些字句的改动产生影响,因为正如我们看

---

① Valery Larbaud,《 Trois belles mendiantes 》,*Commerce*,cahier XXIV,printemps 1930,pp. 22-25.

② Ibid.,p. 23.

到的那样,在这首诗最终印刷出来的版本中,诗人弱化了艳情笔法和谐谑语气,强化了赞颂的庄重。但是词语上的部分改动并不足以改变诗歌中那种不同于画作的总体基调,因而也就很难说这首诗是移植于德洛瓦的画作的。更恰当的说法也许应当是,启发波德莱尔创作灵感的主要是与这位年轻女乞丐的邂逅而不是绘画作品。

阿斯里诺在其所撰《夏尔·波德莱尔:生平与著作》(*Charles Baudelaire: sa vie et son œuvre*)中谈到了德洛瓦画中的人物:

> 这位弹吉他的小姑娘那时候经常在拉丁区转悠,让当时的画家、诗人等一干才智人士很是着迷。邦维尔(Théodore de Banville)的《钟乳石》(*Les Stalactites*)中有一篇叫做《致一位街头小歌女》(*À une petite chanteuse des rues*)的,写的就是她。她也就是《恶之花》中的那位红发女乞丐,至少我相信是的。①

邦维尔在《回忆录》(*Souvenirs*)中的记述可以佐证阿斯里诺所言。他写道:

> (那是)一个小姑娘,眼睛大大的,相貌端正脱俗,娇弱迷人,面色粉红,肌肤光洁,红红的嘴唇仿佛石榴一般,头发乱乱的,野性十足,散披在肩上。她在一束美丽的阳光下,抱着吉他边弹边唱。我久久端详着她,就像是异美奇香呈于眼前。当天晚上,我就竭尽所能地把当时的印象写进了一首题为《致一位街头小歌女》颂歌中。②

邦维尔是1845年3月在拉丁区的一条街上碰到这位姑娘的。他提到的那首"颂歌"收在1846年出版的诗集《钟乳石》中。也就是在那个时期,邦维尔恰巧在一个画商那里看到了德洛瓦那幅表现这个行乞女子的绘画。看他对这幅画

---

① Asselineau, *Charles Baudelaire, sa vie et son œuvre*, in *Baudelaire et Asselineau, op. cit.*, p. 68.

② Théodore de Banville, *Mes Souvenirs*, Paris, Charpentier, 1882, p. 89.

爱不释手，画商便把它当作礼物送给他了。① 如果把邦维尔对小吉他手的描写用在德洛瓦的画上，也应该是很贴切的。

《钟乳石》发表之际，尚弗勒里(Champfleury)在为该书所写的书评中也提到这位启发了邦维尔灵感的小吉他手：

> 《致一位街头小歌女》。——这位启发了诗人那些如此真实和如此生动的诗句的小歌女，你们也许认识。她是另一位弹吉他的姑娘的小妹。她们俩出入于香榭丽舍大街上的咖啡馆，年长那位抱着吉他美丽可人，另一位披着金黄色的长发，面容忧郁，颇有"配得上劳伦斯画笔"②的风范。有了邦维尔先生的描写，我不敢再在此赘述。涅艾拉斯(Neère)和密拉(Myrrha)的牧歌是另外一种阿荔吉(Alexis)和柯瑞东(Corydon)的牧歌。这些优美诗句有古代的纯洁之风，让人不介意在爱的方面各种方式并行不悖，而不是势不两立。③

雅克·克雷佩倾向于认为，这段文字暗示了邦维尔诗中的那位姑娘有"莱斯沃斯岛的女子"的取向。这样的事情对波德莱尔来说定非是无关紧要的，因为他

---

① 德洛瓦还画有一幅邦维尔父亲的肖像。德洛瓦去世后，邦维尔用表现女乞丐那幅画向画家的家人交换了表现他父亲的那幅。后来，雅克·克雷佩向画家家人购得了"红发女乞丐"那幅画。这幅画现藏于卢浮宫博物馆(le musée du Louvre)。这是克雷佩以必须展出为条件捐赠给卢浮宫的两幅画之一，另外一幅也是由德洛瓦所绘，是诗人皮埃尔·杜邦(Pierre Dupont)的肖像。关于德洛瓦所绘女乞丐那幅画命运的更多信息，请参阅：(1) Théodore de Banville,《 Émile Deroy 》, *Mes Souvenirs*, p. 89 *sqq.* ; (2) Claude Pichois et François Ruchon, *Iconographie de Charles Baudelaire*, Genève, Pierre Cailler, 1960, pp. 122-123，(3) Jean Ziegler,《 Jacques Crépet et la Petite Mendiante rousse 》, in *Bulletin baudelairien*, tome 7, n°2, le 9 avril 1972；(4) Jean Ziegler,《 Émile Deroy (1820-1846) et l'esthétique de Baudelaire 》, in *Gazette des Beaux-Arts*, mai-juin 1976.

② 语出邦维尔的诗句。此处的"劳伦斯"即英国画家托马斯·劳伦斯爵士(Sir Thomas Lawrence, 1769—1830)，他是19世纪早期英国肖像画家的代表人物，擅长用一种发光的效果塑造人物。在前文所引邦维尔《回忆录》的文字中就提到"一束美丽的阳光"。画家德洛瓦也对英国的肖像画崇拜有加。

③ 尚弗勒里的书评发表于1846年3月14日的《海盗—撒旦》(*Corsaire-Satan*)杂志。文中提到的"涅艾拉斯"是公元前4世纪希腊一位奴隶出身的名妓，因超阶级关系与雅典公民斯泰法诺斯(Stéphanos)订立婚约而引起轩然大波，被认为违反法律，有伤风化，损害国家荣誉。当时著名的政治家、演说家狄摩西尼(Démosthène)就此事写有一篇《诉涅艾拉斯辞》(*Discours contre Néère*)。"密拉"是希腊神话中的美女，她因爱上父亲并与之乱伦而受到神的惩罚，变成了没药树(myrrhe)。其子美男子阿多尼斯(Adonis)就是从没药树中出生的。"阿荔吉"和"柯瑞东"典出维吉尔(Virgile)的《牧歌》(*Bucoliques*)第二首，这是一篇歌咏同性之爱的诗，写牧人柯瑞东对具有奴隶身份的青年男子阿荔吉的单相思。

最初就打算为自己的诗集起名《莱斯沃斯岛的女子》。不过,波德莱尔诗中的内容和语气似乎更多是在暗示诗人与这位姑娘之间的紧密关系。的确,梯也姆(Thieme)和贝克尔(Becker)在他们所编《画家辞典》(*Dictionnaire des peintres*)"德洛瓦"词条中就说道,"小吉他手"的模特"被认为是波德莱尔过去的情人"。这可能就是波德莱尔 1842 年 6 月 9 日写给普拉隆(Ernest Prarond)的信中描述的那位女子:"脸蛋还算漂亮,五官分明,特征突出,黑色的眼睛美极了,面色有些苍白,显出倦容。"①1845 年 9 月 28 日的《剪影》(*La Silhoutte*)周刊上发表过一首题为《致一位卖艺女子》(*À une jeune saltimbanque*)的十四行诗,署名普利瓦·当格勒蒙(Privat d'Anglemont),而今天的学术界公认这篇东西出自青年时期的波德莱尔之手。② 这首诗似乎提供了行乞女子身体特征方面更具体的一些细节,其中的描写亦生动优美。这首诗是以追忆往事的语气写成的。诗歌第一句就宣示了诗人曾经对这位卖艺女子抱有爱慕之情。在最后两节中,诗人把这位浮现在记忆中的卖艺女子颂赞为具有普遍象征意义的形象:

> 吉他沙哑,裙子上面亮片闪闪,
> 在我眼中展现着诗人的梦幻,
> 霍氏的舞女,爱斯梅拉达,迷娘。③
>
> 你却谪落凡尘,我可怜的天使,

---

① 引自 Claude Pichois,《 La Jeunesse de Baudelaire vue par Ernest Prarond (documents inédits)》, *Études littéraires* [Québec], vol. I, n° 1, avril 1968, p. 121.

② 当格勒蒙确有其人,是波德莱尔青年时代的朋友,也喜欢舞文弄墨。普莱-马拉希曾爆料说,当格勒蒙署名发表过波德莱尔、邦维尔、奈瓦尔(Nerval)等人的诗作。当格勒蒙自己出版的诗集《小园圃》(*Closerie*)中并没有收录《致一位卖艺女子》。20 世纪 20 年代,美国的波德莱尔学者 W. T. 班迪(W. T. Bandy)把这首诗从故纸堆中发掘出来,并写下《是波德莱尔还是当格勒蒙?》(《 Baudelaire ou Privat d'Anglemont? 》)一文发表在 1929 年 11 月 9 日的《费加罗报》(*Le Figaro*)上,认为这首诗是波德莱尔假当格勒蒙之名发表的。

③ "霍氏"指德国作家霍夫曼(Ennst Theodon Amadeus Hoffmann),他在多部作品中塑造了一些能歌善舞的女子形象。"爱斯梅拉达"(Esmeralda)是雨果《巴黎圣母院》(*Notre-Dame de Paris*)中一位善舞的吉普赛女子。"迷娘"(Mignon,亦译"梅娘")是歌德(Johann Wolfgang von Goethe)《威廉·迈斯特的学生时代》(*Les Années d'apprentissage de Wilhelm Meister*)中的一位年轻女子,也是根据歌德作品改编的歌剧《迷娘》(*Mignon*)的女主人公。

> 大街上的王妃,在污泥中捡拾
> 铜子,好让粗鲁男友醉酒癫狂。①

这一形象究竟是红发女乞丐的亲姊妹还是她的堂表姊妹?抑或是否就是另外一天见到的女乞丐本人的样子?如果我们换一个角度来看,身份认定的问题也就不那么重要了。这首诗呈现在我们眼前的,是一位坠落在巴黎污泥浊土中的小舞女,她饱受摧残,美丽不再,激起偶遇她的诗人发出赞美和哀叹。这种由一个偶然事件引起的情感,诗人对它并不陌生。当年他在海上航行时就看到过一只虚弱的信天翁落到甲板上,粗鄙无礼的水手们抓住它逗乐取笑,让这位昔日"蓝天的君主""云端的王子"②显得既笨拙丑陋又羞愧难当。见此景象,诗人联想到了自己的命运,他当时体会到的感情同面对小舞女时的感情何其相似。

将一个庸常的事件转变为对理想的渴慕,这便是我们可以从《致一位红发女乞丐》一诗中获取的教益,而这首诗是这方面的成功范例之一。不过,尽管我们可以在这首诗歌对城市苦难者的理想化想象背后觉察到对社会不平等的某种抗议,尽管诗中的"街头歌女"让我们不禁想到《天鹅》一诗中卢浮宫前新卡鲁塞尔广场(le nouveau Carrousel)上的"天鹅",这首表现街头景象的诗歌因其带有艳情和风雅意味的描写,还算不上是波德莱尔最伟大的巴黎诗篇。就像在诗人许多青年时期的诗作中一样,这里涉及的是去发现隐藏在"恶"中的"花",而不是像在他壮年时的创作中那样直接咏唱"恶"之"花"。

三、写过去家庭生活的两首诗:

《我没有忘记,离城不远的地方》
《您曾嫉妒过的那位善良女仆》

作为诗人,波德莱尔的确善于将个人境况升华为具有普遍意义的人生经验,而与此同时,他在创作中却又始终尽可能地坚持不要让"诗人"和"普通人"两种身份混为一谈。也就是说,他并不喜欢在作品中描述和渲染属于自己私人生活的太多细节。然而我们看到,在他早期的"巴黎图画"中,有两首是写过

---

① 《全集》,第一卷,第 222 页。
② 《信天翁》,《全集》,第一卷,第 9—10 页。

去五味杂陈的家庭生活的,一首是《我没有忘记,离城不远的地方》,另一首是《您曾嫉妒过的那位善良女仆》。波德莱尔于1858年初致信母亲时,就这两首诗歌作了如下自述:

> 您没有注意到吗?《恶之花》中有两篇跟您有关,或者至少暗示了我们过去家庭生活隐私的一些细节,那时候您寡居在家,那段日子给我留下了特殊的和伤心的记忆。一篇是"我没有忘记,离城不远的地方……"(讲的是住在讷伊(Neuilly)时的事情),另一篇是紧接其后的"您曾嫉妒过的那位善良女仆……"(讲的是马丽叶特(Mariette)的事情)。我没给这两篇东西起标题,也没进行明确说明,是因为我讨厌把家庭隐私拿出去到处兜售。①

顺便说一下,波德莱尔在信中提到这两首诗时的顺序乍一看颇令人费解,这并不是几个月前才出版的《恶之花》中的顺序,而是几年后《恶之花》出第二版时它们在《巴黎图画》中的顺序。这是否意味着在1858年初时,诗人头脑中就已经对第二版中诗歌的编排顺序开始有了想法?

雅克·克雷佩认为,诗中提到的那所"白色的小房子"位于德巴尔卡岱街(rue du Débarcadère)11号。克洛德·皮舒瓦和让·齐格勒(Jean Ziegler)通过考证,证明他的推测是错误的。在德巴尔卡岱街的那个地方,波德莱尔的父亲生前拥有的只是一些并没有建房子的地皮。根据1827年8月23日签署的一份文书,丧偶后的波德莱尔母亲在1827年至1828年3月期间落户在讷伊区的塞纳街(rue de Seine)3号,所住的房子不知是借的还是租的,大致位于今天的戴高乐大街(avenue Charles-de-Gaulle)81或83号。这条街一度也叫作讷伊大街(avenue de Neuilly)。跟她一起住的有她的儿子,可能还有他们的女佣马丽叶特。诗人对这段短暂家庭生活的记忆并非全部都是伤心往事,他有时候回想过去,也把住在讷伊那段日子说成小时候的幸福时光——"童年爱情的绿色天堂"②。那段短暂的幸福时光成了他心中一个永久的幻影,时时让他为失去的天堂而深感痛楚。他在一封给母亲的信中表白过自己的心迹:

---

① 波德莱尔1858年1月11日致母亲信,《书信集》,第一卷,第445页。
② 《苦闷和流浪》(*Mœsta et errabunda*),《全集》,第一卷,第64页。

在我小时候，有那么一段时间我对你充满了炽烈的爱；不要怕，就听我说，看我写的。我还从来没有跟你说过这么多。我还记得有一次坐马车的事情；你在一家医院养病，从里面出来的时候给我看你为我画的那些画儿，向我证明你是一直想着你儿子的。你相信我有惊人的记忆力吗？我还记得后来的圣-安德烈-德-阿尔克广场（la place Saint-André-des-Arcs）和讷伊。记得那些长时间的散步，那些不尽的温情！我还记得那些一到晚上就变得如此凄凉的河岸。啊！对我来说，那可是享受温柔母爱的美好时光。请你原谅，我把那段对你来说也许很糟糕的日子说成是"美好时光"。反正那时候我一直是没有脱离你身体的小生命；而你也只属于我。你又是偶像，又是伙伴。你可能会感到惊讶，我竟然会饱含深情地谈到一段已经非常遥远的时光。连我自己都感到惊讶。之所以会这样，可能是因为我又一次有了一死了之的愿望，而旧时的事情就活灵活现地浮现在我的脑海中。①

在波德莱尔写给他母亲的大量书信中，这段文字应该是最动情也最感人的之一了。

作者在这两首诗中忠实于记忆，讲述了家庭内部生活的一些真实细节。这两篇作品在各个版本的《恶之花》中都是紧挨在一起的，我们似乎可以把它们当成一幅双联画来看。它们分别表现了波德莱尔童年时期忧郁的两个方面：《我没有忘记，离城不远的地方》用不明不暗的中间色调和不温不火、舒缓沉稳的语气，在营造出家庭生活中那种田园牧歌般安闲寂谧氛围的同时，也在字里行间让人隐隐感觉到一丝沉闷而凄清的忧伤；《您曾嫉妒过的那位善良女仆》则着墨狂暴，风卷残云，草木摇落，气氛萧瑟肃杀，情感大悲大喜，当真实与幻觉的界限消弭，死者在一个惊悚的时刻与生者重逢。

据普拉隆说，这两首诗属于波德莱尔的早期作品，在1843年底以前就已经写成了。从其中某些诗句的表现手法看，他的说法也可以得到印证。

卡米伊·莫克莱尔（Camille Mauclair）在其所撰《夏尔·波德莱尔》（*Charles Baudelaire*）一书中就《我没有忘记，离城不远的地方》一诗写道："这

---

① 波德莱尔1861年5月6日致母亲信，《书信集》，第二卷，第153页。

十行诗单纯洗练,那部让柯佩(Coppée)名声大噪的诗集《拉家常》(*Intimités*)中的每篇看来都是从这里来的。这简直就是用水彩和水粉画出来的,有柯罗(Corot)那小子的纯净优雅。"①诗中确有一种清新纯朴的气息,这正是波德莱尔早期诗作的典型特点,这在同为早期作品的《太阳》和《致一位红发女乞丐》也可以见到。另外,这首诗有点像是以家书形式进行的叙谈,这多少显示了诗人所受雨果的影响,而我们知道,波德莱尔年轻时是喜欢诵读雨果诗作的。吉拉尔-盖伊(Gérard-Gailly)就这个问题进行了研究,在他发表的《波德莱尔的一个渊源?》(《 Une source de Baudelaire ? 》)一文中谈到,有一次画家路易·布朗热(Louis Boulanger)要去图卢兹(Toulouse)和巴约讷(Bayonne),雨果用书信体写了一首诗给画家,而波德莱尔那首诗的抒情语气与雨果这首差相仿佛。雨果这首书信体诗收在《秋叶集》中,诗人在诗中建议画家在布卢瓦(Blois)稍事停留,可以到那附近他父亲雨果将军的"白房子"去歇歇脚:

> (……)出城后往南走,
> 找那个圆圆滚滚的绿色山丘
> (……)这所房子
> 映入眼帘,石头做墙,板岩做顶,
> 白白的,方方的,正与山脚齐平,
> (……)那是我父亲的住处(……)
> 小巧而雅致,常春藤爬满家门,
> 可让行色匆匆的旅行者喘息,
> 就像在温馨的家里得到休憩。②

皮舒瓦指出,雨果诗中"小巧而雅致"这一说法"体现的是旧制度时期(l'Ancien Régime,即法国大革命前实行王政旧制时期——引者注)最后那些

---

① Camille Mauclair, *Charles Baudelaire, sa vie, son art, sa légende*, Paris, Maison du Livre, 1917, p. XII, n. 1. 引文中提到的"柯佩"即法国作家弗朗索瓦·柯佩(François Coppée, 1842—1908),其作品对巴黎平民生活的现实主义描写颇有特色,善于像聊家常一样将普通生活的闲适和乐趣娓娓道来。"柯罗"即法国画家卡米伊·柯罗(Camille Corot, 1796—1875),擅长风景和人物肖像,其作品手法洗练而细腻,不施艳丽色彩,有质朴高雅的内在气质。

② 转引自 Gérard-Gailly,《 Une source de Baudelaire ? 》, *Mercure de France*, 1er juillet 1952, p. 558.

岁月里田园牧歌的梦想，而这一梦想就表现在巴嘎泰尔宅邸（Bagatelle）门楣上用拉丁文刻写的铭言中：*parva sed apta*（小巧但舒适）"①。波德莱尔诗中第二行也提到他们家那所白色的房子"小巧但安宁"，而当我们想到这位被诅咒的诗人将一生都居无定所时，这种"田园牧歌的梦想"就尤其令人扼腕歔歎。

在所有的社会圈子中，家庭是最小的单位，也是最温情的处所。作为能给予人最稳定幸福的家庭，其原型就是由圣父、圣母和圣子组成的"圣家族"（la sainte famille）。布拉泽·德·布里（Blaze de Bury）写于19世纪50年代的《红帽》（*Chaperon Rouge*）一诗可以让我们了解到，在当时那个时代，人们对家庭这个给人安全感的空间有着怎样的观念：

　　哦！我感谢你，安宁、神圣的住处，
　　普通居家的祥和，最后的救济，
　　天主用巨手鸟巢般将它佑护，
　　远离轰鸣在城市上空的雷雨！②

除了孩提时代那段短暂的"美好时光"，波德莱尔至死都无由享受这一小片安宁的幸福空间。就像他在另一首追念"家的温馨"的诗作《阳台》（*Le Balcon*）中所表达的那样，和谐完美的幸福只有藉回忆之功才能达成。对他来说，家的温馨永远都只是一个怀旧的对象。从这样的角度看，波德莱尔诗中的蕴涵是感人至深的。

既然缺失了家庭"内部"的温煦佑护，诗人便毅然转身到家庭"外部"去勇敢地拥抱艰难和险阻，把那里看作是自己夺取荣耀的领地。这可以部分解释他何以会在《巴黎图画》中带着不无尊重的态度，歌唱大街上那些完全被社会排挤出去了的族类——乞丐、老人、病人、妓女、赌徒、罪犯等等，把他们视为"家人"和"同门的族类"，对他们表现出感同身受的同情。同为第一批"巴黎图画"的《暮霭》一诗，向我们显示了这些既是城市生活边缘人物又是其中主角的族类所具有的共同点，那就是他们都被剥夺了享有"家的温馨"和"幸福"的权利。

---

① 见克洛德·皮舒瓦的解说，《全集》，第一卷，第1037页。
② 转引自 Hans Robert Jauss, *Pour une esthétique de la réception*, Paris Gallimard, 1978, p. 282.

《您曾嫉妒过的那位善良女仆》表现的主题正好是"家的温馨"的反面，与《我没有忘记，离城不远的地方》恰恰形成阴暗的对照。在诗中被唤起的回忆是关于当年家里的女佣马丽叶特的，她在波德莱尔的母亲守寡期间，像母亲一样照顾孩子，给他关爱。除了波德莱尔有几处提到她的零星文字外，我们对她的身世可以说一无所知。这些文字主要出自被称作《私密日记》(*Journaux intimes*，包括《火花断想》《身心健康》(*Hygiène*) 和《我心坦白》) 的手稿中：

> 我对自己发誓，从今往后要以下列规范作为我一生矢志不渝的规范：
> 每天早上向上帝祈祷，他是力量和正义的源泉；向我父亲、马丽叶特和坡（即爱伦·坡——引者注）祈祷，他们是代我向上帝求情的人；祈求他们赋予我力量，让我完成自己的义务（……）。①

> 祈祷：请不要在我母亲身上惩罚我，也不要由于我的原因惩罚我母亲。——我向您举荐我父亲和马丽叶特的灵魂。——请赐予我力量，让我立即投入到每天的义务中，并由此成为一位英雄和圣人。②

波德莱尔在自己创作的唯一一篇小说《拉·芳法萝》(*La Fanfarlo*) 中，为科斯梅里夫人 (Mme de Cosmelly) 的侍女起了"马丽叶特"这个名字，并对这个人物作了如下描写："夫人无论去哪里，身边总跟着一位相当优雅的女佣，其容貌和言谈举止看上去不像是佣人，倒像是闺蜜和贵人家的小姐。"③对这位"马丽叶特"的描写，不知道是否包含有作者对曾是他们家女佣的那位马丽叶特的些许记忆。在讷伊的那所"白色房子"生活期间，童年的波德莱尔与这位女佣亲密无间，受到了她无微不至的关怀。从《私密日记》中的文字看，他一直真诚地保存着对这位可怜女子的敬慕之情。这位女佣对小夏尔疼爱有加，她的柔情甚至可能到了让孩子母亲生出嫉妒的地步，以至于让孩子的母亲奥毕克夫人 (Madame Aupick) 不知以什么过错为借口把她打发走了。诗中的这段童年回忆很可能含有对奥毕克夫人的某种责备。看来，在讷伊表面的"安宁"生活背后，潜藏着更多我们想象不到的"故事"，可能是一些日常发生的变故，也可能是

---

① 《身心健康》，《全集》，第一卷，第 673 页。
② 《我心坦白》，《全集》，第一卷，第 692—693 页。
③ 《全集》，第一卷，第 556 页。

一些情感和精神方面的纠葛。要写出这些如此动情并感人至深的诗句,诗人就不可能不在情感反应上与现实人生中那些充满人性的因素发生共鸣。亨利·朗博(Henri Rambaud)就贴切地论述了"女仆"在这首诗生成过程中的重要性:

> 我不相信撇开身世方面的那些具体来源,就可以让《恶之花》变得更伟大。不久前,保尔·瓦莱里在谈到《您曾嫉妒过的那位善良女仆》时写道:"这行诗句很有名,在其十二个音节中包含了整整一部巴尔扎克的小说,——有人甚至用女仆的故事来阐说它!真相简单得多。这对一位诗人来说是显而易见的,——就是因为这行诗句与波德莱尔不期而遇,它之诞生全凭其中感伤罗曼斯的曲调,带有一点无奈的又让人动情的责备。"的确,很有可能是这样,而且无论怎么说,都必须同意没有任何故事可以解释任何诗句。不过,这两种来源并不是不相兼容的,而且"女仆的故事"确实就在波德莱尔的作品中。①

阿波利奈尔(Guillaume Apollinaire)把这首诗的第一行看成是"事件诗句"(vers-événement),认为它是随后那些诗句的引领和样板。科克托(Jean Cocteau)在晚年的一次谈话中表示对此深以为是,并就此说道:

> 过去我们并不把什么东西都放在一个平面上。例如阿波利奈尔就说过:有"事件诗歌",甚至有"事件诗句",他在引用波德莱尔一些有点普普通通的诗歌时,突然抖出以下这样的诗句:
> "您曾嫉妒过的那位善良女仆……"
> 或者
> "我的脚在你友爱的手中入梦……"(这一句有误,当为"你的脚在我友爱的手中入梦",出自《阳台》一诗。——引者注)
> 这就是所谓"事件诗句",它把全诗向上提升。而今天的人却把什么都置于一个水平上。②

---

① Henri Rambaud,《Baudelaire et la poésie pure》, *La Muse française*, décembre 1929, pp. 614-615.

② 科克托的这些话是由安托万·利维奥(Antoine Livio)记录下来的,发表在《最后一次拜访让·科克托》一文中。见 Antoine Livio,《Dernière visite de Jean Cocteau》, *La Revue de belles-lettres*[Genève], 1-2, 1969, (*Mémorial Jean Cocteau*), p. 120.

这是否意味着诗中的"事件"应当到女仆的故事中去寻找呢？儒勒·穆盖(Jules Mouquet)在其所编的波德莱尔的《拉丁语诗作》(*Vers latins*)中暗示说，《巴黎的忧郁》中的《志向》(*Les Vocations*)一篇提到的那位保姆身上可能有马丽叶特的影子。① 作品中出现的第三个小男孩很可能就是作者本人的化身，他讲述了一段特殊经历带给他的奇妙感觉，那就是有一次旅行期间床不够，大人便让他和保姆睡在一张床上，这让他发现了女人身体散发出来的巨大魅惑。孩子向同伴讲这段经历时，双眼"闪现着情欲的灿烂光芒"，仿佛在一个神奇的地方找见了"神性"(la Divinité)一样。② 我们知道波德莱尔承认自己有"早熟的对于女人的兴趣"③，而他最初的觉醒和兴奋很可能就与跟保姆的抚摸脱不了干系。他从这种最初的经验中当然得到了某种快乐，但同时也得到了某种说不清楚的恐惧，也许是某种朦朦胧胧的犯罪感。我们可以猜想，奥毕克夫人之所以要辞退女仆，就是因为这位女子对于孩子的感情甚至超过了母爱，这让做母亲的不仅心生嫉妒，而且简直就是不能忍受。

是否还应当从母亲方面寻找诗中的"事件"呢？W. T. 班迪(W. T. Bandy)认为，诗中第四行提到的那些"可怜的死者"应当也包括诗人已经去世的父亲约瑟夫-弗朗索瓦·波德莱尔在内。④ 波德莱尔的父亲是1827年2月10日去世的，两天后下葬在蒙帕纳斯公墓(le cimetière Montparnasse)的一个临时墓穴，租期五年。公墓的记录显示，期约到后没有续租。这就意味着约瑟夫-弗朗索瓦·波德莱尔的尸骨很可能在1832年2月时被起出来安置到了别处，"远离那著名的墓地，／朝向那荒僻的坟冢"⑤，很可能是在巴黎的某个地下墓地或郊区的某个公共尸坑。1832年1月，奥毕克夫人带着儿子离开巴黎赴里昂，与刚被任命为师参谋长的奥毕克先生会合。我们不知道奥毕克夫人究竟是出于何种原因，没有去履行为先夫墓地续租的手续。在她改嫁后的幸福

---

① 穆盖的解说见 Charles Baudelaire, *Vers latins*, introduction et notes par Jules Mouquet, Mercure de France, 1933, pp. 134-137.

② 《全集》，第一卷，第333页。

③ 《全集》，第一卷，第661页，并参见第499页，第594页；第二卷，第714页。另见波德莱尔1860年4月23日致普莱-马拉希信，《书信集》，第二卷，第30页。

④ 见 William-Thomas Bandy, « Les Morts, les pauvres morts », *Revue des sciences humaines*, fasc. 127, juillet-septembre 1967.

⑤ 《厄运》，《全集》，第一卷，第17页。

生活中,对那位给了她唯一一个孩子的亡夫的五年祭,她甚至究竟有没有想到过? 波德莱尔那时候已经过了十岁,很难说这么大的孩子不懂得一个女人对已经过世的前夫的这种疏忽或冷漠意味着什么。奥毕克夫人的这种态度委实有些奇怪,在波德莱尔看来,这也许就是活着的人对于已逝者的寡情薄义,是对死者犯下的过错。波德莱尔在设想要写的一些散文诗和短篇小说的计划中提到他父亲的肖像发出的"指责"①,这些指责所指向的,很可能就是那位对约瑟夫-弗朗索瓦·波德莱尔的寒骨弃之不顾的人。从前文所引《私密日记》的文字看,波德莱尔在记忆中是把父亲和女仆放在一起的。由此看来,当波德莱尔借这首关于女仆马丽叶特的哀歌表达对一切逝者深沉而真挚的祭奠之情时,他对先父的记忆不可能不在其中占有一席之地。我们知道波德莱尔直到晚年都一直对父亲保持着怎样的感情,这从他 1861 年 5 月 6 日写给母亲的那封倾吐衷肠的信中可以看出:"我孤单一人,没有朋友、没有情妇、没有猫猫狗狗听我吐诉衷肠。我只有父亲的肖像,他总是默默无语地陪伴着我。"②

诗中的强烈情感一定是来自于诗人自己的人生经验的。然而,强烈情感本身还不是诗歌。当诗人将情感诉诸文字,写到死者被埋葬后的地下生活以及被遗忘的已亡人所经受的痛苦时,他的想象很可能萌发于他的阅读经验,这让他有意无意地借用到别的诗人笔下某些以死亡和逝者为主题的诗句。路易·阿盖堂(Louis Aguettant)在其所著《波德莱尔》(*Baudelaire*)一书中曾提到这点,并引录了雨果的两段诗。③ 一段出自《秋叶集》中的《为众人祈祷》(*La Prière pour tous*):

  (……)死者有了我们的祈祷,
  没有魔鬼敢对他们发出讥笑;
  墓畔的青草也开出更多鲜花。
  若被遗忘,唉! ——夜晚寒冷而阴森,

---

① 《全集》,第一卷,第 366 页,368 页;另参见第 369 页,第 589 页,第 591—592 页。
② 《书信集》,第二卷,第 152 页。波德莱尔曾在 1858 年 3 月 4 日写给母亲的信中提到过他父亲的这幅肖像。当时他让裱画师对这幅画进行了装裱。信中写道:"我要向裱画师要回父亲的那幅肖像,这幅画真是可怜,已经习惯了我搬到哪里就跟到哪里。"(《书信集》,第一卷,第 477 页)
③ 见 Louis Aguettant, *Baudelaire. L' Invitation au voyage. Spleen—Tableaux parisiens. La Mort*, Paris, Éditions du Cerf, coll. Le Bonheur de lire, 1978, p. 108.

> 树木凶险,幢幢魅影黑暗昏沉,
> 根须无情,对着他们心口刺扎!①

另一段出自《光与影》(Les Rayons et les ombres)中的《在某墓地》(Dans le cimetière de...)：

> 活着的人嘻嘻哈哈举止荒唐,
> 一会是高兴,一会又痛苦不休;
> 我恍若梦中看见凝视的目光,
> 死者无言,已经被遗忘了许久。
> (……)
> 我走过来又走过去,碰到树枝,
> 我摇动青草,让死者开心听到。②

与雨果诗句的启发比起来,波德莱尔诗中从戈蒂耶的某些诗句得来的似乎更为明显。对这首诗完全有可能的产生过程,我们可以做这样的设想：波德莱尔在一遍遍诵读戈蒂耶诗句的时候,回忆起自己的亲身经历,想到了温柔的马丽叶特,也想到了被遗忘在不知哪处墓地的慈祥父亲;回首往事,他对母亲的作为多少有一些责怨,于是他便借用戈蒂耶追思亡魂的方法来言表自己的情状。戈蒂耶的《冥间喜剧》(La Comédie de la mort)是一部全面而充分地处理死亡主题的作品,发表于1838年,正值波德莱尔大量阅读当代作品的时期,其中《死后的生命》(《La Vie dans la mort》)一章是对死者痛苦生活的想象：

> 死者也许没有睡眠;大雨淅沥
> 浸透全身,该有多冷,多不如意,
> 独自守着坟墓。
> 哦! 在墓中除了能够痛苦幻想,
> 不会有一丝动作和任何风浪
> 扰乱身上尸布!

---

① Victor Hugo, Œuvres complètes, Poésie, t. III, Vve Alexandre Houssiaux, 1869, p. 183.
② Ibid., pp. 279-280.

> 也许我们心的灰烬依然激动,
> 手舞足蹈跳出坟墓,倾情唱诵
> 当年火热激情;
> 也许是在阴间回想红尘世界,
> 把往日的生活反反复复咀嚼,
> 那一点点温馨。

对波德莱尔更直接的启发,更有可能是戈蒂耶诗中那些写到死者希望重新回到生前家中的段落:

> 至少,要是能够(……)
> 又回到家中,童年生活的地方,
> 为驱寒意找把椅子靠近炉膛,
> 那有多么惬意(……)。

接着,诗中写到死者的嫉妒之苦,因为他知道自己的情人对他不忠,然而他却苦于

> 不能在十二月某夜重回家门,
> 趁她出去跳舞,在她房中藏身,①

以窥探的方式发泄对她的嫉妒和怨艾。波德莱尔那首诗歌与这些段落的相似度是非常明显的。在主题方面,两诗同为表现死亡和死者地下生活之作;在故事方面,两诗都有想象死者重返人间的情节,而且都写到了生者对于死者的薄情寡义;在氛围方面,两诗都营造出了墓地潮湿的阴冷肃杀和死者孤寒的阴郁梦幻。此外,两诗中出现了一些相同的词语,如 lambeau(一点点,碎屑,片段),fauteuil(椅子,扶手椅),nuit(夜晚),décembre(十二月),(se) tapir(蜷缩,隐藏),chambre(房间,卧室)等,而且就连这些词语出现的先后顺序都是一样的。更有甚者,两诗的原文中都把 décembre 和 chambre 二词用在相邻两个诗行的韵脚上,这使得两诗中的这两行在时间、地点、意象、用词、音响等多个方

---

① Théophile Gautier, *Poésies complètes*, *Albertus*, *La Comédie de la Mort*, *Poésies diverses*, *Poésies nouvelles*, Charpentier, 1862, pp. 129-131.

面如出一辙。① 看来,雅克·克雷佩和乔治·布兰认为波德莱尔的这首诗"是《恶之花》中戈蒂耶的影响最明显的之一"的说法不是没有道理的。② 不过,切不可把波德莱尔的这种借用贬低为"奴隶似的照搬"。波德莱尔诗中的情态和立意与戈蒂耶诗中有所不同,讲的不是死者因嫉妒而想回到阳世惩罚对他不忠的情人,而是写一个"虔诚的灵魂"由于爱而重返人间,"用慈母的眼注视长大的小孩,/(……)眼窝深陷有泪留下"。两诗用情的着力点不一样,戈蒂耶的追思以掠奇夺异为主旨,极力渲染恐怖惊悚的效果,是展现才情的,而波德莱尔追思的落脚点则在于借萧瑟的情景铺陈内心情感的纠结,凸显灵魂层面的困顿和高洁,是追求人性的。波德莱尔笔下重返人间的幽灵并不像奇异故事中的人物那样是凭空想象出来的,而是真情涌荡的招魂所使然。诗人描写了恐怖,但并不流连于玩味恐怖,而只是让它为那一丝令人伤心落泪的温情作一陪衬。如此一来,所谓借用便不再是简单的照搬,而是成为了名副其实的转换和创造。③

关于波德莱尔对戈蒂耶的这种模仿,埃尔奈斯特·莱诺(Ernest Raynaud)在其《夏尔·波德莱尔传》中进行了长篇论述,我们不妨在此节录部分段落:

> 在一个诗人影响另一个诗人方面,《您曾嫉妒过的那位善良女仆》提供了一个非同寻常的样板:某些词语几乎是无意识地不断出现(……)。波德莱尔的很多表达都取自于戈蒂耶的作品。这并没有什么让我觉得好

---

① 戈蒂耶诗中这两行的原文是:《 Et ne pouvoir venir, quelque nuit de décembre, / Pendant qu'elle est au bal, se tapir dans sa chambre 》("不能在十二月某夜重回家门,/ 趁她出去跳舞,在她房中藏身");波德莱尔诗中这两行的原文是:《 Si par une nuit bleue et froide de décembre, / Je la trouve tapie en un coin de ma chambre 》("如果在十二月某个蓝色寒夜,/ 我发现她蜷在我房间的一隅")。

② 见他们所编《恶之花》中的批注。*Les Fleurs du mal. Texte de la seconde édition suivi des pièces supprimées en 1857 et des additions de 1868*, édition critique établie par Jacques Crépet et Georges Blin, José Corti, 1942, p. 475.

③ 这种波德莱尔式的借用有点像布鲁姆(Harold Bloom)在《影响的焦虑》(*The Anxiety of Influence*)一书中讨论的"苔瑟拉"(Tessera)现象,即"这是一种以对偶的方式对前驱的续完,诗人以这种方式阅读前驱的诗,从而保留原诗的词语,但使它们别具他义,仿佛前驱走得还不够远"(布鲁姆:《影响的焦虑》,徐文博译,三联书店,1989年,第13页)。中国古人有所谓"妙手裁诗"之说,讲的也是强大的诗人有化腐朽为神奇的转换能力,这与西人所谓"大诗人抢,小诗人偷"有异曲同工之妙。

感慨的,因为这些借用哪怕是明知故犯,也显示了波德莱尔以大师在进行模仿的压倒性优势。如果非要说的话,那就是这些借用可以说确证了一句古老格言:"天才杀死被他抢夺的人。"诚然,我们只模仿那些我们所认可的,而我们只认可那些我们所喜爱的。(……)波德莱尔使之变得更好。如此模仿,就是创造。(……)我深信(……)这并非是一些直接的借用,而是出于一些模模糊糊的阅读记忆。只要我们一想到波德莱尔在学生时代就已经阅读了戈蒂耶的作品,对这些模糊记忆就无须多做解释。戈蒂耶的早期诗作中充斥着浪漫主义的无度夸张,尽是些死尸、骷髅、断头、月光下的鬼魅幽魂和发绿的腐烂之物,足以让病态的想象力深感触动,让它饱享混乱的幻觉和噩梦。可以想象,孩子时的波德莱尔很喜欢用这样的书来吓唬自己,躲到黑屋子里在书中徜徉。(……)随着年龄的增长,波德莱尔意识到那一切不过是矫揉造作,乏味而幼稚。(……)诚如德里约(Dérieux)先生所言,在这些相似性中,直接模仿的痕迹要少于"反复诵读的诗句在记忆中产生的作用。只言片语的碎屑附着在记忆中留存了下来。当一个词从潜意识中冒出来,便牵带出由节奏和韵脚像回声一样联系在一起的另外一些词来。"(……)哪怕是在一些很小的方面,波德莱尔与戈蒂耶之间都从来没有做到声气相投。他们二人在一切方面的才能都是相反的。他们的才情相互排斥,有如水火。波德莱尔来自于《圣经》,其间经由但丁(Dante);戈蒂耶来自于赫西俄德(Hésiode),其间经由安德烈·谢尼埃(André Chénier)。在身心两方面他们都南辕北辙。他们不属于同一个族类。(……)波德莱尔反观自身。唯有内心生活、灵魂和人这个上帝的造物才是他感兴趣的。戈蒂耶则是向外看的。他只关心景物的外观,其耽于此道的程度之深,竟然让一位女性才智人士在读了他的《西班牙游记》(*Voyage en Espagne*)之后,问他西班牙到底住了人没有。[①]

波德莱尔在他那篇介绍戈蒂耶的短文中,称赞戈蒂耶拥有"了不起的"言情状物的才能,说他善于表达"呈于人们眼前的一切事物中蕴含的深意"[②]。

[①] Ernest Raynaud, *Charles Baudelaire*, Paris, Garnier, 1922, p. 312 *sqq*.
[②] 《全集》,第二卷,第152页。

他在写下这些文字的时候是否真的完全信服呢？在我们看来，他谈论的似乎是与戈蒂耶的艺术相反的东西，因为戈蒂耶最为迷恋的是外观的绮丽和画面的别致。我们有理由追问，波德莱尔在说这些话时，难道不是在借人表己，阐说他自己的美学见解，也就是要关注事物的精神意蕴，关注人性价值在艺术中的首要作用。

四、《晨曦》和《暮霭》

是否可以将《晨曦》和《暮霭》这两首诗当成一个整体来看呢？在《恶之花》第二版以前，这两篇一直都像一幅双联画一样是紧挨在一起的。据普拉隆的证言，写"起床号从兵营的院子里传出"那篇，即《晨曦》，应该是一篇旧作，在1843年时就"已经写好并定型了"。他还说，这篇东西提到的是波德莱尔"与母亲和身为将军的继父同住的一段时间，那时候他确实听到了晨号声"[①]。不过，普拉隆并没有说到第二首诗。双联画的最初证据出现在1851年，当时波德莱尔寄了一些被统称为《十二首诗》的诗稿给戈蒂耶，准备在《巴黎评论》上发表。虽然这些诗稿最终没有被杂志采用，但我们可以看到在这一个系列中，这两篇作品放在最前面，无疑是起着"序曲"的作用。当时这两篇有一个总标题《大城市的晨暮》(Les Deux Crépuscules de la grande ville)，具体顺序遵循了白天的自然时序，即先是《晨》(Le Matin)，后是《暮》(Le Soir)。两诗在1852年2月1日的《戏剧周刊》(La Semaine théâtrale)上发表时题为《晨暮（二首）》，沿用了这一顺序。1853年底或1854年初，波德莱尔应德诺瓦耶(Fernand Desnoyers)的约稿，在回信中附有两诗手稿，虽然总标题仍为《晨暮（二首）》，但两诗的先后顺序发生了改变，变成了《暮》在前，《晨》在后。德诺瓦耶的书于1855年出版，其中有这两首诗。顺序上的这种改变遵循了夜晚的时序，其用意显然在于强调夜色笼罩下的忙乱生命活动。在1857年版的《恶之花》中，两诗仍然是相邻的，仍然是《暮》前《晨》后。到了1861年《恶之花》出第二版时，两诗都被纳入了《巴黎图画》这一新章节中。这一次，诗人将两诗分开，让它们像框架一样把另外七首表现"夜间"生活的诗夹在其中，由此让作品

[①] 见普拉隆1886年10月致欧仁·克雷佩(Eugène Crépet)信，该信收于Claude Pichois, *Baudelaire, études et témoignages*, Neuchâtel, À la Baconnière, 1976. 引文在该书第25页。

产生出一种从夜晚到早晨的运动。

与同为早期之作的其他那些主要体现诗人个人关切的"巴黎图画"相比，这两首诗中对城市生活和城市人群的悲观观照尤为醒目。作品让人感到诗人对社会方面的关注，以及他对人世间各种形式的苦难所表现出来的某种同情。奢靡纵欲、卖淫嫖娼、赌博行乐皆受到讥讽和指责，而小偷却像被奴役的劳动者一样被表现成社会的牺牲品。我们有理由认为，这两篇比其他那些更值得出现在《巴黎图画》中。诗人在《戏剧周刊》上首次发表这两首诗后，曾把它们连同自己一些文章的剪报附在一封信后寄给母亲，并特别强调这些文字的"巴黎味"。他在信中写道：

> 我非常怀疑你是否能够完全读懂它们；这里面没有丝毫放肆无礼的地方。只不过这些文字特别有巴黎味，是关于巴黎和为巴黎而作的，而如果脱离其巴黎背景而能读懂它们，我对此表示怀疑。①

这两首诗明显不是关于自然风光的。诗人的兴趣不在于描写晨曦和暮霭的景致，他所看重的是一天中这两个昼夜交接、明晦难分的时刻所具有的那种能够呼神唤鬼、动人心旌的能力。当德诺瓦耶请他为正在编撰的《向 C. F. 德那古尔致敬》(*Hommage à C. F. Denecourt*)②一书赐稿时，他在回信中明确表达了自己的这一兴趣。他除了随信附上《晨暮（二首）》外，还附上了两篇散文诗，一篇也题为《暮霭》，是同名诗歌的姊妹篇，另一篇是《孤独》(*La Solitude*)。由于波德莱尔这封信实在重要，有必要全文抄录如下：

> 我亲爱的德诺瓦耶，你让我为你的小书贡献一些诗稿，一些关于"大自然"的诗，不是吗？关于森林，高大的橡树，青葱绿翠，昆虫——也许还关于太阳，对吧？可是你知道，我是不会为植物而动情的，而且我的灵魂

---

① 波德莱尔 1852 年 3 月 27 日致母亲信，《书信集》，第一卷，第 191 页。
② 该书全名是《向 C. F. 德那古尔致敬。枫丹白露。风景——传说——回忆——幻想》(*Hommage à C. F. Denecourt. Fontainebleau. Paysages — Légendes — Souvenirs — Fantaisies*)，于 1855 年出版。德那古尔(Claude François Denecourt)被称为"枫丹白露的森林之神"(Sylvain de la forêt de Fontainebleau)，一生主要致力于推广枫丹白露森林的价值，并将这里的森林打造成仙境般的游览胜地。这本书的宗旨是汇编一些咏唱山野田园、花草树木等自然风光的作品。如果仅凭这点是很难打动波德莱尔这样的城市诗人的，而波德莱尔最后之所以赐稿，主要还是因为这本集子的编者德诺瓦耶与他私交甚好。

对这种怪异的新宗教是十分反感的,因为我觉得,这种新宗教对任何有灵性的人都永远有一种我不知如何说是好的 *shocking*(英语:"冒犯")。我永远也不会相信"众神的灵魂居住在植物中",哪怕就算它居住在那里,我也会对它不以为意,而会把自己的灵魂看得比那些被尊为神圣的蔬菜的灵魂有高得多的价值。我甚至一向都认为,在百花盛开、春机盎然的"大自然"中,有某种恬不知耻且令人痛苦的东西。

  看来要按你计划的本意让你完全满意是做不到了,我这里寄给你的两篇诗稿大致表现了那些在晨暮时分纠缠着我的幻想遐思。在森林的深处,置身在有如庙宇和教堂穹顶般的浓荫之下,我想到的是我们那些令人惊叹的城市,而在那些山巅上鸣奏的奇妙音乐对我来说就仿佛是在表达人世间的哀号。①

信中提到的"怪异的新宗教"当是在影射维克多·德·拉普拉德(Victor de Laprade),也就是圣-伯甫 1857 年 7 月写给波德莱尔的《我设想的几个辩护小办法》中提到的"占领了森林"的那位②,此人深受夏多布里昂和拉马丁影响,对宗教和自然的关联情有独钟,曾写过这样的话:"众神静穆的灵魂居住在植物中。"③

  文学中写晨曦和暮霭的诗歌并不少见,但表现城市的晨暮,尤其是巴黎的晨暮的诗作在浪漫主义时代以前几乎没有。在这方面首开风气的是歌曲,虽然其中充斥着大量平庸之作,但也有戴若吉耶(Marc-Antoine Désaugiers)这样有才华的歌者鹤立鸡群,对巴黎生活投以友善的目光,于 1802 年创作了两首咏唱巴黎晨暮的歌曲——《凌晨五点钟的巴黎图景》(*Tableau de Paris à cinq heures du matin*)和《傍晚五点钟的巴黎图景》(*Tableau de Paris à cinq heures du soir*)。这两首歌曲没有当时作品中常见的那种道德训诫的语气,风格上也不循旧,朴实率真,景物描写精炼准确,场景的选取和刻画用心机巧,而且歌词全部采用五音节诗体,一气呵成,音韵节奏朗朗上口,这在当时表现巴黎的文学中可谓独树一帜。写凌晨的那首《图景》展现了巴黎一日之初逐渐开

---

① 波德莱尔 1853 年底或 1854 年初致德诺瓦耶信,《书信集》,第一卷,第 248 页。
② 圣-伯甫的话收录在《波德莱尔全集》第一卷的附录中,第 790 页。
③ 转引自皮舒瓦的注解文字,《全集》,第一卷,第 1025 页。

始的舟车繁忙、人声喧哗的劳动生活。到了高潮时只见大街小巷中人潮汹涌，老幼接踵，贵贱并肩，良恶同行。正当鼎沸之声达到顶点之际，作者笔锋一转，用带着善意的调侃语气，将全篇作结于"巴黎尽苏醒⋯⋯ / 我们该安歇"①一句，这让我们感觉作者也许是一位更喜欢昼伏夜行的"夜猫子"，也许他更喜欢流连于巴黎的夜色和夜色中的奇异。第二首按相反的方向层层递进，以细腻而精确的笔触描写冬夜中的城市重归沉寂最后悄然入睡的过程。在作者对这一过程的描写中，已经多少可以让人感觉到后来的浪漫主义者对巴黎夜晚这个奇异时刻的感情：昏晦的街灯点亮了城中的神秘，也照见了城中的苦难；它撩起了人们的激情和疯狂，也唤醒了心中的孤独和感伤。不过，这些诗句总体上仍然还显得浅白，还远不是波德莱尔那种对晨暮时刻城市众生所遭遇的疑难发出的严峻追问和思考。

罗贝尔·维维耶（Robert Vivier）提出，可以到儒勒·雅南（Jules Janin）1829 年出版的小说《死驴与上断头台的女人》（L'Âne mort et la femme guillotinée）中找到与波德莱尔《暮霭》一诗相似的展开形式乃至某些细节。波德莱尔在《令人宽慰的爱情格言选》（《 Choix de maximes consolantes sur l'amour 》）一文的注释中提到过这部小说，另外还在一些其他文字中不下十次提到雅南的名字，并且还有关于雅南《国王们的蛋糕》（Le Gâteau des rois）的书评片段存世，这表明他对这位作家及其作品并不陌生。雅南的小说以恐怖小说的笔法并融入诸多个人记忆，讲述了一位年轻农家女子憋屈而凄惨的命运，将读者带入到巴黎那些最恐怖的地方。书中对夜幕降临之际作了如下描写：

> 夜晚来临时，我心情轻松，独自出门，在那些剧场戏院的门口看见一些人疯了似的想抢一个座位，要进去为投毒者或魔鬼、弑父者或麻风病人、纵火者或丑八怪鼓掌欢呼（⋯⋯）。然后我走到大街上，观察巴黎妓女卖淫过程的一举一动（⋯⋯）。请抬头往上看；这些亮光来自何处？原来是从赌场和追欢卖笑的场所发出来的。在这幢高楼的顶层，有一个人正

---

① Désaugiers, Chansons, précédées d'une notice par Alfred Delvau, J. Bry Aîné, 1859, p. 203.

在制造伪币。①

此外，雅南小说中正好也有一段是写黎明时分的，与对傍晚时分的描写恰成对照，这就让人感觉维维耶提出的这个渊源就更有可能了。

《暮霭》也是体现波德莱尔的精神导师约瑟夫·德·迈斯特（Joseph de Maistre）对他影响的最初那些诗作之一。在1922年为《波德莱尔全集》编辑的《恶之花》中，雅克·克雷佩虽然认为把这首诗的灵感来源归于迈斯特有点言过其实，但还是指出诗中的有些观点也可以在迈斯特的《圣彼得堡之夜》（*Les Soirées de Saint-Pétersbourg*）中见到。他后来在1942年出版的《恶之花》的注解中，引用了《圣彼得堡之夜》第七篇谈话中的以下段落：

> （……）夜晚对人来说是危险的（……）我们大家都多少有点喜欢夜晚，那是因为夜晚让我们更自在。夜晚一向都是一切陋癖恶行的天然同谋（……）。

> （……）然而，怎么可以不带着愉悦的心情去欣赏这样一种人的幸福，他每天晚上入睡前都会对自己说：我这一天没有虚度。②

如果把这段文字与波德莱尔的进行比对，我们就可以肯定地说，波德莱尔诗中的确保留有迈斯特思想的影子，而这在最初七行尤为明显。两篇文字中都有对"劳动"发出的语气阴沉的赞美，而对迈斯特来说，劳动是生活中唯一的尊严。不止于此，我们更要注意到作品中对道德主题的充分意识，还要注意到人间现象与自然现象之间的应和关系。同名散文诗姊妹篇的第一段似乎更能说明问题：

> 天黑下来。那些因劳作一天而疲惫不堪的可怜人终于得到大大的舒

---

① Jules Janin, *L'Âne mort et la femme guillotinée*, Bruxelles, H. Dumont et Compagnie, 1829, pp. 33-36. 维维耶、克雷佩和布兰、皮舒瓦都引用了这个段落，详见：(1) Robert Vivier, *L'Originalité de Baudelaire*, op. cit., p. 125; (2) Jacques Crépet et Georges Blin, *Les Fleurs du mal* (édition critique), op. cit., p. 464; (3) Claude Pichois, 见《全集》中的注解文字, 第一卷, 第1025页。顺便提一下，以上三书的引文中都误将原书中的"tout cet éclat"（这些亮光, 这片光线）误作"tout ce débat"（这片争吵声），这可能是维维耶首先误写后，致使后来的转引者以讹传讹。对雅南与波德莱尔之间影响关系的辨析，可参见 Jean François Delesalle, « Baudelaire rival de Jules Janin ? », *Études baudelairiennes*, III, Neuchâtel, À la Baconnière, 1973, pp. 41-53.

② 转引自 Jacques Crépet et Georges Blin, *Les Fleurs du mal* (édition critique), op. cit., p. 464.

缓；他们的思想现在染上了暮霭中柔和而苍茫的色彩。①

同样的画面和同样的构思在《现代生活的画家》的以下段落中得到进一步发挥：

> （……）夜色来临。这一时刻古怪而迷蒙，天空拉起帷幕，城市亮起灯火。煤气灯在暗红的落日余晖上印出光点。正经的或不正经的，理智的或疯狂的，人人都自语道："一天终于结束了！"智者和坏蛋都寻思着要开心快活，每个人都奔向他喜欢的地方去喝上一杯，借酒忘却愁苦。②

波德莱尔诗中随后的文字正是循着这一方向，对各种陋癖恶行沉渣泛起时刻的城市景象进行了极具浪漫主义色彩的描写。

维维耶注意到，在这首诗的展开过程中，第三个段落运用了演讲似的雄辩之术，只不过宣讲者的对象并不是身外之人，而是宣讲者直接在与自己的内心和灵魂对话。这种直入内心的言说方式是当时颇为流行的风气。像波德莱尔诗中"静思吧，我灵魂，在这严峻时刻"这样的语气和句式，可以在不少其他诗人的作品中见到，如圣-伯甫就写有："你就呻吟吧，我的灵魂"，"回到我们中间来吧，我的灵魂"③。拉马丁的《山谷》(Le Vallon)中也写道："安歇吧，我灵魂，在这最后居所"④。波德莱尔本人至少还在其他两首诗——《虚无的滋味》(Le Goût du néant)和《静思》(Recueillement)——中表现了对这种具有咒语般效果的顿呼(l'apostrophe)的喜好。这种对自己灵魂发出的祈祷般的呼语，让诗句脱离单纯追求掠奇夺异的别致效果，而将全诗引向高处，提升到对人生存在问题的思考。在最后一个段落，诗人把温情而严肃的思索指向了城市生活中的悲剧场景，指向了那些从未见识过期望中幸福生活的凄苦众生：

他们大部分人还不曾体味过

---

① 《暮霭》（散文诗），《全集》，第一卷，第 311 页。

② 《全集》，第二卷，第 693 页。

③ Sainte-Beuve, *Poésies complètes*, Charpentier, 1845, p. 280. 这两个诗句出自小说《情欲》第 21 章。

④ Lamartine, *Œuvres poétiques complètes*, éd. Marius-François Guyard, coll. Bibliothèque de la Pléiade, 1963, p. 20.

> 家庭的温馨,也从未有过生活!①

相比于此前的巴黎诗歌,这种对于众生命运不无悲怆的怜悯正是《暮霭》一诗独具的特色。

《晨曦》中体现的情感并非截然不同。这是另一个"古怪而迷蒙"的时刻,在此光影交接之际,"灵魂载着倔强而沉重的躯体,/把灯光与日光的搏斗来模拟"②。与在《暮霭》中一样,这首诗也呈现了城市中种种暧昧可疑的生活。不过,在这幅表现黎明景象的图画中,诗人的细致描写是《恶之花》中不多见的。笔触准确,有现实主义风格,色调富有变化,接近印象主义绘画,将巴黎拂晓雾气迷蒙的氛围展现得淋漓尽致。在运用光影效果的同时,诗人也善于调动声音形象,而诗中第一行正是用兵营传出的起床号声拉开了一天的序幕。清冽的乐音交汇着那些又苦苦挨过了一夜的人们发出的呻吟,将白天唤醒,将城市唤醒,也将巴黎人身上蛰伏的本能唤醒,让他们又带着新一天的希望,投身到日复一日追求"幸福"的辛劳奔波中。构成最后一段的那四行诗出人意表,笔锋突兀陡转,场面恢宏大气,用拟人化的巴黎展现夜尽天明之际重新开始的"劳作":

> 晨曦哆嗦前行,身披红衫绿衣,
> 冷清塞纳河畔,步履艰难迟疑;
> 阴沉黯淡巴黎,揉擦惺忪睡眼,
> 手中紧攥工具,辛勤卖力老汉。③

在波德莱尔献给巴黎的诗篇中,此处被表现成"辛勤卖力老汉"的"阴沉黯淡巴黎"是他创造的最有力的深含寓意的形象之一。诗人在1861年把《晨曦》置于《巴黎图画》之末时,这四行诗就在事实上成为了为全章节作结的文字,其重要性由此更加得到凸显。维维耶认为,这段诗中呈现的巴黎形象,集合了戈蒂耶《视角》(*Point de vue*)中的诗句"巴黎阴沉,烟雾弥漫"和雨果《心声集》(*Voix intérieures*)第19首《致一位富人》(*À un riche*)中的"巴黎,这个老人"一句。④

---

① 《全集》,第一卷,第95页。
② 同上书,第103页。
③ 同上书,第104页。
④ 见 Vivier, *op. cit.*, p. 220.

词语的相似可能纯属巧合。如果我们注意到雨果那句诗的前后文,就可以说维维耶提到的这个来源是不成立的:

> 你望着生长的树丛掐指盘算,
> 想着巴黎这位老人难挨冬天,
> 它正苦苦期待旧岸新路之旁,
> 沿河的青青绿树蜿蜒而悠长!①

雨果诗中的意象与波德莱尔的具有完全不同的含义。雨果笔下的"老人"只不过是一个一般性的生动比喻(隐喻,métaphore),不像波德莱尔笔下的那位"老人",是一个具有复杂而微妙蕴涵的寓托形象(allégorie)。倒是在雨果《心声集》的另外一首诗《致凯旋门》(À l'Arc de triomphe)中,似乎可以找到正在辛勤卖力的巴黎的影子:

> 当巴黎投身到工作
> 像大作坊轰鸣嘈杂,
> (……)
> 每早托起漫天霞光,
> 每晚熄灭一个太阳;
> 它有意志,也有刀枪,
> 它有实物,也有梦想,
> 锲而不舍辛劳搭建
> 土石长梯直通云天;
> 孟菲斯、罗马的兄弟,
> 要在我们这个世纪,
> 为众人建造巴别塔,
> 为诸神修筑万神殿!
> (……)
> 这城是粗犷的工人,
> (……)

---

① Hugo, *Œuvres poétiques*, éd. Pierre Albouy, coll. Bibliothèque de la Pléiade, t. I, 1964, p. 978.

自己锤下化为飞灰。①

雨果笔下的巴黎被表现成奋力劳作的工人形象,这是一位为实现理想而奋不顾身的劳作者,其行动务实而具体。反观波德莱尔笔下辛勤卖力的巴黎,其所投身的究竟是何种劳作并未言明,而语意的漂浮不免让诗句带有一种辛辣的讥讽意味。所谓影响也可以是双向的。在雨果后来创作的《悲惨世界》(Les Misérables)中就有这样的话:"巴黎醒来,揉擦惺忪睡眼,一边说道:看我真蠢!一边面对人类发出讪笑。这样一座城市是怎样的奇观啊!以这样亦庄亦谐的城市为邻是何等奇妙的事情(……)!"②当雨果在写这些话时,很可能就想到了波德莱尔的巴黎形象,借用了其中揉擦惺忪睡眼的动作和字里行间的嘲讽语气。

五、《雾和雨》

《雾和雨》这首十四行诗表现了自然现象和精神现象之间的应和关系,诗中(词语、韵律、修辞手法、符咒般的语气等方面)的运动与诗人的感觉和灵魂的律动发生和谐共鸣,是波德莱尔创作的这类诗歌中具有代表性的之一。研究者们对波德莱尔有些诗歌的来源保持缄默,这首诗便是其中之一。同时,研究者们对这首诗的"巴黎性"似乎也语焉不详。

这首诗最初发表在1857年版《恶之花》的《忧郁与理想》章节中。何以会从《恶之花》第二版起把它放入《巴黎图画》,其缘由不容易解释。有些评论者在思考这个问题时提出,诗中提到的那种偶然邂逅的一夜风流只是在城市环境中才有可能发生。然而单凭这点还不足以说明问题。雅克·克雷佩显然完全意识到这个问题的难解之处,因而他才会认为,这篇气氛阴冷忧郁的作品最合理的位置还是应当在《忧郁与理想》中。的确,《巴黎图画》中这首最不具有城市色彩的诗作,在1857年版的诗集中,就紧接在四首以"忧郁"(Spleen)为题的诗歌后面,在氛围和情感上与前面这几首一脉相承,毫不给人隔膜之感。诗中的前两节四行诗用平韵(AABB)突出单调的效果,形象地描摹了靠睡眠缓解痛苦的过程和阴暗天气下灵魂的昏沉状态。全诗最后两行一再重复的擦

---

① Hugo, *Œuvres poétiques*, éd. Pierre Albouy, coll. Bibliothèque de la Pléiade, t. I, 1964, pp. 938-940.

② Hugo, *Les Misérables*, éd. Maurice Allem, coll. Bibliothèque de la Pléiade, 1951, p. 606.

音[s]、[z]和齿音[d]（Si ce n'est, par un soir sans lune, deux à deux, / D'en dormir la douleur sur un lit hasardeux.）进一步强化了"催眠的季节"让人在忧郁状态下昏昏欲睡的效果。

克雷佩指出，在贝特律·包雷尔（Pétrus Borel）的《尚帕维尔》(*Champavert*)中有一个段落，其中的气氛与波德莱尔的诗相仿佛：

> 然而，每当云厚天低的雨天，每当北风凛冽、雾浓霜重的日子，他（书中人物帕斯若（Passereau）——引者注）便会萎靡不振，唉声叹气，无端厌烦，伤心落泪，陷入深深的心灰意冷的状态；他时常挂在嘴边的话是：活着太苦了，坟墓才安闲；打倒生命……[1]

对于生命的厌倦是浪漫主义时代的一种普遍情感。不过波德莱尔诗中表现出来的情感则有其特别之处：这是一种伴随着那些心高意远却又无力实现的愿望而生的茫然和忧伤。正是这种情感构成了《雾和雨》一诗的基调。全诗结尾处提到的一夜风流的交欢并非是对情欲淫乐场面的简单描写，而应当被理解成一种痛苦的努力，其目的是为了以此逃避希望和失望，不要再纠缠于生活中满足和不满足的感觉。之所以说这首诗具有巴黎性，就是因为诗中表现出来的这种不堪理想重负的忧郁情感，只有在发达的现代城市文明背景下才可能产生。正是在充满种种美好承诺的现代时期，人在世界上孤苦无依的状况愈加突出。波德莱尔在此创作的不仅仅是一首诗歌，而且还是一幅表现阴沉灵魂的图画，而阴沉的灵魂又可视为是对同样阴沉的都市世界的映照。当波德莱尔像一位出色的艺术家一样把这幅"图画"放入到《巴黎图画》中，这位诗人画家便让这一章节中的所有"图画"都晕染上一种阴沉暗淡的色调。于斯曼（Joris-Karl Huysmans）有理由评价波德莱尔是"这样一位伟大画家，他让我们对雨雪霏霏季节的忧郁魅力开了窍"[2]。马拉美（Stéphane Mallarmé）应当属于这种"开了窍"的人，他在十四行诗《春回大地》(*Renouveau*)中写道：

> 病快快的春天可悲地赶跑了

---

[1] 转引自 Crépet et Blin, *Les Fleurs du mal* (édition critique), *op. cit.*, p. 477.
[2] 转引自 Robert-Benoît Chérix, *Commentaire des «Fleurs du Mal»*, Genève, Pierre Cailler, 1949, p. 364.

> 清醒的冬天,清明艺术的季节。①

再难以找到比这更好的对《雾和雨》的阐释了。

六、《赌博》

同《雾和雨》一样,《赌博》的首次发表是在 1857 年版的《恶之花》中。没有任何证据显示这首诗在这年之前已经写成。一个像波德莱尔这样并不曾热衷于赌博的诗人却写出一首关于赌博的诗,这的确是一件有意思的事情。评论家们倾向于认为,波德莱尔写这首诗时,头脑中浮现的是卡尔勒·维尔奈(Carle Vernet)的一幅版画。波德莱尔的确一直都很欣赏这位艺术家多方面的才华:对特征的表现准确而简练,哪怕在表现粗俗形象时也注意造型的艺术性,画中的讽刺辛辣而诙谐。他在同样也发表于 1857 年的《论几位法国漫画家》(《 Quelques caricaturistes français 》)一文中称这位艺术家是个"非凡的人",对他大加赞赏:

> 他的作品是一个世界,是一部小《人间喜剧》;因为那些表现普通生活的图画,那些表现芸芸众生和街头巷尾的速写,那些漫画,常常是生活最忠实的镜子。(……)卡尔勒·维尔奈的漫画不仅因为深刻地保留了那个时代雕刻般的印记和世风而具有巨大价值,我想说的是,不仅从历史的角度看具有巨大价值,而且还具有一种确定无疑的艺术价值。(……)他那些风俗漫画实乃绝妙。②

接下来就是一段对维尔奈表现赌场那幅版画的描述:

> 谁都记得那幅表现一家赌场的大尺幅版画。在一张椭圆形大桌子周围,拥聚着一群性格各异、年龄不同的赌徒。当然少不了妓女,她们贪婪地窥伺着每一个良机,永远是对走运的赌徒投怀送抱。那里有强烈的快乐和强烈的绝望;有冲动暴躁、错失胜机的年轻赌徒;有冷静沉稳、坚韧顽强的赌徒;还有老者,被天色突变的狂风刮走了已见稀疏的头发。这件作品像其他出自卡尔勒·维尔奈及其一派的作品一样,也许失之拘谨,但是

---

① Stéphane Mallarmé, *Renouveau*, *Œuvres complètes*, Paris, Flammarion, t. I, 1983, p. 130.
② 《全集》,第二卷,第 544 页。

却很严肃,有一种令人心仪的硬朗,其绝无花哨的朴素手法相当切合主题,因为赌博是一种既猛烈又克制的激情。①

在氛围上,《赌博》一诗让人想到此处描述的维尔奈版画中的那种旧时的情景。而在表现让赌徒们神魂颠倒的激情方面,诗人很可能也想到了塞内费尔德(Aloys Senefelder)的一幅同样也是表现赌场的石版画。波德莱尔对这位捷裔德国艺术家显然并不陌生,因为他曾参与编辑了《1846 年的漫画沙龙》(*Le Salon caricatural de 1846*),并为该书撰写了诗体序言和部分图画的韵文解说。其中有幅题为《石版画万岁!》(*Vive la lithographie !*)的漫画表现的正是这位"石版画忧伤阴郁的发明者"②。本雅明提到塞内费尔德石版画中表现的赌场时作了如下描述:

> 我们在这里看到的每个人,都不是按我们通常理解的那样确实专注于赌博。每个人的心情都各有不同:一位喜形于色,另一位对赌伴满腹狐疑,第三位饱受阴沉绝望之苦,还有一位带着好斗的激情,而又有一位则又准备一死了之。然而透过这些各不相同的态度,我们却又可以发现某种隐秘的共同之处:艺术家很好地展示了这些人在身心两方面是怎样屈从于让人沉迷的赌博机制的;不管他们私下里的激情有多大,他们都只能做出一些反射性的动作。他们就像是爱伦·坡笔下的行人。他们像机器人一样活着,(……)完全清空了自己的记忆。③

对赌徒们那种欲望贲张的面部表情的刻画,我们还可以在杜米埃(Honoré Daumier)的版画《赢局》(*La Part du lion*)中见到。不过,波德莱尔的志趣并不在于把绘画作品改搬到诗歌中。他的关切点不是描述绘画,而是要通过改造画中内容,成就自己的那幅"黑色图画",将自己的性情和想法融入其中。但

---

① 《全集》,第二卷,第 544—545 页。由于找不到这幅画,雅克·克雷佩和皮舒瓦先后都指出,波德莱尔有可能混淆了版画的作者。他们认为波德莱尔文章中谈到的,其实是达尔西(Darcis)在 1790 年根据盖兰(Guérain)的画稿制作的一幅版画。达尔西能够为大家所认识,维尔奈助了一臂之力。而且盖兰的画中也有维尔奈那种绝无花哨的朴素。(参见皮舒瓦在《全集》中的解说文字,第一卷,第 1028 页;第二卷,第 1352 页)
② 《全集》,第二卷,第 519 页。
③ Walter Benjamin, *Charles Baudelaire*, op. cit., pp. 183-184.

他在自己的"图画"中并不是以赌徒的面目出现的,而是待在画面的边缘,"在这沉寂的巢穴的一隅",充当着懵懂幻想的沉思者,更充当着歆羡不已的观察者。诗人通过在短短六行诗的间距中夸张地安排三次重复"歆羡"(envier)一词(见第16、17、21行),强化了对歆羡之情的表达。让诗人大为震动的想法是,这些屈从于可憎癖好不能自拔的赌徒看上去比他幸福多了:

> 我惟心惶意恐歆羡可怜族类,
> 他们狂奔不止迈向深渊之路,
> 饱餐自己鲜血,选择绝无反悔,
> 痛苦胜过死亡,地狱胜过虚无!①

雅克·克雷佩同意让·波米埃的看法,也认为波德莱尔诗中最后这几行所包含的智慧与拉封丹(La Fontaine)的寓言《死神与樵夫》(*La Mort et le Bûcheron*)引出的教益十分接近:

> 死亡虽能把病除,
> 原来状况切莫动;
> 不愿死去宁受苦,
> 人生箴言在其中。②

拉封丹寓言在此处得出的结论,活脱脱就是中国俗话中所说的"好死不如赖活着"。而波德莱尔诗句中包含的情感和教益显然要比这复杂得多。一方面,也许在波德莱尔看来,赌徒们在激情和幻想驱使下产生的疯狂,是他们逃避厌烦和苦闷的手段,因为他们实在不能忍受生活中那种心如土灰、了无生趣的感觉。另一方面,他也可能是以清醒道德家的面目出现,用似是而非的讥讽语气嘲笑那些只有借虚幻空想才能感到一丝生活乐趣的"可怜人"。究竟属于哪种情况,我们实难决断。但无论属于那种情况,他的诗中都把人生的疑难和困窘演绎到了极致,让人对找不到解救之道的人生死结唯有唏嘘感慨。诗人自己在平时表明的态度也的确是暧昧模糊的。《火花断想》中有两段谈到赌博的话,前后不无矛盾。一段多少带有点同情之感:"生活的真正魅力只有一个;那

---

① 《全集》,第一卷,第96页。
② 转引自 Crépet et Blin, *Les Fleurs du mal* (édition critique), *op. cit.*, p. 466.

就是**赌博**的魅力。但我们是否真的不在乎输赢呢？"①另一段则带有苦行僧式的严苛："赌博，就算它偶尔有科学技巧作指导，哪怕它带来巨大收益，也终将被哪怕微不足道但却持之以恒的劳动打败。"②如果我们不承认波德莱尔诗中表达的是一种不无矛盾的混合情感，任何绝对化的阐释都会失之偏颇。他的这种情感既包含着对那些奋不顾身地醉心于此道的人的些许友善理解乃至歆羡，同时也对他们在灵魂上深受致命快乐迷惑而不自知表示了怜悯乃至嘲讽。诗中呈现的场景不好解释却又别有深意，诗人的想象力和忧郁情怀从这个场景中提取出来的景象堪与戈雅(Francisco José de Goya)《奇想集》(*Les Caprices*)中的景象媲美，有一种对现实进行怪诞而恐怖的扭曲而获取的涵义。

《赌博》的创作过程显示了波德莱尔如何将获取自美术作品的灵感为我所用，成就自己的作品。就像他在借用书本渊源时一样，他将事无巨细的临摹效仿抛诸脑后，专注于向深处发掘人性的双重甚至多重现实以及审美经验的多种可能性。诗人在创作过程中越来越脱离开眼前的画作，以至于他看到的画作到最后也就只不过是触发诗歌的契机而已。我们将在波德莱尔那些创作于《恶之花》最初两版之间那段时期（即1857—1861年）的重要巴黎诗歌中，更好地观察到他的这种"创造性模仿"。我们从《赌博》一诗还可以获得另外一个教益，那就是它让我们意识到复杂情感和多重价值观在现代诗歌中的可能性，以及它们对于现代诗歌创作的重要作用。当然，波德莱尔从来都不是简单的。不过，有意思的是，正是在他那些本应该是最具客观性的城市诗歌中，从他充满激情的思考中生发出来的复杂性和多重价值反而体现得最为鲜明。这种模棱两可的暧昧性既关乎词语表达也关乎思想观念，是构成波德莱尔审美现代性的重要方面之一。我们希望接下来的研究可以确证这点。

波德莱尔的巴黎诗歌在1857年时还显得比较零星散漫，不成体系。《太阳》《致一位红发女乞丐》《晨曦》《暮霭》《赌博》几篇的确是表现城市生活的"图画"。而《我没有忘记，离城不远的地方》和《您曾嫉妒过的那位善良女仆》则带有个人身世的特点，似乎算不上是真正意义上的"巴黎图画"。《雾和雨》展现的阴沉忧郁的调子也只能勉强跟巴黎沾点边。也许是这些诗歌中人性的激荡让它们有

---

① 《全集》，第一卷，第654页。
② 同上书，第660页。

了在后来进入《巴黎图画》的理由。诗人在1861年的《恶之花》中新设《巴黎图画》一章时,显然是充分肯定了巴黎灵感的重要性。在1857年版中8首诗的基础上,将新增10首巴黎诗篇,而新增的这些篇什将跻身波德莱尔最重要诗作的行列。随着这些诗作的创作,波德莱尔真正成为了巴黎的诗人。

第三节 《恶之花》第二版中新增的"巴黎图画"

《恶之花》初版发行后,波德莱尔进一步深化了对诗歌独创性的思考,并由此迎来了第二个创作高峰。就在《恶之花》首发的几个月后,他就已经开始与出版商讨论第二版的事情了。他在1858年2月19日写给普莱-马拉希的信中提到了两个思路,一个是继续由普莱-马拉希在法国出第二版,另一个是由出版商潘斯布尔德(Pincebourde)出一个主要面向比利时市场的"第二个初版"(la deuxième première édition)①。从他的表述来看。他希望见到的新版不是对原书的简单再版,而是一本在内容上有重大改变的新书。他后来的确做到了这点。1861年初面世的第二版新增了35首作品,使诗集正文中的诗歌总数增加到129首。② 诗集不仅增加了超过1/3的厚度,而且对整体结构进行了重新组织,调整了原有章节的顺序,并将原来的5章扩展到6章。两个版本中的章节分别是:

1857年	1861年
《忧郁与理想》	《忧郁与理想》
《恶之花》	《巴黎图画》
《反抗》	《酒》
《酒》	《恶之花》
《死亡》	《反抗》
	《死亡》

---

① 《书信集》,第一卷,第453页。
② 第一版中原有诗100首,后由于法院的判罚而删除了6首。余下的94首加上35首新作共计129首。但第二版中的诗歌序号只到126,那是因为序号为38的《一个幽灵》(*Un fantôme*)这个总标题下包括了4首有各自标题的十四行诗。

新版对诗集组织结构的调整,使某些篇什具有了与原来不同的意义和重要性。我们完全有理由像波德莱尔那样,把这个新版视为另一个"初版"。学界倾向于将这个版本看作是《恶之花》的定本。

新版中新设的《巴黎图画》一章共有诗 18 首,其中有 10 首是新增的。按它们在诗集中的顺序,10 首新作分别是:《风景》(*Paysage*,序号 LXXXVI)、《天鹅》(*Le Cygne*,序号 LXXXIX)、《七个老头》(*Les Sept Vieillards*,序号 XC)、《小老太婆》(*Les Petites Vieilles*,序号 XCI)、《盲人》(*Les Aveugles*,序号 XCII)、《致一位女路人》(*À une passante*,序号 XVIII)、《耕作的骷髅》(*Le Squelette laboureur*,序号 XCIV)、《死神舞》(*Dance macabre*,序号 XCVII)、《热爱假象》(*L'Amour du mensonge*,序号 XCVIII)、《巴黎之梦》(*Rêve parisien*,序号 CII)。其中的《风景》既是《巴黎图画》全章的开篇诗,也是 10 首新作中最早创作出来的。

一、《风景》

《恶之花》初版是在 1857 年 6 月面市的。几个月后,波德莱尔在当年 11 月 15 日的《当代》(*Le Présent*)杂志上发表了五首诗作,其中题为《巴黎的风景》(*Paysage parisien*)那篇就是后来的《风景》的最初版本。这个版本中的最后六行诗与后来的版本有很大出入:

《巴黎的风景》	《风景》
风暴徒劳地在我的窗前怒吼,	风暴怒号于窗前也终归枉然,
我绝不会从我的书桌上抬头,	不会让我离开书桌抬头探看;
不会从老式的座椅离开半步,	因为我在快乐满足之中沉醉,
我要为年轻的棺材奋笔疾书,	单凭我的意志就把春天唤回,
(应当让阴间已故的亲友安详)	并从我的心中掏出一轮太阳,
写一些犹如香烟缭绕的诗行。	让炽热的思想播撒温煦光芒。

虽然《风景》一诗不见于《恶之花》第一版中,但这并不意味着这首诗就是一篇新作。关于这首诗的创作时间,论者们的意见并不统一。

让·波米埃在其所著《通往波德莱尔之路》(*Dans les chemins de Baudelaire*)一书中,认为这首诗是诗人的早期作品。他提出的论据是,诗中出现的"风暴"(l'Émeute)一词当是指"七月王朝"(la monarchie de Juillet)时期频繁引起动荡骚乱的那些事件。他还提出,《当代》杂志上那个版本的结尾部分写到要用"一些犹如香烟缭绕的诗行"告慰亡灵,这与《您曾嫉妒过的那位善良女仆》中第三、四行诗句传达的情感差相仿佛:

> 我们应当给她献上一些鲜花。
> 死者有多可怜,死者痛苦巨大。

克雷佩也认为这是一首早期诗作。的确,这首诗与《太阳》一样,不仅采用平韵,而且也在行文上表现出习见于诗人早期文字中的那种明快晓畅的风格。诗中的叙事特点以及对罗列排比的设计又让人想到《晨曦》和《暮霭》中采用的手法。克雷佩推断这首诗的创作时间大致是在19世纪40年代末或50年代初前后。他也是基于对"风暴"的阐释提出自己的推断的:"可以认为,诗中影射的要么是1848年的动乱,要么是(1851年)12月2日的政变,——这或许可以让我们推定这首诗的创作时间。"①而他在此前为《波德莱尔全集》所编的《恶之花》中曾用更为肯定的语气指出:"波德莱尔诗中显示出来的那种歌德式的超然态度可以让我们认为,这首诗是1852年后写成的。正是在这一时期前后,诗人对民众运动失去了兴趣。"②波德莱尔曾陶醉并投身于1848年的革命运动,不管他的这个行动是出于何种动机,无论是出于他对资产阶级道德和秩序的憎恨还是出于诗人乌托邦的理想,无论是出于破坏本能的狂欢还是青春年少的轻狂,反正有人曾看见他扛着枪,高喊着"必须枪决奥毕克将军"走向街垒。但这种热情并未持续多久。他的思想很快就从冲动狂暴的社会主义转向了约瑟夫·德·迈斯特的悲观神秘主义,后来就完全超脱政治,不问世事。他在多封书信中表达了1851年政变给他带来的幻灭。他在1852年3月5日致昂塞尔(Narcisse Ancelle)先生信中写道:"您没看见我去投票;我是决意这样做的。12月2日让我置身于政治之外了。再也没有普遍性的思想观念了。就算全巴黎都成了奥尔良党人,事实也的确如此,但这与我毫不相干。我若是去投票,也只会投给我自己。未来有可能属于那些丧失了社会地位的人

---

① Crépet et Blin, *Les Fleurs du mal* (édition critique), *op. cit.*, p. 443.
② Jacques Crépet, *Les Fleurs du mal*, *Les Épaves* (édition critique), Louis Conard, 1922, p. 451.

吗?"①他还在同月 20 日致普莱-马拉希信中写道:"我决定从今往后置身于人世间论争的局外,比任何时候都更下定决心,要追求将形而上学运用于文学创作这一高远的梦想。"②值得注意的是,波德莱尔的这种态度也是当时像福楼拜和戈蒂耶这样一些作家的态度。例如戈蒂耶在《珐琅与雕玉》(Émaux et Camées)序诗的最后一节就写道:

> 听凭狂风暴雨喧嚣
> 击打紧闭的窗玻璃,
> 我照写《珐琅与雕玉》。③

戈蒂耶在此处表达了与波德莱尔相同的那种不问世事的态度。对那些刚刚经历了一个风起云涌、动荡起伏的时代的人来说,"风暴"或"狂风暴雨"这样的字眼显然不止于对恶劣气候状况的描写,而是更具有一层与时代状况相关的悲剧意味。对曾经置身其中的波德莱尔来说,他实在并不需要戈蒂耶的诗句就可以创作出自己的诗歌。

不过也有论者提出了另外的看法。安德烈·费朗(André Ferran)就不认为应当寻找"风暴"一词的"历史"意义。他提出要从自然天气方面理解这个词:

> 这个词与其说意指政治动乱,倒毋宁说就是暗示了冬天里让作者"关好大门和窗户"的那种风雨交加的景象。这样一来,"风暴"就与"春天"对应,正如现实与梦想对应。④

当"风暴"一词失去了"政治—历史"的含义,它就不能再作为确定这首诗创作时间的参照依据。

于是又有论者提出了其他思路。皮舒瓦尝试用其他一些事件来佐证发表在《当代》上那个版本的最后几行诗,并在此基础上提出了自己的看法。他认为诗中提到的"年轻的棺材"当是指诗人亲友中某位年轻的亡故者。诗人的侄

---

① 《书信集》,第一卷,第 188 页。
② 同上书,第 189 页。
③ Théophile Gautier, *Émaux et Camées* (1852), Genève, Droz, 1947, p. 3.
④ 转引自 Crépet et Blin, *Les Fleurs du mal* (édition critique), *op. cit.*, p. 443.

儿,即他同父异母兄长的儿子爱德蒙(Edmond),去世于1854年12月,时年20岁。但波德莱尔与这位哥哥一家关系疏远,多年没有往来。那是否可以认为是指1846年英年早逝的埃米尔·德洛瓦呢？他可是诗人的挚友,而如果这首诗写成于1848年前后,这就完全是有可能的。不过,皮舒瓦不同意德尔麦(Bernard Delmay)提出的假设。德尔麦曾在1972年12月的《克莱姆派》(*Le Cramérien*)杂志上提出,波德莱尔想到的是一位名叫爱丽丝·塞尔让(Élise Sergent),绰号珀玛莱王后(la reine Pomaré)的女子。她是诗人当年住在皮莫当旅馆(l'hôtel Pimodan)时有过一定交往的朋友,1847年去世时22岁。皮舒瓦最后还是认为,在诗人生活圈子里发生的事件中去寻找这首诗的来源,并不能得出完全确切的结论。他于是最终放弃了这一思路,接受了这首诗歌创作时间不明的现实。但这并不妨碍他提出两个可能与这首诗有关的文学渊源。一个是梅纳尔(François Maynard)题为《写给一位孩子的墓志铭》(*Épitaphe pour un enfant*)的十四行诗。波德莱尔曾抄写了这首诗。雅克·克雷佩发现波德莱尔的这个手抄件后,根据抄写的文字将这首诗发表在1937年6月15日的《法兰西信使》杂志上。另一个是《珐琅与雕玉》中的《已故小女孩的玩具》(*Les Joujoux de la morte*)：

> 小玛丽离开了人间,
> 她的棺材实在不大,
> 被他夹在臂膀下面,
> 活像小提琴的琴匣。①

不过,波德莱尔诗中的背景和意境完全不同于戈蒂耶的诗。如果说他诗中对"年轻的棺材"的思考是受了戈蒂耶的影响,这还是显得有些牵强。如果真要说《风景》中有戈蒂耶的影响,那这种影响应当是在另外的方面,那就是戈蒂耶投向城市的眼光。

尽管大家在细节上各执一词,但总的倾向还是认为这首诗是早期作品,它在发表时进行了修改。关于这点,我们还可以补充一些蛛丝马迹的旁证。当时与《巴黎的风景》一同发表在《当代》杂志上的其他四首诗有一个共同的特

---

① Théophile Gautier, *Émaux et Camées*, *op. cit.*, p. 98.

点:这四首诗都创作于 1857 年以前,但没有任何一首被收入这年出版的《恶之花》。关于这四首诗的现实证据是确凿无误的:《致一位马拉巴尔女子》(À une Malabaraise)发表于 1846 年 12 月 13 日的《艺术家》杂志;《赞歌》(Hymne)是夹在 1854 年 5 月 8 日寄给萨巴蒂埃夫人(Mme Sabatier)的信中的;《一幅莫提玛的版画》(Une gravure de Mortimer),即第二版《恶之花》中的《一幅奇幻的版画》(Une gravure fantastique),有阿尔芒·果杜瓦(Armand Godoy)收藏的 1843 年和 1847 年的两个版本;《赎金》(La Rançon)见于 1851 年底或 1852 年初寄给戈蒂耶的《十二首诗》系列中。虽然关于《风景》一诗存在于 1857 年以前的物质证据阙如,也没有相关当事人的证言,但波德莱尔为了回应《当代》杂志的约稿而从抽屉里取出几篇旧作,这又并非是不可能的。我们很难想象,在《恶之花》出版后诗人穷于应付司法审判的那几个月混乱生活中,他还能保持气定神闲的心态,心无旁骛、情贞意洁地埋头作他的"田园牧歌"(églogues)。儒勒·拉福格(Jules Laforgue)对这首诗中的基调颇有会心:

> 他(波德莱尔)轻盈空灵又典雅端庄,在说出以下诗句时毫不与格调如此纯净的语境相抵牾:
> "烟囱和钟楼,城市的这些桅杆"
> (通篇如此安静! 如此高贵!)①

我们在前文中提到,这首诗中戈蒂耶对波德莱尔的影响体现在投向城市的眼光。虽然戈蒂耶并未融入到人群中,对人群也并不抱亲近的态度,但他还是已经感受到了大城市忧郁而强烈的魅力;他对自己并不去主动亲近的众生还是表现了一定程度的悲悯之情的。他的《巴黎》(Paris)是第一篇描写现代都市全景的作品,最初发表在 1831 年 6 月 11 日的《19 世纪法兰西信使》(Mercure de France au XIXe siècle)上,后来又融入了诗集《阿尔贝丢斯》(Albertus)中。诗中的巴黎是一个被蒸汽机奏响了挽歌的城市。奇怪的是竟然连雨果都没有注意到这个绝妙的主题。戈蒂耶在《巴黎》中传达出来的魅力应当会让波德莱尔感到着迷:戈蒂耶诗中描绘的巴黎"风景"包括弥漫的烟雾、烟囱、钟楼、桅杆

---

① Jules Laforgue,《 Notes sur Baudelaire 》, Mélanges posthumes, Paris, Mercure de France, 1903, p. 119.

的隐喻等。这些城市意象也存在于波德莱尔的《风景》中。可以把波德莱尔的诗与《阿尔贝丢斯》中描写现代工业喷吐浓烟的烟囱的段落进行比对：

> 烟囱高耸入云
> 黑烟缭绕塔顶
> 气浪势如暴风，
> 活像轮船桅杆
> 杆顶直指云端
> 划破迷蒙苍穹。①

我们很容易注意到两诗在词语和意象方面的相似。然而，戈蒂耶诗中的情感完全不同于波德莱尔的诗。戈蒂耶对城市生活场景进行描写的背后所潜藏的想法，是要远离大城市，逃向梦想中的仙山琼阁，而波德莱尔诗中的"仙境华屋"(féeriques palais)却是由城市做引导，仿佛诗意的抒情就是大城市的诸多功能之一种。

浪漫主义诗人的特点之一就是在谈到煤烟笼罩的景象时，往往将其视为丑陋之物和非人性的象征，以之来责怨和攻讦现代城市文明。维尼在长诗《牧人之屋》(La Maison du berger)中就写到了城市上空的黑色煤烟，清楚地表达了这种态度：

> 你真该倾听悲伤的人类那边
> 低沉呻吟着把一腔苦水倾吐。
> 神圣的义愤涌荡在人们心间，
> 每次心跳都被城市空气制服。
> 平民的风潮在远处聚成悲风，
> 回响在城市黑色煤烟的上空，
> 汇作一个响亮的大字在控诉。②

与之相比，波德莱尔诗中却没有对让天空中形成人造云雾的煤烟表示出丝毫

---

① Gautier, *Frisson*, *Albertus*, Paris, Paulin, 1833, p. 241.
② Alfred de Vigny, *Œuvres complètes*, éd. François Germain et André Jarry, coll. Bibliothèque de la Pléiade, t. I, 1986, p. 126.

的厌恶和责难,相反他却心气平和甚至带有几分亲切地写道:

> 真惬意啊,能够透过雾霭望见
> 星辰出于青天,灯光映于窗前,
> 煤烟如江河浩荡般直上云霄,
> 月亮将魅惑的白光尽情倾倒。(第 9—12 行)

这里完全没有在诗歌中逃离城市的意思。相反,这倒是对城市诗意的新发现。浪漫主义诗人笔下经常出现的通过诗歌逃离城市的愿望,非常典型地体现在勒菲福尔-德米埃(Jules Lefèvre-Deumier)一首题为《城市五月的一个早晨》(*Une matinée du mois de mai à la ville*)的诗中,该诗发表在 1847 年 1 月 24 日的《艺术家》杂志上:

> 我要创造百花,还要臆造百鸟,
> 要在梦中的林间和山巅聆听,
> 杜鹃在我诗文中啁啾的清音。
>
> (……)
>
> 诗行,带我到天光明丽的地方,
> 恍然置身别处,巴黎方可勉强。①

波德莱尔显然与这种浪漫主义趣味相去甚远,作为诗人,他是以巡历城市为乐的。当浪漫主义诗人梦想着离城远遁之际,波德莱尔则投身其中并融入其间,撷取城市的诗意。诗人的想象力并不对城市表现出不屑一顾的姿态,而是正好相反,非常愿意去探察新出现的城市生活和城市景观所独具的魅力。《风景》一诗形象地演示了波德莱尔是如何创作他的"田园牧歌"的。对他这位不屑于用诗歌歌唱自然风光的诗人来说,他的"田园牧歌"是与"古代田园诗"对应的另一种类型的抒情,是一种歌唱"那些大城市的风景"②的"现代田园牧歌"。

"那些大城市",这是诗人自己的说辞。我们难道不可以据此认为,波德莱

---

① Jules Lefèvre-Deumier, *Une matinée du mois de mai à la ville*, *Le Couvre-feu, dernières poésies*, Amyot, 1857, p. 149.
② 语出波德莱尔《1859 年沙龙》中论述"风景画"一章,《全集》,第二卷,第 666 页。

尔的《巴黎的风景》中也融入了对小时候一度生活过的里昂的记忆？里昂是法国的另一座大城市，当时在现代工业方面的表现更胜过巴黎。理查·D.E.布尔东(Richard D. E. Burton)和皮埃尔·拉福格(Pierre Laforgue)都认为这不是不可能的。① 波德莱尔在书信中时常提起里昂，称这是一座"满是煤烟的城市，我曾经见识过，太了解了"②。他又说过："我非常了解里昂的氛围，那是一种很特别的氛围。"③他在《论哲理艺术》(《L'Art philosophique》)一文中谈到里昂画派的艺术家时，专门有一段文字描写了里昂的氛围，其中有很大部分与《风景》中的氛围接近：

> 一座奇特的城市，信教和生意两不耽误，天主教和新教安然共处，满城充满了雾气和煤烟，观念在那里难以施展。来自里昂的一切都是精心谋划的，慢工细活，谨小慎微(……)。仿佛那里的头脑像伤风的鼻子一样被塞住了。(……)谢纳瓦尔(Chenavard)的头脑就像里昂这座城市；这个头脑雾气氤氲，煤烟蒸腾，到处冒出一些尖角，就像城市露出一些钟楼和高炉。在这样的头脑中，事物得不到清晰反映，只有透过水雾才能依稀可辨。④

这段话有意思之处，不仅在于展现了现代大工业城市"雾气氤氲，煤烟蒸腾"的景象，而且还在于对"信教"和"生意""钟楼"和"高炉"两对矛盾意象的并举。波德莱尔的城市抒情难道不正是从"传统"与"现代"的对照和交互作用产生的张力中生发出来的吗？而这也符合他在《现代生活的画家》中对"现代性"的定义："从流行的东西中提取出它可能包含着的在历史进程中富有诗意的东西，从过渡中提取出永恒。"⑤无论是传统的"信教"和"钟楼"，还是现代的"生意"和"高炉"，它们虽然形态不同，但却都是各自时代人们永恒梦想的寄托。如此

---

① 详见 Richard D. E. Burton,《 Baudelaire and Lyon : a Reading of *Paysage*》, *Nottingham French Studies*, Vol. 28, N° 1, Spring 1989, pp. 26-38 ; Pierre Laforgue,《 Note sur les "Tableaux parisiens"》, *L'Année Baudelaire*, I. *Paris, l'Allégorie*, Paris, Klincksieck, 1995, pp. 81-87.
② 波德莱尔1860年2月28日致约瑟凡·苏拉里(Joséphin Soulary)信,《书信集》，第一卷，第682页。
③ 波德莱尔1861年12月23日致拉普拉德信,《书信集》，第二卷，第200页。
④ 《全集》，第二卷，第601页。
⑤ 同上书，第694页。

看来,现代的城市诗人不仅要咏唱"现代",还要咏唱"永恒"。这就不难理解波德莱尔何以会把自己描写城市的诗歌称作"田园牧歌",因为他作为诗人,既钟情于教堂的"钟楼",也不鄙弃工厂的"烟囱"。无论他作品中表现的是城市的田园牧歌,还是田园牧歌般的城市,并举的矛盾意象让他的诗作获得了"永恒"的维度所赋予的力量。

"巴黎的风景"正好也是巴尔扎克《交际花盛衰记》(*Splendeurs et misères des courtisanes*)中一个章节的标题。在这位作家的《驴皮记》(*La Peau de chagrin*)中,主人公拉法埃尔(Raphaël de Valentin)从被他称作"架高的坟墓"和"自愿蹲的监狱"的蜗居眺望巴黎,其怡然自得之状堪比《风景》中的诗人:

> 我记得,常常临窗而坐,一边美美地品食着面包牛奶,一边呼吸着半空中的空气,俯览着由各式屋顶构成的风景,褐色的,浅灰的,红色的,有用石板的,有用瓦片的,上面长出的苔藓黄黄绿绿的都有。
>
> 起初我还觉得这景致单调无趣,但很快我就发现了其中非同一般的美丽之处。①

《风景》中的诗人在顶楼上"两手托着下巴"眺望城市的姿态,又有几分像梅里翁版画《吸血鬼》(*Le Stryge*)中那位怪兽。梅里翁的这幅版画作于1853年,表现的是巴黎圣母院顶上一个头上长角、背上长翼、人面兽身的怪物,它恰好也是"两手托着下巴",正从高处若有所思地眺望巴黎。但我们知道,波德莱尔在1859年之前并没有表现出对梅里翁的兴趣。这两个做思考状的眺望者之间相似的姿态应当纯属巧合。

在这首表现巴黎风景的诗中,我们可以感到有一种持续的张力存在于眼之所见的现实巴黎风景和心之所想的梦幻世界风景之间。作品中间部分出现的"我将看到……"(《 je verrai 》)和"我将梦见……"(《 je rêverai 》)是构成全诗组织结构的关节,将两种风景呈现在我们面前。正是这两者之间的张力维系着波德莱尔城市抒情诗的审美力度。我们可以毫不过分地说,波德莱尔关于巴黎的那些伟大的诗歌"图画",都巧妙利用了这种来自两个层面的张力:现

---

① Balzac, *La Peau de chagrin*, *Roman philosophique*, t. I, Bruxelles, Meline, Cans et Compagnie, 1837, p. 158.

实和想象，眼中的所见和心中的梦想。

意味深长的是，《恶之花》第一版出版后，波德莱尔进入了一个新的创作城市诗歌的高峰时期，而标志这一时期开端的正是《巴黎的风景》的发表。从此时起，"巴黎"一词便屡见于他作品的标题中：在《巴黎的风景》之后，又有 1859 年的《巴黎的幽灵》(*Fantômes parisiens*)，1860 年的《巴黎之梦》和 1861 年《恶之花》中的《巴黎图画》。是否还应当再加上散文诗集《巴黎的忧郁》，以及作者最初为这个集子想到的标题《巴黎的游荡者》(*Le Rôdeur parisien*)和《巴黎的事物》(*Choses parisiennes*)？可以说，《风景》为波德莱尔的抒情诗引入了一个新的方面，并由此开辟了一道新的"风景"。

二、新的创作高峰

虽然波德莱尔一向心仪于巴黎诗歌，但从 1858 年他开始思考《恶之花》第二版起，他更越来越深化了对巴黎诗歌的追求。正是从这时起到出版《恶之花》第二版的这几年间，他诗歌创作中真正意义上的"巴黎"灵感表现得最为强烈，获得的成果也最为丰硕。诗人在这一时期完全掌握了城市诗歌丰富的美学资源。

波德莱尔在 1858 年有一段短暂的沉寂，他很可能是在深入思考如何在诗歌中出新的问题。他不愿意被冠以那种不痛不痒的所谓"中正平和、通俗易懂"的封号。就像他在 1858 年初写给母亲的信中显示的那样，他为自己赋予的崇高使命就是要"搅扰心智，振聋发聩"，跻身于拜伦、巴尔扎克和夏多布里昂的行列。[①] 到了 1859 年，波德莱尔带着对自己才华的充分意识走出了沉寂，开始了作为诗人和艺术理论家的高产时期。这年的 2 月 21 日，他从翁弗勒尔致信圣-伯甫道："写了一些新'花'，还算得上奇特。我在这里得到休养，一张口又开始滔滔不绝了。有一篇（《死神舞》）应当已经发表在 15 号这期《当代评论》(*Revue contemporaine*)上了。"[②] 他感到自己的创造力畅涌无碍，文思如注，这让他几度在写给母亲的信中流露出不无自得意满的情绪，而这在他身

[①] 见波德莱尔 1858 年 2 月 19 日致母亲信，《书信集》，第一卷，第 451 页。
[②] 《书信集》，第一卷，第 553—554 页。《死神舞》并没有出现在这期刊物上，而是发表在一个月后的 3 月 15 号那期上的。

上的确是不多见的:"我写了一大堆诗,现在停下来了,(……)因为若不停下来,出产将没有个完"①;"我感到我完全是自己工具的主人,是自己思想的主人,我的头脑清醒无比。"②他这一时期的创作体现出求新创奇的强烈愿望:"我又作了一首新'花';《远行的人们》(Les Voyageurs),是献给马克西姆·杜刚(Maxime Du Camp)的:我努力像尼科莱(Nicolet)一样,越来越惊世骇俗。"③波德莱尔在这里套用了一句在法国家喻户晓的谚语:"像尼科莱的剧场一样越来越厉害"。此处提到的尼科莱,全名让-巴普蒂斯特·尼科莱(Jean-Baptiste Nicolet),是法国18世纪著名演员和剧场老板,善于不断翻新花样,用标新立异的剧目招揽观众。据统计,他的剧场在1753至1799年间上演过的剧目数量超过了9000部。

此时的诗人达到了对自己诗艺才能最高超的掌控。诸如《死神舞》、《巴黎的幽灵》(包括《七个老头》和《小老太婆》)、《耕作的骷髅》《天鹅》《巴黎之梦》《热爱假象》《致一位女路人》《盲人》这样一些重要的巴黎诗篇都是在这一时期创作出来的。长篇幅的诗作也多起来。他最长的诗《远行》(Le Voyage)写于1859年1、2月间。也是从这一时期起,他开始大量创作并批量发表后来收入《巴黎的忧郁》中的散文诗,并且希望把这本被他称作"用图画描绘的浪漫主义的书卷"④做成《巴黎图画》的散文姊妹篇。他这一时期的诗歌创作和艺术评论也相得益彰,不仅诗歌灵感逐渐为城市所独揽,而且他对城市的关切也体现在了诸如《1859年沙龙》《现代生活的画家》这样一些重要的艺术论著中。

三、梅里翁和居伊

作为孜孜汲汲、心正意诚的城市观察者,波德莱尔对同时代艺术家大都忽略了"都市风景画"这一本该令他们心动不已的类型而耿耿于怀。他在《1859

---

① 波德莱尔1859年12月28日致母亲信,《书信集》,第一卷,第645页。
② 波德莱尔1860年1月20日致母亲信,《书信集》,第一卷,第662页。
③ 波德莱尔1859年2月4日致普莱-马拉希信,《书信集》,第一卷,第546页。信中提到的《远行的人们》后来正式发表时采用的标题是《远行》(Le Voyage),发表在1859年4月10日的《法兰西评论》(Revue française)上。这也是《恶之花》第二版中的最后一首诗。
④ 语出波德莱尔1861年12月25日致阿尔塞纳·胡塞信,《书信集》,第二卷,第208页。

年沙龙》中解释说,所谓"都市风景画",就是要"搜罗由大量的人和建筑物的聚集而产生出来的崇高和美丽,体现出在生活的荣耀和磨难中变得年迈而陈旧的都城所具有的深刻而复杂的魅力"①。他还在文中表示,很少见到有谁把"一座大城市天然的庄严"表现得比梅里翁的《巴黎风光铜版画》(*Eaux-fortes sur Paris*)更有诗意。他称这位艺术家是"一个强有力的、特立独行的人"。波德莱尔对这本画册中作品的描述,不禁让人想到他自己的《巴黎图画》中的笔调和诸多细节:

> 石头堆积出来的壮美;直指苍天的钟楼;对着空中喷云吐雾的工业的方尖碑;用来修葺建筑物的神奇的脚手架,它们是搭建在建筑物结实躯体外面的新式建筑,具有一种如此不合常情的美;充满了愤怒和怨恨的乱云飞渡的天空;由于让人想到蕴含其中的种种悲剧而变得更加深邃的远景;凡是构成文明痛苦而辉煌背景的那些复杂成分无一遗漏。②

他的确欣赏梅里翁铜版画的风格:细致而不圆腻,繁芜而有章法。但更重要的则是其中观察巴黎的诗意视角,尤其是这些画中体现出来的那种表现"构成文明痛苦而辉煌背景的那些复杂成分"的能力。

波德莱尔是在 1859 年初开始关注梅里翁的作品的。③ 他对梅里翁喜爱有加,这让他不仅在言辞之间极尽赞美,而且还在行动上主动与之接近,准备为梅里翁即将在德拉特印社(l'imprimeur Delâtre)出版的画册新版配文:"这可是天赐良机,可以为这些美丽的版画写出 10 行、20 行或者 30 行梦想暇思,写出一位巴黎闲游者哲学上的梦想暇思。"④梅里翁就此还给他书面提供了一些要点。然而,这两位都极有个性的人物之间的往来却并不轻松,甚至可以说带有一些悲剧色彩。在诗人看来,梅里翁的表现简直"不可忍受",因为他拒绝了诗人借由这些版画表白自己心迹的文字,要求为画中呈现的那些建筑写一些学究式的解说。波德莱尔在 1860 年 2 月 16 日写给普莱-马拉希的信中对

---

① 《全集》,第二卷,第 666 页。
② 同上书,第 666—667 页。
③ 他首次提到梅里翁的名字是在 1859 年 2 月 20 日致阿斯里诺的信中,当时他希望朋友为他"搞到"梅里翁所有关于"巴黎风光"的版画。见《书信集》,第一卷,第 551 页。
④ 波德莱尔 1860 年 2 月 16 日致普莱-马拉希信,《书信集》,第一卷,第 670 页。

这点表达了不满。他还在次月写给母亲的信中坦言不能忍受"跟一个疯子交谈和商讨事情"①。波德莱尔定然是不会满足于做一个梅里翁所提议的那种普通注释者的。他心之所念的,是以这些版画为灵感契机,写出自己创造性的"梦想暇思"。对于思绪渺远的诗人来说,死抠历史真实会窒息想象力。由于他们两人的态度南辕北辙,他们之间的合作从一开始就注定会以失败告终。让·儒孚(Pierre Jean Jouve)认为,这两位天才走不到一起,这其中除了两人性情气质方面的原因外,还由于精神层面的因素所使然。梅里翁对他自己的艺术观念相当自负,认为只有他本人才有资格作为诗人为自己的图画配文。诚如加谢医生(Paul-Ferdinand Gachet,此人热衷艺术,凡高曾为之作《加谢医生肖像》)所言:"艺术对他来说那就是崇拜的偶像、高迈的理想,那可是旁人碰不得的。"②这可以解释为何当波德莱尔准备为他的版画配文时,他的态度会恭倨不定,致使二人的合作最终流产。合作计划虽然半途而废,但波德莱尔对这位艺术家的赞赏却没有因此而稍减。1862年,他又在两篇关于"画家和蚀刻师"的文字中褒扬了梅里翁。③ 梅里翁晚年时饱受谵妄症的折磨。他也写一些诗,当然说不上出色。他在布拉克蒙(Félix Bracquemond)给他画的肖像下方题了一首四行诗,其中两句是"阴郁的梅里翁 / 那面容真狰狞"。他的书信东拉西扯,充满了关于人类的高谈阔论,大谈"恶"的力量,宣泄对"进步"和"颓废"的憎恶。他开始表现出意识障碍。甚至连他最喜爱的版画也不能再给他安慰。他把所有的铜版都销毁了,而他的这一举动显示,在对待自己的艺术方面,他的心情有多么的痛苦和复杂。"他这么做,一方面是出于绝望(……),另一方面是出于不让任何工业技术染指自己作品的清醒的意志。"④在他的肉体生命还没有完结的几年前,他已经在艺术上死去了,"被他对无限发起的伟大搏斗所击垮"⑤。到了最后,他拒绝进食任何东西,说是"为了不吃人间的面

---

① 波德莱尔1860年3月4日致母亲信,《书信集》,第二卷,第4页。

② 转引自Pierre Jean Jouve, *Tombeau de Baudelaire*, Paris, Le Seuil, 1958, p. 109.

③ « L'Eau-forte est à la mode », *Revue anecdotique*, 2e quinzaine d'avril 1862 ; « Peintres et Aquafortistes », *Le Boulevard*, 14 septembre 1862.

④ Pierre Jean Jouve, *op. cit.*, p. 114.

⑤ 语出维克多·雨果。转引自雅克·克雷佩编《波德莱尔书信全集》(Baudelaire, *Correspondance générale*, recueillie, classée et annotée par Jacques Crépet, 6 vol., Louis Conard, 1947-1953),第6卷,第46页。

包",于 1868 年 2 月 13 日死于沙朗通(Charenton)的一家寄养院。

　　诗人与艺术家合作的失败让我们错失了一次良机,不能够通过与画作的比对,更细致、更全面地研究波德莱尔的写作技法,研究他围绕着比现实更有力的绘画进行的那些描述。两位天才的相遇仍然还是有某种深远意义的。梅里翁创作巴黎风光版画的技法让波德莱尔有一见如故的感觉,因而研究这位画家的技法可以帮助我们更好地理解同样也在绘制"巴黎图画"的诗人所采用的"手法"。

　　梅里翁的铜版画属于那种最深刻地表现了巴黎这座城市的"画中的诗"。这些画敏慧通达,创意奇特,虽然直接在当下流行的生活中撷取素材,但在描摹勾勒之间却呈现出一派耗尽了生命力的景象,即一种已经死灭或行将就木的生活面目。本雅明就此指出:"梅里翁的铜版画带着老巴黎的死亡面具。"①但如果认为这些版画只是对老巴黎的表现,那就没有很好地领会梅里翁。诚如波德莱尔在写给母亲的一封信中所言:"要是把那些作品叫做**老巴黎**,那你就错了。这是一些观察巴黎的诗意视角,是根据皇帝旨意大规模拆迁和修葺之前的巴黎面貌。在某些地方,你甚至可以看到那些围裹着脚手架的建筑物(例如法院大厦的钟楼)。"②题为《小桥》(*Le Petit-Pont*)的版画表现了这座建于 18 世纪的"小桥"连同周边建筑被拆除前的景致。画中的高层房屋基础厚实,矗立在塞纳河上。桥的高度被拉升,一个个桥拱和门洞俨然是一个个地狱之门,而阴影更浓的巴黎圣母院的两个钟楼简直就是在伸出双臂揽抱天空。思绪和联想的作用更加大了画面中神秘和幻觉的深度,就像波德莱尔在《1859 年沙龙》中谈到的那样。这不禁让我们想到诗人在《七个老头》的第二个诗节中写到的景象:房屋的高度被雾气拉升,周遭的景致成了城市闲游者灵魂活动的布景。画家自己的阐说清晰明了:"钟楼比在现实中更凸出一些;但我认为可以允许这样做,因为当打动精神的物体从眼前消失之际,精神的作用可以说就是沿着这一方向展开的。"③正是凭借精神的作用,梅里翁的版画使已经不再存在的巴黎面貌得以流传下来。他的作品仿佛是壮丽的挽歌,以其内在的

---

① Walter Benjamin, *Paris, capitale du XIXe siècle. Le Livre des passages*, op. cit., p. 57.
② 波德莱尔 1860 年 3 月 4 日致母亲信,《书信集》,第二卷,第 4 页。
③ 梅里翁 1853 年致保尔·芒兹(Paul Mantz)信。转引自 Jouve, op. cit., pp. 120-121.

"现实性"继续打动我们。在题为《亨利四世公学》(*Le Collège Henri IV*)的作品中,艺术家为城市空间配上了高山和大海等自然风景。远景处可见到一些风帆和桅杆,成群的海鸟飞过天空。城中的房舍白墙黑顶、烟囱林立,与海洋的景致融为一体。在《海军部大楼》(*Le Ministère de la marine*)中,一支由马匹、战车和长翅膀的海豚组成的队伍正从云端向海军部的所在地推进。队伍中有人影若隐若现。不需要有敏感脆弱的神经就可以体会到画中所表现的梦幻进攻现实时的猛烈。但必须要有劲的精神才能够领受这种如梦似幻的巴黎风景所具有的魅力。梅里翁曾在海军中任职,随战舰到过世界上的许多地方,见识过海上的暴风和巨浪。但这位海军军官在25岁时便辞了军职,"告别了大洋上的庄严冒险,转而描绘最令人不安的首都中阴郁的壮丽,一夜之间便转身成了一位强有力的艺术家"[①]。梅里翁的铜版画将一些奇异的事物和思想引入到了对现代生活的艺术表现之中。他在创作中融汇了对于海洋和巴黎的双重观照,让作品鼓荡着采集自"无限"的气息,这使得他的作品不仅仅是一些通常意义上的"图画",而且更是一些目光深远的"观念形象",这些形象活力饱满,光彩照人,思长意远,实乃表现巴黎风光的图画中不可多得的奇特之作。"整体和细节,诗意氛围和主题,精确写实的阴沉呆板和联想暗示的托物寄志,这一切在他的艺术中都很重要。疯狂错乱比比皆是,一如到处都是清醒明晰。这正是梅里翁的价值之所在。"[②]让·儒孚的这段评价可谓中肯。

就在发现梅里翁的同一年,波德莱尔也开始关注另一位表现城市生活的画家——贡斯当丹·居伊。他首次提到这位画家的名字是在1859年12月13日写给普莱-马拉希的信中,他当时称马上就要交付一篇题为《风俗画家居伊先生》(*M. Guys, peintre de mœurs*)的稿子。这篇稿子应该就是后来的《现代生活的画家》的雏形。虽然《现代生活的画家》的发表时间是在1863年,但

---

① 《1859年沙龙》,《全集》,第二卷,第667页。
② Pierre Jean Jouve, *op. cit.*, p. 116.

雅克·克雷佩认为这篇文字在1860年2月份以前就应该已经写成了。① 在这篇评论中,波德莱尔又谈到了巴黎主题,称居伊是一位"热爱万象生活"的艺术家,说他喜欢来到大街上走进人群中,"看那壮丽辉煌的生命力之河在眼前流淌"。波德莱尔还在文中写道:

> 他(指居伊)欣赏着都市生活的永恒的美和惊人的和谐,这种和谐被神奇地保持在人类各行其是的纷攘之中。他凝望着大城市的风景,这风景是用石头构成的,由雾气抚摸着,或是被阳光抽打着。前呼后拥的华丽车队,高傲的骏马,光鲜整洁的青年马夫,机敏活络的仆役,曲线尽显的女人,生活得高高兴兴、穿戴得漂漂亮亮的孩子,所有这些他都欢喜看到;总之一句话,他享受着包罗万象的生活。(……)一支队伍正在开拔,可能要去到天涯海角,军乐声像希望一般轻快诱人,回荡在林荫道的上空(……)。鞍辔、闪光、音乐、果决的目光、浓密庄重的髭须,这一切乱糟糟地一股脑进入他的头脑中;用不了几分钟,从其中得来的诗可能就作好了。他的灵魂就这样与这支行进整齐得活像一个动物的队伍的灵魂生活在一起了(……)。②

真是文美意隽的解说!这也正是波德莱尔想要在后来的《巴黎图画》和《巴黎的忧郁》中为我们展现的图景。

居伊是为一些英国报刊工作的插图画家。他在表现风俗场景方面和用素描表现历史事件方面展现出非同一般的才能,被视为"风俗速写的大师"。这位"现代生活的画家"同时也是"巴黎生活的画家"。他是第二帝国的观察者,他的图画描绘了军队的阅兵、女人的优雅、呼朋唤友的聚会、喜气洋洋的节庆等等,构成了一部第二帝国的编年史。对居伊的评论是波德莱尔写下的另一

---

① 见 Jacques Crépet et Georges Blin, *Les Fleurs du mal* (édition critique), *op. cit.*, p. 260. 波德莱尔确实在 1859 年 12 月 13 日和 1860 年 2 月 4 日写给普莱-马拉希的信中两次提到要向《新闻报》(*La Presse*)交付《风俗画家居伊先生》等稿子,说是稿子发表后就有钱了。不过,皮舒瓦认为不要对波德莱尔的话太过当真,因为这很可能是他一时不能还钱给朋友普莱-马拉希而采取的缓兵之计。但另有一个证据的真实性却是难以质疑的。1860 年 8 月 12 日波德莱尔写信告诉普莱-马拉希,《居伊》(*Guys*)等稿子已经交给了《宪法报》(*Le Constitutionnel*)。他这次说的话有确切证据证明没有半点水分,因为他还在两个月后的 10 月 18 日写信给这份日报的主编,说是要同他一道核实《居伊》的最后部分。

② 《全集》,第二卷,第 692—693 页。

种"巴黎图画"。波德莱尔也借机对"现代性"问题进行了论述。"Modernité"（现代性）一词并非为波德莱尔所首创，但这却是他第一次在自己所写的文字中用到这个词，而且他还从艺术创作的角度对该词进行了定义并提出了审美现代性的概念。在艺术技巧层面，居伊在其笔墨勾勒之间有后来印象主义的风范，善于捕捉运动、色调和光影的韵味以及当下生活中转瞬即逝的美，就像波德莱尔在其评论的结束语中所写的那样：

> 他到处搜寻当下生活中短暂的、瞬间的美，即读者允许我们称之为现代性的那种特点。他常常是古怪的、狂暴的、极端的，但却又总是充满诗意的，他懂得如何把生命之酒或苦涩或醉人的滋味浓缩在他的画中。①

正是在接触居伊作品的过程中，波德莱尔逐渐形成了他后期的美学思想，这是一种删繁就简的即景速写美学，就是要通过快速而准确的勾勒将瞬间的印象捕捉下来。《巴黎图画》中有两首诗体现了这种新的美学思路：一为《天鹅》的第一部分，这首诗的创作契机源自一个偶遇的真实小事件；另一首是《致一位女路人》，这首诗的速写特征表现得比《天鹅》更为明显。在《巴黎的忧郁》中，这种即景速写的美学更是得到了大规模的实践。

观察的爱好让波德莱尔和居伊走到了一起：经常可以看到他们一块儿出入于像卡代游乐厅（Le Casino Cadet）这样的一些不正经的场所，甚至可能还有一些更乌七八糟的地方。居伊性格的古怪跟梅里翁堪有一比，也不是一个好相处的人。他是一个具有奇思妙想的人物，但同时也是一个性情乖戾之人。同梅里翁一样，他也有强烈的愿望，宁愿让艺术家本人受损也不愿意让自己的艺术受到伤害。这在梅里翁身上表现为偏执妄想的发作；而在居伊身上则是隐姓埋名的怪癖。"C.G先生非常喜欢人群，也喜欢隐姓埋名，甚至把谦逊也搞得与众不同"②，就连波德莱尔也无权在其评论中直呼其名，而只能用缩写的简称来表示。英国作家萨克雷（William Makepeace Thackeray）不知道这点，曾在一家报纸上谈到居伊，结果搞得居伊很生气，仿佛这是对他廉耻心的一种冒犯。波德莱尔也遇到相同的情况。他在1859年12月16日写给普莱-

---

① 《全集》，第二卷，第724页。
② 同上书，第688页。

马拉希的信中大诉其苦:"唉!居伊!居伊!你想象不到他给我带来怎样的痛苦!他简直就是一个谦逊到了狂暴地步的怪人。当他得知我要谈论他,竟找上门来兴师问罪。"① 波德莱尔最终只好谦恭地服从了居伊的古怪愿望,像谈论一位无名氏一样谈论他的作品。加谢医生针对梅里翁写下的话完全也可以用到居伊身上:"艺术对他来说那就是崇拜的偶像、高迈的理想,那可是旁人碰不得的。没有所谓的艺术家:事情绝不是这么简单。艺术家本人什么也不是:千万不要对他说他做得有多好,他多么有才华;谁要是在他面前赞扬他,那基本上就是在为自己树敌。"② 就像梅里翁销毁他的铜版和画作一样,居伊也怀着一种"最有趣的羞愧"将自己的作品撕掉或是付诸一炬。③ 这也许是因为艺术理想太过高迈让人不能企及,终于令艺术家深感气馁。这种对于完美的用心,也可以在波德莱尔身上见到。诗人对自己的诗作改了又改,对诗集的排版一丝不苟,不达完美绝不用以示人。在这点上,他同梅里翁和居伊一样表现出了对于艺术创作严谨得近乎苛刻的态度。

波德莱尔之所以欣赏梅里翁和居伊这两位艺术家,是因为他们各有奇才,一位长于捕捉巴黎风光景物包含的韵味,一位善于截取巴黎各色人等的生活片段,演绎他们在艺术家灵魂深处触发的律动和启示。两位艺术家的作品很可能让他意识到了随处可见的巴黎之美的重要性,或者至少让他意识到,他自己的某些诗作原本就已经是一种以其特有的方式做成的"巴黎图画"。很可能正是从这时候起,他开始有了充实这一类诗作的想法,要围绕巴黎主题专辟一个章节,凸显这些诗作的重要性。需要注意的是,无论是梅里翁还是居伊的名字,在诗人1859年以前的书信中都从来没有被提到过,这意味着波德莱尔就是在这时候发现他们的。显然不应当把发生在波德莱尔身上的这种美学趣味和创作活动的因缘际会看成是凭空而出的偶然巧合。雨果就恰如其分地指出,诗人和批评家两种品质在这一时期的波德莱尔身上交相辉映。波德莱尔在《1859年沙龙》发表后,曾把有关梅里翁的段落抄写给雨果,雨果在道谢信中写道:

---

① 《书信集》,第一卷,第639页。
② 转引自 Pierre Jean Jouve, *op. cit.*, p. 109.
③ 《全集》,第二卷,第689页。另参见《全集》,第一卷,第705页。

他(指梅里翁)的版画鲜活生动、光彩夺目且富有思想。他当得上你对他有感而发的那些深刻而璀璨的文字。亲爱的思想者,你身上具有艺术的全部禀赋;你再一次证明了这样一个法则:在一位艺术家身上,批评家与诗人总是并行不悖的。你在阐述时就跟在作画一样,*granditer*(拉丁语:"笔格遒劲")。①

四、走向寓托的"图画"

波德莱尔对于一切所谓"图画""绘画""图符"之类东西的爱好是众人皆知的。还在他孩童时代,各种图像对他来说就已经构成了一个别有洞天的世界,一个他所热爱的世界。他甚至把自己对图像的原始激情表现为"对图像的崇拜"②。他诗歌中的许多意象都跟他对造型艺术作品的记忆有关。在19世纪50和60年代之交的这段时期,造型艺术对他诗歌创作灵感的启示作用表现得尤为直接,这在他创作于这一时期的诸如《耕作的骷髅》《死神舞》《盲人》《巴黎之梦》等诗作中可以明显看出。这些诗作显示,波德莱尔似乎并不轻易为呈现于眼前的具体事物所动,他好像更喜欢在经过艺术处理的作品中去把握这些事物,因为在他看来,这些事物在艺术作品中已经被人眼加工改造,被部分剥去了庞杂的现实细节,通过所谓"去粗取精",这些事物更容易与探究人心的思想者的眼光相契合。通过巧妙的置换,他从造型艺术作品中提炼出自己笔下所描绘景观的某些强劲而鲜明的特征,而真正赋予他所描绘景观以内在生命的,仍然是他自己的梦想和愿望。他的这种方法与德拉克罗瓦的方法可堪比拟,德拉克罗瓦总是先根据自然画出草图,然后再根据草图画出最终的作品。对于德拉克罗瓦来说,只有这种方法才能够保证让想象力统摄作品主题。波德莱尔根据造型表现的资料来创作自己的"图画",正是借用了这种方法。就像德拉克罗瓦通过临摹古代大师汲取营养以扩展自己的艺术手法一样,波德莱尔也通过对造型作品的诠译阐论之法丰富了自己的表现手段。

波德莱尔诗中的意象自1857年开始发生的变化是十分惊人的。新近创

---

① 雨果1860年4月29日致波德莱尔信,*Lettres à Baudelaire*, *op. cit.*, p. 191. 波德莱尔写给雨果的信连同他抄写的有关梅里翁的段落是1859年12月13日寄出的。
② 《我心坦白》,《全集》,第一卷,第701页。

作的诗作与他以往的作品相比具有以下这点显著的不同:具体的描写或展现仅仅是作为出发点而已,而作品最终都要归结为深含寓意的思考。"图画"中的深意比以往任何时候都更占了上风,而图画写实描绘的价值倒位居其次。作品展现的城市中的贫穷景象现在不再仅仅是一种日常生活状况,而是甚至已经成为了一种心境或一种灵魂状态。尤其让诗人挂念于胸的是心意和灵魂的问题,是对人生存在的本体论思考。这可以解释波德莱尔何以会喜爱想象的风景胜过真实的风景。这也是导致他的诗歌创作发生大变的缘由。奥斯丹(Lloyd J. Austin)在《波德莱尔的诗歌世界:象征主义与象征体系》(L'Univers poétique de Baudelaire, symbolisme et symbolique)一书中指出,波德莱尔从众人皆知的程式化传统象征体系过渡到了基于直觉的个人象征体系,这就要求他的读者要更加努力地让创造性想象参与到阅读活动中;他从时代的、日常的甚至粗俗的现实出发,通过建立个人的象征体系,缔造了一个属于个人的神话。如果说雨果"为古老的词典戴上了红帽"[①],通过在语言领域的革命打破了阳春白雪和下里巴人的界限,并由此创造出一种新的鲜活的语言,波德莱尔则更进一步,让古老的文学戴上了诗歌的新帽,而他那些伟大的城市诗歌就是这种新类型诗歌中的珍宝。他还可以写出其他一些诗风更恶毒、更暴虐的作品,这本来就是他的强项;但他却难以在暗示启发、托物寄志、探幽发微、阐发宏富等方面做得比在城市诗歌中更好。诗歌格律上也发生了一些变化,诗句的跨行和三节奏诗行等在传统诗艺中不常运用甚至不被看好的手法开始多了起来,这是城市题材进入诗歌后带来诗歌形式向散文化发展的一个表征。这种诗歌形式对诗歌题材的适应保证了城市诗歌独具魅力的诗意效果。

五、死亡的魅惑:《死神舞》和《耕作的骷髅》

跟自己以往那种写了一首诗后要过很久才发表的情况不同,波德莱尔在这个新的创作高峰期写出作品后马上就在刊物上发表。1858年底,波德莱尔告诉《当代评论》的掌门人卡罗纳(Alphonse de Calonne)说"新的《恶之花》"已

[①] Victor Hugo, Les Contemplations, t. I, Autrefois, 1830-1843, Librairie de L. Hachette et Cie, 1863, p. 29.

经开始动笔了",还说不久就要寄给他一些诗稿。① 1859 年 3 月,这份杂志上发表了题为《死神舞》的诗作。波德莱尔在此前的 1 月份把诗稿寄给卡罗纳时附有这样的说明:

> 亲爱的先生,我把在铁路上旅行时梦幻遐想的结果寄给您。我急切地恳请您将它放到 15 日这期上;我不想让您的读者忘了我。
> 您在《骷髅》(Le Squelette)这首诗中可以看到我是下了功夫的,完全扣合那些古老的"死神舞"和中世纪的寓意画中的尖锐讽刺。②

信中提到的《骷髅》是《死神舞》最初的标题。诗人后来没有保留这个标题。但一年后诗人又把"骷髅"一词用在了另一首诗的标题中,即发表在 1860 年 1 月 22 日《漫谈》(La Causerie)杂志上的《耕作的骷髅》。在短短的一年时间先后两次把"骷髅"一词用于作品标题,这显示了"死亡"对于诗人创作灵感和形而上玄想的重要作用。

波德莱尔一生都对那些表现跟死亡有关的场景的美术作品抱有浓厚的兴趣。雅克·克雷佩告诉我们说,诗人去世后留下许多绘画和版画作品,其中大部分表现的是"跟死亡有关的场景:死神骑马在田野上游荡,打扮得花枝招展的死神叼着烟斗跟活人聊天,手持利剑的死神,等等,等等"③。有相当数量的作品是属于德国画派的版画,有几幅出自阿尔弗雷德·雷特尔(Alfred Rethel)之手,而这位艺术家的名字多次出现在波德莱尔的书信中。波德莱尔喜欢研究中世纪的"死神舞"(亦称"骷髅舞"),以及 16 世纪和巴洛克时期的人体解剖图,在这些解剖图中的人体骨架往往被赋予了某种令人恐怖的生命。《死神舞》和《耕作的骷髅》体现了这些图画渊源对"死亡诗人"波德莱尔的明显影响。

一般都认为,作为诗歌标题的《死神舞》是同西方表现死亡的诗歌和绘画传统一脉相承的。这一传统可以上溯到中世纪,而这一溯源不仅有其历史价值,更有其战略意义上的重要性。正是尸横遍野、白骨累累的中世纪首开了

---

① 见波德莱尔 1858 年 11 月 10 日致卡罗纳信,《书信集》,第一卷,第 522 页。
② 波德莱尔 1859 年 1 月 1 日致卡罗纳信,《书信集》,第一卷,第 535 页。
③ Eugène Crépet, *Charles Baudelaire*, étude biographique revue et mise à jour par Jacques Crépet, Paris, Albert Messein, 1906, p. 155, note 1.

"死神舞"的先河。法语中的"macabre"(以死亡为主题的,恐怖的,死神的)一词最初是以"macabré"的词形首次出现在 14 世纪诗人让·勒菲福尔(Jean Lefèvre)的一首题为《逝者安息》(*Le Respit de la mort*)的诗中——"我用诗笔写死神舞"。"macabré"一词还有一异文"macabé",其词源来自圣经中犹太英雄"马加比家族"(Maccabées 或 Macchabées)的名字,而在西方传统中,对他们的崇拜是跟对死者的祭奠联系在一起的。由巴黎印刷商居约·马尔尚(Guyot Marchand)刊行于 1485 年的画册《人类死神舞大系》(*La Grande Danse macabré des hommes et des femmes*)一直流传甚广。为这些"死神舞"配的韵文应当是原来用在巴黎无辜者公墓(le cimetière des Innocents)装饰长廊墙面的壁画上的解说文字。40 幅图画中返回人间与活人共舞的死尸还没有完全变成骷髅,而只是肚腹凹陷或是被开膛剖肚但却并未筋肉尽失的尸体。直到 1550 年前后,这位伟大的舞者才变成了我们在当时的版画中所习见的骷髅形象。15 世纪是一个"死神"横行的时代,死尸、颅骨、骷髅满目皆是。血火硝烟,生灵涂炭,再加上各种疫疾的大规模流行,让当时的人面对骨垒尸堆,不禁在意识中对死神的猖獗有一种刻骨铭心的观照。绘画、雕塑、文学、戏剧等艺术形式对死神舞都有广泛的表现。有一些艺术家通过死尸的恐怖和诡异,表达了对时光流逝的无奈,对人老体衰的恐惧;另有一些艺术家把"死神舞"看成是一个象征,象征着人们面对不期而至而又不可避免的死亡时心中生出的敬畏,同时也象征着死亡面前人人平等、不分贵贱。总之,一位艺术家如果想要功成名就,他就绝不能对死亡主题的魅惑无动于衷。

浪漫主义又让"死神舞"成为一时风气。戈蒂耶是对造型艺术作品最为敏感的诗人之一。正是在法国人重又对中世纪推崇备至的 19 世纪 30 年代,他有感于中世纪对死尸的迷恋,将死亡意象引入到现代的抒情诗中。自 1833 年发表故事集《青年法兰西》(*Les Jeunes-France*)起,戈蒂耶便以自己的方法,继承了中世纪和巴洛克时期表现死亡的传统,发扬了其中将"嘲笑"和"怪诞感"相结合的特点。他的《冥间喜剧》被恰如其分地比拟为富有浪漫主义色彩的现代"死神舞"。正是戈蒂耶比其他任何人更直接地让波德莱尔"窥见了坟墓后面的光辉"①。从这种意义上说,波德莱尔的《死神舞》追随了戈蒂耶的足迹。波德莱尔诗中的"死神"被表现成一个"干瘦且举止怪诞的妖娆女人",是一位扭捏作态、花枝招展的舞娘,通身散发着"浓妆艳抹的虚无的魅力"。戈蒂耶在他之前就已经写到了"涂脂抹粉的死神"的形象:

> 死神妖艳漂亮,仪态活像王后,
> (……)
> 死神变化万方没有固定模样,
> 身手赛过戏子经常易容换装,
> 深谙美容之道。②

戈蒂耶还在别处提到"丝裙裹身的骷髅"③。死神美艳风骚的姿态是戈蒂耶早期作品中的特点,这不仅在《冥间喜剧》中有展现,而且在《阿尔贝丢斯》中一日三变的葳萝妮克(Véronique)身上,在他所有早期诗歌中,以及在诗集《西班牙》(*España*)的某些篇什中也可以见到。约翰·E. 杰克森(John E. Jackson)指出,在波德莱尔处理死亡主题的主要方式中,有三种是在戈蒂耶作品中找到的:"作为新生命起点的死亡、作为肉身(腐败)现象的死亡和作为阴间生活的死亡"④。在死神统治的陌生国度,等待我们的命运将会如何?我们会发现跟人间的苦役不同的生活吗?我们最终可以获得安宁太平吗?波德莱尔在《耕作的骷髅》最后几行诗中表达的这些疑惑,戈蒂耶在他之前就已经表达过了,而且几乎是采用了一些相同的字眼:

> 也许坟墓根本不是避难之处,
> 没有坚实床架供人卧靠依扶
> 终可长眠安乐,

---

① 语出波德莱尔发表于 1859 年 3 月 13 日《艺术家》杂志上的《论泰奥菲尔·戈蒂耶》(*Théophile Gautier*)一文,《全集》,第二卷,第 114 页。同样的表述也见于《再论埃德加·爱伦·坡》(*Notes nouvelles sur Edgar Poe*),《全集》,第二卷,第 334 页。

② Théophile Gautier, *Poésies complètes*, *Albertus*, *La Comédie de la Mort*, *Poésies diverses*, *Poésies nouvelles*, *op. cit.*, pp. 124, 140.

③ Ibid., p. 151.

④ John E. Jackson, *La Mort Baudelaire. Essai sur Les Fleurs du mal*, Neuchâtel, À la Baconnière, 1982, p. 29.

> 人间恩恩怨怨无法彻底遗忘，
> 也无法放下悲喜不再去怀想
> 活过或者活着。
>
> （……）
>
> 死亡也许再也不是灵丹妙药；
> 亡人无奈独自守着墓穴坟包，
> 完全无依无助，
> 我等未亡之人怎能潇洒生活，
> 每当想到人生风风火火一过
> 便是冷清孤苦。①

离开人世之后所遭受的折磨让死者也不能够安享坟墓中的宁静平和。

戈蒂耶在这方面对波德莱尔的影响是不可否认的。戈蒂耶让他那一代人发现了跟死亡和怪诞有关的事物所包含的魅力。许多经过改头换面出现在《恶之花》中的主题和题材起初都是在戈蒂耶"神奇的"笔下形成的：大城市的忧郁、人类生活的压迫状态、死亡、恐怖惊悚、恶魔厉鬼等等。尽管如此，可我们在阅读戈蒂耶的作品时，却从来感受不到我们在阅读《死神舞》和《耕作的骷髅》时所感受到的那种强烈的震撼和不安。这也许是因为戈蒂耶把重点几乎完全放在了玩味死亡别有旨趣的奇谈诡行方面。就像他自己有一天告诉龚古尔兄弟（Edmond de Goncourt et Jules de Goncourt）的那样："他作品的两根琴弦，他才华的两大真正标志，一是滑稽，一是黑色的忧郁。"②但他的这种忧郁并没有把他推向反抗，而只是引领他去探寻由于空间或者时间的改变给人带来的恐慌和迷惘。他经常在诗歌和散文中表现死亡的恐怖惊悚，但在他杳无希望的悲观主义中，真正属于精神或灵魂层面的因素却是极其薄弱的。

---

① Théophile Gautier, *Poésies complètes*, *Albertus*, *La Comédie de la Mort*, *Poésies diverses*, *Poésies nouvelles*, op. cit., pp. 129, 131-132.

② 见龚古尔兄弟1863年11月23日的日记，Edmond de Goncourt et Jules de Goncourt, *Journal des Goncourt : mémoires de la vie littéraire*, t. II, Paris, Charpentier et Fasquelle, 1891, p. 166.

如前所述,《死神舞》中表现出来的对骷髅的趣味,让人想到中世纪的版画和浪漫主义普遍表现死亡之风的影响。说到启发这首诗的直接灵感,显然不是诗人亲眼所见的堆积如山的死人白骨和颅骨。诗人自己在《1859年沙龙》中解释了这首诗的由来和意图。诗人先是对雕刻家克里斯托弗(Ernest Christophe)没有展出他的两件表现死亡题材的作品感到惋惜,随后对这两件作品进行了描述。一件是《人间喜剧》,这件作品启发了波德莱尔的《面具》(*Le Masque*)一诗;另一件是《骷髅》,而波德莱尔的《骷髅》——也就是后来的《死神舞》——就是对这件作品有感而发的。关于这件作品,波德莱尔评论如下:

> 至于另一个构思,虽然也很迷人,但恕我直言,我不敢保证它也会取得巨大的成功;尤其是它为了得到完全的表现,采用了两种材料,一种是浅色无光的,用于表现骷髅,另一种是深色有光的,用于表现衣服,这自然会增加构思的恐怖,让它不容易被人接受。唉!

> "恐怖的魅力只让强者们陶醉!"(《死神舞》,第36行——引者注)

> 请想象一具高挑的女性骷髅正准备出发去参加节庆聚会。它长着一副黑种女人似的扁平的脸,面带微笑却又没有嘴唇也没有牙龈,它的眼神就只是一个黑窟窿,一个曾经的美人儿成了这样一个吓人的东西,那样子像是望着空中茫然寻找着约会的美妙时刻,又像是在寻找刻在看不见的时光钟盘上的巫魔夜会的隆重时刻。它那被时间剥去了筋肉的胸部妖艳地冲出上衣,就像是一束干花直挺挺地伸出花瓶,这整个阴郁的构思矗立在由豪华女裙构成的底座上。①

为了不让描述占用过多篇幅,波德莱尔在这段文字后直接引录了《死神舞》的前22行。不过他也不愿意把这首诗简单看成是对雕塑作品的描写。他的用意不是要"注解"雕塑,而是要"阐述包含在这座小雕像中的微妙的乐趣,差不

---

① 《1859年沙龙》,《全集》,第二卷,第679页。

多就像一位细心的读者用铅笔在书的空白处随意涂写一样"①。诗人对克里斯托弗作品的借用是很显然的,他甚至公开承认了这点。有一点值得注意,那就是诗人把这首诗题献给了克里斯托弗。当《死神舞》要发表在《当代评论》时,波德莱尔在写给杂志主编的一封信中坚持要保留题献词:

> 你又要去掉题献词,这让我很是郁闷。(……)我在一首小诗前面写上他的名字以表谢忱,这的确是最起码的事情。你尽可放心。克里斯托弗先生何止是一个非同一般的人,他的大名是不会损害你杂志的声誉。②

卡罗纳最终还是保留了"献给雕塑家恩斯特·克里斯托弗"的题献词。③ 受克里斯托弗的雕塑《人间喜剧》启发而作的《面具》于1859年11月也发表在《当代评论》上,这首诗也是题献给这位艺术家的。从灵感、对死亡主题的兴趣以及寓意的意识等方面看,这首诗与这一时期为《巴黎图画》创作的那些诗有着一致的美学背景。启发了《面具》的那尊小雕像表现的是一个裸身女体,从正面看,为观众呈现的是一张温柔玲珑、默默含笑的脸,颇像是剧中角色的面容。但是围着雕像转个方向,观众就会发现"这身形曼妙催人幸福的女人 / 从上面看竟是个双头的妖怪",美丽的假面下隐藏着"扭曲得厉害的 / 真正的脑袋,以及真实的面孔"④,神情惊惶,一副以泪洗面、垂头丧气的样子。波德莱尔从雕像中抓住的是"寓托的秘诀"和"寓言的教益":

> 首先迷惑住你眼睛的,是一张面具,天下人的面具,你的面具,我的面具,形同一把漂亮的扇子,一只灵巧的手用这把扇子替世人的眼睛遮住痛苦或者悔恨。⑤

如果我们相信让·波米埃之言,克里斯托弗很可能是根据格兰德维尔(Jean Jacques Grandville)的一幅画创作了自己的那两件雕塑作品。关于这点,还是

---

① 《1859年沙龙》,《全集》,第二卷,第679页。
② 波德莱尔1859年2月11日致阿尔封斯·德·卡罗纳信,《书信集》,第一卷,第546页。
③ 卡罗纳并不是唯一对是否加上题献词持犹豫态度的人。《1860年巴黎通历》(*Almanach parisien pour l'année 1860*)和1861年2月1日的《艺术家》杂志在发表这首诗时都没有保留题献词。
④ 《面具》,《全集》,第一卷,第23、24页。
⑤ 《1859年沙龙》,《全集》,第二卷,第678页。

直接看波米埃是怎么说的：

> 令人吃惊的是，波德莱尔谈到克里斯托弗的两件作品时，没有提到格兰德维尔那幅为雕塑家的这两件作品提供了灵感的画。我想说的是《街角的死神》(*La Mort au coin d'une rue*)，尚弗勒里在《现代漫画史》(*Histoire de la caricature moderne*)中采用了这幅画并如此描述道："死神在十字街头的一角冲着路人扭捏作态。它手上拿着一张面具遮住掉光了牙齿的颌骨，裙子的下摆向上撩着，每当夜幕初降时分它便会出现，戴一顶满是饰带的无边软帽。"(Paris, E. Dentu, 1865, p. 294)克里斯托弗将这一题材用在了两件作品中。①

的确，如果说克里斯托弗的这两件作品——《骷髅》和《人间喜剧》——不是出于同一个构思，那至少它们的构思也是非常相近的。

有必要提一下，在《1859年沙龙》中，另外还有两件表现死亡题材的作品也引起了波德莱尔的注意：一件是邦吉依(Octave Penguilly)的绘画《死神小舞》(*Petite danse macabre*)②；另外一件是埃贝尔(Émile Hébert)的雕塑，这件雕塑如同在克里斯托弗作品中一样，也把女子的妖娆风骚同死亡的点子结合在一起，不过作品的构思又有所不同，表现的是"一个丰满娇媚的姑娘(……)正顺从地接受一具硕大骷髅的吻，欲仙欲死地抽搐着身体"③。

当波德莱尔描述克里斯托弗的两件雕像时，无论在诗歌中还是在散文体中，他都不以纤介不遗的精确为意。"这些在波德莱尔笔下被描绘得如此出色的死神的优雅"④绝不是对雕塑原作的简单移植，而是一种富有生气和戏剧色彩的阐释。让我们来看看有关《死神舞》创作背景的一些情况。我们知道波德莱尔是在1859年1月1日把诗稿寄给卡罗纳的，而在这之后的2月10日克里斯托弗才告知他有关《骷髅》这件雕像的事情："您这两天就会收到您表示愿意惠予接受的素描画稿(指雕像《骷髅》的画稿。——引者注)，我还有一份《人

---

① Jean Pommier, *La Mystique de Baudelaire*, Paris, Les Belles Lettres, 1932, p. 187.
② 见《全集》，第二卷，第652页。
③ 同上书，第677页。
④ 邦维尔语，出自1862年1月26日《林荫道》(*Le Boulevard*)杂志上的戏剧评论专栏。他在文中引用了《死神舞》的第3、4诗节。

间喜剧》的印刷清样要给您。"①如此看来,波德莱尔创作这首诗时,手头并没有这件作品的画稿,而他很可能是在此前访问了雕塑家的工作室后凭记忆写了这首诗。访问那天,雕塑家应该向他展示了二十来件不同设计程度的模型样稿。波德莱尔没有留意艺术家放在《骷髅》右手上的面具。就我们所知,克里斯托弗的《骷髅》并不像波德莱尔笔下跳死神舞的骷髅那样穿着"装饰着绒球的鞋子"。如果细看就会发现,波德莱尔诗中只有前四节与克里斯托弗的雕像相吻合。在余下的总共十一节诗中,波德莱尔借题发挥,让跳死神舞的女子成了死神本身的寓托形象,而这是诗人独出一己的创造。诗歌与造型作品的渊源相去如此之远,很难再说在诗人的创作活动和获赠此诗的雕塑家之间有任何直接的关系。如果说诗人方面有什么独到之处,那显然就在于他的眼界和立意。在端详小雕像时,波德莱尔看到的是许多其他的图像;他在雕像中找到的是他自己想象中的对比反衬之法,是他自己所理解的情欲和恐怖的内在结合;他采用雕像的素材和动作,就像大作曲家将民间小调拿来为我所用。这样的借用丝毫不减弱创意的独到。

诗人在 1859 年 1 月 1 日写给卡罗纳的信中,称《死神舞》是他"在铁路上旅行时梦幻遐想的结果"②。当时他正赶往阿朗松(Alençon),要去面晤普莱-马拉希。如果我们考虑到他是在一个标志着现代文明进步的火车车厢里"梦幻遐想"古老的死神舞和中世纪,那他的自白就显得别有重要意味。诗人身处现代环境,其所怀想的却是死神舞这一古老的寓托形象,而这一形象自古以来就象征着"被死神牵着走的人间队列"③。当诗人把这首具有拟古气象的诗作放入到《巴黎图画》中,他就拓展了这首诗的包蕴,能够由此更好地凸显出寓托形象的当代特性,更好地展现社会主流在面对等待我们每个人的命运时的虚妄姿态。诗歌结尾处的那些诗句也体现了一种扩展性的律动:在死神纵贯古今、横行天下的威势面前,人类在作风、仪态、情感等方面都显得轻浮浅薄、可笑至极、苍白无力。

《死神舞》是波德莱尔在世时刊行次数最多的诗作之一。1861 年 2 月 1

---

① 克里斯托弗 1859 年 2 月 10 日致波德莱尔信,*Lettres à Baudelaire*, op. cit., p. 99.
② 《书信集》,第一卷,第 535 页。
③ 波德莱尔 1859 年 2 月 11 日致卡罗纳信,《书信集》,第一卷,第 547 页。

日这期《艺术家》杂志的目录中标明该诗题目是《丧葬舞》(*Danse funèbre*)，而在正文中还是采用了《死神舞》的说法，同时还附有以下注释文字：

> 《恶之花》新版即将面世，将包含大量体现原版总体特点的新作，我们可以通过这首《死神舞》管窥一二。①

我们可以这样来理解这段话：《死神舞》是一首极具代表性的诗作，充分体现了波德莱尔在这一时期诗歌创作的一些特点。从这首诗开始，波德莱尔越来越倾向于具有寓托风格的表现，越来越走向形而上学的玄想。

波德莱尔对"古老的'死神舞'"和"中世纪的寓意画"的兴趣，甚至表现在了对《恶之花》第二版卷首插图的设计上。他在1859年5月向纳达尔提到，想要有一幅寓意内容的卷首插图：

> 再来看《恶之花》第二版。这里要说的是，一个呈树状的骷髅，腿和肋骨形成树干，手臂伸直形成十字架形状，上面长满了树叶和花蕾，护卫着一排排有毒的植物，这些植物都种在小花盆里，像是在温室中一样呈梯状排列摆放着。我是在翻阅雅桑特·朗格洛瓦所写的关于"死神舞"的历史时有了这个点子的。②

波德莱尔此处提到的书是厄斯塔什-雅桑特·朗格洛瓦（Eustache-Hyacinthe Langlois）所著的《论死神舞的历史、哲学和趣味》(*Essai historique, philosophique et pittoresque sur les danses des morts*)。该书于1851年在鲁昂（Rouen）出版，分上、下两卷。波德莱尔在书中看到一张16世纪的版画，与他想要的《恶之花》卷首插图相契合。波德莱尔在同一封信中还提到一件不知出于谁人之手的雕塑，说他在其中发现了"某种可以称为**有浪漫主义雕塑和装饰画风格**的东西，非常漂亮：一位年轻女子和一具像圣母升天一样跃起的骷髅；骷髅拥抱着女子。事实上骷髅被部分隐去了，像是被包在一层裹尸布下让人隐隐感到它的存在。"③要让一具骷髅构成诗集卷首插图的主线，这充分说

---

① L'Artiste : beaux-arts et belles-lettres, 1er février, 3e livraison, nouvelle série, t. XI, 1861, p. 65.
② 波德莱尔1859年5月16日致纳达尔信，《书信集》，第一卷，第577页。
③ 同上书，第578页。

明诗人赋予了这一形象何等重要的奠定诗集基调的作用。波德莱尔起初想到了好几位艺术家来做这件事情。这项工作最后委托给了布拉克蒙,他是为普莱-马拉希工作的蚀刻版画师之一。不幸的是,布拉克蒙没有遵从——或者说没有领会——诗人的意愿,不是像诗人所希望的那样让枝丫从手臂上生出来,而是让它们呈扇形长在骷髅肋骨处。按波德莱尔自己的说法,这是"布拉克蒙的大败作"①,这位艺术家根本就不懂得什么是"呈树状的骷髅",也不知道如何用花的形式来表现罪恶。波德莱尔对布拉克蒙的画稿大为不满,不顾普莱-马拉希的感受,断然拒绝将它印在诗集中。结果在新出版的《恶之花》中,寓意性的树状骷髅卷首插图换成了一张诗人的肖像,这还是由布拉克蒙根据纳达尔拍摄的一张照片制作的蚀刻版画,可是这张版画中的肖像甚至在模样上都不太像诗人本人。波德莱尔已经放弃了树状骷髅,但普莱-马拉希没有完全放弃,他在计划为 1862 年的伦敦世博会出一本《恶之花》的豪华精装本时,又想到了卷首插图。波德莱尔态度依旧。布拉克蒙 1862 年 3 月 13 日写信向尚弗勒里诉苦道:"我刚刚第五遍完成了树状骷髅。但仍然还不是那么回事儿。"他想让尚弗勒里把朗格洛瓦的书借给他做个参考并顺便提一些建议。尚弗勒里在回信中没有答应借书,而且他就骷髅问题给出的建议是一个既怪异又恶毒的玩笑。一边是波德莱尔的勃然大怒,一边是朋友非但不鼎力相助,反而还戏谑调侃,这让树状骷髅成了布拉克蒙永远也完成不了的卷首插图。这个夭折了的计划后来由菲利克斯·罗普斯(Félicien Rops)接手用在了 1866 年出版的《残花集》(Les Épaves)的卷首插图中。罗普斯被阿尔封斯·都德(Alphonse Daudet)漂亮地称为"对魔鬼顶礼膜拜的比利时茨冈人"②,他的作品中往往萦绕着一种阴森的死亡气息,将人不由自主地引向形而上的层次。波德莱尔 1864 年到比利时后,普莱-马拉希向他引荐了罗普斯,因为普莱-马拉希认为罗普斯的才华可以弥补诗人对布拉克蒙的错误感到的失望。波德莱尔也认为他是能够绘制出诗人心目中寓意卷首插图的合适人选。他们两人之间相见恨晚的友谊是建立在共同的志趣和爱好之上的,这从艺术家 1864 年 5

---

① 波德莱尔 1860 年 8 月 20 日前后致普莱-马拉希信,《书信集》,第二卷,第 83 页。
② 转引自 Jacques Crépet, *Propos sur Baudelaire*, rassemblés et annotés par Claude Pichois, Mercure de France, 1957, p. 92.

月底写给普莱-马拉希的信中可以看出来：

> 我相信波德莱尔是我最急切想认识的人。我们神交已久，都有一种奇特的爱好，那是一种对最本质的结晶质形态的爱好：即对骷髅的激情。①

波德莱尔本人似乎也希望罗普斯在制作卷首插图时能够从他的《死神舞》获取灵感。他在1866年2月21日给罗普斯的信中写道：

> 我认为一幅漂亮的铜版画（让人联想到"死神舞""瘦骨嶙峋的妖艳女子"……）就可以是一幅很好的卷首插图。
>
> 很吓人，却又精心打扮，很丑陋，却又风情万种。②

罗普斯制作的卷首插图虽然不能说创意十足，但基本上还是令诗人满意的。

在让布拉克蒙制作《恶之花》第二版卷首插图的那段时间，波德莱尔自己也在搜集出自不同艺术家之手的表现死亡题材的图画。他不仅查阅了雅桑特·朗格洛瓦的著作，还时常到塞纳河边的旧书摊去翻找。正是在这样的搜求过程中，他找到了一些老旧的解剖图，这也许就成了触发他创作《耕作的骷髅》的机缘。诗人在这首诗的最初几行便开门见山地承认了创作动机的绘画渊源：

> 死人一般许多旧书
> 杂乱陈于河岸尘灰，
> 木乃伊般酣眠沉睡，
> 还有那些解剖之图，
>
> 素描功夫分明见出
> 年老画师渊博严谨，
> 主题虽然阴郁伤心，
> 传达美丽风采独树，

---

① 罗普斯写给普莱-马拉希的这封信由皮埃尔·杜菲（Pierre Dufay）发表在1933年10月1日的《法兰西信使》杂志上，第48页。

② 《书信集》，第二卷，第617页。信中提到的"瘦骨嶙峋的妖艳女子"出自《死神舞》第4行。

> 其中表现白骨枯骸
> 农夫一般耕地翻土，
> 这让画中神秘恐怖
> 愈加完美动人心怀。（1—12 行）

这首诗创作于 1859 年底。波德莱尔在写给普莱-马拉希的一封信中提到一些寄给《当代评论》主编卡罗纳的诗作，其中就有这首：

> 在我寄给他的那些诗中，卡罗纳回绝了优雅的"还愿品"（ex-veto），仿佛这首诗会在他的读者中引起公愤。此前我给他寄了《天鹅》，这次寄了新作《耕作的骷髅》。①

波德莱尔还把这首诗抄录在信后让他朋友一阅。这首诗虽然得到维里耶·德·利尔-亚当（Villiers de l'Isle-Adam）这样的诗人的激赏②，但被波德莱尔一直认为有点"娘娘腔"③的卡罗纳却谨小慎微，生怕冒犯他的读者，不仅先前回绝了"还愿品"，最终也没有采用《天鹅》和《耕作的骷髅》。这三首诗后来一并发表在 1860 年 1 月 22 日的《漫谈》杂志上。

波德莱尔诗中描述的那幅图画引起好多种揣测。爱杜瓦·梅尼亚尔（Édouard Maynial）在其所编《恶之花》（Paris，Fernand Roches，1929）前言中猜想，这幅画应该是根据勃鲁盖尔（Pieter Bruegel 或 Brueghel）的某幅版画制作的，这位弗兰德斯画派的巨匠擅长展现农民的生活和死亡的狂欢。安德烈·查斯特尔（André Chastel）在其《巴洛克与死亡》一文中提到在巴洛克时期十分常见的正在掘墓的骷髅形象，并且还特别讲到 1573 年在德国维滕贝格（Wittemberg）制作的一幅铜版画。④ 其实更值得注意的也许是 16 世纪前期的德国画家小荷尔拜因（Hans Holbein dem Jüngeren）那些表现骷髅的木版

---

① 波德莱尔 1859 年 12 月 15 日致普莱-马拉希信，《书信集》，第一卷，第 634—635 页。信中提到的"还愿品"指诗歌《致一位圣母》（À une Madone），该诗副标题是《西班牙风格的还愿品》（Ex-veto dans le goût espagnol）。

② 参见维里耶·德·利尔-亚当 1861 年春天致波德莱尔的信，Lettres à Baudelaire，op. cit.，p. 389.

③ 波德莱尔 1859 年 4 月 29 日致普莱-马拉希信，《书信集》，第一卷，第 568 页。

④ 参见 André Chastel，«Le Baroque et la Mort»，in Enrico Castelli，éd.，Retorica e barocco：Atti del III Congresso internationale di studi umanistici，Rome，Fratelli Bocca，1955.

画。波德莱尔在自己的艺术评论中多次提到过这位艺术家,应该对他并不陌生。这些版画是16世纪20年代中期荷尔拜因在巴塞尔(Bâle)制作的,1538年第一次结集在法国里昂出版了法文本,画册题为《死神变相图》(*Les Simulachres et historiées faces de la mort*),有版画41幅。后来又在德国慕尼黑(Müchen)出版了德文本,有版画40幅,其中有些画的顺序发生了变动。德文版采用的书名是《死神舞》(*Der Totentanz*),波德莱尔的《死神舞》一诗与之同名。荷尔拜因在这一套系列版画中为代表死神的骷髅配以人世间方方面面的场景,把它表现得既咄咄逼人又兴高采烈,让它完全融入了人们的日常生活中。其中表现耕作活动的有两幅,一幅是在两个版本中同为第4号的《翻地的亚当》(*Adam travaillant le sol*;*Adam bebaut die Erde*),表现的是死神正与亚当齐心协力开垦荒地;另一幅是法文版中的第38号,德文版中的第27号,题为《耕作者》(*L'Agriculteur*;*Der Ackerman*),表现的是死神帮助农夫赶马犁地。德文版中的"Der Ackerman"今写作"Der Ackersmann",在法语中多用"Le Laboureur"(耕作者,农夫)翻译,波德莱尔《耕作的骷髅》这个标题中用的就是这个词。不过,在这两幅版画中,死神并不是画中的主角,而只是以协作者的面目出现的。正是考虑到骷髅独立翻土的形象,让·普雷沃(Jean Prévost)提出了一个似乎更具说服力的假设,认为可以到维萨里(André Vésale)关于解剖学的著作中去寻找启发了波德莱尔诗歌灵感的那些版画。这里提到的维萨里的著作就是在科学史上具有重大影响的《人体的构造》(全七卷)(*De humani corporis fabrica libri sptem*),于1543年在巴塞尔出版,书中配有两百多幅精美的木刻插图。维萨里不希望见到插图中只有呆滞僵硬的尸体,而希望赋予画中被解剖的人体以生命,让这些形象或行或立,或喜或嗔,不仅各显姿态、纤毫毕现,而且还活泼生动、趣味盎然,体现出科学与艺术的完美结合。他为此还请了提香(Le Titien)的弟子扬·冯·卡尔卡(Jan van Calcar)对他提供的素描进行艺术加工。在这些解剖图中,的确有骷髅和去皮人体正在用铲翻土的形象。普雷沃并不认为只有他这种假设才站得住脚,他同时也指出,法国在16世纪末和17世纪初出版了不少其他解剖学著作,这些著作中通常都有一些表现骷髅的新插图。

普雷沃认为,问题的关键不在于准确认定究竟是那幅画启发了这首诗的创作灵感,更重要的是要看诗人究竟是如何将医学资料转换为诗歌的创作题材的。那些老解剖图之所以把骷髅或去皮人体表现成斜靠在铲子上的样子,这绝不是为了提供一个可以引人思索死生大义的对象,甚至也不是为了画面的好看,而只不过是为了在画面中展现想要特别表现的那部分人体组织构造,更好地呈现骨头和关节的形态。波德莱尔并不掩饰这首诗的来源,但诗中的立意却是他的创造。这首诗的独到之处在于诗中获取寓托形象的手法,这同《死神舞》中采用的手法类似。先是为版画中的形象赋予人格;随后为了进一步强化形象所具有的人格,诗人对劳作的骷髅这一隐喻加以铺成渲染,而且突然从对第三人称的描述转换成第二人称的对话式语气,这更让有生命的骷髅形象呼之欲出;结尾部分发出的追问既哀婉又悲怆,让蕴意深远的寓托形象终得以形成。如此一来,本来空洞虚无的死后生活有了可感的质地,成了人生苦役和屈辱状态没完没了的延续。诗中被迫劳作的形象还有一层深意。诗人用了一个多少带有封建意味的语汇"laboureur"(耕作者)来表示这种被迫的劳作,这透露出他是带着怎样的心意在思考人生存在的。而富含寓意的这一切是解剖图本身无由达成的。因而我们可以认为,对诗歌创作来说,解剖图只不过是为形成象征提供了一个契机,其价值仅仅在于为诗歌创作活动做了初级阶段的准备。

六、《巴黎的幽灵》:《七个老头》和《小老太婆》

1859年4月底,波德莱尔写信向普莱-马拉希通告自己的一些新作,其中讲到诗歌时这样写道:"一些新'恶之花'写好了。会把什么都炸个稀巴烂,像燃气爆炸发生在玻璃店里那样。不过,无论卡罗纳这个娘娘腔这回说什么,这些诗作都会给别人而不会花落'她'家!"[①]诗人没有注明究竟是哪些诗作,不过我们基本上可以肯定有一首诗是包括在这些"新'恶之花'"中的。就在次月,波德莱尔将一首题为《巴黎的幽灵》的诗歌寄给了《法兰西评论》(*Revue française*)主编让·莫莱尔(Jean Morel)——的确如他所说没有寄给卡罗纳。寄给莫莱尔的这首《巴黎的幽灵》后来得名《七个老头》,是这首诗多个版本中最早的一个。今天见到的随这份诗稿同寄的信笺上只有部分文字保留了下来。在这份信笺残片中可以读到诗人对自己诗歌中创新品质的强调:

[①] 波德莱尔1859年4月29日致普莱-马拉希信,《书信集》,第一卷,第568页。

(……)这几行要仔细,当你把诗交付印刷时——如果你要交付的话——因为我完全相信,与这些诗句的品质比起来,我为写它们而吃的苦绝对算不得什么;这是我意欲尝试的新系列中的第一首,我怕是已经着实成功跨越了为诗歌设定的界限。①

值得注意的是,当时这首诗还没有《七个老头》这一具体标题,而《巴黎的幽灵》这一标题指向的又是诗人"意欲尝试的新系列"。诗人所谓的"新系列"应当是指一组具有全新诗歌主题的诗作,尤其是能够明确体现"巴黎性"的诗作。我们可以猜想诗人还计划写一些其他诗作加入到这个"新系列"中,很可能包括当时还没有完成的《小老太婆》,甚至可能还有更晚些时候的《天鹅》。

我们不知道这首诗的准确写作时间,反正在1859年年初以前没有关于这首诗歌创作的任何痕迹。这首诗应该是在年初的1月底至3月中旬波德莱尔在翁弗勒尔母亲处小住期间写成的,那是他收获颇丰的一段时间。2月初的时候,波德莱尔给巴尔贝·德·奥尔维利(Barbey d'Aurevilly)寄去三篇诗稿:《信天翁》《远行》和《西西娜》(Sisina)。他在最后这篇手稿的背面列出了一份作品标题清单,其中一项写道:"七个(完成)"②。我们可以认为这里指的是《七个老头》。

《法兰西评论》这时候突然停刊,这让波德莱尔只好把新写的诗作转投给卡罗纳的《当代评论》,尽管他相信那份杂志"没人会看"③。9月15日那期《当代评论》在《巴黎的幽灵》这个总标题下刊登了分别题为《七个老头》和《小老太婆》的两首诗,这让《巴黎的幽灵》初步形成了诗人此前所说的"系列"。不过,当诗人后来决定在《恶之花》新版中增设《巴黎图画》一章后,原来打算以《巴黎的幽灵》为题构成巴黎诗歌系列的想法也就无由继续存在了。

《巴黎的幽灵》发表后不几天,波德莱尔给雨果寄了这两首诗的诗稿。诗人首次在每首诗前面加上了题献词"致维克多·雨果",题献词将保留在1861年版的《恶之花》中。将《巴黎的幽灵》中的两首诗题献给雨果的想法看上去是

---

① 波德莱尔1859年5月底致让·莫莱尔信,《书信集》,第一卷,第583页。
② 见 Raymond Poggenburg, *Charles Baudelaire, une micro-histoire*, Paris, José Corti, 1987, p. 242.
③ 波德莱尔1859年2月23日致马克西姆·杜刚信,《书信集》,第一卷,第555页。

突然起意生出来的。事情的原委是这样的,波德莱尔此前曾恳请雨果惠赐一函,想把它用作他的单行本《论戴奥菲尔·戈蒂耶》(*Théophile Gautier*)的序言,这本书即将由普莱-马拉希出版。据雨果 1859 年 4 月 15 日写给助手保尔·莫里斯(Paul Meurice)的信中所说,他给波德莱尔的信是寄出了的。但不知出于何种原因,波德莱尔没有收到这封信,直到 8 月底都还一直在等待。他该怎么办呢? 他在 8 月 27 日给普莱-马拉希的信中这样写道:

> ——《戈蒂埃》付印前,再等等雨果那封不见踪影的信。实在等不到的话,我会厚着脸皮,请求他再写一封。①

又等了一个月,波德莱尔万般无奈之下只得"厚着脸皮",于 9 月底通过一封长信重新请求雨果赐文。《巴黎的幽灵》这两首诗就是附在这封信后的。赠诗给雨果显然是波德莱尔策略的重要组成部分,这可以让他的请求显得更有分量。但问题是《巴黎的幽灵》发表时并没有题献词,于是波德莱尔只好在一份手稿上加上题献词,将手稿寄给雨果。有些学者写到这段历史,以为波德莱尔寄的是杂志上发表的文字,这显然是个误会。②

波德莱尔长信抬头标明的日期是"星期五,1859 年 9 月 27 日",这显然有误。查当年日历,该月星期五共有五个,分别是 2、9、16、23 和 30 这几个日子。到底是星期几上有误还是几月几日上有误,现已无从考察。权威版本的波德莱尔《书信集》采用 9 月 23 日这个日期。几天后的 10 月 1 日,波德莱尔向普莱-马拉希解释了他为何致函雨果并赠诗的理由:

> 我所求于他的是一件名副其实的正事。——我想,他是不会拒绝我的。我把两首《巴黎的幽灵》题献给他,实际上我在第二首中尝试着模仿了他的手法。另外,我给他写了一封长信,对事情原委详加解释——并且告诉他说他的第一封信丢失了。——不过,我不清楚经伦敦到泽西岛的邮件是怎样和何时投递的;就算做最坏的打算,设想他是在星期一才收到我的邮件的,那他明天就会给我回复。——你知道,他这封信要是有分

---

① 《书信集》,第一卷,第 593 页。

② 如:(1) Crépet et Blin, *Les Fleurs du mal* (édition critique), *op. cit.*, p. 453; (2) *Œuvres complètes de Charles Baudelaire*, édition de la NRF, Paris, 1934, t. II, p. 417.

量,可以为这本小书起到促销的作用。①

波德莱尔在这里只不过是重复了他几天前在写给雨果的信中用更加谦卑的语气提出的理由:

> 我需要您。我需要一种比我和戈蒂耶更高的声音——您那君临一切的声音。我希望受到保护。我将谦恭地把您惠赐于我的文字刊印出来。我恳求您不要有任何顾虑。如果您认为我的文章中有什么应该受到指责之处,敬请放心,我会一字不差地将您的指责示人而绝不会感到羞愧难当。来自于您的批评,不还是一种抚爱吗?因为这是一种荣幸。②

对雨果的需要是出于商业目的吗?也许吧,但这不是事情的全部。在这种毕恭毕敬甚至带有几分夸张的姿态中,波德莱尔并非全然没有诚意。这不难理解,因为自1830年以来,雨果以其巨大的才华,一直占据着法国诗坛的霸主地位。在时人包括波德莱尔眼中,雨果其人及其作品在观念、形象和情感等诸多方面都仿佛是一个凸显于其时代之上的伟岳高山,代表着当时主流文学运动的最高成就,对整整一个时代施加着具有权威性的影响力。波德莱尔赠诗给他,不仅仅是为了表达自己的敬意,同时也还有向雨果表示自己从他那里受到有益的启发这层意思。他在致雨果信中,毫不难为情地用大量篇幅坦言对雨果的"抄袭":

> 我随信附上的诗歌在我头脑里酝酿已久。第二首是为模仿您而作的(您会笑我张狂,我也笑我自己),动笔前我重读了您诗集中的好些诗篇,在其中,如此博大的悲悯之心交融着令人感动不已的亲切。我有时候在画廊里看到一些拙劣的艺徒临摹大师的作品。画得好坏不论,他们有时候会不自觉地在这些模仿之作中加入自己气质里的某些东西,或高贵,或庸俗。这一点也许(也许吧!)可以为我的放肆作托词。当《恶之花》再版时,(……)我将有幸在这些诗的抬头题写上其作品让我所学甚多并曾给

---

① 《书信集》,第一卷,第604页。波德莱尔信中所说的"星期一"当指此前的9月26日,这可以进一步确证对波德莱尔写给雨果那封信的日期的认定。
② 波德莱尔1859年9月(23?)日致雨果信,《书信集》,第一卷,第597—598页。

我年轻时代带来如此多享受的诗人的大名。①

波德莱尔不只是在《小老太婆》中模仿了雨果的写法,他在《七个老头》还有后来的《天鹅》中也有模仿。在为《恶之花》所作序言的一份草稿中,有一段"关于抄袭的说明"(《 Note sur les plagiats 》),其中显示波德莱尔把雨果列入到了自己模仿过的作家中。②

《巴黎的幽灵》这个名称让人想到雨果《东方集》(*Les Orientales*)中以《幽灵》(*Fantômes*)为总标题,由六首诗构成的组诗。《小老太婆》中有好些特征让人想到雨果的组诗。两者表现出相似的悲天悯人的人文关怀:雨果笔下是对花季少女早早夭亡抱有的同情,波德莱尔则表达对被他称作"人间残渣"的垂暮老者的关注。两者的相似还表现在某些抒情段落的律动上。雨果组诗第一首开篇写道:"呜呼!我常见到许多少女死去!"第三首写道:"尤其有一位:——天使,西班牙女郎!"接着写:"她太爱参加舞会,这害死了她。"③诗人讲述这位少女如何在清晨着凉病倒,终于香消玉殒。雨果诗中的律动在波德莱尔诗歌第三段的头几句中有着如此回响:"啊!我常常尾随这些小老太婆!／其中有一位,在日落时分(……)"雨果诗中有他所擅长的语势汪洋的排比:

(……)这一位粉红中透着白皙;
那一位像是在听天上的仙乐;
还有一位,体态羸弱,(……)
(……)
所有这些娇花,刚出生便死去!④

波德莱尔在自己诗歌第二段中模仿这种语气写道:

所有这些妇人令我陶醉!(……)
(……)

---

① 波德莱尔1859年9月(23?)日致雨果信,《书信集》,第一卷,第598页。
② 见《全集》,第一卷,第184页。
③ Victor Hugo, *Les Orientales*, Charles Gosselin, 1829, pp. 309-315.
④ Ibid., pp. 311-312.

> 这一位,为她的祖国历尽困苦,
> 那一位,饱尝丈夫施加的折磨,
> 还有一位,为孩子伤心的圣母,
> 所有这些妇人泪水可成江河!①(第41、45—48行)

波德莱尔诗中第65行"你们曾是优雅,你们曾是荣耀"这样的对称结构和带有几分夸张的高昂语气是模仿雨果的明显痕迹。第19、20节(即第73至80行)这样写道:

> 而我,远远地含情将你们观察,
> 不安的目光盯住蹒跚的步履,
> 仿佛我是你们父亲,哦,神奇啊!
> 不被你们觉察,享受隐秘快意;
>
> 我看见你们的初恋灿如花朵;
> 我重温你们已逝的悲喜时光;
> 我内心宽广体味你们的罪恶!
> 我灵魂闪耀你们美德的光芒!

看见这些衰老而又惹人爱怜的小老太婆——"人间的残渣,走向永生的熟果"——趔趄穿行巴黎弯弯曲曲的街巷,诗人不由得在紧接下来的诗句中感叹道:"垂垂老朽!我的家人!哦,同门的族类!"在这些诗句中,抒情主人公"我"同他所观察和描写的生灵在内心和灵魂上的沟通显然受到雨果《幽灵》以下诗

---

① 阿盖堂在其所著《波德莱尔》中指出,"所有这些妇人泪水可成江河"一句含有对戈蒂耶《冥间喜剧》中《尼俄柏》(*Niobé*)一诗最后一节的依稀记忆:
> 啊!你这人间苦难无言的象征,
> 尼俄柏丧子女,承受七重悲痛,
> 在阿索斯或粘髅地孤坐无声;
> 美洲哪条江河比你泪水汹涌?

这里的最后一句也有"江河"和"泪水"二词,另外波德莱尔和戈蒂耶的这两首诗同为交叉韵,而且在两人的法文原诗中,最后一行都用"pleurs"(泪水)与前面的"douleurs"(悲痛)押韵。阿盖堂认为这不应该是偶然的巧合。见 Louis Aguettant, *Baudelaire. L'Invitation au voyage. Spleen—Tableaux parisiens. La Mort*, op. cit., p. 146.

句的启发:

> 我的灵魂与美丽黑影成姊妹。
> (……)
> 有时助其行走,有时用其翅膀。
> 如梦似幻,我在她们身上死去,
> 她们则活在我身上!
>
> 她们把自己形象借给我思想。
> 看见她们!看见她们!她们说:"来!"①

波德莱尔全诗以一句尽显雨果风格的格言式诗句结束:

> 明天你们在哪,八十高龄夏娃?
> 上帝可怕利爪抓住你们不放。

《小老太婆》中模仿的痕迹是明显的。其实波德莱尔不只在这首诗中,也在题献给雨果的其他两首诗《七个老头》和《天鹅》,甚至包括像《远行》这样的长诗中模仿雨果。《七个老头》一诗虽然在内在精神上是全然波德莱尔式的,但在字词层面有多处借用了雨果,有评论家甚至戏称这首诗的第一节为"集句诗"(centon)。全诗以一句顿呼开篇:"拥挤如蚁之城,城市充满梦幻"。在此之前,除了雨果,还没有哪位诗人用"拥挤如蚁"来形容巴黎这个现代大都市。雨果在《心声集》(*Les Voix intérieures*)中的《致凯旋门》(*À l'Arc de triomphe*)一诗中用"蚁穴"(une fourmilière)和"拥挤如蚁"(fourmillante)来描写城市中的生活和建筑。波德莱尔显然是借用了雨果的这一说法。波德莱尔诗的第3、4句写道:

> 神秘到处渗透如同汁液一般,
> 顺着强壮巨人狭窄脉管纵横。

"汁液"一词罕见于以城市为主题的作品。雨果在《巴黎圣母院》中用该词形容巴黎密集的房舍,称这些房舍"像高压下渗出的汁液"。雨果也用了"城市的血

---

① Victor Hugo, *Les Orientales*, *op. cit.*, 1829, p. 313.

管"和"筋脉"之类的说法。"巨怪"——强悍的、或人或兽的庞然大物——是典型的雨果风格的形象。雨果把巴黎比作"巨人"或"巨兽",有时也直接称它是"巨人城市"。在后来题献给雨果的《天鹅》一诗的结尾部分,诗人思绪澎湃,一长串列举从他笔下涌出,像漫溢的汪洋四下扩散,一步步向远方推进,颇有雨果恣肆的文风。

除了这些一词一句、一招一式的细节外,题献给雨果的三首诗有一些共同的特点,这表现在诗歌的形式和诗歌的主题两个方面。

在诗歌形式上,这三首诗在波德莱尔的作品中属于篇幅较长者。在这之前,波德莱尔受美国诗人爱伦·坡诗歌观念的影响,热衷于以高度浓缩的词句创作以表现独特感官印象和复杂内心活动为主的短诗。然而,在题献给雨果的三首诗中,波德莱尔则采用了雨果擅长的诗歌形式,这些作品遵循严整的诗歌格律,诗句采用亚历山大体,以四行诗句为一个诗节,诗节内部按1、3行和2、4行交叉方式押交叉韵,且1、3行用阴韵,2、4行用阳韵,全诗是由一系列这样的诗节构成的长赋。这种形式便于通过较大的篇幅,把那些平凡琐碎的事物引入到诗意的氛围中,通过描写、抒情和议论的交互作用,使那些本来缺乏诗意的内容升华为意味深远的艺术形象。这不禁让人想到雨果在《致凯旋门》《落日(之四)》(*Soleil couchant*, VI)和《黄昏之歌序曲》(*Le Prélude des Chants du Crépuscule*)等诗中运用的手法。如同在雨果的诗中一样,波德莱尔也有意识地频繁运用诗句的跨行,让某些段落呈现出支离破碎的效果,通过诗歌形式本身来描摹被表现对象——老头、老妇、天鹅——在形态上遭受的毁损。这几首诗中同雨果的相似之处还表现在对抒情主人公"我"的设计上。"我"漫步巴黎街头,对眼之所见、耳之所闻的一切加以沉思,并用格言警句般的文体抒发见解。抒情主人公这种多少有些夸张的作用,营造出雨果《静观集》(*Les Contemplations*)中那种抒情与思虑相交织的氛围。

在诗歌主题上,这三首诗均表现那些在现代都市文明背景下遭到抛弃、无家可归的苦难者的命运,表现社会边缘人物在为疾困、焦虑、幻想、绝望所苦的情况下不甘心沦落的激情和无所适从的沮丧。这些诗在一定程度上表露了对被社会压迫和排斥者的同情,而此前波德莱尔却一直刻意在诗歌中回避这种对同情心的表露。波德莱尔把这些诗献给雨果,显然不是出于一时的心血来潮,因为雨果自称"街头诗人",他在大量抒情诗中引入现代生活场景,并表现对弱势者人道主义的关怀。波德莱尔看到了这点,他意识到这也许可以开辟抒情诗的一个新的路数。他在后来用赞赏语气写成的《维克多·雨果》(*Victor Hugo*)一文中,称雨果是"一位沉思的漫步者,一个孤独的但对生活充满激情的人,一位热爱幻想和质问的才智之士",因为他通过自己的诗句,"为人类的灵魂(……)传达在任何事物中与人有关的一切,同时也传达与上帝、神明或魔鬼有关的一切"①。波德莱尔认为雨果是"一切弱小、孤独、受损害者以及一切无家可归者富有同情心的朋友",他在强调雨果诗中那种"满怀悲悯之情的深层声音"时指出:"在维克多·雨果的诗歌中,对跌倒的妇人,对被我们社会的齿轮碾轧的穷困者,对被我们的饕餮和暴虐杀戮的动物,不断有表示关爱的话语涌现出来。"②在自己题献给雨果的这几首诗中,波德莱尔尝试着借用雨果的方法,在抒情诗中创造一种史诗般的壮阔境界。

虽然《巴黎的幽灵》多少是按雨果的方法处理现实素材,但这并不意味着不可以从中寻找来自于其他作家或艺术家的影响。《七个老头》中的老头形象既怪诞又可怜,接近于 17 世纪的德·维奥(Théophile de Viau)、圣-阿芒(Antoine Gérard de Saint-Amant)、斯卡隆(Paul Scarron)等具有滑稽讽刺风格诗人笔下所描绘的形象。诗中展现的城市奇幻景象又会让人联想到梅里翁那些巴黎风光版画中呈现出来的景象。在波德莱尔诗中,作为背景的城市在雾气迷蒙中扭动变形,突然出现的老人最后又一次次裂变,幻化出七个身影,到了结尾处,诗人完全陷入神秘和荒诞的感觉不能自拔,而他眼前变幻不定的城市形象同他心中惊涛翻卷的怒海形象交织在了一起:

> 我的理智徒劳地想抓住栏杆;
> 风暴肆虐,它的努力迷失方向,
> 我的灵魂摇呀晃呀,这艘破船,
> 没有桅杆,在无涯怒海上簸荡。

克雷佩和布兰在他们所编的《恶之花》中指出,自彼特拉克(Pétrarque)以来,将人或人的精神同风浪中颠簸的船的形象联系在一起已经成了一种传统。不

---

① 《全集》,第二卷,第 130、132 页。
② 同上,第 136 页。

过，波德莱尔笔下的破船意象不是一个一般性的隐喻，因为它承载着诗人感受到并意欲表达的近乎于幻觉的诡奇景象和令他惊骇莫名的荒诞意识，这让这一意象成了诗人失去了坚实根基的灵魂状态的象征。皮舒瓦提出，波德莱尔的这种幻觉和构思是否体现了从托马斯·德·昆西（Thomas De Quincey）的《瘾君子自白》（*Confessions of an English Opium-Eater*）中所受到的影响。诗人产生的幻觉很可能是由吸食鸦片或者是由对吸食鸦片的经验的记忆引起的，而诗中黄雾氤氲的氛围似乎可以支持这种假设。吸食鸦片往往给瘾君子带来"一变多""小变大""凭空激动"等幻觉反应，而如果要让我们在《人工天堂》（*Les Paradis artificiels*）中找出一些有趣的相关描述，这绝非难事。安托万·亚当则从另外的角度来解释诗中的幻觉，认为这种幻觉是由让人极端焦虑恐慌的孤独引起的：

> 波德莱尔在这首诗中为我们呈现的，是那些迷失在大城市荒漠中的孤独者绝不陌生的诸多幻觉之一种。（……）对《七个老头》最好的阐释，是里尔克（Rilke）在《马尔特手记》（*Cahiers de Malte Laurids Brigge*）中用动人的笔墨描写独处者幻觉焦虑的某些篇幅。①

是否还可以将波德莱尔的这首诗与巴尔扎克的《法西诺·凯恩》（*Facino Cane*）加以比对呢？巴尔扎克不是我们通常所理解的只知道描写和讲述现实的小说家，他同时也是一位热衷于探求巴黎"超现实性"（la surnaturalité）的洞观者。当他漫步巴黎街头，他便感到仿佛生活在"醒着的人做的梦"②中。但他们两人看待"超现实性"的态度有所不同：巴尔扎克是透过种种外表去发现其背后那个具有神秘和可怕特质的现实，而波德莱尔却是将他诗歌通篇置于神秘和荒诞的光照之下，要透过荒诞不经的神秘现实去捕获万化和众生的灵魂。在《小老太婆》中，像"塔利娅的女祭司，藏身地下的／提词员，唉！知其名姓"③这样的诗句，用双关语"地下"一方面形容躬身藏在台下的提词员的卑微

---

① Antoine Adam, *Les Fleurs du mal* (introduction, relevé de variantes et notes par), *op. cit.*, p. 382.

② Honoré de Balzac, *Facino Cane*, *Scènes de la vie parisienne*, t. II, *Œuvres complètes*, *La Comédie humaine*, dixième volume, Alexandre Houssiaux, 1855, p. 62.

③ 塔利亚（Thalie）是希腊神话中九位缪斯之一，司喜剧。她的女祭司指女演员。

形态,借以衬托出女演员的高贵和风光,另一方面又暗指提词员已经死去被埋在地下的状态,借以喻指时光的无情和女演员的凄凉晚景。这种用一语双关不动声色地制造出来的带有黑色幽默的效果,显然远离雨果的风格而更接近于英国作家斯威夫特(Jonathan Swift)的笔法。

虽然在《巴黎的幽灵》和《天鹅》这三首题献给雨果的诗中有诸多对其他人,特别是对雨果的借鉴和模仿的痕迹,但有意思的是,这些诗并不因此就被看成是无聊的"抄袭"之作,恰恰相反,这些诗成为《恶之花》中的名篇。波德莱尔本人对《小老太婆》一诗喜爱有加,这从当时的一件小事可以看出来。一日,萨巴蒂埃夫人在她主持的沙龙向群贤发问,让他们评一评哪首诗是法兰西诗歌的杰作。意见终达不成一致,大家随后一起阅读了好些诗作。当晚从沙龙出来,波德莱尔向马克西姆·杜刚抱怨说:"女主人也真该读一读《小老太婆》才是!"①普鲁斯特(Marcel Proust)也特别喜爱《小老太婆》一诗,他甚至宁愿用雨果的大部头去换取这首诗中的几行诗句,他认为这些关于小老太婆的文字有一种"残酷而恶毒的美",既崇高而又谐谑,怜悯中带着冷嘲,放浪中深怀虔敬,如此有力,如此刚劲,如此美妙,是"法兰西语言所能写出的最硬朗的诗句"②。皮舒瓦认为,从对题材发掘的深度和对全诗艺术编织的圆融两方面看,《天鹅》一诗也许是波德莱尔最美丽的诗篇,同时也是法国有史以来屈指可数的几首好诗之一。③ 看来诗人在这些以模仿为名的作品中,诚如他在给雨果的信中所说,加入了"自己气质里的某些东西",而正是诗人个人气质里的东西成就了他诗歌中的独特性。因此,与其把波德莱尔的模仿看成是对雨果的抄袭,不如看成是从雨果那里受到的影响和启发。在阅读雨果的过程中,波德莱尔发现了蛰伏在自己身上的好些东西,对雨果的模仿提供了一个让它们显现出来的契机,让他对久已有之的某些愿望有了更加自觉和明确的意识。他在模仿雨果的时候,只是模仿了一种外在的架势或路数,而这种架势或路数并不表示作品的高低优劣。作品的高低优劣存乎于对诗歌语言的运用之妙,存乎于在诗歌语言的创造性发挥中达成对世界新的体验和见解。

---

① Jules Claretie, *La Vie à Paris*, Charpentier, 1896, p. 66.
② Marcel Proust, *Sur Baudelaire, Flaubert et Morand*, édition établie par Antoine Compagnon, Bruxelles, Complexe, 1987, p. 125.
③ 见皮舒瓦在《全集》中的注释文字,第一卷,第 1004、1008 页。

在今天看来，雨果的《幽灵》无论如何算不上一件出色的作品，本雅明甚至将其视为雨果诗中最平庸的之一①，而波德莱尔的《巴黎的幽灵》却跻身于法国文学最辉煌的篇章行列。当波德莱尔选择《幽灵》作为模仿对象，他潜意识里也许有这样的考量：要在雨果擅长的领域一展才情，夺取自己在这一领域尚不具有的辉煌。皮舒瓦将波德莱尔的这种模仿称作"令人惊叹的模仿"（pastiche d'admiration）②，认为这是一种创造性发挥，是诗人采取的一种独特的进行创作的方式。在这种模仿中，既有仰慕，也有取舍，更有挑战，就好比美术上德拉克洛瓦模仿鲁本斯，马奈模仿德拉克洛瓦，凡高模仿米勒，模仿本身就是一种较量，其最终目的是为了确立自己的艺术个性。如果说波德莱尔诗中某些词语、某些题材以及某些段落的节奏和律动得益于雨果的作品，而波德莱尔在对这些题材的提炼、对全诗主导意蕴的挖掘以及通过对词语的巧妙组合强化诗歌总体效果等方面则表现出了鲜明的个人特色。

当波德莱尔声称自己模仿雨果并把自己的诗作献给雨果之际，他其实是在不自觉中表明了自己同以雨果为代表的诗歌传统的分别和超越这一传统的意愿。雨果本人看到了这些诗歌与自己的不同，并深深为之所震撼。在收到《巴黎的幽灵》几天后，雨果在回信中对波德莱尔写下了后来被广为引用的著名评价：

> 你把《七个老头》和《小老太婆》赠我，我对此表示感谢。当你写这些惊人的诗句时，你在做什么呢？你在做什么呢？你在迈动脚步。你在向前行进。你赋予艺术的天空一种莫名的令人恐怖的光芒。你在创造一种新的战栗！③

有些论者用了非常苛刻和挑剔的眼光来看待雨果的这段话。克雷佩就认为这段话"大而无当，尽管有'新的战栗'这种新颖别致的说法"④。更有甚者，还有人这样说道："没有谁承认了波德莱尔的才华，就连雨果也没有，他所谓的'战

---

① Walter Benjamin, *Paris, capitale du XIXe siècle. Le Livre des passages*, op. cit., p. 285.
② 见皮舒瓦在《全集》中的注释文字，第一卷，第 1016 页。
③ 雨果 1859 年 10 月 6 日致波德莱尔信，*Lettres à Baudelaire*, op. cit., p. 188.
④ 见克雷佩在其所编波德莱尔《浪漫主义艺术》（*L'Art romantique*）一书中的解说文字，*L'Art romantique*, Paris, Conard, 1925, p. 489.

栗'就是那种虚与委蛇的恭维话。"①诚然,雨果与波德莱尔在很多问题上都态度相左,但这并不意味着雨果会圆滑地说一些"大而无当"甚至"虚与委蛇"的恭维话。戈蒂耶在其所著《夏尔·波德莱尔》中谈了他对"新的战栗"的看法,认为雨果的话"很好地说出了《恶之花》作者的特点"。只是他觉得雨果的话似乎还说得不够,说到的"还只是波德莱尔才华的影子,这个影子泛着强烈的红光或是冷峻的蓝光,烘托着其才华中最本质和最光彩的基调",并且他还认为,"在这种表面上如此神经质、如此焦躁、如此不安的才华中,有着某种庄严的品质"②。人们往往对雨果的话一扫而过,疏于仔细阅读以便做更全面的理解。戈蒂耶就犯了这样的错误,他的话让人感觉好像雨果只强调了《恶之花》中"令人恐怖的光芒"的影子,好像雨果没有看出这位"恶魔诗人"(poète maudit)的"庄严"。他怎么会忽略了雨果信中的最后几行文字:

> 先生,你拥有高贵的性灵和慷慨的心地。你写出的东西是深刻的而且往往是庄严的。你热爱美。让我们紧紧握手。③

"新的战栗"实在是相当中肯的言辞,它表明雨果看到并肯定了波德莱尔的作品在感受性和诗歌效果方面达到的独特和创新。在艺术领域,独创二字难道不是艺术家梦寐以求的最高境界吗?最好的赞美也就不过如此了。雨果在法兰西学士院接受圣-伯甫为院士的仪式上的致辞,可以为他针对波德莱尔的诗歌创新所持的态度作一注脚:

> 诗人,(……)您在晦暗不明中找到了一条自己的道路并且创造出一种您个人的哀歌。您赋予灵魂的某些倾诉以一种新的声调。您的诗几乎总是痛苦的,而且常常是深刻的。您的诗将与所有那些遭受痛苦的人为伴,无论高贵与卑贱,良善与宵小。④

---

① Jean Éthier-Blais,« Marcel Proust, critique littéraire », *Études françaises* [Montréal], vol. 3, n° 4, novembre 1967, p. 405.

② Théophile Gautier,« Charles Baudelaire », recueilli dans *Baudelaire par Gautier*, présentation et note critique par Claude-Marie Senninger, Paris, Klincksieck, 1986, p. 128.

③ *Lettres à Baudelaire*, op. cit., p. 188.

④ Victor Hugo,« Réponse de Victor Hugo au discours de M. Sainte-Beuve », recueilli dans *Recueil des discours, rapports et pièces lus dans les séances publiques et particuliières de l'Académie française, 1840-1849*, première partie, Typographie de Firman Didot Frères, 1850, pp. 483-484.

雨果在此处对诗人的赞美之词与他在给波德莱尔信中所写的内容有着惊人的相似。他对这两位诗人的感想是一致的,而如果把这段话用到波德莱尔身上也不会有任何唐突。的确,按巴尔贝·德·奥尔维利的话说,圣-伯甫的《约瑟夫·德洛尔姆》是"这个病态时代的病态诗歌中最美的书之一"①,这本书让我们听到一种具有创新性的音符,而这种音符将成为整整一支文学谱系的主导音符而直接传到波德莱尔这里。可以说,圣-伯甫的"新的声调"回荡在波德莱尔的"新的战栗"中。

事实上,圣-伯甫虽然也非常了解波德莱尔其人,但却并没有完全意识到他作品中的创新因素。在谈到波德莱尔这位在趣味和灵感上都与他如此接近的晚辈诗人时,他从来没有给予过热情洋溢的充分赞誉。例如,他在收到波德莱尔寄给他的《死神舞》和《远行》后回信致谢时,字里行间就透着一副高头讲章的样子:"我收到你的'舞蹈',还有你的'海洋';你的才情一如既往。只有在面谈时我才能够向你解释有哪些表扬,又有哪些保留。"②我们很难说圣-伯甫在这些话中对波德莱尔的价值做出了正确评价。由此看来,雨果的评价就尤显得难能可贵。戈蒂耶在欧仁·克雷佩编选并出版于 1862 年的《法国诗人》(*Les Poëtes français*)诗选集中,为波德莱尔诗选部分撰写了"诗人简介",对《恶之花》的作者表达了赞赏之情。他在文中提到美国作家霍桑(Nathaniel Hawthorne)的短篇小说,将波德莱尔的诗比作《拉帕奇尼医生的女儿》(*La Fille de Rappucini*),在这篇作品中,医生的女儿生长在空气有毒的环境中,她的美丽看上去脆弱得令人揪心但却又可以抵挡毒气的侵害。据戈蒂耶说,他的这一比喻很让波德莱尔喜欢,因为波德莱尔也觉得这个人物身上体现了他自己才华的特点。③戈蒂耶在这篇简介中只引录了两首诗,都出自《巴黎图画》:一首是《小老太婆》,另一首是《巴黎之梦》。他认为第一首是"一个奇思妙

---

① Barbey d'Aurevilly,《Chateaubriand et son groupe littéraire》, *Le Pays*, 9 novembre 1860. 居斯塔夫·米修(Gustave Michaut)在《〈月曜日丛谈〉之前的圣-伯甫》(*Sainte-Beuve avant les «Lundis»*)一书中提出了相近的观点:"是他首创了这种病态的,甚至有时是不健康的诗歌类型:他是波德莱尔的正宗先驱,波德莱尔跟他有忘年之交,而且自觉不自觉地把自己看作他的弟子。"(Librairie de l'Université (B. Veith), 1903, p. 172)这种说法虽然有值得商榷之处,但令人吃惊的是对这两位诗人的评论经常是可以互换的。

② 圣-伯甫 1859 年 3 月 5 日致波德莱尔信, *Lettres à Baudelaire*, op. cit., p. 338.

③ 见 Léon Cellier, *Baudelaire et Hugo*, Paris, José Corti, 1970, p. 275, note 33.

想,诗人在其中透过由苦难、忽视或罪恶导致的种种败象,'在这些朽腐的妮侬(Ninon,17 世纪著名交际花——引者注)和拉雪兹神父公墓的维纳斯中间',带着忧郁的恻隐之心,去发现美的残迹,优雅的遗痕,某种已经衰败的魅力,仿佛是要发现一星半点的灵魂火花"①。

1862 年 11 月 1 日的《艺术家》杂志在卷末刊有布拉克蒙为 1861 年版《恶之花》制作的波德莱尔肖像版画。为这幅画配的说明文字提到雨果那封著名的信和戈蒂耶写的简介:

> 维克多·雨果先生认为,夏尔·波德莱尔先生为艺术的天空赋予了一种令人恐怖的光芒,并且创造了一种新的战栗。戴奥菲尔·戈蒂耶先生认为,他的诗歌富有金属般的阴暗颜色,铜绿色的花彩,以及直冲脑门的气味。他的缪斯就像医生的女儿一样百毒不侵,而其面容又暗无血色,显露出所处环境对她的影响。②

紧接在这段说明文字之后,引录了《小老太婆》的第一个诗节和最后一个诗节。

另一位文学大家爱弥尔·左拉(Émile Zola)以他自己的方式向《巴黎图画》的作者表达了敬意。左拉长于展现现代生活的宏伟画卷,不过,在文学趣味方面,他偏好缪塞,对波德莱尔不说是完全憎恶,那至少也是相对冷淡。但他在仔细阅读了《恶之花》后却获益匪浅。他在 1866 年将早期短篇小说结集出版时便以《巴黎素描》(*Esquisses parisiennes*)为书名。虽然邦维尔在 1859 年出版的一本同名著作也是关于巴黎生活场景的,但左拉的那些短篇在细节的尖锐、风格的粗犷以及思考的严峻等方面似乎更接近于波德莱尔的《巴黎图画》。这只要比较左拉《巴黎素描》中的《蓝眼老太婆》(*Les Vieilles aux yeux bleus*)和波德莱尔的《小老太婆》便很容易看出来。有意思的是,当波德莱尔本人把自己诗歌中的题材转写成散文诗时,他的《寡妇》(*Les Veuves*)在远离原诗的程度上甚至远远超过了左拉的《蓝眼老太婆》。《蓝眼老太婆》和《小老太婆》不仅在观念和展开上多有相似,甚至还有一些文字完全相同的表述。阅

---

① Théophile Gautier,《 Charles Baudelaire né en 1821 》, recueilli dans *Baudelaire par Gautier*, op. cit., p. 85.

② *L'Artiste : beaux-arts et belles-lettres*, 1er novembre, XXXIIe année, nouvelle période, t. II, 1862, p. 208.

读两位作家对他们所观察的老太婆的描写,我们仿佛感到他们曾在一起观察过同样一些人物。我们惊异地发现他们对这些老朽妇人的描写中有相同的步态、相同的服饰以及相同的孩子般的模样。左拉作品中发出的思考也像是波德莱尔式的:

> 当我尾随她们,(……)我想象出好多小说(……)。于是我不由得寻思,这些蓝眼老太婆在她们少女时又是怎样一副光景。她们身上该有着怎样一些可怕的和温馨的故事。①

就像波德莱尔笔下那些"虚弱的幽灵"一样,左拉笔下的那些老妇人也只是一些"年轻时往日爱情残留下的衰败的幽灵"。两者如此接近,这证明左拉虽然并没有公开表示对波德莱尔的赞赏,但他却在《蓝眼老太婆》中师法波德莱尔,以此向这位前辈表达了最诚挚的敬意。

七、《天鹅》

后来收入《巴黎图画》中的《天鹅》一诗也是题献给雨果的。这首诗的创作时间应该稍晚于另外两首题献给雨果的诗。诗人是否是因为想到当时正在泽西岛流亡的雨果而作了这首呢?波德莱尔在 1859 年 12 月 7 日连同诗稿寄给雨果的信中这样写道:

> 这些诗句是特意为您并且是因为想到您而作的。千万不要用您太严厉的眼光来审视它们,而要用您慈父般的眼光。不足之处稍后会得到修改。(……)
>
> 请接受我这份小小的象征,把它看成是一个差强人意的见证,它证明您非凡的才华在我身上激起的共鸣和仰慕之情。②

1859 年,法国在意大利战胜奥地利军队后,第二帝国当局于 8 月 15 日颁布了大赦令。雨果于当月 18 日发表声明,断然拒绝接受大赦,选择为了自由

---

① Émile Zola, *Contes et nouvelles*, éd. Roger Ripoll, coll. Bibliothèque de la Pléiade, 1976, p. 237.
② 《书信集》,第一卷,第 622—623 页。

而继续流亡。① 波德莱尔就此于 9 月致信雨果道：

> 不久前，大赦令一出，所有人都把您的大名挂在嘴边。您是否会原谅我曾有片刻挺担心的？我听到周围的人都在说：这下好了，维克多·雨果要回来了！——我认为这些大好人说这些话，其情可嘉，但却疏于判断。您的通告传来，让我们舒了一口气。我知道诗人比拿破仑家族更有价值，而维克多·雨果的伟大不能输于夏多布里昂。②

当时波德莱尔随这封信给雨果寄去了《巴黎的幽灵》。而《天鹅》这首感慨失去家园的流浪者的哀歌本来是最适合题献给流亡中的雨果的，但在这封信中并没有被提到，因此只能认为这首诗在当时还没有写出来。这首诗应当是在这年的秋天写成的。

因想到雨果而有感而发，这的确是这首诗的由来之一，但并非是其全部由来。这首诗的由来是多方面的。这首诗中有多个动机交织缠绕，几乎全面涉及波德莱尔的各种重大诗歌主题。在全诗整体上，"逃离"主题同与之相关的"流亡"主题交相呼应。诗人逡巡在巴黎街头，饱尝身处人群中作为"局外人"的孤独和忧郁之苦，突然为自己意识到的流放处境而不能释怀。在这一主导观念的作用下，一系列随从动机在诗人的思想中次第而出并得到有机的编排。这种思想状态很可以由一个看上去并不起眼的偶然事件所触发。诗人自己在连同《天鹅》诗稿寄给雨果的信中谈到了他的创作手法：

> 对我来说，重要的是要一下子说出一个偶然事件、一个画面所包含的具有暗示性的一切，说出所看到的一个动物苦苦挣扎的景象如何驱使心灵去贴近所有那些我们热爱的、被抛弃和受苦受难的生灵，去贴近所有那

---

① 雨果的声明全文如下：
任何人都别指望我会对所谓"大赦"的玩意儿中跟我有关的部分稍加留意。
在法国当前的情况下，我只有绝对的、不屈的、永远的抗议，这于我是一种义务。
我忠实于根据我的良知许下的诺言，我会把为自由而流放坚持到底。当自由重新回到法兰西，我才会归国。
泽西岛，奥特维尔宅邸（Hauteville-House），8 月 18 日。(*L'Ami de la religion*, *Journal politique*, *littéraire*, *unviersel*, nouvelle série, t. II, imprimerie de Soye et Bouchet, 1859, p. 643)
② 波德莱尔 1859 年 9 月（23？）致雨果信，《书信集》，第一卷，第 598 页。信中提到的"通告"指雨果 8 月 18 日的声明。波德莱尔见到雨果的声明后曾亲手抄写了一份。

些被剥夺了本该属于自己的东西的人们。①

诗人在此言明这首诗的灵感是由一个偶然的真实事件触发的。诗中用现实主义笔法记录了这一事件：卢浮宫前一只白色羽毛的天鹅扑打着泥土想找到故乡的湖水。克雷佩和布兰在他们所编的《恶之花》中提醒我们注意1846年3月16日的《海盗—撒旦》(Le Corsaire-Satan)上刊载的一则花絮：

> 前天，四只野天鹅飞临杜伊勒里花园的大水池，嬉戏良久，直到大喷泉喷水时方才离去(……)。②

有必要顺便说一下，就在这个月的3号，波德莱尔向《海盗—撒旦》提交了题为《令人宽慰的爱情格言选》的稿件。他熟悉这个刊物，应该不会不知道上面提到的那个花絮。但仅凭这点实在难以肯定《天鹅》就是这个花絮迟到的产物，因为这则报道最多也就只能证明在作为《天鹅》主场景的卢浮宫前的卡鲁塞尔广场(Carrousel)附近确实曾有天鹅飞临。然而波德莱尔诗中的那只天鹅并不是在自由嬉戏，而是从动物园的樊篱逃脱出来却又始终羁绊在人类世界而不能展翅凌空飞向家园。为了充分领会这一画面所具有的暗示性，就不能不放眼顾视天鹅所处地方的周围环境：这是在杜瓦耶内街区(le quartier du Doyenné)，位于卡鲁塞尔广场上的小凯旋门和卢浮宫的中庭之间，是自诩为"拆旧建新的艺术家"(《 artiste démolisseur 》)豪斯曼男爵(Georges Eugène, baron Haussmann)开始大规模改造巴黎的工程时最先一批拆建的街区。当时，这一街区新旧杂陈，混乱不堪，置身其中让人有恍在梦境之感。放眼望去，满目是成片的板房工棚、粗具形状的柱头、修葺一新的宫殿、林立的脚手架、水坑中生出绿苔的巨石。但诗中要表达的并不止于此，因为波德莱尔还在诗中非常奇特地展示了他在论述梅里翁的文字中提到的那种"如此不合常情的美"③。那些最散文化的记录与那些最诗意的画面之间形成强烈的反差，两者的碰撞成就了这种特殊的美。现代的天鹅唤起对古代安德洛玛刻(Andromaque)的回忆；家园的丧失引发对世事变迁的思考；个人的悲情同众生的叹

---

① 《书信集》，第一卷，第623页。
② 转引自 Crépet et Blin, Les Fleurs du mal (édition critique), op. cit., p. 449.
③ 《全集》，第二卷，第667页。

息混合成交响：

> 于是在我精神流亡的森林中
> 一桩古老回忆吹响洪亮号角！（第49—50行）

这是巴黎观察者对真实现实的回忆，也是作为诗歌创作者的诗人对梦幻现实的回忆。古往今来，天地人间，诗人的心绪如潮水般涌动，他眼之所见、耳之所闻的一切都变动不居，唯有心中的"忧郁"是亘古不变的主题：

> 巴黎在变！我的忧郁毫未减弱！（第29行）

通过同诗人这种特殊心灵状态的契合，一个初看上去并无深意的偶然事件升华成了一个富含意蕴的诗歌意象。物质世界与人性世界的对照和交融让一个普通形象升华成了象征，赋予全诗以美和深刻的观念。

除了发自于个人的种种联想外，《天鹅》一诗是否也受到诗人阅读经验的影响呢？这基本上是可以肯定的。波德莱尔在1862年为《恶之花》所撰写的一份"前言"草稿中就明确无误地承认了这种影响："关于抄袭的要点。——（……）维吉尔（安德洛玛刻全篇）。"[①]这首诗首次发表在1860年1月22日的《漫谈》杂志时，波德莱尔在作品前引录了维吉尔《埃涅阿斯纪》(*L'Énéide*)第三卷第301行作为题词："Falsi Simoentis ad undam"（拉丁文："在仿造的西莫伊河边"）。安德洛玛刻是特洛伊(Troie)大将赫克托耳(Hector)的遗孀，特洛伊城沦陷后，她被庇吕斯(Pyrrhus)虏为女奴并被带离特洛伊。她把异国的一条人工河假想成故乡的西莫伊河(le Simoïs)，让人在河边（即诗中提到的"骗人的西莫伊河"）为先夫建了一座空坟，并时常到坟上祭奠，为亡魂洒泪。后来她又被庇吕斯赏给了奴隶埃勒努斯(Hélénus)为妻。波德莱尔在诗中把眼前的现实之物都化作富有寓意的象征（"一切对我都成为寓托"），用简练朴素的文笔表现神圣的忧郁和庄严的痛苦，并带着谦卑之心悲天悯人，感慨令人伤心落泪的人世生活，而这一切正是维吉尔的特点。

阿兰·米歇尔(Alain Michel)认为就连天鹅意象也来自于维吉尔，这一意象是通过桑纳扎罗(Jacopo Sannazaro)的美妙文字传下来的，而在波德莱尔时

[①] 《全集》，第一卷，第184页。

代每个熟悉拉丁语诗歌的内行都了解这些文字。① 然而,他所引《圣母诞子记》(De partu Virginis)第一卷中的段落只是把报喜的天使比作天鹅,由此看来,他的假设还是有些牵强。

除了维吉尔带来的灵感,波德莱尔还想到了拉丁文学传统中由奥维德(Ovide)塑造的另一个重要形象。波德莱尔在诗歌第七节中用"奥维德笔下的人"来形容天鹅的姿态。他在此处套用了《变形记》(Les Métamorphoses)第一卷第84—86行诗,其中讲到,天地初开之时,造物主让人昂首向天、凝望星空,这让人区别于其他那些面朝地下的造物。波德莱尔在《火花断想》中如此写道:"人的面孔,奥维德认为它被创造出来是为了映照天空。"② 他后来创作《盲人》时又一次用到了"奥维德笔下的人"的姿势。《1859年沙龙》中有大段文字解说德拉克罗瓦的画作《奥维德在斯基泰人中间》(Ovide chez les Scythes),其中可以看到诗人对此进行的相关思考。③ 我们可以注意到,波德莱尔在诗中进行的模仿实则是一种反其道而行之的滑稽模仿。他笔下的天鹅的确举头望天,但天鹅的这种动作更像是对奥维德笔下的人的高贵姿态的嘲弄。奥维德笔下的人虽然流亡人世却依然昂首向天,虽然处境堪怜却依然虔信神明,而波德莱尔笔下的天鹅却与之不同,它朝向上天却是为了控诉、诅咒并发出一系列追问,是为了责难神明为何不对那些漂泊的生灵辅以救助。天鹅之所以发出追问,其目的与其说是为了得到答案,不如说是为了质疑所谓神明的正义。

波德莱尔一方面忠实于拉丁传统,另一方面也从其中提取对于现代的严峻意义。《天鹅》中就维吉尔和安德洛玛刻所发出的充满寓意的思考,实则针对的是现代巴黎的大规模改造和城市环境中人类生存状况的恶化。现代人漂泊不居,仿佛过着流亡的生活,他们"饮泪止渴,/ 吮吸痛苦就像吮吸善良母狼"。而在《恶之花》第五首《我喜欢回忆赤身裸体的时代》(J'aime le souvenir de ces époques nues)中,大母神库柏勒(Cybèle)也被说成是"母狼",然而她"心怀广博之爱",慷慨大方,"让普天下吮吸她褐色的乳房",于是万物丰饶,人丁兴旺。两相比较,我们不禁对现代与古代之间的差距大为震惊。《天鹅》中的

---

① 见 Alain Michel, « Baudelaire et l'Antiquité », in Dix Études sur Baudelaire, réunies par Martine Bercot et André Guyaux, Paris, Champion, 1993, p. 198.
② 《全集》,第一卷,第651页。
③ 见《全集》,第二卷,第635—636页。

"痛苦"(la Douleur)是一个拟人化的寓托形象，它取代了孕育万物的大母神库柏勒而成为神话式的灾祸女神。母狼的故事见于古罗马历史学家提图斯·李维(Tite-Live，亦作 Titus Livius)对罗马建城传说的记述。据传，双胞胎兄弟罗穆卢斯(Romulus)和瑞摩斯(Remus)因其母是供奉女灶神维斯太(Vesta)的贞女，故他们一出生便被遗弃在台伯河(le Tibre)边，一只从山上来到河边饮水的母狼发现了他们，用自己的乳汁喂养了他们，后来一位牧羊人又发现了他们，他的妻子将他们抚养成人。有传言称，牧羊人的妻子拉伦缇亚(Acca Larentia)是"一位妓女，一只母狼"。李维的记述中混合了双重意思。的确，在拉丁语中，lupa 一词同时具有"狼"和"妓女"的意思，而且该词也是现代语言中 lupanar(妓院)一词的词源。有人据此认为罗穆卢斯和瑞摩斯是被狼抚养大的说法很可能是在传说流传过程中产生的一个误解，实际上所谓的狼很可能就是人。当然，考辨这个古老传说的源流并不是我们的目的。我们只是希望通过辨析"母狼"与"妓女"两种形象在词源上的联系，可以追究这些形象背后可能寓含的意义。如此一来，《天鹅》诗中"善良母狼"一语因带有"妓女"的暗示而成为一种反语，带有强烈的讽刺意味，而古代的庄严伟大也由此让位给了现代都市的污秽丑陋，也就是让位给了地狱般巴黎城中混乱不堪的景象。对古代的参照确证了这首诗作为体现古今对立状态范例的作用，并且赋予作品整体以一种不可消解的张力，让深刻的意蕴借由这种张力而生发出来。

《天鹅》也是一首挽歌，对"老巴黎"被拆除，对熟悉而亲切的生活环境的消失表示了深深的惋惜之情。让诗人"丰饶的回忆"得到丰富的，除了古代的传说和眼前的事物，也可能还有奈瓦尔(Gérard de Nerval)发表于 1853 年的《波希米亚小城堡》(Petits châteaux de Bohème)。奈瓦尔书中第一部分《杜瓦耶内街》(La Rue du Doyenné)讲到的地方就紧邻《天鹅》的背景地，而波德莱尔很可能在书中读到了作者对"老巴黎"的拆毁所发表的看法：

> 我们那时候年纪轻轻，总是快快活活，常常囊中满满……但我前不久感到阴惨的心弦在颤动：我们的宫殿被夷为平地。在刚过去的秋天，我回到残砖破瓦上转了转。那座在 18 世纪就已经塌了顶，但在绿树映衬下显得如此优美的礼拜堂的遗迹(……)也没能幸免。等哪天有人要去砍驯马场的树时，我会到现场再一次朗读龙沙的《被砍伐的森林》(La Forêt coupée)：

> 听着,伐木工,请停下手中活计:
> 你撂倒在地的不是木头树枝;
> 没看见吗?林泉仙女树中栖居,
> 她们的汩汩鲜血流淌了一地。
> 你知道,结尾是这样的:
> 物质虽然残存,形貌却已无踪!①

奈瓦尔所引龙沙诗的最后一句回荡在《天鹅》中并构成诗中的重要主题之一。在波德莱尔眼中,大厦华屋不过是废墟的征兆:

> 老巴黎荡然无存(城市的面貌,
> 唉!变得比凡人的心还要迅疾)(第7—8行)

如同在龙沙的诗中一样,形貌变了,只留下残存的物质嵌印在诗人忧郁的记忆中。奈瓦尔书中《城堡之三》(*Troisième Château*)部分有这样的感叹:"我的西达利斯(Cydalise)失去了,永永远远失去了!"②这仿佛预示了波德莱尔诗歌倒数第二节中的如下诗句:"我想起那些人失去自己东西,/ 永远、永远找不回来!"

还有一些论者提出了另外一些渊源。亨利·库莱(Henri Coulet)认为,波德莱尔诗歌第20—28行对天鹅姿态的描写中除了有奥维德诗句的影子外,还更可能融合了阿里斯托芬(Aristophane)的诗剧《和平》(*La Paix*)中的第56—58行,这几行描写了人物眼望苍天痛斥主神宙斯(Zeus)的形象。波德莱尔很可能在中学时学过这篇作品,而他在写诗时便把依稀的记忆揉进了作品。③贝尔纳·温伯格(Bernard Weinberg)对《天鹅》的研究翔实而深入,把维尼的《号角》(*Le Cor*)看成是《天鹅》的可能来源之一。维尼的诗中确实也像波德莱尔诗中的第49—50行一样,融合了回忆、号角和森林,如:"我爱听夜晚林间传

---

① Gérard de Nerval, *Œuvres complètes*, éd. Jean Guillaume et Claude Pichois, coll. Bibliothèque de la Pléiade, t. III, 1993, p. 402.
② Ibid., p. 438.
③ 见 Henri Coulet, «Une réminiscence d'Aristophane chez Baudelaire ?», *Revue d'histoire littéraire de la France*, octobre-décembre 1957, pp. 586-587.

出的号角";又如:"主啊,林间的号角声多么忧伤"。① 维克多·布隆贝尔(Victor Brombert)提出,可以在《天鹅》的森林意象中看出对但丁作品的记忆。② 当然,这里提到的这些相似很难说都是确切的渊源或影响。但难道不可以说它们通过与其他作家作品的比对,可以为我们理解《天鹅》提供一些不同的角度吗?因此在这里把它们提出来聊备一格。

《天鹅》是波德莱尔最美的诗篇之一。皮舒瓦把它归入到十首或二十首有史以来最美的法语诗歌之中。③ 这首诗也是《恶之花》中被评论最多的之一。雨果是第一个评价这首诗的人,他一收到诗稿,就用赞赏和热情的文字写道:

> 先生,如同你创作的一切,你的《天鹅》是一个观念。如同一切真正的观念,这篇东西具有深度。同深不见底的戈伯湖(le lac de Gaube,位于法国西南部的比利牛斯山区——引者注)上的天鹅相比,这只尘土中的天鹅在其身下有着更多的深渊。这些深渊,我们是在你那些充满战栗和惊悸的诗句中隐约看见的。"雾霭沉沉的高墙厚壁","痛苦","就像吮吸善良母狼",这说出了一切,而且还不至于一切。感谢你这些如此深邃、如此强劲的诗句。
>
> (……)
>
> 让我们紧紧握手,并且我要再一次感谢你,亲爱的诗人。④

雨果的感觉是正确的。他在这封信中表达的意思跟他在上一封给波德莱尔的信中就《巴黎的幽灵》所表达的意思是一致的。在短短不到三个月的时间,他又一次为波德莱尔观念的"深邃"和其诗句中充满的"战栗和惊悸"所打动。

八、《巴黎之梦》

在现实中失去后"永远、永远找不回来"的东西,我们是否可以到梦中去找寻呢?正是在这一创作高峰期,波德莱尔撰写了《人工天堂》。波德莱尔在

---

① 见 Bernard Weinberg, *The Limits of Symbolism: Studies of Five Modern French Poets*, Chicago et Londres, The University of Chicago Press, 1966, pp. 12, 30.

② 见 Victor Brombert, *The Hidden Reader: Stendhal, Balzac, Hugo, Baudelaire, Flaubert*, Cambridge [Massachusetts] et Londres, Harvard University Press, 1988, p. 99.

③ 见皮舒瓦在《全集》中的注解文字,第一卷,第 1008 页。

④ 雨果 1859 年 12 月 18 日致波德莱尔信, *Lettres à Baudelaire, op. cit.*, pp. 189-190.

1860年1月为该书"起草"的"献词"中开门见山地指出,对于"有见识的人"来说,"地上的东西微乎其微,而真正的现实只存在于梦中"①。梦的题材在当时很让波德莱尔着迷,他在这一时期的诗歌创作也体现出对梦的思考。《七个老头》一开篇便描写了"城市充满梦幻"。他在1860年3月13日寄给普莱-马拉希的两首诗都跟梦的题材有关:一首是《好奇者之梦》(Le Rêve du curieux。该诗正式发表时的标题是 Le Rêve d'un curieux),另一首便是后来放入《巴黎图画》的《巴黎之梦》。

我们在谈到《七个老头》时已经解释过,那种将城市风景拉伸变形让巴黎变成另一座伊斯城(la ville d'Ys)②的幻觉很可能是由兴奋剂的效果引起的。克雷佩说到这首诗时就是这么看的:"像《七个老头》这样的诗,如果不是幻觉,哪又是什么呢?要是诗人活得更久一些,我们甚至可以肯定他会从各种玄秘奥妙的学问中大有斩获。"③我们完全有理由把这段解说文字用在《巴黎之梦》上,而且我们还可以肯定地说,波德莱尔虽然一向对所谓"非理性的东西"(l'irrationnel)不大以为然,但他在这一时期对一些不正常的精神现象产生了好奇,并且还通过阅读布瓦斯蒙(Brierre de Boismont)题为《论幻觉》(Des Hallucinations)的著作研究了精神病学上的一些问题。④《巴黎之梦》中展现出来的那种陶醉与谐和的状态同兴奋剂引起的状态很是相似。要想让梦的效果完美呈现出来,就需要用某种催化剂来强化其效果。诗人找到的催化剂就是所谓"人工天堂"。无论是大麻还是鸦片,其所引起的效果都是相同的。使用兴奋剂是为了寻求某种附带的适宜于创作的状态,即一种接近于"灵薄狱"的似梦非梦的朦胧状态。波德莱尔在《人工天堂》中对大麻的效果做了如下描写:

> 你是一直都知道的,大麻需要有富丽的光线、壮美的光辉和金水般闪亮的瀑布来增强其效果;什么光对它都是好的:一大片漫射的光,一小点像闪亮的金属片一样挂在物体尖突部分和粗糙表面上的光,客厅的枝形

---

① 波德莱尔,《人工天堂》,《全集》,第一卷,第399页。关于"起草"这份献词的时间,请参见波德莱尔1860年1月10日致普莱-马拉希信,《书信集》,第一卷,第656页。
② 传说中一个神秘消失在大海中的布列塔尼城市。
③ Jacques Crépet, dans son édition des *Paradis artificiels*, Paris, Conard, 1928, p. 335.
④ 参见 Crépet et Blin, *Les Fleurs du mal* (édition critique), *op. cit.*, p. 453.

大烛台,圣母月的蜡烛,夕阳西下时倾泻的玫瑰色的光辉。①

《巴黎之梦》中呈现了那种由幻觉引起的短暂亢奋,以及各种光华夺目、质地坚硬的物体的画面,画面中的光芒来自于金石宝玉,又有阳光下水晶帘幕似的瀑布的反光,而这样的效果的确很可能是由兴奋剂的作用引起的。波德莱尔的"梦"与德·昆西《瘾君子自白》中一段描写在睡梦和幻觉臆想中看到的壮丽城市景象的文字有着惊人的相似:

> 突然出现在眼前的,
> 是一座巨大的城市,——斗胆说,
> 是建筑的恢弘,浩漫辽远,
> 直入于不可思议的深处,
> 壮丽夺目,无边无际!
> 那像是用钻石和黄金建成,
> 又有大理石做穹顶,白银做尖塔,
> 还有光华耀眼的楼台层层叠叠
> 高耸云天;这里是亭阁明亮而肃穆,
> 排列成整齐的街道;那里是
> 塔楼的雉堞慌张无措,头顶着
> 繁星——那千万颗宝石的光芒!②

德·昆西自己解释说,这里描写的实际上是"一位伟大的现代诗人"在观察云彩时所看到的景象,而这一景象同经常在梦中纠缠他的种种奇思异想有着诸多共同之处。德·昆西并没有说出这位诗人的名字,但我们知道,此处引录的诗句出自华兹华斯(William Wordsworth)的长诗《孤独者》(The Solitary)。在《人工天堂》中论述"鸦片的折磨"(《 Tortures de l'opium 》)那个部分,波德莱尔提到过德·昆西经常"大声朗读华兹华斯的诗歌"③。但是,他对上面所引华兹华斯描写瑰奇溢目的城市的诗句却只字未提。当我们想到《巴黎之梦》

---

① 《全集》,第一卷,第418页。
② Thomas De Quincey, *Confessions of an English Opium-Eater*, in *The Saturday Magazine* (Philadelphia), Vol. II, No 1, January to July, 1822, p. 459.
③ 《全集》,第一卷,第477页。

的创作显然受到这段文字的启发,而且它又与《人工天堂》是同时期作品时,他的此举就尤其令我们感到吃惊。难道是为了不暴露一个太过明显的来源？我们不是不可以做这样的猜想。

《巴黎之梦》以"这一片可怖的风景"开篇,引出神幻离奇的景象。这一景致中的"可怖"之处在于完全"驱逐了杂芜的植物",也就是那些有生命变化的、有偶然性的和属于特例性的东西,而代之以一个只是由金属、大理石、宝石和结成水晶状的固态水构成的世界。展现这种由矿物质构成的世界,这对波德莱尔来说应该是深具诱惑的,因为他把草木等"大自然的产物"看成是"可憎"的同义词,而且他在几年前随《晨暮(二首)》寄出的信中谈到这个问题时,就明确表示过他"是不会为植物而动情的"[①]。诗人喜欢去抓取那些与抽象思想的特点相契合的形象,这些形象纯净清晰,线条分明,一经成形便不再改变。对他最具吸引力的,就是呈现那些干燥无水的景色,草木不生,绝无偶然的变故。我们可以说《巴黎之梦》是诗人偏好抽象景致的最完美的例证。我们可以感觉到,波德莱尔笔下这种有意向抽象引导的景致与德·昆西所引诗句中描绘的奇幻梦境还是有着巨大区别的。波德莱尔作品中"像画家恃才自傲"的诗人具有唯意志论者的信念。梦中的景色是在想象力的坚定意愿下建造出来的。《巴黎之梦》中作为"建筑师"的诗人回应着《风景》一诗中作为"风景师"的诗人,一个凭着意愿营造出他的"仙境"(féeries),另一个在黑暗中建造他的"仙境华屋"(féeriques palais),并且单凭意志就把春天唤回。在波德莱尔笔下呈现出来的"可怖的风景"和在云彩中出现的光芒四射的城市图景之间,我们可以看到"艺术"与"自然"之间的巨大区别,可以看到一种新美学观的出现。诚如皮舒瓦所指出的那样,《巴黎之梦》给我们带来的"既是一种创作方法又是一篇诗歌作品","既是一种艺术观念又是艺术本身"[②]。

有相当数量的其他一些作品也可能影响了波德莱尔的美学观,以及他的"梦境"或他的诗歌。马克·贝尔纳(Jean Marc Bernard)指出,波德莱尔在《巴黎之梦》中从爱伦·坡的《海中之城》(*The City in the Sea*)一诗借用了梦幻主

---

① 波德莱尔1853年底或1854年初致德诺瓦耶信,《书信集》,第一卷,第248页。
② 见皮舒瓦在《全集》中的注解文字,第一卷,第1040页。

题和光怪陆离的景象,并对它们加以改造和发挥。① 诚然,爱伦·坡的诗中也着重描写了水以及由祭台、庙宇、宫殿、高塔等构成的建筑群,甚至也用"玻璃般的浩瀚"(wilderness of glass)来形容大海,但笼罩全诗的那种带有魔鬼邪气的阴森恐怖的氛围却又完全不同于波德莱尔这首诗中的意境。克拉普顿(George Thomas Clapton)在其出色的专著《波德莱尔与德·昆西》(*Baudelaire et De Quincey*)中,以及克雷佩在发表于《费加罗报》(*Le Figaro*)上的一篇文章中,都提出《巴黎之梦》的好些特征让人想到爱伦·坡的《阿瑟·戈登·皮姆历险记》(*The Narrative of Arthur Gordon Pym of Nantucket*)中那个"白色庞然大物"的一些细节。② 爱伦·坡笔下呈现的是一个"充满新奇又让人惊愕的地方"。故事的背景在南极的海洋上,那里是世界的尽头,没有任何草木生长。水天交接之处云蒸雾蔚,像是形成一道壁立的屏障,其"清晰可辨的形状"直入于作家眼帘:

> 我只能把它比作一望无际的瀑布,从齐天高的城墙上无声地滚滚流入海中。巨大的幕幔覆满整个空间(……)。它不发出任何声响。(……)从大海乳白色的深渊喷出耀眼的光芒(……)。③

《巴黎之梦》的第一部分的确跟爱伦·坡对"白色庞然大物"的描写一样,是以白色为主调的交响。令人吃惊的是,在第一部分的结尾处,出现了与爱伦·坡作品中相同的那种无声的运动,而诗人把这种运动称作"可怖的新奇"。可以说作为灵感来源,爱伦·坡的作品并非没有引起波德莱尔的注意。但由于原作中具有逸闻趣事的特点,其对波德莱尔作品的影响仅限于对某种氛围和奇异形象的朦胧记忆。波德莱尔笔下那种无声的运动并不是来自于一种特别的视觉经验,而是来自于梦中的幻觉经验。为了回应卡罗纳对他提出的批评,他在1860年3月中旬致信卡罗纳解释了自己的"意图":

---

① Jean Marc Bernard,《À propos d'un sonnet de Baudelaire》, *Revue d'histoire littéraire de la France*, XVI, octobre, 1909, p. 792.

② 详见:(1)George Thomas Clapton, *Baudelaire et De Quincey*, impr. E. Aubin et fils, 1931;(2) J. Crépet,《En relisant les *Aventures d'Arthur Gordon Pym*》, *Le Figaro*, 17 février 1934.

③ Edgar A. Poe, *Œuvres en prose*, éd. Y.-G. Le Dantec, trad. Ch. Baudelaire, coll. Bibliothèque de la Pléiade, 1951, pp. 687-688.

　　　　运动一般来说都包含着声音，这让毕达哥拉斯（Pythagore）为运行的星球赋予一种音乐。但是梦却让事物间的联系分离和解体，由此创造出新奇。①

因此我们不应当过于夸大作为诗人和创作者的波德莱尔对爱伦·坡的借用。爱伦·坡对波德莱尔的影响主要体现在更具总体性和普遍性的层面上，也就是主要体现在美学观念和诗歌观念上，如：创作哲学，"人工"理论，现代性理论，关于"不同寻常"和"奇异古怪"的理论等。

维维耶提出另一个文学渊源。他指出，诺瓦利斯（Novalis）的长篇小说《海因里希·冯·奥弗特丁根》（*Heinrich von Ofterdingen*）中有一段对城市人造景致的描写，其中的景物也是凝固的、光亮的，用各种金石做成。这段描写与波德莱尔的描写极为相似，很难让人相信两者的相似是纯然出于巧合：

　　　　城市显露出来，光华夺目。城墙光滑而透明，射出一道道美丽的光线（……）。而最壮丽的是宫殿前大广场上的花园，一棵棵树用金属做成，低矮的植物用水晶做成，到处结满奇珠异宝做成的花卉果实，五彩纷呈！（……）花园正中高高地喷出水柱，而那水柱却又凝固成冰的模样。②

我们不能肯定波德莱尔是否阅读过诺瓦利斯的作品。但我们知道，爱伦·坡在作品中多次提到诺瓦利斯的名字，这足以会引起波德莱尔的兴趣。不过，诺瓦利斯的描写还只涉及到范围有限的局部，不同于波德莱尔那种大尺度、大范围的全面描写，而且诺瓦利斯的描写中还缺乏构成波德莱尔式"仙境"的一个关键性因素——无声的运动。

《巴黎之梦》中的文笔有如水晶般晶莹剔透，这让我们想到被波德莱尔称为"无可挑剔的诗人"戈蒂耶所擅长的那种冰冷的形式。戈蒂耶用这种形式雕琢了他的《珐琅与雕玉》，他还公开宣称自己只喜欢那种摒弃了一切生命迹象的美。兰多夫·休斯（Randolph Hughes）指出，戈蒂耶的小说《莫班小姐》（*Mademoiselle de Maupin*）中有一段文字描绘了可与亚述的奢华富丽媲美的仙境般的建筑：

---

① 《书信集》，第二卷，第15页。
② 转引自 Robert Vivier, *op. cit.*, p. 162.

> 一座仙境般的建筑(……)。立柱密密麻麻,拱廊层层叠叠,到处是石墩(……)、斑岩、碧玉、天青石,我还说得出什么!到处都是剔透玲珑和耀眼的反光,各种奇珍异宝令人目不暇接,有玛瑙、海蓝宝石、变换彩斑的蛋白石、(……)晶莹如水晶的喷泉、让群星黯淡的火烛,就连空气也排场盛大,交汇着各种声音,让人恍若隔世——这堪称是亚述的奢华富丽!①

把这段文字与波德莱尔的诗歌进行比对,可以发现两者不仅在描写上多有一致,而且甚至还有一些雷同的词语。戈蒂耶在他所写的波德莱尔"简介"中对《巴黎之梦》大为赞赏,这没有什么令我们感到吃惊的。他称这首诗是一个"辉煌而又阴森的梦境,堪与马丁(Martynn)用黑调笔法绘制的那些巴别塔媲美",而且他还用散文体对诗歌进行了大段转述。② 不好说戈蒂耶的转述完全新颖别致,但有意思的是,我们看到他在转述中用了好些曾在《莫班小姐》中用过的字眼。戈蒂耶一定是在波德莱尔诗中发现了与自己相类似的美学趣味。

正如罗伯特·柯普(Robert Kopp)在他编订的波德莱尔《小散文诗》(*Petits Poèmes en prose*,即《巴黎的忧郁》)的版本中指出的那样,由石料和金属构成的景观是一个主要属于浪漫主义的题材。③ 波德莱尔同诺瓦利斯和戈蒂耶一样,深深着迷于这一题材。发表于1846年的短篇小说《年轻的魔法师》(*Le Jeune Enchanteur*)中有一段文字对位于以弗所城(Éphèse)的狄安娜神庙(le temple de Diane)的描写接近于《巴黎之梦》中描绘的景观:

> 款款前行,满眼唯见绵延不绝的拱廊和列柱,(……)尽是用大理石和金属建成,映照出天上地下的一切色彩,而神庙中若隐若现的微光让它们显得愈加神奇(……)。④

这究竟是作者自己的个人创造呢还是他对一个文学渊源的借用?W. T. 班迪发现,这篇长期被认为是波德莱尔标新立异之作的短篇,实际上译自一篇发表

---

① 转引自 Randolph Hughes,《 Vers la contrée du rêve, Balzac, Gautier et Baudelaire, disciples de Quincey》, *Mercure de France*, 1ᵉʳ août 1939, p. 569.
② 见 Gautier,《 Charles Baudelaire né en 1821 》, recueilli dans *Baudelaire par Gautier*, op. cit., pp. 85-86. 文中提到的马丁(Martynn)当指英国画家约翰·马丁(John Martin)。
③ 见 Robert Kopp, *Petits Poèmes en prose* (édition critique), Paris, José Corti, 1969, p. 352.
④ 《全集》,第一卷,第537页。

于 1836 年的英文作品 The Young Enchanter，其作者是英国圣公会牧师乔治·克罗理(George Croly)。① 波德莱尔虽有剽窃之嫌，但他当时很可能记住了作品中建筑物的富丽辉煌并打算将其用到自己后来的某些诗中。

波德莱尔曾在一个笔记本上记下计划中要写的诗，在其中"释梦"(Oneirocritie)一栏列出有诸如《没有树木的风景》(Paysage sans arbres)、《海上的宫殿》(Le palais sur la Mer)这样的标题。② 可以认为第二个标题有可能来自于爱伦·坡的《海中之城》；至于第一个标题，克雷佩认为"这就是后来的《世界之外的任何地方》(Anywhere out of the world)"③。在题为《世界之外的任何地方》的散文诗中，确实有一段描写了"没有树木的风景"，同《巴黎之梦》第 6—12 行展现的景致十分接近：

> 告诉我，我的灵魂，已经心灰意冷的可怜的灵魂，去里斯本(Lisbonne)居住怎么样？(……)那座城市在水边；据说是用大理石建造的，那里的人痛恨植物，把树拔了个精光。这种风景正和你的口味；这是一种用光和矿物做成的风景，还有液体来反射！④

不过，就算《没有树木的风景》真的写出来，也不可能如克雷佩所认为的是《世界之外的任何地方》，而应当是灵感来源相近的另外一首诗。⑤

让·普雷沃更看重作者的自主创造，就《巴黎之梦》的由来提出了一个独到的观点，其解说在我们看来似乎最符合于波德莱尔的"创作"实际。普雷沃认为不需要去寻找一些不着边际的所谓渊源，也就是不要超越作者的精神和才情范围之外去寻找他凭着自己的经验资源和艺术手段就本可以做到的东西。他不同意把这首诗的来源归因于兴奋剂的效果或是阅读了有关兴奋剂的

---

① 见 W. T. Bandy,《Baudelaire et Croly : la vérité sur Le Jeune Enchanteur》, Mercure de France, 1er février 1950.
② 见《全集》，第一卷，第 367 页；另参见第 369 页。
③ Crépet et Blin, Les Fleurs du mal (édition critique), op. cit., p. 478.
④ 《全集》，第一卷，第 356 页。
⑤ 因为波德莱尔为计划中要写的诗列出的清单有两份。克雷佩大概只参考了第一份，在这份清单中，《没有树木的风景》的序号是 39，《海上的宫殿》的序号是 44。在第二份清单中，这两个标题调换了前后顺序，《海上的宫殿》为第 90 号，《没有树木的风景》为第 91 号。但就在这份清单中还同时列出了《世界之外的任何地方》，为第 108 号。详见《全集》，第一卷，第 367、369、370 页。

作品的结果。他就此写道：

> 这首诗中的景象奇幻古怪，有人试图寻找其渊源。渊源是无用的。他们就此援引的那些作家——德·昆西、爱伦·坡、诺瓦利斯、戴奥菲尔·戈蒂耶——都是瘾君子：前两位吸鸦片，那位患肺痨的德国人服用"巴旦杏仁神油"，最后这位吸印度大麻。他们因而都经历过波德莱尔如此清晰地描写出来的那种视线变形的体验：波德莱尔总是清晰的，哪怕在描写朦胧暧昧时亦复如此。①

普雷沃认为，鸦片、大麻等兴奋剂产生的效果只不过是隐喻性地展示了艺术创作活动中真正美学经验的某些特点，只能被看做是对美学经验中某些迷离惝恍状态的比喻。他特别看重的则是诗人在创作活动中所具有的组织意象的能力。《人工天堂》中有一段文字描写了吸毒者吸食印度大麻后在旅店房间的天花板和装饰墙壁的墙纸上看到的种种奇观。② 普雷沃受此启发提出一个看法，认为这首诗的起因很可能就是来自于观察某些具体事物时的偶然经验，而诗人凭着想象力改变了被观察事物的体量和形状。他对这一过程做了形象而生动的描述：

> 在《巴黎之梦》中，诗人看到的只是他寄宿的旅店房间（今天就连皮莫丹府邸（l'hôtel Pimodan）这样的高档旅店都不再有天顶画了）。但景物的透视关系是扭曲变形的；桌子、门梁、搁架、踢脚板、天花板上的石膏线、壁炉的正面等都变成了奇妙的建筑。对这种朦朦胧胧且被放大了的感觉来说，一切发光的东西也在变，小的变成了金属物件，大的变成了一片水幕；同样，墙上的镜子也可以一会儿是巨大的冰山，一会儿是从天而下的瀑布；脸盆边上的几个瓶子就足以构成水池边廊柱林立的景象，而壁炉的小拱口连同位于它下方隐约发光的金属板，就变成了让大洋流经的拱门或隧道。墙纸的条纹变成了从天上流下来的江河；从窗口可以望见的一小片天空伸向无限，它不是垂直向上，而像是朝着地平线延展；这是一片

---

① Jean Prévost, *Baudelaire, essai sur l'inspiration et la création poétique*, Paris, Mercure de France, 1953, p. 104.

② 详见《全集》，第一卷，第 393 页。

浩淼的大海，海边是奇异古怪的景色……在这幅画面中之所以没有出现任何植物，那是因为诗人的房间中没有一点点花草；那是因为他诚实得很，不想丝毫破坏那种只是将事物放大变形的感觉。①

因而可以说，这种梦幻般的景象是诗人刻意为之的，他通过聚精会神的凝视以及丰富的想象对它加以引导和激励。然而这样的景象本身还不成其为诗歌，还必须赋予它以一个形式，也就是说还需要有第二次变形才能从扭曲变形的感觉过渡到艺术品。只有在这个阶段，对文学前辈的记忆和那些借鉴自造型艺术的形象才会发挥作用。诗歌的起因——心理活动和诗意感知——的确是波德莱尔自己的，但诗人会在文学艺术的传统为他准备的形象"词典"中，选取那些在他看来最合适的字眼和形象来达成甚至强化自己的想法和意图。

波德莱尔在《论戴奥菲尔·戈蒂耶》和《1859年沙龙》中两次提到建筑界一位"好幻想的建筑师"。虽然我们不说这位建筑师对《巴黎之梦》的创作有立竿见影的直接影响，但作为诗人"建筑师"的波德莱尔在构思这首诗作之初，在为"作诗"而慢慢融汇来自四面八方的各种形象的过程中，难道就没有为建造他的"仙境"而从对这位"好幻想的建筑师"的记忆中有所借鉴？下面是《论戴奥菲尔·戈蒂耶》中提到这位建筑师的文字：

> （……）还有一位我想不起名字（库克莱尔还是肯德尔？），是一位好幻想的建筑师，他在纸上建造城市，用一些大象作桥墩，让巨大的三桅帆船张满风帆从它们腿间驶过。②

这段文字后来略作改动又用到了《1859年沙龙》中。③ 库克莱尔（Charles Robert Cockerell）是英国皇家艺术院（Royal Academy）的教授，绘有《向列恩爵士致敬的丰碑》（*Monument élevé à la gloire de Wren et Songe*）和《教授的幻想》（*Songe du professeur*）等画作。他是1855年万国博览会国际评委会成员。正是在这届博览会上，另一位英国建筑师小肯德尔（Henry Edward Kendall Jr.）展出了他的《建筑图稿》（*Composition architecturale*）。这两位英

---

① Jean Prévost, *op. cit.*, pp. 104-105.
② 《全集》，第二卷，第123页。
③ 详见《全集》，第二卷，第609页。

国建筑师都在他们的作品中汇集了鳞次栉比、风格各异的建筑,画面中都充满了如梦似幻的氛围,因而很容易将他们两人搞混淆。F. W. 里奇(F. W. Leakey)对这个问题进行了研究,我们才得以知道波德莱尔原来是把肯德尔的《建筑图稿》跟库克莱尔的《教授的幻想》混在一起了,他想说的其实是肯德尔。① 库克莱尔的画更像是用于教学展示的,而肯德尔画中所表现的建筑物层次分明,体量硕大,结构匀称,风格考究而硬朗,其体现出来的想象力的自如和细腻尤让人印象深刻。

肯德尔的作品表现的是"一派光华夺目、辉煌壮丽的景象"②。阿道尔弗·朗斯(Adolphe Lance)对这幅作品的评论为我们提供了更为细致的描述:

  这是一件纯然幻想出来的作品,艺术家在作品中(……)任想象力尽情驰骋(……)。你尽可以想象这是一座《一千零一夜》中的城市,整座城市呈阶梯状层层叠叠地坐落在最美丽的河边,河水像蓝水晶般清澈,映照出最富丽堂皇的宫殿、最宏伟壮丽的神庙,这样你就会对这件充满魅力的作品有一个初步的印象。

  作品构思的丰富不禁让人想到英国画家马丁(Martinn,原文如此,当指 John Martin——引者注)笔下那些古怪神奇的创意(……)。肯德尔建造的城市充满了光线。钟楼、圆顶、错杂林立的无数尖塔、凯旋门、花岗岩的方尖碑、碧玉的柱廊、安放在斑岩底座上的青铜塑像,(……)这一切都被最美丽的太阳发出的光线照得通明,金灿灿,亮闪闪(……)。如果说肯德尔表现的是对某种东西的记忆,那一定是对一个美梦的记忆,他的画笔成功地捕捉住了这个梦,让我们得以尽情领略这位建筑奇才的学问、才华

---

① 见 F. W. Leakey,《Baudelaire et Kendall》,*Revue de littérature comparée*,XXX,janvier-mars 1956.
② 在 1855 年巴黎万国博览会英国馆展品目录(*Paris Universal Exhibition*,1855. *Catalogue of the Works exhibited in the British Section of the Exhibition*,Londres,Chapman et Hall,1855)的"建筑类"中,"《建筑图稿》,小肯德尔"的说明文字旁还附有以下三行诗体题词(第 187 页):
  一座巨大的城市,到处是
  闪光的尖塔,还有剧场、教堂,
  好一派光华夺目、辉煌壮丽的景象。

和趣味。①

另有一些评论家也对《建筑图稿》给予好评。塔尔迪约（A. Tardieu）谈到了肯德尔所具有的"丰富想象力"，并且把他列入那些"喜爱最极度的夸张胜过真实"的英国艺术家的行列中。② 欧仁·鲁登（Eugène Loudun）更是从中看出了"对现代人强大工业威力梦想的具体呈现"③。将城市与梦想结合，将现代世界表现成一个充满神奇幻想的世界，这是肯德尔画作的题中之意，这也是波德莱尔的性情气质和美学观念中贯穿始终的关切，是他至深的爱好之一。肯德尔画中那种宏大壮伟的效果也甚合于波德莱尔喜爱"巨大症"（le gigantisme）的趣味。

虽然波德莱尔对于玄秘世界悟性甚高，但并不能因此就说他在这方面没有受到过来自于其他人的影响。这其中特别值得提出来的是斯威登堡（Emanuel Swedenborg），其学说曾在浪漫主义文学圈中风靡一时。这位洞观奇迹的瑞典玄学家和幻想者写过《属天的奥秘》（Les Arcanes célestes）、《天地奇观》（Les Merveilles du ciel et de la terre）、《新耶路撒冷》（La nouvelle Jérusalem）等著作，而波德莱尔的《巴黎之梦》与这些著作有一些可以扣合之处。我们不是要到这些著作中去寻找这首诗的渊源，而只是想指出斯威登堡将我们的注意力引到了对《启示录》（Apocalypse）的阅读，而在他看来，打开圣经隐藏意义的钥匙就在这本书中。这本圣书中提到的从天而降的"圣城"耶路撒冷正是一座用各种宝石奇玉建成的城市，用珍珠做门，用精金铺地，河流明亮如水晶。城中看不到任何杂芜的植物，只有各种奇珠异宝在庄严的永恒静穆中闪闪发光。④ 这让我们产生出这样的想法：圣书中细致描绘的新耶路撒冷，正是人类对于理想世界所能构想出来的一切最美好和最圆满的事物的原型图像。这样的图像简直就是"理想"本身。人类的心意结构就存在于这一图像中。无论是谁，当他希望按照上帝式绝对创造的观念建造出一个天堂般的

---

① Adolphe Lance, *Exposition Universelle des Beaux-Arts. Architecture. Compte rendu*, Paris, Bance, 1855, pp. 56-58.
② 见1855年8月25日《宪法报》（*Le Constitutionnel*）。
③ Eugène Balleyguier（此为Eugène Loudun的笔名），*Le Salon de 1855*, Paris, Ledoyen, 1855, p. 201.
④ 见《圣经·启示录》，第21、22章。

世界时，无论其创意有多么自主，也无论其想象有多么个人，他都注定摆脱不了这个"新天新地"的魅惑对他的心意施加的影响。圣城耶路撒冷是一切渊源的渊源，它为一切理想中的城市提供了最原始的亦是最本原的样本。我们相信，波德莱尔同其他那些属于理想主义派别的作家一样，在美学上从这一原型图像中获益丰厚。

而可能正是为了显示其别出心裁的独到之处，波德莱尔将自己的诗歌设计成极富戏剧性的对比结构。《巴黎之梦》的第二部分由两节四行诗构成，表现的是美幻已逝、大梦初觉的情景，做梦的人重又回到平淡乏味甚至凄惨可怕的现实中，又要去面对日复一日的忧虑和沮丧。我们在他后来发表的散文诗《双重屋子》(La Chambre double)中也可以见到相同的起伏运动。让·波米埃在《波德莱尔与霍夫曼》(《Baudelaire et Hoffmann》)一文中，将波德莱尔这两篇作品的主题和基调与霍夫曼的《金罐》(Le Pot d'or)进行了比较，指出这位德国作家不仅也写到了小房间中发生的神奇变形，而且也运用了对比之法，发出了下面这样的让人心酸的喟叹：

    过不了几分钟，我会被移出这美丽的厅堂(……)又回到我的阁楼；生活的苦难和穷困将占据我全部的思想。①

不过，对于创作过《忧郁与理想》的诗人来说，是否真的需要借助这段普通寻常的文字才能成就他自己的对比？我们大可以对此表示怀疑。情景的这种陡转直下，我们自然是可以在任何美梦初醒中见到的，而且也可以在跟"人工天堂"有关的一些情况中见到。"人工天堂"的特性就是，刻意寻求而来的幸福是虚幻的，转瞬即逝。短暂的心醉神迷带来的负面结果就是心灰意冷的沮丧和再度沉沦，是从祝福倒转为诅咒，是人格的消泯，是让嗜毒成癖的幻想者变成"最痛苦的炼金术士"的空虚。这演绎了刻意追求"天堂"的人必定遭受的不可避免的失败。如果说从自然的美梦中醒来还只是忧郁的话，从"人工天堂"的坠落却是致命的。从这种观点来看，《巴黎之梦》包含着深刻的，同时又是苦涩的道德蕴意。

---

  ① 转引自 Jean Pommier,《 Baudelaire et Hoffmann 》, in *Mélanges de philologie*, *d'histoire et de littérature offerts à J. Vianey*, Les Presses Franchises, 1934, p. 474.

最后再就这首诗的题献词说上几句。《巴黎之梦》是题献给贡斯当丹·居伊的。波德莱尔在一封信中用幽默的口吻这样解释题献这首诗的理由：

> 至于第二首(即《巴黎之梦》)，也就是题献给居伊那首，它与此君之间看得见摸得着的关系仅仅在于这点：就像该篇中的诗人一样，他一般也是到中午才起床。①

在居伊和《巴黎之梦》之间确实不存在什么直接的关系。居伊是现代生活的时尚和风俗的观察者，而不是洞观奇迹的幻想者。他那种以速写勾勒为美学特征的艺术，甚至可以说与《巴黎之梦》中那种着重于庄严整肃、十全十美的艺术南辕北辙。然而，就在题献这首诗的那段时间，诗人与居伊结有深厚的友谊，经常与他一同外出。还需要注意的是，那段时间波德莱尔正在撰写那篇关于这位艺术家的美妙评论——《现代生活的画家》，他在这篇评论中以朋友的画作为契机，发挥了自己关于用记忆的艺术来表现印象的想法，阐述了自己对于美的特性以及对于现代性的本质的见解。当波德莱尔把这首诗题献给居伊，他是以间接的方式表示了对于自己时代各种事物的关注，也就是对于当下凡人琐事的关注。

九、《热爱假象》

《热爱假象》在不止一个方面可以作为与上面那首诗(即《巴黎之梦》)相关的作品来读。这篇作品表现的是社交生活或名声不好的半社交生活中的一个场景，而诗人在当时经常与居伊这样的一些艺术家朋友一道出入于这些地方。这首诗与《巴黎之梦》是同期作品。两诗都首次发表于 1860 年 5 月 15 日的《当代评论》，同时发表的还有另外三首诗，也都是新作，分别是《好奇者之梦》(*Le Rêve d'un curieux*)、《永远如此》(*Semper eadem*)和《顽念》(*Obsession*)。这一束中的这五朵"花"都有着共同的特点，那就是都表现人工的景致和虚幻的假象，以及由甜蜜梦幻带来的折磨，或者是呈现戏台表演的空洞虚假。梦幻令人陶醉，能够驱遣庸常生活的平淡，而引发梦幻的方法多种多样：兴奋剂是一种，涂脂抹粉的化妆美容是一种，艺术也是一种，而这种种方法都是人工手

---

① 波德莱尔 1860 年 3 月 13 日致普莱-马拉希信，《书信集》，第二卷，第 10 页。

段,因而相对于自然来说它们都是以人工方法制造出虚幻的假象。

　　这五首诗作虽然有共同的主题,但这并不妨碍我们去寻找《热爱假象》一诗特殊的灵感来源。诗中表现的女主人公,即那位"慵懒的宝贝儿",是一位像秋天的果实一样美丽的妇人,显然年龄已不太年轻,但从她身心散发出来的成熟魅力却令深懂爱情的人迷恋。我们知道,启发本诗灵感的这位女士确实真有其人,因为波德莱尔把这首诗的手抄稿寄给普莱-马拉希时提到了这个人:"又有一首'恶之花'。(……)你会认出这朵'花'中的女主角是谁。"①

　　那诗中的这位"女主角"究竟是谁呢? 对这个问题普莱-马拉希轻易就能够回答,但对于哪怕最权威的波德莱尔学者来说,这却成了一个棘手的问题。她是剧场的演员吗?"乐器的歌唱"和"煤气灯光"似乎暗示出了这点。克雷佩曾一度想到冉娜·杜瓦尔,她以前在舞台上出演过一些小角色,而在 1860 年前后,她的年龄也符合诗中的"秋天的果实"。在波德莱尔受杜瓦尔启发而作的《舞动的蛇》(Le Serpent qui danse)的第一行中,我们确实可以见到跟在《热爱假象》的第一行中一样作为顿呼出现的"慵懒的宝贝儿"。但波德莱尔创作《热爱假象》时,杜瓦尔已经处于半瘫痪状态,被送到了杜布瓦医院(la Maison de santé Dubois),正是考虑到这点,克雷佩还是放弃了自己的推测,接受了贝内代托(L. F. Benedetto)和吕孚(Marcel A. Ruff)的看法,认为诗中的女主人公是波德莱尔在《毒》(Le Poison)一诗中咏唱过的那位"绿眼睛"的女士,而《毒》这首诗可以肯定是受玛丽·多布兰(Marie Daubrun)启发而作的。②

　　玛丽·多布兰也是一位演员,比杜瓦尔更有演艺才能。她于 1845 年在蒙马特尔(Montmartre)开始了自己的演艺生涯。她在巴黎地区好几家剧场表演,有时也到外省和国外巡回演出。波德莱尔在 50 年代与她时断时续地保持着暧昧关系。多布兰 1859 年 8、9 月间还在巴黎的盖特大剧院(Théatre de la Gaîté)演出,在场面壮观的五幕剧《草原匪帮》(Les Pirates de la savane)中扮演女一号依莲娜·莫莱尔(Hélène Morales)这一角色。她直到这年年底才随

---

　　① 波德莱尔 1860 年 3 月中旬致普莱-马拉希信,《书信集》,第二卷,第 14 页。
　　② 详见:(1) Crépet et Blin, *op. cit.*, pp. 471-472 ;(2) L. F. Benedetto,《L'Architecture des *Fleurs du Mal* 》, in *Zeitschrift für französische Sprache und Litteratur* [Chemnits und Leipzig], t. 39, 1912, p. 45 sqq.;(3) Marcel A. Ruff,《 Sur l'architecture des *Fleurs du Mal* 》, in *Revue d'histoire littéraire de la France*, 37ᵉ année, 1930, p. 65.

剧团离开巴黎去了尼斯(Nice)，当时她带走了赢得她芳心的邦维尔，而把她觉得是个怪人的波德莱尔撇在了一边。在波德莱尔把《热爱假象》寄给普莱-马拉希时，多布兰已经不在巴黎。但这并不意味着这首诗没有可能是在多布兰还在巴黎的时候写出来的。根据波德莱尔在 1860 年 2 月中旬的一封信中留下的蛛丝马迹可以得知，他当时有一批即将发表的诗作在《当代评论》主编卡罗纳手上。① 这中间很可能就有《热爱假象》，而要是果真如此，我们就可以推断这首诗是在该日期之前创作出来的。诗中第 13 行说到女主人公时，称她是"无上美味的秋之果实"。此前，诗人也确实在《秋歌》(Chant d'automne) 第 23—24 行中，把玛丽·多布兰与"壮丽的秋天里或夕阳西下时的短暂温和"联系在一起。《秋歌》首次发表于 1859 年 11 月 30 日的《当代评论》，其创作灵感来自于多布兰无疑，两人在这年早些时候的重逢激发了波德莱尔的创作热情。同属于多布兰系列的另外一首诗作《倾谈》(Causerie) 第 1 行便写道："你是秋日的晴空，粉红而明朗！"但《秋歌》和《倾谈》中提到"秋天"的文字尚不足以作为证据，因为这两处提到的"秋天"所指的还只是天时无常、明晦不定的季节，其功能是作为隐喻表现某种带有忧郁特征的灵魂状态，而《热爱假象》中的"秋天"则的确是表征人物年龄的。诗人自己在写给即将发表这首诗的杂志主编的信中披露了这点："爱情（在肉体上和精神上）在人二十岁时还懵懂幼稚，而在人四十岁时则造诣深厚。"②玛丽·多布兰生于 1827 年 9 月 30 日，而在波德莱尔写这首诗时，她才刚满 32 岁，因而很难把她说成是诗中那位饱受岁月无情摧残的年过四十的女人。此外，多布兰系列中的那些诗虽然也有一种忧郁的基调，但其中散发出来的那种温存亲热的爱意却又是《热爱假象》中所没有的。

安托万·亚当则到《残花集》中的《怪物》(Le Monstre) 一诗中去寻找那位四十岁的女人。在这首诗的一份手稿上写有题献词"致 B……夫人"。这首诗一开篇便写到"我心爱的人儿"已经不再是一位"小娇娥"，而且诗人还把她比作一位"老公主"。亚当认为可以把这首诗的受题献者认定为《热爱假象》中的

---

① 见波德莱尔 1860 年 2 月 16 日致普莱-马拉希信，《书信集》，第一卷，第 669 页。波德莱尔在信中写道："我与卡罗纳闹僵了。算来算去，我欠他二三百法郎；但他手上有一批诗即将发表。"
② 波德莱尔 1860 年 3 月中旬致卡罗纳信，《书信集》，第二卷，第 15 页。

女主人公。《怪物》中的这位女人正好也是四十来岁,也就是说正当"秋天"的年龄:

> 我可没有觉得单调,
> 你那四十岁的活力;
> 比起春天花繁叶茂,
> 更爱你那累累秋实!
> 不!你永远也不单调!①

除了她身上深深刻下的岁月的痕迹,她还手舞足蹈,一如戏台上的舞女:

> 你的腿精壮而干枯,
> 善于登上火山之巅,
> 跳最疯狂的康康舞,
> 全不顾风雪与贫寒。
> 你的腿精壮而干枯。②

这位不再年轻的舞女的体貌特征与《热爱假象》的女主人公有着惊人的相似。要是两诗是同一时期作品,那这种认定就可以成立。但遗憾的是,两诗创作时间相距甚远,并不支持以上认定。有不止一个确切物证显示,《怪物》是在 1866 年初创作的。③ 这首诗的受题献者"B……夫人"的身份至今仍然是一个谜。她会是即将年届四十的玛丽·多布兰吗?诗人是否是出于谨慎,不愿意直接说出一位如今陷入不妙境地的故人的名字?我们不能够对此作出断定。我们只是要提请注意,玛丽·多布兰在投身演艺生涯之初用的是玛丽·布吕诺(Marie Bruneau)这一名字。就算这位"有一把年纪的 B……夫人"是玛丽·多布兰,但要把她认定为《热爱假象》的女主人公还是有问题,因为两诗在创作时间上有 6 年的差距。

是否可以从另外的思路去寻找这位"女主人公"呢?大家之所以把她说成

---

① 《全集》,第一卷,第 164 页。
② 同上书,第 165 页。
③ 见波德莱尔 1866 年 1 月 23 日和同月 26 日分别致普莱-马拉希和卡图尔·蒙德斯(Catulle Mendès)的信,《书信集》,第一卷,第 577—578 页。给普莱-马拉希的信中是用"有一把年纪的 B……夫人"(la vieille B...)来表示这首诗的。

是演员,是因为把诗中提到的"煤气灯光"当成了舞台口底部布置的排灯。可是,没有什么可以证明"煤气灯光"一定是舞台脚灯,因而也就很难说诗中的女人一定是演员。在这首诗的最初几个稿本中,即在寄给普莱-马拉希的手稿和发表在《当代评论》上的版本中,后来的"在照着她的煤气灯光中"一句在当时是写成"在照着她的煤气灯下"的,这实际上就排除了舞台脚灯的可能。这样一来,我们就可以想象诗中呈现的是这样一个情景:一位女人正走过有乐队在演奏的大厅,有可能是在音乐会上,或者更有可能是在某个舞会上,她合着音乐节拍一步一摇,引起了诗人的注意,并且让诗人幻想她身上仿佛如"王家厚重的塔楼"和"高耸的王冠"一般壮丽的"纷纭回忆"。卡罗纳没有理解"王家"一词,波德莱尔就此对他做了解释:

> 唉!你的批评刚好落在一些我认为是我最好的词语、意图和特点上。容我就我的意图对你稍加说明。(……)——"王家"一词可以方便读者理解把回忆说成塔楼般高耸的王冠这一隐喻,就像看到那些让成熟女神、繁殖女神和智慧女神低下额头的王冠一样。[1]

这个女人的外貌可以与古代的美人相提并论,在她身上有某种神圣的东西。诗人在手稿上写的确实是"神圣回忆如古代厚重的塔楼"。这让人联想到大母神库柏勒的形象,而古代作品中表现的库柏勒就是头上顶着塔楼的。这在维吉尔和杜·贝莱(Joachim du Bellay)笔下都有描写。种种迹象让我们把这首诗与《永远如此》放在一起加以考察。两首诗是同时期作品,并且同时首次发表在同一刊物上。《永远如此》的主题也是对虚幻"假象"的陶醉。诗中的女主人公被唤作"无知的傻女人",她已不再年轻,因为"我们的心已经收获过了葡萄"。但她"嘴上挂着孩子般的笑",洋溢着"过于快活的女郎"身上那种"谁都看得明白的快乐",其妖娆风情令人陶醉。最后那节的三行诗所表达的观念与《热爱假象》的最后几行是一致的:

> 让我的、让我的心陶醉于假象,
> 沉入你的眼像沉入美丽梦想,

---

[1] 波德莱尔1860年3月中旬致卡罗纳信,《书信集》,第二卷,第15页。

　　　　长久地蛰伏在你的睫毛之下！①

生活和爱情只不过是"假象",但却是一个值得去体验和经历的假象。当诗人编排《恶之花》第二版时,把《永远如此》放到了"萨巴蒂埃夫人"系列中。这似乎可以促使我们思考这样一个问题:难道不可以认为萨巴蒂埃夫人同时也是具有相同观念的《热爱假象》一诗的女主人公吗？萨巴蒂埃夫人比波德莱尔小一岁,而在 1860 年初她已经离四十岁不远。波德莱尔对她的感情是矛盾的乃至分裂的,一方面是对高不可攀且不可侵犯的"女神"的崇拜,另一方面又是对具有妇道人家的见识和灵魂的"女人"的鄙视。他在暗恋人家时,悄悄为她写诗又偷偷将诗稿寄给她,诚惶诚恐,战战兢兢,都不敢在诗稿上署上自己的名字。②等到他一朝得手,让萨巴蒂埃夫人对他以身相许,他便马上变脸,甚至说出了对一个女人来说最恶毒的话:"——简言之,我没有信义。——你有美丽的灵魂,但说来说去,那就是一个女人的灵魂。(……)几天前你还是一个女神,多么得体,多么美丽,多么凛不可犯。看你现在不过就是一个女人而已。"③诗中的"纷纭回忆"有可能是真实的回忆,即回忆的有可能就是诗人与这个女人的情感纠葛,而这位女人在他眼中时而是"守护天使、缪斯和圣母",时而又是"无知的傻女人"。

　　　　宝匣没有珠宝,颈饰缺了圣物,
　　　　比你,啊,天空,更空洞也更幽深！(第 19—20 行)

《热爱假象》中的这两句诗难道不可以被看成是对《永远如此》中那位女主人公的"无知"所做的回应。总之,要说启发这两首诗灵感的是同一人,这不是没有可能的。具体说来,诗人很可能是在某个社交场合又与萨巴蒂埃夫人不期而遇后有感而发创作了《热爱假象》。

　　但这并不排除其他解释。当这首诗被放进《巴黎图画》,它似乎又在暗示我们说,其灵感完全有可能来自于巴黎生活中任何一个偶然的相遇,就像在这

---

① 《永远如此》,《全集》,第一卷,第 41 页。

② 此处提到的诗稿是波德莱尔于 1852 年 12 月 9 日寄给萨巴蒂埃夫人的,当时题为《致一位过于快活的夫人》(À une femme trop gaie)。该诗在《恶之花》第一版中题为《致一位过于快活的女郎》(À celle qui est trop gaie)。这是《恶之花》出版后被判删除的 6 首诗之一。

③ 波德莱尔 1857 年 8 月 31 日致萨巴蒂埃夫人信,《书信集》,第一卷,第 425 页。

一章的其他诗歌中发生的偶遇一样,如:女乞丐、天鹅、老头和老太婆、盲人、过路的女子、赌徒等等。《巴黎图画》的阴沉氛围可以帮助我们领会《热爱假象》中那位"慵懒的宝贝儿"身上带有的奇怪的美("她真的好美!新鲜得古怪!")。这正是波德莱尔在关于居伊的评论中谈到的那些"花枝招展的、用人为的浓妆艳抹把自己打扮得漂漂亮亮的女人"身上的那种"可疑的美"。① 这是一种"在**现代性**中的美",这种美"来自于恶,总是没有灵性,但有时候却有一种慵倦的样子,看上去像是忧郁"②。巴黎生活提供了大量机会可以让人随时遇见这样一些女人。在七月王朝和第二帝国时期,那些可以让人寻香猎艳的场所不胜枚举,其中最主要的有瓦伦提诺舞厅(le Bal Valentino)、卡代游乐厅、普拉多歌舞厅(le Prado)、丁香园酒吧(la Closerie des Lilas)、迪沃里游乐园(les Tivolis)、伊达利花园(le Jardin d'Idalie)、帕福斯露天舞场(les Paphos)等这样一些地方。居伊用水墨画和水彩画大量表现了这些地方的生活百态。图卢兹-劳特雷克(Henri de Toulouse-Lautrec)在他的油画和粉彩画中用更有光彩的笔触所表现的也是这样一些场景。正因为巴黎提供了这样一些条件,所以这首诗的背景很可能是当时的人经常前往的某个寻欢的处所。这样一来,当它在《巴黎图画》中被放到紧挨着《死神舞》的位置上时,它便与这首诗形成了对照和呼应。波德莱尔曾就阿斯里诺的短篇小说集《双重人生》(*La Double Vie*)写过一篇书评发表在1859年1月9日的《艺术家》杂志上,其中有一段显示,"假象"的主题在他那里并不是一时心血来潮突然想到的,而是长久以来一直纠缠着他。他为这个集子中的短篇小说《假象》(*Le Mensonge*)所写的文字也可用以阐明他自己诗歌的某方面的内容:

> 《假象》以一种既巧妙又自然的形式体现了全书的总体关切,可以把这本书叫做:《论逃避日常生活的艺术》(*De l'art d'échapper à la vie journalière*)。(……)《假象》的主人公并不像大家所认为的那么罕见。一个永久的假象点缀着、装饰着他的生活。(……)破坏虚构,为自己揭穿谎言,拆毁理想的脚手架,哪怕是许以现实的幸福,这对于我们的梦想者来说是绝不可能做出的牺牲!他将甘于贫穷和孤独也要忠实于自己,坚

---

① 详见波德莱尔《现代生活的画家》中《女人和姑娘》一章,《全集》,第二卷,第718页起。
② 同上,第718和720页。

定不移地从自己的头脑中获取自己人生的全部装饰。①

要是我们认可这首诗的灵感来自于半社交场合的偶遇,那"女主人公"的候选人就太多了。不同的信息可以证实不同的猜想。皮舒瓦在研究了各种可能的推断后,认为不可能得出统一的结论。我们相信,在别无他法的情况下,对这个问题最明智的态度就是像皮舒瓦提议的那样,不要纠缠于女主人公的身份,而要根据《巴黎图画》所提供的语境来阐释这篇作品。

在寄给普莱-马拉希的手稿上可以看到,这首诗最初的标题是《装饰》(Le Décor)。在法语中"le décor"一词也指用于舞台装饰的布景。这个词出现在诗中的最后一行。在手稿和发表在《当代评论》上的版本中,这首诗的正文前都引用了三行诗作为题词:

> 她甚至仍然葆有假借的鲜艳,
> 那是她在脸上巧施脂泽粉黛,
> 把沧桑岁月留下的伤痕掩埋。

紧接在题词后面,手稿上写的是拉辛(Racine)的名字,杂志上写的是《阿达莉》(Athalie)。这几行诗出自拉辛悲剧《阿达莉》中的一个著名段落"阿达莉的梦"。诗人把这首诗放入《巴黎图画》时放弃了题词。的确,题词和静态的标题《装饰》只符合诗中的部分内容,过于强调一个次要因素,即女人借涂脂抹粉的把戏努力让自己保持美丽。虽然题词确实可以让某些诗句和某些细节变得更清楚明了,但我们从中读不到对于"假象"的激赏。所谓"假象"可以是胭脂花粉的化妆,也可以是执意追求的幻想,而诗人是怀着一种吊诡的态度热衷于此。最终的标题——《热爱假象》——便是以矛盾修辞的方式最好地传达出了这首意蕴暧昧的诗歌中所包含着的深刻的感情和思想。

十、《致一位女路人》

随着波德莱尔把梦和执意追求的幻想这样的主题引入到诗歌创作中,他便越来越多地思考人的生活无论在物质层面还是在精神层面的变幻无常,而且也越来越倾向于表现带有悖论或矛盾特点的微妙感受和情怀。他的这种倾

---

① 波德莱尔:《阿斯里诺的〈双重人生〉》,《全集》,第二卷,第89页。

向非常明显地表现在发表于 1860 年 10 月 15 日的《艺术家》杂志上的几首诗中。在这一批诗中有两篇"巴黎图画":《致一位女路人》和《盲人》。除了这两篇外,其他几首中的《惬意的恐怖》(*Horreur sympathique*)、《痛苦之炼金术》(*Alchimie de la douleur*)、《美神颂》(*Hymne à la Beauté*)都具有对情感和形而上方面的悖论进行思考的明显特点。

《致一位女路人》一诗为我们呈现了诗人在巴黎街头与一位美丽的陌生女子擦身而过的邂逅。这个美人的身形容貌让诗人顿感"迷人的柔情、夺命的快乐"。她刚一出现又倏忽消失在人群中,徒留下诗人喟叹人生在时间和空间上的空虚:

> 难道我只有在来世与你相见?
> 太远了!太迟了!也许永不可能!(第 11—12 行)

这首诗作于 1860 年 7 月之前。波德莱尔在这个月初寄给普莱-马拉希的关于"《恶之花》现状"的清单中,把这首诗列入了"已经完全写好的篇目"①。诗人与这位美人的邂逅很可能确有其事。在他于同年 5 月 2 日写给普莱-马拉希的信中,可以看到这样一段多少有些神秘的话:

> 我想起那位用纸牌算命的女人给我说的话,她预言我会遇见这样一位女子,个头很高,身材很苗条,肤色很深,年龄在……而我确实遇见她了。②

"个头很高","身材很苗条"完全符合诗中那位美丽女子"颀长、苗条"的体貌特征。邂逅本是一平凡之事,而它对于诗人的重要性在于他在诗人身上唤起了悸动和波澜。

全诗的首行一起句就定下了通篇的基调:"大街震耳欲聋,在我周围咆哮。"这意味着这首诗是一幅关于巴黎的速写,其所呈现的场景与居伊在他那些素描画稿中所表现的十分接近。波德莱尔在接触这位艺术家的画作过程中形成了关于略图草样和速写当下的美学思想,而他正是根据这种美学思想创作了这首十四行诗。这种波德莱尔曾在《天鹅》的第一部分中运用过的方法,

---

① 波德莱尔 1860 年 7 月 6 日致普莱-马拉希信,《书信集》,第二卷,第 60 页。
② 《书信集》,第二卷,第 37 页。

最适合于记录那种有如黑暗中的爆炸般一闪而过的形象。不过,在对待场景的态度上,波德莱尔与居伊又大有不同。居伊哪怕是在与人群"融为一家"时,也不会在自己的作品中现身,而波德莱尔则饱含情感地出现在自己的诗中,而且还仿佛对眼前突然出现的形象感到如遭电击般的一见钟情。

这位交臂而过的女子之所以让诗人兴奋不已,是因为诗人在她身上看到了他所能构想出来的关于美和幸福的最完美的观念。诗人表达的那种柏拉图式的爱慕之情令人印象至深。与这种爱慕之情紧密相连的是波德莱尔式的天命观念,是天命注定了两个人的邂逅,而当诗人看到这位迎面而来的女子投来一瞥,他便了然了这点。让诗人"突然间重获新生"的这一瞥,正是波德莱尔对一位被他称作玛丽夫人(Madame Marie)的女士歌唱过的那种"天使般的目光":

> 我死去了,是你让我重获新生。(……)我在你天使般的目光中啜饮不为人知的快乐;你的眼睛让我懂得什么是最完美、最微妙的幸福。从今往后,你是我唯一的女王,是我的激情和美丽之所在,你是我的一部分,是由精神要素构成的。
>
> 由于有了你,玛丽,我将会变得强大和伟大。我要像彼特拉克那样,让我的劳拉(Laure)万古流芳。请成为我的守护天使、我的缪斯和我的圣母,并且领我到美之路上。①

诗人想要在散文诗《绘画的欲望》(Le Désir de peindre)中呈现的也是这种目光:

> 我渴望画下她的模样,她好不容易出现在我面前,却又一闪而过,就像是夜色中留在游客身后的某种令他生气和遗憾不已的美景。她已经消

---

① 波德莱尔1852年初致玛丽夫人信,《书信集》,第一卷,第182页。阿尔贝·弗伊拉和雅克·克雷佩认为这封信是写给玛丽·多布兰的。皮舒瓦则认为最好不要把"玛丽夫人"同玛丽·多布兰小姐混为一谈。引文中最后一句与为萨巴蒂埃夫人而作的十四行诗《今宵你要说什么,孤独的灵魂》(Que diras-tu ce soir, pauvre âme solitaire)中的最后一行非常接近:"我是守护天使,是缪斯和圣母。"(《全集》,第一卷,第43页)究竟是玛丽夫人,玛丽·多布兰小姐,萨巴蒂埃夫人,还是一位擦肩而过的女路人?重要的不在于鉴定这位女子的身份,而在于要看到波德莱尔执拗地将同样一些词语用在不同的人身上,而这都是一些让他用情至深的人。

失许久了！

　　她长得美，而且还不止于美；她简直就是惊艳。她浑身上下都是浓重的黑色：让人想到的就只有黑夜和幽深。她的双眼是两个洞穴，隐隐约约地闪烁着神秘，她投出的目光像闪电般明亮：那是黑暗中爆炸的光芒。

　　我想把她比作黑色的太阳，要是真可以设想有一个黑色的天体在倾泻光明和幸福的话。①

诗中的女路人"一身丧服"，这让她身上的美丽因带有痛苦和悲伤的色调而愈加显得庄重。在稍晚于《致一位女路人》的散文诗《寡妇》中，有一段文字似乎是对这一构思的发挥：

　　这是一位高大、端庄的女人，神态高贵，我不记得在往日的贵妇名媛中见过这样的女人。她通身散发出德行高洁的芬芳。她的面容忧伤而清癯，与她那一身孝服如此般配。②

不幸的是，眼前的美丽转瞬即逝："电光一闪……复归黑夜！——美人走远。"奈瓦尔曾在《卢森堡公园的小径》(*Une allée du Luxembourg*)中，以典型的浪漫主义笔调对短暂易逝的美丽和幸福表达了痛惜之情：

　　她走远了，妙龄少女
　　活泼如飞燕般身轻：
　　口中哼着一支新曲，
　　明艳的花握在掌心。

　　这当是世上的唯一
　　能够与我心心相印，
　　进入我深沉的夜里
　　明眸一瞥点亮黑阴！

　　可是，不，——我不再年轻……

---

① 《全集》，第一卷，第 340 页。
② 同上书，第 294 页。

> 再见,照亮我的柔光,——
> 芳香,祥和,少女妙龄……
> 幸福去了,——逃向远方!①

我们注意到奈瓦尔的这些诗句抒情有余而描写不足,因而也就缺少波德莱尔诗中那种暗示启发的力度。

波德莱尔诗中有这样一种律动,即先是命中注定的邂逅和一眼认出梦中情人,随即又是天命难违的离别,而在他之前,贝特律·包雷尔也似乎表现过这种律动。包雷尔在一篇短篇小说中这样写到男主人公与一位女路人的邂逅:

> 唉!邂逅一位深深吸引你、令你为之折腰、让你心生欢喜的人儿可真是一件伤心痛苦的事情。人们在散步的小径上、在舞会上、在旅途中、在教堂里都见到过这样的人,你投去一个眼神,对方还你一个秋波,(……)这就已经是爱情了,是爱情在心里扎根。

可是女路人转眼间便没了踪影:

> 喘口气的功夫(……)身影便幽灵般消失了,让人惊诧不已,沮丧颓唐。对我来说,一想到再也看不到让我们眼前一亮的电光一闪,(……)想到本来是要在今生和来世幸福恩爱的一对儿永远分开了,反要在痛苦中苟延余生,永远再也找不回那种令他们两情相悦、心意相合的灵魂状态了;对我来说,一想到这便深感痛楚。②

这段文字的确值得引起波德莱尔学者们的注意。一些在这一领域最权威的学者,如雅克·克雷佩、罗贝尔·维维耶、安托万·亚当、克洛德·皮舒瓦等,都引用了这段,要么是作为可能的渊源,要么是作为有意思的对比以说明波德莱尔的诗句。波德莱尔诗句中表现的一见钟情的心理活动以及痛苦的感慨,在包雷尔的这段文字中也有表现。这样的邂逅之所以令人心碎,是因为不期而遇本身就包含着紧接下来的永别。理想真的是可以企及的吗?美真的是空无

---

① Gérard de Nerval, *Odelettes*, *Œuvres complètes*, éd. cit., t. I, 1989, p. 338.
② Pétrus Borel, *Dina la belle Juive*, *Champavert*. 转引自 Jacques Crépet, *Les Fleurs du mal*, *Les Épaves* (édition critique), Louis Conard, 1922, p. 456.

实质的虚幻吗？人们不禁会发出这样的追问，而这一追问既涉及美学问题，也涉及形而上的问题。

十一、《盲人》

有人要寻找"永远找不回来的东西"，有人要寻找理想的梦想，有人要寻找令人安慰的虚幻假象，他们会得偿所愿吗？他们不会得偿所愿吗？魅惑于不可能达成之事，这究竟是这些寻找者的虚妄还是他们的特权？《盲人》一诗正是试图回答这样的问题。这首诗呈现了一个令人惊愕的场面：一群盲人，相貌"有些滑稽可笑"，虽然什么也看不见，却抬眼向天，在天空中找寻某种根本看不见的东西。

在构成 1861 年版《巴黎图画》的 18 首诗中，《盲人》是最后写成的一首。它与《致一位女路人》一道首次发表在 1860 年 10 月 15 日的《艺术家》杂志上。它的创作时间无疑是在这年 7 月到发表这首诗的日期之间。波德莱尔曾在 7 月 6 日将一份关于"《恶之花》现状"的清单寄给普莱-马拉希，其中列出了将用于新版《恶之花》的"已经完全写好的"篇目 32 篇，在这 32 篇中包含了 9 首后来进入《巴黎图画》的新作，唯有《盲人》没有列入。[①] 我们有理由认为这首诗在当时还没有写出来。

这首诗发表几个月后，维里耶·德·利尔-亚当致信诗人，对"这些雕塑般的诗句"大为称道，他还向诗人透露说大音乐家瓦格纳也十分欣赏这首诗，并且还会背诵。[②]

研究波德莱尔的学者们为这首诗提出了两个方向的渊源：一为书本渊源，一为造型艺术渊源。

先来看看书本渊源。这首十四行诗所表现的，与一个在浪漫主义作品中得到丰富表现的主题紧密相关，即把失明看作是一种能够看见内心之光的天赋才能。19 世纪的许多作家都把失明与洞观的异禀联系在一起。盲人从变幻不定的色相世界中解脱出来，因而能够洞悉凡人不能得见的神的旨意或万物的本质。雨果《致一位盲人歌者》(À un poète aveugle) 中的著名诗句再好

---

① 详见《书信集》，第二卷，第 60 页。
② 见维里耶·德·利尔-亚当 1861 年春致波德莱尔信，Lettres à Baudelaire, op. cit., p. 388.

不过地表达了这层意思：

> 盲人于黑暗中看见光华世界。
> 肉眼失去光明，心眼洞若观火。①

对于浪漫主义者来说，双目失明并不只是表示赋予盲人超自然的感知力，它同时也意味着让先知先觉遭受的厄运，意味着将他们逐出常人社会的惩罚。安德烈·谢尼埃也写有题为《盲人》(L'Aveugle)的诗歌，表现了古代行吟盲诗人荷马(Homère)在人世间遭受的屈辱。失明不仅象征着诗人游离于社会之外而具有异于常人的才能，同时它也是与这种才能必然联系在一起的，是他能够预卜未来的才能带来的结果，或者说是众神为了平衡他的预言本领而对他施加的惩罚。古希腊神话中底比斯城(Thèbes)的忒瑞西阿斯(Tirésias)能够预知神谕。丰特奈尔(Bernard Le Bovier de Fontenelle)就此写道："忒瑞西阿斯成为瞎子，就是因为窥探了神的秘密。"②在法国浪漫主义成熟期的一些重要作品中，神的挑选惠顾和神的惩罚这两种主题总是紧密相连的，这在福楼拜、戈蒂耶和波德莱尔等人笔下都有表现。

在福楼拜的《包法利夫人》(Madame Bovary)中，爱玛(Emma)因走投无路而吞砒霜自尽时，恰有一位瞎子乞丐来到永镇(Yonville)。这人的出现仿佛一面镜子，让爱玛看到了自己的命运：她渴望理想，却又像瞎子一样不知路在何方，最终因为这种渴望而落了个身败名裂、自我毁灭的下场。如同那位唱着歌的瞎子一样，小说的女主人公为读者呈现出来的是遭到贬黜和毁损的诗人的形象。

戈蒂耶在他的《盲人》(L'Aveugle)一诗中表现了盲人隔离于凡尘的主题。这首诗于 1856 年 7 月发表在《艺术家》杂志上，而四年后波德莱尔也是在这份刊物上发表了自己的《盲人》。戈蒂耶这首诗是采用交叉韵的八音节诗，共六节，诗中描写了一位被诗人称作"白日幽灵眼目长眠"的盲人音乐家的形

---

① V. Hugo, Les Contemplations, t. I, Autrefois, 1830-1843, op. cit., p. 81.

② Fontenelle, Éloge de M. Cassini, Œuvres de Fontenelle, Saillant, Desaint, Regnard et des Ventes de la Doué, 1767, t. VI, p. 363. 完整引文如下："真像寓言一样一语成谶，这两位伟人(指伽利略(Galilée)和卡西尼(Cassini)——引者注)在天空中发现了这么多东西，其命运与忒瑞西阿斯何其相似，而忒瑞西阿斯成为瞎子，就是因为窥探了神的秘密。"

象。线条勾勒的清晰利落并不妨碍诗人谋求掠奇夺怪的用意：

> 与他相遇白日无光；
> 阴沉之中他只听见
> 昏天黑地轰轰作响
> 有如激流高墙外面！
>
> 有谁知道黑色梦想
> 如何纠缠晦暗头脑！
> 思想又会写下怎样
> 潦草字谜在这头脑！①

盲人听见他周围"昏天黑地"的激流"轰轰作响"。这里的"激流"完全可以看成是繁忙城市生活的隐喻，就像波德莱尔诗中那个"歌唱、大笑、狂叫"着的城市一样。"昏天黑地轰轰作响"一句又可以让人感受到某种超现实的意味。也就是说，肉眼视力的缺失引领盲人超越现实，直入于幻想的王国。有论者把这个盲人看成是诗人的化身，换句话说，诗人被比作这样一位盲人，他能听见"昏天黑地"（即昏沉的世界和看不见的生活）的轰鸣发出的讯息，而他被黑色梦想纠缠着的头脑写满了常人不能了然的字谜。幻想至死纠缠着盲人或诗人，这正是戈蒂耶诗中最后几行探讨的内容：

> 也许等到殡葬时候，
> 死神之风吹灭火烛，
> 灵魂沉于黑暗之后
> 墓穴之中看得清楚！

戈蒂耶诗中表现的这种由死亡引起的启悟，可以在波德莱尔诗歌的"无尽的黑暗，／这永恒寂静的兄弟"这样的文字中找到回应。在波德莱尔诗中，诗人先是惊骇于眼前一队盲人动作形貌的古怪，随后又转而反省自身的"愚钝"。与戈蒂耶不同，波德莱尔诗中的失明并不引向内心的洞察力，而是表示对幻想的

---

① 这首诗发表在1856年7月6日的《艺术家》杂志上（1856年，第二卷，第9页）。后收录到1858年的《珐琅与雕玉》第三版（书上标的是第二版）中。

虚妄茫然不觉的"愚钝"。本来被认为是所有人中最具有洞察力的诗人,反而比盲人还要"愚钝"。如果说戈蒂耶是要用梦幻来填平裂隙,那波德莱尔则是让裂隙变得更深。戈蒂耶试图为渴望洞悉世界真意和灵魂境遇的意识谋求一条途径,哪怕是一条与死亡相伴的途径,而波德莱尔却没有为饱受威胁的内心指出任何一条出路。

克雷佩在 1922 年出版的由他所编的《恶之花》版本中指出,波德莱尔写这首诗时有可能想到了霍夫曼的《堂兄楼角的小窗》(*La Fenêtre du coin du cousin*)中的某些文字。这篇短篇小说收在《短篇遗作集》(*Contes posthumes*)中,由尚弗勒里翻译成法文,于 1856 年出版,在其中可以看到以下对话:

> 我说:"能够一眼就认出瞎子,这真乃绝妙之事,就算他没有闭着眼睛,脸上也没有什么东西显示这种残疾,只要看他把头扭向天上的样子就行了,所有的瞎子都是这样的。他们好像是要执拗地在包围着他们的黑夜中见到一点光明。"
>
> 堂兄说:"没有什么比看见这样一个瞎子把头抬向空中好像望着远方的样子更让我心潮起伏的了。对这个不幸的人来说,生活中的辉光已经消失了;但他内心的眼睛却满怀着希望与极乐的慰藉,竭力要发现在另一个世界中为他闪现的永恒光芒。"①

这段对话很好地解说了在盲人身上经常见到的举止,尤其是头部姿势,它应当会比其他任何作品都更给波德莱尔留下深刻印象。这难道不是那个像"奥维德笔下的人"一样举头望天的"既滑稽又高贵"的天鹅的姿态吗?但波德莱尔的诗不是对霍夫曼作品的诗体改写。与戈蒂耶那首诗的情况一样,波德莱尔诗中的感情和语气与霍夫曼相去甚远。霍夫曼相信"永恒光芒"并对盲人的希望表示首肯,波德莱尔显然不是要对此做一个忠实的转述或阐述,因为他在诗中没有肯定任何东西:他只是像茫然无知的人那样发出追问,怀着极端的不安甚至恐慌,试图探测神秘的深度。

我们是否还可以像哈兹菲尔德(Helmut Hatzfeld)所提议的那样,到但丁

---

① 转引自 Jacques Crépet, *Les Fleurs du mal* (édition critique), *op. cit.*, p. 455.

的《神曲》(*La Divine Comédie*)中去寻找这首诗的来源呢?① 在《炼狱篇》(*Purgatoire*)第13歌中,但丁描写了一些盲人,他们像波德莱尔笔下的盲人一样在身体和心灵上被双重剥夺了光明。这是一些因为忌妒而遭受惩罚的人,眼皮用铁丝缝在一起,既看不见太阳和天光,也看不见当初令他们忌妒的对象。这些可怜人的眼前是一片虚空,他们跟跟跄跄,只有笨拙地彼此肩靠着肩互相支撑着。他们还没有完全失去希望,因为他们知道只要忍受住磨炼,总有一天他们会看见太阳并进入天堂。不过,但丁笔下的盲人与霍夫曼笔下的盲人一样,仍然保持着见识永恒之光的希望,而写作《盲人》的波德莱尔则完全不是这样。

这种三五成群的盲人队伍,诗人是每天都可以在巴黎的大街上见到的,然而要把他看到的景象做成艺术象征的这一想法,有可能来自于他记忆中表现同类题材的某件造型艺术作品。波德莱尔诗中那些盲人滑稽怪诞的相貌表情让人想到戈雅绘画的某些特点,当然,这种影响不是体现在一些具体的细节上,而是体现在画面的整体氛围上;此外,尤其还会让我们想到老勃鲁盖尔(Brueghel le Vieux)——亦称"怪人勃鲁盖尔"(Brueghel le Drôle)——的油画《盲人的寓言》(*La Parabole des aveugles*)。对《盲人》一诗是否源自于勃鲁盖尔的这幅油画,克雷佩表示了怀疑的态度。诚如他所说,这幅作品的原件收藏在那不勒斯(Naples)的博物馆里,其复制品于1893年才进入卢浮宫。但波德莱尔完全有可能看到过某件临摹品或印刷品。波德莱尔对老勃鲁盖尔的作品了如指掌,这有他在《论几位外国漫画家》(《 Quelques caricaturistes étrangers 》)一文中就这位画家所写的两页文字为证。要是他手头没有"一批"根据这位画家的作品制作的铜版画或石版画,要写出这些文字是不可能的。在波德莱尔的诗歌与这幅画之间存在着的具体而为数不少的关系可以打消我们的怀疑。波德莱尔笔下的盲人就像在这位弗兰德斯画家的作品中一样,面目丑得可怕,动作举止与木头人无异,像梦游者一样一步步挪动脚步,完全是勃鲁盖尔画中那些木偶般人物的僵硬姿态。在这两个作品中,盲人都把头转向天空,用他们空无眼珠的眼睛在天上搜寻着什么东西。波德莱尔诗歌起首几行中那种既谐谑又残忍的语气,强化了外貌描写上从画作中借用的丑陋狰狞的效果。

---

① 见 Helmut Hatzfeld, *Initiation à l'explication de textes*, Munich, Max Hueber, 1957, p. 131.

勃鲁盖尔的画是在画家去世前一年的1568年完成的。画中人物的每一个相貌特征都对应着一个具体的失明情况：角膜白斑，眼球萎缩，等等。作品阐明的是《圣经》上的话："任凭他们吧！他们是瞎眼领路的；若是瞎子领瞎子，两个人都要掉在坑里。"[①]人物在画面中占据的重要比例，以及他们一个拉着一个走上险路的动作，让观者免不了有一种惊惶不安的感觉。这个关于盲人的寓言是一幅表现人类盲目奔向悲剧命运的寓意画。生活的过程就是一个幻想，是一个梦。因此，人无论是安于现状还是试图在生活中找到自己的方向，其结果都大同小异，都摆脱不了悲剧性的结局。与人的命运相伴随的是世人的冷漠，没有谁对盲人的遭际加以留意。看画中第二个盲人，眼眶空洞，面向观众张大嘴巴发出无声的叫喊，仿佛是要让观众对他们遭世人遗忘的处境作一见证：他悲哀的呼唤是不可能得到回应的。在波德莱尔诗中也可以见到世人对盲人命运的冷漠这一主题。诗中写道：整座城市"歌唱、大笑、狂叫，／沉湎于逸乐直到残忍的地步"，对那些被囚禁在黑暗世界中跌跌撞撞的人毫不在意。勃鲁盖尔作品的对角线构图和人物姿态都将观众的目光引向盲人行进的斜坡和他们必定坠落其中的水面，这样的构思意味着人逃脱不了自己的缺陷。可以从作品中获取的教训是极为苦涩的：盲人抬眼望天却又坠入深渊。波德莱尔在展现画中动作的同时又超出了简单的描写，在诗中引入了诗人返观内照的内容，并由此将全诗的结构引向最后一句的追问：

  看！我也举步难！比他们更愚钝，
  我说：盲人究竟在天上找什么！（第13—14行）

通过这一充满疑惑又极具讽刺意味的追问，诗歌拓宽了也深化了寓意画中盲人形象所包含的蕴意：人虽然不能够接受自己的无知，但却又注定不享有把握自己精神处境的自由。我们从《盲人》一诗中可以感觉到由幻象和荒诞交织在一起形成的充满了纠结和矛盾的力量。

  波德莱尔就勃鲁盖尔那些绘画所做的评论，不仅可以当作对《盲人》一诗的某种阐释来读，而且也可以看做是对他自己1857年以来创作的那些"巴黎

[①] 《马太福音》，第15章，第14节。参见《路加福音》第6章第39节："耶稣又用比喻对他们说，瞎子岂能领瞎子，两个人不是都要掉在坑里吗？"

图画"的解说：

> 在怪人勃鲁盖尔那些充满奇思异想的画作中，幻觉的威力展露无遗。倘若不是从一开始就被某种不为人知的力量推动着，哪位艺术家能够创作出如此诡谲恢诞的作品？（……）如果不说这是某种特殊的、撒旦的恩赐，那我倒要看看谁能够把怪人勃鲁盖尔的那种既恶毒又谐谑的大杂烩说个明白。只要你们愿意，"特殊的恩赐"一语也可以替换为"疯狂"或"幻觉"等词，但其中幽玄的神秘并不因此而稍减。收藏所有那些画都会受到传染；怪人勃鲁盖尔的滑稽让人头晕目眩。一个人的智力怎么会包含如此多的魔法和奇迹，产生并描绘出如此多骇人的荒诞？①

《盲人》在时间上为波德莱尔创作巴黎诗歌的高产时期画上了句号。从《风景》到《盲人》，波德莱尔的巴黎诗歌逐渐从表现日常生活场景发展到表现现代的幻想和神奇，并由此走上了一条更多是思考形而上问题而不是社会问题的道路。随着悲观情绪的加深，他的诗句也越来越具有阴沉的氛围，诗中意象所寓含的意义也越来越晦暗。在艺术层面，暗示启发和呼神唤鬼的美学——不是概念化的美学——强化了这些关于巴黎的"图画"所具有的深度，而这种深度尤其体现在对于情感上和精神上的矛盾和悖论的揭示。这就让这些"图画"的作者成为了最好地将现代的"腐朽"化为艺术的"神奇"的诗人，成为了在让巴黎真正成为抒情诗主题的过程中贡献最丰的诗人。

第四节 最后的"巴黎图画"

经过数年准备，《恶之花》第二版终于在 1861 年 2 月面世。在这个版本中，新增的《巴黎图画》一章有诗 18 首，全是有关城市——在城市中"恶"之花的绽放更胜于别处——和城市中各色人物的。增加这一章并不是一个权宜之计，好把那些不知该置于何处的诗歌收罗在一起，而是标志着一个新的诗歌主题进入了波德莱尔的诗歌灵感，而这一新主题在作品新的谋篇布局中占有一席之地。波德莱尔还同时调整了其他章节的顺序，而且在这些章节中也调整

---

① 波德莱尔:《论几位外国漫画家》,《全集》,第二卷,第 573—574 页。

了许多诗歌的顺序。改动如此之大,以至于可以说这个新版是一个全新的诗集。① 波德莱尔于人于己一向都非常严格,他对自己诗集的这个新版应该是感到满意的,他在诗集出版前夕写给母亲的信中掩饰不住这种情绪:

> 《恶之花》杀青了。现正在做封面和肖像。新增了 35 首诗,每篇旧作也都焕然一新。
>
> 我平生第一次几乎可以说感到高兴。这本书几乎可以说做得不错,而且,这本书将成为我对一切事物的厌恶与仇恨的见证。②

即使在增添了那么多篇目之后,新诗集也只有 319 页。然而正是从这一厘米厚的诗集中,诞生出了现代诗歌。其中如《天鹅》《小老太婆》《远行》等这样一些新创篇什都是波德莱尔诗歌的顶尖之作。这部诗集标志着波德莱尔创作才能的最高峰,将他高超的诗歌艺术展现得淋漓尽致。因而对我们来说,1861 年的这个版本是波德莱尔在诗歌方面思想见解的终极体现。

一、波德莱尔在《恶之花》第二版之后的诗歌创作

1861 年后,波德莱尔的诗歌创作仍在继续,但我们看到他的诗才在一点点地枯竭。在创作于这一时期的诗歌中,少有表现出上一时期那种空明灵动的。导致这点的原因,有可能是他在肉体和精神上的"深渊"让他备受其苦,正如他在一篇笔记中所坦言的那样:

> 无论在精神上还是在肉体上,我一直都有坠入深渊的感觉,不仅仅是睡眠的深渊,而且也是行动、梦幻、回忆、欲望、悔恨、内疚、美、数目等等的深渊。
>
> 我带着快意和恐惧培育自己的歇斯底里。我现在一直有晕眩之感,就在今天,1862 年 1 月 23 日,我遭到一个奇怪的警告,我感到有**痴愚的翅膀扇起的风从我身上掠过**。③

---

① 我们应当记得波德莱尔在 1858 年初就已经开始谈论"第二个初版"了。见波德莱尔 1858 年 2 月 19 日致普莱-马拉希信,《书信集》,第一卷,第 453 页。
② 波德莱尔 1861 年 1 月 1 日致母亲信,《书信集》,第二卷,第 113—114 页。
③ 波德莱尔:《身心健康》,《全集》,第一卷,第 668 页。

肉体上的深渊感也许是疾病的先兆。吸食鸦片和放纵的生活像毒菌一样侵蚀诗人的头脑和身体。这一先兆在四年后得到证实：1866年3月，诗人终于一病不起，在偏瘫和失语症的折磨中又度过长达一年多的弥留期，最后坠入万劫不复的深渊。精神的深渊也让他在灵魂上饱受煎熬：地狱是深渊，天堂是深渊，人心是深渊；眼之所见，心之所感，无一不是深渊。他发表在1862年3月1日的《艺术家》杂志上的《深渊》(Le Gouffre)一诗，就表现了面对虚空而感到的巨大的诱惑与迷恋、茫然与困惑。

新版《恶之花》的出版让作为艺术人的波德莱尔大获成功，但与此同时，作为社会人的他却又是彻底失败的：他没有家庭，得不到爱，生活拮据，总是入不敷出。他梦想着财富和幸福，而现实却恰恰相反，让他经历着既缺乏经济保障又没有爱的窘困生活状态。一面是现实生活的窘迫，一面是"超我"(le surmoi, superego)的高远心意诉求，这注定让他的愿望不能得以实现。极度的焦虑和不安由此而生，让他感到在生活中的惨败，也让他害怕终有一天会看到艺术原来也只是虚妄。这种焦虑和不安渗入了他的诗歌创作中。夏尔·莫隆(Charles Mauron)在《最后的波德莱尔》(Le Dernier Baudelaire)一书中运用精神分析批评法，用"创造者的自我"(le moi créateur)和"社会人的自我"(le moi social)两者之间的差距来解释波德莱尔诗歌创作的萎缩。他认为这是由于"创造者的自我"逐渐让位于"社会人的自我"所导致的结果。诗人在这一时期的散文诗中越来越把自己认同于生活中失意潦倒的一类人，这基本上可以佐证莫隆的上述看法。莫隆同时也指出，对于波德莱尔来说，个人在社会意义上的失败又有可能在另一块土地上结出硕果，因为像波德莱尔这样的人懂得通过大胆开发处女地，把日常生活中的失败表现成艺术品。他在发表于1862年8月27日《新闻报》上的散文诗《凌晨一点钟》中，感叹自己的虚弱和无能，并且向上帝乞怜，让他写出几行美丽的诗句。而波德莱尔的神奇之处就在于，他将这种感叹和乞怜本身做成了一篇美丽的作品。我们看到，在这个他最时运不济、窘困潦倒的时期，他的诗歌创作虽然日渐枯萎，但与此同时，他却又相应在散文诗的创作方面绽放出"新花"。莫隆指出，散文诗的创作不仅仅是出于美学的考量，即不仅仅是为了发现一种相当灵活的诗意散文以适应"一种更抽象的现代生活"①所包含的丰富内容,这同时也体现了诗人要摆脱文学体裁的高下和社会等级的贵贱双重束缚的强烈意志。波德莱尔正是主要通过散文诗继续着他对巴黎主题的发掘。而在韵体诗方面,真正意义上的巴黎题材几乎完全绝迹了。

我们有必要花点时间来看看波德莱尔原本为《恶之花》第二版所写的两篇《跋诗》(*Épilogue*)草稿,这是波德莱尔关于巴黎所写下的最后的韵体诗作品。这两篇东西构成一个互为相关的整体:一篇有34行,其中有些诗行并不完整,应当是另一篇的初稿;另一篇分成5个诗节,每节有3行,不过,从这些诗节的律动来看,应当还有内容更多的后续文字,可见这篇东西也是没有最终完成的。阿斯里诺和邦维尔在为筹备出版波德莱尔遗作而整理他手稿的过程中发现了用三行诗形式写成的这篇《跋诗》,可能是考虑到其中的巴黎题材,就把它放到了《巴黎的忧郁》的末尾。罗伯特·柯普认为这样的安排是错误的,并且指出这首《跋诗》的真正位置应当是在《恶之花》的末尾,这样就刚好与序诗《致读者》形成呼应。② 他也认同这两篇内容不尽相同的草稿都是准备用作《恶之花》的同一篇《跋诗》。

我们知道,在波德莱尔那个时代,用一首跋诗为诗集作结的方法颇为流行。波德莱尔的这篇《跋诗》应当作于1860年。他在筹备诗集新版的过程中曾于这年7月致信普莱-马拉希,信中提到的那份草稿无疑就是这篇《跋诗》:

> 我在全力弄《恶之花》。你不日就会收到你要的这批稿子,其中最后那篇,或者也可称作跋诗,是对巴黎而发的,将令你吃惊不已,当然要是我真能够把它写完的话(用的是响亮的三行诗形式)。③

他稍后还寄给这位出版商一份关于"《恶之花》现状"的清单,在清单开头部分列出的"五个尚未完成的篇目"中就有这篇《跋诗》。波德莱尔还特意注明这篇《跋诗》是"献给巴黎的颂歌,表现从蒙马特尔高地俯瞰下的巴黎"④。这篇《跋

---

① 波德莱尔:《致阿尔塞纳·胡塞》(*À Arsène Houssaye*),《巴黎的忧郁》,《全集》,第一卷,第275页。
② 见 Robert Kopp, *Petits Poèmes en prose* (édition critique), *op. cit.*, p. 371 *sqq*.
③ 《书信集》,第二卷,第57页。这封信上没有标明日期。克雷佩把这封信的时间定在5月。皮舒瓦则根据信中的内容和当时的背景情况推定这份信的日期是在1860年7月初。
④ 波德莱尔1860年7月6日致普莱-马拉希信,《书信集》,第二卷,第59页。

诗》起首几句这样写道：

> 我心实在欢喜，登临山岗之上
> 可以居高临下放眼俯瞰城市，
> 医院、妓院、炼狱、地狱，还有班房，
> 丑恶如同鲜花到处争妍斗奇。①

但波德莱尔后来还是放弃了以一首跋诗为《恶之花》作结的想法。柯普解释说这是由于这篇作品没有来得及写完的缘故。这种解释显然并不充分。两篇草稿都同样充满了诗人对城市发出的爱恨交加的呐喊，其实这样的内容只能名正言顺地适用于《恶之花》中的部分作品，也就是说适用于《巴黎图画》这样的章节，而要用于整部诗集却并不合适。而且从美学层面看，这两首诗中虽然也不乏有一些绝妙的诗句可以体现波德莱尔对城市诗歌的追求，并且表现了他对于城市所抱有的不无矛盾和悖论的态度，但它们在总体上远不属于诗人最好的作品之列。皮埃尔·西特龙对这个问题的阐述颇有启发意义。他解释说，《跋诗》之所以会以失败告终，是因为韵体诗这种抒情形式在表现城市生活这种史诗般的领域方面已经达至饱和状态。西特龙注意到，波德莱尔希望"要么通过一些能够照亮城市各个角落的意象，要么通过列举一些能够体现其主要面貌的事物，以一首诗达成对城市的综合表现，勾勒出其整体形象，一气呵成地对其进行全面把握"②。波德莱尔的两篇《跋诗》都是朝着这个方向所做的努力，而实际情况是他的这两次尝试最后都无果而终。西特龙并未就此打住，他继续解释道：

> 一想到他留下来的没有写完的诗歌少之又少，而他却没有写完这两首诗中的任何一篇，两次都以失败告终，这真是意味深长：他只能放弃对客观巴黎繁复难解、变化多端的现实作总体把握的企图。但在巴黎这个本该由史诗来表现的形态繁多的对象面前的失败，这仍然还是内心抒情的某种胜利：以如此令人称道的协调方式构思出了自己的结构和自己的范围，又在放弃它们之际知道自己对之无能为力，这仍然是一首诗歌的某

---

① 《全集》，第一卷，第 191 页。
② Pierre Citron, *op. cit.*, t. II, p. 341.

种成功。①

巴黎题材由此便从韵体诗转移到了散文诗。在《巴黎的忧郁》不断成长壮大之际,《巴黎图画》却并没有得到扩充。

波德莱尔于 1867 年去世。次年,他的朋友阿斯里诺和邦维尔编订了《恶之花》第三版,收入在由米歇尔·勒维兄弟(Michel Lévy frères)于当年 12 月出版的《波德莱尔全集》第一卷中。这个版本有时也被称为"作者身后版"(l'édition posthume)。这个版本出于求全的考虑,新增了大量诗作,其中有些是新作,也有一些是波德莱尔以前没有收进前两版《恶之花》中的作品。这个版本中的《巴黎图画》一章加入了两首诗:《巴伦西亚的劳拉》(*Lola de Valence*)和《败兴的月亮》(*La Lune offensée*)。两诗的位置在《太阳》和《致一位红发女乞丐》之间。

二、《巴伦西亚的劳拉》

《巴伦西亚的劳拉》是创作于 1862 年的一首四行诗。这是一篇应酬之作,克雷佩称之为"献给女子的殷勤话"。这首诗唯一能与巴黎沾点边的地方,就是作为诗中女主人公的那位西班牙著名芭蕾舞演员在这年随剧团来巴黎巡演。其间,画家马奈为她画了一幅肖像。波德莱尔为了向画家表示赞赏而作了这首诗。在这首诗的一份手稿上,诗人记下了对印刷上的一些要求,提出"要刻印成小号斜圆字体",同时认为"可能把这几行诗写在肖像下方也不错,要么用画笔直接写在颜料上,要么用黑体字写在画框上"②。马奈根据自己的绘画制作的铜版画发表在 1863 年 10 月出版的《蚀刻师协会》(*La Société des aquafortistes*)上。这幅版画题为《西班牙装束的高挑妙龄女子》(*Jeune femme allongée, en costume espagnol*),波德莱尔的文字作为题诗出现在版画下方。在 1866 年出版的《残花集》中,这首诗的标题附有一个编者注,其实这段注释文字就出自波德莱尔本人之手:

这些诗句是为马奈先生所绘西班牙芭蕾舞演员劳拉小姐的一幅令人

---

① Pierre Citron, *op. cit.*, t. II, pp. 341-342.
② Crépet et Blin, *Les Fleurs du mal* (édition critique), *op. cit.*, p. 572.

惊艳的肖像所赋题词。这幅画如同这位画家的其他所有画作一样引起大家议论纷纷。——夏尔·波德莱尔先生的缪斯总是如此暧昧可疑,这让他遭到一些好事者说三道四,他们在茶余饭后从"玫瑰色和黑色宝贝"中挑找出淫秽的意思。而我们却相信诗人只不过是想说,一个美人儿性格既阴郁又俏皮,让人联想到"玫瑰色"和"黑色"的搭配。(编者注)①

这段注释主要针对诗中最后一行"玫瑰色和黑色宝贝魅力非凡"。"宝贝"一词在法语原文中是"bijou",其本义是"首饰""小巧玲珑的东西",在口语中也经常引申为"可爱的小宝贝""小乖乖"。自狄德罗(Denis Diderot)于1748年匿名发表淫秽小说《守不住秘密的宝贝》(*Les Bijoux indiscrets*)以来,这个词就一直带有暧昧的意味。小说写苏丹王得到一只魔戒,这只魔戒能够让女人的"宝贝"(即女性私处)说出自己的隐情。波德莱尔用亦真亦假的调侃语气所写的注释,非但没有让意思变得清楚,反而让它愈加模糊暧昧。马奈的画确实是通过玫瑰色和黑色的交响永远定格了劳拉的妩媚风情,如果愿意的话,还可以说她的魅力真的就像是一件经过精心打造的首饰的魅力。然而诗人对"bijou"一词带有特殊含义这点是心知肚明的。他有一首诗就题为《首饰》(*Les Bijoux*),正是因为其中"淫荡的描写"而成为《恶之花》第一版出版后被判删除的6首诗之一。"玫瑰色和黑色宝贝魅力非凡"一句也会让人联想到《她的一切》(*Tout entière*)中的第7—8行:"构成她娇躯的那些／黑色、玫瑰色东西中"。这两行是可以解释为色情描写的。波德莱尔的注释在说明劳拉独特魅力的同时,也成了对"公共道德"的一种故意而为的挑衅。

左拉在1867年称赞了马奈的画和波德莱尔的四行诗:

(……)至于《巴伦西亚的劳拉》,这幅画因夏尔·波德莱尔那首四行诗而声名大噪。诗人跟那幅画一样,遭到喝倒彩和粗暴对待。

左拉在引用了这首诗后继续写道:

我无意为这些诗句辩护,但它们对我来说妙在用韵文写出了艺术家的全部个性。我不知道是否歪曲了这些文字。但《巴伦西亚的劳拉》的确是一件玫瑰色和黑色的宝贝;画家只采用色块作画,并运用强烈对比来表

---

① Baudelaire, *Les Épaves*, Amsterdam, À L'Enseigne Du Coq, 1866, pp. 109-110.

现西班牙女人,画风雄浑大气;两种色调充斥着整个画面。①

作为评论者,左拉对这件画作的奇特和精妙之处所具有的"非凡魅力"心领神会,而在画家正受到广泛抨击之际,他的评论实可谓勇气可嘉。在当时,能够像波德莱尔一样承认马奈艺术才华的评论者是不多见的,而左拉便是其中之一。②

虽然这首诗"妙在用韵文写出了艺术家的全部个性",但它跟巴黎的关联实乃牵强,不足以说明把它收入《巴黎图画》的正当性。诗中的笔调带有游文戏墨的特点,这与那些寓意深远、引人沉思的巴黎"图画"中的那种凝重语气相去甚远。普莱-马拉希曾在给阿斯里诺的一封信中谈到,波德莱尔从来没想过要把这首诗收入《恶之花》中。我们可以肯定地说,在这点上,《恶之花》第三版的编订者违背了作者本人的意愿。

三、《败兴的月亮》

另一首新收入《巴黎图画》的诗是《败兴的月亮》,其内容跟家庭生活有关,与这一章中另外两首带有自传特点的诗《我没有忘记,离城不远的地方》和《您曾嫉妒过的那位善良女仆》属于同一类作品。这首诗的首次发表是在1862年3月1日的《艺术家》杂志上,与之同时发表的还有《声音》(La Voix)和《深渊》。后面这两首都是新作,而《败兴的月亮》则有可能是一篇诗人青年时代的旧作。普拉隆在四十年后还依稀记得这首是1843年左右的早期作品,但在谈到这个问题时又语气犹豫:"至于《败兴的月亮》,我似乎有点印象。但我不敢

---

① Émile Zola,《 Édouard Manet, étude biographique et critique 》, Écrits sur l'art, éd. Jean-Pierre Leduc-Adine, Paris, Gallimard, 1991, p. 157. 这篇文章首次发表的标题及相关信息如下:《 Une nouvelle manière en peinture, Édouard Manet 》, La Revue du XIXe siècle, numéro du 1er janvier 1867.

② 关于马奈在当时的处境,戴奥多尔·迪雷(Théodore Duret)写道:"马奈在当时还没有成名,只有诗人波德莱尔经常去画室拜访他,并且理解和支持他。波德莱尔自谓无法无天,在他眼中别人都不够大胆,他很早就开始从事艺术评论,总喜欢另辟蹊径,正是他发现了马奈是一位勇于创新的人。他于是给他以鼓励,并且在任何情况下都为他那些受到最激烈抨击的作品进行辩护。他对《巴伦西亚的劳拉》赞誉有加,还为此作了这首四行诗(……)。"(Théodore Duret, Histoire d'Édouard Manet et de son œuvre, Paris, H. Floury, 1902, p. 16.)

说确实听到过它。"① 这首诗的形式似乎可以佐证普拉隆隐隐约约的记忆。按阿尔贝·卡萨涅(Albert Cassagne)的说法,这篇作品是《恶之花》全书中四首可称为"规范"的十四行诗之一。② 而波德莱尔正是在年轻时代最严格地遵守诗歌格律的规范。从情感方面看,用以表现母亲形象的词语是毫不客气的。而正是在家人为他指定法定监护人的1844年前后,诗人对母亲的态度最为敌对。克雷佩毫无保留地称这首诗带有"自传的性质",认为是在诗人情绪激愤时写下的。让·普雷沃指出,除了这种激愤情绪外,戈雅的版画《至死方休》(*Jusqu'à la mort*)中表现一位丑婆子在镜子前面整理头发的画面也对这首诗的形成有所帮助。③ 这种说法可以从波德莱尔对戈雅作品最表关注的时间上得到佐证,而皮舒瓦认定这就是在1842年至1846年这段时期。波德莱尔的《灯塔》(*Les Phares*)一诗中写戈雅的一节有"揽镜自照的老妇,赤裸的儿童"④一句,这应该算是公开承认他熟悉戈雅作品中老妇照镜的形象。

我们知道波德莱尔一向都非常注意不要"把家庭隐私拿出去到处兜售"⑤。这首诗在《艺术家》杂志上发表后,就没有在波德莱尔生前再发表过,而这样的事情对他来说是不多见的。阿斯里诺在编订《恶之花》第三版的过程中,曾向奥毕克夫人索要发表了这首诗的那期《艺术家》杂志,但她没有找到;然而她儿子在生前一有作品在刊物上发表,就总会把刊物寄给她,还叮嘱她要好好保管。有必要认为这一次诗人没有这样做,是不想让母亲看到这首诗。尽管他时不时毫无理由地跟母亲发脾气,但一直都还是对她抱有温柔的情感,生怕伤害了她。在这件事情上"捉迷藏",这也符合波德莱尔的心理。就在发表这首诗的三月,波德莱尔给母亲写道:

> 我一般都会把我自己的生活,还有我自己的思想,还有我自己的苦恼

---

① 见普拉隆1886年10月致欧仁·克雷佩信,该信收于 Claude Pichois, *Baudelaire, études et témoignages*, *op. cit.* 引文在该书第26页。
② 见 Albert Cassagne, *Versification et métrique de Charles Baudelaire*, Paris, Hachette, 1906, p. 90.
③ 见 Jean Prévost, *op. cit.*, p. 150.
④ 《全集》,第一卷,第13页。
⑤ 波德莱尔1858年1月11日致母亲信,《书信集》,第一卷,第445页。

统统隐藏起来,甚至对你。我不能够,也不愿意倾诉我的不满。①

波德莱尔不只是不想让母亲看到这首诗,他甚至希望永远都不要把这首诗收进自己的诗集。②

阿尔贝·弗伊拉(Albert Feuillerat)对从诗人个人生活角度阐释这首诗大不以为然,他特别注意诗中的巴黎性,提出要从象征的角度来阐释。他不认可把涂脂抹粉打扮自己的干瘪母亲形象看成是对奥毕克夫人的影射,也不认为诗中最后一节是针对奥毕克夫人的"严厉责备",而是从中提取出一种完全不同的意义。他认为,可以从诗中"贫乏世纪的孩子"一语推导出"父亲"和"母亲"这两个象征性角色。他进而解释道:

> 如果说父亲是"贫乏的世纪",那母亲就是为造就诗人而贡献良多的饱经沧桑的城市,也就是巴黎,它在月光下蠢蠢欲动,用涂抹灰泥来掩盖自己的苍老——我想说的是,它试图用诗人在《天鹅》中提到的那些美化装饰让自己重现青春。正如我们在他对老卡鲁塞尔的消失所表达的遗憾中可以看到的那样,他谴责这些新花样摧毁了那许多亲切的回忆,而且还把这些新花样看成是所谓现代进步——这是他厌恶至极的一个词语——的一个可憎范例。月亮并不比波德莱尔更赞同这些改变,因为在它看来,这些改变破坏了它所熟悉的老巴黎的面貌;它的怒火正来源于此。③

于是,涂脂抹粉、揽镜自照的年迈母亲就被理解成了巴黎这座城市,它在豪斯曼男爵浩大的城市化工程中变得面目全非,而塞纳河就是映照出它身影的那面镜子。弗伊拉由此得出结论,称这首诗的确是一幅"巴黎图画",诗人应该很愿意把它放入诗集中。弗伊拉的阐释总的来说还是相当有意思的。不过他也

---

① 波德莱尔1862年3月17日致母亲信,《书信集》,第二卷,第232页。
② 皮舒瓦注意到,波德莱尔拒绝再次发表这首十四行诗一事,与他所做的另一件事非常相近。他在欧仁·克雷佩编选的《法国诗人:法兰西诗歌精萃》(*Les Poëtes français : recueil des chefs-d'œuvre de la poésie française*)1863年的版本中,删除了在该书头一年版本中原本有的《小老太婆》的最后一节,而代之以一行省略号。这一节同样也有可能让人做关于作者个人生活的阐释。见皮舒瓦在《全集》中的解说文字,第一卷,第1021页和第1113页。
③ Albert Feuillerat, « L'Architecture des *Fleurs du Mal* », *Yale Romanic Studies*, XVIII (*Studies by Members of the French Department of Yale University*, New Haven, Yale University Press), 1941, p. 327.

有推断过头的时候,比如对阿斯里诺和邦维尔把这首诗放入《巴黎图画》一事,他就认为他们"这一次大概是根据波德莱尔在为第三版准备的样本上给出的提示来做的"①。但没有任何证据显示波德莱尔留下过这样一个提示。

需要注意的是,把城市和母亲结合在一起的"城市—母亲"这一形象在浪漫主义诗人笔下是习以为常的:这在雨果、缪塞等人的作品中都可见到。缪塞的历史剧《罗朗萨丘》(*Lorenzaccio*)中有一段罗朗佐(Lorenzo)与画家提包底奥(Tebaldeo)之间的著名对话:

> 罗朗佐:你的母亲怎么称呼?
> 提包底奥:佛罗伦萨(Florence),大人。
> 罗朗佐:看来你真是一个杂种,因为你母亲就是一个婊子。②

真可以把罗朗佐视为波德莱尔的兄长。波德莱尔本人在准备用于《恶之花》的《跋诗》中也运用了这种结合:"大婊子,(……)我爱你,哦,污秽的都城。"③由此看来,《败兴的月亮》中那位在乳房上精心抹粉的女人,的确可以被认为表示的是让波德莱尔爱恨交加的腐朽巴黎。诗人把自己认同为"贫乏世纪的孩子",可悲地看到自己不过是颓废的现代时期一个孱弱、可怜的果实。从巴黎性方面阐释这首诗,这也符合于诗人反现代的思想态度。如果把这首诗与另外一首同属于诗人早期作品的《我喜欢回忆赤身裸体的时代》放在一起来看,就能全面认识波德莱尔对文明衰退的看法。

儒勒·拉福格在一封致友人信中说自己"喜爱"这首诗,如同他喜欢《月亮的哀伤》(*Tristesse de la lune*)一样。④ 波德莱尔诗中的月亮披了一身"黄袍"。普鲁斯特在《女囚》(*La Prisonnière*)中写道:"月光(……)从前是银白色的,后来在夏多布里昂和维克多·雨果笔下变成了蓝色(……),再后来又在波德莱尔和勒贡特·德·李勒(Leconte de Lisle)笔下变成了黄色且具有金属质

---

① Albert Feuillerat,《L'Architecture des *Fleurs du Mal* 》, *Yale Romanic Studies*, XVIII (*Studies by Members of the French Department of Yale University*, New Haven, Yale University Press), 1941, p. 327, note 213.
② Alfred de Musset, *Lorenzaccio*, acte deuxième, scène II, *Œuvres*, Charpentier, 1867, p. 232.
③ 《全集》,第一卷,第 191 页。
④ 见 Jules Laforgue, *Lettres à un ami*, Paris, Mercure de France, 1941, p. 33.

感。"① 黄色正是波德莱尔喜欢用以表现情调忧郁的诗意氛围的颜色。如果把这首诗与希腊神话中关于月神塞勒涅(Séléné)与美男子恩底弥翁(Endymion)的爱情故事加以对照，那诗中最后一节陡转直下的恶言挖苦与其他部分素白、哀婉的色调之间形成的反差就显得尤为强烈。月亮女神的故事是深受古典作家喜爱的题材。女神爱上英俊无比的年轻牧人恩底弥翁后得到宙斯帮助，让他长眠不醒，永远保持美丽迷人的睡姿。她每晚都从天上下来，轻手轻脚来到他身边，看他在月光中甜睡的样子，悄悄亲吻他，生怕把他弄醒。在波德莱尔诗中，这个甜蜜动人的古老神话被改造成了一个恰成反面的现代神话。也可以说这首现代诗歌是对这个古代神话的滑稽模仿：抱着欣赏俊美的目的来到人间的月亮感到眼前的景象对她简直就是一种冒犯，败兴的她于是用狠毒的话代替了亲吻。

《败兴的月亮》由于有对现代事物的关注，因而也就比《巴伦西亚的劳拉》更配在《巴黎图画》中占有一席之地。也许正是出于这个原因，克雷佩在为他的《波德莱尔全集》编订《恶之花》时，把《败兴的月亮》保留在了《巴黎图画》中，而将另一首诗剔除在外。舍利克斯(R.-B. Chérix)在他那本逐一评论《恶之花》每首诗的《解读〈恶之花〉》(*Commentaire des « Fleurs du mal »*)中同克雷佩一样，也只保留了这首诗，同时还调整了它的位置，把它放到了《您曾嫉妒过的那位善良女仆》后面。我们认为可以从两个方面来解释这一调整：其一，在新位置上，这首诗可以与位于它前面的那两首——《我没有忘记，离城不远的地方》和《您曾嫉妒过的那位善良女仆》——构成一个关于"家庭隐私"的有三首诗的小系列，而且这首诗中讽刺挖苦的情感与《您曾嫉妒过的那位善良女仆》中表现出来的责备之情如出一辙；其二，"月亮"跟夜晚有关，因而把这首诗放在一批跟夜晚有关的诗歌中间也就更为恰当，这样一来也就避免了由于《恶之花》第三版的编订者把新增的诗放在了不恰当的位置上而带来的色调和氛围上的不协调。不过除此之外，舍利克斯又在《巴黎图画》中新添加了一首诗，题为《静思》，也是一篇跟夜晚有关的作品，其位置在《暮霭》和《赌博》之间。

---

① 转引自 Crépet et Blin, *Les Fleurs du mal*, (édition critique), *op. cit.*, p. 564.

四、《静思》

舍利克斯把《静思》添加到《巴黎图画》中，这可谓大胆之举，且不无新颖别致之处。这首诗重拾了位于它前面的《暮霭》一诗和同名散文诗中已经提到过的那些重要主题：日暮时分颇为可疑的纾解放松，"追欢逐乐"的蠢蠢欲动，彻底孤独中与"痛苦"的促膝倾谈等。就连诗中第一行"乖些，哦我的痛苦，快安静下来"中那种咒语般的语气，也是对《暮霭》中"静思吧，我灵魂，在这严峻时刻"一句的回应。城市中"卑劣的凡夫俗子"的追欢逐乐会让人想到《赌博》一诗，而《赌博》表现的正是欢场情景。在"寻欢这无情屠夫的鞭子"抽打下心旌摇动的城市，又让人想到《盲人》中那个"沉湎于逸乐直到残忍的地步"的城市。"痛苦—快乐"和"孤独—群氓"这样的对比，正是一些纠缠着创作《巴黎图画》的诗人的主题。

这首诗是在《恶之花》第二版刊行后写的，最初发表于 1861 年 11 月 1 日的《欧洲评论》(*Revue européenne*)，后又在不同刊物上多次重刊，可见诗人对它相当看重。皮舒瓦断言这首诗是"波德莱尔最著名的诗篇之一"①。皮埃尔·鲁伊(Pierre Louÿs)在自己拥有的那本《恶之花》上写下了"波德莱尔最好的一首十四行诗"的批注。舍利克斯把它看成是"象征主义诗歌的巅峰作品之一"②。维里耶·德·利尔-亚当十分欣赏这首诗并为它谱了曲。③

创作这首诗的那段时间正值波德莱尔一生中也许最孤独的时候。他不再跟冉娜生活在一起。没有谁，无论是萨巴蒂埃夫人还是玛丽·多布兰，能够扮演他期望中的那种不可能达到的角色。诗中孤独者的诉苦之声与他在这年 5 月写给母亲信中的内容是一致的："我孤单一人，没有朋友、没有情妇、没有猫猫狗狗听我吐诉衷肠。"④他在经济上每况愈下；他的健康状况也日益恶化。《静思》是波德莱尔诗歌创作的黄昏期最后迸发出来的壮丽光芒。

马丽尔·奥内伊(Mariel O'Neill)通过比较《静思》和乔治·桑(George

---

① 见皮舒瓦在《全集》中的解说文字，第一卷，第 1108 页。
② Robert-Benoît Chérix, *op. cit.*, 347.
③ 见 Robert du Pontavice de Heussey, *Villiers de l'Isle-Adam*, Paris, Albert Savine, 1893, pp. 199-200.
④ 波德莱尔 1861 年 5 月 6 日致母亲信，《书信集》，第二卷，第 152 页。

Sand)的小说《雷丽亚》(Lélia),提出这两个作品存在值得注意的相近之处。小说的女主人公同诗中的诗人一样,饱受忧郁之苦,痛感于人生存在的虚无。她意识到,唯一可以帮助人解脱痛苦的方法就是痛苦本身,只有痛苦才能够给予生活以某种意义。与在波德莱尔诗中一样,我们在小说中可以看到相同的那种对仿佛是心上人一样的痛苦发出的恳求,语气平静舒缓,态度谦恭和顺,小心翼翼而又庄重高贵:

> 我已经习惯于我的痛苦。这就是我的生活,这就是我的伴侣,这就是我的姊妹。(……)回来吧,哦,我的痛苦!你为什么离我而去?就算让我只有你而没有其他朋友,那我也不愿意失去你。你难道不就是我的财产,是我应得的那份?只有你才让人成大气象。(……)是你,哦,崇高的痛苦,让我们为人类误入歧途而痛惜洒泪,并以此令我们有了尊严感!是你让我们卓尔不群。①

痛苦在这两位作家的作品中所具有的共同之处就是,它让恳求者成为一个有别于芸芸众生的特殊人物,能够从他所处的位置看清楚人类的迷失和糊涂。另外,从痛苦中看到人的伟大和尊严这一观点,与波德莱尔的见解是一致的:"我知道痛苦乃是唯一的高贵"②。上面所引《雷丽亚》中的这段文字,如果很难说它对波德莱尔的《静思》提供了什么直接的灵感,但至少还是可以说它在某种意义上预示了波德莱尔的这篇作品。尽管波德莱尔对乔治·桑本人多有鄙视,但他完全有可能从《雷丽亚》的这段文字中读出了能够反映他自身痛苦的东西。雷翁·塞利耶(Léon Cellier)就指出,波德莱尔受到他所鄙视的乔治·桑的启发,这并非是不可以想象的。塞利耶认为,《雷丽亚》正是一部以痛苦和无能为力的虚弱为主题的作品,其中表现忧郁的多种变奏在波德莱尔之前就已经带有了某种波德莱尔式的声调。③

把《静思》加入到《巴黎图画》一章中,这确实可以帮助我们对这一章的主

---

① 转引自 Mariel O'Neill,《"Lélia", source de "Recueillement"》, Bulletin baudelairien, avril 1971, p. 17.
② 波德莱尔:《祝福》,《恶之花》,《全集》,第一卷,第9页。
③ 见 Léon Cellier,《 Baudelaire et George Sand 》, Baudelaire (réédition du numéro spécial que la Revue d'histoire littéraire de la France a consacré à Baudelaire dans sa livraison d'avril-juin 1967), Armand Colin, p. 27.

题和思想的各个方面有更好的理解。但这同时也提出一个问题：对其他一些可以从巴黎性方面进行阐释的诗作，我们难道不可以同样这样做吗？虽然舍利克斯此举大胆而新颖，但我们认为，最好的做法还是把这首诗当作一种可以帮助开启思路、丰富阐释意义的相关作品来读，而不是把它作为一篇真正意义上的"巴黎图画"。我们怀疑一位解读艺术作品的评论者是否真的有权按自己的理解去改动他眼前的这件作品。

这一看法也同样适宜于阿斯里诺和邦维尔对《恶之花》篇目安排的处理。波德莱尔本人一直在为《恶之花》第三版做着准备。据他自己说，在1865年7月时已经有了45首新作可用于新版诗集中。而且他手头似乎还有一个在第二版基础上的修改本，里面有添插的诗稿。① 但我们对这个修改本的具体准备状况所知甚微，不能够确定两位编订者是否真的是按诗人的提示来做的。说到《巴黎图画》，我们很难认可把《巴伦西亚的劳拉》这样的应酬之作当成一首巴黎诗歌。因此还是应当接受《巴黎图画》最初的结构方式，也就是要尊重它在由诗人亲自编订的且最充分体现作者创作意图的《恶之花》第二版中的样态，避免破坏全书的总体构架。

---

① 见：(1)波德莱尔1865年7月6日致于连·勒莫尔(Julien Lemer)信，《书信集》，第二卷，第512页；(2)1865年10月13日致同一人信，同上，第534页。

第 三 章

《巴黎图画》的"隐秘结构"

波德莱尔是一位追求完美的人，这在他的诗歌创作中体现为对作品整体统一性锲而不舍的追求。他对单篇的诗歌作品千锤百炼，对诗集《恶之花》整体上的谋篇布局也是煞费苦心。波德莱尔美学经验的一个重要方面就是，艺术创造的想象力主要是依靠呕心沥血的苦功夫，而不是来自于天启神谕的所谓"灵感"。鲜有诗人像他那样在创作实践中恪守"人工至上"的美学原则，始终坚持在诗歌创作活动中拒绝任何的随意性和偶然性。

为了让自己的创作意志得到充分而完美的体现，波德莱尔的诗作一般都要经历一个长期的，甚至可以说是艰难的创作过程。在作品最终娩出之前，他不仅要殚精竭虑，有时候还要经历死去活来的痛苦折磨。我们感觉诗人好像非要借用产钳来助产才能分娩出自己的作品。当诗人找到一个合适的题材，他便锲而不舍，今天改一个字，明天换一个词，有时候甚至要用超过十年的时间来推敲润色，变动一些或紧要或不那么紧要的细节。对他来说，一遍遍反复修改，就是努力把作品向上提升，这与他在《1859 年沙龙》中谈到的绘画情况相类似：

> 一幅好的绘画，一幅忠实于并等同于将它孕育出来的梦幻的绘画，应该像一个世界一样产生出来。正如呈现在我们眼前的造物是多次创造的结果，前面的创造总是被下一个创造补充着。一幅处理得和谐得体的绘画也是一样，它是一系列相叠的画，每涂一层都给予梦幻更多的真实，让

它离完美表现又近了一步。①

通过这段话，我们可以理解波德莱尔何以会如此看重在创造过程中对于完美的永无止境的追求。罗伯特·柯普将波德莱尔所说的这种创造称为"二次创造"(la création au deuxième degré)，并且认为这是波德莱尔诗歌创作经验的一个特点：

> 波德莱尔的诗歌创作常常不是依赖某个现实事件或某个具体情境，而是依赖已经被艺术提炼过的现实。这种二次创造让他得以迈向更高和更远。②

这里所说的"已经被艺术提炼过的现实"，一方面可以是我们在描述《巴黎图画》生成过程中已经提到过的波德莱尔对前人文学艺术作品的诸多借用或借鉴，另一方面也可以是他自己先前已经写出来的文字。他看待别人的作品就像是看待自己的作品，而他看待自己的作品也像是看待别人的作品，总之，他对这两种"已经被艺术提炼过的现实"抱着同样的心理，有着同样的态度，把它们都看成是为他而生，且能够为他所用的基本材料。他就像是一位建筑师，借用从旧城墙上拆来的石料，建造起一座全新的城堡。石料已经是现成切割好了的，用起来方便就手，而新的构思和建筑则全出于建筑师的用心和功夫。

在探索能够完美体现自己构思和观念的意象和表达方式的道路上，波德莱尔从未有丝毫懈怠，他甚至因为走向极端，被求新求变的艰难折磨得苦不堪言，大可以发"两句三年得，一吟双泪流"③的感慨。他知道这是自己隐秘的"短处"，这让他一生都深受其苦。在他的书信中，在他私底下记录的内心感受中，他时刻都提到写作的艰难、工作进展的缓慢、没有结果的努力。他无休止地极度渴望找到能够令他称心如意的表达，而他又实则是很难感到满意的，这让他把问题归咎于想象力的匮乏。于是他只好长时间构思自己的作品，反复酝酿推敲，锤字炼句，精雕细磨。雨果为文，思绪畅涌无碍，落笔汪洋恣肆，左右逢源，游刃有余，似帝王指点江上，将天下风云掌控在手心；与之相比，波德

---

① 《全集》，第二卷，第 626 页。

② Georges Poulet et Robert Kopp, *Qui était Baudelaire ?*, essai critique par G. Poulet, notices documentaires par R. Kopp, Genève, Skira, coll. Qui était?, 1969, p. 79.

③ 贾岛：《题诗后》。

莱尔则像是深井中的矿工，执拗地沿着他认为藏有珍宝的矿脉挖掘，又将得到的宝石翻来覆去地切割打磨、雕镂镶嵌，其文字往往给人以勉力所为、拙而不巧的感觉，观之有刀砍斧劈的硬朗，闻之有金石碰击的铿锵。有人认为波德莱尔的文字有如经过血肉搏杀缴获来的"战利品"，说的也是这种效果。

波德莱尔之所以费尽心机，是要让最终创造出来的作品达到一种隐秘的统一性，而这种统一性不仅关乎形式结构，也关乎主观意图。他不断对作品进行修改调整的过程表明，诗人采用某个隐喻或某种形式结构，其根由并不在作为客体的外部事物，而选用某个隐喻或某种形式结构不过是为了表现主体的思想感情，这让他经常可以为了更好地支撑精神和情感内容而改换用作隐喻的词语或对形式结构加以调整。

除了对完美的追求外，有必要提到波德莱尔在艺术上绝不妥协的态度，这种态度表明他对自己的独特性有着完全清醒的意识。发生在他与《当代评论》主编卡罗纳之间的争执便是他拒绝在艺术上做任何让步的一个事例。波德莱尔自1858年起便经常在该杂志上发表作品，也获得不菲的稿酬。卡罗纳以为凭借经济上的原因，可以让诗人改动一下那些被认为不大符合公众口味的诗句，哪知道波德莱尔坚决不让步。针对卡罗纳要他改动的那些词语，波德莱尔在回信中写道："唉！你的批评刚好落在一些我认为是我最好的词语、意图和特点上。容我就我的意图对你稍加说明。"①信中提到的两处改动涉及两首《巴黎图画》中的诗歌：《巴黎之梦》和《热爱假象》。次月，波德莱尔又对他写道："我很抱歉第十次提醒你注意，千万不要动我的诗歌。要么请干脆去掉算了。"②这让卡罗纳气不打一处来，当即回复波德莱尔，称他是一个"有失风度的自大狂"，称他的信"十分放肆无礼"。卡罗纳还在信中赌气说，那就"照原样"发表这些诗，不会改动那些"凑数的字眼"。他最后不忘加上一句："那也是你活该倒霉。"③在波德莱尔那种近乎狂妄自大的对待卡罗纳的态度背后，我们又可以明显感觉到他对于艺术本身的谦卑恭谨、谨小慎微和斤斤计较。

为了让作品结构更合理、遣词更准确、意思更明晰、音韵更协调、意象更具

---

① 波德莱尔1860年3月中旬致卡罗纳信，《书信集》，第二卷，第15页。
② 波德莱尔1860年4月28日致卡罗纳信，同上，第33页。
③ 卡罗纳1860年4月28日致波德莱尔信，*Lettres à Baudelaire*, op. cit., p. 70.

暗示启发性,他不仅有时候要大动干戈,而且甚至连最微细的地方也不放过,就算是一个标点符号,一个字母的大小写,一个多形字词的拼写方式,对他来说也都富有深意,让他颇费周章。

波德莱尔的创造活动有很大部分都是一种选择,他的独特性首先是建立在敏锐的判断之上的,而凭着这种判断,他能够排除任何与他想要表达的内心现实没有关系的因素。也就是说,无论是任何生动有趣的细节或抒情题材,要是它们在诗中会破坏他想要营造的意境,会搅扰作品的格调和词语的和谐,都不会被他采用。在这种选择中实行的严格标准就是他的个性,这让他可以在兼收并蓄的基础上去粗取精,让最终收获的成果呈现出惊人的统一性。维维耶在《波德莱尔的独特性》(*L'Originalité de Baudelaire*)一书中对波德莱尔的这种独具特色的创作方式做了如下描述:

> 通过锤炼字句,波德莱尔耐心细致地将各种借用来的材料融为一个整体。他要么是挖掘和提炼原来作品为他提供的某些多少还有点粗糙的细节,以便更为准确;要么是对语句或声响效果加以强化,把借用来的材料化为己有;要么是把原本平淡无奇的元素单独提取出来,以达到强调的结果。通过坚持不懈地下苦功夫,通过一以贯之地贯彻其情感和思想,他最终"撞上梦想已久的诗行"(《太阳》),而在这些诗行中,不管借用的材料为何,他的心意情怀都得到了最真实的完全表达。①

我们也赞同维维耶的观点,认为波德莱尔的独特性在很大程度上在于其具有批评意识的选择和进行重新组合的艺术。他能在杂芜的材料和混响的音区中细致辨析出微妙的差别,将它们塑造成和谐的统一体,借以将他"自我"的内心现实中最细腻精微的部分表现出来。无论在笔调和情感方面,还在思想和感觉方面,波德莱尔的诗歌都达到了超越群伦的统一性,而在这点上,鲜有前人可以与之比肩。

波德莱尔正是凭借其作品体现出来的高度统一性而卓然屹立。正是这种统一性促使他对于创作始终保持着严苛的态度,让他探索和实践各种独具匠心且富有魔力的表现手段,创造出新奇而伟大的作品。将借用自别人的材料

---

① Robert Vivier, *op. cit.*, pp. 276-277.

融为一炉而为我所用,将自己的文字反复修改以达到更富诗意的协调统一,这两种看似不同的行事方法实出于同一个诉求:要在尘世间追求一种达于绝对的状态,而作品总体效果上的完美可视为这种绝对状态的一个象征。同时,在这位孜孜不倦地追求可能永远也达不到的绝对和完美的诗人身上,我们也可以看到一切殚精竭虑地"上下求索"者的象征。

如前所述,波德莱尔诗歌经验的特点之一就是随时随地对同一篇作品进行反复锤炼,让作品最终实现炼金术般的嬗变。他不为了追求数量而在平面上铺展,而是为了以质取胜而向纵深挖掘。他对单篇诗作如此,对收录这些诗作的诗集也是如此。他在这点上与雨果截然不同:雨果是一部诗集接着一部诗集地发表他的诗作,而波德莱尔则是不断调整自己的诗集,一方面是为了容纳部分新作,同时也是为了让他的诗集能够达到一种最终的完美状态。可以说,《恶之花》是诗人一生的作品,而在文学史上仅仅以一部诗集确立如此伟大诗名的例子实属罕见。吕孚在他编订的《波德莱尔全集》的"前言"中就此写道:

> 《恶之花》不是作为第一部诗集来构想的,而是作为唯一的诗集;它可以扩充数量,甚至可以在某种程度上改头换面,但不会给另一部诗集留出位置。[1]

波德莱尔的例子似乎告诉我们,要达成诗歌的独特性,最紧要的是心正意诚的真情实感,而题材和文字方面的新颖倒还在其次,因为是内在因素的需要决定着题材和文字的取舍和安排。波德莱尔的情感是充沛的,而且大多数情况下都可以说是非理性的,但当他在把自己狂暴的情感锤炼成艺术品之际,他又不能容忍作品形式上的任何散漫,他必定会为之赋予一种理性的组织结构。就连最微不足道的细节也要经过反复权衡以符合于总体效果,而总体的组织结构体现出他在美学和精神上的双重意图。对他来说,懂得并且能够让美学效果与内心生活的强度融洽无间,这正是艺术才能的表征。他不仅在实践中贯彻他关于文学创作的这种想法,而且还在评论文字中进行了明确阐述:

---

[1] Marcel Ruff, « Préface » pour son édition des Œuvres complètes de Baudelaire, Paris, Le Seuil, coll. L'Intégrale, 1968, p. 21.

印象的统一性,效果的整体性,可谓是一种巨大的优势(……)。一位手法精湛的艺术家是不会让他的思想去适应意外事故的,但是,当他经过从容不迫的深思熟虑而构想出要产生的效果后,他就会创制出意外事故,组合最适宜的事件来达到预想的效果。如果第一句话写出来不是为最后的印象做铺垫,那这部作品从一开始就失败了。在整部作品中,不应该混进一个不带意图的、不直接或间接地帮助达到预期目的的词。①

这里说的是具体作品创作中词语的运用,但同样的道理和逻辑也适用于他那本具有高度统一性的诗集和构成这个诗集的各个篇什:

　　结构,也可以说是骨架,是对精神作品神秘生命的最重要的保证。②

为了更好地探测作为动力和魅力之源的内心生活的强度,同时也为了更好地揭示波德莱尔诗歌创作在美学上的独特之处,尤其是诗人在《恶之花》中专辟《巴黎图画》一章所独具的意义,我们有必要对诗人如何设计自己诗集的结构这个问题作一考察。

第一节　对总体布局的构想

　　在修改自己诗集的结构方面,波德莱尔的一丝不苟绝不亚于修改自己的诗歌。他对诗集的一次次改动和调整一方面证明他对作品的总体面貌,尤其是对他所说的"结构"给予了极大的重要性,另一方面也证明他在各阶段对诗集中各诗歌的顺序安排上的相对性,也就是说每首诗的位置并非是绝对固定的,当有新的作品和新的构思出现时,他又完全有可能再次对诗歌的顺序做出调整。这涉及《恶之花》的结构问题,同时也涉及《巴黎图画》的结构问题。

　　《恶之花》不是一本普通意义上的诗歌集,而是一部构架严整的作品。1857年7月,即《恶之花》出版次月,波德莱尔因其诗集"有违公共道德"遭到起诉。作家兼评论家巴尔贝·德·奥尔维利于当月写了一份声援书为诗人辩护,在文中第一次谈到《恶之花》的"隐秘结构"(《 l'architecture secrète 》):

---

① 《再论埃德加·坡》,《全集》,第二卷,第329页。
② 同上,第332页。

> 在波德莱尔先生书中，每一首诗，除了细节上的成功或思想上的成就外，还有一种在**整体和布局**方面非常重要的价值，不应当让诗歌脱离整体和布局而使它丧失这种价值。透过乱花迷眼的缤纷色彩能够发现那些主线条的艺术家们，会轻易看出这其中有一种隐秘结构，一种由深思熟虑的诗人精心筹划的布局方案。《恶之花》中的诗歌并不是一首接一首全凭兴之所至散乱堆积而成，其结集成书并不只是为了把它们汇聚到一块儿。《恶之花》不只是诗歌结集，它更是一部具有最高统一性的诗歌作品。①

在德·奥尔维利看来，要是在阅读中不顾及诗歌之间的顺序和诗集整体上的统一性，不仅会使《恶之花》在艺术和美学效果方面损失甚多，更会损害它在思想和道德方面的作用。

德·奥尔维利的观点与波德莱尔在为他的律师准备的"要点"中提出的意见是一致的："这本书要从整体上去评判，这样它就会立刻显现出一种惊人的道德性。"②律师在诉讼中采用了这个意见，并参考了德·奥尔维利的观点。把散篇诗歌按一定顺序组织起来以增强其意义和影响，这样的想法并不是波德莱尔一时兴起突然产生的。他在1855年为《两世界评论》准备由18首诗构成的第一批《恶之花》时，就已经有了这样的想法。虽然篇目并不多，但波德莱尔仍然强调诗歌顺序的重要性。他对这份杂志的秘书维克多·德·马尔斯(Victor de Mars)这样写道：

> 我想对您表明这点，——无论您选择了哪些篇目，我都强烈坚持要与您一道编排它们的顺序，要让这些诗成为可以说是有连贯性的东西(……)。③

波德莱尔还借机表示了他想为这些诗写一篇"非常漂亮的跋诗"的愿望。后来，他在写给《恶之花》的出版商的信中再次表示了对总体布局的关注：

> 我们可以一块儿来编排《恶之花》的顺序，——一块儿来做，听见了

---

① Barbey d'Aurevilly,《*Les Fleurs du mal* par M. Charles Baudelaire》。该文作为附录收入《全集》第一卷，引文见第1196页。
② 《全集》，第一卷，第193页。
③ 波德莱尔1855年4月7日致维克多·德·马尔斯信，《书信集》，第一卷，第312页。

么,因为事关重大。我们要做一本只用好东西做成的书:材料很少,却显得丰富,并且夺人眼目。①

"材料很少,却显得丰富",这是问题的关键。诗人害怕自己的诗集会显得太薄,与他在朋友圈子中赢得的名声不相称,亦不能与雨果刚刚出版的《静观集》相比。这只是理由之一。另一个理由是,他决意通过将书中材料编排成一个整体而让这些材料获得增值。在让整体效果达到完美的过程中,诗人甚至毫不犹豫地专门写出一些新作以充实总体框架。他在《恶之花》头两版之间的那段时期创作的大部分诗作,尤其是为《巴黎图画》而创作的那些诗作,就属于这种情况。《恶之花》第二版刊行后,波德莱尔多次表白了自己努力让新作与诗集总体框架相适应的良苦用心。他在把一本新版《恶之花》寄给维尼时,不忘强调这点:

> 我希望人们对此书所作的唯一赞扬,就是承认它不单纯是一本集子,而是有开头和结尾的。所有新增的诗都是为配合我此前选定的特有框架而作的。②

波德莱尔称"所有新增的诗"都是按预先为它们设定的位置写成的,这看来有些言过其实。但重要的是,应当从这段话中看出诗人对他业已完成的作品抱有怎样的看法。

有必要再加上阿斯里诺的证言吗?阿斯里诺在他为波德莱尔所写的传记中也提到,诗人直到去世前都坚持要亲自处理诗集的编排。1867年初,米歇尔·勒维曾到医院看望重病中的波德莱尔,向他提议马上着手出版《恶之花》新版的事宜。波德莱尔执拗地拒绝了这个提议,表示要等他康复后亲自过问诗集的印刷。阿斯里诺写道:"这件事情对他来说无时无刻不是头等大事,我想他是不会把这件事情托付给哪怕最好的朋友去打理的。"③不幸的是,他的

---

① 波德莱尔1856年12月9日致普莱-马拉希信,《书信集》,第一卷,第364页。
② 波德莱尔1861年12月16日致维尼信,《书信集》,第二卷,第196页。波德莱尔在给其他人的信中也用近似的语言表示了同样的意思。参见:(1)1861年4月1日致母亲信,《书信集》,第二卷,第141页;(2)1861年12月23日致拉普拉德信,《书信集》,第二卷,第199页。
③ Asselineau, *Charles Baudelaire, sa vie et son œuvre*, in *Baudelaire et Asselineau*, op. cit., p. 149.

身体状况日渐恶化,没能让他安排好《恶之花》第三版的谋篇布局。

　　探求这种整体效果无疑是一件十分有意义的事情,因为这不仅涉及波德莱尔诗歌创作的过程,也涉及其作品蕴含的深意。但要对此作出明确回答却又并非易事,因为波德莱尔比其他任何艺术家都更深地把自己作品所要表达的意思刻意隐藏起来,而他又确实隐藏得极为成功。《恶之花》的结构中包含着诸多难解的谜团,在大的方面,它的各个部分都经过精心组织。诗人对不同时期创作的独立诗篇进行编排,根据主体的强弱趋势、主题的相近程度或对照反差、板块和韵律的走向,将它们组织成诗集,以使全书成为和谐的整体。其中的意蕴时而明朗,时而隐晦,但更多时候则显得神秘莫测。

　　在讨论《恶之花》的结构问题时,学界有一个基本共识,即一般都把诗人亲自编订的1861年版视为"定本"(la version définitive)。大多数波德莱尔学者都认同诗人自己的意见,承认书中内容经过精心搭配,有线索,有框架,或者用更具技术性的话说,有一种"建筑结构"。《恶之花》中六个章节的排列顺序分别是:《忧郁与理想》《巴黎图画》《酒》《恶之花》《反抗》《死亡》。学者们一般都认为,这样的安排实际上是画出了忧郁和理想冲突交战的轨迹,展示了一种朝着最终结局渐次推进的过程。布吕奈尔(Pierre Brunel)和贝尔萨尼(Léo Bersani)对此问题的看法颇具代表性。前者把《恶之花》看成是一出以《忧郁与理想》为序幕的五幕悲剧①,后者认为通过"对《恶之花》进行明显的主题性阅读",可以发现其中作品的顺序"与一出悲剧走向结局之不同阶段相对应"②。正是对结构的设计保证作品塑造出了一个鲜活生动的抒情主人公形象,让书中的诗篇成为抒情主人公性格发展逻辑和精神世界演化的有力支撑,淋漓尽致地展示了一个气质忧郁、处境孤独、生活窘困、情感病态、精神颓废的诗人为追求光明和理想、为摆脱精神上和肉体上的痛苦纠结而奋力挣扎的历程。在这一过程中,他在内心世界和外部世界之间穿梭逡巡,遍历青春和放纵的激情,陶醉于"恶"的魅惑和苦涩,面对无法战胜的绝望和沉沦,做着最后的反抗的努力,虽然失败却又败而不馁,直至到死亡中去寻找光华灿烂的安慰和解脱:

---

① 参见 Pierre Brunel, *Histoire de la littérature française*, Bordas, 1978.
② Léo Bersani, *Baudelaire et Freud*, Le Seuil, 1981, p. 26.

投身渊底,地狱天堂又有何妨?
到未知世界之底去发现新奇!①

全书最后一章题为《死亡》,而这一章中的最后一首诗是《远行》。上面所引《远行》中的这最后两行亦可视为是对全书的作结。这样的编排不能不让人承认并感叹于作者深密精妙的用心。

但也有人对此不以为然。例如,卡米伊·莫克莱尔在他所写的《夏尔·波德莱尔传》中就指出,这些诗不过是按诗人的身世经历大致凑合在一起的。而他在《波德莱尔的爱情生活》(*La Vie amoureuse de Charles Baudelaire*)一书中则走得更远,认为"这部不朽的诗集其实编排得十分拙劣,是把那些单独构思的,且又二十次改来改去并长期存放在抽屉里的篇什生拉硬扯在一起的拼装之作"②。我们不能够认同莫克莱尔的看法,因为这既不符合作者的意愿,也不符合读者的阅读经验。但是,他这样的评论也促使我们在研究波德莱尔诗集"隐秘结构"的过程中采取更为审慎的态度。"结构"问题诚然事关重大,但这个问题的重要性也是相对的。

《恶之花》中的大部分诗作的确都是"单独构思的"。每首独立成篇的诗作表现的是诗人在特定时刻的感受,是诗人在某一方面的个性。诗集的"结构"也的确如雅克·克雷佩所言,是一种"事后安排的结构"(《 une architecture *a posteriori* 》)。《恶之花》的结构大纲是在大量既有诗歌的基础上产生出来的,同时它又促使诗人创作出一些新作填补空缺之处。总之,它不可能先于全部诗作而存在。有了诗作后,诗人再根据它们在主题或灵感来源上的相近性对它们分门别类地进行组织。我们可以感觉到这些组织结构中有一种渐次发展的顺序,但如果诗人要改换或颠倒某些细节也不是不可以的,而且并不会对总体效果带来明显的改变。因而也就不宜对结构问题赋予一种过度的甚或是绝对的价值。明智的态度应该是像维维耶那样,把《恶之花》看成是兼具首尾完整的书和无头无尾的诗集两者特点的作品,也就是说它既是"寓意深远、状物叙事的伟大佳构",也是"零散诗篇的结集"③。以此观之,单篇诗作与总体之

---

① 波德莱尔:《远行》,《全集》,第一卷,第 134 页。
② Camille Mauclair, *La Vie amoureuse de Charles Baudelaire*, Paris, Flammarion, 1927, p. 91.
③ Robert Vivier, *op. cit.*, p. 122.

间的关系就是往来交互的关系,而对零散诗篇的编排则在其中发挥着两相协调的居间作用,维护着两者间内在的辩证关系。此处所谓的"结构",并不必然是指相邻诗作在接续关系上严格不二的连贯或非此不可的安排,而更多体现为总体的趋势或板块的运动。但这又并不意味着两个相邻诗作之间不会有时候形成相互补充的对比或反衬的关系。总之,最让波德莱尔在意的,就是作品的总体效果。因此,有些论者并不把全书整体印象上的和谐归结于外在结构的严密,而是把它归结于在感受和主导观念上的一致和连贯。亚历山大·乌鲁索夫(Alexandre Ourousof)就是尝试在这个思路上解释这个问题的:

> 波德莱尔跟巴尔扎克一样,是先写了分散的部分后再把自己的作品融为一个整体的。巴尔贝·德·奥尔维利提到的整体性正是诗人的题中之意:作品中的各个部分对应着诗人特定的气质和才能,是一些神秘的关联将各个部分统合在一起,而正是它们的共同作用造就了一个前所未有的个体,其奇特之处独一无二。——这部书就是诗人灵魂和人生的全部(……)。①

随着诗作的不断变化,诗人的构思也在不断发展,全书的结构也就相应发生改变。全书结构的改变也像诗作的变化一样,体现出作者的个性。本雅明在他研究波德莱尔的书中,专门提到了全书谋篇布局与诗人个性之间的可能联系:

> 决定《恶之花》结构的,不是某种对诗作的机巧编排,更不是什么开启玄妙之门的密钥;结构的关键在于波德莱尔毫不留情地将任何没有打上最个人的痛苦经验烙印的抒情主题一概加以剔除。②

研究结构问题,这同样也是研究谋划全书结构的诗人所具个性的一个方面,这同时也是见证诗人创造活动中的一个特殊时刻,或者更准确地说,是见证诗人创造活动中由一系列时刻形成的特殊过程。在整体的光照下,用以构成全书的零散诗篇可以被看成是一些零散的词语,用以构成一首大诗。

---

① *Le Tombeau de Charles Baudelaire*, ouvrage collectif, précédé d'une étude sur le texte des *Fleurs du Mal*, commentaire et variantes publiés par le prince Alexandre Ourousof, suivi d'œuvres posthumes interdites ou inédites de Charles Baudelaire, Paris, Bibliothèque artistique et littéraire, 1896, p. 9.

② Walter Benjamin, *Charles Baudelaire, un poète lyrique à l'apogée du capitalisme*, op. cit., p. 212.

语文学(la philologie)对一个词语在语境中的作用所进行的研究,应该对我们研究单篇诗作在整体构架中的作用会有所帮助。语文学家们普遍认为,当一个词语被使用时,所发挥的作用就不只限于其在普通语言中所约定的通常意义。在现实的具体运用中,一个词语总是与某种结构中的其他一些词语具有相互呼应的关系,在与其他词语的共同作用下支撑着整体,让整体仿佛成为由词语的群星构成的星座。在这里,结构不是一个具有静态关系的系统,而是一个力场。一切与词语使用有关的必要前提构成语境,而正是语境保证了对每一表述的正确解码。因而随着语境的不同,一个词语的意义多少会相应发生改变;在不同的作品中,同一个观念在作用和指向上也会有所不同。波德莱尔"语言炼金术"(l'alchimie verbale)的特点之一就是创造了一种结构关系紧凑密实的语言,在这种语言中,每个词语都关涉着、保证着、支持着所有其他的词语,而与此同时,每个词语也被所有其他的词语关涉着、保证着、支持着。通过使词语之间建立起内在的"应和"关系,单个的词语就成为一个经济的却又是微言大义的符号,指示一个复杂的情景,其所包含的观点和唤起的情感反应全面突破了其最初意义的界限。这种语境氛围扩展了词语的语意空间,使孤立的词语通过整体获得超值的意义,从而也就增大了词语的表现能力和精神动能。如果我们把词语的概念扩大到一首诗,而且把语境的概念扩大到囊括全部诗作的整体框架,那我们就可以说,应当在把《恶之花》中的每首诗看成是单篇诗作的同时,更要把它们看成是构成完整作品的一个个环节,因为它们正是通过整体才获得自己的全部意义。波德莱尔对结构强化作用的探索,体现了他让作品变得浓缩凝练的决心。诗人深思熟虑的结构赋予其诗作以一种附加的价值,或者说一种更多的价值,一种增值。

我们的研究基于这样的前提:对诗作的分类整理也就是对诗歌所表达情感的分类整理,而分类整理诗歌所表达情感的目的是为了在全书的总体框架中达到感受性上的完整统一。为了不歪曲作品在感受性上的完整统一,就必须尊重诗人在诗集中对诗作的布局处理。无论作者的处理显得多么牵强和不自然,我们也应当接受它的原貌,因为我们的研究对象是作者的作品,而不是我们的作品。我们认为,那种对作者的意图全然置之不顾,完全凭着个人理解而武断地重新拼装诗作的方法是不合适的。这方面最突出的例子是吉尔贝·麦尔(Gilbert Maire),他在1907年的一篇文章中完全打乱了《恶之花》的结构,代之以他个人的分类。①

　　麦尔的意图是要用一种心理的顺序而不是逻辑顺序来取代《恶之花》的谋篇顺序,以期重新组织波德莱尔的作品,重新安排诗作之间的连贯性。他想通过把从原来结构中拆卸下来的零散诗篇进行重新组装,梳理波德莱尔作品的复杂性,而他认为原作中的复杂性是"含混不清"的。于是他把《恶之花》中的诗作分为三个大类。

　　第一个大类汇集了一些"表现由外部事物引起的情绪"的诗歌,其中有十首"巴黎图画"。在这个大类的其中一个小类中,他把《风景》和《太阳》与《应和》(Correspondances)、《高翔》(Élévation)、《流浪的波希米亚人》(Bohémiens en voyage)、《人与海》(L'Homme et la mer)、《猫》("来,美丽的猫")(Le Chat, « Viens, mon beau chat »)、《猫》(Les Chats)、《月亮的哀伤》(Tristesse de la lune)、《猫头鹰》(Les Hiboux)这样一些诗放在一起,称这些作品要么"表现外部事物",要么"将事物改造成象征",要么是一些能够唤起某种灵魂状态的风景。另一个小类中的诗歌表现类似的情绪,但融合了时间的概念,于是《暮霭》《晨曦》,以及《我没有忘记,离城不远的地方》便与《黄昏的和谐》(Harmonie du soir)、《秋歌》《浪漫派的落日》(Le Coucher du soleil romantique)放在了一起。至于《天鹅》《七个老头》《小老太婆》《盲人》和《您曾嫉妒过的那位善良女仆》这几首诗则因其病态反常的特点而与《猫》("它在我脑子里徜徉")(Le Chat, « Dans ma cervelle se promène »)和《败兴的月亮》归为一个小类。

　　在第二个大类中,麦尔把一些表现"艳情色欲"的诗作归聚在一起。这一类以《忧郁与理想》一章中的篇什为最多,有 39 首,如《美》(La Beauté)、《美神颂》、《头发》(La Chevelure)、《你要把全宇宙纳入你的闺房》(Tu mettrais l'univers entier dans ta ruelle)、《阳台》(Le Balcon)、《精神的黎明》(L'Aube spirituelle)、《自惩者》(L'Héautontimorouménos)等。除此之外,有三首《巴黎图画》一章中的诗歌,《致一位红发女乞丐》《致一位女路人》《热爱假象》;另有两首《恶之花》一章中的诗歌,《罹难的女人》(Une martyre)、《被诅咒的女人》(Femmes damnées)。

---

　　① 见 Gilbert Maire,« Un essai de classification des *Fleurs du Mal* et son utilité pour la critique »,*Mercure de France*,janvier-février 1907,pp. 260-280.

第三个大类收罗了那些表现个人的或普遍的思想和感情的诗作。《赌博》《雾和雨》《巴黎之梦》与《往昔生活》(*La Vie antérieure*)、《邀游》(*L'Invitation au voyage*)、《忧郁》(全四首)(*Spleen*, 4 poésies)、《痛苦之炼金术》《惬意的恐怖》《寓意》(*Allégorie*)、《库忒拉岛之行》(*Un voyage à Cythère*)等归在一处。麦尔认为在这些诗作中可以见到"波德莱尔心意中固有的个人感情",而且诗人也把它们表现为个人感情。《耕作的骷髅》《死神舞》这两首跟死亡有关的诗作涉及的主题更具普遍意义,因而就与其他一些表现相关内容的诗作归为一个小类,如《祝福》《面具》《腐尸》(*Une charogne*)、《通功》(*Réversibilité*)、《无可救药》(*L'Irrémédiable*)、《深渊》《毁灭》(*La Destruction*)、《爱神与颅骨》(*L'Amour et le crâne*),以及《死亡》一章中的全部6首诗。

麦尔的分类显然完全置诗人意愿中的结构框架于不顾。他的研究分解了波德莱尔的作品,然后再按他个人的理解对诗作进行分门别类的归纳。我们怀疑这种方法是否真的能够揭示波德莱尔的创作奥秘,是否真的让我们还能够在作品背后找见其作者。其实,麦尔的研究主要是建立在一些预先设定的想法之上的,他按这些想法预先安排好一些类别,而这些想法或类别与其说是研究的结果,不如说是研究的出发点。在这些预设想法的驱使下,文章作者不是去梳理出作品结构主线的特点,而是在诗作中去寻找支持他个人观点的证据。这种随意分解作品的方法所能带来的益处的确是有限的。它唯一有一个顺带的好处,就是虽然它没有梳理出支持全书走向和结构的原则,但仍然在某种意义上确认了波德莱尔诗歌的内在统一性,即诗人在创作灵感上一以贯之的统一性。然而,是否真的需要分解作品才能够找到这种创作灵感上的统一性呢?创作灵感上的统一性难道不正是最强烈地体现在让诗作与结构框架相得益彰的关系之中吗?

我们认为可以恰当地得出这样的结论:违背作者意图而生造诗作的分类和顺序,或者自以为是地把诗作按自己的理解进行编排,以为作者倘若得假天年有可能照此处理,这都不是科学的解决方案,都是应当避免的。

第二节 《恶之花》各版本结构中的"巴黎图画"

《恶之花》各版本的结构布局一直以来都是波德莱尔学者们的探讨对象。大家可以对波德莱尔在诗集中给予诗歌的顺序以及赋予的意义进行商榷,也可以对能够在何种程度上深入到诗集结构的细节中而不迷失方向各抒己见,但诗人要将诗集做成一部结构严整的书这一愿望却是不容置疑的。

在《恶之花》初版发行前,波德莱尔曾两次尝试将诗作汇集在一起发表,一次是1851年4月9日在《议会信使报》上发表的由11首十四行诗组成的《灵薄狱》,另一次是1855年6月1日在《两世界评论》上发表的由18首诗歌构成的《恶之花》。很难说在这两个系列中有严格意义上的"结构"。《灵薄狱》中的11首诗是散乱聚在一起的。《两世界评论》上发表的那批有一首作为引子的序诗《致读者》,这算是波德莱尔开始留心整体结构的第一个迹象。我们在这批诗作中可以感到有一种悲观情绪,但这种悲观情绪还不至于让灵魂陷入彻底绝望的程度。灵魂被推向反观内照,在意识的自省中交织着些微的悔恨之情。在上述这两个系列中,没有任何一篇是后来进入《巴黎图画》的诗作。

"结构"的确立始自《恶之花》初版。这个于1857年刊行的版本像一出戏剧一样分为五个部分:《忧郁与理想》《恶之花》《反抗》《酒》《死亡》。这个结构方案完全没有考虑各篇诗作创作时间上的问题。作者的想法是要在章节划分中严格顺应情感和思想的连贯,不仅要在大的发展线索上,而且也要在由相关题材构成的小类上,都自始至终体现出层层递进的脉络。全书在结构上始于诗人诞生的图景(《祝福》),终于表示死亡的坟墓意象(三首以《死亡》为题的诗歌,其中最后一首是《艺术家之死》),由此囊括了一个人(尤其是诗人自己)一生的命运。这个版本中有8首未来的"巴黎图画",全都收在第一章《忧郁与理想》中,这也是诗集中篇幅最大的章节。《太阳》是这一章中的第二首,紧接在《祝福》之后。《雾和雨》是第63首,紧接在四首题为《忧郁》的系列诗之后。在第64首《无可救药》之后,紧接着是一组6首未来的"巴黎图画",它们按序分别是:《致一位红发女乞丐》《赌博》《暮霭》《晨曦》《您曾嫉妒过的那位善良女仆》《我没有忘记,离城不远的地方》。

《雾和雨》在题材上与它前面那四首题为《忧郁》的诗作一脉相承,而那四首诗的背景正是雾雨迷蒙的天空：

> 雨月，对着整座城市大发雷霆，
> 把它罐里的阴冷疯狂地倾倒，
> 泼向附近墓地里苍白的亡灵，
> 又把死亡洒向雾蒙蒙的市郊。
>
> 　　　　　　（《忧郁之一》，第1—4行）

> 什么也不比跛脚的白天难挨，
> 多雪之年的雪片将万物掩埋，
> 在忧思郁结百无聊赖的光景，
> 生出的厌烦浩茫芒永无止境。
>
> 　　　　　　（《忧郁之二》，第15—18行）

> 我就像阴雨绵绵国度的君王，
> 富有却又衰弱，年轻却又沧桑
>
> 　　　　　　（《忧郁之三》，第1—2行）

> 当天空如盖子一般低沉压抑，
> 让久已厌烦的精神发出呻吟，
> （……）
> 当雨水拉出绵绵无尽的雨丝，
> 就像模仿着大牢铁窗的隔栅
>
> 　　　　　　（《忧郁之四》，第1—2,9—10行）

如果算上位于《忧郁》组诗前面的《破钟》(*La Cloche fêlée*)和紧接在《雾和雨》后面的《无可救药》，就可以得到一个由7首诗（第58—64首）构成的"忧郁"系列。弗伊拉将这一个系列中的诗列入被他称作"波德莱尔在厌烦情绪影响下进行的沉思"的一类中①，而吕孚把它们归为一个"表现失败、罪恶、悔恨

---

① 见 Albert Feuillerat, *art. cit.*, p. 261 *sqq.*

和厌烦的忧郁系列"①。这几首诗在好几个方面，至少在灵感来源和营造的氛围上与巴黎有一定关系，可以看做是构成了巴黎系列的某种引子。

波德莱尔之所以要在此处采用一些巴黎诗歌，也许是因为看重这些诗歌中涌动着的人性因素。虽然这几首诗多少带有一些客观的特点，但同时它们又的确都是一些唤起梦想的作品。《致一位红发女乞丐》在呈现出陷落在苦难世纪的美丽那令人唏嘘的图景的同时，也表现了这位女乞丐在一个风清俗美的时代有可能成为的样子，由此切合了《忧郁与理想》一章的对比反衬的题旨。接下来的一首《赌博》表现了可以被称作是"丑陋与富丽"的图景。在这首诗中也是一样，主要表现了厌烦之情的可怕和想要通过赌博激发出一丝生气的狂躁愿望，而客观描写倒在其次。《暮霭》和《晨曦》两首描写了在傍晚和清晨这两个暧昧不明的时刻涌现在城市各个角落的罪恶。这两篇中的场景与《忧郁》组诗相类似：诗人蜷缩在他的蜗居中，对外面到处弥漫的罪恶和苦难发出沉思。接下来的两首以表现诗人的身世遭际为特点，定格了对童年时代两个忧郁时刻的记忆。

将巴黎诗歌加入到一些表现"忧郁"的诗歌中间，这一方面表明巴黎与忧郁这两个诗歌灵感的来源经常是联系在一起的，另一方面也表明真正意义上的巴黎题材在当时还没有找到自主的身份或自主的地位，还不是一种自成一统的类型。初版中的谋篇结构让我们在这六首未来的"巴黎图画"中看到的更多是"忧郁性"而不是"巴黎性"。从这些呈现中显示出来的主要是一些痛苦的感受，而在诗人看来，这样的感受是由销魂蚀魄的忧郁导致的。但无论如何，把这六首诗放在书中的这个部分，这多少会让我们感到有一些牵强附会之嫌。虽然我们不能够说这几首诗与这一部分的总体特点完全相抵牾，但它们还是给人有生硬添加的感觉。

诗人自己其实也承认这六首诗在这一部分中有游离于外的感觉，于是他借第二版刊行之际将它们抽取出来，让它们构成一个新章节的核心。将这六首诗挪动后，不仅让《忧郁与理想》一章中先前被它们打断的逻辑发展得以连贯，而且也让诗人有机会通过在这一部分末尾增加一些新作，强化总体印象上

---

① Marcel A. Ruff, *L'Esprit du mal et l'esthétique baudelairienne*, Paris, Armand Colin, 1955, p. 304.

的统一性，并对归结《忧郁与理想》一章的思想蕴意加以提升。这些新增的诗作加深了厌倦萎靡之情，尤其是凸显了死亡的纠缠和虚无的烦扰，将一种具有毁灭性的悲观情绪引入书中，而其中一首的标题《虚无的滋味》正是这种悲观情绪的体现。新、旧两种谋篇结构让我们得出的结论完全不同。在初版中，忧郁似乎还只是两极之一，诗人还在忧郁与理想这两极之间游移不定。诗人以其艺术家的才能而有能力逃避忧郁，这多少还能够让人感到某种程度的振奋。而在新版中，诗作表现的是接踵而至的一系列失败的过程，让人陷入越来越深的绝望之中。从《墓地》(Sépulture)一诗开始，再经过《忧郁》组诗，聚集起了漫天浓厚的乌云，终于在最后三首诗《自惩者》《无可救药》和《时钟》(L'Horloge)中发出雷霆般的轰鸣。到这时，"忧郁"与"理想"相比完全占了上风。这一章的结尾部分在初版中原是归结于具有诗人禀赋的作者的个人命运，而在新版中则扩展了意义空间，指向了对于人的本性和人的意识的审省。

维维耶在发表了关于波德莱尔的论著(《波德莱尔的独特性》，1926)多年后，表示非常遗憾没有在书中更清楚地指出以下这点："波德莱尔的这部作品语言上是抒情的，构架上是富有道德和哲学意味的，而在内容上又是充满戏剧色彩的；它讲述的，或者更确切地说它在舞台上展现的，是清醒意识和欲望之间的无情对决。"[1]这种"对决"的确是存在于波德莱尔作品中的；但在一个更深的层次上，也存在着这两种矛盾因素的协同。所谓"欲望"，就是普鲁斯特所定义的"深层自我"(le moi profond)[2]，而所谓"清醒意识"，就是瓦莱里所称道的"纯粹自我"(le moi pur)[3]。在波德莱尔的所有作品中，新版《恶之花》在我们看来应该是最好地表现了"深层自我"和"纯粹自我"之间这种既对立又协同的关系的作品。普鲁斯特把"深层自我"看成是这样一个处所，在那里汇聚着的是我们最私密的体验，最独有的感觉，最奇特的想法，总之，是那些被日常语言的陈词滥调所遮蔽的一切，而且遮蔽这一切的还有"那些专业术语，以及被

---

[1] 引文出自《波德莱尔的独特性》再版中的"作者后记"，Vivier, *op. cit.*, p. 291.

[2] 见 Proust, *Contre Sainte-Beuve* (1954), coll. Folio/Essais, Paris, Gallimard, 2000, p. 131 et sqq.；又见 Germaine Brée,《"Le Moi œuvrant" de Proust》, *The Modern Language Review*, LXI, 1966, pp. 610-618.

[3] 见 Paul Valéry, *Œuvres*, éd. cit., t. I, 1957, p. 1215 *sqq.* et t. II, 1960, p. 1505.

我们错误地称作所谓'生活'的那些现世现报的目标"①。而对瓦莱里来说,"纯粹自我"代表着清醒的且仿佛是摆脱了极度个人的经验而具有普遍性的意识,这种意识可以根据为自己精心选定的目标而对个人经验进行观察、判断和整理。根据情况的不同,波德莱尔的每首诗都或多或少地得自于他的全部才能之间,以及突发奇想的灵感与精心构思的制作之间的通力合作。

在《恶之花》的几个主要版本中,1861年刊行第二版可以恰当地被认为是最好的一个。这确实也是作者本人审订过的最后版本。这个版本中对先前版本所做的那些修改,无论在文字方面还是在布局结构方面,总体上都是一种改进和完善,有些地方甚至可以说是构思奇绝、妙笔生花。第一版中被判删除6首诗后导致的全书结构的失衡,在第二版中由于新增35首诗而得到修复,而且这些新增诗作中有许多都属于波德莱尔最杰出的作品。波德莱尔对这个版本进行了非同寻常的精心布局,以充分体现他至深的诗歌灵感的力道脉络。最大的变动就是在书中加入了《巴黎图画》一章。这一章中包含了属于两个不同时期的作品。原来那些旧作在进入到新语境中后,其意义也相应发生了改变,完全与新版中涉及的问题相切合。

在《巴黎图画》这一新章节中,诗人不再是与自己忧思郁结的矛盾内心促膝晤谈,而是转身投入到对外部世界的观照中。新的布局结构是清楚的:在这之前的诗歌主要是心意情怀方面的,而到了这里,诗人停止再纠缠于自己内心矛盾的搏斗,转而向他周围的世界——城市——打开了一扇窗口,到身外世界继续他的考察,将他对生活的悲剧性观照扩展成一出壮阔的风俗剧——一出用诗歌写成的"人间喜剧"。这些富含人性资源的图画自然是回应并进一步充实了涌动在《忧郁与理想》结尾部分的人性因素。因而对于外部世界能够在《恶之花》这样一本纯粹关乎人性、纯粹关乎人的心意情怀的著作中占有一席之地,我们不应该感到诧异。的确,我们在这一章中看到与在第一部分中同样的忧思,同样的一丝不苟的精心制作。虽然这一章的标题是《巴黎图画》,但其中的诗篇却又并非是描写性的。而且从诗人方面看,也并没有真正意义上想要逃避的意思,也就是说他并不是要在城市的声色玩乐中找到逃避内心忧郁

---

① Proust, *À la recherche du temps perdu*, éd. Pierre Clarac et André Ferré, coll. Bibliothèque de la Pléiade, t. III, 1954, p. 896.

的办法。在这个时候,诗人成了见证人或观察者,而并不是当事人或被观察的对象。诗人在前一章中详细坦陈了让他心烦意乱的"恶"的威力之后,现在又在别人身上去观察"恶"的作用。从这点来看,《巴黎图画》还是在讲"忧郁",如果借用波德莱尔本人恰巧在这一时期创造的一个表述,那就可以说是"巴黎的忧郁"。这些图画并不是表现巴黎的,而是表现以特有的巴黎形态呈现出来的"忧郁"和"理想"。波德莱尔在这里表现的,是人生的困境、意志的萎靡、节操的窘迫、人性的败坏和邪恶,以及对于尊严和高尚的向往,而在现代城市中,这种向往就是体现"理想"的通常形式。那么究竟怎样概括这些诗中的城市经验呢?苦难、衰败、罪恶、荒淫、伤逝、忧郁。诗人是一位既愤世嫉俗又眼光敏锐的观察者,他通过观察充塞城市风景的众多最典型的形象,在"拥挤如蚁之城"中新发现了一个忧郁的园地。

接下来的《酒》系列延伸了《巴黎图画》的主题。这个系列中的诗有外部描写,也呈现了巴黎场景,而要是它们只有一两首的话,那甚至完全可以把它们并入《巴黎图画》也无不妥。但它们有五首之多,这就可以构成相对独立的篇幅,再加上这些诗都表现了最让人欲罢不能的诱惑之一,那就是借助酒精的威力浇灭心中的块垒,冲破人生现实存在状况的桎梏。我们相信,可以把逃避忧郁和追求理想视为两个相互关联的运动,两者都在同一个而且也是唯一一个本能中汲取力量。在初版中,《酒》与《忧郁与理想》之间隔着《恶之花》和《反抗》这两章,是诗集中的倒数第二章。在这个位置上,它显得好像是一种安慰或是一种良药,可以让人忘记所犯下的罪恶和所遭受的罪恶。如果不算《凶手的酒》(*Le Vin de l'assassin*)这唯一一篇控诉酒的危害的作品,这一章的内容总体上看不出有什么让人吃苦遭罪的地方,而且这一章甚至还以其有些天真的轻松笔调与《恶之花》的整体效果显得有些格格不入。诗人想把醉酒说成是像诗歌一样的可以逃避人间苦难的手段,希望在酒中找到通往无限的途径,而所谓无限是他在这个充斥着忧郁和罪恶的凡尘中无由达到的。第二版中的归类则更严密。诗人意识到他在第一版中把简单的逃避手段放在了一个太过乐观的位置上,于是在第二版中加以矫正,让《酒》只是作为《巴黎图画》和《恶之花》之间的一个过渡章节。当波德莱尔把《酒》作为《巴黎图画》的补充,这便增加了全书整体上的悲剧性。这时,"酒"不再被说成是一种获取人造理想状态的手段,而是被看作一种毫无效验的手段,同那些"嬉戏快活"一道,被归为带来灾祸的因由。前有《忧郁与理想》的发端，接着是《巴黎图画》的发挥，又有《酒》的补充，新的谋篇结构让层层递进的悲剧感显得更加自然和强烈。这三个连贯承接的章节展现了一步步走向无可救药的绝望的过程。诗中呈现出来的那些城市生活景象既是败坏的，也让人败坏，尤其是让人苦难深重，而导致这样结果的是人们灵魂中不可满足的欲念和渴望。《酒》这一章的价值可以从诗集中观念的发展过程进一步得到确证：在对自我进行无情剖析过后，在让人痛苦的嬉戏享乐过后，在虚幻的幸福让人想入非非、放纵天性过后，最终的沮丧就更为变本加厉。全书的总体结构方案因此也就显得更具启示性和真实性。

由于全书是严格按照一步步走向深渊的过程来设计的，最后三章——《恶之花》《反抗》和《死亡》——就紧密结合在一起，以其快速移动的视线和闪烁变换的思想，仿佛构成了悲惨剧目的最后一幕。《恶之花》一章是专为恶癖邪行而设的一个系列，它紧接在《酒》这个罪孽稍轻的系列后面，表现那些"心明眼亮的邪恶，灰心绝望的邪恶，遭到报应的邪恶"①。这一章中的诗作同它前面两章中的一样，总体上带有客观的特点，也就是说写的是外部的"客观对象"。其所涉及的不再是作者本人，甚至也不再是一般意义上的人，而仅仅是那些肆无忌惮地投身到肉欲淫乐之"恶"中的人，而且尤其是女人。书中的这一部分为我们呈现了一个隐秘的恶的花园，在那里聚集着受到魔鬼启发的各种有毒的思想，其腐败的气息透入到每首诗中，阻碍着向灵性境界的飞升，或者说阻碍着"对上帝的祈求"②。在这些诗中，波德莱尔刻画了一些最令人魂魄悚动而久久不能释怀的形象，这些形象饱含寓意，表现了所有追求"无限"的男人们和女人们的可悲经历。

魔鬼的蠢动和诱惑不只是让人的精神"远离上帝的视野"(《毁灭》，第9行)，而且它对人的控制还意味着挑动它的盲目追随者去辱骂和亵渎创世主。三篇构成《反抗》系列的诗作所记录的正是这样的辱骂和亵渎。与前面《恶之花》一章中的诗作一样，《反抗》中的诗歌也呈现了撒旦的种种让"广大无边的

---

① Albert Thibaudet, *Histoire de la littérature française de 1789 à nos jours*, Paris, Stock, 1936, p. 327.

② 语出《我心坦白》，《全集》，第一卷，第683页。

人类"抵挡不住的诱惑。但在这些诗歌看上去显得负面的外表背后,在为魔鬼歌功颂德的祈求中,在这种因不满于上帝对人们渴望理想的心意默然以对而发出的疯狂反抗中,毫不为过地说,可以看到那些见识了生活之"恶"并勘透了世界——包括"天堂"和"地狱"——之空虚的人们所表现出来的深深的宗教情怀。必须要有敏锐的洞察力,才能够从中读出一颗不甘泯没而依然苦苦寻求的信仰之心在走投无路之际发出的绝望呼号。

　　波德莱尔并不会受魔鬼诱惑的欺诓,而且也深知"反抗"的态度是人的存在状况所使然,而为了打破存在状况强加给人的桎梏,诗人最后便求助于终极的、战无不胜的手段——死亡。《死亡》系列最初只有三首十四行诗,分别写了三种人的"死亡":情人、穷人、艺术家。诗人同时属于这三种人。这些人没有能够实现他们的渴望,而死亡对他们来说就像是一个殷勤的女主人,满足了他们的一切心意。这三首诗都结束于对复活的展望和对重返青春的承诺:"死亡给人慰藉,死亡让人活着;/ 这是生命目标,这是唯一希望"①。我们甚至可以在其中觉察出些许心满意足的感觉和欢喜的气象。死亡并不是坠入到虚无之中,相反,"这是向陌生天国洞开的大门!"②波德莱尔以《艺术家之死》(*La Mort des artistes*)中的以下两行诗为1857年版的《恶之花》全书作结:

　　　　是死亡像一轮新日高悬天上,
　　　　让他们脑中的百花尽情绽放!③

对现世生活的厌恶越来越沉重地充塞了诗人的内心,这让他在1861年版本中就把死亡仅仅看成是一种彻底的解脱。死亡,就是去到"世界之外的任何地方"④。蒂博岱恰如其分地指出,"波德莱尔笔下的死亡不是对天堂的希望,不是要通过磨难返归本真,也不是坠入地狱",而是"通往灵薄狱"⑤。新增的三首诗《一天的结束》(*La Fin de la journée*)、《好奇者之梦》《远行》,让全书的走向朝着虚无的感觉偏斜:

---

① 《穷人之死》(*La Mort des pauvres*),《全集》,第一卷,第126页。
② 同上,第127页。
③ 《全集》,第一卷,第127页。
④ 此处套用了《巴黎的忧郁》中第48首散文诗的标题《世界之外的任何地方》(*Any where out of the world*),见《全集》,第一卷,第356页。
⑤ Thibaudet, *Histoire de la littérature française de 1789 à nos jours*, op. cit., p. 328.

(……)——怎么！这就完了么？
帷幕已经拉起，可我还在等待。①

从美学效果方面来看，新增的诗改善了先前只有三首十四行诗的单薄状况，让本章节变得更加丰满，同时也让死亡的效果更纠缠得人不得安宁。《远行》一诗是《恶之花》全书中最长的一首。从结构方面看，《远行》并不只是为《死亡》一章作结，它同时也是对全书的一个极好的总结。诗人不仅在诗中对自己的经历、愿望、厌烦等作了概述，而且还对《恶之花》中的几乎全部主题加以回顾并进行了重新审视：在男人和女人身上以各种形式出现的恶、反抗，甚至还有对"人工天堂"的寻求。这首诗是《恶之花》中最具异域情调的，但同时它又拒绝一切形式的逃避，甚至包括想象中的逃避。起航、大海、航船、宝石、热带岛屿，总之，想象中到"海国仙山"寻找珍宝的远行并不能缓解对于"未知"的渴望。这首诗让"忧郁"与"理想"之间的搏斗一直延伸到了死亡中："到未知世界之底去发现新奇！"②真的可以成功达到这个目标吗？此刻的诗人并不比在其他任何时候都更有把握回答这个问题。诗中全面展现的人类命运的壮阔画面，可以充分印证这首诗在书中被赋予的重要作用。

从第一版到第二版，波德莱尔一方面让作品的内在结构更趋严整，另一方面又通过新的谋篇布局赋予全书以一种不同的基调。在第一版中，我们透过作品表现的那些情炽意浓的狂喜、愤愤难平的怒火、咄咄逼人的挑衅、大逆不道的反抗乃至亵渎神明的冒犯，可以感觉到一种对于生活和人生奇遇的热切执着，一种永不满足的想要经历一切、体验一切的渴望。而在第二版中，新增的诗作和结构上的调整让全书浸染了一种疲乏厌倦、灰心失望的色调。在那些被称作"图画"的诗作中采用的描写手法，增大了全书的暗示启发之功，让书中对人类生活的有意义或无意义所进行的思考变得更为深入。不只是悲观更深了，而且那种多少带有形而上特点或宗教特点的立场也愈加明显了。正是在这一版中，我们能够最好地领受波德莱尔作为艺术家和道德家的独特之处。研究者们之所以普遍认为新版高明于老版，是因为其中的主线脉络呈现得更为连贯和清晰。

---

① 《好奇者之死》，《全集》，第一卷，第129页。
② 《远行》，《全集》，第一卷，第134页。

前文已经说过，《恶之花》第三版是波德莱尔去世后由其友人阿斯里诺和邦维尔编订的。这个版本虽然维持了六个章节的大结构，但两位编者热情有余而审慎不足，把他们凡是能够找到的波德莱尔的诗歌，无论是发表过的还是没有发表过的，统统编入书中。在第二版基础上，新版增加了 25 首各类诗作：忧郁沉思、翻译作品、应酬唱和、肖像刻画、风流雅韵、诙谐讽刺等等，不一而足。两位编者将新找到的诗作没有什么章法地添插到第二版的作品中间，这表明他们完全没有顾及诗人自己对诗作的精心布局。把《一本禁书的题词》(Épigraphe pour un livre condamné) 这首十四行诗放在《恶之花》一章第一首的位置上，这难以自圆其说。波德莱尔在 1860 年代初期创作了这首诗，其本意是要把它放在全书的开头处。1865 年 1 月 1 日的《手稿》(L'Autographe) 杂志发表这首诗的影印件时附有一个注释说明，可以验证这点。① 新增的诗有 22 首都在《忧郁与理想》一章中。十四行诗《致戴奥多尔·德·邦维尔》(À Théodore de Banville) 是一篇青年时期的作品，是诗人与被题献人之间友情的见证，诗中多有客套恭维之词，与书中主题并不协调。《题奥诺雷·杜米埃的肖像》(Vers pour le portrait de M. Honoré Daumier) 一诗是为一幅表现这位艺术家的肖像而题写的，这幅肖像是以米歇尔·帕斯卡尔 (Michel Pascal) 创作的一件浮雕像为蓝本而制作的一幅铜版画。把这首诗放在《西西娜》和《献给弗朗西斯卡的赞歌》(Franciscæ meæ laudes) 之间，这让它显得格外刺眼，甚至显得滑稽可笑，因为它周围的诗作尽是些针对各种被爱慕女性的赞美之词。② 在《惬意的恐怖》之后一股脑加入了驳杂不齐的 20 首诗，完全破坏了整体结构，也搅乱了这一章所要表达的意思。而且很显然波德莱尔从来没有产生过要把《和平烟斗》(Le Calumet de paix) 放进他不朽诗集中的想法，因为我们知道这首诗实际上是译自美国作家朗费罗 (Henry

---

① 注释如下："夏尔·波德莱尔，诗人和散文家。——在诗歌和散文方面，他都是一位自成一派的作家。——这首十四行诗是为《恶之花》第二版所写的前言，这是一本可以争论也应该争论的书，但绝不是一本平庸的作品。"引文见 Crépet et Blin, Les Fleurs du mal (édition critique), op. cit., p. 554；又见《全集》，第一卷，第 1104 页。

② 需要注意的是，在三个主要的爱情系列之后，从《午后之歌》(Chanson d'après-midi) 到《秋之十四行诗》(Sonnet d'automne) 的这一段作品（即《恶之花》第二版中序号从 58 到 64 的作品），歌唱的是次等重要的各个被爱慕的女性人物。这一系列中那种有几分风流又有几分伤感的笔调与《题奥诺雷·杜米埃的肖像》的笔调完全是两码事。

Wadsworth Longfellow)的《海华沙之歌》(*The Song of Hiawatha*)。

至于《巴黎图画》一章,是在《太阳》之后加入了两首诗:《巴伦西亚的劳拉》和《败兴的月亮》。我们已在前面看到,关于劳拉那首纯粹是一篇应酬之作,为马奈所绘的一幅肖像而题。这首诗与题献给邦维尔和杜米埃的那两首一样,与波德莱尔诗集的谋篇布局格格不入,其出现在诗集中着实让人诧异。至于第二首《败兴的月亮》,弗伊拉从象征角度对它进行了阐释以说明其"巴黎性"。我们姑且认为这是一首巴黎诗歌,那它最合适的位置也不应该在白昼系列中,而应该在黑夜系列的那些"图画"中间。

1861 年版本的《恶之花》是作者亲自审定的这部作品的最后状态。作者为诗歌的编排顺序煞费苦心,其意图也贯彻得最为彻底。如果把第三版完全说成是"虚无主义恶浪汹涌"①之作,这也许太不厚道,但我们还是可以像克雷佩那样认为,从结构的角度来看,这个由作者的朋友编订的版本不值一提。②

第三节 《巴黎图画》中的两个系列

在几个版本的《恶之花》中,第二版对诗歌的编排最完美,同时这个版本中的《巴黎图画》一章中的诗歌顺序也是最为理想的。八首旧作在新的语境中获得了新的意义。而且据诗人自己的说法,十首新作是特意为新的框架而创作的。这些新作显示了作品的整体结构形式在激发创作灵感方面的启示作用。这在题赠给雨果的三首诗中尤为明显,而这三首诗在某种意义上甚至可以说是这一章中的巅峰之作。

也有一些论者对《巴黎图画》的严整性持保留意见。他们提出可以很容易地按一些其他方式来组合诗作。例如,《面具》就很可以像《死神舞》一样进入《巴黎图画》,而《热爱假象》和《雾和雨》也可以被列入到《忧郁与理想》一章中。要是把《死神舞》和《耕作的骷髅》安插在《恶之花》一章中,只要加以巧妙的论证,也是可以说得通的。但是,这只是提出了编排诗作的一些其他可能性,而

---

① Albert Feuillerat, art. cit., p. 330.
② 见 Jacques Crépet, *Les Fleurs du mal* (édition critique), *op. cit.*, p. 403;又见 Crépet et Blin, *Les Fleurs du mal* (édition critique), *op. cit.*, p. 224.

这并不能推翻《巴黎图画》一章本身所具有的整体统一性。

《巴黎图画》经常被作为一个整体来分析,而其结构主要是指这一章的总体运动方向和趋势。需要指出的是,那种想要画出这一章中18首诗的严格装配图以表示出每首诗之间次第逻辑发展步骤的做法不仅是困难的,而且也是不切实际的。也就是说,想要找出每一步的精确接续也许会终归枉然。然而,这一章中总体上大的发展趋势却又是明显可以感觉得到的。我们要做的就是循着作品的运动趋势以更好地领会其整体上的统一。

在开始我们的研究之前,有必要说明一点,那就是我们并不同意贝内代托在《论〈恶之花〉的结构》(L'Architecture des « Fleurs du mal »)一文中对《巴黎图画》的谋篇结构所抱的太过严苛的看法。贝内代托虽然承认《巴黎图画》的主题和题材恢弘大气,认为其中所表现的那些非同寻常的人和事正是最有可能出现在大城市中的,而且正是这样的环境让这一章所表现的人和事成为了体现那些纠缠人心的痛苦真相的象征物,然而当他谈到《巴黎图画》的结构时,却又认为这一章是《恶之花》全书中最应该受到批评的部分。他把波德莱尔针对《小散文诗》所说的话用到了这一部分的诗作上,把这些诗作看成是一节节可以自由拆散又随意接上的"椎骨":

> 它们之间没有任何必然联系,更糟糕的是,每首诗与支撑这一部分的总体构想之间的联系微乎其微。(……)他(指波德莱尔)还不止于此:他把那些不专属于精神生活或在其他地方找不到合适位置的一切统统塞在这个部分中。这导致了这一章的明显不足(……)。①

贝内代托因此表示,他对在这一章中见到两篇表现家庭私密生活的诗作以及《雾和雨》这样的作品而感到非常吃惊。他不禁问道:"这三篇与《巴黎图画》一章究竟有何关系?"他自己给出的答案显得有些古怪:

> 唯一的答案就是,这些诗告诉我们两种在巴黎度过黑夜的方法。一种应当是"……趁无月的夜晚,耳鬓厮磨,/在一夜风流的床上忘却痛

---

① L. F. Benedetto, « L'Architecture des *Fleurs du Mal* », *Zeitschrift für französische Sprache und Litteratur* [Chemnits und Leipzig], XXXIX, 1912, p. 62.

苦",另一种则是与过去的相好重逢。①

在一些偶然性的事件中去寻找这些诗的意义,这可能并不恰当。《巴黎图画》汇集了一些表现客观内容的诗作,这些诗作是围绕着作为主线的悲剧脉络铺展开来的,也就是说,外在生活的场景是作为忧郁与理想之间冲突的插曲来设计的。其中的诗作是按照相似性或对比性的复杂关联组织起来的。对诗歌排列顺序的设计主要取决于心理感受和美学效果两个方面。波德莱尔的用意并不是简单地按理性的顺序对这些诗进行呆板的分类以获得一个表面上的统一,而是有心像画家处理绘画、音乐家处理交响乐一样来处理自己作品的结构,根据意象和趣味亲近远疏的关系,或运用类聚以达到共振,或借助对比以强调反差,或打断太过顺畅的接续以避免单调,使作品呈现出五彩斑斓而又不失其内在统一性的艺术效果。从这点来看,之所以把《我没有忘记,离城不远的地方》安插在一些表现夜晚的诗作中间,是因为它为这整个表现昏暗而阴森场景的系列增添了一丝反衬的亮光,而正是这一丝亮光反而让黑暗显得更加浓厚和深沉,引发对人心幽冥的深思。在黑色背景上出现的这个光点所产生的艺术效果,可堪比拟法国 17 世纪画家乔治·德·拉图尔(Georges de La Tour)所绘的某些具有强烈光影对比的油画,如《油灯前的玛大肋纳》(*La Madeleine à la veilleuse*)、《圣约瑟的梦》(*Le Songe de Saint Joseph*)、《掷骰子的人》(*Les Joueurs de dés*)等。

詹姆斯·劳勒(James Lawler)持与贝内代托不同的观点,不仅认为《恶之花》的编排有序而巧妙,而且他还像在音乐中一样,从数的规定方面探讨《巴黎图画》的布局形式。② 他在《〈巴黎图画〉的排列顺序》(*The Order of "Tableaux parisiens"*)一文中提出,《巴黎图画》并非是一般意义上的诗歌集,而是一件按严谨的分组编排起来的连贯作品。他这篇文章的主旨就是要揭示《巴黎图画》中按对称和对比法则,或者说按矛盾法则组织起来的合于数字和音乐的结构。劳勒将这一章中的 18 首诗按每三首为一组,均分成六组。每组

---

① L. F. Benedetto,« L'Architecture des *Fleurs du Mal* », *Zeitschrift für französische Sprache und Litteratur*〔Chemnits und Leipzig〕, XXXIX, 1912, p. 63.

② 见 James Lawler,« The Order of "Tableaux parisiens" », *Romanic Rewiew*,May 1985,pp. 287-306 ; aussi « L'Ouverture des *Fleurs du Mal* », in *Dix Études sur Baudelaire*, réunies par Martine Bercot et André Guyaux, Paris, Champion, 1993, pp. 7-33.

中的三首诗自成系列,处理一个特定的主题。在组别之间有一条辩证的线索维系着对比关系。现将劳勒勾勒出的《巴黎图画》的结构简述如下:

(1) 幸福:开头的三首诗构成了一段幸福的、无忧无虑的时光。作为抒情主人公的"诗人"感到自己心意饱满,可以任意发挥幻想和想象(《风景》),将自己的艺术才能与太阳的功效等量齐观(《太阳》),但又在城市环境中看到了将艺术与日常现实分隔开来的差距(《致一位红发女乞丐》);

(2) 忧郁:诗人在都城的大街小巷满目所见的景象尽是无可救药的毁损(《天鹅》),琢磨不透的怪异(《七个老头》)和不可抗拒的朝向死亡的行进(《小老太婆》),这让他在深深的忧郁情感的压迫下透不过气来;

(3) 失望:通过一些表现具体情境的图像,如徒劳地凝望天空的瞎子(《盲人》),擦肩而过却又不能两情相悦的路人(《致一位女路人》),直到死后都逃不脱苦役的囚徒(《耕作的骷髅》),日常生活中的难题被放在了永恒的背景上来观照;

(4) 欲望:这组诗歌笼罩在黑夜中,其所呈现的人物都受到疯狂欲望的驱使,或是肆无忌惮地追欢逐乐,在想入非非中挥霍生命(《暮霭》),或是全身心投入到永无饱足的激情中(《赌博》),或是迷醉于与魅力撩人的死神同欢共乐(《死神舞》);

(5) 爱情:这一组从多个方面对爱情进行了考察,有每个人都乐于接受的假象(《热爱假象》),有温馨的回忆(《我没有忘记,离城不远的地方》),有难以忍受的失败(《您曾嫉妒过的那位善良女仆》);

(6) 孤清:现在到了饱受痛苦的人寻求安眠的寂静时刻,灵魂昏昏欲睡,在阴沉的天气中变得迟钝和麻木(《雾和雨》),在这一刻,人做着美梦却又突然从美梦中惊醒(《巴黎之梦》),晨光熹微,经过夜里那些让人心神不定的骚动之后,灵魂复苏,带着更加明锐的洞察力省视精神生活的现实(《晨曦》)。

这六组又两两构成具有对比关系的三对:幸福—忧郁,失望—欲望,爱情—孤清。劳勒解释说,通过这样的布局,每首诗作都在类似或对比的关系中得到丰富,其所包含的蕴意也在意识连续不断的流动中发生着微妙的变化,而汇集在一起的全部诗作也由此获得一种新的共振。诗人借用音乐家的手法,通过巧妙的配器,把作品构思成一个由一些辩证关系形成的网络,以此展现意识的微妙活动,让人看清楚"自我"在一个个主题间穿行时发生的变化,以及文中的每个律动在整体结构中获得的新的意义。在这个由多种关系形成的网络中,体现作品最终意图的并不会只是这首或那首诗,而是业已完成的整体。劳勒的研究值得注意的地方,在于揭示了波德莱尔作品中那些看似难以兼容的内容实则是按对称或对比的辩证关系来进行处理的,而正是这种辩证关系将作品引向更高层次上的平衡,即一种通过永恒的对立和搏斗达成的和谐。①在按此方式构思的作品中,相反相成的构造形式让抒情性变得更有分量,一如以慈悲回应暴虐反倒会形成强劲的张力。藉此结构,诗人在美学效果和思想性方面都所获甚丰。

劳勒的研究让我们看到了《巴黎图画》中的诗歌按辩证关系进行的组合所具有的价值。如前所述,这正是他的研究值得注意的地方。不过,我们并不认为波德莱尔本人会满足于制作一本由许多分成小组的诗歌构成的书。如果我们用一种更开阔的眼光来省视《巴黎图画》的整体,我们就会发现,劳勒并没有充分注意到这一章中整体上起承转合、脉络连贯的运动。为了能够揭示《巴黎图画》中是怎样的主体趋势和主导意蕴在统摄着作品的谋篇布局,我们有必要通观全章,感受其中上下关联、前后承接的发展过程,在追索其发展脉络的过程中,去领会作品的整体统一性。

《巴黎图画》的第一首诗《风景》具有序言性质,随后的诗歌可以分成两个不同系列的"图画":第一个系列包括《恶之花》第二版中序号为87—94的八首诗(《太阳》《致一位红发女乞丐》《天鹅》《七个老头》《小老太婆》《瞎子》《致一位女路人》《耕作的骷髅》),主要表现都市漫游者在白天的巴黎街头偶遇的一些场景和人物;第二个系列包括序号为95—102的八首诗(《暮霭》《赌博》《死神舞》《热爱假象》《我没有忘记,离城不远的地方》《您曾嫉妒过的那位善良女仆》《雾和雨》《巴黎之梦》),主要表现巴黎夜幕下一些封闭的或隐秘的场景,以及人们在黑夜中的梦幻和冥想。我们可以把这两个系列简称为"白昼"系列和"黑夜"系列。最后一首诗《晨曦》用凄厉的语调宣告新一天的到来,可看成全章的结语,诗人以此结束他一昼夜间穿街越巷的巴黎漫游。

---

① 参见波德莱尔1860年8月底致普莱-马拉希的信。波德莱尔在这封信中谈到了"根据数量和与数量成正比的力量这一永恒法则而形成的对立和搏斗",以及"通过永恒斗争达成的永恒和谐"(《书信集》,第二卷,第86页)。

《巴黎图画》中这种按"白昼"和"黑夜"两个系列进行组织的方式,似可在戈蒂耶发表于 1851 年的《未来巴黎》(*Paris futur*)一文中见到。① 戈蒂耶在这篇作品中也呈现了两种城市:一种是由白日的梦想打造出来的城市,另一种是由夜晚的奇幻剪裁而成的城市。不过两人之间又有着很大的不同:戈蒂耶的落脚点在于孤独地迷醉于个人的梦想和幻觉,而波德莱尔则是在梦幻世界和现实世界之间穿梭游走,在光怪陆离的巴黎大街上搜寻和印证他的题材。《风景》和《巴黎之梦》这两首诗分别形象地勾勒了从现实到梦想和从梦想到现实的变换过程。

贝内代托虽然对《巴黎图画》的谋篇布局进行了严厉的批判,但却是他首先注意到这一章中存在"白昼"和"黑夜"两个系列的"图画"②。这种对两个系列的划分得到了吕孚和克雷佩的认同和采用。③ 弗伊拉虽然也认为可以把《巴黎图画》分成两个部分,即《暮霭》前为一部分,余下的为另一部分,但他并不满足于用昼夜的界限来解释这种划分,而是试图发现波德莱尔谋篇布局中更微妙、更深刻的意图。他在开篇的《风景》一诗中寻找决定作品结构的主旨:

> 从这首诗来看(……),波德莱尔的诗歌活动随一年中月份的不同而变化。温暖和煦的季节——"春天、夏天、秋天"——适宜户外生活,此时的诗人喜爱观察大都市呈献的种种各不相同的景象(第 5—13 行);当寒冬来临,他幽闭蜗居,全身心投入到想象活动中。④

弗伊拉认为,这种跟诗人的生活节奏相适应的场景划分,实际上反映了波德莱尔所喜爱的两种主要的精神活动类型:一方面是"孤独和沉思的漫步者"的陶醉,漫步者同众生融成一片,享受"泡在人群中"的快意,观察他们的生活,从中提取引发思考的材料;另一方面是创作者躬身自省的乐趣,创作者远离世界,从自身的思考出发,去创造众生的另一种生活,即一种超出于名相之外的"更为抽象的"生活,并用自己的思考对先前观察得来的生活景象加以审查和诠

---

① 见 Théophile Gautier, *Paris futur*, in *Le Pays*, 20-21 décembre 1851;该文后收入 *Caprices et zigzags*, Victor Lecou, 1852.
② L. F. Benedetto, art. cit., p. 62.
③ 见 Marcel A. Ruff, art. cit., p. 67; Crépet et Blin, *Les Fleurs du mal* (édition critique), *op. cit.*, pp. 259-260.
④ Albert Feuillerat, art. cit., p. 311.

释。如果说《巴黎图画》中存在结构,那这种结构就是对这两种活动形成的对比进行的展示。

从上述观点出发,弗伊拉把《风景》及其后的八首诗看成是对户外露天场景的表现,是"诗人融入他所描写的众生并想象其苦难经历时,在熙来攘往的大街上捕捉的素描";余下的九首诗则表现内部场景(包括空间和心理两层意思),即"几个幻想,一个梦,诗人在孤居的斗室中重温的一些回忆,这些回忆赋予他孤独中的静穆以生气"①。就这两部分的艺术效果,弗伊拉解释道:

> 前九首由在大庭广众中信步徜徉者所为,再现街头种种场景,形象生动,具有卡洛(Jacques Callot)铜版画般简洁干脆的笔触;后九首由斗室中的蜗居者所为,光线昏晦暧昧,营造出私密的暗示、默想的氛围,仿佛游弋在生活的外围,可说是用伦勃朗(Rembrandt)的手法绘制的图画。在一位热爱版画和油画的诗人身上看到这样的艺术构思,我们不会感到莫名惊诧。②

必须承认,弗伊拉关于"外部"和"内部"两个系列图画的看法的确让人颇感兴趣。不过,我们并不认为外部和内部两个系列的说法同白昼和黑夜两个系列的划分完全相抵触。只要稍微调整一下阐述方式,两者都能言之成理。从隐喻的角度看,一日之中时辰的变化和一年之中季候的变化指的是同一回事。无论光亮的白昼还是温煦的季节,都为肉眼提供了直接观察的有利条件,而夜晚的黑暗和冬令的阴寒迫使人闭门幽居、梦想冥思。重要的是要从中感受出一种对整体的直觉,是它根据各种观念的关联来编排诗歌,统摄着《巴黎图画》的谋篇布局。

《巴黎图画》犹如是用两个部分装配而成的双联画。我们看到,波德莱尔在创作中一向善于运用对偶关系来组合词语、设计诗行、构思诗歌,乃至组装全书,以此形成对比或补充,达到扩展意蕴和强化意图的目的。《恶之花》中对矛盾修辞手法(l'oxymore)的大量运用正是出于诗人对于对偶组合的喜好,这同时也是波德莱尔最具特色的方面之一。《你要把全宇宙纳入你的闺房》一诗

---

① Albert Feuillerat, art. cit., p. 312.
② Ibid., pp. 313-314.

的最后一句顿呼"呜呼,污秽的伟大!崇高的卑鄙!"便是这方面颇具代表性的一个例子。这种交错配列的对偶设计不仅仅限于词语层面,而且也被运用到了对于诗歌结构的设计上。这可以《天鹅》和《巴黎之梦》为例:前者的对偶设计在于形式上的交错配列,即前后两个部分按相反的方向运行发展;后者的对偶设计则在于内容上体现的相反命题。在《天鹅》一诗的第二部分中,各种意象是按与第一部分相反的顺序呈现出来的,形成了一种有如镜面反射般交叉变换的结构。也就是说,第二部分中的意象是对第一部分的反射,是沿着相反的方向演绎了第一部分的过程。我们很容易就可以感觉到其中的对称结构,看到像镜子一样将全诗一分为二的中心线。《巴黎之梦》则是通过两个部分中的相反命题达到戏剧化的效果。在第一部分,做梦者带着欣悦之情遍历各种奇观,而到了第二部分,他从美梦中醒来,陷入无比的沮丧。在构思散文诗《巴黎的忧郁》时,波德莱尔甚至也有心要把它做成与诗集《恶之花》形成对偶的姊妹篇。[①] 两部作品一为散文体,一为诗体,采用不同的手法表现同样的主题。由此我们可以说,正是出于这种一贯的对偶趣味,波德莱尔将《巴黎图画》处理成工整的两个系列的对仗结构。在对这种结构进行对偶设计的逻辑中,既有《天鹅》结构中那种形式上的对称,也有《巴黎之梦》结构中那种内容上的对比命题。

《巴黎图画》两个系列的诗歌交相呼应,共同演绎人类命运的困苦,但同时两者表现的困苦又各有其不同的特点和性质:白昼的困苦不同于黑夜的困苦,白日生活场景的主角亦不同于夜晚生活场景的主角。《巴黎图画》的两个系列既相互关联又相互区别。如果我们借用摄影上的术语,可以用正片和负片来比拟这两个系列的关系,即它们是同一个对象的不同性质的图像。

第四节 《巴黎图画》结构中的回旋特征

在《恶之花》第一章《忧郁与理想》中,波德莱尔用《祝福》作为序诗,引领全篇。诗人在《巴黎图画》中采用了同样的方法,把《风景》一诗置于篇首作为引

[①] 波德莱尔自己说过:"我对《巴黎的忧郁》相当满意。总的说来,这还是《恶之花》,只不过更加自由,细节更多,嘲讽更甚。"(1866年2月19日致特鲁巴信,《书信集》,第二卷,第615页)

子,介绍写作方法,通告全章走向,启发对作品的领会和解读。这首诗(开篇诗)和另外两首,即《暮霭》(中间诗)和《晨曦》(结尾诗),构成了支撑全章的主框架,是探讨《巴黎图画》结构的关键。这三首诗是纯粹意义上的"巴黎图画",表现"大都市的景观",它们不同于其他诗作之处在于从大处着眼,概观全貌,不拘泥于一时一地的个别人物和事件。

通过具体分析可以发现,《巴黎图画》的结构不是一个僵硬的框架,而是具有回旋往复的流动特征。开篇诗和结尾诗在保证昼、夜两个系列间的流转回旋方面起着至关重要的作用。预告白昼系列的《风景》一诗其实是一篇关于夜晚的作品:"占星家""星辰""窗前的灯光""月亮"等词语标明了时辰。闭门幽居,投入梦想和创作的举动也是夜晚的标志,因为黑夜有利于想象力的发挥,强化意志力的作用。《晨曦》则显示了刚好相反的过程,这首诗置于黑夜系列的结尾处,在表示黑夜系列结束的同时也表示回复到白昼系列的开始处。这种处理使两个系列之间呈现出一种交替轮转的运动:通过夜晚进入白昼系列,通过黎明走出黑夜系列。这种环环相套、回旋流转的结构,把昼、夜间的线性时序改造成交替反复的律动,由此让作品在美学和思想两方面的效果得以增强。罗斯·尚博斯(Ross Chambers)首先注意到了《巴黎图画》结构中的这种回旋特征,并且用符号学的方法主要分析了这种回旋结构的美学效果,认为这种结构促使读者用一种全新的方法对待作品:

> 如此组织作品旨在表示那种好的阅读是对作品的再读,或更确切地说,不存在所谓好的阅读(指终极阅读),因为任何阅读,要做到公允,就必须注重整体的回旋流转,并因此将自己定位于一种居间状态,处于业已完成的上一次阅读和永远被认为是必不可少的下一次阅读之间。①

同时,通过如此组织,《巴黎图画》全章仿佛成为某种旅行记,既是在大都市穿街越巷的漫游,又是在都市人意识深处的历险。作品的回旋特征恰如其分地

---

① Ross Chambers,《Trois paysages urbains : les poèmes liminaires des "Tableaux parisiens"》,*Modern Philology*,Vol. LXXX,No 4,May 1983,p. 376. 关于《巴黎图画》的回旋结构,还可参见同一作者的下列文章:(1)《"Je" dans les "Tableaux parisiens" de Baudelaire 》,*Nineteenth-Century French Studies*,Vol. IX,No 1-2,Fall-Winter 1980/81,pp. 59-68;(2)《Baudelaire's Street Poetry 》,*Nineteenth-Century French Studies*,Vol. XIII,No 2-3,Winter-Spring 1985,pp. 244-259.

展现了大都市和都市人摆脱不了的那种周而复始的生活，传译了像幽灵般控制人类历史生活和精神生活的一个不变因素，即本雅明所说的"同一事物的永劫轮回"①。

《太阳》一诗开始了真正意义上的白昼系列。这首诗与它前面的《风景》不可分离且具有互补性，因为它也表现了诗人所具有的能藉创造之功而使卑贱之物变得高贵的特权。

这首诗在1857年版的《恶之花》中被安置在全书靠前的位置上，它前面除了序诗《致读者》，就只有《忧郁与理想》的第一首诗《祝福》。把它安排在这样的位置上，对它的阐释自然就要与它前面的《祝福》相关联，让人把注意力更多放在太阳与神圣之物的应和关系上。可以说，诗人把太阳仿佛看作是神的象征，礼赞它的神圣之光所具有的温煦万化、创造神奇、抚慰人心的功效。在这样的框架中，全诗的重点落脚在三个诗节中的中间诗节，在这个诗节中，太阳是作为"萎黄病的仇敌"和诗人灵感的启示者出现的，是它让饱受各种"恶"——《致读者》中洋洋洒洒地对其一一做了的列举——折磨的人心盛开出健康的"花"。太阳在此被构想成是那些散落在尘世间的"美"的碎片的神圣来源，而唯有诗人才能够将它们昭示出来。

而在1861年版的《恶之花》中，这首诗被安置在《风景》之后，启动了"沿着古旧的城郊"开始的穿街越巷的诗歌漫游，因而其所具有的意思也就不同于前。在新的结构中，太阳与诗人之间虽然仍然有灵感启示者和被启示者的关系，但在太阳普照万物的总体活动与诗人局限在城市空间中进行的活动之间，被关注的重点则从太阳向诗人这一角色滑移。此时，最能体现诗歌主题的部分不再是第二个诗节，而是变成了位于它前后的第一和第三个诗节。这又可以从两个方面来解释：首先，《巴黎图画》的标题必然会将注意力引向这首诗中的城市要素，而这些要素就位于第一和第三诗节中；其次，这首诗与它前面的《风景》一诗形成对应，而在《风景》中，诗人被比作仰观天象的"占星家"，同时他又在夜幕下埋首创作自己的"田园牧歌"，陶醉于想象的快乐和满足，单凭意志"就把春天唤回"，并从自己心中"掏出一轮太阳，/ 让炽热的思想播撒温煦

---

① Walter Benjamin, *Charles Baudelaire. Un poète lyrique à l'apogée du capitalisme*, op. cit., p. 230.

光芒",而这显然就将重点更多落脚到了诗人的作用上。不过,同《风景》中幽闭斗室的黑夜诗人不同,《太阳》中的诗人属于白昼和大街,其职责是深入到巴黎的街巷,"在各个角落搜寻偶然的音韵","独自把奇异的剑术演练","使卑贱之物的命运变得高贵"①。作为神圣灵感启示者的太阳这一角色,由此便让位给了能够让万物改换面貌甚至脱胎换骨的诗人这一角色。在这里,太阳能够"使卑贱之物的命运变得高贵"的能力不再是来自于与神圣之物的应和关系,而是成了诗人创造之功的象征,因为说到底是诗人为现实事物赋予了另外一种面貌,是他在黑夜中建造出仙境华屋,并且在冬日里从自己心中"掏出一轮太阳"。诗人在紧接其后的《致一位红发女乞丐》中践行前言,透过褴褛的衣衫发现贫贱女子的美艳,通过笔墨和想象构建出超脱凡俗卑微状况的意境。

如果说《巴黎图画》的前三首诗构成色彩相对明亮的前奏,但在紧接下来的其他那些白昼系列的诗中,诗人满怀深切的同情,表现城市生活中极度的悲苦困顿。在《天鹅》中,逃脱藩篱的天鹅用雪白的翅膀扑打城市干燥的尘土,伸长痉挛的颈项,抬头仰望长天,以此表达对故乡湖水至深的渴望和怀念。白昼系列中所有的不幸者——黑人女子、老头子、小老太婆、盲人、大街上的路人、至死都没有停止耕耘的劳作者——都是天鹅的同伴,他们不由自主地受到无情厄运的控制,无可奈何地忍受着强加给他们的苦难。《耕作的骷髅》一诗中的骷髅形象寓托了所有这些不幸者的命运。这首结束白昼系列的诗引人做深沉的思考并发出困惑的追问。

《暮霭》被特意安排在黑夜系列的开始处。在《恶之花》出第二版以前,这首诗每次刊印时都紧挨着《晨曦》,两诗结为一对,最初按先"黎明"后"黄昏"的自然时序排列,后又改为先"黄昏"后"黎明"的顺序。有意思的是,波德莱尔在《巴黎图画》中将两者分开,似乎要以此表示两首诗不必再放到一块儿来读。诗人将两首诗分别安排在重要位置上,可见它们在确保《巴黎图画》主体构架上的关键作用。《暮霭》所在的位置正好是白昼系列和黑夜系列的结合部,既表示白昼的结束,也表示黑夜的开始。黄昏时分是一个充满两种对立活动的时刻;此时的城市亦变成一个充满矛盾对立的场所。外部世界,即巴黎这座城市,演变为一个"私密的处所",在其中,属于白昼的人群寻求安宁和休憩,属于

---

① 《全集》,第一卷,第83页。

黑夜的人群寻求享乐和疯狂。黄昏将两种人联系在一起。这个由白昼向黑夜过渡的时刻使一系列对立的因素彰显出来：白昼的开敞和黑夜的幽闭，外部和内部，光明和黑暗，变化和不变，真实和假象，怀旧和妄想，等等。

随着夜幕降临，一系列古怪、奇异和暧昧的生灵进犯巴黎："正经的或不正经的，理智的或疯狂的，人人都自语道：'一天终于结束了！'智者和坏蛋都寻思着要开心快活，每个人都奔向他喜欢的地方去喝一杯，借酒忘却愁苦。"①因那些属于白昼的劳作者回家休息而腾出来的街巷，现在成了魔鬼、强盗、妓女、赌徒等邪恶势力的舞台。"急不可耐的人变成猛兽一般。"②罪恶渊薮的各种陋癖恶行沉渣泛起，借助黄昏的便利，尽展其为欲望所驱使的暴虐。娼妓似蚂蚁倾巢而出，"向四面八方开辟玄奥的通道"。她们"如灯火般燃亮"，在大街小巷中显示身手，直露地施展魅力，勾引来往的路人。波德莱尔把娼妓安排在一个显要的位置上，将其看成黑夜都市的一个典型标志。在城市的各个角落，到处可以听到"厨房声音洪亮，剧场喧闹不绝，乐队隆隆轰响"，仿佛整个城市都投入到声嘶力竭的吵闹中。在《恶之花》的序诗《致读者》中，波德莱尔列数了豺狼、猎豹、鬣狗、猴子、蝎子、秃鹫、毒蛇等一系列凶恶丑陋的野兽，称它们是"形形色色的怪物，在我们罪孽的污秽动物园里嗥吠、吼叫、咆哮、爬行"③。波德莱尔在《暮霭》中就城市的喧闹作墨颇多，意在暗示种种鬼怪妖魔在大都市中粉墨登场。具有深刻讽刺意味的是，正是在被认为最文明、最进步的现代大都市中，恶的因素如鲜花般绽放，仿佛现代大都市仍旧是凶蛮的丛林。

整个黑夜系列表现"恶之花"的盛开，揭示野兽般的城市人如何沉湎于卑劣的"幸福"。黑夜系列中的世界不再是露天的街巷，其表现的也不是在露天街巷中耳闻目见的人和事。它所涉及的是城市的另一种面貌、另一种场景，最具代表性的是一些专供享乐的场所，如妓院、赌场（《赌博》）、戏馆（《死神舞》、《喜爱假象》）、一夜风流的床榻（《雾和雨》）等。就连家庭内部也不能抵御邪恶环境中瘴雨蛮烟的污染，仿佛笼罩着一层薄情寡义的气氛（《我没有忘记，离城不远的地方》，《您曾嫉妒过的那位善良女仆》）。在黑夜环境中，人丧失了自

---

① 《现代生活的画家》，《全集》，第二卷，第 693 页。
② 本引文及以下引文出自《暮霭》一诗，《全集》，第一卷，第 94—95 页。
③ 《全集》，第一卷，第 6 页。

我，追逐情欲和虚妄的梦想。问题的关键之所在就是对"假象"的热爱。对幻象的迷恋其实就是服帖于恶的因素，就是痴迷于引人入死路的狐妖艳媚。这种观点并未言明，而是由各诗的笔调和语气间接暗示出来的。倘若这些诗是散乱的篇章，上述观点也许就不会被如此鲜明地觉察到。而一旦将它们编织成一个系列，作品整体包含的思想因《死神舞》的提示而得到鲜明的体现。骷髅涂脂抹粉，花枝招展，猥亵地扭动躯体，至死都不放弃卖弄风骚。这一形象是对一切不顾生死追逐幻境的人们具有讽喻性的写照。《雾和雨》中"一夜风流的床"是同一意思的自然延伸。黑夜的人贪欢床笫，以此消愁解烦，忘却痛苦，视床帏欢爱为通往梦中乐土、神仙福地的途径。然而这种靠肉体欢悦达成的"幸福"终归是虚幻的美梦，不能持久，很快被严酷现实击破。《巴黎之梦》在肯定艺术创造的神奇功用的同时，彻底摧毁了一切对虚幻假象的迷恋。美梦过去，重返现实，又是新一天的开始，又是另一个劳作的日子。

通过以上描述可以看到，从《风景》到《巴黎之梦》，有一条发展线索贯穿《巴黎图画》全章（暂时不考虑结尾诗《晨曦》）。这条线索是一个假想中的人物穿越巴黎时的现实历程和心路历程。如果说《风景》上演的是由现实（第1—8行）向梦境（第9—26行）的过渡，而《巴黎之梦》则表现刚好相反的过程，第一部分写梦中景象（第1—52行），第二部分写现实景象（第53—60行）。

结尾诗《晨曦》进一步证实了向现实的回归。这首诗同它的姊妹篇《暮霭》一样，在《恶之花》初版较为松散的结构中显得有些无所适从。而在1861年版中，这首诗在构建《巴黎图画》的结构上起着相当重要的作用。一方面，它同《巴黎之梦》构成一对双联画，写美梦破灭后面对现实的情形；另一方面，它又同开篇诗《风景》紧密关联。《晨曦》中呈现的场景同《风景》中的景物是一致的，而且两者采用了几乎相同的词语。但两者又有如下区别：开篇诗表现夜幕降临时的景象，结尾诗则表现晨光熹微时的景象；前一景象属于想象中的巴黎，后一景象属于现实中的巴黎。在《风景》中可以看到有一个用想象替换现实的过程，这一过程在《巴黎图画》中经由白昼系列向黑夜系列的发展，在《巴黎之梦》中达到顶点。在全章结尾处，想象活动戛然而止，整个过程以复归现实完结。对这样的一个巴黎，我们难以一概而论，因为这一章中涉及的既是一个现实的巴黎，也是一个在现实中并不存在的想象中的巴黎，或者说是一个按人所认为的样子而存在的巴黎。

《晨曦》是一首对现实进行精确描写的杰作。兵营中一声起床号划破光影迷离的晨雾，配合着摇曳街灯的晨风，揭开新一天的序幕。黎明来临之际同黄昏时分一样，是一个充满矛盾对立的时刻。分属于两个不同世界的人物又一次同时出现。《暮霭》的主题在这里按相反方向发展：邪恶的形象渐渐隐退，劳作的人群开始登场。暧昧的晨曦中还弥漫着夜晚罪恶的气息，经历了夜晚放荡生活的人们拖着疲惫空乏的躯壳寻找安身的处所。而对生活在白昼的劳苦者来说，黎明并非黑夜的最后时刻，而是新一天艰苦劳作的开始。随着新一天的来临，我们在城市中将会看到的，依然是那些憔悴、窘迫和苦难的生灵。黑夜还没有平息他们的痛苦，他们又得强打精神应付新一天的生活。一边吹着残火一边呵着手指的穷婆子，在寒冷和拮据中分娩的产妇，以及公鸡那仿佛被血噎住的啼叫，为黎明的到来营造出一种多少有些古怪的微妙气氛。黎明到来时的这种阴沉的美也直接体现在城市本身的苏醒过程上。波德莱尔在最后一个诗节写道：

> 晨曦哆嗦前行，身披红衫绿衣，
> 冷清塞纳河畔，步履艰难迟疑；
> 阴沉黯淡巴黎，揉擦惺忪睡眼，
> 手中紧攥工具，辛勤卖力老汉。①

城市在晨雾中慢慢显露，重新成为上演市井活报剧的舞台。阴沉的巴黎被比作手握工具的勤劳老汉，这一形象集中代表了辛勤劳作的苦难众生。

　　有意思的是，结束巴黎漫游的时刻不是人们劳顿一天后回家安歇的夜晚，而是人们带着新一天的希望又开始疲于奔命的早晨。太阳艰难升起，太多雾霭遮挡住它的光线。读毕掩卷，任何读者都不能不跟诗人一样感到心思沉重。巴黎这位"辛勤卖力老汉"还将忍受数不清的苦难。

　　把表现巴黎苏醒、一日开始的文字放在《巴黎图画》篇末而非篇首，这似乎有些不合常理。其实，这其中别有深意，因为巴黎的艰难苏醒与其说是一次新生，倒不如说更像是临终弥留。从城市的母腹中艰难娩出的实则是一个怪胎，新生儿是一个老头，看不清周遭世界（"揉擦惺忪睡眼"），紧绷着全身肌肉（"手

---

① 《全集》，第一卷，第104页。

中紧攥工具"），承受着人类的原罪，刚出生便被处以艰苦的劳作，似乎出生本身就已经标志着完结。出生和死亡的关联是始终纠缠波德莱尔的诸多观念之一。诗人在《小老太婆》中是这样谈论生死纠结的：

> 那一对眼睛像小姑娘般神奇，
> 看见闪亮的东西就惊奇发笑。
>
> ——你可注意到好多老妇的棺木，
> 几乎和小巧的童棺一样尺寸！
> 渊博的死神在这些棺中放入
> 一种趣味古怪而诱人的象征。
>
> 每当我瞥见一个虚弱的幽灵
> 当街穿行蚁穴般拥挤的巴黎，
> 我总会觉得这个脆弱的生命
> 正缓缓地向新生的摇篮走去。①

老人和婴孩的反差通过两者眼光的相似得到调和。对立的两极实为同一事物的两种显现形态，终不能摆脱相互转换循环的关系。《七个老头》也表现了世代交替过程的奇异。眼见一个垂暮老头像细胞一样分裂化为七身，诗人感到神秘和恐怖，将其形容为"可恶火凤凰自为己父亦为子"（第43行）。人的命运原来如此，自己是自己的父亲，自己是自己的儿子，如同传说中的长生鸟，自焚身死，却又从自己的死灰中复生。《晨曦》中的"老汉"和《七个老头》中的"老头"是同一人物，同为人类生死轮回天定命数的化身。通过首尾相连的回旋结构，《巴黎图画》用特殊的方式演绎了西绪福斯神话（le mythe de Sisyphe），成为这一古老神话的现代翻版。

《巴黎图画》中还有其他一些迹象显示了所表现内容的回旋运动。开篇诗《风景》中的诗人说他"将看见一个个春天、夏天、秋天"（第13行）。词语的复数形式表示了季节变换上周而复始的重复。在结尾诗《晨曦》的描写中，动词

---

① 《全集》，第一卷，第89—90页。

采用了未完成过去时(l'imparfait)的形式,这一时态也表现了被描写内容所具有的延续性和重复性的特点,同时也与整体结构上的回旋特征相配合。此外,这一时态的运用也暗示了在新一天到来之际,城市中的一切又进入习惯性的按部就班的律动中。诗中的诗句仿佛在说:"就像每天一样,当起床号响起,看到这里和那里的房屋升起袅袅炊烟之际,阴沉的巴黎拿起工具,又投入到日常的苦役中。"《巴黎图画》中这首很可能被看作完结的结尾诗,通过对延续性、重复性和习惯性的强调,渲染了这一章总体上的回旋特征,又将读者的视线引向从头开始的循环阅读。尤其是未完成过去时本身就有作为前奏为一个叙述拉开序幕的作用。通常在讲故事时,往往要用这一时态来描写背景、设置场景,为接下来将要发生的事件作铺垫。对它的运用暗含了随后对事件的叙述,这也顺理成章地让读者在有意无意间对事件的发生和发展有所期待。将一篇开启一个新系列的诗作安置在了系列的末尾,这是这一章结构中不合常情之处,而这却又正是其匠心独运之处。读者读至卷末,却仍感意犹未尽,自然要期待和寻找下文,而这个下文又只可能存在于白昼事件的再次重复中。这就意味着,读者又将从头开始他先前已经完成了的阅读。这样一来,《巴黎图画》结尾处通过描写营造出来的省略和悬置的特点,极大地保证了全章的回旋结构。

当我们的阅读随着作品的内部节奏运动,遵循从白昼到黑夜,又从黑夜到白昼的回旋,本来隐藏在某些独立诗篇中的含义则因为意图明显的整体布局而得到强化和更为鲜明的表现。作为人类生活现代舞台的大都市逃不脱为死亡的幽灵所笼罩的轮回宿命。城市生活不能纾解人的悲苦,甚至不能为人带来万事皆休的麻木,因为在城市这个舞台上,黑夜鬼魅的狂歌乱舞刚罢,又是在白天痛苦磨难中苟延残喘的人物登场。这场表演夜以继日,永无止息。以上看法可以帮助我们理解整部《恶之花》的结构。全书最后一章《死亡》并不是为作品画上一个简单的句号,也不是真正要把人引入彼岸的所谓"新奇"世界,而是开辟一条重返深渊的途径,让人重新面对"忧郁与理想"的永恒冲突[①]。《恶之花》最后一首诗《远行》是对贯穿全书各阶段现实漫游和精神历程的概括性回顾,恰与全书开篇诗《祝福》——一篇表现诗人降生人世的作品——相

[①] 《忧郁与理想》正是《恶之花》第一章的标题。

呼应。

弗伊拉曾表示,他对有人在《恶之花》中读出戏剧性结构大不以为然,不认为书中展现了"人的一生以虚度和失败为过程、以死亡为结局的可悲可叹的戏剧性发展",因为"只要谈到戏剧,就必然意味着在时间上环环相扣的一系列事件,而没有任何事件发生又何来结局"[①]。通过对波德莱尔谋篇布局方法的研究,我们不能不对弗伊拉的看法持保留意见。我们可以发现,戏剧性是的确存在于波德莱尔作品中的,不仅存在于鲜明展现了戏剧性脉络的《天鹅》《七个老头》《小老太婆》《巴黎之梦》等单篇作品的结构中,也存在于《巴黎图画》从白昼到黑夜、从黑夜到白昼的回旋结构中,甚至《恶之花》的整体也呈现出具有戏剧性的效果。邦维尔之所以将波德莱尔与德拉克洛瓦和柏辽兹(Hector Louis Berlioz)并称为法国 19 世纪三个莎士比亚式的伟大人物,显然是发现三人在各自的领域(诗歌、绘画、音乐)创作出了富有戏剧特征的艺术作品。《恶之花》就像是一出具有逻辑发展线索的戏剧,表现众生在忧郁和理想的纠葛中上下求索而终归徒劳的生存状况。《巴黎图画》为这出人间世代上演的戏剧提供了一个缩微版本,在结构上严格遵守古典主义戏剧对"三一律"的规定,达到了时间(一个昼夜)、地点(巴黎)、情节(徒劳的上下求索)的统一。

第五节　一日见永恒:一次精神历险

作者为《巴黎图画》精心编织的结构,除了增强作品的美学效果外,还使作品在整体上演示诗人的精神漫游,成为其不断在个人和城市众生的生活中寻求意义的见证。《忧郁与理想》一章通过颓靡和激昂两种情感的跌宕起伏,体现了诗人思想活动的基本特征。诗人渴求无限,却又身陷藩篱,逃不脱衰败的命运。诗人无奈地寄居于自己的心灵小室,为找不到一条通往理想之路而深感苦楚和忧郁。在接下来的《巴黎图画》中,诗人尝试跳出小我的世界,同身外的世界沟通,以求纾解内心的焦愁。他把自己变成"人群中的一分子",热衷于捕捉现代都市中隐秘而微妙的魅力。《巴黎图画》中的诗歌从一个新的方面见证对理想之境的求索和这一求索过程最终不可避免的失败。这些诗歌昭示的

[①] Albert Feuillerat, art. cit., pp. 286-287.

警醒不再是针对个人小我的经验而发。从《巴黎图画》主框架所暗示的意义来看,诗人在这个章节中表现的虚弱衰败的命运针对所有的人,或者更概括地说,针对整个人类,针对拟人化的巴黎这个"辛勤卖力老汉"。

穿越巴黎的精神漫游在一个昼夜完成。诗人在这个历程中捕捉的并不是一些偶然的无关紧要的琐事。根据波德莱尔的美学观念,一切偶然的事物,只有当其中包含了永恒不变的因素时,才可能成为具有普遍性的象征。在波德莱尔眼中,这些永恒不变的因素究竟是什么呢?结合波德莱尔在名为《火花断想》的笔记中对他理解的"美"所下的定义来看,构成美的永恒不变的因素包括**激情、苦难和神秘**。① 在诗人穿越巴黎的精神漫游中,以上因素无一不在诗人审察的视野中。《巴黎图画》这出二十四小时的戏剧表现的是"一日见永恒"的主题。《巴黎图画》的结构可以帮助我们领会都市生活中具有永恒价值的方面。

通过展现巴黎生活中的苦难和罪恶,诗人对包含其中的永恒因素加以思考。苦难和罪恶是波德莱尔从光怪陆离的都市生活提取出来的两个基本方面。从表面上看,《巴黎图画》的世界是一个昼、夜往复循环的世界。其实,正如弗伊拉指出的那样,在昼夜交替的自然现象背后,隐藏着两组性质不同的诗歌:一组写都市的外部世界,写耳闻目见的人和事;另一组写思绪纷杂的内心世界,写回忆、幻觉、梦想、欲望等。如果说人的灵魂在白昼外部世界遭遇的苦难中最能感受到全能上帝的缺席,那在黑夜罪恶泛滥之际,人心又最能感受到魔鬼撒旦的无所不在。白昼世界被剥夺了来自上帝的具有可靠价值的保证,一切存在之物都成为虚拟的寓言,成为充满寓意的图画。在得不到任何对生存意义的保证的情况下,诗人随都市中的众生一起流亡,用语言演练他"奇异的剑术",试图为无意义的生存创建意义。诗人迷失在外部世界的迷宫中,无时无刻不感到其对自己灵魂的威胁。当黑夜来临,诗人转而巡察内心世界,对造成人间苦难的根由加以思考。黑夜的世界充满了回忆、幻觉、梦想和欲望,充满了对赌博、淫乐和假象的痴迷。《热爱假象》是对这种虚妄的痴迷最集中的表现。从深层的意义上说,这种虚妄的痴迷实在是出于人类一种不自觉的死亡冲动。

---

① 见《火花断想》中对"美"的定义,《全集》,第一卷,第657页。

帕斯卡尔(Blaise Pascal)是一位对人类的生存状况有着深透洞察的伟大思想家,他认为人的一切行为受两种因素控制,即"欲念"和"强力"。他在《思想录》(*Pensées*)中解释说:"欲念让人成为自愿的行为人;强力让人成为不自愿的行为人。"①这两种因素恰好符合《巴黎图画》中的两个系列:在白昼,人是被"强力"控制着的不自愿的牺牲品;在黑夜,人是被"欲念"控制着的自愿的牺牲品。如果说白昼系列涉及的是劳苦者被迫遭受的苦难和被强制从事的劳作,黑夜系列则表现那些为浑浑噩噩的人所热衷和痴迷的阴暗场景,这些人身处"被死神牵着走的人间队列"②,不知其害,反而乐在其中。白昼系列中的场景是劳苦众生的地狱,黑夜系列中的场景则是魑魅魍魉的乐土。白昼系列中的巴黎是苦难的深渊,是让人不堪其折磨的有形地狱;黑夜系列中的巴黎是藏污纳垢的渊薮,是让罪恶像鲜花般盛开的精神地狱。这两个地狱位于不同层次,但又不能将两者截然分开来看。两个系列被有意安排成具有对照和回旋关系的双联画,我们可以把后一个系列看成是对造成第一个系列中的苦难的原因进行的探究。所谓"欲念"带有邪恶的印记,其实,在一切神性的保证不复存在的情况下,它何尝又不是一种想在"恶"中依然能够发现绝对价值的企图。但这种企图最终没有出路,不可避免地将我们引回"忧郁与理想"的永恒难题。"忧郁"的根源在于我们追求的"理想"不能够达成,而我们投身于对"理想"的追求是因为"忧郁"的重负让我们不堪其苦。《巴黎图画》的"隐秘结构"恰如其分地表现了"忧郁"和"理想"之间这种没有出路的恶性循环。值得注意的是,"忧郁"和"理想"这两极之间的关系不因当被理解为一种简单的对立关系(opposition),而因当被理解为一种可逆向转换的关系(réversibilité,也可以说成是一种共同作用或鼎力协作的关系),两者就像构成矛盾修辞的对立因素一样,互为前提,互为因果。白昼系列中的苦难激发受难者向往理想中完满、和谐的境界,渴求自身存在突破一切局限,获得全面自由的发展。对理想的渴求终得不到满足,从黑夜系列虚幻的美梦中醒来,满目所见尽是美妙幻想不可避免的破灭,这不能不让人坠入更深的忧郁之中。从《巴黎图画》的精神漫游中

---

① Blaise Pascal, *Pensées*, éd. Léon Brunschvicg, Librairie Générale Française, 1972, p. 157.
② 语出波德莱尔1859年2月11日致卡罗纳的信,《书信集》,第一卷,第547页。波德莱尔在这封信中谈《死神舞》一诗的创作背景和其中的寓意。

得出的思想完全与《恶之花》全书的思想相吻合。《恶之花》的六个部分勾勒了相似的下行曲线。人们为摆脱忧郁的现实而追求遗忘和太平,并且用各种最不可思议的方法让自己感受生活的乐趣,然而,绝对之境的探求者到处都只见到自己的无能为力。由于找不到任何疗治的良药,内心的撕裂便演变成了对于毁灭的赞颂。荒淫行乐并不能将人从厌烦的荒漠中拯救出来,而其结果只能是仇恨和憎恶。

在这次穿越巴黎的精神漫游中,现代大都市展现给诗人的是一切事物和人物命运的真相。任何事物和人物都逃不脱"忧郁"和"理想"永恒回旋的怪圈,逃不脱生、死更替的无情命运。整个《巴黎图画》就像一个隐喻,喻指人类被逐出乐园之后的生存状况。在《恶之花》的序诗《致读者》中,诗人俨然是一位深邃的思想者,追根究底地考问让世界深受其苦的"恶"最原初的因由。人类由于从"原罪"得来的厄运,沦为被撒旦控制的傀儡:

> 斜倚恶之枕旁,撒旦魔法无边
> 久久摇动我们,蛊惑中邪心智,
> 金属一般高贵,我们硬朗意志
> 怎奈高手点化,顷刻化为飞烟。
>
> 魔鬼牵动线头,操纵我等傀儡!
> 腐朽败坏物中,我们觅寻诱惑;
> 每日迈动一步,直向地狱堕落,
> 穿行恶臭黑雾,从来无惧无悔。①

这些针对《恶之花》全书的诗句像一束强烈的光线,让人洞悉《巴黎图画》(特别是其中黑夜系列的诗歌)中包含的深意。腐朽败坏之物用虚假的外表蛊惑人的心智,将人的意志化为飞烟,这正是黑夜系列的主题。日复一日走向地狱的堕落自然让人想到《巴黎图画》在时空上的回旋性。虽然《巴黎图画》中并没有出现撒旦的名字,但如果我们结合《恶之花》的序诗就会看到,黑夜系列中那些妖魔般的形象难道不正是对撒旦魔力的形象化表现。

---

① 《全集》,第一卷,第5页。

总结《恶之花》全书的《远行》一诗通过"流浪老汉"的姿态,为我们勾勒出一幅对理想绝对境界的寻求者的素描:

> 宛若流浪老汉,艰难迈步泥途,
> 抬首仰望长天,梦想辉煌天堂;
> 眼眸如附妖魔,恍见阆苑乐土,
> 蜗居烛光如豆,原来一枕黄粱。①

全部《巴黎图画》都在这几句诗中。我们可以在"流浪老汉"身上逐一看到在《巴黎图画》中出现的各种形象:在梦想中通过创作诗歌试图使卑贱之物的命运变得高贵的诗人,像奥维德笔下的人物一样仰望长天的天鹅和瞎子,想通过不停行走找回逝去的青春时光的老头和小老太婆,因邂逅一位美丽的过路女士而想入非非的"我",狂热的赌徒,卖弄风情的活骷髅,在假象中自得其乐的人,着迷于"仙境华屋"而最终梦醒神伤的做梦者。《巴黎图画》显然具有生平传记的性质。当然,这不仅是诗人为自己所写的传记,更是为都市众生所写的传记,是为与诗人同祖同宗的兄弟姊妹所写的传记;这不仅是他们历史生活的传记,更是他们精神生活的传记。所有这些人向流放人间的诗人发出召唤,所有这些人是人类流放命运的象征,无论老迈还是青壮,诚实还是宵小,贫贱还是富贵。

《巴黎图画》全章终止于劳作者在阴沉巴黎中的苏醒,这一点可谓意味深长。如此精心的安排暗含有某种狡黠的冷嘲因素在其中,如同波德莱尔将《远行》一诗题献给马克西姆·杜刚时所做的那样。杜刚曾于1855年出版过《现代歌集》(Les Chants modernes),以歌颂人类进步著称。波德莱尔向一位朋友这样解释他赠诗的理由:

> 我将一首长诗题献给杜刚,这首诗将令乐天派发抖,尤其是那些热衷于鼓吹进步的人士。②

从创作的时间和在1861年版中的位置来看,《远行》一诗具有框定全书意义的作用。《巴黎图画》的主题也可以在这首诗的光照下得以阐明。《巴黎图画》结尾处劳作者苏醒时的画面多少有些怪诞,能否将其看作是对所谓进步观念中

---

① 《全集》,第一卷,第131页。
② 波德莱尔1859年2月20日致阿斯利诺的信,《书信集》,第一卷,第553页。

包含的荒唐逻辑进行的揶揄呢？答案应当是肯定的。在鼓吹进步的人士看来，劳作具有仙法道术般的魔力，其目的是用一个遥远的美好目标为人的生存赋予厚重的分量。他们认为当前时刻是从过去走向美好未来的一个过渡环节，完全无视当前时刻通过种种迹象表现出来的存在的虚空和意义的缺失。换句话说，他们认为通过不懈的劳作，当前时刻不再是悬置于虚空，相反，它为超越过去、奔向未来理想目标提供了可能性。进步主义者坚守这样的信念，即在对理想目标的追求中，流动的时间不再是当前时刻徒劳的反复，而是奔向一个新的天地、一种新的境界的过程，如果不能在垂直方向上有所提升，至少还能够在横向上得到扩展。我们可以看出，这种进步主义的观念同《巴黎图画》的回旋结构所暗示的观点（即同一事物荒诞的永劫轮回）真有天壤之别。

随着年岁的增长，波德莱尔越来越感到厄运的困扰，他也就愈加强调"恶"对存在的影响，而他用诗句描绘的图画也就变得越来越阴暗。如果说他的创作有何进步，那便是黑夜对白昼的进犯。从中世纪到文艺复兴以及巴洛克时期，黎明是光明的征兆，是饱含希望的意象。而在波德莱尔笔下，黎明苏醒的巴黎却是"阴沉黯淡"的，全无上述文学传统中黎明意象所呈现出来的光彩。《巴黎图画》结尾诗中的大部分图像都集中于对黑夜的表现，而对白昼的来临进行的描写倒像是黑夜的延伸，仿佛在宣告黎明刚到就已经是黄昏了。在这个昏沉的时刻，劳作本身被人格化了，而与之相伴随的则是劳作者的非人格化。在此情况下，新一天勤恳劳作的本质实在可堪质疑。像所有的日子一样，早晨依然来临，"身披红衫绿衣"。《巴黎图画》全章到此结束，归结为一声亦谑亦庄的叹息：唉，生活又要重新开始了！

能够在作品结束之际又将它引回到出发点上，波德莱尔对这样的谋篇设计应当是感到非常满意的。他自己曾这样解释道："在一切哲学研究中，人类的心智模仿日月星辰的运行，应当沿着一条弧线运动，最终回到自己的出发点上。所谓得出结论，就是合拢一个圆圈。"[①]

*
* *

[①] 波德莱尔：《人工天堂》，《全集》，第一卷，第440页。《人工天堂》和《巴黎图画》是同一时期的作品。

《巴黎图画》的"隐秘结构"将本来散乱的诗篇聚合成一个整体,使这些诗篇在一个具有明显应和关系的特殊系统中相互映衬、相互诠释。经过类聚或对比的巧妙安排,每首诗的意义重新得到定义,每首诗的意蕴进一步得到丰富,每一件单独的作品都成为复杂关系网络中的一个环节,在作品环环相套的律动过程中,作品整体成为全部诗歌在混响中发出的共鸣。在这个关系网络中,表面上难以兼容的各种因素根据对称或对立的布局加以组织,作品整体也由此在一个更高层次上获得平衡,作品表现的意义就不再只是这首或那首诗歌的意义,而是作为整体完成的作品的通篇意义。诗人在此获得美学和思想两方面的成功。

对《巴黎图画》具有回旋特征结构的设计保证了作品的整体效果,强化了作品的整体蕴涵。我们认为,在设计《巴黎图画》的思路中也包含着指导《恶之花》全书谋篇布局的原则。波德莱尔作品的主题多种多样而又相互渗透,其表现的内容错综繁杂而又不乱经纬。在构成伟大作品基础的众多不乏创意的结构中,比《恶之花》的结构更一目了然、更严密完备的却并不多见。波德莱尔诗歌创作的主要特点之一就是让每首诗歌都参与到统一的整体诗歌经验中,让诗集成为具有高度统一性的作品,以此让全书获得最大限度的增值。在整体框架中,不同诗歌在艺术和思想、美学和伦理各方面都具有密切的关联;每首诗歌都受到所有其他诗歌的支持,也受到诗人艺术观和世界观的支持。可以说,《恶之花》中的每首诗都包含了作品整体在其中,并且从作品的整体获取自己的全部意义。《恶之花》就像一座开有千百个窗洞的殿堂,每个窗洞都为观察整体提供一个独特的视角,同时又用它独特的光芒照亮整体。只有从这种观点出发,我们才能够更好地理解是怎样的美学思想和伦理思想在支配着波德莱尔的诗歌创作。

波德莱尔就像一位建筑大师,清醒而精心地进行设计和创造,其作品的整体存在于意象、韵律、主题等的应和对照和相互渗透之中。他通过严格的精心策划,将统一性原则印刻在自己书中,致力于超越直接的抒情表达方式,以达到揭示深层的真实和表现具有普遍价值的美之目的。

下 编
城市经验与诗歌经验

第 四 章

作为人类生活象征和诗歌隐喻的城市景观

波德莱尔生活并从事诗歌创作活动的时代正经历着人类文明形态和文化景观前所未有之巨变。科学技术的发展让人类生活的主要舞台以日益迅疾的节奏从乡村转移到城市。大工业生产方式的广泛运用和城市文明的大规模兴起，在改变人们日常生活环境和生活方式的同时，也对人们的现实感受、情感生活和思维活动产生了巨大的冲击，并由此深刻改变了人类精神成果赖以呈现的方式和面貌。

现代生活的流行，让那种以乡村和自然为依托的传统类型的抒情诗面临着空前的危机，让人感到现代生活仿佛与抒情诗构成一对矛盾命题，而抒情诗在现代的衰落也是势所必然。然而，真正的诗人却能够发现现代生活为诗歌灵感提供的新的机缘，并借此改造诗歌语言和诗歌意象，创作出一种与现代生活和现代人的感受相符合的全新的抒情诗类型。波德莱尔基于对现代生活的关注而创作的《巴黎图画》等大量歌咏巴黎的诗篇在这方面为我们提供了成功的范例。

法国诗人兼评论家皮埃尔·让·儒孚有一句论述波德莱尔的名言："波德莱尔的境况是现代世界的境况；波德莱尔的问题是现代诗歌的问题。"[1]这句话颇值得玩味，它将"现代世界"与"现代诗歌"并举，暗示在诗人的境况和他的诗歌成果之间存在着某种密不可分的关联，而且在这种关联中，"现代"一词成

---

[1] Pierre Jean Jouve, *op. cit.* p. 11.

为最能体现波德莱尔其人和其作品独特性的标识。波德莱尔在一篇艺术评论中将同时代画家贡斯当丹·居伊称作"现代生活的画家",其实,他自己也很可以被称作"现代生活的诗人"。他所谓的"现代生活",不是泛泛而论的一般性的当代生活,而是特指19世纪"大城市"中那种能够激励梦幻和思考,并且为人生存在和艺术创作提出一系列全新课题和问题的生活。波德莱尔怀着"快意"和"恐惧"置身于这种生活,成为了它的诗人。由此看来,"现代"一词显然不仅仅是一个历史性的时间概念,它更是对一种全新的文明类型的指称。本雅明正是在这层意义上理解"现代性"的含义,称波德莱尔为"发达资本主义时代的抒情诗人"[①]。

在波德莱尔的城市诗歌中,我们不仅可以看到由人群构成的现实城市,更可以看到由诗人创造的体现其内在感觉、印象和观念的诗意城市。城市召唤诗人,诗人走进城市。城市和诗人的相遇催生了现代主义诗歌中出现的两大主题——城市和诗人。城市生活的隐秘诗意及其所造成的各种后果需要有这种具有非凡领悟能力的观察者才能敏锐捕捉到,而与城市生活相适应的现代抒情诗也只有在这种具有非凡才情的创造者的笔下才能够产生出来。通过对城市和城市诗人之间关系的研究,我们可以更好地发现城市诗歌不同于传统抒情诗的独特之处,并且更好地领会是怎样的一些因素让城市诗歌能够在抒情诗面临普遍危机的时刻异军突起,为文学树立起具有现代性的新典范。

第一节 城市对诗歌创作的启示作用

所谓"城市诗歌",不是简单地指以城市为内容或主题的诗歌写作,它更涉及具有深层决定因素的城市语境和城市意识。作为一个前提,这决定了写作的态度、倾向、价值体系、审美观、世界观和历史观。波德莱尔的伟大之处就在于,作为诗人,他完全懂得并欣然领受城市所代表的现代生活和现代意识为激励诗歌直觉、触发诗歌灵感、丰富表现手法、深化情感和精神蕴含所提供的新的可能性。在科学主义大行其道,世风普遍夸耀物的价值的时代,波德莱尔却

[①] 本雅明那本专门研究波德莱尔的著作就题为《发达资本主义时代的抒情诗人》。该书现有多种中文译本,其中最早的是三联书店于1989年出版的张旭东、魏文生的译本。

努力让他那些歌咏巴黎的城市诗歌牢记它们作为诗歌所应当具有的永恒主题——人及其在当下的存在。透过变动不居、乱花迷眼的外部世界，诗人以诗歌手段所探测和发掘的仍然是与人性紧密相关的那些不变的因素，以及这些因素在新的环境中的新的表现形式。在他开创出文学史新猷的城市诗歌中，诗人的着眼点并非是城市生活的物质方面，他更强调的是情感和精神方面，是以城市为代表的现代生活在人的情感和精神上引起的激荡和震颤、光荣和梦想、痛苦和迷惘。

一、从物质的巴黎到人性的巴黎

考察波德莱尔的城市诗歌，会发现一个有意思的近乎于悖论的现象。在这位被认为是最伟大的城市诗人的最具客观性的巴黎诗歌中，真正涉及专属于巴黎的地点、场所之处其实为数不多。虽然《恶之花》中有《巴黎图画》这一专门章节，但在整部诗集中，"巴黎"一词仅仅在5首诗中出现过6次：《告白》(*Confession*)（第8行）、《天鹅》（第7和29行）、《小老太婆》（第26行）、《晨曦》（第27行）、《拾垃圾者的酒》（第16行）。"塞纳河"出现过3次：《致一位克里奥尔女士》（第10行）、《死神舞》（第53行）、《晨曦》（第26行）。广场、街道、建筑物等往往被看成是城市区别于乡村的标志，然而《恶之花》中却只有一次明确提到在19世纪50年代初巴黎城市化大潮中建成的"新卡鲁塞尔广场"（《天鹅》，第6行）。除此之外，诗人再没有提及巴黎任何其他的广场、街道、建筑物的名字。他所涉及的一些场景往往粗略而模糊，如城市近旁的白色小屋（《我没有忘记，离城不远的地方》）、城市的河岸和河岸两旁的旧书商（《七个老头》、《耕作的骷髅》、《死神舞》），以及一些没有名字的大街小巷中的偏僻角落或一些不知其具体所在的昏暗的室内场景。种种迹象表明，诗人在写巴黎时，似乎在有意识地回避对过于具体的巴黎场景的描写，似乎只有通过粗略的线条才能在个别性与普遍性之间寻求一种平衡。能够通过如此少的物质材料而又让读者在诗歌中感受到城市的无处不在，见识到城市生活的真相，这是波德莱尔的天才之处，他的这种天才包含着一种对于城市和对于诗歌的全新眼光和见解。

与传统的，甚至与他同时代其他诗人的巴黎诗歌不同，波德莱尔不是通过对地点和场景的外在描写获得城市诗歌，相反，他的这些诗歌体现出一种消解巴黎物质外观的愿望。我们看到,他身上始终有一种向内转的智力把他引向直觉的真理,而这种真理属于一个先于城市的基本现实,即所谓存在的领域。仿佛他以直觉的方式所感受到的内在现实越强烈,那外在的现实也就变得越模糊;而他越是直觉到世界外在形态的内在意义,也就越发虚化了自己周围城市世界的机械性和工具性的方面。据他自己在《巴黎的忧郁》前言中的说法,他的目的是要通过诗歌"描写一种现代的更为抽象的生活",深入到"大都市无数错综复杂的关系"中,创作出"适应心灵的抒情冲动、梦幻的波动和意识的跳跃"的抒情作品[1]。可以说,保证他诗歌"巴黎性"的,是巴黎的抽象面貌,是折射在都市人的面容上和心灵中的巴黎生活。批评家蒂博岱对此有深刻体会,他在《内在》一书中评论道:

> 所有这些诗歌几乎都可以用《恶之花》中《巴黎图画》一章的标题冠名,这是一些生动别致的图画,但尤其是一些内在的图画,是一个灵魂在大城市中的真情表白,是一个大城市的灵魂的真情表白。这不仅是新的战栗,而且是波德莱尔为诗歌开辟的新的局面。[2]

此言不虚。波德莱尔总是从人性的角度去观察城市,并且从城市的生命律动中获取灵感。在他的城市诗歌中,巴黎是一个人格化的存在,通常以隐性的方式存在于人的情感生活和精神生活之中,有时也直接以拟人化的寓托形象粉墨登场宣示自己的灵魂。在波德莱尔看来,城市诗歌应当深入到城市生活的本质,而城市生活的本质不在于它所呈现出来的外在形态。城市诗人的历史使命是要穿透城市的外在形态,抓取住造就这种外在形态的现代人的激情、梦想和能力,如此才能捕获并揭示现代大都市背景下人们"新的激情所固有的特殊的美"[3]。

将巴黎视为一个有身体、有灵魂的生命体,这肇始于浪漫主义时代。在浪漫主义的前夜,卢梭在《爱弥尔》和《忏悔录》(*Les Confessions*)等作品中对巴黎表示的憎恶,既是针对巴黎的物质现实的,也是针对它的精神现实的,体现了这两种现实的叠合。城市的嘈杂、雾霾和泥浆对应着无端的纷扰、虚妄的幻

---

[1] 《全集》,第一卷,第 275—276 页。
[2] Albert Thibaudet, *Intérieurs*, op. cit., p. 7.
[3] 《1846 年沙龙》,《全集》,第二卷,第 495 页。

觉、荣誉感的丧失和德行的败坏。这也就意味着,在他的眼中,由石头构成的巴黎和由人构成的巴黎是密不可分的。

在巴尔扎克的《驴皮记》中,主人公拉法埃尔从阁楼高处的窗洞俯览巴黎,其所见的景致并不只是停留于城市的各式外观。观察者的视线随着自己内心的思绪而移动。他先是放眼远眺,望见"鳞次栉比的屋顶活像汪洋泛起不动的波浪",接着又近探邻里各色人物的身影,研究他们的举止,想象他们的境况。最后。观察者的内心活动将外部描写加以提升:

> 白天的这些充满诗意的瞬息即逝的变换,雾气迷蒙的哀愁情调,阳光的突然照耀,黑夜的静谧和魔力,黎明时分的神秘,每个烟囱飘起的轻烟,这个神奇自然的一切偶然事态,对我来说都已经很熟悉,让我乐此不疲。(……)无数的屋顶像平原般一望无际,构成了巴黎荒原,它下面却掩盖着深不可测的人间众生,这倒与我的心灵相契合,而且与我的思想也协调。①

这段文字中表达的观念,与波德莱尔在《风景》一诗中表达的意思十分接近。如果说巴尔扎克还只是对城市进行静态的描写,那赋予城市的街道以生命则是雨果的癖好。雨果在《巴黎圣母院》中虽然描写的是中世纪的巴黎街道,但作者投向巴黎的眼光却是典型浪漫主义的。在他笔下,巴黎的街道"交织缠绕,混沌一团,密密麻麻,活像巫魔夜会之日百鬼狂欢的舞蹈"②。虽然雨果对巴黎街道的描写主要是为了营造出带有贬义的氛围,以便更好地表现群氓般的众生相或是城市的肮脏和放纵,但巴黎大街的神奇也从他的笔端开始显现出来。大街被看作是一个符号,承载着象征的价值。大街遍布巴黎的每个角落,是物质巴黎与城中麇集的人群发生接触的场所,保证着物质巴黎与人性巴黎的转换,也促使着城市躯体与城市灵魂的融汇。在对城市诗意观照的形成过程中,大街形象的出现可谓贡献良多。

从那时候开始,浪漫主义者笔下的城市比以往任何时候都更被看成是一

---

① Balzac, *La Peau de chagrin*, *Roman philosophique*, t. I, Bruxelles, Meline, Cans et Compagnie, 1837, p. 159.
② 语出儒勒·雅南,见 Jules Janin, *L'Été à Paris*, Paris, Curmer, [1843], p. 15. 雅南之语原本是为了讥笑雨果对巴黎的描写,但在我们看来,他之所言正好说出了雨果的描写中富有诗意之处。

个整体,就连城市中各个特殊的方面都是这个整体所具有性质的折射。城市逐渐成为演绎各种神奇事件的舞台。石头的城市和人的城市交相应和,使城市变成一种既是物质又是精神的存在。这也就意味着最初还只是各种人类活动场所的城市本身逐渐变成了充盈着精神的神秘生命体。对城市的描写也开始有了诗意的特性。对现代都市"风景"的发现,对大城市独特生命的直觉,对与城市兴衰相关联的死亡和废墟的意识,对城市中各种神奇现象的趣味,对城市所体现的精神意向的捕捉,凡此种种都让人相信,巴黎诗歌的决定性绽放已是势所必然。

从这点看,波德莱尔看待巴黎的眼光是扎根于浪漫主义谱系中的。他把巴黎说成是"异乎寻常的一大堆人和石头,足可以迷住和吓倒那些远离巴黎的人"①。可见他对两种巴黎之间的应和关系有着清楚的意识。像那些浪漫主义前辈一样,他把城市看作一本书写人类生活的大书,可以在石头构成的字符中读出人类的灵魂。但与那些前辈相比,他在探求人的隐秘的思想和情感之路上走得更远。虽然有时候他也像他们一样从高处俯瞰城市,把它们作为整体来把握,但更多时候他则是走到人群之中,怀着激情在近处观察他们。在他的巴黎诗歌中,诗人不停留于笼统的总体层面,而是开始进入到每个都市人(也包括诗人自己)的意识中,探测其中的深度。我们将看到,在他的作品中,现实的巴黎完全分解成碎片,以便契合他的内心世界,与他的生命融为一体。从物质巴黎的碎片中诞生出另外一种诗歌——一种关于人性巴黎的诗歌。这就是为什么我们在他的诗歌中难以找到物质的巴黎,而由人的意识和灵魂构成的微妙的人性巴黎却又像空气一样无所不在。

我们还可以看到,作为巴黎诗人的波德莱尔在留心城市大众日常生活中的困顿境况的同时,把关注的重点更多投向了人类灵魂上的磨难。对波德莱尔来说,真正的痛苦是形而上层面的痛苦。形而上的痛苦存在于一切时代,随时代的不同而又以各不相同的方式表现出来。他在巴黎这座城市中寻找的,正是人的形而上的痛苦在巴黎这个特定环境中的特殊呈现。作为现实之物的巴黎本身是无所谓诗意的,而只有当它成为人类灵魂问题的象征之际,它才富有诗意。巴黎是人与世界的联系中介,是通向精神的途径。这正是波德莱尔

---

① 《理查·瓦格纳和〈汤豪舍〉在巴黎》,《全集》,第二卷,第 809 页。

的诗歌观念中包含着的卓尔不群的洞察。

二、风华绝代的巴黎

对许多人来说,巴黎是一个无须多说的城市名字。波德莱尔视它为"忧郁的情人",海明威(Ernest Miller Hemingway)说它是"流动的盛宴"。从雨果、司汤达、巴尔扎克、欧仁·苏、福楼拜、龚古尔、左拉到波德莱尔、兰波(Arthur Rimbaud)等作家,都写下了以巴黎生活为中心的鸿篇巨制,带来了19、20世纪"巴黎文学"空前的繁盛。巴黎给予人类的视觉感受和历史想象是如此丰富,以至于让人感到这个名字本身就极丰富地蕴涵着我们的思想所能触及和构想出的一切。波德莱尔的巴黎诗歌之所以能够成为现代城市诗歌的典范,这其中除了诗人自身的非凡才情外,还与巴黎这座城市独具的风情密切相关。

城市文明的迅猛发展是波德莱尔所处的19世纪区别于以往任何时代的一个重大标志。19世纪的世界是以城市为轴心转动的。现代意义上的大都市的出现,为人类生活提供了一个全新的舞台,以前所未有的强度上演着一出出"人间喜剧"。人类的伟大和苦难还从来没有像在城市中这样展现得淋漓尽致。对于理想的憧憬和对于生活的空虚意识,在其他任何地方都没有像在城市中这样形成如此强烈的反差。在当时的所有大城市中,巴黎以最为完美的方式为它的居民打上了现代性的烙印,这也让它摇身成为世界上最具文化影响力的城市,被视为现代性的样板。"巴黎"这个名字不只是代表一个地点或一个环境,它更是一种能够充分体现"现代性"的文化代码。正是在这个意义上,本雅明将自己那本关于巴黎的鸿篇巨制题名为《巴黎,19世纪的首都》(*Paris, capitale du XIXe siècle*)。巴黎如此丰富,以至于它甚至不止于是一座城市而更像是一个世界。难怪就连今天的巴黎人都还时常骄傲地把一句口头禅挂在嘴边:"一切其他的城市都只是一些城市而已,唯有巴黎是一个世界。"在发达资本主义时期,巴黎以其具有的典型性成为了现代世界的化身。从这样的角度看,波德莱尔的《巴黎图画》同样可以被看做是体现"现代世界"的图画,是体现"现代性"的文本,是体现"现代生活"的象征。诗人自己称这些诗歌"特别有巴黎味"[①],他自然是想说这些诗歌具有的巴黎特性。但如果我

---

① 波德莱尔1852年3月27日致母亲信,《书信集》,第一卷,第191页。

们把"巴黎"看作是以提喻之法所指代的现代世界,则我们又可以补充说,这些诗歌"特别有现代味"。

在谈到作为19世纪现代都市的巴黎所具有的独特之处时,蒂博岱如此写道:

> 作为都城,巴黎在19世纪的欧洲和世界上的地位与17世纪时路易十四宫廷的地位无异。它不是世界上唯一的都城,既不是最大的,也不是最富有的,在数量上它把这一切让给了其他一些大城市;但却唯有这个都城让人深刻地领受大都会特有的那种生活,唯有它让这种生活生长出其全部的精神果实,唯有它像勃艮第(Bourgogne)的山坡一样,将时机、土地、气候等天时地利的功效结合在一起,酿造出品质卓越的美酒。①

蒂博岱还指出,19世纪的巴黎生活给人带来的"感官上的快感"(une sensualité physique)往往很快就转换成"灵魂上的快感"(une sensualité de l'âme)②。这让人不禁想到18世纪的梅西耶在他的《巴黎图景》中在谈到巴黎的空气时所说的,"也许正是从这里,生发出了巴黎人独有的那种热烈而轻浮的情感,那种漫不经心的率性,那种特别的有如鲜花般盛开的精神"③。

从旧制度时期就已经形成的具有强烈中央集权特点的法国国家体制,在大革命和拿破仑帝国时期得到进一步巩固和加强。中央集权在成为法国政治组织基础的同时,赋予巴黎一个相对于法国其他各省更为重要的地位。19世纪时,在古老巴黎的地基上逐渐形成的"现代"巴黎集中体现了古老的欧洲文明和法国文化传统与民族精神,这让它在行政、经济以及宗教、文艺、学术等方面的中心地位得到确保,同时这也让巴黎被视为是权力、支配、运动与机会的策源地。当豪斯曼男爵骄傲地宣称"巴黎就是中央集权"时,他不过套用了拿破仑三世(Napoléon III)皇帝说过的一句名言:"巴黎是法国的头脑与心脏。"④巴黎就像是一口坩埚,熔炼着法国发生的一系列惊天动地的事件:1789年的

---

① Thibaudet, *Intérieurs*, *op. cit.*, pp. 18-19.
② Ibid., p. 30.
③ Louis-Sébastien Mercier, *op. cit.*, t. I, pp. 2-3.
④ G.-E. Haussmann, *Mémoires du Baron Haussmann*, 2 vol., Paris, Victor-Havard, 1890-1893, t. 2, p. 203.

大革命，波拿巴的雾月政变，1830 年的"光荣三日"（les Trois Glorieuses），1848 年的二月起义以及同年 6 月的屠杀，1852 年拿破仑三世的复辟帝制，1871 年的"巴黎公社"（la commune de Paris）等。这些火山般爆发的事件几乎总是伴随着各种思想的大爆发。在首都发生的一个个事件和思想的爆发异常暴烈，又异常壮观，让雨果这样的伟大作家不禁发出如此赞叹：

> 有时候事件和思想从深渊中杂然而出，让人搞不清楚到底是事件引领思想，还是思想推动事件。壮观而恐怖的火焰照亮世间万物，而这火焰的亮光实出于混乱。震荡与光芒相伴。（……）巴黎何有这般威力？（……）这是因为这座奇特的城市可不是一般的城市，而是欧洲大家庭的中心。它是撬动世界杠杆的把手。①

巴黎何止是法兰西的领路人。巴黎人更自豪地认为巴黎是欧洲乃至世界的"头脑与心脏"。巴黎人的这种自豪让一位英国访问者颇为嫉妒，语带讽刺地说，巴黎人的自负"或许能够解释为什么欧洲有时候会做出一些荒唐滑稽的事情"②。马克思和恩格斯对巴黎的中心地位给予了充分肯定，他们在《德意志意识形态》（Die Deutsche Ideologie）中论述 18 世纪的欧洲社会和思想时，将巴黎称作"唯一的世界城市"③。恩格斯还在《从巴黎到伯尔尼》（《 Von Paris nach Bern 》）一文中对作为"世界城市"的巴黎作了如下评价：

> 只有法国才有巴黎，在这个城市里，欧洲的文明达到了登峰造极的地步，在这里汇集了整个欧洲历史的神经纤维，每隔一定的时间，从这里发出震动全世界的申诉，这个城市的居民和任何地方的人民不同，他们把追求享乐的热情同从事历史行动的热情结合起来了，这里的居民善于象最讲究的雅典享乐主义者那样地生活，也善于象最勇敢的斯巴达人那样地死去，在他们身上既体现了阿基比阿德，又体现了勒奥尼达斯；这个城市

---

① 见雨果在 1848 年 6 月 20 日"国家工厂"（les Ateliers nationaux）制宪会上的发言手稿，收录于 *Actes et Paroles*, I, *avant l'exil*, 1841-1851, Paris, Albin Michel, 1937, p. 470.
② 见 St. John, *Purple Tints of Paris: character and manners in the New Empire*, London, Chapman and Hall, 1854, p. 14.
③ 《马克思恩格斯全集》，第三卷，人民出版社，1956 年，第 482 页。

> 就象路易·勃朗所说的那样，它真的是世界的心脏和头脑。①

　　从历史的机缘来看，波德莱尔之所以能够成为欧洲文学中第一个创作出真正意义上城市诗歌的诗人，那是因为在他将《巴黎图画》引入到《恶之花》中的那个时代，巴黎是欧洲人眼中唯一一座能够给人以风华绝代的庞然大物印象的城市。柏林(Berlin)虽然后来成为了体现科学成就的都城，但在当时还只不过是一个像外省那样的大城市。维也纳(Vienne)的情况也是如此。伦敦是当时世界上的金融之都，在许多方面都比巴黎更现代，但与巴黎不同的是，无论在19世纪还是在20世纪，它都一直是一座没有给人带来高强度压迫感的城市。19世纪时的伦敦和其他英国城市领先巴黎数十年。英国工业革命和资本主义的飞速发展比欧洲其他城市更早带来城市景观的巨变：摄政时期(1811—1825年)，伦敦城经过彻底改造，成为当时世界上最现代化的城市，各种公共设施遍布全城，排污系统高度发达，几乎到处都有自来水。由于卫生系统的改进，1832年蔓延欧洲的霍乱在伦敦导致的死亡人数远低于巴黎。虽然欧洲其他城市在这场霍乱之后也掀起了"城市公共卫生"革命，但至少直到20世纪初，英国的公共设施都一直领先于这些城市。英国的资本积累过程基本上没有在伦敦导致与政府当局势不两立的血腥冲突。骚乱和动荡虽然时有发生，但那些猛烈的造反运动主要发生在劳资矛盾尖锐的矿区和工业城市。英国人有看重家庭生活的传统。贵族们都愿意把钱投在乡间城堡上，这使得首都只有寥寥可数的几座宏伟建筑，不像法国的国王和皇帝那样能够以遍布全城的恢弘富丽的建筑相夸耀。英国的城市化从一开始就是按不同于法国豪斯曼那样的规划进行的，它主要是基于分散的独立住宅，依赖长距离的交通，而法国的资产者则是将楼房集中建在市中心。可以说独立住宅构成了19世纪英国大城市的一大特点。伦敦人很难想象还可以生活在独立住宅之外的地方。住公寓在巴黎司空见惯，却让伦敦人接受不了。伦敦人过着平静的家庭生活，这种生活虽然也不无现代诗歌中咏唱的"spleen"(忧郁)情调，但与巴黎那种风风火火、光华万丈的社会生活相去甚远。

---

① 《马克思恩格斯全集》，第五卷，人民出版社，1958年，第550页。文中出现的阿基比阿德(Alcibiades)系古希腊雅典将军和政治家；勒奥尼达斯(Leonidas，又译列奥尼达)系古希腊斯巴达国王，是抗击波斯入侵的英雄；路易·勃朗(Louis Blanc)是19世纪法国空想社会主义者、历史学家。

伦敦不乏财富和实力，也达到了最高等级的物质进步，凡是通过金钱和耐性能够实现的一切它都一应俱全，事事从实用和舒适出发，这让它成为现代的"罗马"，但却成不了"雅典"。现代"雅典"的位置是留给巴黎的。对巴黎人来说，至为重要的是精神的价值——心意的满足、美、思想观念等。马克思和恩格斯在《德意志意识形态》中注意到，英国人注重实证，在他们那里，"理论是单纯地肯定事实"，而长于精神的法国人则将理论"变成了哲学体系"[①]。务实的英国人很难理解法国人那种通达务虚的生活方式。一位英国作者写出了他眼中的巴黎人的生活：

> 法国人承认，巴黎是一个可以让人尽情吃喝、游手好闲、空谈闲聊的所在。这是消费生活的理想之地，不适宜积累财富的生活。与伦敦不同，巴黎不是一个让人想要有孩子的好地方，（……）也不会让人为了买一张地毯而节衣缩食，并且城中缺少长满茂盛植物的花园（……）。那些有产者家庭，就算家境殷实，也生活在围着嘈杂的院子建造的狭小公寓中。那些让一个有品位的英国人认为应该属于家庭生活的一切，在这里都不可能见到。[②]

如果把这段话与波德莱尔在巴黎的生活进行比较，可以让人有相当惊人的发现。波德莱尔过着游手好闲的纨绔子生活，喜欢进出酒吧和咖啡馆。每当有了点钱就赶紧花掉，仿佛积攒钱财会让他蒙羞。他与一些太太小姐有暧昧关系，但却没有见识过"家庭的温馨"，而且他没有属于自己的只砖片瓦，也从未有过孩子能够让他享受天伦之乐。茂盛植物？这最是他所憎恨的。从所有这些方面来看，可以说波德莱尔其人是典型的巴黎人，是地地道道的巴黎人。

一座城市就意味着一个永不止息的创造：城中的房屋、气味、声音、来来往往的运动无不体现人的生活、情感、理想和意志。这里的一切都带有严格意义上的某种"诗意"。大城市的出现就仿佛是对一种新类型文明所具有的威势和现代性的展现。大城市也必然是一个让众人接触交往、互通有无的地方，因而也就是一个革旧创新的地方。这里比其他地方更容易发生政治和社会革命，

[①] 《马克思恩格斯全集》，第三卷，人民出版社，1956年，第482页。
[②] Tindall,《Expatriates' Paris》, in R Rudorff（ed.）, *The Paris Spy*, 1969, p. 233.

也更容易发生道德的败坏。大城市尤其是一个享有自由的地方,是人的自由这个深层问题的体现。进入 19 世纪,巴黎人享有的自由,尤其是日常生活中的开化,不仅法国的外省不可比,就连国外其他那些大城市也不可比。各种活动都集中在巴黎,再加上自由开化的氛围,让这座城市既可能朝向"善",也可能朝向"恶"。难怪有人会认为在巴黎的生活既是赏心乐事,又是凄惨恐怖,既是吞噬一代代人的丑恶深渊,又是礼赞人类的庄严圣殿。一切极端的事情都聚集在巴黎。什么东西在这里都会更多一些:罪恶更多一点,德行也更多一点。巨大的城市为人类活动提供了巨大的空间,让人在好坏两个方面都走得更远。像波德莱尔这样的巴黎人自小就在心中感到的两种矛盾情感——"对生活的厌恶"和"对生活的迷醉"①——实则是对出自于同一事物的两种属性的反应。巴黎就像是整个人类历史的概览。一般来说,只有凭藉抽象之功才能把握和领会历史的整体性。而巴黎却是一个奇迹,时间在这里化为具象之物,往事在这里清晰可见,而历史学家在这里一眼便能够将人类历史的方方面面一览无遗。就像雨果指出的那样,整个巴黎都神奇无比,是一切已经死灭的和仍然鲜活的生活风尚的缩影,提纲挈领地体现着一切文明中的野蛮和伟大,而要是巴黎没有为人类贡献断头台,它定会兀自懊恼。②

巴黎的自由开化让许多道德主义者、嫉妒的外省人甚至外国人深感惊恐,他们将巴黎视为伤风败俗的渊薮,叫嚣要摧毁它而后快。③ 但那些精神强劲、思想敏锐的智者却懂得如何在城市中捕捉汹涌澎湃的人类激情中包含着的诗意。

三、对于城市的超越善恶的审美观照

在现代城市诗歌出现之前,城市在诗人们的想象中大致以两种类型出现,这两种类型都来源于《圣经·启示录》对两种城市类型的划分。诗人们要么把城市视为圣城耶路撒冷一般的理想之都、人间福地,是光明和知识的源泉,要

---

① 《我心坦白》,《全集》,第一卷,第 703 页。
② 见 Voir Hugo, *Les Misérables*, 3ᵉ partie, livre premier, X, éd. cit., pp. 603-605.
③ 普鲁士将军沙恩霍斯特(Scharnhorst)的宣言在这方面颇具代表性:"法国是伤风败俗的渊薮;必须将它消灭;若不如此,则天上再无上帝。"转引自 S. Charléty, *La Monarchie de Juillet*, dans l'*Histoire de France* de Lavisse, Paris, Hachette, s. d., p. 174.

么视之为巴比伦一般的淫乱之地、罪恶渊薮,是诅咒和惩罚的对象。诗人们的看法与思想界在讨论城市问题时提出的论点是完全对应的。一种是城市功效理论,认为城市是人类工业生产和高度文明的聚集地,是充满美德的社会的样板,相信社会发展本身的力量可以克服城市中出现的问题和罪恶。在启蒙主义时代,伏尔泰、亚当·斯密(Adam Smith)等据此提出了体现时代精神的文明社会的概念,把追求物质和快乐看成是文明社会得以产生的基础,是这派理论的代表。后来的英国诗人理查德·勒·迦廉(Richard Le Gallienne)的诗作《伦敦之歌》(*A Ballad of London*)就表达了和伏尔泰一样的对闪耀着生命光辉的城市的喜悦。另一种是城市缺陷理论,认为自索多玛(Sodom)和蛾摩拉(Gomorrah)①出现以来,城市就是不公正的载体,是充满邪恶的社会的样板。工业革命带来的一系列负面结果,让启蒙运动中认为社会是充满美德的思想观点受到颠覆。华兹华斯和布莱克(William Blake)的某些诗作体现了这一派的理论。华兹华斯对城市远离自然和对物质的挥霍表达了深切的憎恶,布莱克把伏尔泰等人引以为荣的规划城市所具有的理性看作是强加在自然和人类身上的枷锁。布莱克也写有题为《伦敦》(*London*)的诗歌,其中提到当他行走在城市的大街,他看见"遇到的每个人的脸上 / 都显露出虚弱和哀伤"②。雪莱(Percy Bysshe Shelley)应当也是体现这一派思想的诗人,他的《彼得·贝尔第三》(*Peter Bell the Third*)虽然是针对华兹华斯《彼得·贝尔》(*Peter Bell*)的讽刺之作,但他看待城市的眼光却又与华兹华斯并无多大不同。他在诗中将伦敦和地狱并称:

> 地狱是一座像伦敦一样的城市,
> 一座人口稠密、烟雾弥漫的城市,
> 那里有各种各样被毁损的人,
> 极少或者没有快乐可言,
> 公正不多,怜悯更少。③

---

① 这是《圣经》中多处提到的两座罪恶之城,被天火所焚毁。
② William Blake, *The Portable Black*, ed. Alfred Kazin, New York, Viking Press, 1946, p. 112.
③ P. B. Shelly, *The Complete Poetical Works*, ed. Thomas Hutchinson, London, Oxford University Press, 1932, p. 346.

在上述与两种城市理论相契合的两种表现城市的诗歌类型中，诗人对城市的看法并没有摆脱传统的窠臼，因而这些诗歌也不能够称为现代意义上的城市诗歌。本雅明就认为，雪莱通过描写伦敦人来捕捉伦敦时所采用的那种直来直去的生硬方式，对把握波德莱尔的巴黎无甚裨益。究其原因，是因为像波德莱尔这样的诗人对城市现实保持着清醒的意识，能够以享受者的态度去感受人群的景象在他身上发挥的作用，体味其中深刻的魅力。也就是说，他能够在陶醉于人群的同时而又并没有对可怕的社会现象视而不见。

虽然人们一般认为浪漫主义作家对城市没有好感甚至憎恨城市，但事实上，情况并非总是如此，我们可以从某些浪漫主义作品中发现这一点。在法国浪漫主义鼎盛时期的 19 世纪 30 年代，诗人们看待城市的眼光开始发生某些变化。维尼创作于 1831 年的长诗《巴黎—高翔》具有标志性意义，被西特龙称为"巴黎神话的第一篇伟大诗作"①。在诗中，诗人从高处对城市进行全景式把握。从高处俯视城市是浪漫主义诗人惯于采取的姿态。不过，这首诗让人感兴趣之处不在这里，而在于诗人在诗中的角色。在诗中，诗人并不是简单地扮演诅咒的道德家或乐观的赞颂者，而是用他诗人的眼光搜寻城市独特的美。诗中对巴黎的顿呼是相当有名的：

　　……地狱！世界的伊甸园！
　　巴黎！起始和终结！巴黎！阴影和火炬！②

诗中三组矛盾词语的组合（地狱—伊甸园，起始—终结，阴影—火炬），不是简单的关于德行与罪恶、奢华与苦难的对比，而是涉及现代都市一切事物在其本质中的深刻矛盾。都市的这种本质性矛盾促使诗人对城市产生一种超越善恶判断的非道德性的观念。对他来说，只有审美判断，而不是价值判断，才能够帮助我们在总体上把握城市这个新的对象：

　　我不知道这一切是否是恶；但这是美，
　　但这是盛大！可以在它灵魂的最深处

---

① Pierre Citron, *op. cit.*, t. II, p. 101.
② Alfred de Vigny, *Œuvres complètes*, 2 vol., coll. Bibliothèque de la Pléiade, t. I, p. 109.

感觉到一个全新世界正在这烈焰中铸就。①

用"熔炉"这个主题意象对城市的整体进行定义,这本身显示了诗人对现代都市多重价值的认可。巴黎这个熔炉铸就的"全新世界"会是一个更好的世界呢还是一个充满苦难的废墟？诗人在此悬置了他的解答。这位对人的精神作用和人类未来命运始终有着强烈关注的诗人,在他的审美姿态中流露出来的感慨和忧心,在真实性和强度上远胜过一味吹捧进步的人士欢悦的叫喊和悲观道德家愤世嫉俗的怨艾。无论是善还是恶,也无论是天堂还是地狱,巴黎这座现代都市为人们提供了一种独一无二的经验,同时也为诗人提供了诸多充满诗意的暗示。可以说,巴黎是一个危机四伏的险地,但却又是一个值得让人历艰涉险去见识的世界。他甚至把巴黎看作是人类拯救的必由之地,倘若它消亡了,世界会因此而黯淡无光。在当时的作家中,不仅那些二流作者,就连雨果这样的大家也没有达到如此独到的认识高度。像雨果和欧仁·苏这样的作家虽然当时也创作出一些表现巴黎城市生活的作品,但在他们的世界中,超验的理智(la raison transcendente)从道德的角度把经验分成两半,善恶泾渭分明,好坏一目了然。他们对于城市世界和城市人的想象并没有完全跟上新的时代,似乎他们并没有学会如何处理新时代的巴黎。可以说,他们把文学带到了现代城市的边沿,但仅仅是边沿而已,而他们的作品也就不能称作真正意义上的"现代"作品,或最多也只能称作"前现代"作品。

维尼启发了一种观照巴黎的全新方法。这是一种摆脱了对城市进行简单的善恶评判的思想观点和审美眼光:城市既非善又非恶,即是善又是恶。我们可以把这看成是对出现在传统城市理论(即城市功效理论和城市缺陷理论)之后的一种新的城市理论——城市审美理论——在文学上的体现。悬置对于善恶的价值评判,可以更有利于领会包含在每个事物中的多重价值,捕捉住其中富含诗意的暗示,让人在超越善恶的审美观照中实现精神上的丰富。维尼把这首题为《巴黎》的诗同时也称作《高翔》,这意味着诗人怀着高远的心意,努力让自己从应景即兴的直接抒情中解脱出来,在抒情诗中达成精神的运思。他的贡献既是诗歌方面的,也是哲学方面的。波德莱尔的《恶之花》中也有一首

---

① Alfred de Vigny, Œuvres complètes, 2 vol., coll. Bibliothèque de la Pléiade, t. I, p. 109.

同样题为《高翔》的诗歌,展现精神活动带来的"雄健的快感"。波德莱尔把这首诗安排在诗集中第三首的位置上,就是为了强调这首诗具有的提纲挈领的作用。如果说像圣-伯甫和戈蒂耶这样的浪漫主义者为波德莱尔启发了一种新的感受方式和诗歌中的城市素材,那维尼为他启发的则是一种不排斥矛盾的看待巴黎的眼光,以及对城市进行整体把握的精神视角,这让他的抒情诗在表现出视野开阔、趣味强劲、思虑高迈等特点的同时,把巴黎诗歌向具有哲理普遍性的层面提升。

超越善恶的审美眼光在巴尔扎克的作品中也有折射。在《人间喜剧》中,巴尔扎克明确指出,城市"并不比你欣赏的那些乘风破浪的巨轮上的动力锅炉更道德,也不会更友好和更干净"①。人类活动的高度集中,使巴黎成为让人为博取功名利禄而厮杀的名利场。巴尔扎克将它称作"地狱般的天堂"②。他笔下的伏脱冷(Vautrin)是他成功刻画的诸多令人难忘的形象之一。这个人物性格冷酷却又意志坚强,身上既有邪恶的一面,也有合理的一面。他无法无天,有时会因为不择手段的世故钻营而被视为魔鬼的化身,但他又能天才般一针见血地点明当时社会的政治、经济、法律的真相,并以大无畏的英雄气概与之对抗,仿佛又是敢于向一切权威挑战的斗士,甚至让那些敢于向上帝挑战的艺术家也在他身上看到自己的化身。他深受所处社会的毒害,但又没有向那个不公平的社会妥协。他并不代表正义,因为当他千方百计在社会上谋取自己的一份利益时不惜使用卑鄙猥琐的手段;但他又并不完全代表邪恶,因为他只不过对社会看得比任何人都透彻,懂得如何才能在弱肉强食的城市丛林中不让自己成为任人宰割的羔羊。我们实难把"正面人物"或"反面人物"的标签贴到这个人物身上。他身上体现出来的复杂性已经超越了善恶的判断,这让他在成为一个美丽而成功的文学形象的同时,也成为资本主义社会本质的象征,成为城市本身的象征。只有巴黎才能造就这样一位集天使与魔鬼于一身的人物。如果说在雨果和欧仁·苏作品中占统治地位的思想前提可以与黑格

---

① Honoré de Balzac, *La Fille aux yeux d'or*, *La Comédie humaine*, 11 vol., éd. Marcel Bouteron, coll. Bibliothèque de la Pléiade, t. V, 1936, p. 267.

② 语出《两个新嫁娘》(*Mémoires de deux jeunes mariées*, *La Comédie humaine*, éd. cit., t. I, p. 254)。在《贝姨》(*La Cousine Bette*)中,巴黎被称作"天堂和地狱"(*La Comédie humaine*, éd. cit., t. VI, p. 161)。

尔联系在一起,那巴尔扎克的伏脱冷则预示了后来尼采的出现。巴尔扎克为我们呈现的不再是一个善与恶机械地分离的世界,他超越了"前现代"的巴黎,在城市中去领受激情汹涌的人类生活,把巴黎看成是一个喷涌着无穷才智的神奇头脑。①

在维尼和巴尔扎克作品中开始显出端倪的这种以超越善恶的眼光观照城市和现代人的态度,到了19世纪中叶,逐渐发展成一股有力地影响西方意识的新思潮。波德莱尔是这种新思潮的积极鼓动者和践行者。虽然参与这次变改的人们没有对这次突变给出一个本质性的定义和哲学上的解释,但他们以具体的行动,特别是艺术创作活动,明确地向传统的道德、社会思想和艺术观念发出挑战。他们将人类理智的重要性、自然的理性结构和意味深长的历史都放在了思考评价的位置上,他们的这种再思考不可避免地要与城市和关于城市的理论联系起来。何为城市?何为现代?他们对这样的问题给出了一个新的思考点。他们意识到,现代城市生活在为人们提供的生存经验和信息资源方面,比历史上的任何时候都更为丰富、迅捷、复杂和尖锐。旧有的情感和观念、价值体系、感受和表达的方式显然已经无助于统摄瞬息万变、乱花迷眼的都市经验。他们脱离了对城市和现代生活进行好与不好评价的束缚,而把关注的重点放在了城市和现代生活究竟是什么这样的问题上,探讨城市和现代生活给人的现实存在、情感反应和意识活动带来的影响。城市既不是天堂,也不是地狱,它只不过是一个集荣誉与残酷、美好与丑陋、崇高与怪诞于一体的现代生活的集中地。与其从伦理上对它给出评价,倒不如以审美的态度充分地将其体验为现代文明为人类经验提出的新的课题和提供的新的可能性。对于城市的审美态度就是要求诗人不仅仅驻足于城市生活的表面结构,而是要深入到城市生活的核心,勾勒出城市迷宫一般的血管、神经、肌理网络,发现并捕捉其中的深邃本质。无论是善还是恶,现代城市以其为人们提供的独一无二的经验而成为一个独一无二的审美对象。

---

① 参见 Ernst Robert Curtius, *Balzac*, Paris, Grasset, 1933. 这本书中有一段文字可以佐证我们的观点:"自然之物以神奇的形式呈现给他,仿佛表征着物质的奥秘。自然之物也以象征的形式呈现给他,仿佛反射出人类具有的力量和所付出的努力。因而在汹涌的波涛中,他看到'人类力量的激昂豪迈';在他从花中欣赏的奇香异彩中,他读出人类爱情的密码。自然之物对他来说总是另外某种东西的符号,是一种对精神的呼唤。(……)他心之所念、情之所迷的是人性的强度。"(pp. 373-374)

在城市生活大规模兴起之前，人类的感性对城市特殊的美并不真正了然，也就无由捕捉城市生活提供的诸多充满诗意的暗示。城市之美既源自于善，也源自于恶。在一个更高的层面上，可以说城市的魅力来自于在它的范围中鼓荡着的人性的强度。人性是一切审美活动的基础，而作为审美活动基础的人性比伦理层面的善恶具有丰厚得多的蕴含。从人性的角度看，向善和向恶这两种看似对立的冲动，实则都体现了人性中永恒不变的对于突破局限而达于无限的渴望。以是观之，就算是丑恶之物，也会因为作为人性的表征而成为审美对象。而一位天才的诗人能够感受其中的诗意并将它塑造成诗歌。

在波德莱尔的城市诗歌中，我们可以看到诗人自觉地贯彻一种可以被称为"审美现代性"的意识。他在这些诗歌中充分发挥对每一事物固有的多种价值的思考，他的思考不排斥矛盾和悖论，甚至就表现为矛盾和悖论。他探究巴黎的方式总是同时具有双重（甚至多重）的价值取向，而他笔下呈现出来的巴黎也就像是长有两幅面目的怪物，既为善的事业代言，也为恶的事业鼓噪。①就是这同一个对象既让他感受狂喜，又让他感到忧郁。波德莱尔巴黎诗歌的独特魅力之一就是突破善、恶的二维界限，将两者加以糅合以呈现一个以永恒、绝对、终极、整体为尺度的第三维度。通过引入这个第三维度，对善恶的辨识便让位给了对人性深度的挖掘，对人类激情的礼赞。

城市是人性力量的聚集地，城市的威力是一种富有诗意的威力。维尼和巴尔扎克对这样的观点有最初的朴素直觉，而波德莱尔则将其提升到自觉的高度并加以广泛的实践，不仅为当时的文坛风景带来改观，也深刻影响了后来审美趣味和思想意识的走向。在波德莱尔之后被称为"现代生活的诗人"的维尔哈伦（Émile Verhaeren）的诗集《触手般扩展的城市》（*Les Villes tentaculaires*），可视为是对这一路线的继承和发扬。尽管诗人深知城市的凶

---

① 文学艺术家们——波德莱尔是其中的突出代表——从主观感受和意识反应出发去观照城市，而他们看待城市的那种超越善恶的"非善非恶""亦善亦恶"的眼光体现了某种辩证的思想，这与马克思和恩格斯从历史唯物主义出发看待城市和资本主义社会的辩证观点有某些看似不谋而合之处。马克思和恩格斯虽然在存在论上抵制工业城市，从伦理上反对资本主义人剥削人的制度，但他们又从历史发展的角度肯定了工业城市存在的合理性，肯定了它为社会生产和社会进步所做的贡献。不过需要指出的是，马克思和恩格斯的辩证观点是唯物主义的，是为了揭示社会历史发展进程的线索和逻辑，而文学艺术家们的辩证观点则是主观主义的，是为了探索丰富审美经验的可能性。

恶,但仍然在《城市的灵魂》(L'Âme de la ville)一诗中写道:

> 这一切又有何妨,罪恶、疯狂的时光,
> 还有让城市发酵的污秽的大缸,
> 要是某天突然从雾霭朦胧的深处
> 走来一位用光线塑成的新基督,
> 把人类向他提升,
> 用新生繁星的火焰为人类行洗礼。①

在以超越善恶的眼光看待城市这点上,维尔哈伦与波德莱尔是一致的。但他们又在具体内容上有着重大区别:维尔哈伦的诗中以超越善恶的姿态表现出一种对城市未来的希望和信念,而波德莱尔的诗中体现的则是一种对城市未来不抱任何希望和信念的审美姿态。本雅明对这点有深刻的认识,指出波德莱尔写巴黎的那些诗篇具有永久魅力的基础,就在于诗人总是从大城市的衰弱方面来感受城市,而诗人对大城市的发展方向所持的并不信任的保留态度使他的诗篇"区别于后来可以读到的一切关于大城市的诗歌",并且"历经数十年岁月流逝而未遇到可以与之比肩者"②。波德莱尔恪守诗人的职责,在巴黎这个大都市中深入挖掘现代人所表现出来的种种新激情中固有的美。

四、新激情中固有的美

蒂博岱在《内在》一书中指出了抒情诗的命运在城市生活中遭遇的一个悖论:

> 我们看到,在城市生活的伟大时代,城市为诗人和人类提供了更多智力生活和精神生活的资源,但诗歌却反而被更猛烈地赶出了城市。③

蒂博岱在注意到旧有的田园牧歌式的抒情诗形式与现代城市环境不相适应的同时,着重强调了创建一种新类型诗歌的必要性和可能性,认为这种诗歌要与新的智力生活和精神生活相联系,要在由城市街巷构成的筋脉和肌理网络中

---

① Émile Verhaeren, *Les Villes Tentaculaires*, Paris, Mercure de France, 1904, p. 119.
② Walter Benjamin, *Charles Baudelaire*, op. cit., p. 120.
③ Thibaudet, op. cit., p. 7.

去发现激发想象的灵感。

乍看起来,现代生活与诗歌是两个相互对立的命题。科技的笃实硬朗与梦幻的灵动飘逸之间,组织严密的理性与动静无由的非理性之间,似乎的确难以找到兼容的可能。但另一方面,正当现代生活鞭笞诗歌之际,它同时也激起了捍卫诗歌的猛烈反应,让诗人们反而仿佛怀着复仇的心态,将城市生活当作他们诗歌炼金术的材料。波德莱尔是这方面的一个经典范例。为了创造巴黎诗歌,诗人将城市看成是一个充满了比喻、意象和应和关系的世界,深入到城市内部去发掘诗歌题材,探求能够提供诗意形象和梦幻的取之不尽的泉源。

从哲学的观点看,对城市诗歌的呼唤有着深刻的内在必然性。现代人之需要现代诗歌,一如古人之需要神话。现代科学技术的发展和工业革命的到来,让物质中包含的能量瞬时间释放出来,其所带来的新的情势让有些人对未来充满了期许,让另一些人深感不安,而所有人都对这种新的情势感到不好解释也不好把握。诗歌同神话一样,从来都诞生于人的内心需要,是对焦虑不安的回应,是按主观需求对外在世界的复杂信息加以融洽处理的尝试,是对幽晦不明的意义的洞察。作为现代神话,现代诗歌努力在人与周围充满危险且令人惊恐的现实之间建立起对话和协调关系。由于人们尚不能够完全理智地把握面前的世界并描述其中的法则和要素,人们仿佛重新面临神话情境,将现实体会成一个或一群有生命的巨人,而诗歌则成为试图掌控这个巨人般现实的手段,它试图在现实与人之间建立一种和谐关系,以消除人由于对现实的不理解而生出的惶惑不安。巴黎诗歌就是巴黎人面对压抑他们的神秘现实时做出的掌控这个现实的努力。而要谈论这个人们尚未完全理解的不可思议的城市,捕捉这个城市巨人身上涌动的灵魂,诗性的相似类比之法便成为舍此无他的手段。

如此看来,现代生活并不必然是对诗歌的惩罚。恰恰相反,它所造成的新的神话情境正可以激发诗歌情感。不过,现代生活所发生的进步并不是自动地有利于诗歌,还必须在创作者方面有诗性眼光和精神使命感才能够保证成就城市诗歌。

波德莱尔在《1859年沙龙》中谈论艺术与现代技术的关系时写道:

> 工业阑入艺术,成为它最致命的死敌,功能的混淆使任何一种功能都不能很好地达成。诗歌和技术进步是两个本能地相互仇视的野心家,当

它们狭路相逢时,其中一方必须为另外一方服务。①

技术进步本身并不会扼杀艺术,在某些情况下它甚至还会服务于艺术,让艺术的魅力变得更浓厚和更微妙。抒情诗在现代变得贫乏这一现象,是由技术进步带来的负面效果造成的。这是因为追求实用和物质享受的趣味也利用了进步,而这种物质主义的趣味才是诗歌的死敌。追求舒适便利的风气与追求艺术风格的趣味是格格不入的两回事情。那些让大众深深魅惑于享乐安逸之风的时代和国家,往往在艺术方面也是最为迟钝的。要成为城市诗人,就必须懂得品尝大城市苦涩而醉人的滋味,探测和发掘工业时代散文化生活背后的隐秘诗意,接受并传译大都市暧昧的魅力——"在种种新激情中固有的特殊的美"②,从城市中提取丰富的诗歌材料。"其中一方必须为另外一方服务",波德莱尔如是说。他自己的创作就是探讨技术进步服务于诗歌的典范。

　　进入现代社会,需要有一种新的诗歌,它比传统诗歌更炽烈,更神秘,更富于精神性,也涉及更多人生存在方面的问题。城市为之提供了潜在的可能性。没有谁比波德莱尔更细致、更深刻地感觉到了幽灵遍地的巴黎所具有的令人心痛神伤的诱惑,让人摩肩接踵的魅力,以及它那地狱般天堂的面目。波德莱尔对待巴黎的态度模棱暧昧且不乏矛盾。他在为《恶之花》所写的一篇《跋诗》中明确表达了这种纠结的情感:

> 我心实在欢喜,登临山岗之上
> 可以居高临下放眼俯瞰城市,
> (……)
> 我真愿意陶醉于这个大婊子,
> 魔鬼般的魅力让我永葆青春。
> (……)
> 我爱你,哦,污秽的都城!卖春女
> 和强盗,你们经常带来的快乐
> 永远是凡夫俗子的不解之谜。③

---

① 《全集》,第二卷,第 618 页。
② 《1846 年沙龙》,《全集》,第二卷,第 495 页。
③ 《全集》,第一卷,第 191 页。

一方面，波德莱尔在巴黎生活中遭遇的巨大困苦让他心生厌恶和仇恨。他仇视巴黎这个给他带来痛苦、梅毒和屈辱的都城。但另一方面，他又并非没有从这一切中获得报偿。他以诗人的身份接受这一切，毫不拒斥这个"大婊子"强大的召唤，并在它身上掠奇夺异，把创建现代神奇之作的希望寄托在它的身上。于是他又不能不热爱巴黎这个成就了他的诗歌和才情的都城。巴黎这个大都市成为他梦想中与众人的灵魂相沟通的首选之地，让他融洽无间地深入到涌流着诗意的现代生活中。波德莱尔像蒙田一样，热爱巴黎的一切，甚至热爱着它的"弊端"。但他是带着仇恨和暴力爱着这一切。他固执于发掘情感的深度，不屑于用田园牧歌的方式表达这种来自于仇恨的纠结的爱。他越是对城市感到反感，城市就越对他具有魅力。那种由"人世间的哀号"汇成的音乐正是他乐此不疲的对象。他之所以如此爱着巴黎，是出于他探寻现代城市包藏的隐秘乐趣的癖好，出于诗人身上强烈的好奇心，也出于唯灵论者的伦理需要。对波德莱尔来说，所谓巴黎，主要是指由人构成的巴黎，到处都刻写着人性。在他诗人的眼中，巴黎就是一个大舞台，以最清晰和最浓缩的方式让各种激情粉墨登场，而激情正是诗歌的对象。城市之妙不在于能够为独孤和厌倦的灵魂提供消遣和逃避，而在于这个地方就像是地狱的门厅，罪恶施展出恶毒的魅力，丑陋如鲜花般盛开。巴黎以它神奇的种种恐怖景象，反射出诗人心中的忧郁，也激起他心中的忧郁。与其说巴黎是一个物质性存在，不如说它是文化经验的体现，它的一砖一石都是富含人性的象征。这也可以帮助我们理解波德莱尔为何在他的城市诗歌中不满足于客观描写，而总是致力于把城市的一切都看成"寓托"，发掘其中深藏的寓意。

城市尤其在1858至1862年间成为波德莱尔诗歌创作的灵感来源，这也可以解释他为什么会在《恶之花》新版中专辟一个城市诗歌系列。其实，波德莱尔对于城市的关注要远早于这个时期。他在《1845年沙龙》中就呼吁要注意"现代生活中的英雄主义"，鼓励真正的艺术家"提取当下生活中的史诗性方面"[①]。他又在次年的《沙龙》中强调说："巴黎生活在富有诗意和令人惊叹的题材方面非常丰富。神奇之物像空气一样包围着我们，浸润着我们，但我们却

---

① 《全集》，第二卷，第407页。

对之视而不见。"①如果说这些言辞中还带有年轻气盛的热情,那他十几年后则是以练达的行家语气谈论现代事物的隐秘魅力:

> 宣称一个时代的服饰中一切都丑不可言并不是什么难事,而难得多的是要用心提取出其中可能包含着的玄奥的美,无论这种美是多么的微乎其微或微不足道。②

城市之于波德莱尔,就像自然之于其他人,是一个激荡心智、陶醉心怀的甘泉。对于城市的迷醉是一种对于人性的迷醉。这种迷醉通过对情感的冲击而激起精神上的震荡。城市文明的突然扩张最大限度地激发了人的欲望和野心,让城市仿佛成了不可思议的超自然空间,演绎着深不可测的历史事件,又像是妖魔鬼怪一样让人们的生活方式和情感意识发生巨变,让爱、梦想、独孤、痛苦等都以新的面目呈现出来。对任何有着诗性直觉的人来说,城中的建筑外观、街道和街区等等绝不是哑然无语的,而是传达出超越于物质层面的讯息,因为这一切是人类在工业时代群体生活历史的见证,是人性的解放和激情放纵的见证。城市为人而建,也由人而建,与人的情感、奋斗、决心等等息息相关,因而它也就逃避不了人类心智的审查。

造就城市的是一些玄奥和矛盾的力量。历史的戏剧在这里上演,命运的利刃也从这里划过。在波德莱尔所处的第二帝国时代,各种野心拥挤不堪,各种阶级应运而生,各种冲突的力量你争我夺,时代的乱象构成了现代社会的特点。③ 不论是贵族、有产者、出入于宫廷的政客,还是市场的小商贩、普通工匠、在巴黎的大街上挣生活的妓女,也不论是犹太人还是法国人,各色人等都在欲望和激情的驱使下杂糅一处,有英雄为追求权势而奋不顾身,也有弱者惨遭排斥,默默发出"人世间的哀号"。这里最能够让人感受到现实中固有的两重性乃至多重性。城市不可思议地把人工的算计和天真的放任,把无法预料的结

---

① 《全集》,第二卷,第 496 页。
② 《现代生活的画家》,《全集》,第二卷,第 694—695 页。
③ 左拉在关于《卢贡-马卡尔家族》(*Les Rougon-Macquart*)的构思札记中描述了第二帝国时期受激情和欲望驱使下的时代乱象:"第二帝国激起了人们的贪欲与野心的大放纵。渴望享乐,而且享乐使得精神与肉体都疲惫不堪。对于肉体来说,是商业的大繁荣,投机倒把的狂热,对于精神来说,是思想的高度紧张与近乎疯狂的行为,疲劳过度,然后是坠毁(……)。"(引自柳鸣九编:《自然主义》,中国社会科学出版社,1988 年,第 516 页)

果和期待已久的事物糅合在一起,这让它完全有可能成为史诗般惊心动魄的素材。城市空间酝酿着历史的风云变幻,既能够把生活在其间的人们碾碎,也能够让他们如鲜花般盛开。现代诗史不可避免地要以它为自己的表现对象。

如前文中所述,传统文学中的城市分为分别代表着善和恶的两个类型。我们难以把波德莱尔的城市归入其中的任何一类。波德莱尔的城市所包含的价值绝不是单一的,而是多重的,就像是一个由对立因素熔铸成的整体,其中的对立因素有时候判然有别,但更多时候它们却界线不清,甚至可以相互转换。① 波德莱尔经常宣称自己憎恨人和"人脸的暴虐",害怕巴黎就像"害怕恶狗",这让他投向城市的严厉眼光不输于任何狂热的道德主义者。然而,他又把城市看作体现"生活的深处"的人类巨著,对他佩服得五体投地。必须要有相当的才情才能够将新奇的眼光投向平庸而奇特的现实;必须要有相当的勇气才敢于描绘现代人炽烈而凄伤的激情。

在城市里,一个人"剧烈地降生于狂热生活之中"②。现代城市最大限度地激发人的激情并满足人的欲望,也最大限度地让人成为受激情和欲望控制的奴隶。城市激发人的欲望,为人性罪恶和原始动物性的满足提供了存在的土壤,刺激、滋生罪恶并容纳罪恶。欲望的满足往往并未使人幸福,却反而使人更加痛苦。欲望的放纵隐含着毁灭的力量,而欲望中包含的毁灭性因素正是波德莱尔式的"美"中所包含的暴力因素的根由。③ 对波德莱尔这样的诗人来说,现代生活的诗意并不在煤气灯或蒸汽机带来的方便和舒适上,而是体现在城市中那些为激情和欲望所苦、所困、所毁的人所遭遇的异化生活中。波德莱尔的作品主要是通过展现苦难和伤痛,通过展现狂暴的激情和受激情驱使下的暴虐行动,来表现巴黎生活中令人眩晕的神秘诗意。苦难、激情、神秘正是构成波德莱尔所定义的"美"的三大要素。④ 在他对城市隐秘诗意的表现

---

① 关于这点,请参见本书下编第五章《波德莱尔城市诗歌中的悖逆逻辑和精神旨趣》中的《"矛盾修辞"与文明的悖论》一节。
② 朱利叶斯·哈特(Julius Hartt)语,转引自马·布雷德伯里《现代主义城市》一文,载马·布雷德伯里、詹·麦克法兰:《现代主义》,胡家峦等译,上海外语教育出版社,1992年,第81页。
③ 关于波德莱尔式的"美"中所包含的暴力因素,可参见他的《美神颂》一诗,《全集》,第一卷,第24—25页。
④ 参见波德莱尔在《火花断想》中对美的定义,《全集》,第一卷,第657—658页。

中，构成"美"的这三大要素无一缺失。波德莱尔在多个地方谈到现代生活中的英雄主义。我们完全有理由相信，他所谓的"英雄主义"就是那种敢于在巴黎生活中接受日复一日的"最后的审判"的奇特勇气。只有从这样的视角出发，我们才能够认识到是怎样的观念统摄着波德莱尔的巴黎诗歌，让他在诗歌中成就化腐朽为神奇的炼金术。

五、城市与诗歌的互文关系

在波德莱尔的城市诗歌中，无论表现的是那些在大街上观察到的景象还是在孤独者幽闭的内心中唤起的景象，统摄这些诗歌并使之具有统一性的观念便是，巴黎在一切方面对诗人来说都是一个富含象征和寓托的取之不尽的源泉，同时也是一个激发梦幻、引人遐想的对象，让人有可能面对这座城市的浮华，深思人生的无常和虚妄，人类普遍的苦难命运，人性中无所不在的恶及其各种表现形式，尤其是时光的无情流逝和日益迫近的死亡征兆。作为"孤独而沉思的漫步者"的波德莱尔将巴黎视为一座充满寓意的舞台，上演着尘世间被衰老、死亡和恶所困的剧目。巴黎的街道、房屋、印有都市流亡者足迹的路石、寻欢作乐的场所、让孤独者得以梦想暇思的幽居陋室，这一切对诗人来说都构成古往今来人世生活的象征，是人这个"败坏了的动物"充分施展其才能的最佳场所。城市中的种种景象唤起他对于文明衰老退化的意识。

城市既是一个现实的迷宫，又是人类历史进程的隐喻，既是对当代现实的悲怆展示，也是对更高需求的集中表现。它的确是浓缩人类历史的舞台，但同时也是展现个人内心现实的舞台。在这里，诗人通过将个人的经验同众生的经验融合在一起而使自己的经验得到放大。在城市中，现实的舞台和人心的舞台是交接重叠在一起的，两者带有同样的病痛和伤痕，带有同样的本体论意义上的恶的印记，而城市的物质外观不过是这些印记的可以看得见的一面，是人心的投射或应和。在波德莱尔的城市诗歌中，内、外两种现实在"古老首都弯弯曲曲的皱褶"（《小老太婆》）里是融为一体的。"拥挤如蚁之城，城市充满梦幻"，《七个老头》的起首一句便指出了城市的外在景象与抒情主人公"我"对城市梦幻般的内心感受之间的交流沟通。原文中采用的交错配列法（le chiasme）句式和顿呼语气（《 Fourmillante cité, cité pleine de rêve 》），更强化了这种对称关系。梦幻般拥挤的城市和诗人心中拥挤着的梦幻交相呼应。

波德莱尔笔下的巴黎与其说是一个地点,不如说是一种隐喻。它在广义上可以被看做是一种富含文化和人性意味的隐喻,在狭义上可以被看做是一种体现诗人内心忧郁状态的隐喻。《巴黎图画》中用以表现城市的那些事物都出于诗人精心选择的结果,仿佛是诗人心中病态的症候。诗中呈现出来的巴黎的方方面面无不带有凡尘生活的忧郁烙印,封闭窒息,焦躁不安,在死亡宿命的压迫下奄奄一息。换句话说,这是一个充满了厌倦、忧郁、丑恶和痛苦之地,街道泥泞肮脏,空气雾重霾厚,人声吵闹喧哗,满目是卑贱而可悲的人群。这是一个让人想逃离而又逃离不了的流放之地或一座监狱。概言之,这就是诗人在《致一位女路人》中说到的"此地"(ici)。在波德莱尔的视野中,"此地"总是带有一种苦涩悲怆的意味。① 这个词跟其他一些重要主题如"泥泞""忧郁""苦闷""封闭""绝望"等紧密相关。如果做更深入的考查,它还是其他一些重要主题如"天空""那边""远方""过去"等的对立面,并且在与这些反题的差异中,其悲观绝望的特性更得以彰显。② 构成城市风景的那些要素因为令人联想到被抛弃的处境而让人心生厌恶之情。这里的天气总是昏昏沉沉,阴雨绵绵。在《雾和雨》中,天时的昏晦加重了忧郁的情绪。无论是城市空间还

---

① 在《恶之花》中,"此地"可以代表污浊的尘世,满地泥泞(参见《苦闷与流浪》,《全集》,第一卷,第63页)。"此地"也是一个封闭的世界,被忧郁、病痛和失败压迫着:
　　我们常常感到厌倦,就像在此地。
(《远行》,《全集》,第一卷,第131页)
《忧郁之四》为我们描绘了一幅"此地"的具体图画:
　　当大地变成一间潮湿的牢房,
　　在这里,希望像蝙蝠飞来飞去,
　　冲着墙壁扑腾它羞怯的翅膀,
　　又用脑袋将朽坏的屋顶撞击。
(《全集》,第一卷,第75页)
"此地"总是被体会成一个流放之地,一座监狱。
② "蓝天"是《美》一诗中美神高踞的地方(《全集》,第一卷,第21页);"那边"是《邀游》一诗中值得一游的圣地:
　　到那边共同生活!
　　尽情地恋爱……
(《全集》,第一卷,第53页)
"远方"和"过去"是《苦闷与流浪》一诗中的"芬芳的乐园"和"童年爱情的绿色天堂"(《全集》,第一卷,第63页)。

是人的内心现实,一切都罩上了一层无所不在的灰蒙蒙的阴沉色调。满城弥漫的雾气像"缥缈的裹尸布"裹住人的心灵和头脑。使人联想到城中的痛苦和神秘的还不止于雾和雨。波德莱尔对昼夜交接之际的巴黎,对受到激情、罪恶和病痛折磨的夜幕下的巴黎也大为喜好。而诗人的想象透入了黑夜的深处,视之为罪犯的同谋,让人变成野兽。诗中呈现的各种景象没有任何欢快的色彩。声响效果方面也与天气现象和景物色彩营造出的气氛完全一致。嘶哑的钟声、军营的晨号、货车的轰鸣、剧场的尖叫、医院中病人弥留之际的喘息,这一切让城市成为一个震耳欲聋的演奏厅,上演着并不整齐和协调的交响乐。空气中也总是弥漫着臭味,让人想到污秽和放荡。波德莱尔的城市总是泥泞的。《雾和雨》中满城都"浸透着烂泥"。《天鹅》中的"黑人女奴"和《远行》中的"老流浪者"在泥泞中举步维艰。《七个老头》中在大街上行走的老头在泥泞中艰难迈步,就连震撼街区的重载货车也可能像《凶手的酒》中提到的货车一样"满载着石块和污泥"①。人口的激增让巴黎的街区到处堆积着垃圾和秽物,令首都某些地方的卫生状况每况愈下。对巴黎诗人来说,城中的泥浆也折射出人心所遭受的苦难,因为"此地的泥浆是我们的泪水拌成"(《苦闷与流浪》)。然而,巴黎就连在它的弊端中也充满了神奇。它就像一口大缸,里面那些散发出臭气的污秽之物发生着剧烈的化学反应,腐蚀着物质,也改造着物质,激励着诗人和智者去实行精神层面的炼金术。"你给了我污泥,我变它成黄金",波德莱尔在一篇为《恶之花》准备的《跋诗》草稿中如此写道。诗人兰波对此也心领神会,在《巴黎的狂欢或巴黎人口剧增》(*L'Orgie parisienne ou Paris se repeuple*)一诗中对巴黎唱道:

    虽然人们从未在绿色自然里
    建造出比你更加腐臭的城市,
    但诗人对你说:"你美得真壮丽!"

    风暴用最高级的诗让你神圣;
    各种力量汹涌澎湃将你扶持;

---

① 《凶手的酒》中写道:"轮子沉重的四轮车,/ 满载着石块和污泥。"(《全集》,第一卷,第108页)

> 人潮涌,死亡吼,啊,被选中之城!
> 把刺耳的号声在人心中堆积。
>
> 诗人将会搜罗卑贱者的忧伤,
> 苦役犯的仇恨,被罚者的心声;
> 女人消受不起他那爱的光芒。
> 他的诗活泼跳跃:拿去吧! 恶棍!①

面对这样一座城市,实难以在抱有好感的认同和带有轻蔑的控诉两种态度之间做出决断。巴黎的神奇促成诗人打乱了现实巴黎的形象,以利于在审美层面上获得一个富含诗意的城市。城市的诗意之美的源头并不在于它的建筑外观,而是来自于让城市变得丰富的跃动不息的人性因素。城市之所以美得"壮丽",是由于它"深邃的远景"总是"让人想到蕴含其中的种种悲剧"②。在诗人眼中,城市美就美在它是一个既让人痛苦又让人光荣的能够衬托出人类文明的布景。一切在时间上久远的事物,一切在空间上遥远的事物,都朝着城市蜂拥而至,汇集在此时此地的城市中。通过城市的物质结构,过去的事件、很久以前作出的决定、久已形成的价值观等等,都继续存活下来而且散发着影响。

城市从表面上看是一个物质空间,而其内里实则是由人类的生命活动构成的,充塞着人类的欲望和激情。建筑群落与人群结为一体,共同营造出一个跃动着"情感""精神"和"灵魂"的领域。外在现实与内在现实的结合使得客观之物成为与主观具有关联性的隐喻。我们可以在这层意义上说:城市空间是人性的场所,城市建筑是人性的雕塑。这就是为什么我们在波德莱尔的城市诗歌中,到处都能感到城市的躯体总是具有人体的外观。城市成为他巴黎诗歌的主角,我们在这些诗歌中看到,具体巴黎人的面目是模糊不清的,而巴黎这座城市从总体看上去却是一个独立的生命体,有着一眼便能分辨出来的清晰分明的轮廓。每个个体生命的偶然际遇就仿佛是巴黎这个巨大怪物分泌出来的。城市的人形外观在《巴黎图画》结尾处的几句诗歌中得到清楚表现。在

---

① Arthur Rimbaud, *L'Orgie parisienne ou Paris se repeuple*, *Œuvres complètes*, éd. Antoine Adam, coll. Bibliothèque de la Pléiade, 1972, p. 49.

② 《1859年沙龙》,《全集》,第一卷,第667页。

这些诗句中，与人的物质化和动物化相伴随的，是巴黎风景的生命化和人格化。城市有了象征性的身体，从睡眠中苏醒，迈步走向新的一天。城市中那些弯弯曲曲的街道就像是意味深长的言语，让徜徉其中的诗人辨读出生活深处的光荣和磨难，以及生活于其中的人们激情和灵魂的躁动。在《七个老头》中，城市巨兽掀起的狂涛与不知所措的诗人精神上汹涌的波澜交相呼应，让巴黎诗人体验到"生命中的某些时刻，在其中，时间和空间变得更加深远，存在之感大大增强"①。城市生活的强度在诗人精神上激发出一种转瞬即逝的超自然神秘状态，在这种状态下，"生活的深处连同其各种问题在人们眼前最自然、最平凡的场景中完全显露出来——在这种状态中，任何事物一经出现，就成为会说话的象征"②。城市的激荡生活是人的投射，映照出我们自己的面目，我们隐秘的恐惧和秘而不宣的欲望。《巴黎图画》在这方面为我们做了极好的演示。

在城市展示给诗人的魅力中，有一种属于伟大风景画的美。巴黎在诗人眼中变成一种风景画。马拉美在城市中看出"一种鬼影幢幢且有如鸦片般浓烈的风景画"③。霍夫曼斯塔尔（Hofmannsthal）称这是一种"由纯粹的生活构成的风景画"④。巴尔扎克的《交际花盛衰记》中有一章就题为《巴黎风景》。波德莱尔借用了巴尔扎克的表述，将其用于《巴黎图画》开篇诗的标题。

法语中的"paysage"一词同时指自然风光和表现自然风光的艺术作品，尤指风景画这一绘画类型。绘画和文学作品中一直都有对风景的描写。但在相当长的时期，它都只是作为叙事或所表现的场景的背景或环境出现的。作为美术术语的"风景画"一词出现于16世纪初的弗兰德斯，用以指乔基姆·帕蒂尼尔（Johachim Patinir）的绘画。创造出这个术语，就是要让风景画成为"一种绝对的、完全的艺术"，即一种自成一统的绘画类型。17世纪菲雷蒂埃（Antoine Furetière）的《通用词典》（*Dictionnaire universel*）对"paysage"一词的定义多少有些流于宽泛："一个地方的面貌，目光所及的地域。树林、山丘和河流都是美丽的风景。"18世纪《百科全书》（*Encyclopédie*）中若库尔（Louis

---

① 《火花断想》，《全集》，第一卷，第658页。
② 《人工天堂》，《全集》，第一卷，第430页。另参见《火花断想》，《全集》，第一卷，第659页。
③ 转引自 Benjamin, *Paris, capitale du XIXe siècle*, op. cit., p. 434.
④ Ibid., pp. 435, 877.

de Jaucourt)给出的定义则侧重于美术术语:"表现乡村和在乡村所遇见事物的绘画类型。"从风景画成为独立的绘画类型起,它表现的一直都是跟城市不沾边的地方。这个词出现以来,在西方人的观念中,风景画限于表现乡村和原野。由此观之,我们不难想象,波德莱尔在1857年发表《巴黎风景》,让城市突然闯入田园牧歌的风景,此举带有怎样的讽刺和颠覆意味。《巴黎图画》一章与《1859年沙龙》,特别是与这篇《沙龙》中的《风景画》一章分不开。作者在《风景画》一章中表示,需要刻不容缓地创立一种他称之为"都市风景画"的新类型,也就是说,要表现"从人和建筑物的强大聚集中产生出来的崇高和美的集合,在生活的荣耀和磨难中变得年老体衰的都城的深刻而复杂的魅力"[①]。要做成这样的都市风景画,只是在画中引入一些城市图像是不够的,更重要的是要找到与对城市的新感受相对应的形式。"石头的梦"(《美》)是一个可用来定义波德莱尔式城市风景画理想结构的恰当表述。城市风景画就是从石头中渗出的梦,是梦得以投生的形式。当波德莱尔用《风景》作为一首关于城市的诗歌的标题,他就表示了与一贯以来的美学感受决裂的意愿。《风景》置于《巴黎图画》篇首,既表示它是一幅图画——城市风景画,也表示它是一种视角——朝向城市风景的视角。我们由此便从大自然的"图画"转到了石头和血肉的"图画"。

与被称作大自然的世界相比,城市世界的景观是已经符号化了的"现实",服从于建筑设计、城市规划、庭院格局、社会结构等形式要求,因而其本身也就比自然景观具有更为丰富的潜在意义,更能够让人在它身上去探求意义。我们知道,波德莱尔不会为大自然动情,而对那些在美术作品或文学作品等已经符号化了的现实中找到的诗意材料情有独钟。正是这种趣味将他引到了城市。雨果把教堂说成是人类的一本石书,我们也可以把城市看作是一整套文本,需要解读、传译、改写。在城市中,人类的情感、精神和意志通过社会机体得以充分表现,而社会机体则变成了一片人性化了的风景画。纵横交错的街道编织着不可胜数的命运,这让城市空间获得了话语主体的身份。漫步城市中的人可以发现,他周围的建筑物具有生命,能够讲话,能够行动,正像居住在其中的居民一样。可以说,建筑是城市的文字,街道是城市的语句。诗人可以

---

① 《全集》,第二卷,第666页。

在这里遇见许许多多新的话语符号。《1859年沙龙》中有一段文字为我们展现了城市奉献出来的符号中所具有的诗意。作者在此处谈论的是城市中的雕塑:

> 你穿越一座在文明中变老的大城市,它属于那些拥有全人类生活最重要档案资料的城市之列,你的眼睛被引向高处,sursum, ad sidera(拉丁语:"向上,向着星空");因为在公共广场上,在十字街头,有一些一动不动的人物,他们比从他们脚下走过的人更高大,用一种无声的语言向你讲述着有关荣耀、战争、科学和殉道的值得夸耀的传奇。他们之中有些指着天空,那是他们始终向往的地方;有些则指着地下,那是他们所从由来的地方。他们挥动着或凝视着曾经是他们一生激情之所系的东西,而这东西已经成了他们激情的标志:一件工具,一柄佩剑,一本书,一支火炬,vitaï lampada(拉丁语:"有生命的火炬")!哪怕你是最无忧无虑的人,是最不幸的或最卑劣的人,乞丐或银行家,这石头的幽灵都要抓住你几分钟,以过去的名义命令你去思考那些不属于凡尘的事情。
>
> 这就是雕塑的神圣职责。①

雕塑只不过是城市奉献给人的众多符号之一种。这些符号讲述着人的生活,也可以说符号就是人本身,两者具有等同的关系,因而城市奉献给人的符号让诗人有可能达于更精微的对人的认识。法语中的"la poétique"(诗学)一词在词源上来自于"poièsis",其本义就是指通过不断更新的符号活动,阐释和创造出丰富的意义。在某种意义上说,城市也以其符号丰富的符号活动阐释着人的生命和情感,这也就意味着城市的构建在一定程度上体现出诗学的原则。这是一部内容丰富而复杂的大书。大自然从来没有,也永远不会提供出一个如此深思熟虑和如此精心谋划的结构。

《巴黎图画》中的巴黎是一座充满魅惑和恐怖的城市,一个充满各种活动和混乱的世界,一个充满争斗和吵扰的空间。诗人在其中无时无刻不感受到他自己所属的人这个物种的体温。但从诗意的角度看,巴黎首先是一座充满各种秘密和各种需要解读的意义的城市。"巴黎"呈现为"图画",而作为造型

---

① 《全集》,第二卷,第670页。

艺术的图画担负着与上面所引那段文字中同样作为造型艺术的雕塑完全一样的"神圣职责"。在巴黎深藏不露的诸多神秘功能中,对于诗歌灵感的启发并非是最不重要的。在巴黎古老的街巷中,作为闲逛者的诗人能够迎面遇见红发女乞丐、盲人、老人,以及其他数不清的幽灵,但他更可以在这里"独自演练剑术的奇妙",就像《太阳》一诗中所写的那样:

> 在各个角落嗅寻偶然的韵脚,
> 绊在字眼上,一如绊在路石上,
> 有时候撞上梦想已久的诗行。①

城市创造出它的字眼,一如诗人创造出他的诗歌。"巴黎图画"这一表述本身就体现了两种互为相关的经验:一种是城市空间的经验,一种是言语活动的经验。无论是城市空间还是言语活动,两者都是结构,都是具有意义传达功能的系统。指出两者之间的这种同形关系,可以帮助我们更好地研究城市和诗歌之间的关系。根据符号学的观点,一个结构不只是一些感性资料的杂乱堆积,它首先构成的是一个内心投射的空间,或者在某种意义上说,它就是一个内心空间。城市空间之所以类同于诗,就在于它是以创造者的面目出现的。城市风景如同文本一样,是"制造"的结果。城市具有创造之功,能够制造出各种各样的新符号,创制出一个新的自然。吸引诗人和艺术家向城市靠拢的因素并不是城市外在的美,而是城市能够制造符号的能力,是它隐含的话语本质。诚如波德莱尔所说的,它的每一块石头都变成字眼,它的每一个造型都构成隐喻,它的每一个角落都隐藏着韵脚,它的每一个行动都书写着诗行。浏览大街就像是在浏览文本,就像是在格言警句中徜徉。人类进化的本质是文化进化,这区别于生物界的单纯生物进化。美国城市学家刘易斯·芒福德(Lewis Mumford)将人类文化的进化归纳为两个重要表征,一是语言文字,另一个就是城市。他正是从城市的文化功能看到了城市同语言文字一样能够实现人类文化的积累和进化,因而把城市看作人类一个极为宝贵的集体性发明,称它是

---

① 《全集》,第一卷,第83页。

文化的"磁体"和"容器",认为它创造、凝聚和容纳了几乎人类文明的全部。[①]他还说:"每一代人都在他们创造的建筑物中写下了自己的传记。"[②]从符号学的观点看,城市同语言文字在功能上的相似绝不只是出于一种比喻,而是城市本身就是按与语言结构相同的方式构成的。列维-斯特劳斯(Claude Lévi-Strauss)据此将城市看作是与交响乐或诗歌具有同质性的事物。他在《忧郁的热带》(*Tristes Tropiques*)中写道:

> 我们经常会把一座城市比作一首交响乐或一首诗歌,其实我们无权用隐喻的方式作这种类比;它们是一些性质相同的事物。城市可能还更为珍贵,它处在自然和人工的交汇点上。城市是人这种动物的群居之地,这群动物把他们的生物史限定在城市范围之内,同时又根据自己作为有思想的生物所具有的种种意愿来改造自己的生物史。从其形成过程和表现形态上看,城市同时是生物学的生殖、有机体的进化和美学的创造。它既是自然客体,又是文化主体;既是个体,又是群体;既属于现实,又属于梦想:是地地道道的人性之物。[③]

城市与那些用语言文字写成的著作一样,通过选择、设计、组合,将人的主观意念、愿望、直觉等转化为一个个物质化的符号,又将人的情感、思想和道德转化为共同的习俗、惯例和组织制度。它能够像任何古典作品那样,在一种互文关系中启发文学创作的灵感。对像波德莱尔这样的喜欢从已经符号化了的对象中掘取灵感的诗人来说,来自于城市的启发会显得格外亲切。本雅明因此才会写道:

> 如果我们可以说现代城市对于波德莱尔来说是富藏着辩证图像的宝库,这就意味着波德莱尔在面对现代生活时采取了17世纪的人面对古代文化(l'Antiquité,该词在西方语境中尤指古希腊和古罗马文化——译

[①] 参见刘易斯·芒福德:《城市发展史》(*The City in History*),宋俊岭、倪文彦译,中国建筑工业出版社,2005年;另参见同一作者的《城市文化》(*The Culture of Cities*),宋俊岭等译,中国建筑工业出版社,2009年。

[②] Lewis Mumford, "The Modern City", in Talbot Hamlin, ed., *Form and Functions of Twentieth-Century Architecture*, vol. 4, *Building types*, New York, Columbia University Press, 1952, p. 802.

[③] Claude Lévi-Strauss, *Tristes tropiques*, Paris, Plon, 1955, p. 138.

注）时的那种态度。①

阅读城市就是解读城市化了的自我，就是从内部了解城市。将城市文本化，既创造出自我的现实，也成为自我看待城市的一种方式。城市连同其迷宫般的构造成为一个像镜子一样的空间，让人在其中辨读和审查人的自我本身。在波德莱尔这样的巴黎漫游者眼中，巴黎就像是《应和》一诗中那个"象征的森林"或《往昔生活》一诗中那些"翻卷着天上种种形象的海浪"，是让主观意象和现实之物发生相互融合和嬗变的场所，是让语言捕捉诗歌对象的地方。"一切对我都成为寓讬"，波德莱尔在《天鹅》中如此坦言道，并且还说："我那些珍贵的回忆重于磐石。"②诗人在这里再好不过地表现了现实与想象、城市空间与内心空间、外在形式与内在意蕴相携而出并发生共同作用的寓讬实质。巴黎是一个寓讬，是一个地地道道充满了寓意的城市：

　　于是在我精神流亡的森林中，
　　一桩古老回忆吹响洪亮号角！③

如果我们承认是思想的闪光造就了符号，我们就容易理解城市空间为我们储藏着怎样的启示，就仿佛有一种启示性语言化身到了城市的诸般之中：

　　各种事物如书籍般向我打开，
　　当清晨的阳光在书页上跳动。④

儒孚的这两行诗也体现了他对"事物"与"书籍"之间同质性或互文性关系的理解。

将城市看作文本，这也就意味着要将构成城市的实在之物看作符号化了的表现形式，其所表现出来的种种人性事物，如梦想、欢悦、辛劳、苦难等等，同样也正是城市诗歌所要表现的主题。由此看来，要在城市空间和诗歌语言这两种同为符号化了的世界之间建立起交流转换的关系，这并非是不可能的。城市空间蕴含着丰富的意义和诸多潜在的诗意表述。阅读城市就是要追究它

---

① Walter Benjamin, *Charles Baudelaire*, op. cit., p. 211.
② 《全集》，第一卷，第 86 页。
③ 同上书，第 87 页。
④ Pierre Jean Jouve, *Les Ordres qui changent*, Paris, Figuière, 1911, p. XII.

深藏的意蕴,并通过语码的转换将这些意蕴传译在画布上或书页上,让我们感到阅读文本就像是在阅读世界,阅读世界就像是在阅读文本。从认知的角度看,无论在现实性还是在可能性上,城市和诗歌这两种空间都是在表达和阐释的过程中建立起来的。为了进一步廓清从城市语言(也可以说城市图画)到诗歌语言的转换过程,我们在此援引波德莱尔在论及如何将图画转换为评论文字时所写下的一段话:

> 我由衷地相信,最好的批判是那种既有趣又富有诗意的批判;不是那种冷冰冰的、代数式的批判,以解释一切为名,因而既无恨也无爱,有意识抛开任何个性的流露。一幅好的图画是艺术家反映的自然,而最好的批评就是富于才智和敏于感受的心灵反映的这幅图画。因此,对于一幅图画的最好评论可以是一首十四行诗或一首哀歌。①

这段话从"心灵反映"的角度来谈论阐释评论的问题。以这样的角度来看,如果把城市看作图画,则也就可以把城市诗歌理解为是对城市这幅风景画的阐释评论。这也就不难理解波德莱尔为什么会把世界看成是一部意义丰沛且耐人寻味的"象形文字的词典"。这部"词典"不只是让我们翻阅检索,而且还让我们从中提取词语,构筑出新的意义,创制出一个新的事物——一种具有阐释评论之功的诗歌。城市诗歌也可以在隐喻的意义上被定义为诗歌图画,它用另外一种图画表现对城市图画加以阐释,而城市图画本身也是对人的本性的表达和阐释。城市为诗人提供一幅图画,诗人还它以一个词语;城市给诗人抛来一个词语,诗人还它以一幅图画。现代阐释学理论可以帮助我们更好地领会存在于不同性质的符号之间的这种互文转换关系。翁贝托·埃科(Umberto Eco)在《阐释的界限》(*Les Limites de l'interprétation*)一书中就这个问题写道:

> 在一个符号系统中,无论何种内容都有可以转换为一种新的表达,而这种新的表达又可以被另外一种表达阐释或替代。而且(……)这一过程从理论上说是无限的,或者至少是数量不定的。②

---

① 《1846年沙龙》,《全集》,第二卷,第418页。
② Umberto Eco, *Les Limites de l'interprétation*, Paris, Grasset, 1992, p. 241.

如果套用这句话,我们可以描述出这样一个过程:作为实体存在的城市变成了一种表达,而这种表达又被诗歌这样的另外一种表达所阐释。而且这两种表达之间的关系具有可倒转性,这让它们可以相互表达,互为阐释,诚如埃科所说:

> 任何表达都有可能成为对某个阐释给出的阐释,反之亦然。任何表达都有可能成为另外一个表达的内容,反之亦然。(……)究竟是一种表达还是一种阐释,这不是性质问题,而是角色作用问题。①

城市空间是像符号一样构成的,表达着某种内容。城市诗人用从城市大街上搜罗得来的材料创造出自己的文本。诗人的目的不是要告诉我们城市究竟是什么,而是要把城市所要表达的东西阐释出来。将诗歌与城市之间的关系理解为阐释性的关系,这就排除了传统上基于模仿的美学规约,或者说这就规定了一种新的模仿类型,这种模仿不再是依据外在形貌上的相似和摹写,而是依据内在符号结构上的同质和转换。正是在这层隐秘的意义上,城市与诗歌才能够真正发生联系并融合在一起。

蒂博岱在谈到诗歌与城市的关系时指出,在波德莱尔的诗中:

> 他理想中的世界呈现为一种建筑图像,因为他所处的现实世界就是一种建筑格局,是一种城市的自然,也就是说,是一种不再是自然的自然。②

蒂博岱说这话的目的,不是为了强调诗歌对城市外在构成物的模仿,而是为了说明以下两点:其一,城市空间是一个人性化和符号化了的空间,显著区别于作为大自然的自然空间;其二,诗歌世界与城市现实世界之间内在的相似性在于两者都是"建筑"。说到"建筑",自然就意味着"结构"。如果说城市空间的建筑(结构)成为诗歌空间的范型,那诗歌文本的结构又体现出城市空间的构造机理。如果说现实的城市风景提供了无限的机缘,为我们构筑并展现出一道道内心风景或想象风景,那在诗歌中将词语联系在一起的种种关系,又隐喻性地表现出存在于那些构成城市世界的事物之间的种种关系。诗歌与城市这

---

① Umberto Eco, *Les Limites de l'interprétation*, Paris, Grasset, 1992, p. 366.
② Thibaudet, *Intérieur*, op. cit., p. 13.

两个世界之间的所谓相似性,并不是存在于事物层面,而是存在于事物之间的关系层面。这一点至为重要。这也就意味着,相似性在于城市风景和诗歌图画所共同具有的表达或阐释的功能。

从符号的观点看,城市空间获得了象征的价值,映照出现代人的内心活动,也激励着现代人的内心活动。从诗歌的观点看,巴黎之神奇不在其外观,而在其由人类生活经验构成的内在因素。城市诗歌本身也是一种经验。这究竟是意味着什么呢?首先,这是一种对感性世界的经验;其次,这也是一种写作经验。或者以更好的方式说,这是一种通过写作对城市世界加以表达或阐释的经验。城市诗歌最本质之处,不在于外观上与其范型的一致,而在于要展现出经验层面的内在律动。

从城市的外在神奇过渡到内在神奇,这是波德莱尔对巴黎诗歌的一大贡献。外在事物构成了一个与人的内在经验发生应和关系的活跃而生动的"书写",让具有才情的观察者能够辨读和领会。由于任何美都是通过视觉、听觉等感官和判断力的共同作用而被领会的,发生在精神层面的应和现象也就意味着感官感受和内在经验之间存在着相互对应的等值关系。因而,波德莱尔在其城市诗歌中不是简单地描写城市,而是专注于发掘那些能够体现城市诗意本质的方面,也就是那些能够暗示和展现与人的内在经验相应和并引领他向想象世界飞升的那些方面。为此他不惜将史诗般的巴黎加以拆解,将巴黎的风景加以打散,然后用这些零散的"元件"重新组装出一些与他内心深处挥之不去的意念相一致的城市风景。他是在诗歌中成功创造出一个诗意巴黎的第一人。

波德莱尔的巴黎诗歌以诗意巴黎为题材,实则传达出诗人对精神世界的观照,可以看做是一剂良药,能够疗治对人性价值的遗忘。他的《巴黎图画》并不是用诗句对城市风景的描摹,而是深入到其实质。我们可以在这些诗中看到,诗人对氛围或气氛的敏感远胜于对直接的具体观感和历史真实的在意。在巴黎的外观变得越来越模糊的同时,诗人则竭力创造、暗示并最终强加给我们一种氛围。为巴黎之诗营造出一种精神氛围并以之作为抒情诗的主题,这是波德莱尔的一种创举。拆解现实以有利于诗歌创作,这成了后来现代诗歌的一个基本手段,并且导致了诗歌景观的改变。胡戈·弗里德里希(Hugo Friedrich)在《现代诗歌的结构》(*Structures de la poésie moderne*)一书中指出,这个从被摧毁的现实中诞生出来的"新世界"不再是按现实关系进行组织的。对诗歌世界,不能够从它在图像上是否与外部世界相符来理解它。诗歌通过对现实进行调整、置换、浓缩、改造等,成为一种富有暗示的表达内心的手段,成为普遍生命状态的象征。正是内心需要的种种法则支配着诗歌中的那些非现实的结构。① 我们可以认为,城市诗歌的所指对象不是城市本身,而是城市人的内心,是生活在城市世界中的人们的全部经验。城市诗歌之美就在于要将这些经验暗示出来,要像城市一样成为一个世界,用符号手段为人的存在经验赋予可感的显现和表达形式。

城市空间和诗歌空间这两个符号世界都属于同样的人类存在经验的范畴。在城市中,个人的存在离不开与群体的关系,而在城市诗歌中也是如此。每一首城市诗歌既是极其个人的(是"我"的"当下"表达),又注定是普遍的("我们大家"和"永久")。诗人在象征的世界中抓取并仔细观察的,既是他自己,也是城市中的众生。通过对城市的深入查访,通过将自己的经验与城市万象进行对照比较,巴黎诗人找到了构成自己诗歌图画的能量和材料。波德莱尔尽可能地远离纯物质的世界,但他却在象征的世界中搜罗那些与他现代人的灵魂状态和内心思虑相契合的无限丰富的形式。波德莱尔之所以欣赏梅里翁和居伊,是因为他看到他们身上体现了他自己的艺术思想,认为他们属于那种揭示当前环境所暗示出来的诗意和永恒内容的艺术家。

强烈地感受并表现大城市具有的隐秘诗意,用诗歌再造出精神化了的巴黎的抒情氛围,这便是巴黎诗人担负的使命:

> 于是,他出发了!他注视着生命力之河流淌,如此壮阔,又如此灿烂。他欣赏着都市生活的永恒的美和惊人的和谐,这种和谐被神奇地保持在人类各行其是的纷攘之中。他凝望着大城市的风景,这风景是用石头构成的,由雾气抚摸着,或是被阳光抽打着。②

就这样,巴黎诗人波德莱尔借画家贡斯当丹·居伊之名粉墨登场。他来到巴黎的大街上,在那里探察城市中的人生万象。

---

① 见 Hugo Friedrich, *Structure de la poésie moderne*, Paris, Denoël-Gonthier, 1976, p. 68 *sqq.*
②.《现代生活的画家》,《全集》,第二卷,第 692 页。

第二节　诗人在城市环境中的角色

　　西方现代文学的两大主题，一是城市，另一个就是艺术家。城市中的艺术家代表了人群之中一种清醒的审美意识，即一种在城市迷宫中不至迷乱的敏感性。如果说居伊是"现代生活的画家"，那波德莱尔就可以说是"现代生活的诗人"。这里所说的"现代生活"，指19世纪那些能够为梦幻和思考提供丰富话题的大城市中的日常生活、情感生活和精神生活。无论是"画家"还是"诗人"，他们都同为艺术家。某些艺术家之所以被称作是"现代的"，并不是因为他们仅仅有现代的素材，而更是因为他们有现代的视角、现代的感受性和现代的观点。他们善于从城市的角度为自己定位并进行某种自我阐释，将城市看作是闪现各种印象并激励个人意识的场所，仿佛只有在人潮汹涌、街道纵横、灯火辉煌的城市中才能进行对艺术和自我的探索，揭示人生存在的深度。他们深刻理解城市与人生的应和关系，努力在自己的作品中把艺术还给城市，也把城市还给艺术。对有些人来说，他们是一些内心存有诗意但却被时代抛在后面的人；但对另一些人来说，他们正是凭着这种"诗意"而成为远远地超越了他们所处时代的人。其实，他们是最植根于时代的人，最能够敏锐捕捉到时代的脉动，而他们身上那种具有先见之明的敏锐洞察往往又让他们与自己的时代格格不入。卡夫卡(Franz Kafka)把这样的命运看作是现代文人的写照，说他们"在自己的有生之年就已经死了，但却又是真正的获救者"，因为他们"和别人看到的不同，而且更多"，他们懂得如何"用　只手挡开点笼罩着(他们)命运的绝望(……)，用另一只手草草记下(他们)在废墟中看到的一切"①。

　　布雷德伯里(Malcolm Bradbury)在《现代主义城市》一文中指出了现代作家和艺术家面临的一个尴尬处境：

　　　　十九世纪不仅是西方城市化的伟大世纪，而且也是作家和艺术家不再依赖庇护人、不再依赖整个读者和观众中特殊文化阶层的世纪。在这个世纪中，他们发现自己处于一种自相矛盾的状况，即一方面，他们获得

---

① 卡夫卡：《日记》，1921年10月19日。

了独立,另一方面又很难确定自己在社会中的地位。这就是我们今天常说的异化现象。①

其实,波德莱尔本人对当时作家的真实处境看得比谁都清楚。他每每把自己比作生活中那些失去了社会地位的人:闲逛者、波希米亚人、拾垃圾者、贱民、甚至娼妇。本雅明认为,这是伴随着资本主义条件下大城市生活的发展而发生的作家与他生活的社会之间的"同化"(l'assimilation)。在当时,各种社会作用和地位大不相同的人们聚集于城市,使城市成为产生摩擦、震荡和变革的场所,成为名副其实的"文明的风暴中心",既创造着文明和文化,也毁灭着文明和文化。偶然、混乱和神奇充斥着社会,让波德莱尔这样的诗人对任何事情,甚至对自己的身份都不能够确信无疑,而只能借用各种各样的身份贴近并潜入到城市的日常生活中,从生活的偶然、混乱和神奇中发掘能够触动诗情的因素。诚如本雅明所言:

> 作家与其所处时代之间的同化便发生在大街上。在街头,他让自己随时准备好捕捉住下一个突发事件,下一个机智的词语,下一个可能散布开来的传闻。他在大街上铺开他与同行和众人的关系网,而他依赖这个关系网就像轻佻的女子依赖穿着打扮的艺术。②

与所处时代发生"同化",就意味着仅仅有传统上看待城市时的那种高高在上的姿态是远远不够的,现代的城市诗人还要摆脱圣-伯甫那种保持在他与众人之间的贵族式的距离感。他必须要与人群融为一体,在这个他找不到自己的角色,也找不到让他喜欢的事物的世界里,以变换自己的角色为乐事。本雅明说:"波德莱尔的天才是一种善用寓托的天才,而滋育其天才的养料是忧郁。"③作为生活中的异化者,他对城市投以异化者的目光,视一切被异化和被毁损的人为自己的"同类",并且在一个没有英雄的时代扮演英雄。他甚至不惜与魔鬼订下两厢情愿的交易,用痛苦的经验去换取诗歌的经验,把生活的废墟作为"寓托"的碎片赎救出来,把对城市生活的接受作为一种无奈的补偿,为

---

① 马·布雷德伯里:《现代主义城市》,载马·布雷德伯里、詹·麦克法兰编:《现代主义》,胡家峦等译,上海外语教育出版社,1992年,第78页。
② Walter Benjamin, *Charles Baudelaire*, op. cit., pp. 46-46.
③ Walter Benjamin, *Paris, capitale du XIXe siècle. Le Livre des passages*, op. cit., p. 42.

大城市的人们与日俱增的苦难和困顿抹上一层抚慰的色彩。为夺取诗歌的字眼和韵律而在城市的大街上浴血搏杀的诗人，或许正是这个琐碎的世界里硕果仅存的"英雄"。

一、诗人的两种空间位置："俯瞰"和"行走"

寻探诗意的巴黎，辨读巴黎整体本质上的奥秘，指出让巴黎成为独一无二之城的那些实质性因素，这便是巴黎诗歌的使命。在考察巴黎诗歌时，我们可以注意到一个有趣的现象。在巴黎诗歌迎来它第一个伟大时代之初，即在浪漫主义时代，诗人们首先表现的并不是巴黎的大街，而是这座都城在"俯瞰"下呈现出来的全景。表现在大街上的"行走"是更晚些时候的事情。从山顶或建筑物的高处俯瞰城市全景，这尤其在 1830 年代之初的诗人那里是一个非常普遍的现象。除了前面提到过的维尼的《巴黎—高翔》，其他诗人也以这样的视角写过一些针对巴黎的诗歌。雨果在《落日》(*Soleils couchants*) 一诗中就是从"古老都市"的高处"看着脚下的女巨人沉睡"①。戈蒂耶的《圣母院》(*Notre Dame*) 一诗表现了诗人从巴黎圣母院顶上俯瞰城市时的观感，是这方面颇具代表性的作品：

> 哦！你不禁心跳：塔顶固然渺小，
> 却可以将这凶悍的城市俯眺；
> 可以将巨大的方圆尽收入眼；
> 站在那里，离天近而离地更远，
> 像高翔的雄鹰，远远地眺望见
> 在火山口翻滚的浓烟和熔岩。②

戈蒂耶的这几行诗，很可以被看着是预示了《巴黎图画》的《风景》一诗中以第一人称"我"出现的那位诗人所处的空间位置。在《风景》中，诗人"躺在天空近

---

① Voir Hugo, *Soleils couchants*, *Les Feuilles d'automne*, *Œuvres de Victor Hugo*, t. II, Bruxelles, Meline, Cans et Compagnie, 1837, p. 517. 雨果通过这篇作品为巴黎诗歌贡献了大城市"喘息""呻吟""沉睡"的拟人化的形象。不过从总体上看，巴黎在这首诗中还只是居于一个非常次要的地位。

② Théophile Gautier, *Notre-Dame*, *Poésies complètes*, *Albertus*, *La Comédie de la Mort*, *Poésies diverses*, *Poésies nouvelles*, Charpentier, 1862, p. 237.

旁","贞洁地让我的牧歌绽放"①。

从整体上捕捉城市,领会城市全貌体现出来的一致性,这是浪漫主义时代第一批巴黎诗人的特点之一。从一个相对较高的视点放眼望去,城市就像是铺开的一幅粗粗描画出来的地图,零零落落可以看到几处突出出来的参照点。在俯瞰的视野下,城市成为了一道抽象的静态景观。俯瞰城市全景并不只是意味着观察者在身体上处于一个较高的位置上,这同时也意味着精神上的提升,正如维尼诗歌的标题《巴黎—高翔》所显示的那样。"高翔"让观察者能够超越现实,让他能够进入更高的精神境界。在上面所引戈蒂耶的诗中,精神性的补偿作用是十分清楚的:无论是圣母院的塔顶,还是塔顶上的观察者,都是非常"渺小"的,淹没在"凶悍的城市"中。然而,在"俯眺"和"远眺"之下,巴黎这个庞然大物却变小了,而观察者却相应地变大了。这样的观察者体现着浪漫主义者的主观精神,他出现在自己描绘的景观中,而且还一定不是作为陪衬,而是作为主角位于景观的前景中。此外,从整体上观照城市,居高临下地对城市中的一切"一览无遗",这既是一种审美视角,也体现了某种政治方面的概念。这种概括的或全面的观察最能体现古典城市的格调。古希腊时期雅典城的市民和古罗马时期罗马城的市民分别可以从卫城(l'Acropole)和卡皮托利山(le Capitole)的高处看到全城,就像看清一个人的外貌和性格那样容易。当时的城市无论有多么杂乱,都远不像现代大城市那样无限制地过度发展,这让人们有可能以开阔的眼界删繁就简地全观城市,感受城市的整体性,还能够让人在心理层面获得"俯视众生"的权力感和支配感上的满足,同时也更容易形成对城市整体的赞赏、仇视、对抗等情感。②

在《巴黎图画》的开篇诗《风景》中,诗人在顶楼上凝眺巴黎,他双手托着下巴,其姿态俨若巴黎圣母院上的怪兽雕像。这样的姿态让诗人能够超越现实,表达他对高洁的精神世界的向往:

  为了贞洁地让我的牧歌绽放,
  我愿像占星家躺在天空近旁,

---

① 《全集》,第一卷,第 82 页。
② 可参见 R. Richard Wohl et Anselm L. Strauss,《Symbolic representation and the urban milieu》, *American Journal of Sociology*, March 1958, pp. 523-532.

> 愿以钟楼为邻,边梦想边听取
> 钟声在风中汇成庄严的赞曲。(第 1—4 行)

希望住在尽可能高的地方,这表达了要向一个更纯洁的世界飞升的意愿,以远离凡尘的"吵扰"而获得灵魂上的安详和喜乐。"钟楼"和钟声汇成的"庄严的赞曲"让人不由得会联想到基督徒式的宗教生活。真正的生活属于那些在城市生活中懂得反顾自己灵魂的人们。眼界的提升让诗人集观察者和梦想者于一身,对周遭世界做高屋建瓴的观照。它让诗人以上帝般的眼神望尽城市的轮廓,这眼神又像"太阳"洞照世间万物,为庸常的世界注入"春天"的气息:

> 风暴怒号于窗前也终归枉然,
> 不会让我离开书桌抬头探看;
> 因为我在快乐满足之中沉醉,
> 单凭我的意志就把春天唤回,
> 并从我的心中掏出一轮太阳,
> 让炽热的思想播撒温煦光芒。(第 21—26 行)

面对城市深渊中汹涌翻腾着的种种乱象,诗人不为所动。他毫不以历史时间中的"风暴怒号"为意,因为他的目光和心意属于精神层面永恒不变的时间。他更愿意"关好门扇和窗户",通过强化与世隔绝以保护诗歌想象的作用,促成自成一统的诗歌世界的诞生。"窗户"从来都是文学中的一个优美形象。在波德莱尔的这首诗中,"窗户"不再只是一个可以让人看到外面景色的观望台,它同时也标志着一个绝对的界线。关上窗户的动作意味着与外在世界的隔绝,同时也意味着对内心世界的保障,成就诗人想象中的"星辰"和"四季"。

作为《巴黎图画》一章中具有引言性质的开篇诗,《风景》必定要呈现一种全景视野,并通过对精神氛围的营造,为读者指明阅读这一章中诗歌的方法。全景的切入方式只是城市诗人与城市之间关系的一个方面。在《巴黎图画》的第二首诗《太阳》中,精神的太阳"像诗人一样"降临到城市的大街小巷,"让卑贱之物的命运变得高贵"[①]。从这首诗开始,波德莱尔引入了另外一种视角,这种视角同样富有启发性,并且甚至包含有更为丰富的意义,这便是与"俯瞰"

---

① 《全集》,第一卷,第 83 页。

的静观形成对照的"行走"。如果说诗人"俯瞰"城市的视角和自愿与世隔绝的幽闭态度是承袭自浪漫主义的巴黎诗歌,那在城市中"行走"则是波德莱尔对巴黎诗歌的贡献。

正如我们在前文中已经论述过的,《巴黎图画》的结构具有回旋特征,这种结构方式也让作品中的诗歌空间呈现出全景与漫步、顶楼与大街之间的交替轮转,这似乎表示诗人在切入现实时拒绝把自己局限在某种单一的方式中,以确保自己表现上的自由。两种视角的交替轮转,为巴黎诗歌带来了新的律动并改变了诗歌的景观。

仅仅有浪漫主义式高高在上的"俯瞰"不足以造就巴黎诗人。为了探察城市空间的肌理并深入了解城市,就不能始终脱离人群,游离于城市之外,而必须投身到城市中,对城市的日常生活进行身体的实践。[①]同时,过度发展的现代大都市比传统城市更为纷繁复杂,更多起伏变幻,更加深不可测,这让那种"一览无遗"的抽象、简约的把握方式颇感吃力,也让身处高层的权力幻想失去了依据。一旦走进城市之中,行走者也就无法脱离开城市生活的种种规则和限制。进入城市,他与人流、车流、街道等城市空间的关系更加紧密,同时由于他置身于人与人的关系之中,他也与其他行走者发生感情的融入和交汇。从"俯瞰"到"行走"标志着从静态空间到动态空间,从旁观到亲历,从观察和阅读到实践和创造。行走者的步伐无时无刻不是用自己的脚步去配合城市的节拍,而且在某些情况下还要求行走者自己去创造一种新的城市节奏。在城市中的行走是穿街越巷的历险。波德莱尔在《七个老头》中用"héros"一词来表示绷紧了神经行走在城市中的诗人。这个词在法语中同时表示"英雄"和"主角"的意思。这意味着迎面走进城市的诗人既要成为现代生活的主角,也要成为现代生活的英雄。他享受着汇入到人群中的乐趣,期待着行走给他带来种种出乎意料的相遇,期待着眼前突然涌现出种种怪异和神奇。他在与现代生

---

① 法国当代思想家德塞都(Michel de Certeau)对这个问题的论述非常富有启发性。他在《日常生活的实践》(*The Practice of Everyday Life*,Berkeley,University of California Press,1984)一书中将城市看作是一个充满各种经验的实践场所,认为正是"行走"串联起生动的城市空间,让"建筑"意义上的城市与"社会群体"意义上的城市结合起来,构造出城市鲜活的日常生活。在他看来,对于一个城市的了解和传达不在于描述城市和城市生活,而在于从日常生活之中去了解城市的空间实践。因而他将行走归结为"一种体验城市的基本方式"(p. 93)。

活的交锋中,甚至在对现代生活的仇恨中提取诗意的因素。维吉尔在什么地方说过:"凭借脚步,我们得以认出女神"。这可以用以表示行走的诗意色彩。而我们也可以套用这句话说:"凭借踉跄的脚步,我们可以认出城市诗人"。

不过从另一面看,在大街上嘈杂人群中的行走也需要有一个平衡点让行走者得到恢复。这个平衡点就是"顶楼"。在城市中不停行走的诗人也懂得让自己得到片刻的休息,在顶楼的窗前用手托着下巴,远眺和沉思。《巴黎图画》的第一和第二首诗就演示了这两种相互关联的经验:一个是静态的沉思和审美的距离,另一个是动态的行走和对现实的亲历。波德莱尔在用作《巴黎的忧郁》"序言"的《致阿尔塞纳·胡塞》(À Arsène Houssaye)中结合这两种经验写道:

> 尤其是从与大城市的经常往来中,从它们的无数关系的交织中,产生出了这种萦绕在心头的理想。亲爱的朋友,你自己不也曾试图把玻璃匠尖厉的叫卖声表现成一首歌,把这叫声透过街上最浓厚的雾气传到顶楼上来的种种忧伤暗示表达在一首散文诗中吗?[①]

波德莱尔在此解释了自己的写作方法和他所处的空间位置:一方面是与城市的"经常往来"("往来"必然意味着"行走"),一方面是"顶楼"这个适宜于抒情诗写作的空间位置。波德莱尔针对散文诗《巴黎的忧郁》所说的话,同样也适用于《巴黎图画》。

雷翁-保尔·法尔格(Léon-Paul Fargue)也是一位致力于巴黎诗歌的诗人,他同波德莱尔一样,"生于巴黎,卒于巴黎"。我们惊奇地发现,在这位诗人1941年出版的《高度孤独》(Haute solitude)中,波德莱尔勾勒的那种从"动""静"两方面观照城市的总体诗歌经验,几乎可以说得到了堪称典范的实行。书中有一章就题为《行走》(《 Marcher 》),与它对应的一章题为《托着下巴发呆》(《 Accoudé 》),作者以此阐明捕捉巴黎的良好方法所应当具有的两个方面。

此处还有必要提到瑞士批评家斯塔罗宾斯基(Jean Starobinski)对"动""静"两种空间姿态的看法。他把这两种姿态看作是"忧郁经验的两个方面",

---

① 《全集》,第一卷,第 276 页。

即"无休止的流浪"和"切断与外部世界任何主动关系的幽闭"①。无论置身何处,诗人都被忧郁的经验包围着:

> 无论在屋顶上还是在大街上,城市空间都像戏剧表演一样奉献奇异,将人际交往的断绝呈现在舞台上,加剧着孤独感,也加剧着要找到补偿的愿望——通过艺术,通过梦想,通过挑战。②

在《巴黎图画》中,从《风景》到《太阳》的接替过程,正好演示了从"俯瞰"向"行走"的过渡。这里体现了一种把诗人从蓝天引向巴黎城中泥泞道路的运动。"太阳"意象以间接的方式传达出诗人的所作所为是一种善举这样的观念,因为"降临到城市"的太阳像诗人一样,让自然苏醒、多产和美丽。同样像诗人一样,太阳既是那些受苦受难者的君王,也是那些发号施令者的君王。这一观念符合于《忧郁与理想》一章中表达的观念。这一章中最前面的六首诗毫无疑问表现了作者在精神和美学上的立场,启示我们应当如何理解他的作品。同时,这几首诗还说明了诗人所起到的有益的作用。诗人从一个腐朽败坏、无可救药的世界撷取素材,用以诠译这部"象形文字的词典",并通过他的诠译而不是通过虚假的理想化,改变这个世界的面目,让它以富有"诗意"的形象示人。当探察现实的愿望把诗人引向城市之际,"太阳"仿佛代表着来自于天上的保证,让诗人在城市这个首选之地写出能够照亮万物意义的诗歌。我们在波德莱尔的诗中可以看到,在阳光的照耀下,田野上的丰饶出产与精神上的丰饶出产之间始终有一种平行对应的关系:"在田野上把虫儿和玫瑰唤醒"(第10行),"让大脑和蜂房里都灌满蜜糖"(第12行)。最后,两者合而为一,融为"内心"的"收获":"让庄稼生长成熟有个好收成,/ 在永远梦想开花结果的心中!"(第15—16行)如果说直到这里诗人还停留在纵向的诗歌空间中,那么也就是从这里开始,诗人将开始步入到横向的空间中,通过行走去发现和利用城市,通过步行穿过城市的街道及其人群来解读和理解城市,揭示城市空间实践的诗意内涵。

与雨果不同,波德莱尔似乎并不愿意让自己高高在上地做社会的先知或

---

① Jean Starobinski,《 Fenêtres (de Rousseau à Baudelaire)》, in L' Idée de la ville (Actes du colloque international de Lyon), Seyssel, Champ Vallon, 1984, p. 181.

② Ibid., p. 183.

人类的导师。他走到大街上,融入巴黎的人群中,让城市人生活的一个个样本都逃不脱他犀利的目光。在首都穿街越巷的漫游让他获得许多全新的经验,这些经验将丰富他的诗歌创作,也将丰富他的思想观念。

　　波德莱尔生活在一个新旧更替的时代,过去的残迹仍然沉重地压迫着现在,而未来的走向又昏晦不明,甚至让人隐隐感到凶险的血腥。19世纪法国政治和社会环境的剧烈变迁,资本主义社会中金钱和财富至上的霸权,对于工业进步的狂热信仰,这一切击破了旧日的神话,也让波德莱尔坚信,诗人在如此社会中不可能有一席之地,不管他愿意与否,社会都把边缘人物的身份强加在诗人身上,让他成为社会中的"另类"或"怪类"。《天鹅》一诗正是一幅表现这个发生着剧变的世界的寓意画,诗人在当下这个世界中找不到他的立足之地。天鹅像"云端的王子"信天翁一样,也像诗人一样,注定不是要生活在地上的。天鹅从来都是优雅和高贵的代表,总是同高迈的境界和天使般纯洁的状态紧密联系在一起,因而也就象征着诗人和诗歌的力量。[①] 但在波德莱尔诗中却并非如此,天鹅被羁绊在城市的尘土中,拼命扑腾着翅膀也得不到解脱,只能在焦躁中"怀想故乡美丽的湖"。在城市满是泥土的路面上,天鹅错就错在它太洁白、太美丽、太诗意,这让它受到这个世界的欺辱。就像《信天翁》中那只从蓝天坠落的折翼残鸟一样,天鹅也再无缘飞翔,这让我们看到了原本应该像飞鸟一样高翔的诗人在现实世界中的形象,让我们看到了诗人在现实世界中所经历的创造的痛苦和痛苦的创造。波德莱尔抓取天鹅这一形象,用以刻画现代诗人不被理解、不被赏识的命运,表现他们做出的超乎常人的牺牲,以及他们那种在旁人看来近乎于病态的苦中求乐的陶醉。

　　从静态的沉思到动态的行走,从纵向之维到横向之维,从与高空相联系的权力感到主体被淹没在人群中所处于的无能为力的状态,这一转变过程促生了一种更为依赖身体的亲身经历的感受方式。这种新的感受方式是同诗人被贬黜的经验紧密联系在一起的。诗人从天上到地上,走进街巷,这意味着他要在自己身体力行的实践过程中接受被贬黜的处境,同时又把这种处境转化为具有正面蕴含的神话。无论他是多么脆弱,也无论他有多么绝望,敏感的现代

[①] 参见 Jean Chevalier et Alain Gheerbrant, *Dictionnaire des symboles*, Paris, Robert Laffont, 1982, pp. 332-334.

诗人为了刻骨铭心的经验而自愿成为生活的俘虏,同时他又有足够清醒的意识为了审美的目的而游离于生活。他把个人遭受的厄运体验为生活中真实的神奇,把与恶的现实的正面交锋当作自己的义务。面对危机不仅能够做到泰然任之,而且懂得如何乱而取之,将其化为诗歌,这是城市诗人的特权和专长,诚如克洛德·阿巴斯塔多(Claude Abastado)在《文学体制的危机》(《Crise de l'institution littéraire》)一文中所论述的那样:

> 文学在精神层面的危机,作家们落空的梦想,经济上的艰难状况,都在诗人创造的神话中被置换成描绘拜金社会的图画,被置换成关于作家们不被理解、遭到贬黜、受人诅咒的命运的观念。诗人的神话承受着现实中丛生的乱象,并对这些乱象进行升华,将生存上的窘迫当作一种特权,将负面的符号扭转颠倒:这便是精神性工作的种种效果。①

深入到城市街巷中,就意味着诗人必须与社会上苦难、卑微和暧昧的人群(如乞丐、老人、妓女、盲人、酒鬼、拾垃圾者、赌徒、罪犯等)为伍,与他们休戚与共。在诗人眼中,这些被边缘化了的人群实则是现代生活中真正的"主角"和"英雄",同时,诗人自己通过捕捉他们在城市生活中的梦想、苦难、屈辱、悔恨、怀旧、爱情等等,扮演起城市生活"主角"的角色,实践自己的"英雄主义"。面对并不接纳他的现代生活,诗人就像是扮演小丑的过气演员,大致只能在两种应对策略之间进行选择:要么通过求索豪迈的理想而拒不承认自己被贬黜的处境,要么对这种被贬黜的处境泰然任之,并让它成就自己的"英雄主义"。城市诗人做出的是第二个选择。于是,波德莱尔融进人群,与同样遭受被贬黜命运的族类同悲共喜,在他们中间去寻找那些属于自己诗歌天堂的迹象。他的欢喜是人类命运的欢喜,虽然他欢喜不多;他的哀痛亦是人类命运的哀痛,这正是赋予他诗歌以力量的情感。他用诗歌真真切切地传达出了现代人的感受。

魏尔伦(Paul Verlaine)在他关于波德莱尔的文章中称,这位兄长"最深刻的独到之处"主要就是"强有力地表现现代人",表现那种"由过度文明的精致奇巧所造就的(……)有着敏锐而悸动的感官,有着敏感得痛苦的心灵,大脑中

---

① Claude Abastado,《Crise de l'institution littéraire》,收录于该作者的 *Mythes et rituels de l'écriture*, Bruxelles, Complexe, 1979, p. 129.

充斥着烟草,血管中燃烧着酒精,集胆汁质和神经质于一身"的现代人。波德莱尔在他所写的某些巴黎诗歌中把现代人的这种"敏感的个性"表现得最为鲜明,甚至表现成现代的"典型"和"英雄"。① 魏尔伦的论述是对波德莱尔于1845年和1846年所写的两篇《沙龙》中所给出结论的回应,在那两篇《沙龙》中,作者呼吁艺术家关注"现代生活中的英雄主义"和"巴黎生活"的神奇。② 波德莱尔认为,构成真正现代艺术的东西"并不在题材的选择,也不在准确的真实,而在感受的方式"③。这种从新的感觉经验得来的感受方式,尤其应当反映出当代人的风尚、向往和思想倾向,成为一个时代整整一个方面的精粹和极度的浓缩。

与诗人在现代城市中的切身经验相适应的城市诗歌,不可避免地是一种带有危机感和不安感的诗歌。《巴黎图画》中的诗人逡巡在几近荒谬的世界中,天上是一片虚空,不再有上帝为宇宙、万物、人生的先验意义做担保,就像《天鹅》和《盲人》所表现的那样。没有了上帝的担保这一终极依靠,世界变成了让种种失去先验能指的符号散漫漂移之地,神秘取代了意义,失序和混乱的感觉增添了人们——尤其是敏锐的诗人——置身城市迷宫中的焦虑感、紧张感和深渊感。诗人在城市中遇到的,唯有偶然和意外。这些偶然的相遇让诗人的灵魂承受着挑战,或者至少将他静观的才能消解,使之变成面临威胁时的恐惧和不安。《七个老头》一诗便是对这种灵魂状态的一个鲜明演示。走进城市,诗人就处于一个冲突性的结构中,一边是由于上帝的缺席而导致的外部世界意义的缺失,一边是诗人试图重建意义的灵魂。也许正是因为城市与诗歌之间的关系表现为挑战、考验、冒险,才让所谓"城市诗歌"成其为"现代诗歌"。走进城市,这并不只是简单的"题材"转变,而是包含着更多的东西,是整整一套新的经验向诗人和诗歌开启了大门。

二、诗人与闲逛:寻找诗的韵脚

本雅明在研究19世纪的巴黎时,将这座城市的形象与闲逛者的行走结合

---

① Paul Verlaine, « Charles Baudelaire », *Œuvres en prose complètes*, éd. Jacques Borel, coll. Bibliothèque de la Pléiade, 1972, p. 600.
② 见《1845年沙龙》,《全集》,第二卷,第407页;《1846年沙龙》,《全集》,第二卷,第496页。
③ 《1846年沙龙》,《全集》,第二卷,第420页。

在一起。他所谓的"闲逛者"(le flâneur)指生活在大城市边缘的人,这种人是现代生活中的异化者,是被资产阶级队伍排斥在外的游手好闲者,在社会上既无政治地位,也无经济地位。闲逛者往往以波希米亚人(la bohème)的形象出现,在人群中寻找自己的庇护所。本雅明在《拱廊街》(Le Livre des passages)中指出,波德莱尔就是这样一位不适应社会生活的人,他的诗歌"从这一社会阶层特有的叛逆情感中汲取力量"[①]。在巴黎的大街上闲逛的诗人可视为现代的波希米亚人——在都市空间中流浪的波希米亚人。本雅明还把波希米亚的生活方式称为"无产知识分子的存在形式"[②]。

  作为地理概念的波希米亚(Bohemia)位于现捷克共和国的中西部,历史上曾属奥匈帝国管辖,是一个多民族的地区,有大量吉普赛人聚集于此。法国人认为那些居无定所、四海为家的吉普赛人来自波希米亚,因而习惯上把他们叫做波希米亚人。随着浪漫主义运动的兴起,波希米亚人的生活方式在艺术圈子中渐成风尚,使波希米亚人的定义远远超越了词典里原来的解释,不再具体指来自捷克波希米亚平原的那个没有共同语言和血统的族群,而成为那些在生活中甘愿自我放逐,在情感上率性张扬自我,在行动上刻意浪漫不羁,在艺术上追求极限快感的艺术家的代名词。组成被称为波希米亚人主体的,包括各种各样的画家、音乐家、演员、诗人,以及拉丁区里的准小说家、塞纳河左岸的穷学生、自命不凡的潦倒艺人和徘徊在文化生活边缘的纨绔子弟。这些艺术家是落拓和狂放的奇异混合,崇尚个体想象的力量胜过生活中的成功,将无拘无束的反常规自由创造视为最高的信仰。他们甩掉资产阶级的燕尾服和功名利禄,甘愿处于社会的非主流或边缘地位,以苦艾酒和吗啡为伴,在下等客栈过波希米亚人式的生活,这使他们与大众更加接近,并且往往成为主流社会的异见者和批判者。他们不受既定观念、法则、惯例和偏见的束缚,希望保持个性的独立并以一己之力对抗世界。有时玩玩无赖也是他们生活的技巧,有时也用谐谑或佯装的傲慢保持自己在窘境中的尊严,有时也表现出与同好共享生活的兄弟情谊,有时也通过刻意的怪癖和言行让人吃惊,以显示自己的与众不同。他们清贫但高贵,宁可让人嫉妒,也不要让人怜悯。他们在生活中

---

① Walter Benjamin, *Le Livre des passages*, *op. cit.*, p. 42.
② Ibid., p. 889.

既有游戏生活的轻慢,又有无可奈何的悲凉。他们是快乐着的贫穷者,也是痛苦着的创造者。①

亨利·缪尔热(Henry Murger)在发表于 19 世纪 40 年代末的《波希米亚人》(Scènes de la vie de bohème)中,特别强调波希米亚与艺术创造的联系,称"今天每一个以艺术为职业并全身心投入其中的人,最终都会被引入走向波希米亚殿堂的小道",而"那些以华丽辉煌的方式张显艺术的人,绝大多数都曾经是波希米亚的信徒"。他还提出这样一个公理:"波希米亚是艺术之邦,是人文科学的起源,是神的殿堂,是灵魂的归所。"他还不忘补充说明道:"波希米亚风格只存在、并且也只可能存在于巴黎。"②

有些人在青年时代是波希米亚人,但后来又放弃了波希米亚的生活方式。对这样的人来说,对体制的反叛被当作了他们进入体制和主流的本钱。波德莱尔的朋友尚弗勒里就属于这类人,而波德莱尔自己却一生都没有放弃波希米亚的生活方式,始终跟他的灵感源泉保持着直接的接触,爱好热闹和喧哗,也爱好闲散和自由,迷恋于恶的种种磷光般的表现。每一个属于波希米亚的人,都或多或少地过着一种充满了偶然朝不保夕的生活。在这点上,他们跟真正意义上过着流浪生活的吉普赛人有许多共同之处。与波德莱尔同时代的一些作者为我们描绘了当时巴黎吉普赛人的生活状况:

> 我想说的是,吉普赛人是这样一个族群,其生存颇成问题,其状况堪称传奇,其命运简直就是难解之谜。他们居无定所,四处为家,哪里都没

---

① 美国学者拉塞尔·雅各比(Russell Jacoby)在《最后的知识分子》(The Last Intellectuals: American Culture in the Age of Academe)中的一段论述有助于我们理解波希米亚人的这种矛盾的存在状况:"对于青年人来说,波希米亚过去常常是以贫困、自由和对资产阶级的仇恨为特征的一个场所。作为一个通道,它可能通向艺术学院,也可能通向医院和停尸房。"(江苏人民出版社,2002 年,第 23 页)法国 19 世纪作家亨利·缪尔热(Henry Murger)曾这样界定"波希米亚"的边界:"北边是希望、工作和欢乐,南边是贫穷和勇气,西边和东边则是诽谤和医院。"1849 年,根据缪尔热的小说改编的音乐剧上演后,一位评论家做了相近的界定:"北边是寒冷,西边是饥饿,南边是爱,东边是希望。"1852 年,阿尔封斯·德·卡罗纳(Alphonse de Calonne)在其著作中用类似于缪尔热的语言如此界定道:"波希米亚是一个悲伤的国度,它的北边是贫穷,南边是不幸,东边是幻想,西边是医院。"(参见 Jerrold Seigel, Bohemia Paris: Culture, Politics, and the Boundaries of Bourgeois Life, 1830-1930, New York, Viking, 1986, p. 3.)
② 亨利·缪尔热:《波希米亚人——巴黎拉丁区文人生活场景》,孙书姿译,华夏出版社,2003 年,第 5—6 页。

有他们的立足之地,而又到处都能见到他们的身影!他们没有任何社会地位,干着数十种行当,大都过着朝不保夕的生活,吃了上顿没下顿,今天是有钱人,明天是饿死鬼;如果有可能,他们可以正正经经地生活,而如果没有可能,他们也会以另外的方式生活。①

这段文字简直可以拿来作为那些过着波希米亚式生活的诗人和艺术家的写照。波德莱尔的生活方式就体现了诸多这方面的特点。他一生中基本上都过着一种居无定所的生活,甚至害怕自己被固定在某个固定的住处。他没有过属于自己的家,总是从旅馆到客栈,在巴黎这个大城市中游荡,而他睡的每张床都是"碰运气的床"(lit hasardeux)。据皮舒瓦考证,波德莱尔一生在巴黎住过的有据可查的地方达40多处,这其中还没有算上他经常向朋友提出来的一两夜或三五天的短期借宿。他住的房间也通常不大,往前跨一步就进了房间,再多跨一步就又出了房间。就像《风景》中的诗人所住的地方那样,房间简陋但却位于高处,在那里可以呼吸到新鲜空气并欣赏到美丽的风景。他之所以东游西荡,不光是为了躲债或逃避人情,还因为游荡本身可以成为他的一个借口,让他不回到平庸无奇的住处——"这又脏又乱的屋子,这住着没完没了的无聊的居所"②。然而,想要逃避纠缠着他的各种痛苦这一愿望并不能完全解释他的居无定所,因为驱使他离家到外头游荡的,还有他身上不同寻常的四下观察的愿望,诚如本雅明所指出的:"在闲逛者身上,看的快乐何其喜气洋洋。"③此外,还必须加上他在朋友圈子这个大家庭中找到的交谈的快乐,这样的交谈往往风趣睿智、尖刻犀利、满含机锋,正合于他长于讥讽、矛盾和悖论的心思。

作为巴黎闲逛者的诗人既无社会之根也无家庭之根,是他所生活城市中的无家可归者,也就是说他只能以人群和大街为家:人群是他家的成员,大街是他家的住所。闲逛者在马克西姆·杜刚的诗中被表现成"旅行者"的模样:

——我怕停下;这是我生命的本能;

(……)

---

① Adolphe d'Ennery et Grangé, *Les Bohémiens de Paris*, Paris, Marchant, 1843, pp. 8-9.
② 波德莱尔:《双重屋子》,《全集》,第一卷,第281页。
③ Walter Benjamin, *Charles Baudelaire*, *op. cit.*, pp. 101-102.

——行走吧！行走吧！不幸的可怜人，
　继续你的险途，追逐你的命运。①

　　在诗人穿街越巷的旅程中，他看到了一个出乎意料的巴黎，就连城中的种种古怪都以诗意的面目呈现于他的眼前。巴黎诗人的出新之处，就在于他在日常生活中与巴黎这座他生于斯、长于斯的城市之间建立的亲密无间的关系。诗人从巴黎的大街中提取成就他作为诗人的素质，也提取成就他诗歌的人性要素。

　　巴黎从不把自己交给匆忙的人，它的魅力属于那些知道如何在大街上自得其乐的人。对诗人来说，城中闲逛是快乐的，因为闲逛让他得以自由地静观眼前那些忙忙碌碌、忧思百结、三教九流的各色人等。"闲逛是一门学问：这是眼睛的美餐"，巴尔扎克如此说道。②虽然有证据显示闲逛者这种人物在拿破仑帝国时期，也许还要更早就已经出现了，但一般还是把巴尔扎克看作是闲逛者这种文学人物的创造者。对巴尔扎克来说，闲逛者既是学问家又是诗人。他在《金眼女郎》(*La Fille aux yeux d'or*)中把闲逛者表现成在巴黎唯一真正幸福的人物，"每一刻都在品尝流动的诗"③。巴尔扎克在此凭直觉表达了客观观察巴黎诗意的想法。不过巴尔扎克笔下的闲逛者还不只是审美家和到处游荡的观察者，他并非毫无动机地随处转悠，而是同时还心意主动、胸怀目的，在行走时绝对全神贯注，啜饮和玩味着巴黎，熟悉巴黎的生理结构，知道巴黎脸上每一颗疣、痣和面疱。他置身于这座永不止息的万城之城的心脏地带，注视那些足以引人震撼的戏剧、灾祸、画面，以及各种有趣的偶发事件，企图从中挖掘出巴黎社会关系的秘密。他来到大街上，不受任何东西强迫，自由自在地东张西望，全凭城市在他心中勾起的心思。这一举动本身就已经是富有诗意的行为。我们不难体会到巴尔扎克笔下闲逛者身上那种闲适惬意的心态。

　　与巴尔扎克式的闲逛者相比，波德莱尔式的闲逛者更加意识到城市特有的诗意和城市风景特有的美，更加注重透过"看的快乐"去发现事物背后那些

---

　①　Maxime Du Camp, *Le Voyageur*, in *Les Chants modernes*, Paris, Michel Lévy frères, 1855, p. 104.
　②　转引自 Pierre Larousse, *Grand dictionnaire universel du XIXe siècle*, 见 "Flâner"（"闲逛"）词条。
　③　Honoré de Balzac, *La Fille aux yeux d'or*, *La Comédie humaine*, 11 vol., éd. Marcel Bouteron, coll. Bibliothèque de la Pléiade, t. V, 1936, p. 268.

看不见的东西。在城市中自得其乐的闲逛者更像是一个做梦者,一边在大街上行走,一边又沉浸在自己的梦想和思虑中。他在每一事物上都看到另外的事物,看到别人永远看不到的东西,而这正是他得到的奖赏。普鲁斯特写下的一段文字可以让我们用以体会城市闲逛之妙:

> 于是,在不考虑文学且心无任何挂念之际,突然间,一个房顶,一抹印在石头上的阳光,路上散发出来的气味,让我停下脚步,因为我感到它们带给我一种别样的快乐,还因为它们仿佛在我所看见的东西背后还隐藏着什么东西,它们邀请我前去捕捉这个东西,而尽管我尽力这样去做,但这个东西对我还是秘而不宣。①

闲逛者在城中撞见一个个稀奇古怪的景象,却又对其中的机制感到茫然,尽管他也像《盲人》中那些竭力找寻的盲人一样想要弄懂这个陌生的世界。"奇妙的剑术"(fantasque escrime)一语形象地体现了作为闲逛者的诗人与城市之间富有挑战性的新型关系:

> 我将独自演练我剑术的奇妙,
> 在各个角落嗅寻偶然的韵脚,
> 绊在字眼上,一如绊在路石上,
> 有时候撞上梦想已久的诗行。
>
> (《太阳》,第 5—8 行)

波德莱尔在这里为穿街越巷的诗人找到了"斗剑士"这一隐喻。他完全意识到了巴黎这个首选之地与他的诗歌意识之间的密切关系。对他来说,城市空间就好像是一个狩猎场,而诗人就好像是狩猎者,要在大街上获取他的猎物:词语、韵脚、诗句。这些词语、韵脚、诗句所要表现的,正是长久以来纠缠着诗人的那些梦想。于是诗人合上书页,走出陋室,通过睁大双眼在城市中的闲逛而开始他的写作。他用自己的脚步去配合城市的节拍,而且在某些情形下又自己去创造一种新的城市节奏,可以说他的诗歌开始于地面,语句转折的艺术在闲逛的路途中找到了对应物。行走本身成了诗人眼中的修辞学:街道、建筑、

---

① Proust, *À la recherche du temps perdu*, éd. Pierre Clarac et André Ferré, coll. Bibliothèque de la Pléiade, t. I, p. 178.

场景、人物、活动等就是这种修辞学的字眼、单词、短语,而闲逛者的脚步在串联起城市空间的同时,也将这些字眼、单词、短语串联成句子、段落和篇章。① 从这层意思上说,皮埃尔·拉鲁斯(Pierre Larousse)在他编纂的大辞典中对"闲逛者"一词所下的定义就带有几分波德莱尔的色彩:

> 他(闲逛者)张大眼睛,竖直耳朵,寻找与人群所看到的不同的东西。无意间脱口而出的话语让他看出某种性格特征,这是装不出来的,是活灵活现捕捉到的;那些专注得如此自然的面部表情让画家获得梦想已久的表达;一个在别人听来微不足道的声音却冲击着音乐家的耳朵,让他得到组合和谐的构思;甚至对陷入沉思默想的思想者或哲学家来说,外界的纷乱吵扰也是有益的,将他的种种想法摇晃着糅合在一起,就像风暴混合着大海的波浪(……)。大多数天才人士也都是一些大"闲逛者";不过,他们是一些勤勉而多产的"闲逛者"(……)。常常是在艺术家和诗人看上去对自己的作品最漫不经心之际,他们却最深地沉浸在自己的作品中。②

沉重而前倾的额头引导闲逛者在两个层面上行走:一个是大街层面,一个是思想层面。波德莱尔式的闲逛者就是一个边走边沉思的闲逛者,心中想着自己苦闷的命运,又把自己压抑的精神活动投射到城市的各种场景中。他像狄更斯一样,"不是把事物印在自己的心上,而是把自己的心印在事物上"③,仿佛整个外部空间只是由于诗人而存在,并且只是为了诗人而存在:石子铺成的路面是他的大地,街上的灯火是他的繁星,过路的行人是他的英雄人物。"空间呈现出我目光的形状"④,艾吕雅(Paul Éluard)的这句颇为超现实主义的诗句完美地定义了诗人闲逛者对城市空间的视觉感受。

以资产阶级的价值观来看,闲逛者是游手好闲之徒,基本上属于口碑不佳的阶层,而他们最大的错误就是缺乏所谓"正常"的状态。如果说固定和安居

---

① 德塞都在《日常生活实践》中提出的"行走修辞学"(rhetoric of *walking*)的概念对我们极具启发意义。参见 Michel de Certeau, *The Practice of Everyday Life*, Berkeley, University of California Press, 1984, p. 100.
② Pierre Larousse, *Grand Dictionnaire universel du XIXe siècle*. 见该书"Flâner"("闲逛")词条。
③ Gilbert Keith Chesterton, *Charles Dickens*, Paris, coll. Vie des hommes illustres, 1928, p. 31.
④ Paul Éluard, *Œuvres complètes*, éd. Marcelle Dumas et Lucien Scheler, coll. Bibliothèque de la Pléiade, t. I, 1968, p. 175.

是一种正常状态,那与之相对的"游"则被视为反常和变态,是社会潜在的危险因素。而在闲逛者自己看来,正常状态的缺乏正是他们生活的必需。闲逛不仅是身体意义上的空间移动,更是一种生活境域和生存方式。它也体现了一种精神状态和人格特征,是对"游心"之超越意义的自觉追求。在闲逛者悠闲的生活状态中,实则有着某种令人称奇的东西。闲逛者一般都有这样的观点:从悠闲中得来的成果比从苦力中得来的更为珍贵。凡勃伦(Thorstein B. Veblen)在19世纪末说过:"有闲之所以令人仰慕,之所以必不可少,部分是因为它表明这个人与贱役无染。"①远离"贱役"正是为了表明精神的高贵。孤独自然也就成了闲逛者的一种固有的状态。波德莱尔之所以"独自"演练奇妙的剑术,就是因为他认为,隐身于孤独中可以让他去进行真正的闲逛,不为物役,而是自由自在,心意饱满。在这点上,我们同意本雅明的看法,他认为,在一个忙忙碌碌不知道闲暇为何物的社会中,悠闲是进行艺术生产的一个条件。他还在《拱廊街》中写道:"闲逛者的悠闲是对劳动分工的抗议"②,也就是对现代经济生产方式的抗议。资产阶级的道德就是进行"物"的生产并拥有私有财产,在这样的道德占支配地位的社会中,悠闲的闲逛注定会被认为是对社会的可耻玷污,甚至是一种令人耻辱的罪恶。然而,对物质的倚重在扼杀悠闲的同时,生产出现代的平庸和"散文化"的生活。马克思因此指出说:"私有制使我们变得如此愚蠢而片面,以致一个对象,只有当它为我们拥有的时候,也就是说,当它对我们说来作为资本而存在,或者它被我们直接占有,被我们吃、喝、穿、住等等的时候,总之,在它被我们使用的时候,才是我们的。"③对于自由自在的波希米亚闲逛者来说,资产阶级的功利和时间效率观念不仅是无意义的,而且是非常可憎的。他们行为处事的逻辑不是外在的(现实的、物质的),而是内在的(情感的、精神的)。他们的悠闲并非无所事事,而是以精神活动为要,

---

① 转引自包亚明主编:《现代性与都市文化理论》,上海社会科学院出版社,2008年,第258页。
② Walter Benjamin, *Le Livres des passages*, *op. cit.*, p. 445.
③ 《马克思恩格斯全集》,人民出版社,1979年,第124页。

将事物从现实功利中解脱出来,让其成为艺术和思想的对象。① 在这层意义上,我们可以说,在经济生产的法则占统治地位环境中,悠闲是一切罪恶之母,而罪恶又是一切艺术之父。

波德莱尔式闲逛者的实质是艺术创造。像斗剑士一样演练"奇妙的剑术"的诗人,并不是一个完全沉浸在外部世界中而忘记了自己的看热闹的人,他保留着自己充分的个性,进入公众和人群中,却又并不是公众和人群的一部分。他懂得如何用人群来填充自己的孤独,也懂得如何在繁忙的人群中保持独孤。也就是说,闲逛者带着伊壁鸠鲁式的心意成为生活的享乐者,同时又在人群中以一种纨绔子(le dandy)的姿态确认着自己的优越地位,以局外人的身份成为生活的观察者和审问者。作为艺术家,他是与全社会打交道的"社交人物"(l'homme du monde),一身兼有生活中边缘人物和中心人物的多重身份,能够洞察一切社会习俗背后神秘而正当的理由。但从另外一面看,作为社会的人,闲逛者的身份也是被强加的,因为他总是走在与社会主流相悖的路径上,始终不满足于既有的生活现实,在心理上永远不属于他处身的世界,在生活中永远追求错位的生活状态,在一个他找不到位置的社会中,只好作为读者、观众和旁观者去达成他体验更丰富生活的意愿,并以此显示自己的独特。他把对现代城市的理解定义在人类生活的历史片断中,而他对现代社会感觉上的欣赏既体现了他对艺术的沉迷,也是对他社会身份缺失所做的补偿。他放弃了回忆和希望,脱离了过去和未来的束缚,把自身的审美感受作为了社会价值的代替物,带着失去家国的情感,让现代生活为他的艺术提供服务。精神的作用在他身上显露无遗。悠闲的快乐不在于酒醉奢靡的感官之乐,而在于闲逛的艺术

---

① 我们可以在古希腊城邦的生活中见到这种追求审美和精神的悠闲。希腊城邦即使在其最繁荣的时代也没有十分丰富的产品,就像有句老话说的那样:"希腊和贫穷是一对孪生子。"这句话中包含了希腊人的某种自豪。他们物质不多,却拥有充足的时间,也就是:闲暇、自由、无拘无束,不羁身于铺张的物质消费——像当今社会的铺张消费——却能从事交流谈话、发展性爱、进行智力思考和追求审美享受。古希腊城市最重要的功能并不是商业,而是作为大规模展示的舞台。将生活本身当作一种展示物,这是一种有闲阶级的文化观念,这种现象并非到后世颓废文化时才有,早在柏拉图以前,古希腊社会的黄金时代就已经有所表现。毕达哥拉斯就曾把生活本身比作体育大赛:"有些人是去参赛夺奖,有些人去那里是为了出售商品,但最优等的人是去作观众。"我们可以在现代闲逛者身上看到古希腊"观众"的影子。闲逛的行为不以实际需要为目的,它是古代看戏或看风景这一行为的现代版本。它体现了艺术欣赏的乐趣,让闲逛者将城市的喧嚣骚动当作风景来细细品读。

家精神中生发出来的梦幻般的丰厚经验。他像流浪的波希米亚人一样,无家可归却又无所不在,被社会排斥却又心怀众生。居无定所的游荡恰恰与他的精神追求相一致。"宇宙的精神公民"(le citoyen spirituel de l'univers)①,这是波德莱尔给闲逛者的称号。

三、诗人与人群:"灵魂的神圣卖淫"

波德莱尔失去了城市居民的身份而成为闲逛者,但却由此获得了一个更为广阔的世界。对圣-伯甫来说,"人群是无法忍受的"②。而波德莱尔却提出了"在人群中磨炼"的特殊艺术理念,让人群成为了抒情诗的一个新主题。"享受人群是一种艺术",他在题为《人群》的散文诗中如此写道。③ 他还在《现代生活的画家》中把居伊刻画成隐身于人群的"艺术家—闲逛者"的典范。这位"现代生活的画家"的激情和事业,就是和人群结为一体。人群是他的领域,如天空之于飞鸟,如河海之于游鱼:

> 对十足的闲逛者来说,对热情的观察者来说,选择以芸芸众生为家,生活在反复无常、变动不居、短暂和永恒之中,这是一种巨大的快乐。离家外出,却总感到是在自己家里;身居世界的中心,又不为世界所见,(……)进入人群就像是进入一个巨大的电源。④

波德莱尔自己的巴黎诗歌也为我们呈现了诗人与众人的关系。诗人不只是城市各种景观和场景的观察者,他还是充满幻想和疑问的沉思着的漫步者。他徜徉在沸腾着人生的地方,也行走在涌动着思想的空间。他通过想象和移情(intropathie)的作用,进入到他在巴黎大街上遇见的形形色色的人物之中,汲取他们的生命,也为他们灌注生命。对于城市诗人来说,闲逛就是他特殊的工作方式:"他可以一边散步一边工作,或者更确切地说,他只能一边工作一边散步。"⑤波德莱尔之所以将《巴黎图画》中的好几首诗题献给维克多·雨果,

---

① 《现代生活的画家》,《全集》,第二卷,第 689 页。
② Sainte-Beuve, *Les Consolations*, *Poésies complètes*, seconde partie, Michel Lévy Frères, 1863, p. 125. 所引这句话出自书中所附由法尔希(G. Farcy)所写的评论文字。
③ 见《全集》,第一卷,第 291 页。
④ 《现代生活的画家》,《全集》,第二卷,第 692 页。
⑤ 《全集》,第二卷,第 129 页。

这不是没有道理的。从 1831 年发表《秋叶集》(Les Feuilles d'automne)开始，雨果就有意识地以"沉思漫步者"的姿态走到人群中间，并对外部世界说："好好地进入我的双眼，让我记住你"，这让波德莱尔将他说成是一尊"行走着的沉思的雕像"①。

几乎所有伟大的人物都有超于常人的更加丰富、更加强烈的生活。在这之中，要与他人的生活融为一体的愿望并非是一个无关紧要的因素。维维耶指出，巴尔扎克和尚弗勒里分别在《驴皮记》和《古怪的人们》(Les Excentriques)中表达过这一愿望。维维耶还引用了两位作家的如下文字："他抓住所有的快乐，逮住所有的痛苦，占有所有形式的存在(……)"(《驴皮记》)；"深入到怪人的想法中并用他们的想法来丰富我的'自我'，这种情况不止一次发生在我身上(……)。我遇见的每一位古怪之人都会好几天搅扰我的生活，我进入到他们的身体中，承受着他们的痛苦，享受着他们的欢乐(……)"(《古怪的人们》)②。与他人融为一体，让一个人既是他自己又是他人，仿佛变成了一个"世界人"(un homme universel)。伟大的人便是这种"世界人"，在这种人身上，生命的强度获得倍增，无论是痛苦还是幸福，无论是爱还是悔恨，一切都变大了。城市生活千姿百态而富有强度，大街为闲逛的诗人提供了一个理想的场所，让他能够"泡在众人中"，实现与他人交换生命的愿望。

作为伟大的巴黎闲逛者，波德莱尔在《我心坦白》中写道："颂扬漂泊不定的生活和所谓波希米亚主义，崇拜感觉的倍增放大(……)"③他还在《火花断想》中写道："处身于人群中的快乐，奇妙地体现了由数量倍增带来的愉悦。"④当他看到城市中一些"人类的残渣"从他眼前走过，他通过《小老太婆》中的告白，显示他如何在人群中寻求移情的陶醉：

> 而我，远远地含情将你们观察，
> 不安的目光盯住蹒跚的步履，
> 仿佛我是你们父亲，哦，神奇啊！

---

① 《维克多·雨果》，《全集》，第二卷，第 130 页。
② 见 Robert Vivier, *op. cit.*, p. 217.
③ 《全集》，第一卷，第 701 页。
④ 同上书，第 649 页。

>   不被你们觉察，享受隐秘快意：
>
>   我看见你们的初恋灿如花朵；
>   我重温你们已逝的悲喜时光；
>   我内心宽广体味你们的罪恶！
>   我灵魂闪耀你们美德的光芒！（第 73—80 行）

对这些诗句的最好注释是散文诗《人群》(Les Foules)。这两篇东西基本上是同时期作品。《人群》系统地解释了"享受人群"的艺术，并将其确立为诗人的特权：

> 众人，孤独：对活跃而多产的诗人来说，是等同的、可互换的词语。谁不懂得用人群来充满自己的孤独，也不懂得在繁忙的人群中保持孤独。
>
> 诗人享有这种无可比拟的特权，他可以随心所欲地成为自己和他人。他像那些寻找躯壳的游魂一样，只要愿意，就进入到任何人的躯体中。对他来说，一切都是敞开的；如果某些地方好像对他关闭着，那是因为在他眼中那些地方不值一看。
>
> 孤独而沉思的漫步者从这种普遍的交融中汲取一种独特的迷醉。他容易与人群结合，品尝狂热的乐趣(……)。他把环境呈于他面前的一切职业、一切欢乐和一切痛苦，统统化为自己的职业、欢乐和痛苦。
>
> 人们所说的爱是多么渺小，多么狭隘和虚弱，全然不能与这种难以言喻的狂欢相比，不能与这种灵魂的神圣卖淫相比，灵魂把自己的一切——诗歌和慈悲——完全委身于突如其来的意外，委身于陌生的路人。
>
> 有时候应当告诉世界上那些幸福的人儿，还有比他们的幸福更高的幸福，更广阔，更纯粹，哪怕只是为了羞辱一下他们愚蠢的傲慢。①

《小老太婆》中"内心宽广"的诗人所领略的"隐秘快意"，正是此处所说的"灵魂的神圣卖淫"的结果。

"卖淫"一词在法语原文中是"la prostitution"，该词兼有"出卖""贱卖""滥用""玷污""堕落"等多种意思。该词的词源意义是"暴露……于大庭广众"或

---

① 波德莱尔：《人群》，《全集》，第一卷，第 291 页。

"呈献上……",也含有"对调""换位"的意思。到了现代,这个词在隐喻上的引申意思往往跟娼妓的行当联系在一起。波德莱尔喜欢将词语的运用推至极限,以达到语出惊人的效果。他用"神圣卖淫"来表示诗人与城市中芸芸众生的"普遍的交融"。这种相互进入的交融一方面让人联想到娼妓行当的猥亵和污秽,另一方面又让人联想到宗教上通过"领圣体"的仪式而与上帝结为一体的神圣和纯洁。"神圣卖淫"这一表述本身就以矛盾修辞的方式表现出了上述两种意思之间发生的纠结。不能简单地从正或反、善或恶的方面来理解其中的意义,波德莱尔从来都不愿意表达简单的意义。应该说,两方面的意义既是极端对立的,又是同时共存的,每一方都从另一方获取力量,共同形成表达的张力。

在波德莱尔为《恶之花》所写的《跋诗》草稿中,我们看到诗人在表达对巴黎之爱时,将这座城市比作让他深感魅惑的"娼妇"。而在"灵魂的神圣卖淫"中,是诗人自己被比作了娼妇,在"古老首都弯弯曲曲的皱褶里"四下游荡并搜寻着自己的对象。就像身属众人的妓女一样,诗人"内心宽广",其心意因与众人的交融而倍增。众人带着他们灿烂如花的激情进到他身上,让他享受着他们的全部罪恶和全部美德。诗人在灵魂层面所从事的工作,在形式上有几分像妓女在肉体层面进行的"工作"。他有一首诗就题为《稻粱诗神》(*La Muse vénale*),直译过来就是"为钱而干的缪斯"。他还在《我的情妇不是淑女名媛》(*Je n'ai pas pour maîtresse une lionne illustre*)一诗中写道:"她为一双鞋卖掉自己的灵魂 /(……)我为当作家贩卖自己的思想。"①诗人在这首诗的最后一节称,这个放荡不羁的波希米亚女人是他的"全部",是他的"财富"。本雅明认为,这首诗表现了波德莱尔式文人的真实处境,他们像游手好闲之徒一样逛进市场,名义上是为了观察像西洋景一样的现代生活,实则是为了寻一个买主。其实也可以不这么功利地看这个问题。波德莱尔进行"灵魂的神圣卖淫",也许既不是为了寻一个买主,也不是简单地表示对众生的同情,而更多是为了创造出有利于诗歌创作的条件。他在《火花断想》的一则笔记中就将"艺术"和"卖淫"联系在一起:

---

① 《全集》,第一卷,第 203 页。

> 精神的创造物比物质更具生命力。
>
> 爱情，就是卖淫的乐趣。甚至没有任何高贵的快乐不可以同卖淫扯到一起。
>
> 在一场演出中，在一个舞会上，每个人都享受着所有人。
>
> 艺术是什么？卖淫。
>
> 处身于人群中的快乐，奇妙地体现了由数量倍增带来的愉悦。①

数量倍增的实质，就是感觉的倍增和精神活动的强度，而这两样都是有利于艺术创造的。在人群中倍增的经验构成了感受性上的一场真正的革命：这是在大城市中伴随着令人晕眩、能量巨大的人群的出现，而发生在感觉经验方式和精神经验方式两方面的革命。"自我"倍增的经验与吸食大麻之类兴奋剂的经验相仿佛，消弭了现实与想象、已知与未知、自我与众人之间的界限。界限的消弭不仅让诗人达成与城市中最具实质性因素的交流沟通和相互融入，而且还让他在此过程中体会到类似于神之广博爱德的神圣经验：

> 最大的卖淫者就是那位最卓越的存在，就是上帝，因为他是每个人最重要的朋友，因为他是爱之取之不尽的公共宝库。②

神圣的卖淫因而也就是一门高贵的艺术，它通过精神的作用，让凡俗之物因秉承神性而变得美妙。这让我们联想到在某些混合着神圣和渎神的宗教仪式上那些"女倡"（女戏子）的表演方式。随意进入到每个人身上，这不正是演员的题中之意吗？而全世界就是上演着人间喜剧的大舞台。将神圣的宗教和渎神的卖淫、美德和罪恶结合为一体的矛盾修辞，表现出了可以与诗人等同的女戏子的根本特点。波德莱尔就此写道：

> 在某种程度上，对交际花的看法可以用在女戏子身上，因为她也是一种炫耀的造物，一个公共快乐的对象。但在女戏子这里，征服和掠取具有一种更高贵、更属精神的性质。她要获得普遍的宠爱，就不能单单凭借纯粹身体的美，还需要凭借一些最罕有的才能。如果说女戏子在某一方面

---

① 《全集》，第一卷，第649页。
② 《我心坦白》，《全集》，第一卷，第692页。

接近于交际花,那她在另一方面则又接近于诗人。①

女戏子身上体现出来的双重性,恰是既亵渎神明又虔诚笃信的诗人身上的双重性的写照。

孤独的漫步者就像女戏子一样,只要愿意,就可以随意进入到别人身上,这让他得以在与人群的普遍交融中体会到一种奇特的陶醉。通过神圣的卖淫,个性得到倍增,而神圣的卖淫只可能发生在人潮汹涌的大城市中。对波德莱尔来说,拥挤如蚁的巴黎深深地纠缠和吸引着他。人群远不只是一个庇护所,倒更像是毒品或兴奋剂,让闲逛者沉迷其中而不能自拔。波德莱尔经常谈到大城市带给他的陶醉:

> 大城市带来的宗教般的陶醉。——泛神论。我,就是众人;众人,就是我。
>
> 旋涡。②

《火花断想》中的这段笔记可以跟他为撰写《论哲理艺术》而记的笔记连起来读:

> 在大城市中感觉到的眩晕,类似于在自然中体验到的眩晕。——混乱无序和广袤无垠带来的惬意。——一个敏感的人参观一座陌生城市时的诸种感受。③

这种陶醉或眩晕可堪比拟毒品给人带来的倍增、夸大和神经质般加剧的感觉。诗人对毒品也表示过同样的狂热好感。卖淫也像毒品一样,让个人有可能与众人实现神秘的交融。就像女人随着大城市中卖淫业的兴起而成为一种大众商品一样,城市诗人也让自己成为"普遍生活的钟情者",进入人群"就像是进入一个巨大的电源"④。正是在这种意义上,本雅明指出:在波德莱尔那里,"卖淫是让大城市的众生在他的幻想中发酵的酵母"⑤。

---

① 《现代生活的画家》,《全集》,第二卷,第 720 页。
② 《火花断想》,《全集》,第一卷,第 651 页。
③ 《全集》,第二卷,第 607 页。
④ 《现代生活的画家》,《全集》,第二卷,第 692 页。
⑤ Walter Benjamin, *Charles Baudelaire*, op. cit., p. 226. 本雅明还在这本书稍后一点的地方写道:"杂闻是让大城市的众生在波德莱尔的幻想中发酵的酵母。"(第 233 页)

波德莱尔式"神圣卖淫"的实质,就是通过认同或替换而进入到他人中。这种认同经验包含着在容貌和精神两个层面的模仿。诗人观察小老太婆,又让自己成为他们的同类:"垂垂老朽!我的家人!";他看见她们受苦,自己也跟着受苦。通过模仿,他像演员一样把被模仿对象的感觉和激情移植到自己身上,无论这个对象是让他心生同情还是心生厌恶。

波德莱尔把能够进入到别人身上看作是大艺术家的天赋才能。他为此还在一篇文章中援引爱伦·坡的话,以解释这种艺术化模仿的功能:

> 我在一位独到的哲学家的作品中看到一段文字,让我对伟大演员们的艺术心向往之:
>
> "当我想要知道某人到底在多大程度上是谨慎还是愚蠢,在多大程度上是良善还是恶毒,或者他当前究竟在想些什么,我会将自己的脸上的表情做成那个人的样子,尽可能做得一模一样,然后我就等着看自己脑子里或心里会生出怎样的思想或情感,仿佛这一切与我的面部表情两相般配且一一对应。"①

对面貌的模仿可以更加迅捷和更为生动地达成心理和精神上的相似,但在这一过程中,诗人并不是完全被对象同化,而仍然既是他自己又是他人。所谓角色替换,应该是指人与人的关系中主体之间的沟通,而且这种替换还是有选择性的,因为就像波德莱尔说的,不需要进入到那些"不值一看"的灵魂中。诗人可以想象别人的命运,但归根结底他还是在想象通过别人的命运向他昭示出来的他自己的可能命运。外部的观察指向内省,滋养着内心的幻想。

"数量倍增""变动不居""转瞬即逝""无边无际",这些都是城市呈于闲逛者眼前的特点,也是让闲逛者感到"巨大享受"的缘由。但是必须承认,这一切只不过是构成"寓托"的外在材料,而诗人在这里面所看到的,并且在人群和建筑空间中所提取的,还是他自己某方面的面貌。就像《现代生活的画家》中所写的,巴黎的人群是一条河流,让观察它的人像那喀索斯(Narcisse)一样看到其中映出的他自己的面容。② 在大街小巷的迷宫中,诗人透过遇见的各种场

---

① 《菲力拜尔·鲁维耶》(《 Philibert Rouvière 》),《全集》,第二卷,第 65 页。波德莱尔所引文字出自爱伦·坡的《失窃的信》(La Lettre volée)。

② 见《全集》,第二卷,第 719 页。

景，永不停息地追逐着一个他始终心仪的陌生人：那就是他自己。波德莱尔的神圣卖淫在这里达至极限。他将巴黎的人群同化为自己，通过人群来重新发现自己，又通过自己来重新发现人群；他把自己出卖给人群，就像人群把自己出卖给他。由于这种双向的相互出卖，对他人的审察加深了诗人的内省，而诗人的内省又引导着对他人的审察。诗人仿佛以此方式触及了城市生活的某种本质性因素，而他又通过诗歌活动将这一切表现出来。对他来说，诗歌活动成为了某种哲学活动，反映出他"自我"中最本质的部分，呈现出他在某些环境中可能的生活状态。也就是说，诗人以诗歌手段并且在诗歌中，提取出他自己和众人的潜在"自我"，归根结底，这是人的"自我"。

在《巴黎图画》中的《天鹅》《七个老头》《小老太婆》《盲人》或《致一位女路人》这样一些诗中，我们可以看到一个孤独的漫步者，他走遍巴黎的街巷，对人群投以惊悸的目光。在某些时候，当这位漫步者面对只有他自己才能感觉到其中强大诱惑力的景象之际，无论是出于狂喜还是惊恐，他都会被一种伴随着深刻启示的歇斯底里所震撼。在《天鹅》中，作为主语的"我"（Je）与苦难的众生休戚与共。诗中将人生的存在状况用卡鲁塞尔广场的天鹅来加以寓托，并且还用"你"（安德洛玛刻）、"他""她""他们"和"其他许多人"来加以表现。在这里，诗人之外的其他人只不过是让诗人的世界一步步得到扩展。像所有的流亡者一样，"我"也处在迷失的流亡状态，在诗歌结尾部分，"我"的精神漂泊在由破碎的回忆构成的森林中，徒劳地追逐着已不再存在的意义。在《七个老头》中，"我"显得超级敏感，面对可能只有在想象中才存在的现实而感觉几乎到了歇斯底里的边缘。一个面目凶恶的老头幽灵一般突然出现，随后又裂变幻化为多个身体。这景象让"我"分不清这究竟是现实的魔幻，还是幻觉中自身精神投射的结果。到后来，"我"的理智迷失方向，"我"的灵魂像一艘没有桅杆的破船，"在无涯的怒海上飘荡"，而全诗最终悲剧性地归结为"我"自己的内心难题。作为观察者，这个孤独的漫步者惊骇于他所看到的自己的面目，在他身上，观察者和被观察者这两个人物合并和同化在艺术家这个形象中。在《小老太婆》中，"我"看见世间一切激情连同一切罪恶和一切美德如花朵般绽放，这里的"我"是那种贪恋着"非我"（le non-moi）的"自我"（le moi），喜欢丰富多彩的万象生活，就像是"一面和人群一样巨大的镜子"或"一个具有意识的万花筒"，每个动作都反映出"多种多样的生活和生活的所有成分所具有的变幻不定的魅力"①。在《盲人》中,"我"对生活感到绝望,在看到那些"丑陋"而"滑稽"的瞎子后,不由得对城市吐诉自己的惊惶:"看!我也举步难!比他们更愚钝"(第13行)。《致一位女路人》表现的是城市居民之间不可能达成的沟通。当看见一位女路人从面前经过,"我"从她的眼中啜饮"迷人的柔情、夺命的快乐"(第8行),直感到浑身颤抖,"紧张得乱了心魂"(第6行)。"我"不知道另一位去往何方,另一位也不知道"我"走向哪里。最后一句"我"对"你"的顿呼,倒更像是对"我"自己而发的:"啊,我曾钟情你,啊,你也曾知悉"(第14行)。"我"的所作所为就是想要突破横阻在观察者与被观察对象之间的隔膜。真正的艺术家懂得"用比生活本身更为生动的形象"②将自己的活动表现出来。在这种主客体共同在场的运动中,观察者的眼光饱含冲动和激情,可以说他是从外部又进入到自身,由此获得了一个认识"自我"的良机。

作为"客体"的城市是观察者眼中那喀索斯式自恋的对象,它就是,或者说,它"代表着"人的现实存在、人的过往存在、人的愿望中的存在。古往今来、万里之外的一切遥远事物都跨越时空,涌现在闲逛者眼前的当下景观中。看见自己走在大街上,这也是看见"我"走在往昔和远方,让已经消逝的生命复活,重新出现在眼前。纪尧姆·阿波利奈尔的诗歌《随从队伍》(*Cortège*)就为我们呈现了这样一位城市诗人的形象,他投身到大街中去找寻他的自我和他的灵魂:

> 有一天
> 有一天我等待着我自己
> 我对自己说,纪尧姆,你该来了
> (……)
> 随从队伍经过,我在中间找我的身体
> 所有出现的人没有一个是我
> 而每个又都东一块西一片地带来我的一部分
> 一点一点地将我构筑,就像垒砌一座高塔
> 人潮如织,我终于出现

---

① 《现代生活的画家》,《全集》,第二卷,第692页。
② 同上。

那是由众人的身体和人间的事物构成

往昔，逝者和诸神，是你们将我造就，
我活着，是人间过客，就像你们曾在世间走了一遭
我把双眼移开空洞的未来
在我自己身上看见往昔变得高大

除了并不存在的东西，什么都不会死去
与光华夺目的往昔相比，未来苍白暗淡
它并无形质，比不上那些功德圆满之物
代表着一切的一切，努力和结果①

我们中谁不曾有机会在大城市的街巷中看到自己的目光与别人的目光相交，发现别人的目光仿佛是自己目光的反射，发现那目光竟离奇地与自己的目光何其相似。许多镜子般的影像——影子、反射、幽灵般的幻象——让"我"看到自身。在这种目光交流和双向融入的过程中，闲逛者自己的心灵活动发挥着极为重要的作用。在《风景》中，诗人在夜幕降临之际从他顶层的阁楼俯瞰城市：

真惬意啊，能够透过雾霭望见
星辰出于青天，灯光映于窗前（第9—10行）

诗人所观察的映出灯光的窗户，正是《窗户》（Les Fenêtres）这篇散文诗的主题。这篇散文诗可以告诉我们，波德莱尔式的认同究竟属于何种性质：

透过一扇打开的窗户朝外看的人，从来都不像看关着的窗户的人那样能够看到如此多的东西。没有什么比一扇被一支蜡烛照亮的窗户更深邃、更神秘、更丰富、更黑暗、更耀眼的了。在阳光下能够看见的东西总不如窗玻璃后面发生的事情有趣。在这个黑咕隆咚或光线明亮的洞穴里生活着鲜活的生命，这生命充满了幻想，这生命忍受着煎熬。

---

① Guillaume Apollinaire, *Alcools*, *Œuvres poétiques*, éd. Marcel Adéma et Michel Décaudin, coll. Bibliothèque de la Pléiade, 1965, pp. 74-76.

> 越过屋顶的波浪,我看见一位上了年纪的妇人(……)。我根据她的面容、她的衣着、她的动作,甚至几乎什么也不根据,便编造出这位妇人的身世,或者不如说,她的传奇,而有时候我会一边流泪,一边把她的故事讲给自己听。
>
> 如果这是一位可怜的老头,我也会同样自如地给他编上一段。
>
> 然后就睡下了,为自己能进到别人身上去生活过、痛苦过而感到志得意满。①

在这里,诗人通过精神的作用,重新创造出老妇人的往昔生活。如同在《小老太婆》中一样,诗人把老妇的命运体验成自己的命运,并且为能够体验别人的生活和痛苦而深感骄傲。需要指出的是,《窗户》这一标题乍一看是要赋予这篇散文诗以细节的价值,而实际上波德莱尔在作品中所展现的并不是透过窗户看到的具体细节内容,而是诗人进行虚构的举动。也就是说,诗人叙述的是他如何通过一些契机创造出老妇的身世这件事情,而并不是在讲述老妇的身世故事。虚构的故事内容并未言明,因为作品意不在此。作品不是把我们引向老妇的身世,而是把我们引向诗人私密的内心活动,而在这种活动中,诗人既是观察者,又是虚构者,还是他凭想象力创造出来的"故事"的唯一听者:"我会一边流泪,一边把她的故事讲给自己听。"与诗人同化在一起的那位妇人,结果还是诗人自己。他不是在咏唱那位妇人的故事,而是在咏唱他自己的精神活动,而远处的那扇窗户不过是一面反射出他精神的镜子。从诗人方面说,感同身受的融合行为最终不是指向他人,而是指向自身。在自己身外的别人身上去经历生活中的喜乐,这不仅让他感到经验倍增,还让他为之骄傲不已。与其说他是为老妇的命运伤心落泪,不如说是为自己可能的命运伤心落泪。窗户和窗户中的人不过是他借以完成从自我到自我的运动的一个托词。作品的结尾部分清楚地表达了这层意思:

> 也许你会对我说:"你确定这个传奇是真的吗?"只要它能帮助我生活下去,帮助我感到自己的存在和自己是什么,那我身外的现实究竟会是什

---

① 《全集》,第一卷,第 339 页。

么样子,这又有什么重要的呢?①

这个从自我到自我的运动让诗人可以阅览和解读他自己。在这个运动中,诗人对他的对象加以有力的阐释和构建,而最终从这一切中受惠的又是他自己。

热爱"万象生活"的作为诗人的"自我"也"热爱着孤独和神秘"②。无论是在幽闭的房间中还是在人群中,诗人凝视的对象唯有他自己:自己的回忆,自己的想象,自己的投射,自己的幻觉。他毫不讳言孤独的权利,甚至把它作为一种主动的诉求,这让那些迷失在人群中忘却了自我的人感到羞愧难当。把自己"泡在众人中",让自己"享受人群",这是一种艺术,而在这种艺术中,艺术家清楚意识到他自己的个体已经被提升为一种个性,而要作为个性而存在,他又必须与大城市中消泯了的个性的芸芸众生保持某种对立的关系:

> 谁不懂得用人群来充满自己的孤独,也不懂得在繁忙的人群中保持孤独。③

但应该怎样"用人群来充满自己的孤独"呢?通过想象别人的生活,就像《小老太婆》和《窗户》为我们显示的那样。这也就是波德莱尔所说的在众人中的"神圣卖淫"。我们可以接受波德莱尔的观点,认为"众人"和"孤独"对活跃而多产的诗人来说,是两个可以等同的和互换的词语。如果说"众人"丰富着艺术的素材,"孤独"则掌握着艺术的本质。我们看到,波德莱尔式的孤独感及其实质,与浪漫主义者笔下——如夏多布里昂的《勒内》或拉马丁的《沉思集》(*Méditations poétiques*)——表现的那种完全与世隔绝的感觉有着很大的不同。在人群中保持孤独,对波德莱尔来说,这就是要过一种比自己的生活更普遍的生活,这也是过自己的那种被万象生活极大丰富了的个人生活。他走进人群,但又不在其中;他保持着孤独,但他的孤独又因为与人群的接触而并不闭塞,相反倒充满着人群。正是这种在更高层次上超越了对立的辩证运动,让他既能够通观人群又能够通观他自身,既能够探求社会的炼金术又能够探求他诗歌的炼金术。

---

① 《全集》,第一卷,第 339 页。
② 《孤独》,《全集》,第一卷,第 313 页。
③ 《人群》,《全集》,第一卷,第 291 页。

"享受人群"并且"在繁忙的人群中保持孤独",懂得在融入巴黎之际又保持自己的个性,这也体现了波德莱尔用以显示自己独立艺术精神的纨绔主义(le dandysme)。他意欲成为独一无二的人,成为唯一能够意识到众生的中心人物,成为既是"一"又是"多"的全知、全在、全能者。"灵魂的神圣卖淫"让观察者陶醉不已,因为这让他感觉仿佛占据着上帝的位置,而上帝正是宇宙间最大的独立者和"最大的卖淫者",位于世界的中心,但又不为世界所见。于是,与人群结为一体的观察者又是一位隐匿身份"处处得享阴服微行之便的君王"[①]:"不被你们觉察,享受隐秘快意",波德莱尔在《小老太婆》中如此告白道。诗人在看到有些已经去世的小老太婆的躯体时,冷静地思考棺木的几何结构问题,这也应该包含在他所说的"隐秘快意"中。这体现了进行艺术创作的诗人的态度,他退到一个能够保证精神的优越作用的距离上。也可以说他选择处在艺术家的位置上,而诗中出现的那位无数次改变棺木形制的"工匠"(l'ouvrier)正是艺术家的隐喻。

通过自觉的和主动的"神圣卖淫",诗人波德莱尔同时成为他自己的巴黎"图画"的画家、导演、人物和观众。他在一种辩证运动中,自如地游走于两种态度之间:一种是让自己作为主体介入对象的追求内在化的态度,一种是让自己超然物外的静观态度。波德莱尔在他的"图画"中为我们呈现的巴黎,既是十分个人化的,又是非个人化的。他这种诗歌的魅力也许正在于此:一方面诗人为我们呈现出他最个人和最本质的内容,另一方面诗人又隐而不显,把自己"出卖"给其他生命,用其他人的生命来替代他个人的生命。他的巴黎诗歌应该是《恶之花》中最"客观"和最"现实主义"的了,尽管如此,这些诗歌仍然显得像是最个人和最内在的作品。对这些诗歌在城市抒情诗的谱系中所具有的价值和重要性,这一点也许是多有贡献的。

把波德莱尔进入人群的举动看作是浪漫主义式的愿望,以为他是要在人群中寻得一个逃避之地,在这里消解他无法解决的内心冲突,这种看法并不恰当。同时,他回到外部生活,也不是要像他在1848年革命的那些日子里那样希望通过自己的行动去改造人们的存在状况,而只是要做一个抱着怀疑精神、清醒意识和悲观态度的观察者。他走进城市人群主要是为了让他的诗歌创作

[①] 《现代生活的画家》,《全集》,第二卷,第692页。

获益:为了更新主题,丰富象征,为诗歌创作注入新的活力。正是出于这样的目的,诗人通过与其他人的交融来扩展自己的生命,通过对城市意象的采用来拓展自己的诗歌。城市不让他得到精神上的逃避,却为他带来契合于他气质的动人心扉的抒情因素。它为他提供生动的"图像",而这些图像丰富并滋育着他对自己内心痛苦的表达。它让诗人获得的艺术成功是巨大的。

但也必须看到,艺术成功的另一面便是内心经历上的失败。带着贪婪好奇心的诗人在巴黎大街上发现的各种人物和事物,对他来说都永远只是一些幻影似的反光,反射出他自己的问题和他自己的痛苦。那帮仿佛有分身之术,并且像幽灵出入于地狱般出没城市大街中的老头,让他的理智迷失方向,让他的灵魂如无主幽魂般飘荡;一队穿越城市并举头望天的瞎子,让他深深迷惑于寻找无限的举动的荒诞;那些散乱堆放在塞纳河岸的老解剖图在他眼中成为"寓讬"形象,体现了他对死亡问题的疑惑。"拥挤如蚁之城"也是"充满梦幻"之城,人心的魔障以幽灵鬼怪的形象在此出没。诗人在每一个路口都会撞上他自己的"自我"进行的表演。头磕碰着墙壁,脚踩踏着路石,诗人行走在到处映射出他的焦虑和烦忧的既错综复杂又极为单调的城市中。城市就是个大舞台,其布景"跟演员的灵魂多有相像",而诗人就像"主角"一样绷紧神经出现在这个舞台上。《七个老头》的开头部分出色地表现出了城市舞台布景中的精神氛围。充满城市空间的雾气并不像是为孤独者带来逃避和安慰,也不像是要营造出绘画中那种雾气迷蒙的诗意气氛。这完全是一种工业的雾,"又脏又黄",不仅让城市变得阴沉,也让迷雾笼罩着内心空间,笼罩着心绪不宁地幻想着的忧郁的灵魂。它似乎成了一种象征,象征着将居民们压制到昆虫般生存状态中的城市,象征着城市中的人所承受的没有个性的默默无闻的生活。这雾攻击并威胁着"我"的完整性和自主性。波德莱尔式的经验总是包含着对抗和交锋。他要一次次下定决心登上这个舞台,绷紧神经扮演主角,与他的厌倦搏斗。他要一次次在古老巴黎阴沉的大街上这样行走下去,以巨大的勇气承受内心冲突带来的煎熬。

四、诗人与社会底层:"贱民诗人"所热衷的形象

诗人登上城市舞台,以"演员"身份担起现代生活的"主角"。他扮演"英雄"角色,并成为"英雄"人物。波德莱尔就是以"主角"和"英雄"形象来塑造巴黎诗人的形象的。对他来说,"英雄主义"是现代性的真正主题。这意味着,要充分体验现代性,就必须要有古罗马角斗士般的英雄气概。然而时过境迁,角斗士已不复存在。于是就必须去认识现代生活中以特定的现代形式出现的现代英雄。在巴尔扎克的作品中,旅行推销商(le commis voyageur)取代了古代英雄的位置。对于波德莱尔来说,现代英雄是我们可以在《法庭公报》(*Gazette des tribunaux*)和《箴言报》(*Moniteur*)上读到其"功绩"的那些人物。波德莱尔在《1846年沙龙》的《论现代生活中的英雄主义》一章中对当时许多艺术家颇为不满,认为他们没有注意到与现代生活中的新激情相适应的英雄主义所具有的特殊的美:

> 我注意到大多数涉及现代题材的艺术家都满足于表现公共的和官方的题材,满足于表现我们的一次次胜利和我们政治上的英雄主义,尽管他们一边这么做一边又并不十分乐意,但因为政府付了钱,要他们这么做。然而另有一些私人生活题材,体现出完全不同的英雄主义。
>
> 精致优雅的生活景象以及成千上万在大城市底层无处安身的人的生活景象——还有罪犯和被包养的女子——还有《法庭公报》和《箴言报》,这一切都向我们证明,我们只要睁开眼睛,就能看到我们的英雄主义。①

在波德莱尔看来,这些置法律和德行于不顾的人——"罪犯和被包养的女子"以及其他被资本主义社会所鄙视和抛弃的边缘人物——是现代生活中涌现出来的英雄。资产阶级把这些解除了社会契约的人物视为洪水猛兽,看作是恶魔的化身,而诗人波德莱尔却在这些被剥夺了社会身份的人物身上认出了古代的角斗奴隶,他们都是在一个充满敌意的环境里为夺取胜利而进行殊死搏斗。

我们知道,波德莱尔处理城市题材时总是带有一种选择性的态度。他喜欢表现那种并不是一眼就能看出来的别具一格的美,喜欢表现那些体现寻常生活风情的场景,例如他在大街上偶遇的一只逃出藩篱而又无家可归的天鹅。他喜欢选择昼夜交接之际那些晦明不清、如梦似幻的时刻,喜欢选择幻影出没

---

① 《全集》,第二卷,第495页。

的浓雾。让他做波希米亚式漫游的城市空间,是他从阁楼窗户看到的"屋顶的波浪",是河岸、公墓、城郊、医院。不知疲倦的漫步者混在看热闹的人群中东游西逛,惬意地观察着巴黎大街呈现出来的有声有色的生活。说到城市中的人物,能够让他心生好感甚至愿意引为同类并与之融为一体的,总是那些他感觉像他自己并能够折射出他自己面目的人物。于是巴黎诗人有选择性的目光总是愿意停留在那些在大城市中跟他一样受到冷漠对待的"生活的瘸子"身上。《巴黎图画》中所呈现的巴黎人都是孤独的,没有地位,没有家室,总体上跟构成城市主体及其秩序的社会结构毫无关联。这是一些衣衫破烂的乞丐、被众人抛弃了的小老太婆、漫无目的地游荡的瞎子、被隔离在痛苦中的病人和奄奄一息的弥留者,以及一切被冠冕堂皇的社会排挤到边缘的人——妓女、小偷、骗子、赌徒等。所有这些人都因为其某一方面的特性而被归于"贱民"(le paria)阶层。在诗人笔下的这个巴黎中,我们看不到商业上的生意往来,也看不到工业上的生产过程,看不到资产者和食利阶层,也看不到公职人员和当权者。这个巴黎不像是现实中的巴黎,倒更像是一个"布景",我们在这里看到的更多是诗人的灵魂状态,而不是巴黎的真实面貌。在任何有组织结构的社会中,所有位于"边缘"的人物往往因其所处的"边缘"状态而更能在其身上体现出神秘性和非现实性的特点。这些在资产阶级眼中"颇成问题的人物",正是好奇的漫步者所心仪的。不过诗人并没有表现这些人所从事的稀奇古怪的职业,他并不长于直接描绘他的对象,而是把他们嵌入到自己的记忆中,在一个更加纯粹的状态上,即在情感和精神的层面上,写出这些人物的奇异。

在波德莱尔之前,被抛弃在社会和人城市边缘的贱民在诗歌中并无一席之地。巴尔扎克笔下的那些英雄虽然也属于边缘人物的圈子,但这些人物都是一些抱负远大的边缘人,懂得一有机会就为自己博得一个地位,或是时刻准备着要在社会上谋得一个地位。伏脱冷的一生是大罪犯的英雄传奇;法拉格斯(Ferragus)总想着那些"大事情",制定着一个个雄心勃勃的计划;旅行推销商戈迪萨尔(Gaudissart)每次出行都准备大干一番,就连巴尔扎克在描写他整装待发的过程时都禁不住停下笔自己插进来惊呼道:"看呐!好一个竞技者,好一个竞技场,好厉害的武器:他这个人,这个世界,和他的三寸不烂之舌!"①这种巴尔扎克式的体现浪漫主义精神的英雄主义,还不是波德莱尔式的属于贱民和被剥夺者的英雄主义。波德莱尔通过在《巴黎图画》中对被剥夺者主题的表达,创立了贱民的诗歌,并且由此成为了一种巴黎诗歌类型的起点。

无论是日常生活中的窘迫还是艺术创作上的艰难,所有这些方面都让波德莱尔感到自己是与贱民无异的失意者。他在1853年岁末写给母亲的一封信中描述了自己在年关将至时的凄惨处境:

> 我已经很习惯于对付肉体上的痛苦,我会很拿手地用两件衬衫垫在漏风的破裤子和破衣服下面;我还会很老练地用稻草鞋垫或者甚至用纸塞住鞋子上的洞眼。真正让我感到痛苦的,几乎只有精神上的痛苦。——不过还是得承认,我已经混到了这份田地,不敢做任何突然的动作,甚至不敢太多走动,生怕让身上穿的破得更厉害。②

这简直就像是在描写一位衣衫褴褛的乞丐。波德莱尔一直梦想着靠自己的作品获得财富和光荣,但他一生都没能实现这样的目标。在文学市场上,他终其一生只占据了一个非常糟糕的位置。据他自己在1865年7月对友人孟代斯(Catulle Mendès)的表白,他"一生全部挣的钱是15892.60法郎"③。这个数字跟雨果、拉马丁、大仲马(Alexandre Dumas)、欧仁·苏等人的收益比起来,也实在是太"渺小"了,这不能不让他为自己的"低贱"地位而深感痛苦。④ 从

---

① Balzac, *L'Illustre Gaudissart*, *Œuvres de Balzac*, t. I, Bruxelles, Meline, Cans et Compagnie, 1837, p. 154.
② 波德莱尔1853年12月26日致母亲信,《书信集》,第一卷,第241—242页。
③ 参见Claude Pichois et Jean Ziegler, *Baudelaire*, Paris, Julliard, 1987, p. 543.
④ 波德莱尔的两版《恶之花》总共只让他得到550法郎的稿酬(其中第一版250法郎,第二版300法郎)。他从个人的全部成册作品得到900法郎,从报刊上发表的作品得到4200法郎,从翻译作品得到8900法郎,此外可能再加上一些零敲碎打的收入。而像雨果和拉马丁这样的诗人发表四首诗作就可以得到2000法郎。雨果的《悲惨世界》发表后,出版商付给他24万法郎。拉马丁的《吉伦特党人历史》(*Histoire des Girondins*)先是在报纸上连载获得巨大成功,后又以六卷本出版,为作者带来60万法郎。有人还算出拉马丁1838至1851年间获得的各种版税达到了500万法郎。大仲马仅仅在1845年与出版商签订的一份合同,就可以让他在五年间每年得到不低于6.3万法郎的报酬。欧仁·苏从《巴黎的秘密》得到10万法郎。

社会阶层的角度来说,他是不断地向下坠落的,他甚至自甘坠落,自愿接受自己的坠落,这就是为什么他愿意在诗歌中发挥贱民主题,并且把"乞丐"或"卖艺老人"这样的不被社会承认的贱民作为具有寓意性的对等物而看成是诗人的形象之一种。于是,在"闲逛的诗人"(poète-flâneur)和"神圣卖淫的诗人"(poète-prostitué)之外,我们又看到"贱民诗人"(poète-paria)的形象。

儒勒·拉福格一则针对波德莱尔的点评,就提到了波德莱尔身兼"贱民"和"诗人"两种角色的处境:

> 他是第一个以日复一日在首都受苦受难的贱民身份来谈论巴黎的人(卖淫在大街小巷活跃起来而刮起的风摇曳着的煤气路灯,酒馆和它们的通风窗,医院,赌博,用来劈柴火的木头,(……)还有烤火的火炉,还有猫,床,长筒袜,酒鬼,还有现代制造的香水),而他谈论的方式又何其典雅、悠远、高迈。①

承认自己失去社会地位的状况,不再是自己本该所属的文化的赞赏者,把自己的坠落看作是对社会的回应,甚至看作是成就自己的骄傲和独特性的契机,这让波德莱尔成了第一个现代诗人,甚至更广泛意义上的第一个现代人。

"贱民诗人"的称号以矛盾修辞的方式融合了两个通常是相互对立的命题:"贱民"生存状态的悲惨和"诗人"梦想暇思的高贵。贱民和诗人的身上都体现出"悲惨的高贵"或"高贵的悲惨"的特点。这就不难理解波德莱尔何以会把位于社会最底层的"拾垃圾者"与诗人作比,在某种意义上把这一人物视为现代城市诗人的隐喻或化身。他在这个具有代表性的现代"贱民"的生存状态和生产方式中,发现了同现代城市诗人的生存状态和生产方式之间惊人的一致性。《人工天堂》中一段描写拾垃圾者的著名段落自然会让我们联想到《太阳》中的诗人形象:

> 眼前这个人,专门收集都城每日的残渣碎屑。大都市丢弃、遗弃、鄙弃、碾碎的一切,他都分门别类收集起来。他翻检荒淫生活的档案——那杂乱堆积的废品。他进行挑选,加以精明的取舍;他像吝啬鬼聚敛财宝一样收集各种垃圾,而这些东西经过工业之神的重新咀嚼,将变成有用的或

---

① Jules Laforgue,《Notes sur Baudelaire》, *Mélanges posthumes*, op. cit., pp. 111-112.

可供享乐的物品。你看他,在夜风摇曳的昏暗街灯下,沿着圣热纳维埃芙山一条弯弯曲曲、人烟稠密的街道往上走。(……)他一边走一边摇晃着脑袋,脚绊在石子路上,就像成天到处闲逛寻觅诗韵的青年诗人一样。他自言自语;他把自己的灵魂倾注到夜晚寒彻昏沉的空气中。这是一种华丽的独白,直令人对一切最为抒情的悲剧起恻隐之心。①

"拾垃圾者"的形象深深扎根在波德莱尔的文学想象中,以致他在稍后完成的《拾垃圾者的酒》中又用诗歌语言对上面这段文字进行了转述:

　　古老城郊的街巷,泥泞的迷宫,
　　人口拥挤,如云翻浪卷般汹涌,
　　风吹火苗摇曳,灯罩嘎吱作响,
　　常常,借着路灯那红色的光亮,

　　可看到一位拾荒者,步履踉跄,
　　摇头晃脑,活像诗人撞在墙上,
　　毫无戒心地把密探当作部属,
　　敞开心怀吐露他宏大的抱负。②

在波德莱尔的时代,拾垃圾者的大量出现是一个伴随着大工业文明和城市化进程而生发的社会问题。穷苦人很容易就进入到这个不需要什么手艺且所用工具简单的行当中。他们的背篓里装满了从文明社会的各个角落搜罗来的各种废物。不过,波德莱尔在对拾垃圾者的描写中,不仅仅是将其作为特定社会中的一种病态现象来加以考察。虽然可以说他的描写中的确包含有某种意义上的社会批判因素,但其最令人感兴趣之处,还是在于他在此以隐喻的方式进行的对城市诗人创作技巧方面的思考。无论是拾垃圾者还是诗人,他们都是在日落之后从事自己的行当,带着相同的举止和步履在城市的各个角落巡行,捡拾城市"丢弃、遗弃、鄙弃"的一切,将别人眼中一钱不值、一无用处的

---

① 《全集》,第一卷,第 381 页。可以将这段文字与《太阳》中描写诗人的诗句进行对照:"我将独自演练我剑术的奇妙 / 在各个角落嗅寻偶然的韵脚,/ 绊在字眼上,一如绊在路石上,/ 有时候撞上梦想已久的诗行。"(《全集》,第一卷,第 83 页)

② 《全集》,第一卷,第 106 页。

物件视为有价值的东西并加以分类和珍藏,由此成为现代生活具有特殊意义的收藏家和档案员。拾垃圾者是功利主义者,他从捡拾的破烂中看到自己的财富。同拾垃圾者一样,诗人也是功利主义者,有着独特的功利观,诚如瓦莱里指出的那样:

> 诗人是所有人中最功利的。懒散、失望、出人意表的言语、古怪的眼神——总之,那些被最现实的人遗失、丢弃、瞧不起、淘汰、遗忘的一切,诗人都将它们收集起来,并通过自己的艺术赋予其某种价值。①

像拾垃圾者一样,诗人捡拾着那些表面看上去毫无用处的人类生活的残渣。与拾垃圾者不同,他发掘的不是这些物件的"现实"价值,而是其中包含的"象征"或"寓托"的价值。他把捡拾到的"垃圾"视为都市人生活和激情的片断和标本,让那些作为现实已经死灭了的事物成为富含意义和教益的符号。这些"垃圾"杂乱堆在一起,仿佛被赋予了某种魔法,能够让诗人从中辨读出一种已经被遗忘了的复杂语言。所谓"拾垃圾",不只是诗人与城市之间建立身体关系的方式,而且还是城市诗人的存在方式和思想方式。

波德莱尔将诗人同拾垃圾者作比,这反映了他"将粪土变成黄金""从丑恶中发掘美"的美学理想。"粪土"并不会自己变成"黄金","丑恶"也不会自己生发出"美"来。在施行他的炼金术前,诗人先要干起拾垃圾者的行当。我们甚至可以说,诗人正是在这个行当中发现了那些"颇成问题的人物"的本质因素。《拾垃圾者的酒》可以说戏剧化地演示了波德莱尔决意要对现实进行神奇转化的理论。拾垃圾者像心明眼亮的诗人一样,将他从"泥泞的迷宫"般的"古老城郊的街巷"捡来的那些让人恶心的东西转换成瑰奇溢目的珍宝,这让他感到志得意满,感到自己至少在片刻间战胜了时光和命运。在这个人物身上,可以看到《远行》中那位"艰难迈步泥途"却又"抬首仰望长天,梦想辉煌天堂"的"流浪老汉"②的身影。拾垃圾者和这位"流浪老汉"都像诗人一样,能够在心醉神迷之际拥有神奇的目光,打破时空的界限。能够将现代生活中低贱卑微之物化腐朽为神奇,这让拾垃圾者和诗人成为现代社会的弥达斯(Midas)和炼金术

---

① Paul Valéry, *Tel quel*, Paris, Gallimard, 1941, p. 61.
② 《全集》,第一卷,第 131 页。

士。我们可以注意到这样一个意味深长的事实：正是那些在城市生活中地位最卑贱、状况最窘迫的人，而不是那些高高在上的优越者，最容易领受这种神奇转化的经验。

酒作为迷醉和快乐的源泉，其作用不可小觑，它让拾垃圾者获得短暂的，但却是名副其实的幸福陶醉。弗雷吉埃（H. A. Frégier）在 19 世纪 40 年代发表过关于大城市中"危险阶层"生活状况的报告，其中谈到拾垃圾者时，说他们"跟工人一样，有上小酒馆的习惯"①。在平时，拾垃圾者承受着日复一日挥之不去的忧虑，过着颠沛不定的生活，常年的工作让他们到老也享受不到生活的回馈，永远蜷缩着身子背着沉重的背篓，而唯有在酒中，他们发现了能够让他们欣喜若狂的精神财源。"向前！进军！师团上，打头，全军上！"波德莱尔笔下的拾垃圾者叫喊着，像圣赫勒拿岛（Sainte-Hélène）上弥留之际的拿破仑·波拿巴（Napoléon Bonaparte）一样指挥着他想象中的千军万马。② 这个可怜人，平日里从不敢奢谈胜利和光荣，甚至都不会去想军情局势，但当他一灌下烧酒，他借着酒劲幻想的，却唯有胜利和征服，战斗和较量。他的幻觉让他赢得他投入其中的每一场战役。普利瓦·当格勒蒙跟波德莱尔一样，对"巴黎城中所有贫苦阶层"充满了好奇并十分了解他们的生活状况。他的《巴黎轶事》（Paris-Anecdote）发表于 1854 年，后又于 1860 年重刊，书中写到的一个拾垃圾者与波德莱尔所写的那位有着惊人的相似。他很可能曾与波德莱尔一道看到过这个人，或曾向波德莱尔谈到过这个人。让我们先来看看这位拾垃圾者的体貌特征和他走路的姿态：

> 将军（这位拾垃圾者的绰号）是一位 60 岁的老头，个头高，身体瘦，脸色阴沉，走在路上总是陷入沉思状，耷拉着脑袋，像是要与他阴沉的思想相般配；他话很少，是因为想得太多，他是这么说的。当他让人为自己的

---

① H. A. Frégier, *Des classes dangereuses de la population dans les grandes villes et des moyens de les rendre meilleures*, Paris, J.-B. Baillière, t. I, 1840, p. 109. 该书作者还在同一页中写道："跟这些人（指工人）一样，并且更有甚之而无不及，他们（指拾垃圾者）在饮酒这个习惯上出手阔绰，近于炫耀。对于上了年纪的拾垃圾者，尤其是对于那些拾垃圾的老太婆来说，烧酒的魅力是任何其他东西都无法取代的（……）。拾垃圾者总是不满足于酒馆里的普通葡萄酒，他们会要求把酒烧烫，而要是酒中没有加糖增加酒劲，没有用柠檬增加香味，他们就会大为光火。"

② 见《全集》，第一卷，第 381 页。

高头骏马备鞍要前往幻想之国时,他对为他装马镫的侍从说话的语气颇显出不愿屈尊的样子。①

是酒精给他激励,让他强劲:

> "为马备鞍"用到将军身上,意思就是要灌下 15 或 20 大杯烧酒,让这些酒与他一天中与朋友们一道跑营生时已经喝下的 10 来升酒会合(……)。夜幕一降临,就到了他的时间,他喝了这种喝那种;(……)这下他便发起了他的战役。

从此刻开始,我们看到的便不再是拾垃圾者,而是一位冲锋陷阵的滑稽战士,充满了怒气和攻击性,而这些是城市居民身上尽人皆知的特征:

> 他沉着镇定,神色严峻,把背篓靠在一个石墩上;他沉浸在自己的幻想中;他对驻足好奇打量他的路人视而不见;他以不同方式拍打额头,表示对他想象中刚刚巡视过的部队的不满或满意。他大声喊道:
> ——别管那么多! 我们冲,主佑我军! 该死的! 他们是我们的;战士们! 以你们的将军为榜样,尽到你们的责任;战斗将是激烈的,但我相信你们向我无数次证明过的勇气。

发生在拾垃圾者头脑里的革命体现了一个值得进一步考察的心理层面的问题。究竟是怎样的神奇力量让这个人有如此深仇大恨,并生出以死相拼、大开杀戒的想法? 这个场景中的人物让我们联想到《七个老头》一诗中为我们描写的那位幽灵般出现的老头,他的眼中也射出凶光:

> (……)仿佛他的眸子
> 在胆汁里浸过;目光冷若冰霜,
> 长长胡须硬得如剑一般锋利,
> 刺向前方,像犹大的胡子一样。(第 17—20 行)

酒通过神奇的"魔术",在现代拾垃圾者的无意识中唤起了那些消失已久的想法和对古代英雄主义的记忆:

---

① Privat d'Anglemont, *Paris-Anecdote*, Paris, Delahays, 1860, p. 322. 下面的引文位于该书第 322—327 页。

——(……)前进,孩子们,我将你们送往光荣和永生,人们将知道是你们战无不胜的旗帜最先插上这些喷吐着火舌的碉堡。——冲啊,上刺刀!

拾垃圾者的军事壮举不仅反映了潜藏在人类灵魂最深处的原始人性,更体现了他所属阶层对社会的"怒气"和不惜拼死搏斗以夺取自己"领地"的决心。不应当把拾垃圾者的酗酒简单归结为一种心理或精神的疾病,因为这同时也是道德和社会问题的表征。酒释放了拾垃圾者身上被压抑的愿望和解放的本能,让他敢于在沉醉中抛弃和嘲弄一切法规、礼仪和秩序。难怪本雅明会说,"拾垃圾者在他的梦中并不孤独,他有许多战友相伴",他与文学家和职业密谋家是同类,"他们都过着不稳定的生活,或多或少地处在反抗社会的位置上",这就是为什么在适当的时候,"拾垃圾者会同情那些动摇着这个社会的根基的人们"①,这也是为什么弗雷吉埃会把他归为社会中的"危险阶层"。通过研究每一场群众运动可以发现,社会中的失意人群、边缘人群,以及那些觉得自己的人生已经失败得无可救药的人,一旦投身于一项号称救世救民的伟大事业,会变得极其狂热,极其勇猛甚至凶恶。而在没有革命的时候,酒会让这些人得到张扬和放纵自己激情的机会,让他们无拘无束地在幻想中享受他们在现实中从来享受不到的生活状态——革命的狂欢、胜利和光荣。就像波德莱尔说的,酒"为他们谱写出歌曲和诗"②。

　　作为行走在巴黎大街上的"战士",拾垃圾者以其某种意义上的现代英雄之身而对人有一种特别的吸引力,就像18世纪的"高贵野蛮人"(英语:Noble savage,法语:le Bon sauvage),19世纪的"捣蛋小子"(le gamin)和20世纪的"流氓无赖"(l'apache)一样。这里提到的这几种类型的人都遭到社会唾弃,生活在社会的边缘,而作为具有象征意义的人物,他们身上又承载着一个时代或一代人的希望或失望。他们过着一种与通常意义上的社会生活相颠倒的生活,白天睡觉,夜里干活,经常不知道去哪里安身。然而,作为贱民和无政府主义者,他们属于自由自在的一群人,这让他们感到一种真正的幸福。这些特点不也是巴黎波希米亚诗人的特点吗?

---

① Walter Bemjamin, *Charles Baudelaire*, op. cit., p. 35.
② 《人工天堂》,《全集》,第一卷,第382页。

那些道学家式的作者往往以卑贱、肮脏、堕落来斥责下等人，而真正的诗人却在这些下等人身上寻找可以被认为是伟大的东西。自19世纪20年代某些词典开始收录"gamin"这个词起，这个词在整个19世纪都带有一种特殊的含义，代表着一种特定的人物类型。雨果在《悲惨世界》中就生动刻画了一个成天在巴黎街头游荡的捣蛋小子的形象，着重描写了他率真俏皮、无拘无束的生活状态。他虽然有父有母，但却又是孤儿，因为父母并不爱他，早早就把他一脚踢进了人生；他抽烟喝酒，满嘴粗话，结交小偷，挑逗姑娘，偶尔做点坏事，心里却又没有什么坏念头；他嘴边带着他那种年纪所常有的微笑，内心却又十分苦闷和空虚；他对许多东西可以不觅而得，对许多事情可以无师自通，勇敢中透着狡黠，疯狂中显出机智，就算浑身沾满污秽也会让人眼前为之一亮。雨果对这个"城市巨人的小屁孩"喜爱有加，称他是"小拉伯雷"(Rabelais petit)。雨果让这个人物身上呈现出强烈的对比，让他体现出巴黎这座城市既令人讨厌又异常神奇的反差。① 巴黎的捣蛋小子一般是十几岁的孩子，而当他们年龄更长一些，他们将成为"流氓无赖"。

"流氓无赖的诗"(la poésie de l'apache)是本雅明为波德莱尔的巴黎诗歌给出的一个定义。② 作为无业游民和社会的渣滓，流氓无赖同拾垃圾者和捣蛋小子一样，也属于巴黎生活中的传奇人物类型。对法律和道德的公开唾弃，让他完全解除了社会契约，成为现代英雄主义的一种代表性人物。本雅明认为，这个人物身上体现了布努尔(Gabriel Bounoure)在谈到波德莱尔的孤独时指出的某些特点，那就是"一副 *noli me tangere*（别碰我）的架势，也就是个人在与众不同的状态中的自说自话"③。波德莱尔自己并没有在作品中使用过"l'apache"这个词，这没有什么令人吃惊的，因为该词是在波德莱尔身后多年才出现的。1902年，一些报刊记者借用美洲印第安人中惯于寻衅和劫掠的阿帕切人(les Apaches)来指称巴黎城郊一带的无赖混混。这些"流氓无赖"身上的好些特征，可以帮助我们看清楚作为城市人和巴黎诗人的波德莱尔的心理

---

① 见 Victor Hugo, *Les Misérables*, 3ᵉ partie, livre premier, II-III, éd. cit., pp. 592-594. 在同一作者的《苦难》(*Les Misères*)中有一段对巴黎捣蛋小子的相近描写，见 *Les Misères*, Paris, Baudinière, 1927, t. I, p. 319.

② Voir Walter Benjamin, *Charles Baudelaire*, op. cit., p. 114 sqq.

③ Gabriel Bounoure,《 Abîmes de Victor Hugo 》, *Mesures*, 15 juillet 1936, p. 40.

和精神的某些方面。

"l'apache"这个词所指的流氓无赖主要是一些 16 至 25 岁的年轻人,与我们平日里说的"坏小子""小瘪三"差相仿佛。在城市中他们没有什么正经营生,整日怀着骑士般的英雄愿望在巴黎的大街上讨生活。在一个不给予他们任何希望的社会中,他们便找一切机会出风头甚至出人头地:他们中的许多人都梦想着做出惊人之举好登上报纸的头条。这些穷人家的孩子不仅偷盗抢劫,还要让自己的"事迹"广为人知。他们攻击资产阶级倒不是为了让自己有条活路,也不是为了要真正消灭这个阶级,而是为了能够效仿这个阶级。他们成群结伙,占领街区,往往要经过血腥的火拼来划定自己的"疆土",仿佛这些工人阶级的孩子是想要学着资产阶级的样子,但又以他们自己的方式,重新夺回他们的巴黎。这些人崇拜体格的健壮和外表的美:他们经常进行身体训练,还在身上刺一些奇形怪状的醒目标志。他们希望走出自己所属的无产阶级,因而十分讲究自己的穿着和发型。经常可以看到他们神气十足地东进西出,穿一身由某家有名的裁缝铺子做的衣服,梳一头最新潮的发式。资产阶级的报纸经常指责他们带有娘娘腔。他们基本上没有什么固定的住处,大都是租房子住,好让警方找不到他们的行踪。他们上馆子吃饭,到酒吧或剧场消磨晚上的时光。他们都是一些"夜游神",凌晨两三点钟,有时候甚至是黎明时分才回到住处。由于睡得晚,他们像《巴黎之梦》中的那位诗人一样要一直睡到中午,然后大街又重新属于他们,直到第二天。

最早一批这样的"流氓无赖"是 20 世纪初前后出现在巴黎的。1902 年的"金盔事件"(l'affaire de Casque d'or)曾轰动一时,奠立了这类人物的神话。①这类人物在生活中游手好闲,崇尚暴力和仇恨,对外表一丝不苟的讲究绝不逊于特立独行的纨绔子,而且他们一心想着要在他们并无地位的城市中夺取他们的领地,靠怪癖和倒行逆施的行径引起众人的关注。从以上种种可以看出,这类人物身上体现了一种非常现代的离经叛道的形式。这种"流氓无赖"加"纨绔子"再加"英雄"的形象,再好不过地表现出了城市世界所特有的复杂性,

---

① 参见 P. Drachline et C. Petit-Castelli, *Casque d'or et les Apaches*, Paris, Renaudot et Cie, 1990. 雅克·贝克(Jacques Becker)1952 年拍摄的电影《金盔》(*Casque d'or*)也反映了这一事件。

就像波德莱尔在一句诗中发出的感慨："呜呼，污秽的伟大！崇高的卑鄙！"①这样一种形象消解了阴影与光明之间、群氓与良民之间的对立。从这个角度看，波德莱尔的确以其深察的洞见而走在时代的前面。他很可以将这些人引为同类并且在他们身上认出自己，他凭着诗人丰富而充分的直觉，像预言家一样意识到了这种在他身后三十多年才出现的人物。

可以说，波德莱尔的确捕捉到了人身上那些永恒不变的因素，以及这些因素在一个特定社会现实中的特殊表现形式，这让他既能够洞见属于一切时代的普遍人性真相，又能够洞察属于具体时代的独特激情之美。通过从社会渣滓中繁衍出自己的英雄主人公，波德莱尔让这些被排斥在社会生活之外的人物在抒情诗中占有了一席之地，在传统抒情诗走向没落和灭绝之际，他让一种崭新的文学类型矗立起来，成就自己的英雄壮举。

五、身体的震惊体验与语言的创造经验

波德莱尔 1855 年在德诺瓦耶主编的《向 C. F. 德那古尔致敬》上发表了《晨暮(二首)》，在《两世界评论》上首次以《恶之花》为总标题发表了 18 首诗作，但都在当时巴黎的文学界几乎没有引起什么大的反响。当波德莱尔在自己的国家还不怎么知名的时候，一份俄罗斯的刊物上发表了一篇文章，首次将波德莱尔作为巴黎诗人进行评论。1856 年 2 月，圣彼得堡（Saint-Pétersbourg）的《祖国记事》（*Otetchestvennye Zapiski*）上刊登了该杂志驻巴黎通讯记者卡尔·斯塔切尔（Karl Stachel）的一篇关于法国当代诗歌的文章。②该文作者对波德莱尔诗歌中的巴黎特质大加赞扬：

> 他(波德莱尔)懂得在并不适宜于诗歌的巴黎空气中搜寻和呼吸四处散落的诗歌碎片；从这种才能中，从这种充满激情的寻找中，生发出来他诗句中特有的这种巴黎色调，而这可能是任何别的法国诗人都不曾以如

---

① 《你要把全宇宙纳入你的闺房》，《全集》，第一卷，第 28 页。
② 斯塔切尔的这篇文章是以《给编辑部的信》（« Lettre à la rédaction »）的形式写的。当代学者阿德里安·万纳（Adrian Wanner）从故纸堆中找到这篇文章，并且还撰文加以介绍，见 Adrian Wanner, « Le Premier Regard russe sur Baudelaire et la publication du *Flacon* », *Bulletin baudelairien*, t. 26, n° 2, décembre 1991, pp. 43-50.

此令人印象强烈的方式表现过的。①

斯塔切尔在波德莱尔身上看到"敏感到了狂躁地步的灵魂、近乎于怪诞的想象和一切形式的奇特",并且还看到"积极的精神和坚定的性格"。他把波德莱尔说成是"极为独特"的人物:

> (……)强化所有这些优点的还有身不由己的孤独和家庭生活的缺失,再结合上一种惊人的诗歌才能,所有这些让他成为巴黎文学艺术界中的一个极为独特的人物。他确实也实至名归。

为了更清楚地说明自己的观点,文章作者还加入了一篇译文,是用俄语散文体形式翻译的《晨曦》一诗。②

波德莱尔诗歌的巴黎特质来自于诗人独特的感受性。不过他的这种近乎于狂躁的感受性并不是天然生就的,而是从诗人至深的巴黎经验中生发出来的。如果说充满激情地寻找城市中"四处散落的诗歌碎片"是波德莱尔创作巴黎诗歌的基本方式,那"敏感到了狂躁地步的灵魂"则构成他巴黎诗歌的本质要素。

无论是闲逛的诗人,神圣卖淫的诗人,还是贱民诗人,城市诗人首先是一个走街串巷的人,一个"压马路的人"(le batteur de pavés)③。"绊在字眼上,一如绊在路石上"的诗人形象显示,写诗几乎成了"一种体力活儿",就像象征主

---

① 转引自 Adrian Wanner, Ibid., p. 45. 以下引文也出自该处。
② 译文显然由于书报审查而作了删节,缺少以下诗句:
男人倦于写作,女人倦于情爱(第11行)
欢场女子眼圈乌黑,张着大嘴,
蠢模蠢样,倒在床上呼呼大睡(第13—14行)
荒淫之徒力竭精疲,打道回府(第24行)
译文成了对任何"猥亵"成分进行系统删除后的洁本。这也从另外一个侧面显示了波德莱尔诗中的与众不同之处。
③ 法语中的"le batteur de pavés"表示那种在大街上消磨时间的游手好闲或无所事事的人。关于这种人身上体现的诗人形象,可参阅 Karlheinz Stierle,《Baudelaire and the Tradition of the *Tableau de Paris*》,*New Literary History*, Winter 1980, p. 348.

义者居斯塔夫·卡恩(Gustave Kahn)在谈到波德莱尔的诗歌创作时所说的那样。① 卡恩着重指出波德莱尔文学创作中精神和肉体两种存在的协同作用。这意味着,艺术的现代性要求身体的特殊经验参与到艺术创作活动中。一位现代艺术家倘若没有首先去亲身经历和强烈地感受城市生活,要想梳理清楚城市世界中交织着的无数关系,将它们提取出来改造成可以眼观耳赏的艺术形式,这完全是不可以想象的。诚然,任何艺术品都反射或折射出不可见的理想,都是精神统摄下的纯粹创造。但是,精神的活动往往是受到来自于外部的刺激而兴奋,不会独立于艺术家的身体经验而存在。艺术家倾注在自己作品中的,是包含灵智和激情在内的整体生命,既有冷静的精神闪光,也有炽烈的热血沸腾。

城市诗人正是带着身体的鲜活生命力,带着他的渴望和绝望,带着日常生活对他的逼迫,全方位地去感受他置身其中的这个世界。与科学运用概念和"量"的分析相比,城市诗人亲历的存在经验并不是就不能揭示出同样多的真理。感觉是一切认识的肇端,是让我们存在于世的基础,它就像是某种秘术的学问一样,以惊人的方式从"质"的方面向我们昭示一个未曾知晓的世界。

对于诗人来说,城市经验首先是一种"震惊"的经验。"你神奇的石子路矗立如要塞"②,波德莱尔对巴黎如此说道。这句诗显示了城市诗人与城市环境之间建立的富有挑战性的新型关系。

波德莱尔时代的巴黎在时间、空间和精神活动三个方面使人在经验层面感受到同传统经验方式的深刻断裂。震惊、碰撞、复杂的交通和社会关系网络以及由此导致的惊慌失措的危机感成为人们日常经验的常态。走进城市,就仿佛走进迷宫,走进没有出口的死胡同,走进找不到答案的疑难。让人晕头转向的不只是城市迷宫,还有城市中的人群。汹涌的人潮不断让人感到其非人性的特点,颠覆和威胁着人们久已有之的感受性。大街上的纷繁活动在它们的观察者眼中呈现为众多偶然的、不连贯的片段,这使得人们已有的经验结构

---

① 见 Gustave Kahn, préface à *Mon cœur mis à nu et Fusées. Journaux intimes. Édition conforme au manuscrit*, Paris, A. Blaizot, 1909, p. 5. 卡恩在文中写道:"无意识的回音在他(指波德莱尔)身上是如此的强烈——文学创作对他来说近乎于一种体力活儿,激情的拖网是如此的强大,如此的绵长,缓慢而痛苦——他整个的精神存在与他的肉体存在结伴生活在其中。"

② 《跋诗》草稿,《全集》,第一卷,第192页。

在同现实的碰撞中瓦解成碎片。这也就意味着阅读城市的闲逛者只能以碎片的形式来认识城市,只能从变动不居、变幻不定的城市片段生活中抓住一些碎片。碎片的经验让人们感到城市不再是熟悉的故土家园,而变成了一个陌生的地方,变成了一个舞台。这种经验在闲逛的诗人身上激起的反应不仅是精神上的,而且也是美学上的。

在时间上快速多变、在空间上无度扩张的城市为人的情感体验带来前所未有的冲击。一次震惊,甚至只是一个小小的惊吓,都能够带来精神的震荡。由于经验的缺乏,就愈加暴露了人们在精神、心理、情感等方面的脆弱,这也使以表现人们现实经验为目的的诗歌似乎永远处于一种摸索、试探、找寻、学习的过程之中。现代文学在艺术形式方面的先锋性、冒险性和实验性之所以成为一种普遍的趋势,究其原因,与现代人充满震惊的日常经验常态紧密相关,是人们独特的现实经验,或者说是人们内在感觉经验的危机在艺术经验中的反映。从这样的观点出发,就不难理解本雅明何以会把"震惊经验"说成是属于对波德莱尔的表现手法有决定意义的经验之列,并且把这种经验视为现代抒情诗的根基、原则和标准。①

将震惊的经验放在艺术作品的中心,将震惊的经验转化为震惊的艺术形象,这意味着在体验的层次上将艺术创造与时代的情势(生产方式、技术手段、建筑格局、社会组织等)连接在了一起。城市诗人面临震惊,甚至有意识地追求震惊经验,并且还少不了希望通过自己的作品引起震惊。在震惊经验的层面上,行走于城市的动作与写作的动作是通同一气的。写作与行走一样同属于震惊经验的范畴,也是一个需要付出大力气的行动,而这并不只是从隐喻的意义上来说的,因为城市诗人不仅要付出脑力的努力,还要花费身体的力气。所谓感觉,并不像一眼看上去那样是从冷静观察得来的。走进城市的诗人既是观众又是演员。被感觉到的形式说到底就是被感觉到的行动,而被感觉到的行动说到底就是被实施了的行动。波德莱尔有着无法遏制的永远行走的本能,害怕在某个地方固定住下来,这很可能让他在抒情诗人中第一个懂得了出门在外的必需和行走城市的重要。脚步成了与创作的动作最相匹配的度量器,成了视觉上捕捉城市风景时最合适的"时空单位",正所谓"一步一景、景景

---

① 见 Walter Benjamin, *Charles Baudelaire*, op. cit., pp. 162 et 159.

生辉；十步一画、画画传情"，只不过城市诗人是把自然风景替换成了城市风景。现代城市似乎也只有通过人们脚步的节奏才能够被领会。行走激活思想，摇晃的身体活跃着精神，位于身体一下一上两个极端的脚与脑在创造活动中直接联系在了一起。波德莱尔曾在《给青年文人的忠告》(《 Conseils aux jeunes littérateurs 》) 一文中写道：

> 要写得快，就要在这之前多思多想，——到哪里都随时带着自己的主题，散步时，洗澡时，上馆子时，甚至会情妇时。①

这段话法语原文中的"Trimballer"（带着走）和"Penser"（想）这两个并列的动词几乎可以说容纳了波德莱尔的整个城市诗歌创作论。这也就意味着作为城市歌者的诗人是边走边想，边走边唱，边走边写，经历着两种经验的考验：一种是身体穿越城市时的感觉经验，这种经验是由震惊、碰撞、断裂和碎片式的感知构成的；一种是写作过程中的语言创造经验，这种经验是由形象的尝试、诗艺的实验和形式的探索构成的。正是这种双重的经验让诗人成为真正的英雄。《太阳》一诗在这方面极具代表性。

《太阳》开头一段就描写了"沿着古老城区"逡巡的诗人独自演练"剑术的奇妙"。这一段应该是《恶之花》中诗人在自己的创作活动中露面的唯一一处。诗人通过"剑术"的隐喻把诗歌创作中的搏斗因素表现了出来。阿拉贡（Louis Aragon）认为，《太阳》一诗"告诉我们诗人怎样斗争才会像太阳那样发亮"②，而用剑术对诗歌创作活动的比喻透露了波德莱尔的秘密，表明波德莱尔抓住了现代诗歌的精义，即写诗对于诗人不仅是一种智力上的劳动，而且是一种身体上的搏斗。城市诗人身上兼有两种英雄的称号：城市空间活动的英雄和语言创造活动的英雄。前一种称号让他与各种行游的英雄原型联系在一起，如奥德修斯（Ulysse）、忒修斯（Thésée）、流浪的犹太人（le Juif errant）等；后一种称号让他与各种善于运用语言进行艺术创造的英雄原型联系在一起，如阿波罗（Apollon），尤其是俄尔普斯（Orphée）和荷马等。原文中用"escrime"（剑术）和"rime"（韵脚）两个同韵词构成平韵的手法也颇有意味，显示了城市诗人

---

① 《全集》，第二卷，第 17 页。
② *Les Lettres françaises*, n° 662, le 14 mars 1957.

在身体和创作活动两方面做出的英勇努力。"剑术"的隐喻与"韵脚"的搭配表明了艺术活动的搏杀性质。① 在《现代生活的画家》中,波德莱尔为我们描写的居伊的工作状态也像是斗剑的过程:

> 他死盯着画纸,把铅笔、羽毛笔、画笔当剑用,操练起自己的剑术,把杯子里的水弄得溅到天花板上,在身上的衬衣上擦拭画笔,匆忙,狂暴,活跃,好像害怕形象会溜走。尽管是独自一人,但他却吵吵不休,自己跟自己推推搡搡。②

波德莱尔在此描写的同形象搏斗的画家与《太阳》中表现的同词语搏斗的诗人有异曲同工之妙,他们的共同目的都是要让"记忆中拥塞着的材料得以分类,得以排列,变得协调",以便让"各种事物重新诞生在纸上,自然而又超越于自然,美而又不止于美,奇特而又像作者的灵魂一样洋溢着热情的生命"③。

《太阳》一诗形象地演示了城市诗歌的片段性和非连续性的美学特点,让我们看到了接触大众与震惊的诗歌形象之间的内在关联。作为现代城市经验的表现,城市诗歌的生成过程本身也必定充满了危机、困窘、冒险和不适应感。在现代环境中,诗歌灵感不再像以前那样来自于对一种超验的自然秩序的发现,而是来自于偶然的事件、意外的碰撞或暧昧不明的活动。这里不仅仅只涉及诗歌题材的改变,更涉及生活经验、感受方式以及写作方式的深刻转变。城市诗人的使命就是要在内心的运思和文字的写作中再造在城市时空中游历的冒险经验。他首先要成为一个"街头闲逛者",他收寻"字眼"和"诗韵"的过程使他的诗歌创作活动更像是一次需要付出极大的体力去完成的举动。在这

---

① "剑术"和"韵脚"的纠结似乎是波德莱尔挥之不去的顽念,他在致圣-伯甫的一首书信体诗中(*Epitre à Sainte-Beuve*)也采用了以这两个词构成平韵的手法,用以赞颂圣-伯甫诗中那种横扫陈腐的力量:
  Les professeurs encor rebelles à vos rimes,
  Succombaient sous l'effet de nos folles escrimes
  (有好为人师者忤逆您的韵脚,
  怎能抵挡住我们疯狂的剑道)(《全集》,第一卷,第 206 页)
"好为人师者"指布瓦洛的徒子徒孙,他们对"您的韵脚"的妙处一窍不通,不懂得"您的韵脚"体现了具有颠覆性的浪漫主义精神,是年轻一代心向往之的追逐对象。
② 《全集》,第二卷,第 693 页。
③ 同上书,第 693—694 页。

里，心理活动与体力活动一气相通，或者说，它就是体力活动的结果。诗人之所以要像斗剑士一样出击，既是要在充满艰险的城市迷宫和并无定形的人群中为自己打开一条道路，也是要在意识和词语中为自己打开一条道路。我们看到，从波德莱尔开始的现代文学艺术的创作，在总体上越来越强调创作者自己身体经验的参与，而且这种参与往往是一个需要用巨大勇气去应对的涉艰历险的过程。

  城市成为斗剑场，诗歌创作成为碰撞和角力的过程。决斗是每个艺术家都幸免不了的。波德莱尔在散文诗《艺术家的忏悔经》(Le Confiteor de l'artiste)中写道："对美的研究是一场你死我活的决斗，艺术家在被打败前发出惊恐的叫喊。"① "发出惊恐的叫喊"而又并不被真正吓倒，就算遍体鳞伤血迹斑斑仍然拼死相争，这又正是波德莱尔这样的城市诗人的英雄主义的体现。诚如古尔蒙(Rémy de Gourmont)所言："即使在神经质的高叫中，波德莱尔仍然保留着健康的东西。"② 波德莱尔就是按着英雄的形象来塑造艺术家和他自己作为城市诗人的形象的。他的英雄主义甚至仿佛是天命注定的，甚至就连他的姓氏"Baudelaire"在用作普通名词时也表示刀剑之类的兵器。拉鲁斯的《19 世纪大辞典》(Grand dictionnaire universel du XIXe siècle)为"baudelaire"一词给出的定义是"短直的双刃军刀，刀尖处呈弯曲状并变宽"③，是所谓"大头军刀"的一种。这个词跟诗人的本性十分相符，而他的行为在同时代人看来往往显得具有攻击性。他晚年的好些照片也留下了那种承受着痛苦和绝望但仍然讽刺性地对命运提出挑战的斗士般的神情。

  那么究竟什么是城市诗人的英雄主义呢？波德莱尔认为，在现时代中最接近于古代英雄的任务就是要为现代性赋予一种可以观感的形式。在这里，描写者的英雄主义超过了被描写者的英雄主义。他的英雄主义的现代性的观念也许首先意味着这样的意思：运用艺术并且在艺术中发出惊世骇俗的挑衅，完全就像城市对人的感受性进行威胁一样。本雅明看到了这点，因此才会把波德莱尔的作诗法比作一幅大城市的地图，把波德莱尔看作一位与语言一同

---

 ① 《全集》，第一卷，第 279 页。
 ② Rémy de Gourmont, *Promenades littéraires : Deuxième série*, Paris, Mercure de France, 1906, p. 86.
 ③ Pierre Larousse, *Grand Dictionnaire universel du XIXe siècle*. 见该书 "baudelaire" 词条。

密谋的诗人：

  在这张地图上，每个词语的位置都被精确安排，就像发起暴动前指定好每个谋反者的位置一样。波德莱尔与语言本身一同密谋造反。他一点一点地计算词语的效果。(……)纪德(André Gide)就注意到，波德莱尔诗中意象与客观对象之间的不协调正是精确计算的结果。里维埃(Jacques Rivière)指出，波德莱尔"喜欢让出乎意料的词语为我所用(……)；他就像那些对自己想要说的东西具有完全掌控的人一样，首先找那些最不着边际的词语，把它们拉拢过来，让它们服服帖帖，为它们注入人们此前并不了然的特性"①。

  本雅明进而把波德莱尔的技巧归结为"暴动的技巧"②(la technique du putsch)，而诗人正是凭着这种技巧传达他对于现代性的经验，成就自己的诗歌艺术和作为诗人的梦想。本雅明说得好："诗人穿越荒漠般的街道，通过与幽灵般成群结队的词语、片段、起句搏斗，在自己的剑端夺取诗的战利品。"③谁会想到，写诗竟然成了诗人"讨还血债"的志业。

  斗剑士的英雄气概还不是城市诗人的全部。这位在城市中艰难寻觅韵脚的诗人同时也并不是一位在创作过程中投机取巧、挥手可就的信马由缰之徒。波德莱尔曾向普莱-马拉希表白过自己写作的艰难：

  ——我刀光剑影地与三十来个不到位的、令人不舒服的、押韵不好的诗句搏斗。你相信我会有邦维尔的那种灵巧么？④

整日在城中游荡并且在巴黎的大街上猎取韵脚的波德莱尔艳羡着邦维尔的轻松灵活，就像当年外出度假的布瓦洛，一边在法兰西岛(l'Ile-de-France)的山谷中猎取韵脚，一边又艳羡着留在巴黎城中的莫里哀。波德莱尔写作的艰难在很大程度上是由于他对自己的严苛要求造成的。他本来就是一位集诗人和批评家于一身的作者，不能容忍创作过程中一丝一毫的放任。"看得出他是一

---

① Walter Benjamin, *Charles Baudelaire*, op. cit., pp. 140-141.
② Ibid., p. 143.
③ Ibid., p. 163.
④ 波德莱尔 1857 年 5 月 14 日致普莱-马拉希信，《书信集》，第一卷，第 399 页。

位认真钻研、工作勤奋的人,外表高贵但显得很累"①,这是波德莱尔与维尼会面后给后者留下的印象。邦维尔说波德莱尔是"一个对完美的绝对热爱已经着了魔的人,事无巨细都同样上心,就算打磨指甲也跟完成一首十四行诗一样一丝不苟"②。阿斯里诺在回忆波德莱尔时写道:"波德莱尔是对的。正是靠了一丝不苟、锱铢必较、锲而不舍的用心,才赋予了这些作品以决定性的价值。"③巴雷斯(Maurice Barrès)不仅将《恶之花》看作"一本质朴的书",而且还声称能从波德莱尔作品中"最不起眼的细小用词看到让他获得如此巨大成功的艰辛"④。波德莱尔本人在《1845年沙龙》中特别强调了意志的作用对于创作活动的重要性:

> 必须让意志成为一种美好的且永远富于成果的才能,要让它能够为某些值得褒扬但属于二流的作品打上烙印,有时甚至是鲜明风格的烙印(……)。正是这种顽强的、不懈的、永远饱满的意志成就着(……)这些绘画中那种近乎于血腥的魅力。⑤

波德莱尔虽然常常会因为艰难的写作而感到痛苦,但他丝毫不会因为做一个艰难的作家和诗人而感到蒙羞。他以艺术的名义,对浪漫主义提出的天启神谕的灵感之说严加痛斥,批评那些绝对信任天才和灵感的文学家忽视艰苦的锻炼,认为导致这些人"自命不凡的发作"和"大言不惭的懒惰"的根源,在于他们"不知道天才应该如同学艺的杂技演员一样,在向观众表演之前要冒上千次伤筋断骨的危险,不知道灵感说到底不过是对每日练习的报赏"⑥。有这样的艺术思想作指导,我们便不难理解他何以会对缪塞和乔治·桑等人作品中的"尽情倾述"和"流畅文笔"表示出极大的轻蔑。⑦

---

① Alfred de Vigny, *Papiers académiques inédits*, Paris, Honoré Champion, 1998, p. 196.
② Théodore de Banville, *Petites Études—Mes Souvenirs*, Paris, Charpentier, 1882, p. 74.
③ Asselineau, *Charles Baudelaire, sa vie et son œuvre*, in Baudelaire et Asselineau, op. cit., p. 97.
④ 转引自 André Gide,《Baudelire et M. Faguet》, *Nouvelle Revue française*, t. 4, le 1ᵉʳ novembre 1910, p. 513.
⑤ 《全集》,第二卷,第363页。
⑥ 《评雷翁·克拉代尔的〈可笑的殉道者〉》(《Les Martyrs ridicules par Léon Cladel》),《全集》,第二卷,第183页。
⑦ 参见《全集》,第一卷,第686—687页;《书信集》,第一卷,第675页。

诗人在文字中的创作实践活动重复着、演示着、诠释着自己在城市中的行走实践活动。《太阳》第 6－8 行的每行起首第一个词分别是现在分词"Flairant"（嗅闻，嗅寻）、"Trébuchant"（绊倒，踉跄）、"Heurtant"（碰撞，撞上）。这三个词形象地将诗歌创作活动呈现为冒险寻找、忍受磨难、勇敢搏斗的过程。由此看来，"斗剑士"的形象必定是与其他一些形象紧密联系在一起的，如搜寻、收集并翻检"荒淫生活档案"的拾垃圾者的形象，以及像大街上孤独的流浪狗一样"在各个角落嗅寻"的闲逛者的形象。这让我们可以做出这样的推断：城市诗人的角色不是单一的，而是混合的。本雅明就谈到了诗人形象中英雄因素的暧昧和含混：

> 诗人有几分像衣衫褴褛的大兵，像偷抢粮食的丘八。他舞刀弄剑的样子有时候让人想到"出剑"一词在流浪汉的黑话中所具有的意思。①

德语里的"Fechten"（出剑）一词在流浪汉的黑话中既表示"刀剑出鞘"也表示"乞讨"。流浪乞丐的角色意味着在城市泥泞的迷宫中的卑贱经历。这让诗人这一英雄人物也可以成为一个反英雄、一个受人耻笑的微不足道的英雄、一个拾垃圾者、一个街头卖艺者、一个滑稽的角色、一个逗乐的小丑、一个现代史诗中堂吉诃德（Don Quichotte）式的城市游侠。波德莱尔之所以把诗人的形象与拾垃圾者的形象联系在一起，并且将拾垃圾者比作"圣赫勒拿岛上弥留之际的波拿巴"②，就是要说明隐藏在他所理解的诗人形象中的英雄主义观念的暧昧和含混。

现代生活中的英雄是城市中的一介平民，其命运的特点就是在"正常"社会生活中的缺席或位于社会生活的边缘。他的生逢遭际始终摆脱不了苦难和痛苦的天命。于是诗人把无论是肉体上还是精神上的苦难视为自己的担当，把自己跟某种笨拙迟钝的状态联系在一起，以此显示对现实世界法则规范的不适应。这种逆反的英雄主义或反英雄主义在他身上已成为一种"第二天性"。城市环境改变了诗人与世界的关系。诗人的形象呈现为行走者的形象，这也就是说，不停地行走成了作诗的人最基本的特征之一。对行走活动的强

---

① Walter Benjamin, *Le Livre des passages*, op. cit., p. 374; voir aussi p. 938, note 219.
② 《人工天堂》，《全集》，第一卷，第 381 页。

调显示,从今往后,行走经验与诗歌经验是具有同质性的一体化经验。通过行走向城市讨取诗歌的韵脚,这同时也意味着用诗歌手段将"我"的行走经验传达出来。相对于庸常现实的粗陋和丧失了意义的偶然事物来说,这种一体化经验中有着某种神圣的东西。但相对于诗人所向往的永恒来说,这种经验中又有着某种遭人鄙笑的东西。诗人的位置就悬置在两者之间。如果玩点文字游戏,我们可以用中文说这个"英雄人物"实则是一个"音讯人物",用法语说这个"héros"("英雄","主人公"之意)实则是一个"héraut"("传令官","使者"之意,发音与 héros 相同),他在两者之间穿梭游走、沟通讯息,充分意识到自己作为现代世界的探察者和歌唱者的双重使命,当然,要做到这点,他就不能再把自己幽闭在房间中,而要让自己活动起来,走出去,到处跑,四处寻觅。城市诗人的角色一边像阿波罗,一边又像拾垃圾者。波德莱尔所扮演的角色正位于这两种形象之间,既有英雄主义的气概,又有滑稽可笑的色彩。这可以帮助我们理解为什么在波德莱尔的城市诗歌中,那些富有诗意的呈现往往带有一种一言难尽的含混笔调,半像是悲天悯人的同情,半像是嬉笑怒骂的嘲讽。

第 五 章

城市诗歌中的城市经验

将城市诗歌与产生这种诗歌的城市社会环境进行对照考察,不仅可以帮助我们看清楚城市诗歌的产生方式和产生过程,而且在一个更广泛的意义上,还可以帮助我们廓清艺术与世界的特殊关系。

正如我们所看到的那样,在波德莱尔的巴黎诗歌中,真正提到巴黎这座城市和巴黎人的地方并不是很多,似乎诗人是在有意回避太过具体的呈现。除了《天鹅》中提到的"新卡鲁塞尔广场"外,再找不到现代城市化过程中兴建的其他一些大型建筑。诗中描写的人物也没有指明是那个时代具体的这个或那个人。然而,巴黎细节的缺乏并没有损害这些诗歌的"巴黎性"(la parisianité),因为在读这些诗歌时,我们总会感到通过这些诗歌我们又认出了巴黎这座城市。事实上,巴黎在这些诗歌中是无所不在的,只不过是用了一种隐晦的、甚或隐秘的方式。这是因为巴黎是以能量形式,或者说是以富有力度的经验形式体现出来的。以这样的观点看,城市与诗歌之间的相似性不在于外观层面的相像,而在于与现代人的感受及其心理和精神活动相关的经验层面的等值。

当我们不从外在模仿的角度看问题,并且接受内在经验等值的观点,我们就会看到波德莱尔通过诗歌创造了一个与外在世界平行的世界。在这个由诗歌创造出来的世界中,城市是通过改头换面的形式呈现出来的。波德莱尔在《1859年沙龙》中写道:"一幅好的画,即一幅忠实于并等同于让它得以产生出来的梦幻的画,其创作应该像一个世界被创造出来一样。"① 他显然是把艺术品看作一个独立于外在世界的世界,而统辖这个艺术世界的是以"梦幻"作为隐喻的内在经验。所谓"梦幻",即所谓内在经验,并不是一个随心所欲、无由而生的凭空幻想,并不是与外在世界毫无关联。相反,这个"梦幻"是一种在与外在现实的接触中而发生激荡的内心现实。波德莱尔的巴黎诗歌正是这样一个世界,天地别开,自成一统,引人入胜。诗人的内在经验来自于与大城市的频繁接触,而他又懂得用诗歌将这种经验传达出来。波德莱尔正是凭着这样的内在经验而成为巴黎这座现代城市变迁的见证者:他所见证的不仅仅是巴黎的新面目及其各种神奇因素,也不仅仅是巴黎城中幽灵般的人群以及宏伟浩大的城市建设工程,而且他也见证着这座城市显现出来的诸如自大、空洞、苦难等种种问题。波德莱尔的巴黎诗歌中所表现的城市经验的确属于他的时代和他在这个时代中所处的特定环境,即19世纪发达资本主义时代的巴黎。

第一节 梦想之城:建造理想中的"仙境华屋"

一、一个真正属于巴黎的"梦"

《巴黎之梦》是波德莱尔最重要的诗作之一。在诗人用诗歌置换外部现实方面,这首诗为我们提供了一个经典的范例。全诗由并不均衡的两个部分组成:第一部分包括13个诗节,写梦中城郭流光溢彩、瑰奇壮丽的景观;第二部分包括两个诗节,写大梦觉醒、重见凡俗的颓丧。除标题中的"巴黎"之外,全诗再无一词直指这座城市。诗中写的真的是一个梦么?这个"梦"何以具有巴黎性?这个"梦"与外部现实之间究竟有着怎样的关系?如何理解这首诗的现代性?凡是阅读这首作品的读者都会提出这样一些问题,而且这些问题也让不止一位研究波德莱尔的学者感到困惑。

皮埃尔·拉福格在一篇研究《巴黎图画》的文章中就认为,这首诗中呈现出来的晶莹剔透的梦中"仙境"本身谈不上什么巴黎性,"这只不过是诗人关闭

---

① 《全集》,第二卷,第626页。

门窗隔绝与外部世界的联系后看到的景致",是诗人"纯然想象的产物"[①]。拉福格在此处显然是将这首诗与《巴黎图画》的开篇诗《风景》联系在一起加以考虑。在《风景》中,诗人希望"关好大门和窗户",想要梦见"泛青的地平线",在昏沉的夜色中建造自己的那些"仙境华屋"。拉福格据此将《巴黎之梦》理解为诗人凭想象力建造的"仙境华屋"之一种。

马塞尔·A.吕孚虽然也承认这篇作品"从诸多方面看都是一首杰出的诗歌",但却又并未强调诗中之"梦"的巴黎性。他在《恶的精神与波德莱尔的美学》(L'Esprit du mal et l'esthétique baudelairienne)一书中指出,"梦中出现的令人惊异的景致确实没有任何可以归于乡村自然之处,但同样也没有任何可以归于巴黎或其他任何城市之处",而这首诗之所以被冠以"巴黎"之名,那主要是来自于第二部分,因为这一部分"虽然具有明显的个人色彩,却展现了主要存在于城市的苦难","美梦破灭重返现实的过程(……)是在大城市的特殊条件下发生的"[②]。

上述两位评论家的解说都倾向于否认神奇梦境本身的巴黎性,而把它看作是一个与低劣平庸的现实巴黎相对应的一个想象中的理想世界,具有修辞学上的反衬功能。然而,诗人执意用"巴黎"一词作为"梦"的限定,这似乎是在刻意强调想象世界与现实世界的关系,从而也就否定了将这首诗看作纯粹幻想产物的阐释。

从表面上看,《巴黎之梦》就像是一份心理学档案,记录了荒诞不经的超现实梦境中的幻觉经验。诗人自己也承认梦境的奇异:"奇观遍布沉酣睡梦"(第4行)。睡梦具有某种如同兴奋剂的效果,让梦中的人遍历未知的国度,见识奇妙的景物。然而,这不足以让我们认定巴黎诗人的幻觉经验仅仅来自于睡梦王国的偶然经历。梦中的幻觉也许是导致创作这首诗歌的直接起因,但这解释不了诗人何以要特意指出这是一首"巴黎"诗篇并把它安排在《巴黎图画》中。事实上,梦幻的感觉是《巴黎图画》一章的主导动机之一,出现在好几个篇什中。在《七个老头》中,巴黎这座"拥挤如蚁之城"也被称作"充满梦幻"之城。诗人时时刻刻感到自己生活在巴黎就仿佛置身在如梦似幻(有时也是充满噩

[①] Pierre Laforgue,《 Note sur les "Tableaux parisiens" 》, art. cit., pp. 82-83.
[②] Marcel A. Ruff, op. cit., p. 343.

梦)的环境中。这自然让我们猜想,梦中的幻觉同现实中的梦幻感也许并非全然没有关系。我们甚至会这样猜想,现代城市中巍然耸立的大型建筑也许正是启发《巴黎之梦》中布局严整、晶莹剔透的梦中景观的诱因。为了廓清这首具有突出现代特征诗作的深意,看来有必要将这首诗与它得以产生的环境加以对照考察。

探讨特定的社会因素和生活内容如何为特定时期的文学艺术提供风格及其赖以形成的实质,这是瓦尔特·本雅明的一条重要的学术路线。《拱廊街》是他对19世纪的巴黎进行全方位研究的巨著。在这部并未最终完成的著作中,有一段关于《巴黎之梦》的谜一般的文字:"闲逛者与大众:波德莱尔的《巴黎之梦》在这方面可谓启示良多。"[1]至于这些启示究竟是什么,本雅明则又语焉不详,并未作进一步的说明。不过,结合本雅明一贯的研究思路,我们在这段话的字里行间可以感觉到,他在此处意欲将作为城市闲逛者的诗人的经验同城市大众的经验联系起来进行考察,从而揭示在个人偶然的梦幻经验背后,涌动着一个时代必然的集体经验。

蒂博岱在谈论波德莱尔这首诗时指出,用石头和金属做成的梦境标志着从自然景观到人工景观的转变。他看出这个梦境是对一个"理想世界"的建造,同时,他把诗人的理想世界置于与历史世界的关系之中:

> 他的理想世界呈现为一种建筑图像,因为他所处的现实世界就是一种建筑格局,是一种城市的自然,也就是说,是一种不再是自然的自然。[2]

从自然景观到人工景观的转变同历史发展的进程是相符合的。随着城市化的兴起,人们的主要活动领域从乡村转移到城市。自19世纪初开始兴起的现代工业文明的大规模扩张和城市化大潮以极其迅猛的方式改变了人们生存环境的面貌,并由此引起人们心理和精神上的巨大变化。在现代工业魔力的驱动下,规模庞大的城市突然间从地平线升起,广厦林立,道路宽阔,灯火耀眼,舟车繁忙,财富涌流,这一切让人们仿佛置身于梦境,见证梦想已久的理想世界一夜之间在人间变成物质化的现实。

---

[1] Walter Benjamin, *Le Livre des passages*, op. cit., 1997, p. 445.
[2] Thibaudet, *Intérieur*, op. cit., p. 13.

《巴黎之梦》中"令人惊骇的景观"可以说正是用诗意的"仙境"对这种城市梦幻的置换。诗中构成"仙境"的材料和色调大都取自用以构成城市景观的材料和色调：

> 阶梯拱廊的巴别塔，
> 巍峨的官殿大无边，
> 池水和喷泉映广厦
> 闪光的飞流落金潭；
>
> 还有些瀑布何沉雄，
> 似剔透水晶做帘幕，
> 在辉煌耀眼光华中，
> 悬挂于金属绝壁处。
>
> 不是树，是森森廊柱
> 围抱着沉睡的池塘，
> 高大的水神如美妇，
> 顾恋池水中的模样。
>
> ……
>
> 这是些稀世的宝石
> 和神奇流水；这是些
> 明晃晃的巨大镜子
> 映出万象风姿卓绝！
>
> ……
>
> 景中一切，包括黑色，
> 光滑锃亮，灿烂如虹；
> 液体将荣耀的光泽

> 嵌入结晶的光线中。
>
> 天上没有星星踪影,
> 也看不见一丝残阳,
> 为照亮眼前的奇景,
> 全凭自身发出光芒!

这些诗句描绘的梦幻图景正是理想中巴黎的诗意图景。这是现代的梦想家们作为理想形态构想的现代都市。诗人创作他的梦幻图画,一如城市的建筑者建造现代的仙境华屋:前者运用词语,后者运用物质材料。他们两者具有相同的意愿,他们都固执于可以通过自己的方法使梦想变为现实的坚定信念:

> 我率性而为的情愫,
> 让我从这些景观中
> 芟除不规整的植物,
>
> 我像画家悖才傲物,
> 面对着自己的画稿
> 品味大理石、水、金属
> 构筑的醉人的单调。
>
> ……
>
> 我是仙境的建筑师,
> 让大洋服从我意愿,
> 流进隧道不再恣肆,
> 这隧道用宝石镶嵌。

诗人在其诗句中不仅借用了现代都市中的塔楼、雕塑、拱廊、灯火等标志性形象,同时还借用了城市化过程中那种向大型化发展、无度扩张的效果。现代化进程中的"巨大症"可以部分解释波德莱尔对大城市的偏爱,因为这符合他的气质和美学趣味。他在一篇作品中表达过自己对于求"大"的趣味:

> 无论在自然中还是在艺术中,假定事物具有同等价值时,我会比较偏爱其中的"大家伙",巨大的动物,宏大的景观,巨大的轮船,高大的男人,高大的女人,雄伟的教堂,等等,我像许多其他人一样把自己的趣味变成原则,认为事物的规模在缪斯眼中并不是一个无足轻重的考量因素。①

《巴黎之梦》中的这种嗜"大"趣味,我们还可以在波德莱尔创作的诸如《女巨人》(La Géante)、《理想》(L'Idéal)、《美神颂》《七个老头》这样一些篇什中见到。我们很难断言一种美学趣味会纯然出于天生而与后天的袭得无关。应当说,历史经验在诗人美学趣味的形成过程中扮演着一个举足轻重的角色。美学上对于求"大"的迷恋实则是现实中对于求"大"的迷恋的回响。对于"大"的追求统摄着整整一个时代的精神。我们注意到,正是在资本主义发达时期的19世纪中叶前后,随着巴黎的城市建设和改造工程使城市的面貌越来越朝着无节制的扩张方向发展之际,一大批文学艺术家似乎都染上了时代的"巨大症",他们的作品中表现出对于"宏大"的追求:德拉克罗瓦在画布上展现了古往今来的宏大史诗;巴尔扎克描绘出整整一个时代的社会全景画卷;大仲马用小说铺陈上下四千年的人类生活。每个人都露出坚实的臂膀,无惧于沉重的负荷。"巨大症"是这一阶段历史发展的特征,它成为资本主义和城市化的内在价值根据。现代的资本运作和城市化大潮都具有一味追求膨胀扩张的发展趋势,似乎财大气粗的规模本身就是其重要性和优越性的保证。嗜大的趣味普遍存在于社会生活的各个方面:要有最大的高楼、最大的工厂、最大的商场、最大的博物馆、最大的大学、最大的医院、最大的银行、最大的金融集团和公司,这是对大城市的基本要求;而生产出最大数量的财富、最大数量的发明、最大数量的科学论文、最大数量的书籍,这成了大城市成功的标记。就连在劳动力市场上也是身躯越大越合适。把艺术上的嗜"大"趣味和城市化的"巨大症"加以比照,这绝非毫无意义。它们两者之间应该存在某种关联。这两种经验在现实的操作上可谓南辕北辙,但在情感和精神层面,它们两者却又如此相似、如此相通。创造"仙境"的诗人在情感和精神上与现代世界的建设者何其相似。

---

① 《1859年沙龙》,《全集》,第二卷,第646页。

二、城市化：建造梦想之城

巴黎的现代城市化进程起步于法国大革命时期，尽管早在17世纪，它那中世纪的城墙就已经拆毁，并被改造成绿树成行的林荫大道。1792年成立的国民公会（la Convention nationale）通过下设的艺术委员会（la Commission des artistes），拉开了巴黎城市化的序幕。1797年，在拿破仑领导下，草拟了一个很有远见的计划——"艺术家计划"，该计划对伦敦的城改设计方案借鉴颇多，在很大程度上为后来的巴黎城重建打下了基础。1799年的"雾月18日政变"后，拿破仑梦想着不仅要将巴黎建成古往今来世上最美丽的城市，甚至还要将它建成有可能存在的最美丽的城市。他想要将巴黎建成万城之城，首都中的首都，一个有着300万或400万人口的城市，城中遍布各种奇观，尽是想象出来的，像神话传说中那样又高又大，是人们从未见识过的那种。1806年下令开始修建的凯旋门应该是计划落成在这个城市的第一个大型建筑，但这个建筑直到拿破仑帝国覆灭都没有完工。1808年由拿破仑皇帝亲自奠基的巴黎证券交易所新址布隆尼亚尔宫（Palais Brongniart）直到复辟王朝时期才建成。今天看来最能体现巴黎建筑风格的里沃利大街（rue du Rivoli）在当时也只建了很少一部分，直到拿破仑三世时期才得到进一步延伸。本来还要在香榭丽舍大街和塞纳河之间的特罗卡代罗高地上（le plateau du Trocadéro）建造传诸千秋万代的帝国宫殿群，但这个计划也最终落空了。拿破仑的城市化之梦雄心勃勃、富丽壮美，但大都停留于天马行空的计划，而真正实现了的却乏善可陈。

直到1815年，巴黎大致上还保持着中世纪以来的城市格局。虽然梅西耶的《巴黎图景》写成于大革命之前，但如果借用其中的某些描述来描写此时的巴黎，绝不会让人感觉有搞错了时代之嫌。复辟王朝时期（1815—1830），巴黎的街道也只有些许改观，但1826年落成的巴黎证券交易所成为了像巴黎圣母院或罗浮宫那样的标志性建筑。在经历了大革命时期、拿破仑帝国时期和复辟王朝时期的一系列羞羞答答的最初尝试后，七月王朝时期（1830—1848）开始在巴黎的中心地带实施宏大的城市改造计划，一改此前时期那种主张多于实绩的局面。在路易-菲利浦（Louis-Philippe）统治之下，法国成为一个商业与工业并起的城市国家。在朗布多伯爵（le comte de Rambuteau）担任塞纳省省长(le préfet de la Seine)的 1833 年至 1848 年间，首都巴黎的面貌开始发生大的改观。在政坛上崭露头角的阿道夫·梯也尔(Louis Adolphe Thiers)于 1833 年就任商业与公共工程部长，他花费大量的时间与金钱在纪念碑计划上，并且通过法案资助运河、道路与铁路建设。新建的朗布多街(la rue Rambuteau)宽达 13 米，令当时的人深感震撼，而令人吃惊的地方还不止于此：这是首次在巴黎拆除老建筑以开辟一个新的主干道，并且在这个主干道两旁兴建现代住宅，而不是像此前的历届政府那样在城市的边缘地带建造一些起"美化"作用的建筑物。朗布多大街预示了第二帝国时期(1852—1870)更大规模的城市改造。1830 到 1848 年间的城市想象和改造活动可以被看做是为后来的人铺路，尽管第二帝国时期那些实际执行工程的人否认前人为他们提供了灵感。

与以前的各个时期相比，第二帝国时期实施的重要工程遵循着更为严格的城市规划。拿破仑三世皇帝决心要实现拿破仑一世的城市化梦想。技术的进步和新型建筑材料的运用为这一计划的实施提供了更为有效的手段，资本的增长为之提供了财政上的保证，这让巴黎的城市改造在当时达到了最高潮。豪斯曼男爵于 1853 年他 44 岁时被任命为塞纳省省长，并一直任职至 1870 年帝国覆灭前夜。他忠实地贯彻执行皇帝的旨意，要让巴黎成为一座具有现代功能的城市，一座堪称美学典范的都城。为此，摧毁了近两万座旧宅邸，建成了四万多幢新建筑。里沃利大街从协和广场延伸到了巴士底广场(Place de la Bastille)附近，并且新铺筑了数条同样规模的大道。圣马丁运河(le canal Saint-Martin)的一部分被覆盖起来，变成了一条林荫大道。西边的布罗涅森林(le bois de Boulogne)和东边的凡塞纳森林(le bois de Vincennes)被改造成公园，成为巴黎名副其实的"肺叶"。新的空间环境更加凸显了卢浮宫、市政厅(l'Hôtel de Ville)、皇宫(le Palais-Royal)、国家图书馆、巴黎圣母院、巴黎歌剧院等作为城市标志性建筑的地位。六条铁路汇集于此，体现了巴黎作为欧洲中心的作用。两次万国博览会分别于 1855 年和 1867 年在这里举行。法国外省和欧洲其他国家的人受到吸引，纷纷涌向这里，致使巴黎的人口数量在第二帝国统治的短短十几年间接近翻了一番。如果说当时在英国主要是中等城市发展得最快，那在法国则是首都得到爆炸式的发展。这个时期的巴黎以其众多恢弘的建筑和崭新的面貌，成为了一座现代大都市，甚至成为了全欧洲最受仰慕的城市。

欧洲的所有大城市都是通过拆除卫生不良的街区和开辟宽敞的大道而迈进现代城市的行列。在这方面，伦敦比巴黎早 40 年，柏林和维也纳比巴黎晚 20 年。在君主的垂顾和支持下，豪斯曼男爵主持实施的计划无论在浩大的工程量上还是在快速的进度上都令人震惊不已。当时的人看到一个个老街区被拆除，一个个新的街区又仿佛一夜之间拔地而起，免不了通过各种方式表达他们的惊愕。当时有一幅漫画表现一些英国游客来到第二帝国时期的巴黎，他们看到眼前的情景时发出这样的惊叹："太奇怪了，《伦敦新闻画报》(Illustrated London News)一点都没有为我们提到这场地震。"七月王朝的君主路易·菲利普(Louis-Philippe)自称是"国王泥水匠"(Roi-Macon)，豪斯曼男爵仿照他的样子，自诩为"拆旧建新的艺术家"。他在自己的《回忆录》(Mémoires)中提到了对卢浮宫周边街区的改造，这也是波德莱尔在《恶之花》中提到的唯一一处巴黎有名有姓的地方。豪斯曼在谈到拆除这个肮脏、破败、杂乱的古老街区时，其志得意满之情溢于言表，把对这个街区的重建看成是自己创作的伟大作品。这位"拆旧建新的艺术家"按照古典主义的趣味来推行巴黎的城市改造。他喜欢笔直而宽阔的大道、宏大的标志性建筑、外表对称整齐的民居布局，以及大景深的开阔视野。他的《回忆录》呈现了他如何像艺术家一样无数次通过"切割""迁移""开凿""拓宽""对齐"以寻求"美丽的布局"。凯旋门所在的星形广场(la place de l'Étoile)的建设就是这种趣味的典型体现。秩序井然的建筑格局让巴黎的面貌大为改观。建筑物的外观遵循统一的风格，均为七层楼高，在六楼上有一排阳台，各楼窗户有固定比例的大小，外墙涂抹得平整，这让街道两旁的各个建筑看上去互为关照，成为一个统一的巨型建筑。按照理性的和谐原则建造出来的城市完全不同于传统城市，在传统城市中，构成其肌理的那些建筑千姿百态而又各不相干，宫殿毗邻着陋舍，每个人都可以各按心意建造风格各异的房屋。豪斯曼"大手笔的制作"[①]把属于不同房产业主建造的楼房统合为一个几近单调的整体。这种排除所有不规则的因素后得到的整齐划一的效果，自然让我们联想到波德莱尔在《巴黎之梦》中所"品味"的城市景观中的"醉人的单调"。此外，我们还可以看到豪斯曼的"大手

---

① 语出 Francois Loyer, *Paris XIXe siècle: l'immeuble et la rue*, Paris, Hazan, 1987.

笔制作"与波德莱尔用以设计《恶之花》整体结构的方式之间有着惊人的相似。作为豪斯曼的同时代人,波德莱尔将同样的方式运用到诗歌创作中。《恶之花》的整体结构带有豪斯曼式的理智主义和古典情趣,这使得它不再是通常意义上的诗歌集,而是将不同诗作进行精心编排后构成的一部具有完整结构的作品。①

　　豪斯曼的浩大工程催生出许多离奇而宏大的计划,这些计划在当时更像是梦想而不像是现实:例如,要在各主干道之间建造一些豪华的长廊通道以方便通行,要在巴黎城内修建一些铁路,铁轨有拱形支撑,铁路两侧有行人通道,通道之间用高架桥相连。有人建议将流经巴黎的一段塞纳河覆盖起来,让这条天然河流完全"服从"于人的意愿,并把西岱岛(l'île de la Cité)上的建筑全部推倒重建;有人提出为蒙马特尔高地覆盖一拱顶,并配以一个巨大的电钟,让人远远就能看见和听见,以便全城调校时间之用。② 当时一些关于未来巴黎的著作更是充满了对于未来巴黎的痴人说梦般的描述。有人设想把从凯旋门到特罗卡代罗高地的一大片区域建成一个用一些柱子支起来的高架花园,花园上方是一个叫做"云霄殿"(Nuage-Palace)的巨大无比的娱乐场,整个娱乐场由一些气球牵引着漂浮在半空中;还有人幻想建一些居家用的空中楼阁,要从空中进入,底楼在七楼上面。人们梦想中的这些建筑真是比巴比伦的空中花园还要荣耀。③

　　城市建筑师们贯彻他们的意愿,努力想要达到追求已久的伟大目标,那就是要将巴黎建成一个奢华富丽、瑰奇溢目的城市,实用的功能倒在其次,重要的是要有展示的功效,到处都覆盖着亮晶晶的玻璃,又有石料和金属作支撑构架,总之,要将它建成一个令人赞叹和艳羡的对象,一个只有在梦幻中才见到过的对象,一个能够激起人们无限梦想并的确值得梦想的对象。

---

　　① 关于波德莱尔如何设计诗集结构以使其成为具有高度统一性的作品,可参见本书《〈巴黎图画〉的"隐秘结构"》一章。
　　② 参阅 Victor Fournel, *Paris nouveau et Paris futur*, Paris, Lecoffre, 1865, pp. 235-241, 384-386.
　　③ 关于未来巴黎的描述,可参阅以下著作:Tony Moilin, *Paris en l'an 2000*, Paris, [sans éditeur], 1869; Albert Robida, *Le XXe siècle*, Paris, Decaux, 1883; Albert Robida, *Paris à travers l'histoire*, Paris, Librairie illustrée, 1896.

三、"仙境华屋"的梦幻特征

波德莱尔度过他一生的巴黎正是一个在追逐梦想的路上不断发展的巴黎。他在这座城市中所感觉到的"陶醉"和"眩晕"来自于当时快节奏的生活,以及当时的人对奢华的狂热和对享乐的沉湎,而此前的任何文明从未以如此迅猛的方式见识过这一切。

城市面貌的改变,以及由此带来的人们生活方式的改变,在诸多方面推动了现代诗歌的形成。煤气街灯的使用不仅开辟了城市的夜生活,而且让人在感官上体验到一种前所未有的惊奇和欢悦。各种大型建筑像现代神殿一样巍峨耸立,而玻璃和钢铁等新型建筑材料的运用又为这些建筑营造出梦中仙境般的格调。

安装路灯用于城市照明是波旁王朝晚期的一项发明,但光线的亮度一直不够。到 1822 年开始引入煤气灯,这个问题才得到解决。1828 年时巴黎的街上已有了一万盏煤气灯。[①] 燃气发出的光焰与 20 世纪的电灯相比可能算不了什么,但在当时,这种照明与此前数十年的灯火相比简直就是一个真正的奇迹。到拿破仑三世的时候,巴黎的煤气灯迅速增加,并且还于 1857 年在卢浮宫附近引入了第一批电灯照明。人造的太阳让人们摆脱了睡眠的限制,对于他们来说,夜晚和白天的区别仅在于照明方法的不同,而夜晚的光芒比白昼的天光更能显示城市的某种内在的能量。街市贸易继续如前,有人在干手工活,还有人纵情欢乐歌唱。在第二帝国的鼎盛时期,主干大街的商店直到夜里十点钟才关门。从那时起,开始了夜游症泛滥的伟大时代。左拉在《金钱》(*L'Argent*) 中对狂热的巴黎夜生活作了如下描写:

> 没有一晚,巴黎不是在星光下灯火辉煌,其盛况一如一个巨大的宫廷,其间的寻欢作乐要闹到黎明才休止。快乐充满了每家每户,整条街都在沉醉状态中,有如索多姆、巴比伦和尼尼微之夜。[②]

明亮的街灯强化了城中人造光线的效果。巴黎不再有夜晚,因为不再有

[①] 见 Lucien Dubech et Pierre d'Espezel, *Histoire de Paris*, Paris, Payot, 1926, p. 358.
[②] 左拉:《金钱》,金满成译,人民文学出版社,1980 年,第 299 页。

黑暗。就像波德莱尔所写的："景中一切,包括黑色,/ 光滑锃亮,灿烂如虹"。莫泊桑(Guy de Maupassant)在谈到城市的光线时也写下了类似的感受："轻盈的空中,从满天星辰到煤气街灯,一切都是明亮的。天上地下好一片灯火辉煌,就连黑暗都发出光芒。发光的夜晚比艳阳下的大白天更让人愉悦。"①

从古至今,光明都是构成理想世界图景的一个不可或缺的因素。说与天堂离得更近,也就等于说有更多的光明。在王政旧制时期,巴黎曾安装灯笼以美化城市,这让巴雷姆(François Barrême)兴奋不已,在《致雷尼大人的颂歌》(Ode à Monseigneur de la Reynie)中咏唱道:

> 一万个人造的太阳
> 夜里呈于我们眼前。
> 正当阴森森的黑夜
> 在大地上到处弥漫,
> 正午又出现在子夜,
> 在夜里延续着白天;
> 美丽灯火悬挂半空
> 让巴黎城光华如虹
> 好比华堂富丽堂皇:
> 外乡人不禁直称道
> 巴黎真是人间天堂,
> 这光芒何处能见到!②

从审美的角度看,这首诗显然属于质量平庸之作,着笔稀松,缺乏意象,用词平淡,诗句中尽是一些没有什么新意的普通表述。但我们还是可以在这首诗中捕捉到我们在《巴黎之梦》中看到的那种对于光芒万丈的城市的惊奇和赞叹。

天堂本身也的确像是按城市的样子建造的。《圣经·启示录》中提到的圣城新耶路撒冷是一切理想城市的原型,这座城市就是一个光明朗照的地方。同《巴黎之梦》中的梦中之城一样,这座城市也是用各种宝石砌成,其光芒甚至

---

① Guy de Maupassant, *La Nuit*, *Contes et nouvelles*, éd. Louis Forestier, coll. Bibliothèque de la Pléiade, t. II, 1979, p. 945.

② 转引自 Pierre Citron, *op. cit.*, t. I, p. 69.

比在《巴黎之梦》中更加耀眼,因为那是神的"荣耀光照":"那城内又不用日月光照,因有神的荣耀光照,又有羔羊为城的灯。"① 在波德莱尔诗中,"结晶的光线"也代表着荣耀,但这不是"神的荣耀"。诗中第十二节写道:

> 天上没有星星踪影,
> 也看不见一丝残阳,
> 为照亮眼前的奇景,
> 全凭自身发出光芒!

诗句"全凭自身发出光芒"所指的,是人工的光线,是现代人发明的人造太阳。将神的荣耀归于自身,现代人僭越了神的地位,成为人性化的上帝或神性化的人,相信自己掌握了在人间建造天堂、实现梦想的能力。就连自然界的伟力也开始屈从于人类的意志。在集中统一的指挥下,成千上万的人像一台机器般行动起来,开凿河道,构筑楼台,移山填海,改天换地,其意志之张扬和规模之巨大是前人从不敢设想的。

伴随着工业革命的大潮而开始的城市化过程本身就包含着将理想世界物质化的逻辑。与之相适应的新生的社会和政治系统开始运作,要将渴望已久的梦想与视野化为活生生的现实。僭越了神的地位的现代人需要修建各种大型建筑,让它们成为自己的神殿。证券交易所、大商场、拱廊街、展览厅等一切方便商业活动的建筑如雨后春笋般遍布城市,巍峨雄伟,富丽堂皇,让人置身其中有恍若隔世、如临梦境之感。雨果就曾语带讥讽地将现代的证券交易所比作古代的神殿:

> 今天的法国有证券交易所,就像过去的希腊有神殿(……)。柱廊将这幢建筑围了一圈,每当到了宗教般隆重盛大的日子,就可见到一群群交易代理人和商业经纪人在柱廊下面庄严地发挥他们的理论。
>
> 毫无疑问,这都是一些富丽堂皇的建筑。②

如果说古代的神殿以其庞大的建筑学体量及象征意义上的威慑感,代表

---

① 《圣经·启示录》,第22章,第23节。
② Hugo, *Notre-Dame de Paris*, éd. Jacques Seebacher et Yves Gohin, coll. Bibliothèque de la Pléiade, 1975, p. 135.

着神权和神圣对世俗权力的控制和庇护,那现代神殿般的大型建筑则体现了世俗权力对神权和神圣的僭越和挑战。① 资本主义建立的新世界把维护和巩固"资产阶级秩序"视为自己的天职。兴办工业,生产商品,发展贸易,增加利润,这成了城市的新的功能。兴建交通,发放公债,出借贷款,诸如此类的大型商业活动让资产阶级感到自己已经被奉若神明。尽一切手段投机,无节制地赚钱,无度地挥霍和享乐,这一切在堪比巴比伦的富丽华奢的各种博览会和节庆日受到盛大的称颂。从人性的角度说,七月王朝时期,尤其是其后的第二帝国时期的资产阶级是世俗生活最狂热的追逐者,他们把现实当作梦境一般来生活,又把梦境当作现实一般来生活。日益增长的巨大财富让他们完全有能力为城市空间披裹上梦幻的色彩,而美丽的迷梦让梦幻者仿佛感到自己大大超越了凡俗的人生。

　　城市化中表现出来的梦幻特征并不是为 19 世纪所独有。它似乎是出于人的深层需要,出自于人对理想事物的向往。18 世纪的才智人士梦想中的城市化仍然能够让今天的现代建筑师们惊叹不已。以贝纳丹・德・圣-皮埃尔为例,他虽然坦言"首爱乡村,其次才是巴黎",但他仍然抱有改造首都的勃勃雄心。他的理想是要让巴黎全城到处都可以见到"都灵(Turin)那样的拱廊,伦敦那样的人行道",大大小小的市场,圆形剧场,以及"一些数量不多但庄严巍峨、里外都有长廊的神殿,能够在节庆之日容纳巴黎三分之一的人口"②。他甚至想到要挖掉夏佑山丘(la colline de Chaillot)建一个巨大的圆形剧场。在一个像他那样热忱的自然主义者那里见到如此大规模的城市化野心,这着实让人万分感慨。

---

① 1666 年的伦敦大火后,建筑师克里斯托弗・雷恩(Christopher Wren)曾起草了一份重建计划,试图以伦敦交易所(the Royal Exchange)代替圣保罗大教堂(St. Paul's cathedral)作为城市的中心,并且让华丽的林荫大道从中心呈辐状通往周边地区。尽管这个计划颇受国王查理二世(Charles II)亲睐,但最终因为地产权价格过高而无法实施。该计划虽然未果,但我们可以从中看到人们思想意识方面正在发生的巨大改变和城市功能上开始发生的转变:宗教让位于商业,"信仰"让位于"信贷",精神让位于利益,神圣让位于世俗,有教堂居于中心位置的宗教性或精神性的城市让位于有交易所居于中心位置的商业性和金融性的城市。总之,生活中心内容的改变必然导致城市规划格局的改变,而城市规划格局的改变也必然反映出生活中心内容的改变。

② Voir Bernardin de Saint-Pierre, *Études de la nature*, Paris, Didot le jeune, 1791, t. III, pp. 342, 344.

看来，人们从内心深处认为，城市的外部规划与人的内在秉性之间存在着神秘的应和关系，这体现了人的一种与生俱来的宇宙观，体现了人想要参与到宇宙大和谐中的意愿。因此对许多人来说，城市"仙境"的建设被认为是美好生活的源泉，是对美好未来的承诺，是对美好价值的承载。当资产阶级在19世纪昌隆发达、财源茂盛之际，人们便开始按照对"梦想已久"的天堂的设想来建造城市。波德莱尔在一篇笔记中谈到的"梦想之屋"(le rêvoir)可以被看成是梦想之城的隐喻：我们中谁不曾在悠长的闲暇时光惬意地为自己建造一个堪称样板的宅邸，一个理想的居所，一个梦想之屋？每个人都各按自己的气质，用丝绸搭配金器，用木头搭配金属，要么减弱阳光的照射，要么增强人造的灯光效果，甚至还创制出花样翻新的家具，或者就用古色古香的家具来堆砌。①

这则笔记让我们想到诗歌《邀游》和散文诗《双重屋子》中表现的理想中的屋子。《双重屋子》特别提到这是"一间像梦幻一样的屋子，一间真正的精神之屋"，这里"一切都具有构成和谐的足够的明亮和美妙的黑暗"②。无论是建造个人的"梦想之屋"还是建造社会的公共建筑，两者都遵循着同一个具有潜在神话因素的逻辑。被本雅明称为"19世纪最重要建筑"③的拱廊街就是一种为大街盖上屋顶的建筑。这种兼具大街和宅邸特点的建筑是一个放大了的以大街作为单位的"梦想之屋"，其重要性在于它提供了资本主义世界的一个缩微图景，不仅代表着这个世界的建筑外观，也代表着这个世界的梦想。

巴黎的第一条拱廊街——开罗拱廊街(le passage du Caire)——落成于1799年。19世纪20年代至40年代是巴黎拱廊街建设的高峰期，到世纪中叶时已达到100条左右。拱廊街大都用作豪华和新式商品的买卖，其一大优点就是能够让人离开人车混杂而喧闹的街道而到廊子里面来优雅地观赏和购物，更好地满足人们对于时尚的迷恋，并且借助商品的催眠效果，将个人消费的梦想演变为一种乌托邦式的集体幻想。1852年的《巴黎插图指南》(*Guide illustré de Paris*)对拱廊街的描述与《巴黎之梦》中的图景极为相似：

---

① 《 Présentation de *Philosophie d'ameublement* 》，*OC*，II，p. 290.
② 《全集》，第一卷，第 280 页。
③ Walter Benjamin，*Le Livre des passages*，op. cit.，p. 832.

> 这些拱廊街是豪华工业的新发明。它们是一条条通道,用玻璃作顶,用大理石作廊檐,将属于不同房主的建筑连成一片共谋商机。光线从上面照射下来,通道两侧排列着最豪华的店铺。可以说这样的拱廊街就是一座城市,一个缩微的世界。①

值得一提的是,将煤气灯用于照明的最初尝试就是在拱廊街里进行的,这让拱廊街在巴黎的夜晚灯火通明,恍若仙境中的神奇洞穴。诚然,拱廊街是随着工业生产和商品贸易的发达应时而生的,是为之服务的。但同时,拱廊街自身也承载着资本主义并不能完全满足的某种东西,我们想说的是它们身上朝向梦想的方面,即整整一个时代中朝向理想的最天真的方面,也就是《风景》中的诗人想要梦见的"牧歌中最童真的一切"(《风景》,第 20 行)。仙境般的拱廊街在某种意义上体现了这一切。而所谓的"牧歌",难道不正是那种能够昭示出人类远大心意和抱负的东西?

当我们看到空想社会主义者傅立叶(Charles Fourier)以拱廊街作为范型来设计他的理想社会"法伦斯泰尔"(le phalanstère)时,难道真的有什么感到吃惊的地方?机器文明的发展是促使傅立叶构想他的乌托邦的内在推动力。法伦斯泰尔把众人纳入到一个共同劳动,共同享受劳动成果的关系体系中,在那里人人平等,个个善良,道德不再发挥作用。拱廊街原本用作商业和社会交往的目的,到了傅立叶那里还变成了居住的地方。他构想的法伦斯泰尔是一座由拱廊街做成的城市,是一座做成拱廊街模样的城市,中心区是食堂、商场、俱乐部、图书馆等,中心的一侧是工厂区,另一侧是生活住宅区。这个在乌托邦的空间中建造的巧妙建筑具有梦幻的特征,在相当长时期内像一个甜美的梦一样广受现代人青睐。

如果说拱廊街还只是羞羞答答地把财富遮掩在建筑物内部,那从 19 世纪 40 年代开始,随着新一轮的城市化改造,奢华的美学风气蔓延到了巴黎全城的大街之上。1846 年时巴尔扎克就已经写道:"从玛大肋纳教堂(la Madeleine)到圣德尼门(la porte de Saint-Denis)一线,伟大的炫耀之诗颂唱着五彩缤纷的诗节。"②第二帝国时期对炫耀展示之风更是乐此不疲,达到了令

---

① 转引自 Walter Benjamin, *Le Livre des passages*, op. cit., p. 65. 又见 p. 869.
② Balzac,《Les Boulevards de Paris》, in *Le Diable à Paris*, 2 vol., Paris, Hetzel, t. II, 1845, p. 91.

人迷恋和陶醉的程度。拉隆兹(Georges Laronze)在《豪斯曼男爵传》(*Le Baron Haussmann*)中记述了当时豪斯曼为拿破仑三世皇帝举行的寿辰庆典的盛况:

> 从协和广场(la place de la Concorde)到星形广场(l'Étoile),124个拱廊把香榭丽舍大街(les Champs-Élysées)装扮一新,这些拱廊结构通透,由两排廊柱作支撑。《宪政报》(*Le Constitutionnel*)称"这是科尔多瓦城(Cordoue)和阿尔罕布拉宫(l'Alhambra)的再现"。(……)视觉的冲击真是激动人心,56架大型枝形街灯神气活现,大街两旁光华闪耀,5万盏煤气灯跳动着火焰。①

还有必要提一下当时建造的巴黎歌剧院(l'Opéra)。这个世界上最大的抒情剧场体现了典型的第二帝国时期的风格,雕金镂银,光华耀目,廊柱林立,气派恢弘,尽收天下古今之奇观,穷极奢华繁复之能事,绝佳地展示了权力和财富的威势,成为了帝国洋洋自得的缩影。随着物质的进一步繁荣和装饰艺术的大盛,奢华的炫耀展示之风在19、20世纪之交的资本主义"美好时代"(la Belle Époque)更是达到了无以复加的顶点:人人追求美丽和享乐,向往珍宝、鲜花、高级服装和闪亮灯光;赌场灯火通明,舞场灯红酒绿,商场流光溢彩;玻璃把建筑物装扮得玲珑剔透,一如钻石珠宝发出耀眼夺目的光芒。这一切让整座城都仿佛成了彰显资本主义精神和资产阶级理想的橱窗。

当本雅明说"19世纪的公共建筑构成了处于梦幻中的公众的居所"②之际,他等于是用隐喻的方式指出,城市中的那一切千奇百态的"梦想之屋"已经开始让城市本身在整体上变成一个巨大的"梦想家园"。除了拱廊街外,其他许多大型的城市建筑,如火车站、百货公司、游乐园、博物馆、展览馆等,都是公众"梦想家园"的构成要素。

19世纪40年代,巴黎兴建了三个火车站:圣拉扎尔火车站(la gare Saint-

---

① Georges Laronze, *Le Baron Haussmann*, Paris, Félix Alcan, 1932, p. 119. 引文中提到的科尔多瓦城是位于西班牙南部的一座拥有无数文化遗产和古迹的城市,公元8至11世纪曾为科尔多瓦哈里发的都城;阿尔罕布拉宫是位于西班牙格拉纳达(Granada)的一个由楼宇、花园和林木茂盛的林荫道组成的建筑群,是中世纪摩尔人统治者在西班牙建立的格拉那达王国的宫殿,历史上曾是西穆斯林最大的政治与贵族化中心。

② Walter Benjamin, *Le Livre des passages*, *op. cit.*, p. 841.

Lazare，1842)、北方火车站(la gare du Nord，1843)、里昂火车站(la gare de Lyon，1847—1852)。在这些车站中可以见到，石头构件和钢铁支架相映生辉。从1850年起，大型酒店和百货公司也开始兴建，这些建筑用明亮高大的玻璃幕墙取代了以往店铺中的那种昏暗的格子窗，让人感觉仿佛看到"剔透水晶做帘幕"，像沉甸甸的瀑布般"在辉煌耀眼光华中，／悬挂于金属绝壁处"。钢铁和玻璃等新型人工材料的运用带来了建筑上的所谓"现代风格"（Modern style)，这让"虚"的效果在建筑物的虚实对比关系中占有比"实"的效果更为重要的地位，也就是说这让建筑物变得更趋通透和光亮，并由此大为强化了梦中仙境般的神奇效果。本雅明在《拱廊街》中指出，现代建筑从新材料和新技术手段中获益颇丰：

> 铁架结构最初是用在冬天的花园和拱廊街上的，也就是说是用在一些名副其实的豪华建筑上的。但它很快就找到了自己真正的用武之地，被用在了工业和技术领域。我们于是看到出现了那些在过去从未见到过的建筑样式，这些建筑为满足全新的需求应时而生，如盖了顶的市场、火车站、展览厅等。是工程师们开辟了这个路径。不过，有些诗人也表现出了令人惊讶的敏锐洞察力。浪漫派诗人戴奥菲尔·戈蒂耶就写道："可以在利用新工业为我们提供的种种新手段的同时，创造出独具风格的建筑。铸铁的使用允许并且召唤着许许多多从未见过的形式，就像在火车站、吊桥、冬天花园的穹顶这样的建筑中所见到的那样。"①

将钢铁和玻璃这两种人工材料运用到极致并由此成为"现代风格"典范的，是为1851年伦敦万国博览会建造的"水晶宫"（Crystal Palace)。这个作为世界上首次工业博览会的展览馆，不仅体现了当时崇拜机械和工业的时代精神，也体现了工业化时期"一厦庇万物"（under one roof)的建筑理想。水晶宫的设计师约瑟夫·帕克斯顿（Joseph Paxton)是德文郡公爵（Dukes of Devonshire)的园艺总管，曾为公爵的查茨沃斯庄园（Chatsworth House)设计建造过铁架结构的玻璃暖房。水晶宫的设计以轻质的铁框架结合玻璃的结构取代了传统上那种厚重的砖石水泥结构的建筑形式，由此获得的开放空间避

---

① Walter Benjamin, Le Livre des passages, op. cit., p. 882-883.

免了以承重墙四面合围造成的沉重感和封闭感。整个建筑长 562 米，宽 125 米，总占地面积超过 8 个标准足球场。巨大的屋架由 3300 根铁柱和 2300 条铁梁构成，外墙和屋面均为玻璃，玻璃总数达到 30 万块。建筑物内有大大小小的喷泉和瀑布，喷泉口总计高达一万两千个，其中两个主喷泉口高达 76 米。这个方案的优越之处不一而足：没有火灾危险，搭建快捷，费用相对低廉。它带来的视觉震撼尤其令人印象深刻：整个建筑通透明亮，在白天的阳光下晶莹剔透，而在夜里又借助人工的灯火向外发射光芒。然而，仿佛是由于命运的魔咒，本来具有防火灾功能的水晶宫，在 1936 年时竟然意外地毁于一场火灾。水晶宫建筑无论作为技术进步的标志还是作为把现代材料应用于现代设计的成功想象，都应该算是尖顶拱和飞拱壁设计问世以来最重大的建筑贡献了。它宣告了一个新的建筑时代的到来，为工业时代的城市建筑所采用的综合材料和平整光洁的外观树立了样板，开了建筑师们迷恋钢铁和玻璃的风气，其所具有的催眠术般的影响至今不绝。艺术家约瑟夫·纳什（Joseph Nash）曾为英国君主绘制了一批表现水晶宫的系列水彩画。我们在这些画作中可以看到，建筑物宽敞内部的装饰有东方异域风情，树高叶茂，花红草绿，拱廊下除了陈列展示出各种各样丰富的新式工业产品外，还有数不清的巨大青铜组像、大理石雕塑和喷泉。

巴黎以水晶宫为蓝本，在 1855 年和 1867 年的两次万国博览会时分别建造了"工业宫"（le Palais de l'Industrie）和"机器厅"（la galerie des Machines）。在做出建造"工业宫"的决定之前，最初的设想是把香榭丽舍大街的一段用玻璃顶遮盖起来。但由于成本过高，最终还是采用了由建筑师维耶尔（Victor Viel）和工程师巴娄（Alexis Barrault）合作设计的方案。他们的设计兼具工程巧妙和外观美丽的特点，时人无不惊叹于铁架结构的轻灵优美和玻璃穹顶的巨硕。就像古人在神殿入口处安放雕塑一样，工业宫的大门两边各安放了两个挂有煤水车的漂亮火车头。①

城市景观是人类根据心中的期望重塑他所生活于其中的世界的结果，同时人类也在构造城市世界的过程中重塑着他自己。对城市发展的规划实则是

---

① Voir Louis Enault,《Le Palais de l'Industrie》, in *Paris et les Parisiens*, Paris, Morizot, 1856, pp. 313-315.

对人类生活样态和生活需要的规划，也就是对人类发展可能性的规划。各种有关城市的想象，在一定程度上体现了人类要求成为自身命运自觉的、有意识的建筑师的愿望和意志。城市建筑景观的变化不只是对现代科技的颂扬，它同时也间接地体现了人们在社会意识上发生的变化。豪斯曼对于第二帝国时期巴黎的改造，背后仰赖的是资本主义对于巴黎是什么与巴黎会是什么的再想象。万国博览会让资本主义的文化梦幻得到了盛大的展现，也就是要大批量地炫耀和展示生产和财富的威力，赞颂物质生产的狂热和这种狂热所体现出来的青春活力，让人们膜拜资产阶级创造出来的神明。它甚至成了资本主义在技术、工业、商业和金融等方方面面价值的客观载体或象征。在某些有识之士看来，对"物"的崇拜让万国博览会建立了商品的天下，成了商品拜物教的朝圣之地，成了资本主义文化幻影臻于极致之所。泰纳（Hippolyte Taine）在1855年巴黎万国博览会时不无讥讽地说道："整个欧洲都跑去看商品了。"① 勒南（Ernest Renan）也抱着同样的态度，把1851年和1855年的万国博览会比作古希腊的盛大节庆——奥林匹亚竞技和雅典娜女神节，并且还如此写道："欧洲两次动身前去观看陈列的商品并且要把物质产品比出高下。"② 人们在万国博览会营造出来的梦幻氛围中徜徉，怀着宗教般的虔诚之情，以浏览橱窗中像圣物般供奉着的商品为赏心乐事。在这个时候，商品的使用价值或交换价值已经退居其次，而位于前台的是它作为令人陶醉的"物神"的价值。资本主义的生活逻辑就是不断屈服于拜物教的力量。万国博览会在展出商品的同时，集中体现了资本主义的这一生活逻辑，因此也可以被看做是当时的城市和城市生活的一个缩影。正是在法兰西第二帝国的鼎盛时期，巴黎被打造成了举世公认的最豪华、最时髦的大都市，整座城市都有如变成了一件名贵的商品一般，其灿烂的光彩让人陶醉得目眩头晕。

有意思的是，作为空想社会主义代表的圣西门主义者的思想中竟然也带有万国博览会所体现出来的精神。他们那种建立在经济发展基础上的专家治国理想与其说是社会主义的，倒不如说更接近于国家资本主义。圣西门主义者对于物质和社会工程特别感兴趣，抱有使地球工业化的雄心和计划，因而热

---

① 转引自 Walter Benjamin, *Le Livre des passages*, op. cit., p. 50.
② Ernest Renan, *Essais de morale et de critique*, Paris, Michel-Lévy frères, 1859, p. 356.

衷于新的社会形态和空间形式的生产。圣西门本人就曾写道:"18 世纪是批评的与革命的",但 19 世纪必定是"创造的与建设的"①。迪韦里耶(Charles Duveyrier)于 1833 年对"新城镇或圣西门主义者的巴黎"作了如下描述:"以巨大的女性雕塑(女性弥赛亚,母亲)为神庙,作为城市的核心建筑;这是个庞大的纪念碑,袍子上的花环可以当成散步长廊,而长袍的折痕则成了用来游戏与设立旋转木马的圆形竞技场的墙壁,至于女神右手所持的地球则是个剧院。"②如果说这还是停留于想象的"天方夜谭"中的城市,那到了 19 世纪中叶,圣西门主义者对参与现实中大规模的商业和工业活动,如巴拿马运河计划和马德里城建计划等,表现出了浓厚的兴趣。他们深信,科学和金钱结合便能产生进步,而通过大规模的生产和建设,可以将地球变成天堂,而昨日乌托邦的美丽梦想,将成为明天振奋人心的事实。

四、"仙境华屋"的暧昧性

工业和技术的飞速进步,以及资本主义兴旺发达、繁荣昌盛的景象,让生活在现代社会中的人恍若隔世,感到仙山琼阁的一切美景奇境都在人间得到了实现。人们看到城市中每天都有各种伟大的奇观被制造出来,就像是浮士德博士(le docteur Faust)用他的魔法书创造出来的一样。宽阔道路的开辟,古旧街区的整治,城市面貌的美化,这一切让巴黎看上去恢弘壮丽,堪比最美丽的梦幻。诗人们的文字"魔术"不能不对这些历史性的伟大"奇观"做出回应。

被波德莱尔称为法兰西语言和文学的"完美魔术师"③的戈蒂耶就对自己能够生活在新巴黎感到志得意满。他在 1855 年写道:

> 那些硝痕斑斑且黑乎乎的破城墙被荡除净尽,在它们的废墟上矗立起真正配得上人的居所,在这些居所中,空气带来健康,阳光带来从容的思想。④

---

① 转引自大卫·哈维(David Harvey):《巴黎城记——现代性之都的诞生》(*Paris, Capital of Modernity*),黄煜文译,广西师范大学出版社,2010 年,第 76 页。
② 同上,第 72 页。
③ 语出《恶之花》卷首题献词,《全集》,第一卷,第 3 页。
④ Gautier, préface à Édouard Fournier, *Paris démoli*, 2ᵉ éd., Paris, A. Aubry, 1855, p. XI.

次年,他又借皇太子出世之机写了《圣婴降生》(Nativité),在诗中讴歌了即将整治完毕的新卢浮宫,称其为"梦想出来的事物"①。

被公认为法国诗歌"杂耍高手"的邦维尔在长篇颂诗《巴黎和新卢浮宫》(Paris et le Nouveau Louvre)中也对"仙境奇观"和"神奇梦幻"表示了礼赞:

> 显形,众城之城! 打开,宽街长巷!
> 墙壁绝无污渍,门楣尽是朱红!
> 空气纯净,洗涤我们宽广胸膛,
> 而你,太阳,将我们照耀和抚弄!②

戈蒂耶和邦维尔写新卢浮宫的诗在艺术性方面乏善可陈,缺乏新鲜的视角和新奇的表述。不过,我们仍然可以从中感觉到那种令整整一个时代如同着了魔似的狂热和兴奋。

对于进步和美好未来的信念是资本主义社会的基础。19世纪的资产阶级对此深信不疑,而对这种信念的狂热在19与20世纪之交的那段时期达到高峰,而那段时期恰好在历史上被称作"美好时代"。从那时起,城市建筑的奇迹越发充满想象(幻想)。在传统的长、宽两个维度外,建筑师们为现代城市中的"仙境华屋"引入了高度这个第三维度。为1889年万国博览会建造的埃菲尔铁塔(la Tour Eiffel)成为当时世界上最高的人工建筑,被时人称为地球上"最高的旗杆"和"最大的电灯柱子"。它的建成标志着摩天大楼时代的到来。从那时起,开始了一场追求高度的角逐。纽约帝国大厦击败埃菲尔铁塔,但随后又被具有更大高度的建筑击败。大楼一层一层往高空里建,与其说是为了争取空气和光照,不如说是为了追求野心和梦想,而且,超过别的摩天大楼还可以炫耀自己的经济实力与显赫威望。直到今天,这种角逐没有停息,相反倒有愈演愈烈的趋势。

长久以来,人们对城市未来图景的设想总是落脚在梦幻般的想象中。无论是文学艺术家、未来主义的建筑家还是普通人,他们心目中的未来城市一定是那种消弭了现实与梦想、现实与神化、现实与科幻之间界限的世界。

---

① Gautier, *Nativité*, in *Le Petite Revue*, le 18 février 1865, p. 111.
② Théodore de Banville, *Paris et le Nouveau Louvre*, Paris, Poulet-Malassis et Broise, 1857, p. 22.

对于进步的信念是19世纪的一个迷梦,这个迷梦有其神圣性的一面,也就是富有诗意的理想主义的一面,但也有其物质性的一面,也就是能够窒息诗意的拜物主义的一面。从工业和技术进步中获益颇丰的显然不止于现代建筑。波德莱尔对资本主义迷梦固有的暧昧性进行过思考,他虽然认为工业和技术进步是艺术和诗歌的死敌,但他同时又指出,当它们两方狭路相逢时,"其中一方必须为另外一方服务"[①]。那就让工业和技术进步为艺术和诗歌服务!这样的观点应该是合于他的美学思想的,同时,他自己的某些诗歌创作就是探讨工业和技术进步服务于诗歌的典范,正如《巴黎之梦》为我们所显示的那样。他的《巴黎之梦》脱胎于历史性的梦幻。作为具有艺术敏感的诗人,他很可以通过现代建筑物仙境般的图像去发掘和探讨人类对于梦幻现实的痴迷,并用这些历史性的奇观来滋养自己词语的魔术。同时,历史梦幻的暧昧性也决定了诗人自己对于现代世界的暧昧态度:"对生活的迷醉"和"对生活的厌恶"[②]。

诗人有理由"迷醉"于现代生活。作为现代技术奇迹出现的城市化新景观,为诗人启发了梦想所具有的创造能力,同时也通过为诗人提供新的材料、新的诗歌意象和隐喻,让他得以实践艺术的更新,找到表现理想世界的新方式。《巴黎之梦》中描绘的梦境只可能存在于波德莱尔这样的现代城市人的精神和想象中。生活在城市中的人远离田园牧歌式的原野风光,习惯于街道纵横、房舍严整的人工景象,善于体会用金属、大理石和像结晶的水一样剔透的玻璃构造的建筑中所包含的美和情调。诗中的梦境处于诗人的掌控之下,具有复杂建筑的构造,是诗人根据诗歌意识和表达意志的要求对城市景观加以改造和重构的结果。他甚至可以超越丁利益和利害之外,从一个时代财大气粗的奢靡生活和求大求全的肤浅审美观中提炼出纯形式的审美类型。例如,时代的"巨大症"可能在指导思想上是天真和平庸的,在道德上是简单和生硬的,在美学上是主观和粗糙的,但就其最好的方面而言,它似乎又的确触及了人类集体梦想的神经中枢,承载着人类心中深藏的某些幻想。而波德莱尔对自己的"嗜大"审美趣味的培育,既有时代的"巨大症"的影子,又在精神上超越了时代的"巨大症"。我们很难说他诗中的描写是对城市外观面貌的直接模

---

① 《1859年沙龙》,《全集》,第二卷,第618页。
② 《我心坦白》,《全集》,第一卷,第703页。

仿,但可以肯定的是,这些描写的确包含着造成城市景观的内在逻辑因素,构造出了现代生活中充满理想和梦幻的方面。

　　诗人有理由"厌恶"现代生活。现代"梦想"对于物质因素拜物教式的依赖,现代人对于所谓"进步"的盲目信仰,资本和权力在实现"梦想"过程中神话般的张狂,城市中"成功人士"的生活空间对普通人日常生活空间的支配和宰割,这一切又不可避免地引起诗人的反感和忧心。当"进步"不是为"艺术"服务,而是以工具理性之名僭越、漠视或最多是利用艺术并成为物质崇拜的担保者时,无论充满怎样诗意的"梦想"到头来都必定是物质的附庸,一定会转变成让梦想者不堪其苦的噩梦。本雅明在《拱廊街》中将巴黎称作"梦幻之城",并辟专门章节加以解说。他通过一系列"辩证图像"意欲说明"资本主义是这么一种自然现象,通过它,一种新的充满酣梦的睡眠带着被重新激活的神话力量扑袭欧洲"①。逖德曼(Rolf Tiedemann)在为《拱廊街》作序时对本雅明的意图作了引申阐释:"19 世纪是人们必须从中觉醒的梦幻,只要它的魅力不被击破,它就会是压迫现实的噩梦。"②这也是《巴黎图画》的作者通过自己诗人的直觉意会到的历史的辩证意义。巴尔扎克的小说《路易·朗贝尔》(*Louis Lambert*)中有这样一段话:"我用我的思想将世界包裹起来,我将它揉捏,我将它塑造,我深入到其中,我通晓或自以为通晓世界;而我突然独自醒来,发现自己虚弱地处于沉沉黑夜之中;我记不起刚才隐约见到的光亮,完全无依无助,尤其是没有了可以让我藏身的内心世界。"③如果对这段话稍加改造,将其中的"我"换成"资产阶级",就可以把它用来揭示资产阶级的梦幻:"资产阶级用他们的思想将世界包裹起来,他们将它揉捏,他们将它塑造,他们深入到其中,他们通晓或自以为通晓世界;然而他们突然独自醒来,发现自己虚弱地处于沉沉黑夜之中;他们记不起刚才隐约见到的光亮,完全无依无助,尤其是没有了可以让他们藏身的内心世界。"这完全可以用来作为《巴黎之梦》的一种阐释。波德莱尔的这首诗通过两个部分的对比结构,展示了"梦幻"与"觉醒"的关系。以酣梦始,以梦碎(或噩梦)终的过程,使得美好梦幻本身被赋予了某种

---

　　① Walter Benjamin, *Le Livre des passages*, op. cit., p. 408.
　　② 见 Rolf Tiedemann 为 *Le Livre des passages* 所作序言,同上书,第 17 页。
　　③ Balzac, *Louis Lambert*, *Œuvres de H. de Balzac*, t. III, Bruxelles, Meline, Cans et Compagnie, 1837, p. 412.

具有戏拟和反讽的效果，这同时也使全诗成为一种警醒，让人透过现代的"仙境华屋"，对以拜物主义为基础的梦想发出思考和追问。

历史梦幻本身的暧昧性以及诗人自己对于现代世界的暧昧态度，决定了《巴黎之梦》这首诗所包含意蕴的暧昧性。作为城市诗人，波德莱尔在这首诗中表达的内容具有似是而非的特点，既让我们看到他对于现代景观所体现出来的理想冲动和梦幻之美的正经崇拜，又让我们感觉到这种正经崇拜背后似乎又有正话反说、佯言诳语的因素。他不绝对宣示完全的肯定和赞许，也不是绝对宣示完全的否定和讽刺，而是在两方面形成的张力中体现出情感和精神的强度。我们还可以在他的许多其他诗歌作品甚至文艺评论中见到这种几乎已经成为他习惯的行文特点。这样的特点导致对他的作品往往不能做单一的阅读和阐释，而只有从多角度甚至矛盾的角度进行的多重的或复合的阅读和阐释才能够贴近并反映出根植于其本性中的混杂性、矛盾性和暧昧性。理解到这点，就等于找到了切入波德莱尔作品的方便法门。

第二节　魔幻之城：城市生活带来的神奇经验

一、"拥挤如蚁之城"

欧洲在19世纪经历了两个巨变。18世纪末和19世纪初的一系列伟大的科学发现，自19世纪20年代起得到了广泛应用，这导致了机械文明或者说技术文明的发展和普及，尤其是带来了工业生产方式的巨变。工业生产对劳动力的需求又导致大量人口迅速向工业化大城市迁徙，带来了人口学意义上的巨变。这两个巨变可以说是现代城市文明的两个表征。在这两个巨变的共同作用下，城市空间、人与人之间的社会关系以及人们的精神和心理结构都相应发生了一系列深刻的改变。城市的性质本身也随着这些改变而发生了改变，而经过这样一些改变后，现代城市也就完全不同于工业时代以前的城市。这一系列令人眼花缭乱的变化让大城市成了一个各种事物纷乱杂陈之地，庄严而壮观，古怪而神秘，天下之奇，悉聚于此，古今之异，于斯为盛。

《七个老头》的第一节借助诗歌语言和寓托手法，寥寥数笔就写出了城市形象的巨大变化和与这种环境变化相应的发生在城市人的举止和精神上的深刻变化：

> 拥挤如蚁之城，城市充满梦幻，
> 光天化日之下幽灵拉扯行人！
> 神秘到处渗透如同汁液一般，
> 顺着强壮巨怪狭窄脉管纵横。

这里涉及的是现代城市的梦幻景观给人带来的奇幻感受。《巴黎图画》中的所有诗歌都可以被看做是对这种奇幻感受的发挥或变体。

波德莱尔诗中的这种奇幻感受，体现了发生在感知和表象层面的变化。这种发生在感知和表象层面的变化看似肇因于诗人的内心奇想，而其最深刻的根源实则是发生在现代的人口、工业、社会等方面的巨变。

"拥挤如蚁"是波德莱尔所处时代城市的突出特点之一。虽然他的《巴黎图画》中没有任何一篇以人群作为直接的样板，但诗人却从未忽略人群的存在。城市人群以一种隐蔽的形象被刻写在他的诗歌中。大众在诗人的灵魂中扎根得如此之深，以至于我们难以在他的作品中找到对人群的直接描写。波德莱尔无意于直接描写城市，也无意于直接描写城市大众。《巴黎图画》中的诗篇提到巴黎和巴黎人群之处甚少，偶有提及也是笼而统之，这往往令研究者们大为惊诧和不解。这是因为城市和人群都被诗人置换成了寓托形象或象征，是以一种变了形的和更加抽象的面目出现的。所谓"置换"（la transposition），就是移植和改造。而波德莱尔所实行的置换，就是拒绝对城市和人群进行客观再现或客观描写，如此也就避免了让人群和城市之间产生裂隙，其高明之处在于能够借此说彼，以彼寓此，彼此勾连，相互阐发。他的人群总是在大城市中的，而他的巴黎也总是挤满了人。在《巴黎图画》中，我们几乎随时都可以隐约感觉到人群的秘而不宣的在场。人群就像飘动在诗人眼前的面纱，而诗人正是透过这层面纱来观照巴黎的。的确，诗人跟随"小老太婆"所穿行的巴黎画面就被形容成"拥挤如蚁"："穿行于巴黎拥挤如蚁的画面"（《小老太婆》，第26行）。

巴黎的人口在19世纪初以前增长得非常缓慢。从12世纪末的10万居民发展到18世纪末的50万居民用了600年时间。1801年进行了第一次正式的人口普查，统计的巴黎居民数是547 756人。从复辟王朝时期起，随着人口的频繁迁徙，巴黎居民数量开始了跳跃式激增。有些人来到巴黎是为了逃避乡下的贫困，有些人像巴尔扎克笔下的拉斯蒂涅（Rastignac）一样，是为了寻求飞黄腾达的机会。人口增长在七月王朝时期加速发展。到世纪中叶的 1850 年，巴黎人口达到了 100 万。到了第二帝国时期，随着大商业、大资本和大工业的出现，人口增长的势头变得更为显著。巴黎成了所有胸怀梦想的人施展才干的理想之地。到帝国覆灭时的 1870 年，巴黎人口与世纪中叶相比又将近翻了一番，达到了近 200 万。巴黎人口的猛烈增长势头要到 20 世纪 30 年代才开始减缓。在法国历史上，人们首次看到一个大城市名副其实地以"爆炸"的方式获得迅猛的发展。

如此大规模的人口移入不可能不带来人口结构的改变。米什莱（Jules Michelet）把他年轻时代的巴黎称作"法国的巴黎"，而把他老年时代的巴黎称作"欧洲的巴黎"，并且指出说：前者主要由"时装业和制木工"构成，而后者主要由"建筑工和制铁工"构成。① 人口的移入几乎完全集中在青壮年阶层，这改变了人口的年龄结构，使老年人和小孩所占比例显著下降。据 1850 年的调查数据，在全部男性人口中，介于 21 到 36 岁之间的占了六成。男性人口的大量移入也改变了人口的性别结构。在王政旧制时期，巴黎的女性数量超过男性，跟当时其他那些大城市的情况差不多，这是因为女性平均寿命更长，而且比男性更少从事具有危险性的工作。1817 年时，女性与男性之比是 115 比 100。但人口的移入很快就改变了这个比率。到 1836 年时，30 至 40 岁年龄段的女性与男性之比是 90 比 100。像在任何劳动力大规模移民潮之后所发生的情况一样，巴黎充斥着单身男子，而女子则变得稀缺，因而也就大受青睐。巴黎的卖淫业正是在这个时期取得了巨大发展，成为巴黎街头蔚为壮观且独具特色的一大风景。奠定巴黎"风尘女子"和"轻浮女子"神话的，与其说是世风日下的放纵生活，还不如说是迅猛移民潮的需要。从这个时候开始直到 20 世纪 20 年代，"巴黎小女人"的神话让外国人深感着迷，只不过这些"小女人"中的大多数并不是土生土长的巴黎人，而是从外省来首都讨生活的。

城市中人口的膨胀只不过是城市社会功能膨胀的一个表征。我们可以看到，在人口膨胀的同时，社会的诸多方面，如政治、经济、文化、精神等领域，也

---

① 见西特龙所引米什莱手稿，Pierre Citron, *op. cit.*, t. II, p. 265.

经历着前所未有的膨胀过程。权力、资本、生产、文化、发展机会等向首都的集中,使巴黎成为一个独一无二的城市,比其他城市更大也更令人生畏。一切都听从巴黎召唤,一切都向巴黎汇聚,一切都向巴黎输送。巴黎主导着政权、舆论、趣味和时尚。作为政治和文化中心,同时也作为经济和财政中心,巴黎成了法国或法兰西民族这个生命体的头脑和肚腹。[1] 首都的强势可能会令人不安,但它的财富又令人渴望。一切有形和无形资源向首都的集中,为城市的发展火上加油,也给牟利带来了难以比拟的机会。城市发展所派生出来的货币价值,大体上与其发展的规模和商业活动的重要性,以及与其人口的稠密度恰成正比。交通网的建设,特别是 1830 年后铁路线的建设,加速了人口和财富的集中。国家路桥总局局长(le directeur général des Ponts et Chaussées)阿勒克西斯·勒格朗(Alexis Legrand)于 1837 年在议会宣称:"一条条铁路干线是政府的巨大缰绳,是国家强盛的工具。"[2]1838 年,法兰西人文院(L'Académie des sciences morales)提出这样一个问题:"当前正在普遍发展的运输方式会对社会状况带来怎样的影响?"帕克尔(Constantin Pacqueur)给出如下回答:"铁路的发展不仅让乘客在车厢中变得亲如一家,而且还将激发人们的生产活动。"[3]第二帝国将 1850 年时总长度只有 1931 公里的少数几条铁路线,扩展成了 1870 年时总长达 17400 公里的复杂网络。铁路强化了巴黎作为首都的霸主地位并大大加剧了城市人口的稠密度。对有些人来说,巴黎简直就是一个巨型怪兽,吞噬着全国的人力资源和资本资源,让法国不堪重负,由此产生出了文学中"章鱼城市"和"触手般扩展的城市"的神话。

几乎每一个首都城市在变成中心的过程中都促进了城市的扩大。所谓城市之大,首先是指其人口数量之多和力量之强大,其次才是指其占地之广和周线之长。随着城市发生的巨大变化,巴黎显现出愈益雄健的面貌和愈益让人感到压迫的力量。这一巨变在关于巴黎的诗歌中得到了反映,其具体表现是:

---

[1] 米什莱在谈到权力和财富的集中时说道:"对一个民族来说,这种集中就像是发生在生命体上的集中。民族就像动物一样,各部分越是规矩整齐地汇集于一点,也就生活得越好,并且也更有价值。"这段话由西特龙引自米什莱学生的课堂笔记,见 Pierre Citron, *op. cit.*, t. II, p. 248.

[2] 见 Yves Leclercq, *Le Réseau impossible: la résistance au système des grandes compagnies ferroviaires et la politique économique en France*, 1820-1852, Genève, Droz, 1987, p. 64.

[3] 见 Pierre-Maxime Schuhl, *Machinisme et Philosophie*, Paris, Alcan, 1938, p. 67.

以往的诗歌中往往将巴黎表现为被动的女性形象,而现在则更多将其表现为主动的男性形象。据西特龙研究,1830年的革命就像是一个分水岭,在这之前的诗人大都把巴黎体会成女性,而在这之后,巴黎则主要是以男性的形象出现的。造成这种突然变化的原因,是由于充满行动活力和剧烈动荡的社会形态取代了长期相对发展迟缓的社会形态。巴黎越是充满力量,也就越是显得阳刚。于是,在诗歌中经常与巴黎联系在一起的形象是战士、巨人、工人,或是汹涌翻腾的自然现象,如激流、汪洋、火山等。这些形象究竟针对的是巴黎这座城市还是城市中的巴黎人呢?对这个问题给出回答其实并不重要,因为在当时人们的想象中,城市和城市中的人始终是紧密结合在一起的。

新的城市生活形式和伴随着经济和技术的发展而出现的各种新式的创造,使人的感觉中枢面对乱花迷眼的梦幻般情景,经历着从未有过的震撼冲击和复杂磨炼。

正处于资本主义蓬勃发展中的巴黎是一座不断运动着的且变幻不定的城市。它的神奇之处部分来自于人口的流动和稠密。铁路网日益扩展,并且与周边国家的铁路相连,日夜不停的运输加剧了人口的流动和聚集。在城市内部,随着复辟王朝时期第一条公共马车线路于1828年1月投入运行,就此开辟了巴黎的公共交通系统,这也在某种程度上促进了城市各阶层人口的融合。在城市化大规模改造中拓宽的一条条笔直的大道,加快了城市生活的流动性,这包括商品的流动和人口的流动。由于各个街区有其特定的功能划分,这种流动性就成为工业化城市必不可少的需要,甚至成为了适应和参与城市生活的一个条件。流动性对创造出城市空间的横向维度功不可没。这可以解释为什么在城市诗歌中,行走的经验是一种至为重要的经验。城市的景观更多是流动的(与横向的行走街巷有关),而不是静止的(与纵向的俯瞰全景有关)。正是运动让感官经验愈发强烈,愈发能够感觉到城市世界的神奇。

二、变动不居的城市快节奏生活

为了追求商品最大化的价值和利润,就必须扩大市场和讲求效率。而为了在扩大的市场中实现效率,就必须尽可能减少生产和流通的时间,换句话说,就是必须加快生产和流通的节奏。就像朗弗兰士(Louis Rainier Lanfranchi)在1830年所说的,资本主义世界的要点就是"用尽可能短的时间获得巨大财富"。他还说:"在过去,爷爷开的商行要到孙子辈才勉强能够做大。而现在事情发生了变化;大家都想一蹴而就,没有耐性等下去。"①空间和时间都是生产价值和实现利润的要素,而以各项措施改善交通运输和通讯条件以增进产品流通、人员流动和信息传播的便捷,是打造现代社会的必要工作。马克思将这种新型的时空关系概括为"用时间去消灭空间",并且敏锐地指出这是为方便资本发展和扩大市场服务的。②

城市化大潮在现代令人目眩的迅猛发展绝非出于偶然,它与现代工业化大潮相互砥砺、同携并进的事实显示了它的历史必然性。现代人对城市化近乎宗教般的崇拜本身就包含着深刻的矛盾因素:一方面受到乌托邦梦幻式的想象与意象的引导,包含有抽象的理想追求的因素;另一方面,而且这也是更为重要的方面,是出于所谓合理的功能性考虑,包含有追求现实效率(效益)的因素。在这点上,城市就像是一个高效率的人或机器,也可以说它兼具了高效率的人和机器的特性,是人格化了的高效率机器,或是机器化了的高效率的人。时至今日,城市生活的快节奏不仅是事实,而且成了保持个体尊严所必须遵守的规则。人们普遍认为,整天忙来忙去,并乐在其中,这才说明他们过得不错并且生活得有价值。速度已经成了现代人的一种文化和崇拜,渗透到了社会生活的各个角落。无论是工作还是休闲,人们来也匆匆,去也匆匆,脚不沾地,风风火火,吃有快餐,行要快车,就连文化也是快餐式的消费文化。凡事快马加鞭,但求速得正果,城市生活之"快"让人快乐,具有如同兴奋剂般的效果。人们在快速的行走中快乐着,以此为目的,反倒遗忘了行走的真正目标。难怪米兰·昆德拉(Milan Kundera)会反其道而行之,写一部题为《慢》(*La Lenteur*)的小说来对抗"快"的魅惑。他在书中语带讥讽地将"速度"说成是"技术革命作为礼物献给人类的一种迷醉方式",并且还尖锐地指出"速度的级

---

① Louis Rainier Lanfranchi, *Voyage à Paris ou Esquisses des hommes et des choses dans cette capitale*, Paris, Vve Lepetit, 1830, p. 110.

② 马克思在《1857—1858 年经济学手稿》中写道:"资本一方面要力求摧毁交往即交换的一切地方限制,夺得整个地球作为它的市场,另一方面,它又力求用时间去消灭空间,就是说,把商品从一个地方转移到另一个地方所花费的时间缩减到最低限度。资本越发展,从而资本借以流通的市场,构成资本空间流通道路的市场越扩大,资本同时也就越是力求在空间上更加扩大市场,力求用时间去更多地消灭空间。"(《马克思恩格斯全集》,第 46 卷,下册,人民出版社,1980 年,第 33 页。)

别与遗忘的强度恰成正比"①。他的话体现了一位逆时而动的城市闲逛者意欲在精神上保持的高贵。

　　快速的运动方式改变了人们感知空间和时间的既有条件,而这样的改变易于带来人们对于世界的全新观感。

　　要获得一种全新的观感,可以有多种方法。可以像兰波那样通过"各种感官长期的、广泛的、有意识的错位"②来获得;可以像"瘾君子"德·昆西那样通过使用鸦片、大麻等兴奋剂来获得;可以像有些过着波希米亚式生活的巴黎艺术家那样通过放荡不羁的张狂来获得;可以像《风景》中的诗人那样通过完全的与世隔绝和在黑夜中顽强地埋头工作来获得;或者干脆就像《巴黎之梦》中那位仙境华屋的建筑师那样,通过做梦或凭着梦想来获得。究竟什么是所谓全新观感呢?这是一种在我们的感知条件突然发生改变时获得的感觉经验,它往往让我们因为这种改变而体验到一种不适应、不自在甚至困惑的感受,但同时它也更容易让我们打破感觉和思维的惯性,突破普鲁斯特所诟病的"理智的推论",领受到事物的新颖一面和奇特之处。诚如瓦莱里所说,一种全新的观感总是会"告诉我们说我们以前从未见识过我们现在在看到的东西"③。在这层意义上说,全新观感的精要就是艺术品或诗歌。19世纪加快的城市生活节奏具有某种可堪与兴奋剂相比拟的功效,让人在惊慌失措和心醉神迷之间带着全新的眼光去感受和观照世界。

　　在生活节奏方面,人类在历史上经历过两种时代:一种是靠畜力作动力的时代,一种是靠发动机作动力的时代。第一个时代是从古代直到19世纪初。在这个时代走一百公里的路程,凯撒统治时期的人和拿破仑一世统治时期的人用时是一样的。而第二个时代是以机器的使用为标志的,其高速的运转带来了生活中客观内容和人们主观感受的巨大变化。进入现代意义上的工业文明后,世界变得异常活跃,发生着剧烈的变动,致使以往那种让人感到安全的稳定性遭到摧毁。人们的空间经验因受到时间的挤压和撕裂而变得支离破碎。一切都可能在很少时间内完成,一切都可能在人们完全没有意识到的情

---

① Milan Kundera, *La Lenteur*, *Œuvres*, Gallimard, 2011, p. 287, 306.
② Arthur Rimbaud, lettre à Paul Demény, *Poésies*, Paris, Librairie Générale Francaise, p. 202.
③ Valéry, *Œuvres*, éd. cit., t. I, p. 1165.

况下发生。生活中充满了惊奇和震撼,现实披上了超现实的外衣,奇观布满人们双眼。

在农耕时代,生产方式是按大自然中的季节轮转、时序更替的节律来组织的。而进入工业化时代,机械化生产和快捷的交通打破了季节和时序的限制,让各种不同的事物可以在同一瞬间出现在人们眼前,由此也让单位时间所包含的生活内容比以往更丰富和复杂得多。这样的景象让有些人感到既神奇得不可思议又滑稽得不合常情。海涅(Heinrich Heine,法语写作 Henri Heine)在旅居巴黎期间就对法国的铁路网建设感触至深,将其称作"天启神谕的事件,为人类带来新的推动力,改变着社会生活的形态和色彩(……),改变着我们看待事物和思考事物的方式"。他还记录下了时间压缩空间给他带来的幻觉般的想象:"我仿佛看见普天之下的群山和森林都在巴黎行走。我已经闻到了德国椴树的气息;北海的波涛拍打着我的家门。"①

波德莱尔曾告诉卡罗纳说,《死神舞》一诗是"在铁路上旅行时梦幻遐想的结果"②。自 19 世纪 30 年代起,火车头以其震撼的气势和巨大的轰鸣而成为人类进步的象征。火车成了代表着现代世界这个大景观的一个缩微景观。当火车进入现代舞台之际,它最初带来的是对人们感觉中枢的冲击。

就在德国要在巴伐利亚(Bavière)修建全国第一条铁路之前,埃尔朗根医学院(la faculté de médecine d'Erlangen)发表了一份评估报告,这份报告称:高速运动能够引起脑部疾患,只要看到火车全速驶过就会让这方面的疾患表现出来,因而有必要在铁路两旁建五尺高的隔离板墙。③ 在法国,阿拉戈(François Arago)的评估报告也对修建铁路持保留意见,其中有一条理由是,隧道进出口的巨大温差引起的骤冷骤热的变化有可能给人带来生命危险。④

在修建铁路以前,人类所习惯的速度不到时速 20 公里。公共马车时速 6 公里。邮车是当时所有交通方式中最快的,时速 15 至 20 公里。火车的出现让速度成倍提升。按时速几十公里运行的火车被认为会给人的精神造成损

---

① 海涅 1843 年 5 月 5 日信,载 Henri Heine, *Lutèce. Lettres sur la vie politique, artistique et sociale de la France*, Paris, Michel Lévy, 1855, p. 327.
② 波德莱尔 1859 年 1 月 1 日致卡罗纳信,《书信集》,第一卷,第 535 页。
③ 见 Egon Friedell, *Kulturgeschichte der Neuzeit*, III, Munich, C. H. Beck, 1931, p. 91.
④ 见 Lucien Dubech et Pierre d'Espezel, *op. cit.*, p. 386.

害。铁路让一切事物都像有了生命一样动了起来。当一切都动了起来的时候,一个新的世界出现了。速度创造了新的视觉效果并引起了人们不同寻常的感受和印象,让这个新出现的世界看上去像是远离了现实而更接近于超现实。火车出现之初,有人在1829年的一封家书中记述了看到火车快速经过时的感受:

> 速度如此之快,让你站在铁道上看见机器向你迎面而来时,感觉它不像是在向你靠近,而像是奇幻魔术中的影像一般变得越来越高大,越来越清晰。①

快速的运动令观察者惊慌失措,这让在快速运动下变幻不定的现代景观在他们眼中呈现出"魔幻现实主义"的特点。高速运行的火车把人带进梦中的风景或奇幻魔术的世界,在这样的风景或世界中,天空变成翻动着的无限空间,自然变成运动着的美丽图画,万物失去了它们的物质性而成为一个个象征。

对《铁道人生》(*La Vie en chemin de fer*)一书的作者加斯迪诺(Benjamin Gastineau)来说,火车让世界变成了一个演绎人生万象的舞台:

> 整个自然变成了梦境般变幻不定的舞台,各路表演者登台亮相,络绎不绝:神话传说中的神灵、英雄人物、妖魔鬼怪、战斗、饥荒、胜利、古今大事。已经死灭的或正在死灭的各种文明的美好和丑恶,逢场作戏的女子和贞洁的圣女,英勇慷慨和卑劣无耻,纷纷从裹尸布中钻了出来,要向车厢中作为观众的乘客讨喝彩之声,赚取眼泪或博得一笑。铁路就像是技精艺湛的调色板,描绘出人生万象,将其中一切可笑的或崇高的表现呈现得淋漓尽致,让我们看尽其中的正反对比,伟大和可悲,优雅和扭捏,鬼脸和笑靥。②

我们完全可以把这段话看作是对波德莱尔所说的"人间队列"或"全人类大军"

---

① 转引自 Claude Pichois, *Littérature et progrès: vitesse et vision du monde*, Neuchâtel, À la Baconnière, 1973, p. 46.
② Benjamin Gastineau, *Les Romans du voyage. La Vie en chemin de fer*, Paris, Dentu, 1861, pp. 56-57.

的描写。这是波德莱尔在 1859 年 2 月 11 日给卡罗纳的信中所用的表述,他在信中详细谈到了《死神舞》一诗的寓意:"死神难道不正是在任何地方都尾随着全人类大军的娼妓吗?(……)《死神舞》呈现的不是一个人,而是一个寓讬形象。(……)这是一个古已有之的著名寓讬,想要表达的是:被死神牵着走的人间队列。"①而我们知道波德莱尔还曾在这年 1 月 1 日致卡罗纳的信中谈到了《死神舞》的创作背景,称这首诗是"在铁路上旅行时梦幻遐想的结果"。火车上的旅行让诗人联想到"人间队列",而出现在他眼前的景象变成了诗中充满象征意味的寓讬,对矫揉扭捏的"可笑人类"严加讽刺。

受到快速运动影响的不只是视线中的景观。整个现代生活方式都在快速运动作用下让人在高度紧张中变得极度兴奋,甚至变得神经兮兮,像是精神上出了毛病。城市生活的快节奏激活了一直以来受到抑制的原始感受和冲动。小说家米尔博(Octave Mirbeau)写下的一段文字为我们呈现了高速生活带来的神奇和眩晕的感受:

> (人)再也不能待在原地不动,他颠簸着,神经紧张得像发条,刚到达一个地方就又迫不及待地要重新上路,一心想要去别的地方,总是要去别的地方,去别的更远的地方。(……)他的头脑就是一条没有尽头的跑道,各种思想、图像、感觉都隆隆轰鸣,以每小时一百公里的速度运行着。(……)天南地北的生活滚滚而来、目不暇给,其势迅猛,如骑兵冲锋陷阵,又像电影中看到的路两边的树木、篱笆、墙壁、黑影一样呼啸而过。无论是在他周围还是在他身上,一切都跳跃着、舞蹈着、奔驰着,运动个不停,按照与他的运动相反的方向运动着。有时候这真是一种痛苦的感觉,但却又是一种强烈的、神奇的和令人陶醉的感觉,像是眩晕,又像是亢奋。②

这段话出自米尔博的作品《车牌 628-E8》(*La 628-E8*)。这部作品半是游记半是小说,记述了米尔博驾驶着被他称作"魔幻般的野兽"的汽车驰骋于几个欧洲国家(法国、比利时、荷兰、德国)时的半是真实半是虚构的经历。作品的标题就取自他所驾驶汽车的车牌号。米尔博不仅把汽车看成现代生活的标志,

---

① 《书信集》,第一卷,第 547 页。
② Octave Mirbeau, *La 628-E8*, Paris, Fasquelle, 1907, pp. 6-7.

更把他视为自己生活的一部分,既包括他的现实生活,也包括他的艺术生活和精神生活。在这部交织着现实的游历和心中的梦幻、回忆、印象等的作品中,作者让我们体会到的感觉与我们接触现代化大城市时体会到的感觉别无二致。两者都体现出高能量活动的特点,它们带来的感官冲击和情感反应具有相同的性质。这可以帮助我们理解波德莱尔何以会把"大城市带来的宗教般的陶醉"和"旋涡"联系在一起。① "旋涡"这种自然界中的高能量活动,在此处不过是社会生活中高能量活动的隐喻。高能量的活动撕开了事物陈旧的外衣,激活了人们沉睡的感官,让一切都涌动、翻腾、飞驰、变幻、更新,无极无终,永不止息。生活由此变得更加丰富和复杂,人性的冲突也变得更加昭然和尖锐,这也让我们眼光更加热切、头脑更加敏锐、心意更加没有拘束。

  我们不应当把现代诗人和艺术家们对于世界的"超现实"感觉简单看做是他们凭空幻想出来的产物。应当承认,"超现实性"是按疯狂的机器生产方式运行的资本主义世界的一大特征。根据阿拉贡在《重返现实》(« Retour à la réalité »)一文中表达的观点,超现实主义的根源就在资本主义的社会现实中,"超现实"就是这个社会的现实,而这一现实之所以看上去是"超现实的",是因为它不断打乱现代人的感知条件,摧毁他们精神结构的稳固。正是基于这样的观点,阿拉贡把任何与现代性和现代的新鲜事物,即与资本主义的历史环境发生紧密联系的作者都称为"现实主义者"。他写道:"正是由于现实主义,而且仅仅是由于现实主义,这才成就了阿尔弗雷德·雅里(Alfred Jarry)那样的阴沉幽默和纪尧姆·阿波利奈尔的抒情诗。"②

  20世纪初的未来主义者热情讴歌现代世界,尤其是讴歌城市文明、机器、科技,迷恋运动、速度和变化。未来主义艺术家们致力于表现现代生活,即"由钢铁、骄傲、狂热和速度构成的旋涡般的生活"③。他们之所以在诗歌和绘画艺术中极力调动形式、节奏、色彩和光线,让它们交相呼应,那是为了更好地通

---

  ① 见《火花断想》,《全集》,第一卷,第651页。
  ② Louis Aragon, « Retour à la réalité », *L'Œuvre poétique*, 15 vol. , Paris, Livre Club Diderot, t. VI, 1974, p. 318.
  ③ 语出博乔尼(Umberto Boccioni)等画家共同签署的《未来主义画家宣言》(« Manifeste des peintres futuristes »),转引自 Pierre Daix, *Pour une histoire culturelle de l'art moderne : Le XXe siècle*, Paris, Éditions Odile Jacob, 2000, p. 116.

过阐释运动、速度和变化过程来表现由他们的城市经验带来的"强有力的感受",同时也是为了更好地揭示灵魂状态与可见世界复杂结构之间相映成趣的共生状况和交互作用。未来主义的教父马里内蒂(Filippo Tommaso Marinetti)就特别强调现代世界中急速运动的经验:

> 运动和光线摧毁物体的物质性。一切都在运动,一切都在奔驰,一切都在飞速变幻。我们眼前看到的任何形象从来不是固定不变的,而是不停地出现了又消失。由于图像在视网膜上的暂留,那些运动着的物体就像是快速的振动波一样,在它们所经过的空间中不断地发生着形变。①

"运动着的奇观"充满了"可怖的风景",这正是《巴黎之梦》为我们呈现出来的梦中之城的景象。当"物体的物质性"被摧毁后,一切都开始动了起来,而在这个新世界中唯一剩下来的就只有普天之下的舞蹈,那是一切人的舞蹈,那是一切事物的舞蹈。波德莱尔是这样谈论舞蹈的:"舞蹈可以将音乐中包含着的神秘之处全部显示出来(……)。舞蹈,这是手臂和腿部的诗歌,这是被运动赋予了活力和美丽的既优雅又可怖的物质。"②对于像桑德拉(Blaise Cendrars)这样的热烈拥抱新时代的爆发力与种种新奇发明的诗人来说,现代世界真正让他感兴趣的东西,与其说是景观本身,不如说是"景观的舞蹈",而诗人自己也跟着万物一道"旋转起舞"③。在诗人的感受中,现代世界成了一场奇幻魔术,万物都在旋转中跳着环舞,既势如旋涡、令人惊骇,又让人感官快慰、陶醉沉湎。

不应当将现代诗歌中的"神奇性"仅仅归因于某些写作技巧的发明。诗歌技巧的发明是回应或顺应人的感觉中枢真挚的直接经验的结果,同时这也是人在与梦幻般的新世界接触时所产生的心理和精神反应的强度所使然。诗人的眼光之所以神奇,是因为他所置身的世界本身就如同奇幻魔术一般。波德莱尔所谓的"现代性",就是一个被奇幻魔术控制着的世界。捕捉现实生活中

---

① Folippo Tommaso Marinetti, *Le Futurisme* (1911), textes annotés et préfacés par Giovanni Lista, Lausanne, L'Âge d'homme, 1979, p. 172.
② 波德莱尔:《拉·芳法萝》,《全集》,第一卷,第 573 页。
③ Blaise Cendrars, *Du monde entier*, *Poésies complètes*, 1921-1924, Paris, Gallimard, 1967, pp. 73 et 80.

的神奇经验并将它改造为诗歌中的神奇,这是一种需要巨大的本领才能够完成的任务,而只有具有这种本领的人才可以跻身于现代诗人的行列。波德莱尔的巴黎诗歌虽然远没有具体展现工业奇观和现代发明,但它却又是抒情诗首次对机器文明做出反应,首次把与工业奇观和现代发明有着直接联系的神奇经验置换成了诗歌经验。

三、奇异的"现代巨怪"

皮舒瓦在论及《七个老头》时写道:"这首诗呈现给我们的是一个幻觉。"他解释说,这个将大海和城市两种意象糅合在一起的幻觉很可能是由鸦片或对鸦片的记忆引起的,也可能是由迷失在迷宫般大城市荒漠中的孤独者的幻觉焦虑引起的。[①] 这种解说与波德莱尔本人的一则笔记相符合:

> 在大城市中感觉到的眩晕,类似于在自然中体验到的眩晕。——混乱无序和广袤无垠带来的惬意。——一个敏感的人参观一座陌生城市时的诸种感受。[②]

这段话出自波德莱尔为准备撰写《论哲理艺术》一文所记录的随想,该文的写作时间大致是在1858至1861年间,也就是他主要致力于巴黎诗歌创作的时期。在他留下来的一张残存的便条上,可以读到一句意思大致差不多的话:"在一座我们不了解的城市中,一切都是美的和令人兴奋的;我昨天闲逛了一整天。"[③]诗人漫步于大城市,感到自己仿佛生活在醒着的人所做的梦中。

在《七个老头》的开头部分,巴黎被认定为一个"强壮巨怪",分泌着种种神秘;到了诗的末尾,巴黎又被说成一片汹涌翻腾的"无涯怒海",如同旋涡般令人眼花缭乱、神智失措。"巨怪"的意象与"混乱无序""巨大无边""奇异古怪""神秘莫测"等概念相关联,是体现"现代性"内涵的一个中心范畴。这个意象将构成世界的"偶然性"活脱脱呈于我们眼前,将我们完全引入一个未知的领域——一个充满了神秘、威胁和诱惑的领域,在那里,我们既得不到神助,也不再能够通过理智的努力去梳理事物的秩序,而只能够直面事物的扭曲。

---

① 见皮舒瓦的解说文字,《全集》,第一卷,第1011页。
② 《全集》,第二卷,第607页。
③ 《书信集》,第二卷,第360页。这张便条大致是1864年4月底留下的,只残存了此处所引的文字。

在浪漫主义时代,不止一位作家为我们勾勒了令人张皇失措的城市图景。雨果表现了城市的混乱和无度给人的视觉和精神上引起的摇撼:

> 这许多栏杆、宫殿、昏晦的大路,
> 到处有不曾见识的形象涌出,
> 这许多桥梁、水渠、拱门和圆塔,
> 逶迤至远方,让眼睛深受惊吓。①

雨果在对索多玛(Sodome)和蛾摩拉(Gomorrhe)这两座传说中城市的描写中一定融入了他对于巴黎的感受。诗中令他眩晕的城市景象既有想象的成分,也有现实感受的成分。

巴黎作为一个有生命的巨怪的最惊人的形象,出现在巴尔扎克的小说《法拉格斯》(Ferragus)开头部分的描写中:

> 巴黎是所有怪物中最美妙的一个(……)。而且还是完完全全的怪物!屋顶上的阁楼好比脑袋,装满了科学和智慧;二楼是它幸福的胃;底楼的店铺是它名副其实的脚;从那里走出来的人快步如飞、匆匆忙忙。啊!怪物怎么总是这般活力旺盛?舞会散后最后一批运送客人的车子刚刚在它的心脏地带消停,它的手臂又在城根处动了起来,它的身体慢慢晃动着。每一扇门都打着哈欠,像大鳌虾身上的腷膜一样开开合合,被看不见的力量操控着,这力量来自三万男人或女人,他们中的每一个都生活在六尺见方的空间中,他们在这样的空间中有一个厨房、一个作坊、一张床、一群孩子、一个园子,这里光线不好,却又什么都可以看到。不知不觉间各个关节格格作响,四下里渐次动了起来,满大街都叽里呱啦个不停。到了中午,一切都尽显生机,烟囱冒着烟,怪物在大嚼大咽;吃饱喝足后它大吼一声,然后又摇动着它那一千条爪子。场面何等壮观!②

这一大段描写为巴黎城赋予了但丁笔下世界的气势。把"神奇"看成是城市现

---

① Victor Hugo, *Le Feu du ciel*, *Les Orientales*, éd. cit., p. 21.
② Balzac, *Ferragus*, *La Comédie humaine*, éd. cit., t. V, pp. 18-19. 可以把巴尔扎克的这段文字与14世纪末期的《巴黎的持家之道》(*Mesnagier de Paris*)对照起来阅读,这篇东西出自无名氏之手,文中对巴黎城每天所消耗肉食和海产的数量之巨大表示震惊,最后不禁发出一声感叹:"巴黎真乃无底深渊!"(转引自 Pierre Champion, *Splendeurs et Misères de Paris*, Paris, Calmann-Lévy, 1933, p. 34.)

实本身特点的显现而不是文学创造的结果,巴尔扎克是第一人。他在作品中虚构出神奇的景象,是为了表现出潜藏在现实最深处的神秘,是现实的神秘在虚构的景象中的显身。对他来说,迈着巨人步伐跃进的首都是他梦想中的实验室,可以让他研究这个"由运动、机器和思想组装在一起的惊人混合体"①所具有的神奇。艺术直觉让小说家成了大城市这个"现代巨怪"②所包含诗意的最具个人色彩的和最清醒的诠释者。

如果说巴尔扎克所展现的巴黎的神奇还是以别致外观的描写为特点,那自七月王朝开始发生的城市景观的巨变则催生了一种对于具有显著神话特征的城市的构想。工业大规模集中,农村人口大量涌入城市,城市人口过剩,大商场、金融集团、股份制公司开始出现,新的运输手段改善了交通状况,这一系列方面发生的巨大变化让社会的基础结构彻底改观,让自浪漫主义时期就开始纠结着人们意识的神秘感得到进一步强化。

从现代城市规划中诞生的城市,本来是对过去"迷宫"般城市的反拨,想要成为"反迷宫"的城市。然而却出现了这么一个悖论:迷宫的原型恰恰是复活在了这样的城市中。波德莱尔在《拾垃圾者的酒》中将巴黎称作"泥泞的迷宫",在这个迷宫中"麇集着稠人广众,孕育着暴风"③。本雅明认为,"迷宫"是现代大城市最隐秘的面目:

> 现代大城市以其整齐划一的街道和连城长排的一望无际的楼房,让古人所幻想的建筑——迷宫——获得了实在的、历史的存在。④

人们感知城市是从街道开始的,街道是城市最基本的单位,是城市肌体的细胞,也是城市浩大而深厚的文化的积淀。街道界定着城市的格调和精神气

---

① Balzac, *Ferragus*, *La Comédie humaine*, éd. cit., t. V, p. 19.
② 语出巴尔扎克1844年2月致韩斯卡夫人(Mme Hanska)信,见 Balzac, *Lettres à l'étrangère*, 4 vol., Paris, Calmann-Lévy, 1899-1950, t. II, p. 301. 将"巴黎"和"怪物"联系在一起,是贯穿巴尔扎克创作的想法,如:"巴黎是让我们郁闷悲伤的怪物。"(*La Muse du département*, *La Comédie humaine*, éd. cit., t. IV, p. 38);"这个巴黎真如怪物一般,在那里一切都可能向善,也可能向恶。"(*Les Secrets de la princesse de Cadignan*, *La Comédie humaine*, éd. cit., t. VI, p. 38)
③ 《全集》,第一卷,第106页。
④ Walter Benjamin, *Le Livre des passages*, *op. cit.*, p. 837. 作者还在该书448页写道:"城市是人类古老梦想的创造物,即迷宫。"

质,是透视城市灵魂的窗口。在城市街巷中的行走,达成了人与城市的关系,也形成了人和城市的形象。现代城市中的"迷宫"经验既体现着人与城市的关系,也呈现出人与城市的形象。现代城市空间中到处都涌现着谜一般的形象,这甚至让城市本身都变成了一个谜、一个怪物、一个迷宫。想通过理性手段清除神秘的行动却反而让神秘变得愈加晦暗难明,这就是任何破除神秘的努力启示给我们的一个富有教益的悖论。城市是按合于理性的原则建造的,其规划管理本来是为了要变得更加通畅、快捷和方便,谁曾想其表现出来的结果却更加令人焦虑不安,更加接近于迷宫所体现出来的那种深不可测的非理性。随着城市在人口数量上的急遽膨胀和在空间范围上的无度扩张,其功能和内部结构也越来越复杂,其外观也越来越多变,其生活节奏也越来越快速。与乡村生活和外省那种相对有限的生活相比,大城市的生活更容易让人产生置身于迷宫之中的感觉。这是因为城市生活的丰富和复杂远远超出了人的生理、心理和知识所能把握的领域。人们行走在大街上,满目所见尽是些不熟悉的人和陌生的事物,而纵横交错的街道也常常让行走其间的人迷失方向。强烈的隔膜感让人只能把生活体会成一个个碎片。

在文学中,"迷宫"意象常常"用以比喻不掌握线索便无法解释的某种复杂事物或布局"[①]。需要注意的是,"迷宫"意象不只是指结构庞大和复杂的城市空间中的建筑迷宫,它也指人们精神空间中的心理迷宫。物质迷宫不过是心理迷宫的隐喻。错综复杂的城市生活为人的情感体验和认知活动带来前所未有的冲击,经验的缺乏愈加暴露出人们在心理、情感乃至智力、精神等方面的脆弱。行走于城市的观察者想要深入其中去体验它、认识它,却竟然发现自己所处的情状原来与盲人无异。他如同盲人一般在城市中摸索着前行,就像苏波(Philippe Soupault)诗中写道的:"我摸索着,寻探奥秘的身影。"[②]这种想要穿透现代生活奥秘的企图是不会成功的。在波德莱尔的《盲人》中,抒情主人公"我"看见一队盲人一步一摸索地拖动着脚步行走在巴黎的大街上,他们的眼睛虽然已经失去了"神圣的光芒",却依然向天空中投射出欲望。"我"跟随

---

① 《世界历史词典》,上海辞书出版社,1985年,第506页。
② Philippe Soupault, *Les Dernières Nuits de Paris* (1928), Paris, Seghers, 1975, p. 26.

他们前行,却看不透眼前的奥秘,只发现自己跟盲人无异,甚至"比他们更愚钝"①。

在现代城市中,人与世界之间、人与人之间的隔膜日益加深。"明眼人"(le voyant)从科学和技术的发展中看到的是宇宙万物至深的神秘。城市世界成了某种难解的谜语,成了对人的智力和想象力发出的挑战。种种秘密进犯生活中的一切领域,也吸引着作家、诗人们探索城市之谜。19世纪40年代开始出现了一种"探秘的狂热",以"秘密"作为书名的作品不一而足,有欧仁·苏的《巴黎的秘密》(1842—1843),雷翁·勒佩(Léon Lespès)的《大歌剧院的秘密》(*Les Mystères du Grand Opéra*,1843年),保尔·罗贝尔爵士(sir Paul Robert)的《王宫地带的秘密》(*Les Mystères du Palais-Royal*,1845)等。波德莱尔曾参与了1844年出版的《巴黎梨园风流秘事》(*Mystères galants des théâtres de Paris*)的写作。英国作家 G. W. M. 雷诺德(George William M. Reynolds)的《伦敦的秘密》(*The Mysteries of London*,1844—1848)发表后也像《巴黎的秘密》一样成为风靡一时的"城市神秘小说"的代表作。按照麦克斯韦尔·理查德(Maxwell Richard)的说法,这些作品"表现了人类神秘的创造物——现代城市——与迷失方向的居民之间的关系"②。

"神秘""秘密""谜团"构成了19世纪发达资本主义时期巴黎的深度现实,掌控着巴黎的复杂机体,让这座城市变成了一座神秘之城或一个城市之谜。面对这个变幻不定的复杂对象,由于任何想要通过分析对它进行化约或综合的企图都已经变得无能为力,我们也就只能直面它的复杂性,承受这种错综复杂为人的认识能力设置的难题。这座大城市就像奥地利作家罗伯特·穆齐尔(Robert Musil)在《没有个性的人》(*L'Homme sans qualité*,德语 *Der Mann ohne Eigenschaften*)中所写的那样,是由这样一些东西构成的:"不规则和变换,你争我赶顾不上步伐且相互碰撞的事物和事件;时断时续的一个个动静间隔,通行的路道和四面八方此起彼伏的搏动,永远不协调的和失衡的节奏;总的来说,就好比容器中沸腾着的某种液体一样,那容器由房屋、法律、规定和历

---

① 《全集》,第一卷,第92页。
② Maxwell Richard, *The Mysteries of Paris and London*, Charlottesville and London, The University Press of Virginia, 1992, p. 1.

史传统等历久不灭的材质做成"①。对于任何想要勾勒出没有定型的巴黎的面目并指出其特征的人来说,除了借助隐喻的表达——"容器中沸腾着的液体"——外,还找不到其他更加贴切的方式。②

19世纪的诗人们惯于用"大海""江河""云雾"等意象——这也是一些"沸腾着的液体"——来说明巴黎的变幻不定和深不可测。这首先是一个由万千如波浪般起伏的房屋构成的汹涌翻腾的大海。这种感觉有时候还被充塞天地之间的雾气进一步强化,加大了人们如坠云烟的幻觉。例如波德莱尔的《晨曦》中有这样一句:

云雾汇成的汪洋笼罩着房舍(第21行)

此处笼罩着房舍的"汪洋"不仅仅只是雾气,而且也是城市本身。另一首诗《七个老头》的开头部分有这样几句:

有天早晨,在一条凄凉的街上,
房屋在雾气中变得越来越高,
像涨水河道两旁的堤岸一样;
又黄又脏的雾气将空间笼罩,

作为布景倒与演员情怀相像,
我绷紧了神经,扮起主角(……)(第5—10行)

另一个将巴黎与大海意象联系在一起的,是平日里大街上的人群。人潮的汹涌堪比大海的波涛。视觉印象往往还伴有听觉印象,远处的喧哗或近处的嘈杂就像是在显示一个像大海一样的具有整体性的生命体的存在。真正的巴黎就是由永不止息的运动构成的。在这里,"一切都如浪涛般迅疾"③,巴尔扎克如此写道。这是一个可以把一切驳杂纷乱之物糅合成一个整体的旋涡。外国

---

① Robert Musil, *L'Homme sans qualités*, coll. Point, 1995, t. I, p. 10.
② 顺便指出一点:本雅明曾立下雄心壮志要把他的《拱廊街》做成一部大书,对19世纪的巴黎进行全面而详尽的考察,书中所涉及内容繁复多样,内在结构千折百回,曲尽其妙地模拟着被研究的对象。然而,这部大书最终却并未完成。鉴于这个特殊对象变幻不定的、甚至充满神秘的复杂性,这样一部著作难道真的是可以完成的吗?
③ Balzac, *Le Cousin Pons*, *La Comédie humaine*, éd. cit., t. VI, p. 536.

人来到巴黎就会变成法国人,外省人来到巴黎就会变成巴黎人,就像千江万河注入大海就变成了大海的一部分。与和风细雨、风平浪静的外省相比,巴黎每日都掀起忽东忽西的暴风,简直就是一个风急雨骤、波狂狼恶的汪洋。世界上的每一条江河都汇入到这个汪洋中,由此也构成了一个抽象意义上的大海。这个由建筑和人潮构成的汪洋时刻威胁着生活于其间的人,让他们不知道将生命(包括肉体生命和精神生命)之舟驶向何方。

如大海一般深不见底的巴黎生活让具有诗意眼光的人惊叹不已。巴尔扎克就是一位善于潜入到巴黎的深海中的作家。他在《高老头》(*Le Père Goriot*)中带着发现者的陶醉写道:

> 巴黎是一个名副其实的汪洋大海。你把探测器扔进去,但永远也搞不清楚它究竟有多深。看遍它,看透它?但无论你怎样细致周到地想要看遍它,描写它,也无论这片大海的探险者数量有多大、兴趣有多强,这里可以见到的永远都是一块处女地,一个不为人知的洞穴,数不清的花朵、珍珠和妖魔鬼怪,尽是些闻所未闻的东西,就连舞文弄墨的人即便身处其中也不曾留意到。①

雨果后来也同样表达过深度巴黎带给他的令人惊叹的晕眩:

> 谁去看巴黎的最深处,谁就会头晕目眩。没有什么比它更加神奇、更具悲剧性、更为壮丽的了。②

在波德莱尔笔下,城市空间的深度是同时间的深度联系在一起的:

> 风景如犬牙般错落参差,地平线渐渐消失在天边,远景中的城市被青灰如死尸般的暴风雨洗刷得发白,或者被夕阳浓重的热情照亮——空间的深度,寓托着时间的深度(……)。③

古往今来的财富它都深藏不露,古往今来的秘密它都保守得小心翼翼,就像波

---

① Balzac, *Le Père Goriot*, *La Comédie humaine*, éd. cit., t. II, p. 856.
② 雨果为由多位作者合著的《巴黎指南》(*Paris-Guide*)一书所撰前言,*Paris-Guide*, 2 vol., 2ᵉ éd., Paris, Librairie internationale, 1867, t. I, p. VII.
③ 《人工天堂》,《全集》,第一卷,第430—431页。

德莱尔在《人与海》中所写的那样。① 巴黎这个深不见底的海洋在《七个老头》的结尾一句被说成是"无涯怒海"。在这里,巴黎以残暴骇人的形式显露出它的神奇。

"巨怪""迷宫""海洋"等意象体现出作为现代大城市典型的巴黎的神奇:蕴藏着宝藏,发散着诱惑,洋溢着诗意,激发着欲望,同时也潜伏着诸多问题,充满了神秘和阴谋,代表着混乱、危险和毁灭。它看上去像是一种美好,又像是向世人发出的一种警告。

四、个人与众人的类同:个体身份的危机

巴黎这个"巨怪"越是让人恐惧也就越是让人魅惑:在它丑陋不堪的面目背面,又有着令人张皇失措的美艳。它让我们在发现理性的虚弱和缺陷的同时,也发现现实的广大和无限。如果说巴黎这个"汪洋大海"的最深处是由"神秘"构成的,那在它的表面呈现出来的则是充斥着巴黎生活的那些数不胜数的"离奇怪事"。我们自然会想到《比斯杜利小姐》(*Mademoiselle Bistouri*)中那位谜一般的带有嗜血癖好的"手术刀"小姐②,或是《情妇的画像》(*Portraits de maîtresses*)中那位总是喊饿的"贪吃的怪物"。但最令我们惊骇的当是《七个老头》中突然出现在我们眼前的那位形容丑陋、举止古怪、变幻出七个身影的老头。

在《七个老头》中,诗人把巴黎幻想成一个"强壮巨人"。拥挤的人群是诗中的一个基本意象。诗人在起首四句就渲染出梦魇般的迷宫景象。紧随其后的两节又在迷宫意象之外,融入其他一些象征形象以进一步加强诡异不安的魔幻效果:涨水的河流、变高的房屋和肮脏的雾气让人有置身深渊之感;凶险的力量不可阻挡地进击诗人的灵魂,让他绷紧神经与之较量;满载的运土车沉重地震动着城市高低不平的路面,轰轰隆隆的声音就像是恶魔厉鬼发出来的。"拥挤如蚁之城"的整个环境看上去就像是一个舞台布景,遮掩着某个魔鬼般的神明,是适宜于与妖魔鬼怪打交道的理想之地。突然,一个幽灵般的身影从

---

① 见《全集》,第一卷,第 19 页。
② 表示姓氏的 Bistouri 在用作普通名词时表示"手术刀"。《比斯杜利小姐》和下面的《情妇的画像》都是《巴黎的忧郁》中的散文诗。

这个超现实的背景中走了出来,看上去也带着诡异不安,与周围的环境极为般配。

闯进这个场景中的老头被描写成一个模样滑稽、身形毁损的怪物。破烂的衣服和畸形的外表让他看上去显出一副悲惨的样子,而他眼中的凶光、他那像利剑一般尖锐的胡子和他穿在脚上像是踩踏着死人的破鞋则又让他看上去显出一副恶狠狠的样子。为了让这个怪诞老头幻觉般显身的突然性效果更加强化,诗人还刻意运用了作诗法上的跨行,将"出现在我眼前"(« M'apparut »)一语非常突兀且非常孤立地置于第五节第一行的句首。藉跨行之功,动词"apparaître"完全体现出了"以可见的形式显现出来;突然显形出来"(《罗贝尔词典》)的意思。这个突然出现的老头是名副其实的"幽灵"显身。

一眼看上去,首先映入眼帘的是老头的"黄色破衣裳"。起初,诗歌开头部分对城市背景的描写为老头的突然出现做了铺垫,而现在则是老头的外表回应着对背景的描写。雾气是"黄色的",多雨的天空的颜色正是老头的"黄色破衣裳"模仿的颜色。各种因素在这里有着完美的应和关系。不过在这首诗中,黄色还有另外一层意思。正如舍利克斯在《解读〈恶之花〉》中指出的那样,自中世纪以来,黄色就是犹太人衣服上的特异标志。我们可以通过这个老头的外表、姿态和他执着的漫无目标的行走步伐,把他认定为那个自古以来的传奇人物——流浪的犹太人(le Juif errant)。根据古老的民间传说,犹太人阿哈斯韦卢斯(Ahasvérus)因出于妒忌拒绝善待受刑前的耶稣而遭到耶稣的惩罚,被罚永世到处流浪,不能死去,亦不能停下来休息,直到末日审判。斯塔罗宾斯基把《七个老头》诗看作是流浪的犹太人神话的范例,并且认为漫无目标的流浪"变成了为动而动的毫无目的的活动,不求任何可以理解的结局,纯粹就是荒诞性的象征"[①]。在体现神智学思想的文学中,流浪的犹太人是人类命运的象征。19世纪法国作家和历史学家埃德加·基内(Edgar Quinet)就写有《阿哈斯韦卢斯》(*Ahasvérus*)讲述这个传奇人物奇情诡谲、穿越时空的流浪故事。今人端木松(Jean d'Ormesson)写有《永世流浪的犹太人史》(*Histoire du Juif errant*),将历史、传奇、哲理思考和精辟论断熔为一炉,让人仿佛流连、漫

---

① Jean Starobinski, « L'Immortalité mélancolique », *Le Temps de la réflexion*, n° 3, 1982, p. 245.

游于人类的历史时空和精神时空之中。永生是一种享乐,或许也是一种酷刑。人世间的每一个人都与流浪的犹太人有几分相像。这或许可以解释波德莱尔诗中的那位流浪老头何以会幻化出多个化身。在这首诗中,流浪的犹太人形象所体现的并不是惩罚、等待或无限的向往。任何历史的、哲学的、宗教的解释在此处都是不完全的。诗人在此处遇见的唯有勘不透的疑难和灾祸、神秘和荒诞。

老头——第一个幽灵——的突然出现就已经像一个不解之谜一样令人感到不安。然而,如果说我们此时面对的还只是离奇古怪,那这条界线很快就会被突破。接下来我们进入到了戏剧的高潮时刻。

我们眼前的景象开始发生一系列变幻。那个幽灵般的老头突然变出一个化身,紧接着是第二个、第三个,就这样按着机器生产般分秒不差的均匀节奏直到变出七个老头,形成了一个只有在地狱中才能见到的"可怕的队列",其中的每个成员都是第一个的精确摹本,而且每一位都"以同样脚步走向未知的目标"。最初还只是让人感到不安的景象现在却让人感到神不守舍的恐慌。同一人的一个个复制把我们带入了奇幻的世界。同一个人幻化出多个化身,这究竟意味着什么?为什么是变幻出七个?

为了解释数目"七"的重要性,有些论者求助于以往的文学,甚至求助于魔法书。《波德莱尔:诗学与诗歌》(*Baudelaire*, *poétiques et poésie*)一书的作者勒内·戛朗(René Galand)尝试借用《圣经》来解释"七"的含义:

> 这个数目就赫然出现在《启示录》中。揭开七印放出七个具有毁灭性的灾祸;海中出来的凶恶怪兽长有七头;七位天使打开盛有神的大怒的七瓶。这七个凶险的老头来自于同一个地狱,他们长得一模一样,都有着永恒的神情,又好像是无所不在。他们是七个丑陋的怪物,是化身成七个人形的魔鬼般的神明。(……)七这个数目也是一周的天数。这七个不祥的老头身上浓缩着能够带来灾祸并具有毁灭性的"时间"的威力,因为他们中的每一个都仿佛"用他的破鞋践踏着死人,/ 对人世充满敌意,而不是冷漠"。①

---

① René Galand, *Baudelaire*, *poétiques et poésie*, Paris, Nizet, 1969, pp. 363-364.

难道这群老头就只有七个么?《启示录》中的数字象征并不止于七,还提到了第八个:

> 那先前有,如今没有的兽,就是第八位。他也和那七位同列,并且归于沉沦。(《启示录》,第17章,第11节)

诗人也在诗中写有"尽管衰朽不堪,／这七个丑怪却有永恒的神情"(第39—40行)这样的诗句,这似乎暗示了还有其他化身出现的可能。"永恒"一语恐怕会让人想到无休止的接续。强烈的不安让诗人仿佛已经看到了第八个幽灵的出现:

> 我岂敢不顾性命去看第八个,
> 那无情的、嘲弄的、要命的化身,
> 可恶火凤凰,父子皆为同一个?(第41—43行)

这第八个是其他七个的"无情的化身",但同时也是七个中的一个,这体现出化身不可胜数,替换无穷无尽。惴惴不安的诗人在这首诗的最初几个版本中甚至曾明确表示他还想到了"第八个！／第九个！也许的,可能的,注定的!"这个幽灵像死后又能复生的长生鸟("火凤凰")一样,自己是自己的父亲,自己是自己的儿子,演绎着繁殖增生过程势不可挡的威力。"嘲弄的"一语表示其他"化身"的出现是幽灵想要刻意为之的;"无情的"表示这一出现是不可避免的;"要命的"表示这一出现隐藏着致人死命的暴虐。与这些幽灵的相遇,让诗人感觉体会到了与充斥世界的恶魔力量之间的神秘沟通。

于贝尔(J.-D. Hubert)在论及《七个老头》中来自于《圣经》的象征符号时,看出这些老头跟所有的妖魔鬼怪一样,是对天上神明的一种凶险的反串:

> 在"可恶火凤凰,父子皆为同一个"中有对三位一体之教理的戏拟。①

他还指出说,诗人最初在这一句写的是"我想躲开生出自己的长生父",这表明波德莱尔有意愿要把这个老头做成是对三位一体之神的漫画式的滑稽模仿。诗人对同一个人繁殖增生过程的描写提供了"创世纪"过程的一个具有讽刺性

---

① J.-D. Hubert, *L'Esthétique des « Fleurs du Mal », essai sur l'ambiguïté poétique*, Genève, Pierre Cailler, 1953, p. 104.

的颠倒了的版本。① 这个老头通过繁殖增生，以众多化身遍满大地，以至无穷。

舍利克斯深感难以对老头的繁殖增生给出一个明确无误的解说。他在《解读〈恶之花〉》中提出的一系列问题，与其说宣示了一种主张，还不如说显示了他难以定夺的犹豫：

> 同一个人的这种繁殖增生究竟是什么呢？是偶然的巧合还是浓雾引起的错觉？是诗意陶醉的迷狂还是肉眼凡胎不得一见的神秘寓讬？这可能是病人做的噩梦还是某种幻觉呢？这会是魔鬼的诡计还是玄秘世界令人不安的概览呢？②

舍利克斯发现这些问题根本找不到答案，于是他干脆认为，没有答案这件事情本身就可以把我们引向一种解读：

> 我们置身于古怪的、谜一般的世界中。(……)这些问题没有答案！这篇东西妙就妙在这种语焉不详的含混。③

在这个古怪的、谜一般的世界中，面对这些不断幻化出来的看不出区别的存在，理性的感知已经全无效验。

老头的突然出现和不合逻辑的幻化带来一个合乎逻辑的结果，那就是引起了诗人内心的大灾难。

奇异的景象在对于神秘和存在之荒诞的沉重感觉中达到顶点。神秘不再是局限于城市巨怪的"狭窄脉管"，而是扩展至无限，在物质空间和精神空间中汹涌泛滥：

> 我被激怒，像满眼重影的醉汉，
> 逃回家中，关紧大门，心中惊惶，
> 像生病，手脚僵冷，精神却燥乱，

---

① 永恒之父上帝用七天时间创造了天地和万物，并且按自己形象创造了人。《圣经》中写道："神就照着自己的形象造人，乃是照着他的形象造男造女。神就赐福给他们，又对他们说，要生养众多，遍满地面，治理这地。"(《创世纪》，第一章，第 27—28 节)
② Robert-Benoît Chérix, *op. cit.*, p. 330.
③ Ibid.

完全被神秘和荒诞不经击伤!

我的理智徒劳地想抓住栏杆;
风暴肆虐,它的努力迷失方向,
我的灵魂摇呀晃呀,这艘破船,
没有桅杆,在无涯怒海上簸荡。(第 45—52 行)

此处由人群构成的汪洋就跟《巴黎之梦》中同样也代表着人群的水幕一样,扩展到无边无际,而诗人的灵魂在这"无涯怒海"上簸荡、摇晃。"神秘"和"荒诞不经"二语可以帮助我们把握全诗要旨。当此理智的努力已经"迷失方向",不再能够维持万物的协调统一之际,神秘和荒诞则应运而出,大行其道。上面所引的《七个老头》的最后这两节诗,既是通过隐喻方式对内心危机进行的形象描写,也是通过隐喻方式对造成这一危机的原因进行的隐晦解释。这首诗全篇的"蕴意"应该就在这两节中。这些堪与帕斯卡尔的深邃思想相媲美的诗句,表现了人的精神在面对超越了其经验并挑战其逻辑思维的事物时所感到的迷失错乱和茫然无助,而这种迷失错乱和茫然无助的感觉是经常可以在城市人身上见到的。

这首诗的要点并不在于带着恨意和不安描写了一个形容毁损得吓人的人物,而在于从输送神秘的"狭窄脉管"到后来泛滥成灾的巨大恐怖这一过程的逻辑发展。在这个过程中,外在的诡异被转化成了内在的诡异,外在的魔鬼被移植成了诗中的魔鬼。

为了解释现代艺术中魔鬼因素的不断增加,波德莱尔在一篇文章中写道:

> 现代艺术从本质上说有魔鬼的倾向。人喜欢对自己身上这一属于地狱的部分进行自圆其说的开脱,而这一部分看来每天都在增加,仿佛魔鬼俨然是一位饲养员,兴趣盎然地用一些人工方法将它催得肥肥胖胖(……)。①

波德莱尔在诗中把这群幽灵般的老头说成是"来自地狱的队伍",它在城市中的突然出现简直就是对潜藏在城市深处的魔鬼力量的显现。我们在波德

---

① 《戴奥多尔·德·邦维尔》(*Théodore de Banville*),《全集》,第二卷,第 168 页。

莱尔诗中看到的魔鬼般的外表就来自于城市深处的魔鬼力量。诗人痛苦地感到自己在精神的最深处已经被魔鬼控制，感到自己已经完全迷失在了漫无边际的空间中。

在最后几个诗节所呈现的幻觉中，城市和翻腾的大海融合成一幅地狱般的景象。这一幻觉让人不由联想到托马斯·德·昆西在《瘾君子自白》中写到的体现"人脸的暴虐"的噩梦：

> 这时候在大海涌动的水面上，开始有人脸显现出来；我眼前的海面铺满了无数扭向天空的人头；一张张疯狂的、哀求的、绝望的脸开始在水面上跳动，千千万万之众，千秋万代不绝；我的心绪无限纷乱，我的精神如汪洋中的波涛般跃动翻卷。①

"充满梦幻"的城市变成了一个"变化万千的无尽噩梦"②，而这个噩梦不过是诗人意识的象征，他让诗人惊恐地看到了"自我"分崩离析的瓦解状态。诗人处在焦虑不安的孤独之中，他的眼睛离不开他自己的意识这面镜子，而这面镜子永远向他反射出同一个"丑得可怕的人"③。这面神奇的魔镜就是城市巨怪，而从城市深处走出来的这群老头就是一些具有代表性的怪物。让·塞阿尔（Jean Céard）就把怪物看成一面人的精神镜子：

> 在中世纪的动物寓言集中，动物是人的某种道德镜子，更加接近于我们人类而不是动物。这些怪物就跟这些动物一样，与我们人类相像，长了一副漫画般的既滑稽可笑又令人不安的模样：它们靠近我们，但却是为了对我们的身份造成威胁。④

在幻觉的噩梦中，外在的布景与演员的灵魂融为一体，彼此不分。于是，那些怪物一样的老头也就在诗人眼里成了他自己的"化身"。诗人就此获得了一个极具现代特点的忧郁经验：多样化可以达至无限，但同时又具有趋同的倾向，陷于同一事物可怕的单调繁衍。

---

① 转引自波德莱尔：《人工天堂》，《全集》，第一卷，第 483 页。
② 波德莱尔：《深渊》，《全集》，第一卷，第 142 页。
③ 波德莱尔：《镜子》，《全集》，第一卷，第 344 页。
④ Jean Céard, *La Nature et les Prodiges. L'Insolite au XVIᵉ siècle, en France*, Genève, Droz, 1977, p. 45.

本雅明认为这首诗阐明了现代性的主要特点之一，那就是同一事物日益快速的重复，而这导致了现代个体身份的危机。他在《拱廊街》中作了如下阐说：

> 这首诗写了一个模样可憎的老头相继七次幽灵般的显现。个体被表现成永远的同一个的繁殖增生，这体现了城市人的焦虑：就算再怎么特立独行、乖戾怪诞，城市人也打不破"类"的怪圈。波德莱尔用"来自地狱的"一语来形容这个队伍。然而，他一生追求的新奇，并不是由"永远的同一个"的幻影之外的什么东西构成的。①

"永远的同一个"繁殖成众人，这也就是说众人实则是同一个人。千人一面的现实窃取了个体存在的个性和作为个人的身份，"就像蛆虫从人身上窃取食物"②。巴黎这座城市成了一个有着生命活动的怪物。从换喻的角度看，有着生命活动的巴黎代表了所有生活在巴黎的人，攫取了其中每一个个体的个性和身份。同时，巴黎的生命活动又是通过"怪物"的兽性表现出来的，诗人借此体现城市生活的非人性的性质。诗人也把巴黎描写成一个蚁穴，这意味着生活于其中的人降格为与群居的昆虫无异。

在波德莱尔的巴黎诗歌中，城市的人格化和城市居民的非人格化是两种对立的，然而却又是紧密联系在一起的现象。本雅明把城市人的非人格化归咎为工业时代的生产方式和带有这种生产方式痕迹的现代生活方式。他认为，大众商品生产越是发达，生产出来的商品也就越具有类同的价值，同时生产者也越具有趋同的倾向。个体存在越是趋同，他们之间也就越有可能相互替代。在这样的背景下，个体身份的危机日甚一日。随着这种危机的不断加剧和对个体差异的不断抹杀，城市人越来越不能够维持个体的特异性，而由此而生的焦虑也就越来越让他们感到难以承受。

正是随着大城市的出现，商品才堂而皇之地具有了人格化的特点。人们周围的物质世界以越来越剧烈的方式让自己披上商品的外衣。当人为"物"赋予人格之际，他自己则变成了"物"，降格到商品的状态。凡是商品，就总是希

---

① Walter Benjamin, *Le Livre des passages*, op. cit., p. 55.
② 波德莱尔：《暮霭》，《全集》，第一卷，第95页。

望吸引眼球、受人青睐。它只有通过买卖才能实现自己的价值。卖出去,这就是它的唯一价值。这就是为什么它会像幽灵般施展一切手段拉拉扯扯地勾引大街上的行人。妓女是商品的人格化在人的层面上的体现。城市中的妓女就像是大众商品一样,她们每个都并无不同,而且可以互相替换。本雅明就特别强调她们的类同特点,并且将她们与歌舞厅的舞女相提并论:

> 淫媒业最大的诱惑之一正是随着大城市的出现而出现的。(……)只有人多众广才会让卖淫活动在城市中到处蔓延,而在过去,这种活动如果说不是局限在房屋内,那至少也是局限在某些街道上的。(……)当大量女人把自己当成商品投入这个行当,这一行当的诱惑便势不可挡。后来,歌舞厅的演出中让舞女们(girls)穿戴得一模一样,以明确的方式将大众商品带进了大城市居民的情欲生活。①

"舞女"跟波德莱尔诗中的"老头"一样,构成了工业城市中的一个类型。本雅明清楚地将这两类人联系在一起:

> 《七个老头》,关于同一事物的永劫轮回。歌舞厅中的舞女们。②

这两类人都体现了"发达资本主义时代商品生产的辩证法":"出于刺激需要的目的,产品的新奇获得前所未有的重要性,而与此同时,大众商品的生产又让同一事物的永劫轮回有了具体可感的形式。"③导致《七个老头》最后几个诗节中内心危机猛烈爆发的社会原因正在于此。资产阶级所推动的大众商品生产已经失去了新奇性的保证,让资产阶级不敢直面商品生产的未来发展。诗人也像惊惶失措的资产阶级一样,确信自己成了某种"卑鄙阴谋"的牺牲品,并且在那七个老头身上发现了他自己的存在中的可怕的荒诞,看到自己的精神已经完全迷失,处于一种漫无目标的流浪状态。

《七个老头》结尾部分呈现出来的景象,正是以诗歌隐喻之法表现了无尽流浪的荒诞。可以说,诗人通过这种诗歌经验,捕捉到了人类生活和人类存在中某种他认为至为重要和永恒不变的东西,而这种东西是此前从未被认识到

---

① Walter Benjamin, *Le Livre des passages*, op. cit., p. 353.
② Ibid., p. 341.
③ Ibid., p. 344.

或从未被表现过的。诗人之所以把人在世界上的存在说成是"荒诞的",那是因为对他来说,世界不再被想象成一个趋于进步的发展过程;历史不再是一系列时代走向美好目标的接续更替;未来不再意味着更加接近于道德完美的和谐状态。这便是敏感的诗人从以"历史进步"相标榜的现代社会中洞见到并揭示出来的巨大神秘。

五、五光十色的巴黎社交生活

尼采在展开对现代文化的批判时,其所针对的要害是现代人内在的贫乏、枯竭和麻木,而正是这种内在的贫乏、枯竭和麻木造成了现代文化的两个互为相关的特征:一个是盲目追求激情和刺激,借助包括艺术在内的一切不可思议的奇巧手段制造出人为的亢奋;二是将自己隐藏起来的做戏表演,也就是用由五光十色的文化碎片织成的彩衣掩盖自己的贫乏、枯竭和麻木,由此造成虚假的繁荣景象。[①] 在波德莱尔的那个时代,各种好看的、好用的、好玩的东西在巴黎一应俱全,让巴黎成为了集中而鲜明地体现尼采所说的现代文化特征的城市。当时的生活有着光鲜的外表:咖啡馆和餐厅灯红酒绿,赌场和舞厅众声鼎沸,商场和拱廊街中琳琅满目、人头攒动,剧场和戏院里高朋满座、歌舞升平,卖欢的女子花枝招展……,这一切让19世纪的巴黎成了带有传奇性的地方:有人欢欣鼓舞,奉之为快乐之都;有人痛心疾首,将其视为肤浅无聊的"胜地"。

如果说在白天的自然光线下巴黎常常还显得有几分拘谨审慎,那每当夜晚来临满街的煤气灯大放光彩之际,夜晚的神奇便拉开了人幕,让夜巴黎尤显出令人销魂的妩媚。在这个"夜游神"的伟大时代,城里人已经没有了在夜里睡觉的权利。当时有一首正好题为《夜巴黎》(*Paris la nuit*)的诗歌为我们勾勒了巴黎夜生活的热闹景象:

> 咖啡馆里挤满客人,
> 觥筹交错,烟雾缭绕;
> 各个剧场全都客满,

[①] 尼采对现代文化的批判详见《瓦格纳在拜罗伊特》(*Richard Wagner in Bayreuth*)一文,该文收入于《悲剧的诞生:尼采美学文选》,周国平译,三联书店,1986年,第109—174页。

> 但见观众开心叫好。
> 街头路人络绎不绝,
> 东游西逛,兴致好高;
> 扒手小偷跃跃欲试,
> 尾随游人,手法高超。①

可以把这首诗与波德莱尔的《暮霭》放在一起来读。波德莱尔诗中写了同样的主题,但行文更为考究:

> 但见这里那里,厨房声音洪亮,
> 剧场喧闹不绝,乐队隆隆轰响;
> 赌博成了待客餐桌上的佳肴,
> 坐满娼妓和骗子,她们的同僚,
> 还有小偷,从来不会心慈手软,
> 很快也要把他们的工作开展。(第21—26行)

灯火通明,再加上大块大块的玻璃和镜子的反光,将耀人眼目的华彩效果营造得淋漓尽致,这让空间更显通透和宽敞,让氛围更显富丽和神奇。无论是最高档的还是最普通的酒馆、饭店、剧场、舞厅,全都极力要让人眼前一亮。这些地方往往成为巴黎社交生活的场所,女士最受恭维和青睐,因而出现在这里的女人也就比其他地方更多。有言曰:"巴黎是马的地狱、男人的炼狱、女人的天堂。"这句法语中尽人皆知的谚语用略带讥讽的语气,为我们显示了女人在当时巴黎社交生活中所处的地位及其所扮演的光彩照人的角色。

社交生活是展示物质力量的一个良机。圈子中的人个个穿金戴银、珠光宝气,身上不是绫罗绸缎,就是裘皮貂毛。富人们炫耀真正的奢侈,穷点的也会用金光闪闪的假货来装扮自己。每个人都急不可耐地要赶去参加富人的晚宴或无聊的聚会。"我去上流社会;我去见上流社会的人;我是上流社会的人"②,这是当时最时髦的话。最能作为上流社会象征的,是舞会和招待会。

---

① Ennery et Lemoine, *Paris la nuit*. 转引自 H. Gourdon de Genouillac, *Les Refrains de la rue de 1830-1870*, Paris, Dentu, 1879, pp. 46-47.

② George Sand, « Coup d'œil général sur Paris », in *Le Diable à Paris*, op. cit., t. I, pp. 34-35.

当时的诗歌中留下了不少表现巴黎社交生活中的舞会和招待会的作品。诗人雷塞吉耶(Jules de Rességuier)对巴黎夜生活的妙趣作了如下描写：

> 我热爱巴黎的冬夜，整夜疯狂，
> 为随便的计划也要大费周章，
> 请帖请柬东西南北到处乱飞；
> 堆在家具上的盛装为了舞会，
> 众人蜂拥而至，豪门灯火通明，
> 大殿堂也容不下这许多来宾；
> (……)
> 一千盏金灯发出华彩的光芒；
> 水晶碰到银盘发出悦耳声响，
> 短笛长号和谐配合，优美动听，
> 让我们像上战场般激昂高兴。①

舞会和招待会上总少不了物件的奢华、钻石的璀璨、灯火的耀眼、众声的鼎沸，而这让眼之所见、耳之所闻的一切变得神奇绝妙，令人陶醉不已。夜晚的巴黎成了狂欢的舞台，其实质便是狂热、兴奋和沉醉。全城的男人和女人都被卷进了疯狂华尔兹舞的旋转中，让人不由得联想到巫魔夜会上的"鬼环舞"。许多诗人都感觉到了巴黎社交生活的浅薄无聊。吉拉尔丹夫人(Mme Émile de Girardin)主持的沙龙虽然是访客最多的之一，但她仍然对巴黎的社交生活进行了冷嘲热讽：

> 模特浓妆艳抹，骷髅身着盛装，
> 金色大厅中纤弱的木头偶像；
> 讲究便是美，不打扮就成丑怪；
> 女人一心只想着把风情弄卖；
> 喜剧是夜宵，甜点在节目单上；
> 大理石的鲜果，音乐中的花香，

---

① Jules de Rességuier, *Une nuit d'hiver*, in *Prismes poétiques*, Paris, Allardin, 1838, pp. 85-86. 这首诗首次发表在 1835 年 12 月的《时尚》(*La Mode*)杂志上。

> 歌剧中的自然，话剧中的良善；
> 这全都与艺术、精神、灵魂无关，
> 让她最钟爱的人也厌恶不已……
> 这就是我眼中所看到的巴黎。①

波德莱尔基本上没有在自己的诗歌中直接表现过巴黎社交生活表面上的光鲜亮丽，尽管他对之也进行过很好的观察，正如他关于居伊的文字所充分显示的那样。他诗中的巴黎是一个隐秘的巴黎，神秘莫测且极具个人色彩。城市和城市生活一定要为了诗歌效果的目的而经过巨大的变形后才能进入他的诗歌。《巴黎图画》中有两首诗——《热爱假象》和《死神舞》——可以让我们看到五光十色的巴黎社交生活的影子。

《热爱假象》的头两节相互映衬，呈现了一个社交场所的景象和在这个场所中如鱼得水的一个美丽迷人的女士的形象：

> 当我见你走过，我慵懒的心爱，
> 伴着在天花板上撞碎的乐声，
> 暂停下一步一摇的舒缓步态，
> 深沉的眼中流露出倦怠烦闷；
>
> 当我映着煤气灯光仔细端详，
> 你额头苍白，因病态更显美丽，
> 在那里夜的火把将晨曦点亮，
> 双眸似肖像中那般令人着迷，（第1—8行）

诗人不禁自语道："她真的好美！新鲜得古怪！"（第9行）紧接着，诗人笔锋一转，表现自己的情感反应和哲学思考，揭示了欢场魅惑的虚妄，指出真正的美只能够是精神作用的结果。倘若没有心正意诚的精神活动参与其中，所谓的"美"就不免会降格为浅薄和无聊：

> 宝匣没有珠宝，颈饰缺了圣物，
> 比你，啊，天空，更空洞也更幽深！（第19—20行）

---

① Mme Émile de Girardin, *Napoline*, IV, 1833. Cité par Pierre Citron, *op. cit.*, t. I, p. 348.

全诗结尾一节既像是正言若反的苦口婆心,又像是反话正说的插科打诨,而正是这种含混暧昧的笔调体现了诗人亦庄亦谐的良苦用心:

> 然而你的外表难道不足以让
> 逃避真相的心尽情欢喜一回?
> 你是愚钝还是冷漠,这有何妨?
> 面具、布景,敬礼! 我崇拜你的美。(第21—24行)

这些诗句中的庄谐并举体现在两个方面。一方面,诗人在此肯定了意志在审美活动中的作用,并且接受了这样一个事实,即美可以是一个假象,美并不会因此而不成其为美。诗人在这些诗句中阐述了自己的美学见解,认为审美超越了现实层面的真假之辨,而且往往通过抵牾现实来促成精神层面的活动。另一方面,诗人也在此表现出敏锐的洞察力,看出现实中一切追欢逐乐之举的空洞和虚妄。他鄙视那些醉生梦死的享乐之徒,认为这些人是在虚假的幻觉中寻求慰藉而不自知。因而诗中"逃避真相"的欢喜之心也就有了两种解释:可以是追求纯粹审美的诗人之心,也可以是在虚妄的陶醉中遗忘了自己真实命运的享乐者之心。两者都欢喜于虚假的外表,但又各有不同目的:诗人是为了审美的乐趣,享乐者是为了现实的乐趣。前者属于形而上的会心,后者流于形而下的妄想。如果从前者的方面看,"我崇拜你的美"当是审美者真心实意的真情表白;而如果从后者的方面看,这句话则又成了辛辣的讽刺。当诗人把这首诗放入结构严整的《巴黎图画》中,它也就必然与它前后的诗歌发生相关性联系。结合它前面的《死神舞》来看,可以把热爱"假象"解释成那些盲从者自欺欺人的态度。在《死神舞》中,这样的人看不清人生的真相,他们深受"生命的节日"的蒙骗,陶醉于"肉体的欢愉",把假象当作良厚的慰藉。

从字面上看,《死神舞》一诗并没有表现巴黎的社交场所。根据波德莱尔自己的说法,这首诗整体上构成一个具有冲击力的寓托,表现"被死神牵着走的人间队列"[1]。诗人在诗中将全世界改造成一个从塞纳河的码头延展到恒河岸边的巨大舞厅,让世上的每个人都卷入到群魔乱舞的狂欢中。诗中的某些描写还是可以让我们隐约看到经过改头换面的巴黎社交生活经验。

---

[1] 波德莱尔1859年2月11日致卡罗纳信,《书信集》,第一卷,第547页。

诗中刻画了一位卖弄风情的舞女,其外貌与《热爱假象》的女主人公有几分相像。而如果从一个更广泛的层面上说,她与巴黎各个舞会上经常可以见到的一切优雅的贵妇名媛相像:

> 活人一样,自傲于高贵的身姿,
> 怀捧一大束花,带着围巾、手套,
> 她仪态慵娇,举止又洒脱不羁,
> 活像瘦削的女人古怪而风骚。
>
> 舞会上可曾见过更瘦的身材?
> 身上的裙子宽大得实在夸张,
> 松垮垮地垂拖在枯干的脚踝,
> 鞋上饰有绒球,鲜花一般漂亮。(第1—8行)

作为一位善于欣赏巴黎隐秘之美的人士,波德莱尔喜欢跟朋友们一道时常出入于舞厅、剧院等社交场合。但是他深知"美"是一种外表的假象,因而也就对现实中任何形式的寻欢作乐深感厌恶。在他眼中,那些把舞厅塞得满满当当的人是"醉生梦死的一群",他们群魔乱舞,如痴如狂,却不见"房顶的窟窿现出天使的喇叭,/ 阴森森活像黑洞洞的火枪口"(第55—56行),也像是中世纪舞台上的地狱之门。

克拉雷蒂(Jules Claretie)讲述的一桩轶事很能够反映波德莱尔对舞厅中的跳舞者所持的讥讽态度。事情发生在卡代游乐厅。这是当时一家集演艺、赌场、餐饮于一体的大型游乐厅,于1859年2月14日开张,因位于卡代街(rue Cadet)而得名,在这条街的18号。其中的一号大厅装饰得富丽堂皇,主要用于舞会和音乐会。波德莱尔时常与居伊和蒙瑟莱(Charles Monselet)等一干朋友到此处观察那些花枝招展的欢场女子。他就是在这里遇到了一位叫贝尔特(Berthe)的女子。这是一位跑龙套的戏子,有时候也做做出卖皮相的"小姐",她身上有一种年轻的野性气息,很像当年的冉娜·杜瓦尔。波德莱尔还为她写了一首诗,题为《贝尔特的眼睛》(*Les Yeux de Berthe*),在诗中像父亲般把她称作"我的孩子",语气暧昧,传达的像是慈父之爱,又像是不伦之爱。他更多时候则是板着阴沉的面孔在姑娘们中间走来走去,把她们吓得够呛:

接下来，他独自在角落里的一张圆桌前坐下来(……)，在梅特拉(Métra)的华尔兹和奥芬巴赫(Offenbach)的四对舞的音乐声中，看着一个个恐怖的形象从面前走过：风月老手眼睛浑浊，漂亮女子因肺痨而面带潮红。

"你在那里做什么，波德莱尔？"夏尔·蒙瑟莱(……)一走进卡代游乐厅便问他道。

"我亲爱的朋友，我正在看一些死人的头在我跟前走过！"①

《死神舞》中那位作为寓托形象呈现出来的舞女，很显然与诗人出入于巴黎社交圈的诸如此类的经历有关：

> 花边的皱领在锁骨边上嬉玩，
> 活像淫荡的溪流将岩石摩挲，
> 把阴森的魅力羞答答地遮掩，
> 绝不让人看见，免得受到奚落。
>
> 她深沉的眼中尽是黑暗、虚空，
> 光秃秃的颅骨戴着美丽鲜花，
> 在纤弱的脊柱上懒懒地摇动，
> 啊，虚无也有魅力，浓艳地描画！(第9—16行)

舞女那满是"黑暗"和"虚空"的深沉的眼睛，除了让人联想到《热爱假象》的女主人公的眼睛外，更让人联想到《贝尔特的眼睛》中女主人公贝尔特的眼睛。波德莱尔总感到舞女身上有着蠢笨或愚钝，这有特鲁巴(Jules Troubat)的一则回忆为证。这则稀奇的回忆是特鲁巴告诉给欧仁·克雷佩的：

> 我常去卡代街游乐厅那样的一些地方找乐子，时不时会碰到波德莱尔(……)。他独自一人在边上走来走去(……)。一天晚上，他跟我谈到一位姑娘，说他有一次没有告诉这位姑娘他的尊姓大名，问她是否知道他的作品。姑娘回答说只知道缪塞。你可以想象得出波德莱尔是何等地

---

① Jules Claretie, « Le Monument de Baudelaire » *Journal*, 4 septembre 1901.

愤怒！①

但是女人身上的愚蠢并不妨碍诗人在她们空洞的眼睛中品味一种"可疑的美"②。波德莱尔在《令人宽慰的爱情格言选》中表达了这样一种令人揪心的看法：

> 愚蠢常常是美的装饰；它为眼睛赋予了黑色池塘般的暗沉的明澈，还有热带海面上那种油润绵软的宁静。愚蠢能够让人永葆美丽；它驱赶皱纹；这是一种绝妙的化妆品，让我们的偶像们免遭思想的啃噬侵害，而我们这些所谓的博学之士就是因为受到思想的啃噬而形容丑陋！③

在《现代生活的画家》中，波德莱尔明确表示这样的眼睛中流露出来的美是一种来自于恶的美，"总是没有灵性，但有时候却有一种慵倦的样子，看上去像是忧郁"④。舞女那诱人而忧郁的眼睛掩盖着灵魂的空洞，她的身体仿佛是一个悲哀的罐子准备着接受痛哭的泪水。愚蠢本身有时候也可以显示出深奥莫测的样子，让人猜想它背后隐藏着怎样一个玄妙的回忆世界，就像《热爱假象》中写道的那样：

> 我想：她新鲜得古怪！真的好美！
> 纷纭回忆如王家的塔楼、冠盖
> 顶在头上；心如蜜桃伤痕累累，
> 却已成熟，一如其身，深懂情爱。（第9—12行）

在此处必须强调观察者的精神所发挥的决定性作用。美之所在并不是舞女本身，也不是她身上的奇装异服。美产生于观念层面的联想。在《热爱假象》一诗中，正是通过诗人精神上实现的惊人扭转，岁月的沉重负担转换成了王家塔楼般富丽而盛大的装饰。波德莱尔自己就曾指出说，对这种"可疑的美"的欣赏来自于一种"渴望未知和迷恋丑怪"的神秘情感。⑤ 这让他在《死神舞》中

---

① 见 Eugène Crépet, *Charles Baudelaire*, op. cit., pp. 154-155.
② 《现代生活的画家》，《全集》，第二卷，第720页。
③ 《全集》，第一卷，第549页。
④ 《全集》，第二卷，第720页。
⑤ 见《令人宽慰的爱情格言选》，《全集》，第一卷，第548—549页。

写道：

> 有人会把你称作讽刺的漫画，
> 他们迷恋肉体，完全不能看透
> 人体骨架无以名状的优雅。
> 大骷髅，你正合我最爱的胃口！（第17—20行）

舞女之所以合于诗人"最爱的胃口"，能够在诗人眼中变得宝贵和神圣，是因为她在诗人身上激发出了严肃而阴郁的思考。肉体注定要腐败消亡，只不过是一个诱人的假面，一个虚妄的幻觉。那些"迷恋肉体"的人将因为他们糊涂的美学观而遭受惩罚。情色的欲念是愚蠢、过错和痛苦的不竭源泉，这意味着肉体的享乐非但不能遏止恶，反而让恶变本加厉。"人体骨架无以名状的优雅"带来这样一个撼人心魄的启示：女人的真相就是骷髅；生命的真相就是死亡。波德莱尔诗中的骷髅舞女将这样的真相活脱脱呈于众人的眼前。这个舞女像中世纪满含寓意的骷髅一样，以死神的模样出现在舞会上，扮着"强劲的鬼脸"，对那些茫然无知于虚妄幻觉的舞者极尽嘲弄：

> 你眼睛的深渊充满恐怖思想，
> 令人眩晕，让舞者谨慎于舞蹈，
> 莫不都带着苦涩的厌恶凝望
> 你三十二颗牙齿的永恒微笑。（第37—40行）

紧接下来的诗句让我们看到肉体的虚妄和假象的空洞并非只发生在舞女身上，而是跟世上的每个人有关：

> 可是，谁不曾把骷髅拥抱怀中，
> 谁不曾以坟中之物作为滋养？
> 香水、衣服、打扮到底有何奇功？
> 故作挑剔者往往自以为漂亮。（第41—44行）

为了让世上的"舞客们"都听到诗中发出的嘲讽，诗人让骷髅舞女担任起了死神的代言人：

> 无鼻的舞女，不可抗拒的娼妇，
> 快对糊涂的舞客们发出告诫：（……）（第45—46行）

诗中随后的内容(第47—60行)全是死神对世人说的话,其所传达的信息活像地狱中发出的光芒,包含着极为苦涩的冷嘲热讽。舞会的音乐马上与天使的喇叭奏出的音乐融为一体,而天使的喇叭被描写成"阴森森活像黑洞洞的火枪口"(第56行)。最后,全世界都变成了一个噩梦般的大舞厅:

"无论何时与何地,可笑的人类,
死神欣赏着你们扭动的身姿,
像你们一样借没药增添香媚,
并在你们的癫狂中揉进讽刺!"(第57—60行)

这幅全民舞蹈的恐怖图景带给我们的感受,与中世纪晚期的累累白骨带给人们的感受是相同的:除了死亡的可怖以外,似乎还有对浮华、贪欲、谎言的狂热和魅惑,并且通过讽刺之法传达令人警醒的道德训诫。不过,波德莱尔在诗歌中所表现的经验又的确属于他自己所处的时代——一个在动荡不安和精致浮华的纠结中跳着圆舞的时代。

在这首极具典型性的骷髅之诗中,波德莱尔捕捉到了他所生活的世界中的悲剧性和恐怖性所具有的诗意魅力。由于这首诗是《巴黎图画》中的一篇,我们完全可以把它看做是用寓托形象对城市世界中潜藏着的地狱般力量进行的展现或演示。波德莱尔为自己确定的任务不是要描写一个人,也不是要绘制出城市的图画,而是要创造出一个充满寓意的寓托形象,让这个形象能够显示出现代世界的背面。他对于世界的看法令人毛骨悚然,那是因为他所在的世界本身从某种意义上说的确就是令人毛骨悚然的。

"地狱"一词自古以来在通俗用法中经常被用来指任何闹哄哄、乱糟糟的地方。巴黎的嘈杂喧闹在这方面极具代表性。巴尔扎克对此心领神会,写下这样的文字:

说巴黎是地狱,这绝不仅仅是一句玩笑话。这可真是名副其实。在那里,一切都在冒烟,一切都在发光,一切都在沸腾,一切都在燃烧、蒸发、熄灭、重新点燃、迸出火花、劈啪作响、消耗净尽。①

---

① Balzac, *La Fille aux yeux d'or*, *La Comédie humaine*, éd. cit., t. V, p. 255.

他把巴黎形容为"将会涌现出它自己的但丁的地狱"①。

巴黎在许多时候的确让人联想到地狱的景象。当城市陷于革命的狂潮之际,枪炮声和人群的呐喊混成一片,暴力的屠杀和破坏让城市笼罩在恐怖中。巴黎从根本上说体现为一种力量,当这种力量不在澎湃激昂的暴动中爆发,就会在狂欢的节庆中宣泄。同一种力量可以通过不同的形式表现出来,让这座城市可以是凶险的阎王殿,也可以是狂欢的巫魔夜会。暴乱者的呐喊之声让人联想到地狱深处受刑者的哀号和魔鬼的吼叫。到了狂欢之日,人们又涌向疯狂的假面舞会,极尽放纵和癫狂,有如魔鬼附体,直让人看得心惊肉跳。海涅曾留下一段关于巴黎喜歌剧院(l'Opéra-Comique)夜场演出的文字,这段华彩的文字带有讽刺笔调,我们可以把它看作是一幅表现狂欢节庆达于顶点之际的缩略图画:

> 那厢里,鬼王别西卜(Belzébuth)指挥着他的乐队,演奏出让你耳膜撕裂、头晕脑涨的音乐,与此同时,煤气灯的锐利光线像地狱的火光一样灼眼夺目,刺得你眼睛发痛。这厢里是一条偏僻的山谷,是我们小时候听奶妈讲述的恐怖传说中出现过的那种;一群巫婆如魔鬼附体般乱蹦乱跳,(……)其中不止一个还相当漂亮,就算再怎么怪模怪样也不会完全背离法国妖艳女人的天然优雅。但当后来号角齐鸣奏出最后一曲加洛普舞曲把全场带入狂猛的圆舞之际,群魔乱舞的喧闹这才达到了癫狂的顶点;大厅的天花板像是马上就要裂开了一样;突然间,屋顶裂开一道缝隙,地狱中林林种种的牛鬼蛇神飞到空中,他们骑在身下的东西不一而足,有扫帚、火钳、长柄叉、大木勺,也有长着人面的公羊或是长着公羊面的人,以及巫魔夜会中的其他一些坐骑;他们一个个都大喊大叫,嘴里像施行圣事般郑重其事地嚷嚷个不停:"*Oben hinuas, nirgends an*!(从上面过,千万别撞到了)"②

海涅的这段描写中有诸多细节与波德莱尔在《热爱假象》和《死神舞》中所写的不谋而合,例如:震耳欲聋的音乐,煤气灯的照明,女舞蹈者的优雅姿态,如附

---

① Balzac, *La Fille aux yeux d'or*, *La Comédie humaine*, éd. cit., t. V, p. 262.
② 海涅 1842 年 2 月 7 日信,载 Henri Heine, *Lutèce. Lettres sur la vie politique, artistique et sociale de la France*, op. cit., p. 242—243.

妖魔的疯狂舞蹈，大厅天花板上裂开的窟窿，甚至还有像是在传达地狱讯息的号角（喇叭）。号角齐鸣奏出的"最后一曲加洛普舞曲"正是为所谓"地狱加洛普舞"(le galop infernal)进行的伴奏。"地狱加洛普舞"的说法并非我们的发明创造，而的确是一个专业术语，指一种恰恰就诞生在巴黎的舞蹈。利特雷（Émile Littré）在他主编的权威《法语词典》(*Dictionnaire de la langue française*)中给出的定义如下："地狱加洛普舞：在大型公共舞会和歌剧院等地方表演的一种极快的加洛普舞"①。这一说法本身就显示了这种无比癫狂的圆舞中有着某些让人联想到地狱的东西。

《死神舞》之所以能够成为《巴黎图画》中的一篇，就是因为诗中的寓托形象是从巴黎生活中获取了其灵感来源，而其所阐述的也正是巴黎生活。这个恐怖的死神寓托形象本身是一种图画，一种形象的演示，但同时它也想要成为一种解说。单独来看，这个寓托形象显得颇有些奇怪；而只有在与现代生活的比照中，这一形象才获得其全部的意义。装饰在骷髅舞女身上的那些奇珠异宝的首饰，可以看作是象征着装饰现代生活的各种各样的"奇技淫巧"，因而我们可以透过诗中的寓托形象，看出诗人在现代生活中体会到的是一种深刻的死亡经验，而骷髅舞女搔首弄姿地卖弄风情的恐怖形象让诗中的寓意尤显得深长而苦涩。"这是一个古已有之的著名寓托，想要表达的是：被死神牵着走的人间队列"，波德莱尔本人如此解释道。②

六、陶醉于"人工天堂"：深渊中的眩晕

在有如魔鬼附体的狂欢中一定会有某些丑陋而猥亵的因素，但同时，狂欢的热情和放纵又可以带来某种神圣的欣悦，让人在狂热激奋的瞬间感到自己变得高大、强劲，仿佛已经置身于天堂的生活中。对于人来说，神奇世界往往也就是一个荒诞不经的世界，与我们所了解的世界大相径庭。当人进入到这样的世界之中，他会发现一切既往的感知已经失效，他张皇困惑，像做梦的人一样物我不分，也就是分不清哪是自我哪是世界，哪是他自己的感觉哪是事物本身。

---

① Éile Littré, *Dictionnaire de la langue française*. 见该词典中的"infernal"词条。
② 见波德莱尔1859年2月11日致卡罗纳信，《书信集》，第一卷，第547页。

进入现代时期,技术的进步让人的感觉中枢经历着复杂的磨砺,这直接影响到人们对世界的态度和看法。工业生产高速发展,社会面貌日新月异,复杂的机械设备让人的活动变得更加容易,各种新奇的创造发明激发出新的需求,人员的流动和往来因为城市布局和交通的改善而更为频繁,生活内容和与之相应感官经验都变得前所未有地丰富,这一切都让人相信大城市拥有"人工天堂"的特质,能够加剧感觉、放大个性,让人产生无所不能的幻觉。城市的巨大规模、汹涌人潮和千奇百怪的生活让人眼花缭乱,仿佛城市本身已经变成了一个"万花筒"般千变万化、奇妙无比且难以捉摸的世界。城市有如兴奋剂一样:

> (……)能扩大无边无际的东西,
> 还能把无限延长,
> 能加深时间,还能把快感增强,
> 又用阴郁的乐趣
> 填满灵魂,突破它平时的度量。①

城市让人们与各种完全想象不到的那些近乎于神奇的事物不期而遇,给他们带来情感上的陶醉。这其中有人的内在梦幻的作用,同时这也是外在城市本身的特点所使然。波德莱尔在《人工天堂》中写下的一段文字可以让我们看到城市经验与兴奋剂经验是多么的相似:

> "狂想"一词贴切地界定了由外在世界和偶然环境引发和决定的一系列思想的运思过程。在用于说明印度大麻时,这个词包含着一种更为真切也更为可怕的真实性。在这里,理性思考只不过是随波漂流的残骸,思想的运思过程已经无限地变得更迅疾、更趋狂想。②

兴奋剂的两个特点——"恐怖之主人"和"神秘之君王"③——既适用于城市也适用于印度大麻,因为无论是城市还是印度大麻都给人带来强烈的感受和无所不能的幸福幻觉,在让人的内在感觉变得异常敏锐的同时,也让理智的稳定

---

① 波德莱尔:《毒药》,《全集》,第一卷,第49页。
② 《全集》,第一卷,第428页。
③ 同上书。

性变得岌岌可危。

城市经验是一种极其超现实主义的经验。说城市是一个梦幻,就等于说它不像是现实中的真实世界,而更像是奇思异想、满目奇观的世界。神奇经验的超现实性与我们感知时间和空间的方式密切相关。神奇经验首先意味着感觉上的强烈紧张和心意上的欣悦陶醉。它可以体现为感官敏锐度的增强,情感活动的加剧,人格的倍增放大或人的局限性的消解,但无论怎样,它都表现出了超越于日常生活和外部世界提供给我们的既有现实的特点。神奇经验将万事万物整合在一起,共同促成一种臻于至福的境界,而其中的关键就是要获取哪怕是瞬间的对于万物归一的"整体"(l'unité)的体悟:"一切矛盾都成为统一。人进而成了神"[1],波德莱尔如此说道。但这种至福的感觉从本质上说是不稳定的,不仅仅是因为这种感觉本身的脆弱性,还因为剧烈的感觉也近乎于痛苦。在散文诗《艺术家的忏悔经》中,开头部分写到了梦幻的伟大给人带来的其乐无穷的感觉,紧接着便是痛苦侵袭诗人的灵魂:

> 然而,这些思想无论是出于我自己还是从事物中涌出来,马上就都变得过于强烈。快感中的能量给人带来一种不适感和一种实实在在的痛苦。我的神经极度紧张,只发出一阵阵强烈而痛苦的颤抖。[2]

神奇的梦幻能够唤起对于无限的向往,但无论梦幻有多么神奇,它都终归是梦幻,是某种空无实质的形式。神奇梦幻于是也就与不可避免的幻灭联系在一起。波德莱尔神奇经验的决定性因素也许正在于此,因为这种废除了时间和空间意识的经验为我们提供了一种具有可感形式的中介,让我们通过它去感知彼世,既感知更多的意义,也感知生活的空虚,也就是去感知波德莱尔笼而统之地称为"生活的深处"的东西。

波德莱尔在《火花断想》中留下一段文字,称"超自然主义"(le surnaturalisme)是"文学的两种根本品质"之一,另外一种是"反讽"(l'ironie)。他解释说:"超自然包括总体上的色调和声调,即强度、响亮、明澈、颤动、深度,以及在空间和时间中的回响。"他还进而指出,与超自然联系在一起的是"生命中的某

---

[1] 《全集》,第一卷,第394页。
[2] 同上书,第278页。

些时刻,在其中,时间和空间变得更加深远,存在之感大大增强"①。艺术创作可以从被感知为超自然的状况中获益丰厚。波德莱尔就此写道:"在心灵的某些近乎超自然的状态下,生活的深处便会通过眼前的场景——哪怕是最平凡的场景——被彻底揭示出来。那场景成为了它的象征。"②我们可以看到,波德莱尔的巴黎诗歌大都是对这一观点的杰出演示。

"生活的深处"是在变得更加深远的时空中显露出来的。兴奋剂能够让时空变得深远,而现代的各种"机巧"也能够达此目的。在超灵敏的感知中,本来没有生命的城市自然秉承了有生命的生物自然的特性,发出超自然的有如电击般的悸动。正是这种超自然的神奇兴奋"赋予各种色彩以一种不可思议的意义,让各种声音都震动着发出一种更加意味深长的声响"③。

再来看看赌博在赌徒的心理现实中引起的神奇兴奋。由赌博活动引起的兴奋一方面类似于由兴奋剂引起的兴奋,另一方面也类似于敏感之人在接触大城市时所感到的兴奋。

巴黎的现实太过丰富和复杂,已经让人的精神难以把握,因而对许多人来说,巴黎的现实显得是无定形的。例如巴尔扎克笔下的吕西安(Lucien)来到巴黎后看到的是一个"充满偶然性的首都"④,而青年贝纳西(Bénassis)看到的是"一个谜"⑤。来到这里的人必须做好赢得一切或失去一切的准备。就像巴尔扎克笔下另外一位人物马尔卡(Marcas)所说的那样,"对野心家来说,巴黎就是一个巨大的轮盘"⑥。城市空间整个被看成是一个巨大的赌馆,城市的社会生活就像是一场碰运气的赌博。"生活只有一个真正的魅力:那就是赌博的

---

① 《火花断想》,《全集》,第一卷,第 658 页。
② 同上,第 659 页。这段话中的某些表述也出现在《人工天堂》的一段文字中。在《人工天堂》的这段文字中,作者首先提到,印度大麻带来的兴奋为"天生热爱形式和色彩"的欣悦灵魂提供了一片"广阔的牧场"。他随即写道:"曲曲折折的线条是一种明确无疑的语言,你可以从中读出灵魂的骚动和欲望。而就在精神上发展出来的这种神秘而转瞬即逝的状态中,生活的深处连同其各种问题在人们眼前最自然、最平凡的场景中完全显露出来——在这种状态中,任何事物一经出现,就成为会说话的象征。"《全集》,第一卷,第 430 页。
③ 波德莱尔:《论埃德加·爱伦·坡的生平及其作品》(《Edgar Poe, sa vie et ses œuvres》),《全集》,第二卷,第 318 页。
④ Balzac, *Illusions perdues*, La Comédie humaine, éd. cit., t. IV, p. 626.
⑤ Balzac, *Le Médecin de campagne*, La Comédie humaine, éd. cit., t. VIII, p. 474.
⑥ Balzac, *Z. Marcas*, La Comédie humaine, éd. cit., t. VII, p. 747.

魅力",波德莱尔在《火花断想》中写道。①

作为娱乐消遣的赌博在19世纪以前是贵族专享的特权。拿破仑时期南征北战的军人们开始热衷于此道,将赌博之风带到了资产阶级中间。在资本主义时期,赌博成了构成"精致优雅的生活景象以及成千上万在大城市底层无处安身的人的生活景象"的一部分,波德莱尔将这种景象看作是表现现代的"美"和"英雄主义"的形式。②

我们可以把《赌博》一诗与《死神舞》和《热爱假象》结合起来读。这首诗一开篇便呈现了以虚假魅惑为特征的可怕的女性特质:

  褪色的扶手椅中坐着老娼妓,
  苍白面色,含黛双眉,魅惑目光,
  她们卖弄风骚,瘦耳垂上挂起
  宝石和金属,碰击声叮叮当当;(第1—4行)

《恶之花》第一版中对"老娼妓"外貌的强调还更甚一些,让人想到《热爱假象》中的女主人公和《死神舞》中的舞女:

  褪色的扶手椅中坐着老娼妓,
  ——额头施粉,双眉描黛,眼露寒光——
  摇头晃脑,让干瘦的耳上响起
  钟摆般的滴答声,好让人心伤;③

《小老太婆》中的有些老妇也被说成是"旧日弗拉斯卡蒂"的"多情的贞女"。我们知道,"弗拉斯卡蒂"(Frascati)是那不勒斯冷饮商加尔奇(Garchi)于1796年在巴黎黎塞留街(rue de Richelieu)103号(今112号)开设的一家兼有赌馆、舞厅和餐厅的娱乐场所,因仿效那不勒斯的弗拉斯卡蒂而得名。弗拉斯卡蒂一开张就成了巴黎最负盛名的赌馆,而且这是当时唯一允许女士光临的一家,因而常有欢场女子出没,这让它也成了巴黎一个寻欢作乐的好去处。除了弗

---

① 见《全集》,第一卷,第654页。
② 见《1846年沙龙》,《全集》,第二卷,第495页。
③ Baudelaire, *Les Fleurs du mal*, Paris, Poulet-Malassis et De Broise, 1857, p. 154.

拉斯卡蒂外,巴黎还有许多家赌馆①,虽然不接纳女士前去赌博,但却有几家是由女人出面做掌柜的。古尔东(Édouard Gourdon)的《黑夜的收割者》(*Les Faucheurs de la nuit*)一书就记载了几位开赌馆的老妇人:

> 几位老妇人奇丑无比,简直就是一切放荡恶行留下的可耻残渣,她们(……)掌管着赌馆。她们是所谓的将军遗孀,受到所谓的上校的保护,而上校也要抽取一份彩头。②

赌博之风过于盛炽,终于引起当局的不安。1836年,警察局下令于12月31日子夜起关闭所有的赌馆。弗拉斯卡蒂甚至还发生了一场小小的骚乱。取缔赌博场所并不意味着这项娱乐消遣从大众的生活中绝迹了。到了第二帝国时期,游乐厅和大型赌场接替了赌馆的角色。

《赌博》中"老娼妓"的形象不过是打扮得花枝招展的骷髅舞女的另一种变体。波德莱尔看待任何事物时都持有一种具有多重性和矛盾性的观点,据此我们可以说,他笔下的女人在激起男人感官激动并让男人感到无限快乐的同时,也加速了其衰败的进程。《赌博》一诗以"老娼妓"作为开场白,这表明赌博的功能堪比妖艳女子的功能。赌博的魅惑同女人的魅惑一样,都能够置人于死地,都是与死神的呢喃私语。同妖艳的女人一样,赌博让人晕头转向,把人带到死神的门前,带到深渊的最深处。波德莱尔对赌场的描写中到处都渗透出衰老、死亡、污秽和黑暗:扶手椅是褪色的;娼妓是老迈的,尽管巧施粉黛,但面色还是像死尸般苍白;挂在"肮脏天花板"上的一排吊灯也是黯淡的,并不比娼妓的面色更有光彩。赌徒们的外表让人想到《死神舞》中"无鼻的舞女,不可抗拒的娼妇":

---

① 除了弗拉斯卡蒂外,当时还有如下这样一些主要赌馆:外国人联谊会(le Cercle des Étrangers),位于格朗日-巴特利耶尔街6号(rue Grange-Batelière, n°6);杜南之家(la maison Dunans),位于勃朗峰街40号(rue du Mont-Blanc, n°40);马里沃之家(la maison Marivaux),位于马里沃街13号(rue Marivaux, n°13);帕托斯之家(la maison Pathos),位于汤普勒街110号(rue du Temple, n°110);太子妃之家(la maison Dauphine),位于太子妃街36号(rue Dauphine, n°36)。另外,王家港大街(Bd de Port-Royal)简直就是赌馆一条街,有连成片的多家赌馆:9号(一直到24号),102号(一直到119号),129号(一直到137号),145号(一直到154号)。尽管正式注册的赌馆数量已经相当多了,但还是满足不了赌徒们的需要,因而也就还有许多黑赌馆应时而生,让警察当局难以有效监管。

② Édouard Gourdon, *Les Faucheurs de nuit. Joueurs et joueuses*, Paris, Librairie nouvelles, 1860, p. 34.

> 绿色台布周围尽是无唇的脸,
> 无血色的嘴唇,无牙齿的颌骨,
> 还有手指因疯魔狂热而痉挛,
> 掏掏空口袋,摸摸跳动的胸部;(第5—8行)

赌徒们近乎于骷髅的形象和他们的"疯魔狂热"显示赌博实在是属于魔鬼的专长,而"额头晦暗"的赌徒们实在是以魔鬼为伍的赌伴。赌场被诗人称作"沉寂的魔窟",这表明它在诗人敏锐的眼中呈现出来的是一幅地下祭坛的阴森图画,祭奠的是一个嗜血成性的残暴偶像。"顽固的情欲"和"惨淡的快乐"蒙住了赌徒的双眼,让他们看不见"神圣的偶然"这一控制着世界的法则:

> 好生记住,时间是个贪婪赌徒,
> 不消作弊,每赌必赢!颠扑不破。
> 白昼渐短;黑夜渐长;记住此说!
> 深渊总是饥渴;漏壶滴淌不住。①

赌徒们对此浑然不觉,兴高采烈地奔向让自己遭害的境地。诗人自己并不赌博,而是独自待在角落里支着肘冷眼旁观,一言不发。诗人观察赌徒时所处的位置,让人想到他在《死神舞》中观察跳舞的人时所处的位置。他明察秋毫,看透了这个"沉寂的魔窟"传达出来的讯息。不过两者还是有着很大的不同:他在《死神舞》中对跳舞者们的无知状态极尽冷嘲热讽,而在《赌博》中则反复强调自己对赌徒们的无知状态多有"歆羡":

> 歆羡这些赌徒深怀顽固情欲,
> 歆羡这些老妓痴迷惨淡快乐,
> 他们兴高采烈在我面前交易,
> 有用往日名声,有用美丽姿色!
> 我惟心惶意恐歆羡可怜族类,
> 他们狂奔不止迈向深渊之路,
> 饱飨自己鲜血,选择绝无反悔,
> 痛苦胜过死亡,地狱胜过虚无!(第17—24行)

---

① 波德莱尔:《时钟》,《全集》,第一卷,第81页。

这篇作品妙就妙在这几句诗中。赌博原本是诸多堕落行为之一种,但心明眼亮的诗人却从其中挖掘出能够为我所用的价值。赌徒们抱定自己一定能够获胜的幻觉,不以失败为意,屡败屡战,激情汹涌直到最后一刻。诗人从赌博活动中提取出来的精华,就是这种活动带来的令人陶醉的效果,在这种陶醉的瞬间中依稀可见某种完满生活的幻影。并不醉心于赌博的诗人却从赌博中看出了"现代英雄主义"和"现代美"的一种典型的表现形式,而通过这种形式表现出来的"英雄主义"和"美"实则是一种嘲弄人的英雄主义和一种与恶结合在一起的美。这首诗歌所表现的主题当可以支撑诗人思想中对于现代世界的界定。

《赌博》之所以被纳入到《巴黎图画》一章中,并不是因为只有巴黎才有赌场。贴切的解释应当在主宰赌博的法则和主宰现代生活的法则两者的类同性中去寻找。赌博和现代生活都遵循着波德莱尔在《时钟》一诗中所阐述的"神圣的偶然"这一法则,而《时钟》正好就紧位于《巴黎图画》之前。

在资本主义社会中就跟在赌场中一样,"不可算计"是主宰一切的原则。现代经济的整体发展让资本主义社会越来越变成了一个巨大的赌场,资产阶级在这里全凭一些他们无法预见的因素赢得和失去资本。财富分配中你输我赢的种种现象与赌博无异,让人难明就里,以至于就把股市投机称为"赌博"。成功与失败全系于行情的起伏和证券收益的变化,而这其中的原因又不可预见,基本上不为人知,往往表现为偶然和意外,这就让资产阶级天然具有一种赌徒心态。

赌徒们完全清空了自己的记忆,像机器人似地活着,无论肉体上还是精神上都成为奴隶,机械地投入到他们的活动中。他们的一举一动全出于反射行为,本雅明因而认为赌博非常明显地体现了以结果不明为特点的人生经验。本雅明注意到,机器生产加于工人的机械反应与赌博中赌徒的机械反应之间存在着相通之处:

> 自动化的生产过程促使工人做出的那些动作也可以在赌博中见到,因为赌博中无论是下注还是出牌,都要求出手飞快。机器运动中的"一停一顿"就好比赌博中的"掷骰子"。在机器上工作时,工人的这个动作与前面的那个动作之间没有联系,因为他的动作只不过是不折不扣的重复。他的每一个动作都与前一个动作无关,就好比每一次掷骰子都与前一次

无关。由此可见,雇佣劳动者们的"苦活"与赌徒们的"苦活"真是如出一辙。两者都同样缺乏实质内容。①

赌博的过程可以用以显示已经高度分化了的劳动的过程。赌博总是不断重复的从零开始,每一局都是新局,与上一局无关,与已经获得的局势无关,而且也影响不到下一局的结果。每一局都是一个独立的时间片段,而倏忽之间一切皆有可能:全部收入囊中或统统输个精光。

赌徒自然是希望在赌局中胜出的。不过从心理学角度看,如果把赌博的乐趣仅仅归结为赌徒想要赢得钱财收益,这也许有失偏颇。本雅明认为,在赌博中"赌徒处于一种特别的精神状态,在这种精神状态下,经验基本上不再能够对他提供什么帮助"②。正是因为经验失效,人们才会把一切都归于运气。而这也正是现代人面对杂芜难辨的万般事物而感到失去了经验的助佑时所做出的反应。世界的运行过程在人们眼中呈现为一个个时间片段的接续,而每一个片段都像在赌博中一样服从于"偶然"这一法则。以某种观点看,世界和赌博完全是一回事情:两者都能够给予,也都能够夺取;两者都哑然不语,耳聋目盲;两者都像神一般无所不能;它们自有其道理,但这道理却又完全不是人的道理。赌博是与命运短兵相接的近身搏击,是分秒之间对世界运行过程的体验。赌博通过对时间尺度的改变而成为一场奇幻的魔术。

古尔东第一个领会到了赌徒的陶醉瞬间究竟意味着什么:

> 我确信赌博的激情是最高的激情,因为它囊括了一切激情。一连串的好运气给我带来的快乐,比不赌博的人好多年才能够得到的快乐还要大。我是用精神在赌博,也就是说用了一种最真挚和最敏于感受的方式在赌博。你以为我只是看重赢到的钱财么?那你就错了。我看重的是赌博带来的种种快乐,这些快乐真正让我享用不尽。这些快乐激剧而炽烈,犹如阵阵闪电,迅疾得让我来不及生出憎恶之心,丰富得让我绝不会产生厌倦之情。我在一种生活中经历一百种生活。如果我旅行,一定是以电光火石的方式。(……)我之所以把手攥得紧紧的,抓住钞票死死不放,那

---

① Walter Benjamin, *Charles Baudelaire*, op. cit., p. 183.
② Ibid., p. 185.

是因为我十分清楚跟别人一样所花费的时间的价值。我享受到的一种乐趣可以让我放弃一千种别的乐趣。(……)我享受着精神上的快乐,不再去想其他快乐。①

阿纳托尔·法郎士(Anatole France)的《伊壁鸠鲁的花园》(*Le Jardin d'Épicure*)中有一段意思相同的话,也把赌博写成是由时间编织的奇幻魔术:

> 碰运气可不是一桩一般的赏心乐事。要在分秒之间体会到数月、数年乃至一生的忧虑和希望,这可并非不是一个令人陶醉不已的快乐。(……)哎呀!要说赌博为何物,它难道不是把命运中要花许多时日甚至许多年才会发生的改变浓缩在分秒之间的艺术么?它难道不是把分散在别人漫长人生中的激情聚集在一个瞬间的艺术么?它难道不是用几分钟时间经历整整一生的奥妙么?总之,它难道不就是命运之神的线团么?②

赌博带来的快乐在功能上与兴奋剂和大城市引起的陶醉是相同的,其实质是时间的放大或强化。表面上看,赌徒是在赌钱,但是在心理和精神现实的最深处,赌徒是在赌无限世界的无穷可能性。在强烈而且自恋的"全能"幻觉的作用下,赌徒为追求"无穷可能性"这一至为重要的东西而激情澎湃、血脉贲张。碰运气的赌博提供了一个体验虚幻快乐的良机。在让赌徒深感魅惑的幻象中,隐藏着冒险的滋味。赌博之乐中越是混合了恐惧的情感,其令人陶醉的程度也就越大。倘若赌博只是承诺让人无险而胜,倘若它只能够引起快乐,那人们热爱它的狂热程度就会大打折扣。然而赌博却又是可怕之事,因为它可以凭着兴之所至给予苦难和耻辱;有人正是因为这点而对它喜爱有加。就像骷髅舞女跳的死神舞一样,赌博也散发出"恐怖的魅力",而"恐怖的魅力只让强者们陶醉"③。在一切强烈激情的深处都有危险的魅惑。危险和激情带来眩晕,而眩晕带来快感。

由于决定赌博结果的种种因素是不可控的,赌徒因此也就极为迷信。不可算计的偶然包围着赌徒,就像不可把握的大自然包围着心智蒙昧的原始人。

---

① Édouard Gourdon, *op. cit.*, pp. 14-15.
② Anatole France, *Le Jardin d'Épicure*, Paris, Calmann-Lévy, 1895, pp. 15-16.
③ 《死神舞》,《全集》,第一卷,第 97 页。

因而赌馆的常客们都各有奇招与幽冥沟通,达到驱灾辟邪、好运连连的目的:有人在下注前咕咕哝哝地向帕多瓦的圣安东尼①(saint Antoine de Padoue)或另外某个天上的神明祈祷,有人只是在某种幸运颜色出现时才会下注,还有人用左手握着一条兔腿,凡此种种,不一而足。如果说相信神秘之物的存在是有信仰之人的根本,那赌徒在信仰方面比那些仅仅是遵从宗教仪式的信徒更要坚定得多。赌博有自己的膜拜者和圣徒,他们为赌博而赌博,他们热爱赌博倒不一定是为了从赌博中赢得财物,他们越是在赌博中受到打击反倒对赌博迷恋得更深。当赌徒输了个精光,他总是归罪于自己,不会归罪于赌博。他总是说自己的不好,不会怨天尤人,更不会说亵渎神明的话。"我自己没有搞好",赌徒赌输后总是这样说。当开始另一盘赌博,他又会带着同样的激情、热望和陶醉重新投入其中。波德莱尔之所以"歆羡"赌徒,不是因为这些人浑然不觉赌博的虚妄、空洞和无结果,而是因为这些人决意要在陶然忘机的精神状态下经历一个激情澎湃的生活片段。

波德莱尔把赌博叫做"张开大口的深渊"。实际上,任何奇幻魔术般的幻影,无论是城市中的"仙境华屋",兴奋剂的神奇效果,还是赌博的魅惑,都是让追求幸福和深刻快乐的人投身其中不能自拔的深渊。奇妙的幻觉往往伴随着自恋的无所不能的虚构。而在物质世界中,这种自恋的虚构注定会碰得头破血流。以此之故,那种以为通过享受现实快乐就拥有了永恒的人越是在虚妄的快乐中求永恒,就越容易以失败告终。"快感"和"折磨"是两个互为关联的概念,界定了由人工的奇幻魔术构成的深渊所具有的魅惑和暴力。② 这个深渊可以把人引向最美好的福地,也可以把人引向最不堪的死地,无论在精神上还是在肉体上都是如此。

先不说波德莱尔的作品中哪个主题最重要,但如果非要选一把解开他作品的钥匙,我们想应该是深渊的意象,因为这个意象在他的作品中贯穿始终,

---

① 圣安东尼(1195—1231),本名费尔南多·马丁斯·德·布洛艾斯(Fernando Martins de Bulhões),生于葡萄牙的里斯本,卒于意大利的帕多瓦(意大利语:Padova;法语:Padoue),是天主教方济各会修士、教义师。他去世后不到一年,便因其身前四十余项起死回生的奇迹而于1232年被教皇册封为圣人,故被称为帕多瓦的圣安东尼或里斯本的圣安东尼。在丢失物品时,天主教徒常呼其名以求助佑。

② 《人工天堂》中有两个前后相连的章节,标题分别是《鸦片的快感》(《 Voluptés de l'opium 》)和《鸦片的折磨》(《 Tortures de l'opium 》)。这两个标题让我们清楚地认识到人工深渊的两重性。

并且还包含了大部分其他一些主题。在波德莱尔的全部作品中,对深渊意象的运用成了他的一个顽念。我们不应当指责他老是重复这个意象,如果我们那样做,就等于没有弄懂什么是他一生中万变不离其宗的深刻现实。"咳!一切皆深渊",这几个字透露了是什么东西死死纠缠着波德莱尔,让他在"快意"和"恐惧"之间纠结不已。他在《身心健康》中记下这样一段文字:

> 无论在精神上还是在肉体上,我一直都有坠入深渊的感觉,不仅仅是睡眠的深渊,而且也是行动、梦幻、回忆、欲望、悔恨、内疚、美、数目等等的深渊。
>
> 我带着快意和恐惧培育自己的歇斯底里。我现在一直有晕眩之感(……)。①

他把这段话改头换面地写进了题为《深渊》的诗歌中:

> 帕斯卡有深渊,跟他一步不离。
> ——咳!一切皆深渊——行动、梦幻、欲望,
> 还有话语!在我倒竖的毫毛上
> 我无数次感到恐惧的风刮起。
>
> 往上,往下,到处都是深洞、岸滩、
> 沉寂、恐怖而富有诱惑的地方……
> 上帝用妙手在我夜的背景上
> 描画出无尽噩梦变化万端。
>
> 我怕睡眠,像人人都怕大洞窟,
> 说不出的阴森,不知通往何处;
> 透过所有窗棂,所见尽是无限,
>
> 我的精神也始终被眩晕折磨,

---

① 《全集》,第一卷,第668页。

妒忌"虚无"那无动于衷的冷漠。

——唉！永难逃出数与万物的纠缠！①

在这首诗中,波德莱尔把自己的深渊与帕斯卡尔的深渊等同起来。无论对波德莱尔还是对帕斯卡尔来说,深渊经验指的是对人生存在和世界真相不期而然的深入洞察,也就是清醒地看到自己本以为最坚实、最确定无疑的信念原来并没有可靠的基础,世界原来是上帝用妙手描绘的一个巨大的神秘,这神秘好似变化多端的无尽噩梦,让人纠结不已,寝食难安。张开大口的深渊就像骷髅舞女那双充满了"恐怖思想"的眼睛一样,令人感到眩晕。人们之所以会产生眩晕,是因为在深渊中面对的是一系列永远也得不到消解的矛盾冲突:一边是万物的丰盛令人赞叹,一边是万物的昏晦令人不安;一边是想要达到与天地并生、与万物为一的愿望,一边是对于丧失"自我"、降格精神的恐惧;一边是对于生活的陶醉,一边是对于生活的厌恶。深渊中的眩晕体现了波德莱尔的全部作品都带有其印迹的一种经验,即"有限中见无限"②的经验。因而这绝不是毫无意义的感觉游戏,而是诗人的一种能力,凭借这种能力,诗人通过感官的感受,能够洞悉到时空和生活的深处,以至于感到自己的身体和精神已经与深渊结为一体。深渊不只是外部深渊,不仅仅指外部世界或万物令人震惊的面目,它同时也指人的内部深渊,存在于人的头脑和内心之中。从这层意义上说,"感觉的深渊"与"深渊的感觉"这两种说法实则是形异而实同的两个可以互为转换的命题。外在世界之言说不尽,内在世界之深不可测,皆可以深渊意象名之。在波德莱尔的美学构架中,"深渊"一词涵容丰富,包括了种种的幻象、奥秘、威胁、魅力、启示和震惊。深渊是一种威胁,但它也彰显出诗人所拥有的特权,因为唯有诗人才能够把达于快乐或痛苦极致的独一无二的感受表达出来,才能够把发现一种全新现实的无限快乐表现出来,才能够打开"精神宇宙那不可企及的蓝天"③。深渊中的眩晕指的不是"黑夜中的杂物堆积场",

---

① 《全集》,第一卷,第142—143页。诗中的帕斯卡即法国数学家、物理学家、思想家布莱士·帕斯卡(Blaise Pascal,1623—1662),也译作帕斯卡尔。《思想录》是其生前未完成的手稿,集中体现了他的思想理论。他在书中以理性来怀疑和批判一切,同时又指出理性本身的局限和内在矛盾,并以特有的揭示矛盾的方法,反复阐述人在无限大与无限小两极之间的矛盾处境,论证人既崇高伟大又软弱可悲这一悖论。

② 语出《1859年沙龙》,《全集》,第二卷,第636页。

③ 波德莱尔:《精神的黎明》,《全集》,第一卷,第46页。

而是"通过紧张的沉思产生出来的幻象,而在那些不那么丰富的头脑中,这种幻象则要通过人工的刺激物才能产生出来"①。在投身深渊的举动中,隐藏着一种英雄主义的愿望,那就是要从最让人感到无能为力之处发掘出强有力的新奇启示。让－皮埃尔·理查(Jean-Pierre Richard)就认为,"波德莱尔的想象力"不断地充分显示了"深渊的无穷繁殖力"②。

现代生活的加速发展更加剧了现代环境中人们的深渊之感。19世纪的巴黎向所有人散发出不可抗拒的魅惑,同时也散发出不可抗拒的恐惧。人口的惊人增长,人群的拥挤不堪,巨富与赤贫共存的状况,首都前所未有的权威,舆论的翻云覆雨,此起彼伏的革命,政权的频繁更迭,还有第二帝国时期进行的各种深刻改造,所有这一切让这座城市具有了无论是本义上的还是转义上的深渊的形象。当时的诗歌中对此有所反应。据西特龙统计,19世纪30至50年代,使用得最频繁的表示巴黎的诗歌意象都与深渊的某个方面有关,例如:大海(大洋、波涛),深渊(旋涡),巨人(女巨人、巨怪、独眼巨人波吕菲谟、泰坦巨人),火山(火山口、火山熔岩、维苏威火山),下水道(污水坑、泥潭、肮脏潮湿之地),迷宫(迷津),船舶(舟、舰船),等等。如果说名词表示的是巴黎恒常的实体性特点,那形容词反映的则是巴黎在某些瞬间的面目,以及人们在情感上对这座城市做出的反应,而且这些情感反应经常是相互矛盾的。用得最多的形容词有这样一些:巨大的、美丽的、古老的、疯狂的、高贵的、悲伤的、污秽的、黑暗的、炽热的。以下一些形容词也用得比较多:王家的、君王的、壮丽的、辉煌的、出色的、迷人的、骄傲的、宏伟的、宽大的、不朽的、哥特式的、狂热的、贪婪的、张开大口的、地狱的、贫穷的、泥泞的、下贱的。③ 西特龙的统计并非是无关紧要的,它可以帮助我们看清楚这一时期的人是怎样感受巴黎和表现巴黎的。许多年轻人一直都渴望到巴黎来一试身手,而他们的父母却又一直都担心看到他们的子女在巴黎沉沦毁灭,这两种态度既相互矛盾又相互关联,不仅显示了人们对巴黎的看法,而且也极具代表性地显示了人们面对张开大口的深渊时所具有的反应。不无悖论的是,就在巴黎达到了令人陶醉不已的

---

① 《1859年沙龙》,《全集》,第二卷,第637页。
② Jean-Pierre Richard, *Poésie et profondeur*, Paris, Le Seuil, 1955, p. 104.
③ Pour avoir plus de détails sur la statistique des noms et des adjectifs concernant Paris, voir Pierre Citron, *op. cit.*, t. II, pp. 72-75.

繁荣之际,这座城市中的种种病态(如死亡率,犯罪率,暴力)也变得越发突出。在巴黎实现的种种魔幻般的活动带来了一些一目了然的负面后果,穷苦人大量增加,城市越来越不适应于他们的生存需要,某些小集团的金玉满堂与大部分人的一贫如洗之间形成了巨大的反差,到了触目惊心的地步。一边是富丽堂皇,一边是穷困潦倒;富足与贫困、绚丽与肮脏、智慧与无知、秩序与混乱的强烈对比表明这个城市怪兽已经病得不轻。奇怪的是,现代的奇幻魔术原本是为了减轻人们的焦虑,不曾想到头来却反而更加剧了他们的焦虑。

第三节　忧郁之城:假面掩盖下的城市

一、双面巴黎:体面的假象

巴黎是光彩照人的神奇之都,有"上国首都""所有都城中的王后"的美称;巴黎也是动荡不安的混乱之城,是一个充斥着忧郁和无可救药的绝望的世界。在这里,富丽与贫穷同生,善举与恶行并存,幸福与苦难相共。艺术家们最是对此感触至深。巴尔扎克在《贝姨》(*La Cousine Bette*)中就描写了卢浮宫周边与宏伟富丽的宫殿形成鲜明对比的破旧街区:

> 环境昏暗,一片死寂,空气冰冷,路面坑坑洼洼,这一切让那些老屋仿佛成了地下的墓穴,成了埋葬活人的坟冢。坐在马车上路过这片死气沉沉的似街非街的地区,望一眼杜瓦耶内胡同(la ruelle du Doyenné),谁都会感到心头发凉,会奇怪谁会住在这样的地方,会寻思到了夜深人静,当这条胡同成了歹徒出没的地方,巴黎形形色色的罪恶披上黑夜的外衣猖獗横行之际,又该有怎样的事情在这里发生。这个问题本身就够可怕的了,而要是再四下看看都有些什么东西环绕在这些徒有其名的屋子周围,那就更加恐怖了:在黎塞留街那边是一片死水洼,在杜乐丽花园(le jardin des Tuileries)那边是汪洋一片的乱石堆,在长廊那边是一些小园子和一些阴惨惨的窝棚,在老卢浮宫那边是堆成一大片的条石和拆下来的破砖烂瓦。(……)大家也许认为这样一个凶险的地方自有其用处,有必要在巴黎的心脏地带用这么一个象征来表明巴黎这个所有都城中的王后的特

点,那就是苦难与富丽的密切结合。①

巴尔扎克的这段描写完全体现了浪漫主义者对待巴黎的情感,这种情感是从正反对照的角度出发的。巴黎的表面是光鲜诱人的,到处是宫殿华屋,到处洋溢着快乐、雅趣、才智和活力,而巴黎的内里却又是令人泄气的,到处都让人感受到悲伤、恶心、罪恶和死亡的气息。对巴尔扎克这样的小说家来说,巴黎始终是充满了对比和矛盾的地方。在《幻灭》(*Illusions perdues*)中,吕西安(Lucien)对巴黎的感受是"一个无边的汪洋大海"或"一个离奇的深渊",他在给艾娃(Ève)的信中写道:"巴黎既是法兰西的全部光荣,也是法兰西的全部耻辱。"②充满对比和矛盾的巴黎甚至还体现在了某些典型人物的形象中。《贝姨》中提到一个名叫奥令泼·皮茹(Olympe Bijou)的小女工,巴尔扎克说她是"巴黎鲜活的杰作之一,世界上也只有巴黎才会产生出这样的杰作,这全仰赖奢华与贫穷、放荡与贞操、被压制的欲望与层出不穷的诱惑的不断结合,而正是这种结合让巴黎成了尼尼微(Ninive)、巴比伦和帝国时代的罗马的继承者"③。《法拉格斯》中对依达·葛茹洁(Ida Gruget)的大段描写也显示了这样的特点。这位女子就是按轻浮小女工的形象来刻画的:"只有在巴黎才能够见到。她生在巴黎,长在巴黎,就像巴黎的泥浆,就像巴黎的马路,就像塞纳河的河水是巴黎制造出来的一样。(……)无论怎么分析都分析不透她,因为她变化多端,不可捉摸,就像大自然一样,就像这个神奇精怪的巴黎一样。"④

随着经济的大发展,巴黎的老街区逐渐消失。但这并没有改变劳动阶层的窘困状况。第二帝国的大规模城市改造为首都披上了一件体面假象的外衣,表面上好一派歌舞升平的景象。许多人都看出,巴黎的新面貌只不过是一个面具——一个由石头、玻璃和钢铁做成的面具。热爱美丽的外表而把令人沮丧的现实掩盖起来,这是虚伪的资本主义社会的理想,而这在巴黎生活的方方面面几乎都可以见到。

资产阶级在生活方式和趣味上对巴洛克风格的生活方式和趣味多有效

---

① Balzac, *La Cousine Bette*, *La Comédie humaine*, éd. cit., t. VI, p. 179.
② Balzac, *Illusions perdues*, *La Comédie humaine*, éd. cit., t. IV, p. 940.
③ Balzac, *La Cousine Bette*, *La Comédie humaine*, éd. cit., t. VI, p. 437.
④ Balzac, *Ferragus*, *La Comédie humaine*, éd. cit., t. V, pp. 72-73.

仿。首都中凡是可以一眼看到的东西都装饰得美轮美奂,熠熠生辉。需要展览商品的店铺和招徕顾客的咖啡馆在装潢上更是不惜工本,看上去活像童话故事中仙女的宫殿。① 市场中有飞瀑流泉,让最美丽的水神都乐意临池自照。男士们出门前要精心打扮,细致到绝不可以让外头的风吹乱了自己华衣锦饰的外表。女士们也按照时尚施粉着黛,佩珠戴玉,几疑仙女下凡,婷婷轶众,袅娜动人。就连妓女那张因放荡而遭到毁损的脸也经过浓妆艳抹而变得令人想入非非,让最麻木的感官也会情不自禁地激动起来。我们甚至奇怪,居然还可以在当时的经济生活中也见到这种对于体面外表的热爱。在街上售卖股市行情公告的商贩可以在行情上涨时叫喊"股市涨了",而在股市下跌时则只能叫喊"股市变动"。"下跌"一词本来最能够直接反映股市下行活动的真实情况,但却是警察局所禁止的。

首都为修建豪华漂亮的建筑大开绿灯。豪斯曼主持城市改造时期修建的住房,可以说是按贵族阶级住宅样式缩小比例后复制的。资产阶级在展示奢华方面无所不用其极。然而正是豪斯曼的浩大工程加剧了由于城市两种面貌的分化而带来的不协调,一边是要尽量展现出来的神气活现的漂亮外观,一边是要尽量遮掩起来的有碍观瞻的破败地方。主城与郊区之间,西边的富人区与东边的穷人区之间,商业化的右岸与保持传统风格的左岸之间,分化现象也日趋严重。新开辟的大道两旁是连成直线的崭新楼房,这些楼房像薄薄的遮羞布一样遮挡着藏在它们后面的那些成片的平民百姓的残屋破舍。

即使在上层阶级的住宅里也可以看到这种不协调。豪斯曼风格的建筑很能体现这一特点:主人走大楼梯,仆役走专用的小楼梯;资产阶级家庭住最好的楼层,佣人住在阁楼上;房子的门面是给人看的,所以用大块的石料做成,漂亮得很;后院不是给人看的,所以用砖头砌墙就可以了,里面隐藏着的常常又脏又乱,实在不可以示人。这样的建筑物反映了当时的生活和时人对于生活的看法。资本的两种对立倾向——铺张炫耀和成本控制——在这样的建筑中体现得淋漓尽致。左拉在其小说《家常琐事》(*Pot-Bouille*)中就描写了这样的

---

① 笛福(Daniel Defoe)在其所著《英国商人大全》(*The Complete English Tradesman*)中写道:"商人花上他财产的2/3来装潢他们开的商店,这是流行的做法……花上200或300,不,500英镑,都不当一回事。"(转引自芒福德:《城市发展史》,第450页)

一所资产阶级住宅,新建成不久,外观气派,门厅和楼梯装潢得富丽堂皇:

> 楼上一层,一些女人头像雕塑支撑着阳台,栏杆是精工制作的铁花。窗户有复杂的窗框,镂刻有粗大的花饰;往下一点,是装饰得更为繁复的大门,大门上方有两个爱神抬着一个匾额状的灯箱,上面写着门牌号,入夜后,里面有煤气灯照亮。①

作者笔下呈现出来的后院与堂皇的门面形成鲜明对照。所谓后院,实则只是一个像臭烘烘的大肠一样的天井,连着厨房,下人们在那里出垃圾,或者也在那里散布一些关于主人男盗女娼的小道消息:

> 那里发出的声音实在吓人。尽管天气寒冷,窗户却是大开着的。黑发棕肤的女佣和一个肥胖的厨婆把臂肘支在扶手上,(……)朝后院的天井中探出身子,天井两边每层楼的厨房都是正对着的,灯火通明。她们俩伸直了腰杆,粗声大气地嚷嚷个不停,与此同时,阵阵不堪入耳的起哄笑骂之声从天井底下传上来。这阵仗就像是下水道开了闸:下人们都掺和进来,一个个心花怒放。奥克塔夫(Octave)想到了走大楼梯的资产阶级是何等庄重。②

左拉的用意就是要暴露体面的资产阶级生活背后那些暧昧和虚诈的方面,表现资产阶级想极力掩盖在"漂亮的桃花心木大门"背后的物质上和精神上的苦难。

豪斯曼自诩为"拆旧建新的艺术家"。事实上,首都的美化只是豪斯曼浩大工程带来的一个附属结果。在资本主义时期,资本、权威和技术结合为新的"三位一体",而豪斯曼工程最主要的目的,就是要通过各种技术手段提供的可能性,加速资本的流通周转,并且实现权威对社会的有效控制。

贪财、贪欲和骄傲自大是大都市制度的主要激发剂。当路易·菲利普的首相弗朗索瓦·基佐(François Guizot)发出他那著名的邀请——"让你们自己富起来吧!"(« Enrichissez-vous! »),巴黎资产阶级便报以疯狂的投机热。

---

① Zola, *Pot-Bouille*, *Les Rougon-Macquart*, éd. Armand Lanoux et Henri Mitterand, coll. Bibliothèque de la Pléiade, t. III, 1964, p. 3.
② Ibid., p. 9.

资本主义只承认贪婪、贪心、骄傲以及对金钱和权力的迷恋。一切都得为快速流通和经济利益让路。新的经济的主要标志之一是城市的不断破坏和更新,也就是拆和建的过程越频繁,资本的流通周转也就越快,资本的增值也就越发可观。资本活动深刻影响着城市的规划和发展。在清除历史上旧的组织机构与制度和它们的建筑物方面,资本比过去最独裁的统治者更加残酷无情。为了给自己的利益开辟一个自由天地,资本主义毫不手软地彻底破坏老的城市结构,把蔑视过去看成是经济上成功的条件。就资本主义对城市的关系而言,它在出发点上就是反历史的。随着资本主义力量的日趋巩固和壮大,它的破坏力也大大增强了。资本主义对新的东西的崇拜背后实则是对资本的崇拜,因为新的东西是一个起点,它开辟了有利可图的事业。

除了资本方面的考量外,豪斯曼的工程也有政治上和军事上的考量。在政治上,他想以此显示帝国与过去毫无关联,希望通过否认现在与过去的关系而达到两个政治目的:一个是可以创造出建国神话,而这对任何新政府来说都是必要的;另一个是有助于让国民看到城市改造乃是帝国施行仁政的举措,让他们相信施行仁政的独裁帝国乃是他们的不二选择。在军事上,就是要让新改建的巴黎能够防止发生内乱和街垒战。本雅明解释道,豪斯曼想通过两种方式达此目的:"一方面通衢大路可以防止修筑街垒,另一方面新开辟的大街可以尽快将兵营中的军人送往闹事的工人街区。"[1]因此当时的人把豪斯曼的业绩命名为"战略性美化"[2]。诗人们完全可以说,豪斯曼"更多是受到了凡间众神灵的启示,而不是天上诸神的启示"[3]。有人认为,豪斯曼要把建筑做成帝国永世长存的象征,这些建筑恰如其分地完美体现了专横的第二帝国政府的指导方针,那就是压制任何个体组织,阻止个体的有机发展,总之,对个体和个性有着根深蒂固的仇视。也有人指出,豪斯曼的工程并不是严格意义上城市规划的结果,其格局布置专横武断,完全迎合资本、政治和军事的需要,让巴黎人成了他们自己城市中的异乡人。他们失去了家园的归属感,开始意识到大城市不是为生活的目标服务,而是让生活受到严密组织和控制的非人性的

---

[1] Walter Benjamin, *Le Livre des passages*, *op. cit.*, p. 45. 这段引文也出现在该书第912页中。
[2] Ibid.
[3] Lucien Dubech et Pierre d'Espezel, *op. cit.*, p. 416.

特点。

追求浮华和炫耀财富的风气让资产阶级社会越来越滑向庸俗或平庸。生意成了世界的君王，而艺术是它的奴仆。豪华的拱廊街只不过是尔虞我诈的生意场，其富丽堂皇的外表全是为了勾起消费的欲望。有一则关于当时的逸闻，说大仲马有一次在玛蒂尔特公主（la princesse Mathilde）的晚会上，朗诵了一些针对拿破仑三世的讽刺诗句：

> 细数帝国丰功伟绩，
> 叔侄二人伯仲不分；
> 叔叔长于攻城略地，
> 侄子夺取我们资本。①

福楼拜在1859年的一封信中也讽刺了巴黎社会的愚蠢：

> 我将看到巴黎可能跟我离开它时一样愚蠢，也可能还更甚。庸俗随着大街的美化而无往不胜；痴愚与美化相映成趣。②

勒南将万国博览会与古希腊的盛大节庆作比，指出前者不同于后者之处在于缺乏诗意。全欧洲都动身去观看展出的商品，而从这种新型的朝圣之旅回来后，没有人抱怨说总感觉缺了点什么。勒南于是写道：

> 我们这个世纪既不是走向善，也不是走向恶，而是走向平庸。在任何事情上，当今取得成功的，就是平庸。③

平庸，这正是马克思所说的商品社会中拜物教的特点。马克思指出，商品在资本主义时代获得了一种"幽灵般的对象性"④，即它作为一种客观存在的东西，撇开了对于人的使用价值而具有了自主的生命。当商品从生产者的手中被生产出来后，它就不再是一个产品，也不再为人所控制，而是成了某种独立于人

---

① 该轶闻见 Comte Horace de Viel-Castel, *Mémoires du comte Horace de Viel-Castel sur le règne de Napoléon III*, Paris, Chez tous les libraires, 1883, t. II, p. 185.
② Gustave Flaubert, lettre à Maurice Schlésinger, décembre 1859, *Correspondance*, Paris, Charpentier, 1920, t. III, p. 169.
③ Ernest Renan, *op. cit.*, p. 373.
④ 马克思：《资本论》，第一卷，人民出版社，2004年，第69页。

的东西。虽然商品是劳动者的手生产出来的,但它却变成了被崇拜的偶像,反过来控制着生产者。① 当商品这样的物获得解放和自由并具有了人的品性和行为(如商品在橱窗中或在展览会上施展魅力吸引顾客)之际,人倒反而在买卖交易中遭到异化,丧失了自己的能动性,发现自己具有了商品的品性。所谓平庸,就是用商品崇拜取代了人的品格,用物的价值取代了精神的价值。

巴黎的富丽壮美随处可见。但巴黎并不是只有富丽壮美的一面,这甚至不是它最真实的一面。这只不过是一个光彩夺目的面具,掩盖着另外一个巴黎,即那个真实的巴黎,那是一个藏在暗处的鬼魂般不可捉摸的巴黎,它在富丽壮美的面具下被掩盖得越隐秘,也就越具有撼人心魄的威力,在任何时候和任何地方都像一个危险的幽灵一样与另外一个巴黎比肩而立。要捕捉隐秘的巴黎,就必须善于嗅捕它的气味,探测它最阴暗的角落。这样才能识透那看不见的城市的深处。正是从那里发出来的气味透露了自诩为世上最富丽壮美的城市死死保守着的不愿示人的秘密。

对那些最严厉的道德论者来说,陶醉于浮华和体面假象的巴黎实则与圣经中的巴比伦或尼尼微无异。在他们看来,销金奢靡、世风放纵的首都曾带来富有和狂欢,而现在留下的却是暴力和堕落,因为传统的、家庭的和社会的种种结构已经分崩离析,道德上的种种约束也已经土崩瓦解。首都像散发着诱惑魔力的城堡,到处充溢着贪婪和放纵的气息,大街小巷中游荡着行骗者、杂耍师、妓女等诸如此类的人物,灯红酒绿、赌博成性的生活随处可见。像巴洛克生活方式一样,资产阶级生活方式的一个必要特点在于,其光彩夺目的壮观外表是以大量的卑微的无产者的劳动为根基的。巴黎这个怪兽不仅从城市劳动者的贫穷中榨取财富,作为一个国际性大都会,它也吞噬着全法国的资源,甚至还吞噬着异国他邦的资源。作为决策、规划和舆论的中心,首都将一切具有主导性的活动统统归为己有,而只让外地敲敲边鼓,做一些后援性的事情。这种让外地绝对依附于自己的做法体现了殖民制度的特点。那些对巴黎进行道德谴责的人,完全意识到了华丽的假面与不道德的现实之间的矛盾,他们的

---

① 马克思和恩格斯在《共产党宣言》中写道:"现代的资产阶级社会,连同它的资产阶级的生产和交换关系,连同它的资产阶级的所有制关系,曾经象魔术一样造成了极其庞大的生产和交换资料,现在它却象一个魔术士那样不能再对付他自己用符咒呼唤出来的魔鬼了。"(《马克思恩格斯全集》,第四卷,第471页。)

谴责很大程度上是从基督教意识形态出发的。对大城市进行道德谴责的历史与大城市的历史一样久远。我们可以上溯到尤维纳利斯①(拉丁语:Decimus Iunius Iuvenalis;法语:Juvénal)的《讽刺诗》(Satires),甚至还可以上溯到《圣经》中对巴比伦或对平原上某些城市的诅咒。在这方面,那鸿(Nahum)从耶和华处所得的关于尼尼微城("尼尼微"意为"上帝面前最伟大的城市")的默示颇具代表性:

祸哉!这流人血的城,充满谎诈和强暴。抢夺的事,总不止息。(……)都因那美貌的妓女多有淫行,惯行邪术,藉淫行诱惑列国,用邪术诱惑(原文作卖)多族。

万军之耶和华说:我与你为敌;我必揭起你的衣襟,蒙在你脸上,使列国看见你的赤体,使列邦观看你的丑陋。我必将可憎污秽之物抛在你身上,辱没你,为众目所观。凡看见你的,都必逃跑离开你,说:尼尼微荒凉了!有谁为你悲伤呢?我何处寻得安慰你的人呢?②

现代巴黎仿佛是古老神话的重现,道德沦丧,谎诈凶蛮,与传说中足以与撒旦相提并论的半人半兽的强大巨怪利维坦(Léviathan)一样,在像英雄般保护它的子民的同时,也无情地欺压自己的子民,吞噬他们的血肉。

不可否认的是,波德莱尔的美学趣味是从他那个时代的日常经验中提炼出来的。在那个时代,人们逃避真实,富丽隐藏祸害,假面掩盖苦难,快乐被神化成能够有效消除烦恼和痛苦的唯一手段。身处这样一个世界,波德莱尔像技高艺强的表演者一样,以戏拟讽喻之法曲尽其妙地模仿他那个时代在"审美"方面的趣味,并在此基础上严肃地构筑属于他自己的美学观念。因而在他的美学观念中,既有恶搞和反讽的成分,也有心正意诚、严肃认真的成分。这两方面因素相携共生的现象在他的许多诗歌中都可以见到,而这在《巴黎图画》黑夜系列中的诸如《赌博》《死神舞》《热爱假象》《巴黎之梦》等多首作品中表现得尤为突出。这在一定程度上可以解释为什么我们往往难以对这些作品进行肯定而确切的阐释,往往感到对这些作品中的每一个诗句的阐释似乎都

---

① 尤维纳利斯(约60—约140),古罗马诗人,其作品常针砭罗马社会的腐化堕落,讽刺人类的愚蠢无知。

② 《圣经·旧约》,《那鸿书》,第三章,第1—7节。

可以用截然不同的方式得出截然不同的结论。不过有一点是重要的：资本主义社会的发展形态中的确包含了将理想世界加以现实化和物质化的激情，而就其追求理想的激情来说，它与诗歌和审美的追求是一致的，因而它也包含有诗意的可能性，而且它也的确向波德莱尔这样的现代诗人启示了具有现代性的"英雄主义"。然而，资本主义一味追求物质结果，把物质化的实现视为理想的终极目标，最后堕落为庸俗的拜物主义，这让它的"审美事业"不可避免地以失败告终。波德莱尔对此有深透的洞悉，他从资本主义的理想追求和审美激情中提取出外观形式，让这种外观形式脱离其物质化的实质而成为人的心意的表现形式和人的精神的寄居场所。脱离了物质内容的外观形式其实就是艺术形式，而一切艺术形式实则又都是一种"假象"。与资本主义"假象"的掩饰功能不同，艺术"假象"是为了实现真正意义上的审美功能，即它不以物质的满足和肉体的快感为目的，而是为了达成心意的饱满和精神的富足，用精神主义取代享乐主义，实现揭示真相、启示真理的目的。

在波德莱尔之前，大量关于巴黎的诗歌都是按传统手法写成的，其中表现的都是从古至今一般人通常都能够感受到的情感，让人看不到特有的巴黎经验，没有什么清新奇特之处可言。这些诗歌在处理城市题材的方式上跟处理自然题材别无二致。诗中虽然也可以见到城市的两种截然对立的面目，但总体上并没有表现出充满了矛盾纠结和悖论的种种现代情感，而表现这样一些情感才正是现代巴黎抒情诗的独到之处。终于，波德莱尔向我们走来，用他的巴黎诗歌唱出了这样的情感，让我们看到在现代大城市中，丑陋也是一种壮丽，理想也是一种忧郁，伟大也是一种焦虑，恶也是一种英雄主义，美也是一种暴力。波德莱尔从事诗歌创作活动的时代所具有的突出特点，就是由一系列惊人矛盾构成的强烈反差：伟大与平庸，富有与贫穷，新奇与老旧，建设与破坏。这样一些反差让敏慧之人能够从伟大之中见出平庸，从富有之中见出贫穷，从新奇之中见出轮回，从建设之中见出破坏。由此产生出来的，不只是一种全新的审美感受，而且还是一种全新的观照世界的眼光。

二、苦难的巴黎

人们经常把《巴黎图画》与《巴黎的忧郁》相提并论。用"忧郁"一词来界定波德莱尔的巴黎，这是再合适不过的了。这样一个巴黎是巴黎的另外一个版本，完全不同于上流社交生活为我们呈现出来的那个富丽奢华、灯红酒绿、醉生梦死的巴黎。19世纪发生在巴黎的一系列起伏动荡带来了社会、信仰和道德等多个方面的深刻危机。从这个世纪的40年代开始，人们逐渐感觉到首都普通人的日常生活状况有恶化的倾向。有人把巴黎看成是通身长着触手的怪物，有人把它视为新巴比伦或是应该受到天火惩罚的娼妓，有人说它是让人癫狂的名利场，不论怎样，它激起野心家的激情，也遭到道学家的憎恨。最让人刻骨铭心的是许多巴黎人对他们的城市感到的失望，因为正处于剧烈变动中的首都将成千上万的人投入到了水深火热的生活中。

城市是各种新技术所要征服的首选之地，也是各种潮流风云激荡的理想之所，创造的力量和破坏的力量在这个空间中风卷残云，横行无忌。为了给城市的"美化"腾出地方，大片的老旧街区被拆除。许多人指谪城市的"美化"变成了投机事业，而投机者出于逐利的天性，往往将个人利益置于公共利益之上，置社会下层人群的命运于不顾。[①] 有人也把矛头指向"拆旧建新的艺术家"豪斯曼以建设之名实行的"创造性破坏"，指责他对城市遗产持一种与过去一刀两断的虚无主义态度，把世界视为一块白板，在完全不指涉过去的状态下，将新事物铭刻在上面，而如果在铭刻的过程中发现有过去横阻其间，便将过去的一切予以抹灭。豪斯曼对于城市遗产的虚无主义态度不只显示出他的自我中心和爱慕虚荣，这背后还有我们在前文中已经指出过的更深层的资本、政治和军事诉求。"创造性破坏"将老巴黎纷纷铲除，而代之以一些被左拉说成是"富有的杂种"风格的建筑。不管"创造性破坏"是以温和的方式还是激烈的方式进行的，都会带来社会的创伤、震荡和冲突。

自路易·菲利普时期开始，在巴黎城市化大潮中遭到最大损害的是以工人为代表的下层劳动者。他们要么被迫退缩在肮脏混乱的街巷中艰难度日，要么被高额的租税赶到巴黎外围或郊区的棚户区。惊人的悲惨生活折磨着这个大城市中的大部分人口。1846年，巴黎市政当局承认巴黎三分之二的人口生活在贫困中。首都新移民人口的死亡率达到了4.6—4.7%，远高于平均水平的3%，而且新移民中以20—39岁的青壮年居多，这就尤其显示出他们的

[①] 就连身为"增长机器"主导者的豪斯曼都在《回忆录》中抱怨"社会普遍将个人利益置于公共利益之上"。参见大卫·哈维：《巴黎城记——现代性之都的诞生》，第162页。

生活状况到了何等悲惨的地步。只要到医院去看看贫穷与死亡相伴而行的凄惨景象,莫不为之深感惊骇。巴黎的百姓总体上感到社会的发展是以他们的牺牲作为代价的。现代社会非但没有消除贫困,反而让贫困现象有所恶化,加剧了社会分化和阶级结构中财富分配的悬殊。根据多马尔(A. Daumard)对1847年巴黎财产状况的调查,当时的巴黎人口可分为四个阶层。最顶端的上层资产阶级占总人口的5%,却占有了75.8%的财富;最下层阶级占总人口的四分之三,却只拥有0.6%的财富;介于两者之间的上层中产阶级和下层中产阶级所拥有的财富比重也比1820年时有较为明显的下滑。① 被马克思称作"空想"的第一批法国社会主义者圣西门、傅立叶、蒲鲁东(Pierre-Joseph Proudhon)着手探讨贫穷现象的政治和社会根源。马尔萨斯主义引导舆论把人口增长视为一种危险,同时也把生产和财富的无度扩张视为一种罪恶。路易·舍瓦利耶(Louis Chevalier)在引用了布莱(Buret)写于1840年的名言"贫穷是文明的怪象"后,进一步论述道:

> 贫穷是城市人的状况,在他们身上,苦难的意识尤为明显;悲惨的人主要是城市中,尤其是文明程度最高的首都中的工人。②

资本主义的价值追求的悖论在于,它表面上看起来本可以解决的一些问题,如贫穷、孤独、卑鄙、残忍和暴死的威胁等,却在实际上变得更加恶化了。富人更富,穷人更穷,拥有资本权力的人可以自由操控生活,而很多人却无法在城市中获得基本的生存空间。阶级对立比以往任何时候都更为尖锐,这甚至反映在了两个巴黎的区隔中。1867年出版的《巴黎指南》(*Paris-Guide*)对两个巴黎做了如下描述:

> 四点钟。另一个巴黎醒了,工作的巴黎。
>
> 这两个巴黎几乎互不相识,一个在正午起床,另一个则在八点休息。它们很少正眼瞧对方,除非——通常如此——是在悲伤而阴郁的革命之日。

---

① Adeline Daumard, *Les Fortunes française du XIXe siècle*, Paris, Mouton, 1973, pp. 196-201.

② Louis Chevalier, *Classes laborieuses et Classes dangereuses à Paris pendant la première moitié du XIXe siècle*, Paris, Librairie générale française, 1978, p. 256.

它们彼此相距遥远；它们说着不同的语言。它们之间没有感情可言；它们属于两个民族。①

两个对立的阶级都分别用"另一个巴黎"来指称对方。在下层劳动者和革命分子眼中，"另一个巴黎"指住在巴黎西半部的投机者、股市贪婪者、靠收租金和放高利贷维生者，这些人榨取和滥用劳动者的血汗并且摧毁他们的尊严与自尊，他们甚至以国家、文明和秩序的名义谋取私利，想尽各种办法保持他们用罪恶手段积聚起来的财富。而在富裕的有闲阶级眼中，"另一个巴黎"则是那些与"粗鄙""卑贱""没有教养""野蛮"等联系在一起的飘游不定的下等人，他们的贫困有时会激发人们的怜悯，但绝大多数时候他们还是被看成是令人感到恶心、厌恶与恐惧的"危险阶级"，包藏着颠覆的因子或者会突然变成狂怒的暴民，把修筑街垒和推翻政府当成狂欢。原来最能体现封建统治下尊卑差异的那种保护与归顺的关系，现在让位给了势同水火的对立关系：一方是充满敌意的巧取豪夺，另一方则是愤怒的反抗和迎击。两个巴黎的冲突——这是阶级冲突的隐喻——往往以激进而血腥的暴力形式爆发出来，这甚至让巴黎的许多街区在异常残酷的内战中化为灰烬。福楼拜在提到1848年革命时写道："平等大获全胜，同样都成了残忍的兽类，嗜血凶残的程度也相同；富人的盲从与穷人的狂热旗鼓相当，贵族激起群众的愤怒，棉制帽与红色软帽一样野蛮。"②虽然有雨果这样的正义之士将"危险阶级"称作"文明的野蛮人"，但"危险阶级"还是成了资产阶级杀戮工人与穷人的借口，而这在1871年凡尔赛分子镇压"将地狱之火带到巴黎街头"的巴黎公社起义的过程中体现得最为突出。

在工业能量大爆发的19世纪，大城市里的破坏和混乱情况简直形同战场，这种破坏和混乱的程度正与该城市资本主义生产的发达程度和劳动大军的数量成正比。工业文明的辩护士安德鲁·尤尔（Andrew Ure）曾傲慢地宣称，工厂里的煤气灯足以代替阳光。而现实的情形是，大规模的工厂生产把工业城镇改造成有如黑暗的蜂房，叮叮当当，喧闹不休，满天烟尘，乌烟瘴气，也

---

① *Paris-Guide*, ouvrage collectif, 2 volumes, Paris, Librairie internationale, 1867, deuxième partie, p. 914.

② Gustave Flaubert, *L'Éducation sentimentale*, Paris, Louis Conard, 1923, p. 483.

就是狄更斯在《艰难时世》(*Hard Times*)中所说的"焦炭城"(Coketown)。"焦炭城"的代价不只是自然环境方面的,而且也以劳动者的健康和生命为代价。没有数字能够计算出,生产上的收益能在多大程度上抵消残酷的劳动方式和恶劣的生活环境所带来的牺牲。我们往往对经济上的损失看得如此之重,但是,对那些不可用金钱来计算的无形的损失又当持怎样的态度呢?疾病,健康状况不良以及各种的心理病态,从冷漠到不折不扣的神经病,都会造成无形的损失。这种损失虽然不能客观地正确计算出来,但并不等于这些损失不存在。只要探访贫民区,就可以看到社会中存在的强烈反差,也可以看到社会对现实矛盾的掩饰和逃避。

平民的巴黎也是苦难的巴黎,而苦难的巴黎又是病态巴黎的表征。巴黎的病态现实让巴黎人生活在幻觉、迷狂、不安和恐惧之中。生活在社会最底层的"危险阶级"是巴黎真正的流浪者,不仅包括工人、店员、街头小贩、江湖郎中、拾荒者、挑夫、清道夫、磨刀匠、补锅匠、说书人、街头音乐家与变戏法的人、供人差遣的僮仆、家中或作坊中的临时工等下层劳动者,也包括像流浪汉、退伍军人、出狱囚犯、脱逃船奴、诈欺犯、游手好闲之徒、扒手、骗子、赌徒、皮条客、鸨母、妓女、乞丐等这样一些被称为"社会渣滓、废物"的无法归类于任何阶级的人群。这些人作为人类的残渣藏身在作为世界中心和文明先锋的巴黎,被埋葬得比死人还深,并且还承受着城市对他们的诅咒。豪斯曼在1864年的一次集会讲话中宣示了他对大城市飘游不定的民众的痛恨,而他不愿意承认的是,这类民众正是由于他的做法而不断增加。

城市里的劳动者和大街上无家可归的底层常常是作家表现城市和文明罪恶的一个例证,他们常常以弱者和受害者的形象出现在文学作品中,成为都市文明实质的一个注脚,也成为表现社会人心冷酷无情的一个符号。波德莱尔的散文诗《穷人的眼睛》(*Les Yeux des pauvres*)显示出豪斯曼的大道如何在"无意间打开了自我封闭且深奥传统的都市贫民世界",并且发现"以往的神秘原来是一片悲惨"[①]。波德莱尔的这首散文诗至少触及以下几个问题:1.社会阶层的区隔;2.遭逢贫穷场面以及对穷人卑微状况的同情;3.对过度消费的质

---

① Marshall Berman, *All That Is Solid Melts into Air*: *The Experience of Modernity*, New Nork, Simon and Schuster, 1982, p. 153.

疑;4.人与人之间难以沟通理解;5.私有财产的自负(对公共空间的凌驾)。资产阶级不喜欢见到这个人群,就像这首散文诗中波德莱尔的爱人不愿意看见"穷人的眼睛",不仅是因为他们视之为文明的污点,更因为他们视之为危险和威胁。这个阶层的人由于贫困处境而对社会充满了敌意和对抗,像波德莱尔《七个老头》中的老头一样常常把愤怒写在脸上。托克维尔(Alexis de Tocqueville)亲历的一件事情也可以佐证社会下层的火气。那是在1848年6月24日,托克维尔在街上被一个驾着运菜车的老女人拦住去路。他于是"很不客气地叫她让路":

> 她非但不让,反而下了车,气冲冲地往我这里冲来,我不得不慌乱地防卫自己。我看着她脸上那副令人惊恐而可憎的表情,那是一张充满煽动热情与内战愤慨的脸,我全身不禁为之一颤……仿佛广大群众的情绪已经点燃,连个人的情感也随之沸腾。①

就连左拉这样的作家虽然同情贫穷者,表现下层社会的惨状,批判资本主义制度,但也并不认为贫穷必定与善联系在一起,因而他也挖掘下层社会自身的邪恶和劣根性,把他们也视为社会罪恶的制造者。倒是波德莱尔在看到这个阶层的两重性的同时,对这个阶层的人给予了更多的同情。他在论述皮埃尔·杜邦(Pierre Dupont)的《工人之歌》(*Le Chant des ouvriers*)时写道:

> 当听到这令人敬佩的交织着痛苦和忧郁的呐喊时(《工人之歌》,1846),我赞叹不已并深受感动。很多年来,我们一直期待看到点强有力的、真正的诗歌!无论一个人属于何种党派,无论他怀有何种偏见,当看到这个病态人群的生活景象时,他都不能不为之动容。这些人呼吸着车间里的灰尘,吞咽着棉絮,浸淫在铅白、水银和制造杰作所必需的各种毒物中,睡在虫子堆里,在他们生活的街区深处,最卑微和最伟大的德行与最顽劣的恶癖以及苦役留下的污秽相伴共存;地上的奇迹就是由这个呻吟的、衰弱的人群创造出来的;他们感到血管中有一股殷红而狂躁的血液在流动,他们朝着太阳和大公园的阴影投去满含悲伤的深深一瞥,他们为

---

① 转引自 Timothy James Clark, *The Absolute Bourgois: Artistes and Politics in France, 1848-1851*, London, Thames and Hudson, 1973, p. 16.

得到足够的安慰和鼓励,声嘶力竭地一遍遍高唱那曲救星般的副歌:"让我们自己爱自己!……"①

工人们在如此贫寒而瘠薄的环境中生儿育女、养家糊口,这不可不说是其刚毅性格的凯歌。在如此恶劣的处境下还能在一定程度保持卑微而伟大的德行,这不可不说是人性的一个胜利。他们身上的恶癖,如争吵、酗酒、暴力倾向、仇富的反社会态度等,有多半都不是他们内心堕落的特有表征,而只是对于恶劣环境的盲目的回应和抗议,是他们不甘于完全屈从于恶劣环境的意志的体现。讽刺的是,当局和资产阶级越是成功地压制工人,工人可以运作的政治空间反而越大,"危险阶级"的危险性反而有增无减。布朗基主义者鼓动暴力而冒险的叛乱行为,社会主义者主张有组织的革命活动。连警察当局都害怕把无产阶级逼入绝路。19世纪40年代的一份警察局报告在结尾处言之凿凿地写道:"想要让民众遵纪守法,那就得让他们有条活路。"只有那些在战斗中的人才能体会19世纪的工业城市。工人阶级的暴动使剥削他们的人感到的恐惧是如此之大,以至于在巴黎的城区中都布置了戒备森严的兵营。在《晨曦》中,正是兵营的号声拉开了巴黎一天生活的序幕。敏感的人可以从兵营的号声中听出笼罩着巴黎生活的压迫和不安。

这个世纪发生的如此多的改变和撕裂,它让人感到的如此多的焦虑和苦闷,不可能不在文学中留下痕迹。在波德莱尔的作品中,我们看到了医院、收容所、妓院等上演着厄运和不幸的场所,在那些地方生活着幽灵般的人类残骸,夜晚也不能抚慰他们的病痛,他们被又聋又瞎的社会完全遗忘,得不到关怀和友爱,完全丧失了与人交往的愿望。这是一个充斥着被碾压、受惊吓的生灵的世界,这是一个充满了最残忍的孤独的世界,而这并非是一个让今天的人感到完全陌生的世界。

三、缅怀"老巴黎"

波德莱尔诗歌中呈现的巴黎带给人的主要印象,是这座大城市的脆弱和衰败。这在《暮霭》《晨曦》二诗的描写中有所体现,而且这或多或少也是《巴黎

---

① 波德莱尔:《皮埃尔·杜邦》(Pierre Dupont),《全集》,第二卷,第31页。

图画》中各诗的共同特点:《太阳》中"被酷烈的太阳一遍遍抽打"的古旧城郊,《天鹅》中杂乱堆陈的旧货,《巴黎之梦》中两种城市风景的对比以及美梦的破灭等,都对此有所表现。诗中呈现的人物也大都是虚弱的、边缘化的。诗人的注意力主要集中在乞丐、老头、寡妇、老太婆、病人、苦力等这样一些人物身上,把这些人看成是人格化了的巴黎。在诗人眼中,这些老朽、衰弱的人象征着对已逝的美丽、远去的青春、失落的爱情的缅怀,而这样一些缅怀让诗人生出无尽的忧郁。他在这些人身上看到的不仅仅是孤独,而且还有骄傲,这些被社会抛弃的人转而投身于内心世界,在心中一遍遍咀嚼遗恨、懊悔和回忆,带着忧郁的情怀走向坟墓,一如走向一个新生的摇篮。

  波德莱尔喜欢在一些昏晦暧昧的街区中去提取老巴黎的魅力。这种对于老巴黎和老旧事物的热爱是一种承袭自浪漫主义的趣味。一批怀有波希米亚情调的文艺家们发展起了把怀旧当成探寻亲密巴黎的意识,极力发掘破败街区和老旧阁楼的可心动人之处。科学和艺术的历史发展变迁让人越发感到残存于现代城市中的那些老建筑和老装饰的妙处,那些老旧的地方让人回想起过去的事件或人物曾经有过的辉煌和美丽。这些历史残存唤起的情感是复杂多样的:可以是一种因深深投身于历代生活并捕捉住已消逝文明之根而起的骄傲,可以是对祖先风尚习俗、野史轶闻进行追索的好奇,而且尤其可以是因为看到这些古老的东西在时过境迁之后注定要走向消亡而生出的无限忧郁。就其最深刻的意义来说,对老巴黎的热爱和缅怀本质上不只是表现了想要回到过去的愿望,而且还表现了面对未来的威胁而深深感到的不安。这些残存之物就像是一个个孤岛,随时会在巴黎这片汪洋大海之中遭受灭顶之灾。正是在商业和工业的发展加速了城市拆旧建新步伐的时代,对老巴黎的热爱和缅怀之情显现得比以往任何时候都更为强烈。很难说这只是一个历史的巧合。

  老巴黎神秘而隐蔽,经常被表现成一个昏晦暧昧的空间,充塞着罪恶和快乐,以及各种各样的奇人异事和人情世故,吸引人想要前去一探究竟。巴尔扎克对朗格拉德街(rue de Langlade)连同周围邻近王宫地区和里沃利街的几条街巷的描写,为我们呈现了昏晦暧昧的巴黎所具有的神奇之处:

  这片地方是巴黎最光彩夺目的街区之一,它还会长久保留老巴黎制造的一堆堆垃圾小山遗留下来的污秽(……)。这些街巷狭窄、阴暗,满是泥泞,开设有一些外表破旧的工厂作坊。到了夜里,这些街巷便显现出神秘而充满强烈对比的面目。(……)一些不属于任何阶层的稀奇古怪的人在这里游来荡去;白条条半裸身子的幢幢人影投在墙上,影子都有了生命。(……)这一切令人头晕目眩。这里的气候条件已经发生了改变:人在这里,冬天感到热,夏天感到冷。但是,无论天气如何,这个古怪离奇的自然总是呈献同一出剧目:柏林人霍夫曼笔下的荒诞世界就在这里。①

这完全是光华朗照的世界的对立面。有些作家、艺术家就喜欢住在这样一些昏晦暧昧的街区,感觉在这些地方生活和工作会更自在、更率性。他们对于奇异事物的审美趣味和对于人情世故的好奇之心是其中的一个重要因素。对他们中的许多人来说,就是要到那些偏僻的角落去寻找老巴黎,那些地方遍布奇观,别有风情:

　　老巴黎自然是一个昏暗、泥泞、臭气熏天之城,挤在狭街窄巷之中,(……)到处是死胡同和断头路,道路曲曲折折,宛若迷宫般深奥莫测,像要把你带到魔鬼的住处(……)。

　　老巴黎中到处是乞丐聚居的"奇迹王朝",三分钱一夜的地方收留着各种各样的奇人怪杰(……)。那里的空气中弥漫着氨臭味,那里的地层从开天辟地以来就没有整修过,成千上万的人摩肩接踵地混迹于此,尽是些街头艺人、卖火柴的小贩、拉手风琴的人、驼子、瞎子、瘸子;也有侏儒、缺脚少腿的人、在吵架中被咬掉鼻子的人、橡皮般柔软的柔术表演者、上了年纪后已经过气的小丑、表演吞刀的艺人、用牙齿顶起夺彩竿的杂耍师(……)。还有一些四条腿的小孩、从巴斯克(le pays basque)或其他什么地方来的巨人、表演第二十版"大拇指汤姆"(Tom Pouce)的小矮人,另有一些人长得跟植物一样,手掌或胳膊成了沃土,上面长出绿油油的小树,每年都新发出茂密的枝叶;还可以见到一些有生命的骷髅、透光的人体(……),侧耳细听还可以听到他们发出的微弱声音(……);还有聪明过人的猩猩;还有口说法语的怪兽。②

---

① Balzac, *Splendeurs et misères des courtisanes*. CEuvres illéstrées de Balzac, Paris, Marescq et Cie, 1857, p. 5.

② Paul-Ernest de Rattier, *Paris n'existe pas*, Paris, [sans éditeur], 1857, pp. 12, 17-19.

在这样的老巴黎中,离奇、怪异、非同寻常甚至最不可思议的闻所未闻的人和事比比皆是。这里一切皆有可能,简直就是一个永不止息的万花筒,千变万化,无所不令人惊奇不已。透过老巴黎独具的风情,深层的城市显露出来,令搜奇猎异的观察者为之迷醉。

除了搜奇猎异的趣味外,有些人热爱老巴黎还因为那里所特有的人情味。在他们眼中,最能够象征老巴黎的人物是拾垃圾者。普利瓦·当格勒蒙在《巴黎轶闻录》(*Paris-Anectodete*)中把拾垃圾者分成好几种类型,其中一类是老酒鬼,而波德莱尔在《人工天堂》和《拾垃圾者的酒》中的描写很可能受此启发。还有另外的类型:一类是"巴黎野人",指那些每到星期天就会把自己收拾得油头粉面的小瘪三;一类是作为艺术家和波希米亚人的拾垃圾者。书中专门有一章写了"拾垃圾者的府邸"(« La Villa des chiffonniers »),这是1848至1852年间建在双风车栅栏(la barrière des Deux-Moulins)一带的居住区:

> 往那边,更远一点的地方,就在一片荒凉的城区的尽头处,(……)存在着某种令人难以置信且又让人好奇不已的东西,恐怖而又迷人,破败而又奇妙。(……)这是一座城中之城,这是一个迷失在另外一个民族中的民族。(……)这是在奢华的首都地区误入歧途的贫穷之都;(……)这是无意间安设在专制帝国中心的一个充满幸福、梦想和闲适自在的国度。
>
> 让我把我看到的、听到的、观察到的一切向你娓娓道来。你以为会看到丑陋,可千万别太放任你的想象:你想象中可能以为是恐怖的东西,实则只不过是悲伤;可能以为是田园诗的东西,实则只不过是一抹阳光;以为看到了眼泪、呻吟和咬牙切齿,实则却是喜悦、幸福和快乐。①

生活在这种地方的人更加率性而为,不需要对社会规范亦步亦趋。他们创造的生活规则全然不像城市的法律制度那般繁琐,很容易适应和遵守。在这种贫穷到极点的环境中,人们有自己的方法体面度日。那些对现代巴黎大唱赞歌的人士自然对老巴黎大肆挞伐,将其视为藏污纳垢、混乱无序、残暴血腥之地,而那些热爱老巴黎的人则不仅把那些破旧的老屋看成是盗贼和凶犯的避难所或饱受伤病和恶癖折磨的人的收容院,而且有时候还对这些人报以老巴

---

① Privat d'Anglemont, *Paris-Anecdote*, Paris, P. Jannet, 1854, pp. 217-218.

黎特有的温情,因为这些悲惨的人生于斯、长于斯,这里是他们最后的庇护所。当那些热爱老巴黎的人想到成片的街区被拆毁时,总免不了会感到深深的惋惜之情,仿佛自己生活的一部分随着老巴黎的消失而消失了。米什莱的著作往往汪洋恣肆,洋溢着征服的热情,但他还是从人间温情的角度对老巴黎表示了深切的缅怀:

> 当我在城市中穿行,有时候会突然对那些狭窄、蜿蜒、昏暗的街巷感到惋惜,因为在这些墙壁背后,可能没有哪一家人没有把一个不幸的人从迫害者的手中抢夺过来,解救他于水火。①

无论他们所处的状况何等悲惨,生活在这种藏污纳垢的地方的人也有真情和善良,他们也会尽其所能地相互扶持。

浩大的城市改造工程出于资本、政治和军事的需要,向老巴黎大举进攻,将首都变成了一个巨大的工地,满目疮痍的景象显示了破坏的力量,让城市看上去像是遭受灾祸后的荒凉肃杀之地。与那些并未在生活中尽失人性的昏晦暧昧的街区不同,荒凉肃杀的地方杳无人烟,无人居住也不适合居住,举目四望,皆是空荡荡的一片。发生战争和暴乱后的城市就呈现出这样一幅景象。有些工业区也显得荒凉肃杀,虽然是由人建造的,但又是违背人性的。《天鹅》第一部分中表现的诗人"在想象中"看到的卡鲁塞尔广场不属于昏晦暧昧的巴黎,而属于荒凉肃杀的巴黎,看上去岌岌可危,一副土崩瓦解的样子:

> 我只在想象中看见那片棚户,
> 柱头的毛坯和柱身堆得好多,
> 荒草,水洼边的巨石长满苔绿,
> 橱窗上映出杂乱堆陈的旧货。(第9—12行)

在荒凉肃杀的地方,物质的混乱压倒了生活的秩序。这个地方只适合于孤魂野鬼出没,因为物质的威势给人造成压迫,让身处其中的人最容易生出无所适从的流浪之感。波德莱尔笔下那只陷落在这个环境中的天鹅也就只会因此而发疯。天鹅垂死的命运显示了荒凉肃杀之地所具有的破坏性质。在昏晦暧昧

---

① Jules Michelet, compte rendu du cours de 1838, leçon inaugurale, *Journal général de l'Instruction publique*, 1838, p. 494.

的街区,一个人的死亡通常都伴随着人世间的温情:弥留之际,身边总有亲朋好友陪伴照料;死亡之时,会有简单的音乐为他送行;对死者的祭奠也是街坊邻居的一件大事。而在荒凉肃杀之地,垂死者无人相伴,他只有用头一下下撞击坚硬的地面,他的一声声呻吟久久不息地在半空中回荡。波德莱尔的天鹅就是这种垂死者的象征,它临死前的哀号只有喊给它自己听。

吊诡的是,对老巴黎那些破旧老屋的拆毁,反而为那些老屋赋予了一种出乎意料的魅力。这种魅力与天鹅的忧郁魅力相类似,是一种行将死亡的生命的魅力。现代城市的兴建不可避免地会导致老建筑的消失。新古典主义时期和拿破仑帝国时期的诗人对老巴黎的独有风情不屑一顾,凡有拆除就必然大受欢迎,因为他们认为,拆除旧建筑就预示着将建起具有新时代美丽风格的建筑。但从浪漫主义时期开始,诗人们的观念发生了改变。大家逐渐意识到了那些转瞬即逝的事物,也就是那些不可能第二次看到的一去不返的事物所具有的魅力。一个新建中的城市同时也是一个正在消亡的城市。这对诗人带来的情感冲击不可谓不巨大。许多人面对现代巴黎却发出哀婉的叹息,惋惜这座城市失落了历史感,仿佛成了建筑师和泥水匠冲锋陷阵、所向披靡的战场。

藏书家雅克布(P.-L. Jacob)对老巴黎情有独钟,当看到老街区被拆除时,他感到的是一种切肤之痛:

> 一声声榔头的敲击在我身上引起痛苦的回声,我的心揪得紧紧的,仿佛听到的是钉棺材的声音:这是向化作尘埃一去不返的神明道永别。①

"钉棺材"和"永别"的表述让我们想到《小老太婆》中"装这些躯体的箱子"和"庄严的告别"等说法。无论是老城市还是老太婆,两者在新世界中都只是历史的残渣。雅克布在《巴黎图景新编》(*Nouveau Tableau de Paris*)中发挥了这一主题:

> 老巴黎已经不复存在;它每天都在新建筑下一步步消亡;东一点西一点依稀可以见到隆起的雨棚、突出来的塔楼、昏黑而幽深的店铺、被遗忘的尖顶;看到这些东西就像看到风暴中下沉的船把残骸散落在恶浪中,每片漂流的残骸上都靠托着一个不幸的落水者,而桅杆的顶端还伸出在波

---

① P.-L. Jacob (pseud. de P. Lacroix), *Quand j'étais jeune*, Paris, Renduel, 1833, t. I, p. 21.

翻浪卷的水面上。这些沉船的残骸，就是一个个街名；而桅杆，就是圣母院的钟楼。①

圣母院作为老巴黎象征的重要性显然来自于雨果。

雨果及其崇拜者出于美学方面的原因而歌唱老巴黎。对他们来说，对老巴黎的拆除无论在本义上还是在转义上都是一种破坏。雨果在《随见录》(Choses vues)中表达了这样的情感：

> 拉直，整平，冠冕堂皇的字眼，冠冕堂皇的原则，为了这一切而拆除所有建筑，无论在本义上还是在转义上，无论在精神层面还是在物质层面，无论在社会生活中还是在城区中，尽皆如此。②

人们开始意识到旧城的拆除带来的重要启示：那就是巴黎以及所有人间造物在兴废更迭过程中的脆弱性。

在波德莱尔以前，奈瓦尔就以闲逛者的诗情的名义对巴黎的"美化"表示反对。我们可以在他发表于1853年的《波希米亚小城堡》一书中读到他对老巴黎的拆毁所持的看法：

> 我们那时候年纪轻轻，总是快快活活，常常囊中满满……但我前不久感到阴惨的心弦在颤动：我们的宫殿被夷为平地。在刚过去的秋天，我回到残砖破瓦上转了转。那座在18世纪就已经塌了顶，但在绿树映衬下显得如此优美的礼拜堂的遗迹（……）也没能幸免。等哪天有人要去砍驯马场的树时，我会到现场再一次朗读龙沙的《被砍伐的森林》（……）。③

这段文字出自书中的《杜瓦耶内街》一章，文字中讲到的令奈瓦尔痛惜不已的被夷为平地的"宫殿"指的是杜瓦耶内街区，这片街区紧邻卢浮宫，与卡鲁塞尔广场相通。为配合整治新卡鲁塞尔广场，这片街区进行了整体拆除。波德莱尔就是在这个地方遇到了那只逃出藩篱却又无家可归的天鹅。

---

① P.-L. Jacob, *Nouveau Tableau de Paris ou XIXe siècle (Paris moderne)*, Paris, Mme Ch. Béchet, 1834-1835, t. III, p. 75.

② Hugo, *Choses vues: souvenirs, journaux, cahiers, 1830-1846*, éd. Hubert Juin, Paris, Gallimard, 1972, p. 125.

③ Nerval, *Œuvres complètes*, éd. cit., t. III, p. 402.

在被拆除前，卡鲁塞尔和杜瓦耶内那片街区位于卢浮宫前靠里沃利大街一侧，遮挡着卢浮宫和杜乐丽花园之间的视线。这"整个是一座挤得密密麻麻、弯来绕去、黑压压一片的城市，简直就是住着人的蚂蚁窝，塞满了各种式样迥异的住房，还有一些兵营、马厩、医院、教堂，街道永远都被车辆和行人堵得满满当当的"①。在这个街区，木板搭的棚户和土坯砌的陋屋胡乱地挤在一处，住着许多从事各种行当的手艺人，还设有许多小作坊。与其说这里是城市，倒不如说更像是森林，而且尤其是到处都可以见到各种各样的动物，更不用说还有过路的行人和来这里看稀奇的人。这里可以听到"咯咯"的鸡鸣声和"咕咕"的鸽叫声，还可以听到其他一些饶舌的怪鸟的叫声。

对整整一代心仪于波希米亚情调的年轻文人和艺术家来说，这个街区是让他们每日里感到自在闲适、乐趣无穷的地方。如戈蒂耶和胡塞（Arsène Houssaye）这样的一些作家就喜欢待在这个地方，力求在巴黎的喧嚣中享受到安闲和宁静，用胡塞的话说就是享受"无限的声音之一种"，这可是"蠢人认识不到的财富"。戈蒂耶对杜瓦耶内街区作了如下介绍：

> 一帮独具才情的文人到这里安营扎寨，过起了鲁宾逊·克鲁索（Robinson Crusoé）的生活（……）。这地方位于巴黎的正中心地带，正对着代表资产阶级君主立宪王朝的建筑，又是在交通不便的卡鲁塞尔广场的一角上（……）。这地方可真是奇特：离车水马龙的喧嚣两步之遥，你就突然间不期然地遇见一个僻静安宁的绿洲。②

戈蒂耶后来也表达了同样的情感，并且明确指出，当置身于卡鲁塞尔广场，会生出"仿佛生活在大洋洲某座荒岛上的那种离群索居之感"③。胡塞很显然与戈蒂耶意气相投，写下了这样的诗句：

> 何谓世界？唉！有何重要！看我们

---

① 这段描写出自蒙瑟莱（Charles Monselet）之手，发表于1851年8月21日的《国家报》（*Le Pays*）。
② 引文出自戈蒂耶发表在《两世界评论》上的论马里拉（Marilhat）的文章，见 *Revue des deux mondes*, 1ᵉʳ juillet 1848, p. 56.
③ Gautier, *Ménagerie intime*, Paris, A. Lemerre, 1869, p. 58.

> 生活在绿洲,远离人类的荒漠。①

另有一些作家,如尚弗勒里,则喜欢这个街区的热闹和风情。尚弗勒里的《昨天和今天的名人》(Grandes figures d'hier et d'aujourd'hui)一书中有一段文字对老卡鲁塞尔广场一带作了介绍,说这个地方热热闹闹的,有很多稀奇可看,举目皆是"卖版画的,卖油画的,卖旧书的,变戏法的,卖珍禽异鸟的":

> 对那些喜欢热闹、走动和看稀奇的有才情的人来说,这真是一个美妙绝伦的地方,可以随时在一些版画前停下来闲聊,随意翻开一些旧书,不想让手、耳朵、眼睛都闲着。所有艺术都汇聚到这个广场上;痴迷收藏的人、诗人和看热闹的人络绎不绝。一些跑江湖的人在这里给人算命;空气中回荡着杜乐丽花园那边传来的鼓乐之声,而各种待出售的鸟儿也叽叽喳喳,像是召唤买主把它们带走。②

正是这样一个受到如此众多作家和诗人咏唱的街区,在整治新卡鲁塞尔广场之际被无情地连根铲除了。蒙瑟莱在1851年8月发表的一篇文章中就已经写道:"老卡鲁塞尔广场已经不复存在,只是在记忆中存留。"③几年后,正是对这个具体地方的具体记忆与寡妇安德洛玛刻、垂死的天鹅和老巴黎等多种形象融合在一起,成为了波德莱尔最伟大诗篇之一——《天鹅》的来源。

在波德莱尔的诗作中,很少有明确表现诗人自己与巴黎之间的个人关系的,而《天鹅》就属于其中之一。诗中的几处确切指称可以帮助我们确定遇见天鹅的地点和诗人重返"新卡鲁塞尔广场"的大致时间:

> (……)我穿越新卡鲁塞尔广场。
> 老巴黎荡然无存(……)
> (……)
>
> 我只在想象中看见那片棚户,

---

① Arsène Houssaye, *Vingt ans*, *Poésies complètes*, Paris, Charpentier, 1850, p. 41. 该诗在1877年出版的《诗歌集》(*Poésies*)中将标题改为 *La Bohème du Doyenné*。

② Champfleury, *Grandes figures d'hier et d'aujourd'hui: Balzac, Gérard de Nerval, Wagner, Courbet*, Paris, Hachette, 1861, p. 188.

③ 见《国家报》,1851年8月21日。

(……)

有个动物园曾经横陈在那里；
一天早晨，天空明亮而又清冷，
正当新一天的劳动醒来之际，
静静的空中扬起地面的灰尘，

我看见一只天鹅逃出了藩篱，
(……)

卢浮宫前有个形象令我苦恼：
我想到大天鹅发疯似的动作，
像流亡者一样，又可笑，又崇高(……)
(第 6—7, 9, 13—17, 33—35 行)

这首诗是在 1859 年的最后几个月里写出来的。从诗中给出的提示来看，诗人看到天鹅"逃出藩篱"这件事情应当是发生在 1852 年 3 月大规模整治卢浮宫的工程开始以后。最初的整治计划于 1849 年获得国民议会表决通过，1851 年政变后又进行了一些修改。开始大规模的开挖是在 1852 年 3 月。诗人重返这个地方应当是在 1857 年以后，因为整治工程完工后，皇帝为新卡鲁塞尔广场举行的落成典礼是在 1857 年 8 月。

《天鹅》中呈现的世界主要不是受到文学传统所提供的题材的启发，而是来自于巴黎城市面貌的新旧变迁。诗中表现了诗人对此变迁的感受：

老巴黎荡然无存（城市的面貌，
唉！变得比凡人的心还要迅疾）(第 7—8 行)

"老巴黎"尽管存在诸多不遂人意之处，但它却没有那么多变故，是一个大家都熟悉并感到亲切的世界。在一个没有太多变故的相对稳定的世界中，物质世界的面貌所具有的意义可以直接被人的情感所把握，也就是说在这样的世界中，人的情感能够本能地捕捉到外在世界的面貌与其深层意义之间的关系。在这里，外观面貌与深层现实之间不会存在隔阂。但随着老巴黎的拆除，这里生活的人们便远离了他们所熟悉的生长之地。过去的一切事物都被摧毁，甚至连往日的记忆也烟消云散，疏离隔膜之感由此而生，哀悼惋惜之声随处可闻，人心在快速变化的城市面前无所适从。

城市的巨变给人们带来了失落家园的痛感，也加剧了被流放的孤独感。虽然城市经常被视为是根据人类需要、需求、欲望、能力与权力所营造出来的人造物，但我们决不能忽视新城市的建设对生活环境和社会生态所造成的影响。在大城市不断增长的同时，一种把它夷为平地的手段也在不断进步。作为社会新主人的资本主义开发商也是创造性破坏的大天使。他们对待历史的态度集中体现在亨利·福特（Henry Ford）的那句"历史是一堆废话"（History is bunk.）的名言中。早在推土机发明以前很久，他们就已经养成了一种用推土机消灭一切的心理状态和思维定势，决意将一切妨碍建设的累赘物清除净尽，以便让自己死板的数学线条式的设计图得以在空荡荡的平地上开始建设。这些所谓的"累赘"常常是一些人们的住家、店铺、作坊、教堂、珍贵的纪念性建筑物，是当地人们生活习惯和社会关系赖以维持的整个组织结构的基础。城市毕竟是一个让人居住和生活的场所。把孕育着这些生活方式的街区整片拆个精光，这常常意味着把生活在这里的人们一生的（而且常常是几代人的）交往、合作和情谊一笔勾销。在进行"清除"任务时，规划师必须消灭一些珍贵的社会器官和社会功能，而这些社会器官和社会功能连同与之密切相关的历史风貌一旦被清除后便难以恢复，不像重建一片房子或重铺一条街道那样容易，而对于那些受到"战略工程"思想指导的建筑师来说，这一切都无足轻重，他们轻蔑地转过脸去，不理睬过去，摒弃历史上积累的一切，致力于创造一个"美好"未来。在这个过程中，与城市空间休戚相关的原住民被迫置身事外，他们所有的生活痕迹被抹平，他们的感受已经无足轻重。城市空间已经完全由另外一些人来操控。人们匆匆忙忙建盖房子，而在忙于拆旧建新时却几乎没有时间稍停下来总结他们的教训，并且对他们所犯的错误似乎也满不在乎。他们当然也关心城市空间的价值，但往往只是它的经济价值；他们有时也会奢谈城市空间的历史与文化，不过既不是有机的历史，也不是血肉相连的文化；他们珍视传统，是因为传统可能创造新的价值，而且是可能含有经济成分的价值，而对于不能带来这种价值的传统，他们则弃之如敝屣。

现代新巴黎的创造，对于资本是节日，而且从对城市进行"大扫除"的角度看,这甚至也是不可避免和无可厚非的。但是,如果从原生态文化价值和诗意审美的情感价值方面看,这对于人文却是断裂与痛苦,而这种损失是难以补偿的。在新巴黎中,原来的社区生活可悲地中断了,居民丧失了归属感,群体意识解体,共同体感受普遍丧失,他们分散为新的没有历史深度的阶层、人群。在他们的周围,已经没有了认同的环境依据,这让他们成了生活在自己的家园中的"异客"。路易·维约(Louis Veuillot)在《巴黎的气味》(*Les Odeurs de Paris*)一书中表达了对痛失家园的愤懑之情:

> 我被赶出那里,让别人跑来定居:我的房子被夷为平地,归为尘土,到处都铺上了丑陋不堪的道路。这是一座没有过去的城市,充满了没有记忆的精神、没有眼泪的心肝和没有爱的灵魂!这座生活着无根的人群的城市,这座由人类的尘埃堆聚而成的城市,你纵然可以壮美富丽,成为世界的首都,但你永远也不会拥有你的市民。①

埃德蒙·德·龚古尔(Edmond de Goncourt)在 1860 年 11 月 18 日的日记中也谈到了社会生活中发生的巨大变迁和由此给他精神上带来的巨大震荡:

> 我的巴黎,我出生于此的巴黎,带有 1830 年到 1848 年风俗的巴黎,如今正在远去。它的物质方面在远去,它的精神方面也在远去。社会生活正经历着一场来势凶猛的巨大变迁。我看到上咖啡馆的有女人、孩子、成双结对的夫妻,还有举家老小都在的。家庭正走向消亡。生活面临着公共化的威胁。上层阶级上会所,下层阶级上咖啡馆,这便是全社会和全民将要走上的道路……这让我感觉自己像是一位游客一样在那里走马观花。对于迎面而来的一切,对于呈于眼前的一切,我都感到陌生,那些新建的大道也是一样,没有弯道,笔直一线,没有遮挡的视野全无藏纳之妙,已经尽失了巴尔扎克世界的味道,让人想到未来美洲式的某个巴比伦。生在一个大兴土木的时代实属不幸,抹灰浆的肉体不舒服,精神上同样也不舒服。②

---

① Louis Veuillot, *Les Odeurs de Paris*, Paris, Palmé, 1867, p. IX.
② Edmond de Goncourt et Jules de Goncourt, *Journal des Goncourt: mémoires de la vie littéraire*, t. I, Paris, Charpentier et Fasquelle, 1891, p. 346.

在这个令人眼花缭乱的时代，城市功能的巨变也引起了社会结构关系的紧张。旧行业的衰落、新行业以及新型所有权结构的兴起、信贷机构的出现、投机事业的得势、时空感的压缩、公共生活与公共景观对个人生活的挤压、疯狂的消费主义、移民化与市郊化所造成的邻里不稳定等，都产生了令人不满的失落感，并且在新巴黎取代老巴黎的过程中引起了失势阶层的全面愤怒。被时代遗弃的人，如波德莱尔笔下的卖艺老人、拾垃圾者，以及不得志的文人和艺术家等，不可能被现代性与进步的童话所安抚，也不可能相信现代性与进步是日常生活中的必要与解放之物。对这些人来说，怀旧——缅怀已经过去的黄金时代——也可以是一件强有力的攻击帝国统治的政治武器。而且，一个具有绝妙讽刺意义的事实是，波德莱尔笔下作为城市流浪者象征的"天鹅"遭受陷入困境的苦难，首先是因为它逃出了藩篱。而探索所谓"理想""拯救""解放"等带来的困窘，这也符合于波德莱尔乖戾而独到的思维定势。

在《天鹅》一诗中显然可以看到一种怀旧的忧郁情感。不过诗人在此处并不是从政治抗议的角度着笔，尽管评论者也可以对诗中表现的忧郁作"社会—政治"的阐释。也就是说，在"老巴黎荡然无存（城市的面貌，／唉！变得比凡人的心还要迅疾）"这样的诗句中，诗人既不是在批评发生在当时的巨变，也不是在批评人们缺乏赶上现状的能力。诗人是带着审美的眼光和形而上的思虑在审视眼前的景象。在此处引起他的忧郁之情的，并不是巴黎日甚一日的苦难，也不是孤独者在人群中无缘与人交流的苦闷。确切地说，此处的忧郁产生于诗人所感到的城市的节奏与人心的节奏两者之间的不合拍或不协调。如果说浪漫主义者惯于咏唱永世不变的大自然，那波德莱尔则着力于城市的快速巨变，指出这种巨变加剧了现代人的流亡之感。诗人心中的忧伤肇端于这种无休止的改变：《天鹅》中呈现的场景是巴黎城和巴黎人命运的一个缩微图景，而无论是城市还是城市中的人，都被抛掷于无尽无期的变化之中，如浮云过眼，万事难定，逝者不可追，来者犹未卜。

面对变化中的巴黎，波德莱尔感到自己深深纠结在过去与现在二者之间的间隔甚至分裂之中不能自拔。一边是正在消失中的"老巴黎"，一边是正在建设中的"新卡鲁塞尔广场"，这两个巴黎构成一对矛盾，而矛盾双方都有让他心仪的地方，都是他矛盾诉求的对象。通常来说，波德莱尔的矛盾诉求是朝着纵向之轴上的上帝和魔鬼发出的——"一是朝向上帝的,一是朝向魔鬼的"①,而在此处却并非如此,这里的两种同时发生的诉求是在人类时间的横向之轴上展开的。时人的主要关切大都集中在混乱与秩序、老巴黎与新巴黎、传统与现代性孰优孰劣的拉扯上面。而波德莱尔在此处表现出来的关切却并不是这种基督教式的拯救意义上的。诗人的苦闷来自于他所面临的无所适从的困境:一方面对已然消失的旧世界深感痛惜,不忍离舍,一方面又对即将来临的新世界充满了现代人的好奇,想要一探究竟。回忆作为一个节点,把诗人带回到卡鲁塞尔广场正处于新旧更迭的过渡时期。正如诗中第9—12行表现的那样,诗人"在想象中"看见的正是一个处于过渡中的世界。诗人将回忆置于一个中间点上,过去并未完全消失,而现在也尚未最终确立。他想要以此在过去和现在之间搭建起一座桥梁。诗中提到的"长满苔绿的巨石"、"杂乱堆陈的旧物"、"柱头的毛坯和柱身"等等,都是一些散落在现场的标志性物件,既可以表示建造新巴黎的工地,也可以表示被拆毁的建筑物的残遗。未完工的毛坯和残砖碎瓦堆在一处,繁杂混乱的景象将新、老两个巴黎扭结在一起。诗人在两个巴黎之间展开想象,以炼金术士的手法将零散杂沓的素材提炼成诗歌作品。

老巴黎已经荡然无存。而它却就此成为波德莱尔的"凡人的心"中的牵挂。诗人只有通过"回忆"这一间接的路径才能够通达到它:

> 巴黎在变!我的忧郁毫未减弱!
> 新宫殿,脚手架,一方方的巨石,
> 老城区,一切对我都成为寓讬,
> 我那些珍贵的回忆重于磐石。
>
> (……)
>
> 于是在我精神流亡的森林中
> 一桩古老回忆吹响洪亮号角!
>
> (第29—32,49—50行)

---

① 《我心坦白》,《全集》,第一卷,第682—683页。

波德莱尔称自己"对图片和版画情有独钟",他显然了解寓意画的艺术传统,知道在寓意画中那些代表忧郁的象征形象旁边总是围绕着一些散乱的可以讬物寓兴的物件。他诗中那些在拆旧建新的工地上散乱堆放的东西正是起这样作用的一些物件。在原文第 29 行和第 31 行中,用于押韵的两个词分别是"mélancolies"(忧郁)和"allégories"(寓讬,寓意),这样的设置当出于诗人的良苦用心。"重于磐石"的那些珍贵的回忆与《忧郁之二》("我有比活一千岁更多的回忆")中所表现的那些忧郁的回忆是同一种。这是对失去的天堂的回忆,是对《往昔生活》一诗中表现的那种"往昔生活"的回忆。在这种回忆的光照下,当下的一切都只能引起深深的忧郁。因此,当诗人看到天鹅痛苦地对"故乡美丽的湖"渴望不止时,天鹅的形象让他在精神上深感苦闷,也让他思绪飞扬,不禁联想到天下所有失落家园、背井离乡的流浪者。

《天鹅》第二部分中的第一节与第一部分中的 7—12 行形成对应。"巴黎在变!我的忧郁毫未减弱!"一句简直就是"老巴黎荡然无存(城市的面貌,/唉!变得比凡人的心还要迅疾)"的回音,所不同者在于,第一部分主要是我之所"看"的客观描写,而第二部分则主要是我之所"想"的主观呈现。这些诗句中包含着忧郁经验的基本特征之一,也就是前文中已经提到过的人心的内在时间与外在事物的运动之间的"不同步"。19 世纪城市化大潮中的破坏和重建,让城市的外在景观倏忽万变,有时候简直就像是在一出滑稽喜剧中那般令人眼花缭乱。相反,人心的内在时间却相对缓慢,有时候甚至凝固不动,"重于磐石"。在世界的历史进程中发生在"凡人的心"与"城市的面貌"之间的这种不同步,正是引起现代人忧郁和流亡之感的主要原因。这给诗人带来苦闷的是一种属于形而上层面的苦闷,而不仅仅是"社会—政治"层面的苦闷。

虽然我们在前面说过可以对波德莱尔的忧郁作"社会—政治"的阐释,但如果仅仅流于"社会—政治"的阐释显然是远远不够的。从"一切对我都成为寓讬"一句可以看出,诗人有意愿要将自己直接源自于确定时空环境中的忧郁经验锤炼升华为一种美学经验,也就是一种具有普遍价值的经验。波德莱尔从被拆毁的城市中看到的,是一些可以让他寄托由失落感——失落家园、亲友、身份、财富、荣誉等——带来的忧郁之情的图像和符号。从另一个方面说,这些图像和符号也向他确证了他心中郁结的忧思烦怨,也就是那种百事俱哀、万念皆休的忧郁经验。我们可以从波德莱尔的忧郁经验中看到他体验世界的特有方式。作为诗人、艺术家和审美者,他善于调动"回忆"的功效。"回忆"可以让行进中的时间停止下来,甚至可以让人穿越历史,成为重返过去的旅行者,看到从人类起源直到现今为止的意义谱系。作为这样一位"重返过去的旅行者",波德莱尔总是站在事物的终点,在回望中观照事物已经实现了的结果,而不是站在事物的起点去展望其对于未来的承诺。他甚至把对于未来的想象也包含在对于过去的回忆之中。一切生活,哪怕是未来的生活,对他来说都仿佛是已经生活过了的,其最终都必然作为过去的终结而止于废墟。他总是从退化和衰落的角度来审视生活和文化,而他在巴黎的废墟中看到的,不仅是巴黎,而且是一切城市(甚至万物)命数的象征。在任何新的开始中,他看到的是走向终结的征兆,因为在他眼中这只不过是又陷入一个新的轮回,是对过去的重演,而其尽头注定只能是废墟和死灭。

现代世界也受到对我们来说很神秘的普遍规律的支配。世界虽然在变,但其内在的规则却一如既往。由于同样的力量贯穿于历史之中,现代城市也将重演古代城市的命运。与波德莱尔同时代的有些艺术家也体验到了《天鹅》中表现的那种情感。儒孚在谈到与波德莱尔性情十分接近的艺术家梅里翁的版画时就恰如其分地指出:

> 这位艺术家所选择要表现的,虽说不总是,但却经常是那些在"老街区"中即将消失,即将被拆毁的东西。梅里翁一定是感觉到了加于事物之上的死亡威胁而尤其感到事物的可贵。①

《梅里翁传》(Charles Meryon)的作者热弗鲁瓦(Gustave Geffroy)认为这位版画家"属于那种惯于伤逝怀旧的人"②。儒孚认同热弗鲁瓦的观点,并且还进一步补充道:"事实上,就梅里翁的情况来看,所谓哀悼,在其最深的意义上,甚至可以追溯到诞生。"③

梅里翁深感于城市在兴衰更迭中显露出来的脆弱,将自己的忧思烦怨寄托在版画中。热弗鲁瓦在关于梅里翁的书中评论了这些版画的奇特而独到之处:

---

① Pierre Jean Jouve, 《Le Quartier de Meryon》, op. cit., p. 118.
② Gustave Geffroy, Charles Meryon, Paris, H. Floury, 1926, p. 47.
③ Pierre Jean Jouve, op. cit., p. 118.

> 忧思郁结而又善于探索的版画家是一位喜欢表现石头的人(……)。有这样一位艺术家,(……)其作品表现一种不可排遣的怀旧之情(……)。这就是夏尔·梅里翁。他的版画作品属于那些写城市的最深刻的诗之一,而这些眼力深透的画页独具才情之处,在于它们虽然是根据现存事物的面貌直接勾勒而成,但画面中马上就呈现出一种业已完结的生活的外观,一副死气沉沉或行将就木的样子(……)。这种情感存在于作品中,却又全然不影响艺术家对所选题材进行最细致、最真实的再现。他身上具有眼力过人的通灵者的品质,他显然预见到那些外观看起来如此刚硬的东西也不过是昙花一现,预见到那些稀奇无比的美也会随万物的消亡而消亡。他聆听着从建城之初以来被一遍遍建了拆、拆了建的大街和小巷诉说的话语,因而他的招魂之诗得以透过19世纪的城市而直追中世纪,透过当下所见之物而传达出亘古不变的忧郁。①

如果把这段文字稍加改动后用以评论波德莱尔的诗歌,似乎也没有任何不妥之处。热弗鲁瓦显然也看到了波德莱尔与梅里翁二人的相通之处,认为完全可以把波德莱尔《天鹅》的第7、8两行("老巴黎荡然无存(城市的面貌,/唉!变得比凡人的心还要迅疾)")用作梅里翁版画集的卷首题词。不过,梅里翁相当自负,把自己的艺术看得高不可及,因而除了他自己外,他是绝不会让别人来解说他的作品的。于是他有时候自己动笔写一些诗句,显然是一些乏善可陈之作,他把这些诗句刻在有些版画下方作为配文。他为题为《新桥》(*Le Pont-Neuf*)的铜版画所配的诗文倒有几分妙趣,其所表达的情感与波德莱尔诗中所表达的十分接近:

> 新桥已成老桥,
> 至今在此长眠;
> 下来法令一道,
> 旧貌又变新颜。
> 医术何其高明,
> 巧施妙手仁心;

---

① Gustave Geffroy, *op. cit.*, pp. 1-3.

> 何不也把我等，
> 石桥一样翻整。①

面对不断改造翻新要把自己建成"仙境华屋"代表之作的巴黎，梅里翁像波德莱尔一样，感到一股深深的忧郁之情在心中挥之不去。人们用物质建造城市，但却不可能重建起已经永远失去的天堂。本来是在进行建设的行动，却反而让他想到了破坏和失落。

马克西姆·杜刚因发表过《现代歌集》(1855年)而享有"进步的歌唱者"的名声。他在观念上是认同对狭窄、肮脏、交通不便的老巴黎进行改造的。然而，就是这样一位人士，面对城市化大潮汹涌澎湃的巴黎和成片成片被拆毁的街区，有一天居然也发出痛惜的惋叹。布尔热(Paul Bourget)接替杜刚席位当选法兰西学士院院士，他在1895年6月13日的就位演说中讲到杜刚在1862年时的一件往事。当时杜刚开始出现眼疾问题，有一天到一家眼镜店配眼镜，在等取眼镜的当儿，他来到旁边的新桥上转悠，不经意间看到正在拆除的城市，突然意识到这些拆下来的残砖破瓦成了一个个象征，体现着他自己身体上发生的衰弱和人间造物遭受的灭顶之灾。布尔热就此说道：

> 这位作家处在人生的重要时刻之一，即将不再年轻，于是怀着凝重的心思去思考生命，满目所见尽是让他看到他自身忧郁的图景。他刚才上眼镜店这件事情让他确信自己身体上发生了小小的衰弱，就是这小小的衰弱让他想到了那些很快被遗忘的东西，想到了统摄人间万物的不可逃脱的毁灭法则。(……)这位曾云游东方的旅行家，这位曾在寂静的荒漠中见识过黄沙掩白骨的朝圣者，顿时生起一股思绪，想到有朝一日他听到发出声声喘息的这座城市也将死去，就像历史上无数的都城和帝国都终归灭亡一样。②

波德莱尔、梅里翁、杜刚从巴黎的拆建中看到城市未来的废墟，这让他们意识到巴黎以及所有人间造物尽管拥有辉煌的荣光，但终究逃脱不了像巴比伦和尼尼微那样的结局。除了心中的忧郁，没有任何事物会亘古长存。无论城市

---

① 转引自 Gustave Geffroy, *ibid.*, p. 59.
② 布尔热的这篇《演讲词》收录在 *L'Anthologie de l'Académie française*, Paris, Delagrave, 1921, II, pp. 191-193.

怎样变化,心中的忧郁也不会稍减。"建造新世界",这是自古以来令人魂牵梦萦的向往。面对城市,人类从来都摆脱不了乌托邦的幻想,也摆脱不了由心中的理想之城与物质的现实之城之间不可消弭的差距所引起的尴尬。文明的发展总是为我们上演同样的历程:城市承载着人们想要达到万化归一的大和谐的愿望,它首先通过暗示一种完满的境界而吸引我们,但接下来它却又将我们抛弃,让我们经受一种与理想时空完全相悖的经验,而这种在现实时空中的经验根本不可能与绝对时空中的完美同日而语。拆除行动本身让我们深获教益,更清楚地理解到建设活动的实质:大城市的发展总是伴随着那些能够将其摧毁的手段的同时发展。① 一层层叠压的文明就是"建设—破坏"一次次循环的明证。17世纪时,皮埃尔·勒·莫瓦纳神父就开始尝试透过巴黎的盛大景观、奢华排场、热闹生活和表面的坚固去洞见这座城市的脆弱和毁灭。他的长诗《巴黎即景》中有一段就体现了他对构成巴黎的层层叠压的文明的意识,同时也表达了他对于巴黎及其所代表的一切人间造物短暂命运的忧心:

> 巴黎廿次死去,它又廿次重生
> 自高卢的先民建造这座古城:
> 它廿次变换精神、身形和面庞:
> 过去的留存唯有名称和地方。
> 这座如此壮丽而恢弘的城邑
> 不过是一座巨冢和世代残遗。
> 坐落着高墙和深宅大院之处,
> 埋葬着历代的花园、殿宇、廊柱。
> 成百的古代华堂被时光拆挖,
> 封存在后代新建的华堂地下。②

往者已矣,逝者难追,一切事物都要走上这条道路。城市建设中大兴土木的工

---

① 参见夏尔-弗朗索瓦·维耶尔(Charles-François Viel)的《论数学无由保证建筑物的坚固》(*De l'impuissance des mathématiques pour assurer la solidité des bâtiments*):"要进行这类研究,还从来没有比我们生活的当今之世更有利的环境了。12年来,一批包括教堂、隐修院在内的建筑被拆除,连它们最底层的地基都被拔掉;这一切带来(……)诸多有用的教益。"(Paris, Vve Tilliard et fils, 1805, pp. 43-44.)
② Pierre Le Moyne, *Les CEuvres poétiques de P. Le Moyne*, op. cit., p. 261.

程反而让人强烈感到城市逃脱不了被拆毁的命运。这种感觉在 19 世纪中期的巴黎显得尤为突出。面对刚刚拔地而起的崭新巴黎，就已经有人像《圣经》中的先知耶利米 (Jérémie) 预告耶路撒冷的毁灭一样，为巴黎未来的毁灭唱起了哀歌。1867 年出版的《巴黎荒漠》(Paris désert) 中就辑录了一位现代耶利米对豪斯曼男爵发出的惋叹：

> 你只要一直活下去，就会看到城市一派死气沉沉的萧瑟景象。
> 对于未来那些被叫做考古学家的人们来说，你真是功莫大焉、无上光荣，但你生命的最后时日将会在凄凉和毒瘴中度过。(……) 城市的心脏将慢慢变冷。(……) 蜥蜴、流浪狗、老鼠将成为统治这些华美建筑的主人。时光的摧残将历历刻印在阳台栏杆的金粉上，刻印在壁画上。(……) 而"孤独"这位不朽的荒漠女神将翩然而至，端坐在你穷心尽力为她建造的这个新帝国之上。①

对那些善于思考悖论的人来说，事物的发展无情地唤起对时光流逝的痛惜，强化着对已失去世界的缅怀。人之苦闷，在于逃脱不了过而不留的"时间"的暴虐。这种跟时光的流逝联系在一起的忧郁之情，我们不仅能够在《天鹅》中感受到，而且也能够在《巴黎之梦》，甚至在整部《恶之花》中感受到。城市在荒漠和梦想之间所昭示的，原来是无尽的孤独，是"巨大的人类荒漠"②，它仿佛让我们看到"现代世界"原来不过是又一个"巴黎之梦"。

四、人群中的孤独

波德莱尔式忧郁还有一个与城市经验相关的方面，主要表现为个体的与世隔绝之感和在人群中的孤独感。波德莱尔在随《巴黎的幽灵》一道寄给雨果的信中，明确讲到了这种感受："我们生活于其中的这个世界实在可怕，让人饱尝孤独和厄运的滋味。"③现代城市是一个充满矛盾和威胁之地，在增加了遇见更多人的可能性的同时，也让个体饱受折磨，在人群中遭受着最无奈的孤

---

① *Paris désert. Lamentations d'un Jérémie haussmannisé*, Paris, Towne, 1868, pp. 7-8.
② 语出夏多布里昂，见 Chateaubriand, *René* (1802), Droz, 1935, p. 37. 波德莱尔在《现代生活的画家》中借用了这一表达，见《全集》，第二卷，第 694 页。
③ 波德莱尔 1859 年 9 月 (23?) 日致雨果信，《书信集》，第一卷，第 597 页。

独。城市改建和新的生产方式导致的人与人之间亲密关系的断裂,带来社会生活上的损害和人们情感上的不安。

马克思在现代工业生产方式中找寻劳动异化的原因,他强调说,由于机器生产线上的流水作业方式,每个工人的劳动过程被分割和固化为一个个孤立的片段,不像传统手工业那样在工序与工序之间有着比较直接和直观的联系。在生产流水线上,需要生产的部件是分散而独立的,生产者之间也是分散而独立的,部件专断地进入工作区,又专断地离开工作区,而在这种细化的分工中,工人的劳动呈现出零碎化、片段化和孤立化的特点。马克思在《资本论》(*Le Capital*)中明确指出了机器生产的违反人性的特点:

> 机器上面的一切劳动,都要求训练工人从小就学会使自己的动作适应自动机的划一的连续的运动。只要总机器本身是一个由各种各样的、同时动作并结合在一起的机器构成的体系,以它为基础的协作也就要求把各种不同的工人小组分配到各种不同的机器上去。
>
> (……)
>
> (……)滥用机器的目的是要使工人自己从小就变成局部机器的一部分。(……)
>
> (……)
>
> (……)在工厂中,是工人服侍机器(……),死机构独立于工人而存在,工人被当作活的附属物并入死机构。
>
> (……)
>
> (……)机器不是使工人摆脱劳动,而是使工人的劳动毫无内容。一切资本主义生产既然不仅是劳动过程,而且同时是资本的增殖过程,因此都有一个共同点,即不是工人使用劳动条件,相反地,而是劳动条件使用工人,不过这种颠倒只是随着机器的采用才取得了在技术上很明显的现实性。(……)变得空虚了的单个机器工人的局部技巧,在科学面前,在巨大的自然力面前,在社会的群众性劳动面前,作为微不足道的附属品而消失了;科学、巨大的自然力、社会的群众性劳动都体现在机器体系中,并同机器体系一道构成"主人"的权力。(……)
>
> (……)
>
> (……)可见,资本主义生产方式使劳动条件和劳动产品具有的与工

人相独立、相异化的形态,随着机器的发展而发展成为完全的对立。①
机器生产对劳动者进行训练(或驯化)的结果,就是让劳动者像机器人一样做出连续的整齐划一的动作。如果说传统手工业要求劳动者具有某一行业比较全面的技能和经验,那机器生产则让每个行业中都出现了一批从事简单作业的工人。由于机器的使用很容易学会,就算不断更换工人也不会使劳动过程中断,由此也可见劳动者的价值是贬值的:机器劳动者不再具有传统手工业者那样的全面技能和不可取代的唯一性。

劳动者在生产过程中的隔绝也转移到了生活中人与人的隔绝上。恩格斯在《英国工人阶级状况》(*La Situation de la classe laborieuse en Angleterre*)一书中描写了伦敦大街上人潮如织但人与人之间又缺乏交流的情形,写出了这个现代大工业城市中被异化了的人们的规矩、冷漠和孤僻:

> 像伦敦这样的城市,就是逛上几个钟头也看不到它的尽头,而且也遇不到表明快接近开阔的田野的些许征象,——这样的城市是一个非常特别的东西。这种大规模的集中,250万人这样聚集在一个地方,使这250万人的力量增加了100倍;他们把伦敦变成了全世界的商业首都,(……)——这一切是这样雄伟,这样壮丽,简直令人陶醉,使人还在踏上英国的土地以前就不能不对英国的伟大感到惊奇。
>
> 但是,为这一切付出了多大的代价,这只有在以后才看得清楚。只有在大街上挤了几天,费力地穿过人群,穿过没有尽头的络绎不绝的车辆,只有到过这个世界城市的"贫民窟",才会开始觉察到,伦敦人为了创造充满他们的城市的一切文明奇迹,不得不牺牲他们的人类本性的优良品质;才会开始觉察到,潜伏在他们每一个人身上的几百种力量都没有使用出来,而且是被压制着,为的是让这些力量中的一小部分获得充分的发展,并能够和别人的力量相结合而加倍扩大起来。在这种街头的拥挤中已经包含着某种丑恶的违反人性的东西。难道这些群集在街头的、代表着各个阶级和各个等级的成千上万的人,不都是具有同样的属性和能力、同样渴求幸福的人吗?难道他们不应当通过同样的方法和途径去寻求自己的

---

① 马克思:《资本论》,第一卷,《马克思恩格斯全集》,第二十三卷,人民出版社,1972年,第461—473页。

> 幸福吗？可是他们彼此从身旁匆匆地走过，好像他们之间没有任何共同的地方，好像他们彼此毫不相干，只在一点上建立了一种默契，就是行人必须在人行道上靠右边走，以免阻碍迎面走过来的人；同时，谁也没有想到要看谁一眼。所有这些人愈是聚集在一个小小的空间里，每一个人在追逐私人利益时的这种可怕的冷淡，这种不近人情的孤僻就愈是使人难堪，愈是可恨。虽然我们也知道，每一个人的这种孤僻、这种目光短浅的利己主义是我们现代社会的基本的和普通的原则，可是，这些特点在任何一个地方也不像在这里，在这个大城市的纷扰里表现得这样露骨，这样无耻，这样被人们有意识地运用着。人类分散成各个分子，每一个分子都有自己的特殊生活原则，都有自己的特殊目的，这种一盘散沙的世界在这里是发展到顶点了。①

完全可以把恩格斯的这段描写用来描写巴黎"拥挤如蚁"的人群。恩格斯抓住了城市人群令人震惊的方面，这个方面不仅引起了他在道德上的反应，也引起了他在情感上的反应。这些彼此迎面走过却又从来不真正相互看上一眼的路人，让他内心感到深切的苦恼。城市大街上的这些路人仿佛都接受过机器生产的训练，他们的动作举止仿佛要与自动机械的运动相适应，简直就像是机器人发出的。

瓦莱里对"现代文明"的种种征候也有深透的观察，他注意到现代社会中舒适安逸的生活让城市人彼此隔绝，变成像机器般的社会机制中的一个个孤立的部件。他在《手记 B 1910》(*Cahier B 1910*)中提出的观点可以与恩格斯提出的观点相互印证：

> 大城市中的文明人个体退回到野蛮状态，也就是孤立状态，因为社会机制可以让他忽略群体的必要性，可以让他对人与人之间的联系麻木不仁，而在从前，生活的需要随时提醒着群体的必要性和人与人之间的联系。社会机制的任何改善，让与群体生活相关的行为、感受方式、才能等都变成无用的东西。②

---

① 恩格斯：《英国工人阶级状况：根据亲身观察和可靠材料》，《马克思恩格斯全集》，第二卷，人民出版社，1957年，第 303—304 页。

② Valéry, *Cahiers*, éd. Judith Robinson-Valéry, coll. Bibliothèque de la Pléiade, t. II, 1974, p. 1452.

城市人在现代社会机制中所体会到的孤独经验,与被工业机器生产所控制的劳动者所经历的隔绝之感是甚为一致的。

　　波德莱尔强烈意识到个体在城市人群中的隔绝和孤独。《致一位女路人》一诗对此作了明确的演示。话虽如此,但我们并不能就此断定波德莱尔认识到了这是大工业生产方式带来的影响。总之,他远没有达到马克思主义那样的认识高度。作为诗人,他的使命并不是要在经济基础中去探寻导致人异化和孤独的缘由,而是更多关注在大城市嘈杂人群中体会到的直接经验。《致一位女路人》起首第一行就将诗人置于人声喧闹的大街:"大街震耳欲聋,在我周围咆哮"。诗中呈现的是一个城市闲逛者漫步街头时的经历,诗人在这一经验中研究孤独的城市人个体之间偶然相遇时产生的反应,而他的研究像一面镜子一样,可以远远地折射出机器生产过程加之于劳动者的隔绝经验。

　　偶然相遇,这是城市人特有的经验。诗歌标题中的"路人"一词绝好地体现了这种只有在城市中才会产生的经验,因为在乡村环境中大家互相认识,人与人之间有一种积极的联系,他们直接交往,对彼此的工作、历史和性格都十分熟悉,外来者要么是访客,要么是游客,但从来都不是路人。蒂博岱断言这些诗句"在乡村或小城市中是绝不可能产生或被感知的","只有在大城市这样的环境中才能够绽放,因为在大城市里人们生活在一起,但大家对别人来说都是陌生人,都是在别人身边擦肩而过的过客"①。只有在大城市中才能产生路人之间这种相互照面却又无缘交流的邂逅。②

　　大城市的街道人潮如织,让各种邂逅的可能性成倍增加。所谓"偶然相遇",并不是说这种相遇极少有机会发生,而是说这种相遇的发生完全出乎意料,不合常理。对于城市闲逛者来说,相遇的"偶然"并不是出于统计学的结果,而是出于心理学的结果。大街对他来说充满了可能和承诺。他与别人的

---

① Thibaudet, *Intérieur, op. cit.*, p. 22.
② 德国社会学家、哲学家齐美尔(Georg Simmel)注意到了乘坐现代交通工具的旅行者之间互不沟通的情况。他在《相对主义哲学散论——哲学文化论集》(*Mélanges de philosophie relativiste. Contribution à la culture philosophique*)一书中指出:"看得到而听不到的人比听得到而看不到的人更加惶惑、不安和不知所措。这其中当包含有大城市社会学值得注意的因素。大城市里的人际关系的特点突出表现为眼睛的活动大大压倒了耳朵的作用。"齐美尔把这一现象归因于现代交通工具:"在公交车、火车、有轨电车于19世纪发展起来以前,人们没有机会能够或者必须相视数分钟乃至数小时而彼此一言不发。"(Paris, Alcan, 1912, pp. 26-27)城市旅行者之间互不沟通的情况与流水线上工作的工人之间互不沟通的情况是相吻合的。

相遇甚至可以说就是一种遭遇,是一个事件,因为随着脚步的迈动,他分分秒秒所遇见的都是他意想不到的人和事,他每时每刻都进入一个新的当下,开始一次新的交锋。"意外事件"天然就是大街的组成部分。波德莱尔诗中的女路人就是像"意外事件"一样在不期而然间突然出现的。

在《致一位女路人》中,虽然没有任何表述或任何词语明确提到人群,但我们却又感到人群无所不在。这是因为对波德莱尔来说,人群与大城市密不可分,无需专门描写,是与大城市互为一体的固有现实。就像本雅明指出的那样,波德莱尔的人群"总是大城市中的人群",而"他的巴黎总是挤满了人群"[1]。据本雅明的说法,人群就像是波德莱尔眼前的"活动面纱",波德莱尔正是透过这层面纱观察巴黎。正是由人群构成的大众成为这首诗的动力来源,并赋予全诗以充分的意义。这首诗探讨的就是人群对渴慕爱情的诗人所产生的作用。诗人将闲逛者人生经验的意义和价值浓缩在了与女路人的邂逅中。这位过路的女人甫一出现,便即刻引起了同为路人的"我"的关注,她身上的种种特点和气质让"我"倍感亲切。这位刚刚看过一眼的女人马上成了"我"的欲望对象,让"我"心旌摇曳、思绪翩跹。突然出现的这位女士简直就是诗人的理想对象、梦中情人:

> 高挑苗条,一身重孝,肃穆哀愁,
> 一个女人走过,用她华贵的手
> 撩着花边还有裙裳一步一摇;
>
> 又轻盈又高贵,双腿宛若雕刻。
> 我紧张得乱了心魂,在她眼中,
> 那孕育着风暴的灰暗的天空,
> 啜饮迷人的柔情、夺命的快乐。(第2—8行)

这位在城市背景上突然出现的女人让闲逛街头的诗人神魂迷倒,而这种在偶遇中一见钟情的情爱形式唯有生活在大城市中的人才能够见识得到。正是人群带来了这位令人着迷的佳人,让诗人对她有了最初一瞥的深情;同时,

---

[1] 见 Walter Benjamin, *Charles Baudelaire*, op. cit., p. 167.

人群又是一个躲藏之地,诗人一见钟情的对象转眼又消隐期间,逃避诗人渴求的目光,让诗人在最后一瞥中生出依依不舍的眷恋。在人群中的别离是一种再也不会重逢的别离,而这种别离就发生在出现着迷的同一瞬间。本雅明认为,这首诗中表现的这种让诗人"紧张得乱了心魂"的情爱,与其说是"那种让身体的每个角落都涨满了爱欲的幸福",倒不如说更像是"那种让孤独者深以为苦的性冲动带来的惶惑"。他进而指出,这首十四行诗为我们呈现了一种遭受打击的形象,也就是一种遭遇灾难的形象,"揭示了大城市的生活使爱蒙受的创伤"[1]。本雅明还提到,普鲁斯特就是这样读这首诗的。他指出在普鲁斯特的《女囚》(La Prisonnière)中,阿尔贝蒂娜(Albertine)这个被作者意味深长地称作"巴黎女人"的人物身上,就带有波德莱尔笔下那位一身重孝的女路人的影子。普鲁斯特是这样描写这位"巴黎女人"的:

> 阿尔贝蒂娜又来到我的房间时,穿了一身黑色的缎子裙,这让她愈发显得苍白,让她成了名副其实的巴黎女人,内心火热却又面无血色,而且由于缺少新鲜空气,再加上生活在人群的氛围中,或者还由于不检点的生活习惯,她看上去有几分虚弱,那双眼睛因为没有红润面颊的映衬,看上去更显出几分不安。[2]

同波德莱尔的女路人一样,普鲁斯特笔下的这位女子也是只有大城市居民才能了然的"佳人"形象。城市生活给爱带来的创伤不仅仅是在爱的对象的外貌上看得出来,而且尤其可以从这个爱的对象的出现和消失的方式上见出来。

波德莱尔的诗歌抓住了城市中爱情主题的要点:爱的对象来自于人群,又消隐于人群,第一瞥深情的对视也是永久的告别。这首诗的最后两节让我们清楚感受到城市路人之间的偶遇所带有的特点:

> 电光一闪……复归黑夜!——美人走远,
> 你的目光让我顿感重获新生,
> 难道我只有在来世与你相见?

---

[1] 见 Walter Benjamin, *Charles Baudelaire*, op. cit., p. 170.
[2] Proust, *À la recherche du temps perdu*, éd. cit., t. I, p. 102.

> 太远了！太迟了！也许永不可能！
> 我不知你何往，你不知我何去，
> 啊，我曾钟情你，啊，你也曾知悉！（第9—14行）

诗人用闪电的意象——"电光一闪"——来形容路人的偶遇，这一意象以其倏忽间一闪而过的夺目光华，既包含着期许和承诺，也包含着失望和沮丧，还包含着幻影和无常。为了进一步说明"闪电"意象的象征意义，我们可以援引波德莱尔的友人图斯奈尔（Alphonse Toussenel）在《动物的神智》（*L'Esprit des bêtes*）一书中的解释：

> 闪电是云与云之间的亲吻，狂猛激烈，但却内蕴丰厚。两个相互爱慕且又不顾一切障碍想要互诉衷肠的人就是两个这样的云团，这云团因阴阳二电的相遇而绽放生命，同时也充满了悲剧。①

图斯奈尔跟波德莱尔一样，也热衷于探讨万物之间"普遍的相似性"，而波德莱尔也很可能翻阅过图斯奈尔的书。"电光一闪"的意象以强烈的方式将诗人的心头之爱外化为命中注定的有缘相会，仿佛刹那间的目光交接是一见倾心的表示，与此同时，该意象又让命中注定的缘分和相遇顷刻间消解而归于乌有。这一意象在波德莱尔的诗中表现为一种碰撞冲击的意象。不过，从该意象在诗中所处的转折点位置来看，这种碰撞冲击所指的主要不是爱的"震撼"，而更多是灾难性的结局带给诗人意识上的"震撼"。倒数第二行写出两人的结局将是各奔东西，从此再无缘重逢。最后一行就像是发出的一声巨大的叹息，诗人以此向本应该有机会成就的爱情作悲惋的告别，而且诗人也把这种感情给予陌生的女路人："啊，你也曾知悉！"最后两行诗的结构也值得注意：这两行都采用了对称的结构，以此表现"我""你"之间的交互关系。蒂博岱在谈到最后一行时恰如其分地指出：

> 前后对立的两个部分好像是两个目光一样交汇在一起，共同构成一行完整的诗，发出无穷的共鸣，就像这两个目光片刻间汇成了不分彼此的

---

① Alphonse Toussenel, *L'Esprit des bêtes. Zoologie passionnelle. Mammifères de France*, 4ᵉ éd., Paris, Dentu, 1884, pp. 100-101. La première édition de *L'Esprit des bêtes* a paru en 1847.

同一道光线。①

其实,由两个交汇的目光构成的这"同一道光线"并不意味着是要表示闲逛的诗人和女路人之间达成了事实上情投意合的默契。这实则不过是"发乎情而止乎望"的观望者单方面的自作多情。诗人看到的不是一个美女,而是他自己理想的心意。与女路人转瞬即逝的偶遇实则谈不上是什么真正的爱情,至多不过是做着白日梦的人自己身上一时间的情绪激动。女路人的眼睛被比作"孕育着风暴的灰暗的天空"。这双眼睛已经不再有人眼的通常能力——看的能力,它们倒拥有令人迷倒的诱惑力,也就是波德莱尔在另外一首诗中提到的"借来的威风"②,而这种诱惑力正好能够满足诗人生性中的需要,让他在"紧张得乱了心魂"的状态中"顿感重获新生"。诚然,这种"新生"中包含有瞬间的幸福感,但谁说这又不是诗人自我意识的"新生"。"电光一闪"又"复归黑夜"的刹那让诗人意识到的,与其说是爱的满足,倒不如说是他自己内心的隐秘现实。诗人在女路人眼睛中看到的,就跟他在小老太婆如钻头般尖锐的眼睛中看到的一样,还是他自己的意识活动。在巴黎街头偶遇的这位一闪而过的"美人"让诗人大为喜爱之处,并不是她那让他无法拥有的目光,而是这种拥有根本就不可能这一事实本身。对波德莱尔来说,一个目光越是显得遥不可及就越会让顾盼这个目光的人深感吸引和着迷,正如以下诗句所表明的那样:

> 我爱你就像爱慕夜晚的穹苍,
> 啊,忧伤之瓶,沉默、高大的女郎,
> 你越是躲着我,美人,我越爱你,
> 尤其当你成为我的夜的装饰,
> 为了嘲弄我而拉大我的手臂
> 和广阔无际的碧空间的距离。③

作为诗人,波德莱尔特别看重那些遥远对象所具有的魔力和魅惑,而女路人眼光中带有的神力就属于这一类。同样的主题还可以在波德莱尔的另一首优美

---

① Thibaudet, *Intérieur*, op. cit., pp. 22-23.
② 《你要把全宇宙纳入你的闺房》,《全集》,第一卷,第 28 页。
③ 《我爱你就像爱慕夜晚的穹苍》,《全集》,第一卷,第 27 页。

的诗中见到：

> 快乐将像轻烟般消隐在天边，
> 似轻盈的风神美女退入后台。①

女路人的闪现和消隐就像是一种秘仪，启示诗人看到了神圣之物既让人迷恋又让人恐惧的奥秘。这位美女路人的目光让诗人"啜饮迷人的柔情、夺命的快乐"，目光的双重性实则隐喻着美女其人的双重性。在波德莱尔的世界中，女人确实被赋予了双重的能力：她既有给予生命的能力，也有索取生命的能力；她既是天仙，也是美杜莎（Méduse）。《致一位女路人》中表现的错失良缘的经验可以看做是曲折地表达了难逃一死的人生命运的经验，也就是在"永恒"的大门前的死亡经验。诗人的才能就在于能够把生活中一个并无多大重要性的寻常事件改造成一个更具普遍性的对于现代世界的经验。

《致一位女路人》中的偶遇跟《天鹅》中的偶遇一样，勾起诗人的不尽思绪，引起他对于现代世界的观照。诗人怀着英雄主义，从现代生活中那些以灾难为结局的经验中提取他的诗歌和艺术的想象和图像，把人生中的失败经验转化为诗歌和艺术上的成功。阿多诺（Theodor W. Adorno）指出，波德莱尔的过人之处在于他甚至能够把一切图像的消亡本身转化为图像。② 本雅明的看法与阿多诺不谋而合：

> 波德莱尔极为特别的意义在于，他先于任何人理解到了被异化了的人的生产力：他认识到这种生产力，并且通过物化，给予其更大的力量。③

本雅明把这点看成是打开波德莱尔艺术世界的一把钥匙。

---

① 《时钟》，《全集》，第一卷，第 81 页。
② 参见 Theodor W. Adorno, *Noten zur Literatur*, Francfort, Suhrkamp, 1958, p. 147.
③ 本雅明 1938 年 4 月 16 日致霍克海姆（Horkheimer）信，见 Walter Benjamin, *Correspondance*, 2 vol., traduit de l'allemand par Guy Petitdemange, Paris, Aubier-Montaigne, 1978-1979, t. II, p. 241.

第 六 章

从城市经验到诗歌经验

一件作品不仅仅是一种经验的再现,它同时也是这种经验赖以存在的独特形式:一首诗、一首奏鸣曲,或一幅绘画。在作品中,重要的不仅仅要看作品表现了作者在生活中经历过怎样的经验,同时也要看作者通过怎样的创作活动和艺术形式使这种经验得以传达。一首诗是现实经验的呈现,同时它本身也是一种语言经验,或者更准确地说,它是通过语言达成的经验。

波德莱尔虽然跟戈蒂耶一样,对诗歌和诗人的使命有一种卓越高超的看法,不赞成把浪漫主义式的对社会生活的干预当作诗人的主动追求,也不相信诗歌是一种群众事业或是对民众的说教,但他也与戈蒂耶不同,并不是某些评论家所认为的那种绝对的唯美主义者。他不满足于将诗人的使命局限于组织字词、安排诗句、设计韵脚。在他的诗歌经验中,外部世界始终处于他的视线之内,始终作为一种底色、背景或参照存在于他的作品中。根据他的"应合论"美学思想,"自然"被他看作一个意蕴生动的活物,它发出的"模糊隐约的话音"正是诗人需要加以索解的内容,这使得诗人的作品成为"自然"的"应合"。

作为巴黎诗人,波德莱尔懂得现代城市对于激励新型文学所具有的神奇力量。对他来说,艺术,乃至更广泛意义上的整个想象力,应当成为他所宣称的"对外部生活传奇般的迻译"[①]。所谓艺术的"现代性"就是要通过独特的形式,将现代生活的方方面面,甚至包括其最了无诗意的散文化方面——庸常乏

---

① 《现代生活的画家》,《全集》,第二卷,第698页。

味的方面，一一加以传译。因而现代诗人的使命就是要倾听他所处环境发出的"话音"，并且"像炼金术士和高洁的圣人般"①从每一件事物中提取"精萃"，让诗歌涌动与生活相同的节奏，以其独特的形式对现代生活加以诠释。

波德莱尔的诗歌经验跟他的人生经验一样，是特定历史条件下的产物，带有历史赋予的鲜明特征。虽然在他的诗歌中明确指称巴黎的词语并不多见，但他的《恶之花》却通篇洋溢着巴黎的气息，跃动着巴黎的光晕，其中很少有哪篇诗歌不或多或少带有诗人在这座城市四十多年人生经历的痕迹。在波德莱尔的诗歌世界中，我们到处都可以看到一种显现在经验层面的诗意的"现实主义"。这里所谓的"现实主义"并非传统意义上那种要求对外部生活进行镜像式精确模仿的现实主义，而是指通过创造性想象，在诗歌经验与生活经验之间建立起一种等价的关系，在这种等价关系中，"现实主义"因素超越了两者外在形貌方面的相似，而达成它们在体验和精神上的一致。

第一节 对现实进行置换的"深层模仿"

一、艺术的功能："对外部生活传奇般的迻译"

对当代事物矢志不渝的关注引导波德莱尔寻找现代生活中的英雄主义，探索巴黎史诗性的诗意，搜罗城市人群中各种变幻不定、千姿百态的生活图景。波德莱尔诗歌图画的价值在于其现代性：这些诗歌是现代巴黎的图画。但这并不意味着这些"巴黎图画"是通常意义上摹写现实的"现实主义"诗歌。诗人的唯一目的是对现实加以改造，甚至加以否定，以使其符合于他自己的梦幻，并最终用自己的梦幻取代现实。不过，诗人的梦幻并不是凭空幻想的产物，而是现实中那些神奇和震撼的方面作用于诗人情感和心智的结果。可以说，体现诗人梦幻的诗歌作品实则是用艺术形式对现实中那些神奇和震撼的方面进行的置换。

波德莱尔在《现代生活的画家》的字里行间表达了艺术创造受到生活驱使的看法：

---

① 《跋诗》草稿，《全集》，第一卷，第192页。

> 在庸常的生活中,在外部事物的日常变化中,有一种快速的运动,这种运动驱使艺术家画得同样快速。①

描绘巴黎图画的诗人像现代城市一样,以他自己的方式,制造出形态各异的"杂乱堆陈的旧货"(《天鹅》)。诗人既是城市的效仿者又是城市的竞争对手,他让自己的诗歌捕捉城市的节律,应和城市的运动,将城市的意图转化为诗歌图画。艺术活动的成功取决于艺术家对生活意图的领悟。波德莱尔在《1846年沙龙》中表达了这层意思:

> 素描是自然与艺术家之间的一场搏斗,在这场搏斗中,艺术家越是对自然的意图领会至深,就越容易取得胜利。对他来说,问题不在于模仿,而在于用一种更简单明了的语言来阐说。②

从这段话可以看出,在波德莱尔的观念中,从生活经验到艺术经验的过渡主要不是指艺术作品对生活中那些外在细节的模仿,而更多是指现实经验中感受到的生活的意图与进行艺术创造的艺术家的精神之间的一气贯通。这两种经验之间存在着一个剪不断理还乱的复杂关系网络。我们可以认为,那些让波德莱尔的巴黎诗歌产生出"震惊"效果的种种"刺激"来自于外部世界巨怪般的强大力量。波德莱尔城市诗歌的精妙就在于通过诗歌经验对城市经验进行创造性的置换,用诗歌将驱动现实的动能传达出来,用独特的艺术形式解说隐藏在生活深处的意图,达成艺术对于生活的迻译和诠释。从这样的角度看,与其说艺术经验和生活经验之间的关系是一种从事物到事物的模仿关系,不如说是一种从精神到精神的应和关系。如果非要说"模仿",那也可以把这种模仿解说成是一种从精神到精神的特殊模仿,这种特殊模仿接近于柏格森(Henri Bergson)提出的"直觉",即他在《思想和运动》(La Pensée et le mouvant)中谈到的"精神对精神的直观"③。这种直观超越于外在物相的浅表模仿,而直达于内在精神的深层模仿。诗人通过"深层模仿",使作品传达的感受经验与人们在现实生活中的感受经验达成在质量和强度上(而不是在内容和外部形态

---

① 《全集》,第二卷,第686页。
② 《全集》,第二卷,第457页。
③ Henri Bergson, La Pensée et le mouvant, Paris, P.U.F., 1938, p. 27.

上)的等值。

为了更好地捕捉生活的意图以便让艺术经验获得成功,艺术家首先必须强烈而深刻地经历生活,获得丰富的生活体验。要创造艺术,"先要占有"①,波德莱尔如是说。他的《论几位法国漫画家》中有一段论述杜米埃的文字,显示了艺术家的创作活动与艺术家所处环境之间的关系:

> (……)
>
> 以上这些例子足以显示,杜米埃的思想常常是多么严肃,他处理题材是多么生动。翻翻他的作品吧,你会看到一座大城市包含着的丑怪的一切都栩栩如生,带着神奇而动人的现实性——呈现在你眼前。作品中蕴藏着的一切骇人的、怪诞的、阴森的、滑稽的珍宝,杜米埃对之都了如指掌。活着的、饥饿的行尸,肥胖的、饱食的走肉,种种遗人笑柄的家丑,资产者的一切愚蠢、一切骄傲、一切热情、一切绝望,无一遗漏。没有谁像他那样(以艺术家的方式)了解和喜欢资产者,他们是中世纪最后的遗迹,是生活不易的哥特式的废墟,是既平庸又古怪的典型。杜米埃跟他们亲密地生活过,日夜观察过他们,听说过他们私底下的秘密,熟识他们的妻儿,了解他们鼻子的形状和脑袋的构造,知道是怎样的精神支配着一家子上上下下的生活。②

就像我们经常看到的那样,波德莱尔在此处借用杜米埃的事例来表现他自己的艺术观念。文中相邻出现的"神奇"和"丑怪"二语正是波德莱尔所认为的对大城市本质的体现。波德莱尔投向巴黎的目光与杜米埃投向资产者的目光属于同一类型。波德莱尔让自己混合进巴黎的人群,深入到构成人群的那些陌生人的灵魂中,让自己的灵魂与众人的灵魂息息相通。他成为众人的一部分,众人也成为他的一部分。形形色色可资利用的材料以及多种多样的丰富感受让他察探自己就像观看一个万花筒。喜欢大城市的诗人从这个由无数碎片构成的镜子中看到像客观现实一样流淌出来的巴黎的诗意,而诗人的使命就是要把这种诗意提取出来,凝结成诗歌作品。诗歌创作在于词语的巧妙配合,而

---

① 《1846年沙龙》,《全集》,第二卷,第457页。
② 《全集》,第二卷,第554—555页。

成功的诗歌创作还应当超越简单的现实材料,通过象征的甚至超现实的形式,表现出神奇现实的精要,即"大都会深刻而复杂的诗意"①。诗人创造出来的诗歌梦幻既是对生活经验的移植,也是对现实的精神观照。城市诗歌是一种辩证的经验:它既需要城市所提供的"粪土",也需要以探究城市为己任的诗人所具有的清醒意识。

对波德莱尔来说,一件艺术品主要是一种阐释性的创造,是对世界的一种清醒的解说,至于说现实主义的模仿或对现实的形象再现,那倒在其次。在波德莱尔的巴黎诗歌中,传统上那种像镜子一样反射世界的文学图像被一种由一面破碎的镜子折射出来的支离破碎的图像所取代,其中的各个片段之间有时候似乎可以吻合,有时候似乎又难以拼接,更多时候它们呈现出来的似乎只不过是正在分崩离析的世界散落的一个个碎片。这种效果由于诗中对组装技巧以及拼贴、嵌插等手法的运用而变得特别明显。波德莱尔惯常采用的这些手法营造出漂浮暧昧的话语氛围,打破意识和现实之间的固有联系。这些手法在诗歌中引入一套全新的互文关系,仿佛诗人漂浮不定的诗歌文本是同样能够制造文本的漂浮不定的城市不尽言说的结果。巴黎诗人懂得把他的人生经验和诗歌经验都融汇到这种文学策略中。波德莱尔的独到之处在于,他懂得利用现实的碎片创造出一种能够解说现实的艺术。本雅明在1923年翻译《巴黎图画》时,注意到波德莱尔的风格和《恶之花》的格律中存在的吊诡特点。次年一月,他又提到波德莱尔的创作中有一种"用巴洛克风格表现平凡对象"②的倾向,认为他在最美的诗文中也不鄙弃最平庸、最被视为禁忌的字眼,并强调说他的这种技巧是"暴动的技巧"③。本雅明还用"衣衫褴褛的大兵"来形容实践暴动技巧的诗人带给他的印象。④

19世纪中期,社会主题在抒情诗中占有一个相当重要的位置。这其中的类型不一而足,有像写出《房客之歌》(*La Chanson des locataires*)和《印刷工之歌》(*La Chanson des imprimeurs*)的夏尔·科尔芒斯(Charles Colmance)那种抱有天真态度的,也有像写出《工人之歌》的皮埃尔·杜邦那种抱有革命态度

---

① 波德莱尔:《画家和蚀刻师》(《Peintres et aquafortistes》),《全集》,第二卷,第740页。
② Walter Benjamin, *Charles Baudelaire*, op. cit., p. 6.
③ Ibid., p. 143.
④ Walter Benjamin, *Le Livre des passages*, op. cit., p. 374.

的。许多人喜欢歌唱最新的发明创造,赞颂其具有的社会意义。但波德莱尔的巴黎诗歌全然不是这样。身为诗人,波德莱尔懂得与直接的社会介入保持距离。萨特(Jean-Paul Sartre)解释说,波德莱尔"之所以早早就对任何事业失去了兴趣,是因为他已经再三斟酌过自己所抱的彻底无用的态度"①。他把生活经验也当作艺术经验或诗歌经验一样来体验。进行艺术创造,这是他唯一的存在理由。他毅然在一个完全不再给予诗人任何尊严的社会中坚持索求作为诗人的尊严。对他来说,艺术是一种宗教,而谋求一种能够超越于内容或主题之上的"纯诗"本身就是一项神圣的事业,这样的诗歌能够把"丑"变成"美",甚至变成"崇高"。福楼拜也持有与这相同的美学观,把艺术家看作艺术的基督,梦想写出一本"什么也不谈的无用的书",也就是一本完全由一些回收而来的看似平凡的材料构成的"纯艺术"的书。在这种纯艺术的书中,平凡的材料摆脱了其实用的功能,被改造成为具有独立性的超越了一时一地局限的仪式化的符号。不过,所谓"纯艺术",并不意味着把艺术简缩为封闭自足的自说自话。在有些历史背景下,对艺术形式的探索可以产生广泛的社会和文化反响,对福楼拜和波德莱尔提起的诉讼就充分证明了这一点。在波德莱尔美学思想的构架中,"艺术"这一概念本身就包含着生活经验与艺术创造经验的关联。生活经验支配着诗歌形式,而诗歌形式也就应当把驱使世界运动的动能传达出来,把这种动能在生活的各个角落形成的神秘反映出来。

《巴黎图画》为我们提供了一个思考波德莱尔现代创作观念的良机。波德莱尔不仅认为艺术创造的经验与大街上的经验密不可分,甚至根本就认为两者具有同一性。《巴黎图画》白昼系列中的诗歌都与巴黎的街头景象有关。②不过需要注意的是,大街并不简单只是这些诗歌的必要背景,也不简单只是一个可以遇见形形色色各种人等的场所。大街本身就是诗歌的写照,是诗歌活动的范型:

---

① Jean-Paul Sartre, *Baudelaire* (1947), Paris, Gallimard, 1963, p. 35.
② 《太阳》:"沿着古旧的城郊"(第 1 行);《致一位红发女乞丐》:"在某家饭馆门口,/十字街头"(第 47—48 行);《天鹅》:"正当我穿越新卡鲁塞尔广场"(第 6 行);《七个老头》:"一天早上,在一条凄凉的街上"(第 5 行);《小老太婆》:"古老首都弯弯曲曲的皱褶里"(第 1 行);《盲人》:"从未见过他们对着地下 / 梦幻般地把沉重的脑袋垂下"(第 7—8 行);《致一位女路人》:"大街震耳欲聋,在我周围咆哮"(第 1 行);《耕作的骷髅》:"死人一般许多旧书 / 杂乱陈于河岸尘灰"(第 1—2 行)。

在各个角落嗅寻偶然的韵脚，
绊在字眼上，一如绊在路石上，
有时候撞上梦想已久的诗行。
(《太阳》,第6—8行)

神秘到处渗透如同汁液一般，
顺着强壮巨人狭窄脉管纵横。
(《七个老头》,第3—4行)

《巴黎图画》中的诗歌就是想要成为这种流动着如同汁液般的种种神秘的"狭窄脉管"。诗歌要成为这种"狭窄脉管"，不是借助于对地形外貌的模仿，而是借助于对诗歌形式的创造，也就是借助于印刷出来的文字外观，而且还借助于作为媒介的语言和格律的严格限制。诗歌像巴黎的大街一样，显示生活的种种神秘，而这些神秘像"幽灵"一样拉扯并魅惑着行走在大街上的诗人。

如果可以说《巴黎图画》中存在"现实主义"，那这种"现实主义"在于建立在生活经验与诗歌经验之间的等价关系。如果说诗歌模仿城市，那这种模仿首先是通过精神沟通的抽象形式进行的。《巴黎图画》的诗人实践的这种"现实主义"与他同时代人尚弗勒里和杜朗蒂(Edmond Duranty)等主张的精确再现现实外观的现实主义相去甚远。诗人相信，亦步亦趋地描摹现实会损害人所具有的创造性想象这一原始的、独一无二的才能。也正是出于这个理由，他在美学层面上对摄影术大不以为然。波德莱尔与那些歌唱现代声、光、化、电新发明的人不同，他在创作诗歌时往往是把城市加以消解，剥离其物质外观而直接抓取其精神实质。他在《既然存在现实主义》(《Puisque réalisme il y a》)一文草稿中坚定地宣示了自己的立场：

> 一切优秀的诗人总是现实主义的。(……)诗歌是最实在的，它是那种只有在另外一个世界才完全真实的东西。①

这里所说的"另外一个世界"如果不是指那种被精神统摄的深层现实，那又会是什么呢？只有肉眼能够看见的"真实"并不是充分的真实，更不是全部的真

---

① 《全集》,第二卷,第58—59页。

实。精神层面的真实片刻也不应该脱离我们心眼的视野。波德莱尔的看法体现了一种具有现代意义的真实观。《1859年沙龙》中有一段文字可以帮助我们更好地理解波德莱尔心意中的"现实主义"究竟为何：

> 有这样一人自称是现实主义者，这个词有两种理解，其意不甚明确，而为了更好地指出他的错误的性质，我们姑且称他是实证主义者，他说："我假定自己并不存在，想要按照事物的本来面目或可能会有的面目来呈现事物。"此乃没有人的宇宙。另有一人，富有想象力的人，他说："我想用自己的精神来照亮事物，并将其反光投射到其他那些精神上去。"①

波德莱尔显然属于第二种人，他的"现实主义"可以说是一种超越了实证主义再现的"精神现实主义"，其中总是蕴含着对现实的诗意观照。《巴黎图画》的诗人无论在他蜗居的阁楼上还是在大街的人潮中，总是会在享受城市万化生活的同时又与具体的现实保持一定距离。他的巴黎就像是消解了物质外观后而变成为一个画廊，其中的每一幅图画都包含着针对现实巴黎的意味深远的寓托。波德莱尔实践的是一种"深层模仿"，其诗歌的精妙就在于通过诗歌经验对城市经验进行创造性的置换，把生活转化为艺术作品，把自然的现实转化为诗的超现实，最终达成"对外部生活传奇般的迻译"。

二、诗歌对现实的再造：暮霭和晨曦中的城市

把现实置换为诗歌，就是通过诗歌把驱动现实的动能和现代生活的节奏传达出来。现实的本质在其能量，而不在其形貌。波德莱尔不是那种拒绝自己时代的人，相反，他对自己所处时代的生活体会至深。在他的巴黎诗歌中，虽然诗人直呼其名的巴黎景物并不太多，但我们却又无处不感到具有他那个时代鲜明特征的巴黎的存在。

只要读一下《暮霭》，马上就可以认出波德莱尔时代的巴黎。这是因为诗人把黄昏时刻表现成一种对人的内心平静构成的威胁，而这样的经验只有在现代大城市中才能够体会得到。夜幕降临之际，"急不可耐的人变成野兽一样"（第4行），"空气中那些邪恶的魔鬼们 / 睡眼惺忪地醒来，活像生意人，/

---

① 《全集》，第二卷，第627页。

飞来飞去,敲叩着屋檐和门窗"(第 11－13 行),"卖淫业在大街小巷点亮灯火;/像蚂蚁四面八方钻出蚂蚁窝"(第 15－16 行)。这个时刻本应当让那些不幸的人们的精神在宁静和黑暗中得到舒解,然而城市的咆哮之声却让他们的痛苦呻吟变得更加尖厉,灯火通明的光线也让孤独者的忧郁变得更深。

在现代大城市出现以前,城市的形象基本上还是简单、平稳和自然的,跟四周的原野和平相处。如果要为那时候的城市找一个比喻的话,可以用蜂房来作比,到处看到的都是单纯而熟悉的事物,不像后来的城市那样掀起历史进程的狂涛巨浪,让人感到困惑难解、颇费思量。那时的许多诗人都喜欢把城市看作一个协调之物,体现着神造万物的真意。诗歌因而与现实中的城市处于一种融洽的关系之中,不需要为纷呈迭出的陌生事物和前路未卜的历史进程而焦虑不安。在传统的小城市中就像在大自然中一样,黄昏宣告夜的寂静悄然降临,仿佛是为它的来临打开了庄严的大门。直到 1830 年,当作家描写巴黎的夜生活时,主基调还是宁静和黑沉沉的夜色,而不是夜晚的喧嚣和让人头晕目眩的光亮。奥利维耶(Juste Olivier)在 1830 年时对夜幕下的巴黎作了如下描写:

> 这是我一直喜欢并总是让我感动的时刻,一整天在古老的"新桥"上滚滚而过的车马之声一点一点地减弱了下来,渐渐消退。(……)那些在前半夜照亮塞纳河沿岸的灯火也一个接一个地熄灭了。宁静和黑暗相伴而行,在巴黎城中蔓延开来。它们就像是两个夜游神,一处不漏地跑遍这座大城市,跑遍它的街巷、河岸和冷清的广场,而宵小之徒则趁着夜色伺机而动。又过些时候,在这个原本嘈杂的世界,一切都安静下来,一切都变得舒缓平和,一切都酣然进入睡乡。①

从奥利维耶的这段描写中可以看到,浪漫主义时期的巴黎还没有后来那种彻夜灯火通明的景象,不像后来的巴黎那样为夜游者提供一个纵情声色的天地。从最乐观的方面说,夜晚只不过是一个适合于表达内心感受的背景,或是有一些怪人怪事出没的舞台,就像奥利维耶描写中提到的"宵小之徒则趁着夜色伺机而动"。奥利维耶的描写还是以传统的感受方式传达出一种传统的诗情,在

---

① Juste Olivier, *Paris en* 1830, Paris, Mercure de France, 1951, p. 175.

其中看不出夜晚的巴黎有什么与众不同的地方。真正与现代巴黎之夜的亲近仍有待时日。

到了波德莱尔这里，情况就完全发生了改变。在波德莱尔的诗中，夜晚非但不让白天的纷乱骚动得到平息，反而让其有加无已，变得更加肆无忌惮。城中的人开始激动起来，兴奋得不能自持，他们的欲望被闪烁的灯火点亮。每个人都在寻找要去的地方，不是为了得到休息，而是为了寻欢作乐。夜晚不再表示工作时间的完结，不再有它承诺的休息和温馨。通明的灯火照亮全城，让夜晚不再是夜晚。摇曳的灯光下呈现出来的景物变幻不定，全是从未见过的，以后也再见不到。形同白昼的夜晚让城市人变成"野兽"一般，急不可耐地尽情宣泄心中的欲望。在这样一个时候，密谋者聚在一起策划阴谋，小偷感到正可以趁着城市的乱象浑水摸鱼，男人们准备好了要大干一场，女人们准备好了要谈情说爱。当别人都迷失在夜晚城市的深渊中不能自拔之际，诗人不惧危险，孤独而勇敢地进行穿街越巷的考察，并且像炼金术士一样用文字对这个世界重新进行组合，创造出他诗歌中的世界。

《晨曦》为我们呈现了城市在黎明到来之际的情状。如果说《暮霭》中写的是城市人苦于在夜晚不能够得到休息和安睡，那《晨曦》则刚好与之相反，写城市人难以在黎明到来时从困睡中苏醒过来。通过比较乡村的黎明和城市的黎明，我们可以更清楚地看到巴黎在黎明之际所具有的特点。

在乡下，黑夜散发着平和的气息，到了黎明时分，草木中结满晶莹清凉的露珠，兔子等小动物蹦蹦跳跳出没其间。日出的霞辉和声声鸡鸣伴着人们晨起。新的一天在祥和的氛围中开始。生火，取水，赶牲口，下地锄禾和种庄稼，看似繁忙的事情全都按部就班，一切都显得井井有条。经过夜晚的净化，原野变得清爽澄明，土地变得更加肥沃，美丽的景色让人全然不能够生出任何与邪恶沾边的想法。葱郁的景色和清新的空气让黎明的到来格外打动人心。

而在城市中却恰恰相反，夜晚并没有净化之功，它没有奉献出一个清朗的黎明，却反而是黎明需要涤除夜晚的污秽，涤除那些未曾满足的心照不宣的梦想和欲望。经过一整夜在快活、罪恶和劳累中的折腾，迎接黎明到来时的城市已是筋疲力尽。晨起的人千方百计想要摆脱夜晚的胡闹和由此带来的隐隐的不安。来到街上，还可以看到夜晚生活的见证者——那些劳累了一夜的可笑之人。这主要是那些最放荡无行的人，夜晚的生活增添了他们脸上的皱纹，也增添了他们思想的苦涩。他们在黎明中拖着沉重的脚步,想要回到家里,在大白天忘掉夜晚的所作所为。他们是否是通过"蠢模蠢样的睡眠"来达到忘记的目的呢?《晨曦》的以下诗句似乎对这种阐释作了暗示:

> 欢场女子眼圈乌黑,张着大嘴,
> 蠢模蠢样,倒在床上呼呼大睡。(第13—14行)
> 荒淫之徒力竭精疲,打道回府。(第24行)

这些劳累了一夜的人顺着墙根悄无声息地走过,像是从另外一个世界逃离出来的幽灵。他们带着城市的记忆,而充满他们记忆的全是城市夜晚发生的一桩桩千奇百怪的事件。

巴黎的黎明伴着安扎在城中心的军营传出的晨号声拉开了序幕。雄鸡的啼鸣本来是田园牧歌必不可少的点缀,而在城市中,那划破雾蒙蒙天空的声声鸣叫却是与垂死者上气不接下气的嘶哑喘息相呼应,仿佛是在宣告黎明之际的城市正从远处、从难以承受的凶险、从日复一日的残杀中沉重归来。就在城东方向快要映出第一道朝霞时,又有几个绝望者寻了短见,又有几个病人离开了人世,他们没有能够跨过这样一个生死关头。晨曦中的人哆哆嗦嗦,一副站立不稳的样子,一夜的劳累让他们流了太多的汗水,让他们空乏的身体疲惫不堪:"男人倦于写作,女人倦于情爱"(第11行)。夜晚向白天的过渡显得异常艰难,像是让"产妇"承受巨大痛苦的分娩,又像是"载着倔强而沉重的躯体"的灵魂所模仿的"灯光与日光的搏斗"(第6—7行)。在这个光影交接即将开始新一天生活的时刻,城市的机能却像是死了一般,城市的氛围却像是葬礼一般,没有人敢率先站出来将它重新启动。最初的脚步和最初的声响显得鬼鬼祟祟,像是在偷偷摸摸中进行。行人似乎不愿意挪动任何东西,甚至怕挪动自己的脚步;他感觉自己仿佛是在一个本不该出门的时刻却不合时宜地走到了街上。弥漫的雾气像裹尸布一样包裹着城市。星星点点的煤气灯在晨雾中印出一个个红色的晕斑,沿街发出的一闪一闪的光点让人联想到摇曳的守夜烛光。在诗歌中,光影效果、声音效果和整体氛围应和呼应,为"身披红衫绿衣"的晨曦的出场作了充分的铺垫。全诗最后一节的四行诗句用拟人手法塑造出巴黎的寓托形象——一位困不欲醒、揉擦着惺忪睡眼的辛勤老汉。我们可以在这个形象身上看到城市人的自信和卑屈。这几句诗以近乎于外科手术般的犀利,透过巴黎生活的表皮而深入到其深层的血肉之中获取一个切片,将城市中这个"古怪而迷蒙"时刻的实质展现得淋漓尽致。

三、从现成事实到诗歌形象:卖淫猖獗的城市

卖淫的形象也是可以让我们走进城市诗歌的一条途径。这一形象不仅包含着城市景观的某些重要方面,而且也可以让我们看到从粗陋的现成事实到艺术的诗歌形象的演化过程。

"卖淫"一词除了肉体出卖的字面意义外,也喻指社会中那些水性杨花、轻浮浅薄、唯利是图的现象,这表现在政治、社交和艺术活动等诸多领域,其表现形式便是不惜以欺诈手段投人所好,为博取欢心而极尽恭维谄媚之能事。巴尔扎克在《法拉格斯》中把巴黎称作"这个伟大的交际花"。圣西门主义者米歇尔·舍瓦利耶(Michel Chevalier)也有类似的说法,他在一封私人信件中对巴黎的说辞显示了《圣经》对他的影响:"这个巴别塔一样的乱七八糟之地,这个巴比伦,这个尼尼微,这个《启示录》中的巨大怪兽,这个涂脂抹粉、满身疮斑、破皮烂肉、行为不轨的娼妇,(……)这个婊子。"① 对诗人雷塞吉耶来说,巴黎有一种让人看不明白、说不清楚的暧昧之美,它变来换去,可以是"王后,女奴,娼妇"②。埃斯基洛(Alphonse Esquiros)在1833年4月创作的诗歌《索多玛》(Sodome)中描写了一位背弃贞操的荡妇,整天在"如同古代酒神巴克斯的女祭司般疯魔"的城市中东游西荡。这首诗的结尾部分呈现出来的城市像是发情一样,如同"下流的女王和女神"般"欲火中烧"③。

《巴黎图画》体现了诗人的一个挥之不去的顽念,那就是把巴黎这座城市始终与情欲和交欢的意象联系在一起。在《太阳》中,城郊的房子拉下百叶窗,"遮掩着不可告人的淫行猥情"(第2行)。在《暮霭》中,日尽夜来之际也是追情逐爱的开始。城市变成了为寻欢作乐而准备的一张大床:

(……)天空

---

① 米歇尔·舍瓦利耶1833年1月3日致弗拉沙(Flachat)信,转引自 H. R. d'Allemagne, *Les Saint-simoniens 1827-1837*, Paris, Gründ, 1930, p. 336.

② Jules de Rességuier, *Paris*, in *Les Prismes poétiques*, Paris, Allardin, 1838, p. 12.

③ Alphose Esquiros, *Sodome*, in *Les Hirondelles*, Paris, Renduel, 1834, p. 235.

像一间大卧房把门慢慢关上,
急不可耐的人变成野兽一样。(第 2—4 行)

"卧室"的形象也见于诗人其他作品的字里行间,例如在同样题为《暮霭》的散文诗中,诗人把暮霭说成是"一只看不见的手从东方深处拉起的沉重帷幕"①。在《现代生活的画家》中,夜晚来临被说成是"古怪而可疑的时刻,天空拉起帷幕,城市亮起灯火"②。《雾和雨》给我们一个暗示,那就是对习惯了痛苦的诗人来说,没有什么东西比冬夜的苍苍幽暗更加温馨:

——除非趁无月的夜晚耳鬓厮磨,
在一夜风流的床上忘却痛苦。(第 13—14 行)

卖淫在波德莱尔诗中所占的位置并非无足轻重。蒂博岱在《内在》一书中特别强调了这点,指出波德莱尔的诗歌"围着某种情爱形式打转,这种情爱形式究其根本是属于大城市的大街的,说得干脆点,就是卖淫"③。《小老太婆》中的那些小老太婆很可能就是过去名噪一时的交际花。《赌博》中在赌场里为赌徒助兴的是一些"老娼妓"。就连天真无邪的女乞丐也被表现成情欲的对象。波德莱尔笔下那位街头小歌女与德尔沃(Alfred Delvau)在《巴黎的底细》(*Les Dessous de Paris*)一书中描述的那些站街女有诸多相像之处:

> 看着她们在柏油路上转悠真乃赏心乐事:裙子在一边随随便便地撩在齐膝的地方,露出来的小腿在太阳下面显得溜光溜光的,像阿拉伯马的腿一样细巧而矫健,一抖一抖的急切动作实在可爱极了,脚上穿的半筒靴精美考究,无懈可击!没有人关心这双腿是不是道德(……),想要做的,就是她去哪里便跟她去哪里。④

除了充满情欲的笔调上的相似外,就连有些细节都是一致的,例如"半筒靴"(le brodequin)这个词就出现在《致一位红发女乞丐》一诗最初的多个版本中。直到在 1861 年的《恶之花》第二版中才换成了"厚底靴"(le cothurne)。每当

---

① 《全集》,第一卷,第 312 页。
② 《全集》,第二卷,第 693 页。
③ Thibaudet, *Intérieur*, op. cit., p. 30.
④ Alfred Delvau, *Les Dessous de Paris*, Paris, Poulet-Malassis, 1860, pp. 143-144.

夜晚来临,"卖淫"便会四下出动,进袭全城:

> 透过被晚风吹打的昏晦微光,
> 卖淫业在大街小巷点亮灯火;
> 像蚂蚁四面八方钻出蚂蚁窝;
> 开辟出隐秘的道路四通八达,
> 就像敌军搞突然袭击的诡诈;
> 蠢动在污泥浊水的城市深处,
> 像虫子般从人身上窃取食物。
>
> 　　　　　　(《暮霭》,第 14—20 行)

当夜尽天明,新的一天重返城市之际,黎明的气氛中仍然带着卖淫的痕迹:"欢场女子"张着大嘴,蠢模蠢样地"倒在床上呼呼大睡",而那些打道回府的"荒淫之徒"也被一夜的劳累搞得"力竭精疲",而且:

> 这时,邪恶的梦像群蜂乱舞般
> 让棕发少年在枕上反侧辗转。
>
> 　　　　　　(《晨曦》,第 3—4 行)

在《跋诗》的一份草稿中,诗人列举了他在巴黎这座城市看到的景象,其中的"妓院""大婊子""交际花"等字眼甚至都采用了词语的本义,不是浪漫主义时代的作者习惯采用的那种《圣经》式的隐喻或转喻意义[①]。

在波德莱尔的诗歌中,"卖淫"有时候并不只是局限于妓女。在这种情况,这个词既不是取浪漫主义式的意义,也不是取其本义,而是诗人赋予它的意义,可以说是一种波德莱尔式的特殊意义。例如在"灵魂的神圣卖淫"这样的表述中,波德莱尔用"卖淫"这个词来表示自己与城市大众的关系。在他眼中,任何把自己的秘密呈献给路人的举动,无论是有意的还是无意的,都是"卖淫"。巴黎就是这样一个"幽灵在光天化日下勾引行人"的城市。散文诗《比斯杜利小姐》中那位缠着诗人喋喋不休的女主人公就是在巴黎的大街上天天都可以见到的那些"卖淫"的幽灵之一。波德莱尔对自己与人群的关系有着完全

---

① 见《跋诗》,《全集》,第一卷,第 191 页。

自觉的意识,他乐于"与人群结为一体"①。这就意味着光从外面看是不够的,还必须深入到其中。波德莱尔的诗歌总是与种种生活方式密不可分,也就是说,无论在精神层面还是在生活层面,他所理解的"卖淫"既是一种自我的丧失,也是一种自我的拯救。

波德莱尔在诗歌中表现卖淫,不仅仅是为了展示社会中的一个病态问题,也不仅仅是为了在《圣经》式的意义上进行一种道德判断,而是把与资本主义时代城市生活相关的整个经验以诗歌手段呈现出来。在金钱和资本的作用下,巴黎无论在本义上还是在转义上都沦为了卖淫的狂欢场。娼妓的卖淫不过是整个资本主义社会中"劳动堕落"而步入货币化和商品化后的"普遍性卖淫"的一个缩影,是资本主义城市生活的一个表征。卖淫的娼妓兼具商品与人的性质,通过出卖性行为而博取金钱上的成功。而"普遍性的卖淫"与此具有相同的逻辑,通过出卖人格、情感、才能和活动而在社会上站稳脚跟,仿佛这一切已经成了个人社会性格发展的必要一环。在这样的氛围和背景下,波德莱尔巴黎诗歌中的娼妓意象就有了意味深长的蕴涵。

本义上的卖淫活动的猖獗,是伴随着资本主义大城市的出现而出现的一个突出社会现象。卖淫在大城市里找到其最好的市场。卖淫女的大量出现,既是贫困的产物,又是城市中道德瓦解、群体性淫乱、对消费生活的向往等催生的结果。随着19世纪城市人口的"爆炸",这一现象更变得尤为惊人。城市的大街比以往任何时候都适宜于让卖淫女游来荡去,向路人卖弄风姿。19世纪初,卖淫女主要活动在巴黎中心的"王宫"(le Palais-Royal)一带,光那里就常住了近千名妓女。随着时间的推移,卖淫活动蔓延到首都的各个角落。到了19世纪中期,巴黎从事卖淫业的人数从18世纪末的3万人增加到了5万人②(这其中的绝大多数都是没有进行正式登记的"流莺",而正式登记的数量还不到十分之一)。到了晚上,城中凡有闲游者出现之处就必有妓女出现。在圣奥诺雷街(la rue Saint-Honoré)及其相邻街道,在蒙马特尔地区,在城郊一带,到处都可以看到她们成群结队出没的身影。有些在路边站成一排,像是出

---

① 《现代生活的画家》,《全集》,第二卷,第691页。
② 参见:(1)维尔纳·桑巴特:《奢侈与资本主义》,王燕平、侯小河译,上海人民出版社,2000年,第67页;(2)费力普·李·拉尔夫等著:《世界文明通史》(下),赵丰等译,商务印书馆,1999年,第277页。

租马车在等待客人,有些则不知疲倦地东游西转,想凭运气碰到主顾。德尔沃就此写道:"她们不是女人——她们就是黑夜。"①

卖淫女的大胆放肆让她们所从事的这个行当往往具有令人惊奇震愕的特点。她们主动上前勾搭,娇媚地说一些甜言蜜语,挑逗诱劝,以身相许,一缠上客人就黏住不放,直把客人弄得服服帖帖、百依百顺。她们敢做出暧昧下流的动作,直指要害而去,全然没有居家女人应该有的矜持审慎,也不像有些女子那样面对男人的勾搭采取半推半就的态度。埃斯基洛在《路灯下的巴黎》(*Paris aux réverbères*)一诗中带着几分厌恶的笔调,描写了一位妓女上前跟诗人搭讪的情景:

> 身后冲我传来娇滴滴的笑声,
> 一只裸臂在夜色中将我碰蹭,
> 一个女人过来,我哪里敢碰她,
> 她贱得还不如我脚下的泥巴,
> 乳房鼓胀饱满,脸上堆着淫笑,
> 对我说:"宝贝,来睡觉!"②

为了对卖淫业加以规范和管理,巴黎警察局于 1830 年 4 月 14 日颁布了由警察局局长克洛德·芒冉(Jean-Henri Claude Mangin)签署的一项法令,对卖淫女以何种方式出现在大街上作了规定。透过这项法令,我们可以看到当时卖淫业的普遍状况。现将该法令摘录如下:

第一条:(……)同时也禁止她们在任何时候以任何理由出现在拱廊街、公园和主干街道。第二条:妓女只能够在妓院内从事卖淫活动,只能够在点亮路灯后前往该场所,且务必直接前往,衣着要朴素而得体。(……)第四条:妓女不能够在一个晚上离开一家妓院再到另外一家妓院。第五条:不住在妓院的妓女务必在离开妓院后于夜里 11 点以前回到自己的住处。(……)第七条:妓院可以用一个灯笼作标志,并且在最初一段时间可以有一位年长的女性站在门口。(……)第十三条:任何已婚妇女或

---

① Alfred Delvau, *op. cit.*, p. 142.
② Alphonse Esquiros, *Paris aux réverbères*, in *Les Hirondelles*, *op. cit.*, p. 105.

成年未婚女子只要有固定住处，居住环境良好且至少有两个房间，在征得房东和主要承租人同意（已婚妇女还需征得丈夫同意）的条件下（……），可以成为妓院老板娘，并获得许可执照（……）。①

　　该法令中甚至还有对未成年女子从事卖淫的相关规定。我们很容易通过这项法令的内容想象出当时卖淫活动的"盛况"。

　　大规模的城市整治在为巴黎开辟出大路新街的同时，也在城中遍设路灯，这让那些站街的女子有了一个更好的舞台。妓女的形象常常是与路灯联系在一起的：

　　　　路灯以姑娘的姿态翘首以待。②

　　从战略意义上说，也就是对警察局和对公共安全来说，路灯的作用大有益处，其在消除大街黑暗的同时，也赶跑了犯罪，有助于大街上的良好风化。然而吊诡的是，这同时似乎又让卖淫活动得到加强。路灯为卖春女子提供的支持，一是身体上的，可以让她轻松地倚靠在灯杆上，不至于因为站得太久而过于劳累；一是商业上的，能够为她的活动提供方便，因为对她所从事的非法买卖来说，煤气灯发出的朦胧光晕可以模糊她的身影，好让她进行这种秘密交易，或者有时候她会突然出现在一束强烈的白光中，显出浓妆艳抹的脸，像是从半明半暗中冒出来的幽灵一样勾引路人，又或者在警察到来时，她又可以马上隐身在周围的黑暗之中。路灯增强了光阴对比的效果，也增强了显露和躲藏的作用。光线和黑暗的这种交替作用值得注意，可以帮助我们看到在城市空间中妓女从室内涌向大街的这种显身方式上的变化。

　　随着煤气灯被广泛引入到城市照明中，法语中表示"点火""点灯""照亮"等意思的动词"allumer"也产生出转义，表示"吸引""引起注意"的意思。例如在商业和广告用语中，"allumer le client"字面意义是"照亮客人""为客人掌灯"，其暗含的意思是"吸引客人""招徕顾客"。巴尔扎克的作品中已经出现了

---

　　① 转引自 F. F. A. Béraud, *Les Filles publiques de Paris et la police qui les régit*, Paris-Leipzig, Desforges, 1839, II, pp. 133-135, 156.

　　② Jules Romains, *Les Rues*, in *Puissances de Paris* (1911), NRF, 1919, p. 9.

这种用法的例证。① 由于火和热量常常跟欲望联系在一起,因而这个词不久后又引申出跟情欲有关的"挑逗""撩拨""激起欲望"的意思。如果说乔治·桑在 1855 年使用"allumeuse de réverbères"(点路灯的女人)时还只是取其字面意义,那有证据显示,到 1880 年时这一说法有了"引诱男人的女子""卖弄风骚的女人"的意思,是称呼"妓女"的黑话,而在日常用语中这种用法可能早就出现了。语义上的这种滑移渐变没有什么好让人吃惊之处,它只不过显示语言学和文学想象是如何体现 19 世纪城市景观的变化的。从粗糙的现成事实到文字形象或诗歌形象之间只有一步之遥。当波德莱尔以一种游走于现实主义和寓意之间的笔触描写巴黎的黄昏,写出"卖淫业在大街小巷点亮灯火"这样的诗句时,他已经完全参与到了从现实过渡到富有寓意的诗歌寓托形象的运动过程中。

在发达资本主义时期,妓女成了一个让城市摆脱不掉的角色,可以与一切决定资本主义世界特点的因素等量齐观。她表征着资本主义社会的外在特点,也体现着资本主义社会的内在逻辑。在"群体淫乱"②空前加剧的第二帝国时代,女性在公共生活中被商品化是一个特别显眼的主题。卖淫与资本主义生产条件下的工作方式有着性质相同的地方,而妓女本身也成了名副其实的商品。在这方面,我们尤其要强调视觉在性挑逗中的首要作用:女人成了一种景观,浓烈的化妆打扮再加上强烈的灯光效果,不仅吸引目光,更促成了卖淫关系中的戏剧化效果,把性的交换装扮成了商品的展览场一般。这与资本主义的生产方式和商品买卖形式有着惊人的相似。而在妓女们的行话中,"工作"(le travail)一词也确实是她们用来表示自己所从事活动的代名词。工人们也把他们妻女的卖淫叫做"额外的工作钟点"③。今天的社会中也有"性工

---

① 巴尔扎克的《纽沁根银行》中出现有这样的话:"当店里面堆满货品,要紧的是把它们卖出去。要卖得好,就必须招徕顾客,这就有了中世纪时店门口的招牌和今天的广告单。"(H. de Balzac, *La Maison Nucingen*, Bruxelles, Meline, Cans et Compagnie, 1838, p. 138.)这段文字中的"招徕顾客"一语在法语原文中是"allumer le chaland"。法语著名辞书《法语宝典》(*Trésor de la Langue française*)在"allumer"词条中也援引了巴尔扎克的这个例子。

② 语出爱德华·傅克斯所著《欧洲风化史》:"在第二帝国时代,群体淫乱的再度加剧是当时众所周知的事实。每一个现在即使是粗浅地从事过这一时代研究的人,都会在文学和艺术方面不断发现新的证据。这一事实因此是很少有争论的。"(赵永穆等译,辽宁人民出版社,2000 年,第 354 页)

③ 见 Karl Marx, *Der historische Materialismus*, Leipzig, Landshut et Mayer, 1932, p. 318.

作者"的说法。本雅明注意到了卖淫与工作的相近之处,并就此写道:

> 工作越是接近于卖淫,那么把卖淫当成工作并且向卖淫看齐就越显得诱人(……)。在发生失业的情况下,工作和卖淫更是以巨人的步伐彼此走近;所谓"keep smiling"(英语:"保持微笑"——译注),就是在职场中用了情色欢场中妓女用微笑取悦客人的那种行事态度。①

从下层阶级的窑子到上层阶级的歌舞厅,"群体淫乱"让卖淫与其他活动的界限变得越来越模糊,并逐渐与"情妇"这个职业混同起来。大部分资产阶级评论者认为,卖淫或与男人私通是女人可用以补充收入的两个基本选择。卖淫就跟造成这种现象的贫困一样,既普遍又令人不悦。对家庭处于困境的妇女来说,出于绝望与纯粹的饥饿,卖淫通常是她们唯一的选择。同样是为了"维持生活",但相较于卖淫,与有资力之人维持稳定的私通关系似乎更能够带来经济上的解放。有一位歌剧名伶就因为与豪斯曼男爵保持有公开而长期的婚外情,而在后者的保护下事业蒸蒸日上。在当时的社会风尚下,男人们也往往乐于公开夸耀自己拥有情妇,仿佛这是显示他的能力和富有的必不可少的标志。在咖啡馆与饭店、剧院与歌舞厅中,资产阶级与情妇多的是碰头的机会。就连来自外省的大学生拥有自己的情妇也是司空见惯的现象,由此还产生出了被称作"格里塞特"(grisette,本义"小织女,小裁缝,年轻缝纫女工")和"罗瑞特"(lorette,本义"住在罗瑞特圣母院街区的女子")的这样一些既非良女又非妓女的类型,她们靠照顾男子为生,以为他们提供愉悦而换取一些好处(如食物、礼品、钱财和娱乐等)。

到了19世纪末,卖淫的形式发生了改变。妓院的数量大为减少,从第二帝国时期注册的300多家减少到47家。但这丝毫改变不了妓女作为商品的社会身份。在"美好时代",卖淫越来越不再是主要属于下层阶级性质的事情,不再像以前那样是由于大量移民进入城市而导致的对女性的需要。卖淫活动的形式不再像以往那样简单直接,而是变得高雅考究,完美地与时代风气相顺应。妓女主要不是要满足普通百姓的发泄,而更多是为了满足资产阶级在家庭外拈花弄柳、窃玉偷香的癖好。伶俐的姑娘成了一件奢侈品,可以与巴黎的

---

① Walter Benjamin, *Le Livre des passages*, *op. cit.*, p. 376.

高档时装或香水相提并论。高档的卖淫在每个时代都存在，但从未像此时这样昭彰无忌、蔚为壮观。在一个具有严重阶层区隔的等级社会中，出卖色相在某种意义上是许多女性快速实现社会进阶的唯一有效的途径，其作用就像中世纪时的教会之于男人。被买或者被卖，这就是妓女融入资本主义社会并实现自己价值的方式。

妓女就像城市中的其他商品一样可以买卖，像那些放在橱窗中等待买主的产品一样等待客人。她们的眼睛像通明的店铺一样发出诱惑。波德莱尔在《你要把全宇宙纳入你的闺房》一诗中做了这种类比：

> 你的双眼通明似当街的店铺。①

据普拉隆回忆，这首诗是诗人在 1840 年代写给一位叫做"斜眼萨拉"的卖春女子的。诗中把妓女与店铺联系起来所做的这种类比，显示诗人凭着直觉对资产阶级社会逐渐商品化并成为卖淫欢场的事实已经有所预见。前面说的是妓女像商品，而如果把比喻关系颠倒过来，也可以说店铺的橱窗和橱窗中的商品也像妓女一样打扮得花枝招展，尽情施展魅力，期望把别家店的顾客统统勾引过来。不仅仅是妓女，也不仅仅是橱窗和商品，就连现代资本主义的整个城市都在向金钱和炫耀的力量行臣服礼，像资产阶级的游戏空间一样弥漫着卖淫的气息，表现出欢场女子身上所具有的诸如神秘诡异、见利忘义、纵情声色、异想天开等一系列特点。

在 19 世纪的城市文学中，作为欲望的符号和化身的妓女在众多作家的作品中都有表现，但在不同作家笔下，这一形象所体现的内涵又有所不同。欧仁·苏笔下的玛丽花（Fleur-de-Marie）和雨果笔下的芳汀（Fantine）被描写成贫困的产物，是男性欲望的受害者和城市罪恶的牺牲品；小仲马（Alexandre Dumas fils）笔下的"茶花女"玛格丽特（Marguerite）则是一个被浪漫化和理想化了的出入于上流社会的交际花形象；而出现在左拉笔下的妓女则往往是充满兽性的诱惑者和来自下层的可怕毁灭者，她们作为罪恶的化身，承载和体现着道德的堕落和社会的淫乱。波德莱尔与上述作家有所不同，他对待妓女和卖淫的态度既不是完全的同情和美化，也不是完全的憎恶和恐惧，虽然他在天

---

① 《全集》，第一卷，第 27 页。

性上完全可以同时对之既同情和美化,又憎恶和恐惧。他在这方面的态度也体现了他看待现代城市和现代世界的一般态度。也就是说,他从诗人和艺术创作者的角度出发,对他眼前的对象采取一种超越善恶判断的态度,在对象身上寻找比对象本身所能给予他的更多的东西,努力发掘其中包含着的隐秘的美、暧昧的美、矛盾的美。他对自己诗歌的职能有着自觉的意识,因而他为了追求他所理解的美而绝不会停留于对象表面上的别致画面。他的巴黎诗歌中的"卖淫"意象不简单只是现代城市的一个景观,而是用诗歌对城市生活的深层现实进行置换的结果,包含着城市生活最基本的构造、运行机制及其对于人的存在所具有的新的神秘影响力。

四、经验的重建:小老太婆身上的现代创痕

在阅读波德莱尔的巴黎诗歌时,有心的读者可以发现这些诗歌呈现出来的"图画"体现了在感受性方面发生的一些变化,而这些变化是肇端于现代生活的结果。在波德莱尔的时代,所谓现代的感受方式跟城市密切相关,而波德莱尔正因为深深懂得了这点而成为真正的现代诗人。

19世纪中期巴黎贫民乞丐的样子已经与莫里哀《唐璜》(*Dom Juan*)中的贫民乞丐大有不同。我们看到,在19世纪贫民乞丐的目光中,除了带有一贯以来的那种基督徒式的谦卑之感外,还流露出种种谴责,而这些谴责有时候甚至还十分强烈。《巴黎图画》中的好几个篇什都写到了这种目光。在这些诗中,眼睛虽然还是被称做"眼睛",但却已经丧失了"看"的能力,也没有了因美丽而迷人的魅力。在《七个老头》中,那位穷老头的眼中射出"凶光","目光冷若冰霜","仿佛他的眸子 / 在胆汁里浸过"(第16—18行)。在《盲人》中,盲人的眼睛已经失去了"神圣的闪光",把昏昧的眼球"不知投向何处"(第4—5行)。在《致一位女路人》中,那位美丽女人的眼睛被比喻成"孕育着风暴的灰暗的天空",散发出夺人性命的"柔情"和"快乐"(第7—8行)。在《赌博》中,"老娼妓"含黛双眉下的眼睛也有一种致人死命的"魅惑"(第2行),透过这种"魅惑"可以隐约感觉到波德莱尔在另外一首诗中就妓女眼睛所写的那种"借来的威风"①。《死神舞》中那位骷髅舞女的眼睛像"深渊"一样"充满恐怖思想""令人眩晕"(第37—38行)。《小老太婆》中对眼睛的描写颇具代表性：

> (……)眼睛如锥子般锐利,
> 似坑中的积水在夜色中闪耀;
> 那一对眼睛像小姑娘般神奇,
> 看见闪亮的东西就惊奇发笑。(第17—20行)

在此处所引这几行诗的法语原文如下：

> [...] ils ont des yeux perçants comme une vrille,
> Luisants comme ces trous où l'eau dort dans la nuit;
> Ils ont les yeux divins de la petite fille
> Qui s'étonne et qui rit à tout ce qui reluit.

在原文中,诗人对元音"i"的处理十分巧妙。每一行的韵脚中都有"i"这个字母(vrille, nuit, fille, reluit),而且每一行的第一个词也有这个字母(ils, Luisant, Ils, Qui),再加上行文中的其他"i",这在声音效果上前后呼应,形成了极富感染力的谐音和叠韵效果。而这带来的视觉效果也极富冲击力。在视觉形象上,这些"i"就像诗中提到的"小姑娘"的眼睛一样发出闪闪烁烁的晶亮光芒。人虽然已经老朽,成了"人类的残渣",但那双眼睛却没有老去,仍然显示着垂暮者心中青春年少的不老愿望。这是小老太婆身体上唯一幸免于残毁的东西。同时,这双眼睛充满危险、让人悲伤,其闪烁的光芒又像是发自"锥子"或冷兵器的锐利尖锋。而且这也是悔恨之泪的闪光：

> ——这些眼睛是深井将泪水贮藏,
> 是闪烁着已冷却金属的坩埚……
> 这神秘眼睛的魅力不可阻挡,
> 对由严酷厄运哺育的人来说!(第33—36行)

稍后,诗人又把猛禽的凶猛目光赋予了小老太婆：

---

① 见《你要把全宇宙纳入你的闺房》："目光蛮横有一种借来的威风,/ 对顾盼之真美却又从来不懂。"(《全集》,第一卷,第28页)

　　　　她有时睁开眼像年迈的苍鹰。(第59行)

　　这些老妇的眼睛是一扇窗口,通过这扇窗口,我们可以看到世界的凶恶和可怕。我们也可以从中看到穷人的眼睛中常有的那种不满和反抗的微光。这种眼光中带有对将他们置于窘境的社会的质疑。无论波德莱尔诗歌中这些穷苦人的眼睛里传出来的是外部世界的反光还是内在世界的投射,我们首先看到的是在城市人和城市生活中特有的暴戾经验。

　　诗歌中赋予小老太婆目光的形象似乎也反映出了诗人自己目光的形象。那波德莱尔自己的相貌特征又是怎样的呢?从纳达尔、卡尔加(Carjat)和内伊(Neyt)所拍摄的波德莱尔肖像照片上看,诗人高凸的眉骨下一对眼睛炯炯有神,像小老太婆的眼睛一样"如锥子般锐利",带着苦涩和绝望,也带着嘲讽和高傲,有一种摄人心魄的穿透力。这对眼睛正如诗人在《热爱假象》中所写的那样:"双眸似肖像中那般令人着迷"(第8行)。这对眼睛与波德莱尔瘦削、刚毅、棱角分明、线条迟涩的面孔配合得天衣无缝。这种肖像般的眼睛和面部特征一方面是相由心生的结果,另一方面也许是波德莱尔刻意塑造的结果。他像创作一幅绘画一样创造自己的表情和形象,因为他深深懂得,一幅好的绘画必须是对个人特点的完美重建。因而他在创作诗歌的同时也在塑造着自身的形象,而他在诗歌中描绘别人目光的形象时也不可避免地融进他自己目光的形象。作品成为诗人自身经验的应和。与其说诗人在作品中是在描写真实,不如说他是在重建经验,这对他来说才是最紧要的。这位"诗人—画家"在描绘别人的肖像时,不可能不把自己的形象也印入到其中,不可能不把置换他自己对于世界和生活的经验的图画也嵌入到其中。

　　诗人把这些形容毁损、弯腰驼背的小老太婆描写成已经变成"干瘪的影子"的"怪物"(monstres)。然而在这些"怪物"身上却有着体现波德莱尔所说的"现代英雄主义"的东西,"它们"从人群中脱离出来,带着全然与现在无关的往昔回忆,以跌跌撞撞的步伐不知走向何处。诗中第3—4节详细描写了这些小老太婆的步态,而原文中用作主语的代词并不是表示阴性复数第三人称的"elles"(她们),而是用了表示阳性或中性复数第三人称的"ils"(他们,它们),这就意味着这个代词在上下文的关系中并不直接指代"小老太婆",而是指代她们已经变成的"怪物":

> 它们佝身前行,任凭北风抽打,
> 在马车的轰鸣声中瑟瑟栗颤,
> 随身的小包绣着字或绣着花,
> 像圣物一般紧紧地夹在腰间;
>
> 它们迈着碎步,俨然木偶一样;
> 又像受伤动物,步履艰难相随,
> 身不由己地跳跃,可怜小铃铛,
> 无情的恶魔吊在里面!(……)(第9—16行)

在接下来的第5节中,用作主语的代词"ils"又出现了3次,这就意味着这个代词在短短的3个诗节中(第3—5节)密集地出现了5次,给人带来强烈的印象。用这个代词做主语显然是出于诗人的匠心独运,以表示这些"曾经是女人"的小老太婆现在已经变成了没有性别的长着丑八怪模样的生物。所引诗句中表示小老太婆动作的词语可以分成两组:一组是"佝身前行"(《 rampent 》)和"步履艰难"(《 se traînent 》),表示这些生物虽然还在迈着脚步,但已经筋疲力尽、虚弱不堪;一组是"迈着碎步"(《 trottent 》)和"跳跃"(《 dansent 》),表示这些生物像一台破机器一样,不由自主地摇晃颤动,动作极不协调。这些小老太婆就跟《七个老头》中的那些老头一样,在身体外表上有城市形貌的影子,这既是模仿"古老首都弯弯曲曲的皱褶"(第1行)的结果,也是城市生活机制塑造的结果。

对这些老妇人外表的描写真可以激怒那些自诩为对法兰西语言有着良好趣味的人士。呈现在我们眼前的是一些濒临散架的"丑八怪"的"不协调的肢体"(第30行),这些怪物"弯腰驼背,/身体扭曲"(第6—7行),像木偶般一路颤颤巍巍地走着。最惊人的是在第四节和第五节之间进行跨行(l'enjambement)处理的那个诗句:

> (……)它们被
>
> 折断了腰,(……)。(第16—17行)

诗人在此处采用这种在诗律上看似不甚规范的处理手法,绝不只是为了要激怒那些有着传统趣味的人。这种处理妙就妙在让诗律形式和人物的身体都呈现出断裂之感,让人从中看到现代机器生产方式留下的暴力痕迹。

在《七个老头》中,诗人运用了更多细节对老头的外貌进行有力的刻画,而这在波德莱尔的作品中并不多见。诗人显然是想让我们真切地看清楚这个不知从何处冒出来又不知要去向何处的老头的身体外形。通过将具体而精确的现实主义笔法运用于一个奇幻的题材,这就让人物的外表不仅仅是对其充满仇恨的内心的暗示,更是对这种内心状况活脱脱的显示。在表现饱受城市摧残的老头身上带有的愤怒和攻击性的同时,诗人还精细地描写了老头的佝偻身形,并且还采用断裂的诗句,将老头的毁损形象模拟得惟妙惟肖:

> 他腰不是弯,而是已折断,脊梁
> 和大腿形成一个完美的直角,
> 他倚扶的木棍补足他的形象,
> 让举止和笨拙步伐像是仿效
>
> 残废的四足兽或三足犹太人。
> （《七个老头》,第 21—25 行）

正如于贝尔指出的那样,这种形成直角的身体"更像是物质世界的特点,而不像是人的特点"①。老头和小老太婆一样,是现代大城市的神秘产物,带着他们置身其间的世界留下的创痕。我们不能不生出这样的感想:诗人对老人形象近乎滑稽的描写显然不仅仅是为了满足个人化的谐谑美学趣味,不仅仅是为了呈现人物身体的毁损,他还力图通过这些描写呈现出现代世界的特征,让人看到人的肢体的扭曲、折断实际上是现代生活在他们身上留下的痕迹,而人物的这种具有清晰而简明角度的身体就好像是城市这台现代机器制造出来的产品,必须服从于城市格局中几何走向的逻辑,服从于其对于弯弯拐拐、棱角分明特点的规定。这使得被摧残的身体成为被摧残的命运的写照。

波德莱尔诗中的小老太婆的确属于生活在 19 世纪大城市中的人物:她们

---

① J.-D. Hubert, *L'Esthétique des « Fleurs du Mal »*, *essai sur l'ambiguité poétique*, Genève, Pierre Cailler, 1953, p. 103.

"在马车的轰鸣声中瑟瑟栗颤",有时也会独自坐在公园的角落欣赏鼓号齐鸣的军乐演奏。但更能够说明她们所具有的城市特点和现代特点的,应当是她们的处世方式,是她们承受窘困、隐忍痛苦的方式。生活在乡村的人和生活在城市的人,由于环境的不同,其对于不幸境遇的体会也有所不同。乡下的环境仍然受到大自然的庇护和滋润,人在遭到不幸时可以在身边的环境中找到种种倾泄自己的痛苦和报复的途径:独自到小桥边上伤怀,到树林中哭泣,把石头扔到水里,把草叶放在嘴里咀嚼或是狠狠地击打地上的野草,等等。这种天然的环境还保持着柔顺和宏阔的特点,其中的物质还没有硬化。相反,在城市中,不幸者却不能够以这样一些方式来宣泄自己的痛苦。他身边到处都是坚硬的墙壁和仄逼的空间,这让他最多就只能够以一己之身硬撑起痛苦的重负,其结果便是佝偻的身形,甚或断裂的脊梁、低垂的脑袋、毁损得支离破碎的肢体。若是在乡下,倾诉不幸和苦难的话语本可以化作石头扔到水里,而在城市中,这些话语变成的石头却会反弹回来,让脆弱的身体受伤更深,让人遭受的痛苦更甚。这时候只有用眼睛来诉说心中的悲伤、厌恶、悔恨和愤怒。得不到宣泄的痛苦于是就只能往内心回流,郁结成忧思仇怨的块垒。因而我们看到,波德莱尔笔下的小老太婆没有戚戚然地发出责备和抱怨,而是不声不响地走在巴黎的大街上,其身形举止并未完全失去某种"高贵"的东西,体现出一种"现代英雄主义":

> 她们这样走着,坚忍而无怨语,
> 在城市的熙攘杂乱之间穿行。(第 61—62 行)

发生在现代的这种斯多葛主义者式的坚毅隐忍,也隐约流露出当事人对于自己在生活中所犯过错的意识,这也是一种对于"恶"的意识。这些"坚忍而无怨言"的小老太婆是一些"心中流血的母亲、妓女或圣女,/ 她们在过去可都是远近闻名"(第 63—64 行),而现在她们却:

> 羞愧于活在世间,干瘪的影子,
> 战战兢兢,弯着腰(……)。(第 69—70 行)

她们遭受着来自于外部世界的笞挞,同时也遭受着她们自己的过错带来的痛苦。她们带着斯多葛主义者式的坚毅隐忍,走向善恶之主的上帝的惩罚:

明天你们在哪,八十高龄夏娃?

上帝可怕利爪抓住你们不放。(第83—84行)

诗人把这些老妇人视为自己的"同类"和"家人",在对她们表示的同情中带有几分尊敬之情,每晚都向她们做"庄严的告别"(第81—82行)。

老妇人身上的斯多葛主义也是诗人自己身上所具有的。斯多葛主义的坚毅隐忍在强度上与施加于受苦者的暴虐程度形成正比,也就是说,暴虐的程度越深,斯多葛主义的坚毅隐忍就表现得越强。有些诗节中的那种冷峻笔调就体现了诗人的斯多葛主义精神。魏尔伦就特别喜欢《小老太婆》中的以下这段,在这几节诗中,此前声情并茂地对老妇人的外貌进行描写的诗人突然笔锋一转,直接向已经惊讶得目瞪口呆的读者发言:

——你可注意到好多老妇的棺木,

几乎和小巧的童棺一样尺寸!

渊博的死神在这些棺中放入

一种趣味古怪而诱人的象征。

每当我瞥见一个虚弱的幽灵

当街穿行蚁穴般拥挤的巴黎,

我总会觉得这个脆弱的生命

正缓缓地向新生的摇篮走去;

一看见这许多不协调的肢体,

我就禁不住做几何学的思考,

工匠得多少次改变棺木样式,

才能合适地把这些躯体放好。(第21—32行)

在魏尔伦看来,波德莱尔在诗歌创作上的一个重大品质,就是"在表现最巨大激情和最剧烈痛苦时,也保持着高度冷静的情绪,这种冷静常常近乎于冷酷,有时像冰一般寒彻刺骨"[①]。他把波德莱尔的这种技巧称为"对鲁莽冷漠的运

---

① Verlaine, «Charles Baudelaire», *Œuvres en prose complètes*, éd. cit., p. 608.

用之妙"①,并且承认诗中对棺木样式和对死者身体尺寸所作的几何学思考"相当谐谑,相当咄咄逼人,相当残酷——相当卓越"②。

诗中的"几何学的思考"显示了诗人对生死交关的重大题材所进行的不为情动的冷静处理。在浪漫主义时期,以戈蒂耶为代表的一些诗人发现了跟死亡和怪诞有关的事物所包含的魅力,这些人对死亡题材的迷恋,以及他们在抒情诗中表现这一题材时的那种冷静刻画而又不无谐谑的处理方式,在波德莱尔的创作中也留下了一些影响痕迹。波德莱尔在进行"几何学的思考"时很有可能就想到了戈蒂耶《冥间戏剧》中的以下诗句:

> 长度五尺,宽度两尺。尺寸量得
> 分毫不差;
>
> (……)
>
> 头发从棺木的缝隙中钻出来。③

这种冷静可以让诗人更加专注于描绘之美,不在任何残酷的细节前却步。

普鲁斯特对《小老太婆》喜爱有加。这首诗在普鲁斯特论述波德莱尔的文字中占有显著的位子。他在《圣-伯甫与波德莱尔》(《 Sainte-Beuve et Baudelaire 》)一文中,引用了整整八个诗节;在《谈波德莱尔》(《 À propos de Baudelaire 》)一文中,凭记忆引用了不少诗句。普鲁斯特特别欣赏波德莱尔在这首诗中通过语言重建痛苦经验,使之成为具有永恒价值的艺术形象的本领。伟大的诗人,在深切的感受背后,更要有独特的语言运用来支持。真切的表达使真切的感受成为艺术,即普鲁斯特所谓"感受性服从于表达的真谛"④。在《圣-伯甫与波德莱尔》中,普鲁斯特特别强调,《小老太婆》的作者"借助词语异乎寻常、闻所未闻的力量(比雨果的词语更有力一百倍),使一种感受成为永

---

① Verlaine, « Charles Baudelaire », *Œuvres en prose complètes*, éd. cit., p. 610.
② Ibid.
③ Théophile Gautier, *Poésies complètes, Albertus, La Comédie de la Mort, Poésies diverses, Poésies nouvelles*, op. cit., pp. 134, 141.
④ Proust, *Contre Sainte-Beuve*, op. cit., p. 173.

恒,而当他在言说这种感受时,则极力摆脱这种感受,与其说他是在表达,不如说他是在描绘"①。他跟魏尔伦一样,也注意到了这首诗中有一种刻意的冷静,而这种冷静有时甚至体现为用词上的冷酷无情。他引用了一些诗句作为例证,其中就有关于"几何学的思考"的一段。他认为这些诗句中既冷酷得残忍又带有谐谑和调侃的语气,是诗人为达到不直接表露其感性认同和保持其作为创作者的艺术距离感之目的而采取的艺术手段。普鲁斯特就此写道:

> 说到残忍,他在诗中是这样的,残忍中带有无限的敏感,在他的冷酷中尤让人感到惊讶的是,他所嘲笑并冷峻表现的这诸多苦难,他自己却对之有剜肉抽筋的至深体验。在像《小老太婆》这样一首卓越的诗中,老妇们的苦难肯定是无一遗漏(……)。他在她们身体中,他随她们的神经悸动,他随她们的虚弱抖瑟(……)。我坚信,他眼之所见的景象其实令他深感沉痛,但他却把这些景象转换成如此强有力的图画,在其中,没有任何伤感的表达,唯有心智谐谑并爱好色彩以及心肠强硬之人才能对之爱不释手。写这些老妇人的诗,譬如"人间的残渣,走向永生的熟果"一句,高贵难得,为具有伟大心智和胸襟者所乐于引用。(……)在他给予某些情感的高贵表达中,他似乎是在描绘它们的外部形状,而并不为悲喜之情所动。②

普鲁斯特认为,"感受性服从于表达的真谛"是波德莱尔的创作秘诀,这其实也是天才的标志,是超越了个人悲悯之情的艺术力量之所在。

表达上的残忍和冷峻是诗人到达其艺术目的的手段,这并不意味着诗人对苦难者的残忍和冷漠。相反,诗人对一切苦难者深切的同情,因冷静的观照和表达上的距离感而得以强化,成为艺术,不至流于肤浅的感伤和说教。通过谐谑而近乎无情的语气,诗人为他的同情心赋予了一种更隐蔽、更深刻的形式。普鲁斯特在《谈波德莱尔》中,就特别讲到《小老太婆》中这种通过谐谑语气表达的同情之心:

> 众多美丽诗篇中的这一首,给人以残忍的痛苦印象。虽然一般说来

---

① Proust, *Contre Sainte-Beuve*, *op. cit.*, p. 174.
② Ibid., pp. 170-173.

一个人可以理解苦难而不必一定心地善良,但我并不认为波德莱尔对这些不幸的人表示带有谐谑语气的同情时,真的对她们表现得残忍。他只是不愿让人看见他的恻隐之心,他满足于发掘这样一个场景的特质,以使某些诗句显现出一种残酷而恶毒的美。①

"残酷而恶毒的美"一语道出了波德莱尔审美类型的特征和他似乎充满矛盾的审美趣味。在波德莱尔那里,人间的真情是从有感于人世的苦难开始的。他的诗表现生与死的极端悲情,而在其表现形式上则又不流于放纵,有如信徒告解般深怀激情而又不失端庄和恭谨。普鲁斯特认为,波德莱尔关于小老太婆的文字是"法兰西语言所能写出的最硬朗的诗句"②。这些诗句崇高而又谐谑,怜悯中带有冷嘲,放浪中深怀虔敬,如此有力、如此刚劲、如此美丽,以至于诗人不考虑如何去缓和他的话语才不会伤害这些虚弱的垂垂老者。"这个邪恶而虔信的善人,这个钻牛角尖的良心论者,这个跪拜在地上而又面带讥讽之色的该诅咒的波德莱尔"③,普鲁斯特不由得发出这样的感叹。这位以谐谑语气说出最残忍的讥讽字词的诗人,比那些以俯就的姿态施舍所谓"人道主义"的人具有更多的和更深刻的慈悲心。

艺术距离感的功用在于帮助诗人传达艺术品的实质,这一实质不仅仅由个人的悲喜哀乐构成,它更超越个人的悲喜哀乐,成为对人类心智和情感的表述。从最深层的意义上说,诗人不过是达成艺术作品的工具,作品比作家个人具有更大的权威。一件作品之所以成为艺术,不仅仅是因为作者在其中表达了自己的感觉、印象、激情、思想等,更重要的是他还必须将这些感觉、印象、激情、思想等转换成可以直接感受的现实,创造出可以承载无形之物的有形形式,让这种形式成为"深层自我"的映射,成为灵魂的印记或象征。光说感官印象是艺术的标准显然不够,感官印象还必须化为一道风景,变成一幅图画,让流动不居的瞬间凝固成纯粹的艺术状态,传达具有永恒价值的讯息,即波德莱

---

① Proust, «À propos de Baudelaire», *Sur Baudelaire*, *Flaubert et Morand*, édition établie par Antoine Compagnon, Bruxelles, Complexe, 1987, pp. 124-125.
② Ibid., p. 125.
③ Ibid., p. 129.

尔所谓"从过渡中提取出永恒"①。任何东西只有在其永恒面貌,即艺术面貌下才能被真正领略和保存。描写腐朽之物的诗歌本身成为"神圣的形式",成为具有永恒价值的精粹。

忧愁只有在歌吟中才会冰释并变得有价值,痛苦只有在转化为高度形式化的语言或艺术品之后才能得以净化。因此,我们与其说波德莱尔在《小老太婆》中是在用诗句表现老妇们的痛苦,不如说他是编织她们的痛苦,在为她们的痛苦创造出一种可感的形式,并且用这种痛苦来刺痛我们,让我们在备受折磨中去重新经历她们所遭受的痛苦。全诗最后三节("而我,远远地含情将你们观察"等诗句,第73—84行)体现出一种在"间隔"和"认同"之间的往复流转的运动,这似乎暗示了如何才是对待作为现实中真实人物的小老太婆和作为诗歌中人物形象的小老太婆的正确方法。

在距波德莱尔的时代四个世纪之前,弗朗索瓦·维庸(François Villon)也在诗歌中歌咏巴黎。在法国文学史上,维庸在他那个世纪的地位与波德莱尔在19世纪的地位相当。②维庸出生在巴黎,最后又神秘地消失在巴黎的茫茫人海之中而不知所终。这位15世纪最伟大的诗人无疑算是一位巴黎诗人,他不仅经常提到巴黎的教堂、修道院、街道、桥梁、救济所、监狱、墓地等的名字,而且他作品中表现出来的谐谑讽刺的态度、慷慨激越的情绪、桀骜不驯的精神,以及他采用的俚语行话等,则更能说明问题。他与波德莱尔一样,对时光的流逝引起的烦忧感触至深,并且也对垂暮之年的小老太婆有着异乎寻常的强烈同情。他的《美丽制盔女的伤逝》(*Les Regrets de la belle heaumière*)一

---

① 波德莱尔在《现代生活的画家》中指出,真正的艺术应当"从流行的东西中提取出它可能包含着的在历史进程中富有诗意的东西,从过渡中提取出永恒"(《全集》,第二卷,第694页)。
② 可参见雷诺德(Gonzague de Reynold)在其所著《波德莱尔传》(*Charles Baudelaire*)中的评述:"维庸是他的时代的化身:他体现了中世纪晚期的道德堕落和精神腐败,体现了与洞察世事的需要和享乐的热望交织在一起的厌倦和绝望,体现了神秘主义的种种冲动以及想要获得再生的努力——这跟波德莱尔多有相通:波德莱尔概括了19世纪的种种矛盾,概括了一个过于发达的文明带来的智识上的倦怠,概括了颓废和重新振作,概括了肉体和精神之间的搏斗,概括了不受任何规范羁束的自由主义所遭受的痛苦,总而言之,概括了我们这个时代深层的而且很可能是无法疗治的恶。在前者那里,我们看到的是一个处在正逐渐失去信仰的时代中的那种迷恋死亡的神秘基督教;在后者那里,我们看到的是一个处在试图找回信仰的时代中的那种多少有些变异了的基督教。维庸是现代诗歌的创造者,这是一种个人抒情诗,而波德莱尔将以最沉痛的精妙方式成为这种诗歌的典型代表。他们有着相似的恶癖和罪孽(……),他们有着相通的高洁德行。"(Paris, Éditions G. Crès et Cie, 1920, pp. 220-221)

诗也刻画了老妇人的形象，可看做是 15 世纪的《小老太婆》，反映了人在面对死亡来临时的永恒焦虑。把出现在这两位诗人笔下的老妇形象进行一番比较，可以让我们更清晰地看到两位诗人在呈现这一形象的方式上的不同，以及他们笔下的不同形象各自带有的时代印记。

《美丽制盔女的伤逝》的副标题是《老妇缅怀青春韶华》(*La Vieille en regrettant le temps de sa jeunesse*)，写一位年轻时曾是"美丽制盔女"的老妇在晚年时面对自己干瘪丑陋的形容而追怀当年如花似玉的容颜和身体。正是这位老妇的形象启发了罗丹(Auguste Rodin)的著名雕塑《曾是美丽制盔女的老妇》(*Celle qui fut la belle heaumière*)，这件雕塑也俗称《老娼妇》(*La Vieille Courtisane*)。跟在波德莱尔的《小老太婆》中一样，维庸在呈现老妇形象时也表现出了带有几分谐谑的同情：

> 人的美，就留下这些！
> 玉臂萎缩，指成爪样，
> 肩塌背驼，腰弯身斜；
> 啥？双乳已成了空囊；
> 腰股、乳头也是这样；
> 呸！不再迷人。那大腿
> 不再是腿，细如香肠，
> 斑斑点点沾着白灰。①

虽然带有幽默的笔调，但这在维庸的文字中多呈现为饶有趣味的喜剧性，也就是说还没有达到波德莱尔诗中阴森的"几何学的思考"所达到的那种"黑色幽默"的残忍强度。维庸的诗中也没有明显表现出波德莱尔诗中那种极富特色的"间隔"和"认同"之间往复流转的运动。

波德莱尔笔下的老妇人毫不抱怨，这是她们身上的现代英雄主义的体现。她们只是把自己身为"妓女或圣女"的过去作为秘密深藏在心里，就像她们把随身带的"绣着字或绣着花"的小包"像圣物一般紧紧地夹在腰间"（第 11—12 行）。她们一言不发，倒是诗人为她们发出悲叹：

---

① François Villon, *Œuvres*, éd. André Mary, Paris, Garnier, 1970, p. 42.

> 你们曾是优雅,你们曾是荣耀,
> 如今谁认得你们!(……)(第 65—66 行)

相反,维庸笔下的美丽制盔女却没有这种斯多葛主义的坚毅隐忍,而是顾影自怜,絮絮叨叨地诉说自己的伤心往事,把心里的绝望变成厉声嘶喊:

> 啊!衰老,背信而傲慢,
> 为何早早将我折煞?
> 何不再给一记重拳,
> 让我早死早埋地下?①

美丽的制盔女缅怀着自己的青春时光,完全不甘心于年老色衰的状况,对命运的不公发出反抗:

> 唉!每当想到好光景,
> 曾经如何,今又怎样!
> 看到自己赤裸模样,
> 看到身体变化多多,
> 可怜、枯萎、干缩皮囊,
> 我便气得瑟瑟哆嗦。②

到了诗歌结尾处,一群小老太婆蹲坐在一个小火堆周围的画面令人难以忘怀。命运无情,将她们压迫得又矮又小。她们瑟瑟地蜷缩着身子紧紧挨在一起,好在痛苦中相互扶助和相互安慰:

> 这样缅怀美好时光,
> 我们这群蠢老太婆
> 大家一起蹲坐地上,
> 紧紧挨着蜷成一坨,
> 一把麻秆燃起烟火,
> 转眼之间已成灰烬;

---

① François Villon, *Œuvres*, éd. André Mary, Paris, Garnier, 1970, p. 39.
② Ibid., p. 40.

> 我们曾是受宠娇娥！……
> 天下无人能逃此命。①

这群蜷缩在一起的老妇构成的画面着实令人心碎。不过，虽然这些老妇人有时也会间歇性地发作怒火，但在 15 世纪时，她们并不难找到安静温和的方式来平复心中的怒火，或至少能够倾诉自己的怨艾。

在波德莱尔的诗中，施加在这些衰弱老妇身上的残暴程度似乎要强烈得多。那些老妇"曾经是女人"，现在已成了"怪物"，而诗人在描写她们的身体外形时所用的字眼是"散架"（《 disloqués 》）、"断裂"（《 brisés 》）、"佝偻"（《 bossus 》）、"扭曲"（《 tordus 》）等。被描写的对象不再像是有生命的人，而只是幽灵般的残遗：

> （……）这是些还活着的魂灵，
> 裙子满是破洞，衣裳不抵风寒。（第 7—8 行）

这些"怪物"已经尽失女性特征，而诗人为了强调这点，在描写时还刻意用表示阳性或中性的人称代词来指代她们。维庸笔下的老妇们聚在一起，还能在安静的环境中通过相互间的慰藉而得到些许平复，而波德莱尔笔下的老妇们却显得更加脆弱，因为城市生活的轰鸣声每时每刻都将她们惊撼和震动，让她们片刻也不能安静地"蹲坐地上"稍息，而是像在鞭子的抽打下"佝身前行""迈着碎步""步履艰难""身不由己地跳跃"。从她们的遭际中看到的命运之神不仅仅是一个窃取她们青春韶华、摧毁她们美丽容颜的恶魔，而更是一台冷酷地扮演着刽子手角色的迫害机器，它钳住她们的脖子，猛烈击打她们，最后把她们碾碎。

蒂博岱认为，波德莱尔在诗歌中将自然的价值置换为城市的价值，将风景置换为人性，却又从不背离具有永恒真实性的诗意感受。秋天的枯叶中包含着永恒的东西，而临近生命尽头的虚弱老妇身上同样如此，也包含着永恒的东西。把一种价值置换为另一种价值，这就意味着要抓取到两者共同拥有的不变的因素，提取出具有永恒性的一面。蒂博岱在《内在》中就这个问题还专门谈到了《小老太婆》：

---

① François Villon, *Œuvres*, éd. André Mary, Paris, Garnier, 1970, p. 42.

如果在《小老太婆》中看不见完全被置换为了城市风景的"秋天落叶",就不会真正读懂这首美丽的诗作。在这种置换中,"秋天落叶"的比例和特点完全得到了保留。在城市中,人类的残骸纷纷坠落,完全合于诗人们的诗中树叶萧萧落下时的那种古老的节律韵致。①

诚然,依照波德莱尔在其艺术评论中阐述的美学现代性理论,表现永恒还只是艺术的一半。② 艺术的另一半在于为永恒的观念赋予一种形式,而这种形式是从具有具体历史性的世界中的那些相对的和偶然的因素中提取出来的,而所谓具有具体历史性的世界,指的是艺术家或作家置身于其中的世界和时代。将一种价值置换为另外一种价值,例如将大自然置换为城市,或是将绿野置换为建筑,这不简单只是背景的改变。背景的这种改变同时也意味着在情感和诗歌感受性上的某种改变。统摄这些改变的,是创造各个时代特殊美的那些新的激情。如果说维庸创造了15世纪的"现代性",那波德莱尔以他自己的方法创造了与他自己时代的生活节奏相共鸣的现代性。他创造了19世纪大城市的现代性,也为19世纪的巴黎创造了一套属于它自己的抒情诗。

五、内在相似性:经验的等值

波德莱尔的艺术评论,尤其是他在发表头两版《恶之花》之间的那段时期——这也是他创作巴黎诗歌的重要时期——撰写的艺术评论,体现了他对艺术作品中的形象的形成过程所进行的重要思考。诚然,他的分析是针对造型艺术而发的,但也可以对广义上的美学和狭义上的诗歌美学富有教益。波德莱尔从未明确指出过在现代的"美"中,永恒的和不变的那"一半"究竟占多大的份额。总之对他来说,"现代性"并不仅仅局限于选取当代题材,在这之外,尤其还要求有一种新的表现世界的方式。居伊之所以现代,除了因为他所表现的当代场景外,还因为他所喜欢采用的速写和素描等绘画形式,以及他在创作过程中运用的那些手段,如善于在闲逛中进行观察,凭着记忆作画,运笔飞快一气呵成等。这些艺术评论之所以重要,不只是因为它们向艺术家提出

---

① Thibaudet, *Intérieur, op. cit.*, p. 24.
② 参见《现代生活的画家》,《全集》,第二卷,第 685、694—695 页;《1846 年沙龙》,《全集》,第二卷,第 493—496 页。

了主题上的变化,即让艺术家们从表现大自然的"太过草食性"的风景画家变为表现城市的"现代生活的画家",更因为它们创立了一套基于"深层模仿"的新的表现理论,其要旨就是艺术家面对呈现在他面前的新空间,不仅要学会接纳它,更要懂得"驾驭"它和"改造"它。我们可以认为,波德莱尔的这些艺术评论开启了对城市空间的形象表现问题的理论性和实践性所进行的思考。

我们同意博纳富瓦(Yves Bonnefoy)的看法,他认为波德莱尔的伟大之处在于他虽然晚于雨果和巴尔扎克,但却是第一个以完全自觉的方式理解到了巴黎为诗歌直觉提供了怎样的机缘。① 就像《巴黎图画》为我们显示的那样,正是借助城市提供的机缘,波德莱尔让巴黎诗歌达到了完全自觉的状态。

波德莱尔属于为数不多的几个对巴黎有着最全面、最敏锐经验的人之一。他用每一个细胞和每一根神经去感受巴黎,无论是对这座城市的爱还是恨都让他激动不已、刻骨铭心。但同时,作为诗人,他在诗歌中赋予巴黎的形象完全不属于那种模山范水的类型,不是外在形貌上的临摹毕肖。如果以摄影师的镜头为标准,那他作品中所摄取画面的数量远不及他同时代的许多人。波德莱尔无意于恪守肉眼所见的现象的真实,他并不太热衷于描写现实中的真实场所。波德莱尔也是有叙事的才能的,他的《小散文诗》中有好几篇都是十分出色的故事。只不过他在散文诗中讲故事的时候并不是很多,而他在格律诗中则从来不讲故事。他从艺术的角度最关心的,是通过"构建"或"创造"出自己的"风景",把现实置换为图画。他不以表现"客观材料"为意,而是注重于传达个人对于世界的感知、印象或反应,体现出自己沉浸于城市经验中的那种感受能力。他意欲表现的印象或反应是属于灵魂层面的,既是个人的灵魂,也是都市的灵魂。我们可以把他论述德拉克罗瓦的话用在他自己身上,因为他与这位画家一样以极富启发性的方式传达出来的,"是看不见摸不着之物,是梦幻,是神经,是灵魂"②,而这些近乎于神秘的内容实则是最难以用写实的图画来传达的。如果非要说图画,那波德莱尔以巴黎现实为主题的"诗歌图画"也不是真正意义上的现实主义图画,而更像是一种具有印象主义风格的图画,

---

① 博纳富瓦为《波德莱尔—巴黎》(*Baudelaire-Paris*)一书所撰序言,见 Claude Pichois et Jean-Paul Avice, *Baudelaire-Paris*, Paris, Éditions Paris-Musées, 1993, p. 14.
② 波德莱尔:《德拉克罗瓦的作品和生平》(《L'Œuvre et la vie de Delacroix》),《全集》,第二卷,第744页。

这种图画为我们呈现出一位城市抒情诗人对他所生活环境的反应,把我们从一个客观领域带入到一个主观领域,从一种共享的现实带入到一种个人的现实。当他在感受到强烈印象之际,无论这印象是让他喜欢的还是让他感到厌恶的,作为诗人,他首先要做的就是准确地传达出这种印象,用诗句把这种印象展现出来。能够展现这种印象的诗句不是一种简单的描写,而是情感的一种等价物,也就是艾略特在《传统与个人才能》(《Tradition and the Individual Talent》)一文中所说的"新的组合"(new combinations)。这种"新的组合"既关乎情感,也关乎能够完美传达情感的"媒介物"(medium)。此处所谓"媒介物"指"手段""工具",也就是指诗句。作为诗句的媒介物以传达"情感"和"灵魂"为要旨,而不必然以模物仿态为归依。这正是我们在波德莱尔创造的诗歌"图画"中所见到的情况。在组合他的诗歌媒介时,诗人虽然有时候也借用了一些取自于当代生活的现成事实,但同时也从其他人的艺术作品和书籍中借用了繁多的题材以为他所用。这些借用并不损害他的诗歌的巴黎性,因为他诗歌中的情感、精神和灵魂是"巴黎性"的,而借用只是为了便于让他组合出更为完美的"媒介物",让他的诗歌"图画"真正成为能够"诠释"现代世界的图画,而不只是对现代世界做简单的"再现"。波德莱尔用"图画"一词来代称自己的巴黎诗歌,这意味着他有意识地要赋予这些诗歌以一种绘画般的静态造型。与其说这些诗歌是对城市客观生活的造型,不如说是对这种生活在诗人身上所激起的主观感受和印象的造型;与其说这些诗歌转述着巴黎生活所讲述的故事,不如说转述着诗人对于巴黎生活的感知和见解。当诗人通过诗歌形式创造出在一切方面都能够与城市的坚实格局等量齐观的静态造型之际,他也就成功地把自己的巴黎"图画"创造成了富有深意的巴黎"寓言"。

强调波德莱尔巴黎"图画"的主观方面,并不意味着说诗人是与世隔绝的凭空臆想者。相反,他正是在与世界相遇而带来的强烈感受中去"提取"让他魂牵梦萦的"永恒"和"来生"。凡是城市中可以见到的种种具有冲击性和攻击性的现象,如凶猛的人潮及其运动、与陌生人的偶遇、众人目光的逼视、闻所未闻的奇事、令人恐惧的秘密、路上行人在城市生活压迫下如同机器人般的滑稽可笑的外表等,他的诗中不仅都有所表现,而且还为我们展示了这些现象中包含着的暴虐的力量。波德莱尔的巴黎诗歌有许多独特之处,其中之一就是意识到城市对于人的暴虐和威胁。巴黎这座城市是他的强烈印象的来源,也是他诗歌灵感的来源。对诗人来说,城市不仅仅是一种景观,也不仅仅是一种背景,而是他要从中攫取出灵魂的一个对象,而这个灵魂就是城市的灵魂,是城市独有的精神气质和文化特质。他在诗歌中所要表现的,就是大城市的这个深刻的方面,是他通过感觉从资本主义社会纷乱复杂的"无数关系的交织"[①]中捕捉到的深意。他在巴黎这座城市中采集的,是那些有助于传达出包含在城市世界的每一事物中的诗意的东西。对他来说,眼前的事物与其说是事物,不如说是词语、隐喻或象征,就像他自己说的:"一切对我都成为寓讬"。在这位巴黎诗人看来,城市是辅助他获取诗歌的必由之路。他徜徉在大城市的"象征的森林"中,一如徜徉在现代诗歌的词语和韵脚中,悉心体会城市的美幻和凶蛮、神奇和不堪、纯净和卑污、适意和背弃。作为"寓讬"的现实材料与最内在的感情交相应和,以自己的资源丰富对方并最终融合为一体,实现感觉和精神领域的"化学反应"。

艺术上的应和理论及其实践自然意味着"模仿"和"置换"这两层意思。不过,正如前面已经说过的,波德莱尔在其巴黎诗歌中对城市的模仿不囿于城市的现实外观,他在模仿中打乱了现实材料,甚至对它们加以改造、变形,然后再重新进行组装,以自己构拟出来的图画和景观传达出城市的内在能量,体现出现代生活节奏的深层逻辑。如果说他的这些诗歌中存在现实主义,那这是一种能够传达现实城市内在能量的内在现实主义;如果说他的这些诗歌中存在模仿,那这是一种能够体现现代生活节奏深层逻辑的深层模仿。支撑这种特殊的现实主义和这种特殊的模仿的基础,是城市空间和诗歌空间的内在相似性,即它们在人的内在感受经验层面的等值。城市空间和诗歌空间,城市经验和诗歌经验,这是两个不同的但又有着相互应和关系的世界。这两个世界各自呈现出不同的外观形态,但它们又有着经验价值的相通:它们具有相同的强烈感官震撼,相同的复杂性和矛盾性;它们令人振奋,也令人迷惘,让人欣悦,也让人沉郁,向人们发出启示,也向人们发出追问;它们的灵魂中跃动着相同的节奏。从一个更准确的意义上说,波德莱尔在他的巴黎诗歌中实践的"深层模仿"实则不是用诗歌来模仿现实,而是用诗歌来置换现实。而且这种置换不是对现实的简单移植,而是体现出艺术活动和精神活动对现实的提升或深化

[①] 《巴黎的忧郁》,《全集》,第一卷,第 276 页。

作用，换句话说，当波德莱尔通过诗歌创作活动把城市置换为图画之际，他其实是把物的价值置换为了精神的价值，把属于城市生活的日常经验置换为了具有普遍价值的美学经验。

波德莱尔是维尔哈伦所说的那种在心灵上"随着城市的节奏颤动"的诗人：

> 他的心年轻、热情，又柔顺、驯服，
> 在深处随着城市的节奏颤动。
> 新节奏，气喘吁吁的热烈节奏，
> 侵入灵魂并统摄一切的节奏，
> 疯狂暴躁，驱动着时代的步伐！①

这样一位诗人在其血肉和灵魂深处涌动着"城市的节奏"和他对于现代城市爱恨交织的情愫。他不会错失城市经验给他带来的改造诗歌意象、丰富诗歌灵感的良机。

波德莱尔是一位伟大的巴黎诗人，不仅在《巴黎图画》中如此，而且在他的全部诗作中也是如此。他的诗歌捕捉到了这座城市的灵魂和命脉。就其内在动力和心理强度来说，很难设想波德莱尔的诗歌创作活动能够在现代大城市的环境之外完成。他的全部创作都体现出极为现代的感受性：神经质的敏感气质，对于现代性的热衷，对于人工美的崇拜，纨绔主义，对于人群的激情，把情欲用作包裹人的光晕，对于神秘的痴迷，等等。城市始终纠缠着诗人的精神，就像一个情妇纠缠着她的情人死不放手一样。

波德莱尔在他自己的"自我"和巴黎外在现实之间建立起具有应和关系的网络，从而将巴黎内化为自己身体的一部分，同时也将自己外化为巴黎的一部分。当诗人与巴黎相遇，他便让巴黎成为抒情诗的巴黎，成为诗人的巴黎，同时也让自己成为巴黎之诗的诗人，成为咏唱巴黎的抒情诗人。

波德莱尔时代的那个19世纪的巴黎已经不复存在，或者说只有在记忆中还存在着。但幸亏有了波德莱尔创造的抒情诗中的巴黎，今天的读者在阅读

---

① Émile Verhaeren, *Les Attirances*, *Les Rythmes souverains* (1910), Paris, Mercure de France, 1929, pp. 1124-1125.

他的诗作时能够清楚地看到,波德莱尔对他那个时代的巴黎进行的观照一直没有过时,至今仍然具有现实性。他的诗歌中反映出来的巴黎的忧郁、迷狂、神秘等经验具有历久不灭的价值。

第二节　突破"为诗歌设定的界线"

一、前卫的经验和语言的冒险

如果没有巴黎这座大都市的驱动,很难设想波德莱尔会创作城市诗歌。但不能因此就认为城市现实本身就已经是一种诗意现实。只有通过诗人的语言创造活动,城市现实才能够像任何其他形式的现实一样变成诗意现实。在内心的运思和文字的写作中再造在城市时空中游历的冒险经验,这是城市诗人的使命。在现代大城市的时空中游历,这对诗人甚至对一切人来说都是一种全新的冒险经验,既令人震惊,又让人困惑,而与这种全新经验相适应的诗歌也不可能不具有一些既令人震惊又令人困惑的特点。

城市诗歌的出现冲击着既往的关于诗歌的观念。这种新的抒情诗的出现意味着诗歌感受性和审美趣味上的历险。在诞生了现代大城市的时代,传统抒情诗中惯于采用的那一套以大自然为参照的田园牧歌的古老语汇和意象已经不能满足现代的审美感受。风花雪月、中正平和的审美类型不再能够让城市诗人感到满足。现实中新出现的大量错综复杂的关系呼吁诗人们创造出新的隐喻以达成对这些新对象的理解。现代生活的英雄主义包含的特殊的美以及现代人特殊的审美经验,需要诗人发现和创造出相应的抒情形式来加以表现。波德莱尔在《1846年沙龙》中就此写道:

> 绝对的、永恒的美不存在,或者说它只不过是浮泛在各种美的普遍外表上的抽象精华。每种美的特殊成分来自于激情,而由于我们有自己特殊的激情,故而我们有自己的美。①

他还进而解释说,每个时代都有属于它自己的美,即一种"新的激情所固有的

---

① 《全集》,第二卷,第493页。

特殊的美"①。这意味着所谓"特殊的美",就是与特定时代中的个人激情经验联系在一起的审美感受。在波德莱尔构想城市诗歌时,他所面临的是全新的激情、全新的经验、全新的审美感受,而这些东西在此前还没有被很好地理解和表现。可以说他的城市诗歌是一种在前路未明的情况下深入到未知领域的历险,体现了他要将"未知"变成"已知"的意愿。他在城市诗歌这一新的抒情诗类型方面进行的艺术尝试不会是一帆风顺的,不会不充满艰险。正如博纳富瓦所指出的那样,大自然长久以来在人们的感受中是一种熟悉而可靠的现实,人们在大自然的怀抱中会感到亲切自如,且传统作品中处理大自然也得心应手,而"城市很快就变得灰尘乱飞或煤烟滚滚,意味着是任何'舒适宜人之地'(译注:原文为拉丁语 locus amœnus)的反面,诗歌对这样的城市的体验只能够是一种前卫的经验"②。由于城市的构成要素中充满了各种各样幽灵般的古怪个体和种种令人难以置信的奇幻现象,城市诗歌也相应构设出一种充满了奇异和古怪的美学,并且在探索和构建新的审美类型的过程中努力尝试诗歌形式和语言的冒险,实践一种前卫的艺术经验。

  我们看到,在波德莱尔的创作生涯中,他那些与主流风尚和趣味背道而驰的诗歌不断引起公众的惊愕,赞赏不绝者有之,心生反感者有之,恼羞成怒、义愤填膺者也大有人在。从他步入诗坛的那一刻起,他就极力抵制一切轻而易举的东西,摒弃那些轻松而就的诗句,以既挑衅又考究的方式实践一种充满了惊奇和震愕的诗学,背弃传统法规,不去颂唱那种浅表的静态"美",而是着意于现实中那些最肮脏不堪、最令人厌恶的方面。他的做法让那些只会满足于照搬前人而不去"探索新奇"的人士深感不悦和恐惧。他也不屑于与这些人为伍,甚至"摆姿弄态"故作惊人之举,以乖戾的怪癖和狡黠的做派显示超人一等的优越感。路易·乌尔巴赫(Louis Ulbach)在波德莱尔去世那年(1867年)回忆了1842年前后邦维尔把波德莱尔带到一个青年诗人圈子中的情景,这段回忆鲜活地呈现出了波德莱尔在青年诗人圈子中卓尔不群的形象:

  我眼前至今还浮现出他在彬彬有礼中透露出来的狡黠的微笑和嘲弄

---

① 《全集》,第二卷,第495页。
② 博纳富瓦为《波德莱尔—巴黎》一书所撰序言,见 Claude Pichois et Jean-Paul Avice, *Baudelaire Paris*, *op. cit.*, p. 14.

的目光。(……)我们每人都朗诵自己的新作。必须承认,我们的灵魂纯洁无瑕,诗中反映的尽是天使、朦胧的爱情、难以言说的感受、蓝色矢车菊丛中的梦幻、遥远的暗恋,或者至多是奥林匹斯山上的诸神对女神们的放肆亲昵。

波德莱尔在忍受了我们那些滔滔不绝的晶莹诗句之后,终于轮到该他发言了。一开始,他声音低沉,语气略微颤抖,表情是苦行僧的样子,接着他为我们朗诵了诗歌《下等妓女马农》(*Manon la pierreuse*)。

第一句就提到马农身上"污迹斑斑的衬衣",而接下来的诗句也与起首这句相当。最粗俗的词语被连缀得无比巧妙,随最大胆的描写一道次第而出。听他朗诵时,我们惊呆了,涨红了脸,收起了我们那些天使般纯洁的诗歌,感觉到我们的守护天使因这样的丑闻而惊慌失措,用翅膀拍打着我们的额头。

再说,这首诗听起来也确实美妙,只不过跟我们的文学原则相去甚远,让我们对这位出色的、堕落的诗人心生一种惶恐的敬意。波德莱尔再也没有回到我们这个圈子中来。[1]

波德莱尔清楚地意识到自己与众不同的追求,而正是出于这一原因,他于1843年初退出了与几位朋友合作出版《诗句》(*Vers*)的计划。他在1843年2月11日致其中一位朋友普拉隆的信中希望普拉隆能够"对幼稚文风绝不手下留情"[2]。所谓"幼稚文风",当指那些天使般的诗人们的风格。普拉隆多年后回忆道:"从那时起,对'幼稚文风'开战就成了波德莱尔所关心的要紧事。"[3]普拉隆自己的诗风也从先前模仿清丽灵动的邦维尔转而模仿"带有毒气"的波德莱尔,描写恶与不幸。另一位朋友勒瓦瓦瑟尔(Le Vavasseur)解释了波德莱尔退出合作的原因:

波德莱尔把他的诗稿交给我。这是几首诗的草稿,后来都收入到《恶

---

[1] 引自 W. T. Bandy et Claude Pichois, *Baudelaire devant ses contemporains*, Monaco, Éditions du Rocher, 1957, pp. 147-148.
[2] 《书信集》,第一卷,第97页。
[3] 见普拉隆1886年10月致欧仁·克雷佩的信,该信收于 Claude Pichois, *Baudelaire, études et témoignages, op. cit.* 引文在该书第23页。

之花》(《忧郁与理想》一章)中。我没有在脸上做出什么怪表情,直接提出了自己的意见。我甚至想做一回不遭人待见的诤友,改动诗人的某些语句。波德莱尔什么也没说,也丝毫没有生气,就这样一声不响地退出了合作。他做得对。他的织物用了跟我们的白布完全不同的纱线。他的离去让我们感到很孤独。①

布伊松(Jules Buisson)的解释大同小异,也认为波德莱尔退出合作是有道理的。他还特别提到:

> 波德莱尔绝不愿意在他的香水瓶还没有装满之前就跑了气味。他需要有一部单独的集子。他在鼓吹和朗诵了朋友们的大量诗作后(……),又巧妙而优雅地为自己留了一手。虽然我们当时还很年轻,但已经明白他是有道理的,时至今日,我们还是这么认为的。他的源泉不屑于与其他源泉混杂在一起,想要在朋友们的流水中保持住自己那股流水的颜色和流动方式。早在他正式发表作品很久以前,我们就已经感觉到他作品的价值。②

与他的同龄人相比,波德莱尔在思想上更加成熟,在生活阅历上更加丰富,年纪轻轻就以自己近于古怪的独特性而雄视他身边的朋友们,他的聪颖甚至让人觉得他比实际年龄至少大了十岁。阿斯里诺回忆道:

> 在那样的年龄,我们才开始生活,波德莱尔却已经有了许多生活经验,已经想过许多事,见过许多事,而且对自己已经采取了许多行动。(……)他的思想被他的阅历和超前的生活经验所激活,在那时已经完全成熟。别人想都不敢想的大胆之举,他早就已经做过,而且带着一种久经考验、不惧出丑的意志迫使别人接受。③

阿斯里诺还说他曾听见纳达尔谈起波德莱尔,称波德莱尔是"一位很有思想、

---

① 转引自 Eugène Crépet, *Charles Baudelaire*, op. cit., p. 39.
② 布伊松致雅克·克雷佩的信,该信收于 Claude Pichois, *Baudelaire, études et témoignages*, op. cit. 引文在该书第 39 页。
③ Asselineau, *Charles Baudelaire, sa vie et son œuvre*, in *Baudelaire et Asselineau*, op. cit., p. 65.

很有才华的人,有非常好玩的异于常人的禀赋"①。他也听见邦维尔称波德莱尔是"一位高妙的诗人"②。邦维尔还在一首诗中称"粗暴的波德莱尔"简直就是"一位像是在发怒的歌德"③。

对于独特性的追求让波德莱尔不会去追随那些被一般人承认的价值。当波德莱尔同时代的许多诗人朋友还把诗歌只是当做一种消遣和一种生活装饰时,他已经与他们渐行渐远,因为对他来说,诗歌是生存的意义。他把那些四平八稳、平淡无奇的作家归为"合情合理派"(l'École du bon sens),把他们说得一无是处,甚至用"笨伯"(jocrisse)这个并不太学院化的词来称呼他们。在他看来,只有以"震惊"为主要内容的美学才能够"为制造震惊的人带来荣耀,也为接受震惊的人带来快乐"④。他在这样的美学思想指导下,创造着自己的人生传奇,也创造着自己的诗歌传奇。无论在生活中还是在诗歌中,他都善于以出人意料的突兀方式安排平凡的事物,以震惊为说服力,让平凡之物引起轰动,从而让人远离和忘记平凡,去感受大众无法了然的极其有力又极其微妙的快乐。

为了抓住当下并创造未来,传统必须被推翻,如果有必要,运用暴力也在所不惜。波德莱尔自觉地与学院派主张的"理想"一刀两断,在丑陋的"现实"中寻求新的诗意应和,用怪癖的趣味、乖戾的诗艺、悖逆的精神和异端的见识织就自己的"独特"和"创意"。他对于"新奇"的渴望是一种对于绝对的渴望,因而也就注定是难以满足的,甚至对某些人来说也是颇成问题的。因为对某些人来说,追求新奇所导致的传统的丧失会破坏他们理解的基础,使他们陷于茫然无助的状态之中。像一切前卫的实践一样,对于"新奇"的探索往往在一些人眼里被看作伟大光荣的功勋,而在另一些人眼里则被视为恶劣无耻的哗众取宠。波德莱尔对此有清醒的认识,说自己"没有愚蠢到让所有人都喜欢的地步",同时他又说那些具有代表性的、广受众人喜欢的文坛"大人物"是"愚蠢

---

① Asselineau, *Notes d'Asselineau sur Baudelaire*, in *Baudelaire et Asselineau*, op. cit., p. 167.
② Ibid.
③ Th. De Banville, *Odes funambulesques*, Paris, Michel Lévy Frères, 1859, p. 229.
④ 波德莱尔1858年2月19日致普莱-马拉希信,《书信集》,第一卷,第454页。

的"①。在做人和艺术上,他都不能容忍愚蠢和平庸,宁愿做一个天才的疯子也不做庸碌的常人,直言自己"喜欢那些知道自己在做什么的恶人,甚于那些愚蠢的好人",认为在世界上,"没有比诗性精神和情感上的骑士精神更宝贵的东西了"②。就像他反对"幼稚文风"一样,他也反对创作中"过于漂亮的灵巧手法"和"公式化的陈词滥调",认为"这两样东西会让艺术灭亡",而他看重的是要在作品中"引入许多令人难以置信的新思想"③。他甚至有足够的底气点出文坛上最炙手可热的人物们的"死穴"。他在多个地方对乔治·桑的所代表的"流畅文笔"极尽讽刺挖苦之能事,说这是"艺术上的放任自流,近乎于恣意妄为,没有章法",缺乏那些"经过深思熟虑、艰苦劳作、反复斟酌的作品"所包含的"创作意志历久不衰的韵味"和"最高的文学优雅,即力度"④。他还说乔治·桑其人"愚蠢、笨拙、饶舌","在思想观念上,其判断力的深度和感情的娇弱同那些看门的妇道人家和被包养的情妇没有两样"⑤。他虽然把《恶之花》题献给了戈蒂耶,并且扉页上的题献文字也多有溢美之词,但从他内心深处来讲,他对这位作家的看法始终是有所保留的。还在结识戈蒂耶之初,他就曾在一篇文章中没有指名道姓地如此描述戈蒂耶:"胖胖的,懒惰而且迟钝,(……)没有思想,只会像奥赛治人(Osages)串项链似的把词语一个个串起来"⑥。他在《1846年沙龙》中称雨果是"一位灵巧胜于创造的工匠,一位合于规范的而非开创性的劳作者",他说与雨果相比,他更喜欢"本质上是个创造者"的德拉克罗瓦有时候显示出来的"笨拙"⑦。波德莱尔对这些人的评说不乏偏激,甚至可能有失之偏颇之处,但透过他的偏激和偏颇,我们还是可以感觉到他本人对于艺术的理想。艺术事业从本质上说是创造的事业。艺术家从事的是研究

---

① 波德莱尔1860年2月23日致若瑟凡·苏拉里(Joséphin Soulary)信,《书信集》,第一卷,第680页。
② 波德莱尔1856年1月9日致母亲信,《书信集》,第一卷,第335页。
③ 引自 W. T. Bandy et Claude Pichois, *Baudelaire devant ses contemporains*, op. cit., p. 86.
④ 《菲利贝尔·鲁维埃尔》(《 Philibert Rouvière 》),《全集》,第二卷,第60页。
⑤ 《我心坦白》,《全集》,第一卷,第686页。
⑥ 这篇题为《有才能的人如何还债》(《 Comment on paie ses dettes quand on a du génie 》)的文章发表于1845年11月24日的《海盗—撒旦》杂志,《全集》,第二卷,第8页。文中出现的"奥赛治人"是北美印第安人的一支。
⑦ 《全集》,第二卷,第431页。

与探索。在他们的前进中没有现成道路,为了达到目标,他们必须进行开创性的探索。而手艺人,他们的目标是明确的,其达到目标的道路也是现成的,就摆在面前,他们虽然可以充分利用艺术传统所提供的资源让自己的制作达到高峰,却无由以"深度"和"新奇"作为标杆,以极致的创意为艺术开辟一条新路,让经验结构得以重组,让艺术制度发生革命,让思想境界别开生面。波德莱尔立志要做德拉克罗瓦那样的"创造者",就算在探索的过程中有时候显示出"笨拙"也在所不惜。他的文字往往给人勉力所为、拙而不巧的感觉,有如经过血肉搏杀缴获来的"战利品"。

在法国文学史上,雨果首倡诗歌领域的语言革命,"为古老的词典戴上了红帽"①,破除了日常语言与高雅语言的界限,使世俗的语汇进入诗歌成为可能。圣-伯甫追随雨果的步伐,在《约瑟夫·德洛尔姆》中解释道:

> 在有了我之前的那些先行者后,我怀着谦逊恭谨、从容优裕的态度,努力以自己的方式做出新意;从近处观察自然和灵魂,但并不用显微镜来放大;对私人生活中的种种事物直呼其名,但喜爱茅屋胜过贵妇的客厅,并且在任何情况下,通过描绘人的感情和自然之物,力求传达出家庭生活细节的庸常平凡。②

从某种意义上说,波德莱尔与圣-伯甫一脉相承。他对此毫不讳言,在1865年3月15日致圣-伯甫的信中写道:"《约瑟夫·德洛尔姆》,这是打前站的《恶之花》。这种比较于我是一种荣光。您宽宏大量,不会认为这是对您的冒犯。"③又在1866年1月15日致圣-伯甫的信中谈到自己的《巴黎的忧郁》时称,希望能够展示一个"新的约瑟夫·德洛尔姆",说这个人物懂得"将狂想的心绪与闲逛中每一个偶然的见闻相扣合,而且从每一个事物中提取出某种不讨人喜欢的寓意"④。不过,波德莱尔对自己作为巴黎诗人的使命有着更为完全的自觉,在这同一封信中对圣-伯甫诗中保留着的田园牧歌的情调提出了委婉的

---

① Victor Hugo, *Les Contemplations*, t. I, *Autrefois, 1830-1843*, op. cit., p. 29.
② Sainte-Beuve, *Vie, poésies et pensées de Joseph Delorme*, nouvelle édition très augmentée, Paris, Michel-Lévy frères, 1863, p. 170.
③ 《书信集》,第二卷,第474页。
④ 同上书,第583页。

批判：

>在《约瑟夫·德洛尔姆》的好些地方，我看到"鲁特琴""七弦琴""竖琴"和"耶和华"这样的字眼太多了一点。这在巴黎诗篇中就是瑕疵。再说，您就是要来摧毁这些东西的。①

圣-伯甫为这位弟子撩开了一个新领域的帷幕，而这位弟子粉墨登场后通过更为大胆的实践，成为了舞台上的主宰者。他在常人以为最不可能有诗意的地方发掘诗意，在常人以为最不可能写出诗歌的地方写出诗歌。他有愿望也有能力把稀松的俗事改造成仪式化的典礼，把庸常生活中一个个可憎的、丑陋的、恐怖的、怪诞的、美好的、温情的、动人的、庄严的瞬间、细节和场景推向极致，压榨出其中的诗意，借以开创出一种现代抒情诗的新局面和新气象。对他来说，声闻所及的世间万象，哪怕是最低微、最卑贱的现象，莫不可以入诗，莫不是诗。圣-伯甫说波德莱尔是"把细节打磨成珍珠，用彼特拉克的方式讴歌丑陋"②。波德莱尔以这样的方式创建了一套为后来的抒情诗所竞相效仿的"惯用语"③。

"用彼特拉克的方式讴歌丑陋"，这种方式最鲜明地体现在《腐尸》这首爱情诗中。这首诗简直就是对人们习以为常的感受发出的挑衅。诗中用了正统文学中的考究措辞和典雅声气，而所描写的"腐尸"这一对象却又是完全不为传统文学所容的。两者的巨大反差使它们在交织中形成强烈的碰撞，让当时的大多数读者在这十二节诗中看到的是一种"反彼特拉克风格"的诗歌。正是这同一种美学逻辑统摄着波德莱尔巴黎诗歌的创作。在《巴黎图画》的开篇诗《风景》中，波德莱尔对巴黎诗人的使命所下的定义是，要为丑恶的巴黎生活唱出美妙的"牧歌"。波德莱尔诗歌创作的显著特点之一，就是哪怕在被普遍接受的规范之中也要做到别出心裁。这点也显示了作为"纨绔子"的诗人的诉求，因为纨绔子的作风就是要在不颠覆惯例的情况下也要显出自己的与众不

---

① 《书信集》，第二卷，第 585 页。
② 圣-伯甫 1857 年 7 月 20 日致波德莱尔信，见 *Lettres à Baudelaire*, op. cit., p. 332.
③ 波德莱尔把能够创建出一套惯用语看成是诗人才华的体现，他对此有着强烈而自觉的愿望，而他确实也做到了这点。他在《火花断想》中记下了这样一则随想："创建出一套惯用语，这就是才华。我应当创建出一套惯用语。"（《全集》，第一卷，第 662 页）

同。按照波德莱尔自己的解释，所谓纨绔子作风"首先是使自己成为独特之人的热切需要，这种需要是包含在习俗惯例的外部限制之中的"①。我们看到，在既定的规范之中留给波德莱尔可以自由施展才能的空间其实是不多的。而波德莱尔的神奇之处就在于从这不多的空间中开辟出一片新的天地。

戈蒂耶在谈到波德莱尔的诗歌表达手法时，认为诗人在其诗歌的经纬中"将丝线和金线同粗糙生硬的麻绳编织在一起"②。虽然戈蒂耶说这话时的本意主要是指波德莱尔诗歌内容时而细腻时而粗糙，但我们也可以把他的论断用以评论波德莱尔的文体风格。克洛代尔看出波德莱尔诗歌中"神奇地融合了拉辛的风格和自己所处时代新闻记者的风格"③。本雅明注意到波德莱尔的创作中存在一种"用巴洛克风格表现平凡对象"的倾向，认为他在最美的诗文中也不鄙弃最平庸、最被视为禁忌的字眼，并且强调说他对词语进行突兀组合的技巧是"暴动的技巧"④。本雅明还把实践暴动技巧的诗人形容为"衣衫褴褛的大兵"⑤。卡米伊·苏伊利（Camille Souyris）关于诗歌语言创新的论述可以用在波德莱尔的"暴动的技巧"上：

> 决定语句的诗意气象的，更多是在语言的传统素材中的"探奇索异"，而不见得是摧毁语言的强烈愿望。⑥

一方面，波德莱尔采用"古典的"或"古老的"形式作现代诗歌，另一方面，作为文人，他又以无拘无束的生活方式来显示"诗人的个性"。这便是他作为现代诗人的英雄主义，这种英雄主义在为他的诗歌打上英雄主义烙印的同时，也让人注意到诗人表现英雄主义的举动中所具有的暧昧性。这种暧昧性凸显了由于反差形成的张力，而这种张力既存在于他的诗歌的内容和形式之间，也存在于他为自己塑造的英雄形象和有时候显得并不那么堂堂正正的显示其英雄主义的行为举止之间。本雅明就此写道："诗人形象中英雄主义因素的暧昧性：

---

① 《现代生活的画家》，《全集》，第二卷，第 710 页。
② Théophile Gautier, « Charles Baudelaire », recueilli dans *Baudelaire par Gautier*, op. cit., p. 146.
③ 转引自 Walter Benjamin, *Charles Baudelaire*, op. cit., p. 143.
④ Ibid., p. 143.
⑤ Walter Benjamin, *Le Livre des passages*, op. cit., p. 374.
⑥ Camille Souyris, « L'Aventure poétique », *Fer de lance*, oct-nov-déc 1973, p. 11.

诗人有几分像衣衫褴褛的大兵,像偷抢粮食的丘八。他舞刀弄剑的样子有时候让人想到'出剑'一词在流浪汉的黑话中所具有的意思。"①我们可以把追求前卫的经验和实践语言的冒险的这种英雄主义的诗人形象解说成堂吉诃德式的城市游侠,他的探索没有任何依靠,只能尽其所能地在令人茫然和惶惑的未知领域里进行搏杀,努力在一个等待着他去发掘的深渊中施展自己的独立与自由,以成就自己的独特。而他在此过程中所表现出来的暧昧性让他成为一位既可敬可爱,又可悲可叹的人物。

二、"跨越为诗歌设定的界限"和"新的战栗"

波德莱尔是那种在一切地方,甚至在最不可能具有诗意的地方发掘诗意并创造出诗歌的诗人。他在诗歌中采用了一套城市生活的术语,并且通过选择、搭配和制作的机巧,将最平庸的现实内容同诗歌的艺术形式加以出人意表的高超结合,营造出别具一格的城市抒情诗的情调。

城市因素在《巴黎图画》中,尤其在波德莱尔创作于1859—1860年左右的诗歌中体现得最为明显。在这些诗中,诗人致力于寻求新的恰当的形式,将新的材料组织成能够反映现代人审美趣味的诗歌。在这个时期,波德莱尔本人也意识到自己走上了一条新的诗歌道路。他在1859年12月15日给母亲的信中谈到自己近来创作的诗歌时,用了"新颖而且相当奇特"②的说法。其实他在此之前就已经意识到了自己的新奇。1859年5月底,他在将《巴黎的幽灵》(当时只有《七个老头》一首诗)寄给《法兰西评论》主编让·莫莱尔时附有一短信,他在信中指出:

> 我完全相信,与这些诗句的品质比起来,我为写它们而吃的苦绝对算不得什么;这是我意欲尝试的新系列中的第一首,我怕是已经着实成功跨越了为诗歌设定的界限。③

诗人"意欲尝试的新系列"应该不止于《七个老头》一首,而当指一组具有全新诗歌主题的诗作,尤其是能够明确体现"巴黎性"的诗作。《法兰西评论》的突

---

① Walter Benjamin, *Le Livre des passages*, op. cit., p. 374; voir aussi p. 938, note 219.
② 《书信集》,第一卷,第631页。
③ 同上书,第583页。

然停刊让波德莱尔只好将《巴黎的幽灵》转投卡罗纳的《当代评论》。这份杂志的9月15日那期在《巴黎的幽灵》这一总标题下发表了《七个老头》和《小老太婆》两首诗,初步形成了诗人所说的"新系列"。计划中的这个"新系列"大概还应当包括诗人后来专门为《巴黎图画》一章新创作的一些诗歌,如《天鹅》《盲人》等。不过,当诗人决定在《恶之花》新版中增设《巴黎图画》一章后,原来打算以《巴黎的幽灵》为题构成巴黎诗歌系列的想法也就无由继续存在了。至于对"跨越了为诗歌设定的界限"一语作何解释,作者自己并未言明,这让人颇费揣摩。他想说的究竟是什么呢?是隐隐约约感觉到自己正在用不同于以往的方法尝试一种新的诗歌类型吗?是想表示决意创新,对诗歌进行拓展和改造的美学雄心吗?是对自己作为未来诗歌革命先驱者的预感吗?我们不得而知。诗人处在新、旧诗歌转折的交替点上,一方面还有秉承古典美学的惯性,这尤其表现在他出语的硬朗和对诗歌形式"制作"的严谨上,一方面又有开发诗歌新疆土的愿望,因而他对"跨越"问题进行思考时的态度是复杂的,有时候显现为不那么肯定的模棱暧昧。这种态度反映在了他给莫莱尔信中的语气上。波德莱尔的话既表白了坚决的雄心("我意欲尝试"),也带有腼腆的保留("我怕是"),以及某种不无自嘲意味的自我庆贺("已经着实成功跨越了")。这段话将波德莱尔在大胆与矜持、尊重传统与寻求新奇之间的踌躇态度形象生动地呈现出来。透过字面的踌躇,我们可以感到诗人的那份满足感,他显然已经意识到自己的诗歌在表现方式和感受性方面带来了某种新的东西。

如果结合波德莱尔在头一年就戈蒂耶的诗歌所写下的文字再来读上面所引的那段话,就可以更清楚地看到波德莱尔的踌躇。波德莱尔先是称赞戈蒂耶表现了近乎于"天主教的恐怖"那样的沉重的忧郁,并且为诗歌引进了一种新成分,即波德莱尔所说的"通过艺术、通过一切图画般令人赏心悦目的东西达成的慰藉"。紧接着,他借机谈了自己对诗歌的看法:

> 他的诗歌既庄严又高雅,其行进步伐像盛装的官廷人物一样雍容大方。总之,这就是真正的诗歌的特点,犹如大江大河接近海洋,即接近它们的死亡和无限之际,流动匀整,避免急波险浪。抒情诗是向前推进的,但它的动作总是富有弹性和规整的起伏节奏。一切突然的、断裂的东西

都令它不快,它把这些东西送给了戏剧或风俗小说。①

仔细阅读《七个老头》和波德莱尔在这一时期新创作的其他一些巴黎诗歌,我们可以看到,波德莱尔恰恰是按了与他在这里的说法相反的方式创作他的巴黎诗歌。《七个老头》一诗的推进毫无戈蒂耶诗中那种"雍容大方"和"流动匀整",倒恰恰是相反的"急波险浪"和"一切突然的、断裂的东西"充斥全诗。通过棱角分明的外观描写和一系列不连贯的推进动作,这首诗呈现出来的总体样子让我们更多想到的不是大江大河接近大海时的庄严沉稳,而是城市背景下的大街图景,人在其中每时每刻都碰上生硬的棱角和突然出没的幽灵。如果说诗中有朝向大海的行进历程,那这一历程也与戈蒂耶诗中不同,是一种噩梦般的历程。诗歌开头部分,"强壮巨人的狭窄脉管"可视为江河,纵横着如汁液般流动的神秘。像涨水河道两旁的堤岸一样的房屋在雾气中变得越来越高,到诗歌结尾处变成了"无涯怒海"。

还有,诗中通过雾气迷蒙的效果引起的城市外观的视觉变形,也远不是戈蒂耶诗中那种"通过艺术、通过一切图画般令人赏心悦目的东西达成的慰藉"。变形手法的运用不是为了晕化和模糊建筑物的生硬棱角,不是为了用朦胧的雾幔替换棱角分明的线条。相反,波德莱尔诗中的变形意在强调、甚至强化城市所具有的攻击性。的确,朦胧的氛围最适宜产生出各种各样的神秘,而当诗人把城市表现为在这样的背景下突然出现的一个有生命的"巨怪"之际,城市的攻击性也就被鲜明而突出地表现出来。透过城市的这种攻击性,我们可以感到城市中的神秘和荒诞对于城市人的身体和心灵的沉重压迫,而这种压迫让最具有英雄主义精神的人都难以承受。

波德莱尔所说的对"界限"的"跨越",首先是美学观念上的跨越,是对诗歌传统抒情趣味的跨越。这一跨越表现为诗人用抒情诗来传译现代生活中哪怕最庸常乏味的方面。现代生活"特殊的美"要求诗人必须于现成的路数之外另辟蹊径,而要达此目的,他就必定要背弃传统上跟"诗歌"联系在一起的那些习以为常的意象和既定的观念。通过对界限的跨越,从前不可以入诗的因素终于可以入诗,从前不具有诗意的手法现在具有了诗意。在《七个老头》中,超自

---

① 《论戴奥菲尔·戈蒂耶》,《全集》,第二卷,第126页。

然主义以幻觉的形式呈现出来。对朦胧迷离氛围的表现和对怪异形象的奇特运用,促成了这种效果的获得。顺便提一下,波德莱尔在《火花断想》中称:"超自然主义"和"反讽"是"文学的两种根本品质"①。《七个老头》第6、7节中对老头形象的描写所显示出来的想象力在两个方面类似于英语作家,尤其是爱伦·坡这样的作家:一是把具体而精确的刻画运用于一个荒诞不经的题材,一是幽默谐谑的笔调。描写上的现实主义手法在这些诗句中初看上去无甚独特,然而正是这样的描写赋予题材以形质,赋予人物以形体,让奇幻的对象变得真实可信,让我们的想象有了依凭。同时,诗人在描写中又融进一种带有调侃和讥讽语气的笔调,这为被描写对象赋予了某种悲怆的效果,让题材变得更加哀婉动人,创造出一种交织着悲悯和残忍的抒情韵味。《小老太婆》在形式和题材上也体现了这种新的美学观念。诗人在这首诗中也展示了把现实主义描写与带有调侃和讥讽特点的想象结合在一起的思路。与在《七个老头》中一样,波德莱尔在这首诗中糅合了冷峻的观察和观察者情感中的模棱含糊、一言难尽的情愫。如果说诗人在这个方向上不是跨越了习惯上所说的格律诗的界限,那他至少已经达到了极限。

除了美学观念和抒情趣味外,波德莱尔对界限的跨越也体现在对格律诗形式和技巧方面的突破。诗人在《七个老头》《天鹅》《小老太婆》《盲人》《致一位女路人》《暮霭》等巴黎诗歌中运用了大量散文化的节奏因素:重音移位、顿挫弱化、不合常规的断句、频繁的跨行、细碎的罗列等等。诗人意欲以此在格律诗中获得散文般的效果,让诗歌形式与城市环境的种种特点产生应和。他在诗律的安排中采用了一些被传统诗歌通常"送给了戏剧或风俗小说"的技巧,创造出"突然的、断裂的东西"才有的效果。波德莱尔诗句中呈现出来的,恰恰是跟戈蒂耶诗中那种"富有弹性和规整的起伏节奏"的运动完全相反的东西。诗人对格律诗技术性方面的突破,在让人对既往的诗歌话语产生质疑的同时,创造出一种与现代生活相适应的新的抒情语码。其结果就是,从对人的感官冲击方面来看,诗歌表现形式的历险与诗歌中所讲述的城市见闻具有相同的性质。两者的类同既体现在视觉外观上,也体现在听觉效果上。

在《七个老头》一诗中,逐渐增强的不安之感不仅仅是通过描写本身表现

---

① 《全集》,第一卷,第658页。

出来的，而且也通过所采用的形式手段来表现。第一节以篇头起兴之法，把我们带入一种介于现实与梦幻之间的情景。为切合这种情景，诗人在第二节和第三节中对现实中的种种不稳定的图景进行了展现：在晨雾中显得被拉长了的房屋，变得像涨水的河道一样的街道，淹没了整个空间而成为虚幻布景的雾霾，被重载货车震荡着的街区，等等。这两节的八行诗由一个句子构成。这个具有散文化倾向的句子结构复杂而松散，既有并列结构，又有主从结构，其间还穿插多个状语和同位语，这使得习惯于传统格律调式的读者不可能进行连贯的朗读。在这里，句子的结构像是用碎片进行的拼贴，呈现出支离破碎的效果，就像笼罩城市的雾气一样，足以让想透视它背后玄奥的人气馁。在这样的背景下，紧接下来的四、五两节表现一个老头幽灵般地突然出现：

> 突然，一个老头，——黄黄的破衣服
> 模仿雨云密布的天空的颜色，
> 若不是他的眼中有凶光射出，
> 那模样会引来雨点般的施舍，——
>
> 出现在我眼前。仿佛他的眸子
> 在胆汁里浸过；目光冷若冰霜，
> 长长胡须硬得如剑一般锋利，
> 刺向前方，像犹大的胡须一样。

在这两节描写老人外表的诗句中，亚历山大体格律诗的传统固定形式和稳定结构被打破。诗人通过一些错位的顿挫谋求某些特殊的表现力：将"突然"（《Tout à coup》）置于句首，以突出强调的效果；对"出现在我眼前"（《M'apparut》）和"刺向前方"（《Se projetait》）的跨行处理，表面上破坏了诗句韵律和节奏的完美，实际上诗人以这种方式使视觉形象同音响配置达到了惊人的统一，通过突兀的节奏达到对突兀视觉效果的模仿。"出现在我眼前"被突兀地置于一节的起首处，不仅是一个跨行，而且是诗节间的跨行，形象地呈现出老头在雾气弥漫的街巷中幽灵般的突兀闪现。老人的长胡须被比喻成一种进攻武器（"如剑一般锋利"），"刺向前方"仿佛让人看到举剑出击的动作和听到呼啸而出的剑锋，绝妙地表现出饱受城市摧残的老人身上带有的愤恨和攻击性。① 诗人在接下来的第六、七节中运用了同样的方法，描写老头悲惨的可怜外表：

> 他腰不是弯，而是已折断，脊梁
> 和大腿形成一个完美的直角，
> 他倚扶的木棍补足他的形象，
> 让举止和笨拙步伐像是仿效
>
> 残废的四足兽或三足犹太人。

诗人在此处用断裂的诗句模拟老人毁损的形象。两个跨行——"脊梁／和大腿形成一个完美的直角"（« son échine / Faisant avec sa jambe un parfait angle droit »）和"仿效／／残废的四足兽或三足犹太人"（« le pas maladroit // D'un quadrupède infirme ou d'un juif à trois pattes »）——使老人僵硬的和近于溃散的身架变得具体可感。而且，"仿效／／残废……"的跨行还发生在诗节之间，这更强化了支离破碎的残毁效果。

卡萨涅指出，波德莱尔对跨行手法的运用体现了他尝试突破亚历山大体严格形式规定的愿望。他认为，跨行是对诗句节奏的延伸，同时也是对思想的拓展，而且这种形式化的处理能够带来超出诗句本身的更多的意义。当诗歌的形式和诗句的节奏完全与文字的意义相配合而形成完美的应和关系时，这一手法所带来的艺术效果就显得十分难能可贵。② 上面所引《七个老头》中的几个例子很能说明问题。同样的手法和同样的效果也见于其他一些诗歌中，如：《小老太婆》中第四节和第五节之间的"它们被／／折断了腰……"（« — Tout cassés // Qu'ils sont, [...] »）(第 16—17 行）；《盲人》中的"……他们的眼睛朝向／苍天"（« Leurs yeux [...] restent levés / Au ciel; [...] »）(第 5—7

---

① 亚伯拉罕·阿维尼（Abraham Avni）在《〈七个老头〉，犹大和流浪的犹太人》（« *Les Sept Vieillards*, Judas and the Wandering Jew », in *Romance Notes*, Vol. XVI, N° 2, 1974-1975, pp. 590-591)一文中对犹大的胡须与利剑意象的关联进行了阐释。虽然《圣经·新约》中并没有提到犹大的胡须，但自中世纪和文艺复兴以来，犹大通常都被表现成像其他使徒一样长着胡须的形象，而且他的胡须还有其特别之处。阿维尼提到："中世纪的激情剧和神秘剧中的犹大长着红色的毛发。"其中暗示的意思是明显的：犹大"刺向前方"的胡须让人联想到红色的利剑。这一意象包含着极其凶险的攻击性和威胁性。

② 见 Albert Cassagne, *op. cit.*, p. 45.

行);《静思》中第二节和第三节之间的"我的痛苦,把手给我;来这里吧 // 远离他们"(《 Ma Douleur, donne-moi la main; viens par ici, // Loin d'eux》)(第7—8行);《暮霭》中的"……他们了结 / 自己的命运"(《[...]; ils finissent / Leur destinée》)(第32—33行)和"——不止一人 / 不再回来寻找……"(《— Plus d'un / Ne viendra plus chercher [...]》)(第34—35行)。此处只是挂一漏万略举几例,其实这样的例子在波德莱尔诗中还有很多。

让我们再回到《七个老头》。在法语原文中,第八节第一行(即全诗的第29行)这句亚历山大体诗的前面六个音节和后面六个音节的节奏并不均衡。在"Son pareil le suivait"("后面跟了一位")之后,紧接着生硬地罗列了五个现实事物:"barbe, œil, dos, bâton, loque"("胡子,眼,背,杖,衣")。这几个词以一种短促、跳动且节拍分明的节奏接续而出,在视觉和听觉上营造出了"古怪的幽灵"一个接一个快速繁殖增生的效果。幽灵般的老头很快就繁殖成了一个"可怕的队伍",让诗人感到无所适从。在第十二节中,诗人似乎故意要放大诗句中震荡着的恐惧感和神秘感。为了强调出一种隆盛的效果,诗人有违常理地在这节中一共用了七个形容词:"被激怒的"(《 exaspéré 》),"充满恐惧的"(《 épouvanté 》),"生病的"(《 malade 》),"麻木的"(《 morfondu 》),"燥热的"(《 fiévreux 》),"混乱的"(《 trouble 》),"受伤的"(《 blessé 》)。可以想象诗人在此是刻意为之,而这样的做法实在是一种冒险。所幸这样的做法在这首诗中紧扣诗人的主导观念,强化了恐惧和神秘的感受,为诗句注入了出人意表的象征蕴意和别具一格的豪迈语势。倘若不是这样,那就可以说诗人是在玩弄一种粗俗低级的美学趣味。不得不说这些诗句构造巧妙,完全应时应景,不仅完美地把诗人面对幽灵繁殖增生的神秘和荒诞时在精神上产生的种种感受和幻觉都呈现了出来,而且还通过词语的"轰炸",让阅读这首诗的读者也禁不住感到深深的惊骇。全诗的最后一行(即第52行)在不同手稿上出现过两种版本:"Sans mâts, sur une mer indomptable et sans bords"("没有桅杆,在不驯服的汪洋上")和"Sans mâts, sur une mer noire, énorme et sans bords"("没有桅杆,在黑而大的汪洋上")。在正式发表的版本中,这行诗是"Sans mâts, sur une mer monstrueuse et sans bords"("没有桅杆,在无涯怒海上簸荡")。比较这几个版本可以看到,诗人在最终的定本中所做的改动合情合理,改掉了"indomptable"("不驯服的")这个平淡无奇的字眼,也改掉了"une mer noire, énorme"("黑而大的汪洋")这个在原文中多少有些绕口的词组。在经过改动后得到的定本中尤其可以看到,辅音[s]和[m]接续而出,形成叠声效果,不仅通过重复的声响模拟了繁殖增生的过程,而且让谙熟法语的读者不由得联想到分别以"s"和"m"为首字母的"spectral"(幽灵般的)和"monstrueux"(怪物般的,可怕的)这两个词。诗中所表现的同一人物的繁殖增生的确如同幽灵一般令人困惑,又像怪物一样让人恐惧。这再次证明波德莱尔想要通过纯形式的设计以获得模拟的效果。

《天鹅》也是一首题献给雨果的诗歌。这首诗也可以帮助我们看到波德莱尔在这一时期所采用的新的诗歌路数有着怎样的特点。在这首诗中,诗人只在表面上保留了传统上每节四行诗的形式。全诗总共十三个诗节,其中真正在结尾处画上句号的并不多。从格律形式的角度看,四行一节的配置本应该给予诗歌以一种坚实稳固的结构,然而这首诗中的句子却每每突破诗节的界限而迁延到另一个诗节中。诗人在诗中从头至尾通过频繁使用逗号,通过添加括号,通过采用列举等一切手段,对诗句进行切割,打断诗句的平缓进程,让诗歌形式显出一种破碎的不稳固之感。诗人以这样的方式具体地呈现出了这首诗的一个重要方面,那就是,诗中的诗句是由并置在一起的碎片和"杂乱堆陈的旧货"构成的。

起首第一行就向读者显示了诗人"新方法"中极富特点的"断裂化"和"碎片化"。"安德洛玛刻,我想起你!"(《 Andromaque, je pense à vous ! 》)这句顿呼只构成亚历山大体诗句的一部分。这一行的随后音节由与后面的诗行形成跨行的"这小河"(《 Ce petit fleuve 》)补足。这一行中主节奏的切割并没有按正规的顿挫方式落脚在诗句中间的第六音节上,而是发生了错位。以"这小河"做主语的句子要到第二节的第一行中才找到自己的谓语("突然间丰沃了我富饶的回忆"),而在主语和谓语之间,插入了一个长达三行的主语的同位语。这样一来,整个第一节与第二节之间就形成了跨行。随后的描写以事物的零散杂乱为特点。就是在这样的背景下,诗人看见了那只逃出藩篱的天鹅,它扑打着干燥的地面,想要寻找故乡美丽的湖水。绝望中,它只好像奥维德笔下的人物一样把头扭向天空,"伸长痉挛的颈,昂起渴望的头"(《 Sur son cou convulsif tendant sa tête avide 》)。在这行中,采用头韵之法形成叠声效果的两个[s]和紧接其后的两个[k]强化了"动作疯癫的大天鹅"一阵阵抽搐痉挛的样子。

　　这首诗的第二部分写光阴荏苒中巴黎的巨变。但诗人在这里并没有尊随时间的连续性。与在第一部分中一样，他只看到一些断裂的碎片。他的回忆并不唤起对理想巴黎和完整巴黎的慕想，而是只唤起已经被拆毁的巴黎的景象。伫立在新卢浮宫前，诗人深感到回忆中的图景压迫着他，让他转而把视线投向内心世界。心中的种种图像由一系列的"我想起……"引出来。这一表达与全诗第一行相呼应，并像叠句般反复出现，把列举出来的那些混杂散乱的事物串联在一起，以此维持全诗的整体性，制造出一种将现实、想象和回忆融为一体的幻觉。尽管如此，统摄全诗整体的还是"碎片化"的效果。在最后一节中，一行颇为神秘的诗句"于是在我精神流亡的森林中"引出了下面这句：

　　　　一桩古老回忆吹响洪亮号角！
　　　　（Un vieux Souvenir sonne à plein souffle du cor！）

这行亚历山大体诗在原文中有着笨重的叠音，显得颇为蹩脚。此处的"回忆"并没有确切的对象，只是在诗歌结尾处泛指诗人还没有来得及说出的存留在记忆中的那些东西。与时间的区隔和碎片化相对应的，是想象空间的碎片化，在这个空间中堆积着各种各样的东西：有来源于书本的人物（如安德洛玛刻和奥维德笔下的人物），有逃脱藩篱的天鹅，有断了柱头的柱子，还有黑女人、水手、囚徒、俘虏和"其他许多人"。所有这一切要么来自于文学传统，要么来自于历史事件，要么来自于个人经历，它们之间没有外在的联系，看上去显得杂乱无章，在一切层次上都给人不协调的、有差异的和断裂的感觉。安德洛玛刻、天鹅和黑女人等形象不合时宜地出现在现代巴黎的中心地带，这尤给人带来巨大的触动和震惊。诗人何以会在这样的背景中选择这样一些出人意表的形象，这不是靠渊博的学识就能够解释清楚的。必须承认，这首诗把我们带入到一个观念联想的世界中，而开启其中奥妙的钥匙还得由读者自己去寻找，他可以与诗人一道去妙思玄想其中包含着的神秘，也可以用自己的经验去填充这些诗句留下的空白。最后几行与其说是在高潮处为全诗作结，不如说是把结尾悬置起来而把诗歌的运动引向更远：

　　　　我想起荒岛上被遗忘的水手，
　　　　还有囚徒、俘虏！……其他许多许多！（第51—52行）

这样一来，言有尽而意无穷，本应当表示结束的诗句却触发了情感上和思想上的新一轮运动。

题献给雨果的三首诗——《巴黎的幽灵》（包括《七个老头》和《小老太婆》）、《天鹅》——均表现在现代都市文明背景下遭到抛弃、无家可归的苦难者的命运，表现这些社会边缘人物在为疾困、焦虑、幻想、绝望所苦的情况下不甘心沦落的激情和无所适从的沮丧。虽然这几首诗在形式和主题上受到雨果一定程度的影响和启发，且波德莱尔自己也不讳言这点，但他在对题材的提炼、对主导意蕴的挖掘以及通过对词语的巧妙组合强化诗歌总体效果等方面表现了鲜明的个人特色。他把这些诗题献给雨果，表明他想要在雨果所擅长的领域一展才情，夺取自己在这一领域尚不具有的辉煌。[1] 雨果凭着诗人的敏感意识到波德莱尔的创新。他在读到《巴黎的幽灵》后，致信波德莱尔，写下了后来被广为引用的著名评价：

  你在迈动脚步。你在向前行进。你赋予艺术的天空一种莫名的令人恐怖的光芒。你在创造一种新的战栗。[2]

雨果在谈到《天鹅》一诗时也说这首诗"充满战栗和惊悚"，称其中的诗句"深邃"而"强劲"[3]。戈蒂耶在克雷佩编辑出版的诗歌集《法国诗人》（1862年）中撰写了波德莱尔的"诗人小传"，其中就引用了他认为说得"如此正确"的雨果的这段话为小传作结。维利埃·德·里尔-亚当在《恶之花》第二版出版后不久致信波德莱尔，向诗人透露说大音乐家瓦格纳十分欣赏并且能够背诵《盲人》中那些"雕塑般的诗句"。他还在信中写道：

  到了晚上我翻开你的集子，一遍遍读你那些字字机锋的绝妙诗句，越读越感到意味隽永。你写的东西实在是太美了！……《往昔生活》，充满寓意的《七个老头》《圣母》《面具》《女路人》《小老太婆》《午后之歌》——还有《情人之死》中的有力手法，你在其中运用了你的音乐理论——还有以黑格尔般的深刻开篇的《无可救药》，还有《耕作的骷髅》，以及《通功》中的

---

 [1] 关于波德莱尔与雨果的关系，可参见拙文《波德莱尔：雨果的模仿者》，收于刘波、尹丽：《波德莱尔十论》，中国社会科学出版社，2013年，第135—150页。
 [2] 雨果1859年10月6日致波德莱尔信，*Lettres à Baudelaire*, op. cit., p. 188.
 [3] 雨果1859年12月18日致波德莱尔信, ibid., p. 190.

高贵痛苦——还有《亚伯和该隐》中的二重奏……，总之，全都很美。你看，这些作品真是堂堂正正。人们迟早绝对必须承认其中的人性和伟大……而那些不懂得尊重的人发出的嘲笑实则是何等的赞誉。

不要因为我热情洋溢的赞美而生气。你知道，我的热情是真诚的。①

但并不是所有人都像雨果一样认识到波德莱尔带来的"新的战栗"，而里尔-亚当所说的"不懂得尊重的人"也的确存在。一位叫布塔利埃（Boutaillier）的先生在《当代评论》上读到《巴黎的幽灵》后大为光火，愤愤然致信波德莱尔，指责他玷污了法兰西语言：

> 要想作诗，先生，先得成为诗人，最要紧的是得会讲法语（……）。再则，对一位以《时尚》（La Mode）杂志撰稿人自居的人来说，事情就更加严重了，你真是大逆不道（……）。你可曾读过布瓦洛？（……）"醉鬼""破鞋子"这些字眼从来没有玷污过阿波罗女儿们的嘴唇（……）。②

从信中举出的"醉鬼"（ivrogne）、"破鞋子"（savate）两个词来看，这位先生的忿詈是针对《七个老头》的。信中提到的《时尚》杂志是一份正统派附庸风雅的期刊，在七月王朝时期一度颇为红火，而到1859年时早已经过气了。波德莱尔从没有为这份杂志撰过稿，他在信纸上批注道："我不知道《时尚》杂志是否还存在。我从来都跟它没有关系。"他稍后把这封信寄给喜爱收藏手稿的普莱－马拉希时还作了如下说明：

> 我把这份手稿当礼物送给你。
>
> 我不知道这位先生是否想要跟我打架。
>
> 杜冈先生有一次不知从谁那里收到过一封相同风格的信，派出证人，要跟这位陌生人决斗。——多么不同的性格呀，我却保持了沉默。③

波德莱尔的反应就像《风景》中的那位诗人一样，"风暴怒号于窗前"也不为所动，潜心于创造诗歌的"仙境华屋"的快乐。

---

① 见维里耶·德·利尔-亚当1861年春致波德莱尔信，*Lettres à Baudelaire*, op. cit., pp. 388-389.
② 这封信的片段收录在 *Lettres à Baudelaire*, op. cit., p. 65.
③ 波德莱尔1859年10月1日致普莱－马拉希信，《书信集》，第一卷，第605页。

亚历山大·库威（Alexandre Couvez）针对《巴黎的幽灵》中的另一首诗《小老太婆》发出类似于布塔利埃那样的指责：

> 该说说你了，夏尔·波德莱尔先生。我们就局限于选自《巴黎的幽灵》中《小老太婆》的一个片段：[这里引用了该诗最初五节]。不一而足。在这些乱七八糟的东西中，人的尊严何在？语言的尊严何在？①

埃德蒙·舍雷（Edmond Scherer）也指责波德莱尔用词不当、意象含混：

> 同当今好多其他作者一样，这不是从事创作，而是玩弄文字。他的意象几乎总是不贴切的。他会说人的眼睛"如锥子般锐利"（……）。他会把悔恨叫做"最后的客栈"。（……）波德莱尔写散文比作诗更糟糕（……）。他甚至不懂语法。（……）错误明显不说，而且简直是匪夷所思。②

更有甚者，他甚至还傲慢地恶语相向，对波德莱尔发起人身攻击，说"波德莱尔是一只猴子，不仅在文学方面颓废堕落，而且在智力方面全面退化"。③

如果用法国诗歌严格的传统格律规定来衡量，波德莱尔的好些诗句都说不上完美。他对某些亚历山大体诗的跨行处理，对某些诗句有意识的截断，对某些顿挫的移位，在那些所谓具有"良好趣味"的人眼中甚至会显得极为平庸。有些短视的批评家也批评他的许多诗句不符合传统诗艺的要求，他们因而怀疑波德莱尔在诗艺上的才能。许多真正具有敏锐艺术眼光的人士却发现，在这种表面的"平庸"背后，隐藏着更深意义上的巧妙。波德莱尔的一些看似趣味低劣的比喻、意象、韵律等，实则包含着一种独到的创意，具有无可比拟的表现力。

针对有人指责波德莱尔"趣味恶劣"，魏尔伦站出来捍卫诗人。他说有一次在比利时读到一篇文章，这篇文章的作者"带着完美的优雅和肤浅"嘲笑《小

---

① Alexandre Couvez, « De la poésie au XIXᵉ siècle. Pourquoi la révolution littéraire n'a pas abouti complètement », *La Belgique*, IX, 1860. 转引自 Henk Nuiten, William T. Bandy et Freeman G. Henry, *Les Fleurs expliquées. Bibliographie des exégèses des « Fleurs du mal » et des « paves » de Charles Baudelaire*, Amsterdam, Rodopi B. V., 1983, pp. 70-71.

② Edmond Scherer, *Ètudes sur la littérature contemporaine*, Paris, Calmann Lévy, t. IV, 1886, p. 288-289.

③ Ibid., p. 291.

老太婆》中对一个句子进行诗节间的跨行处理("她们被 // 折断了腰,眼睛如锥子般锐利",第 16—17 行)。魏尔伦用辛辣的讽刺进行回击:

> 看来,这位比利时评论家不知道 onomatopée(按:用声音暗示事物)为何物,会把这个了不起的字眼当作化学术语。唉!法国的好多评论家,包括那些最"重要的",在这些方面都是比利时人。

魏尔伦进而为波德莱尔的技巧进行辩护:

> 激怒那些苦修会修士,或用优雅的法语说,那些幼稚天真的人,这至少难道不是艺术的一个重要方面吗?
>
> (……)一个有足够强的能力和意愿实现这些转变并创造出一些如此强烈对比的诗人,一定在涉及他职业的任何方面都会被奉为大师。因此,无论其结构显得多么怪异,无论其外表看上去多么不合规矩,我看未必能在整部《恶之花》中举出一行诗——哪怕就一行!——不是有意为之并在落笔之前推敲再三。①

在这里,魏尔伦不是像其他人那样把波德莱尔诗句中的"恶劣趣味"和表面的"不协调"归结为其作者在诗艺方面的无能,相反,他显然看出这是诗人为追求特殊效果而刻意实践的特殊技巧,其中包含着诗人的良苦用心。

三、"刻意为之的散文化"和"恶劣趣味"的工巧

波德莱尔以前的法国诗歌难以跨出国门而在全世界被人阅读和欣赏,瓦莱里注意到这样一个事实并把这归咎于传统诗艺严格呆板的清规戒律:

> 一般说来,法国诗人很少为国外所了解和欣赏。人们比较容易承认我们在散文方面的长处,但在对我们诗歌实力的承认上却不那么大方,勉强得很。我们的语言中自 17 世纪以来就占据着支配地位的清规戒律,我们特有的重音规则,我们严格的诗律,我们对简练和直接明了的喜好,我们对夸张和滑稽的惧怕,表达上的某种矜持腼腆,以及我们精神上的抽象

---

① Paul Verlaine, « Charles Baudelaire », *Œuvres en prose complètes*, éd. Jacques Borel, Bibliothèque de la Pléiade, 1972, pp. 610-611.

倾向,这都让我们写出来的诗歌与其他国家的诗歌颇不相同,往往让别人感到难以捉摸。(……)有了波德莱尔,法国诗歌终于跨出了国界。①

让法国诗歌"终于跨出了国界"的波德莱尔的诗歌正是一种作为典范的现代诗歌,不仅在全世界被阅读,而且也被广泛效仿,让许多心灵得到滋养。波德莱尔的诗歌在许多方面都与瓦莱里所列举的用以定义传统诗歌的那些特点格格不入,用波德莱尔自己的话说,就是"跨越了为诗歌设定的界限"。瓦莱里还指出,波德莱尔的"荣耀"不只是取决于他作为诗人的才情,而且还取决于他能够"把诗的才华与批评的智慧结合在一起"的特别的才能。② 这种特别的才能体现在他对文字的锤炼,对转承和结构的讲究,以及在诗歌形式上对某些特殊手段和整体效果的有意识的自觉追求。瓦莱里说波德莱尔在诗中追求"一种坚实的质地和一种更精巧、更纯粹的形式"③,这让他在诗歌中能够达成技巧与思想的积极配合。的确,波德莱尔自己也把一首诗的布局、结构和形式看成是"精神作品所具有的神秘生命的最重要的保障"④,同时他还认为,在一件好的艺术作品中,有时候为了某种更重要的东西或为了达成整体上的效果,可以允许某些看似拙劣的错误。⑤ 其实,波德莱尔诗中许多看似拙劣的错误实则是精确算计的结果。瓦莱里在谈到波德莱尔的《静思》时写下了这样的看法:"这首十四行诗是集子里最可爱的篇什之一,这些诗句总是让我惊奇,算算有五六句确实写得弱。但这首诗的开头和结尾几句却有着那么大的魔力,竟使中间一段不觉得拙劣,并且容易当它并不存在。只有极伟大的诗人才能够创造出这样的奇迹。"⑥为了佐证瓦莱里所言,我们可以引用阿斯里诺在其短篇小说集《双重人生》序言中提到的一段发生在一位杂志主编与一位著名诗人之间的对话:

——先生,您不觉得这句诗有点弱吗?——是的,先生(诗人咬着嘴唇说),而且紧接着的那句也很弱,但它们之所以在那里,是为了引出下一

---

① Paul Valéry, *Situation de Baudelaire*, *Œuvres*, éd. cit., t. I, p. 598.
② Ibid., p. 599.
③ Paul Valéry, *Variétés II*, Paris, Gallimard, 1930, p. 134.
④ 波德莱尔:《再论埃德加·爱伦·坡》,《全集》,第二卷,第332页。
⑤ 参见《全集》,第二卷,第431—432页。
⑥ Paul Valéry, *Situation de Baudelaire*, *Œuvres*, éd. cit., t. I, p. 610.

句,这下一句可一点也不弱。——我不否认这点,先生;但最好是这三句都同样有力。——不行,先生(诗人回答道,这一回他生气了),因为果真那样的话,哪里还有什么层次递进? 这可是一门艺术,先生,一种我用了20 年才学到的艺术,而⋯⋯(他没有敢往下说:"您则对此一窍不通")。①

雅克·克雷佩认为这段对话有可能是真实发生在《当代评论》主编卡罗纳和波德莱尔之间的。波德莱尔确实在与卡罗纳的书信往来中不止一次解释自己的意图,并且还语气强硬地提醒对方千万不要改动他的诗句,要么干脆把它们拿掉。②

时常有人指责波德莱尔的"恶劣趣味"和他诗歌中的"不协调"。这些人其实不懂得这正是波德莱尔"深层模仿"的表现形式。波德莱尔在遣词造句和形式结构上的某些表面的缺陷,不是技巧拙劣或才能不济的问题,而是他为了达到整体的和谐和思想的活力而在"细节"上做出的必要的"牺牲",这其中实则包含着一种精心的谋划。

罗贝尔·维维耶虽然认为《恶之花》中写得不好的诗歌"数量极少",但仍然提到《巴黎图画》中有三首写得不尽如人意:《太阳》杂糅了两种完全不同的观念;在《七个老头》和《小老太婆》中,诗人似乎被繁多的细节搞得不知所措、难以应付。③ 亨利·佩尔(Henri Peyre)在维维耶举出的这几首外,还加上了《风景》《耕作的骷髅》《暮霭》等篇,认为写得庸劣无奇,要么显出散文化的迟涩、笨拙,要么缺乏灵动的气息、意象和音乐。④ 但佩尔只是把这作为特点讲出来,并没有对此做优劣判断。他进而指出,波德莱尔诗句中"令人伤心的庸劣"以及他想要"让诗歌向散文靠拢"的意愿很有可能是诗人"刻意为之"的。佩尔得出的结论颇为贴切可亲:

> 波德莱尔诗歌的形式的确常常极力靠拢或近乎于散文。这样一来,诗歌形式增加了诗中的散文化腔调,让我们当中有些人的耳朵产生反感,

---

① Charles Asselineau, *La Double Vie*, Paris, Poulet-Malassis et De Broise, 1858, p. vii.
② 见《书信集》,第二卷,第 15,33 页。
③ 见 Robert Vivier, *op. cit.*, pp. 24-25.
④ 见 Henry Peyre, « Remarques sur le peu d'influence de Baudelaire », *Baudelaire* (réédition du numéro spécial que la *Revue d'histoire littéraire de la France* a consacré à Baudelaire dans sa livraison d'avril-juin 1967), *op. cit.*, pp. 210-211.

并且折断我们想象力腾飞的翅膀。但这其中很可能包含着诗人方面的一种冒险的勇气,勇于不要"飞越池塘,飞越峡谷,飞越群山",勇于贴近日常生活的丑陋和难以忍受的污泥浊水,勇于夺取种种缺乏诗意的散文因素并努力把散文向具有更多诗意的境界提升。①

"刻意为之"一说,并不是一种全然没有根据的凭空推断。波德莱尔自己不是说他意欲"尝试"一种新的方式吗?他运用古典主义的诗歌韵律来对抗某些浪漫主义者诗歌中的放纵,同时又用他强加于诗句的"缺陷"和特殊的顿挫来对抗古典主义亚历山大体诗句对清规戒律不知变通的拘泥。研究诗歌声律的批评者相信声音与意义之间存在着应和关系,他们很早就注意到波德莱尔的诗句中存在着散文化的节奏。卡萨涅早在20世纪初就发现波德莱尔的许多诗句都带有使用大量散文化节奏因素的痕迹:顿挫弱化,重音移位,频繁跨行(甚至是诗节之间的跨行)等。亚历山大体诗十分讲究诗行音节数量的整齐,其主要特点为每行有十二个音节,按规定在第六个音节后有个顿挫,朗读时的重音要落在这个音节上。卡萨涅指出,在波德莱尔的有些亚历山大体诗句中,本该落在第六音节上的重音发生了移位,或者落在了一个无足轻重的单音词上,"这基本上就是取消了重音"②,如:

Exaspéré comme *un* ivrogne qui voit double
(我被激怒,像满眼重影的醉汉)
(《七个老头》,第45行)

Pour entendre un de *ces* concerts riches de cuivres
(侧耳倾听管号齐鸣的音乐会)
(《小老太婆》,第53行)

Les tables d'hôte, *dont* le jeu fait les délices
(赌博成了待客餐桌上的佳肴)
(《暮霭》,第23行)

---

① 见 Henry Peyre,《 Remarques sur le peu d'influence de Baudelaire 》, *Baudelaire*(réédition du numéro spécial que la *Revue d'histoire littéraire de la France* a consacré à Baudelaire dans sa livraison d'avril-juin 1967),*op. cit.*,p. 212. 这段话中所引诗句出自波德莱尔的《高翔》(《全集》,第一卷,第10页)。

② Albert Cassagne, *op. cit.*, p. 44.

不过,卡萨涅并没有像勒贡特·德·李勒那样指责说这是缺乏诗意的"散文腔",相反他最早说出这是波德莱尔"刻意为之的散文化"①。这种"刻意为之的散文化"也可以在对小老太婆一蹦一跳的跛行步态的描写中明显见到:

> Ils trottent, tout pareils à des marionnettes;
> Se traînent, comme font les animaux blessés,
> Ou dansent, / sans vouloir danser, / pauvres sonnettes,
> Où se pend / un Démon sans pitié ! / Tout cassés
>
> Qu'ils sont, / ils ont des yeux perçants / comme une vrille
> (它们迈着碎步,俨然木偶一样;
> 又像受伤动物,步履艰难相随,
> 身不由己地跳跃,可怜小铃铛,
> 无情的恶魔吊在里面! 它们被

折断了腰,眼睛如锥子般锐利)
（《小老太婆》,第13—17行）

在这段描写中,诗句中的三联节奏打破了亚历山大体诗的严格规整,产生出一种没有节奏的节奏,或者说是一种发生紊乱的节奏,再或者说就是一种散文式的节奏,在这之外再配以对诗节间跨行的运用,保证了断裂的音律节奏和断裂的视觉效果与所描写的小老太婆的断裂的形象和断裂的动作之间的对应关系。诗人刻意要寻求这种效果,因为总体上表达的意思要求在这里尽量避免对称和整齐,以表现出那种在外力逼迫下发出的动作所具有的不连贯的跳跃性。太过连贯的节奏和畅涌无碍的语气在此处反倒达不到这种效果,只会让诗人感到乏味。

面对有人指责《小老太婆》是"乱七八糟"的东西,并质问诗中"人的尊严何在? 语言的尊严何在?"普鲁斯特却针锋相对,称非常欣赏这首诗中的"真诚的人性"和"一种残酷而恶毒的美"。他认为波德莱尔在这首卓越的诗中捕捉到

---

① Albert Cassagne, *op. cit.*, p. 45

了民众的血脉,并且认为"看来已经达到极致了"①。在谈到《天鹅》时,普鲁斯特指出这首诗的结尾一句"还有囚徒、俘虏!……其他许多许多"与《远行》一诗的结尾一句一样,显得局促,缺乏灵动的气息。不过普鲁斯特对波德莱尔心领神会,深知诗人要以此在诗中达到言有尽而意无穷的效果,故而推断说:"这些如此简单的结尾,很可能是刻意为之的"②。

与其把缺乏灵动的气息归咎于波德莱尔的"恶劣趣味"或如布吕内杰尔(Ferdinand Brunetière)所说的"表达不当"③,我们倒更愿意将其看成是美学观念的革命和对既有趣味的颠覆。诚如本雅明所指出的那样,"艺术作品再生产的危机只不过是与感觉本身相关的更为普遍的危机的一个方面"④,也就是说,现代艺术正是通过充满"危机"的形式来展现现代人在现实感受经验方面的"危机"。让现代诗歌发生震荡的危机,究其根本,是与现代人感觉领域的危机联系在一起的。对于波德莱尔这样的现代诗人来说,诗艺上的"瑕疵"甚至已经成为一种主动的追求,因为诗歌形式呈现的这种支离破碎、分崩离析的效果,恰当而形象地模拟了现代大工业机器文明刺激人的感官和意识的方式,使人们对于现代生活的感受经验在艺术经验中得到传达和再现。新的表现形式的出现正是符合了新的感觉经验的要求。吉拉德·安托万(Gérald Antoine)就是据此把波德莱尔的"恶劣趣味"与现代的现实经验联系在一起:

> 所谓波德莱尔的"恶劣趣味",所谓他诗中的那些"不协调",在我们看来不属于(……)表达方面不登大雅之堂的灾难,而是对"人生和存在之不协调音符"的严格传译。⑤

可以说,波德莱尔通过"恶劣的趣味"改变了人们对于诗歌完美形式的观念。在他看来,格律的工整,音律的和谐,一气呵成的流畅,悦人眼目的图画等只不过是传统诗学和修辞学对于作诗的一些基本要求,但不可以把它们当作一些绝对化的规定。真正完美的形式往往出自作者独特的创造,以适应新的表现

---

① Proust, «Propos de Baudelaire», *Sur Baudelaire*, *Flaubert et Morand*, op. cit., pp. 120, 125.
② Ibid., p. 123.
③ Ferdinand Brunetière, «Charles Baudelaire», in *Revue des deux mondes*, 1er juin 1887, p. 701.
④ Walter Benjamin, *Charles Baudelaire*, op. cit., p. 198.
⑤ Gérald Antoine, «Classicisme et modernité de l'image dans *Les Fleurs du Mal*», *Vis-à-vis ou le double regard critique*, Paris, P.U.F., 1982, p. 116.

内容、新的感受方式、新的审美趣味,通过创造出新的"震惊"和新的"暗示",给人带来新奇的发现。在他的城市诗歌中,波德莱尔力图使诗歌经验符合于城市经验,使诗歌中传达的感受符合于人们在城市生活中的感受。作品形式的"不完美"对应着现实生活中的丑陋,诗句设计上的"失衡"是由于被表现对象本身已经失去了固有的稳定,音律的"不和谐"往往借用了生活中不协调的音符。当诗人要表现的是生存中的窒息感、压迫感、紧张感、孤独感、落魄感时,作品表面的优美形式和流畅节奏反倒成了他的大忌。波德莱尔的过人之处——这也是他的惊人之处——在于他敢于和善于利用不准确来达到准确,利用不和谐来达到和谐,利用看似拙劣的手段来强化诗歌的表现力和暗示力,以极为自觉和深思熟虑的方式超越普通诗学和修辞学意义上的完美,在诗歌中达成安德烈·纪德所称赞的"隐秘的完美"①。波德莱尔在一份为《恶之花》所撰前言的草稿中提出"深层修辞"的观点,而纪德提到的"隐秘的完美"大概应当是"深层修辞"所希望追求的目标之一。作为诗人,波德莱尔最大的光荣也许就在于他用诗歌绝妙地模拟了凡庸事物的恶俗,表现了残损人体的苦难、狰狞以及对它的同情,传达出超越了人的日常感受经验界限的体验,而这一切,他是通过突破为诗歌设定的界限来达到的。波德莱尔的诗歌经验告诉我们,在有心的艺术家那里,"恶劣趣味"可以是一种工巧,艺术上"表达不当"的缺陷也可以通过运用之妙而让艺术获益匪浅。在此可以引用法国 19 世纪初的批评家克劳德·弗里埃的一段话来佐证波德莱尔的艺术经验:

> 艺术上的缺陷或运用上的不尽完美,即表达手段的简单性与作品艺术效果的圆满性之间的种种对比或不称,反而构成了这样一种艺术制作的主要魅力。②

四、"深层修辞"和内在的活力

从布吕内杰尔到法盖(Émile Faguet)再到舍利耶尔(Ernest Seillière)的

---

① André Gide,《Baudelaire et M. Faguet》, *Essais critiques*, éd. Pierre Masson, coll. Bibliothèque de la Pléiade, 1999, p. 253. 纪德在这篇文章中指出,波德莱尔诗里面意象和客观事物之间的不协调正是诗人精心计算的结果,而诗中"隐秘的完美"就出于这种"精心计算"。

② 转引自韦勒克:《近代文学批评史》,第三卷,上海译文出版社,1991 年,第 7 页。

一些法国学院派批评家不停地叫嚷说：波德莱尔的作品中充斥着蹩脚的字眼和散文腔，笨重而缺乏灵动的气息。① 与之相反，从魏尔伦到瓦莱里再到儒孚的一些大诗人则称赞波德莱尔在诗歌形式方面造诣精深，获得了巨大成功。② 这种在形式方面造诣精深的成功并不在于创造了一种表面圆熟的诗歌形式，而在于对诗歌文本和诗歌技巧的深层追问。自波德莱尔出来后，人们对诗歌创作技巧的评价标准发生了改变，不再把诗歌创作技巧看成是类同于制作工艺品或裁剪服装那样的技巧。诗歌技巧的价值不是在制作外在形式或表面形式的精湛手艺中见出来的，而是要看是否通过诗歌创作手段谋求到了一种表现生活的形式。波德莱尔"深层修辞"之说的要旨，就是诗歌对于表现生活的形式的谋求。事实上，单就诗歌表面形式的圆熟来说，波德莱尔实不能与雨果或戈蒂耶平起平坐。他自己可能也对此有所感觉，因而才会"怀着最深的谦恭之情"，把《恶之花》献给戈蒂耶，并把他称作"法兰西文学完美的魔术师、无可挑剔的诗人、老师和朋友"③。他还羡慕朋友邦维尔挥手可就的敏捷才思，有时候把自己的迟缓、拖延看成是低人一等。在校改《恶之花》第一版的清样时，他如此回复等得有些不耐烦了的出版商：

---

① 布吕内杰尔在《夏尔·波德莱尔》(《Charles Baudelaire》)一文中称《恶之花》的作者是"名副其实的满纸缺陷和表达不当的天才"(*Revue des deux mondes*，1ᵉʳ juin 1887，p. 701)，又在《波德莱尔的雕像》(《La Statue de Baudelaire》)一文中说"他的诗句充斥着散文腔，他的语言表达不当，其思想亦晦涩不明"(*Revue des deux mondes*，1ᵉʳ septembre 1892，p. 223)；法盖在《波德莱尔》(《Baudelaire》)一文中称自己为波德莱尔作品中缺乏起伏运动和灵动的气息而感到惋惜(*La Revue*，vol. 87，1910，p. 616 sqq.)；舍利耶尔认为"单凭气息如此短促的成功无论如何也当不上'大'诗人的称谓"，在他看来，波德莱尔之所以产生如此巨大的影响，可以"主要从精神方面的一些原因来解释"(*Baudelaire*，Paris，Armand Colin，1931，p. 265)。

② 魏尔伦称赞波德莱尔是"一位杰出的作家和一位伟大的诗人"，欣赏他作品中那些为他确立了"在现时代最纯粹的文学荣耀中占有一席之地"的那些因素："他的文风的精纯绝伦，他的强劲而灵活的出色诗句，他的强大而壮丽的想象，而且可能尤其是哪怕在他最不起眼的一些作品中都表现出来了的那种感受性，他的感受性始终精微曼妙，常常是深刻的，有时是残酷的"(《Obsèques de Charles Baudelaire》，*Œuvres en prose complètes*，éd. cit.，p. 626)；瓦莱里指出波德莱尔的语言"包含着一些与它的实用的、直接具有意义的那些特性融合在一起的情感资源"，认为诗人"致力并献身于定义和创建一种语言中的语言"(*Situation de Baudelaire*，*Œuvres*，éd. cit.，t. I，p. 611)；儒孚在强调波德莱尔刻意实践"深层修辞"的同时，指出在波德莱尔诗歌中，"新的威力就是从诗句内部爆发出来的"，并且称"正是在词语构成的形质中波德莱尔成其为波德莱尔"，如"音节关系，音响特性，词语之间的张力，诗句接续过程中产生的张力"等，在这些因素中可以看到处于萌芽状态的"马拉美式句法的缩影"(*Tombeau de Baudelaire*，op. cit.，pp. 58-59)。

③ 见《恶之花》卷首献词，《全集》，第一卷，第3页。

——我刀光剑影地与三十来个不到位的、令人不舒服的、押韵不好的诗句搏斗。你相信我会有邦维尔的那种灵巧么？①

羡慕别人的敏捷实则是道出自己写作的艰难。不过，波德莱尔的"艰难"并不是如一般人所认为的那样是因为他在遣词造句方面技不如人，而是因为他对于诗歌有着不同于常人的理解。虽然波德莱尔清醒地知道自己肩负着"跨越为诗歌设定的界限"的使命，但在进行尝试的过程中，他本人在当时似乎也还并未完全意识到自己作品中将他与戈蒂耶和邦维尔奉行的完美形式标准区别开来的那些因素。今天看来，戈蒂耶和邦维尔跟他相比实难被称作大师，最多也就是具有一定才能的二流人物而已。在戈蒂耶和邦维尔写得最好的那些轻盈灵动的诗歌中，可以见到称心如意的明快和内容与形式的均衡，而这在波德莱尔的作品中是难以见到的。波德莱尔的文字大都显得迟涩梗阻，往往给人勉力所为的印象。艾略特敏锐地指出，波德莱尔的伟大之处在于打破了四平八稳的均衡，在于他永不满足地让作品处于一种未达完满的状态。他注意到波德莱尔具有"一种比戈蒂耶更伟大的技巧方面的才能"，并且认为，在波德莱尔的作品中，情感内容"总是让容器发生爆裂"②。确实，在一切伟大的诗歌中，似乎总可以见到形式追逐着新的深刻的内容，仿佛形式难以捕获住内容，仿佛形式只能以近似的方式抓住内容，说得更好一点，似乎有时候形式完全没有做好接纳这一内容的准备，倘若不花大力气对物质进行揉捏和锤炼，打造出一种新的形式，单凭既有的形式是永远也接纳不了这一内容的。波德莱尔经常抱怨创作活动搞得他精疲力竭、痛苦不堪，并且还把这看成是自己隐秘的"短处"，而他的精疲力竭和痛苦不堪实则是因为他在骨子里怀有一种与那些鼓吹"为艺术而艺术"的信徒们大异其趣的精神诉求。波德莱尔的诗歌与戈蒂耶和邦维尔诗歌的区别，就在于一为艰苦的修行，一为炫技的愉悦。一个技巧之所以真正称得上诗歌技巧，之所以真正具有诗意，是因为它历艰涉险，是因为它置粉身碎骨于不顾，是因为它是与所谓"技术""手艺"或"职业"不同的东西。

毫无疑问，波德莱尔的诗歌形式是成功的；同样毫无疑问的是，他的诗歌总是让人感到其成功的形式始终受到威胁，显出紧绷的张力，处在极限点上。

---

① 波德莱尔 1857 年 5 月 14 日致普莱-马拉希信，《书信集》，第一卷，第 399 页。
② Voir T. S. Eliot, «Baudelaire», *Essais choisis*, Paris, Le Seuil, 1950, p. 332.

毫无疑问,他的诗歌用语言达成了超越于语言的成功,而要是没有缺陷、残损、刺耳的或不协调的声调、乖戾、夸张、散文化,以及有时候发生的歇斯底里和随之而来的某种含糊、某种因气息短促而说不出话来的紧张,这样的成功是不可能取得的。事实是,诗歌想要承载的经验超出了语言的承载能力;这种经验是从未被表达过的,而且常常是不可表达的。外在形式与内容的相符是相对而言的,而且往往显得岌岌可危、言不及义。诗人之所以面对为自己提出的任务而时常感到力不从心,要么是因为他想要传达的东西看来确实是不可表达的,要么是因为他掌握的工具尚不能抓住他想要表达的东西。在法国诗歌中,波德莱尔的诗歌也许是最经常借助于人为的设计和刻意的浓烈装饰的了,有意识地要让诗中的材料始终处于一种高压之下。纪德在谈到波德莱尔的格律诗以及诗人在题为《美》的诗中所说的"我憎恨变动"时,认为波德莱尔的意图是要"让他的诗歌固定下来",以便"在深度上展开它们"①。然而诗人真的可以让诗歌保持这样一种高压而又不让既有的体系发生爆裂吗?兰波虽然承认波德莱尔是"第一位通灵者,诗坛之王,真正的上帝",但他又毫不犹豫地写道:"那被大肆夸耀的形式在他那里其实平庸得很"②。究竟应当怎样理解兰波所做的这个多少有些语意含糊、颇为费解的判断呢?此处应该不是指波德莱尔诗歌的形式"平庸得很",而是指那些"大唱艺术高调"的学究们自认为高雅考究的诗歌形式在完成波德莱尔的诗歌使命时显得"平庸得很"。这里并不存在某些评论家所说的波德莱尔的"失败",也不存在兰波对波德莱尔的诗歌形式表示不齿。兰波接下来写道:"对未知的创造呼唤着新的形式。"而这正是波德莱尔在自己的诗歌中所从事的事情。兰波对作为"通灵者"的诗人作了如下定义:

  诗人是真正的盗火者。
  他承载着全人类,甚至也承载着全部的动物;他应当让人感觉到、触摸到、听闻到他的创造。如果他从那边带回来的东西是有形的,他就给予

---

 ① André Gide, «Baudelaire et M. Faguet», *Essais critiques*, éd. cit., p. 250.
 ② 这一段中所引兰波的话均出自兰波1871年5月15日致保尔·德梅尼(Paul Demeny)的信,即所谓《通灵者的信》(*Lettre du voyant*)。该信译文见黄晋凯、张秉真、杨恒达主编:《象征主义·意象派》,中国人民大学出版社,1989年,第32—37页。本文引用译文时略有改动。

形状；如果是无形的，他就任其无形无状。关键是要找到一种语言。

（……）

这种语言将是从灵魂到灵魂，概括一切，如气味、声音、色彩等；这种语言是思想召唤思想，是思想激发思想。①

兰波的这些话概括了波德莱尔通过"深层修辞"（la rhétorique profonde）一语想要表达的内容。

波德莱尔在为《恶之花》撰写的几份"前言"草稿中介绍了自己关于"深层修辞"的观点，其要旨是：诗艺的作用就是要通过一切手段，"通过一系列果敢的努力"，以新奇独到的方式让读者参与到感受和体验之中。而要做到这点，诗人就必须要对波德莱尔在其中一份"前言"草稿中列举出来的那些要点有所觉悟：

（……）诗歌以其音韵格律而接近于音乐，诗歌韵律之学扎根于人类灵魂之中，其深入程度远较任何古典理论所指出的为甚；

（……）诗句可以模仿（在这点上它接近于音乐艺术和数学科学）横线、上升的直线、下降的直线；（……）它可以轻灵地一飞冲天而毫不气短息促，又可以重重地一头垂直扎进地狱；（……）它可以随螺旋线而动，可以勾勒出富有寓意的故事，或者勾勒出由一系列曲折转角构成的之字形图案；

（……）诗歌是与绘画艺术、烹饪术、化妆术联系在一起的，能够通过把一个名词跟一个意思相近或相反的形容词结合在一起，表现出甜美的或苦涩的、幸福的或恐惧的任何感受。②

根据波德莱尔"深层修辞"的观点，好的诗句应当能够让人既感觉到熔炼的火焰又感觉到被熔炼的金属，既让人感觉到改造物质的能量又感觉到被点石成金的物质，同时还让人感觉到体现在语言、韵律结构、形式、色彩和词语含义等

---

① 这一段中所引兰波的话均出自兰波1871年5月15日致保尔·德梅尼（Paul Demeny）的信，即所谓《通灵者的信》（Lettre du voyant）。该信译文见黄晋凯、张秉真、杨恒达主编《象征主义·意象派》，中国人民大学出版社，1989年，第32—37页。本文引用译文时略有改动。

② 《前言草稿》（之三），《全集》，第一卷，第183页。另外，"深层修辞"的说法出自《前言草稿》（之四），《全集》，第一卷，第185页。

方面的最完美的才能。诗歌成为词语所面临的一种全新的境遇，成为由词语间的种种新关系构成的一个复杂的网络。在这个网络中，选择词语的依据是诗人的情感活动和萦绕心中的独特经验，因而词语与情感生活和精神生活的种种符号产生对应。诗人面对一种情景，绝不只流于抓取其皮毛，而是要挖掘出其中奥理冥造的神髓，如此才能得心应手、理趣圆融，曲尽笔简意工之妙，达到"造理入神，迥得天意"①的境界。极工尽丽的外在形式从来不是最杰出艺术作品的品格，无懈可击的工整也从来不是最杰出艺术家的最高追求。与细节上符合于规范的完美相比，艺术品还有"更重要的东西"，而这更重要的东西就是直达灵府的某种"精神境界"。对于穷极工巧的细节完美近乎病态的关注，往往导致某些绵软无力的效果，凸显不出精神境界的力量。中国古人对这个问题多有论述，可资借鉴。东汉王充有云："大羹必有淡味，至宝必有瑕秽，大简必有大好，良工必有不巧。然则辩言必有所屈，通文犹有所黜。"②北宋黄庭坚素喜瘦硬峭拔的风格，称作诗"宁律不谐，而不使句弱；宁字不工，而不使语俗"③。他们所推崇的，显然不是那种圆滑完满的工巧，而是一种带有残拙之迹的工巧，或许我们把这种"工巧"说成"奇巧"便更能显出其中真意。诚如《漫叟诗话》所云："诗中有拙句，不失为奇作。"④元人方回有"丽之极，工之极，非所以言诗"⑤之说，亦是申言此意。以上种种都应了老子"大巧若拙"之说。波德莱尔诗中受到布吕内杰尔等人诟病的"表达不当"，实则就是以"拙"的形式表现出来的"大巧"，而对于这种大巧之妙，诚如宋人沈括在论及书画之妙时所言，"当以神会，难以形器求也"⑥。诗歌之妙与书画之妙是相通的，都要从心领神会的意境上去体悟，而难以仅从外在的感相形迹上去寻求。所谓"神会"，就是兰波所说的"是从灵魂到灵魂，（……）是思想召唤思想，是思想激发思想"。

《巴黎图画》的说法显示了诗人想要创造一种与绘画艺术"联系在一起"的

---

① 沈括：《梦溪笔谈》，卷十七《书画》。
② 王充：《论衡》，卷三十《自纪篇》。
③ 引自叶朗总主编：《中国历代美学文库·宋辽金卷》（下），高等教育出版社，2003年，第374页。
④ 转引自蔡梦弼：《杜工部草堂诗话》，卷一。
⑤ 方回：《桐江续集》，文渊阁四库全书本，卷八。
⑥ 沈括：《梦溪笔谈》，卷十七《书画》。

诗歌的愿望。要谈论"绘画的诗歌",并不像乍看上去那么简单,因为正如莱辛(Gotthold Ephraim Lessing)在《拉奥孔》(Laocoon)中指出的那样,绘画是空间性的,以线条和色彩为媒介,诉诸视觉,以再现的同时性为特点,其擅长的题材是并列于空间中的"物体及其属性",而诗歌则是时间性的,以词语和声音为媒介,诉诸听觉,以语言的线性为特点,其擅长的题材是持续于时间中的"事物的运动"。然而,波德莱尔这位对"深层修辞"有着精深造诣的诗人融会贯通了不同艺术的特点,至少在两个层面上通过摹写城市现实而创作出自己的巴黎诗歌:一是通过对各种现实材料的编排组织摹写出具有静态外观的城市现实,一是通过再现类似于闲逛者行走的过程摹写出具有动态生活的城市现实。在纸页上写作就如同在城市中行走。看来有必要把诗歌与视觉艺术的关系问题聚焦在对城市空间的造型这个问题上。城市、图画和诗歌所具有的共同点,就是它们都是空间结构:倘若没有这个公分母,那么从一个结构到另一个结构的转码就是不可能的。在这个问题上,不只是要用静态的形式再现出静态的空间物体,还要再现出这些物体的运动以及穿行于这些物体的行走者的运动。

面对五光十色、变幻不定的巴黎,波德莱尔深感不可能在整体上把握住客观巴黎中繁杂多样、难以透识的现实。他的两篇以整体巴黎为对象的《跋诗》都没能最终完成,均以失败告终,这颇能说明问题。他最终放弃了这个巴尔扎克式的雄心,不再执着于构建一个外在的、史诗般的整体巴黎。他通过诗歌为巴黎描绘的"图画"呈现为零碎的片段,着力于表现内在的观照。面对乱花迷眼、新奇迭出的巴黎,他以一种未完成的、片段的、意义漂浮不定的美学来对应,而这种美学让他的诗歌接近丁居伊的素描。他颠覆了过去那种以完美对象为模特进行所谓"和谐"摹写的艺术理想,以便更好地表现丑怪骇人的对象。现代诗歌的一个主要特征就是诗歌语言句法的爆裂,而这正是非连贯的片段诗学最明显的体现之一。与非连贯的片段空间相对应的,是非连贯的片段诗歌。正因为这样,我们经常可以见到,城市诗歌相对而言显得晦涩难懂、暧昧难解,而这实则是与城市世界的晦涩难懂、暧昧难解相对应的。城市诗歌中模棱两可的意象以及语言和观念的含糊不明,正是现代性模棱含糊特点的表征。

前文中已经提到,波德莱尔建立在"深层修辞"构想上的诗学要旨,就是要让读者的感受和体验参与到诗歌活动中。这就意味着,诗歌的阅读者如果只停留于理解诗歌现实赖以存在的语言层面,那是远远不够的,还必须要付诸切身的感受和体验,通过感观和心灵的完全参与,赋予诗中的意象以生动性,捕捉住其中独到而饱满的意蕴。要做到这点,阅读者必须全身心投身于在诗歌的符号世界中的游历,一如诗人先前投身于在城市的符号世界中的游历,要在符号世界的游历中去会意"空白"处渲染的意境,去体味言简意工处浓缩的蕴含。对文本的阅读可以说是"生产性的",因为只有阅读者的积极参与才能让"意义"得到实现。于是,城市诗歌起着双重的向导作用:既是在城市中的向导,也是对于阅读的向导。阅读一首城市诗歌,就是在一个独特的游历中跟随一位行走者和一位诗人。一种新的艺术由此被创造出来。里尔克在谈到诗人作诗的过程时特别强调超出了文字写作的形构之法:

> 在这些诗歌中,有一些段落超出了文字写作的范围,不像是写出来的,倒像是形构出来的,有一些词语和词组在诗人滚烫的手中已经融化掉了,有一些形式可以让人触摸到具有起伏的立体感,有一些诗句就像廊柱一样,其繁复的柱头上承载着不安的思想的重负。①

形构之法破除了文字连贯的迷信,强调诗歌的总体效果和带给人的总体印象。翁贝托·埃科把这样创造出来的诗歌与他所说的"开放的作品"联系在一起,而这种作品就是以非连续的诗学为特点的:

> 现象的非连续性对那种用一个统一的和确定的形象来表现宇宙的可能性提出了质疑:艺术为我们启示了一种呈现我们生活于其中的这个世界的方式,与此同时,让我们接纳它,把它纳入到我们的感觉之中。"开放"的作品清楚地知道自己就是要给出一个非连续的形象:这样的作品不是在描绘非连续的形象,而是它本身就是以这种非连续性的形式存在着的。②

埃科所说的这种以非连续性为特点的"开放的作品"具有一种"大巧若拙"之妙,也就是说,在这样的作品中,求工未必尽妙,真妙不必求工,诚如清盛大士所言,"与其工而不妙,不若妙而不工"。③ 蒂博岱就是以"妙趣"(l'agrément)

---

① Rainer Maria Rilke, *Auguste Rodin*, Wiesbaden, Insel-Verlag, 1942, p. 19.
② Umberto Eco, *L'Œuvre ouverte*, Paris, Le Seuil, 1965, p. 124.
③ 盛大士:《溪山卧游录》,卷一。

的名义为波德莱尔的"恶劣趣味"和技巧进行辩护的:

> 诗歌乃是对灵魂和感官说话的生动之物,其魅力堪与爱情相比拟。(……)诗歌如同女性之美,如果少了"妙趣",则谈不上什么完美。没有什么是比妙趣更复杂的了。对波德莱尔来说,(……)妙趣是由直抵人心的诗句达成的,这些诗句在我们的生命中植入一根心弦,将它们的血肉与我们的血肉结为一体,通过它们的音乐与我们内心的起伏律动完全融合在一起。①

"妙趣"之说修正了既有的关于诗歌形式完美的观念。长久以来,人们过于看重文体、修辞、诗律方面客观的或外在的完美。雨果就是达到这方面完美的典范。在所有的法国诗人中,雨果对文体收放自如的掌控也许是最完美和最稳定的了。对于那些具有所谓"良好趣味"的人来说,把波德莱尔题献给雨果的几首诗与雨果本人的诗歌放在一起进行比较,其结果不会有利于《恶之花》的作者。与雨果相比,波德莱尔显得浓稠、沉重,缺乏灵动的气息。但是,我们难以据此就得出结论说波德莱尔的诗歌在雨果的诗歌之下。如果只是把文体和诗律的完美作为评判标准来进行分析,我们就有可能忽视产生每一首诗歌的具体情境,而为某种语言因素赋予一种永久的文体价值。一种语言因素只有在具体情境中符合于表达的需要时才是有价值的。比如说"顿呼"(l'apostrophe)吧,有人喜欢把它看成一种总是极具表现力的手法,然而,在通篇都充斥着顿呼的情况下,反倒是简单的言说形式或者直接的、甚或直白的描写更具表现力。现代结构文体学告诉我们,无论什么语言现象都可以起到某种文体作用,只不过这种作用并不像万能钥匙一样随时随地都是有效的。艺术并不是一成不变的静止之物,它是与宇宙同样复杂的生动创造。正因为这样,我们才会更好地理解纪德看待雨果和波德莱尔的态度。纪德虽然很欣赏雨果的完美,但他也满含感慨地说,雨果掌握着如此多的手段而说出来的东西却如此之少,相反,波德莱尔在表达他惊人的看法时却感到手上掌握的手段不敷应用。雨果之"多"在于文学手段,表现为语言压倒内容,而波德莱尔之"多"则在于有悖于艺术传统和惯例的离奇世界,表现为内容压倒语言。波德莱尔在《艺

---

① Thibaudet, *Intérieur*, op. cit., pp. 58-59.

术家之死》中呈现的悲哀艺术家的形象很可能就是诗人的自画像：

> 为了射中神秘本质这个靶心，
> 我的箭筒啊，要耗掉多少支箭？
>
> 我们必须费尽心思谋筹妙计，
> 还要把无数沉重的支架捣毁，
> 这才能凝望伟大"造物"的光辉，
> 对它的强烈渴望让我们泪泣！①

也是出于这样的原因，蒂博岱虽然钦佩雨果在诗律方面的精湛技艺，但仍然认为雨果完美的文体不如波德莱尔浓稠密实的文体更富有魅力。《波德莱尔与深渊经验》(Baudelaire et l'expérience du gouffre)一书的作者本杰明·冯达(Benjamin Fondane)跟普鲁斯特一样，表示愿意用自己也很喜欢的一大堆雨果的诗歌，去换取波德莱尔《小老太婆》中诸如"你可注意到好多老妇的棺木，／几乎和小巧的童棺一样尺寸"这样的几行诗句，认为这样的诗句已经"射中神秘本质这个靶心"。

接受"妙趣"之说，这也就意味着接受以"拙"为巧、化"失败"为胜利的想法。波德莱尔的"拙"和"失败"之所以如此吸引蒂博岱，当然不是因为这里有所谓真正的失败，相反，他倒从中看到了波德莱尔的"成功"。词语的纯正、音韵的和谐、句法的平衡、语势的飞扬、形式的完美等固然是我们的判断力要求于艺术的一些"客观"品质，但所有这一切都必须落脚到我们的直接感受，因为确定一首诗歌伟大与否，最终还是要从它带给我们的主观感受上来判断，而在表现一些难以言喻的新奇感受时，伟大的诗歌往往是不以客观判断为意的。面对一首诗歌，我们有时候会在这两种判断中产生纠结，而我们经过一番搏斗后最终会发现，我们的感觉允许我们喜欢白璧微瑕胜过完美无缺，喜欢粗糙裂痕胜过珠圆玉润，喜欢粗陋表达的魔力胜过缺乏魔力的言语，喜欢生动大气的丑陋胜过斤斤计较的和谐。美诚然是一种独特的直觉，但也要知道，这种直觉具有超越表面物象而直达事物本质的特点。艺术表现只有在生动而强烈的感

---

① 《全集》，第一卷，第127页。

受中才能直达本质,而生动而强烈的感受是一种物我两忘、灵肉交融的状态,也就是波德莱尔在《应和》一诗中所说的"精神与感官交织的热狂"①。波德莱尔的艺术直觉中真正有创意之处,在于他有勇气去全面体验"丑"或"恶"带来的具有冲击力的强烈感受,并以之为完美的艺术表现灌注强劲的力度。他文体中的残损实则是所表现对象之"丑"或"恶"留下的痕迹。蒂博岱深谙此中三昧,因而才会强调波德莱尔独特文体中的"妙趣":

> 妙趣之得,有时候在于缺陷变成了一种美,或者有助于美,在于那么多弱点、不当和累赘造成的不协调反而让人想到纯正,或者让人挖掘诗句的深度,看出这些诗句意味渺远,好似深远的眼睛在虚弱的肢体和无力的肌肤上闪动。在波德莱尔这里,还尤其在于这种诗歌与越来越强加给我们的生活形式日益增强的融合,这种生活让人类的外在和内在都发生着越来越大的改变:这里指的是大都市中那种匆忙的、浓缩的、气喘吁吁的和病态的生活,指的是安宁、平衡和闲暇等价值的失落,指的是让我们每天都充满了七情六欲、奇思异想、远大抱负的狂热,就好像我们在这个人工的空间中堆积着千秋万代的人类生活。②

蒂博岱还像瓦莱里一样指出说,在波德莱尔的"妙趣"中有一种由"批评的智慧与诗歌的激情结合在一起"产生出来的魅力。他认为,作为巴黎诗人的波德莱尔"把批评的光芒转向了他自己,转向了我们自己,转向了他的城市,转向了城市"③。

波德莱尔的诗学对以往的价值判断发出挑战。诗人跨越为诗歌设定的界限,实际上就是要求价值的重新判断,谋求审美和批判的一个新角度。表面的"缺陷"和"失败"最终转化成了内心抒情的一种胜利。他的城市诗歌虽然并未完成形式方面的彻底改造,但一些导致现代主义文学形式创新的问题却在他的作品中开始极力地显现出来。散文诗,以及再后来出现的非格律诗和自由诗,都是沿着他指出的方向自然发展出来的结果。形式的突破与经验的突破和观念的突破是紧密联系在一起的。一种墨守成规的僵化形式让一切自由的

---

① 《全集》,第一卷,第 11 页。
② Thibaudet, *Intérieur, op. cit.*, pp. 59-60.
③ Ibid., p. 60.

介入都受到紧紧约束,这样的形式只能强加给我们一个僵化的、生硬的、墨守成规的世界的视野,从这个视野看到的世界只会与想对它做出解释的观念一样缺乏生气。这倒应了布勒东(André Breton)所说的:"我们这个世界有多平庸,这难道不主要是依我们的表述能力而定的吗?"①波德莱尔的诗歌世界中呈现出来的主要不是一种外在景观,而是一种内在经验。诗人抱有比再现社会现实和反映社会问题更大的雄心,那就是通过捕捉和再现城市生活的特殊经验来揭示人生和人心的奥秘,而他诗歌整体效果的落脚点也正在于此。诗人的意愿就是要通过他创作的诗歌,让人领受和体会到巴黎这座变化多端的现代大城市所孕育和滋养的经验。倘若他没有那种从冒险和焦虑的经历中夺取的临危不乱的气度,他实难以达成自己的意愿。如果只考虑辞章的华丽,我们就会忘记艺术的根本;过分看重艺术的完美,我们就会把完美置于一切之前,因而也就会惧怕一切有可能威胁到完美的因素,而这实在是以"完美"为名给艺术带来损失。在一切诗歌创作中,没有哪个像波德莱尔的诗歌一样让人如此深刻地、如此持久地、如此真实地感受到内在的活力。在这种诗歌中,任何语言现象都可以根据内在现实的需要而充当起一种修辞手段;每个主题,每个意象,每个词语,哪怕是最平凡的词语,而且尤其是最平凡的词语,都像隐秘的泉眼一样流淌出或喷涌出最深刻的情感生活和人生经验。

五、走向散文诗

《恶之花》第一版出版后,波德莱尔便开始着手准备这部诗集的第二版。诗人在这段时期迎来了自己的又一个创作高峰,写出了一批重要诗歌,其中就包括构成《巴黎图画》中最重要部分的那些美妙的城市诗歌。在此过程中,波德莱尔有意识地要为抒情诗开创出一种新的格调,同时他也意识到了具有严格格律规定的韵体诗为他设定的界限。以他题献给雨果的《天鹅》《七个老头》和《小老太婆》为例,这几首诗在展现巴黎的日常现实时,其声调语气搅乱了正统的严格声律,让习惯了古典诗律的读者大感惊愕,无所适从。诗中的用语丰富而斑杂,少有拘束;有些诗句被刻意处理成近乎于散文的效果。诗人对诗句

---

① André Breton,《 Introduction au discours sur le peu de réalité 》, *Point du jour*, *Œuvres complètes*, t. II, éd. Marguerite Bonnet, Paris, Gallimard, coll. Bibliothèque de la Pléiade, 1992, p. 276.

进行"去诗歌化"的处理并对措辞用语进行"庸常化"的处理,其目的显然是为了追求一种特别的美学效果,以突显出梦幻的美妙与现实的粗陋二者之间的对立。诗人有意识探索话语内在的诗意资源,对他来说,任何语言现象,任何表现哪怕最庸常现实的词语,都可以满载诗性的辉光。我们第一次看到有诗人在亚历山大体诗中咏唱"les gros blocs verdis par l'eau des flaques"("水洼边的巨石长满苔绿",《天鹅》,第 11 行)、"les lourds tombereaux""les savates""les ivrognes"("重载运土车""破鞋子""醉鬼",《七个老头》,第 12、27、45 行)、"jupons troués"("满是破洞的衬裙",《小老太婆》,第 8 行),等等。这种刻意为之的散文腔调是波德莱尔在这一时期所创作诗歌的一大特点。还有一例可资佐证:就是为《信天翁》一诗增加的第三节。波德莱尔于 1841—1842 年间在海上旅行过程中写出的这首诗最初没有第三节:

> 这位长翅旅客,多么颓弱笨拙!
> 往日何其俊美,而今滑稽难看!
> 有人拿起烟斗将它唇喙弄拨,
> 有人一瘸一拐模仿病鸟蹒跚!
> (《信天翁》,第 9—12 行)

基本上可以肯定这一节是诗人在 1859 年才加上去的。吉尔曼(Margaret Gilman)还通过文体学方面的分析,指出诗人在这一节中以极为夸张的方式运用了顿呼和感叹,这与诗中的其他三节大异其趣,相反,却与 1859 年左右所创作诗歌的特点相符合。这一节中呈现出来的具有散文特色的行文方式,也与上面提到的题献给雨果的几首诗(特别是其中的《天鹅》)多有类似之处。[①]原文中的"brûle-gueule"(短管烟斗)是一个具有民间俚语性质的词语,在构词上的原始意义是"火烧－嘴巴""燃烧－嘴脸",颇有些不雅的谐谑调侃意味,而且原诗中把这个词用在韵脚上,这更强化了诗中的散文化成分,突出了对这只伤残鸟儿的戏弄,也突出了这只鸟儿所代表的诗人生不逢时、饱受嘲弄、惨遭贬黜的命运。不雅驯的用词以及叙事性的笔调,在具有现实描写特点的诗中

---

① 见 Margaret Gilman,《 L'Albatros again 》, The Romanic Review, Vol. 41, N° 2, April 1950, pp. 96-107.

达到了抒情格律诗的极限。法国诗歌在这个路向上不可能走得更远了。想要让诗歌适应表现日常生活而做出的努力,在韵体诗中已经达至饱和。

波德莱尔自步入诗坛开始,就一直醉心于征服他所青睐的格律诗形式。让他一直乐此不疲的,一方面是由于格律诗严格的形式规定带来的难度正符合于他的征服欲望,另一方面更可能是由于这种形式所具有的言简意赅、义深词洁的特点。他坚持不懈地探索这种形式的可能性,以越来越自觉的艺术手段拓展其界限。随着他选择巴黎题材的决心不断增强,他的创作意志越来越难以把繁乱杂多的碎片糅合在一起,诗歌因而变得越来越长,诗歌形式也有一点点开始解体的趋势。诗人终于意识到有一些由传统和气质所决定的界限是格律诗所不能完全违抗的。可是,要处理庸常的生活题材,光靠对韵体诗的诗句进行"去诗歌化"的处理是不够的。要对当代巴黎和现代生活进行全面探索,还需要有一种另外的以诗歌切入生活的方式,需要有一种新类型的诗歌。因此,波德莱尔在诗歌创作上逐渐从韵体诗转向散文诗,这也就不是偶然的了。在创作收入到《巴黎图画》中的那些重要诗歌的过程中,波德莱尔感到有必要突破韵体诗的固有形式。在这个时候,他的直觉促使他进一步投身到他此前已经开始探索的一条道路上去,更深入地去实践散文诗这种柔顺而灵活的形式。这种诗歌形式的特点就是没有形式,当然也就更能够容纳散乱的碎片内容和观察者零散的思绪感想。

散文诗摆脱了格律诗固定形式的庇护,成为了一个可以进行多种实验的场所,成为了一种不断更新的历险。"他穿越生活就像穿越撒哈拉沙漠,像阿拉伯人一样变换着自己的位置"[1],波德莱尔谈到爱伦·坡时写下的这句话,讲的就是作家的艺术发现之旅。对波德莱尔本人来说,大城市就像是"撒哈拉沙漠",如果说它是上天的应和,那它也只是应和着一个已然变成虚空的上天。在这样的背景下,富丽奢华的诗歌形式又有何益?巴黎在变,巴黎生活不断发生着分化和重新组合。虽然到处都可以看到新奇、秩序和奢华,但新的背景也让社会结构的瓦解变得更加突出。诗人要做的就是创制出一种新类型的诗歌形式,这种诗歌能够更好地与大城市生活中的"碰撞"和"震撼"体验保持协调,能够最准确地表现出城市闲逛者意识上的"悸动"。

---

[1] 《埃德加·爱伦·坡的生平及其作品》,《全集》,第二卷,第271页。

散文诗这种体裁并非始于波德莱尔。在文学史上，它的渊源可以上溯到从费纳隆（François Fénelon）到夏多布里昂的诗体散文、圣经散文和外国抒情诗的翻译。1842年，维克多·帕维（Victor Pavie）出版了在头一年刚刚去世的阿洛修斯·贝特朗（Aloysius Bertrand）的遗作《夜晚的加斯帕尔》（*Gaspard de la nuit*）。这是一本散文诗集，在今天被公认为散文诗这种体裁的开山之作。这部诗集由圣-伯甫作序，一出版就受到波德莱尔的关注。波德莱尔后来坦言，他正是在一遍遍阅读贝特朗作品的过程中受到启发，萌生了写些类似东西的想法，借用贝特朗用以描绘古代生活的那种如此奇特而生动别致的方式，"来描写现代生活，或者更确切地说，是某种现代的、更抽象的生活"[①]。把散文诗当作一种具有自主性的文学形式并将其用于表现现代生活，波德莱尔乃第一人。他在这方面的实践使这种形式臻于完美，终于成为登上大雅之堂的独特文学形式。

《巴黎的忧郁》的生成过程显示，波德莱尔并非从一开始就意识到了这种新的诗歌形式的自主性。他最初的两首散文诗《暮霭》和《孤独》于1855年发表在德诺瓦耶为了向C.F.德那古尔致敬而编辑的文集《枫丹白露》中。这两篇作品保留着仿效贝特朗散文诗形式的痕迹，在排版上对段落与段落之间进行了分节处理。这两篇作品在此后的多次发表中都保留了这种形式，直到1864年波德莱尔才打破了最初的构思，彻底放弃了只有韵体诗才采用的分节形式，以便只在利用语言的内在诗意资源上下功夫。

在发表了最初两首散文诗两年后的1857年4月，也就是距离《恶之花》初版发行的约两个月前，波德莱尔第一次表示了想要写一本散文诗集的愿望。这可以从他于1857年4月25日写给普莱-马拉希的信中看到一些迹象：

> 我打算请你再惠予襄助（在"黑夜之诗"方面），这些东西将在《珍玩》（*Curiosités*）之后写出来，这已是放入篮子中的一个计划。[②]

这个计划将在波德莱尔生命的最后十年中一直伴随着他。就在波德莱尔因《恶之花》而受到诉讼所扰的那段时间，他还一直想着这个新形成的计划，这有

[①] 《致阿尔塞纳·胡塞》，《巴黎的忧郁》，《全集》，第一卷，第275页。
[②] 《书信集》，第一卷，第395页。信中提到的"黑夜之诗"（*poèmes nocturnes*）是波德莱尔最初对自己散文诗的叫法；《珍玩》指美学论集《美学珍玩》（*Curiosités esthétiques*）。

他两次在给母亲信中提到这事为证。① 1857年8月24日的《当代》杂志刊发了一组六首散文诗，这是波德莱尔第二次发表散文诗。这一组散文诗采用的总标题就是波德莱尔先前提到的《黑夜之诗》(Poëmes nocturnes)，诗人一直把这个标题沿用到1861年。这一组中除两篇旧作外，有四篇新作:《计划》(Les Projets)、《时钟》(L'Horloge)、《头发》(La Chevelure)、《邀游》(L'Invitation au voyage)。这一组的末尾处有"未完待续，近期刊发"的字样。这个"近期"将拖延很长时间，让人一直等待到1861年11月才看到《幻想家杂志》(Revue fantaisiste)在它的第18卷中发表了以《散文诗》(Poëmes en Prose)为总标题的九篇散文诗。

虽然波德莱尔在1857年时就已经有了要写一本散文诗集的计划，但该计划在很长一段时期都还不甚明确。在《恶之花》第二版前那几年的创作"高峰"期，波德莱尔似乎并未全力投入到散文诗的创作中。其他一些也属于波德莱尔最重要作品行列的作品在这段时期占据着他的主要精力。他这一时期的书信中提到散文诗的地方并不是特别多。他在1858年底向卡罗纳泛泛地提到说："'黑夜之诗'已经动笔了。"② 次年初，他告知阿斯里诺，说要把"一包可怕的怪东西"交给《法兰西评论》主编让·莫莱尔，其中有"几首'黑夜之诗'"③。波德莱尔并未指明究竟是哪几篇。诗人稍后给莫莱尔的信中对具体篇目也语焉不详。④ 1861年初正是波德莱尔的经济状况最糟糕的时候，这年2月，波德莱尔想通过阿尔芒·杜·梅尼尔(Armand du Mesnil)做中间人，提议用一些新写的文章和一些"黑夜之诗"来偿还自己所欠《当代评论》主编卡罗纳预支的款项。他在给梅尼尔的信中明确提到了其他作品估计占有的篇幅，而对"黑夜之诗"则只说是"长短未定"⑤。

只是在《恶之花》第二版刊行之后，波德莱尔才全力转入散文诗的创作，以前所未有的热情投入其中。波德莱尔的这种热情并不是出于一时的心血来潮。创作《巴黎图画》等韵体巴黎诗歌的经验的确在推动他转入散文诗创作的

---

① 见波德莱尔1857年7月9日和7月27日致母亲信，《书信集》，第一卷，第411和418页。
② 波德莱尔1858年11月10日致卡罗纳信，《书信集》，第一卷，第522页。
③ 波德莱尔1859年2月20日致阿斯里诺信，《书信集》，第一卷，第552页。
④ 见波德莱尔1859年4月1日致莫莱尔信，《书信集》，第一卷，第564页。
⑤ 波德莱尔1861年2月9日致梅尼尔信，《书信集》，第二卷，第128页。

过程中发挥了重要作用。

1861年11月1日,《幻想家杂志》在"散文诗"栏目中发表了波德莱尔的九首散文诗,其中有三首是以前未发表过的:《人群》《寡妇》《卖艺老人》(*Le Vieux Saltimbanque*)。这三首应当都是新近创作的,与以前那些相比有着明显不同的指向:这三首都以其题材的"巴黎性"和对日常生活场景的再现而给人以深刻印象。当然,巴黎已经在波德莱尔最初发表的两首散文诗《暮霭》和《孤独》中出现过,但这之后的《计划》《时钟》《头发》和《邀游》却并非是专门指向巴黎的。巴黎主题之所以在1861年强势回归,是因为在这之前的几年中,波德莱尔在各种其他作品中大量涉及和处理巴黎题材,创作了《巴黎图画》中的那些重要诗篇,并着手撰写《现代生活的画家》这样的重要艺术论著。散文诗《寡妇》就是对《巴黎图画》中《小老太婆》一诗的回应,而《人群》也可看作是《现代生活的画家》的延伸和用散文诗写出的结论。

从1861年底开始,波德莱尔为他的散文诗先后设想了以下一些总标题:《光与烟》(*La Lueur et la fumée*)、《孤独漫步者》(*Le Promeneur solitaire*)、《巴黎闲逛者》(*Le Rôdeur parisien*),以及《胡思乱想》(*Rêvasseries*)。① 这些标题多多少少暗示了要从巴黎的角度切入他的散文诗。第一个标题中的光线和烟雾的效果在城市中显然比在乡村空气环境中显现得更为突出。烟雾表示的是"巴黎沉闷而混浊的空气"②,而光线表示的是在烟雾弥漫、景物迷蒙的城市中突然闪现在诗人精神之中的思想之光、梦想之光、灵感之光。这一闪现的亮光既成就了作品中的意象,也成就了作品的意义。就像在"拥挤如蚁之城,城市充满梦幻"的诗句中一样,《光与影》这个标题休现了诗人在现代城市中的两种互为补充的经验:在幽闭蜗居的孤独中的沉思冥想和在光天化日下与芸芸众生的相遇。于是诗人就像写出了《孤独漫步者的遐想》(*Les Rêveries du*

---

① 《光与烟》出现在波德莱尔1861年12月20日给阿尔塞纳·胡塞的信中:"我相信终于找到了一个能够很好传达我的想法的标题:《光与烟》,散文诗。少则40首,多则50首。其中12首已经完成。"(《书信集》,第二卷,第197页);《孤独漫步者》和《巴黎闲逛者》出现在几天后的圣诞节那天给同一收信人的信中:"你(……)可以抽点时间浏览一下我寄给你的这些散文诗稿。我长久以来有心在这种类型上下些功夫,而且我打算把它们题献给你。我会在月底把写好的都交给你(用一个像《孤独漫步者》或《巴黎闲逛者》这样的标题也许会更好)。"(《书信集》,第二卷,第207页);《胡思乱想》出现在1862年2月3日给圣-伯甫的信中:"我不日会把几包散文体的《胡思乱想》寄给您。"(《书信集》,第二卷,第229页)

② 《恶劣的玻璃匠》,《全集》,第一卷,第286页。

promeneur solitaire)的卢梭一样,成了逡巡在巴黎街头的"孤独漫步者"。这位"巴黎闲逛者"要表现出大城市生活中充满偶然和震惊的经验在他的意识上激起的梦想和思索。所以诗人也一度想把《胡思乱想》作为他的散文诗的总标题,只不过这种叫法片面强调了梦想方面,而忽略了这些散文诗的巴黎灵感及其特点,作为标题并不十分具有代表性。

后来在1862年8月26、27日和9月24日的《新闻报》(La Presse)上分三次连载的一批散文诗用的是《小散文诗》这个总标题。这一批是散文诗发表数量最多的一次,一共有20首,其中有15首都是此前未发表过的,另外还有作为"序言"的《致阿尔塞纳·胡塞》。如果不是《新闻报》文学版主编阿尔塞纳·胡塞拒绝的话,本来还有第四次连载的6首。《小散文诗》这个新的总标题显得颇为中性,只是强调了这些散文的诗意性质和在文学体裁方面的出新之处,而对这些作品的实质性内容没有稍加指出。虽然《国内外杂志》(Revue nationale et étrangère)在1863年(6月10日、10月10日、12月10日)刊发的一批散文诗沿用了这个标题,但这个标题还是显得像是权宜之计。还在1863年3月时,波德莱尔在给赫采尔(Pierre-Jules Hetzel)的一封信中就已经提到了一个新标题——《巴黎的忧郁》。与其他那些显得比较宽泛含糊的标题不同,这个标题明确而强烈地把重点落脚在灵感来源的巴黎特性上,甚至说得太过明确而把范围框得太死,反倒让人感觉用这个标题来囊括波德莱尔内容庞杂的全部散文诗多少显得有些不合适。也许波德莱尔也意识到这个问题,于是采用了一种折中的态度,于1864年在《费加罗报》(Figaro)(7月7日、14日)和《巴黎评论》(12月25日)上发表散文诗时,采用了一个组合的标题——《巴黎的忧郁·散文诗》,尽管其中的《港口》(Le Port)一篇至少在地理学意义上与巴黎没有任何关系。这个由两个部分组合在一起的标题强调了波德莱尔散文诗的两个突出方面:一个是要决意表现城市日常生活的现代眼光,一个是要创建一种"没有节奏、没有韵律、相当灵活"[①]的诗意散文的创新勇气。在波德莱尔散文诗的形成过程中,作者在各个阶段对这部作品标题的设计,显示了他对于这部最终并未全部完成的作品不同方面的侧重。

与《小散文诗》和《巴黎的忧郁》的说法相比,《变狼妄想者的小诗》(Petits

---

① 《致阿尔塞纳·胡塞》,《全集》,第一卷,第275页。

Poèmes lycanthropes)这个标题则了无创意。这个标题见于 1866 年 6 月 1 日的《19 世纪杂志》(*Revue du XIXe siècle*),这一期上刊载了两首已经在 1864 年发表过的散文诗:一首是《伪币》(*La Fausse Monnaie*),另一首题为《魔鬼》(*Le Diable*)的其实就是《慷慨的赌徒》(*Le Joueur généreux*)。之所以会在标题中出现"变狼妄想",这可以从波德莱尔在当时的处境得到解释。他在那段时期正背井离乡,浪迹比利时各地,想要博得功名,却又没有混出什么名堂,这让他阴郁孤僻、愤世嫉俗的心态达到了他一生中最深的程度。他为撰写《可怜的比利时》(*Pauvre Belgique*)而作的大量笔记就显示了他在当时无以复加的"恶毒"。"变狼妄想"体现了诗人在一时一地的心情,但显然不适宜用作他全部散文诗的总标题。再说,波德莱尔的《书信集》中没有任何提到这个标题的地方。

根据波德莱尔生前列出的一系列题目和草稿清单,可以看出他希望能够创作 100 首散文诗,但直到他去世,只完成了 50 首。1869 年,这 50 首散文诗以《小散文诗》为总标题,构成了由阿斯里诺和邦维尔编辑,由米歇尔·勒维兄弟出版的第一部《波德莱尔全集》第 4 卷中的第一部分,这一卷的第二部分是《人工天堂》。

波德莱尔散文诗的绝大部分都是在《恶之花》之后,尤其是在经历了《巴黎图画》的创作之后写出来的。诗人并不想把散文诗看成是与韵体诗完全不相干的东西。波德莱尔不止一次表示他的散文诗是《恶之花》的"姊妹篇"。他在 1863 年 5 月底或 6 月初给南斯洛尔(Namslauer)的信中提到准备出版增补后的《恶之花》第三版以及"作为姊妹篇"的《巴黎的忧郁》。[①] 他在稍后给雨果的信中也表达了同样的意思:

> 我打算不久后寄给您《恶之花》(又进行了增补),还有作为其姊妹篇的《巴黎的忧郁》。我力图把充满我体内的全部苦涩和全部恶劣心情统统包藏在这些作品中。[②]

"姊妹篇"一词意味着波德莱尔的这两部(仅有的)诗歌著作之间既有一致

---

① 见《书信集》,第二卷,第 299 页。
② 波德莱尔 1863 年 12 月 17 日致雨果信,《书信集》,第二卷,第 339 页。

的地方,也有不同之处。诗人自己谈起这两部作品时,有时候强调它们的一致,有时候又强调它们的不同。总之,看来诗人是想把这两部分别用韵体诗和散文诗写成的作品打造成一个"整体",让它们像双联画一样相互关联、彼此难分,其中的每一个都通过反射、回声、应和、变奏等效果而成为另一个的回应,对另一个产生作用。从灵感来源方面看,构成整体的两部作品可视为同一部作品,它们共同构成一部大作品,而从写作手法方面看,这部大作品又的确是由判然有别的两部作品构成的。构成这部大作品的两个部分之间虽然有所不同,但它们之间的不同显现为一种互补或充实的关系。

令人好奇的是,当波德莱尔在 1864 年 2 月 7 日的《费加罗报》上以《巴黎的忧郁·散文诗》为总标题发表四首散文诗之际,一位以前曾对波德莱尔的诗歌痛加斥责的评论家居斯塔夫·布尔丹(Gustave Bourdin)也在这一期上发表了一篇精彩的简短评介,热情洋溢而又恰如其分地指出了《巴黎的忧郁》和《恶之花》之间存在着的具有一致性、差异性和互补性的紧密关系。这篇短评极为准确而全面地阐述了波德莱尔关于诗歌创作的构想,不由得让人猜想是否是诗人本人向他提供了这篇短评的要旨和某些表述。现将布尔丹的短评全文引录如下:

> 《巴黎的忧郁》是波德莱尔先生正在筹备的一本书的标题,他想把这本书做成一本与《恶之花》不相上下的姊妹篇。一切被天然排除在格律诗之外或者在格律诗中难以表达的东西,一切物质性的细节,总之,庸常生活中的一切零星琐碎,都可以在这本散文体著作中找到自己的一席之地。在这部著作中,理想和凡俗两相融合,浑然一体。此外,作者在写作《巴黎的忧郁》时的灵魂状态与写作《恶之花》时大同小异,也是阴郁和苦闷的。在这本散文体著作中与在韵文体著作中一样,对于巴黎的街道、环境、天空的一切暗示,意识上的一切悸动,梦幻引起的一切怅惘,哲学思考,遐思冥想,乃至趣闻轶事,都能够轮番出场,找到自己的位置。问题的关键就在于找到一种与忧郁闲逛者各种灵魂状态相适应的散文。波德莱尔先生是否在此方面获得了成功,读者诸君将会做出自己的判断。
>
> 有人以为只有伦敦才在忧郁方面享有贵族似的特权,以为巴黎只懂欢娱享乐,从来不识得这个阴郁毛病的滋味。其实,诚如这些散文诗的作者所言,也许存在着一种巴黎式的忧郁;而且他还断言,已经见识了或者

将要见识到这种忧郁的人在数量上是庞大的。①

这篇短评中谈到波德莱尔散文诗特点的文字,与用作《巴黎的忧郁》前言的《致阿尔塞纳·胡塞》中的说法十分接近:

> 在那些雄心勃勃的日子里,我们中谁又不曾梦想过诗意散文的奇迹?这种散文无节奏、无押韵却自有其音乐性,相当柔顺灵活,又相当硬朗突兀,足以适应灵魂的抒情律动、梦幻的起伏和意识的悸动。
>
> 尤其是经常出入于大城市,接触到其中无数错综复杂的关系,从而就更让人生出这个萦绕心头的理想。②

这段话表明,波德莱尔对自己的尝试所具有的独到之处有着完全的自觉。诗人先是在《恶之花》中充分而完美地开发利用了格律诗传统馈与的种种资源,有时甚至到了突破为诗歌设定的界限的程度,在韵体诗中咏唱苦闷的情怀,咏唱一种巴黎式的忧郁。紧接着,还是这位诗人,现在又把具有无限变体可能性的散文诗视为他最后的实验场所,开启了用散文诗表现现代生活的创作新路,这种诗歌不以任何韵律节奏的规则为意,因而也就不以任何既定的传统形式为意。

在波德莱尔那里,散文诗这一创举的发展并不能与韵体诗割裂开来:这一创举确实代表了一种新的创作手法,但它又的确是在原来的韵体诗基础上发展出来的。先从主题方面看,让散文诗的作者深感吸引的仍然是巴黎的"风景",其中包含着的丑恶和可怖因素与《恶之花》第二版中那些关于巴黎的"图画"中所包含的是一致的。再从技巧手法方面看,波德莱尔并没有把自己的散文诗创作构想成一种与韵体诗全然不相干的活动,也就是说,散文诗的写作并不意味着对韵体诗完全弃之不顾。波德莱尔之所以力图要把诗歌从诗律学的桎梏中"解放"出来,只不过是因为他在创作《恶之花》的过程中有感于基本上已经达到了格律诗的极限,因而想要找到新的方法来丰富诗歌,以便更好地适应现代生活内容和新的城市经验。对这个问题要以"发展"和"补充"的观点来

---

① *Figaro*, n° 937, dimanche 7 février 1864, p. 3. 这篇短评放在四首散文诗前,没有标题,署名 G. Bourdin。

② 《全集》,第一卷,第 275—276 页。

看。考察波德莱尔的韵体诗和散文诗,始终可以看到两者之间存在着紧密的联系,以至于有些散文诗看上去像是为韵体诗准备的提纲或是在捕捉写诗之前的思想,而实际上却经常是对韵体诗的进一步发挥。作为《恶之花》之后的姊妹篇,《巴黎的忧郁》以更具分析性和更贴近日常生活的方式重拾了已经在韵体诗中处理过的诸多主题和题材,而且在细节、意境、寓意等方面都有所丰富和深化,尤其强化了韵体诗所不擅长的现实主义笔调的描绘。

在法国文学史上,传统的观念长期以来都把诗歌和散文彻底分离开来。诚如莫尔尼埃(Thierry Maulnier)在《法国诗歌导论》(*Introduction à la poésie française*)中所言:"法国诗歌在法语中拥有自己的飞驰,它不与散文相混,它不与散文争夺主题,在重大场合它都不给散文以帮助,事实上它根本不给散文以帮助,也不期望任何回报。"①传统观念认为,韵文天生就应当排斥庸常粗俗的内容,应当以歌唱理想为要务,而散文则是把理想和庸常粗俗的内容糅合在一起的"大杂烩"。但在波德莱尔这里,两者并不如此判然有别,它们之间的差异显得微妙得多。在《恶之花》中,诗人调用传统诗歌的音乐资源,不仅歌唱理想,也歌唱忧郁,也就是歌唱理想的缺失,歌唱深渊和虚无引起的眩晕。在这些诗歌中,我们一方面可以看到具体之物(通常都是庸常粗俗之物)与理想化的抽象之间的频繁冲突,另一方面也可以看到诗句的音乐有时候似乎变得疲乏无力、气息不足,仿佛只让人听到平淡的声音,缺乏顿挫,显得有些蹩脚,已经非常类似于散文。《暮霭》一诗的第 5—10 行以及最后两行就是这方面的典型例子。可见《恶之花》也是把理想和庸常粗俗的内容糅合在一起的"大杂烩",它在这方面与散文诗《巴黎的忧郁》没有什么区别。两者的差异可能只是在于构成"大杂烩"的剂量比例有所不同。波德莱尔在书信中谈到自己的散文诗时,特别强调说散文诗给他带来最大的"自由",让他能够从心所欲地在这本"比《恶之花》更奇特、更自觉"的作品中不仅展现更多的物质细节,而且还更为强烈地突显"恐怖"与"滑稽""温情"与"仇怨"之间的对比,表现出更多的嘲讽。② 两部作品在相反方向上形成对称:在《恶之花》中,理想和庸常的撕扯带来的痛苦,深渊引起的虚无主义的眩晕,对于秘玄之境的怀想,统统通过诗人

---

① Thierry Maulnier, *Introduction à la poésie française*, Paris, Gallimard, 1939, p. 35.
② 见波德莱尔 1865 年 3 月 9 日致母亲信,《书信集》,第二卷,第 473 页。

的咏唱而获得美丽的外表；而在《巴黎的忧郁》中，诗人对一切具有物质性的庸常之物都据实展现出来，没有通过咏唱而改变它们的本来面目。作为散文诗人的波德莱尔的神奇之处，在于他能够借助庸常的力量，为并不经典的事物写出奇特的经典作品。

诗歌《小老太婆》的第三部分是一个与散文诗《寡妇》十分接近的片段。两者的关系显而易见：它们都写到一位老妇在公园因聆听军乐演奏而感到振奋，这引来诗人对她的温情脉脉的注视。两篇作品中甚至还包含有一些相似的用词和表述。波德莱尔在同一题材上运用了两种不同的手法，其获得的效果也不尽相同。韵体诗用了一种综合的表现方式，出语凝练，意义浓缩，具有无可比拟的浮雕般的质感，而且还通过对音乐资源的调动，让文字不多的表述包含着丰富的暗示。普鲁斯特在谈到这些诗句时，认为它们捕捉到了民众的血脉，已经达于韵体诗的极致，"不可能走得更远了"[①]。在这些被普鲁斯特认为"卓越非凡"的诗句中，形式的约束让所要表达的内容在高压下喷涌而出，让容器发生了爆裂。这些诗句呈现出一种精工制作的金石之美。相反，散文则更长于分析，能够让人寸步不离地追随题材的迂回运动，进入到韵体诗往往难以容纳的某些细节中。从浓缩意义和表达力度方面看，《巴黎的忧郁》实不能与《恶之花》相比拟。的确，散文诗没有"现成的制服"[②]，疏于隐喻的运用和意象的塑造，显得不如韵文那般紧凑有力。然而，散文的松散也自有其优势，有着韵文所没有的柔顺性和灵活性，有着更自然地进行自由发挥的空间，更好地切合于生活的多样性。作为"暗示魔术"的韵体诗就缺乏散文诗的那种分析力和解释力，而分析和解释"为什么""怎么样"等，这正是散文的强项。因而也可以说，散文诗表现的是韵体诗中难以表现或无法表现的那些东西。正是这些在韵体诗中难以表现或无法表现的东西，如现代世界中日益凸显出来的人类命运不规则的发展，历史事件无规律的混乱，环境的飞速变幻，出人意料的偶遇，以及所有这一切引起的现代人的"意识的悸动"，让波德莱尔终于在突破了为韵体诗设定的界限后，转入了散文诗的创作，要在一个新领域里建树自己的独特。

[①] Proust,《À propos de Baudelaire》, *Sur Baudelaire, Flaubert et Morand*, *op. cit.*, p. 120.
[②] 语出居斯塔夫·卡恩《自由诗序言》(*Préface sur le vers libre*)(1897 年)。

文类的发展是对新的表达需要的顺应。散文诗的兴起体现了作者试图用更亲密、更真实、更直接的自我来替换因袭陈规的抒情的自我这一愿望。散文诗的出现破除了法国文学史上诗歌和散文长期以来的分离,也破除了诗歌对于外在形式的迷信,并且为后来自由诗的出现起到了至为重要的铺垫作用。如果说散文诗是出现在法国的一种独特的形式,那自由诗也是出现在法国的一种独特的产物。它们的出现具有其历史的必要性和必然性。散文诗把诗人的视线从外在于文字的问题拉回到文字本身,通过解放或激发语言内在的丰富资源来压缩许多外在的音调,让人远离"修辞"的权威,而更加留意真正的"诗意"和"诗情"——即真正支撑诗歌本质性构成的"诗性",如感觉,感悟,经验,哲思,象征性,等等。诗歌与散文的融合体现了第一人称透视和第三人称透视的融合,而在这两种透视的奇特结合中,既包含着深入内心的抒情过程,又包含着本该属于小说家描绘行为的工作。在波德莱尔对《巴黎的忧郁》中巴黎特点的描绘中,作者时而接近于诗人,时而又像是小说家。然而,无论是作为诗人还是小说家,对他来说,"一切都成为了象征",而他正是通过象征,探索和发掘历史和人心的深度。

邦维尔被认为是处理格律诗的节奏和韵律的高手,其得心应手的程度甚至让波德莱尔都感到艳羡。然而有意思的是,在 1862 年 8 月 26、27 日的《新闻报》刊载了一批波德莱尔的散文诗后的次日,正是这位邦维尔就在《林荫道》(*Le Boulevard*)文学周报上发表了一篇热情洋溢的短评,盛赞这是一个"真正的文学大事件"①。可以说邦维尔领会到了波德莱尔的根本意图,那就是在散文诗中去掉节奏和韵脚等外在的"物质性的魔力",不加修饰地活脱脱呈现出构成诗歌的核心和本质的"自由而敏锐的思想"、"具有创造之功的思想"。邦维尔通达而雄辩的文字着实令人感动:

> 又一次有一个人迈着胜利的步伐向我们走来。而(……)选择用散文体来创作这些作品,这又是一种重要的展示。三十年来,不,我想说的是,一千年来,总有人无情地对我们说这样的话:"韵文体、节奏、韵脚、物质性的魔力能够向你确保我们感觉的默契,能够让灵魂在音乐的陶醉中得到

---

① 邦维尔的文章是对"戏剧和文学一周"的述评,见 *Le Boulevard*, le 31 août 1862.

抚慰，能够通过编织丰富的旋律来掩饰你思想的简单和贫乏，而如果不借用这一切，你又会怎样呢？"好了！夏尔·波德莱尔的散文诗又一次回答了这个问题：任你剥夺掉诗人的韵文体和里拉琴，但给他留下一支笔；任你剥夺掉他的笔，但给他留下歌喉；任你剥夺掉他的歌喉，但给他留下手势；任你剥夺掉他的手势，紧缚他的双臂，但给他留下用眼神进行表达的能力，他永远都还是诗人，还是创造者，而就算他到了一息尚存的地步，他的呼吸依然会创造出某种东西。[①]

散文诗的创作是对一种新的诗歌观念的实践。这种新的诗歌观念被随后一代的诗人们所接受，甚至成为了他们的需要。对他们来说，真正的诗人应当比死抠节奏和韵脚的匠人具有更为敏锐的洞察力，应当懂得捕捉"具有创造之功的思想"，并且把握住这种思想，就像把一种特权牢牢地据为己有一样，而绝不只是流于音节的匀称和某些声音规规矩矩的重复。

1861年版的《恶之花》标志着波德莱尔在格律诗的创作上赢得的最高成就。在用韵文体写出了许多美丽的巴黎诗歌后，《小散文诗》代表了波德莱尔文学创作上最前沿的尝试。随着这些散文诗的创作，一条文学新路就此打开，顺应了突破旧有诗歌界限的需要，体现了时代对于自由创造的诉求。这两部作品恰成对照，倒不在于它们一是诗歌，一是散文，因为无论在哪部作品中都是诗人在发言。两者的对照在于体现了同一位诗人所面临的两种情势：一边是诗人仍然还能够继续勉力歌唱，一边是诗人不得不放弃歌唱，要找到新的手段来达成在大城市庸常生活中的抒情。一部作品在暗示启发现代诗歌发展路向的同时又稍有流连于过去之嫌，另一部则断然转向未来，开创了现代诗歌的新路。作为韵文诗人和散文诗人，波德莱尔是法国乃至世界诗歌发展史上的交接点或中转站。一切似乎都在他那里遭到废止，最后又拜他所赐而走向新生。如此看来，突破"为诗歌设定的界限"，以及由此延伸出来的散文诗的创作，同为构成波德莱尔美学探索计划的密不可分的部分。

[①] *Le Boulevard*, le 31 août 1862. 我们可以注意到，邦维尔的这段话竟然一语成谶，像是出于某种离奇的预见，层层递进地写到诗人被剥夺掉里拉琴、笔、歌喉、手势，最后只能通过"眼神"和"呼吸"来进行表达，而这正是后来波德莱尔在长达一年多的时间中一步步走向弥留之际过程的写照。

第 七 章

波德莱尔城市诗歌中的"美学—伦理"经验

波德莱尔在一篇文论中写道:"我总是喜欢在可见的外部自然中寻找例子和比喻来说明精神上的享受和印象。"①他在理论上是这样申言的,他在创作中也是这样实践的。作为他诗歌的总的主题或主要对象的,并不是对于外在世界的客观刻画,而是在形之于外的种种现象中捕捉内在人心的显现痕迹,借助对于外在现象的刻画达成对于精神层面内容的呈现。如前所述,他的巴黎诗歌并不长于呈现巴黎的城市外观。在这些诗歌中,诗人只提取并留存住那些能够体现大城市精神氛围的特征,并且把这看成是城市诗歌的要旨。在18世纪时,卢梭的作品中就已经开始显现出了某种具有现代意义的文学观念,体现了人与作品、话语与真实之间的一种新型关系。卢梭的文学观念为后来的浪漫主义者所发扬。根据这样的文学观念,文学经验应当超越修辞、技巧、惯例等美学上的清规戒律,真正成为对于写作经验和人生经验的融汇,故此,评判作品的基础就不再是作品中呈现出来的外在的物质或社会外观,而是内心感受的强度和对内在精神气质的彰显。探索感受性的微妙和丰富,用感受性来对抗粗糙的现实和呆板的理性,这意味着人心成为了发现内在真实的手段。

不过也要认识到,波德莱尔的诗歌有一个重要特点,就是在对内在真实进行挖掘的过程中并没有走向一般浪漫主义者那样的悲悲戚戚的滥情。他在诗歌中进行讴歌,不是简单为了获得心情上的纾解。他的艺术观念不允许在艺

---

① 《玛斯丽娜·代博尔德-瓦尔莫》(《Marceline Desbordes-Valmore》),《全集》,第二卷,第148页。

术表现过程中的"滥情",也就是说,他在创作中既不能容忍激情的放任,也不能容忍文字和技巧的放任。他可以因象生情,也可以因情造景,总之,他所表达的情感总是以被置换为"图画"或"风景"的方式呈现出来的。他的诗歌在追求抒情的同时也追求达成深化认识的目的,也就是通过人心的手段达成对于人和对于自我的发现。波德莱尔具有深刻的自省意识,他往往从对于自己的剖析出发去探究人的本性。当他把对于自己的言说和剖析锤炼成艺术品之际,他也就为这种言说和剖析赋予了普遍性,使之成为对于每个人的言说和剖析。因而我们看到,他的诗歌虽然来源于极为个人的经验,但其中展现的内容却又有超越于一时一地局限的最广泛的价值。

一方面是极其敏锐灵动的感受,一方面是极其全神贯注的沉思,这两者的关系形成一种特有的张力,而正是这种张力构成了波德莱尔文学创作上具有决定性的底基。在理论层面,波德莱尔的"应和"理论和他关于"寓托"的看法都体现了上述关系形成的张力。构成他作品的那些重大主题都产生于普遍的文化背景和他个人的存在经验之间的交互作用。他的巴黎诗歌大都是对带有普遍性问题进行的思考,而在此过程中,诗人凭借自己细致而深刻的感受,捕捉并表现快感中潜藏的苦涩、享乐引起的恶心,以及由欲望、厌烦和悔恨交织而成的那些一言难尽的情结。他本人仿佛是把诗歌当成了一种契机,把诗歌既作为出发点又作为中心,去展开他对于诗歌和人生的广阔思考,去思考诗歌与人类其他活动——如艺术、道德、宗教、爱情、疯狂等——之间的关系。通过将艺术经验与人生经验、艺术事业与人生事业紧密结合在一起,波德莱尔创生或复活了一种既古典又现代的艺术道德,在自己的文学创作中达成了美学经验与伦理经验的结合。

第一节 从美学经验到伦理经验

一、寓托:比类托喻的手法

在《巴黎图画》中有对现实生活片段和对真实痛苦细节的捕捉,但与之相比,对于寓托手法的运用则显得更为突出。"一切对我都成为寓托",《天鹅》中的这句诗包含有比建造城市的石头更加厚重的意思。现实的事物摆脱了其本身的物质性而被赋予了一种饱含寓意的生命。巴黎,阴沉黯淡的巴黎,时而是辛勤卖力的"老汉",时而是强悍凶蛮的"巨怪"。整座城市成了有生命的活体,像是动物又像是具有神圣和妖魔两副面孔的人一样,既会发出咆哮和吼叫,威胁和攻击它的居民,又会忸怩作态勾引路人。从这个意义上说,现代大城市是一个典型的富有寓意的存在体。

在艺术层面,波德莱尔一向心仪于寓托手法并对之有极高评价。早在他的第一篇《沙龙》中,他就把采用寓托之法创作的寓意画称为"最美的艺术种类之一"①。他在后来的《人工天堂》中又进一步发挥了自己的看法,指出寓托属于"极具精神性的种类",认为这是艺术和诗歌"最原始和最自然的形式之一",现在"它在被沉醉迷狂状态所启迪的智性中重新占据了其合法的统治地位"②。他在1863年撰写的记悼德拉克罗瓦生平的文章中,把富有寓意的主题与宗教主题和历史主题并举,称它们"都属于智性的最高贵的领域"③。

所谓"寓托"(法语:allégorie;英语:allegory)是一个源自于希腊语的修辞学概念,意为"另外一种说法",汉语中也用"讽喻""寓言""寓意"等词来表示这一概念。④ 它可以是运用在一句话中的修辞手法,也可以是用以铺陈作品整体的创作手段。在指用这种手段创作的作品时,也可直接说成"寓意诗""寓意画"等。作为一种修辞格,寓托是一种进行间接表现的形式,它往往借用一个具体事物(包括人、动物、物体、活动、故事等)来表现另外一个事物,而这另外一个事物通常都是一个抽象的概念,或是一个难以直说或明说的道理。简言之,寓托就是言此意彼,用具体的形象或描述来表现抽象的观念性内容。我们可以把寓托看作是一种比暗喻更为迂回委婉的比喻手法,其作用就是要通过形容摹写、比附景物,达到传达暗示、推求寄托、启发教育和讽咏世风的目的。在修辞学上与它相对应的另一个概念是"象征"。象征与寓托一样,其自身既是具体的形象,又有形象所寓含的意义。但与寓托不同的是,象征的具体形象本身并非仅仅是寄托意义的外壳,也就是说,在象征中,实在形象与象征意义、

---

① 《1845年沙龙》,《全集》,第二卷,第368页。
② 《全集》,第一卷,第430页。
③ 《欧仁·德拉克罗瓦的作品和生平》,《全集》,第二卷,第743页。
④ 此处的"寓托"一词借自于钱钟书先生的说法(见《谈艺录》,中华书局,1984年,第231页)。在体现这种修辞格的内在精神方面,"寓托"一词似比"讽喻""寓言""寓意"等词更为生动形象,也更为准确贴切。

外在形式与内在精神都是有机统一成一个整体的,象征形象的含义就包含在形象之中,通过感性直观的作用就可以直接意会和领悟得到。可以说象征形象包含着一个完整的、自足的"世界"。而寓托形象则具有双重性,即在一个寓托形象中,表层的含义与真正的寓意是两回事,也就是说,具体形象("言")与抽象内容("意")之间的关系往往是漂移的或断裂的。两者彼此独立,没有天然的互为依赖的关系,需要有精神作用的参与才能建立起它们之间的联系,让事物在失去其本来的意义而成为没有意义的外壳后,又被附加上一层自身之外的意义。

波德莱尔是怎样看寓托的呢?他本人并没有为我们给出一个确切的定义。我们通过阅读他的作品可以看到,出现在他笔下的"寓托"和"象征"这两个词通常是可以互换的,用以表示在诗歌、绘画或音乐中的符号在本义和转义之间发生的意义的转移。事实上,他的确感到没有必要对寓托和象征做出区分,而这一事实本身证明,对他来说,最感紧要的就是要让具体事物的外观通达到精妙的蕴意或抽象的观念。统摄着这两个可以互换的词语的主导思想立足于诗意的活动,力求从相似性出发去发现物质外观与精神意蕴之间的关联,达到比拟附会的功效。这里所说的相似性就是波德莱尔在多个地方提到的"应和"(Correspondances),它不只是停留在横向层面各种感官之间的"通感"(la synesthésie,亦称"联觉","感觉挪移"),更指突破水平层面而在纵向上通达精神境界的象征主义。更清楚地说,指的是位于两个不同层面上的两个世界——物质世界和精神世界——之间发生的应和沟通关系。[①] 通过这样的活动,具体的有形之物被引向观念性的无形之物,特殊性被引向普遍性,而生发于感觉的诗性作品也成为意蕴饱满的精神性作品。

我们在波德莱尔关于寓托的想法中,可以看到西方修辞学和神学两种传统的影子。从表达方式上看,作为修辞手法的寓托就是要构造出一种"比喻"(le trope),让词语的本义发生改变而生发出转义,让显义转而指向隐义。修辞学意义上这种以曲词婉语来达到比类寓意、托喻说理之目的的寓托手法,显然对波德莱尔关于在艺术中进行象征置换的看法产生有影响。但需要指出的是,这方面的影响还只是属于十分初级的影响。更重要的影响来自于神学上

---

① 关于这点,可参见拙文《〈应和〉与"应和论"》,载《外国文学评论》,2004年第3期。

关于宗教经典的阐释传统,波德莱尔寓托之说的力量主要是从这方面汲取的。从广泛的文化背景上看,寓托之说是建立在古已有之的"应和"观念基础之上的。原始思维中就有"万物有灵""天人合一"的观念。宗教上有神性世界(神圣本质)通过现象世界显现自身的观念,正是从这样的观念出发,柏拉图构建自己的思想体系,将世界看作神圣范本的图像或投射。这一思想在后来的基督教文化传统中得以传承。斯威登堡关于地上世界、中间世界和天上世界的说法就是从这种思想中脱胎出来的。在这样的世界中,事物既是一个现实的物理存在,同时也是一个具有表达深奥义理和神圣本质等伦理性内容之功能的图像存在。神学上对于《圣经》等宗教经典的解经法所涉及的显然不只是修辞学问题,更多是道德寓意阐释的问题。基督教护教学说中盛行的寓意解经法,最初是从希腊人对荷马史诗的寓意阐释中学到的。某些荷马的辩护者坚称其神话的浅表意义并非真义,而是在此表面下别有"深隐之奥义"(ὑπόνοια)。受此启发,某些基督教的解经者也把《圣经》看成是"深隐之奥义"的深奥宝库,索解其中深藏着的种种神秘启示和体现出来的神的意志。他们习于透过字面察探真义,惯于把形而下的世界看成是进行形而上的善恶较量的场所,可以说他们在意识上注定倾向于比类寓意和托喻说理。在他们这里,修辞学问题和伦理问题是纠结在一起的。像波德莱尔这样深具宗教意识的才智人士不可能不了解这一具有如此重大而广泛影响的传统。在这一传统的光照下,寓托这一古老的修辞手法被升格成了让灵魂摆脱麻木沉睡状态的有效手段。这也是为什么在波德莱尔的诗歌中,好多寓托形象都在某种程度上带有浓重的说教甚至道德训诫的意味。

波德莱尔想要得到的寓托是那种能够让人在物质中见出精神蕴含的东西,它在综合感性和智性基础之上承载着某种显现本质和认知真理的职能。《巴黎图画》中那些重要诗篇之所以具有无可匹敌的力度,就是因为它们本身是由具体的现象和抽象的内容交融而成的。波德莱尔在这些诗歌中主要以两种方式来运用寓托。一种是因象生情的引申,即当诗人在偶然遇见一个其实十分普通的对象或场景时,努力寻找从"精神性"方面对之加以阐读的可能。卡鲁塞尔广场上的天鹅便是最典型的一个例子,它出现在诗人的视线中,勾起诗人的不尽联想,让诗人附会穿凿,把它解读成一个体现伤逝怀旧和漂泊流浪之感的形象。另一种是因情造景的赋形,其着力方向刚好与前一种相反,即它是为抽象的内容赋予一种可感的物质外观。《天鹅》中像"母狼之乳"一样的"痛苦"(« la Douleur »),以及从睡眠中醒来的"劳动"(« le Travail »),都是极具代表性的例子。在这两种运用寓托的方式中,一个是将现象界心灵化,让"物"因获得灵魂而成为灵物,因"灵"的滋养而活跃;一个是将心灵界客观化,让虚幻无形的灵界因获得物质外观而得以形成和彰显。无论采用哪种方式,我们都可以看到,诗中的寓托不仅仅是"换了一种说法"的表述,它其实已经成为一个"文微事著""微言大义"的超级符号(hypersigne),总是激起更多、更广、更深的意义。波德莱尔正是凭着这种"赋予思想以生动闪光的现实性,使抽象物质化和戏剧化"[①]的本领,把审美观照和哲学领悟统一在一起,在感受方式、表现手法和思想意蕴等多个方面打开了诗歌现代性的新纪元。

二、现代生活中的寓托经验

如果我们把波德莱尔诗歌中对寓托的运用仅仅看作一种限于进行言语替换的修辞手法,那就不可能真正领会到这一经验所具有的独到之处,因为作为修辞手法的寓托是古已有之的。波德莱尔诗歌中对于寓托的倚重,不是在词语方面,而在于一种视角或观点,这与他对于现代世界的经验和对于现代世界的看法是一脉相承的。

本雅明在 20 世纪 30 年代就已经指出,诗人波德莱尔看待现代世界的眼光之所以独到,就是因为他像寓言家一样,把这个世界中的一切都看成"寓托"。本雅明在探索现代环境中寓托经验的社会原因的同时,不仅为艺术上一度遭到轻视的寓托手法正名,而且还首次点出这一手法在波德莱尔作品中发挥的巨大作用,甚至把它说成是"波德莱尔诗歌的支柱"[②]。在本雅明之前还没有人指出古老的寓托传统与重新发现《恶之花》这两者之间的关系,而正是本雅明帮助我们理解到这层关系。在指出寓托是波德莱尔诗歌支柱的同时,本雅明还补充道:"他(波德莱尔)不再把艺术视为展示存在之总体性的范畴。"[③]他的言下之意是,波德莱尔诗中的寓托对应着一个衰落的、破碎的历史

---

① 语出夏尔·阿斯利诺论述波德莱尔的文章,该文作为附录收入《波德莱尔全集》,引文见《全集》,第一卷,第 1203—1204 页。
② Walter Benjamin, *Le Livre des passages*, op. cit., p. 337.
③ Ibid.

时期,表现的是一个分崩离析的世界。结合本雅明在《发达资本主义时代的抒情诗人》和《德国悲剧的起源》(Ursprung des deutschen Trauerspiels)等著作中论述寓托时的思路来看,他把寓托与德国唯心主义传统所青睐的象征加以对照比较,特别指出寓托中所特有的不同于象征的一些特点。他认为寓托中包含着一定程度的真实描写,而这些描写又往往是以碎片化的形式表现出来的,这是因为历史的衰败以及历史的连续性和神圣性被取消,使得现代艺术感到无力认同现实,不能再用与现实和谐相处的象征去展示世界的完美形态和宏大总体。现实存在的总体性虚假表象消失了,世界不再是一个生机勃勃、明白晓畅的世界,而是变成了混乱不堪、残缺不全的世界,溃散为荒凉、破败的废墟。在《德国悲剧的起源》中,本雅明从巴洛克艺术风格中不仅看到了17世纪30年战后的荒凉与破败,还看到了被后来的现代历史明确无误地确证了的精神的衰败。他独具慧眼地从这两个时期流行的艺术风格中发现了寓托的独特魅力并赋予其新的意义。在他眼中,寓托不仅仅是文体学意义上的一种风格,而是对充满疑难、灾难和威胁的废墟化世界的一种恰当的认知方式和表达方式。关于这点,本雅明有一个著名的比喻:"寓托在思想领域一如废墟在物质领域。"[1]建立在废墟意识基础上的寓托表达也体现了沉思者面对现实的碎片而陷入到深不可测的忧郁之中的情绪。本雅明用了大量篇幅来分析忧郁与寓托的联系,把忧郁看成是一种冷峻的具有思辨和反省能力的情怀。可以说,碎片表达、废墟美学、忧郁沉思构成了本雅明所论述的寓托的关键,而他又在他最喜爱的波德莱尔的作品中找到了自己思想的验证。他在《巴黎,19世纪的首都》一文中称:"寓托是波德莱尔的天才,忧郁是他的天才的养料。"[2]我们在波德莱尔的城市诗歌中可以看到,诗人像拾垃圾者一样捡拾现代生活的碎片,表现街头流浪者的见闻和感受,摧毁和瓦解繁华都市的假面,揭露假面掩饰下的历史和精神的废墟,用污渍和丑陋作为装点自己诗神的花环,并且用忧郁的沉思标榜自己不认同现实的决心。

如前所述,寓托形象具有双重性,在其结构中,形象与意义之间的关系往往是漂移的或断裂的。寓托的这种结构特点本身就可以显示现实之物的意义

---

[1] Walter Benjamin, *Schriften*, vol. 1, Frankfurt am Main, Suhrkamp, 1956, p. 301.
[2] Walter Benjamin, *Le Livre des passages*, op. cit., p. 42.

缺失。寓托的特点往往是在一些以分崩离析、碎裂片段和含混暧昧为特征的形象中体现出来的。诚如本雅明所说："寓托作为一种符号，与其意义脱节，其在艺术中占有一席之地，是为了对抗那种能指与所指融洽无间的漂亮外观。"①现实之物与意义之间越是存在巨大差距的地方，就越是寓托大显身手之处。在这里，现实之物并不是一个"能指"与"所指"融洽无间的存在，它已经蜕变为一个空无实质的假象或面具。在一段论述克里斯托弗的一件名为《面具》的雕塑作品的文字中，波德莱尔就谈到了作为假象的面具与意义之间的悖离：

> 从正面看去，它向观者呈现出一个微笑娇媚的面容（……）；然而，向左或向右挪一步，你就会发现寓托的秘诀，寓言的道德寓意，我想说的是，那是一张神情惊惶的脸，沉浸在泪水和垂危之中。首先迷惑住你眼睛的，是一张面具，天下人的面具，你的面具，我的面具，形同一把漂亮的扇子，一只灵巧的手用这把扇子替世人的眼睛遮住痛苦或者悔恨。②

克里斯托弗的这件雕塑表现的是一位手持漂亮面具的骷髅舞女。波德莱尔的论述一方面解说了这件作品的道德寓意，一方面也形象地点出了寓托作品的一般结构。骷髅舞女那只"灵巧的手"不禁让人想到《致一位女路人》中那位女士的"华贵"而"轻盈"的手，那只手迷惑了遇见他的诗人的眼睛，让他想入非非，忘记了自己的痛苦和苦闷。"电光一闪……复归黑夜！——美人走远"，这句话锋一转的诗句揭开了美好外表的假面具。"电光一闪"那短暂而强烈的光线刺激观者的眼睛，让他在一瞬间的洞见之后让美丽的女路人复又消隐在黑暗之中，空留他陷入到孤独的忧郁沉思之中。女路人是诗人在巴黎大街上偶遇的一个真实存在，而当诗人把她作为诗歌中的一个寓托形象之际，这一形象就不是以呈现或展示真实存在为目的，在这里，现实主义奇怪地转向了寓托，真实存在只不过是为寓托准备的土壤，是触发思想活动的契机。

现实之物的意义缺失是寓托的基础，同时意义的缺失也导致现实之物被贬低。在现代，物质世界的意义缺失集中体现在商品这种物品上，而本雅明正

---

① Walter Benjamin, *Le Livre des passages*, op. cit., p. 391.
② 《1859年沙龙》，《全集》，第二卷，第678页。

是从商品体现的意义缺失出发去探索波德莱尔式寓托的基础。他在1939年的一份报告中写道：

> 在波德莱尔那里，寓托形式的关键与商品通过价格而获得其特殊意义颇有相通之处。通过外加的意义来贬低物品，这是17世纪寓托的特点，与之相对应的是那种通过商品价格来贬低物品的方式。①

本雅明进而解释道：

> 物品因可以被作为商品课税而遭到的贬低，在波德莱尔笔下又被"新奇"所具有的不可估量的价值加以平衡。②

这段话从另一个方面印证了本雅明此前对物质领域的废墟与思想领域的寓托之间关系所作的论述，也清楚地指出了波德莱尔的寓托经验与传统的（如17世纪巴洛克的）寓托经验相比所具有的新颖独特之处，把资本主义世界变成商品世界这一事实看作波德莱尔寓托经验的基础。当物品被作为商品时，具体可感的物品本身消隐在了由广告和包装营造出来的漂亮外观下面。③ 在商品社会中，不仅作为商品制造出来的产品，而且从总体趋势上看，包括整个世界，甚至包括人与人之间的社会关系，都成了要根据其交换价值来进行衡量的东西，都要通过获得价格来确证自己的价值和意义。

根据马克思的理论，在资本主义社会中，人与人之间的社会关系采用了物与物之间关系的那种虚幻形式。随着价值概念的引入，物与物之间的关系变成了一种具有任意性的关系；物并不代表它自身，而是代表它所值几何。商品与它们在市场上所具有价值之间的关系是任意的，这同物品与它们在巴洛克风格寓托中所具有意义之间的关系是一样的。模仿物与物之间关系的社会关

---

① Walter Benjamin, *Le Livre des passages*, op. cit., p. 55.
② Ibid.
③ 姚斯（Hans Robert Jauss）在《走向文学阐释学》（*Pour une herméneutique littéraire*）一书中就寓托所作的论述，可以看做是对本雅明观点的某种解释性发挥："物的世界在寓托中是贬值的，而就在这个世界内部，这样的贬值在商品中达到极点。带着寓言家的眼光看待现代世界的人，在新式商品的包装中重新发现了古老的寓托，而他同时代的人们却没有看到这个古老标志物的回归，因为这个回归通常是被商品拜物教的特点、被那个让使用价值消失在纯量化的交换价值之中的价格、被那个赋予商品世界以诗意的漂亮外表的广告等因素掩藏起来的，但在艺术作品中，商品的特点却比以往任何时候都表现得更为强烈。"（Paris, Gallimard, 1982, p. 407）

系因而也就具有了如同寓托中的意义替换或商品经济中的价值替换那样的任意性。这样一来,现代生活经验的特点就表现为一种具有深刻影响的进行任意替换的经验。正是在这层意义上,本雅明说"波德莱尔对商品经验加以理想化,并把寓托经验作为它的范例"[①]。

由于不再是它自身,物成了以价格手段体现出来的商品价值的寓托,这与在巴洛克风格的寓托中为了意义而贬低物体的情况类似。唯一的区别在于,一个诱劝人去享受除了交换价值外便再无价值的拜物教的幻觉,另一个把人引向精神性,弃绝不属于人之内在的一切东西。作为寓托形式,它们都为波德莱尔的现代抒情诗提供了手段和结构。

波德莱尔构想和采用的寓托体现出一种否定的美学精神,主要不是为了肯定现实的在场,而是为了深挖鸿沟,凸显出现实与精神之间、美丽外表与荒芜的实质之间存在的断裂。诚如本雅明所言,波德莱尔的寓托带有挥之不去的暴力痕迹,以破坏世界的和谐外观和摧毁生活的内聚力为目的。物质世界中的现实之物或感性世界中的碎裂片段虽然已是空无意义的"散兵游勇",但波德莱尔却把它们捡拾起来,用作构造自己的寓托和表达自己的心迹的象形文字。他用这样的方法构造起来的寓托带给我们的感受,与其说是对重新夺回和谐统一状态的期盼,不如说是对已经无可挽回的和谐统一状态的追思。他以寓托为底基创作的诗歌,让我们感到离和谐统一状态渐行渐远,而不是越来越近,再加上构成他寓托的字眼都是从"忧郁荒漠"般的大城市庸常、仄逼、散乱、颓败、病态并散发出死亡气息的现实中选取的,这就让这样的感觉尤为强烈。在巴洛克风格的寓托中,伤感之情对应着对于事物不稳固性的感受,体现出面对历史时对于世界苦难的观照。与之相同的是,在现代寓托中,忧郁之情对应着商品生产的社会状态,这一社会面对不可抗拒的技术发展,不再能够保证人们生活在一个天然的和谐统一的状态之中。

寓托体现出以碎片和废墟为特点的经验。但透过碎片和废墟,我们可以看到一个人性的世界呈于我们眼前。任何心仪于寓托的寓言家都必然是一个

[①] Walter Benjamin, *Le Livre des passages*, op. cit., p. 360.

善于不断思考、反复思索的思想者。① 这位以寓托为手段的思想者要为人的灵魂表现出"无论何种事物中一切具有人性的东西,以及非凡的、神圣的或恶毒的一切"②。在波德莱尔的观念中,具有最本源完美形式的和谐整体是天堂。在人失去天堂后,这一和谐整体破碎了,其碎片随人类一道谪落凡间,通过"应和"和"类比"还依稀可辨。寓托的艺术就是一种构建"应和"和"类比"的手段,虽然它并不期望能够重建起已经破碎的整体,但却要激起人们对于原来和谐整体的追怀,并通过激起追怀之情,让人在心意上去亲近已经失落的和谐整体。这样一来,寓托艺术防止了世界陷入到完全的虚无之中。例如当我们感到现实之物失落了其作为自身的价值之际,或者当我们变得像盲人一样看不见世界的本来面目之际,就必须为之赋予一种附加的意义,把人性的观念和价值投射在事物身上,以避免意义的完全消亡。这就把我们的视线引向了寓托所具有的形而上的功能。

热衷于寓托的寓言家有一个基本的思想出发点,认为对于无限的渴求是人的一切激情冲动、一切反常行为、一切反抗举动的第一原因,因而如何用感觉和思想的无限来替代处于解体状态的自然,这成为他挥之不去的念头。通过寓托在感觉和精神层面展开的这种无限,只不过是人们永远也不可企及的本体论意义上那种无限的一个空无实质的图像,这两种无限之间的断裂是明显的,也就是说,体现为图像的无限并不是实质上的无限,它不可能让人在物质层面享受现实的无限,而只能让人在感觉和精神上以类比的方式经历对于无限的体验。能够清楚地认识到这种断裂,并懂得如何从利用这种断裂中获益,这正是波德莱尔式寓托的现代性之所在,这也让他成为他那个时代唯一一位与真正现代的感受性和精神性相适应的抒情诗人,我们甚至可以说他的诗歌只有以这种断裂为条件才得以存在。我们在他的诗歌中看到,以寓托方式进行的沉思就像是一种出自于魔鬼的巧辩之术,不仅能够让人生出对于无限的幻觉,也能够对一切事物实现反其道而用之的惊人逆转,让人从其中提取出一种"苦涩的学问"(本雅明语)。于是,趋于消亡之物变成了对于永恒不灭之

---

① 本雅明写道:"那位把惊惶的目光投向掌中碎片的沉思者成了寓言家。"(*Le Livre des passages*, *op. cit.*, p. 337)

② 波德莱尔:《维克多·雨果》,《全集》,第二卷,第132页。

物的明证,而被认为是"丑"的事物也变成了"美"——那种来自于"苦涩的学问"的悲凉的美。

三、以回忆和忧郁为特点的寓托表现

《天鹅》一诗以其现代的题材、多样的表现手法和论述的种种问题,受到波德莱尔研究者们的特别青睐。这首表现现代题材的诗歌以对古代安德洛玛刻的怀想开篇,这颇出人意表。在诗中,诗人围绕这一古代人物形象展开了两种行动:一方面,他让古代形象与各种活生生的具体现实形象产生重叠,加强题材的沉重分量;另一方面,他又通过冷静的解说活动,让分属于不同时期的两类形象形成互补和互证的关系,以有利于诗人在诗中进行的比类寓意、托喻说理的实践。

诗人在这首诗中运用寓托手法,不只是为了得到一些出人意表的形象,而是还要让它服务于不纯粹属于艺术技巧的意图。寓托手法的运用凸显出可见之物与隐藏之物间的断裂,让人探察存在于裂隙中的神秘和意义的震荡。起首第一句的顿呼——"安德洛玛刻,我想起你!"——看似一个对古代神话人物的发问,实则是借此起兴,点出全诗主题,引出对人类遭到被放逐的神秘命运发出的追问。诗中随后的内容是按照这一线索的延伸,如:城市面貌的改观引起的精神上的巨大不适(巴黎的改造工程),漂泊和放逐状态(天鹅,黑女人),失落的经验("那些人失去自己东西,/永远、永远找不回来!")。诗中在列举了一系列人和事之后,最终以"……其他许多许多!"作结,不仅演示了人类这一神秘命运的无穷无终,也喻示诗人发出的追问无极无限,就像诗人在《恶之花》的结尾处投身到"未知世界之底"一样。

一切寓托都带有以孤独、缺憾、破裂为特点的忧郁色彩。我们在这首诗中可以看到,寓托形象是同忧郁的经验联系在一起的。天鹅这个形象体现了寓托的诸多特点。最明显之处就是这只天鹅是一只会说话的禽鸟——"雨啊,你何时下?雷啊,你何时响?"(第23行)。对天鹅的拟人化不仅让它与寓言中那样的动物别无二致,而且让人在这个不幸的生灵身上看到一个"古怪而凶险的神话"(第24行),这让这只动物成了一个确定无疑的寓托形象。接下来,天鹅这一形象被施加了一种扭曲痉挛、颇具表现主义特点的姿态,这种"既滑稽又崇高"的姿态全无传统象征中的那种泰然从容,倒是体现出寓托图像中常见的

那种谜一般的古怪,形象地切合了诗中所表现的诸如缺失、分离、被剥夺,以及徒劳的焦急期盼等内容。创造寓讬的过程最后得到一个残酷的寓讬,这个寓讬并不是与理想化的诗意神话相伴,而是被置于"黑色忧郁"所特有的具有冲突性的环境中。

在这首运用寓讬进行表现的重要作品中,波德莱尔发挥了他擅长运用背景来渲染形象的特点。雾气朦胧的早晨,一股黑风从地面掠过。在这样的背景上显现出来的处于巨变中的城市不稳定的面貌,与诗人心中恒久不变的忧郁形成鲜明对照。建造城市的巨石比诗人内心忧郁的亲切回忆更容易发生变动。诗中出现的骗人的西莫伊河、遥不可及的故乡湖水、没有水的小溪,这一系列图像暗示了一种退化,这种退化不仅仅指字面意义上的每况愈下的变化,而且还尤其指退化到一种不给生命以滋养的干涸、枯竭的状态。根据传统的气质体液说,以黑胆汁占优势的忧郁质具有如同秋天一般的干、寒特性。波德莱尔凭直觉在其描述中传达出了忧郁的这两种性能。

忧郁这种介于沉重和悲伤之间的感情在现代人身上表现得特别突出。对波德莱尔来说,忧郁指一种精神病态,这种病态是在人的灵魂饱受永不满足之苦的折磨下产生的。一个颇耐人寻味的现象是,正是在以物质的极大丰富为特点的现代环境中,忧郁的感情构成了对于现代世界时空的特有经验。在这种感情中,我们可以看到诗人对周遭世界的空洞感到的厌烦,以及令他深感窒息的沉闷。不无讽刺意味的是,正是物质的丰富让诗中的天鹅在伤逝怀旧中追念"故乡美丽的湖"。一边是现实中的"物",一边是追念中的"思",这两者之间存在着一道难以逾越的鸿沟,就像在一个寓讬中作为能指的具体图像与作为所指的抽象内容之间的鸿沟不可逾越一样。天鹅位于这道鸿沟之中,不是为了弥合这道鸿沟,反而让它变得更深。对于深谙法语的人来说,很容易把"天鹅"(le cygne)与同音词"符号"(le signe)联系起来,把"天鹅"看成是一个深有寓意的寓讬"符号"。

《天鹅》一诗是在一系列回忆和怀想中展开的。对一只身处流浪状态的天鹅的回忆,让诗人联想到来自于历史文化和异国他邦的一些无依无靠者的形象。诗中的安德洛玛刻典出历史上的特洛伊战争。她原是特洛伊大将赫克托耳的妻子。赫克托耳战死后,特洛伊城沦陷。安德洛玛刻被阿喀琉斯(Achille)的儿子庇吕斯掳为女奴并占为己有,后又被庇吕斯让给了埃勒努斯为妻。她把异国的一条人工河假想成故乡的西莫伊河,让人在河边(即诗中提到的"骗人的西莫伊河")为先夫建了一座空坟,时常到坟前屈身祭拜,哭悼往昔的荣华。她的举止与那只扑打地面想找到故乡湖水的天鹅的举止如出一辙,在她的举止中我们看到的绝不是只有屈从而已,更还有把异国"骗人的西莫伊河"当作故乡真实的西莫伊河的美好怀想。屈身膜拜虚幻外表的意愿越执拗,就越发显出对已经失去之物的强烈渴望。安德洛玛刻失去了她心爱的对象,她的遭遇又让人联想到其他那些被剥夺者"饮泪止渴"的命运,他们"失去自己东西,/永远、永远找不回来"(第45—46行)。"吮吸痛苦就像吮吸善良母狼"(第47行)一句进一步形象地渲染了对于失去之物的渴望。从一个被放逐者到另一个被放逐者,他们渴望的对象各有不同,但有一样东西是共同的,那就是他们都饱受缺失带来的不尽折磨。被放逐者永远也不能够打破阻隔,洞穿"迷雾的巨大高墙"(第44行),再见到他的故国家乡。

体验到物质世界的虚空,这对波德莱尔用寓托手法创作诗歌大有裨益。当引入一种历史视野后,诗人波德莱尔与19世纪巴黎的关系就突破了一时一地的局限,这让他对于现实的观照既是当下的,又是普遍的。他的现实观照分别得到回忆和寓托表现的辅佐。作为诗人,波德莱尔凭着直觉重新发现了回忆与寓托形象之间的关联。《天鹅》中诗人"多产的回忆"得到对于一个神话形象回忆的滋育,而这个神话形象本身的出现又是由看到一只出于绝望状态的天鹅引起的。回忆在这里就像是一个枢纽一样,将种种应和联想与寓托中包含的寓意汇合在一起。回忆发自于人心,是与人心中深深的忧郁情感联系在一起的。当回忆作用于外部世界时,它让我们看到的与其说是外部世界本身,不如说是关于人的内在世界的寓托。通过回忆的作用,实质性的内容就离开了物质层面而寄居到精神世界之中,而被去除了物质内容的事物也就成了一种具有暗示功能的事物,暗示着不再是它自身的某种东西。作为寓托,物质只不过是一种符号或标志,其所表示的是以苦涩和伤痛为特点的生活经验。

在波德莱尔那里,以苦涩和痛苦为特点的生活经验被体验为现代生活中占统摄地位的生活经验。回忆和忧郁是现代时期历史特点的表征,因而也是现代题材绕不过去的问题。回忆导致沉重而压抑的忧郁体验。大体上说,回忆是《天鹅》中第一部分的主题,而忧郁则构成了其第二部分的主题。这首诗让我们看到,回忆和忧郁是体现现代性的两种心理现象。诗中第二部分的第一节中出现了"忧郁""寓托"和"回忆"等几个重要词语,这一节在保证全诗前后两个部分形成镜像式对称结构方面起着关键作用。如果说第一节遵循着由回忆引出忧郁现实的路径,那第二节则遵循着由忧郁现实唤起回忆的路径。虽然它们遵循着不同的展开路径,但其中表现出来的被放逐的生活经验却是相同的。在原诗中,"mélancolie"(忧郁)和"allégorie"(寓托)是两个押韵的词,然而从音响上看,这两个韵脚(-lie,-rie)的安排对于一位以帕纳斯派自居的诗人来说实在算不上完美。但诗人执拗地用这两个词押韵,这显示他十分看重忧郁在寓托形成过程中所起的作用。通过唤起对于永久的缺憾和无止境的愿望的记忆,"多产的回忆"丰富着诗歌,就好比是"泪水"加宽了安德洛玛刻面前那条骗人的西莫伊河。《天鹅》中的诗人用回忆的丰沛雨露来浸润干燥的城市环境,这仿佛让我们看到巴洛克风格中那种正面是骷髅、背面是陷入沉思的忧郁女神(Melencolia)的寓托。在这样的寓托中融合了表现贫瘠悲愁的符号和表现多产沉思的符号。通过这种融合,现实生活的残骸变成了寓托,变成了意义的持有者,变成了诗歌。在这首诗中,通过从一个被放逐者到另一个被放逐者的移动,沉思的诗人从一个寓托移动到另一个寓托。

波德莱尔的寓托才华在忧郁中找到自己的养料。巴黎成为抒情诗的对象这一事实,丝毫不意味着波德莱尔的巴黎诗歌是一种关于故土家园的诗歌。在他的诗中,思想的运动并不止于赋予可见的外部形象以一种寓意,它更是走向作为存在者的人的,把他们聚合在一个可称为"被放逐者"的开放整体中。诚如本雅明所言:"这位长于寓托表现的诗人投向城市的目光真可以说是异化了的人的目光。这是闲逛者的目光,而这位闲逛者的生活方式为大城市人将要遭遇的困境抹上一层抚慰的光晕。"[1]波德莱尔在诗中不是简单罗列出一些具有同类性质的形象。出现在诗中的一个个具有代表性的形象不是徒劳无益的堆积,相反,它们中的每一个都像是随着闲逛者目光的移动而被新一轮的探究活动发现出来的。对安德洛玛刻、天鹅、黑女人以及其他许多被放逐者来说,流亡是一种并非自己选择,而是被迫置身其中的存在状态。但对于诗人来说,这却是他甘愿承受和经历的一种有利于自由发挥精神活动的状态。当他选择写作之际,他的精神便漂泊在符号丛生的森林中,伴随着古老"回忆"吹响

---

[1] Walter Benjamin, *Le livre des passages*, op. cit., p. 42. 又见该书第910页,文字略有不同。

的洪亮号角,把现实之物转化为寓托。为全诗作结的"……其他许多许多!"一句让人感觉不像是一个完满的结局,倒像是一个悬念,仿佛让人看到因破裂而散落的满地碎片。诗中的这种效果类似于我们在许多以寓托手法表现忧郁的古代寓意画中看到的那种效果:一根根断裂的圆柱散落在沉思的人物周围。总之,诗中的一切都归结为失去老巴黎在诗人心中激起的无所依持的异化感。

就像诗中的天鹅不再是动物而变成了一个神话形象一样,诗中纷乱杂芜的城市也不再是现实生活的场所而变成了一个起着寓托作用的空间,其中包含的启示让人得以洞见现代人的存在状况。城市是人类的缩影,既代表着人类的新生和欢娱,也代表着人类的死灭和悲愁。城市世界中的一切都逃脱不了生死循环的宿命法则。① 无论人身处何时与何地,跃入他眼帘的永远是理想破碎的阴影。从这点上说,波德莱尔在19世纪创造的寓托仍然深具现实意义。与波德莱尔及其同时代人一样,现时代的人也正在经历着理想的破灭和希望的缺失。1968年"五月风暴"中那句著名的口号"铺路石下是海滩"让我们想到波德莱尔笔下那只扑打地面寻找故乡湖水的天鹅。这句口号在传达一种希望争取到更好生活境遇的乐观革命狂欢的同时,何尝不也传达出一种类似于波德莱尔的天鹅所体验到的那种被放逐的感受。

四、把对身体状态的观照转化为哲学态度

被放逐的经验,即"失乐园"的经验,是波德莱尔作品中极为典型的一个主题。这其中既包括地域上的横向流亡,也包括天地之间的纵向流亡(《信天翁》和《天鹅》为我们呈现了最撼人心魄的从天上坠落凡尘的意象)。此外,还包括最无可挽回亦最令人绝望的流亡——在时间上的流亡,诚如《往昔生活》和《我喜欢回忆赤身裸体的时代》所展示的那样。流亡的主题是与日益突出的精神枯竭问题紧密联系在一起的。

在《天鹅》中,对故乡生命之水的渴望让天鹅引项向天祈求天雨,这一动作本身包含着丰富的象征蕴意,并且让这只飞禽变成了类似于神话中的角色。蓝天却显出"嘲弄"和"冷酷"的样子,体现出宇宙秩序的虚诳。波德莱尔在这

---

① 《小老太婆》中老妇与幼童同样形制的棺木,以及《七个老头》中浴火重生的火凤凰形象,都暗示了生死循环的观念。

首诗第一部分的最后几行特别对这点加以强调。天鹅是冷酷谎言的受害者，徒劳地伸长"痉挛的颈项"。在这个异化的世界中，它已经无缘重见故土家园。当天鹅看到上帝创世所保证的天降祥瑞终成空谈之际，就只能对自然秩序和造物主发出它的诅咒。

从滑稽的身形姿态、凝望天空的动作和对上帝发出的诅咒几方面看，天鹅都让人联想到《盲人》一诗中那些行走在巴黎大街上的盲人。这些盲人对城市的喧嚣充耳不闻，像天鹅一样，执拗而又徒劳地举头望天，想要获得来自天上的启示。"盲人"是波德莱尔创造的又一体现流亡经验的寓托形象。

盲人的动作保留着流亡形象的一些基本特点。这些盲人"略略有些滑稽"，在他们身上可以看到"丑陋而可笑"的信天翁的影子。昔日的"云中君王"如今坠落凡尘，不再能高翔远举；盲人跟它一样，如今失去了视觉，不再能高眺远望。但无论对飞鸟还是对盲人来说，想要回归到原初状态的愿望却又始终如一。这一愿望可能会显得荒唐可笑，但在这一愿望中仍然保有着某种崇高的东西。在阅读《盲人》时，我们自然还会想到那只在巴黎粗糙的地面拖着白羽的天鹅：

> （……）想到大天鹅发疯似的动作，
> 像流亡者一样，又可笑，又崇高，
> 被不尽的愿望噬咬！（……）
>
> 《天鹅》，第 34—36 行）

盲人们已经陷入到永恒的黑暗之中，但他们仍然抬眼望天，像天鹅一样保持着"奥维德笔下的人"的姿势。"奥维德笔下的人"投向上天的目光既是对失乐园后人在凡尘流亡状态的一种不无讽刺意味的阐述，也是对创世之初美好状态的一种"历史性的"怀想。在所有层次上，这一形象体现了对往昔日子的怀念，或者更确切地说，体现了一种不抱真实希望却又仍然想要恢复以往状态的努力。这种空无实质的努力属于纯精神性的活动，而这正是寓托活动的特点。无论是坠落还是流亡，"当下"始终处在"以前"和"以后""高处"和"低处"的间隔和纠结之中。

盲人们也是《精神的黎明》中那位为找回"精神宇宙不可企及的碧空"而"仍然幻想并痛苦着的沮丧者"的兄弟。他们还像《祝福》中那位"从原始的神圣光源中／提取纯净光明"的诗人一样,寻求着理想,梦想着高飞,怀念着往昔生活,想要透过沉沉黑暗找回原始的"纯洁光明"中蕴藏着的精神的高洁、诗意的完美和灵性的启示。盲人们挣扎于其中的黑夜是波德莱尔在《恶之花》中所展现的地狱般昏沉的精神黑夜的缩影,诗人极力与这样的黑夜搏斗,以维护他洞察幽冥的眼力。

对于内心完美和诗意完美的追求,以及对于能够揭示宇宙人生深意的超验真实的追求,是波德莱尔作品中的一个恒常主题。在他那里,"失明"象征着的正是这一并不可能真正达成的令人绝望的追求。《盲人》一诗体现了诗人处境的根本性悖谬:他生而为了认识美,为了领会永恒的真意,然而他又深知自己不可能真正达此目的。无尽的失望如影随形地与他作为诗人的命运寸步不离。然而对诗人来说,失望本身并非全然没有价值,因为诗人对于自己的处境有着清醒的意识,他正是在进行不可能实现的追求过程中完成了诗歌创作活动,达成了自己的诗歌使命。

如果说艺术是把客观现象置换为有意味的形式,那《巴黎图画》的诗人把在巴黎大街上与盲人相遇的动人场景置换为了一个体现人生哲学问题的具有普遍价值的寓托。虽然诗中也试图对盲人进行某种客观真实的描写,但其描写仍然带有强烈的主观特点。诗歌一开篇就力图营造出一种心理维度,把我们带入到超越于单纯描写的境界,让眼前的景象成为引发思考的对象。这甚至从诗人对起首一句文字的改动上也看得出来。诗人最初写的是"看看他们吧,我的灵魂"(《 Observe-les, mon âme 》),后来改成"静观他们吧,我的灵魂"(《 Contemple-les, mon âme 》)。之所以做如此改动,显然是出于诗人想要强调"静观"所具有的哲学意味的愿望:诗人不是简单观察而已,而是还要对眼前画面的意义加以沉思。在法语原文中,"Contempler"一词通常指带着赞赏的心情而出神凝视一个能够激发思考甚至沉思的景象。然而在这首诗中,诗人呈现在我们眼前的却是一个恐怖的画面("他们真是丑陋不堪!")。我们看到,在诗人向他的灵魂发出的热情邀请和他对眼前景象进行的评判之间存在着某种程度的冲突。从这第一行起,我们就感觉到诗句中涌动着一种苦涩的意味,而导致这种苦涩的真正原由将在随后的诗句中被揭示出来。静观的诗人是在对他自己说话,或者更准确地说,是在对他自己的灵魂说话,也就是对人身上最内在、最隐秘、最高贵的部分说话,而那里正是人的认知能力和思想能力之所在。

呈现在我们眼前的是真正诗意的符号活动,这种符号活动不满足于简单的比喻,而是采用了一种辩证的运动方式。在这首诗中,现实只是作为激发人的意识的工具而存在,而情感的发展是以对立和超越对立的方式来进行的。随着诗歌的发展,让诗人感到厌恶和不安的对象从最初的盲人转到了他自己。这就是我们想说的这首诗的"辩证"运动。在静观这群被判罚在"永恒寂静"的"无尽黑暗"中流徙的盲人之际,诗人在眼前看到的已经不再是盲人,而是他自己被贬黜的命运和被剥夺了观念的"纯净光明"的处境。由于遇见这群丑陋盲人而引起的惊恐,到后来变成了诗人由于意识到自己"比他们更愚钝"的状态而深深感到的不安。

对于波德莱尔来说,重要的不是要看清楚外部的现实,而是要看清楚内在的真实。要如何做到这点呢?可以像在《风景》中那样紧闭门窗,或者更简单点说可以通过幻想,或者还可以通过更极端的,同时也是自古以来一向都更具诗意的方式,那就是成为盲人。在传统的盲人象征中,失明的意义在对立的两个方面之间摇摆:一边是不幸,一边是幸运;一边是否定,一边是肯定。对一些人来说,成为盲人意味着看不见真实事物,对一目了然的东西视而不见,因而也就显得疯疯癫癫、古里古怪、昏聩无稽;而对另外一些人来说,则意味着不在意世界虚诳的表面,而着意于洞识一般人所不了然的隐秘而深刻的现实。从某种意义上说,盲人秉承了神奇的能力,他是受到神启的人物,是诗人、魔法师和通灵者。要获得这种内在视力也许必得以牺牲外在视力作为前提条件。盲人展现的是这样一个人物形象,他能以另外的眼睛看见另外一个世界中的另外一些东西。我们感到,盲人在我们这个世界中不像是一个残疾者,倒更像是一位"局外人"。这是《盲人》一诗可能带给我们的教益。我们可以从这首十四行诗中读出两种形成对照的诗歌:一种是关于梦想、忧郁和当下的诗歌;另一种是关于永恒内容的诗歌。正是两者的结合产生了涌动在《巴黎图画》中的现代诗情。

失明不是留给诗人的唯一惩罚。神启的"谵妄"特点往往把诗人排斥在常人社会之外。以疯癫著称的诗人像盲人一样,虽然活在人世,却跟葬身坟墓无异。有论者在辨读"无尽黑暗,/ 这永恒寂静的兄弟"时,认为这意味着死亡,而失明和死亡这两种状态之间的相似之处因"兄弟"这一具有亲缘关系的表述而得到特别加强。不过我们认为,诗人在写这两行诗句时应该是想到了帕斯卡尔《思想录》中的名句:"这些无限空间的永恒寂静令我恐惧。"①波德莱尔笔下的"永恒寂静"自然让我们联想到帕斯卡尔面对无限宇宙时感到的恐惧。通过这样的互文渊源,波德莱尔把盲人们流徙其间的"无尽黑暗"与帕斯卡尔的"无限空间"联系了一起,而在这"无限空间"中,上帝拒绝让自己显身于人前。我们可以在这里看到诗人的深层思想和题材的真正象征价值。

这首诗的价值有很大部分在于对存在所谓"光明"表示的怀疑。也许没有必要援引尚弗勒里的一段文字作为波德莱尔这首诗歌的一个重要渊源:

> 在不幸者身上,生命的暮光已经死灭;然而他内心的眼睛却努力发现了在另一个世界为他闪耀的永恒之光。②

这是波德莱尔想要接受却又不能够接受的,因为他自己感受到的绝望比盲人更加强烈。他甚至不抱有像盲人那样的对"永恒之光"的希望,因而他也放弃了在天上去寻找的企图。作品最后一句发出的反问("我说:这些盲人在天上找什么?")是解读《盲人》全诗的关键,其中表现出来的想要相信神意却又办不到的绝望,与诗人在写下这首诗仅仅几个月后对母亲所做的告白相吻合:

> "那上帝呢!"你会这样说。我真心希望(只有我自己知道有多么心正意诚!)能够相信有一个外在的看不见的存在关注着我的命运;但怎样才能够相信这点呢?③

他在生活中摆脱不了永远遭罚的苦命:"在我周围是何等的虚空!何等的黑暗!何等的精神昏昧和何等的对于未来的恐惧!"④根据《远行》中的说法,生活就像是"黑暗的大海",每个人一出生就登船驶向这片汪洋。波德莱尔不说他不信神,而是坦言他想要相信,但不知道如何才能够做到这点。他感到自己是信仰荒漠中的流亡者,没有办法穿越将他与信仰分离开来的间隔。这首诗传达出了诗人的深深沮丧,对他来说,一切都是深渊,满目尽皆"无尽黑暗"。

---

① Pascal, *Pensées*, *op. cit.*, p. 105.
② Chamfleury, *Hoffmann*, *Contes posthumes* (1856). 转引自 Crépet et Blin, *Les Fleurs du mal* (édition critique), *op. cit.*, p. 459.
③ 波德莱尔1861年5月6日致母亲信,《书信集》,第二卷,第151页。
④ 波德莱尔1855年夏致母亲信,《书信集》,第一卷,第318页。

盲人之所以会在诗人身上激起如此巨大的恐惧和不安，是因为诗人在眼前的恐怖景象中看到了他自己的精神状况。对他来说，这些像"木头人"和"梦游者"一样的盲人构成的恐怖图景让他意识到自己所面临的不能够掌控"自我"的处境。他自己不就是这样的"木头人"和"梦游者"吗？他徒有双眼，却像盲人一样什么也看不见。他感到自己甚至比盲人更加"愚钝"，因为他搞不懂这些盲人究竟在天上找什么。盲人们虽然貌丑身残，但仍然怀有几分隐秘的本能，这可以帮助他们找到能够解决他们问题的"超自然"钥匙，而诗人的本能却完全变得愚钝，这让他陷入到日常生活的浓厚黑暗中不能自拔。因而诗人显得比盲人们更加不幸。诗人在最后一句中发出的戏剧性追问既是对盲人问天主题的回顾，也是对全诗的某种总结。这一句不仅显示了他对于"光明"的怀疑，也显示了他面对生活的种种重大问题而在精神上感到的深深不安。在精神层面，诗人比以往任何时候都更加无助。他感到自己完全被剥夺了"神圣的火花"，陷入到了他深感害怕的状态之中。

与肉体上的失明相比，精神上的"失明"更加令人恐惧和不安。我们吃惊地看到，当盲人们默无声息地艰难行走在大街上的时候，整个城市则在声色的狂欢中"歌唱、大笑和嚎叫"。这里展示了城市人卑劣的耽于享乐的兽性本能。在这里，激起诗人愤懑之情的已经不再是见到盲人的场景，而是城市"沉湎声色享乐直到残暴程度"的景象。肉体上的失明者还努力在内心中寻找着光明，而城市中精神上的失明者却耽于声色之娱不能自拔。

这首诗中的对比和辩证运动设计得并不简单。诗中至少包含着盲人、诗人、城市三个层面上的失明。盲人身患肉体的残疾，诗人苦于信仰的危机，城市陶醉于兽性的享乐。诗人在静观盲人之际由于看不透盲人的意图而意识到了自己的"眼瞎"，而城市则在把享乐作为疗治忧愁的良药来追求的过程中却对自己的盲目懵然不知。那些不能够看见却仍然保持着"看"的意愿的失明者，难道不是比那些能够看见却又不会看的人更具慧眼吗？无论经历着怎样巨大的信仰危机，诗人像那些仍然想要看的盲人们一样，保持着看的本能，而正是这种本能驱使他对生命、死亡、道德甚至宗教的意义发出追问。

《盲人》一诗是能够体现波德莱尔艺术和美学的代表性作品。现实中的一个偶然场景由于被赋予了象征价值而升华为诗歌。诗人在城市生活中只会去发现那些能够让他意识到自己焦虑灵魂的形象。诗歌的开头部分主要是对盲人身体外貌的描写。不过诗人的兴趣并不流于要作一首描写的诗歌。在全诗的展开进程中，从外部描写向内心沉思的转化过程是十分明显的。结尾处发出的追问让我们清楚看到这首诗不是关于身体外观的：诗人在诗中把对于身体状态的观照转化成了一种思考人生问题的哲学态度。为了强化这层意思，原文中的"天上"一词还采用了首字母大写形式的"Ciel"①。这一追问的兴趣点显然不在盲人方面，而在诗人自身。透过佯装出来的昏昧无知的外表，诗人显示了拒绝在他自身之外去寻找自身焦虑解救之道的意愿。诗人没有说他断然不会把头转向天上，但他的确不知道如何才能够做到这点。在承认自己的"愚钝"时，他出语狠毒，其近乎于亵渎神明的态度更加大了精神层面的张力。诗中给出的结论显得充满了悖论。人生在世，目盲眼瞎，昏昧无知，摆脱不了自己的缺陷。然而，把全诗引向最后追问的结构方式似乎又暗示说：人不能够接受自己的昏昧无知。就像在波德莱尔的城市诗歌中经常见到的那样，诗人从一种精神视角来解说展现在他眼前的场景。

紧接在《盲人》之后的另一首十四行诗《致一位女路人》也采用了同样的手法：把一个平凡的偶然相遇转化为一个具有戏剧性的，甚至富有象征寓意的场景，其中包含的深意不是提取自城市的十字街头，而是从更悠远的永恒之神秘的昏沉深渊中提取出来的。像在《盲人》中一样，前两节中包含着一些具有暗示性的描写因素，后两节中笔锋一转发出追问，而对自己的无能为力深为苦恼的诗人绝望地想要为之寻求到一个答案。

诗人表现女路人登场（"一个女人走过"）时，采用了速写勾勒之法。女路人的出场庄重肃穆，与喧闹吼叫的人街形成鲜明对照。诗人把她的华丽、优雅和高贵比喻成像雕塑一样的艺术品，这赋予她一种超凡脱俗的存在方式。散文诗《寡妇》中有对这位女路人的简要描写：

> 这是一位高大、端庄的女人，神态高贵，我不记得在往日的贵妇名媛中见过这样的女人。她通身散发出德行高洁的芬芳。她的面容忧伤而清

---

① 第二节中描写盲人抬眼望天的姿态时，首字母小写的"ciel"一词还只是一个普通名词，这意味着这一节是对盲人外貌的客观描写。而在结尾处发出的追问（"这些盲人在天上找什么？"）中，首字母大写的"Ciel"的一词强调了价值的转换，赋予普通名词以象征寓意，把先前的客观描写转化为一种跟主观活动相关的态度。对同一词语采用两种不同的书写形式，这表明波德莱尔以极为自觉的方式把首字母大写作为"去物质化"(la dématérialisation)的手段。

瘫，与她那一身孝服如此般配。①

与这一段用散文进行的描写相比，诗歌表达形式中对词语的选择要更为复杂一些。诗歌文本中所采用的词语在含义上更为丰富，可以让人做多种可能的阐释，这在第7—8行中表现得特别明显："（在她眼中）那孕育着风暴的灰暗的天空，/ 啜饮迷人的柔情、夺命的快乐"。此处的文字被赋予了象征寓意的特点，字面的指事意义被转换成了耐人寻味的内涵蕴意。文本以这样的方式显示自己作为艺术品的存在。

这首诗源自于一个瞬间感受，而并不表现时间上的发展过程。一切似乎都发生在"电光一闪"之间。就在相遇的时刻，相遇本身就已经变成了回忆：诗人仿佛已经置身于未来而在回忆这一时刻，又仿佛是置身于现在而把这一时刻看成是已经发生的过去。通过把这个瞬间定格下来，获得的艺术效果就是将一个有限的事实扩大到了无限之境，从具体过渡到了抽象，从物质性的因素过渡到了精神的活动。正是这种过渡把与女路人的偶然相遇转化成了让诗人心潮起伏的艺术图像。

这首诗颇富戏剧性，不过这种戏剧性突破了城市环境中男女邂逅的简单事实。诗中真正要表现的对象不是女路人的美丽，而是诗人的眼神与女路人的眼神的神秘对视在他心里激起的戏剧性反应。在他们眼神相交"电光一闪"的瞬间，两人仿佛交流着他们的人生、他们的呼唤、他们的痛苦。但他们很快又复归于"黑夜"和孤独之中。错失的邂逅一下子变成了心心相印的两个灵魂的分离惨剧，这让诗人不再停留于观察，而把他痛苦的心绪转化成了对精神永生的企望，企盼着与心上人在来世重逢，希望在那里爱的承诺能够化为现实，让此刻不可能的缘分在那里永久成为可能。诗人虽然抱此奢望，但他在心情上又比任何人都更不确定。第11行中的疑问（"难道我只有在来世与你相见？"）显示了诗人不确定的心情。来世的神秘让他深为感慨。在他眼前一闪而过的心上人也许觉得他的爱情根本就不屑一顾。诗歌结尾处交替而出的代词"我"和"你"（"我不知你何往，你不知我何去，/ 啊，我曾钟情你，啊，你也曾知悉！"），以及原文最后一行中动词条件式过去时的用法，显然远不是要在最

---

① 《全集》，第一卷，第294页。

后一刻营造出现实的幻觉,而是要突出横亘在诗人与女路人之间的未知深渊,并且烘托出大街上的邂逅引起的惊人内心活动。

这首诗让我们远离时间过程,瞬间进入到一个神秘世界之中,这里充满了悖谬,一切都仿佛是由昏晦的光线照得通明。生活中一次偶然的机缘错失突然照亮了人生存在的重大问题。就像任何真正的象征都有其正面和背面一样,这首十四行诗的诗歌活力流转在一些不同的层面之间:既呈现心上人消隐在芸芸众生之中的一个平凡事实,又呈现打上了超验烙印的本体论意义上的沉沦;既表现无力求得理想对象的气馁,又表现人生和谐完满状态的失落;既体现空候佳人的痴情期待,又体现对于失去乐园的美丽伤怀。如果不停留在词语和错失的邂逅层面,我们会发现诗中回荡的声音仿佛构成一个悖谬的希望,仿佛是发出的一个召唤。诗中表达的情感既审慎委婉又强烈动人,其引起的反响直达于不可眼见的玄远幽冥之境。这一情感具有普遍的价值。通过这种情感传达出来的观念也被提升到了超越于一时一地局限的层次。这是哲人的特权,也是诗人的禀赋。

五、关于死亡的寓托

波德莱尔《巴黎图画》中的寓托形象要么是从现实生活中提炼出来的,要么是从造型艺术作品中移植过来的。属于第一类的是那些严格意义上的有关巴黎生活的诗歌,如《天鹅》《七个老头》《小老太婆》《盲人》《致一位女路人》等;属于第二类中极具代表性的是两首最能体现波德莱尔对于死亡主题迷恋的诗歌——《耕作的骷髅》和《死神舞》。《死神舞》的第20行——"高大的骷髅,你最合我的口味"——明白宣示了诗人对于骷髅的兴趣,这种兴趣一方面是因为受到浪漫主义时期迷恋死亡之风和哥特趣味复兴的影响,另一方面也是因为诗人本身的气质中就有惯于从人体最本质的骨架出发展开想象的倾向,他的想象既关涉现实问题,又带有神学意味。

《1859年沙龙》与上面提到的两首关于死亡的诗歌是同一时期的作品。在这篇《沙龙》中,波德莱尔把对用寓托之法创作的寓意画的喜好说成是"对宏伟的一种不可救药的热爱"[①],并且指出这类作品中被有些人认为是缺陷的

---

① 《全集》,第二卷,第646页。

"夸张"和"过度"实则比"斤斤计较的小气"有价值得多。① 波德莱尔在这篇《沙龙》中所称赞的那些寓意画都是表现跟死神有关的内容的。我们看到他对邦吉依的《死神小舞》深感着迷,这甚至让他对现代艺术家不看重这方面的题材而感到惋惜:

> 现代的艺术家们太忽视这些妙不可言的中世纪寓意画了,在这些作品中,不朽的怪诞嬉戏般地始终与不朽的恐怖缠绕纠结在一起。也许我们太过纤弱的神经已经不再能够承受一种一看便令人生畏的象征了。②

波德莱尔还在这篇《沙龙》中写下一段有力的文字,特别强调了"人类的骨架"的美学价值和其中的蕴意:

> 可能由于古代并不了解骷髅或对它了解甚少的缘故,人们就普遍认为骷髅应当被排斥在雕塑的领域之外。这可是大错特错。我们看到它开始出现于中世纪,其表现形态带着犬儒主义的笨拙和不以艺术为务的傲慢。而就从那时起直到18世纪,在盛行爱情和玫瑰花的历史氛围中,我们看到骷髅在它可以进入的一切题材中如鲜花般盛开。雕塑家们很快就领会到了这个瘦削的骨架中所具有的一切神秘而抽象的美,肌肤是骨架的衣裳,而骨架则仿佛是人类诗歌的提纲。这种温柔而辛辣的近乎于科学的优美脱颖而出,光洁剔透,涤除了腐殖土的污迹,跻身于艺术从蒙昧的自然中已经提炼出来的那些不可胜数的优美之行列。③

波德莱尔生活中的一些事实也可以佐证他对死亡题材的兴趣。他在参观布鲁塞尔的小堂教堂(l'église de la Chapelle)后列出的他所欣赏的作品中,有表现耶稣在十字架上受难的画像,有贝居安女修会的修女(la béguine)重孝在身的装束,还有"从悬在墙上的黑色大理石墓中探出身子的一具白色骷髅"④。此外,波德莱尔收藏的大部分画作都是表现死亡场景的。他在平时的谈话中也是"死"不离口。

---

① 《全集》,第二卷,第665页。
② 同上书,第652页。
③ 同上书,第677—678页。
④ 《可怜的比利时!》,《全集》,第二卷,第945页。

在《恶之花》中,死亡占据着一个极为重要的位置。诗集的最后一章就是献给"死亡"的。在波德莱尔想要着手准备《恶之花》第三版之际,还请求罗普斯以死亡为灵感为诗集作一幅卷首插图。①《巴黎图画》一章通篇都笼罩着死亡的阴影。诗人在城中闲逛时在大街小巷的每一个角落都感受到死亡的气息:塞纳河岸散乱堆放的解剖图让他驻足,发出对"耕作的骷髅"的联想;看到小老太婆们走过,他想象着将要安放她们的棺木的形制;想到许多人到了晚上不能回家与家人们围坐在炉火旁共享"香喷喷的羹汤",想到那些"在救济院的深处垂死挣扎"的弥留者,他便深感同情。给人带来最深刻印象的当是那位打扮成花枝招展的美人模样的"死神"形象。死神扮着鬼脸,突如其来地闯入人间的舞会,搅扰"生命的节日"。

《死神舞》是一首典型的以死亡为主题的诗歌。死神舞自中世纪起就构成一种关于死亡的寓托,在那时候的寓意画中多有表现。波德莱尔在谈到这首诗时,说他想要"完全扣合那些古老的'死神舞'和中世纪的寓意画中的尖锐讽刺"②。我们从这里可以看到,就连出现在波德莱尔笔下的"现代"寓托中,也可能包含着文化传统已经预先准备好了的一些因素。只不过"中世纪"的说法显得过于宽泛。让波德莱尔在死亡题材方面获取灵感的并不是整个中世纪。从波德莱尔诗中寓托形象呈现出来的特点,以及其中包含着的充满尖锐讽刺和焦虑不安的思想来看,他所说的"中世纪"在诸多方面让我们想到的是 15 世纪时的中世纪晚期,那是一个发生历史巨变的时代,一方面充满了动荡和不安,另一方面也讲究精致和奢华,其在历史上扮演的角色与 19 世纪在现代扮演的角色可堪比拟。

中世纪末期的欧洲进入到一个既考究又颓废的时代:文艺复兴和宗教改革的狂澜正在酝酿,经院哲学堕落为空洞的诡辩,建筑上极尽以"火焰式"为特点的繁复装饰,迷恋死亡主题的寓托之风开始大行其道,雕塑以写实手法表现正在腐烂的死尸,戏剧中上演那些达到激情顶点的场景。正是在这个时期诞生了维庸的谣曲,西诺雷利(Luca Signorelli)的壁画,这些作品预示了后来出

---

① 波德莱尔在 1866 年 2 月 21 日致罗普斯信中写道:"我认为一幅漂亮的铜版画(让人联想到"死神舞""瘦骨嶙峋的妖艳女子"……)就可以是一幅很好的卷首插图。很吓人,却又精心打扮,很丑陋,却又风情万种。"(《书信集》,第二卷,第 617 页)信中提到的"瘦骨嶙峋的妖艳女子"出自《死神舞》第 4 行。
② 波德莱尔 1859 年 1 月 1 日致卡罗纳信,《书信集》,第一卷,第 535 页。

现在丢勒（Albrecht Dürer）和荷尔拜因笔下的那些表现启示录般可怕场景的版画。

回顾15世纪的历史氛围可以帮助我们更好地捕捉波德莱尔式寓托的一些特点。15世纪确实是一个充斥着死亡和坟墓的时代，而在这个世纪对死亡的表现中，有一些特点是中世纪的其他世纪里所没有的。雷诺德在其所著《波德莱尔传》中对15世纪和13世纪表现的死亡进行了颇有见地的比较：

> 13世纪是通过死亡来宣讲永生和天国的极乐。而15世纪则是叫嚷着告诫信徒们生活何其虚无，生死何其无常，做好皈依的准备何其必要，末日的未知审判何其恐怖。13世纪为死亡披上一层端庄审慎的外衣："想象不出有什么比某些刻在墓碑上或躺卧在坟墓上的形象更纯洁、更温柔的了。这些死者双手合十，张着双眼，显得年轻、貌美、神态俊逸，仿佛已经参与到永恒的生命之中。"而自14世纪末起，死亡则显示出其全部的狰狞。尸体赤裸裸地呈于眼前，瘦削干瘪，皮包骨头（……），尸体发出恶臭，布满蛆虫（……），尸体腐烂（……），肚子上的裂口中爬出一条条长长的蠕虫（……）。于是，死神——世界的君王——便无孔不入：它躲在教皇的祷告台后面，也躲在皇帝的宝座后面；它也潜入到舞会大厅中，随着鼓声跳起死神舞，而击鼓的鼓槌是两根白骨。①

15世纪所表现的死亡让人感觉不到安详和抚慰，相反却带给人惊骇和恐惧，而且往往还伴随着令人不快的生硬直白的呈现和带有讽刺嘲弄意味的苦涩思想。波德莱尔在《死神舞》中表现的死亡就属于这一类。

在波德莱尔的这首诗中，死神奇怪地有着活人的生命，在人间与活人们打成一片，其行为举止妖冶招摇，近于挑逗。起首一句暗示死神的词语更像是对死亡的否定："活人一样，自傲于高贵的身姿"。这具"活着的骨架"通身装饰着花朵（"怀捧一大束花"，第2行；"花儿一般漂亮"，第8行；"头上戴着鲜花"，第14行），其做出的动作有"提琴声"（第25行）相伴。在这首总共只有15个诗节的诗中，对死神的描写占了三分之二的篇幅。对这些诗节的处理显得轻松自如，节奏分明、音韵铿锵，读起来朗朗上口。诗人是有意识地把这种轻松自

---

① Paris, Éditions G. Crès et Cie, 1920, p. 208 *sqq*.

如的处理用到一个忧郁的题材上，以得到他所希望的那种不协调的艺术效果，而正是这种不协调带来统摄全篇的隐秘节奏，把"妖冶"和"死亡"两种主题编织在一起，达到强化死亡寓托中包含的讽刺性因素的目的。一切死神舞的基本原则难道不就是要为不朽的死神和我们面对死神时的焦虑赋予一种有生命的姿态，把它们改造成活泼的快板吗？在这首诗中，不仅是可见的姿态，还有气息和声调都具有对比和反差的特点。

波德莱尔本人对这首讽刺辛辣、形式强劲的诗歌应当是感到十分满意的。作为诗人，他有不俗的趣味，懂得欣赏骷髅之美。他用一场当代的舞会来代替中世纪的人群，为死神舞的主题赋予现代意义，而又不改作为其中根本的讽刺。他的独到之处就是在描写骷髅舞女时采用了一套似乎是取自于当代社交圈中的语汇。像"慵娇"（《nonchalance》）"古怪"（《extravagants》）这样的一些词语既可以指骷髅，也可以指卖弄风情的女人。诗人故意带着讽刺意味玩弄词语上的这种含混，而在这种含混中既包含着两者的对比，也包含着两者的同一性，其所要达到的目的不只是美学上的，而且也是伦理上的。"瘦削的风骚女人"的说法为诗中引入一种情色味道，这强化了讽刺的意味。把"活着的骨架"的说法用在骷髅身上，这为"生命的节日"赋予了死亡的节日或巫魔夜会的意思。诗中通过这样一些处理，成功地确定了生命与死亡之间的相似性。这个由生与死构成的矛盾统一体因为象征着全人类的命运而具有形而上的意义："生"和"死"密不可分，而活着的人有可能是行尸走肉——有生命的僵尸。

花枝招展的骷髅让人联想到自古以来把灾祸和可怕女性联系在一起的红颜祸水的形象。以嘲讽的姿态凸显死亡的价值，这其实是一种震慑人的武器，让"可笑的人类"从目瞎耳聋的状态中警醒，看清楚自己所处的必有一死的存在真相，不要再沉湎于易于腐败的肉体欢愉。从第11节起，诗中告诫我们，现实生活中的那些舞客不管怎样涂脂抹粉都终归与骷髅无异，通身"散发着死人的气息"。诗中作为美男子象征出现的那些"憔悴的安提诺乌斯"[①]（《Antinoüs flétris》）和作为19世纪巴黎时尚代表出现的那些"刮净胡须的纨绔子"，都像"油头粉面的死尸"，纷纷倾倒于骷髅舞女凌轹千古的魅力，莫不

[①] 安提诺乌斯（Antinoüs）是罗马皇帝哈德良（Hadrien）宠爱的美少年。他一向以来被作为美男子的代称。

为之摧眉折腰。诗中的讽刺在结尾处达到最高潮,我们看到,是活人在模仿着卖弄风情的骷髅而疯狂起舞,而死神却反而变成了带着嘲弄神态的旁观者。"可笑的人类"的扭动摇摆呈现出来的画面完全就是一种骷髅舞的场景。生与死之间的这种扭转变换如何不让人深为震撼?诗人采用的手法通过达到令人震撼的美学效果,让作品传达出一些几乎是难以言喻的微妙蕴意。重要的就是要让人看到"死神"就存在于"生命"的世界中间,它可以显现为肉体的死亡,也可以显现为灵魂的死亡。

另外一首关于死亡的诗歌——《耕作的骷髅》——也是移植于绘画的作品。与在《死神舞》中一样,这首诗在结构上体现了诗人构造诗歌寓托的手法:先是用描写构成寓托形象,然后通过提出一系列疑问的方式对这一形象加以阐释,把观察引向冥想,把感觉引向沉思。诗人把这首诗清楚地划分成两个部分,分别对应着形象的描写(第1—12行)和通过提问进行的阐释(第13—32行)。

诗歌开头部分大谈在塞纳河岸看到的那些解剖图如何"美丽",把我们带入到科学和艺术的超凡世界中。这些图画出自渊博严谨的艺术家之手,虽然题材阴郁,但处理手法冷峻,画面显得泰然从容,令诗人深感着迷。不过,在诗人对这些人体解剖图的热烈欣赏中还是隐隐透露出一丝阴沉、忧郁的情调。这种白骨枯骸的"美丽"本身就包含着某种"神秘恐怖"。而诗人就是要对之进行一番哲学探究。

到了第二部分,耕作的劳碌打破了解剖图的平静画面。诗人把他看到的图像变成了一个具有象征寓意的标志物。也就是说,当骷髅被赋予了生命之际,原本简单的图画就成了寓托。我们的神经不能不为这样的变化所震撼。在这一部分的第三节,诗人提出一个哲学性的问题,接着又提出一些令人不安的假设。他搞不懂为什么就连在墓坑中"也不允许睡得安稳"(第24行)。死神为我们在另外一个世界保留着许多离奇的发现,其中也包括"严酷的命运"(第21行)。这里并不是让死亡承担起苦难人生大救星的使命,而是在告诉我们,哪怕在坟墓的另一边,被奴役的苦命劳作还会无休止地进行下去,让人看不到解救的希望,让人得不到休憩的安宁。在这里,原本应当给人带来安歇和慰藉的东西却反而成了折磨人的工具。随着形而上思考的一步步加深,医学解剖图突破了其原来的价值,成了揭示人生虚无的契机。人类是双重的受害者:一方面是外部世界的受害者,遭受着世间万物虚幻假象的欺诓;另一方面也是其自身的受害者,遭受着命中注定的目盲耳聋之苦。我们看到,诗歌像中世纪的寓意画一样,把"虚无"(le Néant)和"死神"(la Mort)加以拟人化的处理,让它们变成"欺骗"和"厄运"的寓托,变成体现人类命运的图像。最后三节中提出的一系列问题由一气呵成的四个并列句构成,这样的处理方式让诗歌行文具有一种强烈的说服力。原文中次第而出的连词"que"(第23、25、26、27行)用语言手段惟妙惟肖地模拟出用铁锹一下一下挖地的节奏,这让在这种背景下出现的寓托形象对读者产生出一种似乎是铁锹一下一下挖在读者心坎上的冲击力。

诗人深感于万物的生灭不定、人间的死生无常,因而他愿意在创作中把死亡意象看成是能够清晰表现其心意的理想图像。他对于骷髅的偏爱有其精神方面的原因。在他的这种偏爱中,我们可以看到他对于"结构"和"提纲"①的偏好,对在骷髅身上比在活人身上更清晰可见的几何对称的偏好,对想要在人体身上发现牢固的、持久的、最接近于永恒的因素的偏好。就像在中世纪那些伟大的寓托形象中一样,波德莱尔笔下的寓托形象从"虚无"和"绝对"两极构成的张力中获得其活力。在他看来,死神是人间万物的伟大主宰,人和万物都逃脱不了溃散解体的定律,这让他通过寓托形象表现出来的思想深具一种对于世界的悲剧意识。

寓托形象把艺术的美与某种认知活动结合在一起。它既是一种呈现,同时也引人思考。它像一个戏剧人物一样粉墨登场,激发出思想的活力,把观察者变成思想者。诗人旨在通过寓托形象把一个语意结构强加(而不仅仅是建议)给我们,而在这个语意结构中,最终极的意思,也就是其"真正"的意思并未言明。由寓托形象构成的这个语意结构还只是一种提纲或提要似的能够产生出意义的可能性,而其中真正意思的空白还需要通过阅读者的阐释活动来补足。可以说,骷髅这一寓托形象身上不仅包含着透视人生真相的秘密,也包含着艺术之为艺术的秘密。思想的戏剧化总是隐含在形象的戏剧化之中的。富有暗示力和教益的艺术作品才经得起思想的深究、评判和阐释。在波德莱尔看来,艺术既是关涉审美的,也是关涉人生的;它既是一种美学经验,也是一种

---

① 他在《1859年沙龙》中不是说过"骨架则仿佛是人类诗歌的提纲"吗? 见《全集》第二卷,第678页。

伦理经验。对这两方面丰富性的追求让他的诗歌作品往往呈现出"厚重"和"繁复"的特点,而批评他的人则更愿意用"笨重"和"庞杂"来概括这样的特点。由于他笔下的诗歌意象总是向"深度"挖掘的结果,他的诗歌自然也就不会不以意义的厚重见长。历史上还没有哪位诗人写得比波德莱尔更不"轻快"的了。

六、艺术的道德:融合审美与人生

波德莱尔在其创作生涯中总是不断纠结于两种表面看上去截然对立的倾向:一是做一个追求纯艺术的诗人,一是做一个思虑深远的理论家和关注精神境界的道德论者。这从后世诗人和理论家对波德莱尔的接受过程中两种不难区分的倾向也看得出来。诗人们侧重于"为艺术而艺术"的口号和"应和论",而理论家们则着意于把波德莱尔比作但丁,更关注他对颓废时代提出的理论见解。事实上,矛盾和悖论根深蒂固地存在于波德莱尔的艺术创作、美学思考和伦理观念中。他对于艺术和世界的看法始终都具有两重性的特点,既包含着诗意的陶醉,也包含着理智的清醒,既体现出诗歌的效能,也体现出批评的智慧。雨果就认为,波德莱尔的情况证明了这样一个法则,即"在一位艺术家身上,批评家与诗人总是并行不悖的",而且还据此把波德莱尔称为"亲爱的思想者",指出这位思想者身上"具有艺术的全部禀赋"[①]。波德莱尔自己也说过:"一切伟大的诗人天生注定会是批评家。……一个诗人身上不可能不包含着一个批评家。"[②]他还明确宣称一切艺术都"不过是组织起来的道德",而批评"每时每刻都触及到形而上学"[③]。因而对于波德莱尔的研究也就回避不了这样一个棘手的问题,即他的诗歌才能与他的批评智慧、他的审美观念与他的形而上学(甚至神学)观念之间的扭结缠绕。

波德莱尔本人就艺术和道德发表的种种言论可以说充满了极端的矛盾。在谈到美的形式时,他表现出来的态度随时间、地点的不同而发生着变化,时而夸耀自己对形式的"颂扬",时而又称自己"反对圣像崇拜",憎恶流于形式的

---

① 雨果 1860 年 4 月 29 日致波德莱尔信,*Lettres à Baudelaire*, op. cit., p. 191.
② 《理查·瓦格纳和〈汤豪舍〉在巴黎》,《全集》,第二卷,第 793 页。
③ 《1846 年沙龙》,《全集》,第二卷,第 419 页。

空洞之作。

当波德莱尔说到自己"颂扬对图像的崇拜"时,把自己当作了形式的崇拜者,而且词语间带有强烈的排他性。① 作为诗人和艺术家,波德莱尔把这看作是自己最根本的和独一无二的天职,这暗合于一种形式至上的"审美宗教",认为艺术形式要摆脱任何从属的地位,从它自身之外的种种目的中解脱出来。根据这种"审美宗教",制作形式并不是要制作出替代某种不在场的事物的图符标志,而是要体现出对形式制作活动本身的崇拜。艺术具有"创世"之功,它既是培育和制作的过程,也是培育和制作出来的作品:它是以美为目的的神圣志业,与任何道德无关,与任何教诲无关,与任何"介入"无关,总之,与它自身之外的任何外物无关。波德莱尔在《再论埃德加·坡》一文中对"只以自身为目的"的诗歌进行的定义,就像是对康德把美定义为"无目的的目的性"的回应:

> 如果诗人追求一种道德目的,他就减弱了诗的力量;说他的作品拙劣亦不冒昧。诗不能等同于科学和道德,否则诗就会衰退和死亡;它不以真实为对象,它只以自身为目的。②

不过,热情主张形式崇拜的波德莱尔同时也是形式崇拜的清醒去魅者。在他身上,矛盾对立和抗辩论争是占主导地位的逻辑,这决定他在一定时候又会报复性地反过来批判对于形式、节奏和技巧花样的"偶像崇拜",用老成持重的理智来反对一味追求形式的狂热。他在《异教派》(《 L'École païenne 》)一文中所写的以下这段文字就仿佛暗含着某种自我批评的意味:

> 对于形式的过分痴迷会导致可怕的、前所未闻的混乱。如果让公正和真实这些概念耗散在对于美、滑稽、漂亮和别致等这样一些程度不同的残暴激情中,那公正和真实就会消失殆尽。对于艺术的狂热激情是一种吞噬其余一切的溃疡;而由于在艺术中完全没有公正和真实就等于没有艺术,整个的人因而也就消失了;一种才能的过分专门化会导致虚无。我

---

① 他在《我心坦白》中写道:"颂扬对图像的崇拜(我巨大的、我唯一的、我原始的激情)。"(《全集》,第一卷,第701页)

② 《全集》,第二卷,第333页。波德莱尔自己在《论戴奥菲尔·戈蒂耶》中引用了这段文字(见《全集》第二卷,第113页)。

理解破坏圣像者和穆斯林对图像的愤恨。我认同圣奥古斯丁(saint Augustin)对视觉的过大快乐所怀有的悔恨。危险如此之大,这让我原谅取消对象。艺术的疯狂与思想的滥用可谓是半斤八两。这两种至高无上的东西中的任何一种都有可能产生愚蠢、冷酷无情以及巨大的傲慢与自私。①

仿佛是为了更有力地强调自己的观点,波德莱尔甚至还抱着极端主义者的热忱继续写道:"文学应当到一种更好的氛围中去锤炼自己的力量。这样的时代不远了,人们将会明白,任何拒绝与科学和哲学亲密同行的文学都是杀人的和自杀的文学。"②他还在另一处明确指出"为艺术而艺术"的贫乏,认为这是没有出路的:

> 由于排斥道德,甚至常常排斥激情,"为艺术而艺术"派幼稚的空想必定是毫无结果的。它公然违背人类的天性。以那些构成普遍人生的最高原则的名义,我们有权将其斥为异端。③

波德莱尔在此处看来是在指责艺术上的绝对主义,批判这样的艺术主张全然置宗教和哲学于不顾,认为它的错误在于忽略了人还有艺术之外的"其余部分",因而也可以说它没有认识到"完整的人"。

在谈到自己进行诗歌创作的目的时,波德莱尔给出的那些解释也是相互矛盾的。在他为《恶之花》的出版所撰写的题献词初稿中,他似乎完全接受戈蒂耶认为艺术无关道德的观点。我们在文中可以读到这样的文字:

> 我知道,在真正诗歌那轻盈飘逸的国度,恶是不存在的,就像不存在善一样。④

就在《恶之花》刊行之际,波德莱尔在致母亲信中写道:

> 您知道,我从来都认为文学和艺术只是追求一个与道德无关的目标,

---

① 《全集》,第二卷,第48—49页。
② 同上书,第49页。
③ 《论皮埃尔·杜邦》,《全集》,第二卷,第26页。
④ 《全集》,第一卷,第187页。

对我来说,构思和风格的美足矣。①

上述言论与他在为《恶之花》准备的一篇"前言"草稿中表达的思想是一致的:

> 对我来说最有意思的,而且越难以做到就越令我感到惬意的,就是从恶中发掘出美来。这本书全无功利作用,而且绝对单纯无邪,写出来是为了自娱自乐,发挥自己克服障碍的兴趣,此外别无其他目的。②

无论他在文体风格方面抱有怎样强烈的攻坚克难的兴趣,但单凭这点解释不了我们在阅读他的诗歌时所感受到的那种强度。要把握住波德莱尔所发表言论的真正含义,还必须考察他在同一时期前后写下的其他一些文字,在那些文字中,他又表明了自己诗集所包含的强烈精神性和书中散发出来的对于恶的憎恶,远不像他自己宣称的那样"单纯无邪"。看来他的诗歌中显然包含着不止于文体风格的某些东西。他在给昂塞尔信中所写的话不会是言不由衷的自白:

> 在这本讨人嫌的书中,我融入了我全部的内心,我全部的温情,我全部的宗教(经过乔装改扮的),我全部的仇恨。我的确可以去写与之完全不同的东西,向众神灵保证说这是一本纯艺术的书,是猴模狗样的花招,是玩弄技巧的杂耍;那我可就像跑江湖的拔牙郎中一样在漫天撒谎了。③

波德莱尔写这些话时已经重病在身,临近生命的终点,也许到了这个时候他才脱去了平时装模作样的外衣,终于不再遮遮掩掩地袒露实情。

波德莱尔并不一般性地谴责一切道德,也没有绝对排斥艺术中的道德。他反对的是摆出一副高头讲章的做派把艺术当作传达道德教训的手段和工具,认为这会对诗歌带来损害。同时,他也并不一般性地强调道德在艺术中的作用,他认为成功的艺术自有其道德,这种道德是同审美的愉悦结合在一起的。他在《维克多·雨果》一文中所写的以下段落最能代表他的态度:

> 这不是那种说教训诫式的道德,那种因其学究的神气、教训的口吻能

---

① 波德莱尔 1857 年 7 月 9 日致母亲信,《书信集》,第一卷,第 410 页。
② 《全集》,第一卷,第 181 页。
③ 波德莱尔 1866 年 2 月 18 日致昂塞尔信,《书信集》,第二卷,第 610 页。

够败坏最美的诗的道德,而是一种受神灵启示的道德,它无形地潜入诗的材料中,就像不可称量的大气潜入世界的一切机关之中。道德并不作为目的进入这种艺术,它介入其中,并与之混合,如同溶进生活本身之中。诗人因其丰富而饱满的天性而成为不自愿的道德家。①

波德莱尔常常会以有所保留的形式显示其宏大的愿望。他把"道德"一词挂在嘴边,三句话不离"道德",这让我们相信与其说他是在否定道德,不如说道德成了他挥之不去的一个顽念。他在《论福楼拜的〈包法利夫人〉》(《*Madame Bovary* par Gustave Flaubert》)一文中所写的就属于这种情况:"这部作品的确是美的,但其中没有一个人物代表道德,说出作者的良心。(……)作品的逻辑足以体现全部的道德诉求,而得出结论是读者的事。"②又例如他在一封信中如此回复他的一位热情的仰慕者:

> 我不像你出于好意所认为的那样讲求道德说教。我(也许跟你一样)只是认为,任何诗歌,任何制作出色的艺术品自然而然且必不可免地会启示出某种道德。这该是读者去做的事。我甚至坚决憎恨诗歌中有任何唯我独尊的道德意图。③

波德莱尔左右开弓,出手的招式可能忽东忽西,但他却不乱阵脚,不改变自己所占据的位置。他小心翼翼地守护着自己一贯的观点,即认为在艺术与生活之间,在审美与哲学观之间,必定存在着某种关系。

波德莱尔对"为艺术而艺术"派的抨击绝不只是停留在美学层面。邦维尔的抒情诗辞章华丽、制作机巧,有时候甚至让波德莱尔也艳羡不已。但这一类抒情诗的灵巧技艺并不足以满足波德莱尔对于具有深度的东西的趣味。虽然波德莱尔也把戈蒂耶称作"法兰西文学完美的魔术师、无可挑剔的诗人"和"十分崇敬的导师"④,但他还是认为戈蒂耶的感受性中缺乏深度。戈蒂耶笔下的

---

① 《全集》,第二卷,第137页。
② 同上书,第82页。
③ 波德莱尔1863年10月10日致斯温伯恩(Charles A. Swinburne)信,《书信集》,第二卷,第325页。有必要提到的是,斯温伯恩在发表于1862年9月6日《旁观者》(*The Spectator*)杂志上的一篇文章中特别强调波德莱尔诗歌的道德作用,称"那些懂得寻找的人可以在波德莱尔的诗歌中得到大量的道德教益"。
④ 见《恶之花》卷首献词,《全集》,第一卷,第3页。

形象所缺乏的是人的丰富性。他长于描写外物而疏于返归人自身。作为艺术家,戈蒂耶并不缺乏雨果式汪洋恣肆的文风,而这是波德莱尔自己不具有而且也不去寻求的。戈蒂耶的艺术中缺少的是强度。他常常过于冗长地描写画面,对世界抱一种揽奇掠异的轻松态度,这使得他作品中的道德内容大大淡化而且显得散漫无章,难以让读者感受到真正具有个性的特色。波德莱尔之所以对"纯艺术"的教义拍案而起,是出于对生命存在状况的考量,出于对人生万物的思虑。他是站在精神的高度上反对关注"物"而缺失"灵"的教义的。有必要指出的是,在波德莱尔的美学观念中,"灵魂"和"精神性"在艺术作品中占有的重要性不仅比任何其他东西更高,而且甚至可以让人不去斤斤计较于技巧方面的不足。波德莱尔始终把精神性看成是艺术的根本品质,这必然就意味着艺术品是具有道德"含义"的。

美的本质不在于炫耀技巧的娴熟或技艺的精湛,而在于让人"把大地及其各种景象看作上天的概览,看作上天的应和"[①]。一件制作得好的艺术作品一定是最伟大的生命体验的最高点,可以让灵魂"窥见坟墓后面的光辉","立即在地上获得被启示出来的天堂"[②]。正因为这样,尽管艺术家不应当给自己规定追求美以外的目的,尽管他的工作看上去更像是一个技术活,但真正达成了的美本身就承载着近乎于超自然的使命,带来情感和精神的巨大震荡。能够产生出如此效果的美不会是通常意义上所说的那种纯粹的形式美,尤其不是只为愉悦眼目的造型美。真正的大美必得是动人心魄的,只能通过对人的精神和灵魂产生作用才具有价值。当看到波德莱尔写下"纯粹的智力追求真理,趣味为我们指出美,道德感向我们传授责任"[③]这样的文字时,我们千万不要以为他是在对"智力""趣味"和"道德感"进行严格的区分,因为在他的心意中,这三种东西是相互关联着的,处于相互应和的关系之中。因而美必定关涉真理,当然这里指的是一种以人的内在的真为特点的真理;美也必定关涉责任,这是一种以精神诉求的形式体现出来的恭谨自持的责任。真正品格高卓、能给人带来持久享受的艺术,一定懂得在最丰富的感受性和最专注的沉思之间

[①] 《再论埃德加·坡》,《全集》,第二卷,第334页。波德莱尔在后来所写的《论戴奥菲尔·戈蒂耶》一文中引录了这段文字,足见他对这种说法的心仪(见《全集》,第二卷,第113—114页)。
[②] 同上,第344页。
[③] 同上,第333页。

保持强劲的张力。波德莱尔自己说过:"我总是喜欢在可见的外部自然中寻找例子和比喻来说明精神上的享受和印象。"①这就等于说,源自于诗人感受经验的诗歌中总会包含着某种与精神层面的形而上经验相关的东西。所谓艺术创作,从某种意义上说就是要打通从感官经验到审美经验、从审美经验到伦理经验的通道,实现不同层面经验之间畅行无碍的沟通。艺术中的道德内容不是靠说教或训诫的方式宣讲出来的,而是通过高超的艺术融会在作品中的,其融会之法多少与炼金术的活动相仿佛,而那神奇的熔炼坩埚就是人的灵魂。

《巴黎图画》比其他作品更好地体现了波德莱尔的这样一个意愿,就是要把现代生活的问题与非物质性的灵魂问题加以对照和融合。描画现代生活,就是要让人在最庸常的场景和事物中探察属于精神层面的非物质性内容的表征和明证。无生命的事物由于被赋予了灵魂而成为灵物,因"灵"的滋养而活跃;同时,灵界本来虚幻无形的思想、精神等也因为获得具有物质外观的"身体"而得以形成和彰显。阿斯里诺把这说成是诗人特有的"赋予思想以生动闪光的现实性,使抽象物质化和戏剧化"②的本领。通过这样的能量交换,物质性内容和精神性内容融合成一个一体难分的整体,由此得到的图画就是一些综合了两方面能量的生动图画,这些图画与其说是停留在物质层面,不如说更多是进入到了人性的层面;与其说是再现巴黎的外在现实,不如说是表现人心的内在世界。这些诗歌尽管有画面和描写,但绝不是"描写诗",其目的不在描写,而在把现实领域转换成一个对人性和人心进行考察探究的场所,表现特定社会氛围中灵魂的状态及其显现形式。蒂博岱在《内在》一书中谈到波德莱尔的诗歌创作时出色地论述了这个问题:

> 所有这些诗歌几乎都可以用《恶之花》中《巴黎图画》一章的标题冠名,这是一些生动别致的图画,但尤其是一些内在的图画,是一个灵魂在大城市中的真情表白,是一个大城市的灵魂的真情表白。这不仅是新的战栗,而且是波德莱尔为诗歌开辟的新的局面。③

---

① 《玛斯丽娜·代博尔德-瓦尔莫》,《全集》,第二卷,第148页。克洛德·皮舒瓦在注解这句话时指出:"这是应和思想与诗歌之间实际的、内在的配合。"(见皮舒瓦在《全集》中的注释,第二卷,第1147页)

② 语出夏尔·阿斯利诺论述波德莱尔的文章,该文作为附录收入《波德莱尔全集》,引文见第一卷,第1203—1204页。

③ Albert Thibaudet, *Intérieur*, op. cit., p. 7.

他还在《法国文学史》(Histoire de la littérature française)一书中恰如其分地写道:

> 如果说维克多·雨果作为诗人写了巴黎的景物,写了它那些值得纪念的事情,写了把它的市民们裹挟其中并影响了它的历史面貌的那些重要潮流,如果说圣-伯甫发现了破陋郊区和平民巴黎的风景,那波德莱尔则是挖掘出了它的灵魂,一个既高雅又败坏的灵魂,它的黑夜的灵魂,它的忧郁的灵魂。①

无论在波德莱尔还是在蒂博岱笔下,"图画"一词显然包含着静观默想者与城市、主体与客体之间的关系。自然要成为风景,城市要成为图画,必得有观察着并思想着的人介入其中,这个人的任务不仅是"制作"图画,而且还要传达出玄微幽隐的奥义。在这样制作出来的城市风景中,现代的人生意义这一根本性问题被强烈地提了出来。波德莱尔在解释他创作《巴黎的忧郁》的初衷时,明言是想要"描写现代生活"。但仿佛是为了纠正或补充他要说的意思,他又马上加了一句:"或者更准确地说,是一种现代生活,而且是一种更抽象的现代生活"②。"一种"生活,指的是他自己的生活;"更抽象",是因为这种生活更多涌动在精神领域,而不是在以外观画面见长的现实领域。这种"抽象生活"的主要形态表现为"灵魂的抒情律动""梦幻的起伏"和"意识的悸动"③。诗人实则不是在描写现代生活,而是在表现现代大城市中新的生存状况在他的灵魂、梦想和意识中引起的震荡。

当波德莱尔宣称"诗歌的本质一定是,也仅仅是人类对 种最高的美的向往"时,为了不让别人在唯美主义的意义上理解他的话,他不忘补充道:"这种本质表现在热情之中,表现在灵魂的激动之中"④。他把这种"最高的美"也说成是"纯粹的美"。而他所说的这种"纯粹的美"并不像字面所显示的那般纯粹,因为这种美必定与诗的超自然领域联系在一起,在这一领域中居住着"纯

---

① Thibaudet, *Histoire de la littérature française de 1789 à nos jours*, op. cit., p. 323.
② 《致阿尔塞·胡塞》,《全集》,第一卷,第 275 页。
③ 同上,第 275—276 页。
④ 《再论埃德加·坡》,《全集》,第二卷,第 334 页。

粹的愿望、动人的忧郁和高贵的绝望"①，而这一切都不过是灵魂活动的表现。

我们因而可以这样认为，波德莱尔建立在"应和论"基础上的美学思想中包含着"横向"和"纵向"两个维度上的应和关系。发生在横向上的应和现象在感官层面展开，运用万物之间"普遍的相似性"和发生在心理领域的通感现象，调动事物与事物之间的隐喻性关联，强调人的感官与感官之间的沟通。而发生在纵向上的应和现象则是指客体与观念主体、外在形式与内在本质等在不同层面发生的垂直应和关系。这种应和关系强调具体之物与抽象之物、有形之物与无形之物、自然之物与心灵或精神的状态、现实世界与超现实世界等之间的象征关系，是应和现象在象征层面上的展开。如果只有同一层面的"横向应和"，还不能构成艺术的全部。一个作品要成为艺术，必须在"横向应和"基础上引出更高层次的"纵向应和"。发生在纵向上的应和现象中包含着将心灵界客观化、将现象界心灵化的原则，包含着把审美的观照与哲学的、伦理的乃至神学的领悟统一在一起的诉求。② 一首好诗从来都不会只是一种漫无目的的自说自话。一篇好的作品一定会对昏沉麻木的灵魂造成冲击。巴尔贝·德·奥尔维利在一份为波德莱尔的诗歌进行辩护的声援书中就专门谈到了这种效果：

> 《恶之花》——这些骇人听闻的花——它们傲然怒放是为了教训和羞辱我们所有的人；可不是！因为让人了解被我们的恶癖败坏了的人脑这个粪坑中会开出怎样的花朵，这可不是没有益处的事情。这是给我们好好上了一课。③

于斯曼的小说《逆天》(Àrebours)中的主人公德泽森特(Des Esseintes)在一遍遍诵读波德莱尔的作品时也感受到了这样的效果，称"这位作家有一种无以形容的魅力，(……)他拥有比其他任何人更大的神奇能力，能够用一种奇特的健康表达，固定住衰竭的精神和痛苦的灵魂所呈现出来的那些最不可捉摸、最抖

---

① 《再论埃德加·坡》，《全集》，第二卷，第334页。
② 关于对"应和"问题更全面深入的论述，可参见拙文《〈应和〉与"应和论：论波德莱尔美学思想的基础》，载《外国文学评论》，2004年第3期。
③ Barbey d'Aurevilly, 《*Les Fleurs du mal* par M. Charles Baudelaire》。该文作为附录收入《全集》第一卷，引文见第1193页。

抖索索的病怏怏的状态"①。在于斯曼看来,波德莱尔"深入到了取之不尽的矿脉的最深处",成功抵达了"灵魂所在的区域,在那里,思想像奇形怪状的植物一样枝蔓丛生",而且"在文学把生活的痛苦基本上只归因于倒霉的男欢女爱或奸夫淫妇的嫉妒的这样一个时代,他对这些小儿科的病痛不以为意,而是去探察那些更难疗治的、更难愈合的、更深的创伤,这些创伤是由厌腻、幻灭、蔑视在破败如废墟的灵魂中引起的,这个灵魂在当下饱受折磨,在过去惨遭厌恶,在将来也只有气馁和绝望"②。

需要指出的是,虽然波德莱尔诗歌中的感受性极富个人特色,但要理解他作为诗人的存在就不应当只局限于他个人的经历。他的诗集中所表现的此时此地的个人心灵生活像棱镜一样折射出异时异地的众人的生活。在《恶之花》中那位说着"我"的抒情主人公的身旁和他自己身上,涌动着古往今来一切人类从最高贵到最卑贱的一切患难、狂喜和向往。在这个"我"身上,寄居着每个人的尊严和卑下。这是因为波德莱尔对人之本性的揭示是从一种深刻的自省意识出发的。当他把对于自己的言说和剖析锤炼成艺术品之际,他也就为这种言说和剖析赋予了普遍性,使之成为对每个人的言说和剖析。"我的同类,我的兄弟",他在《致读者》中召唤他的每一位读者都加入到自省的行列,惟其如此,才能摆脱"虚伪的读者"的污名。他歌唱"恶",发掘其中繁花似锦的资源,以正言若反的方式揭示其中反常合道的启示意义。他不是魔鬼的代言人,而实在是人世间一切具有私密人性的存在者的代言人。他是在给自己画像,也是在给众生画像:他是在给人的"自我"画像。他笔下的"自我"往往是卑微、低贱、怯懦的族类,但同时却又因为自省的意识而变得高贵,表现出不无自负的洋洋自得。波德莱尔为他的灵感所触及的一切事物都披上一件可以说具有超验价值的外衣。在他的诗歌世界中争斗和厮杀着的,不是一己之私的情感纠葛,而是诸如善与恶、生与死、绝对与相对、上帝与魔鬼等这样一些具有永恒价值的原则。诗人的灵魂就像是一个暂借的角斗场,在那里进行的却是一场永恒的搏斗。

我们读波德莱尔的诗歌时,经常会对诗中像主导动机一样反复出现的具

---

① J.-K. Huysmans, *À rebours* (1884), éd. Marc Fumaroli, Paris, Gallimard, 1997, p. 254.
② Ibid., pp. 252-254.

有宗教特点的语汇产生强烈的印象。像"天国"和"地狱""善"和"恶""过渡"和"永恒"等这样一些词语,如果我们不考虑到基督教文化赋予其中的涵义,就不能全面领会它们。无论是天鹅还是盲人都举首向天,不是为了发出悲悲戚戚的哀诉,而是为了发出形而上的追问。无论是小老太婆还是老头,他们都是"原罪"的牺牲品:"八十高龄夏娃,/上帝可怕利爪抓住你们不放。"就连《致一位女路人》这样的作品,本来只是讲述大城市的人群中偶然发生的邂逅,但也突然笔锋一转,把一个偶然事件引向对永恒问题的思考:"难道我只有在来世与你相见?"在波德莱尔笔下的每一个寓托形象中,都有一个方面是朝向对一些具有总体性和普遍性的问题进行思考的。

对波德莱尔来说,创造美就是要把特殊事物与普遍的和永恒的价值结合在一起。诚如黑格尔所言:"灵魂的激情和心中的情感,就是由于包含着普遍的、坚实的和永恒的内容,才成为诗性思维的材料。"[①]的确,诗歌要打动人心,就要反映出普遍的人生状况,如果一篇作品只是用文字对个人的特殊经历进行简单复制,那它的感染力就无从谈起。不过需要注意的是,在谈到艺术时,又要避免为了普遍性而全然置特殊性于不顾,因为如果一味讲求普遍性,艺术则会消亡,不可避免地堕落成道德说教,迷失在各种没有血肉的宽泛抽象概念之中,完全激不起读者的情感反应。波德莱尔在构想他关于"现代美"的理论时,对这两个方面的危险都有着极为清醒的意识。

波德莱尔认为,美永远是而且必然是"一种双重的构成","一种成分是永恒的、不变的,其量的多少极难加以确定;另一种成分是相对的、应时而变的,可以说它是时代、风尚、道德、激情,或是其中一种,或是它们全部"[②]。艺术家要做的就是:一方面,把属于现时代的那种相对的和应时而变的成分同永恒的和不变的成分结合起来,创造出一种经得起时间考验的作品,其美就美在既符合永恒的理想,又不违背时代的趣味;另一方面,"从流行的东西中提取出它可能包含着的在历史进程中富有诗意的东西,从过渡中提取出永恒"[③]。第一个方面在于糅合相对和永恒两种成分创造出美来,第二个方面在于从相对的因

---

① 转引自 Gustave Lanson, *Histoire de la littérature française*, remaniée et complétée pour la période 1850-1950 par Paul Tuffrau, Paris, Hachette, 1951, p. 931.
② 《现代生活的画家》,《全集》,第二卷,第 685 页。
③ 同上,第 694 页。

素中提取永恒的美。表面上看,这两种行为并不完全相吻合,但实际上,这两种行为从不同角度确证了美的构成的双重性,并且还体现了波德莱尔对艺术活动的两个基本要求,即应当"如何表现"和应当"表现什么"。对于前者,即在"如何表现"这个问题上,应当用精神的光芒照亮事物,使偶然之物具有永恒的价值;对于后者,即在"表现什么"这个问题上,应当表现那些能够唤起或激发精神活动的事物。在这两种情况中,波德莱尔建立在应和论基础之上的美学思想都得到了圆满的体现。艺术处于具体和抽象的结合点上,是一条沟通感性世界和精神世界的神奇渠道。应当把这作为任何艺术创造的首要前提,无论是诗歌、绘画、音乐,还是其他艺术种类。

从这样的前提出发,所谓"诗歌才能"就不会不与创作者的其他那些精神关切保持密切的联系。无论诗人出于一时的意气都说了些什么,他作诗绝不只是为了获得战胜技巧方面困难的乐趣。无论读者在阅读时体验到怎样的审美快乐,阅读都不会只作用于单一的感官,而是作用于作为整体的人,也就是说还要影响到我们精神性的乃至宗教性的生活。与人的整体生活隔绝开来的文学只会沦为个人闲情逸趣的玩意儿。诗歌的语言最适合传达人生的智慧。往往是高迈的精神境界让一部作品真正变得"伟大"。在波德莱尔的美学格局中,做一位诗人,这本身就是一种已经把"高尚义务"作为题中之义的使命。虽然他有时候也宣称诗歌不应当屈就于寻找"真"和"善",那是因为他认为成功的诗歌本身就自有一种真和善,而且是一种比在其他地方发现的更高的真和善。诗歌活动不隔离于现实世界,同时又可以让人通达与现实世界相关的更高的真实。艺术之美必定是关乎灵性的,这是艺术固有的道德。这种看法完全符合波德莱尔对"完整统一性"的信仰。[①] 这种"统一性"的观念,即把精神性的事物和物理性的事物加以同化的观念,正是应和论的本质。正是这种统一性成就了波德莱尔诗歌中建立在"深层修辞"基础上的隐秘完美,而诗人也确实以极为自觉和深思熟虑的方式把这种统一性作为他诗歌创作的目标和理由。

---

① 波德莱尔在《正派的戏剧和小说》(《Les Drames et les romans honnêtes》)一文中写道:"艺术是有用的吗?是的。为什么?因为它是艺术。(……)创造一种健康艺术的第一个必要条件就是对完整统一性的信仰。"(《全集》,第二卷,第41页)

在抒情诗中表现属于精神品格领域的内容，也许还没有谁具有比波德莱尔更大的勇气，而且也没有谁在如此高度上把诗歌的才能与分析和综合的能力，把个人的感受与对普遍人生的领会，把对自己内心世界昏晦深渊的考察与深入到别人内心世界的本领结合得如此紧密。在他那里，抒情诗抛弃了传统的单纯而加入了反思，不简单停留于对个人命运的悲叹，而是把个人的问题或个人的状况同一种思维方式联系起来，把对个人命运的考察作为一个提出事关人类命运根本性问题的良机。

出现在波德莱尔笔下的那些表述、形象和象征是属于他所处的时代的，而诗人通过这些表述、形象和象征表达出来的情感和传递给我们的观点却又是属于一切时代的，他通过炼金术般的手段从自己所处的时代中提取出来的精要内容是超越于时代的。通过艺术手段使偶然之物成为具有永恒价值的象征，这是波德莱尔的美学使命；从偶然之物中提取出永恒不变的因素，这是波德莱尔的伦理使命。诗歌不是位于艺术和道德的交接点上，而是艺术和道德二位一体的存在，它是一个固有的整体，在其中，艺术和道德一体难分，艺术效果自然包含了审美和伦理双重经验在其中。可以说，波德莱尔在诗歌创作中所体现的艺术经验是一种"诗—思"合一的"美学—伦理"经验，这种经验是内在于他所理解的艺术的功能的。"美学—伦理经验"范式的提出，是波德莱尔对艺术界和思想界做出的双重贡献。

在波德莱尔的诗歌世界中，审美和道德结合得如此紧密，使得二者都突破了它们的传统属性。他是用审美现代性捍卫"道德—实践理性"的合法性。这也带来对它们二者的全新认识。诗歌的道德效果与卫道士们以捍卫"公序良俗"之名所采用的传统评判标准以及资产阶级伪善的道德说教毫无共通之处。诗歌的"道德效果"体现在与之不同的以下这些方面：突破较早的传统的诗歌定义——强烈感情的自然流露或最好词语的最好搭配，让感伤色彩让位于更为浓厚的"心理"色彩，让情感通往"深层自我"的灵魂，积极调动思想的灵活性和丰富性，把思想引向超越人类现有理解力的范围，把一时一地的偶然感受引向凌轹千古的观念，越过我们的敏感点而在精神更为隐秘的地方掀起波澜；唤醒昏聩的意识，让人看清楚世界的虚诞假面，以凛然不可犯的决心，"拒绝把生活空虚地理想化,拒绝浮面的欢愉与自足"①;揭示"忧郁"和"理想"在恶性循环中扭成的死结,让人深入到存在的本质层次,认识到人生存在和人类灵魂的可悲和伟大,唤起追求绝对、永恒和无限的愿望,把认知和生命上的绝对当作最高的抱负。我们看到,正是在这样的艺术道德的背景下,波德莱尔创作的作品充满着不可消解的矛盾和悖论。他的作品不是安抚性的,而是搅扰人心的。除了艺术,他再没有给人指出其他的出路。而艺术的神奇正在于通过震撼人的情感、心灵和精神,让人面对生活的无意义和对找不到答案的疑难发出绝望的然而也是不懈的追问,让人在情感、心灵和精神的震撼后采取一种个人的态度。他虽然不赞成把对生活的干预当作诗歌的主动追求,也不相信诗歌是一种群众的事业,但他深信诗歌是个人经验的凝结,跟个人的见识、品性、志趣和境界有关,只要把它当作个人的志业来经营,就必然可以达成对于人性的改造,让惯常的情感和思想分崩离析,让聋者重聪、盲者复明,让老朽的人脱胎换骨,重获新生。他"在矛盾中"认识到人类的存在状况,并"从总体上"来经历它。② 通过将美学经验与伦理经验融合为一体不分的整体,波德莱尔将艺术经验与人生经验紧密结合在了一起,而按照居伊·米修(Guy Michaud)在《象征主义的诗歌启示》(*Message poétique du symbolisme*)一书中的说法,就是"将诗歌事业与人生事业结合在了一起"③。这就是波德莱尔心意中艺术的道德的实质。

第二节 "人工美"的美学观念所包含的伦理价值

一、憎恶自然和崇尚人工

19世纪50年代中期,为回应友人德诺瓦耶就有关"大自然"的作品的约

---

① 程抱一:《论波德莱尔》,《外国文学研究》,1980年第1期,第59页。
② 马塞尔·A.吕福把这点看成是波德莱尔的伟大之处(见 Marcel A. Ruff, *L'Esprit du mal et l'esthétique baudelairienne*, *op. cit.*, 1955, p. 373)。马塞尔·莱蒙(Marcel Raymond)也认为:"这种对于最高与最低、潜意识的需求与高级的向往之间那些长久以来不为人知的关系的深切感知,一言以蔽之,这种对于心理生活的整体性的意识,就是波德莱尔诗歌的最重要的启示之一。"(Marcel Raymond, *De Baudelaire au surréalisme*, Paris, Éditions R.-A. Corrêa, 1933, pp. 16-17)
③ Guy Michaud, *Message poétique du symbolisme*, Paris, Nizet, 1961, p. 44.

稿,波德莱尔寄去了《暮霭》和《晨曦》两篇诗稿,同时还随诗稿致信一封,在其中表达了自己憎恶自然的态度。这封信不像我们很容易就想到的那样只是出于波德莱尔所惯常的出语惊人的挑衅之举。波德莱尔给出的理由意味深长:处于野生杂芜状态的"大自然"中"有某种恬不知耻且令人痛苦的东西",由于没有众神的灵魂居住其间,这对任何"有灵性的人"来说都构成"冒犯"。换句话说,他对未经人工驯化的天然之物不为所动,就算身处森林的深处,真正让他念兹在兹的还是发出"人世间的哀号"的那些"令人惊叹的城市"[①]。

乍看上去,波德莱尔对待自然的态度与维尼在《牧人之屋》(*La Maison du berger*)的以下诗句中表现出来的态度有几分接近:

> 夏娃,我爱一切出自创造之物,
> (……)
> 请别把我独自留在大自然中;
> 我太了解它,它让我深感害怕。[②]

其实这种接近只是表面现象,因为在他们二人对待大自然的这种轻蔑态度中有着不同的原因。维尼诅咒的是大自然对人的冷漠和无情:

> 它对我说:"我是冷冰冰的舞台,
> 演员们的舞步不会让我动容;
> (……)
> 我听不见你们的呐喊和叹息;
> 人间的喜剧也难以让我欢喜
> (……)
> 我视而不见、充耳不闻,神气地
> 碾过万民众生如同碾过蚂蚁(……)。"
>
> 它阴沉、傲慢的声音说出这话,
> 这让我心中生出憎恨,我看见

[①] 波德莱尔 1853 年底或 1854 年初致德诺瓦耶信,《书信集》,第一卷,第 248 页。
[②] Vigny, *Œuvres complètes*, éd. cit., t. I, p. 127.

> 浪花卷着血,而青草下的亡人
> 用自己的汁髓滋育树木根芽。①

维尼还在《一位诗人的日记》(*Le Journal d'un poète*)中写道:

> 我热爱人类。我对之深怀同情。对我来说,自然是一个睨视千古的舞台布景,而被推到这个舞台上表演的绝佳过客就是被称作人的木偶。②

维尼对大自然的轻蔑和抗拒是情感性的,肇端于对自然的幻想的破灭。他以人的名义而拒斥大自然高高在上、目空一切的统治。

而在波德莱尔这里,不只是涉及他对自然的情感问题:不只是说他面对自然风景的杂乱无章、缄默无言、单调乏味而心生厌恶或郁闷,也不只是说植物世界的微不足道和漠不关情让他深为鄙视。他看不起自然,的确也是以人的名义,但尤其是以灵魂的名义。这是有细微不同的。波德莱尔的轻蔑是哲学性的,来自于他思想的深处,也展现他思想的深处。他的这种轻蔑中有着某种形而上学的判断。他就像是一位当代的帕斯卡尔一样,认为精神的秩序无限超越于自然的秩序。他一生中都对泛自然神论抱有反感,这与对之趋之若鹜的浪漫派诗人和艺术家们大异其趣。他的轻蔑不只是表现为反对把大自然作为艺术和诗歌的主题,而是还有更重要的原因:在他看来,对自然的崇拜简直就是渎神,因为这是一种虚假的"宗教"。在波德莱尔对自然的蔑视中有一种神学的根源,而他的整个神学观念基本上就是从强烈的"原罪"感扩展而来的。他在给友人图斯奈尔的一封信中写道:"整个自然都禀有原罪的特点。"③因而一切天然的东西都让他感到反感。我们在《现代生活的画家》中可以读到这样的文字:

> 请看一看、分析一下所有天然的东西以及纯天然的人的所有行为和欲望,你们将会发现,除了可憎,别无他物。一切美的、高贵的东西都是理性和算计的产物。④

---

① Vigny, *Œuvres complètes*, éd. cit., t. I, p. 127.
② Vigny, *Œuvres complètes*, éd. F. Baldensperger, coll. Bibliothèque de la Pléiade, t. II, 1948, p. 1028.
③ 波德莱尔1856年1月9日致图斯奈尔信,《书信集》,第一卷,第337页。
④ 《现代生活的画家》,《全集》,第二卷,第715页。

在他看来,以天然状态示人的女人是可憎的、邋遢的,与纨绔子的理想格格不入。但只要用脂粉和首饰进行一番精心打扮,就像《热爱假象》中的那位女主人公一样掩饰起自己的天然模样,女人就会在他眼里变得风姿绰约、超凡脱俗,其美艳让他赞赏有加。

我们知道,波德莱尔的一生几乎都是在大城市中度过的。大自然在他的记忆中只占有极少的位置。这不可能不对他反自然态度的形成产生影响。城市的进化和发展从小到大的过程就是不断脱离和否定人的自然状态的过程。城市生活的独特环境让人越来越远离有机自然,而物质环境的不同也必然孕育出不同的文化形式。从未经加工的自然景观到按人的意志构筑的人工景观的转变同历史发展的进程是相符合的。从这点上看,波德莱尔的反自然态度是顺应于时代潮流的。19世纪的工业革命和大机器生产的广泛运用,让波德莱尔注意到了完全不同于自然生产过程的人工生产方式。在这里需要注意的是,真正吸引他的不是从事生产的工人,而是人工的生产方式。他之所以对人工的生产方式深感兴趣,是因为这种生产把人的属性和思想印刻在了物质之中。长于寓托手法的诗人不是一直都把事物看作是客观化了的思想,或仿佛是思想固化成的物质吗?人工的生产方式在城市中体现得最为充分,而城市本身就是用人工方式创造出来的一个巨大杰作,是人的情感、欲望、理想等精神品性的投射和现实化。作为城市人,波德莱尔喜爱那些由人工制作或加工出来的东西,这些东西呈现出整齐的几何结构,服从于人的理性活动。肖纳尔(Schaunard)曾记录下波德莱尔与他进行的一席谈话,当时波德莱尔向他解释自己为何要急于逃离翁弗勒尔。我们从这段话中可以看到波德莱尔公开表示对自然的憎恶和对人工制造之物的喜爱:

> 乡间令我十分不快。持续不断的阳光让我恼火得很(……)。啊!跟我聊聊巴黎那总是变幻多端的天空,一阵风就带来晴雨变化,冷热、干湿的交替更迭从来不是为了有利于出产愚蠢的粮食(……)。我可能会冒犯你爱好自然风光的信念,但我还是要对你说,肆意漫流的水让我不能忍受;我希望看到水被制服,被约束在河岸整整齐齐的堤坝之间。我喜欢去散步的地方是乌尔克运河(le canal de l'Ourcq)的河岸(……),我要洗澡一定是在一口浴缸中;我喜欢听八音盒胜过听夜莺;而且对我来说,果园里采摘的水果只有放到高脚盘中才开始显出完美的状态!(……)总之,

> 我一向认为,服从于自然的人是又朝着最初的野蛮状态迈出了一步!①

对波德莱尔来说,任何东西只有当打上人工制造的记号后才具有价值。在他看来,真正的光线是城市中的光线,真正的水是城市中的水,因为人工的制造活动赋予了它们在人类生活结构中的某种功能和地位,而且思想在这一活动中发挥的统合作用让它们变成像是艺术品一样。人工的东西,无论是"运河"还是"高脚盘",其所呈现出来的样子中看不到乡间一向所习见的漫无章法的起伏不定和比例失衡。高脚盘的作用不是要假模假式地把食物按其最初的样子呈现出来,而是要让它从自然形态过渡到文化形态。城市里的铺路石远不只是巴黎的悲愁的象征,还可以是巴黎的魅力的象征,因为这些由人工切割出来的铺路石是反自然状态的,已经成为一种文化,其妙处已超越物质层面而入于精神层面。《太阳》中的诗人正是作为巴黎"石子路上的漫游者"在城市的各个角落搜寻作诗的"字眼"和"韵脚"。波德莱尔的"反自然主义"态度曲折地表达了想要用精神的价值尺度取代自然的价值尺度的意愿。与散漫盲目的自然相比,城市环境中的东西带有一轮价值或价格的光晕。波德莱尔的理想就是要能够在人类的精神结构中发挥作用并具有价值。

波德莱尔的反自然主义让他不大会去欣赏法国的风景画家。他认为他们"太过草食性"。他不喜欢大自然中"不规整的植物"。相反,他喜爱石头和神奇城市中用石头构成的"风景"。他在谈论自然时,往往使用一些本来是用在人工建筑上的词语,如在《应和》中用了"神殿""廊柱""话语",在《顽念》中用了"大教堂""管风琴""永远的灵堂"等等。自然只有当与人的现实相应和时才是有价值的。改变成神殿的自然不再是自然,而是与人的世界相沟通,变成了人的建筑物,成了一种艺术品。随着这样的改变,世界上建立了一种新的和谐。正如波德莱尔所欣赏并阅读过其作品的皮埃尔·勒鲁(Pierre Leroux)所言,

---

① Alexandre-Louis Schanne, *Souvenirs de Schaunard*, Paris, Charpentier, 1886, p. 231. 该书是亚历山大-路易·沙尼的自传性回忆录,肖纳尔是沙尼的别称。肖纳尔记录的这段话除了显示波德莱尔以人工为美、视自然为仇雠的态度外,还间接地让我们看到波德莱尔属于那种只渴望得到自己并不拥有的东西,并且只希望去到自己并不在的地方的人。他在巴黎和翁弗勒尔之间的一次次往返颇能够说明问题。不过有一点是清楚的:去翁弗勒尔,可不是为了回到自然的怀抱中求得抚慰,而是为了逃离种种危机和难处让他感到不能再生活下去的巴黎。而一旦去到那里,对城市的挂念又让他马上返回巴黎。

"倘若想不到浮现在记忆中的神殿,人就会对森林的廊柱和群山的祭台视而不见"①。根据"应和"理论,有千百种方法达成"普遍的相似性"。而这一理论的要点就是通过改造和变形让自然之物成为一件艺术品。一件普通物品成为艺术品的过程,就是实现把客观现实转化为精神意象的过程。在伦理层面,这一过程源自于一种神学家式的对于"天然"之物的仇视,而在艺术方面,这一过程也源自于鲜明的理想主义或唯心主义的诉求。波德莱尔在《1846年沙龙》中指出说:"艺术家的第一要务就是用人取代自然并且向自然提出抗议。"②他又于1859年在另一篇《沙龙》中写道:"我认为再现本已存在的东西是无用的和枯燥乏味的,因为现实存在的东西没有什么能令我满意。自然是丑的,而与那些实际的粗陋平庸之物相比,我倒更喜爱我幻想中的那些怪物。"③

用人的精神取代自然的杂乱,这样的想法在波德莱尔描写城市的作品中体现得最为明显。波德莱尔对现代那些仙境般建筑的美心领神会,从中提取出好些诗歌形象。我们在他留下来的手记中可以看到三首计划中要写的诗:《没有树木的风景》《海上的宫殿》《楼梯》(Les Escaliers)。《恶之花》中的《巴黎之梦》,以及《小散文诗》中的《世界之外的任何地方》,可以说是这些计划的部分实现。

二、现代城市的建筑景观和城市诗人的"仙境华屋"

就像《世界之外的任何地方》中作为理想之地展现给我们的城市一样,《巴黎之梦》中展现的城市也是一个完全看不到任何自然痕迹的人工创造。这里的景观全是由光线和各种奇珠宝玉构成的。树木花草被芟除净尽,唯见列柱和拱廊映照在凝结成水晶的水中熠熠生辉。诗人在这首诗中把对"人工"的崇拜推到了极致,而描绘梦幻景观的诗句本身也像是用大理石雕琢出来的一样,光洁而硬朗,是超自然主义作品的一个新奇样本。

这首诗的重要性在于可以帮助我们捕捉波德莱尔美学思想中的某些重要方面。对比是波德莱尔创作中的一个基本原则。这首诗就运用了自然和艺术

---

① Pierre Leroux, « De la poésie de notre époque. Aux philosophes », *Revue encyclopédique*, 1831, t. LII, p. 404.
② 《全集》,第二卷,第473页。
③ 《1859年沙龙》,《全集》,第二卷,第620页。

的对比,张扬了艺术胜过自然的优势。艺术胜过自然的诸多表现之一就在于由大理石、水、金属所构筑景观的"醉人的单调":自然奇形怪状、杂乱无章,艺术则代之以秩序,让一切变得规规矩矩、整整齐齐;自然冗沓散漫,艺术则代之以风格,这是每个创造者洞悉世界的唯一法门。自然中的诸多负面表现让人把它看成是不规则的、任意而为的,相反,一切属于艺术的东西都有一个遵循一定之规的形式,轮廓清晰,转角分明,统统是由人工活动完成的,具有必然性,体现出人的意愿和想法。诗人因而也就像画家或建筑师一样去行动,选取自己的材料、形式和色彩,构筑出一个超越于自然的全新世界,这不仅是一个属于人的世界,更是一个超越于现实并且超越于人的世界。

戈蒂耶对《巴黎之梦》一诗极为赞赏,两次用大段文字加以褒扬。① 戈蒂耶之所以对这一首颇多好感,应该是因为他看到诗中体现的审美观与他本人在小说和诗歌创作中所实践的那一套十分接近。在《莫班小姐》中,戈蒂耶坦言他笔下那些幻想出来的宫殿是由三种他所心仪的东西建成的:黄金、大理石和绛红颜料,各取其在光泽、硬度和色彩方面的特性。在具有文论性质的《艺术》(*L'Art*)一诗中,戈蒂耶阐述了他注重造型美的诗学,其要旨就是要把美

---

① 一篇是他于1862年为欧仁·克雷佩所编《法国诗人:法兰西诗歌精萃》第四卷撰写的波德莱尔"简介"。在这篇东西中,戈蒂耶在肯定波德莱尔所采用手法价值的同时,还用散文体对这首诗进行了大段转述:"题为《巴黎之梦》这篇是一个辉煌而又阴森的梦境,堪与马丁(原文中的 Martynn 当为 John Martin 之误,——译者注)用黑调笔法绘制的那些巴别塔媲美。这是一种魔幻的景观,或者更恰当地说,是一种魔幻的全景透视图,由金属、大理石和水构成,芟除了不规整的植物。这里的一切都是坚硬的、光滑的,在没有月亮、没有太阳、没有星星的天空下闪闪发亮;在永恒的寂静中耸立起无数人工照明的宫殿、廊柱、塔楼、梯级,以及涌泻着水晶帘般大瀑布的水塔。碧蓝的水被限制在金色的堤岸或池塘中,就像镜子镶在金属框中。水晶般的光线把液体照得晶莹剔透,而平台上用斑岩铺砌的地面像冰面一样映射出周围的物品。这篇作品的风格中透着乌木发出的那种黑色光泽。"(见 Gautier,《 Charles Baudelaire né en 1821 》, recueilli dans *Baudelaire par Gautier*, *op. cit.*, pp. 85-86.)另一篇写于1868年,最初发表在《图画天下》(*L'Univers illustré*)画刊上,后又收入到第一个《波德莱尔全集》中《恶之花》的卷首。在这篇长文中,戈蒂耶着重强调了波德莱尔对人工的感情:"值得注意的是,对'人工'的感情是诗人的一大特点。所谓'人工',意味着一种完全出于艺术的创造,其中毫无自然的成分。我们在波德莱尔还在世时写的一篇文章中就指出过这种古怪的趣向,而题为《巴黎之梦》这首诗是这种趣向的一个突出例子。文章中有一段力图传达出诗中那个辉煌而又阴森、堪与马丁手法的版画媲美的梦境,其文如下:(此处引用了1862年所写的那个段落,文字稍有改动)。这种构造全用了一些坚硬的成分,其中没有一种是有生命、能搏动、会呼吸的,也没有一根青草、一片树叶、一朵鲜花来搅乱艺术所创造出来的人工形式那稳固不移的齐整匀称,这样的想象难道还不奇特吗?(……)这大概算是一些巴洛克风格的古怪想象,一些反自然的想象,接近于幻觉,表现隐藏在心中的那种对不可企及的新奇境界的向往。"(Ibid., pp. 140-141)

做成像"石头的梦"一样：

> 镂刻、打磨、雕塑；
> 把漂浮的梦幻
> 注入
> 坚硬的花岗岩！①

波德莱尔就是以这种方式在自己的诗中实践着攻坚克难的美学。艺术要真正变得硬朗，就必须让缪斯穿上夹脚的厚底靴、甚至戴上锁链才能够登场起舞，以免过于轻快的脚步只跳出一些过于简单的节奏，以免过于简单的节奏只呈现出一些过于简单的韵律。为了让人工效果臻于完美，就必须让人感受到材料方面的抗拒力量，让作品显出刀砍斧劈的硬朗，发出金石碰击的铿锵。波德莱尔为了增强全诗的力度，凸显材料的硬度与凿子的雕镂之间形成的张力，特意为这首诗选取了具有极强限制性的紧固形式，诗句均为八音节诗，每节中的四行采用 ABAB 的交叉韵式，而且在韵中大量出现带有闭口音符的元音字母"í"和"é"。在色彩方面，一点也看不到那些在野外所常见的花花绿绿的颜色。这里的景观中呈现出来的是一个通过雕琢或切割打造出来的世界，主要利用了光影效果，黑白二色构成其基本色调。黑白这两个"零色调"带来的光影效果能够比五颜六色的外表更好地呈现出物体的形状和体积。而且这两种色调以及它们之间的灰色调，也是在城市世界中比在应时而变的自然环境中更多见的主要"颜色"。② 值得顺便一提的是，波德莱尔在 1861 年时曾计划用《光与烟》作为后来的《巴黎的忧郁》的标题。"光"和"烟"不正是表示"白"和"黑"的两个形象化的词语吗？

《巴黎之梦》的作者用一些司空见惯的材料构筑出了人类一代代都始终向往着的理想美景。在创作中，诗人得自于城市环境中的经验并非无关紧要。这种经验是暗含在诗中的。乍一看，诗中的景观是梦的产物。这不过是一个

---

① Théophile Gautier, Èmaux et Camées, op. cit., p. 132. 波德莱尔在题为《美》的诗中表达了相近的观点："凡人啊！我真美，就像石头的梦（……）。"(《全集》，第一卷，第 21 页)

② 芒福德把城市的这种主色调归结为煤烟的作用以及由此导致的人们对颜色辨别力的减弱。在煤烟的笼罩下，城市中的空气、水乃至人们穿在身上的素色服装，无不散发出一种远离自然生命的沉闷气息。参见其所著《城市发展史》，宋俊岭、倪文彦译，中国建筑工业出版社，2005 年，第 483—484 页。

表面现象,因为做这个梦的人是一个巴黎人,而这个梦因而也就是一个具有"巴黎性"的梦。为何会是巴黎呢?因为当时的巴黎是现代都市的典型。从提喻的角度看,巴黎代表着所有的现代大城市,可视为现代生活的象征。梦中的景观之所以被冠以"巴黎"之名,是因为只有大城市中的人才能够在睡梦中想象出一个在自然中任何地方都见不到的构造。波德莱尔笔下的梦中景观中至少有两个特点是属于大城市的:一是人工照明,一是现代建筑。

现代的城市一定是灯火辉煌、光华璀璨的。光明的城市仿佛体现着理性之光和精神启迪。城市的照明起初还只有小规模的煤气灯,而后来高架路灯的大量使用让整个城市都变得灿烂夺目。大尺幅的玻璃橱窗、反光的大理石地面、光滑油亮的金属构件,都强化了光芒四射的效果。在白天,城市还只是一个城市而已,但只要一入夜,城市马上就变成了一个梦境一样的神奇世界。到了这时候,人工照明造成的效果最为惊人。如果碰巧是在巴黎这样的多雨城市,雨会让有些光点变得更加闪亮。雨在波德莱尔梦幻景观的生成过程中发挥有一份作用吗?我们很可以做这样的猜想。诗人在诗中提到了浩漫的"水面"和倾泻着黑暗的天空。此外,这首诗在诗集中紧接在《雾和雨》后面,这也不应该纯然是一个巧合。雨很容易在夜色中反射出周围景象,让人感到置身于城市有如置身于美景之中。为营造这种奇幻的氛围,雨和夜色可谓相得益彰。在这样的背景下,我们很快就发现雨并没有妨碍光亮,反而有利于达到一种特别的晶亮闪烁的效果。在城市的夜雨中,马路、人行道、过往的车辆都仿佛刷得晶光透亮,发出一种黑色调的泛着虹色的亮光。在雨和夜色的共同作用下,地面的闪闪亮光直入眼帘。雨和夜色以同一种方式改变着城市呈现出来的模样:它们去掉了城市的"现实性",把它变成了一个梦幻的景观。

"建筑"是一个宽泛的字眼,既可以指建筑术,也可以指建筑物。这两个方面都在波德莱尔诗中留下了印迹。无论在城市中还是在波德莱尔的"仙境华屋"中,都可以看到相同的对于整齐匀称的构造格局的要求。自现代城市规划开始兴起,其理想就是开辟出由一条条笔直的大道构成的一望无际的视野。构成城市的一切都要按直线和景深法则进行安排,而这主要是出于一些实用性方面的原因,常常也假借艺术美化的目的。现代城市就生活在直线中。交通需要直线。楼房、下水道、水电管道系统、马路、人行道等纵横交错,就像构成了一个战略棋盘。"直线"成了现代粗鲁建筑潮流的口号。在一首针对豪斯曼的讽刺诗中，雨果对按直线法则建设的巴黎新街道进行了如下描写：

> 菲狄亚斯真蠢，不懂直线之妙。
> 真美啊！从城东一眼望到城西！
> 古老巴黎不再，变成长街通衢，
> 美景连绵不绝，规整如同"一"字，
> 叫嚷道：里沃利！里沃利！里沃利！①

19世纪的流行观念认为，应当像铲除自然中的病树毒草一样，把城市中那些弯弯曲曲、凌凌乱乱、全无章法可言的古老街巷铲除干净。那些令人晕头转向的弯弯拐拐难以通行，充满危险，看上去摇摇欲坠，令日常生活近于瘫痪。相反，直线则被认为是健康的，是合于城市灵魂的。直线铭刻出人类控制自然的标记。如果说曲线是野生动物的路线，直线则是人的路线，是人的全部历史、全部意愿、全部行动的路线。②

不可否认的是，波德莱尔从城市的面貌和建筑术的进步中找到了一些能够丰富自己想象的东西，把它们移植到作为思想建构的诗歌仙境的创造中。所有欧洲城市中都可以看到由拱廊和廊柱构成的凯旋门之类的宏伟建筑。19世纪建造的一条条拱廊街俨然是城市的缩影，笔直大气、富丽堂皇，满目尽是大理石、巨幅镜面、水晶、艺术品，镶金嵌银，雕梁画栋，各种新奇别致的装潢无

---

① Hugo, *Les Années funestes*, 51, *Œuvres complètes*, *Poésie IV*, Robert Laffont, Paris, 1986, p. 781. 诗中出现的菲狄亚斯（Phidias）被誉为"最伟大的古希腊雕塑家"。里沃利是在拿破仑三世时期最终完成的一条笔直的巴黎大街的名字。

② 被称为"现代建筑的旗手"的瑞士裔法国建筑大师勒·柯布西耶（Le Corbusier）把这一观念贯彻到了20世纪的建筑理念中。他的《明日之城》(*The City of Tomorrow*)一书集中体现了他的思想，其要旨如下：城市是一把控制自然的钳子，是人类对自然的直接操作，它必须统治自然，必须将其自身的意志强加到它周围的环境中，用秩序的精神使自然充满活力，在把秩序强加给自然的同时让秩序本身成为一种自然法则。他还在书中写道："人类以直线的方式工作，因为他目标明确，知道自己将去往何处（……）。现代城市也是以一种直线的方式存在着（……），而曲线是破坏性的、困难的和危险的；它是一种使城市瘫痪的东西。"(New York, Paysen and Clark, 1929, p. 25) 他甚至把横向直线发展到垂直的维度上，希望建成垂直的城市，用一系列摩天大楼来控制城市的空间。以芒福德为代表的批评者认为，这样的城市建筑理念破坏了城市本应遵循的人性尺度，沦落为以加剧人口拥挤和生活紧张为代价来增加土地价值和转变利益的一种手段。(可参见 Lewis Mumford, "The Highway and the City", *Architectural Record*, N° 123, April 1958, p. 186; "The Case Against 'Modern Architecture'", *Architectural Record*, N° 131, April 1962, pp. 155-162)

所不用其极。建筑材料方面进步最大。这时已可以切割出很大体量的石料，钢铁和玻璃等这些古人并不会用的材料也引入到了建筑中。《巴黎之梦》中的梦幻景观会让人不由想到万国博览会。在1851年伦敦举办的第一届万国博览会上，水晶宫的建造代表了一种全新的建筑设计理念。这个18英亩面积的巨型建筑拔地而起，表面全用玻璃做成，晶莹剔透，看上去纯粹像是光的杰作。水晶宫标志着迈向现代建筑形式革命的第一步。看到它的人无不眼花缭乱，禁不住发出阵阵赞叹。1855年的巴黎博览会步其后尘，建造了工业宫，在其四周还建有六个展馆。拱廊鳞次栉比，总数不下三百，使用了石头、铁和锌等材料。巨大的玻璃屋顶保证了大厅的明亮。主廊东西两面的玻璃窗上各有一巨幅绘画，分别表现工业化的法兰西和正义。这两幅画大得离奇，画中人物超过六米，而看上去却仿佛只有真人般大小。整个博览会布置得就像是让人前去朝拜的圣殿。东古尔（A. S. Doncourt）对这届博览会的机械分馆做了如下描写：

> 四个火车头守卫着机械分馆的入口，俨然是从前在神殿入口处见到的那些尼尼微的大公牛或是埃及的大狮身人面像。这个分馆是铁、火和水的国度；听到的声音震耳欲聋，看到的东西令人眼花缭乱；（……）一切都在运动（……）。①

1867年博览会上那些绵延数公里的巍峨展厅也充满了机器发出的震耳欲聋的声音和令人惊愕不已的运动。这不就是《巴黎之梦》中那些"运动着的奇观"所呈现出来的"可怖的新奇"吗？诗中写道："只为眼观，不可耳闻！"如果说人在眼花缭乱之际仍然可以看到眼前物体的运动，那震耳欲聋的声音却会让人的耳朵变得迟钝，在持续的轰鸣中不再能够分辨得出声音。这样的感官冲击为艺术感觉和艺术创造带来的美学效果可谓巨大。② 在当代许多表现炮火连天的激烈战斗场面的影片中经常出现这样的场景，士兵们看到眼前弹片飞进、骨碎血溅，耳朵中却又根本听不见爆炸的声音。每个普通人也一定有这样的

---

① A. S. Doncourt, *Les Expositions universelles*, Lille-Paris, Lefort, 1889, p. 53.
② 从纯粹审美的角度看，普鲁斯特在一部小说中想象一个聋子的世界时写下的话可谓精辟："一种感觉的丧失为世界增添的美绝不亚于有这种感觉所带来的美。"（*Le Côté de Guermantes I*, Saint-Amand, Gallimard, 1954, p. 88）在《盲人》中，视觉的丧失增添了复杂心理活动之美。

经验:在城市的嘈杂喧闹声中待久了之后,就再也听不到这种声音了,而眼睛却仍然看见运行的车辆和过往的行人。这的确是现代世界为我们的感觉经验带来的"可怖的新奇"。

各种新的现代生产威力被驻留在了充满奇思异想的建筑物和博览会中。建造这一切的资产阶级就像浮士德博士一样对着技术和生产的威力情不自禁地喊出:"你真美呀,请停一停!"①值得注意且意味深长的是,现代的奇思异想原本是为了一些现实的目的,却又同时为当时艺术形式的变化带来了决定性的推动。在工业开始大发展之初,1828年出版的《巴黎新图景》(*Nouveaux Tableaux de Paris*)中收录的一首当时的《新歌》(*Chanson nouvelle*)就已经唱到了工业与艺术的奇特结合:

> 宫殿巍峨列柱何等神奇,
> 门廊连绵摆满奇巧物件,
> 从各方面向爱好者展示,
> 如今工业敢与艺术斗艳。②

到了20世纪,超现实主义者们对现代城市建筑景观的那些具有奇思异想和理想主义的方面更是心领神会。萨尔瓦多·达利(Salvador Dali)就这方面所写的一段话颇能说明问题:

> 现代风格的建筑装潢华丽、震撼人心,是由一个巨大的幻象构成的,也许没有任何其他幻象曾创造出过一些比这更适合冠以"理想"之名的东西了。没有任何的同心协力曾建造出过一个像这些现代风格建筑一样的如此纯粹完美又如此令人不安的梦幻世界。这些现代风格的建筑物不仅是建筑特征的展示,而且其自身就真正实现了对愿望的固化,在其中,最猛烈残暴的无意识活动痛苦地暴露出对现实的仇视和要在理想世界中求得安生的渴望,这与儿童的神经官能症中发生的事情不相上下。③

---

① 歌德:《浮士德》(*Faust*),第二部,第11582行。

② J.-M. Pain et C. de Beauregard, *Nouveaux Tableaux de Paris, ou Observations sur les mœurs et usages des Parisiens au commencement du XIXe siècle*, Paris, Pillet aîné, 1828, t. I, p. 27.

③ Salvador Dali, « L'Âne pourri », *Le Surréalisme au service de la révolution*, n° 1, juin 1930, p. 12.

当《风景》中的诗人在黑夜中建造自己的"仙境华屋"时,他所梦想着的不正是"牧歌中最童真的一切"吗?波德莱尔在诗歌创作中借用了现代城市中那些具有奇思异想和理想主义的方面,但这并不意味着他认为城市真的就是一个理想世界,一如他在表现世俗生活的作品中借用一套世俗语汇而并不意味着向世俗妥协,又一如他在抒发灵性的作品中借用一套宗教语汇而并不意味着为宗教张目。他在城市中看到的是固化在物质中的对理想的憧憬,而不见得是理想在人间的实现。可以这么说:诗人把固化在城市物质中的理想因素加以提纯,从而在《巴黎之梦》中创造出一个不存在于现实中任何地方且从未有人亲眼见过的景观。但同时换一个角度看,由梦幻创造的城市又的确是存在着的,它以一种隐性的方式存在于看得见的城市的另外一面:它像幽灵一样看不见摸不着却又无所不在。它本是天国的尤物却错投了凡胎,成了现代世界的"怪客"。

可以把现代城市景观看成一种"风景",也可以把它看成一种"表演"。所谓景观不仅是一种被展现出来的外在景色、景象,而且也意指一种主体性的、有意识的表演和作秀。可以说这是一种物化了的世界观,是特定历史阶段(尤其是资本主义时期)社会生产和社会控制方式的表征。在这样的社会中,幻象成为神圣,副本僭越原本,假象胜过实物,人工打败自然。"脸孔被服饰所遮蔽,感情被景观所掩盖"[①],龚古尔如此写道。

苏珊·巴克-莫尔斯(Susan Buck-Morss)在一篇文章中指出,资本主义工业文明如同洪水猛兽般扑面而来,导致了"现实"与"艺术"之间的一个有趣逆转:

> 现实变成了艺术,新的工业过程使商品和建筑结构的千奇百怪成为可能。现代城市不是别的,就是这类东西的繁荣昌盛,它的密密层层创造了建筑和消费品的艺术景观,无所不在一如先前的自然景观。[②]

事实上,对于出生在城市环境中的人来说,它们简直就是自然本身。城市景观的逻辑同商品展示与商品消费的逻辑是一脉相通的,它们都具有形象上的乌

---

① 转引自大卫·哈维:《巴黎城记——现代性之都的诞生》,第233页。
② Buck-Morss, "Benjamin's *Passagen-Work*", *New German Critique*, N° 29, Spring-Summer 1983, p. 213.

托邦性质,都是通过运用各种形式的审美手段尽可能制造出完美社会的建构和完美自我的实现的幻觉,激起永无休止的消费欲望,虚情假意地为平庸的现实生活提供"意义",而在其背后却是为了实现权威和资本对城市空间的合力控制以达到逐利的目的。这是一个美学向非美学领域大举进攻的时期,美化万物成为时代的神圣使命。旧的靠边,新的过来;时尚不求最好,但求新奇别致。其实,对日常生活中的这种常新不败的"审美化"倾向,我们应当始终保持一份警觉。之所以说这种倾向常新不败,是因为它在波德莱尔的时代已见端倪,而到了全球化背景下的今天,它非但没有收敛,反而越发变本加厉,如虎添翼。购物中心、美容中心、健身中心和娱乐中心替代了波德莱尔时代的百货商店、拱廊街和万国博览会,美化生活的虚浮热潮发展到无以复加的地步,反而使美学自身迷失了方向。哈贝马斯(Jürgen Habermas)对这种由日常生活效仿嘉年华会所展现出来的"非现实化现实的霓虹灯式的魅力"进行了嘲讽。①资本主义的流弊之一,就是偷梁换柱地假借"理想"之名达成对一己私利的索求。就其本质来说,消费主义是一种观念化了的拜物主义,它把奢侈作为"理想"的显形,让自己成为世俗化了的"理想"替代物。这实则是"理想"的堕落,而这一堕落的根源在于用物的价值置换了精神的价值,用物的价值抽空了"理想"中包含的精神价值。像波德莱尔这样的真正的城市诗人则反其道而行之,在庸常的生活和事物中发掘隐匿于其中的诗意因素,抽空物的现实价值,而将精神的价值灌注其中,把物的价值置换为精神的价值。在这一置换中,城市诗人既属于他的时代,又超越于他的时代。他完成的这种置换既是他的成功之处,更是他的伟大之处。

三、人工的作品:对于绝对经验的领受

《巴黎之梦》究竟是诗人梦见到的巴黎还是一个生活在巴黎的人所做的梦?梦中的城市究竟是出现在诗人想象中经过改头换面的巴黎还是诗人在巴黎想象着的另外一个地方?波德莱尔对此并未言明,而且他似乎是有意要利

---

① 哈贝马斯在《现代性的地平线》中写道:"我们大都市中心所表现出的特征确实用一种反讽的方式吸收了超现实主义的要素,而且抬升了一种非现实化现实的霓虹灯式的魅力。"(上海人民出版社,1997年,第173页)

用这种模棱两可，以凸显他在面对城市景观时所做的对于想象力和形象化的作用的思考。无论怎样，诗中呈现出来的是一个涤除了现实生活中一切污迹的非现实的城市。全诗不是对巴黎风貌的展现（也就是说不是对当时巴黎的一个"全面报道"），甚至也不是一幅（绘画意义上）描绘巴黎的图画。诗中呈现出来的梦的力量远不是被动接受而来的，而是合于做梦者的强大意愿，让梦服从于某种逻辑，反映出心中最深的愿望。与其说这个由梦创造出来的世界是一个乌托邦或一个想象国度的画面，不如说是诗人内心空间信息的投射，体现着铭刻在他身体的、文化的和精神的记忆中的所有价值。这不是一个"被经历"的梦，而是一件艺术的作品：诗人自己就把它说成是"我的图画"，而他就是那"恃才自傲"的画家。

波德莱尔笔下的这个非现实的世界在不止一个方面让人想到自古以来理想城市的原型，而这一原型在西方文化中最典型的例子就是"天上的耶路撒冷"。任何想象出来的理想城市，就算不提到耶路撒冷的名字，也会以《圣经》中呈现给我们的这个天上之城为榜样，因为这个榜样之城就是要把想象创造出来的世界变成一个形象化的图像，展现一种具有普遍性的精神观念。波德莱尔的这首诗显示了诗人要创造出一种"天上的耶路撒冷"的坚定意愿，要让这个世界从变动不居、起落不定的状态中永远摆脱出来。这位现代梦者展示给我们看的图画与《启示录》中圣约翰受神的启示而看到的景象十分接近：

> 我又看见一个新天新地，因为先前的天地已经过去了，海也不再有了。我又看见圣城新耶路撒冷由神那里从天而降，预备好了，就如新妇妆饰整齐，等候丈夫。（……）我被圣灵感动，天使就带我到一座高大的山，将那由神那里从天而降的圣城耶路撒冷指示我。城中有神的荣耀，城的光辉如同极贵的宝石，好像碧玉，明如水晶。有高大的墙。（……）墙是碧玉造的，城是精金的，如同明净的玻璃。城墙的根基是用各样宝石修饰的。（……）十二个门是十二颗珍珠，每门是一颗珍珠。城内的街道是精金，好像明透的玻璃。（……）那城内又不用日月光照，因有神的荣耀光照。（……）天使又指示我在城内街道当中一道生命水的河，明亮如水晶，从神和羔羊的宝座流出来。（……）不再有黑夜，他们也不用灯光日光，因

为主神要光照他们。①

此处发出的光彩甚至比在《巴黎之梦》中还要炫目。圣城同波德莱尔诗中的城市一样满是金玉珠宝，纯粹是一个"矿物表演的魔术"。《巴黎之梦》与《天鹅》之间形成的对比就是虚构与现实的对比。《天鹅》中出现的寓托形象所表示的是现实中的诗人所处的一种分裂状态：一个偶然遇见的场景引起他对于自身命运的忧思，让他深陷于渴望永恒不变而又不得不承受世事不定、时光无情的这样一种矛盾处境中不能自拔。而在《巴黎之梦》中，就像在神启示给圣约翰的景象中一样，那些最贵重、最恒久的物质的朗朗光辉和坚硬质地象征着精神对于无情时光和死亡的胜利。在这个永恒的乐园中，"不规整的植物"被芟除尽净，因为植物要服从于季节的周期节律，因天时的变化而变化，是生命无常的象征。象征着时光流逝的水也应当被遏制在"千万里"的堤坝之内或让它沉睡在宁静的池塘中。液体不再是一种流体："液体将荣耀的光泽／嵌入结晶的光线中"(第43—44行)。这个梦中仙境中是一片"无始无终的宁静"，时间在这里完全遭到废止。没有任何俗物来玷污这片纯洁肃穆的宁静。这里远离充满烦恼的"可悲世界"，听不到时钟这个"阴森、可怖、无情的神"②发出的"嘀嗒"声或人心这面"发闷的鼓"③敲出"咚咚"声。从某种意义上说，诗人难道不是以此表现自己对现实的反抗吗？

不过，《巴黎之梦》中的"奇观"并不是从天上的神明那里获得光照，而是"全凭自身发出光芒"，这光芒是"恃才自傲"的艺术家通过神奇的艺术和自己的意愿赋予给这些奇观的。这种"自身发出的光芒"正是波德莱尔想要传达的达于普遍层面和本质层面的观念。消除一切具有偶然性的特征，这符合于波德莱尔的精神意向，他就是要追求普遍观念，把得自于感觉和观察的材料引向具有抽象作用的广泛综合。波德莱尔诗歌思想的一个重要目标就是要拨开生活的沉沉迷雾让透明的观念得见天日。

波德莱尔在这首诗中似乎运用了帕斯卡尔的理论。帕斯卡尔在《思想录》中指出：自然是败坏的，就因为它处于自然状态，这造成了没有上帝的人的可

---

① 《圣经·启示录》，第21—22章。
② 《时钟》，《全集》，第一卷，第81页。
③ 《厄运》(Le Guignon)，《全集》，第一卷，第17页。

悲；但也存在着一个补救者，这个补救者就是《圣经》，这为心存上帝的人带来至福。① 就像散文诗《已经！》（Déjà！）中所写的那样，神的信息存在于"遥远天外的字母"中。在这首散文诗中，航行在海上的诗人被天海一色的苍茫邈远所深深吸引，抗拒一切属于地上的物质。当其他游客因快要到达陆地而兴高采烈之际，诗人却有着完全不同的反应：他像一个被剥夺了神明的教士一样沮丧得要死，舍不得这个"在异常的简单中变化无穷"的空间所具有的"无与伦比的美"。在他看来，"天外的字母"有自己的词汇学和文体学，那是神的词语，具有创造万物之功，又有统一万物之利。对波德莱尔来说，词语自有其特别的深度，也自有其特别的生命，其显现出来的外观形式神奇地随着具体诗意观照内容的变化而变化。诗歌是用词语手段进行的人的创造。人进行的这种创造与造物主的创造是一脉相通的，它通过感性的符号表现人所热爱着并一心想要拥有的理想状态。让-皮埃尔·理查在《诗歌与深度》（Poésie et profondeur）中就波德莱尔对待词语魔术的态度做了如下阐述：

> 波德莱尔之所以把词语构成的景观看得高于任何其他景观，是因为在他与他的语言之间存在着一种直接的关系，一种与人生问题紧密相关的亲切感。他的这种语言的本体结构如此准确又如此自发地相合于他个人的内心结构，这真是天作之合的机缘，或者更准确地说，这是他天才的地方。（……）由名词、形容词、动词构成的语言原型的三位一体包含着并表现着另外一个三位一体——深度、明澈、运动，而这正是波德莱尔其人的特点。②

作为一个纯粹由词语构成的作品，《巴黎之梦》呈现为一个没有物质性的景观，是一种与现实世界隔绝开来并与之对立的人造自然。诗人在这里是创世者和造物主，创造出另外一种境界中的真实和万物；他就像笛卡尔（René Descartes）的上帝一样可以让二加二等于五。作为现代纯诗的先声或第一个美学样本，这首诗是一个由纯粹的观念构成的世界，诗中那些"明晃晃的巨大镜面"能够体现这个世界的特点，因为它们反射出思想的无穷无尽。诗中的一

---

① 见 Pascal, *Pensées*, *op. cit.*, p. 21.
② Jean-Pierre Richard, *op. cit.*, pp. 160-161.

切都取诸诗人自身。除了词语外，诗人别无其他材料，他仅仅借着词语的威力就凭空从无中生出了万物。他率性而为、自由挥洒，有效地贯彻着自己的意志。与其说诗中的图像呈现出来的是城市的原型形态，不如说展现了诗人灵魂的一个方面，是诗人内在经验的投射。这种内在经验不惜违背实证的智能，依据感性的逻辑而通达一种超验的真理。诗人在这里已经涉及到现代灵魂问题的核心。

诗人在追逐理想的道路上行进，一如宗教人士在通往绝对的道路上前行。两者都怀有神经质的敏感，对不可眼见的东西有着强烈而微妙的直觉。他们在感觉高度兴奋、精神高度集中的一种神秘状态下，如果说没有达到理想和绝对，那至少也是瞥见了一个大概，看到了理想的形象，体验了片刻间的绝对经验，这让他们得以揣摩理想和绝对究竟是由什么构成的。下面所引的 20 世纪一位印度宗教人士宣讲的一段话在这方面颇说明问题，可以与波德莱尔的诗歌相印证：

> 当面前出现的是几乎全由心智的想象建造出来的低级居所时，精通灵媒之术的人常常可以在意志的作用下看到这些阴暗住所的特征如过眼云烟般消失得无影无踪。在更高一点的地方，情况也是一样，只不过这里建造的东西通常是巨大的，人的创造能力在这里建造出云霄殿这样的建筑群可谓易如反掌，因为艺术家或建筑师有足够大的场地，也掌握着他们想要建造的东西所必不可少的精妙材料。正是这点成就了这些受到称颂的居所的宏伟壮丽，而生活在这里的有修养的人都可以凭着自己的兴趣搜罗色彩和烟霞，像他们在地上所做的那样建造出体量更大的最光辉夺目的景观或建筑，就看他是景观师还是建筑师。你可以在这里发现各种各样的奇观，因为这些构想出来的东西虽说是非现实的，只存在短短一段时间，但它们的确还是展现在了你们眼前。（……）此时的景观虽然是人造的，虽然是幻象（mâyâ），但它也会是比较稳固的，因为所用的材料更为精致，当然也就更为持久。这里还不是要寻找绝对的地方，而是要再往上去，到那个除了运动之外别无其他任何东西的地方，而只有在灵性、才学与和谐三方面都有深厚造诣的高人才能够达此空间。那些达到这层境界的人将看透一切蔽障正道的事物背后的玄机；他们将能够摆脱物质的桎梏，哪怕是在高层空间中的稀有物质。（……）在高级境界中，存在着一些

壮丽的建筑、奢华的居所,那是伟大的艺术家们创造的作品,他们寻求表达自己的理想,用虽然转瞬即逝却又壮美动人的建筑形式让自己的理想获得具体的显现。①

我们在这段文字中如同在波德莱尔的诗歌中一样,可以看到在构筑高迈的理想境界时总会用到的诸多因素:直入云天的高度、夺目的光辉、人造的幻觉、精妙而持久的材料,以及纯粹的运动。在心理机制和外在表现方面,诗人与宗教人士之间存在着何其相似的经验,他们之间的这种相似性促使我们做这样的猜想:波德莱尔力图通过词语构成的象征符号,创造出表现一种绝对经验的形式,以此要求维护精神灵性的权利,而如果借用宗教术语,就是要求通往神的正道。

四、纨绔主义:完美外表是完美精神的象征

波德莱尔对于人工创造的爱好如此强烈,甚至把它贯彻到了像穿衣打扮这样的事情上最不起眼的细节中。② 他平日里给自己定下的各种各样的严苛规矩在外人眼里看来可能多少显得有些无聊,甚至会被认为是装腔作势的"摆姿弄态",而在他那里却代表了他在一切事情上都不能容忍放任的态度和他所坚持的对于艰难磨砺和努力创造的理想。他把自己的人生像一件艺术品一样来经营,要创造出一种与艺术客体相对等的自我。他的纨绔子的生活是对他关于人工的美学理论的生动实践。

纨绔主义(le dandysme)原指一种带有鲜明历史特征的生活风格,与生活

---

① 转引自 Georges Gonzalès, *Le Dualisme du Bien et du Mal*, Paris, La Diffusion scientifique, 1951, pp. 113-114.

② 据他身边的人说:"波德莱尔先生在一切事情上都追求人工味。他往脸上抹粉,甚至往脸上画彩。跟美丽且有诗才的埃格蕾(Eglé)一样,他也做自己的脸;当然,他也做自己的诗,而且做得非常好。"有一位朋友要他看一位英国女郎的一头美丽金发,他却说:"您弄错了,(……)这些头发是她身上天生的;但她没有艺术,实在太可怕了。"又对另一位朋友说:"我刚刚见到了一位可爱的女性。她有着世界上最美的眉毛,——是她用火柴描出来的;她的眼睛真正勾魂,——但要是没画眼影就光彩全无;她的嘴巴极其性感,——那是用胭脂抹出来的;——还有就是,没有一根头发是真正属于她的。"简言之,这是"一位伟大的艺术家!"据说他有时候也把自己的头发染成绿色。也有人指责波德莱尔就是喜欢"摆姿势"和"出风头"。参见:(1)W. T. Bandy et Claude Pichois, *Baudelaire devant ses contemporains*, op. cit., pp. 242-243;(2) Claude Pichois et Jean Ziegler, *Baudelaire*, op. cit., pp. 375-376.

在城市舞台中的资产阶级的生活状态和情感趣向有着直接的联系,是从18世纪后期开始由那些引领世界商业和贸易潮流的英国人一手制造出来的。他们足够富有,可以讲求华服和美食,也足够悠闲,可以考究优雅的谈吐和做一些逸出常规的行为,而且在应对变化莫测的商业动向时,他们能够做到不露声色,用经过巧妙训练的沉着方式,把一种极度紧张而迅速的反应同一种轻松甚至显得有些懒散的举止和面部表情结合在一起。到了19世纪上半叶,这种生活风格在乔治·布鲁梅尔(George Bryan Brummell)、巴尔扎克和巴尔贝·德·奥尔维利等人的推动下获得了在审美领域中的意义,成了体现自我完美形象的塑造和追求优越智力的象征。一个颇值得玩味的历史悖论是:这个从资产阶级生活方式和价值观念中产生出来的副产品,却反过来成了蔑视和嘲弄包括本阶级在内的一切平庸生活方式、价值观念和思想意识的有力手段,让实践它的纨绔子时刻提醒自己与那个使自己以及自己的文化得以诞生的资产阶级保持距离。正是这种想要拉开距离的愿望,让波德莱尔这样的诗人有了在资本主义时代的大城市中去探索和发掘新的诗意的种种可能。后来的象征主义、唯美主义、颓废主义等文艺派别的审美诉求中都渗透进了纨绔主义的精神。

波德莱尔懂得衣着之道,讲究服饰打扮。就像他自己所说的,要成为纨绔子,就必得生长养育在奢华的环境中,拥有可观的财富,过一种悠闲的生活,尽管他本人得到的成长和教育环境以及他过一天算一天、无所事事却又忙忙碌碌的那种徒劳无获的生活状况与他自己提出的要求相去甚远。但在他那里,日常生活状况越是窘迫难耐,就越发显出他的纨绔主义精神的可贵。屈辱的处境让他痛苦不堪,但他的高傲又迫使他努力把这种在社会上找不到位置的处境当作仿佛另有一种意义的生活来体验。于是他心甘情愿地选择处于各种社会事务的边缘,用脱离主流的方式来显示自己的与众不同,显示一种有如失去了特权地位的没落贵族身上仍然保有的"高贵"。我们在他身上看到,纨绔子用最正统的资产阶级的外表包裹着本质上的波希米亚精神,可以说是波希米亚人在大城市环境中的变体。这是以资产阶级的面目出现的挑衅资产阶级的举动。这一举动一方面代表着拒绝与绝望,另一方面又有着对自己十分的自信和一种自恋的骄傲。他要通过纨绔子的道路达到个人的自由。波德莱尔的这种姿态中包含着他所谓现代意义上的英雄主义的观念。在他看来,到了现代,英雄主义主要反映在个人的行动中,而不是在群众性的公共事业中。被他看做是"现代生活的英雄"的那些人并不是因为他们具有什么对于社会的功德,相反,恰恰是因为他们拒绝把自己的生活纳入到群众生活的潮流中,宁愿以近于自恋的方式让自己退守在个人圈子中。纨绔子就是"真英雄"的一种体现,而纨绔主义就是"英雄主义在颓废之中的最后闪光"[1]。纨绔子不愿意做一个"有用的人"。波德莱尔就说过:"我一向觉得,做一个有用的人是某种卑鄙的东西。"[2]因而纨绔子不屑于从事社会职业,不求对社会有什么现实的用处,他更乐于过独处的甚至特立独行的生活,而他生活的目的就是要显示自己的"独一无二",显示自己超越于凡夫俗子的那种高人一等的优越感。

　　对波德莱尔来说,纨绔主义不只是一种具有补偿性的梦。他有意愿通过日复一日给自己定下的那些严格而枯燥的强制约束,把这个梦培育成一个神话。虽然我们知道这个梦仅仅是个梦而已,但这个梦带出了不少具有象征意义的行为。对于真正的纨绔子来说,衣着服饰的完美只不过是一种手段,而并不是目的。波德莱尔突破了纨绔主义本来的界限,把它置于一个符合自己美学观念的理想层面。对别人来说是终点的地方却是他出发的起点。他钻研此道是为了美学目的,而且还把它与道德、哲学和现代性等问题结合在一起。波德莱尔深知在外在表现与隐秘思想之间存在着应和关系。在衣着打扮上一丝不苟地讲究得体雅致,表示在精神上始终保持一种绝不懈怠的警觉状态,拒绝在所做的事情上出差错。沐浴净身让人焕发荣光,对他来说还有一层更深的象征意义;洗得干干净净的人通体光洁,发出金玉般的光泽;从身体上流过的水涤尽对过往错误的回忆,消除附着在皮肤上的寄生物。纨绔子的口号就是:要做到看上去完美无缺。外表的完美象征着精神的无懈可击,借用波德莱尔的话就是"象征着精神上的那种贵族式的优越"[3]。波德莱尔所说的纨绔主义不限于外表的美丽和高贵,还体现出一种对于世界的本性和人的本性的态度和对它们进行的思考。纨绔主义在把诗人领到纯艺术的门槛的同时,也标志着智力和精神效力的胜利。它力图把实践它的人带向英雄主义和神圣境界。

---

[1] 《现代生活的画家》,《全集》,第二卷,第711页。
[2] 《我心坦白》,《全集》,第一卷,第679页。
[3] 《现代生活的画家》,《全集》,第二卷,第710页。

很显然,对波德莱尔来说,纨绔子和圣人之间并不存在什么判然有别的不同。甚至在他看来,在一切现代词语中,"纨绔子"是最符合于圣人概念的了。这样的人既有"山崩于前而色不变、水决于后而神不惊"的英雄气概,又有承受尘世苦难、舍我其谁的宗教赎罪色彩。他要始终面对镜子看着自己生和死,一刻也不停止追求卓越和崇高。纨绔子和圣人共同的主要努力方向就是要把卑污自然的流俗与对卓越和崇高的追求断然分隔开来。无论波德莱尔想做纨绔子还是想做圣人,这都是一回事。他的哲学信条可概括为以下八个字:自我净化,反对自然。纨绔子必定是憎恶一切属于自然范畴的东西的。他们想与自然之物拉开距离的愿望如此决绝,甚至让有些人甘愿放弃自己与生俱来的姓氏。① 在他们眼中,自然之物是卑劣、动物性和罪过的同义词。相反,美德并非本出天然,而是需要培育和建构的,是后天努力的结果。波德莱尔在《现代生活的画家》中表达了这一思想:

> 看一看、分析一下所有属于自然的东西,所有那些属于纯粹自然人的行动和欲望,你们会发现,除了丑陋别无所有。罪过本出天然,人类动物在娘胎里就已经尝到了其滋味。美德则相反,是人为的、超自然的,因为在一切时代和一切民族中都必定要有神祇和先知为动物性的人传授美德,而这是人自己不能发现的。恶不劳而成,是天然的、命定的;而善则总是某种艺术的产物。②

波德莱尔在此处把自然与原罪联系在一起,这也意味着他的美学思想与神学观念或道德观念是扭结在一起的。他提出的用人工的艺术对抗自然的本性的

---

① 儒尔·贝尔托(Jules Bertaut)在一篇题为《"妈爸"氏》(« Le "Mapah"»,刊载于 *Le Temps* [Paris],21 septembre 1935)的文章中报道了一位名叫戛诺(Ganeau)的人的事情。这位仁兄一应举止尽是纨绔子派头,嫌恶一切天然的东西,甚至到了嫌恶自己家姓的地步。文中对此人做了这样的介绍:"'妈爸'氏(……)总是以完美的纨绔子面目出现在人前,喜欢骑马,爱女人,好美食,却又身无分文。(……)他认为自己注定是为拯救男人的女伴而生的,并且(……)还给了自己一个'妈爸'的封号,各取了'妈妈'和'爸爸'两词的第一个音节。他还补充说所有的姓氏都应当以这样的方式加以改造:不应当再用父姓,而是用母姓的第一个音节与父姓的第一个音节相搭配。为了表明自己从今往后与自己的旧姓一刀两断,(……)他签名时就用'曾叫戛诺的那个人'。"

② 《全集》,第二卷,第715页。

思想与我国古代荀子提出的"人之性恶""化性起伪"的观点有着惊人的一致。①

如果说"天然之美"是以人的生理需求为基础的,那"人工之美"则是以人的文化需求为基础的。对启蒙主义时代以来以自然为美的审美趣味和人性本善的道德观念,波德莱尔表现了不屑一顾的轻蔑,理由是自然人为了满足他的天然欲望可以百无忌惮,胡作非为。而正是艺术、哲学和宗教等这些文化因素才将道德加之于自然人的欲望上面,让人超越了动物性而擢升到人性的世界。在艺术活动和诗歌创作中,波德莱尔也一再强调能够反映人为努力的形式技巧和规则的重要作用,每每对出于天然的激情表示怀疑。他不能容忍激情的放任,也不能容忍文字和技巧的放任。他认为太过自然的激情会给纯粹美的领域带来一种"刺耳的、不谐和的声调",因为"它太亲切,太猛烈,不能不败坏居住在诗的超自然领域中的那些纯粹的愿望、美妙的忧郁和高贵的绝望"②。形式是框架,也是理性,它框住了自由泛滥的激情,而在形式的束缚下,情感的压力会愈发强大,思想也才会更有力地迸射出来。"自然"使人由于本能的驱使而犯罪。在艺术上它让人想象力底下,在德性上它让人道德感退化。波德莱尔把纨绔子的精神贯彻到自己的美学思想中,这标志着他希望在艺术活动中用一种深思熟虑的自觉行为取代随性放纵的自发行为,用千锤百炼的更为纯粹的形式和更为坚实的内容创造出经得起任何精细挑剔的作品,实现对深

---

① 荀子《性恶》和《礼论》两篇的主要目的就是辨析"性""伪"之分,其基本观点就是:"人之性恶,其善者伪也。"这里的"性"指的是"本始材朴"、与生俱来的天然本性;这里的"伪"即"人为"之意,指"文理隆盛"的"师法之化、礼义之道"。荀子谈到两者的关系时指出:"今之人性恶,必将待师法然后正,得礼仪然后治"(《性恶》),"无性则伪无所加,无伪则性不能自美"(《礼论》)。其大意是:人性是恶的,而人性之善是靠后天的学习和礼仪教化得来的;没有人性的缺陷,则学习和教化都没有用处,而不经过学习和教化,则人性的缺陷是不能自己弥补的。荀子进而论述圣人之道在于"化性起伪":"凡礼义者,是生于圣人之伪,非故生于人之性也。(……)故圣人化性而起伪,伪起而生礼义,礼义生而制法度。然则礼义法度者,是圣人之所生也。故圣人之所以同于众其不异于众者,性也;所以异而过众者,伪也。"(《性恶》)这里说的是只要通过美德教化和创制礼仪法度来规范约束恶的自然本性,则人人可以成为超越于凡夫俗子的圣人。

② 《再论埃德加·坡》,《全集》,第二卷,第334页。又见《论戴奥菲尔·戈蒂耶》,《全集》,第二卷,第114页。波德莱尔将完全相同的文字用于评论两位不同的作家(爱伦·坡,戈蒂耶),足见他反对"自然激情"的坚决态度。

层次上精神水平的追求。① 基于这样的精神,我们不难理解他何以会对文学上的"流畅文笔"表示出刻骨的憎恶。

纨绔子有着这样的直觉:精神生活不是被动得到的,而是主动谋求来的。奢侈讲究、化妆打扮对他们来说是一种手段,他们以此强势体现"人工"对于"自然"的优越,表达他们生活中对于美的理想和决心努力行事、绝不马虎的意愿。波德莱尔在人性上的高贵和伟大很大部分来自于他对于"放任"的憎恨。他在"人工"的创造才能中看到的是人的最高尊严。

诗歌是一门艺术,也就是一种人工的创造,而诗人作为思想的纨绔子,也是所有人中最远离自然的。他在生活中不会随波逐流,也不会随遇而安,因为他真正的生活天地不在外物。外面的世界有四季的变化,他也像常人一样经受着春暖、夏热、秋凉、冬寒,但只要一进入创作的状态,他便创造出自己的那个最本质的"春天",让这片繁花似锦的"风景"带他到有着"牧歌中最童真的一切"的那个阆苑仙境。现代诗人直接对抗庸常的生活:他力图通过创造活动来"改变"它,甚至"歪曲"它,否则它便是索然无味的。能入波德莱尔法眼的,一定是经由人手改造或控制的自然,就像《巴黎之梦》、《世界之外的任何地方》,以及《邀游》(散文诗)的以下段落所显示的那样:

> 有一个美好的地方,人称神仙福地(……)。
>
> 那是一个真正的理想乐土,一切都那么美丽、富饶、安宁、宜人;奢华乐于与秩序相辉映;生活富足,洋溢着甜美的气息;混乱、嘈杂和意外被排除得干干净净;幸福与寂静结成良缘;就连饮食也富有诗意,油亮亮诱人胃口大开(……)。这就是应该去的地方,去那里生活,去那里死亡!(……)
>
> 告诉你吧,那是一个真正的理想乐土,一切都那么富丽、整洁、光亮,

---

① 波德莱尔的作品大都要在经年累月的无数次推敲完善之后才敢最终定型。这些作品表现生死情仇的极端悲情,却又在表现形式上力戒放纵,使作品整体有如信徒的告解,深怀激情而又不失恭谨和端庄。瓦莱里在《波德莱尔的地位》一文中指出:"浪漫主义作品,一般说来,难以经受一位挑剔而又精细的读者细致和充满抗拒的阅读。"(Paul Valéry, 《Situation de Baudelaire》, Œuvres, éd. cit., t. I, 1957, p. 601)他这里所说的"浪漫主义"指的是波德莱尔之前的作品。波德莱尔显然就是这样一位"挑剔而精细"的读者,他带着批评家的眼光去感受和发现他之前的浪漫主义者的弱点和疏漏,强调诗歌的形成需要很多的技巧和思想,将诗歌创作看成是在深层次上对语言形式和精神水平的追求。

> 宛若纯洁美好的心地,宛若一套精美的餐具,宛若光华灿灿的金银制品,宛若五颜六色的珠玉首饰!世界上的珍宝都汇集到这里,就像在一个当得起全世界报偿的勤勉者的府上一样。好一个奇特的地方,它高于别的地方就像艺术高于自然,在那里,自然被梦幻再造,在那里,自然被修正、被美化、被重铸。①

文中提到的这个"美好的地方"与其说是观察得来的,不如说只存在于诗歌中,与其说是一种景物描写,不如说是一种精神建构。通过对一个不存在于自然中的"假景观"(也可以说"伪景观"——人为的景观)的完美创造,诗人担负起了自己的使命,创造出了某种超越于自然之上的东西。

如果说物的有形世界循着向下变化的路向行进,纯粹精神的创造则正好相反,走了一条向上变化的道路。波德莱尔并不会随随便便找一些什么梦来支吾搪塞一番,而是决意追求具有创造性的梦。他不愿意被动接受梦,而是要让梦服从于他的意愿,就像他自己在《身心健康》笔记手稿中记下的:"必须要愿意做梦而且要懂得做梦。(……)神奇的艺术。"②正是这个追求神奇的意愿让波德莱尔有别于法国的浪漫主义者,让他更接近于德国的浪漫派,并且成为兰波这条线索诗歌的先声。诗人深思熟虑、规划有方,是完全掌控着自己创造性想象的主人,懂得如何把梦中支离破碎、混乱不堪的材料加工改造成诗歌。《巴黎之梦》中那位创造"仙境"的艺术家的形象,正是致力于文字工作的诗人自己形象的一种写照。诗人对一切客观材料和心理材料加以修剪、精炼、浓缩、夸张和阐释,直到让诗歌作品的整体性、特点和意义完全表现出来。超自然的视角和神秘主义的决心,让诗人着意于通过贴切的象征,传达出另外一个世界的景象,而梦就是其代言人。《巴黎之梦》是一种双重的呈现:即呈现了梦中看到的灵魂状态,也呈现了精神对图像的整理作用。在这种双重的呈现中,包含着波德莱尔对属于心灵和哲学范畴问题的关切。

五、艺术的假象:创造性想象所制造幻觉的效用

波德莱尔在黑夜中建造的"仙境华屋"是创造性想象的杰作。诗人借助诗

---

① 《巴黎的忧郁》,《全集》,第一卷,第 301—302 页。
② 《全集》,第一卷,第 671—672 页。

意的梦幻来表达自己对超凡卓越价值的深爱和仰慕。问题并不是要透过物质外观去寻找上苍散落在凡间的金银碎屑。诗人非常清醒地意识到,他梦幻中的天堂很显然只不过是一个人工的天堂。诗歌的神奇就是要在可见的现存之物中让理想中应当存在之物的图像显现出来。

诗人懂得自己所从事活动的性质,因而直言诗歌是一种系统性的"伪"经验,即一种出于"我愿意"(《Je veux》)①的纯粹的人为活动。他宣称,没有系统性的"伪",就不成其为诗歌,他甚至把这作为自己艺术观念的关键。在《1859年沙龙》中,波德莱尔表示不屑于写实风景画家们笔下那种见山是山、见水是水的精确,而是大谈透景画和舞台布景中创造出来的假象,推崇其中所具有的"猛烈而强大的魔力",认为这可以把一种"有用的幻象"强加给我们,让我们感到"最珍贵的梦幻在其中得到了艺术的表达和悲剧般的浓缩"。他还进而解释道:"这些东西就是因为假,反而更加无限地接近于真;倒是我们的大部分风景画家是撒谎者,恰恰就因为他们忽略了撒谎。"②因而在对风景进行艺术表现时,有必要"真实地撒谎",营造出"真实的谎言",才能够达到更高级的真实。在艺术的谎言和假象中,波德莱尔不仅看到忠实于梦幻并等同于梦幻的艺术所具有的一种特性,而且也看到这是揭示人的内在本性的一个有效渠道。通过对参展"沙龙"的艺术家们呼吁"逃离真实",波德莱尔实则是要求他们提升自己的精神境界。

波德莱尔在《我心坦白》中记下了自己关于戏剧的一些看法,特别强调剧场中大吊灯的光芒和演员表演的人工味,这让舞台上展现出来的美堪与《巴黎之梦》的美和纨绔子的美相比拟:

> 我对戏剧的看法。从小时候起一直到现在,我始终觉得剧场中最美的东西就是那盏枝形大吊灯——一个美丽的物件,光芒四射,晶莹剔透,组件复杂,呈环形和对称结构。
>
> 不过,我并不绝对否认戏剧文学的价值。只是,我愿意看到演员们足登垫得高高的厚底鞋,戴上比人脸更富表现力的面具,并且通过喇叭筒说台词;最后,还愿意看到女角是由男人扮演的。

---

① 《巴黎图画》中的第一首诗《风景》以这几个字开篇。
② 《全集》,第二卷,第668页。

总之，我始终觉得枝形大吊灯才是主角，无论从观剧镜的大头还是小头看都是如此。①

可以把这段话与《无法挽回的事》(L'Irréparable)一诗的最后两节相参照。在诗句中，剧场的灯光点亮"一片奇迹般的黎明"，让诗人看到一位天使——一位纯粹由"光芒、黄金和薄纱"②构成的人儿。剧场中的枝形大吊灯代表着美，也就是代表着人工的创造，它用骗人的光芒营造出有用的幻觉，完全是不规则的自然之物及其庸常用途的反面。波德莱尔所期望的也许就是要把剧场扩大到大街和平时的生活中，让人群中的人，尤其是纨绔子，像演员一样每日里考究自己的装束，让"我"仿佛置身在剧场的灯光和氛围中一样，成为一个高于自己的"另一个"。

波德莱尔把戏剧化贯彻到自己的生活中，其实质就是对自己的人生进行人工设计和自我创造的观念。通过不断的再创造赋予现实人生以一种风格，这是艺术家的禀赋和特权。在这方面，艺术的假象不是一种逃避或无为，而是饱满的、固有的创造意志和创造能力的标志。《天鹅》中那条"骗人的西莫伊河"就是一个人工的假景观，它唤起安德洛玛刻对亡失故国的不尽忆念，是体现艺术幻觉胜过实物、精神胜过现实的一个范例。艺术的假象虽然并不能够把人带回到已然失去的真实乐园，但它至少让人在一个人造的天堂中看到了乐园的幻影。

庸常现实与艺术假象的对立这个问题，在那首恰好就题为《热爱假象》的诗中被更明确地提了出来。雅克·克雷佩认为这首诗是对《永远如此》一诗最后部分的发挥。他说得不错，因为在《永远如此》的最后一节中，"假象"被比作一个陶醉人心的"美丽梦幻"。《热爱假象》中的女主人公已到了容颜渐衰的四十来岁的光景，但她却通过浓妆艳抹的打扮，奇迹般让自己看上去显出一种"新鲜得古怪"的靓丽。就连岁月的重负都变成了她奢华而盛大的装饰，"纷纭

---

① 《全集》，第一卷，第682页。
② 《无法挽回的事》，《全集》，第一卷，第55页。克洛德·皮舒瓦注释说，在当时一幅表现玛丽·多布兰所扮演公主角色的版画中，这位公主"戴着头冠，穿了一身金光闪闪的服装；头上披了一层薄纱，身上的裙子长袖飘逸，也是薄纱做的。"(见皮舒瓦在《全集》中的注释，第一卷，第932页)。皮舒瓦和吕松(François Ruchon)合编的《波德莱尔图册》(Iconographie de Charles Baudelaire, Genève, Pierre Cailler, 1960)收有这幅版画，见第125图。有论者认为，玛丽·多布兰很可能是《热爱假象》中的那位女主人公。

的回忆"也变成了戴在她头上的冠冕,这反倒让她那在岁月的摧残下已经伤痕累累的心和身体更显宝贵,像桃子一样,愈是成熟就愈加美味。诗人用以描写女主人公外表的那些诗句是体现波德莱尔美学思想和艺术才能的又一个经典范例,显示了高级艺术通过超越于自然之上的魔术能够并且应当制造出怎样的感觉和效果。在诗人眼中,讲究化妆和时装式样并不是出于现实功用的低俗浅薄的表现,而是想要创造出符合于梦想境界的形式。女主人公美丽的"假象"激发出波德莱尔的热望,让他欣喜难抑、礼赞有加,在最后一句说出:"我崇拜你的美。"①波德莱尔在多篇艺术评论中都留下了赞美化妆和时装式样的文字。《现代生活的画家》中还为此专辟了一章,题为《赞化妆》(*Éloge du maquillage*),其中可以读到:

> 时装式样应当被看做是对于理想的热爱的一种征象,这种理想浮现在人的脑海中,高于自然生活所堆积起来的一切粗劣、平庸和龌龊的东西;应当被看做是对自然的一种崇高的歪曲,或者更确切地说,应当被看做是改良自然的一种持久的、连续不断的尝试。②

任何天生渴慕理想的真正艺术家,其兴趣都不大会是未经人手加工润色过的自然。波德莱尔对于幻象的需要如此强烈,让他心怀感激地接受外在因素对女性的美化。这样一来,可以把女性之美比诸艺术品之美,因为艺术也像化妆和时装式样一样,是一种人为的制作,是"对自然的一种崇高的歪曲"。

波德莱尔在女人身上所喜欢的,与其说是女人本身,不如说是他自己为自己尽情描绘又不断"修改"的女人形象。他不仅以情人的眼光来看她们,更是以诗人的眼光来看她们。当他以诗人的眼光来看她们时,她们就不再是真正的她们。就连在他那些爱情诗中,被爱慕的女人也是缺席的,有的只是诗人为自己塑造的布满光环的偶像。他在诗歌创作时只是借用了现实女人的形象,就像他经常借助造型艺术作品来进行诗歌创作一样。无论是女人的形象还是造型艺术作品,都只是触发诗人灵感,让他进行诗歌创作的契机。最让诗人关注的,不是其人其物本身,而是这个人或这个物有着怎样的姿态或造型让他心

---

① 《全集》,第一卷,第99页。
② 《全集》,第二卷,第716页。

动。"下流坯是情种,而诗人是偶像崇拜者"①,波德莱尔写给萨巴蒂埃夫人的这句话形象地显示了他的美学中偶像崇拜的一面。对他来说,女人之美只存在于诗人的精神中,而不在其他什么地方。

在像波德莱尔这样的诗人的爱情中,营造美丽假象的"面具"或"布景"并非是无关紧要的因素。他可以对女人表示出五体投地的崇拜,把她们叫做天使;他可以不厌其烦地表演爱的典礼,甚至迷恋情人冉娜的头发或萨巴蒂埃夫人的眼睛到了恋物癖的地步。但就在他歌唱她们时,他也深知她们其实算不了什么。他知道自己爱慕、崇拜和歌唱的不过是"面具或布景"而已。例如,当他对玛丽·多布兰唱道"你是秋日的晴空,粉红而明朗"②时,并不是想要以此描写多布兰这个女人;他只是告诉她:这就是你在我眼中和心中所呈现出来的样子。诗人在对女人的爱中所寻找和发现的,只不过是他自己对安宁生活的向往,是他自己对平静灵魂的期望,是他自己对偶像崇拜的需要。在这里,女人最多就是让他展开梦幻想象的借口,让他在梦幻想象中根据当时喜怒哀乐的心境而从心中掏出一轮光芒万丈的红日或一片云笼雾罩的阴霾。

虽然知道《热爱假象》的女主人公那双"诱人"的眼睛背后也许根本就是"愚钝"或"冷漠",虽然知道化妆打扮出来的原本就是个"面具"或"布景",虽然知道美丽外表下的那颗心可能再也不会跳动,或许从来就不曾跳动,但诗人仍然礼赞和爱慕她的美丽:管它是什么,只要她的外表能够让"逃避真相的心"尽情欢喜一回,这就够了。在评论同时期阿斯里诺发表的短篇小说集《双重人生》时,波德莱尔就其中《假象》一篇所写的文字可用以作为他自己的《热爱假象》一诗的旁注:

> 《假象》以一种既巧妙又自然的形式体现了全书的总体关切,可以把这本书叫做:《论逃避日常生活的艺术》(De l'art d'échapper à la vie journalière)。(……)《假象》的主人公并不像大家所认为的那么罕见。一个永久的假象点缀着、装饰着他的生活。(……)破坏虚构,为自己揭穿谎言,拆毁理想的脚手架,哪怕是许以现实的幸福,这对于我们的梦想者来说是绝不可能做出的牺牲!他将甘于贫穷和孤独也要忠实于自己,坚

---

① 波德莱尔1857年8月18日致萨巴蒂埃夫人信,《书信集》,第一卷,第421页。
② 《倾谈》,《全集》,第一卷,第56页。

定不移地从自己的头脑中获取自己人生的全部装饰。①

诗人甘愿被假象欺骗,因为他心怀高远的梦想,原本就认为日常的现实状态背离于高级的真实,而梦想的国度才是他唯一可以展开全部生活的地方。他执意逃离日常的现实状态,愿意接受假象的虚幻之美,把它看做是值得经历的真实生活的显现,是自己梦想的预先实现。这也应了毕加索(Pablo Ruiz Picasso)说过的一句名言:"艺术是一种假象,它让我们得以窥见真实,至少是给了我们一个可以了解的真实。"

波德莱尔所要逃避的"真相"究竟是什么呢?简言之,就是人天然被打上原罪烙印而注定终有一死的存在处境。我们从波德莱尔自己所做的各种大量论述中可以看出,他关于人工的理论是有着某种哲学或形而上学的基础的。倘若他只知道指出或思考横行在人类生活中的"恶"的问题,那他在文学和艺术领域里的重要性就会大打折扣。他的独到之处在于,他懂得从对这样的问题的思考中,提取出关于诗歌和广义上的艺术的一种全新构想。自然是败坏的这一美学观点,直接取自于神学上的原罪观念。由此引发出艺术的现代观念,认为美不再有什么是要归功于自然的。波德莱尔极力主张人工创造,认为这是与诗人在现代的处境相适合的态度。到了现代,诗人不可能再像过去一样沿着天真朴素的道路走下去,他更愿意用人为的努力把自己的想象引向幻觉的边缘。在天真朴素的时代,生活是简单而自然的,而到了现代,生活变得复杂而纠结,这就注定现代诗人无论情愿与否都注定摆脱不了复杂的、甚至多少显得有些造作夸饰的笔格。

人倘若没有犯下原罪,倘若没有因此而被败坏,就可以天真无邪地直面真实,"既无虚假也无忧虑"地尽情享乐,就像在诗人喜欢回忆的那遥远的"赤身裸体的时代"一样。② 不幸的是,这已经是不可能的了。人犯了原罪,他脆弱的身体逃脱不了必死的法则。天真无邪的状态对他来说成了一个童话,一个回忆,一个梦幻,一个假象。他若想要"逃避真相",重见最初的状态,就只有借助于种种人工手段,舍此别无他途。在种种人工手段中,艺术是最独到的。在已经被败坏了的时代,"人工"的诗取代了天真时代的"素朴"的诗,换句话说,

---

① 波德莱尔:《阿斯里诺的〈双重人生〉》,《全集》,第二卷,第89页。
② 参见《我喜欢回忆赤身裸体的时代》,《全集》,第一卷,第11—12页。

"乐园"之诗让位给了"寻找已经失去的乐园"之诗。波德莱尔深深懂得人工创造所包含的形而上意义,其出发点就是要重新夺取能够把自然的种种不和谐因素消解于宇宙大和谐之中的那个终极统一性,即《应和》中所说的那个"幽玄深奥的整体"。选择人工,这是诗人在自然源泉已经干涸的时代不得不"自愿"做出的一个选择。现代人之所以喜欢瓶装水胜过天然状态的水,就是因为现在天然状态的水在质量上不及经人工处理的水。波德莱尔很可能会喜欢吃罐头食品胜过吃新鲜蔬菜,很可能会在吃的时候带着一丝苦涩的快意,一种现代人所具有的不无讽刺意味的快意。"赤身裸体的时代"的那种美已经不复存在,到了现代,美是要由诗人和艺术家的意志重新创造出来的。在一个已经不复存在美的时代,通过艺术创造出来的"面具"或"假象"便发挥着唤起对绝对美的回忆的作用。面具或假象,这是颓废时代的美,是以恶为特征的时代的美,是人被逐出伊甸园之后产生的美。在现代诗人那里,艺术创造活动本身就是一种象征,象征着对美的原始活力的追索。

艺术的虚假幻影不仅仅是一个让为恶所困、万事皆休的痛苦心灵获得稍息的庇护所,它还超越了个人安慰,体现出用艺术改造让精神获益的这一永恒的和最高的法则。艺术有一种崇高的使命,它既揭示庸碌生活的空洞,也昭显最高的真实和喜乐,让人看到自己曾经拥有过而现在却不幸失落了的完美状态。多亏了艺术的虚构形象,人类对自己原初状态的追忆才有了依凭。这不只是关乎一种美学,还包含着伦理的经验在其中。

艺术使命的实现不是在物质层面,而是在精神层面。只有在艺术的幻觉或想象中,自然的粗劣和卑污才显得最为明显。虽然艺术并不必然能够补救现实存在中的恶,但它能够让我们清楚地意识到现实存在的本质究竟为何,让我们在精神上变得更加强劲,敢于面对世界的丑恶和光阴的重负。热爱假象,从美学意义上说,就是热爱艺术,而从伦理意义上说,就是热爱理想、美德和神圣之物。

波德莱尔为艺术家设定的第一要务就是反对自然,以分享神圣的生命,参与到神圣的生活中。分享神圣的生命,参与神圣的生活,这意味着犯下原罪的人要憎恶自己的天然本性,要对理想和美德保有纯粹的爱。然而,无论理想或美德都不是自然而然可以实现的,因为人自从犯下原罪,便在精神和道德上蒙受损害,与神圣隔绝而陷入到可悲的处境,不可能在自然状态中摆脱与生俱来的缺陷而得享永生永福。波德莱尔因而明确表示，人的真正进步不在于各种实用的或科学的发现，而在于"减少原罪的痕迹"[①]。努力工作、超越私利的热爱、对艺术的崇拜，这一切对他来说代表着人的漫长的赎罪和对于统一整体的宗教向往。正是精神上的诉求让波德莱尔把自己投身其中的艺术创造当成一种近乎于仪式化的典礼。

艺术用不朽的精神取代脆弱的物质。通过用精神引领身体，通过让人看到灵魂是肉体的主宰，通过用甜美的回忆对抗令人厌恶的苦涩现实，通过像制作金银器的能工巧匠一样把物质变成传诸久远的美器，艺术创造出一种作品，其所展现的是人所能构想出来的最高观念的形式。凭借艺术的人工光芒，人虽然并未真正找回已经失落的乐园，但至少终于能够在片刻间瞥见他怀想中的世界——那个具有最高级现实的世界，那个纯洁无瑕的永恒世界。

六、城市的现代化与审美的现代性

恶的问题始终纠缠着波德莱尔，但他并没有写一部哲学意义上论述恶的著作，也没有写一篇"社会—政治"意义上的论战檄文，而是创作出抒情诗作品，其中对重要主题的处理都是与恶的问题联系在一起的，探讨了形而上意义或神学意义上的恶。蒂博岱就认为，深怀恶的意识的波德莱尔"具有与17世纪的基督徒不相上下的罪的观念，是19世纪诗人中达到这样高度的唯一一位，其罪的观念所涉及的主要是万罪归一的那种罪的形式，(……)即原罪"[②]。我们在波德莱尔的作品中随处可以见到，他抨击"人生而善良"、"人性本善"的谵妄，揶揄屈尊俯就地施舍善心、虚与委蛇地嘘寒问暖，质疑所谓"进步"的观念，认为这是现代一个巨大的虚妄幻觉。

不过还是需要说明一下，波德莱尔并不是简单地否定说不存在进步的事实，也不是简单地质疑物质方面或精神与艺术方面的进步。他在《论1855年万国博览会——美术部分》(*Exposition universelle—1855—Beaux-Arts*)一文中写道：

> 如果一个民族今天在一种比上个世纪更微妙的意义上理解精神问

[①] 波德莱尔把这看做是"真正的文明"的标志，见《我心坦白》，《全集》，第一卷，第697页。
[②] Thibaudet, *Intérieur, op. cit.*, p. 54.

题,这就是进步;这是不言而喻的。如果一位艺术家今年创作出一件作品,证明他表现出了比去年更高的技艺或更大的想象力,他肯定是有了进步。如果今天的食品比昨天质量更好,价格也更便宜,这在物质层面是一个不容置疑的进步。①

紧接着,波德莱尔向那些"信奉蒸汽和化学火柴的哲学家的徒子徒孙们"提出这样一个问题:"然而,对于明天进步的保证何在?"认为进步会按着一个接一个的方式自然而然地出现,这是现代进步主义者们的一种天真幼稚而又狂妄自大的看法。皮埃尔·拉鲁斯在其编纂的《19世纪大辞典》中对"进步"一词给出的定义,就概括地体现了这一在当时占主导地位的思想:

> 人类向完美迈进,向幸福迈进。人类可以达于完善,不断从较差走向更好,从无知走向科学,从野蛮走向文明。(……)认为人类一天天变得更好和更幸福,这尤其是我们这个世纪的宝贵思想。对于进步法则的信仰是我们这个时代的真正法则。②

波德莱尔所不能够接受的,就是对进步加以哲学上的神化,把现象变成法则。因而他拒不接受那种把物质进步当作社会发展目标和未来幸福保证的思想观念。他反对那种没有灵魂也没有恶的意识的进步。对他来说,所谓"罪",主要是意志的缺失,这种恶比智力上的低弱和肉体本能上的卑污要严重得多。真正的文明应当朝着补救意志缺陷的方向迈进。

在工业革命无往不胜的时代,人们普遍相信,科学的进步可以让人类日臻完善。路易·拿破仑(Louis Napoléon,即拿破仑三世)在当政前,曾于1844年发表过一部有名的著作《消灭贫困》(*L'Extinction du paupérisme*),在这部具有圣西门主义思想的著作中提出了改造社会的方略,坚信通过改善人们的生存状况,尤其是贫穷阶级的居住条件,便可以消除每个人精神上的苦难。社会主义者路易·布朗(Louis Blanc)虽然在政治上反对拿破仑三世,但作为圣西门主义者,他也认为必须改善巴黎破败污浊的生活条件,他在这点上与皇帝的想法是一致的。圣西门主义者有一个共同的幻觉,就是把赌注全部压在物

---

① 《全集》,第二卷,第580—581页。
② Pierre Larousse, *Grand dictionnaire universel du XIXe siècle*, 1865, t. XIII, p. 224 *sqq*.

质进步上,以为道德和精神方面问题的解决可以顺势而成。这种新信仰带来一种明显的意识形态结果,那就是认为任何现存的混乱都是在迈向进步的过程中出现的一些偶然的、无关紧要的现象,而物质条件的改进可以让这一切迎刃而解。于是,对于进步的信仰反倒为拿破仑三世的统治制度提供了担保,为这一时期的大规模城市改造赋予了历史必然性。

仅仅因为时间的推进,仅仅因为掌握了更多的方便日常生活的技术手段,就认为现在高于过去,这是波德莱尔断不会接受的观点。他唯一能够真正接受的进步,是那种让人远离自然状态并把人提升到失去的乐园的进步。应当对波德莱尔笔下的"自然"一词多加小心。它不光指浪漫主义者所说的"大自然",也就是说,不可以把他所说的"自然"简单理解为他所批评的那些风景画师所尽情享用的"草料"。在他那里,自然也有可能以人造状态,尤其是以建筑形态存在着。他在作品中有把自然说成"神殿"的例子,也谈到过由森林构成的"教堂"。把自然之物与人工之物区别开来的,不是自然与人之间的简单区分,而是看有没有体现出精神层面的意识和意志。要是人的活动中不包含意识和意志,这种活动就算是人做出来的,也会显得就是一个自然行为。看来我们可以用更宽泛,同时也更准确的语言来定义波德莱尔所说的"自然":这应该是指物的世界,物质性的世界,没有灵魂的世界。

19世纪的城市现代化想要建造的天堂是建立在物质基础之上的。第二帝国时期资产阶级的狂妄在于用科学技术的进步来取代灵魂的问题。物的世界以前所未有的威势大举进犯,这是当时进步的显著特征。波德莱尔在《1859年沙龙》中把这种"进步"说成是"物质日益强大的统治"[1],并把这看成是道德和精神退化的表现形式。外物不能够填补灵魂的虚空。当物质进步越权而成为灵魂领域的支配者时,就只会对精神之善的充盈饱满造成损害,对美的形象造成扭曲,成为导致颓废的根由,最终让人类堕落而不是获得解放。作为文明之象征的城市也可能逐渐变成一个地狱般的场所或是一个遵循自然法则的丛林,让生活在那里的人感到不是被向上引,而是又退回到野蛮状态。从精神的视角来看,现代人是以倒退的方式在前进。他们的一个个胜利实则是一个蒙住他们双眼的虚妄幻觉,让他们看不见自己的失败。"现代人发明出关于进

---

[1] 《全集》,第二卷,第616页。

步的哲学来自我安慰,不再对自己的不作为和衰落感到不安"①,波德莱尔在《再论埃德加·坡》中如此写道,并且把进步称为"这个为衰败张目的大邪说"②。那些对野蛮民族说三道四的所谓文明民族,在精神层面也许还赶不上他们所批评的人。波德莱尔就此写道:

如果要把现代人,即文明人,与野蛮人,或更确切地说,把所谓文明民族与所谓野蛮民族,也就是与那种全无种种奇技淫巧让个人丧失英雄主义的民族进行一番比较,谁会看不到全部荣誉都归于野蛮人呢?由于其本性,由于生活需要所使然,野蛮人是全才,而文明人则被局限在专门化的无限小的范围内。③ 他进而借用巴尔贝·德·奥尔维利的一句话发出如此感慨:

文明的人民,你们不断地朝野蛮人扔石头,可是你们甚至很快连崇拜偶像也不配了!④

与野蛮人的"崇拜偶像"相对立的,是不再相信神圣价值的现代人的"物质主义"。物质主义与偶像崇拜的对立对应着工业与艺术、物质进步与诗歌之间的对立。诗人只把梦想当做现实,并且把自己的信仰寄托在梦想之上,这让他在一个追求物质之风盛炽的社会中成了一个基督式的为万民赎罪的牺牲者。诗人与其所处时代之间的对立代表着诗歌与物质进步之间的斗争,也彰显出现代物质生活对生命存在中精神方面的遮蔽。

面对当时科学和工业的现代化风潮,波德莱尔提出自己的一套文化现代性理论来与之抗衡。他把现代性的概念与现代化的进步观念彻底区别开来,视之为分属于两个领域的两个互不相关的现象。进步观念属于社会意识形态范畴,而现代性则与审美活动和审美观照密切相关。波德莱尔正是以艺术和诗歌的名义,对当时占主导地位的意识形态发出严厉的批判。在意识形态层面拒绝现代化及其进步观念,这构成了波德莱尔审美现代性的第一推动力。

---

① 《再论埃德加·坡》,《全集》,第二卷,第 325 页。
② 同上,第 324 页。
③ 同上,第 325 页。
④ 同上,第 326 页。《火花断想》中有一句类似的话,文字上略有不同:"文明的人民,你们总是傻乎乎地谈论野蛮人,可是,就像德·奥尔维利所说的,你们甚至很快都不配去崇拜偶像了。"(《全集》,第一卷,第 664 页)

在必然走向进步的观念甚嚣尘上之际,波德莱尔用人的自由来与这种观念相对抗。他认为,人不像那些鼓吹进步的人士所说的那样是为享受幸福而生,而是为追求自由而生,这从人进行第一个选择而犯下原罪之际就已经是注定了的。波德莱尔所说的"自由"或"责任"包含好几层意思:一是愿望,即命中注定的想要重获已经失去的理想状态的愿望;一是能力,即能够始终感觉到与最初的乐园的分离所带来伤痛的能力;一是义务,即重建原始和谐统一的义务。在波德莱尔看来,进步的神话是在一个放弃自由和责任的社会中才有的信仰,是不再以实现追求终极理想这一最高使命为目的的那些逆来顺受者的信条。他从唯心主义的角度出发认为,一味信仰进步的神话表明西方人堕落到了怎样的颓废地步,这一信仰狂妄而愚蠢,让人放弃了最可宝贵的能力,丧失了精神意愿和想象力。

在波德莱尔的观念中,人最根本的欠缺不是物质上的欠缺,而是精神源泉的枯竭。人最根本的过错要到人的意识和意志中去查找。没有意志力作用的行为毫无精神价值可言。波德莱尔不是一个行动者,而是一个创造者。他凭着自己词语的魔力,创造出自己的灵魂所需要的超验经验。他那具有创造之功的清醒意识首先要创造出来的不是一些实物,而是一种价值尺度,也就是那种能够为灵魂照亮整个世界的意义。诗歌创作对他来说就是一种救赎工具。这就不难理解他在美学上何以不能容忍当时资产阶级迷恋物质的风气,坚持追求非物质化。必须死了追求外物之心,才能够在精神生活中获得重生。

在《人工天堂》中,波德莱尔把那些"现代发明"所具有的魅力比作兴奋剂散发出来的那种魅力,对现代人用人工手段建造起来的所谓"天堂"大不以为然,揭露其中包含着的"虚假的幸福"、"虚假的光明",尤其还有"精神的枯萎":

> 尽管乙醚和氯仿产生的效用令人称奇,但我还是认为,从唯灵论的观点看,这其中的精神的枯萎也可用来说明一切旨在减少人类自由和必要痛苦的现代发明的特点。(……)经过所有这些论述之后,再强调大麻的背德特性,这的确显得多余。我若把它比作自杀,一种慢性自杀,比作一件总是血淋淋的、总是磨得亮闪闪的武器,是没有哪位明理的人会反对的。(……)我把它视为巫术,视为妖术(……)。教会之所以谴责妖术和巫术,就是因为它们忤逆上帝的旨意,取消长期的修行,想要把达于纯洁和道德的那些条件视为多余;还有就是,教会只把那些通过坚持不懈的良

好意愿所获取的珍宝看成是正当的和真实的。我们把那种玩弄伎俩、出手必赢的赌徒称为骗子;那我们又该用什么字眼来称呼那种想用一点小钱就买到幸福和才华的人呢?①

面对这些投机取巧的企图和伎俩,波德莱尔针锋相对地提出诗人自觉所下的苦功夫:

> 这些倒霉鬼既不斋戒也不祈祷,拒绝通过修行来赎罪,反倒想借黑色的妖术一步登天,达到超自然的境界。妖术蒙骗了他们,为他们点燃虚假的幸福和虚假的光明;而我们,诗人和哲学家,我们通过不懈的苦功和沉思让自己的灵魂获得了新生;通过意志的刻苦磨炼和意图的矢志不移的高贵,我们创造出了一个为我们自己所用的真正美的花园。我们坚信"信念可以移山"这句话,完成了上帝允许我们完成的唯一的奇迹!②

诗歌创作对波德莱尔来说就是一种修行。在此过程中,诗人时而充盈饱满,时而焦虑不安,但始终坚持不懈地寻求着真正的天堂,即那个属于灵魂的天堂,而一切依赖于外物的"人工天堂"只不过是这个真正天堂的一个似是而非、貌同实异的假象。物质的假象是虚诳,企图用物质手段解决属于精神领域的问题;而诗歌和艺术的假象则揭示真理,知道自己是在精神领域解决精神性的问题。

真正的人工创造,按波德莱尔想要表达的意思,不是指煤气灯或蒸汽机等流于物质层面的现代发明。在他的心意中,真正的人工创造是对精神和灵性层面的构建。作为真正人工造物的"仙境华屋"不是体现为实物,而是体现为价值,是人的意识和观念的图像,能够表现出善恶并存的人心之中或神圣或恶毒的向往。在他看来,创造的冲动源自于想要超越外物的迫切需要,要在一种不为外物所拘的生活中用意愿和智慧创造万有,用精神和意志统摄万物,在创造的过程中领略片刻作为"造物主"的骄傲。他之所以有那么多的厌烦和失望,有那么多的怨和恨,就是因为他作为常人实在太崇拜内在的完美而又达不到那样的境界,实在太仰慕英雄和圣人而又达不到他们的高度。他是精神的

---

① 《人工天堂》,《全集》,第一卷,第439页。
② 同上书,第441页。

贵族,把全部的尊严寄托在意志和思想上。他完全清楚自己的处境,知道在凡尘中没有什么东西可以满足他对于理想的渴慕。他向往着高飞远翔,而不只是想要逃避。他要在一种清醒的认识中达成自我的实现。

"进步(真正的进步,也就是道德上的进步)只能够发生在个人身上,并且只有通过个人才能够实现"①,波德莱尔在《我心坦白》中如此写道。认为物质进步自然可以带来精神领域问题的解决,这意味着相信作为群体的人自然会趋善避恶走向完善。这样的认识无异于消极被动、放任自流。波德莱尔因此说:"信奉进步乃是懒汉的信条(……)。这就好比一个人指望他的邻人替他干活。"②就像他说的,精神层面的进步不是群众的运动,而是个人的事业,是个人努力提升自己精神境界的结果。个人的进步属于伦理范畴,建立在每个个体志愿的而且自觉的参与原则之上。与那些只有结成团队才觉得快活的人不同,"真正的英雄是独自快乐的"③。真正的进步是道德上的进步,是每个个体根据自己的决心和责任而拥有的一种本领。波德莱尔不独能写出《恶之花》中那些耸人听闻的怪诞之词,而且他的进步观也有力地摇撼着他那个时代的道德意识。及至今日,他提出的许多忠告仍然具有现实针对性。他尤其迫使当代人思考这样一个问题:在科学技术突飞猛进的今天,人们的道德意识水平与本该达到的高度究竟相距几何。因为在今天比以往任何时候都更能够感觉到,没有意识觉悟的进步只会是灵魂的废墟。

七、饱含忧郁的升华:艺术之美昭显存在的异化

波德莱尔承认,"深渊之感"始终纠缠着他。在他看来,创造活动是填补深渊之感的唯一手段;诗人的救赎,以及整个世界的救赎,都取决于诗意的创造活动,也就是取决于纯粹的创造活动。《巴黎之梦》就直接体现了波德莱尔关于纯粹创造的观念。这首诗中看不到对于现实的描述或再现,而只有艺术的制作和主观的构建。诗歌的创作好比是施行炼金术,不是要从庸劣之物中发现黄金,而是要通过炼造把庸劣之物转变成黄金。所谓"黄金",就是诗歌;所

---

① 《全集》,第一卷,第 681 页。
② 同上书。
③ 同上书,第 682 页。

谓"诗歌"(poésie),按其词源学上"ποιEεω"(poieo)、"ποίησις"(poiêsis)的意义,就是一种制作活动或创造实践,是纯粹创造的艺术。

有些观念保守的文学评论家对现代意义上的纯粹创造感到迷惑不解。布吕内杰尔就是其中之一,他在《巴黎之梦》中只看到"一些空洞的形式"和"词语碰撞发出的毫无意义的叮当声",认为"在这首诗中,思想,情感,甚至感觉,全都缺乏"[①]。他之所以这么说,是因为不懂得《巴黎之梦》并不是一幅反映现实的图画,而是通过制作出一个寓托形象来达到对一种价值的创造。真正的诗歌现代性确实不在于是否或多或少地选取了当代题材,而在于要对文学本身的属性重新加以定义。诗歌成为一种纯粹的话语活动,成为观念形成之前对于形式的装配,成为本义上的"词语的学问"。现代诗歌中最体现现代性的方面就是它变成了一种"不及物"的话语。

诗歌变成了不及物的话语,这并不意味着诗歌不再有什么东西需要言说。诗歌有其特殊的意义,其作用在于暴露现实存在中幽灵般的本质,迫使人直面属于精神层面所关切的问题。诗人关注的重点,更多不是尽人皆知的短期需要,而是隐伏不显的长期诉求。在《巴黎之梦》中,尤其是在这首诗的第一部分,波德莱尔尽心竭力地创造出"绝对美",这种美脱离了与人的现实关系,也跟善和恶不相关涉。诗中那个超自然的天堂纯然出于诗人的想象;理想状态在梦境中昭显出来,其中一切无不是安宁与和谐,带给人"形骸俱释的陶醉"[②]。在这样的状态中,物我相看既久,终达于物我两忘的境界;人与万化冥合,我的思想存在于周围的景物之中,周围的景物亦融入到我的思想之中。此刻,人感到同造物主一样完善自足,腐朽可化为神奇,卑微可变成崇高。世间的一切矛盾、疑难和局限在这陶然忘机的瞬间冰消雪释,我不再意识到自己,而是完全迷醉在宇宙大和谐这个"大我"的至福中。不过,在波德莱尔的美学思想中,审美经验始终是一个矛盾的统一体。与"形骸俱释的陶醉"相伴随的,是"一念常惺的澈悟"[③]。就像在所有的宗教中一样,"形骸俱释的陶醉"在揭示一种和谐和理想生活状态的同时,也使现实中灵与肉之间的分裂状态更加

---

① Ferdinand Brunetière,《La Statue de Baudelaire》,*Revue des deux mondes*,1er septembre 1892, p. 221.
② 梁宗岱语,见其所著《诗与真・诗与真二集》,外国文学出版社,1984年,第77页。
③ 梁宗岱语,同上书。

凸现出来。"一念常惺的澈悟"不仅仅是指对诗意生命状态的洞观,它同时也是指对人的现实生存处境的真相保持的一种清醒态度。诗歌的创造可以让人洞见天堂的壮观,也可以让人明察地狱的阴森。这使诗人能够在灵肉分裂的状态中体验到一种"丰富的痛苦",这也使他的作品往往在"恶毒的美"背后呈现出一种道德上极端残忍的清醒。诗人深知,《巴黎之梦》中那个理想的和谐状态只不过是一个精神面具,因为我们在诗中看到,诗人理想化的升华本来是一个向上的过程,但最终却完结于令人忧郁的坠落。梦境昭显的和谐、完美和幸福犹如昙花一现,被突如其来的向着凡尘的坠落打断。诗中这种从升华到忧郁的流转过程,与我们在《致一位红发女乞丐》中见到的过程是一样的。在那首诗中,诗歌的太阳神奇地让年轻女乞丐变得美艳动人,让最卑贱之物的命运变得高贵,但这一过程却也并不牢靠,转瞬即逝。诗歌结尾处,那位"故事里讲的女王"(或童话中的仙女)变得比灰姑娘还要窘迫。追求"绝对美"的诗人几乎总是最终坠落到滑稽尴尬之中。

  散文诗《英勇的死》(Une mort héroïque)中那位擅长扮演丑角的艺术家方西乌勒(Fancioulle)身上就有诗人的影子。这篇作品呈现出来的处于滑稽境遇中的艺术家的形象特别令人伤感。面对即将被处死的命运,方西乌勒不知通过什么特别的妙法,就连在最荒唐的插科打诨中也引入了"神圣和超自然",并且"以一种断然的、无可辩驳的方式证明,对艺术的陶醉比其他任何东西都更适于掩盖深渊的恐怖;天才可以在坟墓边上快乐地表演喜剧,这种快乐让他对坟墓视而不见,就像他现在这样,完全沉浸在一个没有任何坟墓和毁灭可言的天堂里"①。艺术是可以助人战胜深渊的唯一武器。所谓"深渊",既指物质世界的空洞,也指内心世界的空虚。艺术引起内心的狂喜和陶醉,带来精神的充盈和饱满。艺术的神奇就在于,通过艺术的观照让人澈悟物质的空洞,通过唤起意识的觉醒让人寻找思想,让思想战胜物质的空洞。然而,在短暂的艺术陶醉过后,散文诗最终让我们看到的却是无耻的世俗君王的胜利和英勇的艺术家的毁灭。

  方西乌勒的结局让人对艺术掩盖或躲避现实深渊的作用和价值产生疑问。我们从中可以得到这样一个认识:艺术只不过就是一种假象或幻觉,根本

---

① 《全集》,第一卷,第321页。

不可能与实实在在的凶险现实相抗衡。我们不禁会提出这样一个问题：美的面具难道真的是为了隐藏人生的苦难和"掩盖深渊的恐怖"？完美只有在梦想中才能够实现，这一事实并不意味着诗人是要到梦想中去寻求逃避或庇护。梦想，以及梦想中令人赞叹的景观，不是为了给诗人提供慰藉和平复。完美只能实现于梦想中这一事实，无情地反衬出与之相关的另外一个事实，那就是完美根本不可能在现实中得到实现。艺术中令人惊叹的奇观反而以一种悖谬的方式引人关注和反省存在的异化。说自己在美的幻觉制造出来的神奇境界中经历了片刻的幸福时光，这在诗人方面似乎就等于说，在他看来，现实的真相不是阳光朗照、诗意盎然的昌明隆盛，而是阴云密布、世事纷扰的异化状态。对于像波德莱尔这样达到一念常惺的觉悟者来说，美的面具的本质不在于掩饰的快乐，而在于要揭示出存在中某些令人恐怖的方面。美的面具就像是一束带有嘲讽意味的光线，只会更加强化痛苦和烦忧的感受经验。

波德莱尔非常清楚面具之美所具有的振聋发聩的惊人威力。提到面具就意味着还有另外一个面孔。他在题为《面具》的诗中就表达了这样的观点：

> ——啊，不！那只是面具，骗人的装饰，
> 美妙的怪模样让人春风满面，
> 瞧这里吧，这才是真正的脑袋，
> 剧烈地痉挛着，再看那张真脸
> 向后仰起，在假面的背后藏埋。
> 可怜的高贵美人！你的泪汇成
> 壮丽江河，流进我忧烦的内心；
> 你的假象令我陶醉，我的灵魂
> 在你眼中的苦海波涛中畅饮！①

在诗人眼中，美无论是假象还是面具，原来也都只不过是唤起苦海中的"波涛"。诗人从美中采掘出来的是痛苦。美彰显出这样的真谛：生活是无边的苦海，痛苦是其固有的本性；痛苦无所不在，而其表现出来的形式就是恶；要运用艺术手段并通过审美活动来揭示和认识痛苦的真相。

---

① 《全集》，第一卷，第24页。

面具之美必然是与恶的概念联系在一起的。这个面具与其说是掩盖异化现实的真相，不如说是把这个真相更加显明地揭示出来；与其说是帮助我们逃避真相，不如说是敦促我们直面真相。它让我们学会自觉地去认清这个真相，而不是让我们在悲悲戚戚的伤感中懵懵懂懂地沉沦；它激起我们对理想的向往和对已经失去的天堂的追怀。艺术为我们揭示出来的最令人扼腕欷歔的事情就是，想要重建天堂的意愿看来永远都是一种既崇高又滑稽的幻想。与对美和理想的永恒向往相并行的，还有另外一种面目的永恒，那便是缺陷、失望、痛苦，而"忧郁"二字可视为是对这一切的概括表述。艺术的升华实则从根本上饱含着忧郁，它让人伤心落泪，而与此同时它又具有强大的精神说服力。艺术让深渊之感变得愈加强烈。可以说艺术本身就是一个深不见底的深渊。它通过挖掘深渊来充实灵魂，把灵魂带到永恒的边缘。

八、美的暴力：艺术是一场绝望的决斗

诗歌世界是展现波德莱尔心底的愿望或梦想的舞台。他的这种愿望或梦想根本无法在物质现实中实现，而只有在诗歌中才可以达成。由于不可能在现实中真正把凡俗之物转化成黄金，诗歌便承载着想要实现这一神奇转化的愿望或梦想，让这一愿望或梦想在词语构成的现实中得到实现。诗人所歌唱或描述的天堂并不是生活中固然存在的，而是一个由人工创造出来的世界，主要出现在词语中而不是在生活中。

《巴黎之梦》中的那个世界呈现为"一片可怖的风景"，由金属、石料和水晶等无机物构成。这个世界排除了任何会朽腐衰亡的东西，是一个超越了时间的所在。这个无机物的世界闪烁着冰冷的金属般的光泽，象征着对于有限生命和自然生育力的拒绝。在这里，诗人用人工的创造取代了自然的生育力。这个世界呈现出来的美，让人想到诗人在《恶之花》第 27 首《身上衣衫飘摆招摇珠光闪闪》(*Avec ses vêtements ondoyants et nacrés*) 中展现的那种美：

> 她的明眸由迷人的矿石做成，
> 这奇特而富有象征的风光里，
> 纯洁天使携手古代斯芬克斯，
>
> 一切尽是黄金、纯钢、钻石、光明，

像一无用处的星辰永远灿烂,
闪烁着不育女子冰冷的威严。①

还没有谁如此顽固地要求一切美的形式都具有这种"不育"的特点。"不育"的概念在波德莱尔的美学理论和文学创作中占有一个相当重要的位置。在波德莱尔眼中,不育的人是无用的,如同"一无用处的星辰"般光华灿烂,相反,做一个有用的人则是一件显得有些令人厌恶的事情。无论是梦中之城还是不育女子显示出来的"冰冷的威严",都体现了对于"天然"状态的厌弃和对于自觉的、经过精心锤炼的艺术的偏好。这样的艺术硬朗而纯粹,一如珍贵的矿物,最适合表现不死的灵魂走向自我拯救的活动。

美的创造者想要通过艺术作品找到拯救之道,因而他也就必然选择与无用和绝对为伍。波德莱尔对自然这个天然繁育场唯恐避之不及,用自己想象出来的世界对它加以取代。他想象出来的这个具有金属般质感的世界与生育无缘,冷冷地散发出"不育"的光芒。金属和更广泛意义上的矿物具有这样一些特点:它们晶莹闪亮,像是光芒而不像是真正的物质,又冷冰冰地让人觉得难以接近;它们质地坚硬,无论以何种形式呈现出来也不会改变其实质。这些特点为诗人提供了能够象征精神境界的最好图像,让诗人超越于生与死的世界而看到体现"永恒"观念的世界。

波德莱尔的文学创作过程所表现出来的一些特点,与矿物的缓慢形成过程有相似之处。经常会有人说波德莱尔创造力低下,说他创作上不多产。但应当知道,他写得不多,并不是因为真正意义上的创造力低下和贫乏,而是因为他甘愿如此,甚至刻意求之,是因为在他看来,这样做自有其好处。诗人在创作中力戒轻便灵巧,这迫使他殚精竭虑地花大力气反复锤炼自己的作品,赋予最终完成的作品以异乎寻常的新奇、深度和强度。在这个问题上,萨特的说法中肯而公允:

> 他写得少,这可不是无能:要是他的那些诗歌不是通过精神上的非凡活动得来的结果,它们就会让他觉得没那么值得稀罕。这些诗歌数量之少,如同它们达到的完美一样,应当是凸显了它们的"超自然"的特点;波

---

① 《全集》,第一卷,第29页。

德莱尔一生都在追求不育性。在他周围的世界里,矿物以其坚硬的、不育的形式而在他眼中显得可爱。①

克雷佩和布兰在他们所编《恶之花》的评论部分中猜测,波德莱尔对矿物"不育性"的偏好似乎可以在埃洛(Hello)的一篇文章中找到一个美学上的佐证。埃洛的这篇文章发表在1858年的《法兰西评论》上,题为《论幻想文类》(《Du genre fantastique》),其中写道:

> 有一项工作还没有开展,但却值得留意,那就是探索象征主义的法则(……)。那些要在这个新大陆的森林中开垦处女地的诗人们将会发现,在象征的秩序中,美其实是与生命的方向相逆反的。
>
> 博物学家按这样的方式为自然分级:动物界最高,植物界次之,矿物界最低;他遵循的是生命的秩序。
>
> 诗人则会说:矿物界最高,植物界次之,动物界最低;他遵循的是美的秩序②

在这里,美的秩序与生命的秩序是恰恰相反的。其实为了让问题更清楚一些,我们完全可以径直把"美"一词替换为"死亡"一词。矿物界不也就是死亡界吗?矿物界距离生命最远,甚至位于生命的对立面。被诗人当作理想模式来追求的美,为何一定与毫无生命迹象的世界,即死亡,联系在一起呢?这是一个典型的充满悖论的问题。是不是像精神分析学家们所说的,对于理想和美的激情中包含着人潜意识中作为原始本能的死亡冲动?这种冲动把我们带向那些让我们精疲力竭,并且让我们的生命处于危险之中的东西。这个问题涉及到在人最深的和最隐秘的愿望中想要得到的美所具有的无法回避的暴力。

在《巴黎之梦》所呈现的那个美丽的世界中,诗人踌躇在陶醉("奇迹""仙境""神奇""移动的奇观")和令人不安的奇特感觉("可怖的风景""醉人的单调""沉雄的瀑布""可怖的新奇")之间不能自拔。眼花目眩的感觉到了离失明不远的地步,而陶醉的状态也近乎于某种病态的麻木。虽然出现在梦中的"移动的奇观"确实与在现实城市中醒来后看到的"凄凉麻木的世界"形成鲜明对

---

① Sartre, *op. cit.*, p. 135.
② 转引自 Crépet et Blin, *Les Fleurs du mal* (édition critique), *op. cit.*, p. 480.

照,但诗中描写这些奇观时使用的过去时态(未完成过去时)表示这些奇观已经属于过去的事情:梦中的奇境只不过是夜晚的残余,笼罩着死一般的沉寂。两次出现在诗中的"可怖"一词强调了面对"美"的奇景时所感到的惊骇。诗人的梦所创造出来的新奇之所以被说成是"可怖的",是因为它表现了向被禁止的疆域进发的那种极端的审美历险。所谓"新奇",首先表现于"阶梯拱廊的巴别塔,巍峨的宫殿大无边"的景观所呈现出来的无尽的单调。"巍峨的宫殿"绵延不绝、无极无终,有一种不合常情的荒诞。"新奇"也表现于与"移动的奇观"的运动相伴随的"永恒的沉寂"。让声音与运动脱节,这是波德莱尔审美心理的一个特点。一般来说,运动都是与声音关联在一起的,而让它们脱离关系,可以加深梦中景象引起的神奇观感。在这里,"沉寂"一方面是天国的安宁和至福的象征,另一方面也是诗人用以制造出令人不安之感的一个手段。波德莱尔在散文诗《点心》(*Le Gâteau*)中表达了相同的感觉:

> 我还记得,由完全寂静无声的巨大运动引起那种庄严而罕见的感觉,让我心中充满了一种与恐惧交织在一起的欢喜。①

是不是因为这种"寂静"让人想到令帕斯卡尔感到恐惧的"无限空间"②呢？如果说圣约翰在《启示录》中所写的内容确实让我们沉浸在一种提前享用的幸福状态之中,那与之不同的是,波德莱尔的诗中则包含有一些令人感到不安的因素。诗人似乎或多或少意识到自己犯下了某种谋杀,其所针对的不仅是现实中"可憎的生活",而且还包括传统的感受性,以及一向以来人们对美所抱有的那些固有观念。诗中的美景尽在诗人("仙境的建筑师")意愿的掌控之中,没有蜿蜒曲折、枝蔓杂乱的线条,也没有任何偶然意外的东西,在这里,一切的运动都是确定的、驯服的。这片"可怖的风景"所具有的这样一些特点,为这个"凝固"了的艺术品的美平添了一种死一般令人不安的僵硬和肃穆。这里真正的新奇之处,就是美与潜在的死亡力量之间的这种结合。

所谓"人工美",这本身就是一个悖论:它既通过相对于自然的解放来扩展生命的幅度,又通过用秩序战胜叛逆的物质而窒息自然生命。"人工美"的这

---

① 《全集》,第一卷,第297页。
② 帕斯卡尔在《思想录》中说:"这些无限空间的永恒寂静令我恐惧。"(Pascal, *Pensées*, *op. cit.*, p. 105.)

个悖论最集中地体现在城市生活中。人们为了保障生命,为了更安全的生活而建造了城市;为了更方便、更舒适的生活而聚居于城市;为了更幸福、更美好的生活而守候着城市。然而,现代卫生和统计学研究揭示了这样一个事实,大多数现代城市都可在生物学上被称为与生命敌对的或者破坏生命的环境。城市生活与自然力和自然生命的隔离也表现在城市中人们生育天性的丧失上。在生物生育力和城市环境之间存在着的一个重要相关性就是,不仅城市的生育率要低于乡村,而且城市越大生育率就越低。这也导致出现在波德莱尔笔下的那种丧失了繁殖能力的现代女性之美。

有意思的是,不仅在现代,而且几乎在任何时候都可以看到,人们往往在无意识的情况下,把美的东西与一些无机的东西联系在一起。例如在巴洛克诗人的作品中,往往像进行人体解剖一样对女性之美进行肢解,多以光洁之物为隐喻——进行描写。只有当女人身体的各部分被比喻成大理石、白雪、方解石或各种各样的宝石时,她才显出美来。只有在并非天然存在的东西中才最能够让人看见美;而最值得去居住和生活的世界永远是幻想中的国度。人的最高理想是天国中的富足和美满,而只有跨越死亡的门槛才能飞升到那样的境界。

与死亡结合在一起的美,曲折地表达了万物和生活的虚无。美为我们呈现出阔大的形式和高远的观念,甚至太过阔大和高远,不能不为人的眼睛和精神带来痛苦。永恒之物属于死亡之后的现实。死亡难道不是为进入永恒而付出的代价吗?由此看来,美实则是一个死亡邀请,而死亡是人在精神生活的永恒之境中获得再生的唯一保证。

美是一个悖论:它在展现高大美满形象的同时,又让人感到惊骇。美是一种暴力:人类从古至今所渴望的最高的美只存在于一个不再有任何生命迹象的世界中。美体现了人类想要战胜时空强加给生命的局限这一意愿,但它又无情地把人引向生命的对立面,即死亡。从某种意义上说,美表现了人身上至深的死亡冲动,而美丽的目标也包含着自我毁灭的因素。人们想在地上建造天堂,追求伟大和崇高,但美好的事业却以意想不到的灾难收场,结果进行的是可悲的炼金术,把黄金变成了废铁,把天堂变成了地狱。这样的美学观虽然苦涩,但却比较接近真相。

波德莱尔在一篇论述邦维尔的文章中写道:"任何一位抒情诗人,由于他的本性使然,命中注定要朝着失去的乐园回归。在抒情诗的世界中,人、风景、宫殿,一切都可以说是被神化了。"①直到生命的最后时刻,波德莱尔都在与人生的虚无进行着激烈的较量,他至少想要在诗歌层面战胜可悲的命运。诗人真的能够实现自己的使命吗?诗人本人对此都有几分怀疑。他清楚地知道自己行动的结局是"命中注定"的,就像他在《艺术家的忏悔经》中所承认的:"对美的研究是一场你死我活的决斗,艺术家在被打败前发出惊恐的叫喊。"②诗中的梦幻景象让已经失去的乐园变得亲切可感,这一方面标志着战胜周遭现实、战胜虚无而夺取的胜利,但另一方面,对于从前乐园的回忆也是一个重负,它让现实中的流放生活状态变得愈加不能承受。《巴黎图画》(尤其是《巴黎之梦》)的诗人终究没有逃脱痛苦的生活处境,他应当看到了这样一点:想象出来的人工花招并不能够把他从痛苦和厌烦中真正解救出来。这就是诗歌的暧昧性:诗歌是"惊恐叫喊"一刻的短暂的胜利,但最终又是不可避免的失败。艺术家的使命是一个注定不可能实现的使命。尽管诗人有勇气努力把"丑恶"变成"美",尽管诗人为我们展现了天国的壮丽,但审美的解决之道并没有把他自己从焦虑不安中完全解救出来,而一切驱邪避魔的手段都不会对"厌恶"这个致人死命的魔鬼产生效验。

看来,波德莱尔在文明虚无主义之外又加上了美学虚无主义。美学虚无主义的目的不是要废除艺术,恰恰相反,这是诗人采用的一种特殊方式,他以此表现他在"生不如死"的生活中深深体会到的虚无。诗歌只不过是一个凝练的缩影,折射出建立在创造和毁灭的辩证法基础之上的文化和文明问题的症结所在,演绎着伟大和可悲之间暧昧不清的纠结。在诗歌创造过程中,诗人的想象力从对于人生存在的"虚无"问题的焦虑中获取养料。人在本质上的不完美可以从"有得必有所失"这样一个事实中得到确证。要获得什么东西,始终免不了要以牺牲什么东西作为代价。艺术这一体现人类性情、冲动和精神状态的最高形式,必定要反映出人在不牢靠的生活状况中所感受到的凄惶、忧郁、悔恨和厌倦。当绝对和理想都显得不可企及甚至荒唐愚蠢之际,艺术的力量就必不可免地与一切的苦难相携而行:"在这可怜的大地上,连完美本身都

---

① 《戴奥多尔·德·邦维尔》,《全集》,第二卷,第165页。
② 《全集》,第一卷,第279页。

是不完美的,在这里,天才的最美的表现都只有以某种不可避免的牺牲为代价才能够获得"①,波德莱尔如此哀叹道。

绝对、理想和美实在太过高远,让人不能够真正企及。虽然波德莱尔有心把艺术创造看成是某种与神的创世过程相类似的活动,但他也十分清楚,任何有形的创造都只不过是一种体现耗蚀最高"存在"的形式。也就是说,创世本身归根结底就意味着上帝的堕落,是把作为统一整体的"一元"败坏成了"二元"。波德莱尔在《我心坦白》中就此写道:

> 神学。
> 何谓堕落?
> 如果是指统一整体变成了二元,那堕落的就是上帝。
> 换言之,创世难道不就是上帝的堕落么?②

在其最本原的状态中,绝对、理想和美就是被新柏拉图主义者普罗提诺(Plotin)视为最高本体和真理之源的"太一"。任何有形的创造都比绝对超验的浑然整体包含的内容要少。创造越是走向物质,把整体分解成空间中的零散碎片,它就离无限完满的本原越远。理想不可能被找到,理想又必须被找到,这就是波德莱尔的美学虚无主义向每个人提出的一个值得深思的悖论问题。正是循着这个思路,波德莱尔在《1846年沙龙》中写道:

> 由于不存在完美的圆,追求绝对完美的理想就是一件荒唐事儿。(……)要是理想这个荒谬之物、这个不可能之物被找到了,那对于诗人、艺术家和全人类就会是大大的不幸。那往后每个人将拿他可怜的自我(……)怎么办呢?③

既然艺术家的创造只不过是对"上帝的堕落"的再现和发扬,那他所做的事情还有意义吗?波德莱尔经常把"绝对"、"永恒"挂在嘴边。从某种意义上说,他因此而遭了大罪,深受其苦。他很可能通过爱伦·坡的一些文字而对自己所从事工作的危险和价值有着清醒的认识,这其中特别值得一提的是《吾得之

---

① 《欧仁·德拉克罗瓦的作品和生平》,《全集》,第二卷,第744页。
② 《全集》,第一卷,第688—689页。
③ 《全集》,第二卷,第455页。

矣》(Eurêka)中的以下段落,而波德莱尔本人正是这篇作品最权威的法文版译者:

> "无限"一词,就像"上帝""精神"以及其他几个表达一样,在所有语言中都有相应的词,其所表达的不是一个观念,而是朝着一个观念所做的努力。它代表着朝着一个不可能实现的构想所进行的可能的孜孜以求的探索。人需要有一个表示终极的词语来指明这一努力的方向,而这个努力的目标永远都是看不见的,隐藏在云雾背后。有这么一个词终究是必须的,通过这样的方式,一个人首先可以与另一个人并且与人类心智的某种意向产生联系。正是从这种必要性中产生了"无限"一词,它所代表的因而也就只是对某种思想的思想。[1]

艺术赋予观念以可感的形象,但艺术本身并不是那个"目标"。就像爱伦·坡使用的"无限"一词一样,它只不过是代表着"对某种思想的思想"。波德莱尔极力想要通过不懈的诗歌写作和生活中的种种行动创造出来的那个真正的"目标"就是"一个不可能实现的构想",那是他努力的方向,也就是他自己所说的"精神灵性",后来的人也把这看作是他诗歌的一大特点。我们赞同他的观点,认为具有精神灵性的人只能是那种既敏于感受又深怀觉悟意识的人。艺术让人对死亡的现实产生尤为强烈的意识。诗人明白,正是死亡为我们的灵魂传授了"永恒"的观念。唯有死亡能够让灵魂摆脱尘世有限时间的羁束,进入到纯精神的境界。

波德莱尔是一位在得不到任何尊严的生存状况中始终坚持追求尊严的诗人,这让他像《天鹅》中的那只天鹅一样,在诗歌和生活中常常表现出一种"又可笑又崇高"的悲壮的滑稽。在他看来,人类分成两个截然不同的群体:一边是大多数人构成的群体,这些人生来是要用鞭子抽打的,他们随遇而安、随波逐流,被盲目的天然本性牵着鼻子走,对自己懵懵懂懂的状态浑然不知;另一边是少数贵族式的精英,他们看透了生活的空虚和无情命运的威力,内心里保持着战败者的尊严,并且为自己的觉悟意识而感到骄傲。构成波德莱尔身上所体现的纨绔主义的因素,正是这种始终对于自我的坚守,对于清醒意识的保

---

[1] Edgar Allan Poe, *Œuvres en prose*, éd. cit., pp. 717-718.

持。进行诗歌创作的诗人就像是受难的基督。人固有一死,但要像纨绔子一样死得明明白白,要对自己的处境有着清楚的认识。对死亡的意识教会人死得有尊严。在凡俗生活中,就连安宁和秩序都会让人感到几分不安和焦虑,而与之相反,在艺术把我们带入到的那个世界中,不安和紧张却让人得到平复和宽慰,因为艺术正是通过不安和紧张,唤起我们意识的觉醒,促成我们内心的成熟。艺术是对主宰着有限生命的那些法则的对抗,而在这种堂吉诃德式的对决中,如果说艺术是一个胜利,那这是一个以死相搏的胜利;如果说艺术是一个失败,那这是一个无上光荣的失败。

第 八 章

波德莱尔城市诗歌中的悖逆逻辑和精神旨趣

波德莱尔在诗歌创作中把艺术事业与人生事业紧密结合在一起，奠立了基于"美学—伦理"经验的艺术范式。在他那里，任何思想都是从这种经验中得来的结果：这包括他对自然、人工、美、文明、历史、人性的善与恶、生活的欢娱与痛苦等一系列问题的思考。作为一位卓越的炼金术士，他从任何事物中提取具有精神价值的精粹，对人世间的一切现象进行具有形而上意义的思考，把精神的自主性和优越性作为审美经验的根本原则。任何事物只要能够通过唤醒我们敏锐的感受性进而唤起我们精神意识的觉醒，那它就会被赋予审美的价值。在波德莱尔的美学思想中，给予精神的重要性如此之大，让人完全可以说存在着一种波德莱尔式的"精神灵性主义"。

波德莱尔在其审美经验中承担着诗人和唯灵论者的双重使命。他的美学思想包含着对"做事本领"和对"该做何事"的双重要求。正是这两个要求的固有结合成就了他作为诗坛巨擘和精神导师的伟大。波德莱尔认为："诗歌的本质一定是，也仅仅是人类对一种最高的美的向往，而这种本质表现在热情之中，表现在灵魂的激动之中。"他也把这种"最高的美"称为"纯粹的美"，而这种美并不像其字面所显示的那般纯粹，因为这种美必定是与诗的超自然领域联系在一起的，在这一领域中居住着"纯粹的愿望、动人的忧郁和高贵的绝望"①。从这里可以看出，在波德莱尔眼中，只要是能够激发灵魂活动的东西，

---

① 《再论埃德加·坡》，《全集》，第二卷，第334页。

哪怕是"忧郁"和"绝望",都自有其"动人"和"高贵"之处,都能够成为艺术审美的对象。断言一切事物中都含有灵魂的养料,断言表面上最不堪的生活也有其隐秘的高贵,这是追求精神旨趣的诗人所信奉的信条中最基本的一条。

在波德莱尔的"独特"和"创意"中,有一点就是他作为诗人,能够借助精神灵性的光芒,把那些负面的因素,如困窘、苦恼、败坏、痛苦等,转化为征服的动因和对精神力量的礼赞。出现在他笔下的美大多是古怪的,而且往往是令人惊奇甚至惊骇的,就是因为他有一种独特的切入生活的审美视角。他善于在世界的反面去观照世界,在人心的反面去省视人心,在生命的反面去吸吮生命。凡人以为是伟岳高山的,他视之为草芥;凡人以为是草芥的,他视之为伟岳高山。在发达资本主义时期,他首倡用审美和反思的现代性对抗"技术专制"(技术文化化和文化技术化)所代表的科学理性的现代性;在启蒙思想承诺人类进步的呓语甚嚣尘上之际,他揭露"科学文明"的暴虐和野蛮,指出其中不可消解的矛盾和悖论。在传统的人性论采用越来越"理性"和"科学"的形式,声称自己代表最"客观"的真理论述之际,他却看到了这种论述所暗藏的掩饰性、伪善性和欺骗性。他的文字仿佛是一部巨幅的"忏悔录",既是虔诚的告解,又是信心的申言。他本着反叛的精神和创新的意志,既醉心于发掘"恶之花",也执意于揭露"花之恶",致力于昭示另外一种真实,时刻警醒人们切不可让"无知""平庸"和"虚伪"成为一种诉求和权利。为此,普鲁斯特称他为与"天地至真"相通而"得大道的真人",并以赞赏的语气写道:"任何不为诗歌所感、不为天地至真所动者,必定从未读过波德莱尔。"[①]这位"真人"对于人之本性和人的生存状况有着清醒的觉悟和深刻的反省,而他无时不以这种反省对人产生振聋发聩的作用。"震惊"是波德莱尔美学经验的基本类型。他用怪癖的趣味、乖戾的诗艺、悖逆的精神和异端的见识,织就自己的"独特"和"创意"。

波德莱尔的诗歌作品证明,诗人有足够的勇气去处理最阴暗的题材,也有足够的能力把最不幸的处境转化成寻求精神灵性的契机。他对人类的存在状况持最悲观的态度,同时又因为这种彻底的悲观而不失意识的清醒,并从中获得某种恐怖的快意。他之所以独特,是因为他善于从安慰的无效、热望的破灭

---

① 普鲁斯特 1895 年 11 月 15 日致雷纳尔多·哈恩(Reynaldo Hahn)信,M. Proust, *Correspondance*, t. I, éd. par Philip Kolb, Paris, Plon, 1970, p. 444.

和行动的失败中夺取诗歌,把悲观的心理内容转化为乐观的美学形式和积极的灵性诉求,打通感受性、语言性和思想性之间的关节,实现它们之间没有挂碍的融通。

第一节 悲观主义的美学价值和精神旨趣

一、苦难的场景与诗歌的领地

法国文学评论家布隆贝尔(Victor Brombert)提炼出自浪漫主义到象征主义这条线索的文学中的四个基本主题,其中的每个主题都包括正题和反题两个方面,分别是:孤独,要么被看做是痛苦,要么被看做是赎罪的途径;知识,要么被看做是快乐和骄傲的根源,要么被看做是一种祸患;时间,要么被看做是未来的动力,要么被看做是解体和毁灭的原因;自然,要么被看做是和谐与交流的许诺,要么被看做是敌对的力量。① 我们惊奇地看到,波德莱尔的诗歌不仅涉及这些基本主题,而且几乎总是对这些主题中的反题进行挖掘并加以展开。"在有些事情上,不幸是好事"②,波德莱尔在散文诗《光环丢了》(Perte d'auréole)中的这种说法,可视为是对史达尔夫人(Madame de Staël)在《论文学》(De la littérature)中所表达思想的某种回应:"人类应当把自己成就的最伟大的事情归功于对自己命运的不完美而产生的痛苦。"③

波德莱尔所经历的生活与我们大家所经历的生活没有太大的不同。真正的不同之处在于,他对生活始终保持着异于常人的警觉态度和清醒意识。他要对一切事情都有"真正"的看法和"正确"的思想。他在精神层面上对万物本性所进行的推论和思考,不仅仅是一种思辨活动,而首先是一种源自于经验的行为。在还没有形成理论观点之前,生活对他来说就是一种在肉体活动和灵魂活动中展开的经验。比如,作为巴黎大街上的闲逛者,波德莱尔并没有透过当时表面的繁荣进步看清其背后的资本主义基础,特别是没有认识到那些以

---

① 见 Victor Brombert, *Gustave Flaubert par lui-même*, Paris, Le Seuil, 1971, pp. 123-124.
② 《全集》,第一卷,第 352 页。
③ Madame de Staël-Holstein, *De la littérature considérée dans ses rapports avec les institutions sociales*, t. I, Paris, chez Maradan, 1799, p. 217.

追求剩余价值为目的而鼓励技术进步和盲目增长的生产关系。这一现实虽然没有直接成为波德莱尔笔下的诗歌形象,但却间接地以心理冲击的形式被刻印在了他的诗歌中。在这点上,他是通过审美感受的方式做到的。他在诗中表现了让巴黎诗人深受其苦的大城市生活;他所遭受的痛苦,实际上就是现代城市生活中的那些生产关系所导致的结果。如果说资本主义的暴虐还不能在社会科学层面被一眼看清,那它所导致的种种结果却是显而易见的。资本主义带来一大批被排斥在社会边缘的受害者,而这样的暴虐以迂回的方式让诗人大为触动。对于这种新形式的大众现象,诗人不是借用事实来对之加以记录,而是借用了皮下的感觉刺激经验。波德莱尔所呈现的苦难经验,打有体现资产阶级经济统治特点的鲜明烙印,而对资产阶级来说,"进步"已经和追逐利润的"生产"成为同义词。

波德莱尔对自己所处的历史现实深感不适,而正是这种不适之感成为了他诗歌的主旨。虽然他生活在当下的现实中,但这个当下现实却与他所追求的充盈饱满的理想境界两相隔绝,因而对他来说,这个现实难以让人产生真正的"在场"之感。在他看来,现代世界与古代世界相比,属于一个缺失了崇高和精神灵性、泯没了英雄主义的时代,是一个充满了矛盾、隔膜和死亡的地方。波德莱尔早在青年时代就写道,历史现实让他有一种挥之不去的参加丧葬的感觉:"——这是一大队鱼贯而行的殓尸人,政治殓尸人,爱情殓尸人,资产阶级殓尸人。我们大家都在举行某种葬礼。"[1]正是在这里,天空向我们"倾泻比夜更阴惨的黑色白昼"[2]。《忧郁之四》中提到的这个天空与《巴黎之梦》最后几行中为我们呈现出来的天空是一样的:

> 天空倾泻沉沉黑暗,
> 世界陷入阴惨麻木。(第59—60行)

"黑色白昼"比黑夜更适合用来表现埋葬着"活死人"的坟墓中那种昏天黑地的景象。当"黑色白昼"笼罩巴黎,幽灵便在大白天出没于街巷之中,在光天化日下勾引行人,而在城市的沸腾生活中,沸腾着苦难、疲惫、死亡,一言以蔽之,沸

---

[1] 《1846年沙龙》,《全集》,第二卷,第494页。
[2] 《忧郁之四》,《全集》,第一卷,第74页。

腾着"恶"。《暮霭》和《晨曦》两首诗中用抒情笔调勾勒出来的巴黎生活表现出一种不见天日的昏沉。几乎每行诗都把一个赤裸裸的恶的形象展呈在我们眼前。诗中所展现的世界就像是一所巨大的医院,聚集着不幸和痛苦,拥满了奄奄一息的弥留者,演绎着穷困者命中注定要默默承受的苦难,以凝练而有力的方式浓缩了人们在城市生活的方方面面所遭受的厄运。

《巴黎图画》把人间的苦难搬上舞台。诗人在此描绘了他那个时代被剥夺了社会地位的人的悲惨生活。这些诗中营造出来的氛围,让我们能够感受到在街巷、作坊、不卫生的住所、收容院、监狱等地方弥漫着的恶的气息。诗人笔下的巴黎是一座殉难之城,城中的居民是以所谓"进步"自居的社会所特有的工业化、城市化和物质主义的牺牲品。但与此同时,《巴黎图画》所展现的苦难场景也正是诗人的诗歌领地。这些诗歌虽然名为"图画",但诗人并不着意于描绘出以细节取胜的生动图画;诗人在对具体的客观景物的描写上着墨甚简,往往只是寥寥数笔勾勒出大致轮廓,其这样做的目的是为了让我们更好地去感受和体验,而不是让我们简单地用肉眼去观看。这些诗虽然以现代"巴黎"作为其时空框架,但这丝毫不妨碍它们同时也是反映一切时代和一切地域的人类生活状况的综合性壮阔画卷。"巴黎"只不过是一个隐喻或提喻,而波德莱尔诗歌的根本出发点是人类。巴黎生活既是这些诗歌的"现实"框架,同时也是诗人进行哲学观照的背景。诗人用巴黎生活来验证他对于内在真实的探索,以及他对于不受时间性局限的人类尊严的追求。

波德莱尔借巴黎这个空间让自己的某些精神活动获得物质化的显现,这符合他一贯的愿望,要把自己的精神状态置换为富有象征性的景观,置换为体现灵魂病态的寓托形象。对他来说,城市大众的现实苦难象征着与人类存在状况紧密相关的形而上层面的苦难:不仅包括偶然性、有限性、死亡、无依无靠的漂泊之感,也包括永远不能实现的对于无限的渴求,以及永不满足的对于上帝允诺的那个既无痛苦也无罪恶的天堂的向往。人性本恶,这实乃人之大不幸;生活只不过发生在向上和向下两种诉求之间的一场永不止息的较量。波德莱尔于是选定以恶作为自己最典型的诗歌材料,用"恶的意识"来唤起对人类存在状况的清醒觉悟,并把这设定为自己作为诗人的最高目标。

诗人通过诗歌图画把我们带入到恶的世界中,在那里,混杂地扭结着疯狂的呐喊和压抑的叹息,怯懦的哭泣和失望的苦笑,心醉神迷的狂喜和不满现状

的反抗。在一步步把人引向深渊的过程中,诗人歌唱灵魂经历的种种磨难,力图让灵魂发现:

> 真理之井既黑且明,
> 一颗孤星惨白闪烁,
>
> 地狱灯塔挖苦讽刺,
> 魔鬼火炬妖娆吉祥,
> 唯一慰藉唯一荣光,
> ——归根结底恶的意识。[1]

波德莱尔用一种贵族般的高傲态度来对抗历史现实。面对他所处的那个充满虚浮狂妄并且把自己献祭给"未来"的时代,波德莱尔对之以忧郁、回忆和伤逝之情。他敢于担承人世间的一切罪孽,并在此基础上创建一种与学院派理论形同水火的"内在"美学,提出一种新的审美观。他的诗歌来自于恶,散发着恶的气息。他甚至刻意表现出恶毒,想要以此加剧众人的不安,加速灾祸的降临。这并不是因为恶本身可以得到饶恕,而是因为让人懂得并看清楚什么是恶,这是一件自有其价值的事情。以大乱求大治,在乱象丛生中为人指一条解救之道,这是一种看似玩世不恭且具有犬儒主义精神的策略,而这正是波德莱尔采用的一剂猛药,以此来疗治社会的平庸,时刻警醒人们切不可让无知和虚伪成为一种诉求和权利。通过这样的方式,这位歌唱巴黎之恶的诗人成功地将诗歌与人类命运紧密结合在了一起。

二、于痛苦中求安宁

很少有诗人对世事人生的看法达到波德莱尔那样严厉而苛刻的程度。波德莱尔的巴黎诗歌以其形式、内容和结论,明确展现出一种极度失望和气馁的状态。这些诗歌为我们描绘出一幅幅阴暗、悲观的图画,从中可以看出,诗人透过身边的大城市所看到的人类生活只会激起他的悲伤和厌烦。在这个世界上,没有任何东西和任何人能够扮演诗人心目中所期望的那个不可能存在于

---

[1] 《不可救药》,《全集》,第一卷,第80页。

现实中的角色。

波德莱尔不只是不满意外部世界,在他自己的内心和身体中也一样,他无时不经历着痛苦、死亡和孤独等感受的折磨。他在1861年5月6日写给母亲的一封信中,以悲戚的语气谈到他的绝望、身体状况("成问题")、精神状态("坏透了")、欠下的债、拮据的经济状况、对生活的厌恶,以及他当时的处境:

> 我已经精疲力竭,用完了勇气,不再抱有任何希望。满眼是望不到头的厌恶。我看到自己的文学生涯被永远阻绝。我看到的是灾难。①

他尤其还谈到了可怕的孤独无助之感。他孤单一人,受到诋毁,没有朋友、没有情妇、没有猫猫狗狗听他诉苦。他只有父亲的肖像做伴,而肖像上的父亲却又总是一言不发。他向母亲吐诉衷肠,而母亲似乎并不相信他的话,要么认为他是在撒谎,要么认为他是夸大其词。作为母亲的她从来没有真正了解并看懂自己儿子的灵魂。

从日常生活的种种坎坷中,波德莱尔看到能够体现具有更普遍特点的灾难的象征。普鲁斯特断言,在为今生和来世的人传达源自于痛苦经验的情感方面,波德莱尔是最出色的一位,与之相比,雨果只不过是写得最多、说得最多的诗人。在《谈波德莱尔》一文中,普鲁斯特指出说,与波德莱尔那本薄薄的诗集相比,雨果洋洋洒洒的鸿篇巨制显得"何其软弱、含糊其辞、不得要领"。他进一步就此写道:

> 呜呼!也许应当在体内感受到业已迫近的死亡,像波德莱尔那样受到失语症的威胁,才会获得这种在真正痛苦中的清醒,才会获得这种在恶魔般狠毒的诗篇中的宗教语气。(……)也许要在感受到垂死时的极度疲惫后,才能够就此写出维克多·雨果从未见识过的美妙诗句。②

的确,雨果做什么事情都游刃有余、令人赞叹。他习惯于在早晨望着窗外的美景进行写作。他在作品中也会不断谈到苦难和死亡,但就像普鲁斯特说的,他

---

① 《书信集》,第二卷,第154页。
② Marcel Proust, « Àpropos de Baudelaire », *Sur Baudelaire, Flaubert et Morand*, op. cit., pp. 118-119.

的谈论中"带着饱食者和享乐者的超然姿态"①。作为诗人,他所擅长的是"描绘爱"②。至于波德莱尔,他的诗歌是在黑夜下的陋室中艰难娩出的。用阴暗的图画表现悲痛和苦难,以及暧昧不明、神秘莫测的存在,这正是波德莱尔胜过雨果之处。这就是为什么波德莱尔虽然在公开场合向雨果表示敬意,说他是"行走着的沉思的雕像"③,但却又在私下里的谈话和信件中对雨果极尽挖苦讽刺之能事。雨果在哲学和社会方面的思想主张、他滔滔不绝的高谈阔论、他自视甚高的风风火火的做派,让《小散文诗》的作者大为恼火、愤愤不平;他汪洋恣肆的豪放文笔和举重若轻的灵动抒情风格,让《恶之花》的诗人自惭形秽、甚至感到深受羞辱。

我们感到难以像萨特在其所著《波德莱尔》(Baudelaire)一书中那样,说诗人悲惨的一生是他自己精心编织出来的,说是他自己选择了把生活过成一种苟延残喘,让自己的生活中充塞着一大堆乱七八糟的东西。④ 痛苦的生活并不是诗人为自己所做的一个自由选择,一如自由选择也并不能带来一种没有痛苦的生活。苦难是人世间所固有的一个严酷现实。波德莱尔的这种情形,与其说是自由的选择,不如说是选择的尴尬。他并不认为苦难是好事,但他又逃避不了苦难;苦难是他命中注定必须承受的。为了证明他作为人的自由,他唯一还能够做的事情,就是选择面对苦难的态度,在苦难生活中始终忠实于自己作为诗人的天命。

必须是像波德莱尔这样拥有强劲精神的人,才敢于从灾难和死亡的角度察考整个人生。在他生命的每个时刻,波德莱尔都力图找到能够对自己的人生存在的正当性进行解释的依据,他为此甚至去探索位于坟墓另外一边的现实。当他最终确信并不存在所谓的"出路",于是便以大无畏的精神决定与苦难订立盟约,相信在苦难中终于找到了自己存在的理由。这着实令人不胜唏嘘!

同以《暮霭》为题的韵体诗和散文诗在这方面颇具代表性。黄昏时刻加倍刺激着痛苦者的神经:

---

① Marcel Proust,《Àpropos de Baudelaire》, *Sur Baudelaire*, *Flaubert et Morand*, *op. cit.*, p. 118.
② Ibid., p. 129.
③ 《维克多·雨果》,《全集》,第二卷,第130页。
④ 见 Sartre, *op. cit.*, p. 243 *sqq*.

> 此刻让病人的痛苦变本加厉!
> 暗夜掐住他们咽喉(……)。(第 31—32 行)

然而,诗中又不乏几分"迷人"之夜的基调,这从最初几行的描述中可以见出:

> 迷人夜晚降临,这罪犯的友朋,
> 活像同谋一样轻手轻脚;天空
> 像一间大卧房把门慢慢关上,
> 急不可耐的人变成野兽一样。(第 1—4 行)

"夜啊,可爱的夜",诗人随即发出这样的顿呼。黑夜也可以缓解疾苦和悲伤,让那些在白天遭到抛弃或受到伤害的人变得坚强,让饱受痛苦折磨的精神得到慰藉。波德莱尔在散文诗中进一步发挥了黄昏时分带来的好处:

> 天黑下来。那些因劳作一天而疲惫不堪的可怜人终于得到大大的舒缓;他们的思想现在染上了暮霭中柔和而苍茫的色彩。①

夜晚的"迷人"和"可爱"之处不只在于它能够给人带来平复和宽慰,更尤其在于它发出的昏沉光芒能够照亮精神:

> 啊,夜晚!啊,令人神清气爽的夜晚!你对我来说就是内心节庆的信号,是苦恼的解脱!在旷野的寂寥中,在大都市石砌的迷宫中,闪闪烁烁的满天星星,骤然点亮的万家灯火,你们是自由女神燃放的礼花!
> 暮色啊,你多么温存甜蜜!(……)一只无形的手从东方的深处拉过来厚重的帷幕,(一切都)模仿着在生命的庄严时刻人心中搏斗着的种种复杂情愫。②

在该文最初的版本中(1855 年),可以见到这样的文字:

> 无论在森林中还是在一座大城市的街巷中,日暮黄昏后的点点星光或阑珊灯火照亮我的精神。③

---

① 《全集》,第一卷,第 311 页。
② 同上书,第 312 页。
③ 这个版本的散文诗《暮霭》载于德诺瓦耶(Fernand Desnoyers)主编的《向 C. F. 德那古尔致敬。枫丹白露。风景——传说——回忆——幻想》(*Hommage à C. F. Denecourt. Fontainebleau. Paysages — Légendes — Souvenirs — Fantaisies*, Paris, Librairie de L. Hachette et Cie, 1855),引文在该书第 78 页。

在这个黄昏时刻,孤独而痛苦的诗人没有呻吟和抱怨。他尽量令自己保持沉着,表现出一种单纯、镇定和清醒的态度,以便于让灵魂展开沉思:

> 静思吧,我灵魂,在这严峻时刻,
> 捂住耳朵,别听这喧闹的一切。(第29—30行)

由于没有其他什么可以做伴,诗人便恳请"痛苦"给他以帮助和庇护。波德莱尔有一首诗就恰好题为《静思》,可看做是《暮霭》中诗人所发出请求的下文:

> 乖些,哦我的痛苦,快安静下来。
> 你想要夜晚;瞧吧,它就在这里:
> 满城都笼罩着一片茫茫暮霭,
> 有人得到安宁,有人加剧忧虑。①

在这些咒语般美妙非凡的诗句中,对痛苦发出的劝慰诚如普鲁斯特所言,用了一种"隐忍而又颤抖的语调,是痛哭得太多过后全身瑟瑟发抖的人说出来的"②。诗人现在已经习惯于与痛苦为伴,他已经学会了忍受痛苦,这让他难以再感到悲伤,就像战场上的士兵对突袭和危险见惯不惊,甚至只有在激烈的搏杀中才能获得快乐和安慰。这其中可以感受到引人哀愁的东西所包含的那种令人欲哭无泪的魅惑力,这经常可以在那些"饮泪止渴,/ 吮吸痛苦就像吮吸善良母狼"(《天鹅》,第46—47行)的人那里观察到。

在《雾和雨》中,诗人赞颂阴沉而寒酷的秋冬季节,称这个"令人昏昏欲睡的时节"是"我们天时中的女王",这个时节的雾和雨用"惨白的昏暗"裹住诗人的灵魂,就像用裹尸布裹住木乃伊一样。昏沉的天气让人气血郁滞、灵魂麻木,却又让诗人对那些"引人哀愁的东西"发出赞叹,认为可以在这样的环境中求得痛苦中的安宁:

> 当心头塞满引人哀愁的东西,
> 上面许久以来落满白露寒霜,
> 灰暗时节,我们天时中的女王,

---

① 《全集》,第一卷,第140页。
② Proust,《 À propos de Baudelaire 》, *Sur Baudelaire, Flaubert et Morand*, *op. cit.*, p. 129.

> 最美不过你永远的昏沉苍茫。(第 9—12 行)

这首十四行诗的头两节采用了平韵韵式,营造出一种单调的感觉印象,这既符合清静无为者的麻木之感,也与无依无靠者的孤单之感相切合。诗歌结尾处突然笔锋一转,写到一夜风流的耳鬓厮磨:

> ——除非趁无月的夜晚耳鬓厮磨,
> 在一夜风流的床上忘却痛苦。(第 13—14 行)

这里可不是在歌唱交欢或情欲,而是通过对爱的吁求来表现生活中爱的缺乏和不可能。这种对爱的吁求倒更像是在恳请另外一种让人麻木的形式,或者干脆说是在恳请死亡的救助,想要在可悲的最后一搏中同时既了断希望也摆脱失望。

波德莱尔有一种既出于本能又出于系统思考的癖好,那就是偏爱一切处于衰落、走向腐朽或奄奄一息的事物,也偏爱与这类感觉相协调的那些笔格文风。诗人喜爱秋天胜过春天,喜欢暮色苍茫胜过白昼朗朗,喜欢饱经沧桑、阅历丰厚的人胜过未经风霜、不谙世事的小清新。这有《热爱假象》一诗为证,诗中称女主人公是"无上美味的秋之果实"(第 13 行),并且描绘了她华美的形象:

> 我想:她新鲜得古怪!真的好美!
> 纷纭回忆如王家的塔楼、冠盖
> 顶在头上;心如蜜桃伤痕累累,
> 却已成熟,一如其身,深懂情爱。(第 9—12 行)

喜欢风韵不再的对象,这是诗人刻意追求的一种感情,符合于他的诗歌信念。如果说这是诗人的选择,那他的这个选择也是情非得已。由于不能够选择以另外的方式过上幸福生活,诗人只好被迫决定与冷漠和痛苦安然相处,只有在痛苦中才能感到几分满意,从自己的麻木和战栗中挖掘出令自己喜出望外的魅力。在这里,"灰暗时节"里的那些"引人哀愁的东西"与诗人心中被忧郁侵蚀的感觉配合得融洽无间。如果说阳光明媚季节的好天气像是对诗人哀愁情感的嘲弄,让他不能做忧郁的梦想沉思,那相反,阴郁时节的雾和雨则让诗人感到自在,如鱼得水般在属于自己的世界中饱享忧郁之美。在这里,我们不禁联想到艾略特在《荒原》(The Waste Land)一开篇就写下的著名诗句:"四月是最残忍的一个月,(……)/冬天使我们温暖。"①写下这些诗句的诗人一定在身体内跳动着与波德莱尔相同的脉搏。必须要像波德莱尔一样饱受痛苦折磨之后,才会发现那些让常人不胜痛苦的事物所独具的魅力。凭着这种看似有几分反常甚至变态的喜好,诗句赢得了叫人心碎欲绝的强度。诗人别无所有,只剩下痛苦作为知己与他促膝倾谈,而正是在这样的处境中,诗人得以歌唱"居住在诗的超自然领域中的那些纯粹的愿望、美妙的忧郁和高贵的绝望"②。

三、把"恶"作为征服之道

德国学者胡戈·弗里德里希在《现代诗歌的结构》一书中论述《恶之花》的严整布局的同时,指出其中的内容多是一些反复出现的消极因素,包括"绝望、灵魂的麻木、跃向非现实的高烧般的激越、对死亡的渴求,以及与死亡进行的病态而刺激的游戏"③。波德莱尔在诗中谈到这些内容时,并不是以嬉戏、纵容或腐化的态度对之加以玩味。诗人志不在此。波德莱尔真正了不起的地方,在于他能够化腐朽为神奇,把一切本来消极的东西拿来为我所用,从中提炼出能够对人产生正面影响的元素。诗人把以"恶"为代表的种种消极因素——如困窘、不安、情欲、挫折、痛苦、死亡等——作为征服之道,把自己在城市中庸凡凉薄、趋于恶浊并且命中注定受到拘束限制的生活转换为一种笃定的选择,以此为自己塑造出被赋予了另外一种意义的人生。他要让自己的人生体现出人这个"被贬黜了的上帝"根深蒂固的饥渴感,成为人永不满足地向往有强度的精神生活的明证。

波德莱尔是一位受苦受难而又神经敏感的现代人,他在无论怎样的个别事物中都看到能够体现出更普遍意义上的饥渴感和不完美感的象征。地上没有任何东西是完美的,因而也就没有任何东西可以满足他的愿望。诗人的"痛苦"究其根本,就是这种饥渴感和不完美感在情感方面的表现。人因其天生不

---

① 艾略特:《荒原》,见《外国现代派作品选》,第一册,袁可嘉等选编,上海译文出版社,1980 年,第 89 页。

② 《再论埃德加·坡》,《全集》,第二卷,第 334 页。又见《论戴奥菲尔·戈蒂耶》,《全集》,第二卷,第 114 页。

③ Hugo Friedrich, op. cit., p. 45.

完美而注定饱受痛苦折磨，这便是波德莱尔的"厌烦"(l'ennui)所要表达的意思。在法国文学史上，"厌烦"的出现与帕斯卡尔对人的思考分不开。帕斯卡尔把人定义为一种"空洞的能力"，说人摆脱不了对无限的孜孜期望却又无缘达到无限，而厌烦之情便由此而生。我们因而可以认为，厌烦之情实则体现出一种期待或愿望，一种因为太过强烈和太过高远而并不能在现实中得到满足的期待或愿望。这与人被逐出乐园的处境密切相关，是由于与上帝分离而导致意义缺失的结果。但是，人是滴落凡间的天使，保留着对无限天国的回忆；他陷入无希望的境地却又不愿意屈从，身上纠结着万念俱灰却又心有不甘的复杂感觉。所谓"厌烦"，就是这种复杂纠结之情的体现，既反映出精神上的痛苦折磨，又代表着对无限的向往。在这层意义上我们可以说，厌烦，以及作为其极端形式的痛苦，包含着清醒意识的胚芽，可以让人看清楚人被贬黜的处境和人生流亡命运的真相，同时又时刻提醒人不失重返天堂的愿望。无论生活在怎样的环境中，无论经历着怎样的喜怒哀乐，人永远希望过一种超越的生活，迈向另外的目标，谋求自己所不是的状态，这让他永远也找不到自己人生的完满状态。梦想着不存在的、不能实现的、甚至矛盾的事物，这是人的可悲之处和高贵之处的反映。作为写下《忧郁与理想》的诗人，波德莱尔深懂通过发掘忧郁的深度来探测理想的高度。

人需要看到自己的人生被赋予意义，但他所在的世界并不能够赋予这种意义。于是，有些人便选择逃避道德责任，不再去寻求真相，另有些人乐于用各种各样的日常事务来麻痹自己，不再去追问深层自我的需要。波德莱尔的行事方式与这些人大异其趣；他决不放弃，执拗地在并不存在意义的地方探求意义。他在根本上得不到满足，而且对自己的处境有着清醒的意识，于是干脆选择在欠缺和不满足中去发现快慰的享受，就像他自己说的："我越是变得不幸，我的傲劲就越大。"①他甘愿接受恶的资源，将其作为征服之道，通过对"恶的意识"的觉悟来达到追求善的境界之目的。

波德莱尔为《恶之花》写过一首《跋诗》，这首诗是针对巴黎这座城市的，而且在一个更普遍的意义上说，也是针对整个外部世界的。他在这首诗中清楚地阐述了自己的美学使命：

---

① 波德莱尔1860年10月11日致母亲信，《书信集》，第二卷，第99页。

> 我从每一事物中提取其精粹,
> 你给了我污泥,我变它成黄金。①

这里所说的"精粹"究竟是什么呢?用通俗的话说,难道不就是事物中深藏着的隐秘的启示意义、诗人的敏锐感觉能够在被损害的和腐朽的事物中感受到的魅力,以及以残余物的形式残存在恶中的神圣性吗?当诗人抱定这样的美学使命,一切的恶的形式非但不让他气馁,反而让他更加坚定地抱着不同于常人的态度去直面人生中的种种不幸。

波德莱尔是这样一位诗人,他在上帝缺席的世界中,不惜到恶中去寻找上帝。由于魔鬼"无论做啥总是出色"②,因而波德莱尔会毫不迟疑地深入到魔鬼的作品中,透过魔鬼无所不能的本领,探测其中可能显示的神明般的光辉,体察其中反常合道的神性。发现恶,这对诗人来说是一种胜利。"死神"是无往不胜的毁灭者,"时间"是不屑作弊、每赌必赢的赌徒,它们以自己无边的"大能"而让人看到神力的伟大。它们成了某种意义上的神,其无所不能的神力表现在它们对人的无情控制,让人屈从于它们定下的法则。没有什么对它们来说是不可能的,而它们就仿佛是某种意志的化身,总是能成功地"准确完成自己计划要完成的事情",而这正是让波德莱尔艳羡不已的"诗人的最大荣耀"③。

抱定"从恶中发掘出美来"的意愿,就可以从负面甚至邪恶的情感中提取出正面的道德教益。以"嫉妒"这种情感为例,大家都同意说这是一种不健康的情感。但通过仔细分析就会发现,这种情感是因为别人胜过自己而产生的不痛快或忌恨心理,换句话说,当一个人产生这种情感,实际上就是承认了别人的长处,承认别人比自己做得更好,做到了自己想做而又做不到的事情,同时,嫉妒者也通过这种忿忿然的情感曲折地表示希望自己具有同样的长处。这种负面情感的"精粹",就是对一种超越经验的承认,也就是让我们意识到在这个世界上还有比我们的有限存在状况更高的东西。这朵从"嫉妒"的花园里采撷的"恶之花"自有其美丽之处,它的美来自于某种神性的光辉,而这

---

① 《全集》,第一卷,第192页。
② 《无可救药》,《全集》,第一卷,第80页。
③ 《致阿尔塞纳·胡塞》,《巴黎的忧郁》,《全集》,第一卷,第276页。

种光辉是用负片影像的形式捕捉到的,或是由昏暗的镜子用反像形式反射出来的。

更让人震撼的,是在恶行中寻找神性。爱伦·坡在《反常之魔》(*Le Démon de la perversité*,英语 *The Imp of the Perverse*)中写到一位刺客,此人是一个唯美主义者,行事天衣无缝,出手不留蛛迹,最后还是他自己主动把完美的刺杀过程透露给别人,因为他的想法就是,天底下唯有他才能够做到常人做不到的事情,而且把事情做得有如神助般漂亮。① 这让我们会产生这样的看法,那就是,在诸如残暴、无缘无故的破坏、没有理由的以身试法等这样一些令人困惑的情形中,那些犯下恶行的人是想以此获得某种快感、某种新的感受、某种强烈的情绪激动,以及对自己无所不能的力量和无限自由的感觉。针对这类情形,波德莱尔在《人工天堂》的《对无限的兴趣》(*Le Goût de l'infini*)一章中发出如此感慨:

> 所有这些尝试为的是找一条出路,逃离满是污泥浊水的居所,哪怕只有几个小时也好,正如《拉萨路》一书的作者所言:"一举便赢得天堂"。唉! 人的恶癖虽然充满了那么多可以想象得到的可憎之处,但还是反映了人对无限的兴趣(当只是就它们的无限扩张而言!);只不过这是一种常常误入歧途的兴趣。我们可以在一种隐喻的意义上借用"条条大路通罗马"这个通俗的谚语,把它用于精神世界;一切都通向回报或惩罚,这是体现无限的两种形式。②

在恶中求无限,这是一种反常的趣味,这种趣味由于"常常误入歧途",不会不招致祸害,因而也就有可能受到严厉的惩罚。尽管如此,对诗人来说,重要的是要"在一种隐喻的意义上"提取出这种反常趣味中所包含的精华,也就是要捕捉住让人"一举便赢得天堂"的那个纯粹的时刻,在那样的时刻,人于刹那中

---

① 见 Edgar Poe, *Le Démon de la perversité*, *Œuvres en pose*, éd. Y.-G. Le Dantec, coll. Bibliothèque de la Pléiade, 1951, pp. 271-277.

② 《全集》,第一卷,第 402—403 页。引文中提到的《拉萨路》(*Lazare*)是 19 世纪法国诗人奥古斯特·巴尔比埃(Auguste Barbier)的作品。拉萨路是《圣经·新约》中的人物,死后因耶稣施行奇迹而复活。

发现无限的快乐,生活中的贱民与神明相通,成了一天中的"神"。①

诗人不独在魔鬼身上看到恶行,也在它那里发现"极乐",因为魔鬼以邪恶的方式体现了"对无限的兴趣",而这种兴趣正是撬动波德莱尔诗歌世界的基本杠杆。诗人深深魅惑于魔鬼身上表现出来的那种神一般的完美。魔鬼给人带来某种极乐的快感,它仿佛是为我们搭起一座栈桥,领我们通往神圣的极乐世界,而正是对极乐世界的怀想让我们看清楚自己当前的可悲处境,让我们生出这许多的遗憾、悔恨和忧愁。话虽这么说,可我们不能够据此就认为波德莱尔是要通过诗歌鼓励现实中的恶行或恶癖,让魔鬼的杰作到处蔓延扩散。他深知,魔鬼带来的"极乐"是一种扭曲了的旁门左道,因为这种所谓的"极乐"并不是通过意识的觉悟和信仰的努力而修成的正果,它就像鸦片、大麻、酒精等"人工天堂"一样,是真正的极乐和真正的神圣渴望的一个血统不纯、错谬百出的临时图像,至多对意识清醒的人来说具有某种隐喻或象征的意味,让人通过它去想象那不会出错也不会遭到惩罚的真福究竟是一种怎样的境界。

波德莱尔不能够接受人在生活中沉溺于荒淫和享乐,这一点是肯定的。而诸如此类的字眼之所以经常出现在他的笔端,一方面是因为诗人要利用这些字眼所包含的上面所说的象征价值,另一方面是因为这些事情最终会让人遭到惩罚,而按他的话说,惩罚也是一种体现永恒的形式。"荒淫和死亡是可爱的两姊妹"②,波德莱尔在一首诗中这样写道。诗人在诗中用"肮脏"和"可

---

① 关于这点,本杰明·冯达(Benjamin Fondane)在《波德莱尔与深渊经验》(*Baudelaire et l'expérience du gouffre*)一书中作了漂亮的论述。他认为,生活中有一些放纵和荒淫的时候,究其作用,是因为这样一些时候在片刻间冒死模拟了与神的沟通,向人形象地显现了永恒生活的观念。让我们来看他是怎么写的:"波德莱尔作品的重要之处,在于它打断了人们的日常时间,开启了另外一个世界,那里发生的一切都与地上发生的事情反其道而行之。它就像是呈现给我们的一个神圣的节庆,是一个悦行无羁、纵情享乐的时刻,强烈而混乱,在这一刻可以毫无拘束地做出种种渎圣之举和任何谋划好了的放肆行为,总之,放纵和荒淫都被'神圣化'了。在此过程中,个人(或群体)重又与原初的时间发生密切的,然而又是短暂的(也可能是漫画式的)联系。所谓原初的时间,指还没有出现时间观念之前的时间,那里不存在律法,也不存在道德,做任何事情都不是渎圣之举,因为不存在任何禁忌。我们知道,在这类神圣的节庆中,放纵和荒淫的作用就是模拟诸神的时间,以便重新打开创造生命、巩固生命、更新生命的那些活动的最初源泉。我们也知道,这节庆日子里那些一天中的'神'常常在节日一结束时就被处死,他们是为重回秩序和日常时间而作为牺牲品献祭出去的神,他们是生活中的不幸者,是贱民,——但却是在片刻间领受了'神圣'的不幸者和贱民。"(Bruxelles, Éditions Complexe, 1994, p. 433, note 1)

② 《两个好姊妹》,《全集》,第一卷,第114页。

怕"来修饰"荒淫"和"享乐",认为这两件事情是要遭罚入地狱的。他之所以在《我心坦白》中指出做爱的性器官同时也是排泄粪便的器官,不是为了要求找到另外一些精致的新方法来获得玷污或被玷污的乐趣,而是为了把获得性快感的不洁方式与肮脏的罪孽联系在一起。他从传宗接代的方式中看到原罪的迹象,并且猜测在荒淫和享乐中暗藏有来自于上帝的戏弄和讽刺。① 正是因为他有这样的看法,才会说魔鬼的作品可以离奇地成为"挖苦讽刺的灯塔",一方面照亮恶的意识,不仅让人看清楚内心中的恶,更要看清楚与原罪联系在一起的形而上的恶,同时也照亮体现神意的真理。

在日常生活中,波德莱尔对跟地狱有关的东西极为反感,因为这些东西把他带向苦难、衰弱和死亡;但在他作为诗人和精神论者的生活中,他又对这些东西保留有几分好感,因为它们比其他任何东西都更与他所遭受的那种趋于苦难、衰弱和死亡的生活相契合。他有一首诗歌题为《惬意的恐怖》,这种运用矛盾修辞手法的表述显示了他对于这些东西的矛盾情感。诗中写道:

> 你戴着重孝的云团
> 是载我梦幻的灵车,
> 你熹微光亮映射出
> 我一直心仪的地狱。②

诗人不能够生活在天堂,也不敢奢望幸福,他唯一拥有的故乡家园就是地狱。在这里,对于地狱的兴趣却讽刺性地反而表达出一种难以遏制的对于生命的兴趣,这是对于害怕沉落到虚无和死亡中去的最极端的亦是最后的表述;这是不愿意看到自己被完全毁灭的人发出的绝望呼号。天堂有可能只是虚诞的幻觉,而地狱却是实实在在的;幸福有可能蒙骗人,而痛苦却永远忠诚。

题为《赌博》的诗歌为我们呈现了一些现代放纵者的形象,这些人向着恐怖的深渊狂奔,想要找到他们如此渴望的地狱:

> 我惟心惶意恐歆羡可怜族类,
> 他们狂奔不止迈向深渊之路,

---

① 见《全集》,第一卷,第688页。
② 《全集》,第一卷,第78页。

> 饱飨自己鲜血,选择绝无反悔,
>
> 痛苦胜过死亡,地狱胜过虚无!(第21—24行)

看到这些赌徒宁愿接受放弃德行、安宁、学识甚至痛苦也要义无反顾地选择下地狱,我们实难以说他们的这些疯狂举动只是出于一种卑劣软弱的对于享乐和堕落的贪恋。这里讲的不是对快乐世界的贪恋,而是对充满黑暗、不幸和恐惧的世界的执着。有人可能会说:那不就是地狱吗?确实,那就是地狱,但那不是虚无,而痛苦也总比死亡要好一些。地狱是某种实实在在的东西,是生活的弃儿获得最后救助的地方,它可以让生活的残骸有个抓拿处,不至于陷于完全的绝望。而如果沉落到了虚无中,那还有什么希望可言呢?这首诗带有一点"恶作剧"的性质,因为它让人被迫在一些坏的选项中选择最不坏的那个。波德莱尔通过这首诗歌进行的形而上思辨,打破了基督教的宇宙观。基督教的宇宙观是不把虚无算在其中的;地狱代表着惩罚的最后一个阶段。但在波德莱尔的世界中,被罚入地狱的人还有一个更糟糕的去处——虚无。它确实存在,而且比地狱更加恐怖。基督教让人在地狱与天堂之间进行选择,而在波德莱尔的世界中,只能够在地狱与虚无和痛苦与死亡之间进行取舍。深渊经验的根源就是虚无经验。只有那种与虚无的深渊一打照面便大受惊骇而猛然逃离的人才会"喜欢地狱胜过天堂"。地狱这个基督教世界中的最后一级,却在波德莱尔的世界中成了第一级。在波德莱尔的宇宙中没有天堂;天堂之路是拦阻着、关闭着的;选择极为有限;不存在其他什么更好的选择。正是在为我们剩下来的地狱中,正是在显示地狱特点的恶中,波德莱尔决意寻找上帝的存在。通过这点,我们不仅可以看到悲观主义在波德莱尔世界观中的分量,而且也可以看到是怎样一种哲学支撑着他以恶为对象的审美观。

赌徒在赌博中真正让波德莱尔歆羡不已的地方,不是对于快乐和幸福的天然兴趣,而是敢于直面恐惧和痛苦的勇气。波德莱尔看中的,是一种经过深思熟虑后的贵族式的态度,他甚至对这种态度加以审美化和精神化。那些在赌博中只寻求感官享乐的人是盲目的,因而也是可憎的。这类属于"卑贱凡夫俗子"的赌徒难道不正"被快乐这无情的刽子手鞭打,/赶往卑屈的欢会去采撷悔恨"①？这些人太沉溺于感官享乐和动物性的满足，不懂得如何利用赌博这个恶魔所奉献的意外精神收获。必须要有清醒的意识，才会懂得"快乐"不可避免地会把人引向"痛苦"。注重于精神收获的赌徒在进行赌博时则能做到胸中有数。他们玩赌博，不是把赌博当成可以带来现实幸福的东西，而是恰恰相反，把它看成是一切能够加剧毁灭和痛苦的东西的象征。这种对于毁灭和痛苦的意识为波德莱尔的哲学赢得了某种精神价值。波德莱尔所歆羡的赌徒知道什么才是自己真正的乐趣之所在。他们懂得，那些不好的情感，以及那些由不好的情感所导致的不好的行为，只要它们成为我们的不完美和我们的缺憾的明证，只要它们强化我们对无限和自由的渴望，就能够通过痛苦的逆转，反而激发起我们心头对于神圣之物的兴趣。他们的幸福不是赌博带来的感官享乐，而是对于不好之物——"恶"的审美享受。在作恶者清醒意识和内心觉悟的作用下，恶可以转化成一种具有审美价值的正面现象，并且成为传达某种精神价值的载体。按照波德莱尔所抱有的想法，审美享受在其最深的根本之处是超越于感官陶醉的，属于精神灵性的范畴。

波德莱尔所进行的形而上思考的价值就是在痛苦中或者说是通过痛苦体现出来的。痛苦所具有的形而上精神价值隐藏在其异化的形态背后。作为诗人，波德莱尔掌握了特殊的技艺，专门在痛苦中汲取灵感，把病态的或有害的状况转化为对精神的恳求。在他的巴黎诗歌中，波德莱尔通过自己孤独而痛切的经历所反映出来的现代生活的真相就是，轰轰烈烈的现代工业化大城市实则是一个人性的"荒漠"。这是一个痛苦的发现，而诗人就是要把这种痛苦的发现当成美学的义务和道德的激情。

波德莱尔把苦难看成是进行艺术创造的必要条件，就像他在《祝福》一诗中所宣示的："我知道痛苦乃是唯一的高贵。"②他是一位深怀批评意识和批判精神的诗人。他常常是把自己作为批判的对象，进行严厉的自我批评，这让他因为时刻反省自己的无能而深感痛苦，同时也让他把自己的无能和痛苦写进诗歌，对自己失败的人生进行分析，而正是在分析自己的无能、痛苦和失败中，诗人显示了自己的高超技能，成功地完成了自己的诗歌使命。

---

① 《静思》，《全集》，第一卷，第141页。
② 《全集》，第一卷，第9页。

很少有人像波德莱尔那样在一切方面和一切层次上遭受着痛苦的煎熬。可以把波德莱尔一生中遭遇的主要厄运概列如下：他成年后，家里还为他指定了一位终身法定监护人来管束他的日常活动，这成了他一生中有损尊严的痛；他在生活中入不敷出，往往是旧债未了又添新债；他在巴黎这座城市一直居无定所，从来没有组成过自己的家庭；他在肉体上和精神上都饱受疾病折磨，既恐惧死亡，又恐惧活得太久，既害怕长睡不醒，又害怕从睡梦中醒来；他有着强烈的意愿要建功立业，而长期的意气消沉又让他往往把最紧迫的事情拖延到几个月后才去做。所有这些厄运一直纠缠着他直到他生命的最后一刻。他举目所见，无不是失败的宣言，而所有这些厄运强化了他心中的愤恨，让他以一种铁石般的恶毒态度去看待世界和所有人，尤其是看待他自己。还在1852年时，他就以一种并不带有苦涩讽刺的语气写下了这样两行文字如此简单而意义又如此丰富的诗句：

——啊！主啊！请赐予我力量和勇气
观看自己心和肉体而不憎恶！①

他在多年后向母亲做的告白也体现了相同的情感：

> 我被可怕的疾病袭扰，今年更胜往年，我想说的是幻想、萎靡不振、沮丧气馁和优柔寡断。（……）这种病究竟是臆想出来的还是确有其事？是不是因为臆想得病而就真的得病了？这是不是在经过这么多年的动荡日子，经历了这么多孤独、凄惶且得不到丝毫安慰的生活后，身体的虚弱和不可疗治的忧郁导致的结果？我说不清楚；我只知道，我对万事万物都感到厌倦，尤其是对任何形式的快乐（这可不是一件坏事儿），而唯一让我感到还活在人世的情感是一种朦胧的对于名望、复仇和成就的愿望。②

在他的生活中，除了诗歌创作带来的享受和偶尔为自己的才华感到的骄傲外，他没有得到过其他的安慰。他可能曾有一阵子相信艺术是一条出路，但终于明白没有什么出路可以逃避原罪的诅咒。他所表现出来的悲壮之处就在于，他宣告自己人生的失败，但却又心有不甘，丝毫没有想要接受被制服命运的意

---

① 《库武拉岛之行》，《全集》，第一卷，第119页。
② 波德莱尔1863年12月31日致母亲信，《书信集》，第二卷，第342页。

愿。这种既不愿屈从又没有希望的状态让他陷入到深深的忧郁之中,但就在他甚至感到最萎靡不振、万念俱灰之际,他仍然祈求能够疗治自己的恶疾:

> 的确,我把成功克服恶习的人看得要比士兵或上决斗场的人不知勇敢多少。但怎样去克服呢?要怎样做才会把失望转化为希望,把怯懦转化为意志呢?①

他感到自己在生活的一切方面都饱受屈辱,没有其他的解救办法,只有把在他身边凶猛咆哮的一切暴虐因素都转化为自己的创作能量。正因为疾病缠身,他懂得利用疾病所滋养的经验,让疾病本身成为达成文学存在的一种手段;正因为体会到写作上的困难,他懂得视这种困难为一种恩德,把它作为自己的写作对象,让它成为磨炼自己"苦功"的一个良机,而这种苦功不单指通常意义上的"刻苦的功夫",更是波德莱尔自己所说的"痛苦的功夫"②;对自己缺乏意志所表示的遗憾,这本身就成了对意志的要求;从最难以想象的灾祸中,他痛苦地夺取了普鲁斯特所说的"人类口中迸发出来的最强音"③。他从痛苦、空虚、物质苦难和内心苦难等种种"恶"的表现中提取"花",也就是提取他的诗歌作品,在这些作品中对深渊进行探测,对意识加以省察。种种的艰难、不顺和约束构成了这些作品的基本方面,其中的内容已经超越了对一时的懒散、偶尔的沮丧和个人的痛苦的简单展现,旨在从永恒之轴上揭示存在的奥秘。他所患的病不只是他一个人的病,甚至不只是他那个世纪的病,而是一切时代中全人类的病。他的病源自于一种无限的情感——忧郁,这种情感绝对而永恒,就像他在《忧郁之二》一诗中所说的,"摆出永世不灭的架势"④。在异化的生活状况中,诗人懂得把那些有缺陷的甚至病态的东西拿来为我所用,以之作为诗歌

---

① 波德莱尔 1863 年 12 月 31 日致母亲信,《书信集》,第二卷,第 342 页。

② 早在青年时期,波德莱尔就体会到写作上的困难。他在 1837 年 11 月 2 日给同父异母的哥哥信中写道:"每当要把自己的想法诉诸纸上,我便感到困难得很,而这种困难几乎是不可战胜的。"(《书信集》,第一卷,第 43 页)在他生命的最后阶段,他也向母亲告白了自己写作的艰难:"我不知道你多少次谈到我的'敏捷'。这个被用滥了的词语基本上只适合于用在那些精神肤浅的人身上。究竟是构思的敏捷还是表达的敏捷?两个都从来跟我不沾边。应当看到,我做出来的那一点点东西是下了非常痛苦的功夫得来的结果。"(《书信集》,第二卷,第 457 页)

③ Proust, *Contre Sainte-Beuve*, op. cit., p. 260.

④ 《全集》,第一卷,第 73 页。

的灵感来源,从中获得意想不到的产出力。可以说,他的城市诗歌和现代性理论就是以移植和转换的形式对这种产出力进行的重要体现。

波德莱尔一方面沉沦在这个卑劣险恶的世界中不能自拔,一方面又在心中怀着一种根本不可企及的理想,这让他从"邪恶"与"德行"构成的张力中找到驱动自己创作的能量。他作为艺术创造者的道德反映在他对待创作活动的那种严苛不苟的态度上,而不是反映在他所选择的题材上,换句话说,赋予作品以意义的,不是所选择的题材,而是作品所传达出来的创造之功。因而我们在他的诗歌中看到,当诗人展现生活之"恶"时,他不只是为了悲叹自己的命运:他悲叹自己的命运是为了创作出一部在他身后能够传诸久远的作品。让"恶"开出"花",让恶花结出善果,这本身就是一件功德无量的事情。诗人把不幸和痛苦转化为创造的原则,把"恶"作为征服之道,利用从"恶"中提取的力量而得以走近自己的审美理想。在他的寻美过程中,苦难为他提供给养,同时,高卓玄远的精神旨趣和精益求精的艺术追求又保证他在寻美之路上收获一朵朵超凡脱俗的奇花。诗歌能量和强劲精神的结合让他能够从丑相中攫取美意,创造出"新的战栗"。

四、把不幸转化为清醒的意识:从"丑恶"入手达成精神诉求

尽管波德莱尔自己在为《恶之花》所撰"前言"的一份草稿中称这部诗集是一本"全无功利作用"和"绝对单纯无邪"的书,说写出这部作品的目的全然是"为了自娱自乐,发挥自己克服障碍的兴趣"[①],但我们在阅读这些诗作时可以感觉到,诗人与那些自诩为追求纯艺术的人不同,除了表现在文体风格方面攻坚克难的兴趣外,他还在自己作品中采取了一种深深介入生活的态度。这是因为他的艺术理想本身就是审美经验和伦理经验一体难分的固有融合。他不满意自己,也不满意任何人,从来不掩饰自己对世事人生所抱有的那种严苛到尖刻的态度。正是这样的态度让他在困顿难耐之际呐喊道:"可怕的生活!可怕的城市!"[②]在一个没有上帝的世界中,他把恶感受为一种永恒的存在。诗人要在恶的田野里收获清醒的觉悟,从最丑恶的方面入手达成对世事人生的

---

① 《全集》,第一卷,第 181 页。
② 《凌晨一点钟》,《巴黎的忧郁》,《全集》,第一卷,第 287 页。

超卓认识。

恶自有其良效。诗人透过恶,洞察深潜于人的灵魂中对无限的渴望。恶与善一样,也证明了人的虚弱处境及其想要达到无限的激情,只不过它是采用了最疯狂而荒谬的手段。波德莱尔之所以执拗地坚持用一种夸张的声调和架势去歌唱恶和由恶引起的痛苦,是因为在他看来,恶和痛苦是给予人的一剂具有反讽意味的苦口良药,而只有通过这剂良药,人才能够得到拯救。也就是说,人只有承认自己作为犯下原罪的"罪人"身份并承担由此带来的恶果,才能够获得救赎。"正如罪孽无处不在一样,赎罪无处不在,神话也无处不在。没有什么东西比永恒的上帝更具世界性"①,波德莱尔如此写道。乔治·布兰就认为,波德莱尔为了让恶的良效完全发挥出来,甚至不惜"为了恶而选择恶",通过"与恶的周旋"②,从反面的道路把人引向善的目标。如果说美对司汤达(Stendhal)来说是"对幸福的承诺"③,那对波德莱尔来说则肯定是"对苦难的承诺"。在波德莱尔所编制的复杂精神构造中,这种"苦难"呈现出与司汤达的"幸福"相同的结构,这就意味着在波德莱尔那里,苦难对人来说何尝不也是一种福气。

无论对发生在自己身上的苦难还是发生在别人身上的苦难,波德莱尔都给予礼遇,甚至发出礼赞。邦维尔在波德莱尔的葬礼上发表的悼念演讲中就谈到了这点:"对于苦难,他毫不掩盖,也毫不否认,反而加以歌颂和赞美,视之为上帝赐予我们的伟大的赎罪手段。"④苦难越残酷,其启示力也就越强,其所启示的意义也就越深刻,而诗人也就越发对它心怀感激。苦难是满足他精神诉求的必不可少的东西,他把这种惩罚看做是精神生活的出发点。基于这样的看法,他在那些为了拯救人而施暴的惩罚者(如军人、行刑者)中寻找真正的圣人。他在创作时把自己的诗歌构想为加剧痛苦的手段,也是出于想要成为真正圣人的愿望。1855 年,就在《两世界评论》将要发表首次以《恶之花》为总标题的 18 首诗作时,波德莱尔向这份杂志的秘书维克多·德·马尔斯谈到想

---

① 《理查·瓦格纳和〈汤豪舍〉在巴黎》,《全集》,第二卷,第 800 页。
② Georges Blin, *Le Sadisme de Baudelaire*, Paris, Corti, 1948, pp. 109, 110.
③ Stendhal, *De l'Amour* (1822), Michel Lévy Frères, 1857, p. 34, note 1.
④ Théodore de Banville, « Discours nécrologique », in *Charles Baudelaire, souvenirscorrespondances. Bibliographie, suivie de pièces inédites*, Paris, Chez René Pincebourde, 1872, p. 137.

为这些诗写一篇"非常漂亮的跋诗"：

> 这篇跋诗（是致一位夫人的）大致表达如下内容：让我安心享受爱情吧。——可是不——爱情不会让我安心。——天真卖萌和殷勤体贴叫人恶心。——你要是想讨我欢喜，让我春心激荡，那你就必须要冷酷、说谎、放肆、下流，并且做一些偷鸡摸狗的勾当——你要是不愿意这样，我会揍扁你，用不着大发雷霆。因为我真正代表着嘲弄，而我的病绝对是不治之症。——就像你看到的，这构成一个漂亮的可怕焰火，一个与致读者的序诗相呼应的名副其实的跋诗，一个真正的结语。①

波德莱尔的这种怪癖与其说是出于对病态审美趣味的偏好，不如说是来自于一种严厉的内省。他的这种乖戾态度显示了一种反抗的姿态，是对犯下过错而必须还债的人所处的虚弱无能状态的反抗。他之所以甘愿承受苦难，也愿意让别人感到痛苦，并且培育"恐怖的趣味"直到残酷的地步，是因为生活中的不幸可以让人看清楚存在的真相，把人引向超越的精神境界。愤怒把毁灭的冲动变成一种强烈而激进的冲动，其作用就是促使人"喜欢痛苦，承认它是一种恩惠"，让苦难生出"贵族般高贵的美"②。受苦遭罪，这是一种获得救赎的方式。拒不让人承受天赐的苦难，就是剥夺了他获得救赎的最好良机；相反，必不可少的痛苦和恶毒等同于祈祷，是赎罪的手段。诚如乔治·布兰所言，这也许是"唯一可用以确诊并祛除不洁的方法，好像这种用猛药治病救人的方法本身就是让人回心转意的正道"③。这种回心转意是通过痛苦和恶来实现的，其最终结果是让人获得良知，敬服于神意的良善。正是因为有这一层，波德莱尔才会大谈自己书中的"天主教观念"④，并且大大方方地坦言自己

---

① 波德莱尔 1855 年 4 月 7 日致维克多·德·马尔斯信，《书信集》，第一卷，第 312 页。
② 波德莱尔：《艾杰西普·莫洛》（《Hégésippe Moreau》），《全集》，第二卷，第 160 页。
③ Georges Blin, op. cit., p. 72.
④ 在 1861 年 4 月 1 日致母亲信中，波德莱尔在谈论自己的诗集时顺便提到担任他母亲神修导师的卡尔丁（Cardine）神父，说这位先生"根本没有搞懂这本书是从一种天主教观念出发的"（《书信集》，第二卷，第 141 页）。在《德拉克罗瓦的作品和生平》一文中，波德莱尔还借用他所仰慕的这位艺术家的话写道："'只有通过痛苦、惩罚，通过理性的逐渐训练，人才能一点点地减少先天的恶意。'因此，出于简单的良知，他转向了天主教的观念。"（《全集》，第二卷，第 767 页）

骄傲于"写出了一部通篇只散发出恶的恐怖和丑陋的书"①。

波德莱尔对人的灵魂的认识是从最丑恶的方面切入的,也就是说从我们不愿意看到的那一切开始的。看到他挖掘人的灵魂就像是在疏通下水道,这没有什么可以吃惊的。发出臭气的并不是波德莱尔,而是我们这些自以为干干净净的人,我们往往由于无知还俗里俗气地对自己抱有的幻想表现出志得意满。波德莱尔之所以怂恿他的读者去行骄奢淫逸、纵情声色之事,为的是让他们接下来受到惩罚,见识痛苦所带来良效的余味。荒淫、放浪、享乐必遭惩罚,毫厘不爽。有此一端,行恶之人在恶的道路上就会踌躇再三,不想欠下恶债,以免百倍偿还。这就是从最不好的东西中提取出最好东西的技巧,这就是所谓以毒攻毒之法。波德莱尔主张这样一种人生哲学,其目绝不是为了传播和推广恶,而是为了把人身上的恶障连根拔除,让人在行动和意志两方面不犯根本性的错误。

在波德莱尔的作品中,《比斯杜利小姐》是最能够让人看清楚恶的精神意义以及恶与救赎之间紧密关系的篇什之一。这篇散文诗在展现反恶为善方面颇具代表性。故事结尾处的祈祷感人至深,具有独特的分量:

> 当一个人懂得散步和观察,他在大城市里什么样的怪事碰不到呢?生活中愚昧懵懂的怪物多如蚂蚁。——主啊,我的上帝!您是造物主,您是主宰者;您创立了法则和自由;您是无为而治的君王,您是宽恕众生的判官;您满是动机和原因,您也许在我们的精神中植入了对丑恶的爱好,为的是让我们回心转意,就像用手术刀疗治恶疾一样;主啊,发发慈悲吧,可怜可怜这些疯狂的男男女女!啊,造物主!在您眼中还有什么怪物可言吗?因为只有您通晓一切,知道他们为何存在,知道他们怎样被创造出来,也知道他们怎样才能够不被创造出来。②

由于没有什么东西在强度和深度上可以与宗教上的恐惧和爱的情感等量齐观,波德莱尔便在自己的诗歌和哲学中选取了这些情感,并且对之加以强化。由于恶在现实中占据着支配地位,我们看到,波德莱尔的审美观总是把我们带

---

① 波德莱尔1857年7月20日左右致阿奇尔·富尔(Achille Fould)信,《书信集》,第一卷,第416页。
② 《全集》,第一卷,第355—356页。

回到恶的现实中,但又从来不迷失精神的视野。对于恶的感觉,甚至对于恶的迷醉,必然会唤起相反的情感。上帝的宽恕中应当包含着惩罚。犯下罪过的人由于饱受惩罚的痛苦而对善怀有强烈的情感,这让他不会真正怀疑自己有得到宽恕的可能。

萨特认为,在波德莱尔那里,"为恶而作恶,这恰好是故意去做与人们继续肯定为善的事情相反的事情"①,也就是说,这是在人们大唱所谓"善"的高调时故意反其道而行之。这种故意为之的反调不是为了反对真正的善,而是为了反对庸俗、浅薄甚至虚伪的"善"的观念,其目的是为了让人看清楚什么是恶,其中也包括"善"中的恶,是为了让人对"恶的意识"始终保持警觉,而这正是波德莱尔唯一的真正幸福,是他的"唯一慰藉"和"唯一荣光"②。归根结底,"为恶而作恶"的最终目的实则还是为了做与恶相反的事情。作了恶而不自知,这在法律意义上可能不算大罪,但这在精神意义上却是全然可悲的;相反,为了恶而存心作恶,执意要做一个恶人,这在法律上罪无可恕,但在精神上却又没那么可悲,因为存心作恶的人知道什么是恶,他对恶有清醒的认识,这份清醒认识的价值要远超于犯罪的快感。只有被看清楚的恶才有可能得到疗治,相反,没有被认识到的恶却会一直存在下去。波德莱尔就此写下这样一句鞭辟入里的话:

> 作恶永远都是不可原谅的,但知道自己是在作恶则还是有几分可贵的;最不可救药的罪孽就是糊里糊涂地作恶而不知其恶。③

乐于与丑恶周旋,这是一个可怕的游戏,在这个游戏中,由恶激起的隐秘情感同时既被祈求又被祛除。这个游戏中包含着某种英雄主义的因素,它既是恶的完成和实现,又是对恶念和罪过的惩罚。恶既是魅惑又是恐怖,其派生出来的形式多种多样,有施虐,有自虐,有恋尸癖等,不一而足。恶以其引起的苦难和惩罚让我们保持清醒的意识,让我们带着清醒的意识去追寻伟大的观念、高贵的情感和真正的幸福。由此可见,波德莱尔所"歌颂和赞美"的并不是恶本身,而是恶之花。所谓"恶之花",就是从恶中发掘出来的美;所谓"恶之

---

① Sartre, *op. cit.*, p. 87.
② 《不可救药》,《全集》,第一卷,第 80 页。
③ 《伪币》,《巴黎的忧郁》,《全集》,第一卷,第 324 页。

美",就是时刻让人保持警醒的"恶的意识";所谓"从恶中发掘出美来",就是要深深地一头扎进人心的黑暗处以及恶在世界上的种种表现之中,带着赞赏、嘲讽和邪恶的复杂情愫,在魔鬼的面具后面不仅要发现对于罪恶的癖好,也要发现"对无限的兴趣"和"对未知的渴望",要在审美和伦理的层面上让那些奇特的斩获发出光芒。

这种近乎于基督教的认为可以把恶转化为善的看法,正是波德莱尔思想的基石。我们在波德莱尔的作品中可以看到诸多对基督教关于罪与赎罪方面言论的回应。他在《论笑的本质》(《 De l'essence du rire 》)一文中写道:"由堕落所导致的那些现象将成为赎罪的手段。"①他在一封给友人的信中也谈到了这层意思:

> 我于是思考这样一个问题:现代的荒唐和愚蠢自有其神秘的效用,而为了恶所做的事情在某种精神机制的作用下,通常可以转化为善。②

在这种以恶达善的过程中,虽然起点是邪恶的,但最终结果却有赎罪之功。当苦难能够让罪人回心转意,对自己的罪过深表悔恨并坚定了自己向善的决心,它也就发挥了治病救人的功效。这就是波德莱尔想要通过自己的形而上思辨所解决的一个既属于美学又属于伦理学的问题。

波德莱尔怀着真诚坦率所歌唱的情感,是惋惜、内疚、悔恨之情。惋惜产生于现实事物与理想之间的差距;内疚是知道自己做错了事情而感到的惋惜,是一种纯然的负罪感;悔恨在内疚的基础上更进一步,它植根于内疚而又超越于内疚,因为它包含着所犯罪过带来的痛苦。这种痛苦是构成悔恨的基本元素。悔恨之举让有罪之人憎恶并惩罚自己;他不仅接受苦难,而且还寻找苦难,把苦难看做是自己悔恨的表达和实现;如果外部没有让他遭罪,他还要自己惩罚自己,其心诚意切由此可见。

由恶变善的第一个举动就是承认自己犯了罪,把自己判定为罪人。这的确是任何改邪归正的第一个条件,因为意愿只有在智慧中才能生根。就像一句古老格言所说的,"承认罪过就已经得到一半原谅"。相信自己有罪的人属

---

① 《全集》,第二卷,第528页。
② 波德莱尔1856年3月13日致阿斯里诺信,《书信集》,第一卷,第340页。

于帕斯卡尔所说的"正直之人",而相信自己正直的人却反而是不可救药的"有罪之人"①。懂得憎恨自己的人也懂得寻找真正值得爱的存在;唯有这样的人才懂得通过怎样的途径去寻找那真正的唯一美德。波德莱尔之所以不能够看着自己的心和身体而不憎恶,就是因为他知道什么才是真正值得敬慕的存在。人的伟大并不是来自于他自身的完美,因为完美根本就是不可能达到的;人的伟大在于他虽然身处不完美的状态之中却依然抱有对于完美的观念,知道什么才称得上完美。这种奇特而深刻的哲学在让人承认自己卑下甚至可憎的同时,也让人下定决心要洗心革面、重新做人,向着高处飞升,向着神明靠近。必须要有这种自我处罚,人才会有自知之明,才能够做到乔治·巴塔耶(Georges Bataille)所说的"彻底自爱"②。波德莱尔带着对于恶的苦涩快意而信奉恶魔主义。在他那里,恶主义应当被看做是一种经过"乔装改扮"的宗教,其所具有的启示功能不亚于上帝崇拜;这种崇拜魔鬼的宗教通过"后门"让人进入宗教情怀。

波德莱尔清楚地懂得,痛苦的翻耕就是"上帝的耕作"。他在《人工天堂》中对之发出这样的赞美:

> 小一些的灾难不足以显示上帝的意图。(……)痛苦是他做事的手段。啊!地震犁出的沟多么深!啊!(……)痛苦的翻耕多么深!上帝的耕作就是需要这么大的动静。通过一个夜晚的地震,他为人建造起千年的舒适居所。从一个孩子的痛苦中,他提取出辉煌的精神收获,而这是用其他方法收获不来的。不用这么凶悍的犁头,是翻动不了硬土的。地球,即我们的星球,人的居所,就是需要震一震;而痛苦作为上帝的最强工具则更是经常必不可少的;——是的(……),痛苦是神秘的地球之子所必需的。③

温情脉脉和清新单纯都太过简单平淡,而恐怖和痛苦则非同一般,可以带来有

---

① 帕斯卡尔在《思想录》中把人分为两种:"一些是正直之人,他们相信自己是有罪的;另一些是有罪之人,他们相信自己是正直的。"(Pascal, *Pensées*, *op. cit.*, p. 237)

② 乔治·巴塔耶在《文学与恶》(*La littérature et le mal*, Paris, Gallimard, 1957)一书中谈到波德莱尔的自我处罚时写道:"人不自责,就不能彻底自爱。"(第 27 页)"我认为,人务必要反对自己;如果他不是谴责的对象,他就不能够认识自己,不能彻底自爱。"(第 31 页)

③ 《全集》,第一卷,第 514—515 页。

力得多的冲击、剧烈得多的震撼和强烈得多的激荡。波德莱尔师法"上帝的耕作",从事自己的"痛苦的炼金术",不仅仅是为了以此激发自己的想象力,满足自己对于强烈意象的需要,而且也是为了构设一种能够把人引向神圣经验的深度道德,为了带来他在《现代生活的画家》中所说的"精神的丰富性"、"残酷而尖锐的启示性"和"不可胜数的思想",而这一切让"恶的特殊美,丑恶中的美"变得宝贵,成为"纯粹的艺术"①。这种能够在最令人反感的不和谐现象中发现美的能力,正是波德莱尔美学要旨的敏锐和深透之处的体现。

在美学上把恶赞美成一种具有启示性的经验,这与炼金术中想要达到与造物主沟通的玄秘经验有一些相通之处。炼金术意在将粗劣低贱的物质炼化为黄金,在炼化中特别看重物质的腐败过程,因为决定成败的那些重要因素都是在这一过程中释放出来的。波德莱尔在词语层面实施的虽然是一种象征性的炼金术,但也保留了现实炼金术中神秘和玄妙的特点,其目的就是为了显示玄秘的真知。为达此目的,他选择在感觉放纵引起的精疲力竭中,在恐惧、苦难和"人工天堂"引起的迷狂中,去找寻能够带来洞见的经验。对于他的象征性炼金术来说,"腐败"并非是一个无足轻重的因素。在他的私人生活中,波德莱尔不仅寻找不洁的女人来糟蹋自己,也寻找纯洁的女人来遭他玷污。在他的文学生活中,他从饱受蹂躏的肉体身上,从让他深受其苦的灵魂的败坏和折磨之中,寻找自己诗歌的源泉;他诗意地为这一切赋予节奏和韵律,让它们像传染病一样感染别人。巴尔贝·德·奥尔维利的说法不无道理,他把波德莱尔的诗歌比作"口喷毒液的神圣蝰蛇",不仅"把毒液喷到大娼妇和小婊子的胸脯上",甚至还生出翅膀飞到天上"把蛇毒喷进太阳的眼睛里"②。诗人处在腐败分解的状态。无论什么东西,只要他一触碰,甚至只要他一想到和一靠近,就会受到感染并开始腐烂。对于炼金术士来说,腐烂和分解正是精馏提纯的重要过程,而那些令人振奋的物质就是从这一过程中得来的。艾吕雅精辟地指出:波德莱尔是一个长有"复仇之手"的人,他用这只手"在巨大监狱的四壁上写下的恶毒咒语,将会让这些墙壁轰然倒塌"③。

---

① 《全集》,第二卷,第 722 页。
② 巴尔贝·德·奥尔维利 1859 年 2 月 4 日致波德莱尔信,*Lettres à Baudelaire*, op. cit., p. 56.
③ Paul Éluard, « Charles Baudelaire », *Œuvres complètes*, éd. cit., t. I, p. 916.

作为歌唱恶和罪的诗人，波德莱尔经历着高强度的精神生活。他一生中都背负着恶的沉重压迫，这是在神圣尺度的衡量下所体会到的罪恶感的重负。从这样的观点看，他身上的恶的重负其实就是道德的重负，是为了让他变得贞洁并坚守意志，让自己接受它像法官一样时刻监督自己的所作所为。他诗歌中的那些罪恶污点只不过是一些表面上看到的现象，其实那正是用以施灌最美丽的精神之花的肥料。诗人就像《祝福》一诗中所歌唱的那位不幸的弃儿一样，"在他所喝和所吃的一切之中"，甚至在拌和有"灰尘"和"肮脏唾液"的面包和葡萄酒中，"发现神仙美食和朱红的琼浆"①。通过调动艺术的一切强大力量以最猛烈的方式传达出来的对于恶的感觉，让人们心中对神圣之物的渴求燃烧得更旺，而这对波德莱尔来说正是审美情感的最高形式。"对生活的厌恶"（包括厌恶自然，厌恶自然中天生的放纵，厌恶一切散发着恶的东西）在审美上的对应物就是"对生活的迷醉"，而这种"迷醉"不是指对于生活的感官享受，而是指一种精神的功能，一种精神化了的愉悦，是一个存在个体在与神圣生活相通之际所领受到的享受。诗人抱定自己的精神诉求，感谢上帝为他在痛苦中准备了"神圣的快乐"：

> 感谢您，我的上帝，是您把痛苦
> 当做了圣药疗治我们的不洁，
> 当做了最精美最纯粹的甘露，
> 让强者准备享受神圣的快乐！②

在这里，痛苦被赞颂成来自神的庇护的明证。真正的成圣只有在包含了惩罚时才能够实现。苦难让虚弱萎靡者深感惊恐，而只会让雄健刚强者愈加豪迈。

五、死亡——极端的痛苦经验和精神生活的触发器

"恐怖的魅力只让强者们陶醉！"《死神舞》中的这个诗句最好地说明了波德莱尔美学经验中的一个重要方面。对波德莱尔来说，诗人在生活中必定会与各种各样的痛苦结下不解之缘，因为诗歌创作所要求的是一种前所未有的

---

① 《全集》，第一卷，第7—8页。
② 同上书，第9页。

深广经验,而这种经验又反过来让创作活动本身成为一种在未知领域里得不到任何既有规范扶助和庇护的历险。审美成了一场需要用强力和勇气来应对的搏斗。诗歌不应当仅仅被看做是诗人闲情逸趣的玩意儿或是生活的美丽点缀。心意聪敏、思虑深厚的诗人懂得在自己的诗歌中达成超越于感官和心理层面愉悦之上的精神发现和思想见识。波德莱尔对苦难和恐怖主题的挖掘正是他探察人生真相并达成自己独特精神发现和思想见识的途径。

儒勒·拉福格指出说波德莱尔"对丑总是礼遇有加"[①]。在其宽泛的意义上,这里的"丑"一词当指一切不为传统美学所接受或最多仅仅是作为纯负面因素来接受的那些东西,如罪恶、恐怖、痛苦、死亡等。波德莱尔在这些东西中去发现他的个人悲剧与人类总体存在状况的契合。他摆脱文学传统上的惯常表达方式,以写出更美妙、更痛苦、更内在的新型诗歌,让人领略一种带着恐怖之美的感受。他在诗歌中施行痛苦的炼金术,也施行死亡的炼金术。他对死亡的态度是他对痛苦的态度的极端表达,因为死亡经验本身就是极端的痛苦经验,而且这也是一切经验中最深刻、最高贵并有可能是最独到的经验。

波德莱尔并不喜欢死亡本身,也就是说不喜欢强加在万物和众生身上的盲目宿命。他所喜欢的,是强烈的死亡经验可以为敏于感受的心智带来的崇高精神启示。他像基督徒一样相信,人只有在面临死亡之际才会看到向他完全昭显出来的神圣之物,才会对这既恐怖又迷人的启示心存感激。这种可怕而又包蕴丰富的死亡经验让我们见识美的奥秘和玄妙。

在波德莱尔那里,死亡主题已经深深融进在诗歌视域中。在《巴黎图画》中,除了《耕作的骷髅》和《死神舞》所直露地呈现出来的死亡形象外,死亡还以昏沉的色调潜藏在表现残弱、消亡、老朽和苦难的种种场景之中,代表着存在于人世间的惩罚力量。这让死亡经验成为一种具有"死后仍然活着"或"活着却已死去"的矛盾修辞形式的经验。

波德莱尔把自己的现实感受聚焦在死亡经验上,这为诗歌带来了彻底的"新奇"。通过选择以死亡经验为重心,波德莱尔找到了通达自己作为诗人的愿望的非凡路径。跟苦难一样,死亡给了他一个思考绝对与永恒的良机。他真心渴望让死亡成为精神之花盛开的地方。自波德莱尔开始,诗歌具有了悲

---

① Jules Laforgue, *Mélanges posthumes*, op. cit., p. 114.

剧性，其根源就在于选择了以死亡作为诗歌创作活动的必要援手，以表现死亡来达成对神圣经验的领受。

像一切无限之物一样，死亡对波德莱尔来说是一个既令人畏惧又令人欲求的对象，更准确地说，是一个一直纠缠着他并让他深感纠结的对象。死亡通向肉体的腐败和坟墓的恐怖，但同时也通向位于坟墓另外一头的巨大神秘，通向充满了威胁和希望的"彼岸"世界。这是一个巨大的"未知"，诗人相信在那里还能够发现"新奇"，甚至有可能从自己的忧郁中解脱出来。

对于现代城市中的贫苦阶层来说，死亡就像是一个让人获得安慰、保护和养育的"慈母"，它为所有那些被生命抛弃的孤儿整理好床榻。相反，生存倒成了他们的无情敌人。正是死亡还能够给人以活下去的勇气。"这是生命目标，这是唯一希望"，诗人在《穷人之死》(*La Mort des pauvres*)中发出如此喟叹。①死亡主题和对死亡的神秘思考是波德莱尔作品中挥之不去的顽念。朗松(Gustave Lanson)在其所著《法国文学史》(*Histoire de la littérature française*)中对波德莱尔的评价多有保留，但仍然准确地指出了死亡在波德莱尔诗歌中扮演的重要角色：

> 波德莱尔的唯一观念是死亡的观念；波德莱尔的唯一情感是死亡的情感(……)。波德莱尔虽然并非基督徒，但他深深纠缠于死亡并且心向往之，让我们联想到15世纪处于焦虑不安中的基督教。②

以基督教的观点看，死亡是通向精神再生的途径。死亡的毁灭力量本身并不足道，重要的是其对于通往无限之境的巨大承诺。对于无限的探寻者来说，死亡本身成了体现"万能"的寓托和表示"不朽"的象征。作为凡人，诗人就像敬慕神明和宗教一样对死亡发出礼赞：

---

① 见《全集》，第一卷，第126页。我们似乎可以借用克尔凯郭尔(Kierkegaard)在《致死的疾病》(*La Maladie à la mort*)一书中所写的以下这段话来说明波德莱尔把死亡视为希望的观点："绝望的折磨恰恰是求死不能。这就像是临终者躺在病榻上的状态，等死却又不能够死；不是说还有生的希望；所谓无望，是死亡这个最后的希望也付之阙如。当死亡是最大的危险时，人希望生；但当人看到更可怕的危险时，他就希望死。当危险大到以至于死亡都成为人的希望时，绝望就是那种求死不能的无望。"(*Œuvres complètes*, Paris, L'Orante, 1971, p. 176)因此，求死的希望实则是显示了现实生活的不堪忍受的特点。在这种求死的恐怖希望中，包含着人们从永恒的视角观照有限存在的虚妄时所感到的忧惧。

② Gustave Lanson, *Histoire de la littérature française*, Paris, Hachette, 1951, p. 1043.

> 这是神祇荣光,这是神秘粮仓,
> 这是穷人钱袋和他故国家乡,
> 这是大门洞开通往未知天国![①]

通过这样的礼赞,最腐朽、最败坏之物与最健康、最神圣之物合而为一。诗人就像在施行炼金术的过程中那样,从腐败中提取精粹,将腐朽化为神奇。

对波德莱尔来说,死亡不只是一种关乎个人命运的形式,它更是对普遍意义上"人"的命运的界定。教会很早就懂得把融合了罪和惩罚的死亡形象拿来为我所用,把死亡作为布道宣讲的中心。波德莱尔所行之事与教会有相通之处,把死亡看做是具有先知般洞见的意义之源。我们知道,死亡是教会向凡世发出的最大挑战。教会之所以在布道宣讲中大肆渲染死亡,是为了劝导人面对死亡做好宽恕和赎罪的准备。站在死亡这边的人确信自己会取得最后的胜利,因为死亡比生命更加强大。正是出于这点,波德莱尔在自己的作品中对死亡礼遇有加。死亡的景象让人洞见浮生的无常,为人的意识带来强烈震荡。斯温伯恩也正是因为这点强调波德莱尔诗歌的道德性,他指出说,波德莱尔在创作自己的诗歌图画时,把死亡搬移到现实之中,并且像中世纪的布道者一样,把死和罪分置于自己左右。死亡成了用以进行布道宣讲和精神修炼的工具。在波德莱尔的诗歌中,还没有那个意象具有比死亡意象更厚重的意义,因为死亡同时既是最大的惩罚,也是最大的启示,还是最大的救赎。死亡不是一种真正意义上的逃避,而是对于精神生活的允诺;它以雷霆之势宣示关于永恒的圣言。波德莱尔之所以用《死亡》作为自己诗集的最后一章,其用意就在于以毁灭的景象启示新生的希望,这也许可以与从前使徒们用《启示录》为《圣经》作结的用意相比拟。

六、泪水——人类尊严的明证

波德莱尔与死亡的神秘纠缠,不只是反映出对死亡的焦虑,也反映出一种颇为现代的对空无实质的虚妄浮生的意识。死亡经验可以带来人生的大彻大悟。波德莱尔在《1859年沙龙》中表达了这一观点:

[①] 《穷人之死》,《全集》,第一卷,第127页。

> 在通向你亲人墓地的花蹊一角,哀悼亡人的神奇雕像(……)教导你说,面对那无以名之的东西,什么荣华,什么富贵,甚至祖国,全都不值一提。没有人说清楚过那东西究竟是什么,只是用诸如"也许"、"从来"、"永远"这样一些神秘副词来表达它。人们对那东西各有指望,要么包含着被热切企盼的无限极乐,要么是现代理性用垂死挣扎之举驱赶其形象的无尽焦虑。①

无论是外在还是内在,无论是主动还是被动,一种被认为是危险的处境可以同时给人带来混合着"逃避……"和"向往……"这样的矛盾而复杂的情感。在波德莱尔的巴黎诗歌中,诗人之所以寻求加深与死亡面对面的亲密接触,而不是对之弃置不顾,就是为了从这个伟大的炼金炉中提取出既有毒性又有益于身心的"精粹",让人看清楚什么是污秽和腐败,什么是虚弱和困窘,什么是渴望和理想,什么是端庄和尊严。

波德莱尔绝不与他所鄙弃的那些人同流合污,而是怀着深切的羞愧和耻辱之感,保持着一念常惺的澈悟。他要努力打破法利赛人式的拘谨、褊狭、伪善和平庸,残酷地让人直面生命的真相,领会人生的真意。他认为,人的真实命运只有在凶险的困境和罪恶的举动中才会真正暴露出来,才会实实在在地"坦白"出来。为了让人不至于完全沉沦在昏聩之中,为了让人能够回想起天国的事情,苦难作为来自于神意的惩罚,会起到警告和训诫的作用。如果说纯善的上帝只显现给心纯意洁的人,那在那些内心卑鄙而恶毒的人面前,上帝则是以毁灭者的面目出现的。上帝常常是以"可怕的利爪"②来发出并传播广布天下的讯息。

对波德莱尔来说,恐怖就像是一面镜子,反射出人的存在状况。因而他心仪于恐怖的魅惑,而他在诗歌中所创造的"新的战栗"就是要达到这样的效果,要让人体会"恶的意识"所带来的震撼。他之所以迷恋于能够强化"恶的意识"的负面狂喜,就是因为他要以此时刻提醒自己切不可以放弃自己的独立,切不可以遗忘自己的本位而随波逐流。抱着这样的认识,波德莱尔挺身而出,反对"现代的自负"。在他的心意中,诗人在现代社会中的职能是伟大的具有祭献

---

① 《全集》,第二卷,第669页。
② 语出《小老太婆》最后一行,《全集》,第一卷,第91页。

特点的社会职能之一。他就此在《我心坦白》中写道：

> 只有三种人是可敬的：
> 教士、战士、诗人。知识、杀戮、创造。
> 其他人都是听任使唤和卖苦力的，生来是为了当牛做马，也就是说是为了所谓的"谋营生"。①

此处由知识、杀戮和创造构成的三位一体值得注意。"知识"促使人展开沉思的精神生活，"杀戮"和"创造"直接关系着世界的彻底变改。可以说这三种东西正体现了神的三原则。我们可以在印度婆罗门教的三位一体中，见到与这三个原则相对应的三大主神：梵天（Brahmâ）是创造之神，创造宇宙和万物，主宰着人类命运；毗湿奴（Vishnou）是维护之神，拯救危难的世界，维护着生命和宇宙中的和平，展现赏善罚恶的大无畏精神；湿婆（Çiva 或 Shiva）是毁灭之神，不但能毁坏宇宙，同时能降伏妖魔，具有通过毁灭达成再生和繁衍的能力。这三个原则虽然在基督教中没有被明说出来，但其三位一体中还是暗含有这层意思。"知识""杀戮"和"创造"的三位一体再好不过地体现了那些既神圣又恶毒的神奇力量与清醒觉悟之间的融合。

在散文诗《痛打穷人！》（*Assommons les pauvres！*）中，波德莱尔把作为诗人的自己定义为"行动的精灵"和"战斗的精灵"，不只是一味地"禁止、警告和阻止"，而是着意于"建言、启发和说服"②。这位精灵不乏伟大而可怕的东西，甚至不惧于最丑陋和最不可言喻的事情，只要这些东西能够起到建言、启发和说服的作用。他心中的愿望是如此高贵，以至于他急于要做的事情首先不是对那些有罪之人施以援手，而是急于设法加剧他们的痛苦，震荡他们浑浑噩噩的意识。他对那些能够带来振聋发聩效果的伟大的不幸、伟大的丑陋、伟大的怪物心怀敬意。他在《艺术家之死》一诗的有一个版本中，为我们描写了这样一位直入于"污泥烂土"中去寻找理想的艺术家：

> 必须劳筋动骨苦下古怪功夫，

---

① 《全集》，第一卷，第684页。《我心坦白》中还另有一则，意义相近，文字有所不同："只有诗人、教士和士兵才是人中之杰。歌唱者、祝福者、牺牲和自我牺牲者。其余的人生来是挨鞭子的。"（第693页）

② 《全集》，第一卷，第358页。

> 要把污泥烂土捏在手中把玩，
> 直到理想塑像跃然出于眼前，
> 黯然想到此事不免呜咽泣哭。①

就像波德莱尔在《灯塔》一诗中所展示的那样，艺术创造被认为是人的最崇高、最高尚的事业，其目的就是要在诅咒、亵渎、怨叹、狂喜、呐喊中，在满含泪光的眼睛无声的哀求中，去发现"感恩赞歌"（Te Deum）。诗人在某种意义上代表着波德莱尔在论述爱伦·坡的文章中所说的那种"恶魔般狠毒的上帝"，他"从摇篮起就在准备灾祸，谋划着把一些天使般的才智之士投进敌对的环境中，就像把殉道者投进竞技场"。诗人同时也代表着"神圣的灵魂，注定要被献上祭坛，被判定要通过自己的毁灭来走向死亡和光荣"②。汇成江河湖海的滔滔泪水，是诗人用以书写"感恩赞歌"的词语。《灯塔》的最后一节正是这样一首艺术的"感恩赞歌"，是对古往今来一切艺术创造者的颂赞和宽宥：

> 主啊，我们为把自己尊严显露
> 所能给予的最好明证，的确是
> 那一代一代热切的呜咽泣哭，
> 它来到您永恒岸边方得安息！③

波德莱尔所尝试的历险首先是一种神秘活动。对他来说，统摄一切的是对无限的兴趣和对人的存在状况中种种局限的拒绝。人间的哀伤哭泣既包含着责难，也包含着恳求。哭泣的眼泪既是不尽的流亡之感的宣泄，也是对完美的永恒世界抱有怀想的明证。哭泣是"不满"之情的体现，其所表达的是对另外一种现实的呼唤，是对打破一切局限的渴望，是对澄明的无限境界的向往，归根结底，是对能够在一切方面达于永生的"人—神"特权的索求。这证明我们还有朝着不可能的方向努力的决心，还有用梦想来定义人生境界的意愿，还能够让不可达到的梦想遥远地指引人的行动，激发人的使命感和信心。由此可见，人是海德格尔（Martin Heidegger）在《存在与时间》（Sein und Zeit）中所

---

① 该版本发表在1851年4月9日的《议会信使报》（Le Messager de l'Assemblée）上。《全集》第一卷在注释部分收录了该版本的全文，见第1091—1092页。
② 《论埃德加·爱伦·坡的生平及其作品》，《全集》，第二卷，第296—297页。
③ 《全集》，第一卷，第14页。

说的那种作为"地地道道的超越者"的"朝向远方的存在"。构成恶的根源的那个东西同时也构成精神层面超验神秘历险的出发点。超验性正是通过挖掘和追究存在的虚无才得以彰显出来。经由这样的历险,"对生活的厌恶"与"对生活的迷醉"结合在了一起,同时,审美活动也通过从欠缺和虚无中汲取能量而具有了某种近乎于宗教般的道德蕴意。审美的神秘经验是一种微妙的超自然智能,直达于人心的秘境和神学意义上的奥秘。这种经验是人在尘世间所能够向神展示出来的最大荣耀,因为它能够在当下瞬间让人与神相通,领略神的实质。

波德莱尔心意中所构想的那个地狱如果真的存在,那它一定是永恒的。他对地狱的判断与他对负罪的判断紧密相关。他深受约瑟夫·德·迈斯特和爱伦·坡的激励,质疑"人生而善良""人性本善"的谵妄,反对启蒙思想家(如卢梭等)对"原罪"的否定。在他看来,谁要是质疑地狱的存在,那就表明这人丧失了"负罪感",表明这人不懂得罪为何物,不懂得罪在其本性上是荒诞的、混乱的、有违于神的、致人死命的。相反,相信地狱存在,就意味着要权衡什么才是值得做的重要事情,懂得本体论意义上的恶是人所摆脱不了的最大的恶。关于地狱的信条关联着对于人之本性的形而上直觉,并且包含着想要超越人的寻常经验的最初冲动。这一信条中所暗含的观念可以阐明并佐证帕斯卡尔说的一句谜一般的话:"人无限超越于人。"[①]无论是诗人波德莱尔,还是思想家帕斯卡尔,他们之所以始终纠缠着恶和地狱不放,是因为他们乐于通过对恶和地狱的探究去洞见不可知之物的形象,陶醉于从人类的苦难中发掘出庄严的光辉。恶和地狱带来的惩罚能够让我们强烈意识到我们自身的不完美,而我们自身的不完美正是对神的完美的明证。想要脱凡入圣、向神看齐,这是人的不幸,但这同时也是人的尊严的最好明证。造成人生在世的悲剧(或喜剧)的终极原因就在于此。

对波德莱尔来说,人的全部尊严在于对恶的清醒意识,在于对我们的苦难和败落处境的了解和认识,在于对原初完美的追忆和对重返乐园的渴望。认识到自己可憎和可悲,并且承认这一点,这是人的伟大之处。他所忍受的一切

---

① Pascal, *op. cit.*, p. 199, note 1.

苦难,就像帕斯卡尔所说的,是"大领主的苦难,被褫夺了王位的君主的苦难"①。如果说人是自然界中的一根脆弱的芦苇,那他也就如帕斯卡尔所定义的那样,是一根"会思想的芦苇"②。他在苦难之中知道自己为何遭受苦难;他在死亡之际知道自己为何走向死亡。虽然他不能在空间和时间的维度上达至永恒,但他懂得在自己的思想中去经历永恒,懂得努力让自己如何正确地"思想",懂得在自己思想的法则中找寻自己的尊严。有尊严的人是拥有伟大灵魂的人,这样的人懂得以一种清醒的"有学问的无知"来对抗那种懵懂的"天然的无知"③,而所谓"有学问的无知",指的是人的灵魂在遍历人类所能知道的一切之后,才发现的自己所处的无知状态。它是一种了解到人的知识的局限并且能够认识到自己无知的学问,是一种具有自知之明的态度,是一种把自己的学问归结为终极无知的智慧。这是人的灵魂达到的一个极高级的境界。对于人来说,最可悲的不是强加在他身上的苦难,而是精神上的蒙昧昏聩让他对与生俱来、代代相传的罪和恶视而不见。

七、波德莱尔式宗教经验:不信教者的信仰

波德莱尔的诗歌散发出"恶的丑陋和恐怖",可以看做是恶作用于诗人在尘世的命运和存在状况的结果。但这些诗歌中不只有恶的丑陋和恐怖。通过以苦难作为赎罪的手段,透过恶的丑陋和恐怖,这些诗歌又化腐成奇,让人瞥见救赎的前景,让人起超凡入圣的向往,感激神意的公正和慈悲。自他开始,恶的丑陋和恐怖成为新的诗歌艺术的源泉,其所引起的反响将回荡在后来的整个现代诗歌中。在现代,对已然失去的神圣性的追怀越深,痛苦和死亡就越发令人痛切难当。我们在波德莱尔的城市诗歌中可以看到,在对一个全新的现代现实进行的形象呈现背后,几乎始终存在着对于宗教经验加以追怀的背景色。

不论是在他个人还是在他诗歌的深处,波德莱尔始终保持着一种与帕斯卡尔的基督教信仰相去不远的宗教情怀。他的宗教情怀看上去就是为了确立

---

① Pascal, *op. cit.*, p. 178.
② Ibid., p. 161.
③ Ibid., p. 155.

两件事情：一是由原罪带来的天然的败坏，一是神的救赎。尘世间的一切都是天然本性膨胀的结果，而在他看来，天然就意味着挥霍、堕落和贪欲。他对于世界和人之本性的悲观态度，可以说不是出于心中的千百种空幻奇想，而是他经过深思熟虑和理智推论的结果。他故意偏离正道，自觉地在通常的规范之外去追逐一个难以捕获的目标，用他紧张到极点的全部神经发出最高级的呜咽，呐喊出最高贵的绝望。他就像是一位由于自己的罪过而被钉在十字架上的可怜诗人，其所歌唱的并不是一己的凄惘、情场的失意、偶尔的忧伤。那一切只不过是表面形式。在他歌声的深处回荡着的，是感官的永恒激动过后灵魂的永恒苦楚和怨愤，是丧失了神圣意义的生活所带来的无可救药的屈辱，是不再盛有荡涤罪孽、敬神崇圣的美酒的酒杯中的可怕残渣。他所做的，就是借用当下瞬间的丰富和强度，从生活的恐怖中发掘出高贵的意义。

就像是被投进兽群的殉道者一样，波德莱尔顽强地让自己做一个表现当前的"黑暗"的画家：

> 身处凄惶无边的地窖中
> （……）
> 我像个画家，唉！上帝弄人，
> 判我画在黑暗的画布上。①

当前时刻对本来十分憎恶现实的诗人来说之所以如此重要，这也许是因为能够让人生发宗教情怀并建立信仰的最后一个领域就是世界的黑暗和人们遭受的痛苦，而他所身处的当前现实正是这样一个充满黑暗和痛苦的地方。波德莱尔用精神生活的伟大来对抗物质生活的渺小。在那些主张所谓"进步"的人士着力于通过增加物质财富来解决人生和人性的问题时，波德莱尔所思考的则是如何还人以精神的尊严，而这才是他所认为的唯一的和真正的进步。当波德莱尔去世时，一位记者毫不犹豫地如此写道：

> 波德莱尔借一切机会公开宣示自己的信仰，这是一种深刻的、天主教

---

① 《幽灵》（之一，《黑夜》），《全集》，第一卷，第 38 页。波德莱尔在此处套用了雪莱在《伊斯兰的起义》(The Revolt of Islam)中的两句诗："这就好比一位大画家把画笔 / 蘸满地震和日食的黑色墨水。"波德莱尔还在《人工天堂》中引用了用法语翻译的这两句诗（见《全集》，第一卷，第 476 页）。

的、来自罗马教廷的信仰,其所依据的是古代教会的神父们所奠立和捍卫的基督教学说。①

这话说得未必完全得当,但说话者至少看到了波德莱尔对于精神灵性的倚重。

波德莱尔不只是在外在的环境中,而且也在内心意识的黑暗中去寻找宗教的精灵。然而应当指出的是,波德莱尔心中充满的宗教情感不是那种可以被称作"与上帝同在"的东西,恰恰相反,他的宗教情感在表现出来时,往往带有败坏、绝望甚至渎神的特点,而且尤其表现在他对生活的憎恶和他强烈的悲观主义中。

波德莱尔究竟是不是天主教徒呢? 从严格意义上说,不是的。他与社会秩序的决裂如此决绝,让他不能够附和教会的那套社会性说辞,因此他也不可能顺从教会在形式上的那些繁文缛礼的规定。他诗歌中对宗教语汇的使用包含着太多的模棱暧昧的因素,因而很难说他真的满足天主教设定的种种前提。他愿意信仰上帝,但他却信仰了魔鬼。他愿意在理论上信仰上帝,信仰上帝本身胜过上帝的作品,但他却出于自己的人生经验而无可救药地信仰了魔鬼,信仰魔鬼的作品胜过魔鬼本身。他在作品中发出的许多告白,都证明了他坚持不懈地想要找到上帝的决心和想要抵抗黑暗的攻击的努力。然而,波德莱尔与帕斯卡尔不同,不满足于到教会中去寻找绝对、无限和永恒。无论什么手段,只要能够把他领向精神生活,只要能够廓清至为紧要的问题——恶的问题,在他看来都是好的。在他美学思想的结构和他精神生活的观念中,恶和罪挥之不去,甚至占据着统摄地位,而恶和罪的纠缠又定然是属于灵性和宗教层面的问题。

在波德莱尔那里,他思想中最真挚的那个部分往往是通过否定的形式或是在逆向思维中显现出来的。当他歌唱魔鬼的作品时,他把魔鬼的作品看做是人们为了摆脱严酷的尘世生活状况而做出的举动。天主教信仰的反面,即整个关于魔鬼的神话,激发着他的热情,丰富着他的思想。他有时候甚至发生诅咒上帝的事情,这是因为他要求太高,因为他感到上帝没有给予他更好的保护以让他抵御魔鬼的袭扰。他那些亵渎神明的话与其说是异端邪说,不如说

---

① E. Bauer, « Nouvelles du jour », *La Presse*, 10 septembre 1867.

是表达了他需要有一个能在尘世间履行自己一切承诺的弥赛亚的愿望。波德莱尔的渎神之举不是真的否定上帝,因为他既没有否定信仰的必要性,也没有否定赎罪的必要性。这仍然是一种通过否定表达出来的信仰。波德莱尔在潜意识中怀有一种没有任何东西可以平复的渴望,并且深受其煎熬,这让他这位渎神者不由自主地成了一位有信仰的人士。就像在他的一切文字中所显示出来的那样,波德莱尔对于绝对、完美和拯救的诉求是隐藏在恶的光辉背后的。他通过咒骂、反讽和对丑恶的观照,曲折地传达出自己所崇敬的东西之所在。他言必称魔鬼,而这仍然是为了崇拜真正的上帝,因为他深知,只有在面对上帝时,魔鬼才成其为魔鬼。在恶魔的面具背后,隐藏着一位怀着深切的宗教渴望追求精神灵性的诗人的真实面孔。"这位邪恶而虔信的善人,这位钻牛角尖的良心论者,这个跪拜在地上而又面带讥讽之色的该诅咒的波德莱尔"①,普鲁斯特不由得发出这样的感慨。

《恶之花》的诗人是否信教的问题始终都是争论的对象,而且始终都像谜一样难解。波德莱尔本人的表现暧昧不明,他自己的说辞充满矛盾,他身边的人的证言也各执一词。可以想象,出于反对当代世界把物质进步奉若神明,波德莱尔倒是宁愿显得像一个天主教徒的,愿意让自己的世界中有基督教的一面。因而他向自己的法定监护人昂塞尔先生坦言自己对耶稣会士有"好感"②,并且他自己也确实欣赏他们的艺术。按陪伴波德莱尔直至最后一刻的好友阿斯里诺的说法,波德莱尔直到临终都保持着清醒的神智,在他的要求下,他在去世时被行了圣事。这可能让有些人高兴,也可能让有些人难堪。波德莱尔的母亲奥毕克夫人在诗人去世后回顾说,自己的儿子"近几年来对宗教有了一些好感"。她还据此要求阿斯里诺不要重印他儿子的那首《圣彼得的背弃》(*Le Reniement de saint Pierre*),以维护他儿子的名声,因为她相信,要是她儿子现在还活着,肯定不会再写出这样的东西来了。③ 事实上,波德莱尔对宗教的"好感"也许并不完全是像她母亲所想象的那种。这种"好感"在很大程

---

① Proust, «Àpropos de Baudelaire», *Sur Baudelaire, Flaubert et Morand*, op. cit., p. 129.
② 见波德莱尔 1864 年 7 月 14 日致昂塞尔信,《书信集》,第二卷,第 388 页。
③ 见奥比克夫人 1867 年 11 月致阿斯里诺信,该信收录在 Eugène Crépet, *Charles Baudelaire*, op. cit., pp. 268-270. 书中将写这封信的时间误作 1868 年 11 月,后据克洛德·皮舒瓦考证,当为 1867 年 11 月。

度上包含着"表演"和"与世界作对"的因素,就像诗人自己在1865年写给圣-伯甫的一封信中坦言的那样。他在这封信中谈到了他与普莱-马拉希之间玩的游戏:

> 我们最大的乐趣之一,是他竭力扮成无神论者,而我尽量装成耶稣会士。您知道,为了反其道而行之,我可以成为虔诚的人,同样,要让我成为亵神渎圣之徒,只需要让我接触一位邋遢(肉体和灵魂都邋遢)的神甫就够了。①

在波德莱尔因中风住进修道院医护所后,他在照看他的那些修女们眼中不只是一个不需要宗教的人,而且简直就是魔鬼的化身。那些修女们用过分的热情去折腾他,想强加给他一些宗教举动,比如吃饭时希望他能做一个划十字的动作,或是让他表现出哪怕是最基本的信仰,他要么闭上眼睛假装睡觉,要么把头扭向一边,总之不愿意让她们满意,也许是不愿意被她们统治。整个医护所对此还有些不高兴。有人记下了波德莱尔从这家医护所转移出去后修女们的反应:

> 修女们都跪了下来,热泪盈眶,喷洒圣水清洗她们那位可怕的病人待过的地方,直到看见她们急忙找来的驱魔教士披着神袍出现在眼前,这才静下心来。她们终于高兴了,觉得摆脱了魔鬼,仿佛撒旦本人离开了她们这个中了邪的地方!②

修女们和修道院院长得出的结论是,她们的这位病人缺乏宗教信仰。

然而,事情往往不像表面显现出来的那样简单。在波德莱尔的问题上,很难简单地用信教或者不信教来进行概括。在有一次权威的波德莱尔学者们就这个问题进行讨论时,丹尼尔·乌戛(Daniel Vouga)所作的总结虽然语焉不详,倒是很好地反映了在这个问题上难以达成一致意见的状况:

> 波德莱尔不是基督徒,但同时(……),从他进行的思考,尤其是从他的人生经验来看,他又是上了档次的基督徒,是比好多基督徒都更实实在

---

① 波德莱尔1865年3月30日致圣-伯甫信,《书信集》,第二卷,第491页。
② G. Barral, « Souvenirs sur Baudelaire. La Maladie et la Mort de Baudelaire. II. La Mort de Baudelaire », *Le Petit Bleu*, 31 octobre 1907.

在和更深刻的基督徒。①

说来说去,他到底是还是不是基督徒呢?我们认为,研究波德莱尔的宗教,其意义不在于回答这个问题。如果说他没有宗教,那他作品中展现出来的世界和他思想所达到的境界则都是不可想象的;如果说他有宗教,那他又的确不属于具体的这种或那种宗教,因为他对大家所了解的一切宗教都抱有几分审慎的保留态度,就像他在 1864 年写给昂塞尔先生的一封信中所表示出来的那样:

> 当我哪天陷入绝对的孤独之中,我会去找一个宗教(西藏的或是日本的宗教),因为我实在看不起《古兰经》(*Le Koran*),而到我临死之际,我将会弃绝这个最后的宗教,以表明我对世间普遍愚蠢的憎恶。②

波德莱尔不是基督徒,甚至也算不上广义上的教徒。他就是一位诗人,一位满脑子有着形而上思辨的癖好并深怀精神使命感的诗人。他在自己的创作中借用了一套宗教语汇,但这并不意味着为具体的这种或那种宗教张目,而仅仅是以此作为构筑起自己的象征世界、开发个人思路和言路的手段。如果说波德莱尔坚持捍卫着某种宗教,那一定是一种属于他个人的宗教;如果说波德莱尔依然守护着某种信仰,那一定是一种非常个人化的独特信仰。这就好比他弃绝一切的信念而为了只捍卫他自己的信念。他在一篇笔记中确实谈到了这层意思:

> 我没有信念,没有我这个世纪的人所理解的那些信念,因为我没有野心。
>
> 我身上没有建立某种信念的基础。
>
> (……)
>
> 然而,我还是有一些信念的,是更高意义上的信念,是我这个时代的人所不能够理解的信念。③

---

① Daniel Vouga,《Baudelaire est-il chrétien》,*Journées Baudelaire*, Bruxelles, Académie royale de Langue et de Littérature françaises, 1968, p. 153.
② 波德莱尔 1864 年 11 月 13 日致昂塞尔信,《书信集》,第二卷,第 420 页。
③ 《我心坦白》,《全集》,第一卷,第 680 页。

他最大的信念之一也许就是要有一种自我的道德："做自己的伟人和圣人"，这就是他所说的"唯一重要的事情"①。

波德莱尔的宗教完全不是只局限在基督教的范围内。波德莱尔既不是热情的基督徒，也不是边缘的天主教徒，既不是冉森派教徒，也不是新教徒，但他却又同时是这一切，甚至比这还要更多。保尔·阿诺德（Paul Arnold）在其所著《波德莱尔的上帝》（*Le Dieu de Baudelaire*）一书中，恰如其分地指出说："波德莱尔是最当得上诗人之名的诗人，（……）其作品中包含有足够的智慧可以融汇一切的智慧，包含有足够的宗教情怀可以回应一切的宗教，包含有足够的痛苦可以唤起一切的慈悲。"②尽管他有可能憎恨所有的现实宗教行为，尽管他有可能不屑于甚至嘲笑一切拘泥于形式的宗教仪式，但他仍然可以被称作是一位有信仰的人。"他当然是有信仰的"，纳达尔在诗人去世后数日以断然语气做出如此定论，以回击有些人对波德莱尔的攻击。③ 我们可以说，波德莱尔的信仰不在于具体的这个或那个宗教，而在于一种宗教情怀，在于对心中有上帝的神圣经验的执着和对超凡入圣精神境界的追求。我们通过研究波德莱尔的宗教可以看到，无论他对宗教有着怎样的言论和行为，宗教情怀始终都处在他精神生活的视野中，并且也存在于他美学思想的结构中。波德莱尔是一位具有强劲思想的人，他在文学创作中实践会通之法，把各种宗教熔为一炉。无论道路如何多样和不同，他都能殊途同归，最终找到同一个上帝和同样的普世讯息。的确，在形而上思辨和灵性活动的最高层次上，那些具有伟大精神的人，无论是基督徒与否，往往都不谋而合，其对"绝对"的看法往往都是一致的。具体的宗教只不过是一件外衣，"神圣性"才是其中的实质。叫法可以各不相同，但却又万流归一，其要旨万变不离其宗。波德莱尔用艺术表明自己的宗教情怀，但同时又力戒让自己成为任何宗教的仆从。

上帝对波德莱尔来说是存在的吗？这始终是一个问题。但有一件事情是确切的，那就是，波德莱尔的世界观，他的精神价值体系，他对人类生存状况的思考，他对"物质化"生活的批判，都是建立在确信存在一个在空间上无限、在

---

① 《我心坦白》，《全集》，第一卷，第695页。
② Paul Arnold, *Le Dieu de Baudelaire*, Paris, Savel, 1947, p. 9.
③ 见纳达尔发表在1867年9月10日的《费加罗报》上的文章。

时间上永恒的"绝对者"这样一个基础之上的。要是没有这一确信,波德莱尔的美学世界和伦理世界就会轰然崩塌。正是借助这位"绝对者"的光芒,我们才得以对波德莱尔世界的各个角落详加考察。波德莱尔深知,这位"绝对者"是一个纯粹的理想,是一根可以让他借以超越庸凡生活的魔杖。这是人的意识所能达到的最高点。这是发出照亮人生之光的光源。公允地说,波德莱尔是一位不信教但却深具宗教情怀和信仰之心的人。他所追求的精神灵性与宗教的旨趣一脉相通。

作为一位精神灵性论者,波德莱尔却又并不逃避现实人生。尽管他懂得表现我们最高远、最纯洁的向往,但这位追逐理想的诗人却一点也不漠视那些把我们拉回到地上的诱惑和召唤,这让他的作品成为理想和现实的碰撞之地,震颤着古代决斗般刀光剑影的搏杀。他苦于没有能力在值得骄傲和自豪的高度上实现自我,达成自己超凡入圣的命运。太过高远的理想成了他的痛苦和忧郁的根由。但对理想主义者来说,痛苦和忧郁远比没有憧憬的人生更有价值。人被创造出来,不是为了过一种动物般的生活。然而,一个真正的问题是:波德莱尔真的完全相信某个东西吗?萨特就认为,波德莱尔的真正痛苦也许就在于,"对任何他所思想的,对任何他所感受的,对他的任何一种痛苦,对他的任何一种吱嘎作响的快乐,他都不完全相信"。但萨特紧接着加上一句:"可是我们不要搞错;不完全相信,这并不就是否认。邪曲的信仰中仍然带有一些诚心。"[①]波德莱尔的诗歌中所包含着的,与其说是确定无疑的信仰,不如说是一个不愿意沉沦并始终对自己的命运加以追问的灵魂所发出的绝望的呼号。这种呼号是那些并不真有信心却仍然呻吟着寻找信念的人所发出的最动人心扉的怨诉。由于找不到上帝,波德莱尔过着苦难的生活;由于过着苦难的生活,他又努力寻找着上帝。通过接受一个他并不完全信奉的上帝,波德莱尔所获得的首先是对精神境界的要求。因而可以说,苦难是迈进一切精神壮举的门槛。

八、走向深层的精神生活:唤起每个人意识的觉醒

波德莱尔不是一个谨守教规、严格按教义行事的宗教徒。他信奉的逻辑是艺术的逻辑,他信仰的宗教是艺术的宗教。他借用宗教语汇,只不过是为了

[①] Sartre, *op. cit.*, p. 101.

在诗歌创作中达成艺术维度和宗教般精神维度的融合。艺术对他来说占有能够代替神学的地位。在他的美学世界中,艺术创作返回到存在的本质层次,艺术品的创造成为生命创造的根本形式,赋予人世的生存以充足的理由。艺术代表着对于生命的沉湎和对于生活的热爱,而为了穷究普遍生命和普遍生活的奥秘,艺术家甚至不惧于超越一切的矛盾和局限,敢于怀着纠结的情感并带着苦涩的快意,去尝试自我摧残的享乐主义,去奉行自我折磨的禁欲主义,去实行无拘无束的自由主义。艺术不仅是诗人的基督,更是人生的基督,让人在苦痛的自剖中寻求光明的图景,在灵魂的历险中实现自我的拯救。

在波德莱尔笔下,以《巴黎图画》为代表的表现城市现实生活的诗歌大都带有鲜明的精神沉思的烙印,而这种精神沉思之所以重要,就在于它处在对形而上焦虑的揭示和对诗歌功能的思考这样一个结合点上。换言之,这种精神沉思既关乎于拯救的使命感,又关乎于艺术成功的希望。诗人就是要以艺术的成功来实现拯救的使命。

波德莱尔的"美学—伦理"经验充满着矛盾和悖论,具有双重性乃至多重性的特点。在创作过程中,诗人游走在两种意愿之间:一方面希望压制黑暗的力量,昭显光明和圣洁,一方面又希望通过意识的作用,把黑暗的力量拿来为我所用,将其转化为成就写作的手段。恶魔力量和神圣诉求的结合是触发波德莱尔诗歌活动的动能,这导致他的诗歌不可避免地具有多种阐释的可能性。为了全面而准确地把握波德莱尔的艺术思想,就千万不能够忽视了他在创作中对伦理方面的强调:一个是恶的意识,一个是关于自我的道德。否则,就会错误地把对于神圣迷狂的约请理解为是对于恶的快感的约请。

艺术是一缕阴沉的光线,为人照见他可悲的生存处境;艺术也是一面神圣的镜子,激发人对不可能实现的完美抱定可能的向往。艺术给予我们敏锐而深透的眼光,让我们看清楚我们何以生活得不幸,又如何能够让自己变得伟大。艺术让那些我们可以去相信的东西不只是被我们"思想",更是被我们感受和体验。

波德莱尔不是一位专事说教的道学家。他并不鼓吹一些让人在日常生活中必须恪守谨行的道德戒律。作为诗人和艺术家,他通过诗歌向我们传达他的经验,邀请我们透过审美的迷醉去发现人的真实存在状况。他的作品不是直接给人带来安抚,也不是直接向人传授教益,而是通过搅扰人心强化审美的感动,让人在受到心灵和精神的震撼后自己去寻找答案,并根据自己寻找到的答案和觉悟意识而采取一种个人的态度。波德莱尔在为《恶之花》准备的一份"前言"草稿中表达了这种对个人觉悟意识的要求:

> 有些人对我说这些诗歌有可能为非作歹。我并不因此而感到高兴。另有一些人心地良善,说这些诗歌有可能善莫大焉;这并没有让我感到苦恼。无论是一些人的担忧,还是另一些人的期望,都同样令我惊诧,这只不过又一次向我证明,本世纪的人已经忘记了关于文学的一切基本概念。①

亦步亦趋地按清规戒律行事,这并不意味着一个人因此就可以成为圣人,就好比一个人并不因为遵守修辞规范就可以成为诗人。必须要有个人意识的觉醒,必须要成为自己的向导和自己的火炬,人才有可能真正成为圣人,就像诗人只有掌握了"深层修辞"的魔术才能够真正成其为诗人。

波德莱尔是一个充满矛盾的人,他也深懂反常合道的艺术。在面对悲观主义时,他是一个乐观主义者;在面对乐观主义时,他又是一个悲观主义者。生命的死亡让他痛切不已,而他又只有在死亡中才能够找到生命的意义。在他看来,对成功和幸福的感觉只不过是一种具有相对价值的感觉,而对绝望、不幸和缺憾的感觉则是绝对的和永恒的。何以如此?因为无论是外在世界还是内在世界都是无边无际的,而人并不是神,并没有达至无限的神力。这导致从长期来看的悲观主义,其中又偶尔间杂着与精神的慷慨激昂交织在一起的短期的乐观主义。波德莱尔的伟大之处在于他对绝对的悲观主义有着透彻的看法;他因此也就是永恒的。

第二节 "矛盾修辞"与文明的悖论

一、"矛盾修辞"与"美丑对照"

波德莱尔在一篇文论中援引圣-伯甫《论塞南古》中的一段文字来说明探

---

① 《全集》,第一卷,第181页。

索诗人精神世界的方法：

> 要揣测出诗人的灵魂，或至少要揣测出他主要关心的是什么，那就让我们在他的作品中去寻找，究竟哪个词或哪些词在其中出现得最为频繁。那词语传达出挥之不去的顽念。①

这段话大致是不错的。不过，这种探索的方法也许并不只是停留在词语层面。我们也许可以把考察的范围扩大一点，在文体的层面看看诗人究竟喜爱用怎样的方式来组织词语，看看在他的作品中究竟是怎样的修辞手段出现得最为频繁。诗人对某种修辞手段习惯性的运用，不仅同他独特的审美趣味有关，更是跟他的世界观和精神诉求有着密不可分的关联。

通读波德莱尔的作品可以发现，最能体现其气质和思想的语言结构方式就是把一些意义相悖的词语放在一起，使它们发生修辞学上的联系，其中尤以"矛盾修辞"(oxymore, oxymoron)的运用最具代表性。关于波德莱尔作品中运用"矛盾修辞"的问题，国内学界尚未见有专文进行论述，偶有提及也往往将其归入"对比"之列。其实，"矛盾修辞"在词语间造成的关系，不是通常意义上的"对比"，这两者之间有着内在逻辑、情感取向和意识形态上的根本区别。这点可以通过比较波德莱尔的"矛盾修辞"和雨果的"美丑对照"而明显看出。

郭宏安先生在《论〈恶之花〉》一文中将矛盾修辞归入对比之列：

> 波德莱尔喜用的一种"矛盾修辞"法也可以归入对比之列。这种手法是使名词与修饰它的形容词处于矛盾的状态，造成突兀奇异的感觉，加强诗句的感染力。例如："污秽的伟大"，"崇高的卑鄙"，"华美的骷髅"，"美妙的折磨"，"阴郁的快乐"，等等。矛盾修辞并改变不了被修饰物的性质，但是却渗透了诗人的复杂心理，使读者在惊讶之余感到有无穷的意味含在其中。②

将"矛盾修辞"归入对比之列也许有值得商榷的地方，主要问题在"矛盾修辞并改变不了被修饰物的性质"这一判断上。

所谓"对比"(《辞海》亦作"对照")，是将两个不同事物或两种不同情形加

---

① 《戴奥多尔·德·邦维尔》，《全集》，第二卷，第164页。
② 郭宏安：《论〈恶之花〉》，见郭译本《恶之花》译序部分，漓江出版社，1992年，第183页。

以对照和比较,对两者各自不同的特征进行鉴别,使其在对立中彰显出来。比如在对新与旧、大与小、生与死、好与坏、善与恶、美与丑进行对比的过程中,事物固有的性质更加鲜明地凸现出来,但这个性质本身并没有因此而改变。雨果提出的"美丑对照"原则便是遵循对比逻辑的范例。雨果从基督教灵肉对立和善恶二元论的启示出发来解释"美丑对照"。他在《〈克伦威尔〉序言》(*Préface de Cromwell*)中写道:

> 基督教把诗引向真理。近代的诗艺也会如同基督教一样以高瞻远瞩的目光来看事物。它会感觉到万物中的一切并非都是合乎人情的美,感觉到丑就在美的旁边,畸形靠近优美,粗俗藏在崇高的背后,恶与善并存,黑暗与光明相共。

雨果在论述了美丑对照的必然性和必要性后进一步指出:

> 在它的创作中,把阴影掺入光明,把粗俗结合崇高而又不使它们相混。①

"不使它们相混"一语道出了对照原则的实质。虽然雨果强调自然的复杂性为艺术提供了最丰富的源泉,这使大量被古典主义排斥的庸凡、粗俗、丑怪的形象得以进入文学表现的视野,但在他的世界中,"滑稽丑怪"总是作为"崇高优美"的配角和对照出现的,是突出"崇高优美"的途径和手段,一如"鲵鱼衬托出水仙;地底的小神使天仙显得更美"。他也从艺术效果方面论述了这个问题:

> 古代庄严地散布在一切之上的普遍的美,不无单调之感;同样的印象老是重复,时间一久也会使人厌倦。崇高与崇高很难产生对照,于是人们就需要对一切都休息一下,甚至对美也是如此。相反,滑稽丑怪却似乎是一段稍息的时间,一种比较的对象,一个出发点,从这里我们带着一种更新鲜更敏锐的感觉朝着美而上升。②

雨果对自己小说中众多人物形象的设计就是按对照原则进行的:美丽善良的形象(如爱斯梅拉尔达,冉阿让)与阴险凶狠的形象(如克洛德副主教,沙

---

① 《西方文论选》(下卷),伍蠡甫主编,上海译文出版社,1983年,第183页。
② 同上书,第185页。

威)的对照,丑陋外表与美好心地的对照(如加西莫多,"奇迹王朝"的乞丐们)。在雨果的对照世界中,黑、白具有鲜明的判别,善、恶出自于两个不同的本原,具有各自独立的本体性,其间具有不可逾越的界线。处于对照关系两部分中一方的得胜,必以另外一方的毁灭为其代价。在《悲惨世界》中,作为当局鹰犬的沙威在冉阿让人格力量的感召和震动之下陷入极端的矛盾,发生精神崩溃,以投河自尽的举动自赎。这种由恶而善的过程其实就是用"善"取代"恶"的过程,是对个人在不同时期的命运和不同条件下的精神状态进行的对照。这在一定程度上揭示了人身上存在的复杂性和矛盾性,不过,这种基于对照原则揭示出来的复杂性和矛盾性与用矛盾修辞法揭示出来的复杂性和矛盾性有着完全不同的面貌、内容和精神实质。

  矛盾修辞有着与对照原则完全不同的逻辑。两者在情感取向、心理机制和思想观念等方面存在着诸多区别。从表面上看,矛盾修辞同对比一样,是一种将两个在特征或性质上相互矛盾、相互排斥的因素放在一起,使其发生特殊语义关系的修辞手段。其实,它同对比有着根本性的不同,其主要表现是,矛盾修辞不仅在相当大程度上改变了矛盾双方事物的性质,而且使两个本来不可调和的事物所具有的特征或特性相互渗透、相互溶入,通过对两者的综合,用两者的合力营造出一种全新的境界。例如,帕斯卡尔在论及人的认识能力时,将"学问"和"无知"放在一起,指出存在一种"有学问的无知"(une ignorance savante)[①]。这时的"学问"不再是指那种自以为坚实的、能够穷究宇宙万物奥秘的、自命不凡的科学知识或理智学识,这里的"无知"也不是指那种纯粹"天然的无知"(une ignorance naturelle)。"有学问的无知"是伟大灵魂所达到的与"天然的无知"相对立的另一个极端,是人的灵魂在遍历人类所能知道的一切之后,才发现的自己所处的无知状态。它与"天然的无知"具有相同的外在形态,然而却又有着内容和本质上的根本区别,因为它是一种能够认识自己无知的学问,是一种把自己的学问归结为终极无知的智慧,是人类灵魂达到的一个高级境界。可见矛盾修辞并不符合对比所要求的"并改变不了被修饰物的性质"的规定,在这里,矛盾双方具有可以相互逆转的功能,有一种从"相悖"走向"相合"的倾向。这种功能包含的内在机制同现代量子力学中的

[①] Pascal, *op. cit.*, p. 155.

"并协原理"(或称"互补原理")极相仿佛,矛盾的双方是同一事物或同一本原呈现出来的不同形态,要达到对该事物或本原的完全把握,就必须借助矛盾双方的"互补"①。这跟东方哲学中"一物而二体""太极生两仪""一阴一阳之谓道"的观点也相近似,两仪并不代表两个对立的实体,而是同一存在物表现出来的两种不同形态,是同一事物的两个方面,两者出自于同一个本原,两者之间的交互作用决定事物呈现出来的整体形态。矛盾修辞法包含有"正言若反""反常合道"的逻辑特征,即老子所谓"反者,道之动"②,其着重点不在于对正、反两方面进行对照以凸显它们之间的分离、排斥和对立,而在于强调构成矛盾的两方面在互为因果、互相包含、互相转换、"相反相成"的关系中产生的共同作用,如正反相和,大小相形,祸福倚伏,无为而为,刚弱柔强等。因此,修辞学上把矛盾修辞解释为"对相反事物的整合"(coincidentia oppositorum)。钱钟书先生在《管锥编》中讨论过这个问题,他根据 oxymoron 的词源意义和结构特征,将其称作"冤亲词",并指出:"一正一负,世人皆以为相仇相克……,冤亲词乃和解而无间焉。"③按照矛盾修辞的逻辑,"正"中包含了"反"的种子,"反"中亦包含有"正"的基因,伟岳高山可以谓之小,秋毫之末可以谓之大,恶行也许正在实践一个善良的愿望,善举也许为了达到卑鄙的企图,黑、白之间的界线没有了鲜明的判别,美、丑、善、恶等观念也只是从具有相对性的视角审察事物的结果,它们自身并没有各自独立的本体性。

矛盾修辞在语表上偏离语言的正常规范和逻辑,其反常而突兀的词语搭配不仅是语言层面上的历险,同时也是思想感情和精神上的历险。据此,矛盾修辞常常被看成是一种极具表现强度和表现深度的修辞方法,为神经硬朗、心智坚强、思虑深远者所喜爱。波德莱尔在其作品中善于运用矛盾修辞法,并且他也热衷于用矛盾修辞的原则来组织诗歌意象、设计作品结构,以此表达自己精细的感受、微妙的心理状态和复杂的思想冲突,揭示人心和人生中固有的矛盾和悖论,这不仅使作品表现出雄健的审美趣味,也使其具有深长的哲理

---

① "矛盾修辞法"一语似乎过于强调了"矛盾"而忽视了"互补"。如果套用"并协原理"的说法,似可将矛盾修辞法称作"并协法",但又似乎过于强调了"互补"而忽视了"矛盾"。为了不偏废两者中的任何一方,采用"对协法"的说法也许更为妥当,既强调了"对立",又强调了"协调"。

② 《老子》,四十章。

③ 钱钟书:《管锥编》,第二册,中华书局,1979年,第464页。

意味。

二、"呜呼，污秽的伟大！崇高的卑鄙！"

对矛盾修辞法和矛盾修辞原则的运用贯穿波德莱尔的所有作品。诗集《恶之花》的得名似乎是以提纲挈领的方式表明，矛盾修辞是最能够反映诗人的气质、情感取向、审美趣味和思想意识的语言手段。

翻览《恶之花》和波德莱尔的其他著作，会发现他的作品仿佛是矛盾修辞的宝典。矛盾修辞以最直接的方式体现在一些偏正结构的表达中：黑色的太阳、惬意的恐怖、可爱的悔恨、微笑的遗憾、致命的美丽、活动的僵尸、黑色的白昼、甜蜜的折磨等。它也间接地以并列结构的方式存在于对某些事物的解说中：让人生也让人死（快乐），年轻而又老迈（国王），又高贵又滑稽（天鹅），地狱或者天堂（深渊），播撒喜悦和灾祸（美神），恶毒而又神圣（眼光），酷虐而甜美（折磨），投射出最大的光明和最大的阴影（女人），柔情和毒药（恋人的气息）。它还以逻辑（反逻辑！）关系的形式，隐性地存在于某些特殊的心理活动和对某些事理的见解中：死亡是新生的驱动器，新生是死亡的起始点，粪土中可以提炼出黄金，爱慕所恨者，仇视所爱的人，温情往往是暴虐的温床，苦难是走向神圣的阶梯，美神的吻可以令英雄怯懦令儿童勇敢，等等。散文诗《痛打穷人！》演示了一种善良的凶残（或凶残的善良），体现出一种极端残忍的人道主义。《声音》一诗中的几句很可以体现出波德莱尔的情趣和心理定势：

> 我悲哀时大笑，我欢乐时哭泣，
> 在最苦的酒中品尝甘美滋味；
> 我又经常去把事实当作谎言，
> 抬眼仰望上天却又跌进窟窿。①

波德莱尔总是以一种与常规相悖的方式看待和体验事物，这使其作品语言的美学效果在两个矛盾概念的合力之下得到极大增强。构成矛盾的两个对立"语素"有如磁场中发生共同作用的两个磁体一样，通过交互作用形成一个特殊的语义场，在这个语义场中，它们各自失去部分固有的性质，同时，又从对

---

① 《全集》，第一卷，第170页。

方获得部分本身并不具有的性质，这使得双方仿佛在自身中就天然地包含有对立的或异己的因素。这也许可以解释，为什么他作品中的许多关键性词语（如"理想""忧郁""快乐""痛苦""上帝""深渊""美""恶"等）几乎总是同时具有正面和反面两层意思。由于矛盾修辞的观念深深地扎根在波德莱尔的思想中，因此，那些在我们平常看来甚至完全是属于对比之列的一些表达也浸透着矛盾修辞的观念：忧郁与理想，天堂与地狱，天使与魔鬼，善与恶，美与丑，生与死，儿童与老人，幸福与苦难，光明与黑暗，现实与梦幻，沉醉与厌恶等。在这里，对立的双方似乎并不构成真正意义上的对比，与其说它们之间处于一种对立的关系（opposition），不如说它们是处于一种可逆转的或通力合作的关系（réversibilité）。比如，我们可以根据矛盾修辞的逻辑，这样来理解"忧郁"与"理想"的关系："忧郁"的根源在于人们无法实现所追求的"理想"状态，人们投身于对"理想"的追求是因为"忧郁"的重负让人不堪其苦，而对"理想"的渴求终得不到满足，又让人坠入更深的忧郁之中。在这里，词语表面的对立消解了，让位于两者之间深层的互为因果、互为前提的恶性循环。这仿佛构成了一个死结，而这个死结正是波德莱尔意欲揭示的人生永恒疑难。如果将两者看成简单的对比关系，我们就很难设想如何能在"理想"之中去探究"忧郁"的根由，我们甚至可能会把"理想"理解成疗治"忧郁"的良方，这样一来，我们就很有可能对波德莱尔发生浅表化的阐释，甚至发生重大误读。

如果说雨果对照原则的出发点是善恶二元论的世界观，波德莱尔则企图通过矛盾修辞建立起善恶一元论的主张。这显然同浪漫主义（特别是在其前期）精心培植和表现"美好情感"的努力大异其趣。从拉马丁的《沉思集》到雨果的《静观集》，都显示出一种超越凡俗、通达至善的柏拉图式的理想。当他们为个人遭遇哭泣时，当他们为人类多舛的命运惊栗时，他们往往将无辜者遭受的损害归因于来自外部的打击或命运的不公。他们的作品也可谓博大丰厚，不乏表现神秘、恐怖和怪异的力作，但这些作品对人类本性中（特别是作者自己本性中）善恶交织的现实进行的剖析和思考，似乎并未达到浪漫主义后期（特别是波德莱尔之后）那样的深度。他们往往以正义的化身和人类导师的面目出现，教人分辨善恶，通过歌唱人间的关爱情怀给人——雨果将其称作"荒唐"的读者——指一条正路，即一条"善"终究战胜"恶"的人类进步之路。雨果从来就把"恶"看作"善"的对照和陪衬，在善恶的较量中，"恶"终究会作为异己成分被加以清除,以保全"善"的纯粹。除了作为对照和陪衬,雨果几乎就再没说过"恶"的好话,他更是从来不说"善"中可能包含有"恶"的因素。

　　相反,波德莱尔在感受到"恶"的普遍存在时,却努力去发掘其中暗藏的如花似锦的财富,这表现出他在诗意的感受性方面同雨果所代表的传统的断裂。在今天看来,他以超越善恶的眼光审察世事人心的方法,体现了一种可以称之为"尼采式的"现代性。他在《美神颂》中对这点做了明白的表述:

　　　　你是从天而降,还是来自深渊,
　　　　啊,美神!你恶毒而神圣的目光,
　　　　将善行和罪恶一同倾洒人间,
　　　　人们因此把你比作美酒一样。

　　　　你的眼睛包含着落日和黎明;
　　　　你像雷雨的夜晚将芳香发散;
　　　　你的吻是春药,你的嘴是药瓶,
　　　　会令英雄怯懦,又令儿童勇敢。

　　　　[……]
　　　　你随意地播撒着快乐和灾祸,
　　　　你统治一切,却不做任何保证。

　　　　[……]

　　　　蜉蝣花了眼,飞向你这支明烛,
　　　　劈啪焚身,还说:"感谢火焰恩宠!"
　　　　情郎俯身美人,呼吸气短急促,
　　　　像临死的人抚摸自己的坟冢。

　　　　这有何妨,你来自天堂或地狱?
　　　　啊,美神!巨大的妖魔,骇人,天真!
　　　　只要你的眼、微笑、秀足能开启

> 我爱但从未见识的无限之门！①

"这有何妨？"显示了波德莱尔超越传统善恶价值标准的决心。他在《恶之花》中多次重复这一表达。他在《热爱假象》中写道："不管你愚蠢还是冷漠，这有何妨？／面具或装饰，你好！我爱你的美。"《恶之花》全书以下面两行诗结束："投身渊底，地狱天堂又有何妨？／到未知世界之底去发现新奇！"（《远行》）对于决意到未知国度发现"新奇"的诗人来说，投身深渊与飞向天国具有等同的价值，是"美神"将它们统一在一起。在波德莱尔独特的审美体验中，排斥、憎恶和诅咒几乎总是同时与欲求、爱慕和赞美紧紧纠结在一起的。这种在情感或意念上的纠结以极为集中的方式体现在题为《你要把全宇宙纳入你的闺房》的诗中：

> 你要把全宇宙纳入你的闺房，
> 荡妇！无聊生出你残忍的心肠。
> 为训练你的牙玩奇妙的把戏，
> 每日将一颗心供奉到你嘴里。
> 你的双眼通明似当街的店铺，
> 又似在节日里点亮银花火树，
> 目光蛮横有一种做作的威风，
> 对顾盼之真美却又从来不懂。
>
> 你何其凶残，日盲耳聋的机器！
> 保健的器具，将世人的血吮吸，
> 你怎么不知羞耻，怎么没看见
> 你在镜子中渐渐消褪的红颜？
> 对于恶的威力你自以为精通，
> 难道它从来不令你退缩惶恐？
> 造化何其伟大，深藏隐秘意图，
> 利用你，哦，罪恶的女王，哦，荡妇，

---

① 《全集》，第一卷，第24—25页。

——就是你,劣畜,——造就天才的才艺。

　　呜呼,污秽的伟大! 崇高的卑鄙![①]

　　诗中的"荡妇"指一位叫萨拉的卖春女子,生活中的她虽然眼睛有些斜视,却也不乏姿色。波德莱尔年轻时经常在她那里出入,还为她写过几首诗,据说折磨他一生的下疳也就是在那时候染上的。不过,如果我们不纠缠于细节的考据,也可以把诗中的"荡妇"看成一个隐喻。作品中作为喻体出现的"店铺""机器"等词语自然让我们将"荡妇"同现代都市(甚至同整个现代文明背景下的世界)联系起来,而且,由于两者之间具有诸多的共同特征和相似的功能,甚至可以说它们之间存在着一种互为隐喻的关系,可以把它们看成是这首诗的两个可能的来源,把它们都看成是体现诗人复杂情结的诗歌对象。[②]解读这首诗,既可以让我们了解诗人对"荡妇"的态度和看法,也可以了解他对"现代都市"的态度和看法。有论者认为这首诗是"《恶之花》中最拙劣的篇什之一,像是初学者所为"[③]。这种论断未免失之草率,因为这首诗通过运用矛盾修辞法和矛盾修辞的原则来组织诗歌意象和设计诗歌结构,揭示出了情感和观念上的深刻悖谬,这显示出它的作者是一位具有不可多得的思想才能的诗人。

　　尽管全诗行文过程中表面上咒骂之声不绝于耳,将"荡妇"称作"目盲耳聋的机器",斥责她"将世人的血吮吸",声讨她凶残地运用"恶的威力"把人诱入她的闺房并置之死地而后快,但与此同时,这位"荡妇"也深谙伟大造化之神奇,她作为实践自然"隐秘意图"的工具,自觉或者不自觉地"造就天才的才艺",就像那位叫作萨拉的女子,既带给诗人下疳,也成就诗人的诗歌。"将世人的血吮吸"和"造就天才的才艺"是从同一种功能中衍生出来的两种看似不同而实则紧密相关的形态。作为结句的顿呼"呜呼,污秽的伟大! 崇高的卑鄙!"是全诗的点睛之笔,已经成为矛盾修辞法的经典范例。这里,"伟大"和"崇高"因"污秽"和"卑鄙"而受到一定程度的玷污,失去了柏拉图式的纯粹,承

---

　　① 《全集》,第一卷,第27—28页。
　　② "荡妇"与现代都市的关联是波德莱尔诗作中经常出现的主题之一。诗人在《暮霭》中写道:"卖淫业在大街小巷点亮灯火"。他在两首题为《跋诗》的手稿中将巴黎称作"大娼妇""淫荡的首都""我的大美人"等,并指出是它使他从污泥秽土中"提炼出黄金"。
　　③ Jean Prévost, op. cit., p. 263.

受着被贬黜的屈辱;同理,"污秽"和"卑鄙"也从"伟大"和"崇高"中借鉴了部分正面的品质,其本身包含的贬义得到缓解,显现出把凡俗向神圣提升的冲动。构成矛盾的双方不再是各自独立的存在,而是通过交互作用形成一个新的综合体,在其中,矛盾的品质得以融合,矛盾的情感也得以融合。同时,在这句诗中,矛盾修辞在多个层次上展开,既有形容词与名词之间的矛盾关系(污秽的←→伟大,崇高的←→卑鄙),也有形容词与形容词、名词与名词之间的矛盾关系(污秽的←→崇高的,伟大←→卑鄙)。在这种多重的矛盾修辞关系中,诗人用最普通的词语造成了一种不同凡响的强烈效果。面对眼前这个复合的存在,诗人没有办法在伟大与卑鄙、污秽与崇高之间进行明明白白的鉴别,也不能在憎恶与爱慕、诅咒与赞美、轻蔑与感激之间进行明明白白的抉择,于是他只有通过"对相反事物的整合"去体会包含在事物整体中的那份神秘,那种上也是下,罪恶也是恩宠,魔鬼也是神明,美丑一体,善恶相共的境界。可以说这句小诗为波德莱尔的情感趣向和他对待任何事物的具有二重性的态度提供了一个极具代表性的缩影。

三、"艺术的二重性是人的二重性的必然结果"

在一切真正伟大的作品中,任何表现手法都不仅仅是一个纯粹的形式问题,它必定是同作者的世界观和意识形态紧密关联着的。波德莱尔运用矛盾修辞法的目的,不可能仅仅是为了达成一种惊世骇俗的新奇艺术效果(虽然他也的确成功地达到了这种效果),它还必定有着意识形态方面更深层的原因。只有揭示出这个原因,才能对波德莱尔的伟大之处进行全面的、根本性的把握。

波德莱尔对生活始终抱有一种具有二重性的矛盾态度。他在《我心坦白》中写道:

> 我自小就感到心中两种矛盾的情感:对生活的厌恶和对生活的迷醉。①

这也是他看待世间一切事物的态度。女人、现代都市、酒、大麻、深渊、数目、行

---

① 《全集》,第一卷,第 703 页。

动、梦幻、回忆、欲望、悔恨、快乐、痛苦、美、艺术等等,在他眼中,无一不是包含着矛盾的整体。波德莱尔这种对待事物的二重性的态度,来自于他对人本身二重性的认识。他在为好友阿斯利诺的小说《双重人生》所写评论中,借用布封"双重人"(Homo duplex)的概念,把人看成是纠结着根深蒂固的矛盾的存在。他在《我心坦白》中对这种矛盾作了如下解释:

> 在任何人身上的任何时候,都存在着两种同时发生的恳求,一种是向上帝的,另一种是向撒旦的。祈求上帝,即所谓灵性,是一种上升的愿望;祈求撒旦,即所谓兽性,是一种坠落的欢愉。①

波德莱尔笔下种种充满矛盾的怪异之美,绝不是诗人突发奇想的产物,而正是置根于人的矛盾本性,以揭示人的复杂性为其根本目的。他深知人的二重性,因此他也善于用两只眼睛分别从不同的角度去审察同一事物,用两种不同的方式去体验同一事物。例如他在谈到自己对待革命的态度时说:

> 我说"革命万岁!"就好比是说"毁灭万岁!赎罪万岁!惩罚万岁!死亡万岁!"
> 我不仅会高兴自己成为受害者,我也不会痛恨自己成为刽子手——为了用两种方式体会革命!②

他在题为《自惩者》的诗中同样写道:

> 我是伤口又是匕首!
> 我是耳光又是面颊!
> 我是肢体又是刑罚,
> 既是死囚又是凶手!③

他在同一事物中既看到天堂也看到地狱,既体验沉醉也体验厌恶,既发出赞美也发出诅咒,既显出慈悲也显出冷酷。诗人对任何事物表现出来的具有二重价值取向的矛盾态度,同帕斯卡尔这位深刻洞悉世事人心的思想家的态度有

---

① 《全集》,第一卷,第 682—683 页。
② 《可怜的比利时!》,《全集》,第二卷,第 961 页。
③ 《全集》,第一卷,第 79 页。

着惊人的相似。帕斯卡尔在《思想录》中指出：

> 事物有各种不同的性质,灵魂有各种不同的倾向;因为没有任何呈现于灵魂之前的东西是单纯的,而灵魂也从不单纯地把自己呈现于任何主体之前。因此就出现了我们会对于同一件事又哭又笑。①

同帕斯卡尔一样,波德莱尔从基督教的创世说出发,去探究现实存在的矛盾性和复杂性的根由。他在《我心坦白》中写道：

> 何谓堕落？
> 如果是指统一整体变成了二元,那堕落的就是上帝。
> 换言之,创世难道不就是上帝的堕落么？②

创世行为破坏了原初的一元统一,使其分化为具有二重性的矛盾现实。人从创世中产生,这就意味着他不可避免地脱离绝对现实,带上二重性的烙印,承受相对价值世界为他设定的局限和缺憾。由人创造,并且以表现人为根本目的的艺术,也就不可避免地秉承人所固有的二重性。因此,波德莱尔说："艺术的二重性是人的二重性的必然结果。"③

艺术的二重性既体现在它所表现的矛盾题材上,也体现在它对绝对与相对、永恒与偶然之间关系的处理上,更体现在艺术活动本身包含的矛盾上。艺术活动本身包含的矛盾集中体现在艺术的功能或目的上:既要揭示出矛盾中的和谐,又要揭示出统一中的悖谬。作为体现波德莱尔修辞风格的重要手段,矛盾修辞可以说是一身而二任。一方面超越凡俗和有限,透露来自一个完满自足的统一世界的讯息,揭示在另一个世界才可能完全真实的真理;另一方面又通过在任何事物中融合相互对立和矛盾的因素,用二重性的态度审视万物,似乎是要以此表明,在现实中,矛盾双方紧密纠结和融合在一起,成为一个复杂而不可分割的整体,要真正解决矛盾、对立和悖谬是一件完全不可能实现的事情。

---

① 帕斯卡尔:《思想录》,何兆武译,商务印书馆,1986年,第59页。
② 《全集》,第一卷,第688—689页。
③ 《现代生活的画家》,《全集》,第二卷,第685—686页。

矛盾修辞在"对相反事物的整合"中显示出思想能够达到的某种近乎神秘的境界。安德烈·布勒东曾在《第二次超现实主义宣言》(*Second Manifeste du surréalisme*)中对这种神秘的思想境界作了如下解释：

> 一切迹象表明，思想达到一定境界之后，就不能再以对立的眼光看待生与死、实与虚、既往与未来、高与低、以及可以表达与不可表达的事物，等等。(……)所讲的境界恰恰是这样一个点，在那里你不能够将建设与破坏对立起来，挥舞其中的一方面去对付另一方面。①

这种思想境界具有某种近乎神的能力。早在古希腊时期，赫拉克利特就告诉我们说：

> 神是昼又是夜，是冬又是夏，是战又是和，是盈又是亏。②

基督教的神也是如此，是产生一切的"一"，既是"阿拉法"，又是"俄梅戛"，是"昔在今在以后永在的全能者"③。通过对矛盾修辞的运用，波德莱尔试图把美学经验引向对神圣经验的体悟，像古老智慧一样揭示一种辩证的真理："高"来自于"低"，"下"来自于"上"。这种充满矛盾修辞逻辑的智慧超越了"正题"与"反题""赞同"与"反对"的界限，而直达最高层次上的"合题"。那是一个万物沟通、交流、应和的世界，正如梁宗岱先生在《象征主义》一文中所说：

> 在那里，腐朽化为神奇了；卑微变为崇高了；矛盾的，一致了；枯涩的，协调了；不美满的，完成了；不可言喻的，实行了。④

在这个世界中，一切感受和经验经由神秘的变形而融合为一，矛盾双方似乎并不相互割离、分裂和排斥，而是共同构筑成一个完整统一的图像，演绎神圣经验的奇妙。由于西方理性的哲学传统和宇宙论自柏拉图以来陷入了严重的二分法，因而将这种神圣经验视为不可理喻和无从表达的东西。而矛盾修辞却以违反矛盾律的方式，近似地将这种神圣经验表达出来，正如布勒东所说，它

---

① 《未来主义·超现实主义》，张秉真、黄晋凯主编，中国人民大学出版社，1994年，第289页。
② 《西方哲学原著选读》，上卷，北京大学哲学系外国哲学史教研室编译，商务印书馆，1987年，第21页。
③ 《圣经新约·启示录》，第1章，第8节。
④ 梁宗岱：《诗与真·诗与真二集》，外国文学出版社，1984年，第83页。

仿佛是用自己的方法，"使思想挣脱日益残酷的奴役，使它重新走上全面理解的大道，并恢复它那原始的纯洁"①。

不过，由于人在生命和智力上天然的局限性，他虽然期望重返上帝的怀抱，但他又终不能僭越神的位格。对他来所，一切神圣之物的取得，必以承受艰难甚至死亡为其代价。神圣之物成为他最美好的希冀，亦构成对他有限存在的最大威胁，因此，波德莱尔才会面对"圣神"，像圣奥古斯丁一样，发出既热爱又惊恐的感慨。在波德莱尔的作品中，表现神圣之美的化身往往是以一个矛盾的形象出现的（如《美》《致一位过路女人》《爱神和颅骨》等），既让人欢喜，也夺人性命；既让人笑，也让人哭，既让人热爱生活的多彩，也让人因渴望永生而追求死亡。将死亡引入到美的观念中，这是波德莱尔美学经验的独到之处。在一个有限的相对世界中，就连理想和美本身也具有暴虐的倾向。诗人在《艺术家的忏悔经》中感叹道："对美的研究是一场决斗，在这里，艺术家被打败前发出惊恐的叫喊。"②他在《伊卡洛斯的悲叹》（Les Plaintes d'un Icare）中，借用古希腊神话，将伊卡洛斯作为理想追求者的化身，由于他太靠近象征绝对之美的太阳，结果一对蜡翼"为了爱美而被焚烧"，终于坠落身亡，"将大海作了自己的坟墓"③。这不禁让人对理想和美所包含的悖谬发出严厉的追问：在人间建造天堂的企图会不会蜕变为在人间修筑墓园的举动？以追求万物精粹为目的的炼金术到头来会不会如波德莱尔在《痛苦的炼金术》中所说的那样，"把黄金炼成废铁，把天堂变成地狱"④？

作为艺术手法的矛盾修辞，以其独有的犀利，触及人类文明中固有的、不可消解的悖谬因素。

四、人的悖论与文明的悖论

由于人是文明的主体，文明的悖论首先自然表现为人的存在的悖论。波德莱尔运用矛盾修辞的目的之一，就是要揭示出人的现实处境中崇高与卑贱、高贵与可悲、抱负与无能、光明与黑暗、神性与兽性等之间不可消解的纠结

---

① 《未来主义·超现实主义》，第290页。
② 《巴黎的忧郁》，《全集》，第一卷，第279页。
③ 《全集》，第一卷，第143页。
④ 同上书，第77页。

状态。

在波德莱尔之前,帕斯卡尔就已经开始了对人的"伟大"和"可悲"的思索。他从人在自然中所处的位于"无穷"和"虚无"之间的中项地位出发,探讨人在各方面表现出来的二重性,探讨人的能力在各方面都表现出来的在两个极端之间处于中道的相对状态。对于处于相对状态的人来说,任何绝对的事物和判断都隐藏在一个不可参透的神秘之中。由此,帕斯卡尔把人看成是一个既渺小又伟大的存在,原本就包含着不可解决的矛盾:人是可悲的,所求的达不到,达到的非所求,那根本的目标总是在他的能力不可企及的远处;人是伟大的,他有追求和超越的愿望,他能够进行追求,他在追求中显示出自己的伟大。在论述作为人全部尊严的思想时,帕斯卡尔指出:

> 思想由于它的本性是何等地伟大啊!思想又由于它的缺点是何等地卑贱啊![1]

这正好构成对思想的一个矛盾定义:伟大的卑贱。具有"伟大的卑贱"的思想让人认识到自己的可悲,同时也成就了人"可悲的伟大",帕斯卡尔就此写道:

> 认识(自己)可悲乃是可悲的;然而认识到自己可悲却又是伟大的。[2]

在帕斯卡尔看来,人的伟大就在于他的思想,而思想的伟大首先就是对人的可悲境况的认识。伟大和可悲处于一种辩证循环而非对立的关系中:

> 可悲是由伟大里面结论出来的,伟大是由可悲里面结论出来的;一方是以伟大为证据而格外结论出可悲来,而另一方则正是根据可悲本身推论而格外有力地结论出伟大来;凡是一方所能用以说明伟大的一切,就只是为另一方提供了结论出可悲来的论据;因为我们越是从高处跌落下来,也就越发可悲,而另一方则恰好相反。他们每一方都被一场无休止的循环带到了另一方;能确定的就只是:随着人们之具有光明,他们就会发现人身上既有伟大又有可悲。[3]

---

[1] 帕斯卡尔:《思想录》,第164页。
[2] 同上书,第175页。根据原文对本段译文略作改动。
[3] 同上书,第180—181页。

于是,帕斯卡尔面对既伟大又可悲的人发出这样的感慨:

> 人是怎样的虚幻啊!是怎样的奇特、怎样的怪异、怎样的混乱、怎样的一个矛盾主体、怎样的一个奇观啊!既是万物的判官,又是地上的蠢才;既是真理的贮藏所,又是不确定与错误的渊薮;是宇宙的光荣而兼垃圾。①

帕斯卡尔在《思想录》中用大量篇幅论述人的悖论和矛盾。他从人的相对性出发,探讨那些本来是使我们最难受的无聊何以反倒成了我们追求的最大福祉,那些人们以为是幸福的东西何以实际上并不带来幸福,那些人们以为是赏心乐事的东西何以隐藏着他们最大的危险和不幸。他眼中的人是这样一个奇特、怪异的存在:渴望无限却终有一死,洞察必然而自身却又只是自然中的偶然产物,崇敬神圣却又根除不了兽性,求真又不能达到全真,求善也不能达到至善,求乐亦不能达到极乐或真正的幸福,甚至达到的倒是其反面。人渴望真理、正义、幸福、无限和永恒,达到的却几乎总是错误、罪恶、不幸、有限和无常,诚如圣保罗所说:"那本来叫人活的诫命,反倒叫我死。……我所愿意的善,我反不作。我所不愿意的恶,我倒去作了。"②

帕斯卡尔投与人的严厉目光,在相当程度上影响了波德莱尔对于人和人之本性的认识。作为诗人,波德莱尔迷恋的形象时而是"善良的天使",时而是"好斗的魔鬼",但更多时候,他笔下的天使不是完全的天使,而是秉有魔鬼的狂野,他笔下的魔鬼亦不是完全的魔鬼,而是秉有天使的灵性。那最令诗人醉心以致销魂蚀魄的,是同时集二者于一身的"天使—魔鬼",它既陶醉于天国的至福,也沉湎于地狱的血腥。作为"天使—魔鬼"的人在其自身包含着自己的天国和深渊、天堂和地狱。人在生活中的最大悖论也许就在这里:他向往天国,而他所向往的天国也许会反过来以他为敌,成为他葬身的地狱。波德莱尔在论述"人工天堂"的追求者时指出:

> 他本想成为天使,可却变成了一个禽兽。③

---

① 帕斯卡尔:《思想录》,第196页。根据原文对本段译文略作改动。
② 《圣经新约·罗马书》,第七章,第10和19节。
③ 《人工天堂》,《全集》,第一卷,第409页。

他在此套用了帕斯卡尔的一句名言:"人既不是天使,又不是禽兽;但不幸就在于想成为天使的人却成了禽兽。"①

人在本性上的矛盾决定了人类文明的发展往往以悖论的形式表现出来。这种悖论有时是隐而不显的,但一到面临重大危机的时刻,它便会得到无比鲜明的凸显。在人类文明的发展过程中,人们似乎早已习惯于一种非此即彼的"二元对立"思维模式,把"正义"和"真理"视为绝对价值的拥有者,并以正义和真理的名义,通过采用一切手段的彻底革命,消灭"非正义"和"邪恶"。我们看到,在文明高度发达的现、当代,有一大批政治家(政客!)就是从这种思维模式出发,把妄想症作为动员群众的力量,让群众养成用不可调和的两个对立面来思考问题的习惯,即要么革命,要么就是革命的敌人,然后把后者妖魔化成十恶不赦的敌对势力,必将其置于死地而后快。这种逻辑导致的专制、恐怖和灾难性后果,我们可以在法国大革命的"恐怖时期"看到,可以在20世纪的德国和苏俄看到,可以在我国的"十年浩劫"中看到。在当今世界,当有人以反恐为名而主张"无限正义"时,我们又一次看到了这样的逻辑。自大规模反恐以来,有人就试图把世界划分为两个派系:"要么反恐,要么就是恐怖主义的支持者或庇护者,没有第三种可能";前者被视为盟友,后者则被视为可以用一切手段予以取缔的非法国家("流氓国家")。"二元对立"思维模式的信奉者们似乎并不了解"正义"和"真理"的相对性,他们以为自己掌握着绝对真理,而恰恰忽视了在他们的相对真理之外,还存在着另外一种同样具有合理性的相对真理。人类历史的悲剧往往不是以"正义"和"邪恶"的冲突表现出来的,"正义"和"邪恶"也许只是一种表面现象。这种悲剧更多时候表现为一种"正义"的相对性与另一种"正义"的相对性之间的冲突。正是由于它们各自具有相对的"正义",它们之间的惨烈冲突才格外地让人扼腕叹息。历史上由于不同宗教、种族和文化差异引发的争斗,以及现代世界的巴以冲突和伊拉克战争,以惊人的方式将人类历史的悲剧性演绎得淋漓尽致。最为可悲之处在于,"正义"一方与"邪恶"一方遵循着相同的逻辑。于是,在一方得胜的背后,我们看到的与其说是"正义"的尊严和胜利,倒毋宁说是武力、暴力和强权(霸权)的胜利。难道就不可能在具有毁灭性的对抗方式之外,以一种多元并存的开放心态,谋求不

---

① 帕斯卡尔:《思想录》,第161页。根据原文对本段译文略作改动。

同价值之间的妥协和宽容,谋求一种更有利的社会发展和共荣的途径?当一个高尚的目标必须通过邪恶的手段来实现时,我们看到的是强权者的勇气和不可动摇的冷酷之心,我们也就对"高尚目标"具有的道义力量开始产生怀疑,我们也就不禁像波德莱尔一样发出这样的感慨:哦,邪恶的高尚!高尚的邪恶!

波德莱尔在作品中通过图画、象征和寓托揭示人类文明进步本身包含的悖论,表现他对所谓"文明进步"的怀疑态度。他所处的时代正是资本主义借助现代生产力高速发展的时期,当时社会上普遍存在一种可以借助物质手段实现建造"人间天堂"的幻想。诗人在《风景》中将这个如梦似幻的时代称作"牧歌中最童真的一切"①。意味深长的是,正是在现代工业文明如鲜花盛开、欣欣向荣之际,波德莱尔开始了对"文明进步"严厉而清醒的思考,为人类社会的发展勾勒出《启示录》般的末日图景。他在《精神的黎明》中警醒世人:"理想会啃噬人,……天使在沉睡的野兽身上苏醒。"②他已经意识到:以保护人为目的的良好意图,可以反过来成为构成对人的巨大威胁;以为人带来福祉为目的的所谓"进步",也许正酝酿着远处的灾祸,实则是一个"双面的怪物"(《面具》),给人带来的不过是一种"悲惨的快乐"(《赌博》)。

波德莱尔的影响起初在相当长的一段时期主要局限在作家和知识精英的圈子中。他开始被大众广泛关注和接受,起始于1917年。这不会是文学史上的一个偶然事件,这同当时的社会危机和人们对于自身存在境遇的深刻反省不无关系。这一年,大战正酣。人类进入工业文明以来的第一次世界大战以前所未有的规模,在残杀千百万人的血肉和生命的同时,激起人们意识上的震荡。人们陷入这样的悖论:建立了空前文明的高科技手段正以空前的效率显示它的暴虐,大规模的血腥屠杀成了"文明进步"一个具有讽刺性的注脚。这种发生在人们意识上的震荡可以部分解释何以大众会突然对《恶之花》的作者发生特别的关注。波德莱尔不仅立志在腐朽中发掘"恶中之花",他也执意要揭露出"文明进步"的"花中之恶"。可悲的是,人们的记忆往往短浅。大战后经过短暂的平复,又出现了同样的乐观主义、同样的政治诉求、同样的对于进

---

① 《全集》,第一卷,第82页。
② 同上书,第46页。

步的信仰、同样的口号、同样的言论,这一切预示着一场新的灾祸不可避免。第二次世界大战以更加猛烈的方式,再一次给了人们"文明进步"的迷梦一个当头棒喝。这不禁让人悲从中来,不由得想起兰波在《灵光集》(*Les Illuminations*)中发出的感慨:"鸟儿和泉水多么遥远!往前走,只可能是世界的尽头。"①

帕斯卡尔和波德莱尔以矛盾修辞的形式提出的问题,激发人们在最高的层次上思考人生和人类历史,引导人追问和深省"人何以崇高、何以卑猥"的本质问题。他们对事物真相和人之本性近乎残酷的清醒揭示,令强梁冥顽之徒不敢嚣张,令骨软气弱之士不敢消沉,令得胜者有畏惧之心,令失意者有进取之志。由于他们的思虑深入到了人最深刻的本性之中,他们提出的问题永远不会过时,永远会呈现出现代性和现实性。

帕斯卡尔和波德莱尔对待历史的态度早在尼采之前就已经显露出某种尼采式的虚无主义。这种虚无主义不是一种纯然消极的姿态,它成为某种愿望的表达,是对既定道德和价值准则表示出的怀疑。这种态度本身包含着某种具有建设性的破坏作用或某种具有破坏性的建设作用,它引导人从一个全新的高度和视角对人和万物作"价值重估"。

作为艺术表现手法,"矛盾修辞"以不合常规的词语组合,构筑起一个看似悖谬而实则是别有深意的言语世界,使那些日常语言不能加以表现的内容有了表现的可能。它打破词语间的逻辑关系,以看似艰涩的方式调动语言的暗示性和涵容性,在传达一种精细的情感体验和独特的内心经验的同时,强调事物和人心中包含的丰富性和复杂性。

作为一种世界观和思想方法,它把世间万物看成一个充满矛盾的整体,并从矛盾双方的相对性出发,揭示它们之间相互转换、互为因果的关系,并在此基础上把人的意识活动引向常情常理不能达到的深处。

作为创造手段,它开辟了一个充满矛盾并超越矛盾的统一世界,让人在对事物的通观中,超越现实的相对性,达成对神圣经验的体悟。

对"矛盾修辞"的探讨可以帮助我们廓清波德莱尔倡导的"深层修辞"某些

---

① Arthur Rimbaud, *Enfance IV*, *Illuminations*, *Œuvres complètes*, éd. Antoine Adam, coll. Bibliothèque de la Pléiade, 1972, p. 124.

方面的内涵。对矛盾修辞的研究表明,一种普通的修辞手法的运用不仅仅是为了追求奇特的美学效果,它往往对揭示事物的真相和人心的本性具有极富启示性的作用。波德莱尔在对矛盾修辞的运用中,自觉地将美学经验和伦理经验统一为总体的诗歌经验。同雨果的"美丑对照"原则相比,波德莱尔通过"矛盾修辞"体现出来的美学理念和伦理理念无疑是一种深化和升华。如果说"美丑对照"的目的是通过对比凸显矛盾,而最终是为了以一方的得胜而在现实中消解矛盾,那么"矛盾修辞"的目的则是通过融合矛盾,而最终是为了凸显矛盾双方在现实并存中的不可消解性。波德莱尔通过"矛盾修辞"表现情感和观念在纠结中发生的痉挛、在扭曲中呈现的强劲,揭示深度的思想情感或思想情感的深度,凸显生活中固有的不可消解的矛盾和悖论,让人以尊严的态度承受人类生存状况中的悲剧性,向人们启发一种观照世事和人心的现代视角。

结　论

　　文学中的城市题材具有长久的历史。在法国,不少诗人在波德莱尔之前就已经开始创作关于巴黎的诗歌。然而,以完全自觉的方式意识到现代都市在激励诗歌灵感和改造诗艺方面重要作用的,波德莱尔是第一人。他创作的以《巴黎图画》为代表的城市诗歌向我们证明,现代生活并不必然导致抒情诗的衰落。

　　19世纪现代大工业生产方式的广泛运用和城市文明的大规模兴起,在改变人们生活环境和生活方式的同时,也对现代人的情感生活和思维活动产生巨大的冲击,并由此深刻改变了人类精神成果赖以呈现的方式和面貌。在一般人眼里,现代生活的兴起伴随着抒情诗的衰落,仿佛现代生活和抒情诗构成一对矛盾命题。这里存在着一个视角和价值转变的问题。所谓"衰落",实则是传统抒情诗所代表的那种诗歌经验所面临危机的表征,反映出以往温煦舒缓的田园牧歌的抒情经验(如和谐、理想、温情、伤感等)在面对以疾风厉雨般的城市生活为代表的现代经验(如震惊、欲望、压力、分裂、悖谬等)时所感到的无能为力。然而,真正的诗人却能够发现现代生活为诗歌灵感提供的新机缘,借以改造诗歌语言、诗歌意象和审美趣味,创作出一种与现代生活相符合的全新抒情诗类型,让城市经验在以现代抒情诗为代表的诗歌经验中得到再现。波德莱尔就是这样一位具有现代使命感的抒情诗人。他的城市抒情诗的形成改变了传统的对于诗歌的定义和抒情诗的形态。他通过自己的创作,为文学中的巴黎题材寻求到真正意义上的诗意,为城市诗歌带来别开生面的景观,使之成为一种具有独立身份、独特审美趣味和价值取向的文学类型。

　　波德莱尔从绘画艺术借用了"图画"一词来指称自己的巴黎诗歌,这表明他有一种雄心,要在诗歌领域成为"现代生活的画家"。他怀着这一雄心,深入到巴黎的街巷中进行冒险游历,为的是在城中的各个角落和坑坑洼洼的路面上寻找到诗歌的"韵脚"。对他来说,城市不只是一种地理学意义上的概念,它作为人工的构造而成为凝聚着文化的作品,这让城市的形貌本身可以被视为一种可供阅读的文本或诗歌。现代城市演绎着最极端、最激越、最具冲击力和最不可捉摸的文明风暴。他穿街越巷的游历就仿佛是穿越"象征的森立"。波德莱尔是少数对巴黎有着全面而深刻体验的诗人之一,在他血肉和灵魂的最深处涌动着对于这座现代大城市爱恨难抉的情愫。他憎恨他那个世纪的工业文明,但同时又懂得利用这一文明所独有的能够丰富人类感受的种种现象,将其作为能够促使改造诗歌意象和诗歌形式的资源。他从巴黎这座现代城市获得诗歌创作的灵感,在与现代生活的交锋中夺取自己诗歌的战利品。就其内在动力和心理强度来说,很难设想他的诗歌创作活动能够在现代大城市的环境之外完成。他把巴黎内化为自己身体的一部分,同时也把自己外化为巴黎的一部分,从而使巴黎成为诗人的巴黎,也使自己成为巴黎的诗人。

波德莱尔把城市作为自己诗歌的样板,但这并不意味着他在自己的诗歌中照搬原样地对城市进行外观描摹。一个颇耐人寻味的现象是,这位被普遍认为是最具代表性的巴黎诗人呈献给我们的巴黎,却在外在形态上与现实中的巴黎相去甚远。在这些被认为本应该是最客观、最现实的巴黎诗歌中,诗人并不着意于忠实的现象描绘,也极少直接提及现实中巴黎的具体建筑、场所,似乎诗人在写巴黎的同时,力图在个别性与普遍性之间寻求一种平衡。根据诗人自己的说法,他的目的是要通过诗歌"描写一种现代的更为抽象的生活",深入到"大都市无数错综复杂的关系"中,创作出"适应心灵的抒情冲动、梦幻的波动和意识的跳跃"[①]的抒情作品。可以说,保证他诗歌"巴黎性"的,是巴黎的抽象面貌,是折射在都市人的面容上和心灵中的巴黎生活。他的这些诗歌"图画"与其说是对现实的摹写,不如说是对情感的造型;与其说它们是跟城市的现实相关,不如说它们在更深的意义上是跟城市人在欲望、激情和悔恨作用下的联想、回忆和沉思相关。几乎所有这些诗歌都体现了从图像到印象、从形象到观念、从事物到寓讬、从象征到思想的推移演变。我们甚至可以把这些

---

① 《全集》,第一卷,第 275—276 页。

诗歌归于波德莱尔最个人、最内在的抒情作品之列。对他来说，艺术的现代性绝不仅仅局限于要求表现现代题材，而是更主要地体现为新的感受方式、思维方式和表现方式。我们从中可以获得这样一个启示：城市诗歌不是简单地指以城市为内容或主题的诗歌写作，它更涉及具有更深层决定因素的城市语境和城市意识。作为一个前提，这决定着写作的态度、倾向、价值标准、审美观、世界观和历史观，也决定着创作者在感受、思维和表现等方面的特点。城市诗歌的根本在于体现出以城市文明为代表的现代意识，这种诗歌是现代人情感活动和精神成果赖以呈现的独特方式，而存在于其中的"现实主义"不见得是指地名、建筑物、生活细节等外在因素的忠实，而是更多呈现为一种用艺术的方式实现的"精神现实主义"。

但是，如果仅仅把这些诗歌简单地看成是用抽象取代具体的结果，如果认为这些诗歌只有在抽象中才获得其价值，这样的看法也是不正确的。仅仅用抽象，这并不能够解释我们在阅读这些诗歌的过程中所体验到的那种摄人心魄的震撼力量和那些动人的感觉。在具体和抽象之间，在外部世界和内在世界之间，也许还应该去寻找一个第三维度，也就是"经验"这个中间地带。波德莱尔超卓群伦之处，就在于他对现代生活有着独特的经验，并懂得用独特的方式来表达自己的经验。

所谓经验，就是对那种驱动事物、鼓荡人心的能量的捕获，同时也是对这种能量的有效利用。城市空间为城市诗歌提供的不只是一个地点和一个模板，更还有与现代生活特有形态联系在一起的能量。通过捕获城市的能量，开发隐匿在巴黎日常生活面貌背后的诗意，波德莱尔成功地向城市借用了自己诗歌创作的能量、美学思想的构架和诗歌表现的方法。他的巴黎诗歌在经验层面与巴黎生活产生应和。写作城市诗歌，就是要把城市生活的能量转变成艺术品，要通过词语的处理，把体验到的生活强度转化为语言的现实。作诗就是加工经验的过程，诗歌就是加工经验的结果。要创作出真正的城市诗歌，诗人就要在城市生活的表层背后捕捉到统摄城市生活的那些隐性法则。城市诗歌中成功的"现实主义"就是要达成诗歌经验与生活经验的等值。当诗人在经验层面把诗歌与生活联系在一起，他所要求于诗歌的就不是单纯的模仿，也不是单纯的主观宣泄，而是一种新型的抒情，这种抒情与城市生活经验的节奏有着相同的律动，而如果脱离了与现代大城市的关系，如果不采用城市世界的语汇，这种抒情是难以被人们领会和接受的。城市生活的丰富、多变和强度，支配着城市诗歌表现形式的丰富、多变和强度。在现代语境下创作诗歌，就是要把诗歌经验的领域扩展到城市经验的范围，让诗歌与生活等值，成为一种与生活具有同样质感、同样运动、同样变幻的存在。诗人笔下的图画之所以阴沉，是因为他所处的世界原本就是黑暗；诗人的眼中之所以遍布奇观，是因为他所处的世界原本就充满奇幻。

波德莱尔的诗歌"图画"紧扣经验的价值，其"巴黎性"主要体现为与经验领域相关的巴黎情感、巴黎意识。诗中的巴黎与其说是物质性的有形存在，不如说是能量性的心理存在。在这些诗歌中，外观的相似让位给了以感受经验的等值为特点的内在的相似。诗人创造出新的抒情形式，不是为了复述生活中的故事，而是要勾勒并传达出生活带给他的种种印象。我们可以这样描述作为巴黎诗人的波德莱尔所采用的手法：他先提及一个场景或一个景观，又从日常生活经验为他提供的一些元素出发在不同层次上改造这一场景或景观，让这一外在的景致立即唤起一个内在的景观。他更多是把巴黎作为一个出发点，而不是作为一个目的地。他把诗歌的指事功能悬置起来，用启示功能取而代之。正因为这样我们可以断言说，波德莱尔的巴黎诗歌虽然远没有展现出跟工业、科技和经济直接相关的现象，也没有表现那些新奇的现代发明，但仍然能够被看作是抒情诗对机器文明的最先的反应，是对那种与工业现象和现代发明紧密联系的神奇经验的诗意呈现。在波德莱尔的城市诗歌中，诗歌经验与城市生活经验具有相同的复杂性、神奇性、矛盾性和暧昧性。这种基于经验等值的内在相似性就是波德莱尔所实践的"精神现实主义"的特点，而这促成了波德莱尔对巴黎诗歌传统的突破，奠立了他在城市诗歌发展历史中作为具有现代意识的开创者的重要地位。

我们从波德莱尔创作巴黎诗歌的经验中可以看到，作为地理概念的巴黎本身是无所谓诗意的。这座城市的魅力来自城中人们生活的强烈力度。只有当巴黎在诗人眼中呈现为人类文明既痛苦又光荣的舞台时，这座城市才谈得上美；只有当巴黎成为人类生存和灵魂问题的象征时，这座城市才谈得上诗意。在那些看上去庸凡无奇的事实中发掘别具深意的经验，这是诗人的才能之所在。作为诗人，波德莱尔力图通过作品达到对于现代生活更为深层的模仿。他不满足于对于城市的"地理学"研究，而是在"生理学""心理学"和"精神现象学"层面发掘城市复杂隐秘的机能和质感,思考城市文明对人的存在、情感和心灵状态的潜在影响。在创作中,他的兴趣在于将现实材料加以变形和改造,从而构拟出自己的图画和景观,并用它们对现实进行置换。从他的一系列巴黎诗篇可以看出,他的艺术追求不是现实主义式对生活现状的模仿,而是通过对现实的置换实现经验层面的模仿和重组,实现艺术经验与生活经验在质量上(而不是在内容上)的等值,由此达成艺术对于生活的迻译和诠释。当波德莱尔通过诗歌创作活动把"巴黎"置换为"图画"之际,他其实是把地理空间置换为了心理空间,把物理现实置换为了文化现实,把物质的质量置换为了心灵的能量,把事物的价值置换为了精神的价值,把属于城市生活的日常经验置换为了具有普遍价值的美学经验。作为人和世界之间的中介物,波德莱尔的巴黎诗歌实现了从事实到观念的神奇转换,开启了一条通往精神之路。这些诗歌的创作显示了波德莱尔在美学上的高卓追求。从他开始,生发于个人经验的抒情诗显得越来越不涉及个人,越来越远离通常意义上的"抒情",越来越减弱环境、个别、个人等偶然因素的重要性,而把普遍性的因素摆到了一个重要位置上加以阐发。诗人通过对题材的升华和对本质性因素的狂热追求,为本能带来意识之光,为审美带来智性之光,为诗歌带来哲思之光,从而把诗歌提升到与人生存在生死攸关的高度,把诗歌变成了一种具有超越性的活动,实现了一种可以称之为"超抒情"的现代抒情诗类型。

对《巴黎图画》等城市诗歌的研究表明,波德莱尔是一位对现代人的存在处境有着清醒意识,对艺术的现代语境有着高度自觉,对人类的历史命运有着深敏思虑的诗人。在他那里,诗歌创作始终与批评意识密切相连,审美愉悦始终与智性领悟密不可分,这让他的诗歌同时既是对一种艺术的演示,也是对一种美学理论的构建。他的诗歌不仅激发丰富而奇妙的想象,也唤起厚重而深邃的思想。

无论在诗歌创作上还是在文艺批评实践中,波德莱尔都始终表现出一种对艺术的整体性直觉。他把"完整统一性"看成是创造任何"健康艺术"的首要条件。① 《巴黎图画》中那些诗歌的生成,以及这些诗歌之间的布局结构,都具

---

① 波德莱尔在《正派的戏剧和小说》一文中写道:"创造一种健康艺术的第一个必要条件就是对完整统一性的信仰。"(《全集》,第二卷,第 41 页)

体地体现了波德莱尔要把文本中的各种因素会同起来构成一个统一整体的自觉意识。他要以此让作品产生出一种他所追求的具有高度统一性的总体效果,这不仅是不同感官印象的统一,还是无意识与精神追求、感受性与思想性的统一。对他来说,懂得并且能够让美学效果与内心生活的强度融洽无间,这正是艺术才能的表征。可以说波德莱尔的审美经验就是围绕着"整体统一"观念这个主轴运转的。

以《巴黎图画》为代表的城市诗歌就是按统一性原则所创造出来的典范。在表达层面,波德莱尔的创作经验体现出决意"跨越为诗歌设定的界线"、打破传统诗歌形式桎梏的意愿。诗人意欲创造出来的丰富联想和强烈效果需要用新的形式来容纳和表现。诗人从"应和论"思想出发,努力让自己的诗歌"图画"成为人类存在状况的审美表达。在意义层面,诗人富有洞察力的敏锐眼光总是投向超越于现实的更远、更高或更深之处,他总是希望在现实中捕获到比现实本身更具分量的东西。他心之所系的,是把物理现实与精神现实统一在一起,把哲学的方法运用到诗歌中,通过诗歌活动本身实现对于事物和人的本性以及对于人的存在状况的严峻思考。我们由此可以说,波德莱尔的审美经验绝不仅仅局限于传统意义上的修辞,而是属于他自己所说的"深层修辞",而他之所谓"深层修辞"不过是他在《应和》一诗中所说的"幽玄深奥的整体"的另一种表述,也就是说是一种在极高程度上实现的"整体",在那里,修辞手法消隐在人生存在的深度之中,美学效果与伦理效果一体难分。为达此效果,诗人甚至敢于借助"恶劣趣味"和"表达不当"来实现艺术的工巧,用不准确来达到准确,用不和谐来达到和谐,用看似拙劣的手段来强化诗歌的表现力和暗示力,以极为自觉和深思熟虑的方式超越普通诗学和修辞学意义上的完美,达成诗歌中的"深层模仿"和"隐秘完美"。由此看来,波德莱尔的审美经验应当被看成是一种包含两层含义的双重经验,即一种"美学—伦理"经验。波德莱尔的例子告诉我们,他的巴黎诗歌的独特之处,最主要的还不在于题材和文字表达方面的新颖,而在于用具有现代意识的真情实感来统摄题材和文字表达,决定它们的取舍和安排,让它们符合于自己内在表达的需要。波德莱尔的情感是充沛的,而且大多数情况下都可以说是非理性的,但当他在把自己狂暴的情感锤炼成艺术品之际,他又不允许自己像浪漫主义者一样容忍作品形式上的放任和散漫,他必定会为之赋予一种不逊于古典主义者所追求的那种理性的组织结构。在他的作品中,就连最微不足道的细节也要经过反复权衡以符合于总体效果,成为能够映射出整体的全息图像,而总体的组织结构体现着他在审美和精神上的双重意图。

当波德莱尔的这些关于巴黎的"图画"不再与客观的空间所指或物质对象挂钩,它们便成为了象征图像或寓托图像,即更多是与主观现实挂钩的图像。这些图像是由事实、神经反应、想象活动和理智作用在瞬间汇聚而成的结果,是精神化了的日常生活图画,在这些图画中表面的现实主义背后,实则涌动着非物质性的观照和诉求。波德莱尔在城市诗歌中的审美经验表明,诗歌可以与精神灵性的经验相互渗透而成为一种思维方式和启示因素,成为揭示现实真相和生活真理的手段。这等于说,审美经验必定包含着精神的维度,并不排斥智性和灵性活动。从这样的观点看,一个有意思的现象就是,在波德莱尔的这些被认为是最现代的巴黎诗歌中,诗人与古老的诗歌形态重续前缘,让诗歌回归了其作为"感觉—体验—领悟"的原始本位。于是,现代世界的最新浪潮与超越于时代局限的因素建立起了联系,让那些偶然的、短暂的、过渡性的材料与那些超越时间的永恒因素发生"应和"关系。正因为这样,巴黎诗人的诗歌活动才成为"对外部生活传奇般的迻译"[①],成为对现代生活的具有普遍价值的解说。他通过这种迻译和解说,把一时一地的状况升华为超越时空的本质性状况,把历史性的因素提炼为具有诗意的因素,并且让最庸凡无奇的事物成为展演永恒戏剧的舞台。

波德莱尔在巴黎这座现代大都市的生活中所经历的,主要是一些充满了苦闷和忧郁、受难和伤痛的经验。而他的非凡之处就在于,他不满足于只是从自己的生活经验中看到人及其灵魂的阴暗面,而是还要在以往的人们只看到丑陋、邪恶和罪愆的地方发掘出美和诗歌。他在自己的巴黎诗歌中开发"已被腐化的民族"所具有的那种萎靡而阴沉的美,这是"迟生的缪斯"发明出来的与现时代密切相关的美,这是用"阴森恐怖的画卷"展现出来的特定的现代美。[②]以"恶"作为征服之道,在痛苦中汲取诗歌灵感,把负面的状况扭转为精神的诉求,一句话,从现实的污泥秽土中提取出理想的黄金,这就是炼金术士般的巴

---

① 《现代生活的画家》,《全集》,第二卷,第 698 页。
② 参阅《我喜欢回忆赤身裸体的时代》,《全集》,第一卷,第 12 页。

黎诗人赋予自己的重大任务。

　　暧昧性和悖论性是构成波德莱尔审美经验的主要方面之一。诚如我们在波德莱尔的巴黎诗歌中所看到的，现代美是以复杂性、矛盾性、悖论性甚至暧昧性为特点的。现代生活既充满梦幻神奇又充满滑稽怪诞，既让人心醉神迷又让人荒唐颓废，既引发澎湃激情又引发消沉忧郁，其本身就是一个典型的悖论现象。① 无论是好还是坏，城市终究是我们的处境——这是现代人的宿命；无论是善还是恶，城市为诗人提供了一种独一无二的经验以及诸多充满诗意的暗示，让他在新奇和意味深远的发现中享受到凡夫俗子不能了然的快意，激发他意识上的震荡，并由此成就他的诗才和诗艺。波德莱尔在自己的巴黎诗歌中发挥了对于城市任何事物固有的多重价值的感悟和思考，而这种充满悖论的情感和思考赋予他的巴黎诗歌以独具的魅力。他紧扣自己的时代并忠实于自己的感受经验，用诗歌展现现代生活和现代人灵魂的复杂和矛盾。他的巴黎诗歌在这座城市的街巷中产生构思，从他的个人经验中获得滋养。他呈献在我们眼前的这些诗歌是一幅幅满含寓意的图画，寓托着这个时代既令人不安又令人振奋的魔力，寓托着诗人对这个时代既忧心如焚又欲罢不舍的情愫。

　　波德莱尔巴黎诗歌中的那些寓托形象让我们满目所见的始终是现代世界在本体论意义上每况愈下的情势，这是一种因失落了神圣性的保证而在恶的力量面前无力自保的状况。但与此同时，这些形象又对我们深入认识世事人生大有助益。在这个世界上，每个人都各怀幻想，"被一种不可抗拒的行走欲驱策着"②，却又并不真正知道究竟走向何方，也不知道为何行走。摆在我们面前的难题就是，究竟应该在认清幻想的虚妄本质时依然能够在绝望中带着

---

① 此处可以参考狄更斯在《双城记》(*A Tale or Two Cities*)开篇针对快速发展的资本主义社会有感而发的议论："那是最昌明的时世，那是最衰微的时世；那是睿智开化的岁月，那是混沌蒙昧的岁月；那是信仰笃诚的年代，那是疑云重重的年代；那是阳光灿烂的季节，那是长夜晦暗的季节；那是欣欣向荣的春天，那是死气沉沉的冬天；我们眼前无所不有，我们眼前一无所有；我们都径直奔向天堂，我们都径直奔向另一条路——简而言之，那个时代同现今这个时代竟然如此惟妙惟肖，就连它那叫嚷得最凶的权威人士当中，有些也坚持认为，不管它是好是坏，都只能用'最'字来表示它的程度。"（张玲、张扬译，上海译文出版社，1989年，第3页）这段话极其耐人寻味，不仅把现代社会的矛盾特点概括得淋漓尽致，也在字里行间透露出作者对这个时代的深深忧虑。

② 《人人都有自己的幻想》(*Chacun sa chimère*)，《巴黎的忧郁》，《全集》，第一卷，第282页。

希望继续前行,还是应该干脆在懵懵懂懂中采取一种满不在乎的态度,变本加厉地随波逐流、听之任之。这是一个吊诡的难题,没有现成解答,每每思之,总会让人寝食难安。波德莱尔巴黎诗歌中的寓讬形象起着这样的作用:把经验领域向负面的痛苦经验敞开,强化因原罪带来的生活创伤所引起的痛感,迫使读者去体验人生存在中根深蒂固的二重性。他的这些诗歌不是宽慰和安抚人的,而是触动和搅扰人心的。这位现代世界的诗人善于借用古老的寓讬形象,把审美经验置于绝望、痛苦和死亡的光照之下,并由此创造出一种让虚弱者惊恐万状、让强健者陶醉振奋的艺术。在这种体现出雄健之美的艺术中,"恐怖的魅力只让强者们陶醉"(《死神舞》),其中的趣味与传统哀歌所代表的那种软弱无力的抒情风气相去甚远。波德莱尔比其他任何人更让我们发现人生的复杂,尤其是体验到人生中那些负面因素所包含的反常合道的美妙。他的作品让人走出生理上和精神上的童年而变得成熟和硬朗,让人敢于撕毁虚假的面具而正视社会和人生的真相,让人摆脱虚伪和怯懦的习气而学会自警、自爱和自尊。他天才般地向我们走来,用他那些亦庄亦谐的巴黎诗歌唱出了现代人的种种纠结情感,让我们看到在现代大城市中,丑陋也会是一种壮丽,理想也会是一种忧郁,伟大也会是一种焦虑,恶也会是一种英雄主义,美也会是一种暴力。波德莱尔从事诗歌创作活动的时代所具有的突出特点,就是由一系列惊人矛盾构成的强烈反差:伟大与平庸,富有与贫穷,新奇与老旧,建设与破坏。这样一些反差让敏慧之人能够从伟大之中见出平庸,从富有之中见出贫穷,从新奇之中见出轮回,从建设之中见出破坏。由此产生出来的,不只是一种全新的审美感受,而且还是一种全新的观照世界的眼光。

  波德莱尔诗歌经验的奇妙之处,在于把我们带向深渊之际,不仅让我们看到世界的空洞虚妄,也让我们获得无数富有意义的启示。阅读波德莱尔的诗歌,不仅是经历一种审美经验,同时也是经历一种人生经验,而且还是经历一种意识上的启迪。他的诗歌让我们学会从严峻性入手去审视生活,从复杂性入手去领会生活,在强度上去感受生活,在整体上去体验生活。这里所说的生活可以是物性生活,也可以是灵性生活,而最经常所指的是灵肉一体的整体生活。物性生活呼吁灵性生活,灵性生活升华物性生活。波德莱尔美学思想的全部精义就在于竭尽全力地让艺术返回到人生存在的本源,让诗歌与大街上的万象生活挂钩,由此把艺术和人生、诗歌和生活都引向无限广阔的疆域。诗人正是通过"幽玄深奥的整体"来实现自己作为诗人的使命。而作为读者的我们，只有在经验的领域才最有可能领会波德莱尔创造出来的那个情感充沛的艺术世界。这就要求我们的阅读必须声气相应地融入到他的诗歌世界的氛围中，甚至仿佛成为诗歌创作活动的一个组成部分。

波德莱尔用古往今来人们所能写下的最为惊心动魄的话语，道出了人类风雨飘摇的生存环境，表达了不甘接受既定命运的人的痛苦。他怀抱着人类万古的忧虑，临深渊而不止步，遇艰险而愈威猛，在地狱之中呼唤灵性天堂，于死生之地索求存亡大义。他的诗歌世界表明，写下这些诗歌的诗人是一位心明眼亮的洞察者，他不仅认识到人在世界乃至宇宙中的位置，而且探测到人的全部感性空间和智性空间的广度和深度。

波德莱尔在他的诗歌中通过高超的艺术手段完美传达出来的，就是促使人有所感、有所思的经验，而不是一些具体的做事准则或行为规范。审美经验的直接作用并不是要在物质层面改变事物，而是要在更深的意义上唤起人精神上的反应。审美经验对人生问题的解救之道不是现实性和社会性的，而是情感性和心理性的。它以改变人为目的，寄希望于通过改变人进而改变世界，间接地为理解和解答现实问题做出贡献。不对现实人生问题给出任何现成的回答，这是波德莱尔诗歌中所体现出来的审美经验的奇妙之处。也可以说他给出的唯一回答就是没有回答，他诗歌的唯一意义就是揭示出生活中意义的缺失。通过回答的缺失和意义的缺失引起我们深深的恐惧和震撼，这正是波德莱尔诗歌中审美经验的价值之所在。他的诗歌令我们在经验层面上惊悸战栗，迫使我们在惊悸战栗之际面对无限广阔的永恒宇宙和没有出路的狭隘人生，发出对于世界的追问，也发出对于自己的追问。

参考文献

一、波德莱尔作品（含中文译本）

Correspondance, texte établi, présenté et annoté par Claude Pichois avec la collaboration de Jean Ziegler, 2 vol., Paris, coll. Bibliothèque de la Pléiade, 1973.

Les Fleurs du mal. Texte de la seconde édition, suivi des pièces supprimées en 1857 et des additions de 1868, édition critique établie par Jacques Crépet et Georges Blin, Paris, José Corti, 1942.

Les Fleurs du mal. Les Épaves-Bribes-Poèmes divers. Amœnitates Belgicœ, introduction, relevé de variantes et notes par Antoine Adam, Paris, coll. Classique Garnier, 1961.

Les Fleurs du mal, édition critique par Jacques Crépet et Georges Blin, refondue par Georges Blin et Claude Pichois, Paris, José Corti, t. I, 1968.

Les Fleurs du mal, édition établie par Jacques Dupont, Paris, Flammarion, 1991.

Œuvres complètes de Charles Baudelaire, édition procurée par Jacques Crépet, avec des notes et éclaircissements, 19 vol., Paris, Louis Conard, 1922-1953.

Œuvres complètes de Charles Baudelaire, édition critique par F.-F. Gautier, continuée par Y.-G. Le Dantec, 12 vol., Paris, NRF, 1918-1937.

Œuvres complètes de Charles Baudelaire, édition présentée dans l'ordre chronologique et établie sur les textes authentiques avec des variantes inédites et une annotation originale, 2 vol., Paris, Club du meilleur livre, 1955.

Œuvres complètes, édition établie dans un ordre nouveau, présentée et annotée par Yves Florence, 3 vol., Paris, Le Club français du Livre, 1966.

Œuvres complètes, texte établi, présenté et annoté par Claude Pichois, 2 vol., Paris, coll. Bibliothèque de la Pléiade, t. I, 1975; t. II, 1976.

Petits Poèmes en prose (Le Spleen de Paris), introduction, notes, bibliographie et choix de variantes par Henri Lemaître, Paris, coll. Classiques Garnier, 1958.

Petits Poèmes en prose, édition critique par Robert Kopp, Paris, José Corti, 1969.

《〈恶之花〉掇英》,戴望舒译,《戴望舒全集·诗歌卷》,中国青年出版社,1999 年。
《恶之花》,郭宏安译,漓江出版社,1992 年。
《恶之花·巴黎的忧郁》,郭宏安译,上海人民出版社,2008 年。
《恶之花》,莫渝译,志文出版社,1985 年初版,1990 年再版。
《恶之花·巴黎的忧郁》,钱春绮译,人民文学出版社,1991 年。
《恶之花》,王了一译,外国文学出版社,1980 年。
《恶之花》,文爱艺译,四川人民出版社,2007 年。
《巴黎的忧郁》,胡品清译,志文出版社,1973 年初版,2010 年再版。
《巴黎的忧郁》,怀宇译,新星出版社,2012 年。
《巴黎的忧郁》,亚丁译,漓江出版社,1982 年。
《人造天堂》,郭宏安译,三联书店,2009 年。
《人造天堂》,叶俊良译,脸谱出版 / 城邦文化发行,2007 年。
《我心赤裸——波德莱尔散文随笔集》,肖聿译,中国广播电视出版社,2000 年。
《私密日记》,张晓玲译,湖南文艺出版社,2007 年。
《波德莱尔诗全集》,张秋红、胡小跃译,浙江文艺出版社,1996 年。
《波德莱尔散文选》,怀宇译,百花文艺出版社,1992 年。
《波德莱尔美学论文选》,郭宏安译,人民文学出版社,1987 年。

二、西文文献

ADATTE (Emmanuel), « *Les Fleurs du mal* » et « *Le Spleen de Paris* ». *Essai sur le dépassement du réel*, Paris, José Corti, 1986.

AGUETTANT (Louis), *Baudelaire. L'Invitation au voyage. Spleen - Tableaux parisiens. La Mort*, Paris, Éditions du Cerf, coll. Le bonheur de lire, 1978.

AHEARN (Edward J.), « Marx's Relevance for Second Empire Literature. Baudelaire's *Le Cygne* », *Nineteenth-Century French Studies*, Vol. XIV, N° 3-4, Spring-Summer 1986, pp. 269-277.

AMPRIMOZ (Alexandre L.), « La relativité de l'interprétant poétique. L'exemple de *Parfum exotique* de Baudelaire », *Semiotica*, Vol. LX, 1986, pp. 259-277.

ANTOINE (Gérald), « Pour une nouvelle exploration "stylistique" du *gouffre* baudelairien », *Le Français moderne*, avril 1962, pp. 81-98.

« La nuit chez Baudelaire », *Baudelaire* (réédition du numéro spécial que la *Revue d'histoire littéraire de la France* a consacré à Baudelaire dans sa livraison d'avril-juin 1967), Paris, Librairie Armand Colin, 1967, pp. 151-177.

« Classicisme et modernité de l'image dans *Les Fleurs du mal* », *Baudelaire, actes du colloque de Nice* (25-27 mai 1967). *Annales de la Faculté des Lettres et Sciences humaines de Nice*, n° 4-5, 2ᵉ et 3ᵉ trimestre 1968, pp. 5-12. Aussi dans son livre: *Vis-à-vis ou le double regard critique*, Paris, PUF, 1982, 107-117.

APOLLINAIRE (Guillaume), « *Les Fleurs du mal* », introduction à *L'Œuvre poétique de Charles Baudelaire*, coll. Maîtres de l'amour, 1917. Aussi dans: *Œuvres en prose complètes*, éd. Pierre Caizergues et Michel Décaudin, coll. Bibliothèque de la Pléiade, t. III, 1993, pp. 872-876.

ARNOLD (Paul), *Le Dieu de Baudelaire*, Paris, Savel, 1947.

ARROUYE (J.), « Les *Aveugles* de Bruegel et de Baudelaire », *L'École des Lettres* (*revue pédagogique bimensuelle*, *Second Cycle*), 67ᵉ année, n° 9, 18 janvier 1975, pp. 2 et 49-51.

ASSELINEAU (Charles), *Charles Baudelaire, sa vie et son œuvre*, Paris, Lemerre, 1869. Aussi dans: *Baudelaire et Asselineau*, textes recueillis et commentés par Jacques Crépet et Claude Pichois, Paris, Nizet, 1953.

AUSTIN (Lloyd James), *L'Univers poétique de Baudelaire. Symbolisme et symbolique*, Paris, Mercure de France, 1956.

« État présent des études sur Baudelaire », *Forum for Modern Language Studies* [Scotland, University of St Andrews], Vol. III, N° 4, October 1967, pp. 352-369. Aussi dans: *The present state of French studies* d'Osburn, Metuchen [N. J.], Scarecrow Press, 1971, pp. 638-665.

—« Les "Tableaux parisiens" un siècle après », *Revue des sciences humaines*, fasc. 127, juillet-septembre 1967, pp. 433-447.

AVICE (Jean-Paul), « Baudelaire et le présent profond de Paris », *Europe*, n° 760-761, août-septembre 1992, pp. 31-45.

AVNI (Abraham), « Les *Sept Vieillards*, Judas and the Wandering Jew », *Romance Notes*, Vol. XVI, 1974-1975, pp. 590-591.

BABUTS (Nicolae), « Baudelaire in the Circle of Exiles: A Study of *Le Cygne* », *Nineteenth-Century French Studies*, Vol. XXII, N° 1-2, Fall-Winter 1993-1994, pp. 123-138.

BANDY (W. T.), « Baudelaire et Croly: la vérité sur *Le Jeune Enchanteur* », *Mercure de France*, 1ᵉʳ février 1950, pp. 233-247.

« Trois études baudelairiennes », *Revue d'histoire littéraire de la France*, 53ᵉ année, n°2, avril-juin 1953, pp. 203-212.

—avec Claude Pichois, *Baudelaire devant ses contemporains*, Monaco, Éditions du Rocher, 1957, pp. 147-148.

« Les morts, les pauvres morts... », *Revue des sciences humaines*, fasc. 127, juillet-septembre 1967, pp. 477-480.

« Le Chiffonnier de Baudelaire », *Revue d'histoire littéraire de la France*, 57e année, n° 4, oct.-déc. 1957, pp. 580-584.

« L'universalité de Baudelaire », *Baudelaire, actes du colloque de Nice* (25-27 mai 1967). Annales de la Faculté des Lettres et Sciences humaines de Nice, 2e et 3e trimestre 1968, pp. 25-30.

BARBERIS (Marie-Anne), *Les Fleurs du mal de Baudelaire*, Paris, Éditions Pédagogie Moderne, coll. Lecto-guides 2, 1980.

BARBEY d'AUREVILLY (Jules), « *Les Fleurs du mal* par M. Charles Baudelaire », article justificatif recueilli dans *OC*, I, pp. 1191-1196.

BARCHIESI (Marino), « Figure archétypale et "circonstances" dans la lyrique moderne », *Formation et Survie des Mythes. Travaux et Mémoires. Colloque de Nanterre*, 19-20 avril 1974 (Centre de recherches mythologiques de l'Université de Paris-X), Paris, Les Belles Lettres, 1977, pp. 41-65.

BARTOLI-ANGLARD (Véronique), *Charles Baudelaire. « Les Fleurs du mal »*, Rosny, Bréal éditions, coll. Connaissance d'une œuvre, 1998.

BATAILLE (Georges), *La Littérature et le mal*, Paris, Gallimard, 1957 (« Baudelaire », pp. 27-47).

BELLEMIN-NOËL (Jean), *Interlignes : essais de textanalyse*, Lille, Presses universitaires de Lille, 1988. (« Deux *Crépuscule du soir* de Baudelaire », pp. 87-104).

BENEDETTO (L.-F.), « L'Architecture des *Fleurs du mal* », *Zeitschrift für französische Sprache und Litteratur* [Chemnitz und Leipzig], XXXIX, 1912, pp. 18-70.

BENJAMIN (Walter), « Fragments baudelairiens », *Les Lettres françaises*, n° 1197, du 30 août au 6 septembre 1967.

— *Charles Baudelaire, un poète lyrique à l'apogée du capitalisme*, traduit de l'allemand et préfacé par Jean Lacoste, Paris, Payot, 1979.

— *Paris, capitale du XIXe siècle. Le Livre des passages*, trad. franç. Jean Lacoste, Paris, Éditions du Cerf, 1997.

— *Baudelaire*, édition établie par Giorgio Agamben, Barbara Chitussi et Clemens-Carl Härle, traduit de l'allemand par Patrick Charbonneau, La Fabrique éditions, 2013.

BERMAN (Marshall), *All That Is Solid Melts into Air : The Experience of Modernity*, New Nork, Simon and Schuster, 1982.

BERNEVAL (Jacques), « Sur *Les Petites Vieilles* », *L'Ami du peuple du soir*, 19 décembre 1929.

BESSE (F.), « Explication française. Baudelaire: *Paysage* », *L'École des Lettres* (*revue pédagogique bimensuelle*, *Second Cycle*), 59ᵉ année, n° 17-18, 22 juin 1968, pp. 975-976.

BEUCLER (André), « Baudelaire et Paris », *Conjonction* [Port-au-Prince], n° 63-64, 1957, pp. 14-16.

BILLY (André), *La Présidente et ses amis*, Paris, Flammarion, 1945.

BLIN (Georges), *Baudelaire*, Paris, Gallimard, 1939.

— *Le Sadisme de Baudelaire*, Paris, José Corti, 1948.

« Baudelaire. Recherches sur la "modernité" », *Annuaire du Collège de France*, 69ᵉ année, 1969-1970, p. 523-534.

BONNEFOY (Yves), *L'Improbable et autres essais*, Paris, Gallimard, coll. Folio Essais, 1992.

Le Poète et « le flot mouvant des multitudes »: *Paris pour Nerval et pour Baudelaire*, Bibliothèque nationale de France, 2003.

Sous le signe de Baudelaire, Paris, Gallimard, 2011.

— *Le Siècle de Baudelaire*, Paris, Le Seuil, 2014.

BOURGET (Paul), « Hommage à Baudelaire », *Le Gaulois*, 24 octobre 1927.

BOWLES (Brett), « *Les Sept Vieillards* : Baudelaire's Purloined Letter », *French Forum*, Vol. 23, N° 1, January, 1998, pp. 47-61.

BRINCOURT (A.), « Le Paris de Charles Baudelaire », *Le Figaro*, 7 Juin 1963.

BRIX (Michel), « *Les Aveugles* et le romantisme », *Bulletin baudelairien*, t. 29, n° 2, décembre 1994, pp. 59-66.

BROMBERT (Victor), « Baudelaire: City Images and the "Dream of Stone" », *Yale French Studies*, XXXII, October 1964, pp. 99-105.

— « *Le Cygne* de Baudelaire: Douleur, Souvenir, Travail », *Études baudelairiennes*, III, 1973, pp. 254-261.

— *The Hidden Reader. Stendhal, Balzac, Hugo, Baudelaire, Flaubert.* Cambridge, Massachusetts and London, Harvard University Press, 1988 (« *Le Cygne* : The Artifact of Memory », pp. 97-102).

BRUNEL (Pierre), *Les Fleurs du mal, entre « fleurir » et « défleurir »*, Paris, ditions du Temps, 1998.

— *Baudelaire: antique et moderne*, Paris, Presses de l'Université Paris-Sorbonne, 2007.

BRUNETIRE (F.), « Charles Baudelaire », *Revue des deux mondes*, 1ᵉʳ juin 1887, pp.

695-706.

« La Statue de Baudelaire », *Revue des deux mondes*, 1er septembre 1892, pp. 212-224.

BURNS (Colin), «"Architecture secrète": Notes on the Second Edition of *Les Fleurs du mal* », *Nottingham French Studies*, Vol. V, N° 1, October 1966, pp. 67-79.

BURTON (Richard D. E.), *The Context of Baudelaire's Le Cygne*, Durham, University of Durham, 1980. (Durham modern language studies, E. M. 1)

—« Baudelaire and Lyon. A Reading of *Paysage* », *Nineteenth-Century French Studies*, Vol. XXVIII, N° 1, Spring 1989, pp. 26-38.

« Baudelaire and Shakespeare. Literary reference and meaning in *Les Sept Vieillards* and *La Béatrice* », *Comparative Literature Studies*, Vol. XXVI, N° 1, 1989, pp. 1-27.

« The Dead Father. A Note on *Le Cygne* and the Iliad », *French Studies Bulletin*, n° 38, Spring 1991, pp. 7-9.

BUSH (Andrew), «"Le Cygne" or "El cisne": The history of a Misreading », *Comparative Literature Studies*, XVII, 4, December 1980, pp. 418-428.

CAILLAT (J.) et Mme BÉBIELLI, *Cours de français*, Paris, Masson, 1932. (« *La servante au grand cur...* », pp. 378-380)

CALASSO (Roberto), *La Folie Baudelaire*, Gallimard, 2012.

CARGO (Robert T.), « A Further Look at Baudelaire's *Le Cygne* and Victor Hugo », *Romance Notes*, Vol. X, n° 2, Spring 1969, pp. 277-285.

CARTER (A. E.), *Baudelaire et la critique française: 1868-1917*, Columbia [South Carolina], University of South Carolina Press, 1963.

CASSAGNE (Albert), *Versification et métrique de Charles Baudelaire*, Paris, Hachette, 1906.

CASSOU-YAGER (Hélène), *La Polyvalence du thème de la mort dans* Les Fleurs du mal *de Baudelaire*, Paris, Nizet, 1979.

CASTEX (Pierre-Georges), *Baudelaire critique d'art. Étude et Album*, Paris, SEDES, 1969.

CAUSSY (Fernand), « Chronologie des *Fleurs du mal* », *L'Ermitage*, XVIIe année, t. II, juillet-décembre 1906, pp. 328-338.

CELLIER (Léon), « D'une rhétorique profonde: Baudelaire et l'oxymoron », *Cahiers internationaux de symbolisme*, n° 8, 1965, pp. 3-14.

—« Baudelaire et George Sand », *Baudelaire* (réédition du numéro spécial que la *Revue d'histoire littéraire de la France* a consacré à Baudelaire dans sa livraison d'avril-juin 1967), Paris, Armand Colin, 1967.

Baudelaire et Hugo, Paris, José Corti, 1970.

CENTRE D'ÉTUDE DU VOCABULAIRE FRANÇAIS, avec la collaboration de K. MENEMENCIOGLU, *Baudelaire, Les Fleurs du mal. Concordances, index et relevés statistiques*, Paris, Larousse, [1965].

CERTEAU (Michel de), *The Pratice of Everyday Life*, Berkeley, University of California Press, 1984.

CHAMBERS (Ross), « Baudelaire et l'espace poétique. À propos du *Soleil* », *Le Lieu et la formule. Hommage à Marc Eigeldinger*, Neuchâtel, À la Baconnière, 1978, pp. 111-120.

—« Seeing and Saying in Baudelaire's *Les Aveugles* », *Pre-text, Text, Context. Essays on Nineteenth-Century French Literature*, Ed. by Robert L. Mitchell, Columbus, Ohio State University Press, 1980, pp. 147-156.

—«"Je" dans les "Tableaux parisiens" de Baudelaire », *Nineteenth-Century French Studies*, Vol. IX, N° 1-2, Fall-Winter 1980/81, pp. 59-68.

« Trois paysages urbains: les poèmes liminaires des "Tableaux parisiens"», *Modern Philology*, Vol. LXXX, N° 4, May 1983, pp. 372-389.

—« Situation de la recherche. Du temps des *Chats* au temps du *Cygne* », *Œuvres et critiques*, IX, 2, 1984, pp. 11-26.

—« Baudelaire's Street Poetry », *Nineteenth-century French Studies*, Vol. XIII, N° 2-3, Winter-Spring 1985, pp. 244-259.

—« The Storm in the Eye of Poem. Baudelaire's "À une passante"», *Textual Analysis. Some Readers Reading*, Ed. by Mary Ann Caws, New York, The Modern Language Association of America, 1986, pp. 156-166.

—« Are Baudelaire's "Tableaux parisiens"about Paris » *On Referring in Literature*, Ed. by Anna Whiteside and Michael Issacharoff, Bloomington and Indianapolis, Indiana University Press, 1987, pp. 95-110.

—*Mélancolie et opposition: les débuts du modernisme en France*, Paris, Corti, 1987 (« Mémoire et mélancolie », pp. 167-186).

—« Brouillards nervaliens, brouillards baudelairiens », dans *L'Imaginaire nervalien. L'Espace de l'Italie*, (textes recueillis et présentés par Monique Streiff Moretti), Napoli, Edizioni Scientifiche Italiane, 1988, pp. 181-195.

Charles Baudelaire, souvenirs-correspondances. Bibliographie, suivie de pièces inédites, ouvrage collectif, Paris, Chez René Pincebourde, 1872.

CHARNET (Yves), « Baudelaire / Paris: Une impossible intimité », *L'Année Baudelaire*, 1. *Paris, l'Allégorie*, Paris, Klincksieck, 1995, pp. 71-80.

CHASTEL(André), « Le Baroque et la Mort », in Enrico Castelli, éd., *Retorica e barocco*: *Atti del III Congresso internationale di studi umanistici*, Rome, Fratelli Bocca.

CHENET-FAUGERAS (Françoise), « L'Invention du paysage urbain », *Romantisme*, 24e année, n° 83, 1er trimestre 1994, pp. 27-37.

CHÉRIX (Robert-Benoît), *Commentaire des « Fleurs du mal »*, Genève, Pierre Cailler, 1949.

CHESTERS (Graham), « Baudelaire and the Limits of Poetry (*Le Crépuscule du soir*) », *French Studies*, Vol. XXXII, N° 4, October 1978, pp. 420-434.

—« The Transformation of a Prose-Poem. Baudelaire's *Crépuscule du soir* », *Baudelaire, Mallarmé, Valéry. New Essays in Honour of Lloyd Austin*. Ed. by Malcolm Bowie, Alison Fairlie and Alison Finch, Cambridge University Press, 1982, pp. 24-37.

CITRON (Pierre), *La Poésie de Paris dans la littérature française de Rousseau à Baudelaire*, 2 tomes, Paris, Éditions de Minuit, 1961.

—« Le Mythe poétique de Paris jusqu'à Baudelaire », *L'Information littéraire*, XIVe année, n° 2, 1962, pp. 47-54.

CLAPTON (G. T.), *Baudelaire et De Quincey*, Paris, Les Belles Lettres, 1931.

CLARETIE (Jules), « Le Monument de Baudelaire », *Le Journal*, 4 septembre 1901.

CLARK (Philip F.), « Baudelaire: le poète de la pauvreté », *Regards sur Baudelaire. Actes du colloque de London (Canada)*, 1970, Paris, Minard, 1974, pp. 29-35.

CLARK (Timothy James), *The Absolute Bourgois: Artistes and Politics in France*, 1848-1851, London, Thames and Hudson, 1973.

CLASSE (Olive), « Baudelaire's *Le Cygne* : rêverie d'un passant à propos d'une reine », *Essays in Memory of Michael Parkinson and Janine Dakyns*, Ed. by Christopher Smith, Norwich, School of Modern Languages and European Studies, U. of Anglia, 1996, pp. 119-123.

CLÉMENT (Pierre-Paul), « Baudelaire et les "années profondes" », *Études de Lettres* [Lausanne], série III, t. 4, juillet-septembre 1971, pp. 47-97.

COCKERHAM (Harry), « Réflexions sur l'apostrophe baudelairienne », *Bulletin des jeunes romanistes*, n° 9, juin 1964, pp. 13-20.

COHN (Robert Greer), « Baudelaire's "Frisson nouveau" », *The Romanic Review*, Vol. LXXXIV, N° 1, January 1993, pp. 19-26.

COMPAGNON (Antoine), « The Street as Passer-by », *Critical Quarterly*, Vol. XXXVI, N° 4, Winter 1994, pp. 73-78.

— *Les Antimodernes: de Joseph de Maistre à Roland Barthes*, Gallimard, 2005.

— *Baudelaire l'irréductible*, Flammarion, 2014.

CONIO (Gérard), *Baudelaire. Étude de « Les Fleurs du mal »*, Alleur [Belgique], Marabout, 1992.

COULET (Henri), « Une réminiscence d'Aristophane chez Baudelaire? », *Revue d'histoire littéraire de la France*, 57ᵉ année, n° 4, octobre-décembre 1957, pp. 586-587.

—« La beauté n'est que la promesse du bonheur », *La Quête du bonheur et l'expression de la douleur dans la littérature et la pensée française*, Mélanges offerts à Corrado Rosso, Genève, Droz, 1995, pp. 113-123.

COUVEZ (Alexandre), « De la poésie au XIXᵉ siècle. Pourquoi la révolution littéraire n'a pas abouti complètement », *La Belgique*, IX, 1860, pp. 119-136.

COVIN (Michel), *L'Homme de la rue: essai sur la poétique baudelairienne*, Paris, L'Harmattan, 2000.

CRÉPET (Eugène), *Charles Baudelaire*, étude biographique d'Eugène Crépet, revue et mise à jour par Jacques Crépet, suivie des *Baudelairiana* d'Asselineau et de nombreuses lettres adressées à Ch. Baudelaire, Paris, Albert Messein, 1906.

CRÉPET (Jacques), « En relisant les *Aventures d'Arthur Gordon Pym* », *Le Figaro*, 17 février 1934.

— *Propos sur Baudelaire*, rassemblés et annotés par Claude Pichois, Paris, Mercure de France, 1957.

CUÉNOT (Claude), « Baudelaire, alchimiste parisien », *L'Information littéraire*, janvier-février 1951, pp. 10-13.

DAUMARD (Adeline), *Les Fortunes françaises du XIXᵉ siècle*, Paris, Mouton, 1973.

DEGEORGES (Isabelle Viéville), *Baudelaire clandestin de lui-même*, Éditions Léo Scheer, 2011.

DEGUY (Michel), « Le corps de Jeanne (Remarques sur le corps poétique des *Fleurs du mal*) » *Poétique*, n° 3, 1970.

DELAS (Daniel), « Baudelaire et la modernité. Réflexions à partir de l'ouvrage d'A. Compagnon, *Les Cinq Paradoxes de la modernité* », *Le Français aujourd'hui*, n° 92, décembre 1990, pp. 52-62.

DELBOUILLE (Paul), « Correction d'un exercice d'analyse textuelle: *Les Aveugles*, de Charles Baudelaire », *Cahiers d'Analyse textuelle*, IV, 1962, pp. 65-85.

—« La Méthode des "champs stylistiques" », *Cahiers d'Analyse textuelle*, VI, 1964, pp. 81-88.

DELESALLE (Jean-François), « Miettes baudelairiennes », *Revue d'histoire littéraire de la France*, 63ᵉ année, n° 1, janvier-mars 1963, pp. 113-117.

—《 Baudelaire rival de Jules Janin? 》, *Études baudelairiennes*, III, Neuchâtel, À la Baconnière, 1973, pp. 41-53.

DELESALLE (Simone), 《 Répulsion et attraction, ou Baudelaire et la vie moderne 》, *Raison et expérience dans le* Discours préliminaire *de l'*Encyclopédie *de D'Alembert. —La Poésie et la vie moderne dans* Le Spleen de Paris, Petits Poèmes en prose *de Baudelaire*, Paris, Marketing, 1976, pp. 149-156.

DELMAY (Bernard), 《 Une publication inconnue de Baudelaire: Le Cygne dans un ouvrage d'Édouard Fournier (Dentu 1864) 》, *Studi Francesi*, 65-66, mai-décembre 1978, pp. 364-366.

DE NARDIS (Luigi), 《 En marge d'une étude de Walter Benjamin sur *Baudelaire et Paris* 》, *Baudelaire, actes du colloque de Nice (25-27 mai 1967), Annales de la Faculté des Lettres et Sciences humaines de Nice*, n° 4-5, 2e et 3e trimestre 1968, pp. 161-171.

DEPRUN (Jean), 《 Du canard au cygne: Baudelaire et Bernadin de Saint-Pierre 》, *Bulletin baudelairien*, t. XXIV, n° 2, décembre 1989, pp. 69-73.

Diable à Paris: Paris et les Parisiens (Le), ouvrage collectif, en 2 vol., Paris, Hetzel, 1845.

DODILLON (Emile), 《 Variantes de Baudelaire 》, *Mercure de France*, XCIV, 1er novembre 1911, pp. 220-221.

DOUCET (J.), 《 Quelques variantes de Baudelaire 》, *Études classiques*, t. XXV, n° 3, juillet 1957, pp. 327-343.

DUFOUR (Pierre), 《 Formes et fonctions de l'allégorie dans la modernité des *Fleurs du mal* 》, *Baudelaire*, Les Fleurs du mal. *L'intériorité de la forme. Actes du colloque du 7 janvier 1989*, Paris, C.D.U./SEDES, 1989, pp. 135-147.

DUFOUR-EL MALEH (Marie-Cécile), 《 Walter Benjamin, lecteur de Baudelaire 》, *Le Français aujourd'hui*, n° 92, 1990.

DUFRENNE (Mikel), *Phénoménologie de l'expérience esthétique*, PUF, Paris, 1953.

DÜRRENMATT (Jacques), 《 Pourquoi le Cygne? 》, *L'Animalité: Hommes et animaux dans la littérature française*, Tübingen, Gunter Narr Verlag Tübingen, 1994, pp. 163-176.

ECO (Umberto), *L'Œuvre ouverte*, Paris, Le Seuil, 1965.

— *Les Limites de l'interprétation*, Paris, Grasset, 1992.

EIGELDINGER (Marc), *Le Platonisme de Baudelaire*, Neuchtâel, À la Baconnière, 1951.

—《 La Symbolique solaire dans la poésie de Baudelaire 》, *Baudelaire* (réédition du numéro spécial que la *Revue d'histoire littéraire de la France* a consacré à Baudelaire dans sa livraison d'avril-juin 1967), Paris, Armand Colin, 1967, pp. 133-150.

—《 Baudelaire et le rêve maîtrisé 》, *Romantisme*, n° 15, 1977.

— *Mythologie et Intertextualité*, Genève, Slatkine, 1987, («Baudelaire et la mythologie du progrès», pp. 57-68).

—« L'image du crépuscule chez Baudelaire », *Du visible à l'invisible. Pour Max Milner*, Paris, Corti, 1988, t. 1, pp. 297-308.

ELIOT (T. S.), *Essais choisis*, traduit de l'anglais par Henri Fluchère, Paris, Le Seuil, 1950, («Baudelaire», pp. 327-338).

FAGUET (Émile), « Baudelaire », *La Revue* [Paris], vol. LXXXVII, 1910, pp. 615-624.

FERRAN (André), *L'Esthétique de Baudelaire*, Paris, Librairie Hachette, 1933.

FESTA-McCORMICK (Diana), « Elective Affinities between Goya's *Caprichos* and Baudelaire's *Danse macabre* », *Symposium*, Vol. XXXIV, N° 4, Winter 1980/81, pp. 293-310.

FEUILLERAT (Albert), « L'Architecture des *Fleurs du mal* », *Yale Romanic Studies*, XVIII (Decennial Volume, *Studies by members of the French Department of Yale University*, Ed. by Albert Feuillerat), 1941, pp. 221-330. Aussi en tirage à part, *L'Architecture des « Fleurs du mal »*, New Haven, Yale University Press, 1941.

— *Baudelaire et sa mère*. Montréal, Éditions Variétés, 1944.

FONDANE (Benjamin), *Baudelaire et l'expérience du gouffre* (1947), Bruxelles, Éditions Complexe, coll. Le Regard Littéraire, 1994.

FONGARO (Antoine), « Les mâts de la cité », *Voix de l'écrivain : mélanges offerts à Guy Sagnes*, éd. Jean-Louis Cabanès, Toulouse, Presses universitaires du Mirail, 1966, pp. 73-78.

FRIEDRICH (Hugo), *Structures de la poésie moderne*, traduit de l'allemand par Michel-François Demet, Paris, Denoël-Gonthier, 1976.

FROIDEVAUX (Gérald), « Modernisme et modernité. Baudelaire face à son époque », *Littérature*, n° 63, octobre 1986, pp. 90-103.

—« La "représentation du présent", figure de la modernité baudelairienne », *Versants*, n° 9, 1986, pp. 29-48.

— *Baudelaire : représentation et modernité*, Paris, José Corti, 1989.

GALAND (René), *Baudelaire. Poétique et poésie*, Paris, Nizet, 1969.

GALE (John), « De Quincey, Baudelaire and *Le Cygne* », *Nineteenth-Century French Studies*, Vol. V, N° 1-2, Fall-Winter 1976/77, pp. 296-307.

GASARIAN (Gérard), « Diptyque parisien », *L'Année Baudelaire 1. Paris, l'Allégorie*, Paris, Klincksieck, 1995, pp. 57-70.

—« *Le Cygne* of Baudelaire », *Understanding* Les Fleurs du Mal : *Critical Readings*, Ed. by

W. J. Thompson, Nashville [Tenn.], 1997, pp. 122-132.

GATTI-TAYLOR (Marisa), « Twi-light and the Anima: Baudelaire's Two Poems Entitled *Le Crépuscule du soir* », *Nineteenth-Century French Studies*, Fall-Winter 1982, pp. 126-134.

GAUTIER (Théophile), « Charles Baudelaire né en 1821 », notice pour *Les Poëtes français* publiés sous la direction d'Eugène Crépet, Paris, Hachette et Cie, 1862, pp. 594-600.

—« Charles Baudelaire », notice servant d'introduction aux *Œuvres complètes de Baudelaire* préparées par Asselineau et Banville, Paris, Michel Lévy, 1868.

Les deux notices de Gautier sontrecueillies dans *Baudelaire par Gautier*, présentation et note critique par Claude-Marie Senninger, Paris, Klincksieck, 1986.

GÉRARD-GAILLY, « Une source de Baudelaire? », *Mercure de France*, CCCXV, n° 1047, 1er juillet 1952, pp. 558-560.

GIDE (André), *Essais critiques*, éd. Pierre Masson, coll. Bibliothèque de la Pléiade, 1999, (« Baudelaire et M. Faguet », pp. 245-256; « Théophile Gautier et Charles Baudelaire », pp. 528-535).

GILMAN (Margaret), « *L'Albatros* again », *The Romanic Review*, Vol. XLI, avril 1950, pp. 96-107.

GODFREY (Sima), « From Memory Lane to Memory Boulevard: Paris change ! », *City Images: Perspectives from Literature, Philosophy, and Film*, Ed. by Mary Ann Caws, New York and Reading [UK], Gordon and Breach, 1991, pp. 158-172.

GOODWIN (Sarah Webster), « Baudelaire's *Danse macabre* and Kitsch », *Kitsch and culture. The dance of death in nineteenth-century literature and graphic arts*, New York and London, Garland, 1988, pp. 153-161.

GRAVA (Arnolds), « L'Intuition baudelairienne de la réalité bipolaire », *Revue des sciences humaines*, juillet-septembre 1967, pp. 397-415.

GUEX (André), *Aspect de l'Art baudelairien*, Lausanne, Imprimerie Centrale, 1934.

GUIRAUD (Pierre), « Le Champ Stylistique du *Gouffre* de Baudelaire », *Théories et Problèmes*, Copenhague, Munksgaard, 1958. Supplément II de OL (*Orbis Litterarum*, 1958), pp. 75-84.

Texte remanié repris sous le titre de « Le Gouffre de Baudelaire » dans *Essais de stylistique*, Paris, Klincksieck, 1969, pp. 87-94.

—« Structure lexicale des *Fleurs du mal* », *Essais de stylistique*, Paris, Klincksieck, 1969, pp. 95-107.

GUYAUX (André), *Baudelaire: un demi-siècle de lectures des* Fleurs du mal (1855-1905),

Paris, Presses de l'Université Paris-Sorbonne, 2007.

HARTWEG (Jean), « Commentaire composé d'un poème de Baudelaire: *Paysage* », *L'Information littéraire*, 32ᵉ année, n° 2, mars-avril 1980, pp. 94-96.

HATZFELD (Helmut), *Initiation à l'explication de textes*, Munich, Max Hueber, 1957 (Explication des *Aveugles*, pp. 130-134. Dans la deuxième édition révisée de 1966, pp. 112-115).

HENRY (Freeman G.), *Le Message humaniste des* Fleurs du mal. *Essai sur la création onomastico-thématique chez Baudelaire*, Paris, Nizet, 1984.

HÉRISSON (Charles D.), « L'imagerie antique dans *Les Fleurs du mal* », *Baudelaire, actes du colloque de Nice (25-27 mai 1967). Annales de la Faculté des Lettres et Sciences humaines de Nice*, n° 4-5, 2ᵉ et 3ᵉ trimestre 1968, pp. 99-112.

HIDDLESTON (J. A.), « Baudelaire et le temps du grotesque », *Cahiers de l'Association internationale des études françaises*, n° 41, mai 1989, pp. 269-283.

HILLACH (Ansgar), « "Interrompre le cours du monde... le désir le plus profond chez Baudelaire". Le poète et l'anarchiste selon Benjamin », *Walter Benjamin et Paris. Actes du colloque international 27-29 juin 1983*, Paris, Éditions du Cerf, 1986, pp. 611-628.

HUBERT (J.-D.), *L'Esthétique des* Fleurs du mal, *essai sur l'ambiguïté poétique*, Genève, Pierre Cailler, 1953.

—« Les premiers "Tableaux parisiens" », *Kentucky Romance Quarterly*, Vol. XV, N° 2, 1968, pp. 195-207.

HUGHES (Randolph), « Vers la contrée du rêve, Balzac, Gautier et Baudelaire, disciples de Quincey », *Mercure de France*, 50ᵉ année, n° 987, 1ᵉʳ août 1939, pp. 545-593.

INGMAN (Heather F.), « Joachim Du Bellay and Baudelaire's "Tableaux parisiens" », *Nineteenth-Century French Studies*, Vol. XV, N° 4, Summer 1987, pp. 407-414.

JACKSON (John E.), *La Mort Baudelaire. Essai sur « Les Fleurs du mal »*, Neuchâtel, À la Baconnière, 1982.

— *Mémoire et création poétique*, Paris, Mercure de France, 1992 (« La mémoire heureuse. L'exemple de Baudelaire », pp. 127-156).

—« Vers un nouveau berceau? Le rêve de palingénésie chez Baudelaire » *L'Année Baudelaire 2. Figures de la mort, figures de l'éternité*, Paris, Klincksieck, 1996, pp. 45-61.

— *Baudelaire sans fin : essais sur* Les Fleurs du Mal, José Corti, 2005.

JAUSS (Hans Robert), *Pour une esthétique de la réception*, traduit de l'allemand par Claude Maillard, Paris, Gallimard, 1978.

— *Pour une herméneutique littéraire*, traduit de l'allemand par Maurice Jacob, Paris, Gallimard, 1982.

JONES (Percy Mansell), *The Assault on French Literature and Other Essays*, Manchester University Press, 1963 (« Baudelaire's Poem, *Le Cygne* : An Essay in Commentary », pp. 121-132).

JOUVE (Pierre Jean), *Tombeau de Baudelaire*, Paris, Le Seuil, 1958.

JOXE (France), « Ville et modernité dans *Les Fleurs du mal* », *Europe*, n° 45, avril-mai 1967, pp. 139-162.

JUDEN (Brian), « Que la théorie des correspondances ne dérive pas de Swedenborg », *Travaux de linguistique et de littérature*, XI, n° 2, 1973, pp. 33-46.

KAPLAN (Edward K.), « Baudelaire's Portrait of the Poet as Widow. Three poëmes en prose and *Le Cygne* », *Symposium*, Vol. XXXIV, N° 3, 1980, pp. 233-248.

KIES (Albert), « Ils marchent devant moi, ces yeux pleins de lumière », *Études baudelairiennes*, III, Neuchâtel, À la Baconnière, 1973, pp. 114-127.

KITAMURA (Takoshi), « Les foules et l'étranger, — autour de *L'Étranger* de Baudelaire » [en japonais, résumé en français]. *Gallia* [Osaka], n° 31, 1991, pp. 174-182, 375.

KNAPP (Bettina L.), *Dream and Image*, Troy [New York], Whitston, 1977 (« Charles Baudelaire — "Parisian Dream" : The Drama of the Poetic Process », pp. 224-225).

KOPP (Robert), « Où en sont les études sur Baudelaire? », *Cahiers de l'Association internationale des études françaises*, n° 41, mai 1989, pp. 189-208.

—« Baudelaire et Wagner : "Une extase faite de volupté et de connaissance" », *La Quête du bonheur et l'expression de la douleur dans la littérature et la pensée françaises*, *Mélanges offerts à Corrado Rosso*, éd. par C. Biondi, C. Imbroscio, etc., Genève, Droz, 1995, pp. 125-137.

LABARTHE (Patrick), « Paris comme décor allégorique », *L'Année Baudelaire 1. Paris, l'Allégorie*, Paris, Klincksieck, 1995, pp. 41-56.

— *Poésie et rhétorique profonde. Baudelaire et la tradition de l'Allégorie*, thèse de doctorat soutenue en 1996 à Paris IV.

LABRUSSE (Rémi), « Baudelaire et Meryon », *L'Année Baudelaire 1. Paris, l'Allégorie*, Paris, Klincksieck, 1995, pp. 99-132.

LAFORGUE (Jules), *Mélanges posthumes*, Paris, Mercure de France, 1903 (« Notes sur Baudelaire », pp. 111-119)

LAFORGUE (Pierre), « Note sur les "Tableaux parisiens" », *L'Année Baudelaire 1. Paris, l'Allégorie*, Paris, Klincksieck, 1995, pp. 81-87.

—«"*Falsi Simoenti ad undam*". Autour de l'épigraphe du *Cygne* : Baudelaire, Virgile, Racine

et Hugo », *Nineteenth-Century French Studies*, Fall-Winter, 1995, pp. 97-110.
— *Ut Pictura Poesis. Baudelaire, la peinture et le romantisme*, Lyon, Presses universitaires de Lyon, 2000.
LALLIER (François), « L'éclair et la nuit », *L'Année Baudelaire 1. Paris, l'Allégorie*, Paris, Klincksieck, 1995, pp. 89-97.
LAMONT (Rosette C.), « Baudelaire's *Rêve parisien*: A Space / Time / Dream poem », *Centerpoint*, II, n° 2, 1977, pp. 41-49.
LAPAIRE (Pierre J.), « L'esthétique binaire de Baudelaire. À une passante et la beauté fugitive », *Romance Notes*, Vol. XXXV, N° 3, spring 1995, pp. 281-291.
LARBAUD (Valery), « Trois belles mendiantes », *Commerce*, cahier 24, printemps 1930, pp. 22-25.
LAUDE (Patrick), « L'Esthétique baudelairienne. Entre l'un et le multiple », *Symposium*, XLVIII, N° 1, spring 1994, pp. 37-50.
LAUTRÉAMONT (comte de), *Les Chants de Maldoror et œuvres complètes*, Paris, La Jeune Parque, 1947.
LAWLER (James), « The Order of "Tableaux parisiens" », *The Romanic Review*, Vol. LXXVI, May 1985, pp. 287-306.
—« L'Ouverture des *Fleurs du mal* », *Dix études sur Baudelaire*, réunies par Martine Bercot et André Guyaux, Paris, Champion, 1993, pp. 7-33.
LEAKEY (F. W.), « Intention in Metaphor », *Essays in Criticism*, Vol. IV, N° 1, January 1954, pp. 191-198.
—« Baudelaire and Kendall », *Revue de Littérature Comparée*, XXX, janvier-mars 1956, pp. 53-63.
—« Baudelaire the Poet as Moralist », *Studies in Modern French literature presented to P. Mansell Jones by Pupils, Colleagues and Friends*, Ed. by L. J. Austin, Garnet Rees et Eugène Vinaver, Manchester University Press, 1961, pp. 196-219.
—« Pour une étude chronologique des *Fleurs du mal* », *Baudelaire* (réédition du numéro spécial que la *Revue d'histoire littéraire de la France* a consacré à Baudelaire dans sa livraison d'avril-juin 1967), Paris, Librairie Armand Colin, 1967, pp. 119-132.
—« A Festschrift of 1955: Baudelaire and the *Hommage à C. F. Denecourt* », *Studies in French Literature presented to H. W. Lawton by Colleagues, Pupils and Friends*, Ed. J. C. Ireson, I. D. McFarlane and Garnet Rees. Manchester University Press, 1968, pp. 175-202.
— *Baudelaire and Nature*, Manchester, Manchester University Press; New York, Barnes and

Noble, 1969.

―« The Originality of Baudelaire's *Le Cygne*: Genesis as Structure and Theme », *Order and Adventure in Post-Romantic French Poetry: Essays presented to C. A. Hackett*, Ed. by E. M. Beaumont, J. M. Cocking and J. Cruickshank, Oxford, B. Blackwell, 1973, pp. 38-55.

―avec PICHOIS (Claude), « Les sept versions des *Sept Vieillards* », *Études baudelairiennes*, III, 1973, pp. 262-289.

―*Baudelaire. Collected Essays*, 1953-1988, Cambridge, Cambridge University Press, 1990.

LEBEAU (Jean), « Le Thème de la ville », *Mercure de France*, CCCXXXIX, juin 1960, pp. 359-363.

LE BOULAY (Jean-Claude), « Commentaire composé. Ch. Baudelaire. *Les Fleurs du mal* («Tableaux parisiens», XCIII)», *L'Information littéraire*, 41ᵉ année, n° 3, mai-juin 1989, pp. 24-28.

―«"Je n'ai pas oublié..." de Baudelaire. Intérieur et extérieur », *Littératures* [Toulouse, presses universitaires du Mirail], n° 28, printemps 1993, pp. 83-93.

LE DANTEC (Y.-G.), « Une architecture secrète », *Les Nouvelles littéraires*, n° 5, 6 juin 1957.

LEGRAS (L.), « L'Ennui baudelairien », *Annales de Bretagne* [revue publiée par la Faculté des Lettres de Rennes], t. XLI, 1934, pp. 256-290.

LE HIR (Yves), « Analyse stylistique d'un poème de Baudelaire. *Les Aveugles* », *Mélanges offerts à Carl Theodor Gossen*, préparés par G. Colon et R. Kopp, Berne, Franck, Liège, Marche romane, 1976, pp. 491-496.

LEROY (Christian), *Production et réception des* Petits Poèmes en prose *de Baudelaire*. Thèse de IIIᵉ cycle, université de Paris IV-Sorbonne, année universitaire 1986-1987.

LEROY (Claude), « Le mythe de la passante de Baudelaire à Breton », *Littérales* [Paris X-Nanterre], n° 12, 1993, pp. 33-46. Le titre du numéro: *La Ville moderne dans les littératures (fin du XIXᵉ-XXᵉ siècle)*, présenté par Claude de Grève.

LE SAGE (Laurent) et STUART (Eleanor), « Baudelaire's *Le Cygne* », *The Explicator*, XVI, n° 92, juin 1958.

Lettres à Charles Baudelaire, publiées par Claude Pichois avec la collaboration de Vincenette Pichois, Neuchâtel, À la Baconnière, coll. Langages, (*Études baudelairiennes*, IV-V), 1973.

LINDBERGER (Örjan), « De l'architecture dans *Les Fleurs du mal* », *Studia neophilologica*, Vol. XXVIII, 1956, pp. 244-248.

LIU (Bo), *Les « Tableaux parisiens » de Baudelaire*, 2 vol., t. I, *Genèse et expérience poétique* ; t. II, *L'Expérience esthétique*, Paris, L'Harmattan, 2004.

—« La Disposition cyclique des "Tableaux parisiens" », *Études françaises* [Wuhan], n° 2, 2002.

—« Une odyssée spirituelle: l'éternité en un jour », *Études françaises* [Wuhan], n° 3, 2003.

—« La Traduction chinoise des œuvres de Baudelaire », *France-Chine: migration de pensées et de technologies*, Paris, L'Harmattan, 2007.

LOUBIER (Pierre), *Ville et Poésie. De Charles Baudelaire à Léon-Paul Fargue. Expérience poétique de l'espace urbain et naissance de la figure légendaire du poète piéton*, thèse de doctorat soutenue en 1991 à Paris IV.

MACCHIA (Giovanni), « Andromaque à Paris », *Paris en ruines*, Paris, Flammarion, 1988, pp. 339-347.

MACFARLANE (Keith H.), « *Le Cygne* de Baudelaire: "falsi Simoentis ad undam" », *L'Information littéraire*, 27ᵉ année, n° 3, mai-juin 1975, pp. 139-144.

MACLEAN (Marie), « The Role of Structural Analysis: *Les Sept Vieillards* », *Understanding* Les Fleurs du Mal : *Critical Readings*, Ed. by W. J. Thompson, Nashville [Tenn.], 1977, pp. 133-144.

MAHUZIER (Brigitte), « Profaned Memory: A Proustian Reading of Baudelaire's *Je n'ai pas oublié...* », *Understanding* Les Fleurs du Mal : *Critical Readings*, Ed. by W. J. Thompson, Nashville [Tenn.], 1977, pp. 160-175.

MAILLARD (Pascal), « "Un éclair... puis la nuit !", Baudelaire et l'allégorie », *Europe* [Monston's *Europe*], LXXIV, 804, avril 1996, pp. 113-120.

MAIRE (Gilbert), « Un essai de classification des *Fleurs du mal* », *Mercure de France*, t. LXV, janvier-février 1907, pp. 260-280.

MASSIN (Jean), *Baudelaire entre Dieu et Satan*, Paris, Julliard, 1945.

MATHIAS (Paul), « De *L'Albatros* aux *Aveugles*. Pour une phénoménologie de l'ironie baudelairienne », *Recherches et Travaux* [Université de Grenoble, U. F. R. de Lettres], n° 36, 1989, pp. 17-35.

MAUCLAIR (Camille), *Charles Baudelaire, sa vie, son art, sa légende*, Paris, Maison du Livre, 1917.

— *La Vie amoureuse de Charles Baudelaire*, Paris, Flammarion, 1927.

MAULNIER (Thierry), *Introduction à la poésie française*, Paris, Gallimard, 1939.

MAURON (Charles), *Le Dernier Baudelaire*, Paris, José Corti, 1966.

—« Premières recherches sur la structure inconsciente des *Fleurs du mal* », *Baudelaire, actes* du colloque de Nice (25-27 mai 1967). Annales de la Faculté des Lettres et Sciences humaines de Nice, n° 4-5, 2e et 3e trimestre 1968, pp. 131-137.

McGINNIS (Reginald), *La Prostitution sacrée, essai sur Baudelaire*, Paris, Belin, 1994.

MERCIER (Alain), « Une source du poème *Les Petites Vieilles* selon Firmin Boissin », *Bulletin baudelairien*, t. 16, n° 1, été 1980, pp. 13-14.

MERCIER (Louis-Sébastien), *Tableau de Paris*, 12 vol., Amsterdam, [sans éditeur], 1782-1788.

— *Tableau de Paris, Le Nouveau Paris*, éd. Michel Delon, Paris, Robert Laffont, 1990.

MÉRIC (Victor), *Premier texte des* Sept Vieillards *et trois lettres inédites de Baudelaire*, Nîmes, Société nîmoise des amis des livres, 1928.

MEYNARD (L.), « Poésie et vie moderne », *Raison et expérience dans le* Discours préliminaire de l'Encyclopédie *de D'Alembert.* — La Poésie et la vie moderne dans Le Spleen de Paris, Petits Poèmes en prose *de Baudelaire*, Paris, Marketing, 1976, pp. 82-88.

MICHAUD (Guy), *Message poétique du symbolisme*, Paris, Nizet, 1961 (« Baudelaire, poète moderne », pp. 43-80).

MICHEL (Alain), « Baudelaire et l'Antiquité », *Dix études sur Baudelaire*, réunies par Martine Bercot et André Guyaux, Paris, Champion, 1993, pp. 185-199.

MILNER (Max), « Baudelaire et le surnaturalisme », *Le Surnaturalisme français. Actes du colloque organisé à l'Université Vanderbilt les 31 mars et 1er avril 1978*, Paris, Payot; Neuchâtel, À la Baconnière, 1979, pp. 29-49.

MONSELET (Charles), *Promenade d'un homme de lettres*, Paris, Calman Lévy, 1889 (Analyse du *Rêve parisien*, pp. 329-330).

MOSSOP (D. J.), *Baudelaire's Tragic Hero. A Study of the Architecture of « Les Fleurs du mal »*, London, Oxford University Press, 1961.

MURPHY (Steve), *Logiques du dernier Baudelaire: lectures du* Spleen de Paris, Paris, Honoré Champion, 2007.

NADAR (Félix Tournachon), *Charles Baudelaire intime*, Paris, Blaizot, 1911.

NARDIN (Pierre), *Le Commentaire stylistique aux rendez-vous littéraires*, Dakar, Publications de la section de langues et littératures de la Faculté des Lettres de Dakar; Paris, SEDES, 1958 (Analyse des *Aveugles*, pp. 144-151).

NELSON (Lowry, Jr.), « Baudelaire and Virgil: A Reading of *Le Cygne* », *Comparative Literature*, Vol. XIII, N° 4, automne 1961, pp. 332-345. Aussi dans: *Poetic Configurations. Essays in Literary History and Criticism*, University Park, Pa, The Pennsylvania State University Press, pp. 243-258.

NUITEN (Henk), *Les Variantes des « Fleurs du mal » et des « Épaves » de Charles Baudelaire*, Amsterdam, APA-Holland University Press, 1979.

—avec BANDY (William T.) et HENRY (Freeman G.), *Les Fleurs expliquées. Bibliographie des exégèses des « Fleurs du mal » et des « Épaves » de Charles Baudelaire*, Amsterdam, Rodopi B. V., 1983.

NURSE (Peter H.), « *Les Aveugles* de Baudelaire (explication de texte) » *L'Information littéraire*, 18e année, novembre-décembre 1966, pp. 219-222; repris dans son livre, *The Art of Criticism: Essays in French Literary Analysis*, Edimbourg, The University Press, 1969, pp. 193-203.

O'NEILL (Mariel), « *Lélia*, source de *Recueillement* », *Bulletin baudelairien*, t. 6, n° 2, 9 avril 1971, pp. 17-18.

PAPAIOANNOU (Kostas), « Modernité et histoire », *Preuves*, n° 207, mai 1968, pp. 32-37.

Paris et les Parisiens, ouvrage collectif, Paris, Morizot, 1856.

Paris-Guide, ouvrage collectif, 2 vol., 2e éd., Paris, Librairie internationale, 1867.

PASCAL (Blaise), *Pensées*, éd. Léon Brunschvicg, Paris, Librairie Générale Française, coll. Le Livre de poche, 1972.

PAYET-BURIN (Roger), *Émerveillement et lucidité poétique. Baudelaire, Apollinaire, Éluard, Cocteau, Saint-John Perse, Char*, Paris, Nizet, 1977 (« L'alchimie de Paris dans la poésie baudelairienne », pp. 11-49).

PERRIN (Claude), « Baudelaire. Une esthétique de la modernité », dans *Analyses et réflexions sur Baudelaire. Spleen et Idéal*, ouvrage collectif, thème d'étude: « Misère et beauté », Paris, Marketing, 1984, pp. 143-154.

PEUFAILLIT (G.) et FENAUX (J. P.), « La modernité selon Baudelaire. La vie moderne dans les *Petits Poèmes en prose*. Une nouvelle expression poétique » *Raison et expérience dans le* Discours préliminaire *de l'*Encyclopédie *de D'Alembert. —La Poésie et la vie moderne dans* Le Spleen de Paris, Petits Poèmes en prose *de Baudelaire*, Paris, Marketing, 1976, pp. 102-115.

PEYRE (Henri), *Connaissance de Baudelaire*, Paris, José Corti, 1951.

—« Remarque sur le peu d'influence de Baudelaire », *Baudelaire* (réédition du numéro spécial que la *Revue d'histoire littéraire de la France* a consacré à Baudelaire dans sa livraison d'avril-juin 1967), Paris, Armand Colin, 1967, pp. 200-212.

PIA (Pascal), *Baudelaire par lui-même*, Paris, Le Seuil, coll. Écrivains de toujours, 1952.

PICHOIS (Claude), « Esquisse d'un état présent des études baudelairiennes », *L'Information littéraire*, 10e année, n° 1, 1958, pp. 8-17.

—avec RUCHON (François), *Iconographie de Charles Baudelaire*, Genève, Pierre Cailler, 1960.

— *Baudelaire à Paris*, Paris, Hachette, coll. Albums littéraires de la France, 1967.

— *Baudelaire. Études et témoignages*, Neuchâtel, À la Baconnière, 1967. Nouvelle édition revue et augmentée, 1976.

—« Entretien avec Claude Pichois: Où en sont les études baudelairiennes? » (propos recueillis par Jean-Marie Dunoyer), *Le Monde des livres*, supplément du *Monde* du 24 mai 1967, p. 5.

—« Baudelaire, hier, aujourd'hui, demain? », *Les Lettres françaises*, n° 1197, du 31 août au 6 septembre 1967.

—avec KOPP (Robert), « Baudelaire et l'opium: une enquête à reprendre », *Europe*, n° 456-457, avril-mai 1967, pp. 61-79.

—« La Jeunesse de Baudelaire vue par Ernest Prarond (documents inédits) » *Éudes littéraires* [Québec], vol. I, n° 1, avril 1968, pp. 113-123.

—« Pour une prospective baudelairienne », *Études littéraires* [Québec], vol. I, n° 1, avril 1968, pp. 125-128.

—« Les études baudelairiennes d'un continent à l'autre », *Bulletin baudelairien*, t. 5, n° 1, 31 août 1969, pp. 57-62.

—« Le premier manuscrit connu d'*À une mendiante rousse* », *Bulletin baudelairien*, t. 8, n° 2, 9 avril 1973, pp. 5-6.

—*Littérature et progrès. Vitesse et vision du monde*, Neuchâtel, À la Baconnière, 1973.

—« Le dossier Baudelaire », *Romantisme*, n° 8, 1974, pp. 92-102.

— « Modernité et ambiguté dans *Les Fleurs du mal* », *Romanistische Zeitschrift für Literaturgeschichte. Cahiers d'histoire des littératures romanes*, VI, 1982, pp. 338-347.

—avec LAUNAY (Claude), « La Modernité de Baudelaire », *Sprachkunst*, Vienne, Verlag der Osterreichischen Akademie der Wissenschaften, 1984, pp. 197-211.

—avec ZIEGLER (Jean), *Baudelaire*, Paris, Julliard, coll. Les Vivants, 1987; rééd. Paris, Fayard, 1996.

—avec AVICE (Jean-Paul), *Baudelaire-Paris*, Paris, Éditions Paris-Musées, 1993.

PIKE (Burton), *The Image of the City in Modern Literature*, Princeton, NJ, Princeton University Presse, 1981.

PISTORIUS (George), « État présent des études consacrées à l'architecture phonique du vers baudelairien », *Œuvres et critiques*, IX, 2, 1984, pp. 27-60.

POE (Edgar A.), *Œuvres en prose*, éd. Y.-G. Le Dantec, trad. Ch. Baudelaire, coll.

Bibliothèque de la Pléiade, 1951.

POGGENBURG (Raymond), *Charles Baudelaire. Une micro-histoire. Chronologie baudelairienne*, Paris, José Corti, 1987.

POMMIER (Jean), *La Mystique de Baudelaire*, Paris, Les Belles Lettres, 1932.

— « Baudelaire et Hoffmann », dans *Melanges de philologie, d'histoire et de litterature offerts à J. Vianey*, Les Presses Franchises, 1934, pp. 459-477.

— *Dans les chemins de Baudelaire*, Paris, Corti, 1945.

— *Autour de l'édition originale des Fleurs du mal*, Genève, Slatkine Reprints, 1968.

POULET (Georges), *Qui était Baudelaire?*, essai critique par Georges Poulet, précédé de notices documentaires par Robert Kopp, Genève, Albert Skira, coll. Qui était?, 1969.

PRAT (Marie-Hélène), « L'Apostrophe dans *Les Fleurs du mal* », *L'Information grammaticale*, 1ère partie, n° 40, janvier 1989, pp. 18-22; 2e partie, n° 41, mars 1989, pp. 39-43.

PRAVIEL (Armand), « Charles Baudelaire et la poésie moderne », *Revue des Pyrénées et de la France méridionale*, t. 20, 1908, pp. 13-35.

PRÉVOST (Jean), *Baudelaire. Essai sur l'inspiration et la création poétiques*, Paris, Mercure de France, 1953.

PROUST (Marcel), *Sur Baudelaire, Flaubert et Morand*, édition établie par Antoine Compagnon, Bruxelles, Complexe, 1987 (« Àpropos de Baudelaire », pp. 111-147).

— *Contre Sainte-Beuve*, éd. Pierre Clarac et Yves Sandre, coll. Bibliothèque de la Pléiade, 1971.

RAMBAUD (Henri), « Baudelaire et la poésie pure », *La Muse française*, 8e année, n° 10, 10 décembre 1929, pp. 609-616.

PASCAL (Blaise), *Pensées*, éd. Léon Brunschvicg, Librairie Générale Française, 1972.

RASER (Timothy), « Barthes and Riffaterre: the Dilemmas of Realism in the Light of Baudelaire's *Le Soleil* », *The French Review*, Vol. LIX, N° 1, October 1985, pp. 58-64.

— « Language and the Erotic in two Poems by Baudelaire », *Romanic Review*, Vol. LXXIX, N° 3, May 1988, pp. 443-451.

RATERMANIS (J. B.), *Étude sur le style de Baudelaire. Contribution à l'étude de la langue poétique du dix-neuvième siècle*, Bade, Éditions Art et Science, 1949.

RAYMOND (Marcel), « Le sens de la modernité chez Baudelaire », *Les Cahiers de Radio-Paris*, 9e année, n° 6, 15 juin 1938, pp. 599-606.

— *De Baudelaire au surréalisme. Essai sur le mouvement poétique contemporain*, Paris, Éditions R.-A. Corrêa, 1933; nouvelle édition revue et corrigée, Paris, José Corti, 1940.

RAYNAUD (Ernest), *Charles Baudelaire*, Paris, Garnier, 1922.

—« La Moralité de Baudelaire », *La Muse française*, 8ᵉ année, n° 10, 10 décembre 1929, pp. 662-671.

REYNOLD (Gonzague de), *Charles Baudelaire*, Paris, Crès, 1920.

RICHARD, (Jean-Pierre), *Poésie et profondeur*, Paris, Le Seuil, 1955. (« Profondeur de Baudelaire », pp. 91-162)

RICHTER (Mario), *Baudelaire, Les Fleurs du mal : Lecture intégrale*, 2 vol., Genève, Slatkine, 2001.

RIFFATERRE(Michael), *Sémiotique de la poésie*, Paris, Le Seuil, 1983.

RIMBAUD (Arthur), *Œuvres complètes*, éd. Antoine Adam, coll. Bibliothèque de la Pléiade, 1972.

ROLLINS (Yvonne B.), « Le Motif des tentations dans *Les Sept Vieillards* », *Selecta* (Journal of the Pacific Northwest Council on Foreign Languages), IV, 1983, pp. 28-33.

ROMAINS (Jules), *Saints de notre calendrier*, Paris, Flammarion, 1952. (« Baudelaire », pp. 87-102)

ROYÈRE (Jean), « Sur un poème de Baudelaire » (*Rêve parisien*), *Marges* [Gazette littéraire par Eugène Montfort], n° XXV, 15 décembre 1922, pp. 260-263.

— *Poèmes d'amour de Baudelaire*, Paris, Albin Michel, 1927. (« L'Amour du mensonge », pp. 125-132).

PROUST (Marcel), *Contre Sainte-Beuve* (1954), coll. Folio/Essais, Paris, Gallimard, 2000.

—*Sur Baudelaire, Flaubert et Morand*, édition établie par Antoine Compagnon, Bruxelles, Complexe, 1987.

RIMBAUD (Arthur), *Œuvres complètes*, éd. Antoine Adam, coll. Bibliothèque de la Pléiade, 1972.

RUFF (Marcel A.), « Sur l'architecture des *Fleurs du mal* », *Revue d'histoire littéraire de la France*, 37ᵉ année, 1930, pp. 51-69 et 393-402.

— *Baudelaire, l'homme et l'œuvre*, Paris, Hatier-Boivin, coll. Connaissance des lettres, 1955 ; nouvelle édition, Paris, Hatier, 1966.

— *L'Esprit du mal et l'esthétique baudelairienne*, Paris, Librairie Armand Colin, 1955 ; réimpression avec une « note rectificative des chapitres XII, XIII, XIV », Genève, Slatkine Reprints, 1972.

SABATIER (Robert), *Histoire de la poésie française. La Poésie du dix-neuvième siècle-2, Naissance de la poésie moderne*, Paris, Albin Michel, 1977 (« Naissance de la poésie moderne : Charles Baudelaire », pp. 91-164).

SANSOT (Pierre), « Ville et poésie », *Espaces et sociétés*, n° 15, avril 1975, pp. 17-28.

— « Rémanences et recommencements de la ville », *L'Idée de la ville (actes du colloque international de Lyon)*, Seyssel, Champ Vallon, 1984, pp. 164-178.

— *Poétique de la ville*, Paris, Klincksieck, 1988.

SARTRE (Jean-Paul), *Baudelaire* (1947), Paris, Gallimard, coll. Idées, 1963.

SCHEUREN (Robert), « Paris, ville souffrance, chez Baudelaire et Rilke », *Journées Baudelaire (Actes du colloque, 10-13 octobre 1967)*, Bruxelles, Académie royale de Langue et de Littérature françaises, 1968, pp. 79-86.

SEGUIN (Marc), *Génie des « Fleurs du mal »*, Paris, Messein, 1938.

SEIGEL (Jerrold), *Bohemia Paris: Culture, Politics, and the Boundaries of Bourgeois Life, 1830-1930*, New York, Viking, 1986.

SENNINGER (Claude-Marie), *Baudelaire par Théophile Gautier*, avec une étude complémentaire de Lois Cassandra Hamrick, Paris, Klincksieck, 1986.

SHARP (William) and WALLOCK (Leonard), *Vision of Modern City: Essays in History, Art and Literature*, Baltimore, Johns Hopkins University Press, 1987.

SOUPAULT (Philippe), « Fourmillante cité, cité pleine de rêves », dans *Baudelaire*, Paris, Hachette, coll. Génies et Réalités, 1961, pp. 131-145.

STAROBINSKI (Jean), « L'Immortalité mélancolique », *Le Temps de la réflexion*, n° 3, 1982, pp. 231-251.

— « Fenêtres (de Rousseau à Baudelaire) », *L'Idée de la ville (actes du colloque international de Lyon)*, Seyssel, Éditions du Champ Vallon, 1984, pp. 179-187.

— « Je n'ai pas oublié... » *Au bonheur des mots. Mélanges en honneur de Gérald Antoine*, Presses universitaires de Nancy, 1984, pp. 419-429.

— « Rêve et immortalité chez Baudelaire—Les proportions de l'immortalité », *I Linguaggi des sogno (Quaderni di San Giorgio)*, Firenze, Sansoni, 1984, pp. 223-249.

— « La figure penchée et le poète pensif (Sur *Le Cygne* de Baudelaire) », *Du visible à l'invisible. Pour Max Milner*, Paris, Corti, 1988, tome 1, pp. 283-296.

— *La Mélancolie au miroir, trois lectures de Baudelaire*, Paris, Julliard, 1989.

— « Les cheminées et les clochers », *Magazine littéraire*, n° 280, septembre 1990, pp. 26-27. [Sur le poème *Paysage*. Ce poème est aussi commenté par M. Augé, qui reprend l'analyse de Starobinski, dans *Non-lieu*, Paris, Le Seuil, 1992, p. 97 et suiv. et par Philippe Hamon, *Exposition*, Paris, José Corti, 1989, p. 192.]

STIERLE (Karlheinz), « Baudelaire and the Tradition of the *Tableau de Paris* », *New Literary History*, Vol. XI, N° 2, Winter 1980, pp. 345-361 (en anglais). Aussi dans: *Poetica*, n°

6, July 1974, pp. 285-322 (en allemand).

SUSINI (Jean-Claude), «"Voisine de la ville": Baudelaire et l'espace suburbain», *French Literature in/and The City. French Literature Series*, Vol. XXIV, 1997, pp. 129-140.

—« *Rêve parisien* de Baudelaire: vaporisation, concentration et règlements de comptes », *Nineteeth-Century French Studies*, Vol. 26, N° 3-4, Spring-Summer 1998, pp. 346-367.

TERDIMAN (Richard), « The Mnemonics of Dispossession: "Le Cygne" in 1859 » *Home and its Dislocations in Nineteenth-Century France*, Ed. by Suzanne Nash, Albany, State University of New York Press, 1993, pp. 169-189.

—« Baudelaire as Le Cygne: Memory, History and the Sign », *Present Past: Modernity and the Mémory Crisis*, Ed. Richard Terdiman, Ithaca [N. Y.], Cornell University Press, 1993, pp. 106-147.

THÉLOT (Jérôme), « *À une passante* », *Bérénice*, n° 7, 1983, pp. 45-51.

THIBAUDET (Albert), *Intérieur*, Paris, Plon, 1924 (« Baudelaire », pp. 3-61).

THOMPSON (William J.), « Order and Chaos in *À une passante* À, *Understanding* Les Fleurs du Mal : *Critical Readings*, Ed. by W. J. Thompson, Nashvill [Tenn.], 1997, pp. 145-159.

TIMMERMANS (B. J. H. M.), « Observations sur la technique de Baudelaire », *Neophilologus*, n° 29, 1er avril 1944, « L'Harmonie », pp. 97-106; n° 30, 1er juillet 1944, « Le Rythmique », pp. 145-150.

TODOROV (Tzvetan), *Théories du symbole*, Paris, Le Seuil, 1977.

—« La vérité poétique, trois interprétations (Baudelaire, T. S. Eliot, G. E. Lessing) », *Théorie, Littérature, Enseignement*, n° VI, 1988, pp. 9-22.

Tombeau de Charles Baudelaire (Le), ouvrage collectif, précédé d'une étude sur le texte des *Fleurs du mal*, commentaire et variantes publiés par le prince Alexandre Ourousof, suivi d'œuvres posthumes interdites ou inédites de Charles Baudelaire, Paris, Bibliothèque artistique et littéraire, 1896.

TUCCI (Nina S.), « Baudelaire's *Les Sept Vieillards*. The Archetype Seven, Symbol of Destructive Time » *Orbis Litterarum*, XLIV (1989), pp. 69-79.

UEMURA (Kuniko), *Le Mythe du cygne chez Baudelaire et Mallarmé*, thèse de 3e cycle, Paris IV, 1978 (dactyl.).

UGHETTO (André), « La "morale" de l'oxymore dans *Les Fleurs du mal* », dans *Analyses et réflexions sur Baudelaire. Spleen et Idéal*, ouvrage collectif, thème d'étude: « Misère et beauté », Paris, Marketing, 1984, pp. 47-54.

VAINA (Lucia), « Étude mathématique du poème de Charles Baudelaire *À une passante* et ses diverses traductions roumaines », *Revue roumaine de linguistique* [Bucarest], t. XV, n° 1, 1970, pp. 37-47.

VALÉRY (Paul), *Situation de Baudelaire*, Monaco, Sociétés de Conférence, 1924; aussi dans *Œuvres*, éd. Jean Hytier, coll. Bibliothèque de la Pléiade, t. I, 1957, pp. 598-613.

—*Œuvres*, 2 vol., éd. Jean Hytier, coll. Bibliothèque de la Pléiade, t. I, 1957; t. II, 1960.

—*Cahiers*, 2 vol., éd. Judith Robinson-Valéry, coll. Bibliothèque de la Pléiade, t. I, 1973; t. II, 1974.

VATAN (Florence), « La mélancolie sans miroir: une lecture de *Brumes et pluies* », *French Review*, Vol. 70, N° 2, December 1996, pp. 219-230.

VERHAEREN (Émile), *Les Rythmes souverains* (1910), Paris, Mercure de France, 1929.

VERLAINE (Paul), *Œuvres en prose complètes*, éd. Jacques Borel, coll. Bibliothèque de la pléiade, 1972. («Charles Baudelaire», pp. 599-612; «Obsèques de Ch. Baudelaire», pp. 625-626)

VEUILLOT (Louis), *Les Odeurs de Paris*, Paris, Palmé, 1867.

VILLON (François), *Œuvres*, éd. d'André Mary, Paris, Garnier, 1970.

VIVIER (Robert), *L'Originalité de Baudelaire*, nouveau tirage revu par l'auteur de la réimpression en 1952, avec une note, de l'édition de 1926, Bruxelles, Palais des Académies, 1965.

VOUGA (Daniel), « Baudelaire est-il chrétien? », *Journées Baudelaire. Actes du Colloque*, *Namur-Bruxelles*, 10-13 octobre 1967, Bruxelles, Académie royale de Langue et de Littérature françaises, 1968, pp. 148-153.

WANNER (Adrian), « Le premier regard russe sur Baudelaire et la publication du *Flacon* », *Bulletin baudelairien*, t. 26, n° 2, décembre 1991, pp. 43-50.

WATTEYNE (Nathalie), « Décloisonnement analogique et actualisation perceptive. "À une passante" de Baudelaire », *Études littéraires* [Québec], vol. 30, n°1, automne 1997, pp. 153-165.

WEINBERG (Bernard), *The Limits of Symbolism*, Chicago, The University of Chicago Press, 1966 (Sur *Le Cygne*, pp. 8-36).

WHITLOW (Janine N.), « Baudelaire's *Sept Vieillards*: A Case of Literary Identity », *South Central Bulletin* [Houston, Texas], XXVII, Winter 1967, pp. 4-8.

WILHELM (Fabrice), *Baudelaire: l'écriture du narcissisme*, Paris, L'Harmattan, 1999.

WILHELM (Jacques), *La Vie à Paris sous le Second Empire et la Troisième République*, Paris, Arts et Métiers Graphiques, 1947.

WILLIET (Jean), « Baudelaire et le mythe du progrès », *Revue des sciences humaines*, fasc.

127, juillet-septembre 1967, pp. 417-431.

WING (Nathaliel), « Baudelaire's *Frisson fraternel* Horror and Enchantment in "Les Tableaux parisiens"», *Neophilologus*, Vol. LXXXI, N° 1, January 1997.

WOHL (R. Richard) et STRAUSS (Anselm L.), « Symbolic Representation and the Urban Milieu», *American Journal of Sociology*, Vol. LXIII, N° 5, March 1958, pp. 523-532.

WOJTYNEK (Krystyna), « Le paysage comme figure du spleen baudelairien », *Figures et images de la condition humaine dans la littérature française du dix-neuvième siècle*, Debrecen, Kossuth Lajos Tudományegyetem, 1986, pp. 113-119.

YOKOYAMA, « À propos de"*Je n'ai pas oublié...*" des *Fleurs du mal* » *Études de langue et littérature françaises*, n° 31, 1977, pp. 61-69.

ZIEGLER (Jean), « Jacques Crépet et la petite mendiante rousse », *Bulletin baudelairien*, t. 7, n° 2, avril 1972, pp. 3-6.

ZIMMERMANN (Éléonore M.), « Notes sur la forêt du *Cygne* », *Bulletin baudelairien*, t. 26, n° 2, 1991, pp. 51-56.

— *Poétiques de Baudelaire dans* Les Fleurs du mal, *rythme*, *parfum*, *lueur*, Paris-Caen, Minard, 1998.

三、中文文献

菲利普·奥斯瓦尔特主编:《收缩的城市》,胡恒、史永高、诸葛净译,同济大学出版社,2012年。

摩歇·巴拉希:《城市的观念》,载孙逊、杨剑龙主编《都市、帝国与先知》("都市文化研究"第二辑),上海三联书店,2006年,第28—43页。

乔治·巴塔耶:《文学与恶》,董澄波译,北京燕山出版社,2006年。

托马斯·班德尔:《当代都市文化与现代性问题》,载许纪霖主编《帝国、都市与现代性》,江苏人民出版社,2006年。

包亚明主编:《现代性与都市文化理论》,上海社会科学院出版社,2008年。

W.本雅明:《发达资本主义时代的抒情诗人》,张旭东、魏文生译,三联书店,1989年。

C. W. E. 比格斯贝:《达达和超现实主义》,周发祥译,昆仑出版社,1989年。

马·布雷德伯里:《现代主义的城市》,载马·布雷德伯里、詹·麦克法兰编《现代主义》,胡家峦等译,上海外语教育出版社,1992年,第76—83页。

马·布雷德伯里、詹·麦克法兰:《现代主义的名称和性质》,载马·布雷德伯里、詹·麦克法兰编《现代主义》,胡家峦等译,上海外语教育出版社,1992年,第3—38页。

布鲁姆:《影响的焦虑》,徐文博译,三联书店,1989年。

艾伦·布洛克:《双重形象》,载马·布雷德伯里、詹·麦克法兰编《现代主义》,胡家峦等译,上海外语教育出版社,1992年,第40—52页。

查尔斯·查德维克:《象征主义》,周发祥译,昆仑出版社,1989年。
陈立旭:《都市文化与都市精神——中外城市文化比较》,东南大学出版社,2002年。
陈晓兰:《文学中的巴黎与上海——以左拉和茅盾为例》,广西师范大学出版社,2006年。
居伊·德波:《景观社会评论》,梁虹译,广西师范大学出版社,2007年。
M. H. 邓洛普:《镀金城市》,刘筠、顾笑言译,新星出版社,2006年。
M. J. 迪尔:《后现代都市状况》,李小科等译,上海教育出版社,2004年。
米·杜夫海纳:《审美经验现象学》(上、下),韩树站译,文化艺术出版社,1996年。
杜心源:《城市中的"现代"想象——对20世纪20、30年代上海"现代主义"文学及其与都市空间的关系的研究》,中国福利社会出版社,2007年。
迈克·费瑟斯通:《消费文化与后现代主义》,刘精明译,译林出版社,2000年。
米歇尔·福柯:《何为启蒙》,载《福柯集》,杜小真编选,上海远东出版社,1998年。
爱德华·傅克斯:《欧洲风化史》,赵永穆等译,辽宁人民出版社,2000年。
达恩·弗兰克:《巴黎的盛宴:1900—1930年间的艺术巴黎》,王姞华译,中国人民大学出版社,2005年。
胡戈·弗里德里希:《现代诗歌的结构:19世纪中期至20世纪中期的抒情诗》,李双志译,译林出版社,2010年。
高鉴国:《新马克思主义城市理论》,商务印书馆,2007年。
泰奥菲尔·戈蒂耶:《回忆波德莱尔》,陈圣生译,辽宁人民出版社,1988年。
黄晋凯、张秉真、杨恒达主编:《象征主义·意象派》,中国人民大学出版社,1989年。
伊夫·格拉夫梅耶尔:《城市社会学》,徐伟民译,天津人民出版社,2005年。
玛丽·格拉克:《流行的波希米亚——十九世纪巴黎的现代主义与都市文化》,罗靓译,安徽教育出版社,2009年。
安托瓦纳·贡巴尼翁:《现代性的五个悖论》,许钧译,商务印书馆,2005年。
安托瓦纳·贡巴尼翁:《反现代派》,郭宏安译,三联书店,2009年。
郭宏安:《波德莱尔诗论及其他》,同济大学出版社,2006年。
郭宏安:《论〈恶之花〉(代译序)》,载郭宏安译《恶之花》,漓江出版社,1992年。
大卫·哈维:《巴黎城记——现代性之都的诞生》,黄煜文译,广西师范大学出版社,2010年。
G. M. 海德:《城市诗歌》,载马·布雷德伯里、詹·麦克法兰编《现代主义》,胡家峦等译,上海外语教育出版社,1992年,第310—321页。
格雷厄姆·霍夫:《现代主义抒情诗》,载马·布雷德伯里、詹·麦克法兰编《现代主义》,胡家峦等译,上海外语教育出版社,1992年,第285—295页。
劳伦斯·E. 卡洪:《现代性的困境》,王志宏译,商务印书馆,2008年。
马泰·卡林内斯库:《现代性的五副面孔》,顾爱彬、李瑞华译,商务印书馆,2002年。
埃里克·卡姆:《巴黎的反叛、保守和反动》,载马·布雷德伯里、詹·麦克法兰编《现代主义》,

胡家峦等译,上海外语教育出版社,1992年,第138—147页。
勒·柯布西耶:《明日之城市》,李浩译,中国建筑工业出版社,2009年。
乔尔·科特金:《全球城市史》,王旭等译,社会科学文献出版社,2006年。
贝尔纳-亨利·莱维:《波德莱尔最后的日子》,罗顺江译,海天出版社,2000年。
利奥塔:《后现代状态》,车槿山译,南京大学出版社,2011年。
李道新:《波德莱尔是怎样读书写作的》,长江文艺出版社,1998年。
理查德·利罕:《文学中的城市——知识与文化的历史》,吴子枫译,上海人民出版社,2009年。
李平:《论都市文化的类型及其演变》,载孙逊、杨剑龙主编《都市空间与文化想象》("都市文化研究"第五辑),上海三联书店,2008年,第184—205页。
马塞尔·雷蒙:《从波德莱尔到超现实主义》,邓丽丹译,河南大学出版社,2008年。
练玉春:《城市实践:俯瞰还是行走》,载孙逊、杨剑龙主编《都市空间与文化想象》("都市文化研究"第五辑),上海三联书店,2008年,第73—81页。
梁宗岱:《诗与真·诗与真二集》,外国文学出版社,1984年。
林国源:《诗的表演——从波特莱尔出发》,黑眼睛文化事业有限公司,2008年。
刘波、尹丽:《波德莱尔十论》,中国社会科学出版社,2013年。
刘东:《西方的丑学》,四川人民出版社,1986年。
罗丝玛丽·罗伊德:《波德莱尔》,高焓译,北京大学出版社,2013年。
刘易斯·芒福德:《城市发展史——起源、发展和前景》,宋俊岭、倪文彦译,中国建筑工业出版社,2005年。
刘易斯·芒福德:《城市文化》,宋俊岭等译,中国建筑工业出版社,2009年。
詹·麦克法兰:《现代主义思想》,载马·布雷德伯里、詹·麦克法兰编《现代主义》,胡家峦等译,上海外语教育出版社,1992年,第40—52页。
唐纳德·米勒:《都市史家,都市先知——刘易斯·芒福德》,载孙逊、杨剑龙主编《都市、帝国与先知》("都市文化研究"第二辑),上海三联书店,2006年,第2—27页。
闵学勤:《感知与意象——城市理论与形象研究》,东南大学出版社,2007年。
亨利·缪尔热:《波希米亚人——巴黎拉丁区文人生活场景》,孙书姿译,华夏出版社,2003年。
帕涅罗珀:《巴黎的瞬间》,人民大学出版社,2003年。
帕斯卡尔:《思想录》,何兆武译,商务印书馆,1986年。
海因兹·佩茨沃德:《符号、文化、城市:文化批评哲学五题》,四川人民出版社,2008年。
克洛德·皮舒瓦、让·齐格勒:《波德莱尔传》,董强译,上海人民出版社,2007年。
帕斯卡尔·皮亚:《波德莱尔》,何家炜译,上海人民出版社,2012年。
克里斯多夫·普罗夏松:《巴黎1900——历史文化散论》,王殿中译,广西师范大学出版社,2005年。
马塞尔·普鲁斯特:《驳圣伯夫》,王道乾译,上海译文出版社,2007年。

齐美尔:《大都会与精神生活》,载薛毅编《西方都市文化研究读本》,第二卷,广西师范大学出版社,2008年,第91—102页。

让-保尔·萨特:《波德莱尔》,施康强译,北京燕山出版社,2006年。

理查德·桑内特:《肉体与石头:西方文明中的身体与城市》,黄煜文译,上海世纪出版社,2006年。

奥斯瓦尔德·斯宾格勒:《西方的没落》,江月译,湖南文艺出版社,2011年。

克莱夫·斯科特:《散文诗和自由诗》,载马·布雷德伯里、詹·麦克法兰编《现代主义》,胡家峦等译,上海外语教育出版社,1992年,第322—341页。

让·斯塔罗宾斯基:《镜中的忧郁:关于波德莱尔的三篇阐释》,郭宏安译,华东师范大学出版社,2012年。

伊夫·瓦岱:《文学与现代性》,田庆生译,北京大学出版社,2001年。

瓦莱里:《文艺杂谈》,段映虹译,百花文艺出版社,2002年。

R. 韦勒克:《文学思潮和文学运动的概念》,刘象愚等译,中国社会科学出版社,1989年。

彼得·沃森:《20世纪思想史》,朱东进等译,上海译文出版社,2006年。

路易斯·沃斯:《作为一种生活方式的都市生活》,载孙逊、杨剑龙主编《阅读城市:作为一种生活方式的都市生活》("都市文化研究"第三辑),上海三联书店,2007年,第2—18页。

理查德·谢帕德:《语言的危机》,载马·布雷德伯里、詹·麦克法兰编《现代主义》,胡家峦等译,上海外语教育出版社,1992年,第296—309页。

卡尔·休斯克:《欧洲思想中的城市观念:从伏尔泰到施宾格勒》,载孙逊主编《都市文化史:回顾与展望》("都市文化研究"第一辑),上海三联书店,2005年,第2—18页。

薛毅主编:《西方都市文化研究读本》(全四卷),广西师范大学出版社,2008年。

拉塞尔·雅各比:《最后的知识分子》,洪洁译,江苏人民出版社,2002年。

杨柳编译:《花非花——象征主义诗学》,旅游教育出版社,1991年。

汉斯·罗伯特·耀斯:《审美经验与文学解释学》,顾建光等译,上海世纪出版集团,2006年。

袁兆文:《〈恶之花〉及其现代性研究》,暨南大学出版社,2014年。

詹明信:《晚期资本主义的文化逻辑》,张旭东编,陈清侨等译,三联书店,1997年。

张秉真、黄晋凯主编:《未来主义·超现实主义》,中国人民大学出版社,1994年。

张旭东:《批评的踪迹》,三联书店,2003年。

张泽群:《城市的灵魂》,大象出版社,2006年。

朱辉军:《恶之花——变态美考察》,杭州大学出版社,1993年。

图书在版编目(CIP)数据

波德莱尔：从城市经验到诗歌经验 / 刘波著．—北京：北京大学出版社，2016.3
（国家哲学社会科学成果文库）
ISBN 978-7-301-26959-6

Ⅰ．①波… Ⅱ．①刘… Ⅲ．①波德莱尔，C.（1821~1867）-诗歌研究
Ⅳ．① I565.072

中国版本图书馆 CIP 数据核字 (2016) 第 040462 号

书　　名	波德莱尔：从城市经验到诗歌经验 Bodelai'er: Cong Chengshi Jingyan dao Shige Jingyan
著作责任者	刘 波 著
责 任 编 辑	初艳红
标 准 书 号	ISBN 978-7-301-26959-6
出 版 发 行	北京大学出版社
地　　　址	北京市海淀区成府路 205 号　100871
网　　　址	http://www.pup.cn　新浪微博：@北京大学出版社
电 子 信 箱	alicechu2008@126.com
电　　　话	邮购部 62752015　发行部 62750672　编辑部 62759634
印 刷 者	北京中科印刷有限公司
经 销 者	新华书店
	730 毫米 ×1020 毫米　16 开本　47.75 印张　754 千字 2016 年 3 月第 1 版　2016 年 3 月第 1 次印刷
定　　价	139.00 元

未经许可，不得以任何方式复制或抄袭本书之部分或全部内容。
版权所有，侵权必究
举报电话：010-62752024　电子信箱：fd@pup.pku.edu.cn
图书如有印装质量问题，请与出版部联系，电话：010-62756370